Lev Tolstói (1828-1910), uno de los más destacados narradores de todos los tiempos, nació en Yásnaia Poliana, Rusia. Hijo de un terrateniente de la vieja nobleza rusa, quedó huérfano a los nueve años y tuvo tutores franceses y alemanes hasta que ingresó en la Universidad de Kazán, donde estudió lenguas y leyes. En 1851 ingresó en el ejército y dio a conocer su ciclo autobiográfico, compuesto por las obras *Infancia*, *Adolescencia* y *Juventud*. En 1856 se instaló en San Petersburgo y se consagró a la literatura. De entre sus obras más importantes cabe destacar: *Anna Karénina*, *La muerte de Iván Ilich*, *Guerra y paz* o *La sonata de Kreutzer*. Tolstói murió en Astápovo, en una remota estación de ferrocarril.

La **Academia Soviética de Ciencias** fue fundada en 1724 por el zar Pedro I de Rusia, como un organismo de unión entre diferentes institutos y ámbitos de estudio del país, desde la física hasta la filología. Aunque ha modificado su nombre un buen número de veces desde su establecimiento, se ha mantenido siempre como una institución de gran renombre y relevancia.

Gala Arias Rubio (Madrid, 1976) se licenció en filología eslava por la Universidad Complutense de Madrid y prosiguió con sus estudios en la Universidad Jagellonica de Cracovia, en la Universidad Lingüística de Moscú, en la Oxford Brookes University y en la Universidad Carlos III de Madrid. Suyas son las traducciones al español de obras de la talla de *Guerra y paz* de Tolstói o *Taras Bulba* de Gógol.

LEV TOLSTÓI

Guerra y paz

Traducción de
GALA ARIAS RUBIO

PENGUIN CLÁSICOS

Papel certificado por el Forest Stewardship Council®

Título original: *Voina i mir*

Primera edición en Penguin Clásicos: julio de 2015
Décima reimpresión: mayo de 2023

PENGUIN, el logo de Penguin y la imagen comercial asociada son marcas registradas
de Penguin Books Limited y se utilizan bajo licencia.

© 2000, Sacharov Publishers
© 2004, Penguin Random House Grupo Editorial, S. A. U.
Travessera de Gràcia, 47-49. 08021 Barcelona
© 2004, Gala Arias Rubio, por la traducción
Diseño de la cubierta: Penguin Random House Grupo Editorial
Ilustración de la cubierta: © Rundesign

Printed in Spain – Impreso en España

ISBN: 978-84-9105-021-6
Depósito legal: B-13.991-2015

Compuesto en Lozano Faisano, S. L.
Impreso en Liberdúplex
Sant Llorenç d'Hortons (Barcelona)

PG 2 5 9 0 C

Para preparar esta edición se han utilizado textos publicados por E. E. Zaidenshnur en 94 tomos de «Herencia literaria», materiales manuscritos de los tomos 13-16 de la edición conmemorativa de 90 tomos de las obras completas de L. Tolstói y también de la edición, en vida de Tolstói, de la novela, publicada en 4 tomos en el año 1873.

Nota del autor

Hasta ahora he escrito solamente sobre príncipes, condes, ministros, senadores y sus hijos y me temo que en lo sucesivo no va a haber otros personajes en mis historias.

Puede ser que esto no esté bien y que no guste al público; puede ser que para ellos sean más interesantes e instructivas las historias de campesinos, comerciantes y seminaristas, pero mi deseo no es en absoluto tener muchos lectores a cualquier precio, y no puedo satisfacerles por muchas razones.

La primera porque los recuerdos históricos de aquella época sobre los que yo escribo solo permanecen en la correspondencia y los escritos de la gente de clase alta alfabetizada; incluso hasta los relatos interesantes e inteligentes que he podido escuchar, solo se los he oído a la gente de esta clase.

La segunda porque la vida de los comerciantes, de los cocheros, de los seminaristas, de los presidiarios y de los campesinos me resulta monótona, aburrida, y todas las acciones de esas gentes se me antojan resultado en gran medida de los mismos resortes: la envidia hacia las castas más afortunadas, la avaricia y las pasiones materiales. Y si todas las acciones de esta gente se originan por estos resortes, entonces sus acciones quedan tan dominadas por estos impulsos, que resulta difícil entenderlas, y, por lo tanto, describirlas.

La tercera porque la vida de estas gentes (de clase baja) lleva consigo en menor medida la huella del tiempo.

La cuarta porque la vida de estas gentes no es hermosa.

La quinta porque nunca podré comprender qué es lo que piensa el centinela en la garita, qué piensa y qué siente el tendero pregonando que compren tirantes y corbatas, qué es lo que piensa el seminarista cuando por centésima vez le llevan a azotar, etcétera, etcétera. No puedo entender esto, igual que no puedo comprender qué es lo que piensa una vaca cuando la ordeñan y qué piensa un caballo cuando acarrea un tonel.

La sexta porque en resumen (y esta, lo sé, es la mejor causa) yo mismo pertenezco a la clase alta, a la alta sociedad y la adoro.

No soy un pequeñoburgués, como decía Pushkin con orgullo, yo digo sin miedo que soy un aristócrata, de nacimiento, por costumbre y por posición. Soy un aristócrata porque recordar a mis antepasados, mis padres, mis abuelos, mis bisabuelos, no solamente no me avergüenza sino que me alegra extraordinariamente. Soy un aristócrata porque me educaron desde la niñez en el amor y el respeto a la elegancia, no solo hacia lo expresado por Homero, Bach y Rafael sino también hacia todas las pequeñas cosas de la vida: el amor a las manos limpias, a la belleza de un vestido, a la elegancia de la mesa, o de un carruaje. Soy un aristócrata porque tuve la suerte de que ni yo, ni mi padre, ni mi abuelo conociéramos la pobreza y la lucha entre la necesidad y la conciencia, nunca necesitamos ni envidiar ni suplicar a nadie, no conocimos la necesidad de educarnos para conseguir dinero o una posición en la alta sociedad y otras pruebas similares a las que se exponen los pobres. Me percato de que esto es una gran suerte y por ello doy gracias a Dios, pero aunque esta felicidad no pertenezca a todos no veo en ello causa para renegar de ella y no aprovecharla.

Soy un aristócrata porque no puedo creer en la elevada inteligencia, el gusto refinado y la gran honestidad del que se hurga la nariz y habla con Dios.

Todo esto es muy tonto, puede que hasta criminal e impertinente, pero así es. Y en lo sucesivo aviso al lector del tipo de persona que soy y qué es lo que puede esperar de mí. Todavía está a tiempo de cerrar el libro y acusarme de idiota, retrógrado y de ser un Askóchenski, por quien, aprovechando esta oportunidad, me apresuro a expresar mi sincera, profunda y firme admiración.

PRIMERA PARTE

I

—Entonces qué, príncipe, Génova y Lucca se han convertido en nada más que propiedades de la familia Bonaparte. No, a partir de ahora le digo que si no me dice que estamos en guerra y si se permite atenuar todas las infamias y todas las atrocidades de este Anticristo (pues segura estoy de que él es el Anticristo) ya no le conoceré, ya no le consideraré amigo mío y ya no será mi fiel servidor como usted se llama a sí mismo. En fin, le saludo, le saludo. De sobra me doy cuenta de que le estoy asustando, siéntese y conversemos.

La que así hablaba en julio del año 1805 era la conocida Anna Pávlovna Scherer, dama de honor y allegada de la emperatriz María Fédorovna, cuando salía al encuentro del solemne y majestuoso príncipe Vasili, el primero en llegar a su velada. Anna Pávlovna llevaba unos días acatarrada, tenía «gripe» («gripe» era entonces una palabra nueva y de raro uso), y esa era la causa por la que no cumplía con sus funciones y permanecía en casa. En las notitas que había distribuido por la mañana un criado de gala, se podía leer sin distinción alguna:

> Si no tiene usted conde (o príncipe) nada mejor que hacer y si el hecho de pasar la tarde con una pobre enferma no le asusta, estaría encantada de recibirle hoy entre las 7 y las 10.
>
> ANNA SCHERER

—¡Qué duro ataque! —contestó sin sentirse intimidado por tal recibimiento y sonriendo vagamente el príncipe, que había entrado con una expresión luminosa en su astuto rostro y vistiendo un uniforme cortesano bordado, medias de seda, zapatos y cubierto de condecoraciones.

Se expresaba en el correcto francés con el que no solo hablaban sino que incluso pensaban nuestros abuelos, y con esa entonación suave y protectora propia de un hombre relevante. Se acercó a Anna Pávlovna y la besó en la mano al tiempo que le presentaba la perfumada y resplandeciente blancura, incluso entre los cabellos grises, de su calva y se sentó tranquilamente en el diván.

—Antes de nada, dígame, ¿cómo se encuentra, mi querida amiga? Tranquilice a su amigo —dijo él sin cambiar su tono de voz, que traslucía, tras el empalago y el interés, la indiferencia e incluso la burla.

—¿Cómo pretende que me encuentre bien, mientras sufro interiormente? ¿Es que se puede estar en paz en los tiempos que corren, cuando se tiene algo de sensibilidad? —dijo Anna Pávlovna—. Confío en que se quede toda la tarde aquí.

—¿Y la fiesta en la embajada de Inglaterra? Hoy es miércoles y no puedo faltar —dijo el príncipe—; mi hija vendrá a por mí y me llevará.

—Pensaba que la fiesta de hoy se había aplazado. Le confieso que todas estas fiestas y fuegos artificiales se me están haciendo difíciles de soportar.

—Si hubieran sabido que eso era lo que usted quería, la fiesta se habría aplazado —dijo el príncipe, que regularmente, como un reloj de cuerda, decía cosas que ni siquiera él mismo pretendía que se creyeran.

—No me atormente. Bueno, entonces, ¿qué es lo que se ha decidido con motivo del despacho de Novosíltsev? Usted conoce el caso.

—¿Qué le puedo decir? —dijo el príncipe Vasili fría y tediosamente—. ¿Qué han decidido? Han decidido que Bonaparte ha quemado sus naves y parece ser que nosotros estamos a punto de quemar las nuestras.

El príncipe Vasili, hablara tanto de cosas inteligentes como de banalidades, con palabras indiferentes o animadas, las decía con tal tono que parecía haberlas repetido mil veces, como un actor representando una antigua obra, como si las palabras no provinieran de su entendimiento y como si el que las dijera no fuera una mente, un corazón, sino una memoria con labios.

Anna Pávlovna Scherer, por el contrario, a pesar de sus cuarenta años, estaba llena de una animación y un ímpetu que con la práctica casi había conseguido mantener dentro de los límites de lo adecuado y la premeditación. A cada minuto estaba preparada para decir algo excesivo, pero aunque estuviera a punto de desbordarla, ese exceso no lograba abrirse camino. No era agraciada, pero el entusiasmo característico de su mirada y la animación de su sonrisa que expresaban su pasión por lo ideal le otorgaban lo que solemos llamar interés. Por las palabras y la expresión del príncipe Vasili se evidenciaba que en el círculo en el que ambos se movían ya hacía tiempo que había establecido el reconocimiento general de Anna Pávlovna como una apasionada, agradable y bondadosa patriota que en ocasiones se inmiscuía en asuntos ajenos y que con frecuencia llegaba a extremos, pero que agradaba por la sinceridad y la vehemencia de sus sentimientos. Ese entusiasmo suyo la había hecho muy popular e incluso cuando no tenía ganas de serlo, para no frustrar la animación de la gente que la conocía, se volvía entusiasta. La sonrisa contenida que jugueteaba en el rostro de Anna Pávlovna, a pesar de no ir acorde con sus decrépitos rasgos, expresaba, como en los niños malcriados, un total conocimiento de su encantador defecto, que no quería, no podía y no creía necesario enmendar.

El contenido del despacho de Novosíltsev, que había partido a París para mantener conversaciones sobre la guerra, era el siguiente.

En cuanto hubo llegado a Berlín, Novosíltsev tuvo conocimiento de que Bonaparte había promulgado un decreto sobre la anexión de la república genovesa al Imperio francés, al mismo tiempo que expresaba su deseo de firmar la paz con Inglaterra por mediación de Rusia. Novosíltsev se detuvo en Berlín y presumiendo que con un esfuerzo tal Bonaparte podía cambiar la intención del emperador se dirigió a Su Majestad con la intención de pedir permiso para partir hacia París o saber si bien al contrario debía regresar. La respuesta para Novosíltsev ya estaba preparada y debía ser enviada al día siguiente. La toma de Génova era el pretexto ansiado para una guerra para la cual la opinión de la corte estaba aún menos preparada que el ejército. En la respuesta se decía: «No queremos mantener conversaciones con un hombre que, declarando su deseo de paz, continúa con su invasión».

Estas eran las noticias más frescas del día. Era evidente que el príncipe conocía todos estos detalles de fuentes fiables y se los transmitía jocosamente a la dama de honor.

—Bueno, ¿adónde nos conducirían estas conversaciones? —dijo Anna Pávlovna en francés, el idioma en el que había transcurrido toda la conversación—. ¿Y para qué todas estas conversaciones? No con conversaciones sino pagando con su muerte el infame podrá resarcir la muerte del mártir —dijo ella haciendo vibrar las fosas nasales, dándose la vuelta en el diván e inmediatamente después, sonriendo.

—¡Qué sanguinaria es usted, querida mía! En política no se actúa como en sociedad. Hay que tomar precauciones —dijo el príncipe Vasili con su triste sonrisa, que era totalmente artificial pero que repetida ya durante treinta años se había acomodado de tal modo al viejo rostro del príncipe que parecía a la vez fingida y familiar—. ¿Ha recibido carta de los suyos? —añadió él sin considerar a la dama de honor lo suficientemente seria para mantener una conversación sobre política e intentando reconducir la conversación hacia otro tema.

—Pero ¿adónde nos llevarán estas conversaciones? —continuó preguntándole Anna Pávlovna sin someterse.

—Quizá a conocer la opinión de Austria, a la que usted tanto ama —dijo él provocando a Anna Pávlovna y sin querer abandonar el tono jocoso de la conversación.

Anna Pávlovna se exaltó.

—¡Ah, no me hable usted a favor de Austria! No comprendo nada, es posible que Austria nunca haya querido ni quiera la guerra. Nos está traicionando. Solo Rusia habrá de ser la salvadora de Europa. Nuestro protector conoce su elevado destino y cumplirá con él. Solo en eso creo. A nuestro bondadoso y admirable emperador le corresponde jugar un gran papel en el mundo y es tan digno y tan bueno que Dios no le abandonará y él podrá cumplir con su destino de destruir la revolución, que ahora es aún más terrible en la persona de ese asesino y criminal. Nosotros solos habremos de vengar la sangre de los justos. Y le pregunto: ¿con quién podemos contar? Inglaterra, con su espíritu comercial, no comprende ni podrá comprender nunca el elevado espíritu del emperador Alejandro. Se ha negado a abandonar Malta. Quiere conocer la verdadera intención de nuestras acciones. ¿Qué le han dicho a Novosíltsev? Nada. No han entendido, no pueden entender el sacrificio de nuestro emperador, que nada quiere para sí mismo y todo lo quiere para el bien mundial. ¿Qué han prometido? Nada. Y lo que prometen ni siquiera lo cumplen. Prusia ya ha declarado que Bonaparte es invencible y que ni toda Europa puede hacer nada contra él… No creo una sola palabra ni de Hardenberg ni de Haugwitz. Esa famosa neutralidad prusiana es solo una estratagema. Creo en un único Dios y en el elevado destino de nuestro querido emperador. ¡Él salvará Europa!

—Se detuvo de pronto sonriendo ante su propio apasionamiento.

—Opino —dijo el príncipe sonriendo— que si la hubieran mandado a usted en lugar de a nuestro querido Witzengerod, hubiera conseguido con su ímpetu el acuerdo del rey de Prusia. Así es usted de persuasiva. ¿No me ofrece un té?

—Ahora mismo. Por cierto —añadió ella, calmándose de nuevo—, hoy vendrá a mi casa un hombre muy interesante, el vizconde de Mortemart. Está emparentado con los Montmorency por parte de los Rohan, una de las mejores familias de Francia. Es un emigrante de los buenos, de los auténticos. Se comporta muy bien y lo ha perdido todo. Estuvo con el duque de Enghien, ese pobre santo mártir, durante su estancia en Etenheim. Dicen que es muy agradable. Vuestro encantador hijo Hippolyte me ha prometido traerlo. Todas nuestras damas están locas por él —añadió con una sonrisa de desprecio, como si se compadeciera de las pobres damas, que no sabían pensar en nada mejor que en seducir al vizconde de Mortemart.

—Excepto usted, se sobreentiende —dijo el príncipe con tono jocoso—, yo ya he visto a ese vizconde en sociedad —añadió, al parecer poco entusiasmado con la idea de encontrarse a Mortemart—. Dígame —dijo, con especial desinterés como si se acabara de acordar, cuando precisamente lo que preguntaba era el principal motivo de su visita—, ¿es verdad que la emperatriz madre desea que se nombre al barón Funke como primer secretario en Viena? A mí me parece que ese barón es un don nadie.

El príncipe Vasili ansiaba colocar a su hijo en el puesto, que a causa de la mediación de la emperatriz María Fédorovna intentaban darle al barón.

Anna Pávlovna cerró casi los ojos en un gesto que daba a entender que ni ella ni nadie tenían derecho a juzgar lo que deseara o agradara a la emperatriz.

—El barón Funke fue recomendado a la emperatriz madre por su hermana —dijo simplemente con un tono particularmente frío y seco. En el momento en que Anna Pávlovna nombró a la emperatriz su rostro reflejó una expresión de profunda y sincera devoción y respeto combinados con tristeza, cosa que sucedía cada vez que en la conversación se mencionaba a su eminente protectora. Dijo que Su Majestad quería demostrar al barón Funke la gran estima en que le tenía y de nuevo su expresión se volvió triste.

El príncipe calló, indiferente. Anna Pávlovna, con su particular habilidad femenina y cortesana y con su ágil tacto, quiso reprender al príncipe por lo que había osado decir de la persona que había sido recomendada por la emperatriz y al mismo tiempo consolarle.

—A propósito de su familia —dijo ella—, ¿sabe usted que su hija es el deleite de toda la sociedad? La encuentran bella como el día. La zarina me pregunta con mucha frecuencia por ella: «¿Qué hace la bella Elena?».

El príncipe se inclinó en señal de respeto y gratitud.

—Pienso con frecuencia —continuó Anna Pávlovna tras un minuto de silencio, y le dedicó al príncipe una dulce sonrisa, que quería decir que las conversaciones políticas y mundanas habían finalizado y que ahora comenzaban las íntimas—, pienso con frecuencia que la suerte a veces no está bien repartida en la vida. ¿Por qué le ha concedido a usted el destino unos hijos tan buenos (excluyendo a Anatole, el menor, que no me agrada) —añadió ella levantando las cejas—, unos hijos tan encantadores? Y usted, verdaderamente, los valora menos que nadie y por tanto, no se los merece.

Y sonrió con su apasionamiento.

—¿Qué quiere usted? Lafater hubiera dicho que no tengo la protuberancia de la paternidad —dijo el príncipe con indolencia.

—Deje las bromas. Quisiera hablar con usted en serio. Escuche, no estoy nada satisfecha con su hijo menor. No le conozco en absoluto, pero parece ser que se ha propuesto hacerse una reputación escandalosa. Entre nosotros se ha comentado (su rostro adoptó una expresión triste) que han hablado de él a Su Majestad y le han compadecido a usted…

El príncipe no contestó, pero ella, en silencio, le miraba con intensidad, esperando una respuesta. El príncipe Vasili frunció el ceño.

—¿Qué quiere usted que haga? —dijo por fin—. Usted sabe que he hecho todo para darles una buena educación, todo lo que está en la mano de un padre, y los dos me han salido unos tontos. Hippolyte, por lo menos, es un tonto tranquilo, sin embargo Anatole es un tonto molesto. Esa es la única diferencia —dijo él, sonriendo de un modo más artificial y animado que de costumbre y mostrando al tiempo con particular fiereza algo que se formaba junto a las comisuras de su boca, tan grosero y desagradable que hizo pensar a Anna Pávlovna que no debía ser demasiado agradable ser hijo o hija de tal padre.

—¿Y por qué tiene hijos la gente como usted? Si no fuera padre, yo no tendría qué reprocharle —dijo Anna Pávlovna bajando los ojos pensativamente.

—Soy vuestro fiel servidor y solo a usted puedo confesárselo. Mis hijos son la mayor carga de mi vida. Esa es mi cruz. Así me lo explico. ¿Qué quiere? —Él calló, expresando con un gesto su resignación a la crueldad del destino—. Sí, si fuera posible tener y no tener hijos por propia voluntad... Confío en que en nuestro siglo se invente tal cosa.

A Anna Pávlovna no le gustó la idea de un invento semejante.

—Usted nunca ha pensado en casar a su hijo pródigo Anatole. Dicen que las viejas solteronas tienen la manía de los casamientos. Yo aún no siento esa debilidad, pero hay una personita que es muy infeliz con su padre, una pariente nuestra, la princesa Bolkonski.

El príncipe Vasili no contestó, aunque, con la velocidad de cálculo y de memoria propia de la gente de mundo, mostró con un movimiento de cabeza que había tomado en consideración ese enlace.

—No, usted sabe que ese Anatole me cuesta 40.000 al año —dijo él, al parecer ya sin fuerzas para detener el triste curso de sus pensamientos. Calló.

—¿Qué pasará dentro de cinco años, si esto continúa así? Esos son los beneficios de ser padre. ¿Es rica vuestra princesa?

—El padre es muy rico y avaro. Vive en el campo. Es el famoso príncipe Bolkonski, ya retirado en tiempos del difunto emperador y apodado el «rey de Prusia». Es muy inteligente, pero severo y extravagante. La pobrecilla es muy infeliz. Tiene un hermano, que hace no mucho se casó con Liza Meinen, y que es ayudante de campo de Kutúzov, vive aquí y hoy vendrá a mi casa. No tiene otras hermanas.

—Escuche, querida Annette —dijo el príncipe cogiendo de pronto a su interlocutora de la mano y por alguna razón tirando de ella hacia abajo—. Ultime usted este asunto y seré su fiel servidor por toda la eternidad. Ella es rica y de buena familia. Eso es todo lo que yo necesito.

Y con los desenvueltos, familiares y graciosos ademanes que le caracterizaban tomó su mano, se la besó y a continuación la sacudió, se reclinó en el sillón y miró hacia el lado opuesto.

—Espere —dijo Anna Pávlovna, reflexionando—. Hoy mismo hablaré con Liza, la esposa del joven Bolkonski. Y puede ser que arreglemos el asunto. Empezaré el aprendizaje de solterona casamentera con su familia.

II

Los salones de Anna Pávlovna se iban llenando poco a poco. Acudía lo más selecto de la aristocracia peterburguesa, las personas más dispares en edad y carácter pero iguales por la sociedad en la que vivían; fue el conde diplomático Z. con condecoraciones y órdenes de todas las cortes extranjeras; la princesa L., una belleza marchita esposa del embajador; entró un decrépito general haciendo tintinear la espada y carraspeando, así como la hija del príncipe Vasili, la bella Hélène, que venía a recoger a su padre para asistir juntos a la fiesta de la embajada. Llevaba un vestido de baile de muselina. Llegó la joven princesita Bolkónskaia, conocida como la mujer más seductora de San Petersburgo, que se había casado el invierno anterior y que ahora, debido a su embarazo, no asistía a grandes acontecimientos sociales pero sí a pequeñas veladas.

—Aún no han visto o no conocen a mi tía —decía Anna Pávlovna a los invitados que llegaban, y los conducía con gran formalidad hasta una menuda anciana adornada con grandes lazos que surgió de la habitación contigua tan pronto como empezaron a presentarse los invitados; los llamaba por su nombre, dirigía los ojos lentamente del invitado a la tía y luego les dejaba. Todos ellos cumplieron con el saludo de rigor a la tía, desconocida por todos, que no interesaba a nadie y que nadie necesitaba. Anna Pávlovna, con grave y solemne participación, seguía sus salutaciones aprobándolas en silencio. La tía se dirigía a todos por igual, con las mismas frases sobre su salud, sobre la de sus interlocutores y sobre la salud de Su Majestad, que ya había mejorado mucho gracias a Dios. Todos los que se acercaban, sin mostrar apremio, para cumplir con el saludo, se alejaban de la anciana con la sensación de haber cumplido con una dura tarea, para ya no tener que acercarse a ella ni una sola vez en toda la velada. Los diez asistentes entre hombres y mujeres se dispersaron, algunos se situaron en la mesa de té, unos cuantos en una esquinita junto al espejo, otros en la ventana; todos conversaban y se desplazaban libremente de un grupo a otro.

La joven princesa Bolkónskaia había venido con su labor en un bolso de terciopelo bordado en oro. Le embellecía su labio superior ligeramente sombreado de vello que era algo corto sobre los dientes, pero era aún más encantador cuando lo abría, y todavía más cuando descansaba sobre el labio inferior. Como sucede con frecuencia en las mujeres con multitud de encantos, sus defectos —el labio demasiado corto y la boca entreabierta— le otorgaban singularidad a su belleza. Resultaba gozoso observar a la futura mamá, llena de salud y vida, que tan bien llevaba su estado. Los viejos y los jóvenes aburridos y taciturnos que la miraban parecían participar de sus encantos si permanecían un rato a su lado o conversaban con ella. Quien hablaba con ella y contemplaba su resplandeciente sonrisa a través de sus palabras y sus dientes blancos y brillantes, que se divisaban constantemente, tenía la impresión de que se estaba mostrando en ese momento particularmente galante. Y era algo que todos pensaban. La princesita, contoneándose con pasos pequeños y rápidos, dejó la mesa con el bolso de la labor en la mano y con alegría, arreglándose el vestido, se sentó en el diván, cerca del samovar de plata, como si todo lo que hiciera fuese un divertimento para ella y para los que la rodeaban.

—He traído mi labor —dijo, mientras abría su ridículo y se dirigía a todos.

—Escuche, Anna, no me juegue una mala pasada —dijo a la anfitriona—. Me escribió que iba a celebrar una velada íntima y mire qué sencilla me he vestido.

Y separó los brazos para mostrar su elegante vestido gris de encaje ceñido por debajo del pecho por una ancha cinta.

—Estese tranquila, Liza, usted siempre será la más bella de todas —respondió Anna Pávlovna.

—¿Sabe usted que mi marido me abandona para ir en busca de la muerte? —continuó ella en el mismo tono, dirigiéndose a un general—. Dígame, ¿para qué esta vil guerra? —comentó al príncipe Vasili y, sin esperar respuesta, se dirigió a su hija, la bella Hélène—. Sabe, Hélène, se está usted convirtiendo en una criatura demasiado bonita, demasiado bonita.

—¡Qué seductora es esta princesita! —le dijo el príncipe Vasili en voz baja a Anna Pávlovna.

—Vuestro encantador hijo Hippolyte está locamente enamorado de ella.

—Es un idiota con buen gusto.

Poco después que la princesita entró un joven grueso con la

cabeza rapada, gafas, pantalones claros según la moda de la época, una alta gorguera y frac castaño. Ese joven grueso era torpe y pesado y no prestaba atención a la moda como sucede con los muchachos torpes, sanos y masculinos. Pero era de movimientos resueltos y decididos. Al minuto se había situado en medio de los invitados, sin encontrar a la anfitriona y saludando a todos menos a ella, sin darse cuenta de las señas que esta le prodigaba. Tomó a la anciana tía por la propia Anna Pávlovna, se sentó cerca de ella y comenzó a hablarle, pero percatándose al fin, por la sorprendida cara de la tía, de que no debía de seguir haciendo eso, se levantó y dijo:

—Disculpe, mademoiselle, creo que no es usted.

Incluso la impasible tía enrojeció por esas absurdas palabras y con aspecto de desesperación empezó a llamar a su sobrina pidiéndole que la ayudara. Anna Pávlovna, que hasta ese momento estaba ocupada con otro invitado, fue hacia ella.

—Muy amable de su parte haber venido a visitar a una pobre enferma, monsieur Pierre —le dijo ella sonriendo e intercambiando miradas con su tía.

Pierre hizo algo aún peor. Se sentó cerca de Anna Pávlovna (con actitud de no ir a levantarse pronto) e inmediatamente se puso a hablar con ella de Rousseau como habían hecho en su penúltimo encuentro. Anna Pávlovna no tenía tiempo. Escuchaba, observaba, cambiaba a los invitados de sitio.

—No puedo entender —decía el joven mirando expresivamente a su interlocutora a través de las gafas— por qué no ha gustado *Confesión*, y sí lo ha hecho *La nueva Eloísa*, mucho más insignificante.

El grueso joven expresaba sus ideas de forma torpe y movía a la discusión a Anna Pávlovna, sin darse cuenta en absoluto de que la dama de honor no estaba en absoluto interesada por el tema de la discusión ni por ninguna novela buena o mala y menos en aquel momento cuando lo único que le preocupaba era combinar y recordar.

—«Que resuene la trompeta del último magistrado, me presento con mi libro en las manos» —dijo él, citando con una sonrisa la primera página de *Confesión*—. No, madame, habiendo leído el libro se enamora uno del autor.

—Sí, desde luego —contestó Anna Pávlovna, sin reparar en que ella tenía una opinión totalmente contraria, mientras miraba a los invitados y ansiaba levantarse. Pero Pierre continuó:

—No es solo un libro, es una proeza. He aquí una confesión completa. ¿No es cierto?

—Yo no quiero ser su confesora, monsieur Pierre, tiene demasiados pecados —dijo ella levantándose y sonriendo—. Venga conmigo, le voy a presentar a mi prima.

Y alejándose del joven, que no sabía nada de la vida, volvió a sus tareas de anfitriona y continuó escuchando y mirando, preparada para brindar ayuda en el momento en que la conversación desmayara, del mismo modo que el dueño de un taller de hilado, que colocaba a los obreros en sus puestos, se pasea por el local y observa si todos los husos están en movimiento. Como el dueño de un taller, al tanto de la inmovilidad, la mala posición, el chirrido o el excesivo ruido de los husos se apresura a detenerlo o a hacerles recuperar el ritmo necesario; así iba Anna Pávlovna pasando por los grupos silenciosos o demasiado bulliciosos y con una palabra o un cambio establecía de nuevo el mecanismo de la conversación con un ritmo regular y adecuado.

III

La velada de Anna Pávlovna estaba en todo su apogeo. Los husos sonaban desde todas partes de modo regular. Aparte de la tía, al lado de la cual estaba sentada únicamente una dama entrada en años, de rostro consumido, un poco extraña en la brillante sociedad, a excepción también del grueso monsieur Pierre, que después de sus desacertadas conversaciones con la tía y con Anna Pávlovna no abrió la boca en toda la tarde, al parecer desconocido de todos y solo a la espera de encontrarse con alguien que llegara y hablara más alto que los demás, los asistentes estaban divididos en tres grupos. En uno de ellos se encontraba la bella princesa Hélène, la hija del príncipe Vasili, en el otro la propia Anna Pávlovna y en el tercero la princesita Bolkónskaia, bonita, lozana y demasiado rellena para su edad.

Llegó el hijo del príncipe Vasili, Hippolyte, «vuestro encantador hijo Hippolyte», como con frecuencia le llamaba Anna Pávlovna y el esperado vizconde, por el cual habían perdido la cabeza, según palabras de Anna Pávlovna, «todas nuestras damas». Hippolyte entró, mirando a través de los impertinentes y sin dejar estos, en voz alta, pero no muy clara, anunció: «el vizconde de Mortemart», y enseguida se sentó junto a la princesita sin prestar atención a su padre y acercando su cabeza a la de ella de tal modo que sus rostros apenas distaban una cuarta, empezó a hablarle de algo y a reírse.

El vizconde era un joven agradable, de rasgos suaves, que evidentemente se consideraba a sí mismo una celebridad, pero que debido a su educación no se prestaba con demasiada asiduidad a ser utilizado en esos círculos sociales que frecuentaba. Era obvio que Anna Pávlovna lo ofrecía a sus invitados como un plato especial. Como sirve un buen maître, como si de algo delicioso se tratara, el mismo plato que no querría comer si lo viera en una cocina grasienta, del mismo modo esa tarde Anna Pávlovna servía al vizconde a sus invitados como si fuera un delicioso manjar, aunque si fueran huéspedes que se lo encontraran en un hotel y jugaran con él todos los días al billar le verían solamente como el gran maestro de las carambolas y no se sentirían más afortunados que por el hecho de que han visto y hablado con un vizconde.

Se pusieron entonces a hablar del asesinato del duque de Enghien. El vizconde dijo que el duque de Enghien había muerto a causa de su nobleza y que en la cólera de Bonaparte había motivos personales.

—¡Ah!, cuéntenos esa historia, vizconde —dijo Anna Pávlovna.

El vizconde se inclinó en señal de obediencia y sonrió con cortesía. Anna Pávlovna hizo formar corro alrededor del vizconde e invitó a todos a escuchar el relato.

—El vizconde conoció personalmente al duque —susurró Anna Pávlovna a uno de los invitados.

»El vizconde es un excelente narrador —comentó a otro.

»¡Cómo se reconoce siempre a un hombre de la alta sociedad! —dijo a un tercero y el vizconde fue servido a los invitados con el aspecto más elegante y más provechoso para él, como un rosbif en un plato caliente y con guarnición de verduras.

El vizconde quería comenzar con su relato y esbozó una amplia sonrisa.

—Véngase aquí, querida Hélène —dijo Anna Pávlovna a la bella princesa que estaba sentada a cierta distancia en el medio del segundo grupo.

La princesa Hélène sonrió; y se levantó con la misma inalterable sonrisa de mujer hermosa con la que había entrado en el salón. Con el tenue roce de su blanco traje de noche, guarnecido de pieles y terciopelo y deslumbrando por la blancura de sus hombros, el brillo de sus cabellos y sus diamantes, pasó por entre los hombres que se apartaban a su paso y directamente, sin mirar a nadie pero sonriendo a todos como si les concediera a todos amablemente el derecho de contemplar la belleza de su talle, de sus torneados hombros, mostrando, según la moda de la época, un gran escote en el pecho y la espalda, como si llevara consigo el esplendor del baile, se acercó a Anna Pávlovna. Hélène era tan hermosa que no solamente no había en ella ni un ápice de coquetería sino que bien al contrario actuaba como si le diera vergüenza su evidente belleza, demasiado intensa y de conquistador efecto. Era como si deseara, sin poderlo conseguir, disminuir su hermosura. «¡Qué belleza!», decía todo el que la veía.

Como impactado por un suceso extraordinario, el vizconde se encogió de hombros y bajó los ojos en el momento en que ella se sentaba frente a él y le dirigía su misma invariable sonrisa.

—Madame, ciertamente temo por mis aptitudes narrativas frente a tal público —dijo él bajando la cabeza con una sonrisa.

La princesa apoyó su desnudo y torneado brazo en la mesa y no encontró necesario decir nada. Aguardaba sonriendo. Durante todo el relato se mantuvo sentada erguida, fijando de cuando en cuando la vista en su hermoso brazo torneado, que al estar sobre la mesa estaba ligeramente deformado, en su aún más hermoso pecho, donde llevaba un collar de diamantes que se colocó bien, alisó unas cuantas veces los pliegues de su vestido y cuando el relato se ponía impresionante miraba a Anna Pávlovna y adoptaba la misma expresión que tenía el rostro de la dama de honor, para luego recuperar su clara y sosegada sonrisa. Tras Hélène llegó la princesita de la mesa de té.

—Esperen, voy a traer mi labor —dijo.

—¿En qué está usted pensando? —se volvió al príncipe Hippolyte—. Tráigame mi ridículo.

La princesa culminó su traslado sonriendo y hablando a todos, y una vez se hubo sentado compuso su vestido con gracia.

—Ahora estoy bien —dijo, y rogando que empezaran volvió a su labor. El príncipe Hippolyte le llevó su ridículo, le acercó una butaca y se sentó a su lado.

El encantador Hippolyte sorprendía por el extraordinario parecido que tenía con su bella hermana y más aún cuando a pesar del parecido, él era feo. Los rasgos de su cara eran los mismos que los de su hermana, pero en ella estaban iluminados por su jovialidad, su arrogancia, su juventud, la inalterable sonrisa y la clásica y singular belleza de su cuerpo; en su hermano, sin embargo, ese mismo rostro estaba oscurecido por la estupidez y la inmutable expresión de malhumorada presunción, y su cuerpo era delgaducho y débil. Los ojos, la nariz, la boca, estaban contraídos como en una indefinible y desganada mueca y las piernas y los brazos nunca estaban en una posición natural.

—No será una historia de fantasmas, ¿verdad? —preguntó, tomando asiento al lado de la princesa y llevándose a toda prisa los impertinentes a los ojos, como si no pudiera hablar sin tal instrumento.

—En absoluto, querido amigo —respondió sorprendido el narrador, encogiéndose de hombros.

—Sucede que no puedo soportar las historias de fantasmas —dijo él en un tono que hacía evidente que tras haber pronunciado esas palabras había caído en la cuenta de lo que significaban.

A causa de la autosuficiencia con la que hablaba nadie podía distinguir si lo que había dicho era algo muy inteligente o muy estúpido. Llevaba un frac verde oscuro y pantalones de color de «muslo de ninfa asustada», como él mismo decía, medias de seda y zapatos con hebilla. Se sentó en el fondo de la butaca frente al narrador, colocó la mano con el anillo y el sello con el escudo heráldico enfrente de él, sobre la mesa, en una postura tan estirada, que era obvio que le causaba un gran esfuerzo mantenerla, pero a pesar de ello la dejó así durante toda la narración. Puso los impertinentes en la palma de la otra mano y con esta misma atusó su peinado hacia arriba, gesto que le proporcionó una expresión aún más extraña en su alargado rostro y, como si recordara algo, comenzó a mirar la mano ensortijada que exhibía, después la pierna del vizconde, luego se giró del todo rápida y nerviosamente, y todos hicieron lo mismo y durante largo rato miró fijamente a la princesita.

—Cuando tuve la suerte de ver por última vez al duque Enghien, que en paz descanse —comenzó el vizconde con una refinada tristeza en la voz, mirando a su auditorio—, hablaba con las más halagadoras palabras sobre la belleza y la genialidad de la gran Georges. ¿Quién no conoce a esa genial y seductora mujer? Yo le transmití mi sorpresa por la forma en la que el duque podía haberla conocido, sin haber estado en París en el último año. El duque sonrió y me dijo que París no está tan lejos de Mannheim como parece. Me horroricé y le expresé a Su Alteza el temor que me causaba la idea de que visitara París. «Señor —le dije—, ¿no estamos aquí rodeados de renegados y de traidores y no sabrá Bonaparte de su presencia en París, por muy secreta que sea?» Pero el duque se limitó a sonreír ante mis palabras con la caballerosidad y valentía distintivas de su linaje.

—La casa Condé es una rama de laurel injertada en el árbol de los Borbones, como decía Pitt no hace mucho —dijo monótonamente el príncipe Vasili como si estuviera dictando una carta invisible.

—El señor Pitt se expresa muy bien —añadió lacónicamente su hijo Hippolyte dándose la vuelta resueltamente en el sillón, echando el torso hacia un lado y las piernas hacia el lado opuesto al tiempo que cogía con rapidez los impertinentes y dirigía a través de ellos la mirada hacia su padre.

—En una palabra —continuó el vizconde dirigiendo su mirada predominantemente a la bella princesa, que no le quitaba los ojos de encima—, tuve que dejar Etenheim y ya después me enteré de que el duque, animado por su audacia, iba a París a honrar a mademoiselle Georges no solo con su admiración sino además frecuentándola.

—Pero él tenía amores con la princesa Charlotte de Rogan Rochefort —añadió con vehemencia Anna Pávlovna—. Decían que se había casado con ella en secreto —dijo ella, dejando vislumbrar que temía el contenido futuro del relato, que le parecía demasiado indecoroso para ser narrado en presencia de muchachas jóvenes.

—Tener un cariño no impide tener otro —continuó el vizconde sonriendo ampliamente y sin percatarse del temor de Anna Pávlovna—. Pero sucedía que mademoiselle Georges antes de su acercamiento al duque gozó de cierto vínculo con otra persona.

Él guardó silencio.

—Esta otra persona se llamaba Bonaparte —continuó mirando con una sonrisa a los espectadores.

Anna Pávlovna por su parte miraba intranquila a su alrededor viendo que el relato se volvía más comprometido por momentos.

—Así pues —continuó el vizconde—, el nuevo sultán de *Las mil y una noches* no despreció con frecuencia la ocasión de pasar la tarde con la más bella y encantadora mujer de Francia. Y mademoiselle Georges... —aquí calló, encogiéndose de hombros expresivamente—... debió convertir la obligación en virtud. El afortunado Bonaparte acostumbraba visitarla por las noches sin previo aviso.

—¡Ay! Me estoy imaginando qué va a pasar y se me está ocurriendo un chiste —dijo la bella princesita encogiendo los torneados y esponjosos hombros.

La dama entrada en años, que había estado sentada toda la tarde al lado de la tía, se trasladó al grupo del narrador meneando la cabeza y sonriendo significativa y tristemente.

—¿No es terrible? —dijo ella aunque era evidente que no había escuchado el comienzo de la historia. Nadie prestó atención ni a lo inoportuno de su comentario ni a ella misma.

El príncipe Hippolyte repuso alto y rápidamente:

—¡Georges en el papel de una asombrosa Clitemnestra!

Anna Pávlovna estaba callada e intranquila, sin haber decidido aún terminantemente si lo que contaba el vizconde era decente o indecente. Por un lado estaban las visitas nocturnas a la actriz, pero por el otro si ya el vizconde de Mortemart, emparentado con los Montmorency por parte de los Rohan, el mejor representante de Saint-Germain, iba a decir en una reunión algo indecente, entonces, ¿qué es lo que se considera decente o indecente?

—Una noche —continuó el vizconde mirando a sus oyentes y animándose—, esta Clitemnestra, habiendo cautivado a todo el teatro con su asombrosa representación de la obra de Racine, volvió a casa y pensó en descansar de la fatiga y el bullicio. No esperaba al sultán.

Anna Pávlovna se estremeció al oír la palabra «sultán». La princesa bajó los ojos y dejó de sonreír.

—Cuando de pronto la criada le informó de que el gran vizconde Roqueroi deseaba ver a la artista. Roqueroi era como el duque se llamaba a sí mismo. El duque fue recibido —añadió el vizconde y guardó silencio durante unos segundos, para dar a entender que no decía todo lo que sabía, y continuó—: La mesa resplandecía con la cristalería, los esmaltes, la plata y la porcelana. Pusieron dos servicios, el tiempo voló imperceptible y placenteramente...

A esta altura del relato el príncipe Hippolyte emitió inesperadamente unos extraños ruidos, que unos tomaron por tos, otros por catarro, murmullo o risa y fue rápidamente a coger los impertinentes que había descuidado. El narrador se detuvo sorprendido. Anna Pávlovna interrumpió con espanto las placenteras descripciones que el vizconde narraba con tan buen gusto.

—No nos atormente, vizconde —dijo ella.

El vizconde sonrió.

—Las horas y los minutos transcurrieron gozosamente, cuando de pronto se escuchó un timbre y la asustada doncella fue a anunciar temblando que el que llamaba era un horrible mameluco bonapartista y que ese terrible señor estaba esperando en la entrada...

—Excepcional —murmuró la princesita enhebrando de nuevo la aguja como queriendo decir que el interés y el encanto del relato la impedían trabajar.

El vizconde apreció esta silenciosa alabanza y agradeciéndolo con una sonrisa quiso continuar, cuando en el salón entró un nuevo invitado y se hizo una necesaria pausa.

IV

Este nuevo invitado era el joven príncipe Andréi Bolkonski, el marido de la princesita. No solamente por el hecho de que el joven príncipe llegara tan tarde, pues todos los que llegaron tarde fueron recibidos por la anfitriona de la misma afectuosa manera, sino por el modo en el que entró en la habitación, resultaba evidente que era uno de esos jóvenes de mundo que están tan malcriados por la vida social que incluso la desprecian. El joven príncipe tenía la boca pequeña, era muy guapo, moreno y delgado, con ligero aspecto de agotamiento, tenía la piel tostada y vestía de una manera extraordinariamente elegante con los puños y las perneras bordadas. Todo en su aspecto, empezando por la mirada cansada y aburrida, hasta su paso débil e impreciso, presentaba el más intenso contraste con su pequeña y bulliciosa mujer. Era evidente no solo que conocía a todos los que estaban en el salón, sino que estaba ya tan harto de ellos que mirarles y escucharles era para él algo muy tedioso porque podía prever todo lo que iban a hacer o a decir. Y de entre todos los rostros el que le resultaba más tedioso de mirar parecía ser el de su bonita esposa. Con un agrio gesto se puso de espaldas a su hermoso rostro como si pensara en francés: solo faltabas tú para que toda esta gente me acabara de desagradar. Besó la mano de Anna Pávlovna con tal aspecto como si estuviera dispuesto a dar lo que fuera para librarse de tan pesada obligación y entornando, casi cerrando los ojos, y frunciendo el ceño miró a todos los presentes.

—Tienen ustedes una reunión —dijo él con voz fina e inclinó la cabeza a alguno, y a alguno presentó su mano para que se la estrecharan.

—¿Se va usted a la guerra, príncipe? —dijo Anna Pávlovna.

—El general Kutúzov —repuso pronunciando la última sílaba *sov* como un francés, quitándose el guante de una blanquísima y minúscula mano y frotándose con él los ojos—, el general en jefe Kutúzov ha solicitado mis servicios como ayudante de campo.

—¿Y su esposa Liza?

—Se marchará al campo.

—Comete usted un pecado al privarnos de su encantadora esposa. —El joven ayudante de campo abombó los labios emitiendo un ruido desdeñoso, tal como únicamente hacen los franceses y no respondió.

—Andréi —le dijo su esposa, dirigiéndose a él en el mismo tono de coquetería con el que se dirigía a los extraños—, venga aquí, siéntese, escuche qué historia cuenta el vizconde sobre mademoiselle Georges y Bonaparte.

Andréi entornó los ojos y se sentó en otro lado, como si no hubiera escuchado a su esposa.

—Continúe, vizconde —dijo Anna Pávlovna—. El vizconde nos estaba contando cuando el duque de Enghien se encontraba en casa de mademoiselle Georges —añadió dirigiéndose a los circundantes para que él pudiera continuar con el relato.

—La ficticia rivalidad entre el duque y Bonaparte por Georges —dijo el príncipe Andréi con tal tono como si para alguien fuera gracioso no saber esto y derrumbándose en la butaca. En ese momento el joven con gafas llamado monsieur Pierre, que desde que había entrado el príncipe Andréi en el salón no retiraba de él sus ojos alegres y amistosos, se dirigió a él y le tomó de la manga. El príncipe Andréi era tan poco curioso que sin mirar apartó la cara arrugándola con una mueca, expresando su enojo hacia quien le cogía de la charretera; pero habiendo visto el rostro sonriente de Pierre, el príncipe Andréi también sonrió y de pronto toda su cara se transformó. Una expresión bondadosa e inteligente apareció de pronto en ella.

—¿Cómo? ¿Tú aquí, mi querido caballero de la guardia real? —preguntó el príncipe con alegría, pero con un matiz arrogante y paternalista.

—Sabía que *usted* estaría —contestó Pierre—. Voy a ir a su casa a cenar —añadió por lo bajo, para no molestar al vizconde que seguía con su relato—. ¿Puedo?

—No, es imposible —dijo el príncipe Andrés, riendo y volviéndose, aunque con su apretón de manos daba a entender a Pierre que no tenía ni que preguntarlo.

El vizconde narraba cómo mademoiselle Georges rogó al duque que se escondiera y que el duque dijo que él no se había escondido nunca de nadie y cómo mademoiselle Georges le dijo: «Su Alteza, vuestra espada pertenece a la corona y a Francia», y cómo el duque se escondió bajo las sábanas de otra habitación y de cómo Napoleón se comportó groseramente y el duque salió de debajo de las sábanas y se encontró frente a Bonaparte.

—¡Excepcional, admirable! —Se escuchaba entre los oyentes.

Incluso Anna Pávlovna, reparando en que la parte más embarazosa de la historia ya se había superado felizmente y tranquilizándose, pudo disfrutar del relato. El vizconde se acaloró y hablaba tartamudeando con la animación de un actor.

Su enemigo en casa, el raptor del trono, aquel que encabezaba su nación, estaba allí, frente a él, tendido en el suelo inmóvil y puede que ante su último suspiro. Como decía el gran Corneille: «Una rabiosa alegría apareció en su corazón y solamente su ultrajada grandeza le ayudó a no entregarse a ella».

El vizconde se detuvo y disponiéndose a continuar de forma aún más intensa su relato sonrió como tranquilizando a las damas que ya estaban demasiado agitadas. Durante esta pausa y de manera totalmente inesperada la princesa Hélène miró al reloj, intercambió una mirada con su padre y se levantó a la vez que este y con este movimiento desordenó el grupo e interrumpió el relato.

—Vamos a llegar tarde, papá —dijo simplemente ella sin dejar de resplandecer dirigiendo a todos su sonrisa.

—Me perdonará, querido vizconde —se dirigió el príncipe Vasili en francés, cogiéndolo cariñosamente de las manos y empujándolo hacia la silla para que no se levantara—. Esta inoportuna fiesta en la embajada me priva a mí de la satisfacción de escucharle y le interrumpe a usted.

—Me entristece mucho abandonar su maravillosa velada —dijo a Anna Pávlovna.

Su hija la princesa Hélène, sujetándose ligeramente los pliegues del vestido, pasó entre las mesas y la sonrisa continuó aún más deslumbrante en su hermosísimo rostro.

V

Anna Pávlovna le pidió al vizconde que la esperara y fue a acompañar al príncipe Vasili y a su hija a la otra sala. La dama entrada en años, que había estado sentada al lado de la tía y que después había mostrado tan torpemente interés hacia la historia del vizconde, se levantó apresuradamente y alcanzó al príncipe Vasili en el recibidor.

De su cara desapareció totalmente la expresión anterior de fingido interés. Su bondadoso y lloroso rostro expresaba solamente miedo e inquietud.

—¿Qué puede decirme, príncipe, de mi Borís? —dijo ella alcanzándole en el recibidor (pronunciaba el nombre Borís con una particular entonación en la *o*)—. No puedo quedarme por más tiempo en San Petersburgo. Dígame, ¿qué noticias puedo llevar a mi pobre pequeño?

A pesar de que el príncipe Vasili escuchaba con disgusto y casi descortésmente a la dama, llegando incluso a mostrar impaciencia, ella le sonreía cariñosa y conmovedora, y para que él no se marchara le cogió de la mano.

—¿Qué le cuesta decirle una palabra al emperador y que mi hijo entre enseguida en la guardia? —solicitó ella.

—Créame que haré todo lo que pueda, princesa —contestó el príncipe Vasili—, pero me es difícil pedirle nada al zar; le aconsejaría que se dirigiera usted a Razumovski a través del príncipe Golitsyn, sería mucho más sensato.

La dama entrada en años era la princesa Drubetskáia, una de las mejores familias de Rusia, pero era pobre, hacía tiempo que no frecuentaba la sociedad y había perdido las relaciones. Había ido entonces a fin de conseguir un puesto en la guardia para su único hijo. Solo para eso, para ver al príncipe Vasili se había anunciado y había ido a la velada de Anna Pávlovna, solo para eso había escuchado la historia del vizconde. Le asustaron las palabras del príncipe Vasili; su rostro, bello en otro tiempo, mostró por un momento desprecio, pero solo duró un minuto. Ella sonrió de nuevo y apretó con más fuerza la mano del príncipe Vasili.

—Escúcheme, príncipe —dijo—. Nunca le he pedido y nunca le pediré nada y nunca le he recordado la amistad que tenía con mi padre. Pero ahora le suplico en nombre de Dios que haga esto por mi hijo y yo le consideraré mi benefactor —añadió ella apresuradamente—. No se enoje, pero prométamelo. Se lo he pedido a Golitsyn y ha rehusado. Sea el buen muchacho que siempre ha sido —dijo ella intentando sonreír mientras sus ojos se llenaban de lágrimas.

—Papá, llegaremos tarde —dijo la princesa Hélène, que esperaba en la puerta, volviendo su hermosa cabeza sobre los hombros clásicos.

Pero las influencias en este mundo son un capital que se ha de reservar para que no se pierda. El príncipe Vasili lo sabía y se había hecho cargo de que, si empezaba a pedir por todos los que le pedían a él, pronto le hubiera sido imposible pedir nada para nadie y por lo tanto rara vez utilizaba sus influencias. A pesar de ello en el tema de la princesa Drubetskáia, sintió, después de su nueva súplica, una especie de remordimientos. Ella le recordaba la verdad: sus primeros pasos en el servicio de las armas se los debía a su padre. Aparte de eso vio en su forma de actuar que ella era una de esas mujeres, sobre todo una de esas madres, que una vez que se les mete algo en la cabeza, no abandonan hasta cumplir con sus deseos y en caso contrario están dispuestas a seguir molestando diariamente, a cada instante, hasta llegar a provocar una escena. Esta última consideración fue la que le venció.

—Querida Anna Mijáilovna —dijo con su habitual familiaridad y aburrimiento en la voz—, para mí es prácticamente imposible hacer lo que usted me pide, pero para demostrarle lo mucho que la quiero y lo mucho que venero la memoria del difunto conde, su padre, haré lo imposible. Su hijo entrará en la guardia, aquí tiene usted mi mano. ¿Está satisfecha?

Y él besó su mano tirando de ella hacia abajo.

—¡Querido mío, mi bienhechor! No esperaba otra cosa de usted. —Así mentía y se humillaba la madre—: Yo sabía que era usted bueno.

Él quería ya marcharse.

—Perdone, solo dos palabras. Una vez que él entre en la guardia… —ella se calló—. Usted está en buenas relaciones con Mijaíl Lariónovich Kutúzov, recomiéndele a Borís para que sea su ayudante de campo. Entonces yo estaría tranquila y entonces ya…

Anna Mijáilovna, como una gitana, pedía para su hijo más cuanto más le daban. El príncipe Vasili se sonrió.

—Eso no se lo puedo prometer. No sabe usted de qué manera asedian con peticiones a Kutúzov desde que ha sido nombrado comandante en jefe. Él mismo me ha dicho que todas las grandes señoras de Moscú se han puesto de acuerdo para ofrecerle a sus hijos como ayudantes de campo.

—No, prométamelo, o no le dejaré partir, querido bienhechor mío…

—Papá —repitió la bella en el mismo tono—, llegaremos tarde.

—Tendrá que disculparme. Ya lo oye usted.

—¿Así que mañana informará al emperador?

—Sin falta, pero sobre Kutúzov no prometo nada.

—No, prometa, prometa, Vasili —dijo Anna Mijáilovna yendo en pos de él, con una sonrisa de joven coqueta que seguramente había sido un rasgo peculiar suyo, pero que ahora no encajaba en absoluto con su agotado y bondadoso rostro. Era evidente que se había olvidado de sus años y movida por la costumbre utilizaba todos sus recursos femeninos. Pero tan pronto él se hubo ido, su rostro adoptó la misma expresión fría y falsa de antes. Volvió al círculo en el que el vizconde continuaba su relato y de nuevo hizo como que escuchaba, esperando la hora de marcharse, dado que ya había cumplido con su misión.

VI

El final de la historia del vizconde fue como sigue:

El duque de Enghien sacó del bolsillo un frasco de cristal de roca, labrado en oro, en el que había unas gotas revitalizantes, regalo de su padre el conde Saint-Germain. Estas gotas, como es sabido, tienen el poder de devolver la vida a un muerto o un moribundo, pero no se han de administrar a nadie excepto a los miembros de la familia Condé. Una persona extraña a la que se le den las gotas se cura igual que los Condé, pero se convierte en enemigo irreconciliable de la casa del duque. Como ejemplo de esto puede servir el hecho de que el padre del duque, deseando curar a un caballo moribundo, le dio esas gotas. El caballo sobrevivió, pero después intentó unas cuantas veces tirar al jinete y una vez le llevó durante la batalla al campamento republicano. El padre del duque mató a su querido caballo. Sin tener esto en cuenta el joven y arrojado duque de Enghien vertió unas cuantas gotas en la boca de su enemigo Bonaparte y el monstruo volvió a la vida.

—¿Quién es usted? —preguntó Bonaparte.

—Un pariente de la criada —contestó el duque.

—¡Mentira! —gritó Bonaparte.

—General, estoy desarmado —contestó el duque.

—¿Su nombre?

—Soy el que le ha salvado la vida —contestó el duque.

El duque se fue, las gotas hicieron efecto y Bonaparte empezó a sentir un gran odio hacia el duque y desde aquel día juró aniquilar al desventurado y magnánimo joven. A través de sus secuaces supo por un pañuelo olvidado por el duque, en el cual estaba bordado el escudo de la casa Condé, quién era su adversario, Bonaparte ordenó con la excusa de una conspiración entre Pichegru y Georges, detener en el condado de Baden al héroe mártir y matarle.

—Ángel y diablo. Y de este modo se consumó el más horrible crimen de la historia.

De esta forma culminó el vizconde su relato y arrasado por el dolor se volvió en la silla. Todos guardaron silencio.

—El asesinato del duque fue algo más que un crimen, vizconde —dijo el príncipe Andréi sonriendo suavemente como si se burlara de él—; además fue un error.

El vizconde levantó una ceja y separó las manos, su gesto podía significar muchas cosas.

—¿Y qué les parece a ustedes esta última comedia de la coronación en Milán? —dijo Anna Pávlovna—. He aquí una nueva comedia: los pueblos de Génova y Lucca manifiestan sus deseos al señor Bonaparte. El señor Bonaparte se sienta en el trono y cumple los deseos del pueblo. ¡Esto es espléndido! Parece cosa de locos. Se diría que todo el mundo ha perdido el juicio.

El príncipe Andréi se volvió hacia el lado contrario de Anna Pávlovna, como si pensara que esas conversaciones no iban con él.

—«Dios me ha otorgado la corona. Ay de aquel que la toque» —dijo el príncipe Andréi con orgullo, como si fueran palabras suyas (palabras de Bonaparte en el momento de la coronación)—. Dicen que estuvo muy acertado al decir estas palabras —añadió él.

Anna Pávlovna miró severamente al príncipe Andréi.

—Espero —continuó ella— que esta haya sido, por fin, la gota que colma el vaso. Los soberanos no pueden tolerar por más tiempo a este hombre, que todo lo amenaza.

—¿Los soberanos? No me refiero a Rusia —dijo el vizconde educada pero desesperadamente—. ¡Los soberanos! ¿Qué es lo que han hecho por Luis XVI, por la reina, por Isabel? Nada —continuó él, animándose—.Y créanme, ahora sufren el castigo por su traición a los Borbones. ¿Los soberanos? Pero si mandan emisarios con sus respetos para el usurpador del trono.

Y suspiró con desdén cambiando nuevamente de posición. El príncipe Hippolyte, que había estado durante largo rato mirando al vizconde a través de los impertinentes, de pronto, al oír estas palabras se volvió hacia la princesita y pidiéndole una aguja empezó a explicarle, dibujando con la aguja en la mesa, el escudo de los Condé. Le explicó las características del escudo dando a entender que ella se lo había pedido.

—El escudo Condé presenta un broquel con estrechas líneas dentadas azules y rojas —decía él. La princesa le escuchaba sonriendo.

—Si Bonaparte continúa un año más en el trono de Francia —continuó el vizconde la conversación iniciada con el aspecto de ser una persona que no escucha a los demás y que en un asunto que conoce mejor que los otros, sigue solo el transcurrir de sus pensamientos—, las cosas irán demasiado lejos por las intrigas, la violencia, los destierros y las condenas. La sociedad, y me refiero a la buena sociedad francesa, quedará destruida para siempre. ¿Y entonces?

Se encogió de hombros y separó las manos.

—El emperador —dijo Anna Pávlovna, con la tristeza que

acompañaba siempre su voz cuando hablaba de la familia imperial— ha declarado que permitirá a los mismos franceses que elijan
su forma de gobierno. Y pienso sin duda alguna que su nación,
una vez liberada del usurpador, se echará en brazos del legítimo
rey —dijo Anna Pávlovna intentando ser amable con el emigrado
y realista.

—¡Ah, si pudiera algún día llegar ese minuto feliz! —dijo el
vizconde y agradeciendo la deferencia hizo una inclinación de
cabeza.

—¿Y usted qué opina, monsieur Pierre? —preguntó cariñosamente Anna Pávlovna al grueso joven cuyo embarazoso silencio
molestaba a la amable anfitriona—. ¿Qué opina? Usted hace poco
que ha vuelto de París.

Anna Pávlovna sonreía al vizconde y a los otros esperando la
respuesta, como diciendo: tengo que ser amable con él; vean
cómo le hablo, aunque sé que no puede decir nada.

VII

—¡Toda la nación moriría por su emperador, por el hombre
más extraordinario del mundo! —dijo de pronto el joven sin ningún tipo de preámbulos, en voz alta y con acaloramiento, como
un joven campesino, como si temiera que le interrumpieran y
que después de haber tenido esa ocasión no le diera tiempo a explicarse plenamente. Miraba al príncipe Andréi y este sonreía.

—Es el mayor genio de nuestro siglo —continuó Pierre.

—¿Cómo? ¿Esa es su opinión? ¡Está usted bromeando! —exclamó Anna Pávlovna con un espanto, que provenía no solo de las
palabras pronunciadas por el joven, sino también de esa actitud
tan poco apropiada para un salón y totalmente inoportuna que
expresaban las voluminosas y rollizas facciones del joven y especialmente el sonido de su voz, que era demasiado fuerte y sobre

todo natural. Él no hacía gestos, hablaba de forma interrumpida, de vez en cuando se colocaba bien las gafas y miraba, pero a todas luces era evidente que ahora nadie le detendría y que iba a decir todo lo que pensaba sin tener en cuenta las consecuencias. El joven se parecía a un caballo salvaje que no ha sido domado; al que aún no se ha ensillado, ni se ha puesto las riendas, y que está tranquilo y hasta tímido y en nada se diferencia de los otros caballos, pero que cuando le ponen los arreos de pronto empieza, sin ninguna causa lógica, a torcer la cabeza, a levantarse y a encabritarse de la manera más cómica, sin saber él mismo lo que está haciendo. Era evidente que el joven había olfateado los arreos y comenzaba a encabritarse cómicamente.

—Nadie en Francia piensa ahora en los Borbones —continuó él apresuradamente para que no le interrumpieran y mirando constantemente al príncipe Andréi como si solo de él pudiera esperar apoyo—. No olviden que solo hace tres meses que volví de París.

Se expresaba en un excelente francés.

—El señor vizconde opina muy acertadamente que va a ser demasiado tarde para los Borbones. E incluso ya es tarde. Ya no hay más realistas. Unos han abandonado su patria y otros se han hecho bonapartistas. Todos los Saint-Germain se han rendido ante el emperador.

—Hay excepciones —dijo el vizconde con indulgencia.

La mundana y bien entrenada Anna Pávlovna miraba intranquila bien al vizconde, bien al inoportuno joven y no podía perdonarse haber invitado tan irresponsablemente a ese joven sin conocerle antes.

El inoportuno joven era hijo natural de un ilustre y acaudalado gran señor. Anna Pávlovna le había invitado por respeto al padre considerando que monsieur Pierre acababa de volver del extranjero donde había estado estudiando.

«Si hubiera sabido que era tan mal educado y además bonapartista», pensaba ella, mirando su enorme cabeza rapada y sus voluminosas y rollizas facciones. «Esta es la educación que le dan ahora a los jóvenes —pensaba ella—. Cómo se reconoce siempre a un hombre de la alta sociedad», decía para sus adentros, admirándose de la tranquilidad del vizconde.

—Prácticamente toda la nobleza —continuó Pierre— se ha puesto de parte de Bonaparte.

—Eso lo dicen los bonapartistas —dijo el vizconde—. Ahora es difícil conocer la opinión pública de Francia.

—Según palabras de Bonaparte —dijo el príncipe Andréi. Rápidamente todos se volvieron hacia su baja, indolente, pero siempre audible por su aplomo, voz, esperando escuchar qué es lo que había dicho Bonaparte.

—«Les he enseñado el camino a la gloria, pero lo han rechazado —continuó el príncipe Andréi después de un breve mutismo, repitiendo de nuevo las palabras de Napoleón—: les abrí mis zaguanes y toda la multitud corrió para entrar.» No sé hasta qué punto tenía derecho a hablar así, pero esto está mal, muy mal —concluyó él con una amarga sonrisa y se volvió.

—Tenía derecho a decir esto contra los realistas de la aristocracia; que ya no existe en Francia —prosiguió Pierre—, y si existe no tiene peso específico. ¿Y el pueblo? El pueblo adora al gran hombre y el pueblo lo ha elegido. El pueblo no tiene suspicacias, ven en él al mayor genio y héroe del mundo.

—Si era un héroe para algunos —dijo el vizconde, sin contestar al joven y sin siquiera mirarle, dirigiéndose a Anna Pávlovna y al príncipe Andréi—, después del asesinato del duque hay un mártir más en el cielo y un héroe menos en la tierra.

No les había dado aún tiempo a Anna Pávlovna y a los otros a apreciar estas palabras del vizconde, cuando el caballo salvaje ya había continuado con su cómico e insólito cocear.

—El sacrificio del duque de Enghien —continuó Pierre— era una necesidad de estado y yo precisamente encuentro la grandeza de espíritu en que Napoleón no dudara en cargar totalmente con la responsabilidad de este hecho.

—Usted aprueba el asesinato —articuló Anna Pávlovna con un terrible susurro.

—Entonces, monsieur Pierre, usted encuentra grandeza de espíritu en el asesinato —dijo la princesita, sonriendo y volviendo a su labor.

—¡Ah! ¡Oh! —dijeron varias voces.

—¡Formidable! —dijo de pronto en inglés el príncipe Hippolyte dándose golpecitos en las rodillas. El vizconde únicamente se encogió de hombros.

—¿Es un buen o mal acto el asesinato del duque? —dijo él sorprendiendo a todos con su tono de serenidad—. Una de dos…

Pierre sintió que este dilema se le exponía de tal modo que si respondía negativamente eso iba a suponer negar su admiración por el héroe, pero si respondía afirmativamente, que el acto era bueno, Dios sabe qué le sucedería. Respondió afirmativamente, sin temer qué pudiera ocurrirle.

—Fue un gran acto, como todos los que perpetra ese gran hombre —dijo apasionadamente, no haciendo caso del horror que se reflejaba en todos los rostros, excepto en el rostro del príncipe Andréi, y de cómo se encogían de hombros desdeñosamente; él siguió hablando solo en contra del evidente disgusto de la anfitriona. Todos menos el príncipe Andréi le escuchaban intercambiando miradas sorprendidas. El propio príncipe Andréi le escuchaba con interés y una silenciosa sonrisa.

—¿Es que él no sabía —continuó Pierre— la tempestad que se iba a desatar contra su persona a causa de la muerte del duque? Sabía que por esta única muerte le iban a obligar a luchar de nuevo con toda Europa y que se erigiría de nuevo con la victoria, porque…

—Pero ¿es usted ruso?

—Lo soy. Vencerá porque es un gran hombre. La muerte del

duque era necesaria. Es un genio y los genios se cuentan entre esa recta gente que no trabajan para sí mismos, sino para la humanidad. Los realistas querían provocar de nuevo la guerra civil que él había contenido. Él necesitaba una pacificación interna, y el sacrificio del duque sirvió de ejemplo para que los Borbones cesaran en sus intrigas.

—Pero querido monsieur Pierre —dijo Anna Pávlovna adoptando al preguntar un tono dulce—, ¿cómo llama usted intrigas al modo de devolver el trono a su legítimo dueño?

—Solo la voluntad del pueblo es legítima —respondió él—, y el pueblo expulsó a los Borbones y entregó el poder al gran Napoleón.

Y miraba solemnemente por encima de las gafas a los presentes.

—¡Ah! *El contrato social* —dijo en voz baja el vizconde calmándose visiblemente al haber conocido la fuente de la que manaban los argumentos de su oponente.

—¡¿Y tras esto?! —exclamó Anna Pávlovna.

Pero tras esto Pierre continuó del mismo modo descortés su discurso.

—No —decía él, animándose más y más—, los Borbones y los realistas huyeron de la revolución, no pueden comprenderla. Pero este hombre se erigió sobre ella, reprimió sus abusos y conservando todo lo bueno, es decir, la igualdad de los ciudadanos y la libertad de prensa y palabra, y solo por eso ha conquistado el poder.

—Sí, si él, habiendo tomado el poder, se lo hubiera entregado al rey legítimo —dijo el vizconde irónicamente—, entonces yo le hubiera llamado gran hombre.

—No podía hacer eso. El pueblo le había dado el poder solamente para que les librara de los Borbones y porque el pueblo veía en él un gran hombre. La misma revolución ha sido una gran obra —continuó monsieur Pierre, mostrando con estas osadas y provocativas frases su extremada juventud y su deseo de expresarse con total libertad.

—¡¿La revolución y el asesinato de los reyes, una gran obra?! Tras esto…

—Yo no hablo a favor del asesinato de los reyes. Cuando apareció Napoleón la revolución ya había cumplido su tiempo y la propia nación se la entregó en las manos. Pero él entendió las ideas de la revolución y se erigió en su representante.

—Sí, las ideas de rapiña, asesinato y regicidio —volvió a interrumpir la irónica voz.

—Esos fueron excesos, desde luego, pero la esencia no se encuentra en ellos sino en los derechos del hombre, en la emancipación de los prejuicios, en la igualdad de los ciudadanos; y todas estas ideas las ha mantenido Napoleón con la misma fuerza.

—Libertad e igualdad —dijo desdeñosamente el vizconde, como decidiéndose, por fin, a demostrar seriamente a ese joven la necedad de sus argumentos— son palabras altisonantes que ya hace tiempo se comprometieron. ¿Quién no ama la libertad y la igualdad? Ya nuestro Salvador predicó la libertad y la igualdad. ¿Es que la gente ha sido más feliz tras la revolución? Al contrario. Queríamos libertad, y Bonaparte la ha destruido.

El príncipe Andréi miraba con una sonrisa alegre bien a Pierre, bien al vizconde, bien a la anfitriona y era evidente que se consolaba con este inesperado e inconveniente episodio. A pesar de sus hábitos mundanos, en el primer momento de las acometidas de Pierre, Anna Pávlovna se había horrorizado, pero cuando vio que a pesar del sacrílego discurso de Pierre el vizconde continuaba tranquilo y cuando ella se convenció de que no era posible ahogar la conversación, hizo acopio de fuerzas y uniéndose al vizconde atacó al orador.

—Pero querido monsieur Pierre —dijo Anna Pávlovna—, ¿cómo se explica usted que un gran hombre pueda sacrificar al duque, que al fin y al cabo es solo un hombre, sin un juicio y una acusación?

—Yo preguntaría —dijo el vizconde— cómo se explica mon-

49

sieur Pierre el 18 de brumario. ¿Es que esto no es una farsa? ¿No es esta una trampa totalmente impropia de un gran hombre?

—¿Y los prisioneros en África a los que ha matado? —dijo en ese preciso momento la princesita—. Es terrible —y se encogió de hombros.

—Digan ustedes lo que quieran, es un plebeyo —dijo el príncipe Hippolyte.

Monsieur Pierre no sabía a quién responder, miraba a todos, sonriéndose, y con la sonrisa mostraba los dientes irregulares y negruzcos. Su sonrisa no era como la de otra gente, en cuyos rostros se mezcla la sonrisa con el semblante sereno. En el suyo, por el contrario cuando surgía la sonrisa, de pronto se disipaba su faz grave e incluso algo sombría y aparecía otra, infantil, bondadosa, hasta bobalicona y que parecía como si pidiera perdón.

Al vizconde, que le veía por vez primera, se le hizo evidente que este jacobino no era en absoluto tan terrible como sus palabras. Todos callaron.

—¿Cómo quieren ustedes que les responda a todos a la vez? —reclamó la voz del príncipe Andréi—. Por lo demás hace falta diferenciar en los actos de un hombre de estado las acciones particulares y las propias de un jefe militar o de un emperador. Esa es mi opinión.

—Sí, sí, naturalmente —añadió Pierre, alegre de la ayuda que le brindaban—. Como hombre fue muy grande en el Puente de Arcola, en el hospital de Yaffa, donde estrechó la mano de los apestados, pero…

Era evidente que el príncipe Andréi había querido suavizar la inconveniencia del discurso de Pierre, y deseando marcharse le hizo una señal a su esposa y se levantó.

—Es difícil juzgar —dijo él— a nuestros contemporáneos, nuestros descendientes les juzgarán.

De pronto el príncipe Hippolyte se levantó y con un gesto de la mano detuvo a todos, y pidiendo que se quedaran comenzó a decir:

—Hoy me han contado una anécdota moscovita: debo agasajarles con ella. Disculpe, vizconde, la voy a contar en ruso, pues de otro modo perdería toda su gracia.

Y el príncipe Hippolyte empezó a narrar en ruso, con la misma pronunciación que tienen los franceses que han vivido un año en Rusia. Con tanta insistencia y animación reclamaba el príncipe Hippolyte atención para su relato que todos quedaron en suspenso.

—En *Moscou* hay una gran señora. Y es muy avara. Le era necesario llevar a dos criados para su coche. Y de alta estatura. Así es como le gustaba. También tenía a su servicio a una doncella aún más alta. Y le dijo…

Aquí, el príncipe Hippolyte se puso a pensar, veíase que le costaba recordar.

—Ella le dijo… sí, le dijo: «Muchacha, ponte la librea y ven conmigo, en el coche, para ir a hacer unas visitas».

En este punto el príncipe Hippolyte rompió a reír a carcajadas antes de que lo hiciera su auditorio, y esto produjo una impresión desfavorable hacia el narrador. A pesar de ello muchos se sonrieron, entre ellos la señora entrada en años y Anna Pávlovna.

—La señora partió. Inesperadamente se levantó un fuerte viento. La muchacha perdió el sombrero y sus largos cabellos se esparcieron…

Aquí no pudo aguantar por más tiempo y comenzó a reírse entrecortadamente y en medio de la risa decía:

—Y todo el mundo supo…

Esa era la anécdota. A pesar de que nadie entendió por qué la había contado y por qué había sido necesario contarla en ruso, Anna Pávlovna y los otros apreciaron la mundana cortesía del príncipe Hippolyte que terminaba de manera tan agradable la desabrida y poco gentil salida de Pierre. La conversación se fue diluyendo tras la anécdota en comentarios breves y dispersos sobre los próximos y los pasados bailes y espectáculos y sobre dónde y cuándo se volverían a encontrar.

VIII

Habiendo dado las gracias a Anna Pávlovna por la agradable velada, los invitados comenzaron a marcharse.

Pierre era muy torpe. Grueso, corpulento, con enormes manos que parecían hechas para cargar pesos, como suele decirse, no sabía cómo entrar en un salón y menos aún cómo salir de él, es decir, hacer una reverencia en la puerta y decir algo amable. Además de eso era muy despistado. Levantándose tomó, en lugar de su sombrero, el emplumado tricornio del general y se quedó con él, sacudiendo el penacho, hasta que el general le pidió que se lo devolviera. Pero estos despistes y el no saber entrar en un salón y presentarse, se compensaban con una expresión tal de bondad y sencillez que, sin atender a todos esos defectos, resultaba espontáneamente simpático incluso a los que había puesto en una situación incómoda. Anna Pávlovna se volvió hacia él y con cristiana dulzura le expresó su perdón por sus salidas de tono, le despidió y le dijo:

—Confío en verle otra vez, pero confío también en que cambiará usted sus opiniones, querido monsieur Pierre.

Cuando le dijo esto él no respondió nada, solamente hizo una reverencia y mostró a todos una vez más su sonrisa, que nada expresaba o quizá solamente esto: «Las opiniones son las opiniones, pero ustedes pueden ver lo buen muchacho que soy». Y todos, incluso Anna Pávlovna, lo apreciaron espontáneamente.

—Sabes, querido mío, tus razonamientos son capaces de romper cristales —dijo el príncipe Andréi, enganchándose el sable.

—No, no lo son —dijo Pierre, que con la cabeza gacha miraba a través de las gafas y se había detenido—. ¿Cómo puede no verse, ni en la revolución ni en Napoleón, nada excepto los intereses personales de los Borbones? Nosotros mismos no sabemos cuánto le debemos a la revolución…

El príncipe Andréi no se quedó a escuchar el resto del discurso. Salió al recibidor y dándole la espalda al sirviente que le ponía el abrigo escuchaba indiferente la inconsistente charla entre su esposa y el príncipe Hippolyte, que salía también al recibidor. El príncipe Hippolyte estaba de pie al lado de la linda princesita embarazada y la miraba con insistencia a través de sus impertinentes.

—Vaya dentro, Annette, o se resfriará —le rogaba la princesita a Anna Pávlovna—. Está decidido —añadió en voz baja.

A Anna Pávlovna ya le había dado tiempo a hablar con Liza sobre el proyecto de matrimonio entre Anatole y su cuñada y le había pedido a la princesa que convenciera a su marido.

—Confío en usted, querida amiga —dijo Anna Pávlovna también por lo bajo—, escríbale y dígame cómo ve el padre el asunto. Hasta la vista —dijo y salió del recibidor.

—El príncipe Hippolyte se acercó hasta la princesita y colocando su rostro cerca del de ella comenzó a decirle algo a media voz.

Dos sirvientes, el de la princesa y el suyo, esperaban a que él dejara de hablar sujetando el chal y el redingote y escuchaban, sin entenderla, su conversación en francés, poniendo cara como de que entendían lo que ellos decían y no querían que se notara. Como siempre, la princesa hablaba sonriendo y se reía escuchando.

—Me alegro mucho de no haber ido a la embajada —decía el príncipe Hippolyte—, suele ser un aburrimiento… Una velada preciosa. ¿Verdad que sí?

—Se dice que el baile estará muy bien —respondió la princesa elevando su labio sombreado de vello—. Todas las damas bellas de sociedad estarán allí.

—No todas, dado que usted no estará, no todas —dijo el príncipe Hippolyte, riéndose alegremente y tomando, prácticamente arrebatando, el chal de manos del sirviente se lo puso a la princesa. Involuntaria o voluntariamente, nadie podría decirlo, no apartó las manos durante largo rato, cuando el chal ya estaba colocado y parecía como si abrazara a la joven.

Ella, graciosamente sonriendo, se alejó, se volvió y miró a su marido. El príncipe Andréi tenía los ojos cerrados y parecía cansado y somnoliento.

—¿Está lista? —le preguntó a su esposa dirigiéndole una mirada. El príncipe Hippolyte se puso apresuradamente su redingote que según la moda era largo hasta los talones y tropezándose con él, salió velozmente al soportal tras la princesa, a la que un sirviente ayudaba a subir al coche.

—Hasta la vista, princesa —gritó él tropezando con la lengua lo mismo que con los pies.

La princesa, recogiéndose el vestido, se sentó en la oscuridad del coche, su marido se colocó bien el sable; el príncipe Hippolyte, con intención de ayudar, molestaba a todos.

—Con permiso, señor —dijo el príncipe Andréi en ruso al príncipe Hippolyte, que impedía el paso.

Este «Con permiso, señor» resonó con tal frío desprecio, que el príncipe Hippolyte se hizo a un lado con extraordinaria rapidez, se puso a excusarse nerviosamente y a apoyar el peso de una pierna a otra, como a causa de un dolor reciente aún no calmado.

—Te espero, Pierre —se escuchó la voz del príncipe Andréi.

El cochero tiró de las riendas y las ruedas de la carreta traquetearon. El príncipe Hippolyte se reía entrecortadamente, de pie en el soportal esperando al vizconde, al que había prometido llevar a casa.

—Y bien, querido, su princesita es deliciosa, deliciosa —dijo el vizconde sentándose en el coche con Hippolyte. Se besó la punta de los dedos—. Y totalmente francesa.

Hippolyte se echó a reír.

—¿Y sabe que está usted terrible con su aspecto de inocencia? —continuó el vizconde—. Me da lástima del pobre marido, ese pobre oficial que se las da de príncipe reinante.

Hippolyte volvió a echarse a reír y entre las carcajadas decía:

—Y usted dice que las damas rusas son peores que las francesas. Hay que saber elegir.

IX

Pierre, que había llegado antes, como habitual de la casa que era, pasó al despacho del príncipe Andréi y enseguida, como tenía por costumbre, se tumbó en el diván, cogió de la estantería el primer libro que le vino a mano (eran los *Apuntes* de César) y se puso a leerlo desde la mitad, acodándose, con el mismo interés como si ya llevara dos horas enfrascado en su lectura. El príncipe Andréi, que había llegado ya, fue directamente al camarín y tras cinco minutos entró en el despacho.

—¿Qué has hecho con la señora Scherer? Ahora se enfermará de veras —dijo en ruso, entrando donde Pierre con una bata de terciopelo, sonriendo protectora, alegre y amistosamente y frotándose las menudas y blancas manos que al parecer ya se había lavado.

Pierre se volvió completamente de tal modo que el diván crujió, volvió el animado rostro hacia el príncipe Andréi, meneando la cabeza.

Pierre agachó la cabeza con aire culpable.

—Me había levantado a las tres. Se puede usted imaginar que bebimos entre los cinco once botellas. —(Pierre llamaba de usted al príncipe Andréi y él le llamaba de tú. Así se había establecido entre ellos en su infancia y no había variado)—. ¡Unas personas excelentes! ¡Hay un inglés que es prodigioso!

—Nunca he encontrado placer en ese tipo de cosas —dijo el príncipe Andréi.

—¡Sí, así es usted! Usted siempre es distinto y se sorprende de todo —dijo Pierre con sinceridad.

—¿Otra vez en casa del querido Anatole Kuraguin?

—Sí.

—No sé cómo tienes ganas de ir con ese canalla.

—No es cierto, es un excelente muchacho.

—¡Un canalla! —se limitó a decir el príncipe Andréi y se enfurruñó—. Hippolyte es un joven muy inteligente, ¿no es cierto? —añadió.

Pierre se echó a reír convulsionando todo su pesado cuerpo de tal modo que el diván volvió a crujir.

—«En *Moscou* hay una gran señora» —repitió él entre risas.

—Y sabes que él es un buen muchacho —le defendió el príncipe Andréi—. Bueno, y qué, ¿ya por fin te has decidido por algo? ¿Serás caballero de la guardia real o diplomático?

Pierre se sentó en el diván, cruzando las piernas.

—¿Cree usted que aún no lo sé? No me gusta ni una cosa ni la otra.

—Pero aun así hay que decidirse por algo. Tu padre lo está esperando.

Pierre había sido enviado al extranjero cuando tenía diez años con un abate como preceptor, y allí había permanecido hasta los veinte. Cuando volvió a Moscú el padre despidió al abate y le dijo al joven: «Ahora vete a San Petersburgo, mira y piensa en elegir una carrera. Yo estaré de acuerdo con cualquiera. Aquí tienes una carta para el príncipe Vasili y dinero. Escribe contándomelo todo y te ayudaré en lo que necesites». Pierre ya llevaba tres meses eligiendo carrera y no había hecho nada. Sobre esta elección le hablaba el príncipe Andréi. Pierre se pasaba la mano por la frente.

—Comprendo el encanto del servicio militar; pero acláreme —dijo él—. ¿Por qué usted, usted que lo entiende todo, por qué va usted a esta guerra, contra qué exactamente? Contra Napoleón y Francia. Si esta guerra fuera por la libertad yo lo entendería y sería el primero en entrar en el servicio militar, pero ayudar a Inglaterra y a Austria contra el más grande hombre del mundo... No entiendo como es que usted va.

—Sabes, querido amigo —empezó el príncipe Andréi, pero quizá, deseando involuntariamente ocultar su propia confusión empezó a hablar de pronto en francés cambiando su anterior tono de sinceridad por el tono frío que adoptaba en sociedad—, este caso se puede mirar desde un punto de vista completamente diferente.

Y el príncipe, como si todo sobre lo que hablaban fueran actos propios o de personas cercanas a él, le expuso a Pierre las opiniones que por entonces circulaban en las altas esferas de la sociedad peterburguesa sobre el destino político de Rusia en la Europa de aquel momento.

Europa sufría por las guerras desde la revolución. La causa de las guerras, además de la ambición de Napoleón, consistía en la falta de equilibrio en Europa. Era necesario que un único gran poder se pusiera a la tarea sincera e imparcialmente y conservando la unidad marcara nuevas fronteras y estableciera un nuevo equilibrio europeo y un nuevo derecho nacional, por lo cual la guerra se convertía en algo imprescindible, y todas las faltas de entendimiento entre los países se solventarían por arbitrio. Este desinteresado papel lo había adoptado Rusia para la guerra que se avecinaba. Rusia solamente iba a luchar para devolver a Francia a sus fronteras del año 1796, concediendo a los propios franceses la elección de su forma de gobierno, así como por la restauración de la independencia de Italia, del Reino Transalpino, del Nuevo Estado de las dos Bélgicas, de la Nueva Unión Germánica e incluso por la reconstitución de Polonia.

Pierre escuchaba con atención, algunas veces deseando discutir, pero conteniéndose por respeto a su amigo.

—¿Ves cómo esta vez no somos tan tontos como pudiera parecer? —concluyó el príncipe Andréi.

—Sí, sí, pero ¿por qué no ofrecer este plan al propio Napoleón? —terció Pierre—. Sería el primero en aceptarlo si el plan fuera sincero, él entiende y aprecia cualquier gran plan.

El príncipe Andréi calló y se pasó su pequeña mano por la frente.

—Además de esto me voy… —Se detuvo—. Me voy porque esta vida que llevo aquí, esta vida no es para mí.

—¿Por qué? —preguntó Pierre con sorpresa.

—Porque, alma mía —dijo el príncipe Andréi levantándose y sonriendo—, porque el vizconde e Hippolyte deambulan por los salones contando sandeces y narrando anécdotas sobre mademoiselle Georges y sobre las mujeres, así es como debe ser, pero a mí no me va este papel. Ya me he hartado de él —añadió.

Pierre expresaba su acuerdo con la mirada.

—Pero hay algo más. ¿Qué significa para usted Kutúzov? ¿Y por qué ser ayudante de campo? —preguntó Pierre con esa extraña inocencia de la gente joven que no tienen miedo de revelar su ignorancia preguntando.

—Solo tú puedes no saber eso —respondió el príncipe Andréi sonriendo y meneando la cabeza—. Kutúzov es la mano derecha de Suvórov, el mejor de los generales rusos.

—Pues entonces, ¿por qué ser ayudante de campo? ¿Podrían incluso mandarle a hacer encargos?

—Es evidente que la influencia del ayudante de campo por sí misma es insignificante —contestó el príncipe Andréi—, pero es necesario empezar. Además mi padre quería esto para mí. Le voy a pedir a Kutúzov que me otorgue un destacamento. Y entonces ya veremos…

—Va a ser muy extraño verle a usted luchando contra Napoleón —dijo Pierre como si se propusiera que nada más ir a la guerra el príncipe Andréi fuera a enzarzarse, si no en una lucha cuerpo a cuerpo, en la más cercana contienda contra Napoleón.

El príncipe Andréi se sonreía en silencio de sus pensamientos, dándole vueltas graciosamente, con un gesto femenino, al anillo de bodas en el dedo anular.

X

En la habitación de al lado se oyó un roce de ropas femeninas. El príncipe Andréi se sobresaltó como si se despertara y su rostro adoptó la misma expresión que tenía en casa de Anna Pávlovna. Pierre bajó las piernas del diván. Entró la princesa. Llevaba ya otro vestido, uno de casa, igual de elegante y fresco. El príncipe Andréi se levantó y le ofreció amablemente una butaca, pero al mismo tiempo que lo hacía su rostro expresaba tal aburrimiento que la princesa se hubiera sentido ofendida si hubiera podido verlo.

—Pienso con frecuencia —empezó a decir ella, como siempre, en francés, sentándose en la silla apresuradamente y con aire de preocupación—, ¿por qué no se ha casado Annette? Qué tontos son todos ustedes, señores, por no desposarla. Me perdonarán, pero no saben nada de mujeres.

Pierre y el príncipe Andréi intercambiaron rápidamente una mirada y callaron. Pero ni sus miradas ni su silencio consiguieron frenar a la princesa. Ella continuó hablando del mismo modo.

—Es usted un discutidor nato, monsieur Pierre —dijo ella dirigiéndose al joven—. Un discutidor nato, monsieur Pierre —repitió sentándose como siempre apresuradamente y con aire de preocupación en una butaca grande al lado de la chimenea.

Habiendo puesto sus pequeñas manitas sobre el abombado talle, guardó silencio, preparándose para escuchar. Su rostro adoptó esa peculiar expresión seria en la que los ojos parece como si miraran hacia dentro, una expresión que solo aparece en las mujeres embarazadas.

—Sí, incluso discuto con su marido; no entiendo por qué quiere ir a la guerra —dijo Pierre, sin mostrarse cohibido, cosa que sucede a menudo cuando un hombre y una mujer jóvenes hablan.

La princesa se sobresaltó. Era evidente que las palabras de Pierre le habían llegado a lo más hondo.

—¡Ay, eso mismo digo yo! —dijo ella con su luminosa sonrisa—. No entiendo, definitivamente no entiendo, por qué los hombres no pueden vivir sin la guerra. ¿Por qué nosotras, las mujeres, no la queremos ni la necesitamos para nada? Pero juzgue usted mismo. Yo se lo digo continuamente: aquí es ayudante de campo de su tío, tiene una posición de lo más brillante. Todos le valoran en lo que vale. Hace unos días en casa de los Apraxin escuché a una dama preguntar: «¿Es este el famoso príncipe Andréi?». Palabra de honor.

Ella se echó a reír.

—Se le recibe así en todas partes. Puede muy fácilmente llegar a ser ayudante de campo del emperador. Sabe usted que el emperador ya habló muy amablemente con él antes de ayer. Annette y yo lo hemos comentado: le sería muy fácil conseguirlo. ¿Usted qué opina?

Pierre miró al príncipe Andréi y dándose cuenta de que la conversación no era del agrado de su amigo, se abstuvo de contestar.

—¿Cuándo parte usted? —preguntó él.

—¡Ay, no me hable usted de esa partida! No quiero oír hablar de ello —comenzó a decir la princesa en el mismo tono caprichoso y juguetón con el que se dirigía a Hippolyte en la velada y que no era adecuado para aquel círculo familiar del que Pierre parecía ser miembro.

—Hoy, cuando me he puesto a pensar que he de dejar de frecuentar mis apreciadas relaciones… Y después, ya sabes, Andréi.

Hizo un guiño significativo a su marido.

—¡Tengo miedo, tengo miedo! —murmuró ella estremeciéndose.

Su marido la miró, como si se sorprendiera al darse cuenta de que alguien más, además de sí mismo y de Pierre, se encontraba en la habitación, y con fría amabilidad se volvió inquisitivamente a la princesa:

—¿De qué tienes miedo, Liza? No puedo comprenderlo —dijo él.

—¡Qué egoístas son todos los hombres, todos, todos son egoístas! Me abandona porque se le antoja, Dios sabe por qué razón y me encierra sola en el campo.

—Con mi padre y mi hermana, no lo olvides —dijo en voz baja el príncipe Andréi.

—Es lo mismo, sola, sin *mis* amistades... Y quiere que no tenga miedo.

Su tono era ya de enojo, había alzado el labio, dándole a su rostro no la expresión alegre habitual, sino un aspecto feroz de ardilla. Ella callaba como si encontrara inconveniente hablar delante de Pierre de su futuro alumbramiento, cuando era precisamente sobre eso sobre lo que giraba todo.

—Sigo sin comprender de qué tienes miedo —dijo lentamente el príncipe Andréi sin apartar los ojos de su mujer.

La princesa enrojeció y agitaba desesperadamente los brazos.

—No, Andréi, tengo que decirte que has cambiado tanto, tanto...

—Tu doctor te ha recomendado acostarte temprano —dijo el príncipe Andréi—. Deberías irte a dormir.

La princesa no dijo nada y de pronto el corto labio sombreado de vello tembló; el príncipe Andréi se levantó y encogiendo los hombros se paseó por la habitación.

Pierre, con asombro e inocencia, miraba a través de sus gafas bien a uno, bien al otro, hizo como si se fuera a levantar, pero lo pensó mejor y no se movió.

—Qué me importa que esté aquí monsieur Pierre —dijo de pronto la princesita y su lindo rostro se ensombreció con una fea mueca llorosa—. Hace tiempo que quería decirte, Andréi: ¿Por qué has cambiado tanto conmigo? ¿Qué te he hecho? Te marchas al ejército y no te da pena de mí. ¿Por qué?

—¡Liza! —dijo solamente el príncipe Andréi, pero esta palabra encerraba un ruego y una amenaza y sobre todo la seguridad de que ella misma se arrepentiría de esas palabras, pero ella continuó apresuradamente:

—Te comportas conmigo como si fuera un enfermo o un niño. Me doy perfecta cuenta. ¿Acaso eras así hace seis meses?

—Liza, te ruego que pares —dijo el príncipe Andréi aún más expresivamente.

Pierre, cada vez más y más conmovido por la conversación, se levantó y se acercó a la princesa. Parecía que no era capaz de soportar la vista de las lágrimas y que estaba a punto de ponerse a llorar él mismo.

—Tranquilícese, princesa. A usted le parece que esto es así, pero yo le aseguro, le puedo demostrar, porque… porque… No, disculpe, los extraños aquí sobran…No, tranquilícese… Disculpe… perdóneme…

Y despidiéndose, se dispuso a marcharse. El príncipe Andréi le detuvo tomándole de la mano.

—No, espera, Pierre. La princesa es tan buena que no querrá privarme del placer de pasar la velada contigo.

—No, él solo piensa en sí mismo —dijo la princesa, sin poder contener unas lágrimas de rabia.

—Liza —dijo secamente el príncipe Andréi, elevando el tono hasta el grado que indicaba que la paciencia se le había agotado.

De pronto, la feroz expresión de enfado del bello rostro de la princesa se transformó en una atractiva expresión de espanto que inducía a la lástima; sus bellos ojos miraron de reojo a su marido y su rostro adoptó esa tímida y acostumbrada expresión que adopta el perro, que rápida, pero medrosamente, agita el rabo entre las patas.

—¡Dios mío, Dios mío! —dijo la princesa y recogiéndose con

una mano los pliegues del vestido, fue hacia su marido y le besó la bronceada frente.

—Buenas noches, Liza —dijo el príncipe Andréi levantándose y besándole la mano cortésmente, como si fuera una desconocida.

XI

Los amigos guardaron silencio. Ni uno ni el otro empezaba a hablar. Pierre miraba al príncipe Andréi, el príncipe Andréi se pasaba la pequeña mano por la frente.

—Vamos a cenar —dijo él con un suspiro levantándose.

Entraron en el comedor, decorado con muebles nuevos, suntuosos y elegantes. Todo, desde las servilletas hasta los cubiertos de plata, la porcelana y la cristalería, llevaba consigo ese sello particular de novedad y elegancia, que se encuentra en las casas de los recién casados. A mitad de la cena el príncipe Andréi se acodó en la mesa y como el hombre que lleva algo dentro durante mucho tiempo y que por fin se decide a expresarlo, con una expresión de nerviosa irritación que Pierre nunca había visto en su amigo, comenzó a hablar:

—Nunca, nunca te cases, amigo mío, este es mi consejo, no te cases hasta que no te digas a ti mismo que has hecho todo lo que puede ser hecho, y hasta que no dejes de amar a la mujer que has elegido, hasta que no la veas claramente; o te equivocarás cruel e irreparablemente. Cásate cuando seas un viejo inútil… Si no morirá todo lo que en ti es bueno y elevado. Todo se desvanecerá en menudencias. ¡Sí, sí, sí! No me mires con esa sorpresa. Si esperas algo de ti mismo en el futuro, a cada paso te darás cuenta de que todo ha terminado para ti, que todas las puertas se te han cerrado, excepto la del saloncito en el que estarás al mismo nivel que un criado y un idiota. ¡Eso es todo!

Y dejó caer la mano enérgicamente.

Pierre se quitó las gafas, con lo que su cara cambió y expresó aún mayor bondad, y miró sorprendido a su amigo.

—Mi esposa —continuó el príncipe Andréi— es una mujer excelente. Es una de esas escasas mujeres con la que el honor de uno puede estar tranquilo; pero, Dios mío, ¡qué no daría yo ahora por no estar casado! Eres la primera persona y el único al que digo esto, y lo hago porque te quiero.

El príncipe Andréi, diciendo esto era aún menos parecido que antes a aquel caballero que se arrellanaba en los sofás de Anna Pávlovna y, entornando los ojos, mascullaba entre dientes frases en francés. Cada músculo de su delgado y bronceado rostro vibraba con nerviosa agitación; los ojos en los que antes parecía extinguida la chispa vital, irradiaban ahora un brillante y claro resplandor. Era evidente que toda su falta de vitalidad habitual se tornaba en energía en ese momento de casi enfermiza irritación.

—Tú no entiendes por qué digo esto —continuó él—. Pero esta es la historia entera de la vida. Hablas de Bonaparte y de su carrera —dijo él, a pesar de que Pierre no se había referido a Bonaparte—. Hablas de Bonaparte, pero Bonaparte terminó la academia de artillería y se echó al mundo en tiempos de guerra cuando el camino a la gloria estaba abierto para todos.

Pierre miraba a su amigo, dispuesto a mostrar acuerdo con él en todo lo que dijera.

—Bonaparte partió y llegó al lugar que debía ocupar. ¿Y quiénes eran sus amigos? ¿Quién era Josefina Bonaparte? Mis primeros cinco años desde que salí de la escuela militar se fueron en salones, bailes, relaciones amorosas, ociosidad. Ahora parto para la guerra, la mayor guerra que nunca haya existido, y no sé nada ni sirvo para nada. Soy amable y sarcástico, y en casa de Anna Pávlovna se me escucha, pero he olvidado todo lo que sabía. Ahora he empezado a leer, pero es inútil. Y sin conocimientos de historia militar, de matemáticas, de fortificaciones, no se puede ser un oficial. Y esta estúpida sociedad sin la que mi esposa no puede vivir y esas mujeres…

Yo he tenido éxito en ese mundo. Las más refinadas mujeres se han arrojado a mis brazos. ¡Y si tú supieras cómo son todas esas mujeres refinadas y todas las mujeres en general! Mi padre tiene razón. Dice que la naturaleza no es sabia porque no se le ocurrió pensar en otro medio de propagación de la especie humana que no fuera la mujer. El egoísmo, la vanidad, la necedad, la nulidad en todo, eso son las mujeres cuando se muestran tal como son. Las ves en sociedad y parecen algo, ¡pero no son nada, nada, nada! No, no te cases, alma mía, no te cases —concluyó el príncipe Andréi y meneaba la cabeza tan significativamente como si todo lo que había dicho fuera una verdad tal que nadie pudiera ponerla en duda.

—Me resulta gracioso que *usted* se considere un incapaz y que piense que su vida está echada a perder. Usted lo tiene todo, todo, por delante. Y usted…

No terminó la frase, pero su mismo tono de voz traslucía en qué alta estima tenía a su amigo y cuánto esperaba de su futuro.

Hasta en las mejores, más amistosas y sinceras relaciones de amistad son necesarios el elogio y la alabanza como la grasa a las ruedas, para que sigan su marcha.

—Soy un hombre acabado —dijo el príncipe Andréi pero por el alto y orgulloso alzamiento de su bella cabeza y por el deslumbrante brillo de su mirada era evidente que en gran medida no sentía lo que decía—. ¿Qué se puede decir de mí? Vamos a hablar de ti —dijo él guardando silencio y sonriéndose de sus consoladores pensamientos. Esta misma sonrisa se reflejó instantáneamente en el rostro de Pierre.

—¿Y qué se puede decir de mí? —dijo Pierre ensanchando la boca en una despreocupada y alegre sonrisa—. ¿Quién soy yo? Soy un bastardo.

Y de pronto, por primera vez en toda la tarde, enrojeció violentamente. Era evidente que había hecho un gran esfuerzo para decir aquello.

—Sin nombre, sin fortuna. Y que, verdaderamente…

Pero no acabó la frase.

—De momento soy libre y estoy bien. Solo que no sé por dónde empezar. Quisiera seriamente que me aconsejara.

El príncipe le miró con ojos bondadosos. Pero en su mirada amistosa y afectuosa estaba también la conciencia de su propia superioridad.

—Me eres muy querido, especialmente porque eres la única persona viva que conozco en nuestra sociedad. Te irá bien. Elige lo que quieras, da igual lo que sea. Estarás bien en cualquier lado, pero escucha: deja de ir con ese Kuraguin, deja esa vida. Eso no es para ti: todas esas francachelas y bravuconerías, todo eso…

—Sabe que —dijo Pierre como si de pronto hubiera tenido una feliz idea inesperada—, en serio, hace tiempo que llevo pensando esto. Llevando esta vida ni puedo decidir nada ni reflexionar acerca de nada. Me duele la cabeza y no tengo dinero. Hoy me ha invitado, pero no iré.

—¿Me das tu palabra, tu palabra de honor, de que no vas a ir?

—Mi palabra de honor.

—Cúmplela.

—Por supuesto.

XII

Ya era después de la una de la madrugada cuando Pierre salió de casa de su amigo. Era una de esas noches blancas de junio en San Petersburgo. Pierre se sentó en el coche con la intención de irse a casa. Pero cuanto más se acercaba a ella más se daba cuenta de que le iba a resultar imposible conciliar el sueño con una noche tal, más parecida a una tarde o a una mañana. Se podía ver a lo lejos por las calles desiertas. Se le apareció el animado y hermoso rostro del príncipe Andréi y escuchó sus palabras —no las relativas a la relación con su esposa (cosa que no interesaba a Pierre)— sino sus palabras acerca de la guerra y sobre el futuro que podía esperar a su amigo. Pierre quería tan incondicionalmente a su amigo y le admiraba tanto, que no podía admitir que el príncipe Andréi, como pronto él mismo desearía, no fuera reconocido por todos como un admirable y gran hombre, que debiera mandar y no someterse. Pierre no podía imaginarse cómo podría, por ejemplo Kutúzov, tener la voluntad de darle órdenes a tal hombre, que era evidente que había nacido para dirigirlos a todos, así era como veía a su amigo. Se lo imaginaba al frente de ejércitos, sobre un caballo blanco, con un corto y fuerte discurso en los labios, se imaginaba su valentía, su éxito, su heroísmo y todo lo que se imaginan la mayoría de los jóvenes para sí mismos. Pierre recordó que ese día había prometido devolverle una pequeña deuda de naipes a Anatole, en cuya casa esa noche estarían reunidos los habituales compañeros de juego.

—Vamos donde Kuraguin —le dijo al cochero pensando solamente en donde pasar el resto de la noche y habiendo olvidado la palabra dada al príncipe Andréi de no ir a casa de Kuraguin.

Al llegar al soportal de la gran casa junto al cuartel de la guardia montada, en la que vivía el príncipe Anatole Kuraguin, recordó su promesa, pero he aquí que, como les ocurre a las personas llamadas sin carácter, le entraron tales ganas de echar un vistazo a la conocida mesa y a la vida libertina que ya le cansaba, que rápidamente le vino a la cabeza la idea de que la palabra dada no tenía significado alguno, dado que antes de al príncipe Andréi también le había dado su palabra a Anatole de devolverle lo que le debía; finalmente pensó que todas esas palabras de honor eran cosas convencionales, sin ningún sentido concreto, sobre todo teniendo en cuenta que es posible que uno muera mañana o que le suceda cualquier cosa tan inesperada que anule por completo el honor y el deshonor.

Subió hacia el iluminado soportal por la escalera y atravesó la puerta abierta. En el lujoso vestíbulo no había nadie, solo botellas vacías rodando por el suelo, en el rincón había un montón de naipes doblados, capas, chanclos; olía a vino y se oían conversaciones y gritos lejanos.

Era evidente que la cena y la partida ya habían terminado, pero los invitados aún no se habían ido. Pierre se quitó la capa y entró en la primera habitación en el medio de la cual había una estatua de un caballo de carreras de tamaño natural. De la tercera habitación llegaba claramente el alboroto y las familiares carcajadas y gritos de seis u ocho hombres. Entró en la tercera habitación en la que todavía estaban los restos de la cena. Ocho jóvenes, todos sin levita y la mayoría de ellos con pantalones militares de montar, se agolpaban junto a una ventana abierta y gritaban todos a un tiempo en un ruso y un francés ininteligible.

—¡Apuesto cien por Chaplin! —gritaba uno.

—¡Vigila que no se agarre! —gritaba otro.

—¡Yo por Dólojov! —gritaba un tercero—. Sepáralos, Kuraguin.

—¡De un trago, de lo contrario pierde! —gritó el cuarto.

—¡Yakov, trae una botella, Yakov! —dijo el propio anfitrión, un joven apuesto y de buena planta que se encontraba en medio del tumulto—. Un momento, señores. ¡Aquí está Pierre!

—¡Oh! ¡Piotr! ¡Petrushka! ¡El Gran Piotr!

—¡Piotr el gordo! —se pusieron a gritar desde todos los rincones, rodeándole.

En todos los jóvenes rostros encendidos y con manchas rojas se reflejó la alegría al ver a Pierre, el cual habiéndose quitado las gafas y limpiándolas contemplaba a toda esta muchedumbre.

—No entiendo nada. ¿De qué se trata? —dijo él sonriendo bondadosamente.

—Esperad, no está borracho. Dame una botella —dijo Anatole y tomando un vaso de la mesa se acercó a Pierre.

—Antes de nada, bebe.

Pierre comenzó a beber vaso tras vaso en silencio mirando a través de las gafas a los beodos invitados, que de nuevo se agolpaban junto a la ventana discutiendo de algo que él no comprendía. Se bebió un vaso de un solo trago y Anatole, adoptando una significativa expresión, se lo llenó de nuevo. Pierre se lo bebió dócilmente aunque más despacio que el primero. Anatole le sirvió un tercero. Pierre también se bebió este aunque se detuvo un par de veces para tomar aire. Anatole no se apartaba de su lado, mirando con sus bellos y grandes ojos, seriamente y de forma alternativa, al vaso, a la botella y a Pierre. Anatole era guapo: alto, corpulento, de tez clara pero sonrosada; su pecho estaba tan desarrollado que la cabeza se echaba para atrás, lo que le daba una apariencia altiva. Tenía una hermosísima y fresca boca, una espesa cabellera color castaño claro, los ojos saltones y negros y en esencia expresaba la fuerza, salud y bondad de su lozana juventud. Pero sus preciosos ojos, con las encantadoras, rectas y negras cejas, era como si estuvieran hechos no solo para mirar sino para ser mirados. Sus ojos hacían gala de una total imposibilidad para cambiar de expresión. Se percibía que estaba borracho en el rubor de su rostro, pero aún más en la artificial hinchazón de su pecho y por lo abiertos que tenía los ojos. Sin tener en cuenta que estaba borracho y que en la parte superior de su poderoso cuerpo solo llevaba una camisa abierta sobre el pecho, por el suave aroma a jabón y a perfume que se mezclaba alrededor de él con el olor del vino ingerido, por el cuidado con el que le habían peinado con pomada aquella mañana, la elegante pulcritud de sus rollizas manos y la finura de su ropa, por esa ropa y la brillante suavidad de la piel, incluso en su estado actual tenía aspecto de aristócrata, en el sentido de tener el hábito aprendido desde la infancia de mantener un cuidado escrupuloso y lujoso de su persona.

—¡Bueno, bébetelo todo!, ¿eh? —dijo él con seriedad dándole el último vaso a Pierre.

—No, no quiero —dijo Pierre bebiendo hasta la mitad del

vaso—. Bueno, ¿de qué se trata? —añadió con la actitud de una persona que ha cumplido con la obligación de prepararse y que ahora se considera con el derecho de participar en otra cosa.

—Bébetelo todo, ¿eh? —repitió Anatole abriendo los ojos ampliamente y levantando en sus blancos brazos, desnudos hasta el codo, el vaso sin terminar de beber. Tenía aspecto de estar realizando una labor muy importante, porque toda su energía en este momento la estaba dedicando en sostener derecho el vaso y en decir exactamente lo que quería decir.

—He dicho que no quiero —contestó Pierre, poniéndose las gafas y alejándose—. ¿Por qué gritáis? —preguntó en el tumulto que se reunía junto a la ventana.

Anatole permaneció de pie, se lo pensó, le dio el vaso a un sirviente y sonriendo levemente con su hermosa boca fue también a la ventana.

Los viernes Anatole Kuraguin recibía a todos en su casa, allí jugaban, cenaban y después pasaban gran parte de la noche en ella. Por entonces la partida de faraón se había convertido en algo enorme y continuado. Anatole perdía en pocas ocasiones a pesar de que no jugaba por interés, sino por costumbre, con lo que se levantaba pronto de la mesa. Un leib-húsar* muy rico perdía mucho y un oficial de la división Semiónov, Dólojov, les ganaba a todos. Después de la partida se sentaban tarde a cenar. Un inglés bastante serio, que se las daba de viajero, dijo que pensaba, por la información que tenía, que los rusos beben más que él, lo que pudo constatar en la realidad. Pero decía que en Rusia bebían solo champán y que si bebían ron se apostaba a que bebería más que cualquiera de los presentes. Dólojov, el oficial que más había ganado aquella noche, dijo que solo por una botella de ron no merecía la pena apostar y que él se arriesgaba a bebérsela sin quitársela de la boca y sentado en la ventana del tercer piso con las

* Leib-húsar: es el nombre alemán de una división de la caballería. *(N. de la T.)*

piernas colgando por fuera. El inglés aceptó la apuesta. Anatole apostó por Dólojov, es decir, porque se bebía la botella de ron en la ventana. Justo en el momento en el que había entrado Pierre, un criado quitaba las dobles ventanas para que fuera posible sentarse en el alféizar. La ventana del tercer piso se encontraba lo suficientemente alta para que si alguien se caía de ella, se matara. Desde todas las esquinas rostros bebidos y amistosos se lo contaban a Pierre como si pensaran que el hecho de que Pierre lo conociera fuera de una vital trascendencia. Dólojov era un oficial del regimiento de infantería, de estatura media, musculoso, como si fuera completamente macizo, con un ancho y henchido pecho, el pelo extraordinariamente rizado y los ojos azul claro. Tenía unos veinticinco años. No llevaba bigote como ningún oficial de infantería, y su boca, el rasgo más característico de su rostro, era totalmente visible. Su boca era sumamente agradable, a pesar de que casi nunca sonriera. La línea de sus labios estaba finamente curvada. En el centro, su labio superior descendía enérgicamente sobre el inferior, firme; por este triángulo agudo se formaban una especie de dos sonrisas constantes, una sonrisa a cada lado, y todo en conjunto con la mirada directa, un poco atrevida, pero fulminante e inteligente, componía una imagen tal, que al pasar al lado de ese rostro era imposible no reparar en él y no preguntar quién era el dueño de esa cara tan bella y tan extraña.

Gustaba a las mujeres y estaba sinceramente persuadido de que no existían mujeres de reputación intachable. Dólojov era el hijo pequeño de una buena familia, pero no era rico; a pesar de eso vivía lujosamente y jugaba con asiduidad. Ganaba casi siempre, pero nadie, incluso en su ausencia, se permitía atribuir su constante éxito a otra causa que no fuera la suerte, la claridad mental y la inquebrantable fuerza de voluntad. En el espíritu de todos los que con él jugaban había la suposición de que era un tahúr, aunque nadie se atreviera a decirlo. Ahora, cuando había emprendido su extraña apuesta, el grupo de borrachos había aceptado con una felicidad especialmente viva su intención. Y precisamente porque los que le conocían sabían que iba a cumplir con lo que había dicho. Pierre también lo sabía y por ello lo único que hacía era saludarse con Dólojov sin esforzarse en hacerle cambiar de idea.

El resto del grupo estaba compuesto por tres oficiales, el inglés al que se podía ver en San Petersburgo en las más variadas compañías, un jugador moscovita, un casado bastante gordo que era mucho mayor que los demás, pero al que sin embargo todos estos jóvenes llamaban de tú.

Se trajo la botella de ron; dos criados, con botas y caftán, arrancaban el marco de la ventana que impedía sentarse en el alféizar. Estaban visiblemente aturdidos y apremiados por las órdenes y los gritos de los señores que les rodeaban.

Anatole, con su hinchado pecho, sin cambiar de expresión, sin rodear y sin pedir que le dejaran sitio, dirigió su fornido cuerpo hacia la ventana, llegó al marco y enrollando sus dos blancas manos en la levita que estaba tirada en el diván golpeó el cristal y lo rompió.

—Pero, su merced —dijo un criado—, así solo molesta y además se cortará las manos.

—Lárgate, estúpido, ¿eh…? —dijo Anatole, se agarró al marco fijo y comenzó a tirar de él. Muchas manos se pusieron también a la tarea, estiraron y el marco se desencajó de la ventana con estruendo, de forma que los que tiraban de él por poco se caen.

—Quitadlo todo, que si no pensarán que me estoy sujetando —dijo Dólojov.

—Escucha —dijo Anatole a Pierre—. ¿Comprendes? El inglés se vanagloria… ¿eh?… nacionalismo… ¿eh? ¿De acuerdo?…

—De acuerdo —dijo Pierre mirando con el alma en vilo a Dólojov que, llevando en la mano la botella de ron, se dirigía a la ventana por la que se veía la luz del cielo en el que se habían fundido el crepúsculo matutino y vespertino. Dólojov, habiéndose remangado las mangas de la camisa, subió con habilidad a la ventana, con la botella de ron en la mano.

—¡Escuchad! —gritó de pie sobre el alféizar y dirigiéndose a los que estaban en la habitación.

Todos guardaron silencio.

—Apuesto —utilizaba el francés para que el inglés le entendiera, pero no lo hablaba demasiado bien—, apuesto cincuenta imperiales... ¿O quiere apostar cien? —añadió dirigiéndose al inglés.

—No, cincuenta —dijo el inglés.

—Bien, entonces cincuenta imperiales a que me beberé toda la botella de ron sin retirarla de la boca, me la beberé sentado en la ventana, en este sitio —se agachó y mostró el saliente inclinado fuera de la ventana—, y sin sujetarme a nada... ¿De acuerdo?...

—Muy bien —dijo el inglés.

Anatole se volvió hacia el inglés y tomándole de un botón del frac y mirándole desde arriba (el inglés era de corta estatura), comenzó a relatarle en inglés lo que ya todos habían entendido.

—¡Espera! —gritó Dólojov golpeando con la botella la ventana para llamar la atención—. Espera, Kuraguin, escuchen. Si alguien hace lo mismo yo le pago cien imperiales. ¿Entendido?

El inglés meneó la cabeza sin dar a entender si tenía o no intención de aceptar la nueva apuesta. Anatole no soltaba al inglés y por más que este, asintiendo, le daba a entender que había comprendido todo, Anatole no dejaba de traducirle las palabras de Dólojov. Un joven y delgado leib-húsar que aquella noche había perdido se encaramó a la ventana, se asomó y miró hacia abajo.

—Uy... —dijo mirando las piedras de la acera.

—¡Estate quieto! —gritó Dólojov y apartó de la ventana al oficial, que tropezando con las espuelas saltó torpemente a la habitación.

Dejando la botella en el alféizar, para poder alcanzarla con más facilidad, Dólojov, cuidadosamente y en silencio, se encaramó a la ventana. Bajó las piernas apoyándose con ambas manos en el marco de la ventana, tanteando se sentó, se soltó de manos, se balanceó a derecha e izquierda y cogió la botella. Anatole trajo dos bujías y las colocó en el alféizar, a pesar de que ya había luz. La espalda de Dólojov, con su camisa blanca y la ensortijada cabeza, aparecía iluminada por ambos lados. Todos se agolparon junto a la ventana. El inglés estaba delante. Pierre sonreía y no decía nada. De pronto el maduro caballero moscovita se adelantó con rostro asustado y enfadado y quiso sujetar a Dólojov de la camisa.

—Señores, esto es una locura, se va a matar —dijo él.

Anatole le detuvo.

—No lo toques, le asustaría y se mataría. ¿Eh? ¿Y entonces? ¿Eh?

Dólojov se volvió, acomodándose y apoyando de nuevo las manos. Su cara no estaba ni pálida ni encendida, sino fría y enfadada.

—Si alguno más se mete en mis asuntos —dijo él, dejando escapar espaciosamente las palabras a través de sus labios finos y apretados—, le tiraré ahí abajo. Esto ya está de por sí resbaladizo, me estoy deslizando hacia abajo y encima me viene con tonterías. ¡Venga!

Habiendo dicho «venga» se volvió de nuevo, soltando las manos tomó la botella y se la llevó a la boca, echó hacia atrás la cabeza y levantó el brazo libre para hacer de contrapeso. Uno de los criados, que comenzaba a recoger los cristales, se detuvo en posición encorvada sin retirar los ojos de la ventana y de la espalda de Dólojov. Anatole estaba de pie, abriendo mucho los ojos. El inglés sacaba los labios hacia delante, mirando de lado. El maduro caballero moscovita había huido a un rincón de la habitación y estaba tumbado en el diván con la cara hacia la pared. Alguno esperaba con la boca abierta y otro con los brazos levantados. Pierre se cubrió la cara con las manos y una débil sonrisa olvidada permaneció en su cara a pesar de que ahora expresara horror y pánico. Todos guardaron silencio. Pierre retiró las manos de los ojos; Dólojov estaba sentado en la misma postura, pero la cabeza estaba tan echada hacia atrás que los rizados cabellos de su nuca rozaban el cuello de la camisa y la mano en la que sostenía la botella se levantaba más y más estremecida por el esfuerzo. La botella se vaciaba sensiblemente y la cabeza se echaba cada vez más hacia atrás. «¿Por qué tarda tanto?», pensó Pierre. Le parecía que había pasado más de media hora. De pronto, Dólojov echó la espalda hacia atrás y su mano tembló nerviosamente; este temblor era suficiente para desequilibrar todo el cuerpo, sentado en una superficie inclinada. Todo él se estremeció y su cabeza y su mano temblaron aún más intensamente por el esfuerzo. Alzó una mano para agarrarse al alféizar, pero volvió a bajarla. Pierre volvió a cerrar los ojos y se dijo a sí mismo que ya no volvería a abrirlos. De pronto notó que todo a su alrededor comenzaba a agitarse. Miró: Dólojov estaba de pie en el alféizar, su rostro estaba pálido y alegre.

—¡Vacía!

Le lanzó la botella al inglés, que la atrapó hábilmente. Dólojov saltó de la ventana. Exhalaba un fuerte olor a ron.

—¿Eh? ¿Qué tal? ¿Eh?… —preguntaba a todos Anatole—. ¡Buena broma!

—¡Que el diablo te lleve! —dijo el caballero moscovita. El inglés sacó la bolsa y contó el dinero. Dólojov estaba ceñudo y silencioso. Pierre, con aspecto desconcertado, recorría la habitación respirando pesadamente.

—Señores, ¿quién quiere apostar conmigo? Haré lo mismo —dijo de pronto—. Y ni siquiera necesito apostar. Que me traigan una botella. Lo haré… que me la traigan.

—¿Qué dices? ¿Te has vuelto loco? ¿Crees que te lo van a permitir? Si con solo subirte a una escalera te da vueltas la cabeza —gritaron desde varios lados.

—Es muy mezquino que permitamos solo a Dólojov que sacrifique su vida. ¡Me la beberé, traedme una botella de ron! —gritó Pierre, y con un gesto decidido de borracho golpeó la mesa y se encaramó a la ventana. Le cogieron de los brazos y le llevaron a otra habitación. Pero Dólojov no podía caminar, le llevaron al diván y le echaron agua fría por la cabeza.

Alguien quiso irse a casa, otro propuso no ir a casa, sino dirigirse todos juntos a otro sitio: Pierre insistió más que nadie en lo segundo. Se pusieron los abrigos y salieron. El inglés se fue a casa y un medio muerto Dólojov quedó yaciendo sin sentido en el diván en casa de Anatole.

XIII

El príncipe Vasili cumplió la promesa hecha, en la velada en casa de Anna Pávlovna a la señora mayor, que le pedía para su único hijo Borís. Se informó de él al emperador y como gracia especial se convirtió en alférez de la guardia en el regimiento de Semiónov. Pero no fue nombrado ayudante de campo ni entró en el Estado Mayor de Kutúzov, a pesar de todos los desvelos y solicitudes de Anna Mijáilovna. Poco después de la velada en casa de Anna Pávlovna, Anna Mijáilovna volvió a Moscú y fue directamente a hospedarse en casa de sus ricos parientes los Rostov, con los que vivía siempre que estaba en Moscú y con los que desde la infancia se había criado y había vivido durante años su adorado Bórenka, que acababa de ingresar en el ejército y que enseguida había sido promovido a alférez de la guardia. La guardia había salido de San Petersburgo el 10 de agosto y su hijo que se encontraba en Moscú, para equiparse, debía alcanzarla por el camino en Radzivílov.

Los Rostov celebraban el santo de las dos Natalias: la madre y la hija pequeña. Desde por la mañana llegaban y partían sin cesar caballerías de la gran casa de la condesa Rostov, conocida por todos, y que se encontraba en la calle Povárskaia. En la sala, la condesa recibía a los invitados que no paraban de sucederse, acompañada de su hija mayor. La condesa era una mujer de rostro delgado según el tipo oriental, de cuarenta y cinco años, visiblemente agotada por los hijos, dado que había tenido doce. La lentitud de sus movimientos y su conversación, que se debían a su falta de fuerzas, le otorgaban un significativo aspecto que inspiraba respeto. La princesa Anna Mijáilovna Drubetskáia, como habitual de la casa, también estaba allí sentada, ayudando a recibir a los invitados y a darles conversación. Los jóvenes estaban en las habitaciones traseras, sin considerar necesario participar en la recepción de las visitas. El conde salía al encuentro y acompañaba a la puerta a los visitantes e invitaba a todos a comer.

—Se lo agradezco muchísimo, querido o querida mía —llamaba a todos, sin excepciones *ma chère* o *mon cher*, sin aplicar ningún matiz, ya fueran personas de superior o inferior rango al suyo—, de mi parte y de la de mis queridas homenajeadas. No falte a la comida. Me ofendería usted, querido mío. Se lo pido de todo corazón en nombre de toda la familia, querida mía.

Estas palabras, con la misma expresión del rostro relleno, alegre y cuidadosamente afeitado, con el mismo apretón de manos y la repetición del corto saludo, se las decía a todo el mundo sin excepciones y sin cambios. Tras haber acompañado a la puerta a un invitado, el conde volvía con aquellos que aún estaban en la sala y acercando una butaca con aspecto de persona a la que le gusta vivir y que sabe bien hacerlo, separando las piernas con aire juvenil y poniendo las manos en las rodillas, hacía conjeturas sobre el tiempo dándose importancia, daba consejos sobre salud, a veces en ruso, a veces en un francés malísimo, pero muy presuntuoso y de nuevo con aspecto cansado, pero firme en el cumplimiento del deber, iba a acompañar a otro invitado, arreglándose los escasos cabellos grises sobre la calva y de nuevo le invitaba a comer. A veces, al volver del recibidor, atravesaba por la galería y la cocina hasta la gran sala de paredes de mármol y mirando a los camareros que portaban la plata y la porcelana y disponían la mesa con los manteles de lino, llamaba a Dmitri Vasílevich, noble que se ocupaba de todos sus asuntos, y le decía:

—Bueno, bueno, Mítenka, procura que todo quede bien. Sí, sí —decía mirando con placer a la enorme mesa abierta—. No te olvides del orden para servir los vinos; lo principal es el servicio. Eso es… —Y nuevamente se marchaba al salón, suspirando de satisfacción.

—¡María Lvovna Karáguina y su hija! —anunció con voz de bajo el corpulento criado de los condes, entrando por la puerta del salón.

La condesa reflexionó y tomó una pizca de rape de su tabaquera de oro adornada con el retrato de su marido.

—Me martirizan estas visitas —dijo—. Bueno, pero ya es la última. Es que esta es tan fácil de ofender. ¡Hágalas pasar! —le dijo al criado con tono triste como si le estuviera diciendo: «Remáteme».

Una dama alta, rellena y de porte altivo y su graciosa hija entraron en la sala con el ruido del roce de sus ropas.

—Querida condesa, cuánto tiempo… ella ha tenido que guardar cama, pobre criatura… en el baile de los Razumovski… y la condesa Apráxina… lo pasé muy bien.

Se escucharon animadas voces femeninas, interrumpiéndose las unas a las otras y fundiéndose con el ruido de las ropas y el arrastrar de las sillas. Se inició una conversación de esas que se emprenden solamente para en la primera pausa levantarse, con el ruido del roce de la ropa y decir: «¡Estoy encantada! La salud de mamá y la condesa Apráxina…» —y de nuevo el ruido de las ropas, pasar al vestíbulo, ponerse el abrigo de pieles o la capa y marcharse.

La conversación giraba sobre la noticia más importante del momento en la ciudad, la enfermedad del conocido acaudalado y gran belleza en los tiempos de Catalina la Grande, el anciano conde Bezújov y sobre su hijo natural Pierre, que se comportó de manera tan inconveniente en la velada en casa de Anna Pávlovna Scherer.

—De veras compadezco al pobre conde —dijo la visita—, ya tenía mala salud y ahora estos disgustos que le da su hijo. ¡Eso le matará!

—¿A qué se refiere? —preguntó la condesa, como si no supiera de lo que hablaban las visitas, a pesar de que ya había oído quince veces la causa del disgusto del conde Bezújov.

—¡He aquí la educación moderna! En el extranjero —continuó la visita—, se dejó a este joven a su libre albedrío y ahora se dice que ha cometido tales atrocidades en San Petersburgo que la policía lo ha expulsado de allí.

—¡Cuéntemelo! —dijo la condesa.

—Elige mal a sus amistades —intervino la princesa Anna Mijáilovna—. El hijo del príncipe Vasili, él y un tal Dólojov se comenta que han hecho Dios sabe qué. Y ambos han pagado por ello. A Dólojov le han degradado a soldado raso y el hijo de Bezújov ha sido enviado a Moscú. En lo tocante a Anatole Kuraguin el padre ha tapado el asunto de alguna manera. Sigue estando en el regimiento de la guardia real.

—¿Pero qué es lo que hicieron? —preguntó la condesa.

—Son unos verdaderos bandidos, sobre todo Dólojov —dijo la visita—. Es hijo de María Ivánovna Dólojova, una dama respetabilísima y ahí le tienen. Se pueden ustedes imaginar, los tres consiguieron en alguna parte un oso, se lo llevaron con ellos en el coche y fueron a casa de unas actrices. Se presentó la policía para calmarlos, cogieron a uno de los agentes y le ataron, espalda contra espalda, al oso y echaron al oso al Moika; el oso nadando con el policía encima suyo.

—Menudo aspecto el del policía, querida mía —exclamó el príncipe retorciéndose de risa, con un tono tan aprobador como si él, a pesar de sus años, no se negara a divertirse con tales distracciones.

—¡Oh! ¡Qué horror! ¿Qué encuentra en ello de divertido, conde?

Pero incluso las damas se rieron involuntariamente.

—Con esfuerzos lograron salvar al desgraciado —continuó la visita—. ¡Vaya una manera tan inteligente de divertirse tiene el hijo del príncipe Kiril Vladímirovich Bezújov! —añadió ella—. Y decían que era tan culto y tan educado. Miren dónde ha ido a parar toda esta educación en el extranjero. Espero que aquí nadie le reciba, a pesar de su fortuna. A mí quisieron presentármelo. Pero me negué rotundamente: tengo hijas.

—De todos modos es una broma muy buena, querida mía. ¡Bravo! —dijo el conde, sin reprimir la risa.

La visita le miró con gravedad y enfado.

—¡Ay! Mi querida María Lvovna —dijo él con su mala pronunciación francesa—. A la juventud hay que dejarla correr. ¡Es su derecho! —añadió él—. Su marido y yo no éramos santos. También cometimos nuestros pecadillos.

Y le guiñó el ojo a la visita, que no respondió.

—¿Por qué dice que ese joven es tan rico? —preguntó la condesa, apartándose de las mocitas, que en ese momento fingieron no escuchar.

—Si solo tiene hijos naturales. Me parece que también Pierre es hijo natural.

La visita hijo un gesto con la mano:

—Tiene veinte hijos naturales, según creo.

La condesa Anna Mijáilovna intervino en la conversación, deseosa de hacer gala de sus relaciones y conocimiento de todos los asuntos de la alta sociedad.

—Yo conozco la razón —dijo ella con aspecto significativo y también a media voz—. La reputación del conde Kiril Vladímirovich es de todos sabida… Ha perdido ya la cuenta de los hijos que tiene, pero Pierre es el más querido de todos.

—¡Qué guapo era —dijo la condesa—, incluso el año pasado! Nunca he visto hombre más apuesto.

—Ahora ha cambiado mucho —dijo la princesa Anna Mijáilovna—. Pues lo que quería decirles —continuó ella—, el príncipe Vasili es el heredero directo por parte de su mujer de todos los bienes, pero a Pierre su padre le quiere mucho, se ha encargado de su educación y ha escrito al emperador… Así que nadie sabe, en caso de que muera (está tan mal que puede ser en cualquier momento, incluso Lorrain ha venido de San Petersburgo), quién será el beneficiario de su inmensa fortuna, Pierre o el príncipe Vasili. Cuarenta mil almas* y varios millones. Lo sé muy bien porque el propio príncipe Vasili lo ha dicho. Además Kiril Vladímirovich es tío segundo mío por parte de madre y es el padrino de Borís —añadió ella, como sin darle importancia a este hecho.

—El príncipe Vasili llegó ayer a Moscú. Me han dicho que viene en visita de inspección —dijo la visita.

—Sí, pero, entre nosotros —dijo la princesa—, eso solo es un pretexto; ha venido a ver al príncipe Kiril Vladímirovich, sabiendo que está muy enfermo.

—De todos modos, querida mía, es una broma excepcional —dijo el príncipe, y dándose cuenta de que la visita no le escuchaba se volvió a las señoritas—. Menudo aspecto el del policía, me lo puedo imaginar.

Y él, imitando la forma de batir los brazos del policía, se echó de nuevo a reír con una risa tan sonora y profunda que agitó todo su grueso cuerpo, tal y como se ríen las personas que han comido bien y, sobre todo, que han bebido.

XIV

Comenzaron los silencios. La condesa miraba a las visitas sonriendo agradablemente, pero sin ocultar que no iba a enfadarse lo más

* Almas: siervos. *(N. de la T.)*

mínimo si se levantaban y se iban. La hija de la visita ya se arreglaba el vestido mirando a su madre interrogativamente, cuando de pronto en la habitación contigua se oyeron unas carreras hacia la puerta de pies femeninos y masculinos y estruendo de sillas arrastradas y tiradas, y en la habitación entró corriendo una muchacha de trece años ocultando algo en su corta falda de muselina y se detuvo en la mitad de la habitación. Parecía estar sorprendida de lo lejos que había llegado sin querer en su alocada carrera. En ese preciso momento aparecieron en la puerta cuatro seres: dos jóvenes, el uno un estudiante con su cuello color carmesí, el otro un oficial de la guardia real, una muchacha de quince años y un muchacho gordo y colorado que llevaba una camisa infantil.

El conde se levantó de un salto y tambaleándose abrió los brazos en torno a la niña que corría.

—Querida, hay un momento para cada cosa —dijo la condesa a su hija, solo por intervenir de alguna manera, dado que en el acto se hizo evidente que su hija no la temía en absoluto—. Tú la malcrías aún más —añadió dirigiéndose a su marido.

—Hola, querida mía, te felicito —dijo la visita—. ¡Qué niña más encantadora! —añadió ella dirigiéndose lisonjeramente a la madre.

La muchacha era de ojos negros, con la boca grande, no muy bonita, pero muy vivaz con sus infantiles hombros desnudos, que se estremecían en su corpiño a causa de la carrera, con los rizos negros apelotonados hacia atrás, los brazos delgados y desnudos y las pequeñas y veloces piernecitas con los pantaloncitos de encaje y los zapatitos abiertos; estaba en esa edad encantadora cuando ya la muchacha no es una niña, pero la niña aún no es una muchacha. Escapándose de su padre, ella, rápida, graciosa, visiblemente no habituada a las visitas se volvió hacia su madre y sin hacer ningún caso de sus severas observaciones ocultó su sonrojada carita en los bordados de la mantilla materna y se echó a reír.

—¡Mamá! ¡A Borís… ja, ja! ¡Le hemos casado con la muñeca… ja, ja! Sí, Mimí… —decía entre risas—, y… él se ha fugado.

Y sacó de debajo de la falda y mostró una gran muñeca con la nariz negra y desgastada, con el cartón de la cabeza agrietado y la parte posterior de cabritilla, con los brazos y piernas destornillados en rodillas y codos, pero con todavía fresca y elegante sonrisa carmesí y con negrísimas cejas arqueadas.

La condesa hacía ya cinco años que conocía a esa Mimí, la fiel amiga de Natasha, regalo de su padrino.

—¿Ve?… —Y Natasha ya no podía hablar más (todo le parecía gracioso). Se echó sobre su madre y se puso a reír tan alto y tan fuerte que todos, incluso la afectada visita, se echaron a reír en contra de su voluntad. Incluso donde los criados se escuchó la risa. Sonriendo, el criado de la condesa intercambió miradas con el criado forastero de librea, que hasta entonces se sentaba en la mesa con aspecto sombrío.

—¡Bueno, vete, vete con tu monstruo! —dijo la madre rechazando a su hija con fingido enfado—. Es mi hija menor, un poco malcriada como puede ver —dijo dirigiéndose a la visita.

Natasha, levantando por un momento el rostro de la bordada pañoleta de la madre y mirándola desde abajo, en silencio, entre las lágrimas de risa, dijo:

—¡Qué vergüenza, mamá! —Y rápidamente, como si le diera miedo que la atraparan, volvió a ocultar el rostro.

La visita, forzada a admirar la escena familiar, juzgó necesario tomar parte en ella de alguna manera.

—Dime, querida —dijo dirigiéndose a Natasha—, ¿qué eres tú de esa Mimí? Es tu hija, ¿verdad?

A Natasha no le gustó la visita y el tono infantil que adoptaba.

—No, madame, no es mi hija, es una muñeca —dijo ella sonriendo audazmente, se levantó del regazo de su madre y se sentó cerca de su hermana, demostrando que ella también podía comportarse como si fuera mayor.

Entretanto toda esta joven generación: Borís, el oficial, hijo de la princesa Anna Mijáilovna; Nikolai, el estudiante, el hijo mayor del conde; Sonia, la sobrina de quince años del conde, y el pequeño Petrushka, el hijo pequeño, se encontraban como si al entrar en la sala hubieran caído de pronto en agua fría, y se esforzaban visiblemente por mantenerse dentro de los límites apropiados de la alegría y la animación, que aún respiraba en cada uno de sus rasgos. Estaba claro que allí, en las habitaciones de las que habían salido tan precipitadamente, tenían conversaciones más alegres que esta de los chismes de la ciudad, el tiempo y la condesa Apráxina.

Los dos jóvenes, el estudiante y el oficial, amigos de la infancia, tenían la misma edad y ambos eran guapos, aunque no se parecían en absoluto el uno al otro. Borís era un joven alto y rubio, con rasgos correctos y finos en su alargado rostro. Sus agradables ojos grises expresaban tranquilidad e interés, en las comisuras de su boca aún sin afeitar siempre era visible una sonrisa burlona y astuta, que no solo no le hacía más feo sino que le añadía, como la sal, una frescura a su expresión que hacía evidente que al hermoso rostro aún no le había afectado el vicio ni la pena. Nikolai no era muy alto, ancho y de constitución delgada y sólida. Su rostro era franco y tenía el cabello castaño claro con suaves ondas en torno a su abombada y ancha frente, una mirada entusiasta en sus protuberantes ojos castaños entornados, que siempre reflejaban la emoción del momento. Sobre el labio superior ya despuntaba un negro vello y todo su rostro emanaba ímpetu y entusiasmo. Los dos jóvenes, habiendo hecho una reverencia, se sentaron en la sala, Borís lo hizo suave y libremente; Nikolai por el contrario lo hizo casi con irritación infantil. Nikolai miraba, bien a los invitados, bien a la puerta, sin querer ocultar que allí se aburría y casi sin contestar a las preguntas que estos le hacían. Borís, al contrario, enseguida encontró un tema de conversación y contó tranquilamente, en tono de broma, que había conocido a la muñeca

Mimí cuando era una mozuela, sin tener aún la nariz rota y que los cinco años que habían pasado le habían dejado huella y que toda la cabeza se le había agrietado. Después preguntó a la dama por su salud. Todo lo que decía era claro y adecuado —ni sabio, ni necio—, pero la sonrisa que jugueteaba en las comisuras de sus labios mostraba que al hablar no le daba ningún valor a sus palabras y que solo lo hacía por cumplir.

—Mamá, ¿por qué habla como un mayor? No me gusta —dijo Natasha dirigiéndose a su madre, y señalando a Borís como una niña caprichosa. Borís le sonrió.

—A ti te gustaría solo jugar con él a las muñecas —le respondió la princesa Anna Mijáilovna, cogiéndola y zarandeándola de los desnudos hombros que se encogieron y ocultaron nerviosamente en el corsé bajo el roce de la mano de Anna Mijáilovna.

—Me aburro —susurró Natasha—. Mamá, la niñera quiere venir a visitarnos. ¿Puede? ¿Puede? —repitió ella, elevando la voz con la habilidad característica de las mujeres de pensar rápido para crear un engaño inocente—. ¡Di que sí, mamá! —gritó ella conteniendo apenas la risa y mirando a Borís, hizo una reverencia a las visitas y salió por la puerta y una vez atravesada esta echó a correr tan rápido, como pudieron soportar sus raudas piernecitas. Borís reflexionó.

—Me parece que usted también quiere salir, ¿verdad, *maman*? ¿Es necesario el coche? —dijo él enrojeciendo y dirigiéndose a su madre.

—Sí, ve, ve, manda que lo preparen —dijo ella sonriendo.

Borís salió en silencio por la puerta y fue en pos de Natasha; el niño gordezuelo que vestía una blusa los siguió con aire enfadado, como si le enojara que algún imprevisto le hubiera apartado de sus ocupaciones.

XV

De los jóvenes, sin contar a la hija mayor de los condes, que era cuatro años mayor que su hermana y se consideraba ya una mujer y la hija de la visita, se quedaron en la sala Nikolai y Sonia la sobrina, que estaba sentada con una fingida sonrisa festiva que mucha gente adulta considera que debe adoptar ante conversaciones ajenas y no dejaba de mirar con ternura a su primo. Sonia era delgadita, una diminuta morena con mirada dulce, sombreada de largas pestañas, tenía una espesa trenza negra, que le daba dos vueltas a la cabeza, y la piel de la cara, y especialmente la de los brazos y cuello desnudos, delgados pero graciosos y musculosos, de un bonito color aceituna. Por la armonía de sus movimientos, la delicadeza y la gracia de sus pequeños miembros y sus maneras un poco artificiosas y comedidas recordaba involuntariamente a una hermosa gatita aún sin formar, que en el futuro se convertiría en una seductora gata. Evidentemente consideraba que era adecuado mostrar interés por las conversaciones ajenas con su sonrisa festiva, pero en contra de su voluntad sus ojos, por debajo de las largas y densas pestañas, miraban a su primo que partía al ejército con tal apasionada devoción de doncella que su sonrisa no podía engañar a nadie, y era evidente que la gatita se había sentado solamente para saltar aún más enérgicamente y ponerse a jugar con su primo tan pronto como hubieran salido de la sala.

—Sí, querida mía —dijo el viejo conde, dirigiéndose a la visita y señalando a su Nikolai—. Como su amigo Borís ha sido promovido a oficial, este por amistad no quiere separarse de él, deja la universidad y a su anciano padre y se va al ejército. Y eso cuando su puesto en los archivos ya estaba ultimado y todo. ¡¿He aquí la amistad?! —dijo el conde interrogativamente.

—Sí, dicen que ya se ha declarado la guerra —dijo la visita.

—Hace tiempo que comentan —dijo el conde indefinidamente—. De nuevo hablan, hablan y las cosas siguen igual. ¡He aquí la amistad! —repitió él—. Va a ser húsar.

La visita, no acertando que decir, bajó la cabeza.

—No es en absoluto por amistad —respondió Nikolai, encendiéndose y poniéndose a la defensiva, como si le estuvieran calumniando—. No es la amistad, es simplemente porque siento vocación por el servicio militar.

Miró a la hija de la visita y ella le devolvió la mirada aprobando con una sonrisa el proceder del joven.

—Hoy come con nosotros Schubert, el coronel del regimiento de húsares de Pavlograd. Ha estado aquí de permiso y se lo lleva consigo. ¿Qué se puede hacer? —dijo el conde encogiéndose de hombros y hablando en tono jocoso de algo que evidentemente le provocaba un profundo dolor.

Nikolai se encendió de pronto.

—Ya le he dicho, papá, que si no quiere que me vaya me quedaré. Sé que en ningún sitio voy a estar mejor que en el servicio militar, no valgo para diplomático, no sé esconder lo que siento —dijo él, gesticulando demasiado enérgicamente para sus palabras y mirando con coquetería de joven apuesto a Sonia y a la hija de la visita.

La gatita, con sus ojos clavados en él, parecía dispuesta a ponerse a jugar en cualquier momento y mostrar toda su naturaleza felina. La sonrisa de la hija de la visita continuaba siendo aprobatoria.

—Y puede ser que se pueda sacar algún provecho de mí —añadió él—, pero aquí no tengo aprovechamiento...

—¡Bueno, bueno, está bien! —dijo el viejo conde—. Enseguida se enciende. Ese Bonaparte hace a todos perder la cabeza; todos piensan que llegó de teniente a emperador. Dios quiera que... —añadió él, sin advertir la burlona sonrisa de la visita.

—Bueno, vete, vete, Nikolai, ya veo que tienes ganas de marcharte —dijo la condesa.

—Claro que no —respondió su hijo; pero sin embargo, un minuto más tarde se levantó, hizo una reverencia y salió de la habitación.

Sonia siguió todavía un rato sentada, sonriendo aún más y más fingidamente, y con esa misma sonrisa se levantó y se marchó.

—¡Qué transparentes son los secretos de esta juventud! —dijo la princesa Anna Mijáilovna señalando a Sonia y riéndose. Los invitados se echaron a reír.

—Sí —dijo la condesa, cuando el rayo de sol que había entrado en la sala junto con los jóvenes hubo desaparecido y como respondiendo a una pregunta que nadie le había hecho, pero que le preocupaba constantemente—. Cuántos sufrimientos, cuántas inquietudes —continuó ella—, hay que soportar para poder alegrarse ahora de ellos. Y lo cierto es que ahora dan más temores que alegrías. ¡Siempre se teme, siempre se teme! Esta edad es precisamente la más peligrosa para los muchachos y las muchachas.

—Todo depende de la educación —dijo la visita.

—Sí, tiene usted razón —continuó la condesa—. Hasta ahora he sido, gracias a Dios, amiga de mis hijos y gozo de su más absoluta confianza —dijo la condesa, repitiendo el error de muchos padres que creen que sus hijos no tienen secretos para ellos—. Sé que siempre seré la primera confidente de mis hijas y que si Nikólenka por su fogoso carácter cometiera alguna imprudencia (no se puede ser un joven sin cometer imprudencias), no sería en absoluto como esos señores de San Petersburgo.

—Sí, son buenos, buenos chicos —afirmó el conde, que siempre cortaba las cuestiones complicadas para él, juzgándolo todo bueno—. ¡Ya lo ve usted! ¡Quiere ser húsar! ¡Qué quiere usted, querida mía!

—Qué criatura más agradable su hija pequeña —dijo la visita, mirando con reproche a la suya, como si con esta mirada quisiera sugerir a su hija, que así era como había de ser para agradar, y no la muñeca que era—. ¡Pura pólvora!

—Sí, pura pólvora —dijo el conde.

—¡Ha salido a mí! ¡Y qué voz tiene! ¡Y qué carácter! Aunque sea mi hija diré la verdad, será cantante, otra Salomoni. Hemos contratado a un italiano para que la instruya.

—¿No es demasiado pronto? Dicen que es perjudicial para la voz educarla a tan temprana edad.

—¡Oh, no! ¡Qué va a ser temprano! —dijo el conde.

—¿Y cómo era posible que nuestras madres se casaran a los doce o trece años? —añadió la princesa Anna Mijáilovna.

—¿Y qué les parece que ya está enamorada de Borís? —dijo la condesa mirando y sonriendo en silencio a la madre de Borís, y continuó hablando obedeciendo evidentemente a un pensamiento que la preocupaba de continuo—: Ya ven ustedes, si la tratase con severidad, si le prohibiera… Dios sabe qué cosas harían a escondidas (la condesa pensaba que se besarían), y ahora sin embargo conozco cada una de sus palabras. Ella misma viene por la noche y me lo cuenta. Puede ser que la esté malcriando, pero verdaderamente creo que esto es mejor. A la mayor la trataba con más severidad.

—Sí, a mí me han educado de otro modo —dijo sonriendo la mayor de los hijos de la condesa, la hermosa Vera. Pero la sonrisa no embellecía el rostro de Vera, como sucede habitualmente, al contrario, su rostro adoptaba un aspecto poco natural y por lo tanto desagradable. La mayor, Vera, era bonita, inteligente y educada. Tenía una voz agradable. Lo que decía era sensato y oportuno, pero, cosa rara, tanto la invitada como la condesa, la miraron como sorprendiéndose de que hubiera dicho eso y se sintieron incomodadas.

—Siempre ocurre lo mismo con los hijos mayores; se quieren hacer cosas excepcionales —dijo la visita.

—¿Por qué ocultarlo, querida mía? La condesita se complicaba con Vera —dijo el conde—. Pero aun así ha salido una muchacha excelente.

Y él, con la intuición que es más perspicaz que el pensamiento, se acercó a Vera dándose cuenta de que se sentía incómoda y la acarició con la mano.

—Excúsenme, tengo aún que disponer algunas cosas. Sigan sentadas —añadió él haciendo una reverencia y preparándose para salir.

Las visitas se levantaron y se despidieron, prometiendo asistir a la comida.

—¡Qué forma de cumplir! ¡Uf, no se iban nunca! —dijo la condesa después de acompañar a las visitas.

XVI

Cuando Natasha salió de la sala y echó a correr llegó solo hasta el invernadero. Allí se detuvo, escuchando las conversaciones de la sala y esperando que saliera Borís. Empezaba a impacientarse y golpeando el suelo con los pies, tenía ganas de llorar porque él aún no llegaba. Cuando empezó a escuchar los pasos, ni pausados ni rápidos, sino acompasados, de un joven, la muchacha de trece años se metió rápidamente entre los tiestos de las plantas y se ocultó.

—¡Borís Nikoláich! —dijo con voz tonante, asustándole y en ese instante se echó a reír. Borís la vio, meneó la cabeza y sonrió.

—Borís, venga aquí —dijo ella con aspecto astuto y elocuente. Él se le acercó pasando entre los tiestos.

—¡Borís! Bese a Mimí —dijo ella, sonriendo pícaramente y levantando la muñeca.

—¿Por qué no besarla? —dijo él, acercándose más y sin retirar los ojos de Natasha.

—No, diga: No quiero.

Ella se separó de él.

—Bueno, también puedo decir que no quiero. ¿Qué hay de divertido en besar a una muñeca?

—No quiere. Bueno, entonces venga aquí —dijo ella y se introdujo más entre las plantas echando a la muñeca en un tiesto—. ¡Más cerca, más cerca! —susurraba. Cogía con las manos las mangas del oficial y en su ruborizado rostro se podía ver la solemnidad y el temor.

—¿Y a mí me quiere besar? —susurró casi inaudiblemente, mirándole de reojo, sonriendo y a punto de llorar de la emoción.

Borís enrojeció.

—¡Qué graciosa eres! —dijo inclinándose hacia ella, enrojeciendo aún más, pero sin hacer nada y esperando. Una burla apenas perceptible revoloteó aún en sus labios, pronta a desaparecer.

De pronto ella saltó sobre un macetero, de forma que resultaba más alta que él, le asió por el cuello con los dos brazos delgados y desnudos y, echando los cabellos hacia atrás con un movimiento de cabeza, le besó en los labios.

—¡Ay, qué he hecho, qué es lo que he hecho! —gritó ella, y riéndose se deslizó entre los tiestos hacia la otra parte del invernadero, las veloces piernecitas se dirigieron rápidamente hacia el cuarto de juegos, Borís se acercó a ella y la retuvo.

—Natasha —dijo él—, ¿te puedo llamar de tú?

Ella bajó la cabeza.

—Te amo —dijo él lentamente—. Ya no eres una niña. Natasha, haz lo que te voy a pedir.

—¿Qué me *vas* a pedir?

—Por favor, no volvamos a hacer lo que hemos hecho hoy hasta que no pasen cuatro años.

Natasha se paró a pensar.

—Trece, catorce, quince, dieciséis… —dijo ella contando con los gordezuelos deditos—. ¡Bien! ¿De acuerdo? —Una grave sonrisa de felicidad iluminó su vivo, aunque no muy hermoso, rostro.

—¡De acuerdo! —dijo Borís.

—¿Para siempre? —dijo la muchacha—. ¿Hasta la muerte?

Y tomándole del brazo salió con él en silencio en dirección al cuarto de juegos. El bello y ancho rostro de Borís enrojeció y de sus labios desapareció totalmente la expresión de burla. Sacó pecho y respiró feliz y satisfecho de sí mismo. Sus ojos parecían mirar lejos en el futuro, dentro de cuatro años, al feliz año 1809. La juventud se reunió de nuevo en el cuarto de juegos, que era donde más les gustaba estar.

—¡No, no te irás! —gritó Nikolai hablando y comportándose apasionada e impetuosamente y asiendo a Borís de las mangas de la guerrera, quitando la mano de su hermana—. Estás obligado a casarte.

—¡Sí, sí! —gritaron las dos muchachas.

—Yo seré el sacristán, Nikolaenka —gritó Petrushka—. Por favor, quiero ser el sacristán. «¡Te rogamos, Señor!»

Parecería incomprensible que los jóvenes pudieran hallar diversión en el enlace de Borís y la muñeca, pero solo hacía falta observar el regocijo y la alegría que se reflejaba en todos los rostros en el momento en el que la muñeca, guarnecida de colores naranja y con un vestido blanco, fue colocada en el jalón sobre su espalda de cabritilla y Borís, con el acuerdo de todos, fue llevado junto a ella y como el pequeño Petrushka, vistiéndose con una falda se imaginaba que era un sacristán, bastaba con observar todo esto para compartir esta alegría, aun sin entenderla.

Mientras vestían a la novia Nikolai y Borís fueron expulsados, en aras del decoro, de la habitación. Nikolai caminaba por el cuarto con agitación, gimiendo para sí y encogiéndose de hombros.

—¿Qué te sucede? —preguntó Borís.

Este miró a su amigo y dejó caer los brazos con desesperación.

—¡Ay, no sabes lo que me ha pasado! —dijo él echándose las manos a la cabeza.

—¿Qué? —preguntó Borís burlona y calmosamente.

—Bueno, yo parto y ella… ¡No, no puedo decírtelo!

—Bueno, ¿el qué? —repitió Borís—. ¿Es con Sonia?

—Sí, ¿sabes qué?

—¿Qué?

—¡Ay, es asombroso! ¿Tú qué opinas, debo contarle todo a mi padre después de esto?

—¿El qué?

—Sabes, yo mismo no sé cómo ha sucedido, hoy he besado a Sonia; me he comportado detestablemente. Pero ¿qué puedo hacer? Estoy locamente enamorado. ¿Y eso está mal por mi parte? Sí, ya sé que está mal… ¿Tú qué dices?

Borís sonrió.

—¿Cómo dices? ¿Es posible? —preguntó con burlón y fingido asombro—. ¿Así que la has besado en los labios? ¿Cuándo?

—Sí, ahora mismo. ¿Tú no lo harías? ¿Eh? ¿No lo harías? ¿He actuado mal?

—Bueno, no lo sé, todo depende de cuáles sean tus intenciones.

—¡Eso! Por supuesto. Eso es justo. Yo se lo he dicho. Cuando llegue a oficial me casaré con ella.

—Sin embargo, es sorprendente lo decidido que eres —repitió Borís.

Nikolai, tranquilizado, se echó a reír.

—A mí me sorprende que tú nunca te hayas enamorado ni se hayan enamorado nunca de ti.

—Así es mi carácter —dijo Borís, enrojeciendo.

—¡Vaya que eres astuto! Vera tiene razón. —Nikolai comenzó a hacer cosquillas a su amigo.

—Y tú eres un atrevido. Vera también tiene razón. —Y Borís, temiendo las cosquillas, se defendió de su amigo—. Tú harás algo fuera de lo común.

Ambos, riéndose, volvieron con las muchachas para la celebración de la ceremonia nupcial.

XVII

La condesa se había cansado de tal modo a causa de las visitas que ordenó no recibir a nadie más y se pidió al portero que solamente invitara a comer, sin aceptar discusión, a todos los que aún se acercaban a la casa para presentar sus felicitaciones. Aparte de eso quería hablar en intimidad con su amiga de la infancia, la princesa Anna Mijáilovna, con la que no había podido hablar como es debido desde que había vuelto de San Petersburgo. Ana Mijáilovna, con su rostro lloroso y agradable, se acercó al sillón de la condesa.

—Te seré totalmente sincera —dijo Anna Mijáilovna—. Ya nos quedan pocos viejos amigos. Por eso valoro tanto tu amistad.

La princesa miró a Vera y se detuvo. La condesa estrechó la mano de su amiga.

—Vera —dijo la condesa, dirigiéndose a su hija mayor, que evidenciaba no ser su favorita—. No tienes ni pizca de tacto. ¿Es que no te das cuenta de que aquí estás de más? Vete con tus hermanos, o…

La hermosa Vera sonrió sin mostrarse ofendida y se marchó a su habitación. Pero al pasar por donde el cuarto de juegos reparó en que en él estaban sentados de manera simétrica, en los dos ventanucos, dos parejas. Sonia estaba sentada junto a Nikolai, que con rostro encendido le leía unos poemas, los primeros que componía. Borís y Natasha estaban sentados en silencio en la otra ventana. Borís le tomaba de la mano y se la soltó ante la presencia de Vera. Natasha tomó una caja que estaba frente a ella con guantes y comenzó a moverla. Vera sonrió. Nikolai y Sonia la miraron, se levantaron y salieron de la habitación.

—Natasha —dijo Vera a su hermana pequeña, que movía cuidadosamente los guantes perfumados—. ¿Por qué huyen de mí Nikolai y Sonia? ¿Qué secretos tienen?

—¿Qué te importa a ti eso, Vera? —intercedió con voz tonante Natasha, continuando con su tarea. Se comportaba de manera aún más amable y cariñosa que de costumbre a causa de la felicidad.

—Es muy necio por su parte —dijo Vera con un tono que denotaba que se había sentido ofendida por Natasha.

—Cada cual tiene sus secretos. Nosotros no nos inmiscuimos en lo tuyo con Berg —dijo ella acalorándose.

—¡Qué necedad! Le diré a mamá cómo te comportas con Borís. Eso no está bien.

Borís se levantó y se inclinó cortésmente ante Vera.

—Natalia Ilínichna se comporta muy bien conmigo. No puedo quejarme —dijo él burlonamente.

Natasha no se rió y bajó la cabeza.

—Déjalo, Borís, eres tan diplomático (la palabra *diplomático* era de uso común entre los niños, que le otorgaban un sentido particular) que resulta incluso aburrido —dijo ella—. ¿Por qué ella me martiriza?

Y se dirigió a Vera.

—Tú esto no lo comprenderás nunca —dijo— porque a ti nunca te ha amado nadie, no tienes corazón, solo eres una madame de Genlis (este apodo que se consideraba muy ofensivo se lo había puesto Nikolai a Vera) y tu mayor placer es molestar a los demás. Tú coqueteas con Berg tanto como quieres.

Dijo esto rápidamente y salió de la habitación.

La hermosa Vera, que producía a todos tal irritación con su desagradable actitud, sonrió de nuevo con la misma sonrisa carente de significado, y visiblemente nada afectada por lo que le habían dicho fue hacia un espejo y se arregló el chal y el peinado. Observando su bello rostro se tornó a ojos vista aún más fría y tranquila.

XVIII

En la sala continuaba la conversación.

—Ah, querida —decía la condesa—, mi vida no es un camino de rosas. ¿Acaso no me doy cuenta de que con este ritmo de vida no podremos aguantar mucho? La culpa la tiene el club y su bondad. ¿Descansamos cuando vivimos en el campo? Teatros, caprichos y Dios sabe qué más. Pero ¡por qué hablar de mí! Bueno, ¿cómo lo has conseguido? Me admiro con frecuencia de ti, Annette, ¿cómo a tu edad puedes hacer esas cosas? Viajas sola en coche de caballos a Moscú, a San Petersburgo y tienes trato con todos los ministros, con todos los personajes. ¡De verdad que me admiro! Bueno, ¿cómo lo has hecho? Yo misma no sabría cómo.

—¡Ah, alma mía! —respondió la princesa Anna Mijáilovna—. Que Dios no permita que conozcas lo duro que es quedar viuda, sin apoyo, y con un hijo al que amas hasta la adoración. Se aprende a hacer cualquier cosa —continuó ella con cierto acaloramiento—. Mi mismo pleito me ha enseñado. Si me es necesario ver a alguno de esos grandes señores escribo una notita: «La princesa tal desearía ver al señor tal», y voy yo misma en coche dos, tres o cuatro veces hasta que consigo lo que quiero. Me da igual lo que piensen de mí.

—¿Y cómo has pedido para Borís? —preguntó la condesa—. Ya es oficial de la guardia y Nikolai es cadete. No hay nadie que pueda gestionarlo. ¿Tú a quién se lo has pedido?

—Al príncipe Vasili. Fue muy amable, estuvo de acuerdo enseguida e intercedió ante el emperador —decía la princesa Anna Mijáilovna con entusiasmo, habiendo olvidado completamente todas las humillaciones por las que había pasado para conseguir sus fines.

—¿Y ha envejecido el príncipe Vasili? —preguntó la condesa—. No le veo desde las funciones de teatro que dimos en casa de los Rumiántsev. Creo que ha debido de olvidarse de mí. Me hacía la corte —recordó la condesa con una sonrisa.

—Sigue igual —respondió Anna Mijáilovna—. El príncipe es encantador y muy generoso. Su alto puesto no se le ha subido a la cabeza. «Lamento no poder hacer más por usted, querida princesa —me decía—, dígame qué es lo que desea.» Es un gran hombre, un maravilloso pariente. Tú bien sabes, Natalie, lo mucho que quiero a mi hijo. No sé qué es lo que no haría por su felicidad. Pero mis circunstancias son tan malas —continuó Anna Mijáilovna con tristeza y bajando la voz—, tan malas que estoy en la peor situación posible. Mi desgraciado pleito se lleva todo lo que poseo y no avanza. No tengo, te puedes imaginar, ni una moneda de diez kopeks y no sé con qué voy a equipar a Borís. —Sacó un pañuelo y se echó a llorar—. Me hacen falta 500 rublos y solo tengo un billete de 25. En esta situación me encuentro. Mi única esperanza ahora es el conde Kiril Vladímirovich Bezújov. Si él no quiere ayudar a su ahijado, puesto que es el padrino de Borís y fijarle alguna suma para su manutención, entonces todos mis esfuerzos han sido en vano, no voy a tener con qué equiparle.

A la condesa se le saltaron las lágrimas y reflexionó en silencio.

—Con frecuencia pienso y puede que sea pecado —dijo la princesa—, pero con frecuencia pienso: el príncipe Kiril Vladímirovich Bezújov vive solo… tiene una inmensa fortuna… ¿y por qué vive? Para él la vida es penosa y en cambio Borís acaba de empezar a vivir.

—Seguramente le dejará algo a Borís —dijo la condesa.

—Solo Dios lo sabe. Estos grandes señores tan ricos son todos unos egoístas. De todos modos iré ahora a verle con Borís y le expondré sin tapujos cuáles son mis necesidades. Que piensen lo que quieran de mí, realmente me da lo mismo cuando el destino de Borís depende de ello. —La princesa se puso en pie—. Son ahora las dos. Y a las cuatro es vuestra comida. Tendré tiempo de volver. —Y con los modales de una gran señora peterburguesa con muchas ocupaciones que sabe aprovechar el tiempo, Anna Mijáilovna fue a por su hijo y en su compañía salió al recibidor.

—Adiós, alma mía —dijo a la condesa que le había acompañado a la puerta—. Deséame suerte —dijo en voz baja para que no la oyese su hijo.

—¿Va a casa del conde Kiril Vladímirovich, querida mía? —dijo el conde desde el comedor saliendo también al recibidor—. Si se encuentra mejor invite a Pierre a comer con nosotros. Me ha visitado alguna vez y ha bailado con los niños. Invítele sin discusión. Bueno, veamos cómo se ha esmerado hoy Tarás. Dicen que ni en casa del conde Orlov hubo una comida como la que daremos hoy aquí.

XIX

—Mi querido Borís —dijo la princesa Anna Mijáilovna a su hijo, cuando la carroza de la condesa Rostov en la que viajaban cruzó la calle cubierta de paja y entró en el amplio patio sembrado de arena roja de la casa del conde Kiril Vladímirovich Bezújov—. Mi querido Borís —dijo la madre sacando una mano del viejo abrigo y poniéndola en la mano de su hijo con un movimiento tímido y cariñoso—, olvídate de tu orgullo. A pesar de todo el conde Kiril Vladímirovich es tu padrino y tu futuro depende de él. Recuérdalo, sé amable como tú sabes serlo.

—Si yo supiera que de esto vamos a obtener algo más, aparte de la humillación —respondió su hijo con frialdad—. Pero se lo he prometido y lo haré por usted. Aunque es la última vez, mamá. Recuérdelo.

A pesar de que la carroza estaba parada en la entrada, el criado miró atentamente a madre e hijo, que sin anunciarse entraban en el acristalado zaguán entre dos filas de estatuas situadas en cavidades labradas en la pared, y observando significativamente el viejo abrigo les preguntó a quién querían ver, si a las princesas o al conde y habiéndole dicho que al conde, dijo que Su Excelencia hoy se encontraba peor y que no recibía a nadie.

—Nos podemos ir —dijo en francés el hijo, que ya se imaginaba que eso iba a suceder.

—Amigo mío —dijo la madre con voz suplicante tocando de nuevo la mano del hijo como si este contacto pudiera tranquilizarle o excitarle.

Borís calló, temiendo una escena delante del criado y adoptó la traza del que está dispuesto a resistir hasta el final. Y sin quitarse el capote miró a la madre interrogativamente.

—Querido —dijo con voz tierna Anna Mijáilovna dirigiéndose al criado—, sé que el conde Kiril Vladímirovich está muy enfermo, por eso he venido… somos parientes… No le molestaré, querido… Solo necesitaría ver al príncipe Vasili Serguévich dado que él está aquí. Anúncienos, por favor.

El criado, malhumorado, tiró de la campanilla y se volvió.

—La princesa Drubetskáia visita al príncipe Vasili Serguévich —gritó al criado vestido de frac, medias y zapatos con hebilla, que acudió al rellano superior y que miraba desde lo alto de la escalera.

La madre se compuso los pliegues de su vestido de seda teñida mirándose al espejo veneciano de cuerpo entero de la pared, y subió vigorosamente por la alfombra de la escalera, con sus zapatos de tacones desgastados.

—Querido, me lo has prometido —se volvió de nuevo a su hijo, tocándole con la mano para animarle. Su hijo, bajando los ojos, la siguió disgustado.

Entraron en un salón en que una puerta conducía a la habitación en la que se alojaba el príncipe Vasili.

En el momento en que madre e hijo, que ya estaban en el centro de la habitación, iban a preguntar el camino al viejo criado que se había puesto en pie al entrar ellos, la manilla de una de las puertas giró y salió el príncipe Vasili con bata de estar por casa de terciopelo y una sola condecoración, acompañando a un hombre guapo de cabellos negros. Este hombre era el conocido doctor peterburgués Lorrain.

—Entonces, es seguro —dijo el príncipe.

—Príncipe, equivocarse es humano, pero... —respondió el doctor tartamudeando y pronunciando las palabras latinas con entonación francesa.

—Bien, bien...

Reparando en Anna Mijáilovna y en su hijo, el príncipe Vasili despidió al doctor con una reverencia y en silencio, pero con aire interrogante, fue hasta ellos. El hijo reparó con sorpresa en que los ojos de la princesa Anna Mijáilovna adoptaron de pronto una expresión de profundo pesar.

—En qué tristes circunstancias nos vemos, príncipe... ¿Qué se sabe de nuestro querido enfermo? —dijo ella sin reparar en la mirada fría e insultante fija en ella y dirigiéndose al príncipe como si fuera un buen amigo con el que compartir el dolor. El príncipe Vasili la miró interrogativamente, casi perplejo, y luego miró a Borís. Borís se inclinó cortésmente. El príncipe Vasili, sin responder al saludo, se volvió a Anna Mijáilovna y respondió a su pregunta con un movimiento de cabeza y de labios que quería decir que no había esperanza para el enfermo.

—¿Es posible? —exclamó Anna Mijáilovna—. ¡Oh, es terrible! Resulta horrible pensar... Este es mi hijo —añadió ella, señalando a Borís—. Quería darle las gracias en persona.

Borís se inclinó de nuevo cortésmente.

—Créame, príncipe, que el corazón de una madre no olvidará lo que usted hizo por nosotros.

—Me alegra haber podido hacerle un bien, querida Anna Mijáilovna —dijo el príncipe Vasili arreglándose la gorguera y mostrando con la voz y el gesto que allí en Moscú, ante su protegida Anna Mijáilovna, su importancia era aún mayor que en San Petersburgo en la velada de Anna Scherer.

—Trate de servir bien y de ser digno —añadió él dirigiéndose severamente a Borís—. Me alegro… ¿Está aquí de permiso? —dictó él con su tono impasible.

—Espero órdenes, Su Excelencia, para incorporarme a mi nuevo destino —respondió Borís sin mostrar ni disgusto por el tono del príncipe ni deseo de entrar en conversación, pero tan tranquila y fríamente que el príncipe le miró con atención.

—¿Vive con su madre?

—Vivo en casa de la condesa Rostov —dijo Borís y añadió de nuevo fríamente—: Su Excelencia.

Decía «Su Excelencia» no solo para halagar a su interlocutor sino también para que este se abstuviera de familiaridades.

—Es ese Iliá Rostov que se casó con Natalie Z. —dijo Anna Mijáilovna.

—Lo sé, lo sé —dijo el príncipe Vasili con su monótona voz y su característico desprecio peterburgués hacia todo lo moscovita.

—Nunca he podido entender cómo Natalie decidió casarse con ese oso grasiento. Es una persona totalmente estúpida y ridícula. Y para rematar, jugador, según dicen —dijo él, expresando todo su desprecio hacia el conde Rostov y todos los que eran como él y además, que pese a sus importantes asuntos de estado, no era ajeno a los chismes de la ciudad.

—Pero es muy buena persona, príncipe —observó Anna Mijáilovna, sonriendo tiernamente, como si diera a entender que ella misma sabía que el conde Rostov se había ganado esa fama, pero pidiendo indulgencia para el pobre anciano.

—¿Qué dicen los médicos? —preguntó la princesa, después de un corto silencio y expresando de nuevo un gran pesar en su rostro lloroso.

—Hay poca esperanza —dijo el príncipe.

—Y yo que quería agradecer una vez más a mi tío todo el bien que nos ha hecho a mí y a mi hijo. Es su padrino —añadió ella con tal tono como si esta noticia fuera a alegrar extremadamente al príncipe Vasili.

El príncipe Vasili reflexionó y frunció el ceño. Anna Mijáilovna entendió que temía que ella fuera a convertirse en una rival para el testamento del conde Bezújov. Se apresuró a tranquilizarle.

—Si no fuese por mi sincero amor y devoción por mi tío —dijo ella pronunciando estas palabras con una particular seguridad y despreocupación—, conozco su carácter, bondad, rectitud, pero las princesas quedarán tan solas sin él…. Aún son jóvenes. —Bajó la cabeza y añadió en voz baja—: ¿Ha cumplido con su último deber, príncipe? ¡Qué valiosos son estos últimos minutos! Eso no le empeorará, hay que prepararle si está tan enfermo. Nosotras las mujeres, príncipe —sonrió con amabilidad—, siempre sabemos cómo hablar estas cosas. Es necesario que le vea. Aunque sea duro para mí, pero yo ya me he acostumbrado a sufrir.

El príncipe comprendió, como en la velada de Anna Scherer, que era difícil deshacerse de Anna Mijáilovna.

—¿No sería una pesada entrevista, querida Anna Mijáilovna? —dijo él—. Esperemos a la tarde, los doctores anunciaron una crisis.

—Pero en estos momentos no se puede esperar, príncipe. Piense que en ello se juega la salvación de su alma. ¡Oh! Es terrible, pero son los deberes de un cristiano. —De las habitaciones interiores se abrió una puerta y salió una de las princesas sobrinas del conde con bello, sombrío y frío rostro y con el largo talle asombrosamente desproporcionado con respecto a las piernas.

El príncipe Vasili se dirigió a ella:

—¿Cómo se encuentra?

—Igual. ¿Cómo quiere que esté con este ruido…? —dijo la princesa mirando a Anna Mijáilovna como a una desconocida.

—Querida, no la había reconocido —dijo Anna Mijáilovna con una alegre sonrisa dirigiéndose a la sobrina del conde con suaves pasos de ambladura—. He venido a ayudaros con mi tío. Me hago idea de lo que habéis sufrido —añadió ella con alegría alzando los ojos al cielo.

La princesa, sin siquiera sonreír, pidió que la excusaran y salió inmediatamente. Anna Mijáilovna se quitó los guantes y con actitud de vencedora se instaló cómodamente en el sillón, invitando al príncipe Vasili a sentarse a su lado.

—Borís —dijo a su hijo y sonrió—. Voy a ver al conde… a mi tío y tú mientras tanto vete a ver a Pierre, querido, y no te olvides de transmitirle la invitación de los Rostov. Le han convidado a comer. Creo que no querrá ir —le dijo al príncipe.

—Al contrario —dijo el príncipe que estaba visiblemente malhumorado—. Me alegraría que me librara de ese joven. Está aquí y el conde no ha preguntado por él ni una sola vez.

Se encogió de hombros. El criado acompañó al joven abajo por la segunda escalera, al encuentro de Pierre Vladímirovich.

XX

Borís, gracias a su carácter templado y reservado, sabía siempre cómo comportarse en situaciones difíciles. Y en ese preciso momento esa templanza y reserva se reforzaron aún más con esa nube de felicidad que le envolvía aquella mañana, durante la que se había encontrado con varios personajes y a través de la cual le era más fácil hacer involuntarios juicios sobre las maniobras y el carácter de su madre. El papel de pedigüeño que su madre le obligaba a desempeñar le era difícil de soportar, pero no se consideraba libre de culpa.

A Pierre finalmente no le había dado tiempo a elegir carrera en San Petersburgo y en efecto había sido enviado a Moscú a causa de aquel escándalo. La historia que habían contado en casa del conde Rostov era cierta. Pierre había estado presente y había ayudado a atar al policía al oso. Había llegado hacía unos cuantos días y se alojaba como siempre en casa de su padre. A pesar de que suponía que su historia era ya conocida en Moscú y que las damas que rodeaban a su padre, que siempre habían sentido animadversión hacia él, se servirían de ello para irritar al conde, el día de su llegada fue a las habitaciones de su padre. Al entrar en la sala en la que habitualmente se encontraban las princesas saludó a las damas sentadas en los bastidores mientras una de ellas leía un libro en voz alta. Eran tres. La mayor, una moza muy pulcra, de largo talle y aspecto severo, la misma que se encontrara con Anna Mijáilovna, leía; las pequeñas, ambas lozanas y bonitas, que se diferenciaban entre sí solo por el hecho de que una tenía un lunar sobre el labio, que la embellecía mucho, estaban sentadas tras los bastidores. Pierre fue recibido como si de un cadáver o de un apestado se tratara. La mayor de las princesas interrumpió la lectura y le miró en silencio con ojos asustados; la pequeña, la que no tenía lunar, de carácter alegre y risueño se inclinó hacia el bastidor para esconder la sonrisa provocada probablemente por la escena que se presentaba, que ella preveía que sería divertida. Tiró de los hilos hacia abajo y se inclinó como si examinara el bordado, sin poder apenas contener la risa.

—Buenos días, prima —dijo Pierre—. ¿Es que no me conoce?

—Le conozco demasiado bien, demasiado bien.

—¿Qué tal se encuentra el conde de salud? ¿Puedo verle? —preguntó Pierre torpemente como siempre pero sin alterarse.

—El conde sufre tanto física como moralmente y parece ser que usted se ha cuidado de causarle aún mayores sufrimientos morales.

—¿Puedo ver al conde? —repitió Pierre.

—¡Hum! Si quiere matarle, terminarle de matar, entonces puede verle. Olga, ve a ver si está listo el caldo para el tío; ya es la hora —añadió queriendo mostrar de esta manera a Pierre que ellas se ocupaban de tranquilizar a su padre, mientras que estaba claro que él se dedicaba solo a apenarle.

Olga salió. Pierre siguió de pie, miró a las hermanas y haciendo una reverencia, dijo:

—Entonces volveré a mis habitaciones. Cuando pueda verle, me avisan. —Salió y tras él sonó la risa audible sin ser escandalosa de la hermana del lunar.

Al día siguiente llegó el príncipe Vasili y se alojó en casa del conde. Hizo llamar a Pierre y le dijo:

—Querido mío, si se comporta aquí como en San Petersburgo, acabará muy mal, es todo lo que le voy a decir. El conde está muy enfermo, no tiene por qué verlo.

Desde aquel momento no habían vuelto a molestar a Pierre y él pasaba todo el día solo arriba en su habitación.

Cuando Borís entró en su habitación, Pierre, que estaba abstraído en sus pensamientos, caminaba por la misma, deteniéndose de vez en cuando en las esquinas, haciendo gestos amenazadores hacia la pared como si atravesara a un enemigo invisible con la espada, mirando severamente por encima de las gafas y reanudando de nuevo su paseo, articulando palabras incomprensibles, encogiéndose de hombros y separando los brazos.

—¡Es el fin de Inglaterra! —decía frunciendo el ceño y señalando a alguien con el dedo—. Pitt, como traidor a la nación y al derecho público, es condenado a… —No le dio tiempo a terminar de pronunciar la sentencia contra Pitt, imaginándose en ese momento que él era el mismo Napoleón y con su héroe ya hubiera realizado la peligrosa travesía a través del Pas de Calais y conquistado Londres, cuando vio a un joven oficial esbelto y guapo que entraba en su habitación. Se detuvo. Pierre había visto poco a Borís y la última vez era aún un muchacho de catorce años y no se acordaba de él en absoluto; pero a pesar de ello le dio la mano con su rapidez y cordialidad características y le sonrió amistosamente mostrando sus dientes picados.

—¿Se acuerda de mí? —dijo Borís—. He venido con *maman* a ver al conde, pero parece ser que él no se encuentra del todo bien.

—Sí, parece ser que está enfermo. No dejan de molestarle

—respondió Pierre sin darse cuenta de que al decir esto era como si reprochara algo a Borís y a su madre.

Intentaba recordar quién era ese joven; Borís se sintió aludido por las palabras de Pierre.

Enrojeció y miró a Pierre audaz y burlonamente, como diciendo: «No tengo nada de qué avergonzarme». Pierre no hallaba que decir.

—El conde Rostov le invita hoy a comer a su casa —continuó Borís tras un silencio bastante largo e incómodo para Pierre.

—¡Ah! ¡El conde Rostov! —dijo alegremente Pierre—. Así que entonces usted es su hijo, Iliá. ¿Se imagina que al principio no le había reconocido? ¿Se acuerda de cuando íbamos al monte Vorobéi con madame Jaquot?

—Usted se confunde —dijo lentamente Borís, con una sonrisa audaz y algo burlona—. Soy Borís, el hijo de la princesa Anna Mijáilovna Drubetskáia. El conde Rostov se llama Iliá y su hijo Nikolai. Y yo no conozco a ninguna madame Jaquot.

Pierre agitó las manos y la cabeza como si le atacaran mosquitos o abejas.

—¡Ah, bueno, entonces…! Lo confundo todo. ¡Tengo tantos parientes en Moscú! Usted es Borís… sí. Bueno, por fin nos hemos aclarado. Entonces, ¿qué opina usted de la expedición de Boulogne? Las cosas se les van a poner feas a los ingleses si Napoleón atraviesa el Canal. Opino que la expedición es muy posible. Con tal de que Villeneuve no meta la pata.

Borís no sabía nada sobre la expedición de Boulogne, no leía los periódicos y era la primera vez que oía hablar de Villeneuve.

—Aquí en Moscú nos ocupamos más de las comidas y de los chismes que de la política —dijo él con su habitual tono tranquilo y burlón—. No conozco y no puedo opinar nada de esto. Moscú se ocupa sobre todo de chismes —continuó él—. Ahora hablan de usted y del conde.

Pierre se sonrió con su bondadosa sonrisa como si temiera

que su interlocutor fuera a decir algo de lo que pudiera arrepentirse. Pero Borís hablaba precisa, clara y concisamente, mirando directamente a Pierre a los ojos.

—En Moscú no se hace otra cosa que chismorrear —continuó él—. Todos comentan sobre quién va a recibir la herencia del conde, aunque puede que él viva más que todos nosotros, lo que le deseo de corazón.

—Sí, esto es muy duro —murmuró Pierre—, muy duro. Pierre aún se temía que ese joven oficial se metiera involuntariamente en una conversación incómoda para sí mismo.

—Y a usted le debe parecer —dijo Borís enrojeciendo pero sin cambiar la voz ni la actitud—, le debe parecer que todos se preocupan nada más que en obtener algo del rico.

«Aquí está», pensó Pierre.

—Y precisamente quiero decirle, para evitar malentendidos, que se equivocaría mucho si nos contara a mí y a mi madre entre ellos. Somos muy pobres, pero al menos yo me digo a mí mismo que precisamente porque su padre es rico no me considero pariente suyo y nunca le pediré nada ni aceptaré nada de él —concluyó él acalorándose por momentos.

Pierre estuvo mucho tiempo sin comprender, pero cuando lo entendió salto del diván, tiró de la mano de Borís hacia abajo y con su rapidez y su falta de habilidad características, aún más sonrojado que Borís, empezó a decir con una mezcla de sentimiento de enfado y vergüenza.

—Escúcheme… ¡Esto es extraño! Acaso yo… pero quién podría pensar… Yo sé bien que…

Pero Borís le interrumpió de nuevo.

—Me alegra habérselo dicho todo. Si le ha sido desagradable le ruego que me perdone —dijo él tranquilizando a Pierre en lugar de ser tranquilizado por él—. Espero no haberle ofendido. Tengo por principio hablar de todo claramente. ¿Qué debo transmitir? ¿Vendrá a comer a casa de los Rostov?

Y Borís, que cargando sobre él el peso del deber había conseguido salir de la situación incómoda colocando en ella al otro, se volvió visiblemente alegre y ligero.

—No, escuche —dijo Pierre tranquilizándose—, es usted asombroso. Esto que me acaba de decir está muy bien, muy bien. Desde luego que usted no me conoce, hace tanto que no nos vemos... éramos todavía niños... usted puede suponer que yo... Yo le entiendo, le entiendo muy bien. Yo nunca habría actuado así, no habría tenido el ánimo suficiente, pero es estupendo. Me alegra haberle conocido. Es extraño —añadió él, después de un silencio y sonriendo—, ¡lo que suponía de mí! —Se echó a reír.

—¡Bueno, y qué más da! Nos conoceremos mejor. —Estrechó la mano de Borís.

—¿Sabe que no he visto aún al conde ni una sola vez? No ha requerido mi presencia. Esto me apena, como persona... Pero ¿qué puedo hacer? —Borís sonrió alegre y bondadosamente.

—¿Y usted cree que a Napoleón le dará tiempo a llevar a su ejército? —preguntó.

Pierre entendió que Borís quería cambiar de conversación y dado que él también lo deseaba comenzó a exponer las ventajas y desventajas de la empresa de Boulogne.

Un criado fue a llamar a Borís de parte de la princesa. Su madre se disponía a partir. Pierre prometió ir a comer y para afianzar su relación con Borís estrechó con firmeza su mano mirándole cariñosamente a los ojos a través de las gafas... Después de que él se fuera Pierre aún estuvo caminando por la habitación un buen rato pero ya sin atravesar al enemigo invisible con la espada, sino sonriendo ante el recuerdo de ese joven amable, inteligente y firme.

Como sucede en la primera juventud y especialmente cuando se está solo, él sentía una ternura inmotivada hacia ese joven y se prometió a sí mismo hacerse amigo suyo.

El príncipe acompañó a la puerta a la princesa. Esta sostenía un pañuelo y su rostro estaba arrasado por las lágrimas.

—¡Es terrible! ¡Terrible! —decía ella—. Pero aunque me cueste, cumpliré con mi deber. Vendré a pasar la noche. No se le puede dejar así. Cada minuto es valioso. No entiendo por qué se demoran tanto las princesas. ¡Que Dios me ayude a encontrar la forma de prepararle! Adiós, príncipe, que Dios le dé fuerzas…

—Adiós, querida —respondió el príncipe Vasili, dándole la espalda.

—¡Oh! ¡Está en muy mal estado! —le decía la madre a su hijo cuando de nuevo se encontraron en el coche—. Casi no reconoce a nadie. Puede que hasta sea mejor.

—Hay algo que no entiendo, mamá. ¿Cuáles son sus relaciones con Pierre? —preguntó el hijo.

—El testamento lo dirá todo, amigo mío, incluso nuestro destino depende de él…

—Pero ¿por qué piensa que nos dejará algo?

—¡Ah, amigo mío! ¡Él es tan rico y nosotros tan pobres!

—Pero esa no es razón suficiente, mamá.

—¡Ah, Dios mío! ¡Dios mío! ¡En qué situación tan lastimosa se encuentra! —exclamó la madre.

XXI

Cuando Anna Mijáilovna partiera con su hijo a ver al conde Kiril Vladímirovich Bezújov la condesa estuvo sentada largo rato sola llevándose el pañuelo a los ojos. Finalmente llamó al servicio.

—¿Qué pasa, querida? —dijo con enfado a la doncella que le había hecho esperar algunos minutos—. ¿No quiere trabajar o qué? Pues si es así ya le buscaré otro sitio donde hacerlo.

La condesa estaba muy afligida por la pena y la humillante pobreza de su amiga y por eso estaba de mal humor, lo cual en su caso se manifestaba llamando a la criada «querida» y tratándola de usted.

—Mis disculpas —dijo la doncella.

—Diga al conde que quiero verle.

El conde, balanceándose, fue al encuentro de su mujer con aire ligeramente culpable, como de costumbre.

—¡Bueno, condesita! ¡Qué *sauté au madere* de ortega vamos a tener! Yo ya lo he probado. No en vano di mil rublos por Tarás. ¡Los vale!

Se sentó al lado de su esposa apoyando los codos en las rodillas y mesándose los grises cabellos.

—¿Qué ordena, condesita?

—Pues resulta, amigo, pero ¿qué es esta mancha de aquí? —dijo ella señalándole el chaleco—. Ese *sauté*, seguro —añadió ella, sonriendo—, lo que pasa, conde, es que necesito dinero.

Su rostro adoptó una triste expresión.

—¡Oh, condesita! —Y el conde se ajetreó en busca de su billetero.

—Me hace falta mucho, conde, quinientos rublos. —Y ella, sacando el pañuelo de batista, limpió con él el chaleco de su marido.

—Ahora mismo. ¡Eh! ¿Quién hay ahí? —gritó él con la voz con la que gritan los hombres que saben que a quien requieren acudirá precipitadamente a su llamada—. ¡Enviadme a Mítenka!

Mítenka, ese hijo de buena familia que se había criado en casa del conde y que ahora se ocupaba de todos sus asuntos, entró con pasos silenciosos en la habitación.

—Querido —dijo el conde al joven que se acercaba respetuosamente.

—Tráeme... —Reflexionó—. Sí, setecientos rublos, eso es. Pero no me los traigas tan usados y grasientos como aquella vez, que estén nuevecitos; son para la condesa.

—Sí, Mítenka, por favor, que estén limpitos —dijo la condesa suspirando con tristeza.

—¿Cuándo quiere que se los traiga, Su Excelencia? —dijo Mítenka—. Debe saber que... Sin embargo, no se preocupe —añadió él dándose cuenta de que el conde empezaba a respirar pesadamente y a menudo, lo que era señal inconfundible de que comenzaba a enfadarse—. Casi se me olvida que… ¿Se los traigo ahora mismo?

—Sí, sí, eso es, tráelos. Dáselos a la condesa.

—¡Cuán preciado me es este Mítenka! —comentó el conde sonriendo, cuando el joven hubo salido—. No hay nada que sea imposible. Yo no puedo soportarlo. Todo debe ser posible.

—¡Ah, el dinero, conde, el dinero! ¡Cuánto se sufre en el mundo por él! —dijo la condesa—. Pero este dinero me es muy necesario.

—Usted, condesita, es una famosa despilfarradora —dijo el conde, y besando la mano de su esposa se volvió a su despacho.

Cuando Anna Mijáilovna volvió de casa de Bezújov, la condesa ya tenía el dinero en su poder y guardaba los billetes nuevos sobre la mesa tapados por el pañuelo. Anna Mijáilovna advirtió que a la condesa algo le inquietaba y que tenía aspecto apesadumbrado.

—¿Qué tal, amiga mía? —preguntó la condesa.

—¡Ah, en qué situación tan terrible se encuentra! No conoce a nadie, está tan mal, tan mal; solo he estado con él un momento y no he podido decirle ni dos palabras…

—Annette, por Dios, no me lo rechaces —dijo de pronto la condesa, ruborizándose, lo que resultaba tan raro en aquel rostro delgado y carente ya de juventud, sacando el dinero de debajo del pañuelo.

Anna Mijáilovna entendió instantáneamente de qué se trataba y se agachó para, en el momento preciso, abrazar cariñosamente a la condesa.

—Es para Borís, para su equipo, de mi parte…

Anna Mijáilovna ya la abrazaba y lloraba. La condesa también lloraba. Lloraban porque estaban unidas y porque eran buenas y porque ellas, amigas de la infancia, se ocupaban de cosas tan bajas como el dinero y porque su juventud había quedado atrás. Pero a ambas las lágrimas les fueron gratas.

XXII

La condesa Rostova, con su hija y con ya gran parte de los invitados, estaba sentada en la sala. El conde hacía pasar a los invitados masculinos a su despacho y les mostraba su colección de pipas turcas. De vez en cuando salía y preguntaba: ¿No ha llegado? Esperaban a María Dmítrievna Ajrósimova, conocida en sociedad como «el terrible dragón», dama que no era conocida por su fortuna ni por sus títulos, sino por su espíritu franco y por su conversación sincera y directa. María Dmítrievna era conocida de la familia del zar y de todo Moscú y todo San Petersburgo y ambas ciudades la admiraban, aunque por lo bajo se reían de su rudeza y contaban anécdotas sobre su persona; a pesar de eso, todos, sin excepción, la apreciaban y temían.

En el despacho lleno de humo se hablaba de la guerra que se había declarado a través de un manifiesto y sobre el reclutamiento. El manifiesto aún no lo había leído nadie, pero todos estaban enterados de su aparición. El conde estaba sentado en una otomana, entre dos vecinos fumadores y parlanchines. El mismo conde no fumaba ni hablaba, pero inclinando su cabeza bien a un lado bien al otro miraba con visible satisfacción a los fumadores y escuchaba la conversación de sus dos vecinos, que él había propiciado.

Uno de los interlocutores era un civil cuyo delgado rostro afeitado era arrugado y bilioso, un hombre que ya rondaba la vejez aunque fuera vestido como el joven más a la moda; estaba sentado con las piernas en la otomana, como habitual de la casa y con la pipa profundamente enterrada en un costado de la boca, aspiraba el humo violentamente y entornaba los ojos. Era un conocido maldiciente moscovita, el viejo solterón Shinshin, primo hermano de la condesa, un lengua viperina, según se decía en los salones moscovitas. Daba la impresión de que tenía que descender al nivel de su interlocutor para hablar. El otro era un oficial de la guardia, fresco y de piel sonrosada, impecablemente lavado, abotonado y peinado, que sujetaba la pipa en el centro de la boca y con los rosados labios aspiraba suavemente el humo y lo echaba a través de su hermosa boca formando anillos, como si esta estuviera en gran medida destinada a la producción de estos anillitos. Era el teniente Berg, oficial del regimiento de Semiónov, junto con el que Borís partiría a incorporarse a filas y con el que Natasha irritaba a Vera, su hermana mayor, llamándole su novio. Berg había llevado la conversación acerca de la guerra a sus propios asuntos, profundizando en sus planes militares futuros y estaba visiblemente muy orgulloso de poder conversar con alguien tan renombrado como Shinshin. El conde estaba sentado entre los dos y escuchaba con atención. La diversión preferida del conde, a excepción de jugar al «Boston», que le encantaba, era encontrarse en la posición de oyente cuando conseguía incitar la conversación entre dos interlocutores agudos y charlatanes. Aunque Berg no era muy hablador, el conde advirtió en los labios de Shinshin una sonrisa burlona, como si estuviera diciendo: «Mirad cómo azuzo a este oficialillo». Y el conde, que no albergaba ninguna animadversión hacia Berg, se consolaba al no hallar mala intención en las palabras de Shinshin.

—¿De modo, padrecito, mi muy estimado Alfons Karlovich…? —decía Shinshin, burlándose y uniendo, lo que constituía una peculiaridad de su discurso, las expresiones rusas más chabacanas con las más refinadas frases francesas—. ¿Usted cuenta con tener rentas del estado y un pequeño ingreso de su compañía?

—No, Piotr Nikoláevich, solo quiero demostrar que en caballería se tienen muchas menos ventajas que en infantería. Considere usted, Piotr Nikoláevich, cuál es mi situación.

Berg hablaba siempre de forma precisa, tranquila y cortés. Su conversación siempre trataba de sí mismo y siempre callaba pacientemente cuando se hablaba de cualquier otra cosa que no tuviera relación directa con su persona. Y podía guardar de este modo silencio durante horas, sin sentir ni provocar en los demás ni el más mínimo embarazo. Pero tan pronto como la conversación trataba de su persona comenzaba a hablar prolijamente y con evidente placer.

—Considere mi situación, Piotr Nikoláevich, si estuviera en la caballería no cobraría más de 200 rublos cada cuatro meses incluso con el grado de teniente, y ahora gano 230 —decía él con una sonrisa alegre, amable y egoísta, mirando a Shinshin y al conde como si fuera evidente para él que su éxito siempre fuera a constituir el objeto de la envidia del resto.

El conde miraba a Shinshin, esperando que pronto empezara a asaetearle con su afilada lengua, pero Shinshin callaba, lo único que hacía era reír. El conde también reía.

—Además, Piotr Nikoláevich, pasando a la guardia me mantengo a la vista —continuó Berg—, las vacantes en infantería de la guardia son muy frecuentes. Además ustedes mismos considerarán cómo puedo acomodarme con 230 rublos.

Él calló y continuó triunfal:

—E incluso ahorro y le envío dinero a mi padre. —Y dejó escapar un anillito de humo.

—El saldo está claro. «El alemán siega el trigo aun con el filo de un hacha», como dice el proverbio —dijo Shinshin metiéndose la pipa en el otro lado de la boca y guiñando un ojo al conde.

El conde se echó a reír a carcajadas. Los otros invitados, viendo que Shinshin dirigía la conversación, se acercaron para escuchar. Berg, sin reparar en la indiferencia ni en la burla, relató extensa, detallada y precisamente que el paso a la guardia ya le suponía una ventaja sobre sus compañeros de cuerpo, que en tiempo de guerra el jefe de la compañía podía morir y que él, que era el más antiguo de la compañía, podía convertirse en jefe con gran facilidad y que en la compañía todos le querían y que su padre estaba muy orgulloso de él. Todos los oyentes esperaban junto con el conde, que algo hilarante sucediera, pero no sucedió. Berg se deleitaba en contar todo aquello y parecía que ni siquiera se imaginara que los demás pudieran tener sus propios intereses. Pero todo lo que él contaba era tan grato, tan pausado, era tan evidente la ingenuidad de su juvenil egoísmo que desarmó a todos sus oyentes e incluso el propio Shinshin dejo de reírse de él, no le parecía digno siquiera de una conversación

—Bueno, querido, tanto en infantería como en caballería, usted llegará lejos, se lo pronostico. Le auguro una brillante carrera —dijo él dándole una palmada en la espalda y quitando las piernas de la otomana. Berg sonrío de felicidad. El conde y el resto de los invitados detrás de él salieron hacia la sala.

XXIII

Era el momento antes de una comida memorable en el que los invitados de gala no comienzan largas conversaciones en espera de la invitación a sentarse, pero en el que a la vez consideran necesario moverse y no permanecer en silencio, para demostrar que no sienten ninguna clase de impaciencia por sentarse a la mesa. Los dueños de la casa miran a la puerta y de vez en cuando intercambian miradas. Los invitados intentan adivinar por estas miradas qué o a quién esperan: a un importante pariente que se retrasa o a un plato que aún no está a punto. En estos momentos a los criados del cuarto del servicio aún no les ha dado tiempo a empezar a hablar sobre los señores porque deben levantarse constantemente para atender a los forasteros.

En estos momentos los cocineros se desesperan en la cocina, y con rostros sombríos, vestidos con blancos gorros y batas, van de la plancha al asador y a la alacena y se esconden del cocinero jefe y gritan a los ayudantes de cocina que en esos momentos están especialmente asustados. Los cocheros hacen cola en la entrada y, sentados tranquilamente en los pescantes, cruzan algunas palabras entre sí o se ponen a fumar una pipa en el cuarto de los cocheros.

Pierre había llegado y se había sentado torpemente en medio de la sala, en la primera butaca que había encontrado, obstaculizando el paso a todo el mundo. La condesa quería empujarle a conversar, pero él miraba ingenuamente a su alrededor a través de las gafas como si buscara a alguien y respondía con monosílabos a todas las preguntas de la condesa. Estaba estorbando y era el único que no se percataba. La mayoría de los invitados, que conocían su historia con el oso, miraban con curiosidad a ese enorme, grueso y pacífico joven, sin entender que tal zote y modesto personaje fuera capaz de hacerle una cosa así al policía.

—¿Hace poco que ha llegado? —le preguntó la condesa.

—Sí, madame —respondió él, mirando en derredor.

—¿No ha visto a mi marido?

—No, madame —sonrió él intempestivamente.

—Me parece que hace poco que estuvo en París. Creo que es muy interesante.

—Muy interesante —respondió él, preguntándose dónde podía estar ese Borís que tanto le había gustado.

La condesa cruzó unas miradas con la princesa Anna Mijáilovna y Anna Mijáilovna comprendió que le solicitaba que se ocupara del joven, y habiéndose sentado a su lado se puso a hablarle de su padre, pero tal como a la condesa él le respondía solo con monosílabos. Todos los invitados estaban entretenidos entre sí. Por todas partes se oía el murmullo de las conversaciones. Los Razumovski… Ha sido maravilloso… Es usted muy amable… La condesa Apráxina… Apráxina…

La condesa se levantó para entrar en la sala.

—¿María Dmítrievna? —se escuchó su voz desde la sala.

—La misma —se oyó como respuesta una fuerte voz femenina, y después de eso entró en la habitación María Dmítrievna, que venía con su hija.

Todas las señoritas e incluso las señoras, exceptuando las más viejas, se levantaron. María Dmítrievna se detuvo en la puerta y desde la altura de su orondo cuerpo alzando su hermosa cabeza quincuagenaria con rizos canos, miró a los invitados. María Dmítrievna siempre hablaba en ruso.

—Te felicito, querida, y también a tus hijos —dijo ella con su voz fuerte y profunda que aplastaba cualquier otro ruido—. Hubiera venido por la mañana de visita pero no me gusta callejear por las mañanas. ¿Qué pasa, viejo pecador? —dijo dirigiéndose al conde que le besaba la mano—. Seguramente te aburrirás en Moscú. ¿No hay dónde llevar a cazar a los perros? Pero qué se puede hacer, querido, si estos pajaritos van creciendo… —Ella señalaba a su hija, una señorita nada fea que parecía tan tierna y dulce a la vista como su madre parecía ruda—. Y quieras o no quieras habrá que buscarles unos prometidos. Míralas, ya están en edad —señalaba a Natasha y Sonia que entraban en la sala.

Al llegar María Dmítrievna todos estaban reunidos en la sala esperando para sentarse a la mesa. Entró Borís y Pierre se unió a él.

—¿Qué tal, cosaco mío? (María Dmítrievna llamaba «cosaco» a Natasha) ¡Esta muchacha se ha convertido en todo un triunfo! —decía ella acariciando con la mano a Natasha que se había acercado a ella sin temor y alegremente—. Sé que esta chica es un peligro, que haría falta azotarla, pero la quiero.

Sacó del enorme ridículo (el ridículo de María Dmítrievna era conocido por todos por la abundancia y variedad de su contenido) unos pendientes de zafiros, en forma de pera y habiéndoselos dado a la radiante y ruborizada Natasha, la dejó, y advirtiendo la presencia de Pierre se dirigió a él.

—¡Eh, eh, querido! Ven aquí —dijo ella con voz fingidamente suave y fina, como se habla a un perro al que se quiere reñir—. Ven aquí, querido…

Pierre se acercó asustado, pero mirándola con alegría y timidez de colegial a través de las gafas, como si él mismo quisiera participar igual que los demás en el jolgorio.

—¡Ven, ven, querido! Yo era la única que le decía la verdad a tu padre cuando él era poderoso y está de Dios que también te la diga a ti.

Ella guardó silencio. Todos callaron esperando lo que iba a venir y sintiendo que solo iba a ser la introducción.

—¡Muy bonito, no puedo decir más! ¡Muy bonito, joven! Su padre en el lecho de muerte y él se entretiene sentando a caballo a un policía sobre un oso. ¡Qué vergüenza, querido, qué vergüenza! Sería mejor que te fueras a la guerra.

Ella se volvió y le dio la mano al conde, que apenas podía contener la risa; Pierre se limitó a hacerle un guiño a Borís.

—Bien, vamos a la mesa, creo que ya es hora —dijo María Dmítrievna. Delante fueron el conde y María Dmítrievna, después la condesa, que iba del brazo de un coronel de húsares, una persona muy necesaria, dado que Nikolai debía incorporarse a su regimiento; Anna Mijáilovna con Shinshin. Berg le dio el brazo a Vera. Julie, la hija de María Dmítrievna, siempre sonriendo y elevando los ojos, que no se había retirado del lado de Nikolai desde que había llegado, fue con él a la mesa. Tras ellos iban en fila otras parejas, extendiéndose por toda la sala y al final del todo, los niños de uno en uno, los preceptores y las institutrices. Los criados se pusieron en movimiento, hubo ruido de sillas y en los coros comenzó a sonar la música y los invitados se instalaron en sus asientos. El sonido de la orquesta del conde fue sustituido por el ruido de los tenedores y los cuchillos, de las conversaciones de los invitados, de los suaves pasos de los canosos y venerables sirvientes. En uno de los extremos de la mesa, en la cabecera, estaba sentada la condesa. A su derecha estaba sentada María Dmítrievna y a su izquierda la princesa Anna Mijáilovna y otros invitados, en el otro extremo estaba sentado el conde, a su izquierda se sentaba el coronel de húsares, a su derecha Shinshin y otros invitados de sexo masculino. En uno de los lados de la larga mesa estaban los más mayores de los jóvenes: Vera al lado de Berg, Pierre al lado de Borís; en el otro lado los niños con los preceptores e institutrices. El conde miraba a su mujer por encima de las copas, de las botellas y los fruteros aunque en realidad solo le era visible su alto tocado con cintas azules y servía diligentemente vino a sus vecinos sin olvidar servirse él mismo. También la condesa desde detrás de las piñas, dirigía, sin olvidar sus deberes de anfitriona, significativas miradas a su marido cuya calva y rostro, por su color encarnado, contrastaban aún más violentamente con sus grises cabellos. En la zona de las damas se oía un murmullo regular; en la de los hombres se oían voces cada vez más altas, especialmente del coronel de húsares que comía y bebía tan abundantemente que cada vez se ponía más y más colorado, de tal modo que el conde lo ponía como ejemplo ante los otros invitados. Berg hablaba en voz baja sonriendo desagradablemente a Vera sobre la preponderancia de los tiempos de guerra en las relaciones financieras, Borís le iba diciendo a su nuevo amigo Pierre los nombres de los invitados que se sentaban a la mesa e intercambiaba miradas con Natasha, que estaba sentada enfrente suyo. Pierre, que había adquirido involuntariamente cierto desprecio peterburgués hacia los moscovitas, tomó como propias todas las opiniones que había escuchado sobre las costumbres de la sociedad moscovita. Que se componía de: clasismo (los platos se servían según rango y edad), escasez de inquietudes (a nadie le interesaba la política) y hospitalidad, a la que él reconocía la debida justicia. Empezando por las dos sopas, de las que escogió la de tortuga y las kulebiakas* hasta el *sauté* de ortega, que tanto había gustado al conde, no dejó pasar ni un solo plato ni un solo vino que el mayordomo le mostraba disimuladamente por encima del hombro del vecino y diciendo en voz baja: «madera seco», «húngaro» o «vino del Rin», entre otros. Él acercaba la

---

* Kulebiakas: clase de empanada rusa. *(N. de la T.)*

copa que tenía más a mano de las cuatro con el escudo del conde que estaban enfrente de cada servicio y bebía con placer mirando cada vez más amablemente a los invitados. Natasha, sentada frente a él, miraba a Borís como miran las chicas de trece años al muchacho con el que se han besado esa mañana por primera vez y del cual están enamoradas, y sonreía de vez en cuando. Pierre la miraba sin cesar y recibía las miradas y las sonrisas dirigidas a Borís.

—Es extraño —le decía en voz baja a Borís—, la menor de los Rostov no es bonita, es menuda, cetrina. ¡Pero tiene un rostro tan agradable! ¿No es cierto?

—La mayor es más hermosa —respondía Borís sonriendo apenas perceptiblemente.

—No, figúrese. Ninguno de sus rasgos es correcto y sin embargo, como por encanto resulta atractiva.

Y Pierre no dejaba de mirarla. Borís expresó su sorpresa por el extraño gusto de Pierre. Nikolai estaba sentado lejos de Sonia, al lado de Julie Ajrósimova, respondiendo a su cariñosa y entusiasta conversación y mientras tanto tranquilizando con la mirada a su prima dándole a entender que aunque él estuviera en el otro extremo de la mesa o en el otro extremo del mundo, su pensamiento siempre iba a estar fijo en ella. Sonia sonreía solemnemente pero sufría visiblemente por los celos, y tan pronto palidecía como enrojecía e intentaba con todas sus fuerzas escuchar lo que hablaban entre sí Nikolai y Julie. Natasha estaba sentada, para su pesar, con los niños, entre su hermano pequeño y la gruesa institutriz. La institutriz miraba intranquila y susurraba sin cesar algo a su pupila y entonces miraba a los invitados, esperando su aprobación. El preceptor alemán intentaba recordar todos los tipos de platos, postres y vinos, para describirlo todo detalladamente en una carta a sus parientes de Alemania, y se ofendía mucho cuando el mayordomo no le servía de la botella envuelta en una servilleta. El alemán fruncía entonces el ceño y se esforzaba por demostrar que no deseaba que le sirvieran de ese vino, pero se ofendía porque nadie quería entender que él no necesitaba el vino para apagar la sed, ni por glotonería, sino por escrupulosa curiosidad...

XXIV

Era evidente que a Natasha no la habían sentado en el sitio adecuado, pellizcó a su hermano, le hizo un guiño a la institutriz, con lo que el gordo Petrushka rompió a reír y de pronto inclinó todo su cuerpo sobre la mesa hacia Borís, vertió sobre el limpio mantel kvas* de un vaso, para espanto de la institutriz, y sin hacer caso de las amonestaciones pidió que le prestaran atención. Borís se inclinó para escuchar y Pierre también escuchó, a la expectativa de lo que pudiera decir esa menuda y cetrina muchacha que a pesar de sus rasgos irregulares le parecía, de forma extraña, por efecto de su imaginación, que le gustaba más que ninguna de las que estaban en la mesa.

—Borís, ¿qué hay de postre? —preguntó Natasha con un gesto significativo alzando las cejas.

—Lo cierto es que no lo sé.

—¡Pero si es encantadora! —murmuró sonriendo Pierre como si alguien se lo estuviera discutiendo.

Natasha se dio cuenta en ese momento de la impresión que causaba en Pierre y le sonrió alegremente e incluso hizo un leve gesto con la cabeza, sacudió los rizos y le miró. Él podía tomarlo como quisiera. Pierre aún no había intercambiado ni una sola palabra con Natasha, pero sus mutuas sonrisas le hacían saber que se gustaban el uno al otro.

Mientras tanto en el extremo de la mesa en el que se encontraban los hombres, la conversación se iba animando por momen-

* Kvas: bebida rusa fermentada, hecha de fruta o de pan. *(N. de la T.)*

tos. El coronel contaba que en San Petersburgo ya había salido el manifiesto de declaración de la guerra y que el ejemplar que él mismo había visto era el que había recibido por correo el comandante en jefe ese mismo día.

—¿Y por qué tenemos que exponernos penosamente a guerrear contra Napoleón? —dijo Shinshin—. Ya le ha bajado los humos a Austria. Me temo que ahora sea nuestro turno.

El coronel era un alemán grueso, alto y sanguíneo, evidentemente veterano del ejército y patriota. Le ofendieron las palabras de Shinshin.

—*Porrque*, muy señor mío —dijo él en un correcto ruso, pero pronunciando la *r* como *rr*—* *porrque* el *emperrador* sabe de esto. Dijo en el manifiesto que no puede *quedarrse indiferrente* ante el peligro que amenaza a Rusia y que la *segurridad* del *imperrio*, su dignidad y lo sagrado de las alianzas —dijo él, poniendo por alguna razón un particular énfasis en la palabra «alianzas» como si en ella residiera toda la esencia de la cuestión. Y con su impecable memoria oficial repitió las palabras introductorias del manifiesto—: «y el deseo, único e indispensable del *soberrano*, es instaurar la paz en *Eurropa* sobre bases sólidas y su decisión es enviar ahora parte del *ejérrcito* al *extranjerro* y hacer un nuevo *esfuerrzo* para lograr nuestros fines». Aquí tiene el porqué, señor mío —concluyó él vaciando el vaso de lafit** y mirando al conde para que este le apoyara.

—¿Conocen el proverbio: «Eroma, Eroma, quédate en casa y vigila tus husos» —dijo Shinshin, arrellanándose y haciendo muecas—. Nos viene estupendamente. Si hasta incluso Suvórov ya ha sido derrotado. ¿Qué se ha hecho ahora de nuestros Suvórov? Dígame —decía el conocido maledicente, pasando constantemente del ruso al francés y tartamudeando.

* En ruso las letras que confunde este general alemán son: la «Э» /e/ por la «E» /ie/ y el Ъ (signo duro) por el Ь (signo blando). *(N. de la T.)*
** Clase de vino tinto. *(N. de la T.)*

—Debemos luchar hasta la última gota de sangre —dijo el coronel golpeando la mesa con un gesto de dudoso gusto—. Y *morir* por nuestro *emperrador* y entonces *harremos* lo correcto. Y *deliberrar* lo menos posííííííble —dijo alargando la palabra «posible»— lo me-nos posííííííble —concluyó dirigiéndose de nuevo al conde—. Así lo juzgamos los viejos *húsarres*. ¿Y usted qué opina como joven y joven húsar? —añadió dirigiéndose a Nikolai que, habiéndose percatado de que se hablaba de la guerra, había abandonado a su interlocutora y era todo ojos y oídos para el coronel.

—Estoy totalmente de acuerdo con usted —respondió Nikolai, totalmente arrebatado y arrastrando los vasos con un aspecto tan decidido y temerario como si en ese momento se hallara frente a un gran peligro—, estoy convencido de que los rusos debemos vencer o morir —dijo, y después de haber dicho esas palabras se dio cuenta, al igual que los demás, que eran demasiado exaltadas y grandilocuentes para aquella circunstancia y, por lo tanto, ridículas, pero la hermosa e impresionable juventud de su franco rostro provocaba que su salida resultara para los demás mucho más grata que risible.

—Qué hermoso es lo que usted ha dicho —dijo Julie suspirando y escondiendo los ojos tras los párpados a causa de la profunda emoción. Sonia se estremeció y enrojeció hasta las orejas, el cuello y los hombros en el momento en el que Nikolai habló. Pierre escuchaba el discurso del coronel y movía la cabeza afirmativamente, aunque según sus razonamientos él opinaba que el patriotismo era una estupidez. Pero se identificaba involuntariamente con cualquier frase sincera.

—Esto es glorioso. Muy bien, muy bien —dijo él.

—Este joven es un verdadero húsar —gritó el coronel golpeando de nuevo la mesa.

—¿Por qué hacen tanto ruido? —se escuchó de pronto la voz de bajo de María Dmítrievna—. ¿Por qué golpeas la mesa? —dijo dirigiéndose al húsar, siempre expresando lo que los otros solo se atrevían a pensar—. ¿Con quién te acaloras? Seguramente piensas que tienes a los franceses ante ti.

—Digo la verdad —dijo el húsar sonriendo.

—Es todo sobre la guerra —gritó el conde—, y es que mi hijo parte para ella, María Dmítrievna, mi hijo se va.

—Pues yo tengo cuatro hijos en el ejército y no me aflijo. Todo depende de la voluntad divina, puedes morir en la cama y puede que Dios te salve en la batalla —resonó, sin esfuerzo alguno desde el otro lado de la mesa, la recia voz de María Dmítrievna.

—Eso es cierto.

Y la conversación volvió a su ser, la de las mujeres en su extremo de la mesa y la de los hombres en el suyo.

—¡A que no lo preguntas —decía el hermano pequeño de Natasha—, a que no lo preguntas!

—Lo preguntaré —respondió Natasha.

Su rostro se ruborizó expresando una alegre y apasionada determinación, la determinación que siente un alférez lanzándose al ataque. Ella se levantó, y con los ojitos brillantes y una contenida sonrisa se dirigió a su madre.

—¡Mamá! —resonó su voz gritada a pleno pulmón.

—¿Qué te sucede? —preguntó la condesa asustada, pero habiendo visto en el rostro de su hija que era una chiquillada, le hizo un severo gesto con la mano, a la vez que le hacía señas severas y amenazadoras con la cabeza.

La conversación se apagó.

—¡Mamá! ¿Qué hay de postre? —la vocecilla intencionadamente inocente se elevó aun con mayor decisión, sin allanarse.

La condesa quería fruncir el ceño, pero una involuntaria sonrisa de afecto a su hija favorita se asomó a sus labios. María Dmítrievna la amenazó con el grueso dedo.

—¡Cosaco! —dijo ella amenazadoramente.

La mayor parte de los invitados miraba a los mayores, no sabiendo cómo tomar aquella salida.

—¡Ya verás tú! —dijo la condesa.

—¡Mamá! ¿Qué hay de postre? —gritó Natasha ya valiente y alegremente caprichosa dándose cuenta de que su salida iba a ser bien recibida. Sonia y el gordo Petia escondían la risa.

—¿Ves cómo lo he preguntado? —le susurró Natasha a su hermano pequeño sin dejar de mirar a su madre y sin cambiar la expresión inocente de su rostro.

—¡Helado! Pero a ti no te van a dar —dijo María Dmítrievna. Natasha se dio cuenta de que no tenía nada que temer y por eso ni la propia María Dmítrievna consiguió amedrentarla.

—¿De qué es el helado, María Dmítrievna? A mí no me gusta el de mantecado.

—De zanahoria.

—No, ¿de qué? ¿De qué, María Dmítrievna? —prácticamente gritó—. Quiero saberlo.

María Dmítrievna y la condesa se echaron a reír y con ellas todos los invitados. Pero no se reían de la respuesta de María Dmítrievna sino de la incomprensible valentía y destreza de esa muchacha que sabía y osaba dirigirse de ese modo a María Dmítrievna.

—Su hermana es encantadora —dijo Julie a Nikolai.

Natasha solo se calmó cuando le dijeron que el helado era de piña. Antes del helado sirvieron champán. De nuevo comenzó a sonar la música, el conde besó a la condesa y los invitados, levantándose, felicitaron a la condesa y brindaron por encima de la mesa con el conde, con los niños y entre sí. Julie brindó con Nikolai, dándole a entender con una mirada que ese brindis tenía un importante segundo significado. De nuevo se pusieron en movimiento los sirvientes, hubo ruido de sillas y en el mismo orden, pero con los rostros más colorados, los invitados volvieron a la sala y al despacho del conde.

XXV

Se prepararon las mesas para jugar al Boston, se organizaron las partidas y los invitados del conde se diseminaron en dos salas, la de los divanes y la biblioteca. María Dmítrievna regañaba a Shinshin, con el que jugaba.

—Sabes criticar a todos estupendamente, pero no has podido adivinar que debías salir con la dama de corazones.

El conde, habiendo dispuesto las cartas en forma de abanico, se mantenía erguido con dificultad, dado que tenía la costumbre de echarse la siesta, y se reía con todo. Los jóvenes, instigados por la condesa, se reunieron en torno al clavicordio y al arpa. Julie fue la primera, a petición de todos, en tocar una composición con variaciones en el arpa y junto con otras muchachas solicitó a Natasha y Nikolai, que eran conocidos por sus dotes musicales, que cantaran algo. Natasha, a la que se habían dirigido antes que a nadie, ni negaba ni asentía.

—Esperen, voy a probar —dijo ella alejándose hacia el otro extremo del clavicordio y probando su voz. Inició a media voz algunas limpias notas de pecho que impresionaron a todos de manera inesperada. Todos callaron hasta que los sonidos se apagaron en lo alto de la vasta sala.

—Se puede, se puede —dijo ella, sacudiendo alegremente los rizos que le caían sobre los ojos.

Pierre, cuya cara era prácticamente carmesí después de la comida, se acercó a ella. Quería verla más de cerca y observar cómo hablaba con él.

—¿Cómo es posible que no se pueda? —preguntó tan directamente como si se conocieran desde hacía cien años.

—A veces hay días en los que la voz no acompaña —dijo ella, y fue hacia el clavicordio.

—¿Y hoy?

—Hoy está estupendamente —dijo ella hablándole con tal

126

entusiasmo como si alabara la voz de otra persona. Pierre, satisfecho de haber comprobado su forma de hablar, fue hacia Borís que aquel día le gustaba casi tanto como Natasha.

—Qué encantadora niñita, menuda y cetrina —dijo él—. Qué importa si no es guapa.

Pierre se encontraba, tras el aburrimiento solitario en la enorme casa de su padre, en esa feliz situación en la que se encuentran los jóvenes cuando todo te gusta y ves únicamente bondad en todo el mundo. Aun antes de la comida despreciaba al público moscovita desde el punto de vista peterburgués. Pero ahora ya le parecía que solamente allí en Moscú la gente sabía vivir y ya pensaba que sería estupendo si pudiera visitar esa casa a diario, escuchar cantar y hablar a esa muchachita menuda y cetrina y poder mirarla.

—Nikolai —dijo Natasha llegando al clavicordio—, ¿qué vamos a cantar?

—¿Qué te parece «El manantial»? —respondió Nikolai. Era evidente que ya le resultaba insoportable que Julie estuviera a su lado, mientras que ella pensaba que él debía estar encantado de que ella le prestara atención.

—Bien, vamos, vamos. Borís, ven aquí —gritó Natasha—. ¿Dónde está Sonia? —miró en derredor y al ver que su amiga no estaba en la sala fue corriendo a por ella.

El manantial, como lo llamaban en casa de los Rostov, era un antiguo *quatuor* que les había enseñado su profesor de música, Dimmler. Esta canción la cantaban habitualmente Natasha, Sonia, Nikolai y Borís, el cual, aun no teniendo verdadero talento musical, ni buena voz, poseía buen oído y con su exactitud y tranquilidad características, que aplicaba en todos los campos, podía aprenderse una partitura y cantarla fielmente. Mientras Natasha estaba fuera le pidieron a Nikolai que cantara algo él solo. Él se negó casi con descortesía y enfado. Julie Ajrósimova se le acercó sonriendo.

—¿Por qué se enfada usted? —dijo ella—. Aunque yo opino

que para la música y en especial para el canto hace falta tener buena disposición. A mí me pasa igual. Hay ciertos momentos…

Nikolai frunció el ceño y fue hacia el clavicordio. Antes de sentarse se dio cuenta de que Sonia no estaba en la habitación y quiso irse.

—Nikolai, no te hagas de rogar, es ridículo —dijo la condesa.

—No me hago de rogar, *maman* —respondió Nikolai y con un impetuoso movimiento levantó la tapa abriendo el clavicordio y se sentó.

Después de un minuto de duda comenzó a cantar una cancioncita de Kavelin:

> *Para qué al despedirse de la amada,*
> *para qué decirle «adiós»,*
> *como si nos despidiéramos de por vida,*
> *¿ya nunca más seré feliz?*
> *No sería mejor decir simplemente: «Hasta la vista»,*
> *decir «hasta otros momentos felices».*
> *Y soñar con el encantamiento,*
> *de olvidarse hasta del tiempo*

Su voz no era ni buena ni mala y cantaba perezosamente como cumpliendo una tediosa obligación, pero a pesar de ello se hizo el silencio en la sala, las señoras mecieron la cabeza y suspiraron y Pierre cubrió sus dientes con una débil y tierna sonrisa que era particularmente ridícula en su grueso y pletórico rostro y así permaneció hasta el final de la canción.

Julie, con los ojos cerrados, suspiró de tal modo que se la oyó en toda la sala.

Nikolai cantaba con ese sentido de la medida que no había logrado en toda su vida y que en arte no se adquiría con ningún estudio. Cantaba con tal delicadeza y libertad que mostraba que no tenía que hacer ningún esfuerzo y que cantaba tal como hablaba.

Solo cuando cantaba dejaba de expresarse como un niño, que era lo que parecía de ordinario, y lo hacía como un hombre, en el cual ya bullía la pasión.

XXVI

Entretanto, Natasha, que había entrado corriendo en la habitación de Sonia y no la había encontrado allí, corrió al cuarto de juegos donde tampoco la halló. Natasha entendió que debía estar en el pasillo, sentada sobre el baúl. Ese baúl del pasillo era el lugar en el que penaba la joven generación femenina de los Rostov. En efecto Sonia, aplastando su vaporoso vestido rosa, estaba echada boca abajo sobre el edredón a rayas de la niñera que se encontraba sobre el baúl, tenía la cara tapada con las manos y lloraba a lágrima viva sacudiendo sus desnudos hombros morenos. El rostro de Natasha, festivo y animado durante todo el día y aún más resplandeciente ante la perspectiva de cantar, que siempre la estimulaba, se oscureció de pronto. Sus ojos se quedaron fijos, después, su largo cuello, hecho para el canto, se estremeció, sus labios dejaron de sonreír y sus ojos se humedecieron instantáneamente.

—¡Sonia! ¿Qué tienes? ¿Qué te sucede? ¡Oh!

Y Natasha, abriendo su carnosa boca en un gesto que le afeó mucho, se puso a sollozar ruidosamente, como una niña, sin razón alguna, solamente porque Sonia lloraba. Sonia quería levantar la cabeza, quería contestar, pero no podía y se escondía aún más. Natasha lloraba sentada sobre el edredón azul y abrazaba a su amiga. Haciendo acopio de todas sus fuerzas, Sonia se incorporó, comenzó a secarse las lágrimas y a hablar.

—Nikolai parte en una semana, ya le han… enviado… la orden… él mismo me lo ha dicho… Y con todo yo no lloraría… —Mostró un papelito que sostenía en la mano: versos escritos por

Nikolai—. No lloraría, pero tú no puedes… nadie puede entender… qué corazón tiene…

Y de nuevo se echó a llorar recordando el hermoso corazón de Nikolai. Sonia pensaba que nadie excepto ella podía entender todo el encanto y la grandeza, la nobleza y la ternura, todas las virtudes de su corazón. Y en efecto ella veía todas estas virtudes incomparables por dos causas, la primera era que Nikolai, sin saberlo, le mostraba solo su mejor faz y la segunda porque ella deseaba con todas sus fuerzas ver en él solo lo hermoso.

—A ti te va bien… no te envidio… te quiero y quiero a Borís —decía ella, recuperándose un poco—, es agradable… para vosotros no hay obstáculos. Pero Nikolai es mi primo… es necesario… que el mismo arzobispo… y aun así es imposible. Y además, si mamá (Sonia consideraba y llamaba a la condesa «madre»)… dirá que arruino la carrera de Nikolai, que no tengo corazón y que soy una desagradecida y juro por Dios (se santiguó)… que la quiero tanto a ella y a todos vosotros… La única es Vera… ¿Por qué? ¿Qué le he hecho yo? Os estoy tan agradecida que sería feliz sacrificándolo todo por vosotros, pero no tengo nada…

Sonia no pudo hablar más y de nuevo escondió la cabeza en las manos y el edredón. Natasha comenzaba a tranquilizarse pero se podía ver en su rostro que entendía la magnitud del dolor de su amiga.

—¡Sonia! —dijo ella de pronto como adivinando la causa de la aflicción de su prima—. ¿Ha hablado Vera contigo después de la comida? ¡Dime!

—Sí, estos versos los ha escrito Nikolai y yo he copiado otros; ella los ha encontrado en mi mesa y ha dicho que se los enseñaría a mamá y también que soy una desagradecida y que mamá nunca le permitirá casarse conmigo. Y que se casará con Julie. Ya ves cómo le mira. ¿Por qué, Natasha?

Y de nuevo se puso a llorar, aún más que antes. Natasha la levantó y la abrazo y sonriendo a través de las lágrimas trató de tranquilizarla.

—Sonia, no creas lo que dice, cariño, no lo creas. ¿Recuerdas que los tres hablamos con Nikolai en la sala de los divanes, recuerdas, después de cenar? Ya decidimos cómo iba a ser nuestro futuro. Yo ya no recuerdo cómo, pero te acordarás de lo que hablamos, que todo iba a salir bien y que todo era posible. El hermano del tío Shinshin se casó con una prima hermana y nosotros somos primos segundos. Y Borís dice que es perfectamente posible. Ya sabes que se lo he contado todo. Es tan listo y tan bueno —decía Natasha hablando del mismo modo que Sonia cuando se refería a Nikolai y sintiendo, por las mismas razones que ella, que nadie en el mundo aparte de sí misma podía conocer todos los valores que atesoraba Borís—. No llores, mi querida, adorada Sonia. —Y la besaba riendo—. Vera es mala y Dios la castigará. Todo va a ir bien y no le dirá nada a mamá, porque lo hará el propio Nikolai.

Y ella la besó en la frente. Sonia se incorporó y la gatita se animó, le brillaron los ojitos y parecía lista a agitar la cola, a saltar sobre sus mullidas patas y a jugar de nuevo con el ovillo, como era adecuado para su naturaleza.

—¿Tú crees? ¿De verdad? ¿Lo juras? —dijo ella arreglándose rápidamente el vestido y el peinado.

—De verdad, ¡lo juro! —respondió Natasha arreglándole a su amiga un áspero mechón de cabello que se había escapado de la trenza. Las dos se echaron a reír—. Bueno, vamos a cantar «El manantial».

—Vamos.

Sonia se sacudió el plumón, se escondió los versos en el seno, cerca del cuello, con los salientes huesos del pecho y con suaves y alegres pasos y el rostro encendido fue corriendo con Natasha por el pasillo hacia la sala. Nikolai ya terminaba de cantar la última tonada. Vio a Sonia y sus ojos se animaron, y en la boca abierta para cantar se fraguó una sonrisa, su voz se hizo más fuerte y expresiva y cantó la última tonada aún mejor que las anteriores.

En una agradable noche a la luz de la luna,

cantaba él mirando a Sonia y los dos entendieron lo mucho que
eso significaba, la letra, la sonrisa, la canción, aunque realmente,
nada de eso tenía ningún significado.

> *En una agradable noche a la luz de la luna,*
> *se imagina feliz para sí*
> *que aún hay alguien en el mundo*
> *que piensa en ti.*
> *Y que ella deja pasar su hermosa mano*
> *por el arpa dorada,*
> *y su apasionada armonía*
> *¡te llama para que acudas, te llama!*
> *Un día se abrirán las puertas del paraíso*
> *¡pero, ay! ¡Tu amigo no sobrevivirá!*

Él cantaba solamente para Sonia, pero a todos les provocó alegría y bienestar cuando acabó y con los ojos húmedos se levantó
del clavicordio.

—¡Formidable! ¡Encantador! —se oyó por todas partes.

—Esta romanza —dijo Julie con un suspiro— es arrebatadora.
Me he sentido muy identificada.

Durante la canción María Dmítrievna se había levantado de la
mesa y se había quedado en la puerta, para poder escuchar.

—Ay, sí, Nikolai —dijo ella—. Me has llegado al alma. Ven a
darme un beso.

XXVII

Natasha susurró a Nikolai que Vera había molestado a Sonia, quitándole los versos y diciéndole cosas desagradables. Nikolai enroje-

ció y en ese instante se fue hacia Vera con pasos decididos y le empezó a decir en voz baja que si se atrevía a hacerle algo desagradable a Sonia, él sería su enemigo de por vida. Vera se justificó, se disculpó y le advirtió en el mismo medio tono que no era adecuado hablar de eso y señalaba a los invitados que, habiéndose ya percatado de que entre los hermanos había cierta disputa, se alejaban de ellos.

—Me da igual, lo diré delante de todos —dijo Nikolai casi en voz alta—, diré que tienes muy mal corazón y que hallas satisfacción en atormentar a la gente.

Dando por finalizado este asunto, Nikolai, aún temblando de ira, se fue hacia una esquina apartada de la sala, en la que se encontraban Borís y Pierre. Se sentó cerca de ellos con el aspecto decidido y sombrío de un hombre que está preparado para todo y al que es mejor ni tan siquiera hablar. Sin embargo Pierre, con su habitual falta de atención, no se dio cuenta del estado en el que se encontraba y dado que él estaba en un inmenso estado de beatitud que se había acentuado aún más por la grata influencia de la música, que siempre le provocaba una honda impresión, a pesar de que ni siquiera desafinando había podido entonar nunca una sola nota. Pierre se dirigió a él:

—¡Qué bien ha cantado! —dijo. Nikolai no respondió.

—¿Con qué grado va a entrar en el regimiento? —preguntó por decir algo más.

Nikolai, sin reparar en que Pierre no era en absoluto culpable de la contrariedad que le había provocado Vera y del cansancio que le provocaba el asedio de Julie, le miró con rabia.

—Me propusieron solicitar la admisión como cadete de cámara y me negué porque solamente quiero ser reconocido por mis propios méritos en el ejército… y no sentarme encima de gente más digna que yo. Entraré como cadete —añadió él, muy orgulloso de haber sabido mostrar al nuevo conocido su nobleza y además haber podido utilizar una expresión militar: sentarse encima, expresión que acababa de escuchar al coronel.

—Sí, siempre discutimos con él —dijo Borís—. Yo no encuentro nada injusto en entrar directamente con el grado de comandante. Si no eres digno de ese grado te degradarán, pero si lo eres, puedes ascender más rápidamente de ese modo.

—Tú siempre tan diplomático —dijo Nikolai—, yo opino que eso es un abuso y no quiero empezar de tal modo.

—Tiene usted toda la razón —dijo Pierre—. ¿Qué hacen esos músicos? ¿Habrá baile? —preguntó él tímidamente habiendo oído el sonido de los instrumentos al ser afinados—. Nunca he sido capaz de aprender un solo baile.

—Sí, parece que mamá lo ha ordenado —respondió Nikolai mirando alegremente hacia la sala y pensando en elegir a su dama entre las demás. Pero en ese momento vio un corrillo que se había formado alrededor de Berg y habiendo recuperado una mejor disposición de ánimo, esta fue de nuevo sustituida por una sombría exasperación.

—¡Ay! Léalo en voz alta, señor Berg, lee usted muy bien, debe ser muy poético —le decía Julie a Berg que tenía un papelito en la mano. Nikolai vio que eran sus versos que Vera había mostrado a todo el mundo por venganza. Los versos rezaban como sigue:

EL ADIÓS DEL HÚSAR

No me inflames con la separación,
no atormentes a tu húsar;
mi sable será la garantía
de tu deseo de felicidad.
Necesito valor para la batalla,
pero aún más para afrontar tus lágrimas,
quiero conquistar los laureles del héroe,
para depositarlos a tus pies.

Al escribir los versos y entregárselos al objeto de sus pasiones, Nikolai pensó que eran muy hermosos, pero en ese momento descubrió que eran extraordinariamente malos, y lo peor de todo, ridículos. Al ver a Berg con sus versos en las manos Nikolai se detuvo, sus fosas nasales se dilataron, su rostro se puso de un rojo purpúreo y apretando los labios, con pasos rápidos y balanceando los largos brazos con decisión, se dirigió hacia el grupo. Borís, dándose cuenta a tiempo de su intención, le cortó el paso y le tomó del brazo.

—Escucha, no hagas una tontería.

—Déjame, yo le enseñaré —dijo Nikolai, esforzándose en seguir avanzando.

—Él no tiene la culpa, déjame a mí.

Borís fue hasta Berg.

—Esos versos son privados —dijo extendiendo la mano—. ¡Permítame!

—¡Ah, son privados! Me los ha dado Vera Ilínichna.

—Son tan hermosos, tienen un no sé qué muy melódico —dijo Julie Ajrósimova.

—«El adiós del húsar» —dijo Berg y tuvo la mala fortuna de sonreír. Nikolai ya estaba a su lado acercando su rostro al de él y mirándole con ojos encendidos que parecían atravesar de parte a parte al infeliz Berg.

—¿Le hace gracia? ¿Qué le parece gracioso?

—No, yo no sabía que usted…

—¿Qué importa que sean o no sean míos? No es honorable leer correspondencia ajena.

—Discúlpeme —dijo Berg, enrojeciendo asustado.

—Nikolai —dijo Borís—, monsieur Berg no ha leído correspondencia ajena… Te estás comportando de forma absurda. Escucha —dijo guardándose los versos en el bolsillo—. Ven aquí, quiero hablar contigo.

Berg se fue en ese instante con las damas y Borís y Nikolai salieron a la sala de los divanes. Sonia salió corriendo tras ellos. Media hora después toda la juventud bailaba ya la escocesa y Nikolai, que había hablado con Sonia en la sala de los divanes, era el mismo alegre y hábil bailarín de siempre, él mismo se sorprendía de su irritabilidad y se arrepentía de su inmotivado arrebato.

Todos estaban muy alegres. Y Pierre se encontraba muy contento confundiendo las figuras y bailando la escocesa bajo la dirección de Borís y Natasha que por alguna razón se desternillaba de risa cada vez que le miraba.

—Qué divertido y qué encantador es —le dijo ella primero a Borís y luego directamente al mismo Pierre mirándole inocentemente desde abajo.

A la mitad de la tercera escocesa hubo ruido de sillas en la sala donde jugaban a las cartas el conde y María Dmítrievna y la mayor parte de los invitados de honor y de los ancianos, estirándose después de haber estado sentados durante tan largo rato, y guardando en los bolsillos las carteras y los monederos, entraron por la puerta de la sala. Primero iban María Dmítrievna con el conde, ambos con cara alegre. El conde con burlona galantería, como si interpretara una coreografía, ofreció su brazo a María Dmítrievna. Se puso derecho y su rostro se iluminó por una peculiar sonrisa juvenil y astuta, y como solo bailaron la última figura de la escocesa, aplaudió a los músicos y gritó al primer violín:

—¡Semión! ¿Conoces «Daniel Cooper»?

Ese era el baile favorito del conde que ya bailaba en su juventud. («Daniel Cooper» era precisamente un baile inglés.)

—Mirad a papá —gritó Natasha a toda la sala, inclinando hacia las rodillas su cabecita rizada y llenando la sala con su sonora risa. Realmente todo el que estaba presente miraba con una gozosa sonrisa al alegre anciano, el cual junto a su venerable pareja, María Dmítrievna, que le superaba en altura, doblaba los brazos, deslizaba los pies, sacudiéndolos rítmicamente, elevando los hombros, taconeando suavemente y sonriendo con su redondo rostro cada vez con más soltura, como preparando a los espectadores para lo que iba a venir. Tan pronto se oyeron las alegres y provocativas notas de «Daniel Cooper», parecidas a un alegre trepak,* todas las puertas de la sala se llenaron por un lado de sonrientes rostros masculinos y por otro de femeninos, que se acercaban para observar la alegría del señor.

—¡Es un águila nuestro patrón! —decía la niñera desde una de las puertas. El conde bailaba bien y lo sabía, pero su pareja ni sabía ni quería bailar bien. Su enorme cuerpo se quedaba rígido y dejaba caer los gruesos brazos (le había dado su ridículo a la condesa), solamente su severo pero bello rostro acompañaba el baile. Lo que el conde expresaba con multitud de figuras, María Dmítrievna lo expresaba solamente con su rostro cada vez más sonriente y con el latir de sus aletas nasales. Pero si el conde, cada vez más desenfrenado, cautivaba a los espectadores con inesperados quiebros y pequeños saltos de sus ágiles piernas, María Dmítrievna, con la diligencia de sus movimientos de hombros y giros de los brazos en las vueltas y taconeos, no causaba menor impresión en los espectadores dado que estos tenían en cuenta su obesidad y su habitual severidad. La danza se animaba por momentos. Nadie conseguía mantener la atención de quien tenía delante y ni siquiera lo intentaba. Todos prestaban atención al conde y a María Dmítrievna. Natasha tiraba de la manga o del vestido de todos los asistentes, que no necesitaban de ello para no quitar ojo a los bailarines, y les pedía que miraran a su padre. Durante los intervalos de la danza el conde recobraba con dificultad el aliento, manoteaba y les gritaba a los músicos que tocaran más rápido. Y el conde giraba cada vez más deprisa y con más ímpetu, sosteniéndose tanto sobre la punta como sobre los talones, giraba alrededor de María Dmítrievna y finalmente devolvió a su pareja a su asiento, hizo el último paso levantando su ágil pierna, inclinando la sudorosa

* Trepak: danza y música popular rusa. *(N. de la T.)*

cabeza con el rostro sonriente y alzó la mano derecha en medio de sonoros aplausos y risas, sobre todo de Natasha. Ambos bailarines se detuvieron, recobrando el aliento con dificultad y secándose con sus pañuelos de batista.

—Así se bailaba en nuestra época, querida —dijo el conde.

—¡Ay, sí, este «Daniel Cooper»! —dijo María Dmítrievna con un largo y quejumbroso suspiro.

XXVIII

Al tiempo que en casa de los Rostov se bailaba en la sala el sexto inglés al son de los músicos que desafinaban a causa del cansancio y los cansados criados y cocineros preparaban la cena, deliberando entre sí cómo podían los señores comer tanto —se acababan de tomar el té y ahora iban a cenar—, en esos momentos el conde sufría ya el sexto ataque, los médicos manifestaron que no había la menor esperanza, se confesó al enfermo y comulgó, hicieron los preparativos para la extremaunción y en la casa hubo la angustia de la espera y la confusión propias de estos momentos. Fuera de la casa, los empleados de pompas fúnebres se escondían entre los coches que llegaban esperando el lujoso encargo del entierro del conde. El comandante en jefe de Moscú, que recibía sin cesar noticias a través de sus ayudantes sobre el estado del conde, fue personalmente aquella tarde a despedirse de uno de los dignatarios del siglo de Catalina la Grande. Decían que el enfermo buscaba a alguien con la mirada y le llamaba. Y se mandó un criado en busca de Pierre y Anna Mijáilovna.

El magnífico salón de recepciones estaba lleno. Todos se levantaron respetuosamente cuando el comandante en jefe que había pasado una media hora a solas con el enfermo salió de allí, respondiendo débilmente a las reverencias y tratando de irse lo más rápido posible sin detenerse ante las miradas de los médicos, los sacerdotes y los familiares. El príncipe Vasili, más delgado y pálido esos días, iba a su lado y todos vieron cómo el comandante en jefe le estrechaba la mano y le decía algo en voz baja.

Después de haber acompañado al comandante en jefe, el príncipe Vasili se sentó solo en una silla doblando las piernas con el codo apoyado en la rodilla, y se tapó los ojos con la mano. Todos se dieron cuenta de que lo estaba pasando mal y nadie se le acercó. Después de estar un rato sentado es esa posición se levantó e inesperadamente con pasos rápidos, mirando alrededor con ojos asustados y enfadados, pasó a través del largo corredor hacia la parte trasera de la casa, a ver a la mayor de las princesas.

Los que se encontraban en el poco iluminado salón intercambiaban entre sí atrevidos comentarios susurrando, y callaban a cada rato, mirando con ojos llenos de curiosidad e inquietud a la puerta que conducía a la habitación del moribundo, que emitía débiles ruidos cada vez que alguien entraba o salía por ella.

—El límite de la vida humana está establecido y no puede traspasarse —le decía un viejo sacerdote a una dama que se sentaba a su lado y le escuchaba cándidamente.

—¿No es un poco tarde para darle la extremaunción? —preguntó la dama añadiendo el título eclesiástico como si no tuviera opinión alguna sobre ese tema.

—Es un gran sacramento, señora —respondió el sacerdote, pasándose la mano por la calva en la que quedaban unos cuantos mechones de pelo gris.

—¿Quién era ese? ¿El mismo comandante en jefe? —preguntaban en el otro extremo de la habitación—. ¡Parece muy joven!

—¡Pues tiene setenta! Dicen que el conde ya no reconoce. Quieren darle la extremaunción.

La mediana de las princesas salió de la habitación del enfermo con los ojos llorosos y se sentó al lado de Lorrain, el joven y renombrado doctor francés, que estaba sentado bajo el retrato de Catalina la Grande acodado en la mesa en una graciosa postura.

—Estupendo —dijo él respondiendo a una pregunta sobre el clima—, estupendo, princesa y es que además en Moscú uno se siente como en el campo.

—¿No es cierto? —dijo suspirando la princesa—. Entonces, ¿puede beber?

—Sí.

El doctor miró su breguet.

—Tome un vaso de agua hervida y eche un pellizquito —le mostró con un gesto de sus finos dedos lo que significaba un pellizquito— de crémor tártaro.

—No se ha dado el caso —decía un doctor alemán a un ayudante de campo— de que alguien haya sobrevivido al tercer ataque.

—¡Y qué hombre más apuesto era! —decía el ayudante de campo—. ¿Y a quién irá a parar su fortuna?

—Ya se encontrarán voluntarios —contestó el alemán sonriendo.

Todos miraban de nuevo a la puerta; esta chirrió y la mediana de las princesas, que ya había preparado la poción que Lorrain le había indicado, entró a llevársela al enfermo. El doctor alemán se acercó a Lorrain.

—¿Puede durar aún hasta mañana por la mañana? —preguntó el alemán, en un pésimo francés.

Lorrain, apretando los labios, negó severamente con el dedo, agitándolo delante de su nariz.

—No pasará de esta noche —dijo él en voz baja, esbozando una discreta sonrisa de autosatisfacción dado que comprendía y sabía expresar claramente la situación del enfermo y se alejó.

Entretanto el conde Vasili abrió la puerta de la habitación de la princesa. La habitación estaba casi a oscuras, solo ardían dos lámparas frente a los iconos y había un agradable olor a incienso y a flores. Toda la habitación estaba llena de pequeños muebles, *sinfoniers*, estanterías y mesitas. Detrás de un biombo se advertía la blanca colcha de una alta y mullida cama. Ladró un perrito.

—Ah, es usted, primo.

Ella se levantó y se arregló el cabello, que siempre, incluso en aquel momento, era tremendamente liso, como si fuera uno solo con la cabeza y estuviera cubierto de barniz.

—¿Ha sucedido algo? —preguntó ella—. Estoy ya tan asustada.

—Nada, todo sigue igual, solo he venido a hablar contigo de un asunto, Katish —dijo el conde sentándose pesadamente en la silla de la cual ella se había levantado—. Siento haberte asustado —dijo él—. Bueno, siéntate aquí y vamos a hablar.

—Pensaba que había sucedido algo —dijo la condesa y con su invariable tranquila y pétrea severidad se sentó delante del príncipe, lista para escucharle.

—Bueno, ¿qué, querida mía? —dijo el príncipe Vasili tomando la mano de la princesa y tirando de ella hacia abajo según era su costumbre.

Era evidente que ese «bueno, qué» encerraba un gran significado que ambos entendían sin necesidad de nombrar.

La princesa con su recto y delgado talle excesivamente largo en comparación con las piernas, miraba al conde directa e impasiblemente con sus prominentes ojos grises. Alzó la mirada y suspirando miró a un icono. Su gesto podía interpretarse como una expresión de tristeza y piedad o como una expresión de cansancio y un deseo de un pronto descanso. El príncipe Vasili interpretó su gesto como una expresión de cansancio.

—¿Piensas que para mí está siendo fácil? Estoy reventado como un caballo de postas y aun así debo hablar contigo, Katish, y muy seriamente.

El príncipe Vasili calló y las mejillas empezaron a temblarle nerviosamente, ya la derecha, ya la izquierda, dando a su cara una expresión desagradable que nunca adoptaba cuando estaba en sociedad. Tampoco sus ojos eran los mismos de siempre, y miraban o bien con repentina insolencia o con temor.

La princesa sostenía al perrito sobre las rodillas con sus delgadas manos, y miraba con atención a los ojos del príncipe Vasili, aunque era evidente que ella no iba a romper el silencio con una pregunta aunque tuviera que permanecer callada hasta el amanecer. La princesa había adoptado una de esas expresiones que se mantienen inmutables e independientes de las expresiones de la cara de su interlocutor.

—Ves, mi querida princesa y prima, Ekaterina Seménovna —continuó el conde no sin una visible lucha interior—, en momentos como estos hace falta pensar en todo. Hace falta pensar en el futuro, en vosotras… Yo os quiero como si fuerais mis hijas, ya lo sabes.

La princesa le miró inmóvil y con ojos inexpresivos.

—Por supuesto también he de pensar en mi familia —continuó el príncipe Vasili sin mirarla y apartando enfadado una mesita—. Sabes, Katish, que vosotras las tres hermanas Mámontov y mi mujer somos los únicos herederos directos del conde. Sé lo difícil que te resulta pensar y hablar de estas cosas. Y para mí tampoco es fácil, pero amiga mía, yo ya tengo sesenta años, hay que estar preparado para todo. ¿Sabes que he mandado llamar a Pierre y que el conde señalando a su retrato lo llamaba a su lado?

El príncipe Vasili miró interrogativamente a la princesa, pero no logró discernir si ella estaba considerando lo que le decía o si solamente le miraba.

—No dejo de rogarle a Dios una cosa —respondió ella—: que le perdone y que permita a su hermosa alma abandonar este…

—Sí, así es —continuó impaciente el príncipe Vasili, acariciándose la calva y acercando hacia sí con rabia la mesita que antes había apartado—, pero, en fin… en fin, de lo que se trata, tú misma lo sabes, es de que el invierno pasado el conde redactó un testamento por el que lega todos sus bienes a Pierre, en perjuicio de sus herederos directos y de nosotros.

—¡No ha escrito pocos testamentos! —dijo la princesa tranquilamente—. Pero Pierre no puede heredar. Es ilegítimo.

—Querida mía —dijo de pronto el príncipe Vasili, acercándose la mesa, animándose y comenzando a hablar más aprisa—, pero ¿y si el conde ha escrito una carta al emperador solicitando adoptar a Pierre? Entiende que por los méritos del conde su petición será atendida…

La princesa sonrió, como sonríe la gente que piensa que saben más de un asunto que la persona que se lo narra.

—Te diré más —continuó el príncipe Vasili, tomándole de la mano—, la carta ha sido escrita y aunque no se ha enviado el emperador ya sabe de su existencia. La pregunta estriba en si la carta ha sido destruida o no. Si no, tan pronto como todo acabe —el príncipe Vasili suspiró, dando a entender lo que encerraban para él las palabras «todo acabe»— y se descubran los papeles del conde se le entregará al emperador la carta y el testamento y su petición será atendida. Pierre, como hijo legítimo, lo heredará todo.

—¿Y nuestra parte? —preguntó la princesa sonriendo irónicamente como si cualquier cosa pudiera suceder excepto eso.

—Pero, mi querida Katish, está tan claro como la luz del día. Entonces él será el único heredero legítimo de todo y vosotras no recibireis ni una mínima parte. Tú deberías saber, querida mía, si el testamento y la carta han sido escritos y si han sido destruidos. Y si por alguna razón fueron olvidados tú debes saber dónde están y encontrarlos, porque…

—¡Solo faltaba eso! —le interrumpió la princesa sonriendo sardónicamente y sin cambiar la expresión de los ojos—. Soy una mujer y según usted todas las mujeres somos tontas, pero al menos sé que un hijo ilegítimo no puede heredar… Un *bâtard* —añadió ella, suponiendo que con esa traducción iba a demostrar definitivamente al príncipe su sinrazón.

—¡Cómo es posible que no lo comprendas, Katish! Tú que eres tan inteligente, ¿cómo es que no comprendes que si el conde ha escrito una carta al emperador en la que le pide convertir a su hijo en legítimo, Pierre ya no será Pierre sino el conde Bezújov y recibirá toda la herencia? Y si la carta y el testamento no son destruidos a ti no te quedará nada excepto el consuelo de haber sido virtuosa y todo lo que de ello deriva, nada más te quedará. Así será.

—Sé que el testamento está escrito, pero también sé que es completamente inválido, y usted parece tomarme por una tonta integral —dijo la princesa con la expresión con la que hablan las mujeres que creen que han dicho algo muy agudo y ofensivo.

—Mi querida princesa Ekaterina Seménovna —dijo el príncipe Vasili con impaciencia—, no he venido a verte para andar contigo en dimes y diretes sino para hablar contigo como una buena y verdadera pariente de tus propios intereses. Te digo por enésima vez que si la carta para el emperador y el testamento a favor de Pierre se encuentran entre los papeles del conde, entonces ni tú, mi palomita, ni tus hermanas sois las herederas. Y si a mí no me crees cree al menos a los expertos en la materia: acabo de hablar con Dmitri Onúfrievich (el abogado de la casa), él mismo me lo ha dicho.

De pronto algo cambió en el pensamiento de la princesa: los finos labios palidecieron (la expresión de los ojos quedó igual) y la voz, en el momento en que habló, sonó tan estrepitosa que ella misma se sorprendió.

—Eso estaría muy bien —dijo ella—. Yo no he querido ni quiero nada. —Arrojó a su perro de las rodillas y se arregló los pliegues del vestido—. Este es el agradecimiento, este es el reconocimiento que muestra hacia las personas que lo han sacrificado todo por él —dijo ella—. ¡Magnífico! ¡Muy bien! Yo no necesito nada, príncipe.

—Sí, pero no eres solo tú, tienes hermanas —contestó el príncipe Vasili. Pero la princesa no le escuchaba.

—Sí, ya lo sabía hace tiempo, pero se me olvidaba que no podía esperar nada de esta casa excepto bajeza, engaño, envidia, intriga, nada excepto ingratitud, la más cruel ingratitud.

—¿Sabes o no sabes dónde está ese testamento? —preguntó el príncipe Vasili con una contracción de las mejillas aún mayor.

—Sí, yo era tonta, todavía confiaba en la gente y los quería y me sacrificaba. Pero solo progresan los que son mezquinos y ruines. Ya sé de dónde procede esta intriga.

La princesa quiso levantarse, pero el príncipe la sujetó de la mano. La princesa tenía el aspecto de una persona que de pronto acaba de decepcionarse de la humanidad entera; miraba a su interlocutor con rabia.

—Todavía estamos a tiempo, amiga mía. Recuerda, Katish, que todo esto se hizo de forma inesperada, en el arrebato de cólera de un enfermo, y después se olvidó. Nuestra obligación, querida mía, es corregir su error, aliviarle en sus últimos momentos impidiendo que cometa esta injusticia, no dejarle morir con la idea de que ha hecho infeliz a las personas...

—A las personas que siempre se han sacrificado por él —concluyó la princesa, intentando levantarse de nuevo, pero el príncipe no se lo permitió—, lo cual él no ha sabido nunca valorar. No, primo —añadió ella con un suspiro—, siempre recordaré que en este mundo no se puede esperar recompensa, no hay ni honor, ni justicia. En este mundo hay que ser malvado y astuto.

—Escucha, tranquilízate; sé que tienes un gran corazón.

—No, mi corazón es malvado.

—Conozco tu corazón —repitió el príncipe—, valoro tu amistad y desearía que tú sintieras lo mismo hacia mí. Tranquilízate y vamos a hablar ahora que todavía queda tiempo, puede que nos quede un día o puede que una hora tan solo. Dime todo lo que sepas sobre el testamento, y lo más importante, dónde está, eso tú lo debes saber. Ahora mismo lo cogemos y se lo enseñamos al conde. Seguramente se olvidó de él y querrá destruirlo. Comprenderás que mi único deseo es cumplir su voluntad; es la única razón por la que he venido aquí. Estoy aquí solo para ayudarle a él y a vosotras.

—Ahora lo entiendo todo. Ya sé quién ha preparado esta intriga. Ya lo sé —decía la princesa.

—Esa no es la cuestión ahora, querida mía.

—Ha sido su protegida, su querida princesa Drubetskáia, Anna Mijáilovna, que no querría ni tener de doncella, esa mujer abominable y ruin.

—No perdamos tiempo.

—¡Ah, no me hable! El pasado invierno se metió en esta casa y le dijo al conde tales infamias, tales obscenidades de nosotras, especialmente de Sofía, que no puedo ni tan siquiera repetirlas. Tales cosas le dijo que el conde enfermó y no quiso vernos en dos semanas. Fue en esos días en los que escribió ese vil e infame documento, pero yo pensaba que ese papel no significaba nada.

—De eso se trata. ¿Por qué no me lo dijiste antes de nada?

—¡En la cartera labrada que guarda debajo de su almohada! Ahora ya lo sé —dijo la princesa sin responder—. Sí, si algún pecado he cometido, un grave pecado, es el odio que tengo a esa abominable mujer —dijo la princesa casi gritando, completamente demudada. ¿Y a qué viene ahora aquí? Pero ya se lo diré todo, todo. Llegará el momento.

—Júrame que no te vas a olvidar a causa de tu justificado enfado —dijo el príncipe Vasili sonriendo débilmente—, que mil ojos envidiosos nos van a estar espiando. Tenemos que actuar, pero…

XXIX

Mientras que tenían lugar estas conversaciones en la sala de recepciones y en las habitaciones de la princesa, un coche con Pierre (al que se había ido a buscar) y con Anna Mijáilovna (que encontró necesario acompañarle) cruzaba por la puerta del patio de la casa del conde Bezújov. Cuando las ruedas del coche sonaron suavemente sobre la paja extendida bajo las ventanas, Anna Mijáilovna, dirigiéndose a su compañero de viaje con palabras consoladoras, descubrió que se había dormido en una esquina del coche y lo despertó. Al despabilarse, Pierre bajo del coche detrás de Anna Mijáilovna y solo en ese momento pensó en el encuentro con su padre moribundo, que le estaba esperando. Se dio cuenta de que se habían parado ante la puerta de atrás, no ante la principal, en el momento en el que se bajó del estribo dos hombres, vestidos con ropa villana, se separaron rápidamente de la puerta y se perdieron en las sombras. Deteniéndose, miró Pierre a las sombras de la casa y divisó a ambos lados más gente de esas trazas. Pero ni Anna Mijáilovna, ni el criado, ni el cochero, que no habían podido ver a esas gentes, les prestaron atención. «Así ha de ser, es necesario», se convenció a sí mismo Pierre y siguió a Anna Mijáilovna. Anna Mijáilovna ascendía con pasos rápidos por la escalera de piedra mal iluminada e iba llamando a Pierre, que se quedaba rezagado, este, aunque no entendiera por qué debía ir a ver al conde y aún menos por qué debía hacerlo por la escalera trasera, juzgando por la seguridad y el apresuramiento de Anna Mijáilovna, decidió para sí que eso debía ser absolutamente necesario. A mitad de la escalera casi fueron derribados por unas personas que bajaban con cubos, que golpeando con las botas, les salieron al encuentro. Estos se pegaron a la pared, para permitir el paso a Pierre y Anna Mijáilovna, y no mostraron ni la más mínima sorpresa al verlos.

—¿Están aquí las habitaciones de las princesas? —preguntó a uno de ellos Anna Mijáilovna.

—Aquí están —respondió el criado con voz alta y atrevida, como si ya todo estuviera permitido—, la puerta de la izquierda, señora.

—Puede ser que el conde no me haya llamado —dijo Pierre cuando llegaron al descansillo—, me iré a mi habitación.

Anna Mijáilovna se detuvo para esperar a Pierre.

—Ay, amigo mío —dijo ella con el mismo gesto que había tenido hacia su hijo por la mañana, tocándole la mano—, créame que sufro tanto como usted, pero sea hombre.

—¿Pero verdaderamente tengo que ir? —preguntó Pierre mirando cariñosamente a Anna Mijáilovna a través de las gafas.

—Amigo mío, olvídese de las injusticias que ha podido cometer con usted. Recuerde que es su padre… y puede que esté agonizando. —Suspiró—. Enseguida he empezado a quererle a usted como a un hijo. Confíe en mí, Pierre. No me olvidaré de sus intereses.

Pierre no entendía nada; se convenció de nuevo más firmemente aún de que todo eso era tal y como debía ser, y siguió dócilmente tras Anna Mijáilovna que ya abría la puerta.

La puerta daba al recibidor trasero. En una esquina estaba sentado un viejo criado de las princesas que hacía calceta. Pierre nunca había estado en esa parte de la casa y ni siquiera sospechaba de la existencia de esas habitaciones. Anna Pávlovna preguntó, llamándola «querida» y «palomita», a una muchacha que pasaba llevando una redoma sobre una bandeja, sobre la salud de las princesas y condujo a Pierre más adelante, por el pasillo embaldosado. La primera puerta a la izquierda que salía del pasillo conducía a las habitaciones de las princesas. La sirvienta de la redoma, con las prisas (las mismas que acuciaban a todos en esos momentos en la casa), no había cerrado la puerta y Pierre y Anna Mijáilovna, al pasar al lado, no pudieron evitar mirar hacia dentro de la habitación en la que conversaban, sentados uno enfrente del otro, la mayor de las princesas y el príncipe Vasili. Al verlos, el príncipe Vasili hizo un gesto de impaciencia, la princesa se sorprendió y con rostro enfadado golpeó la puerta con todas sus fuerzas, cerrándola.

Este gesto era tan distinto a la inmutable tranquilidad de la princesa y el pánico que se reflejaba en el rostro de príncipe Vasili era tan impropio de su suficiencia, que Pierre, deteniéndose, miró a través de las gafas con gesto interrogativo a su guía. Anna Mijáilovna no expresó sorpresa alguna, tan solo sonrió débilmente y suspiró, como mostrando que ella ya se esperaba algo así.

—Sea usted hombre, amigo mío, yo velaré por sus intereses —dijo ella como respuesta a su mirada y siguió por el pasillo aún más deprisa.

Pierre no sabía de qué se trataba y aún menos qué significaba velar por sus intereses, pero entendió que todo era como debía de ser. El pasillo les condujo a una sala mal iluminada, que daba a la sala de recepciones del conde. Era una de esas estancias frías y lujosas del ala principal de la casa. Pero en medio de esa habitación había una bañera vacía y la alfombra estaba salpicada de agua. Se encontraron con un criado y un sacristán con un incensario que salían de puntillas y que no les prestaron atención. Entraron en la sala de recepción bien conocida por Pierre que tenía dos ventanas italianas, una entrada al invernadero, un busto de gran tamaño y un retrato de Catalina la Grande de tamaño natural. La misma gente, prácticamente en las mismas posiciones, seguía allí sentada en la sala, intercambiando susurros. Todos callaron y miraron a Anna Mijáilovna, que entraba con su rostro pálido y lloroso, y al grueso Pierre, que con la cabeza gacha la seguía dócilmente.

El rostro de Anna Mijáilovna expresaba la convicción de que el momento decisivo había llegado, y con las maneras de una dama peterburguesa atareada entró, sin abandonar a Pierre, en la habitación aún con mayor audacia que por la mañana. Creía que llevando consigo a ese joven que el moribundo deseaba ver, era seguro que iba a ser bienvenida. Con una rápida mirada observó a todos los que se encontraban en la sala y al advertir que se encontraba allí el confesor del conde, no se espantó, pero se hizo de pronto más pequeña y se acercó con leves pasos de ambladura hacia el sacerdote y recibió respetuosamente su bendición y la de otro sacerdote.

—Gracias a Dios he llegado a tiempo —le dijo al sacerdote—; todos los parientes estábamos tan asustados. Este joven es hijo del conde —añadió ella en voz más baja—. ¡Qué terrible momento!

Habiendo dicho estas palabras se acercó al doctor.

—Querido doctor —le dijo—, este joven es hijo del conde...
¿Hay alguna esperanza?

El doctor, en silencio y con un rápido movimiento, levantó los
ojos y los hombros. Anna Mijáilovna, con idéntico movimiento,
levantó los hombros y los ojos, casi cerrándolos, suspiró y se alejó
del doctor hacia Pierre. Se dirigió a él con particular respeto y
melancólica ternura:

—Confía en su misericordia —le dijo, y señalándole un diván
para que se sentara a esperarla, se dirigió sin hacer ruido a la puerta a la que todos miraban y también sin ruido la atravesó y la cerró tras de sí.

Pierre, decidido a obedecer en todo a su guía, se dirigió al diván que ella le había mostrado. Cuando Anna Mijáilovna hubo
desaparecido se percató de que las miradas de todos los que se encontraban en la habitación se dirigían a él, y que estas miradas encerraban algo más que curiosidad y compasión. Reparó en que
todos susurraban señalándole con los ojos como con temor e incluso obsequiosamente. Le mostraban un respeto que nunca le
habían mostrado. Una señora desconocida para él, que hablaba
con los sacerdotes, se levantó de su sitio y le ofreció que se sentara; el ayudante de campo cogió un guante de Pierre que se le había caído al suelo y se lo dio. Los doctores callaron respetuosamente cuando pasó a su lado y se apartaron para dejarle sitio. Al
principio Pierre quería sentarse en otro lado para no estorbar a la
dama, quería coger el guante él mismo y rodear a los doctores,
que en absoluto estorbaban su paso, pero se dio cuenta de pronto que eso no hubiera sido adecuado, se dio cuenta de que aquella noche era una persona que estaba obligada a cumplir terribles
ceremonias que todos esperaban y por eso debía aceptar que todos le prestaran servicio. Cogió en silencio el guante que le ofrecía el ayudante de campo, se sentó en el sitio de la dama, colocando sus grandes manos en las rodillas, situadas simétricamente, en

una tímida pose de estatua egipcia, y decidió para sí que todo debía ser exactamente así y que en esa tarde, para no perderse y no hacer tonterías, no iba a actuar según su propia iniciativa, sino que era necesario dejar su voluntad en manos de quienes le guiaban.

No habían pasado ni dos minutos, cuando el príncipe Vasili con su caftán* con tres condecoraciones entró en la sala majestuoso y llevando la cabeza muy alta. Parecía más delgado que por la mañana; sus ojos eran más grandes que de costumbre cuando miró a la sala y vio a Pierre. Se acercó a él, le tomó la mano (algo que antes nunca había hecho) y tiró de ella hacia abajo como si quisiera probar lo firme que era.

—Ánimo, ánimo, amigo mío. Él desea verte. Está bien… —Y quiso irse. Pero Pierre consideró necesario preguntar:

—¿Cómo está…? —y calló, no sabiendo si era adecuado llamar al moribundo conde; llamarle padre le daba vergüenza.

—Tuvo otro ataque hace media hora. Ánimo, amigo mío…

Pierre se encontraba con una confusión mental de tal envergadura, que al oír la palabra «ataque» pensó que se trataba del ataque de una persona. Miró perplejo al príncipe Vasili y después se dio cuenta de que con «ataque» se refería a la enfermedad. El príncipe Vasili le dijo algunas palabras a Lorrain al pasar a su lado y fue de puntillas hacia la puerta. No sabía cómo hacerlo y brincó torpemente con todo el cuerpo. Tras él iba la mayor de las princesas, después pasaron los sacerdotes, los sacristanes y algunas personas de servicio. Tras la puerta se oyó movimiento y, finalmente, con el mismo rostro pálido pero firme en el cumplimiento del deber salió Anna Mijáilovna y tocando a Pierre en la mano dijo:

—La misericordia del Señor es infinita. Ahora van a darle la extremaunción. Vamos.

Pierre fue hacia la puerta, pisando sobre la mullida alfombra, y reparó en que hasta el ayudante de campo, la dama desconocida

---

* Abrigo ruso antiguo. *(N. de la T.)*

y otra persona del servicio entraban también detrás suyo, como si ya no necesitaran pedir permiso para entrar en esa habitación.

XXX

Pierre conocía bien esa gran habitación dividida por arcos y columnas y toda revestida de tapices persas. En una parte de la habitación tras las columnas había una hermosa cama alta de madera, tras una cortina de seda, y en la otra parte un enorme retablo con iconos, la habitación estaba intensamente iluminada en tono rojo como sucede en las iglesias pequeñas durante los oficios nocturnos. Bajo la iluminada orla del retablo había una gran butaca volteriana y en ella, rodeado de unas almohadas de un blanco inmaculado, sin arrugar, que se veía que acababan de ser mudadas y cubierta hasta la cintura por una manta de un verde intenso, yacía la majestuosa figura, conocida por Pierre, de su padre el conde Bezújov, con la melena leonina enmarcando la ancha frente y con las mismas características y aristocráticas profundas arrugas de siempre en su hermoso rostro rojizo y bilioso. Yacía justamente debajo de los iconos; ambas manos, grandes y gruesas, descansaban sobre la manta. En la mano derecha, que descansaba con la palma hacia abajo, le habían colocado una vela entre los dedos índice y pulgar, que le ayudaba a sostener un criado que estaba colocado detrás de la butaca. Al lado se encontraban los sacerdotes con sus ropajes relucientes y grandiosos, con los largos cabellos alisados sobre ellos y con velas en las manos, oficiando despacio y solemnemente. Un poco más alejadas estaban las dos princesas menores llevándose los pañuelos a los ojos y delante de ellas la mayor, Katish, con aspecto colérico y decidido sin apartar los ojos del icono ni un instante, como si quisiera decir a todos que no respondía de sí misma si les miraba. Anna Mijáilovna, con su rostro de tristeza y misericordia, y la dama desconocida estaban en la puerta. El príncipe Vasili estaba al otro lado, cerca de la butaca, detrás de una silla de madera tallada, que había vuelto hacia sí y sobre el respaldo de la cual apoyaba la mano izquierda con la vela, santiguándose con la derecha, alzando los ojos cada vez que se llevaba los dedos a la frente. Su rostro expresaba una tranquila devoción y la aceptación de la voluntad divina: «Si no entendéis estos sentimientos, peor para vosotros», parecía decir su rostro.

Detrás estaba el ayudante de campo, los doctores y la parte masculina del servicio; como en la iglesia, las mujeres y los hombres estaban separados. Todos guardaban silencio, se santiguaban, solo eran audibles la lectura de los salmos, el contenido y grave cántico y en los momentos en los que este cesaba, suspiros y el ruido de los pies contra el suelo. Anna Mijáilovna, con el aspecto característico del que sabe lo que se hace, atravesó toda la habitación hacia Pierre y le dio una vela. Él la encendió, pero embebido como estaba en la observación de los circundantes, comenzó a santiguarse con la misma mano en la que tenía la vela.

La joven princesa Sophie, sonrosada y de risa fácil, que tenía un lunar, le miró. Sonrió, ocultó el rostro tras el pañuelo y estuvo así un largo rato, pero al mirar a Pierre volvió a reírse. Era evidente que no tenía fuerzas para mirarlo sin reírse, pero no podía dejar de mirarlo, así que para evitar la tentación se ocultó detrás de una columna. En mitad del servicio las voces de los sacerdotes callaron repentinamente; los sacerdotes se dijeron algo en voz baja unos a otros, el viejo criado que sostenía la mano del conde se levantó y se volvió hacia las damas. Anna Mijáilovna se adelantó e inclinándose sobre el enfermo por detrás del respaldo llamó con el dedo a Lorrain. El doctor francés, que se encontraba de pie y que no sostenía vela alguna, apoyado en una columna, en la respetuosa pose del extranjero que muestra que a pesar de las diferentes creencias, entiende la importancia de la ceremonia e incluso la aprueba, con pasos silenciosos de hombre joven se acercó al enfermo, cogió con sus blancos y finos dedos la mano que tenía libre fuera de la manta y, volviéndose de espaldas, comenzó a buscarle el pulso pensativamente. Le dieron al enfermo algo de beber, hubo cierto revuelo en torno a él, después todos se volvieron a sus sitios y se reanudó la ceremonia. Durante esta pausa Pierre advirtió que el príncipe Vasili había salido de detrás del respaldo de la silla, con el mismo aspecto de saber lo que se hacía y tanto peor para aquellos que no le entiendan. No se acercó al enfermo, pero pasando a su lado, se puso al lado de la mayor de las princesas y junto a ella se dirigió hacia el fondo de la habitación, hacia la alta cama bajo la cortina de seda. Después desaparecieron por la puerta del fondo; pero antes de que acabara el servicio volvieron a sus puestos uno detrás del otro. Pierre no prestó mayor atención a este hecho que al resto de sucesos que estaban pasando, dado que ya se había autoconvencido de que todo lo que le sucediera aquella tarde era absolutamente necesario.

Cesaron los cánticos religiosos y se oyó la voz del sacerdote que felicitaba al enfermo respetuosamente por haber recibido los sacramentos. El enfermo yacía inerte e inmóvil. Alrededor suyo todos se agitaron, se escucharon pasos y murmullos sobre los que dominaba la voz de Anna Mijáilovna.

Pierre escuchó cómo decía:

—Es imprescindible llevarlo a la cama. Aquí no puede de ninguna de las maneras…

Los médicos, las princesas y los criados, rodearon de tal forma al enfermo que Pierre ya no vio su cabeza rojo amarillenta, con la melena gris, la cual a pesar de estar viendo otros rostros, no se le fue de la mente ni un momento durante la ceremonia. Pierre adivinó por los movimientos cuidadosos de la gente que rodeaba la silla, que habían levantado al enfermo y que le estaban trasladando.

—Cógete de mi mano, así lo dejarás caer —escuchó el asustado cuchicheo de un criado—, más abajo… todavía más. —Se oían voces y respiraciones fatigadas y los pasos de las personas que portaban el cuerpo se volvieron más apresurados como si el peso que cargaban fuera superior a sus fuerzas.

Los portadores, entre los que se encontraba Anna Mijáilovna, llegaron a la altura del joven y, por un segundo, entre las espaldas y las nucas de los que le llevaban, pudo divisar el alto y fornido pecho desnudo, los robustos hombros del enfermo, portado en volandas por esas personas, que le llevaban sujeto por debajo de las axilas, y después la leonina cabeza de cabellos grises y rizados. Esa cabeza de frente y pómulos extraordinariamente altos, de boca hermosa y sensual y de mirada majestuosa y fría, no estaba desfigurada por la cercanía de la muerte. Era exactamente la misma que conocía Pierre, exactamente igual que hacía tres meses cuando el conde le había mandado a San Petersburgo. Pero esa cabeza se balanceaba inerme ante el irregular paso de los portadores y la mirada fría e inerte no sabía en qué posarse.

Hubo unos minutos de ajetreo alrededor del alto lecho; la gente que llevaba al enfermo se alejó; Anna Mijáilovna tocó la mano de Pierre y le dijo: «Vamos». Junto a ella se acercó a la cama donde estaba recostado el enfermo en una pose solemne, en consonancia con los sacramentos que le acababan de aplicar. Estaba tumbado, con la cabeza apoyada en la almohada. Sus manos se encontraban simétricamente colocadas sobre la manta de seda verde con las palmas hacia abajo. Cuando Pierre se acercó el conde le miró directamente, pero con una de esas miradas cuyo significado no puede ser aprehendido por un hombre. Mirada que, o simplemente no quiere decir nada, que dado que se tienen ojos hay que fijar estos en algún sitio o quiere decir demasiadas cosas. Pierre se detuvo, sin saber qué hacer y miró interrogativamente a su guía, Anna Mijáilovna. Anna Mijáilovna le hizo apresuradamente un gesto con los ojos mostrándole la mano del enfermo y con los labios hizo un ligero esbozo de beso. Pierre, estirando el cuello cuidadosamente para no engancharse con la colcha, siguió su consejo y se acercó a la mano ancha y carnosa. No se movieron ni la mano, ni un solo músculo de la cara del conde. Pierre volvió a mirar interrogativamente a Anna Mijáilovna preguntando qué debía hacer ahora. Anna Mijáilovna le señaló con los ojos una silla que estaba al lado de la cama. Pierre, sentándose obedientemente en la silla, siguió dirigiéndole una mirada interrogativa a Anna Mijáilovna, para saber si había hecho lo que debía. Anna Mijáilovna asintió con la cabeza. Pierre adoptó de nuevo la misma posición simétrica de estatua egipcia, sintiendo visiblemente que su torpe y grueso cuerpo ocupara tanto espacio e intentando con todas sus fuerzas que este pareciera más pequeño. Miraba al conde y el conde miraba hacia el sitio en el que se encontraba el rostro de Pierre, cuando aún estaba de pie. Anna Mijáilovna mostraba con su expresión la conciencia de la conmovedora importancia de esos últimos momentos de despedida entre padre e hijo. Pasaron así dos minutos que a Pierre le parecieron una hora. De pronto en los gruesos músculos y en las arrugas del rostro del conde se apreció un temblor. El temblor se intensificó, la hermosa boca se torció (solo entonces comprendió Pierre cuán cerca estaba su padre de la muerte) y de su boca torcida se oyó un indescifrable ruido ronco. Anna Mijáilovna miró al enfermo diligentemente a los ojos intentando adivinar qué era lo que quería, señalaba bien a Pierre, bien al agua, bien a la manta o susurraba interrogativamente el nombre del príncipe Vasili. El rostro y los ojos del enfermo expresaron impaciencia. Hizo un esfuerzo para mirar al criado que se encontraba sin moverse a la cabecera de la cama.

—Se quiere volver del otro lado —susurró el criado y se acercó para volver cara a la pared el pesado cuerpo del conde.

Pierre se levantó para ayudar al criado.

Mientras le daban la vuelta al conde, una de sus manos cayó a su espalda y él hizo vanos esfuerzos para conseguir moverla. O bien el conde advirtió la mirada de horror que Pierre dirigía a esta mano inerte u otro pensamiento le vino a su mente agonizante, el hecho es que miró a su desobediente mano, a la expresión de horror del rostro de Pierre, de nuevo a la mano y apareció en su rostro una sonrisa que no iba con sus rasgos, débil y dolorosa, que era como una burla de su propia debilidad. Inesperadamente, ante la visión de esta sonrisa Pierre sintió un temblor en el pecho, un picor en la nariz y las lágrimas le nublaron la vista. Volvieron al enfermo de lado hacia la pared. Suspiró.

—Se ha adormecido —dijo Anna Mijáilovna, viendo que una princesa venía a relevarla—. Vamos.

Pierre salió.

XXXI

Ya no había nadie en la sala de recepciones, aparte del príncipe Vasili y de la mayor de las princesas que estaban sentados bajo el retrato de Catalina la Grande, hablando animadamente de algo. Tan pronto como vieron a Pierre y a su guía, callaron. A Pierre le pareció que la princesa escondía algo. Ella susurró:

—No puedo ver a esa mujer.

—Katish ha hecho servir el té en el saloncito —dijo el príncipe Vasili a Anna Mijáilovna—. Por qué no va usted, mi pobre Anna Mijáilovna; tome algo, o de lo contrario no podrá aguantar.

A Pierre no le dijo nada, solo le estrechó la mano con afecto. Pierre y Anna Mijáilovna fueron al saloncito.

—No hay nada que anime tanto después de una noche sin dormir como una taza de este excelente té ruso —dijo Lorrain con expresión de animación contenida, sorbiendo de la fina taza de porcelana china sin asa, de pie en el saloncito circular ante la mesa, en la que se encontraba el servicio de té y una cena fría. Para recuperar fuerzas se habían reunido en torno a la mesa todos los que se encontraban aquella noche en casa del conde Bezújov. Pierre recordaba muy bien ese saloncito redondo con espejos y mesitas. Cuando se celebraban bailes en casa del conde, a Pierre, que no sabía bailar, le gustaba sentarse en este saloncito de los espejos y observar cómo las damas con sus vestidos de baile, diamantes y perlas en sus desnudos hombros, al atravesar esa habitación observaban, en el claro espejo iluminado, su reflejo repetido varias veces. Ahora esa misma habitación solo se encontraba iluminada por dos lámparas y en medio de la oscuridad en una diminuta mesita había sido colocado el servicio de té y los platos y la variada gente de indumentaria tan poco festiva que se sentaba en ella hablando en susurros, mostraba con cada movimiento y con cada palabra que nadie se olvidaba de lo que estaba sucediendo y que aún debía suceder en el dormitorio. Pierre no comió a pesar de que tenía apetito. Miró interrogativamente a su guía y vio que ella salía otra vez de puntillas a la sala de recepción donde se habían quedado el príncipe Vasili y la mayor de las princesas. Pierre supuso que esto también era necesario y después de esperar un poco la siguió. Anna Mijáilovna estaba al lado de la princesa y ambas hablaban al mismo tiempo en susurros, pero con tono alterado.

—Déjeme a mí, princesa, saber lo que es necesario y lo que no lo es —decía la mayor de las princesas, encontrándose en el mismo estado de excitación en el que estaba cuando cerró de un portazo la puerta de su habitación.

—Pero, querida princesa —decía Anna Mijáilovna dulce y persuasivamente, impidiéndole el paso al dormitorio—, ¿no será esto algo demasiado duro para el pobre tío en estos momentos en los que necesita tanto reposo? Una conversación terrenal en estos momentos en los que su alma ya está preparada para…

El príncipe Vasili estaba sentado en una butaca en su posición habitual, con las piernas cruzadas. Las mejillas le saltaban violentamente y cuando se relajaban parecían más gruesas en la parte de abajo, pero daba el aspecto de un hombre que no se ocupa demasiado de la conversación de dos mujeres.

—Escuche, mi querida Anna Mijáilovna: deje a Katish, ella sabe lo que hace. Ya sabe usted lo mucho que la quiere el conde.

—Ni siquiera sé lo que hay en este papel —decía la princesa volviéndose al príncipe Vasili y señalando la cartera labrada que tenía en las manos—. Solo sé que su verdadero testamento está en su escritorio y esto es solo un documento olvidado. —Quiso rodear a Anna Mijáilovna, pero esta, dando un salto, le cerró otra vez el paso.

—Lo sé, mi querida y bondadosa princesa —dijo Anna Mijáilovna, agarrando con una mano la cartera con tal firmeza, que se hizo evidente que no la iba a soltar fácilmente—. Querida princesa, se lo ruego, se lo imploro, apiádese de él. Se lo imploro.

La princesa no decía nada, solo eran audibles los esfuerzos en la lucha por recuperar la cartera. Era evidente que si decía algo no iba a ser nada halagüeño para Anna Mijáilovna. Anna Mijáilovna la sujetaba con firmeza, pero a pesar de eso su voz conservaba toda su empalagosa dulzura y suavidad.

—Pierre, venga aquí, amigo mío, creo que no es usted ajeno al círculo familiar, ¿no es cierto, príncipe?

—¿Por qué se calla, primo? —gritó de pronto la princesa en voz tan alta que hasta en el saloncito se oyó su voz y los presentes se espantaron—. ¿Por qué se calla cuando aquí Dios sabe quién se permite inmiscuirse y montar una escena en el umbral de la puerta de un moribundo? ¡Intrigante! —le susurró con rabia y tiró de la cartera con todas sus fuerzas, pero Anna Mijáilovna dio unos cuantos pasos para no separarse de la cartera y la asió con la mano.

—¡Oh! —dijo el príncipe Vasili, con reproche y asombro. Se levantó—. Esto es ridículo. Déjenla de una vez. Se lo ruego.

La princesa la soltó.

—Usted también.

Ana Mijáilovna no le hizo caso.

—Déjela, se lo ruego. Yo asumo la responsabilidad. Yo iré y se lo preguntaré. Yo… y eso debe bastarle.

—Pero, príncipe… —decía Anna Mijáilovna—, dele un poco de tranquilidad después de un sacramento tan importante como este. Pierre, dé su opinión —dijo ella dirigiéndose al joven, que se acercaba a ellos y que miraba asombrado a la enfurecida princesa, que se había olvidado por completo de las formas, y a las saltarinas mejillas del príncipe Vasili.

—Recuerde que usted responderá de las consecuencias —dijo el príncipe Vasili con severidad—, no sabe lo que hace.

—¡Mujer abominable! —gritó la princesa arrojándose inesperadamente sobre Anna Mijáilovna y arrebatándole la cartera. El príncipe Vasili dejó caer la cabeza y separó los brazos.

En este momento la puerta, la terrible puerta, a la que Pierre había estado tanto tiempo mirando y que se abría sin hacer ruido, se abrió repentinamente, con gran ruido y golpeando contra la pared, y la hermana mediana salió de allí y levantó los brazos.

—¡Qué es lo que hacen! —dijo con desesperación—. Se está muriendo y me dejan sola.

La hermana mayor soltó la cartera. Anna Mijáilovna se agachó con presteza, y habiendo recogido el objeto de la discordia corrió a entrar en el dormitorio. La mayor de las princesas y el príncipe Vasili, ya vueltos en sí, entraron tras ella. Unos minutos después que la primera salió de allí la mayor de las princesas con el rostro pálido y seco y mordiéndose el labio inferior. Al ver a Pierre su rostro expresó una furia incontenible.

—Sí, alégrese ahora —dijo ella—, esto era lo que usted quería. —Y echándose a llorar ocultó el rostro tras el pañuelo y salió de la habitación.

Tras la princesa salió el príncipe Vasili, fue tambaleándose hacia el diván en el que estaba sentado Pierre y dejándose caer en él se tapó los ojos con la mano. Pierre advirtió que estaba pálido y que la mandíbula inferior le temblaba como si tuviera fiebre.

—¡Ay, amigo mío! —dijo tomando a Pierre por el codo y con una sinceridad y una debilidad en la voz que Pierre nunca antes había advertido—. Qué pecadores somos, qué embusteros y ¿para qué? Tengo casi sesenta años, amigo mío... ya a mí... Todo se acaba con la muerte, todo. La muerte es terrible. —Y se echó a llorar.

Anna Mijáilovna fue la última en salir. Fue hacia Pierre con pasos lentos y silenciosos.

—¡Pierre…! —dijo ella.

Pierre la miró interrogativamente. Ella besó al joven en la frente, mojándole con sus lágrimas. Guardó silencio un momento.

—Él ya se ha ido…

Pierre la miró a través de las gafas.

—Vamos, le acompañaré. Intente llorar, nada alivia tanto como las lágrimas.

Ella le condujo hasta la oscura sala y Pierre se alegró de que allí nadie pudiera ver su rostro. Anna Mijáilovna le dejó durante un rato y cuando regresó él dormía profundamente con la cabeza apoyada sobre la mano.

A la mañana siguiente Anna Mijáilovna le dijo a Pierre:

—Sí, amigo mío, esta es una gran pérdida para todos nosotros, sin hablar de usted. Pero Dios le dará fuerza, usted es joven, y ahora, espero, poseedor de una inmensa fortuna. Todavía no se ha abierto el testamento. Le conozco lo suficiente y estoy segura de que esto no le hará perder la cabeza pero le colmará de obligaciones y hay que ser hombre.

Pierre guardaba silencio.

—Más adelante puede que le explique que si yo no hubiera estado allí, Dios sabe lo que habría pasado. Usted sabe que hace tres días mi tío me prometió no olvidar a Borís, pero no le dio tiempo. Espero, amigo mío, que cumpla usted con los deseos de su padre.

Pierre no entendía nada y en silencio, ruborizándose con timidez, cosa que no le pasaba con mucha frecuencia, miraba a la princesa Anna Mijáilovna. Después de hablar con Pierre, Anna Mijáilovna fue a dormir a casa de los Rostov. Por la mañana le contó a los Rostov y a todos sus conocidos los detalles de la muerte del conde Bezújov. Decía que el conde había muerto como a ella le gustaría morir, que su fin había sido conmovedor y edificante, que el último adiós del padre al hijo había sido tan emotivo que no podía recordarlo sin echarse a llorar y que no sabía quién se había comportado mejor en esos terribles y solemnes momentos: el padre, que conocía a todos y todo lo entendía hasta el último momento, y le dijo al hijo palabras tremendamente conmovedoras, o Pierre cuya pena era evidente y que estaba destrozado y que a pesar de todo trataba de ocultar su tristeza para no entristecer a su padre moribundo.

—Es duro pero redime; el alma se eleva al ver a hombres como el viejo conde y su digno hijo. —Decía ella. También narraba, sin aprobarlo, el proceder de la princesa y del príncipe Vasili, pero con gran secreto y en voz baja.

XXXII

En Lysye Gory,* la finca del príncipe Nikolai Andréevich Bolkonski, se esperaba de un día a otro la llegada del joven príncipe Andréi y de la princesa, pero la espera no perturbaba el severo orden que regía la vida en casa del viejo príncipe. El general en jefe, príncipe Nikolai Andréevich, llamado el Rey de Prusia, desde los tiempos en que bajo el mandato de Pablo I fuera exiliado al campo, vivía sin salir de Lysye Gory con su hija, la princesa María y su dama de compañía, mademoiselle Bourienne. Y a pesar de que con el actual emperador podía haberse trasladado a la capital, siguió sin salir del campo, diciendo que si alguien le necesitaba recorriera las 150 verstas** que separaban Lysye Gory de Moscú y que él no necesitaba nada ni a nadie. Decía que solo existen dos causas de los vicios humanos: la holganza y la superstición, y que solo existen dos virtudes: la actividad y la inteligencia. Él mismo

---

* Textualmente: Montañas Peladas. *(N. de la T.)*

** Versta: antigua medida rusa; aproximadamente 1,06 km. *(N. de la T.)*

se encargaba de la educación de su hija, y para fomentar en ella las dos virtudes principales le daba lecciones de álgebra y geometría desde los doce años y repartía toda su vida en incesantes ocupaciones. Él mismo estaba realmente ocupado en la escritura de sus memorias, en cálculos de matemática avanzada, en tornear tabaqueras, o bien trabajando en el jardín, observando las construcciones que sin cesar se realizaban en su finca o en la lectura de sus autores preferidos. Y como una condición indispensable para la actividad es el orden, en su modo de vida este había sido llevado hasta las últimas consecuencias. Se sentaba a la mesa en unas únicas e inmutables circunstancias y no solo siempre a la misma hora, sino hasta en el mismo minuto. Con la gente que le rodeaba, desde su hija al servicio, el príncipe era rígido y firmemente exigente y por ello, sin ser cruel, provocaba un miedo y un respeto, que el hombre más cruel no hubiera podido obtener fácilmente. A pesar de que estaba retirado y que no tenía ya ninguna influencia en los asuntos de estado, cada gobernador de la zona en la que se encontraba la finca del príncipe consideraba un deber presentarse ante él y exactamente igual que el arquitecto, el jardinero o la princesa María, debía esperar en la alta sala del servicio hasta la hora fijada en la que el príncipe le recibiría. Y todos los que se encontraban en esa sala experimentaban la misma sensación de respeto y hasta de miedo, en el instante en que se abría la enorme puerta del despacho y mostraba la menuda figura del anciano, con la peluca empolvada, las manos pequeñas y delgadas y las cejas grises y caídas que al fruncirse mostraban el brillo de unos luminosos ojos inteligentes y juveniles.

El día de la llegada de los jóvenes príncipes, por la mañana, como era costumbre, la princesa María entró en la sala del servicio a la hora fijada para el saludo matinal, se santiguó con miedo y rezó una oración para sí. Todos los días entraba en esa sala y todos los días rezaba para que el encuentro de aquel día transcurriera felizmente.

El viejo criado empolvado que estaba sentado en la sala de servicio se levantó sin hacer ruido y dijo en un susurro: «Pase». Del otro lado de la puerta se oía el sonido uniforme del torno. La princesa empujó tímidamente la puerta que se abría con suavidad y se quedó en el dintel. El príncipe trabajaba en el torno y después de mirarla prosiguió con su tarea.

El enorme despacho estaba lleno de cosas que era evidente que se utilizaban a diario. La gran mesa en la que había libros y planos, las altas estanterías de cristal de las bibliotecas con sus llaves en las puertas, la mesa de mármol para escribir de pie, en la que había un cuaderno abierto, el torno con las herramientas y las virutas esparcidas alrededor, todo mostraba una constante, variada y organizada actividad. Por los movimientos del pie, calzado con una bota tártara bordada en plata, y por la firme presión de la mano nudosa y delgada era visible la obstinada y fuerte vejez del príncipe. Habiendo dado unas cuantas vueltas retiró el pie del pedal del torno, enjugó el escoplo, lo guardó en la bolsa de cuero que pendía del torno y acercándose a la mesa llamó a su hija. Él nunca bendecía a sus hijos y solo le presentó la poblada mejilla aún sin afeitar y dijo severamente pero a la vez con tierno interés, después de mirarla:

—¿Estás bien? ¡Bueno, siéntate! —dijo él como siempre breve y entrecortadamente, sacando el cuaderno de geometría, escrito de su puño y letra y acercando su butaca con el pie.

—¡Para mañana! —dijo buscando rápidamente la página y siguiendo con su dura uña un párrafo tras otro. La princesa se inclinó en la mesa sobre el cuaderno—. Espera, tienes una carta —dijo de pronto el anciano, sacando del cajón de debajo de la mesa un sobre escrito con letra femenina y lanzándolo sobre la mesa.

Al ver la carta, el rostro de la princesa se cubrió de manchas rojas. La cogió rápidamente y la estrechó contra sí.

—¿Es de Eloísa? —preguntó el príncipe mostrando con una fría sonrisa sus dientes fuertes, pero escasos y amarillentos.

—Sí, de Julie Ajrósimova —dijo la princesa, mirando y sonriendo tímidamente.

—Pasaré dos cartas más, pero la tercera la leeré —dijo el príncipe con severidad, sospecho que escribís muchas tonterías. Leeré la tercera.

—Lea esta, padre —contestó la princesa, enrojeciendo aún más y dándole la carta.

—La tercera he dicho, la tercera —gritó secamente el príncipe apartando la carta, y acodándose en la mesa acercó el cuaderno con figuras geométricas.

—Bueno, señorita —comenzó a decir el anciano acercándose a la princesa, inclinándose sobre el cuaderno y poniendo una mano en el respaldo de la silla en la que ella estaba sentada, de manera que la princesa se sentía completamente rodeada por el olor a vejez y a tabaco de su padre, que tan bien conocía.

—Bueno, señorita, estos triángulos son semejantes, ten la bondad de mirar el ángulo *abc*…

La princesa miraba asustada al fulgor de los ojos de su padre; las manchas rojas aparecían y desaparecían de su rostro y era evidente que no entendía nada y que tenía tanto miedo que este le impedía entender el discurso de su padre, por muy claro que este fuera. Fuese culpable el profesor o la alumna, todos los días se repetía la misma escena: a la princesa se le nublaba la vista, no veía ni escuchaba nada, solo percibía a su lado el enjuto rostro de su severo padre, percibía su respiración y su olor y lo único en lo que pensaba era en escaparse lo más rápido posible del despacho y libremente, en su habitación, intentar comprender el problema. El anciano se salía de sus casillas, acercaba y apartaba ruidosamente la butaca en la que estaba sentado haciendo esfuerzos para controlarse y sin conseguirlo casi ninguna vez, jurando, e incluso tirando el cuaderno en algunas ocasiones.

La princesa equivocó la respuesta.

—¡Bueno, cómo se puede ser tan necia! —gritó el príncipe

apartando el cuaderno y volviéndose rápidamente; pero enseguida se levantó, se paseó un poco, acarició con las manos el cabello de la princesa y volvió a sentarse. Se acercó y con forzada voz tranquila continuó la explicación.

—No puede ser, princesa, no puede ser —dijo él cuando la princesa, habiendo cogido y cerrado el cuaderno, se preparaba ya para irse—. Las matemáticas son de gran importancia, señorita mía. Y no quisiera que te parecieras a nuestras necias damas. Aguanta, ya te gustará. —Acarició con la mano su mejilla—. Te sacudirás esa necedad. —Ella quería salir, pero su padre la detuvo con un gesto y depositó en la alta mesa un libro nuevo, con las páginas aún sin cortar.

—Este libro es un tal *La llave del misterio* que te manda tu Eloísa. Es un libro religioso. Yo no me meto en ninguna religión. Le he echado un vistazo. Cógelo. Bueno, ¡vete, vete!

Le dio un golpecito en la espalda y cerró la puerta tras ella.

XXXIII

La princesa María volvió a su habitación con una expresión triste y asustada que rara vez le abandonaba y que afeaba aún más su ya de por sí poco agraciado y enfermizo rostro. Se sentó en su escritorio lleno de retratos en miniatura, de libros y cuadernos. La princesa era tan desordenada como ordenado era su padre. Dejó el cuaderno de geometría y abrió impaciente la carta. Sin haberla leído aún, con el solo pensamiento del placer que iba a experimentar, volvió las hojas de la carta y la expresión de su rostro cambió; se serenó visiblemente, se sentó en su sillón favorito en un rincón de la habitación bajo un enorme espejo y comenzó a leer. La carta era de su mejor amiga de la infancia; esta amiga era esa misma Julie Ajrósimova que había estado en la celebración del santo en casa de los Rostov. María Dmítrievna Ajrósimova tenía unas propiedades vecinas a las del príncipe en las que pasaba los dos meses de verano. El príncipe apreciaba a María Dmítrievna, aunque se burlara un poco de ella. María Dmítrievna era la única que llamaba de tú al príncipe Nikolai y le ponía de ejemplo de todos los hombres actuales.

Julie escribía:

> Querida e inestimable amiga, ¡qué cosa tan horrible es la separación! Por mucho que me convenza de que la mitad de mi existencia y de mi felicidad se encuentra en usted, a pesar de la distancia que nos separa, y de que nuestros corazones están unidos por lazos indisolubles, el mío se rebela contra el destino, y a pesar de los placeres y las distracciones que me rodean, no puedo evitar una oculta tristeza que siento en lo profundo de mi corazón desde el momento de nuestra separación. ¿Por qué no estamos juntas como el verano pasado, en nuestro gran despacho, en el diván azul, en el «diván de las confidencias»? ¿Por qué no puedo, como hace tres meses, sacar nuevas fuerzas morales de su mirada, dulce, tranquila e intuitiva, que tanto amo y que veo ante mí en estos momentos en los que te escribo?

Al llegar a este punto de la carta, la princesa María suspiró y miró al espejo, que se encontraba a su derecha. El espejo reflejó su feo y débil cuerpo y el enjuto rostro. Sus ojos, siempre tristes, se miraban ahora con especial desesperanza en el espejo. «Me adula», pensó la princesa, volviéndose y retomando la lectura. Sin embargo, Julie no estaba adulando a su amiga: realmente los ojos de la princesa, grandes, profundos y luminosos (como si salieran de ellos haces de cálida luz), eran tan hermosos que con mucha frecuencia, a pesar de la fealdad de su rostro, esos ojos le otorgaban una encantadora belleza. Pero la princesa nunca había visto la hermosa expresión de sus ojos, esa expresión que adoptaban en los momentos en los que no pensaba en sí misma. Como pasa con todo el mundo el rostro de la princesa adoptaba una expresión artificial y vacía cuando se miraba en el espejo. Continuó leyendo:

En Moscú solo se habla de la guerra. Uno de mis dos hermanos ya se encuentra fuera del país y el otro está en la guardia, que se pone en marcha hacia la frontera. Nuestro amado emperador ha salido de San Petersburgo y se presupone que tiene la intención de exponer su valiosa existencia a los peligros de la guerra. Quiera Dios que la sierpe corsa, que perturba la paz de Europa, sea abatida por el ángel, que el Omnipotente, en su misericordia, nos ha dado como soberano. Sin hablar ya de mis hermanos, esta guerra me ha privado de una de las personas más cercanas a mi corazón. Hablo del joven Nikolai Rostov, que a causa de su entusiasmo no ha podido quedarse inactivo y ha dejado la universidad para ingresar en el ejército. Le confieso, mi querida María, que a pesar de su extraordinaria juventud, su partida al ejército me ha reportado un enorme dolor. En este joven, del que ya le hablé el verano pasado, hay tanta bondad, tanta noble juventud, tan difícil de encontrar en nuestra época entre los viejos de veinte años. Es particularmente sincero y puro de corazón. Es tan honrado y lleno de poesía que mis encuentros con él, a pesar de haber sido fugaces, han sido unas de las más dulces alegrías de mi pobre corazón, que tanto ha sufrido. Ya le contaré nuestra despedida y todo lo que hablamos antes de ella. Ahora está aún demasiado fresco… ¡Ay!, amiga mía, es tan feliz porque no conoce tan abrasadores deleites y tan ardientes dolores. Es feliz de no conocerlos, porque habitualmente los últimos son más fuertes que los primeros. Yo sé muy bien que el conde Nikolai es demasiado joven para convertirse en algo más para mí que en un simple amigo. Pero esta dulce amistad y esta relación tan poética y tan pura se ha convertido en una necesidad para mi corazón. Pero no hablemos más de ello.

Una gran novedad que ocupa a todo Moscú es la muerte del viejo conde Bezújov y su herencia. Imagínese, las tres princesas solo han recibido una pequeña parte, el príncipe Vasili nada y

Pierre es el heredero de todo y además de ello ha sido reconocido como hijo legítimo y por lo tanto como conde Bezújov y propietario de una de las mayores fortunas de Rusia. Dicen que el príncipe Vasili jugó un papel muy mezquino en toda esta historia y que partió para San Petersburgo muy azorado. Le confieso que entiendo muy poco de estos asuntos de testamentos; solamente sé que desde el momento en el que el joven, al que todos conocíamos simplemente como Pierre, se convirtió en conde Bezújov y en propietario de una de las mayores fortunas de Rusia, me divierto observando el cambio de actitud de las madres con hijas solteras y de las propias señoritas para con este señor, que entre nosotras, siempre me ha parecido un inepto. Solamente mi madre continúa tratándole con su habitual dureza. Así que como desde hace ya dos años se entretienen en buscarme prometidos a los que en su mayoría no conozco, la crónica marital moscovita me hace ya condesa Bezújov. Pero comprenderá que no deseo esto en absoluto. A propósito de matrimonios, ¿sabe que no hace mucho la tía universal, Anna Mijáilovna, me confió, bajo un enorme secreto, un proyecto de matrimonio para usted? Se trata ni más ni menos que del hijo del príncipe Vasili, Anatole, al que quieren situar casándole con una mujer rica y bien relacionada, y en usted recayó la elección de sus padres. No sé con qué ojos ve este asunto, pero he juzgado un deber el comunicárselo. Él dicen que es muy apuesto pero un calavera. Eso es todo lo que he podido saber.

Pero basta de charlas. Acabo la segunda hoja y mamá me ha mandado a buscar para ir a comer a casa de los Apraxin.

Lea el libro místico que le envío; ha tenido mucho éxito entre nosotros. A pesar de que contiene conceptos difíciles de entender para el débil entendimiento humano, es un libro excelente; su lectura calma y eleva el espíritu. Me despido. Mis respetos a su padre y mis saludos a mademoiselle Bourienne. Le envío un abrazo con todo mi corazón,

JULIE

PD: Mándeme noticias de su hermano y de su encantadora esposa.

La princesa se puso a cavilar y sonrió pensativamente y, al mismo tiempo, su rostro, iluminado por los resplandecientes ojos, cambió por completo, y levantándose de pronto, con su andar pesado fue a la mesa. Cogió un papel y su mano comenzó a pasar sobre él con rapidez. Escribía como respuesta:

Querida e inapreciable amiga:

Su carta del día 13 me causó una gran alegría. Aún me quiere, mi poética Julie. La separación de la que habla tan mal, no ha tenido en usted su acostumbrada influencia. Se queja de la separación, pero ¿qué debería entonces decir yo, si pudiera, que estoy privada de todos mis seres queridos? Ay, si no tuviéramos la religión como consuelo, la vida sería muy penosa. ¿Por qué, cuando me habla de su inclinación hacia ese joven, supone que la juzgaré con severidad? En estos asuntos solo soy severa conmigo misma. Me conozco lo suficiente y entiendo muy bien que yo sin caer en el ridículo no puedo experimentar esos sentimientos amorosos que a usted le parecen tan dulces. Comprendo estos sentimientos en los demás, y si no puedo aprobarlos dado que no los he experimentado nunca, tampoco los condeno. Pero me parece que el amor cristiano, el amor al prójimo, el amor hacia el enemigo, es más digno, más dulce y mejor que estos sentimientos que pueden infundir los bellos ojos de un joven a una muchacha poética y apasionada como usted.

La noticia de la muerte del conde Bezújov nos llegó antes de su carta, y a mi padre le afectó mucho. Dice que era el penúltimo representante de un gran siglo y que ahora le toca a él pero que hará todo lo que esté en su mano para retrasar su hora lo más posible. Líbrenos Dios de esta desgracia.

No puedo compartir su opinión sobre Pierre al que conozco desde la infancia. Siempre me ha parecido que tiene un gran corazón y esta es una cualidad que aprecio más que ninguna otra en la gente. En lo tocante a su herencia y al papel que ha jugado en ello el príncipe Vasili, es algo muy triste para ambos. Ah, querida mía, ya dijo nuestro Divino Salvador que es más fácil que un camello pase por el ojo de una aguja que un rico entre en el reino de los cielos. Estas palabras son terriblemente ciertas. Me compadezco del príncipe Vasili y aún más de Pierre. Tan joven y ya agobiado por tan inmensa fortuna: ¡con cuántas tentaciones tendrá que luchar! Si me pregunta qué es lo que más deseo en el mundo le diré que deseo ser más pobre que el más pobre de los mendigos. Le doy mil gracias, querida mía, por el libro que me ha enviado y que ha tenido tanto éxito entre vosotros. Por otra parte, como me dice que hay en él, entre muchas cosas buenas, otras que no puede alcanzar a comprender la débil mente humana, me parece inútil ocuparse en una lectura ininteligible, de la que por esta razón no se puede sacar ningún provecho. Nunca he podido comprender la pasión que sienten algunas personas por confundir su entendimiento amedrentándose con libros místicos que solo siembran dudas en su espíritu, exaltan su imaginación y tienen un carácter exagerado totalmente contrario a la sencillez del cristianismo. Es mejor que leamos a los apóstoles y el Evangelio. No nos esforcemos en penetrar en lo que hay de misterioso en estos libros, porque ¿cómo podremos nosotros, miserables pecadores, comprender los terribles y sagrados secretos de la Providencia mientras sigamos llevando esta envoltura carnal que interpone entre nosotros y el Eterno un velo impenetrable? Mejor limitémonos al estudio de los sublimes principios que el Divino Salvador dejó para nuestra guía en la tierra, tratemos de seguirlos, intentemos convencernos de que cuantas menos licencias le demos a nuestro espíritu, le seremos más queridos a Dios, que rechaza todo el conocimiento que no proviene de Él, y que cuanto menos tratemos de profundizar en lo que Él ha querido ocultarnos, antes nos lo desvelará por medio de su espíritu divino.

Mi padre no me ha dicho nada de un prometido, solo me dijo que había recibido una carta y que espera la visita del príncipe Vasili; en cuanto al proyecto matrimonial, en lo que a mí se refiere, le diré, querida e inapreciable amiga, que el matrimonio es, en mi opinión, una sagrada institución a la que hay que someterse. Aunque esto fuera duro para mí, si el Todopoderoso decidiera darme la responsabilidad de ser esposa y madre intentaría desempeñarla tan fielmente como pudiera sin preocuparme de mis sentimientos hacia aquel que Él me diera por esposo.

He recibido una carta de mi hermano, que me comunica su llegada, junto con su esposa, a Lysye Gory. Esta alegría no durará mucho, dado que nos abandonará para tomar partido en esta guerra a la que nos arrojamos Dios sabe cómo y para qué. No solo en Moscú, en el centro de los negocios y del mundo, sino también aquí en medio de los trabajos agrícolas y el silencio, que los de la ciudad habitualmente se imaginan en el campo, se oyen rumores sobre la guerra que hacen que uno se sienta mal. Mi padre solo habla de ataques y contraataques, cosas de las que yo nada entiendo y hace tres días, dando mi habitual paseo por las calles del pueblo, presencié una desgarradora escena. Un convoy de reclutas alistados aquí y enviados al ejército. Había que ver el estado en el que se encontraban las madres, las esposas y los hijos de los que partían y escuchar los sollozos de unos y otros. Parece que la humanidad ha olvidado las leyes de su Divino Salvador que nos ha enseñado a amar y a perdonar y que ahora encuentra un gran mérito en el arte de matarse los unos a los otros.

Me despido, mi querida y buena amiga. Que nuestro Divino Salvador y su Santísima Madre la protejan y la tengan bajo su santo y omnipotente amparo.

MARÍA

—Ah, despacha usted su correo, princesa; yo ya despaché el mío. He escrito a mi pobre madre —dijo con su rápida y agradable forma de hablar y su perpetua sonrisa mademoiselle Bourienne, velarizando la *r* e introduciendo con su presencia, en la atmósfera meditabunda, triste y sombría de la princesa María, un mundo completamente diferente de alegría y despreocupación.

—Tengo que prevenirle, princesa, de que el príncipe ha reñido con Mijaíl Ivánovich —añadió ella, bajando la voz, velarizando especialmente y escuchándose a sí misma con satisfacción—. Está de muy mal humor, muy sombrío. Le prevengo, usted ya sabe...

—Ay, no —respondió la princesa María—. Le he pedido que nunca me advierta de la disposición de ánimo de mi padre. Yo no me permito juzgarle y no desearía que los demás lo hicieran.

La princesa miró al reloj y al darse cuenta de que ya pasaban cinco minutos de la hora que empleaba para tocar el clavicordio, fue corriendo con aire asustado a la sala de divanes. Entre las doce y las dos, según el orden diario establecido, el príncipe descansaba y la princesa tocaba el clavicordio.

XXXIV

El viejo ayuda de cámara estaba sentado, dormitando y atento a los ronquidos del príncipe en el enorme despacho. Desde el otro lado de la casa a través de las puertas cerradas, se escuchaba por vigésima vez los pasajes de la sonata de Dussek.

En aquel momento un coche y una carretela se detuvieron frente a la puerta principal, de la carretela salió el príncipe Andréi, que cortésmente, pero con frialdad como siempre, ayudó a bajar a su menuda mujer y la hizo pasar delante. El viejo Tijón llevando una peluca apareció por la puerta del servicio, dijo con un susurro que el príncipe dormía y volvió a cerrarla rápidamente. Tijón sabía que ni la llegada de su hijo ni ningún otro suceso extraordinario debían alterar el orden diario. Era evidente que el príncipe Andréi sabía esto tan bien como Tijón; miró al reloj, para comprobar que no había habido ningún cambio en las costumbres de su padre durante el tiempo en que no le había visto, y al convencerse de que no habían cambiado se volvió a su esposa:

—Se levantará en veinte minutos. Vamos a saludar a la princesa María —dijo él.

La menuda princesa había cambiado durante ese tiempo. La prominencia de su talle había aumentado bastante de tamaño, ella se inclinaba más hacia atrás y había engordado en exceso, pero sus ojos seguían igual y el corto y sonriente labio con el bigotito se elevaba de la misma manera alegre y grata al hablar:

—¡Pero si esto es un palacio! —le dijo a su marido, mirando en derredor con la misma expresión con la que se felicita al anfitrión de un baile.

—Vamos, rápido, rápido.

Miraba sin dejar de sonreír a Tijón, a su marido y al criado que los acompañaba.

—¿Es María la que toca? Vayamos en silencio para sorprenderla.

El príncipe Andréi la siguió con expresión cortés y triste.

—Has envejecido, Tijón —le dijo al pasar al lado del anciano, que le besó la mano y acto seguido se la frotó con un pañuelo de batista.

Antes de llegar a la sala en la que se podía oír el clavicordio, salió de una puerta lateral la rubia y linda francesa, que parecía loca de contento.

—Ah, qué alegría para la princesa —dijo ella—. ¡Por fin han llegado! Tengo que avisarla.

—No, no, por favor... Usted es mademoiselle Bourienne; la conozco por la amistad que tiene con mi cuñada —decía la princesa besándola—. Ella no nos espera.

Fueron hasta la puerta de la sala de los divanes, desde la que se escuchaba una y otra vez el mismo pasaje. El príncipe Andréi se detuvo y frunció el ceño como si esperara que sucediera algo desagradable.

La princesa entró. El pasaje se interrumpió a la mitad; se oyó un grito, los pesados pasos de la princesa María y ruido de besos y murmullos. Cuando el príncipe Andréi entró, las dos princesas que solo se habían visto una vez durante poco tiempo, en el día de la boda del príncipe Andréi, se abrazaban con fuerza y apretaban los labios en el mismo sitio en el que se habían besado en el primer momento. Mademoiselle Bourienne estaba de pie a su lado apretando las manos contra el pecho y sonriendo con devoción, preparada para echarse a reír o a llorar. El príncipe Andréi se encogió de hombros y frunció el ceño, como hace un amante de la música cuando oye una nota falsa. Las dos mujeres se separaron y de nuevo, como si temieran demorarse, se cogieron de las manos y se pusieron a besarse y se soltaron las manos, para de nuevo volver a besarse en el rostro y para sorpresa del príncipe Andréi ambas rompieron a llorar y a besarse de nuevo. Mademoiselle Bourienne también se echó a llorar. El príncipe Andréi se encontraba visiblemente incómodo y avergonzado, pero para las dos mujeres parecía tan natural llorar, que no se imaginaban que aquel encuentro pudiera haber transcurrido de otro modo.

—¡Ah, querida…! ¡Ah, Marie! —dijeron las dos mujeres a la vez, y se echaron a reír.

—He soñado…

—Entonces, ¿nos esperaba?… Ah, Marie, ha adelgazado tanto…

—Y usted ha engordado tanto…

—He reconocido a la princesa inmediatamente —participó mademoiselle Bourienne.

—Y yo que ni siquiera sospechaba —exclamó la princesa María—. Ah, Andréi, no te había visto.

El príncipe Andréi besó la mano de su hermana y ella la de él y le dijo que era la misma llorona que siempre había sido. La princesa María se volvió hacia su hermano y a través de las lágrimas una mirada breve, cálida y amante de sus ojos, en aquel instante hermosos grandes y luminosos, se posó en el rostro del príncipe Andréi, de modo que, al contrario de lo habitual, su hermana le pareció hermosa en esos momentos. Pero en ese preciso instante ella se volvió hacia su cuñada y comenzó a estrecharle las manos sin decir nada. La princesa Liza hablaba sin cesar. El corto labio superior sombreado de vello revoloteaba hacia abajo, tocando cuando era necesario con el sonrosado labio inferior, y de nuevo se abría en una brillante sonrisa de ojos y dientes. La princesa narraba un accidente que habían tenido en la montaña Mtsénskaia, en el que habían corrido un gran peligro debido a su estado e inmediatamente después de ello comunicó que había dejado todos sus vestidos en San Petersburgo y que allí se iba a vestir Dios sabe con qué y que Andréi había cambiado completamente y que Kitti Odintsova se había casado con un anciano y que la princesa María tenía un prometido completamente en firme, pero que hablarían de ello más tarde. La princesa María no dejaba de mirar, aun si decir palabra, a la esposa de su hermano y en sus bellísimos ojos había afecto y pena, como si tuviera lástima de su joven cuñada y no pudiera decirle la causa de su conmiseración. Era evidente que su mente discurría cosas que nada tenían que ver con la charla de su cuñada. En mitad de su relato acerca de las últimas veladas en San Petersburgo, se dirigió a su hermano:

—¿Estás decidido a ir a la a guerra, Andréi? —dijo ella suspirando.

Liza también suspiró.

—Mañana mismo —respondió su hermano.

—Me abandona aquí y Dios sabe para qué, con lo fácil que le hubiera sido conseguir un ascenso… —La princesa María no la escuchaba y siguiendo el hilo de sus propios pensamientos se volvió hacia su cuñada y con una cariñosa mirada le señaló su vientre—. ¿Será pronto? —dijo.

—Dos meses —respondió ella.

—¿Y no tienes miedo? —preguntó la princesa María, besándola de nuevo. El príncipe Andréi frunció el ceño ante esta pregunta. Los labios de Liza se curvaron en una mueca. Acercó su rostro al de su cuñada y de nuevo, inesperadamente, rompió a llorar.

—Le hace falta descansar —dijo el príncipe Andréi—. ¿No es cierto, Liza? Llévala a su cuarto y yo iré a ver a nuestro padre. ¿Cómo está, igual que siempre?

—Exactamente igual, no sé qué te parecerá a ti —respondió con alegría la princesa.

—¿El mismo horario y los mismos paseos por la alameda? ¿Y el torno? —preguntó el príncipe Andréi con una sonrisa apenas perceptible, que quería decir que, a pesar de todo el amor y el respeto que sentía por su padre, conocía sus debilidades.

—El mismo horario y el torno y también las matemáticas y mis lecciones de geometría —respondió alegremente la princesa María, como si sus lecciones de geometría fueran uno de los más alegres recuerdos de su vida.

XXXV

Cuando hubieron pasado los veinte minutos necesarios para que llegara la hora en la que el anciano príncipe había de levantarse, Tijón fue a llamar al joven príncipe. El anciano hizo una excepción en su modo de vida en honor de la llegada de su hijo; ordenó que le llevaran a sus aposentos mientras se vestía para el almuerzo. El príncipe iba vestido a la antigua usanza, con caftán y empolvado. Y en el momento en el que el príncipe Andréi, sin el rostro y las maneras sombrías que adoptaba en sociedad, sino con el rostro animado que tenía cuando conversaba con Pierre, entró donde su padre, el anciano estaba sentado en el tocador, en un sillón tapizado en cordobán, con un peinador y ofreciendo su cabeza a las manos de Tijón.

—¡Ah! ¡Guerrero! ¿Quieres luchar contra Bonaparte?

Así saludó el anciano a su hijo. Sacudía la empolvada cabeza, tanto como se lo permitía la trenza que Tijón sujetaba en sus manos.

—Pues pisotéalo bien o si no de este modo pronto nos convertirá en sus súbditos.

—¡Buenos días! —dijo y le presentó su mejilla.

El anciano se encontraba en buena disposición de ánimo después del descanso de antes de comer. (Él decía que el sueño de después de comer era plata y el de antes de comer, oro.) Bajo las pobladas cejas miraba de reojo a su hijo alegremente. El príncipe Andréi se acercó y besó a su padre en el lugar que este le había indicado. No respondió al tema de conversación preferido de su padre: bromear sobre los militares de la época y especialmente sobre Bonaparte.

—Sí, he venido a verle, padre, con mi esposa que está embarazada —dijo el príncipe Andréi, siguiendo con ojos animados y respetuosos los movimientos de cada rasgo del rostro de su padre—. ¿Cómo se encuentra de salud?

—La falta de salud solo se da en los estúpidos y los licenciosos, y tú me conoces, estoy ocupado de la mañana a la noche, soy comedido y por lo tanto sano.

—Gracias a Dios —dijo el hijo sonriendo.

—Dios no tiene nada que ver en esto. Bueno, cuéntame —continuó él, volviendo a su tema favorito—, cómo os han adiestrado los alemanes para combatir a Napoleón con vuestra nueva ciencia llamada estrategia.

El príncipe Andréi sonrió.

—Déjeme reponerme, padre —dijo con una sonrisa, que mostraba que las debilidades de su padre no le hacían quererle y respetarle menos—. Aún ni me he instalado.

—Tonterías, tonterías —gritó el anciano agitando la trenza para comprobar si estaba bien apretada y cogiendo a su hijo del brazo—. Las habitaciones para tu esposa están preparadas. La princesa María la llevará a ella y hablarán por los codos. Así son las mujeres. Me alegra verla. Siéntate y cuéntame. Comprendo lo del ejército de Michelson. Y también lo de Tolstói... el desembarco simultáneo… Pero ¿qué va a hacer el ejército del sur? Ya sé que Prusia es neutral. Pero ¿y Austria? —así hablaba, levantándose de la silla y paseando por la habitación con Tijón corriendo detrás de él y dándole las prendas de su indumentaria—. ¿Y qué pasa con Suecia? ¿Cómo atravesarán la Pomerania?

El príncipe Andréi, viendo la insistencia de su padre, empezó, primero con desgana y luego cada vez con mayor animación y comenzando involuntariamente a mitad del relato a saltar del ruso al francés según era su costumbre, a exponer los planes de operaciones de la campaña proyectada. Contó que un ejército de 90.000 hombres debía amenazar a Prusia, para que abandonara su neutralidad y entrara en guerra, y que parte de este ejército debía unirse a las tropas de Suecia en Stralsund y que 220.000 austríacos junto con 100.000 rusos debían actuar en Italia y en el Rin, y que 50.000 rusos y 50.000 ingleses desembarcarían en Nápoles y que en total un ejército de 500.000 hombres invadiría Francia desde varios puntos. El anciano príncipe no mostraba ni el más mínimo interés por el relato, como si no escuchara, y seguía vistiéndose sin dejar de pasear y le interrumpió por tres veces. Una vez le detuvo y gritó:

—¡Blanco, blanco!

Esto significaba que Tijón no le había dado el chaleco que él quería. La segunda vez se detuvo y preguntó:

—¿Dará a luz pronto? —y después de que le respondieran, dijo con severidad y moviendo la cabeza con reproche—: ¡No está bien! Continúa, continúa.

Por tercera vez, cuando el príncipe Andréi terminaba el relato, el anciano se puso a cantar con voz cascada y desentonada: «Mambrú se fue a la guerra no sé cuándo vendrá». Su hijo se limitó a sonreír.

—No digo que este sería el plan que yo aprobaría —dijo el hijo—, me limito a contarle lo que hay. Napoleón ya ha preparado su plan y no será peor que este.

—Bueno, no me has contado nada novedoso. —Y pensativamente murmuró para sí con rapidez: «No sé cuándo vendrá».

—Vete al comedor.

El príncipe Andréi salió. Sobre sus asuntos el padre y el hijo nada hablaban.

A la hora establecida, el príncipe, empolvado, afeitado y con buen aspecto, entró en el comedor, donde le esperaba su nuera, la princesa María, mademoiselle Bourienne y el arquitecto del príncipe, al que por un extraño capricho suyo se admitía a la mesa, aunque por su situación, este hombre mediocre no hubiera podido nunca aspirar a tamaño honor. El príncipe, que guardaba muy estrictamente la distinción de clases y que rara vez admitía a la mesa a los más altos funcionarios de la provincia, de pronto con el arquitecto Mijaíl Ivánovich, que se sonaba en una esquina con su pañuelo a cuadros, mostraba que todas las personas eran iguales y con frecuencia inculcaba a su hija la idea de que Mijaíl Ivánovich no era en nada inferior a ellos. En la mesa, cuando él exponía sus, en ocasiones, extrañas ideas, se dirigía sobre todo al silencioso Mijaíl Ivánovich.

En el comedor, colosalmente alto como el resto de las habitaciones de la casa, esperaban la entrada del príncipe los camareros y los criados de pie detrás de cada silla: el mayordomo, con una servilleta en el brazo, miraba los servicios de mesa, guiñaba a los criados, y echaba sin cesar inquietas miradas del reloj de pared a la puerta, por la que debía aparecer el príncipe. El príncipe Andréi miraba a un enorme cuadro nuevo para él con el marco dorado, que representaba el árbol genealógico de los Bolkonski, colgado frente a otro, también con un marco colosal, muy mal pintado (evidentemente estaba hecho por un pintor casero), que representaba a un príncipe reinante con una corona, que debía ser descendiente de Riurik, cabeza del linaje de los Bolkonski. El príncipe Andréi miró al árbol genealógico, balanceando la cabeza y riéndose igual que si mirara un retrato grotesco.

—Cómo se le reconoce en todas estas cosas —le dijo a la princesa María que se había acercado a él.

La princesa María miró a su hermano con sorpresa. No entendía por qué sonreía. Todo lo que hacía su padre despertaba en ella una veneración que no admitía discusión.

—Todos tienen su talón de Aquiles —continuó el príncipe Andréi—, caer, con su enorme talento, en tales mezquindades.

La princesa María no podía comprender el atrevimiento del juicio de su hermano y se preparaba para replicarle cuando se escucharon los esperados pasos que provenían del despacho: el príncipe entró rápido, a la desbandada, alegre, como siempre caminaba, como si intencionadamente quisiera presentar contraste entre sus apresuradas maneras y el severo orden de la casa. En ese instante el reloj grande dio las dos y con su voz fina contestó otro en la sala; el príncipe se detuvo y por debajo de sus cejas espesas y colgantes miró con sus ojos animados, brillantes y severos a todos y se detuvo en la joven princesa. Esta experimentó en ese momento la sensación que experimentaban los cortesanos ante la familia real, ese sentimiento de espanto y de respeto que despertaba el anciano en todos los que le rodeaban. Él le pasó la mano por la cabeza y luego con un torpe movimiento le dio un golpecito en la nuca, pero de tal modo que ella se sintió obligada a someterse.

—Me alegro, me alegro —dijo él y después de mirarla otra vez fijamente se alejó rápidamente y se sentó en su sitio.

—¡Sentaos, sentaos! Siéntese, Mijaíl Ivánovich.

Le señaló a su nuera un sitio cerca de él y el camarero retiró la silla para que tomara asiento. A causa de su embarazo no tenía mucho sitio para sentarse.

—¡Oh, oh! —dijo el anciano mirando su abultado talle—. Te has dado mucha prisa, eso no está bien.

Él reía seca, fría y desagradablemente como hacía siempre, riendo con la boca, pero no con los ojos.

—Hay que pasear, pasear lo más que se pueda, lo más que se pueda —dijo él.

La menuda princesa no escuchaba o no quería escuchar estas palabras y parecía turbada. El príncipe le preguntó por su padre y la princesa se puso a hablar y sonrió. Él le preguntó por los conocidos comunes, la princesa se animó aún más y se puso a relatar, transmitiéndole al príncipe los saludos y los chismes de la ciudad. Tan pronto como la conversación se refirió a estos temas, la situación empezó a ser visiblemente más cómoda y grata para la princesa.

—La pobrecita princesa Apráxina ha perdido a su marido y está desconsolada —contaba ella, animándose más y más.

Pero según ella se animaba, el príncipe la miraba con mayor severidad y de pronto, como si ya la hubiera estudiado bastante y tuviera ya una idea clara de su persona, dejó de prestarle atención y se dirigió a Mijaíl Ivánovich.

XXXVI

—Entonces, Mijaíl Iványch, a Bonaparte le van a ir mal las cosas. Como me ha contado el príncipe Andréi (él siempre hablaba de su hijo en tercera persona), ¡qué cantidad de fuerzas se están reuniendo en contra suya! Y nosotros que siempre le habíamos considerado una nulidad…

Mijaíl Ivánovich, que no tenía idea de cuándo *nosotros* habíamos cruzado esas palabras sobre Bonaparte pero entendiendo que su participación era necesaria para introducir su tema preferido, miró con sorpresa al joven príncipe, sin saber qué saldría de aquello.

—¡Él es un gran táctico! —dijo el príncipe a su hijo señalando al arquitecto, y la conversación comenzó de nuevo a tratar sobre la guerra, sobre Bonaparte, sobre los generales y hombres de estado de la época. El anciano príncipe parecía estar convencido no solo de que los actuales hombres de estado eran jovenzuelos que no conocían el *abc* de los asuntos de estado y militares y que Bonaparte era un francés insignificante que tenía éxito solo porque no había tenido de contrincantes a Potemkin o a Suvórov; sino también de que en Europa no había dificultades políticas ni guerra sino que todo era una comedia de marionetas en la que actuaban los hombres de estado actuales, fingiendo que se ocupan en algo. El príncipe Andréi soportaba alegremente la burla de su padre sobre los hombres del momento y era visible que le causaba placer incitar a su padre a la discusión y escucharle.

—Todo lo que ya ha pasado siempre parece mejor —dijo él—. ¿Y es que acaso ese mismo Suvórov no cayó en la trampa que le tendió Moreau y no sabía salir de ella?

—¿Quién te ha dicho eso? ¿Quién te lo ha dicho? —gritó el padre—. ¡Suvórov! —y rechazó con violencia un plato que Tijón agarró rápidamente—. ¡Suvórov!... Dos, Fridrij y Suvórov... ¡Moreau! Moreau hubiera caído preso si Suvórov hubiera tenido las manos libres, pero tenía entre manos a los *hof-krieg-wurst-schnaps-rath*. De los que ni el diablo hubiera podido deshacerse.

»Espera y verás lo que son estos *hof-krieg-wurst-schnaps-rath*. Si Suvórov no pudo hacerse con ellos, ¿cómo quieres que lo haga Mijaíl Kutúzov? No, amigo —continuó él—, usted y sus generales no se bastan contra Bonaparte, hay que tomar a los franceses para que no se reconozcan entre ellos y el hermano mate al hermano.* Han enviado a un alemán, Palen, a Nueva York, a América a por el francés Moreau —dijo él refiriéndose a la invitación que se había hecho ese año a Moreau para que entrara al servicio de Rusia—. ¡Milagro!... ¿Es que acaso eran alemanes Potemkin, Suvórov y Orlov? No, querido, o bien todos vosotros os habéis vuelto locos o yo he perdido la cabeza. Que Dios os acompañe y ya veremos. ¡Ellos consideran a Bonaparte como un gran jefe militar! ¡Hum!

* Fragmento de una crónica rusa antigua. *(N. de la T.)*

—Yo no digo que todas las órdenes estén bien —dijo el príncipe Andréi—, pero no puedo entender cómo puede juzgar usted así a Bonaparte. ¡Ríase cuanto quiera, pero Bonaparte es un gran jefe militar!

—¡Mijaíl Ivánovich! —gritó el anciano príncipe al arquitecto, que entregándose al asado, deseaba que se hubieran olvidado de él—. ¿Yo le he dicho que Bonaparte es un gran táctico? Que lo diga él.

—Desde luego, Su Excelencia —respondió el arquitecto.

El príncipe se echó a reír de nuevo con su gélida risa.

—Bonaparte nació de pie. Tiene unos soldados estupendos, no cabe duda.

Y el príncipe se puso a desmenuzar todos los errores que según su entendimiento había cometido Bonaparte en todas sus guerras e incluso en los asuntos de estado. Su hijo no le contradecía, pero era evidente que por muchos argumentos que le presentaran tenía tan poca disposición a cambiar de opinión como el anciano príncipe. El príncipe Andréi escuchaba, absteniéndose de opinar y maravillándose involuntariamente de cómo podía este anciano, después de tantos años sin salir del campo, conocer con tantos detalles y tan exactamente y criticar todos los sucesos militares y políticos de Europa en los últimos años.

—¿Piensas que yo, anciano, no comprendo la situación actual de las cosas? —concluyó él—. Pero yo lo tengo aquí. Por las noches no duermo. Bueno, ¿dónde ha demostrado su talento tu gran jefe militar?

—Sería largo de explicar —respondió el hijo.

—¡Anda, vete con tu Bonaparte! Mademoiselle Bourienne, aquí hay un nuevo admirador de su infame emperador —gritó él en un excelente francés.

—Usted sabe, príncipe, que no soy bonapartista.

—«No sé cuándo vendrá…» —cantó el príncipe desafinando, se echó a reír aún más estruendosamente y se levantó de la mesa.

La menuda princesa había guardado silencio durante toda la discusión y durante el resto de la comida y miraba asustada bien a la princesa María, bien a su suegro. Cuando se levantaron de la mesa, tomó del brazo a su cuñada y la llevó a la otra sala.

—Qué hombre tan inteligente es su padre —dijo ella—. Puede ser eso lo que hace que le tema.

—¡Ah, es tan bueno! —dijo la princesa.

XXXVII

El príncipe Andréi partía el día siguiente por la tarde. El anciano príncipe, sin abandonar su rutina diaria, se marchó a sus habitaciones. La princesita se quedó en las de su cuñada. El príncipe Andréi, vestido con una levita de viaje sin charreteras, en las habitaciones designadas para él preparaba su equipaje con su ayuda de cámara. Él mismo supervisó el coche y la colocación de las maletas, ordenó enganchar. En la habitación solo quedaban las cosas que el príncipe Andréi llevaba siempre consigo: una arquilla, un cofrecito de plata, dos pistolas turcas y un sable regalo de su padre, proveniente de Ochákov. Todos estos accesorios de viaje los conservaba el príncipe Andréi en muy buen estado: todo era nuevo, limpio, en sus fundas de paño y atado cuidadosamente con cintas.

En el momento de una partida o de un cambio en la vida de las personas, capaces de reflexionar sobre sus actos, sus pensamientos transcurren gravemente. En estos momentos generalmente se reflexiona sobre el pasado y se hacen planes de futuro. El rostro del príncipe Andréi era muy pensativo y dulce. Con las manos atrás y dando vueltas con una expresión natural impropia de él, caminaba rápidamente por la habitación de un lado a otro; y mirando delante suyo movía pensativamente la cabeza. Quizá le resultaba terrible ir a la guerra y triste abandonar a su mujer, puede que fueran ambas cosas. Era evidente que no quería que le vieran en ese estado y se detuvo cuando oyó unos pasos en la entrada, soltando las manos apresuradamente y deteniéndose al lado de la mesa, como si estuviera cerrando la funda de la arquilla y adoptó su habitual expresión tranquila e impenetrable. Eran los pesados pasos de la princesa María.

—Me han dicho que has ordenado enganchar —dijo ella, jadeante (era evidente que había llegado corriendo)—, y quería hablar contigo a solas. Dios sabe por cuánto tiempo de nuevo nos separamos. ¿Te enfada que haya venido? Has cambiado mucho, Andriushka —añadió ella, como en justificación de su pregunta.

Sonrió al pronunciar «Andriushka», era evidente que a ella misma le resultaba difícil creer que este hombre severo y apuesto fuera el mismo Andriushka, el mismo muchacho travieso de pelo rizado, compañero de la infancia.

—¿Dónde está Liza? —preguntó él.

—Estaba tan cansada, que se ha quedado dormida en el sofá de mi habitación. ¡Andréi! Qué tesoro es tu esposa —dijo ella tomando asiento en el diván frente al que se encontraba su hermano—. Es como una niña, tan encantadora y alegre. La quiero mucho.

El príncipe Andréi guardó silencio, pero la princesa advirtió la expresión irónica y desdeñosa que se dibujó en su rostro.

—Debes ser indulgente con las pequeñas debilidades; ¡quién no las tiene, Andréi! No te olvides de que ella ha crecido y se ha educado en sociedad. Y ahora su situación no es precisamente de color de rosa. Hay que ponerse en la situación de los demás. Comprenderlo todo es perdonarlo todo. Piensa en lo que supone para la pobrecilla, después de la vida a la que está acostumbrada, separarse de su marido y quedarse sola en el campo en su estado. Es muy duro.

El príncipe Andréi sonrió mirando a su hermana, como sonreímos escuchando a la gente que creemos que no tienen secretos para nosotros.

—Tú vives en el campo y no encuentras terrible esta vida —dijo él.

—Yo soy distinta. ¿Quién está hablando de mí? Yo no deseo otra vida y no puedo desearla porque no conozco nada distinto. Pero tú piensa, Andréi, para una mujer joven, de sociedad, pasar los mejores años de su vida en el campo, sola, porque papá siempre está ocupado y yo… tú me conoces… Yo tengo poco interés para una mujer acostumbrada a la gran sociedad. Solo mademoiselle Bourienne…

—No me gusta nada vuestra Bourienne —dijo el príncipe Andréi.

—Oh, no, es muy agradable y buena, y sobre todo muy desgraciada. No tiene a nadie, a nadie. A decir verdad no solo no me es necesaria, sino que incluso me es molesta y sabes que siempre he sido una huraña. Me gusta estar sola… Nuestro padre la quiere mucho. Ella y Mijaíl Ivánovich son dos personas con las que siempre es bueno y cariñoso, porque ambos le deben mucho; como dice Stein: «Amamos a la gente no solo por el bien que nos han hecho sino por el bien que les hicimos». Nuestro padre la recogió huérfana en el arroyo y es muy buena. Y a él le gusta su forma de leer. Por las tardes le lee en voz alta. Lee muy bien.

—Pero hablando con sinceridad, María, pienso que a veces te debe resultar duro soportar el carácter de nuestro padre —dijo de pronto el príncipe Andréi.

La princesa María se sorprendió al principio y después se asustó de la pregunta.

—¿A mí? ¿A mí? ¿Por qué habría de resultarme duro? —Era evidente que ella hablaba de todo corazón.

—Siempre fue estricto, pero creo que ahora se ha convertido en un hombre inflexible —dijo el príncipe Andréi con la intención de desconcertar o probar a su hermana, hablando con tanta ligereza de su padre.

—Tú eres bueno en todo, Andréi, pero tienes un talante orgulloso —dijo la princesa, como siempre guiándose más por el curso de sus pensamientos que por la conversación que tenía lugar—, y eso es un gran pecado. ¿Es que acaso se puede juzgar a un padre? Y si eso fuera posible, ¿qué otro sentimiento, aparte de un profundo respeto, puede infundir un hombre como nuestro padre? Yo estoy muy satisfecha y muy feliz con él. Solo deseo que todos sean tan felices como lo soy yo.

Su hermano movió la cabeza con incredulidad.

—Para ser sinceros lo único que me es duro, Andréi, es la manera de pensar de nuestro padre sobre los asuntos religiosos. No entiendo cómo un hombre de tan gran talento no es capaz de ver lo que resulta tan claro como el agua y puede equivocarse de ese modo. Esta es mi única causa de infelicidad. Pero en los últimos tiempos observo una cierta mejora. Últimamente sus bromas son menos mordaces y hay un monje al que recibe y con el que habla mucho.

—Mucho me temo que el monje y tú gastéis saliva en vano, Masha —dijo el conde Andréi burlón y cariñoso al tiempo.

—¡Ah, amigo mío! Yo solo ruego a Dios y confío en que me oiga. ¡Andréi! —dijo ella tímidamente después de un momento de silencio—. Tengo que pedirte una cosa.

—¿El qué, querida?

—No, prométeme que no te negarás. No te va a causar ninguna molestia y no hay nada incorrecto en ello. Pero para mí será un consuelo. Promételo, Andriushka —dijo ella introduciendo la mano en el ridículo, y cogiendo algo de él, pero sin mostrarlo, como si lo que sostuviera fuera el objeto de su petición y que antes de escuchar la promesa de cumplimiento no podía sacar del bolso ese *algo*. Ella miraba a su hermano tímidamente con la mirada suplicante.

—Si no me cuesta un gran esfuerzo… —respondió el príncipe Andréi como adivinando de qué se trataba.

—Piensa lo que quieras. Sé que eres idéntico a nuestro padre. Piensa lo que quieras pero haz esto para mí. ¡Hazlo, por favor! El padre de mi padre, nuestro abuelo, ya lo llevó consigo en las guerras. —Ella aún no sacaba del ridículo lo que sujetaba—. Entonces, ¿me lo prometes?

—Por supuesto, ¿de qué se trata?

—Andréi, te bendigo con esta imagen y prométeme que no te la vas a quitar nunca. ¿Lo prometes?

—Si no pesa dos puds,* ni me tira del cuello. Para darte gusto —dijo el príncipe Andréi, pero en ese instante se percató de la expresión de aflicción que había adoptado el rostro de su hermana a causa de su broma y se arrepintió—. Con mucho gusto, de verdad, con mucho gusto, amiga mía —añadió.

—Aun contra tu voluntad Él te salvará y te perdonará y te acogerá en su seno, porque solo en Él se halla la verdad y la paz —dijo ella con la voz temblorosa a causa de la pena y sosteniendo ante su hermano, con ambas manos y gesto solemne, una antigua imagen oval del Salvador, con el rostro negro, marco y cadena de plata finamente trabajada. Se santiguó, besó la imagen y se la dio a Andréi.

—Por favor, hazlo por mí…

En sus grandes ojos brillaron haces de bondadosa y tímida luz. Sus ojos iluminaron su cara delgada y enfermiza y la hicieron muy hermosa. Su hermano quería coger la imagen, pero ella le detuvo. Andréi comprendió, se santiguó y besó la imagen. Su rostro era a la vez tierno (estaba emocionado), afectuoso, cariñoso y burlón.

—Gracias, amigo mío —ella le besó en la despejada frente morena y volvió a sentarse en el diván. Ambos guardaron silencio.

—Tal como te he dicho, Andréi, sé bondadoso y magnánimo como siempre has sido. No juzgues severamente a Liza —comenzó ella—. Ella es muy amable y buena y ahora se encuentra en una situación dura.

* Pud: medida antigua rusa de peso, equivalente a 16,3 kg. (N. de la T.)

—Me parece que yo no te he dicho, Masha, que tuviera nada que reprocharle a mi esposa o que estuviera descontento con ella. ¿Por qué me dices todo esto?

En el rostro de la princesa María aparecieron manchas rojas y calló como si se sintiera culpable.

—Yo no te he dicho nada, pero a ti ya *te han hablado*. Y eso me entristece.

Las manchas rojas aparecieron aún más intensamente en la frente, el cuello y las mejillas de la princesa María. Quería decir algo pero no podía. Su hermano había acertado. La menuda princesa había llorado después de comer diciendo que tenía el presentimiento de que el parto iba a ser desgraciado y que lo temía y se lamentaba de su suerte, del suegro y del marido. Después del llanto se había dormido. El príncipe Andréi sintió compasión de su hermana.

—Solamente has de saber, Masha, que no tengo nada que reprocharle ni nunca he reprochado ni reprocharé nada a *mi esposa* y que yo mismo no tengo nada que reprocharme para con ella y así ha de ser siempre, en cualquier situación. Pero si quieres saber la verdad… ¿quieres saber si soy feliz? No lo soy. ¿Ella es feliz? No lo es. Y ¿por qué? No lo sé…

Diciendo esto se levantó, se acercó a su hermana y agachándose le besó en la frente. Sus bellos ojos se iluminaron con un desacostumbrado fulgor inteligente y bondadoso, pero no miraba a su hermana sino a las sombras más allá de la puerta abierta, por encima de su cabeza.

—Vamos a verla, tengo que despedirme. O mejor, ve tú sola, despiértala y ahora voy yo. ¡Petrushka! —le gritó al ayudante de cámara—. Ven aquí, recoge estas cosas, esto ponlo en el asiento y esto en el lado derecho.

La princesa María se levantó y se dirigió a la puerta. Se detuvo.

—Si hubieras tenido fe en Dios te hubieras dirigido a Él para rogarle que te ofrendara el amor que no sientes y tu ruego hubiera sido escuchado.

—Sí, ¿crees que es eso? —dijo el príncipe Andréi—. Ve, Masha, yo iré enseguida.

De camino a la habitación de su hermana, en la galería que unía un edificio con el otro, se encontró con mademoiselle Bourienne que sonreía amablemente, era la tercera vez aquel día que tropezaba con esa sonrisa inocente y extasiada en lugares solitarios.

—¡Ah, pensaba que estaba en sus habitaciones! —dijo ella, sonrojándose por alguna razón y bajando los ojos. El príncipe Andréi la miró con severidad—. Me encanta esta galería, es tan misteriosa.

El rostro del príncipe Andréi expresó de pronto una furia, como si ella y las que eran como ella fueran de algún modo las culpables de la infelicidad de su vida. No le dijo nada, pero miró su cabello y su frente, sin mirarla a los ojos, con tanto desprecio que la francesa enrojeció y se alejó sin decir nada.

Cuando él llegó a la habitación de su hermana, la princesa ya se había despertado, y su alegre vocecita, hablando apresuradamente, se oía a través de la puerta abierta. Hablaba como si después de la larga abstinencia quisiera recuperar el tiempo perdido.

—No, imagínese, la anciana condesa Zubov, con sus bucles falsos y dientes postizos como si se burlara de los años… Ja, ja, ja.

Esta misma frase sobre la condesa Zubov y esta misma risa ya se la había escuchado cinco veces el príncipe Andréi a su esposa ante diferentes personas. Entró en la habitación sin hacer ruido. La princesa, gordita, sonrosada, con la labor en las manos, estaba sentada en una silla y hablaba sin cesar, repitiendo recuerdos de San Petersburgo y aun frases enteras. El príncipe Andréi se acercó, le acarició la cabeza y le preguntó si había descansado del viaje. Ella le respondió y continuó con la misma charla.

El carruaje, con un tiro de seis caballos, esperaba en la puerta. Fuera hacía una templada noche otoñal. El cochero ni siquiera podía ver la lanza del carruaje. En el porche se ajetreaban gentes con faroles. La grandiosa casa se iluminaba con sus lumbres a través de las enormes ventanas. En el recibidor se agolpaba el servicio que deseaba despedirse del joven príncipe; en la sala estaban el resto de la gente de la casa: Mijaíl Ivánovich, mademoiselle Bourienne, la princesa María y la princesa Liza. El príncipe Andréi fue llamado al despacho de su padre, que deseaba despedirse de él en privado. Todos esperaban su regreso.

Cuando el príncipe Andréi entró en el despacho, el anciano príncipe, con sus gafas de viejo y su bata blanca, con la que no recibía a nadie más que a su hijo, estaba sentado a la mesa escribiendo. Volvió la cabeza.

—¿Te vas? —Y se puso de nuevo a escribir.

—He venido a despedirme.

—Bésame aquí —y le mostró la mejilla—, gracias, gracias.

—¿Por qué me da las gracias?

—Porque no te demoras y no te coges a las faldas de las mujeres; ante todo está el servicio. ¡Gracias, gracias! —Y él continuó escribiendo, de modo que algunas gotas salpicaron de la crepitante pluma—. Si quieres decir algo, dilo. Puedo hacer las dos cosas a la vez —añadió él.

—Es sobre mi esposa… Me avergüenza dejarle esta responsabilidad, en su estado…

—¿Por qué mientes? —dijo su padre—. Di lo que quieras.

—Cuando a mi esposa le llegue el momento de dar a luz, a últimos de noviembre, haga venir a un partero de Moscú… Para que esté aquí.

El anciano príncipe se detuvo y fijó sus severos ojos en su hijo, como si no le entendiera.

—Sé que nadie podrá ayudarla si la naturaleza no lo hace —dijo el príncipe Andréi, visiblemente turbado—. Estoy de acuerdo en que de un millón de casos uno sale mal, pero así se le antoja a ella y a mí. Le han hablado, ha tenido pesadillas y tiene miedo.

—Hum… hum… —dijo para sí el viejo príncipe, continuando con su escritura—. Lo haré. —Firmó la carta y de improviso se volvió rápidamente hacia su hijo y se echó a reír—. Andan mal las cosas, ¿eh?

—¿Qué cosas, padre?

—¡Tu esposa! —dijo el anciano príncipe corta y significativamente.

—No le entiendo —dijo el príncipe Andréi.

—Sí, no hay nada que hacer, amigo mío —dijo el príncipe—, ellas son todas así, en nada se diferencian. No te preocupes, no diré nada, tú ya lo sabes.

Le cogió de la mano con la suya pequeña y huesuda y sacudiéndosela miraba el rostro de su hijo con sus activos ojos que parecían atravesarle y de nuevo se echó a reír con su fría risa.

El hijo suspiró, dando a entender con este suspiro que su padre le había comprendido. El anciano prosiguió cerrando y sellando la carta, y con su habitual presteza tomó y dejó el lacre, el sello y el papel.

—¿Qué se puede hacer? ¡Es hermosa! Lo haré todo. Estate tranquilo —dijo él entrecortadamente mientras sellaba la carta.

Andréi callaba; le era grato que su padre le entendiera. El anciano se levantó y le dio la carta a su hijo.

—Escucha —dijo él—, no temas por tu mujer; lo que pueda hacerse se hará. Ahora escucha. Dale esta carta a Mijaíl Lariónovich. Le escribo para que te emplee en un cargo mejor y no te tenga mucho tiempo de ayudante de campo. Es un destino detestable. Dile que me acuerdo de él y que le quiero. Luego escríbeme para contarme cómo te recibe. Si te trata bien, sirve a sus órdenes. El hijo de Nikolai Andréevich Bolkonski no puede servir a nadie por una merced. Ahora, ven aquí.

Hablaba tan rápidamente que no acababa la mitad de las palabras, pero el hijo estaba acostumbrado y le entendía. Llevó a su hijo al escritorio, lo abrió y sacó un cuaderno escrito con su letra grande, alargada y apretada.

—Es lógico que yo muera antes que tú. He aquí mis memorias, hazlas llegar al emperador cuando yo muera. Aquí hay un billete del monte de piedad y una carta. Es un premio para aquel que escriba la historia de las guerras de Suvórov. Hay que enviarlo a la academia. Y estas son mis notas; después de mi muerte léelas, les sacarás provecho.

Andréi no le dijo a su padre que seguramente viviría aún mucho tiempo. Entendía que no era necesario decirlo.

—Lo cumpliré todo, padre —dijo él.

—Ahora despídete. —Le dio su mano a besar a su hijo y le abrazó—. Solo recuerda, príncipe Andréi, que si te matan, a mí, anciano, me será muy doloroso… —calló inesperadamente y después continuó con voz chillona—: Pero si me entero de que no te has comportado como el hijo de Nikolai Bolkonski, me avergonzaré.

—Podía no haberme dicho eso, padre —indicó el hijo sonriendo.

El anciano guardó silencio.

—Yo aún quería pedirle —continuó el príncipe Andréi— que si me matan y tengo un hijo, no le aparte de su lado, haga tal como le pedí ayer y permita que crezca con usted, por favor.

—¿Y no devolvérselo a tu esposa? —dijo el anciano riendo alegremente.

Ambos permanecieron en silencio uno frente al otro. Los activos ojos del anciano estaban fijos en los del hijo. Algo tembló en la parte inferior del rostro del anciano príncipe.

—Ya nos hemos despedido, vete —dijo de pronto—. ¡Vete! —gritó con voz ronca y enojada, abriendo la puerta del despacho.

—¿Qué pasa, qué pasa? —preguntaron las princesas al ver al príncipe Andréi y por un momento la figura del anciano, gritando enojado con la bata blanca, sin peluca y con las gafas de viejo.

El príncipe Andréi suspiró profundamente y no dijo nada.

—Bueno —dijo él dirigiéndose a su mujer, y este «bueno» sonó como una fría burla, como si estuviera diciendo: ahora haz tu número.

—¿Ya, Andréi? —dijo la menuda princesa quedándose helada

y mirando asustada a su marido. Él la abrazó. Ella gritó y cayó sin sentido sobre su hombro.

Él separó cuidadosamente el hombro sobre el que ella yacía, miró su rostro y la colocó con precaución sobre una butaca.

—Adios, Marie —dijo en voz baja a su hermana, se besaron el uno al otro la mano y salió de la habitación con pasos rápidos.

La princesa yacía en la butaca, mademoiselle Bourienne le frotaba las sienes. La princesa María, sosteniendo a su cuñada, no cesaba de mirar con sus bellos ojos llorosos a la puerta por la que había salido su hermano y le bendecía.

Se oían con frecuencia desde el despacho los ruidos que hacía el anciano al sonarse, como salvas. En cuanto hubo salido el príncipe Andréi se abrió rápidamente la puerta del despacho y apareció la severa figura del anciano con la bata blanca.

—¿Ya se ha marchado? Está bien —dijo mirando con enojo a la desvanecida princesa, meneando la cabeza con reproche y cerrando la puerta de un portazo.

SEGUNDA PARTE

I

En octubre del año 1805 el ejército ruso ocupaba las aldeas y las ciudades del archiducado de Austria y aún seguían llegando nuevas tropas de Rusia estableciéndose en la fortaleza de Braunau y resultando una carga para los habitantes de la zona. En Braunau se encontraba el cuartel general de Kutúzov.

El 8 de octubre del año 1805 uno de los regimientos de infantería que acababa de llegar a Braunau se encontraba esperando la revista del comandante en jefe, formando a media milla de la ciudad. A pesar de que la región y el decorado no eran rusos —se veían a lo lejos los huertos de árboles frutales, las vallas de piedra, los tejados de tejas y las montañas— y de que la gente que miraba con curiosidad a los soldados no era rusa, el regimiento tenía idéntico aspecto que cualquier regimiento ruso, preparándose para pasar revista en cualquier lugar en mitad de Rusia. Los pesados soldados con los uniformes, cargando bien alto con las mochilas y con los capotes echados sobre los hombros y los ligeros oficiales vistiendo sus uniformes, y con los estoques golpeándoles en las piernas cuando caminaban. Mirando a su alrededor a las conocidas filas, por detrás los conocidos convoyes, y por delante las aún más conocidas, acostumbradas figuras de los mandos y aún más hacia delante los postes de atar del regimiento de ulanos y el parque de baterías, que les acompañaba durante toda la campaña. Aquí se sentían como en casa, como si el lugar en el que se encontraban fuera un distrito ruso.

Por la tarde, durante la última marcha, se había recibido la orden de que el comandante en jefe iba a pasar revista al regimiento en campaña. A pesar de que las palabras de la orden no quedaron muy claras para el comandante del regimiento y le surgió la pregunta de cómo debía interpretarlas: si sus hombres debían llevar uniforme de campaña o no, el consejo de comandantes de batallón decidió que debían vestir uniforme de gala, basándose en que siempre es mejor pasarse que no llegar, y los soldados, después de una caminata de treinta verstas, pasaron toda la noche en vela, remendando y limpiando. Los ayudantes de campo y los jefes de compañía se dedicaron a organizar a los hombres de manera que a la mañana siguiente el regimiento, en lugar de ser una muchedumbre sucia y desordenada, como lo era la víspera, después de la última marcha, se había convertido en una masa bien alineada de 3.000 personas, en la que todos conocían cuál era su sitio y su función y en la que cada soldado llevaba cada botón y correa en su lugar, relucientes de limpios. Y no solo el exterior se había corregido, sino que si el comandante en jefe hubiera querido mirar debajo de los uniformes, en cada uno de ellos hubiera visto las mismas camisas limpias y en cada mochila hubiera encontrado los efectos reglamentarios, «las agujas y el jabón», como decían los soldados. Solo había una circunstancia sobre la que nadie podía estar tranquilo. Era el calzado. Más de la mitad de los soldados tenían las botas rotas y por mucho que intentaran subsanar estos defectos, seguían molestando al ojo militar, acostumbrado al orden perfecto. Pero esa carencia no era culpa del comandante del regimiento, dado que, a pesar de sus repetidas solicitudes, la intendencia austríaca no le suministraba el material y el ejército había recorrido 3.000 verstas.

El comandante del regimiento era un general de cierta edad,

sanguíneo y de cejas y patillas grises, más ancho entre el pecho y la espalda que de un hombro a otro. Vestía un flamante uniforme nuevo, de pliegues bien formados con abultadas charreteras doradas, que era como si apuntaran al cielo y elevaran aún más sus ya de por sí abultados hombros. El comandante del regimiento tenía el aire de una persona feliz en el cumplimiento de uno de los más solemnes actos de su vida. Pasaba por delante del regimiento y temblaba a cada paso al hacerlo, inclinando ligeramente la espalda. Era evidente que el comandante se admiraba de su regimiento, que le llenaba de felicidad y que todas sus fuerzas morales estaban puestas solamente en él; pero a pesar de ello, su andar vacilante parecía decir que aparte de sus intereses bélicos en su corazón ocupaban un lugar importante los intereses mundanos y el sexo femenino.

—Bueno, querido Mikolai Mítrich —dijo dirigiéndose con afectado descuido a un comandante de batallón (el comandante del batallón, se adelantó sonriendo. Era evidente que ambos se sentían felices)—. Bueno, querido Mikolai Mítrich, esta noche ha sido dura —guiñó un ojo—. Pero —miró al regimiento— parece que el regimiento no está mal del todo, ¿eh? —Era evidente que hablaba irónicamente.

El comandante del batallón comprendió la alegre ironía y se echó a reír.

—No nos expulsarían ni de Tsaritsyn Lug* —dijo riendo el comandante del regimiento.

En ese instante por el camino de la ciudad, donde había centinelas, aparecieron dos jinetes. Eran un ayudante de campo y un cosaco. El comandante del regimiento miró al ayudante y se volvió intentando aparentar indiferencia ante la inquietud que le inspiraba esa aparición. Solo volvió a mirarles cuando el ayudante estaba a tres pasos de él con ese particular matiz mezcla de respeto y

* Lugar para desfiles militares. *(N. de la T.)*

familiaridad con el que los comandantes de regimiento se dirigen a los oficiales, menores en edad y grado, que componen el séquito del comandante en jefe, y se preparó para escuchar al ayudante de campo.

El ayudante había sido enviado por el estado mayor, para aclarar al comandante del regimiento lo que no había sido claramente explicado en la orden del día anterior y concretamente que el comandante en jefe quería ver el regimiento en el mismo estado con el que realizaba las marchas, con los capotes y los guardapolvos y sin ningún tipo de preparativo.

A Kutúzov le había visitado la víspera un miembro del Consejo Superior de Guerra con la petición y la demanda de que fueran lo antes posible a unirse a las tropas del archiduque Fernando y de Mack y Kutúzov, no considerando adecuada esa adhesión, además de otros argumentos que le servían para reforzar su opinión, quería mostrar al general austríaco el lamentable estado en el que habían llegado las tropas de Rusia. Esa era la razón por la que iba a ver a la tropa y, por lo tanto, cuanto peor fuera la situación de esta, más satisfecho estaría. A pesar de que el ayudante de campo no conocía estos detalles le transmitió al comandante del regimiento la exigencia del comandante en jefe, de que los soldados vistieran imprescindiblemente capote y guardapolvo y que en caso contrario el comandante en jefe quedaría muy descontento. Al escuchar estas palabras el comandante del regimiento bajó la cabeza, alzó en silencio los hombros y separó los brazos con gesto nervioso.

—Menuda la hemos hecho —dijo él sin levantar la cabeza—. Ya se lo decía yo, Mikolai Mítrich, ya le decía que si estábamos de marcha, entonces debían vestir los capotes —le reprochó al comandante del batallón—. ¡Ah, Dios mío! —añadió él, pero ni sus palabras ni sus gestos expresaron ni sombra de enojo, sino solamente la diligencia que quería mostrar ante el alto mando y el miedo de no complacerles. Avanzó con decisión—. ¡Señores jefes de compañía! —gritó con voz acostumbrada al mando—. ¡Sargentos! ¿Llegarán pronto? —le preguntó al ayudante de campo con la cortesía que era evidente se debía a la persona con la que hablaba.

—Creo que dentro de una hora.

—¿Nos da tiempo a cambiarnos?

—No lo sé, general…

El propio comandante del regimiento se acercó a las filas y ordenó que se volvieran a poner los capotes. Los comandantes de compañía se dispersaron entre las tropas, los sargentos se ajetrearon (los capotes estaban en muy mal estado) y en ese instante los antes silenciosos cuadros comenzaron a agitarse, descomponerse y bullir de conversaciones. Los soldados iban de acá para allá, echando los hombros hacia atrás, sacándose la mochila por la cabeza, sacando el capote y levantando los brazos, para hacerlos pasar por las mangas.

Media hora después se volvió al anterior orden, la única diferencia era que los cuadros, antes negros, se habían vuelto grises. El comandante del regimiento, de nuevo con paso vacilante, salió del mismo y lo contempló desde la distancia.

—Pero ¿qué es esto? ¿Qué es esto? —gritó él deteniéndose y sujetándose con la mano el cinto de la espada—. ¡Que el comandante de la tercera compañía acuda a ver al general! ¡Que el comandante de la tercera compañía acuda a ver al general!… —Se escucharon las voces por las filas y un ayudante de campo corrió a buscar al oficial que se retrasaba. Cuando el sonido de las diligentes voces, habiéndose ya confundido y convertido en «general a la tercera compañía», llegó a su destino, el oficial requerido se dejó ver entre la compañía y aunque era ya un hombre entrado en años y que no tenía costumbre de correr, agarrándose torpemente las piernas, se dirigió al trote hacia el general. El rostro del capitán expresaba la inquietud del colegial al que se manda que repita una lección que no ha estudiado. En la roja nariz, evidencia de falta de moderación con la bebida, aparecieron manchas y no cesaba de mover la boca. El comandante del regimiento miró de pies a cabeza al capitán mientras este llegaba jadeando e iba deteniendo el paso según se acercaba.

—Dentro de poco vestirá a los soldados con sarafán.* ¿Qué es esto? —gritó el comandante del regimiento, adelantando su mandíbula inferior y señalando en las filas de la tercera compañía a un soldado vestido con un capote de diferente color que el resto—. Y usted, ¿dónde estaba metido? Estamos esperando al comandante en jefe, ¿y usted abandona su puesto? ¿Eh? ¡Le enseñaré cómo han de vestir los soldados para pasar revista! ¿Eh?

El jefe de la compañía, sin apartar la vista de su superior, apretaba más y más los dedos contra la visera, como si en ese instante viera en esto su salvación. Los comandantes de batallón y los ayudantes esperaban un poco más atrás y no sabían dónde mirar.

—Bueno, ¿por qué se calla? ¿Quién es ese que va disfrazado de húngaro? —bromeó con severidad el comandante del regimiento.

—Su Excelencia…

—¿Qué excelencia? ¡Su excelencia, su excelencia! ¡Y qué pasa con esa excelencia, nadie lo sabe!

—Su Excelencia, es Dólojov que está degradado… —dijo en voz baja el capitán, con una expresión tal como si quisiera decir que con un degradado se podían hacer excepciones.

—Y qué, ¿le han degradado a mariscal de campo o a soldado? Pues un soldado debe vestir como los demás, según el reglamento.

—Su Excelencia, usted mismo se lo permitió durante las marchas.

—¿Se lo permití? ¿Se lo permití? Así son todos los jóvenes —dijo el comandante del regimiento calmándose un poco—. ¿Se lo permití? Se les dice una cosa y ellos… ¿Qué? —dijo él encole-

---

* Sarafán: vestido nacional ruso propio de la mujer. *(N. de la T.)*

rizándose de nuevo—. Haga el favor de vestir a sus soldados como es debido.

Y el comandante del regimiento, mirando al ayudante de campo, con su paso vacilante que reflejaba, a pesar de los pesares, alegría ante la visión del hermoso campo, se dirigió hacia el regimiento. Era evidente que le había gustado su propia cólera y que al adentrarse en el regimiento quería encontrar una nueva excusa para su enfado. Después de haber reprendido a un oficial por llevar un emblema no del todo limpio y a otro porque la fila estaba mal alineada, se acercó a la tercera compañía.

—¿Cómo formas? ¿Dónde tienes la pierna? ¿Dónde la tienes? —gritó el comandante del regimiento con un matiz de sufrimiento en la voz aún faltándole cinco hombres para llegar al soldado vestido con un capote azul.

Este soldado, que se distinguía de los otros por la frescura de su rostro y la particularidad de su cuello, enderezó lentamente la pierna doblada y miró directamente con su luminosa e insolente mirada al rostro del general.

—¿Por qué llevas un capote azul? ¡Fuera! ¡Sargento! Que se cambie… cana… —y no le dio tiempo a terminar la frase.

—General, estoy obligado a cumplir las órdenes, pero no tengo obligación de soportar… —dijo apresurada y acaloradamente el soldado.

—¡En la formación no se habla! ¡No se habla! ¡No se habla!…

—No estoy obligado a soportar ofensas —dijo Dólojov con voz alta y sonora, con un tono de fingida solemnidad que impresionó desagradablemente a todos los que pudieron oírlo. Los ojos del soldado y del general se encontraron. El general guardó silencio, tirando enfadado del apretado fajín.

—Le ruego que haga el favor de cambiarse —dijo mientras se alejaba.

II

—¡Ya viene! —gritó en ese instante el centinela.

El comandante del regimiento, enrojeciendo, se acercó al caballo sujetando el estribo con manos temblorosas, montó, se irguió, desenvainó la espada y con rostro feliz y decidido, la boca abierta de medio lado, se dispuso a gritar. El regimiento onduló como un pájaro esponjándose y quedó inmóvil.

—¡Fir-r-r-mes! —gritó el comandante del regimiento con voz rotunda, alegre para sí mismo, severa para el regimiento y acogedora para el mando que se aproximaba.

Por el ancho camino de tierra rodeado de árboles, con un ligero resonar de muelles, se acercaba a buen paso un coche vienés alto y de color azul claro y tras él galopaba el séquito y la escolta de croatas. Al lado de Kutúzov estaba sentado el general austríaco con un uniforme blanco, extraño en medio de los uniformes negros de los rusos. El coche se detuvo al lado del regimiento. Kutúzov y el general austríaco hablaban sobre algo en voz baja y Kutúzov sonrió ligeramente en el momento en el que bajaba pesadamente del estribo. Exactamente como si no estuvieran allí esos tres mil soldados que conteniendo el aliento mantenían la vista fija en él y en el comandante del regimiento.

Al oírse la voz de mando, el regimiento, de nuevo tintineando y agitándose, presentó armas. En el silencio sepulcral se abrió paso la débil voz del comandante en jefe. El regimiento rugió: «¡Que viva Su Excelencia!», y todo volvió a quedar en silencio. Al principio Kutúzov se quedó parado mientras la tropa desfilaba, después comenzó a pasear por las filas a pie junto al general del uniforme blanco y seguido de su séquito.

Por la forma en la que el comandante del regimiento saludó al comandante en jefe, sin quitar los ojos de él, estirándose, encogiéndose e inclinándose hacia delante yendo en pos del general por las filas, conteniendo apenas el temblor, y brincando a cada palabra y a cada gesto del comandante en jefe, era evidente que desempeñaba sus obligaciones de subordinado con más placer que las de superior. El regimiento, gracias a la severidad y el cuidado de su comandante, se encontraba en un estado excelente, en comparación con otros, que habían llegado al mismo tiempo a Braunau, y solo sumaba doscientos diecisiete soldados entre enfermos y rezagados. Ante la pregunta del jefe del estado mayor sobre las necesidades del comandante del regimiento, inclinándose con un susurro y un profundo suspiro, se atrevió a informar que el calzado había sufrido mucho.

—Bueno, siempre la misma canción —dijo despreocupadamente el jefe del estado mayor, sonriendo con inocencia al general y mostrándole de ese modo que eso que parecía una desgracia particular del comandante del regimiento era un general y previsible destino para todas las tropas que habían llegado de Rusia—. Aquí lo solucionarán, si aguantáis un poco.

Kutúzov recorrió las filas deteniéndose de vez en cuando y diciéndoles unas cuantas palabras cariñosas a los oficiales a los que conocía de la guerra de Turquía, y a veces hablando también a los soldados. Al mirar el calzado meneó la cabeza con tristeza unas cuantas veces y se lo mostró al general austríaco con una expresión que quería decir que no culpaba a nadie de ello, pero que no podía dejar de ver en el mal estado en el que se encontraba. Y cada vez, el comandante del regimiento echaba a correr hacia delante como si temiera perderse alguna palabra del comandante en jefe relacionada con el regimiento. Detrás de Kutúzov, a tan poca distancia que podían oír cualquier palabra pronunciada en voz baja, iba un séquito compuesto de unas veinte personas. Era evidente que los miembros del séquito no experimentaban en absoluto el mismo temor sobrehumano y el respeto que experimentaba el comandante del regimiento. Conversaban entre sí y se reían de vez en cuando. Había un apuesto ayudante de campo que caminaba más cerca del comandante en jefe que ninguno. Era el príncipe Bolkonski. A su lado caminaba un alto oficial de caballería del estado mayor, tremendamente gordo, con un bondadoso, sonriente y agraciado rostro y los ojos húmedos. Este enorme oficial apenas si podía contener la risa que le provocaba un atezado oficial de húsares que caminaba a su lado. El oficial de húsares, sin sonreír, sin cambiar la expresión de sus ojos fijos, miraba con una expresión seria a la espalda del comandante del regimiento e imitaba cada uno de sus movimientos. Cada vez que el comandante del regimiento se estremecía y se inclinaba, del mismo modo, exactamente igual, se estremecía y se inclinaba el oficial de húsares. El grueso ayudante de campo se reía y daba codazos a los otros para que miraran al imitador.

—Pero mira —decía el grueso oficial, dando codazos al príncipe Andréi. Kutúzov caminaba lenta y lánguidamente ante los miles de ojos que se salían de las órbitas siguiendo los movimientos del comandante. Al llegar a la tercera compañía se detuvo de pronto. El séquito, que no había previsto esta parada, se aproximó a él involuntariamente.

—¡Ah, Timojin! —dijo el comandante en jefe reconociendo al capitán de la nariz roja, que había sido reprendido por el capote azul.

Parecía que era imposible erguirse más de lo que lo que se había erguido Timojin durante la reprimenda del comandante del regimiento. Pero en el instante en el que el comandante en jefe se dirigió a él, se irguió de tal manera que daba la impresión de que si este seguía mirándole durante más tiempo, el capitán no lo podría resistir y por esa razón Kutúzov, comprendiendo su situación y sin desearle ningún mal al capitán, apartó la vista rápidamente. Por el mofletudo rostro de Kutúzov pasó fugazmente una sonrisa algo burlona.

—Éramos compañeros en Izmáilov —dijo él—. Es un valiente oficial. ¿Estás satisfecho de él? —preguntó Kutúzov al comandante del regimiento.

Y el comandante, reflejado como en un espejo invisible para él, en el cornette, se estremeció, avanzó y dijo:

—Muy contento, Su Excelencia.

—Tenía una debilidad —dijo Kutúzov, sonriendo y alejándose de él—. Bebía.

El comandante del regimiento se asustó como si fuera culpable de ello, y no respondió nada. Kutúzov comenzó a decirle algo en francés al general austríaco. El cornette reparó en ese instante en el rostro del capitán de la nariz roja y la tripa metida e imitó tan fielmente su expresión y su postura que el grueso oficial no pudo contener la risa. Kutúzov se volvió. Era obvio que el cornette podía dominar su rostro como quería, en el instante en el que Kutúzov se volvió tuvo tiempo de hacer una mueca y a continuación adoptar la expresión más seria, respetuosa e inocente. Pero había algo melifluo e innoble en su cara de pájaro y en su inquieta figura de elevados hombros y largas y delgadas piernas. El príncipe Andréi se alejó de él frunciendo el ceño.

La tercera compañía era la última, y Kutúzov se quedó pensativo, tratando de recordar algo. El príncipe Andréi se adelantó al séquito y le dijo en voz baja en francés:

—Me ordenó que le recordara al degradado Dólojov de este regimiento.

—¿Dónde está Dólojov? —dijo Kutúzov.

Dólojov, que ya se había puesto el capote gris de soldado, no esperó a que le llamaran. La hermosa y esbelta figura del soldado de tez blanca y brillantes ojos celestes se destacó de la formación. Marcaba el paso con tal perfección que su arte saltaba a la vista y causaba desagrado precisamente por su extraordinaria perfección. Se acercó al comandante en jefe y presentó armas.

—¿Tiene alguna queja? —preguntó Kutúzov frunciendo ligeramente el ceño. Dólojov no respondió, representaba su papel sin experimentar ni la más mínima timidez y advirtió con evidente alegría que ante la palabra «queja» el comandante se estremeció y palideció.

—Este es Dólojov —dijo el príncipe Andréi.

—¡Ah! —dijo Kutúzov—. Espero que esta lección te sirva para reportarte y servir como es debido. El emperador es compasivo. Y yo no te olvidaré si sirves bien.

Los ojos azul celeste miraron al comandante en jefe con la misma insolencia con la que habían mirado al comandante del regimiento, como si con su expresión derribara las barreras que tanto separaban al comandante en jefe del soldado.

—Solo pido, Su Excelencia, —dijo con su sonora, firme y pausada voz y con un tono de afectado entusiasmo—, tener la ocasión de purgar mi culpa y demostrar mi veneración por Su Majestad el emperador de Rusia.

Dólojov recitó animadamente este teatral parlamento (enrojeció completamente al decirlo). Pero Kutúzov se volvió. Por su mirada pasó esa misma sonrisa que adoptara al dar la espalda al capitán Timojin. Se dio la vuelta y frunció el ceño, como queriendo expresar que todo lo que le había dicho Dólojov y todo lo que pudiera decirle, sabía desde hacía tiempo que le aburriría y que no era en absoluto lo que se necesitaba. Se dio la vuelta y se dirigió al coche.

III

El regimiento se dividió en compañías y se dirigió hacia los alojamientos destinados para él cerca de Braunau, donde se esperaba poder recibir calzado, ropa y descansar de las penalidades de las marchas.

—No estará enfadado conmigo, Prójor Ignátich —dijo el comandante del regimiento adelantando a la tercera compañía que ya se había puesto en marcha y acercándose al capitán Timojin que iba al frente de la misma. El rostro del comandante del regimiento, después del feliz resultado de la revista, expresaba una incontenible alegría—. Al servicio del zar… no se puede… ya le compensaré en el frente la próxima vez (le dio la mano a Timojin con alegre emoción). Ya me conoce, soy el primero en disculparse, si… bueno… confío en que… Le estoy muy agradecido. —Y de nuevo le tendió la mano al comandante de compañía.

—Perdone, general, ni siquiera me atrevería —respondió el capitán de la nariz roja, sonriendo y descubriendo con su sonrisa la falta de dos de los dientes superiores, saltados de un culatazo en Izmáilov.

—Dígale al señor Dólojov que no me olvidaré de él, que esté tranquilo. Y dígame, por favor, siempre quiero preguntarle, ¿qué tal se comporta? Y siempre…

—En el servicio es muy correcto, Excelencia… pero, su carácter… —dijo Timojin.

—¿Qué, qué pasa con su carácter? —preguntó el comandante del regimiento.

—Hay días, Excelencia —decía el capitán—, en los que es juicioso, inteligente y bondadoso. Como debe ser un soldado, Excelencia. Y a veces es una bestia. Sepa que en Polonia estuvo a punto de matar a un judío…

—Sí, sí… —dijo el comandante del regimiento—, aun así hay que compadecerse de este joven caído en desgracia. Tiene muchos contactos… contactos… Así que usted…

—De acuerdo, Excelencia —dijo Timojin dando a entender con su sonrisa que había comprendido cuáles eran los deseos de su jefe.

—Está bien.

El comandante del regimiento buscó a Dólojov entre las filas y acercó a él su caballo.

—En la primera acción, las charreteras —le dijo a Dólojov, este le miró sin decir nada y sin cambiar la expresión de su burlona sonrisa.

—Bueno —siguió el comandante del regimiento—, que se sirva de mi parte un vasito de vodka a los soldados —añadió en voz alta para que los soldados pudieran oírle—. ¡Os doy las gracias a todos! ¡Demos gracias a Dios! —y alejándose de la compañía se acercó a otra.

—Verdaderamente es un buen hombre y se puede servir a sus órdenes —dijo Timojin a un oficial subalterno que caminaba a su lado—. Realmente actúa de corazón… (al comandante del regimiento le llamaban rey de corazones). Y qué, ¿no han hablado de la paga extra? —preguntó el oficial subalterno.

—No.

—Vaya, eso no está bien.

El alegre estado de ánimo del comandante del regimiento, también se le contagió a Timojin. Después de hablar con el oficial subalterno se acercó a Dólojov.

—Qué, padrecito —le dijo a Dólojov—, como hemos hablado con el comandante en jefe, ahora nuestro general nos trata con cariño.

—Nuestro general es un cerdo —dijo Dólojov.

—No conviene hablar así.

—¿Por qué no, si es la verdad?

—Pero no conviene porque a mí me ofende.

—Yo a usted no quiero ofenderle, porque usted es una buena persona, pero él…

—Bueno, bueno, no conviene —le interrumpió de nuevo seriamente Timojin.

—Está bien, no lo haré.

El alegre estado de ánimo de los mandos se transmitió también a los soldados. La compañía marchaba alegremente. Por todas partes se oían las voces de los soldados.

—¿Cómo es posible que dijeran que Kutúzov era tuerto de un ojo?

—¡Pues no lo es en absoluto!

—No… hermano, ve mejor que tú, ha mirado todo, las botas y los calcetines.

—Cuando se ha puesto a mirarme los pies… ¡buf!

—Y el austríaco que estaba con él, parecía como si estuviera cubierto de tiza. Era blanco como la harina. Habrá que ver cómo limpian los uniformes.

—Oye, Fedeschau, tú que estabas más cerca, ¿ha dicho cuándo empezarán las batallas? Dicen que el mismísimo Bonaparte está en Brunov.

—¡Bonaparte! ¡Qué tontería! ¡No sabes nada de eso! Ahora se han levantado los prusianos. Y los austríacos quieren sofocar esa revuelta, cuando lo consigan se entrará en combate contra Bonaparte. ¡Y dice que Bonaparte está en Brunov! ¡Está claro que es tonto! Presta más atención.

—¡Que el diablo se lleve los acuartelamientos! La quinta compañía ya está en el pueblo, ya les estarán preparando el rancho cuando nosotros todavía no hayamos llegado a nuestro destino.

—Eh, dame una galleta.

—¿Acaso me diste tú tabaco ayer? Bueno, toma y que Dios te perdone.

—Si al menos hicieran un alto, porque tenemos que andar aún cinco verstas sin probar bocado.

—Estaría bien que los alemanes nos dieran sus coches como en Olmütz. ¡Yendo en coche es otra cosa!

—Pero aquí, hermano, los habitantes están todos locos. Allí por lo visto eran todos polacos, que estaban bajo la corona rusa pero aquí no hay nada más que alemanes.

—¡Adelante los cantores! —se escuchó la voz del capitán.

Y desde las diferentes filas corrieron hacia delante unos veinte soldados. El tambor del coro volvió el rostro hacia los cantantes y dejando caer el brazo entonó una lenta canción soldadesca, que comenzaba: «No será el alba, el sol se levanta…», y terminaba con las palabras: «Hermanos, alcanzaremos la gloria con el padrecito

213

Kámenski...». Esta canción había sido compuesta en la campaña de Turquía y ahora se cantaba en Austria. Con el único cambio de que en el lugar de «Padrecito Kámenski» habían puesto «Padrecito Kutúzov».

Habiendo pronunciado estas últimas palabras y dejando caer el brazo como si tirara algo al suelo, el tambor, un delgado y apuesto soldado de unos cuarenta años, miró severamente a los soldados cantores y frunció el ceño. Después, al ver que todos los ojos estaban fijos en él, como levantando en ambas manos con cuidado algún valioso objeto invisible por encima de la cabeza, lo mantuvo así durante unos segundos, y de pronto lo arrojó contra el suelo bruscamente:

—Ah, zaguán, mi zaguán... «Mi zaguán nuevo»... —añadieron veinte voces, y el que llevaba las cucharas, a pesar de la pesadez de su carga, saltó vivazmente hacia delante y poniéndose de espaldas ante la compañía meneaba los hombros y amenazaba a algunos con las cucharas. Los soldados movían los brazos al ritmo de la canción, iban caminando relajadamente pero marcaban el paso involuntariamente. Tras la compañía se escuchaban los ruidos de las ruedas, el crujido de los muelles y el paso de los caballos. Kutúzov y su séquito volvieron a la ciudad. El comandante en jefe dio la señal para que los soldados avanzaran sin guardar la formación y su rostro y el rostro de todos los miembros de su séquito reflejó satisfacción al oír los acordes de la canción, al ver al soldado que bailaba y el alegre y marcial paso de los soldados de la compañía. En el flanco derecho por el que el carro rodeaba a la compañía, destacaba involuntariamente en la fila un apuesto, de ojos azules, ancho y bien formado soldado, que marcaba el paso al ritmo de la canción de un modo particularmente marcial y elegante y que miraba alegremente a los rostros de los que pasaban, con una expresión como si se apiadara de todo el que en ese momento no iba con la compañía. El cornette de húsares de altos hombros se apartó del carro y se acercó a Dólojov.

Este cornette de húsares, que se llamaba Zherkov, había pertenecido en San Petersburgo durante un tiempo a ese turbulento grupo que dirigía Dólojov. En el extranjero Zherkov se había encontrado a Dólojov como soldado y no consideró necesario reconocerle. Ahora se dirigió a él con la alegría de un viejo amigo.

—¿Qué tal, amigo del alma? —dijo él entre el sonido de la canción e igualando el paso de su caballo al de la compañía.

—Bien, hermano —respondió fríamente Dólojov—, como puedes ver.

La canción soldadesca añadía un sentido especial a la desenfadada alegría con la que hablaba Zherkov y a la intencionada frialdad de las respuestas de Dólojov.

—Bueno, ¿y qué tal te llevas con tus mandos? —preguntó Zherkov.

—Bien, son buena gente. Y tú, ¿cómo te has introducido en el Estado Mayor?

—Me han mandado aquí con un encargo.

Ambos callaron. «Lanzaron al halcón con la mano derecha», decía la canción, encendiendo involuntariamente sentimientos de ánimo y alegría. Seguramente su conversación hubiera sido distinta si no la hubieran mantenido escuchando los sonidos de la canción.

—¿Es verdad que han vencido a los austríacos? —preguntó Dólojov.

—El diablo lo sabe, eso dicen…

—Me alegro —respondió Dólojov breve y claramente como requería la canción.

—Ven con nosotros una tarde de estas, jugaremos al faraón, —dijo Zherkov.

—¿Acaso os sobra el dinero?

—Ven.

—No puedo. He hecho una promesa. No beberé ni jugaré hasta que recupere mi rango.

—Bueno, eso en la primera acción…

—Entonces se verá… —De nuevo ambos callaron.

—Ven si necesitas algo, todos te ayudaremos en el Estado Mayor —dijo Zherkov.

Dólojov se sonrió.

—Mejor será que no te preocupes. Si necesito algo no se lo pediré al Estado Mayor, lo cogeré yo mismo.

Y Dólojov miró con rabia al rostro de Zherkov.

—Bueno, pero yo quería…

—Pues ya lo sabes.

—Adiós.

—Que te vaya bien.

… Muy alto y lejos de mi patria…

Zherkov espoleó el caballo que por tres veces se encabritó sin saber cómo echar a andar y galopando al compás de la canción, dejó atrás la compañía y alcanzó el carro, también al compás de la canción.

IV

Al volver de la revista, Kutúzov se dirigió en compañía del general austríaco a su despacho y llamando al ayudante de campo le ordenó que le trajera unos papeles sobre el estado de las tropas que habían llegado y las cartas que hasta el momento se habían recibido del archiduque Fernando. El príncipe Andréi Bolkonski entró en el despacho del comandante en jefe con los documentos solicitados. Kutúzov y el miembro del consejo superior de guerra austríaco estaban sentados en una mesa sobre la que estaban extendidos unos planos.

—Ah… —dijo Kutúzov mirando a Bolkonski como si con esta palabra le rogara esperar, y siguió en francés la conversación iniciada.

—Yo solamente digo, general —decía Kutúzov con una agradable, elegante expresión y entonación que obligaba a escuchar cada una de las palabras que decía pausadamente. Hasta él mismo se escuchaba con evidente placer—. Yo solamente digo, general, que si esto dependiera de mi propio deseo hace tiempo que se hubiera cumplido la voluntad de Su Alteza el emperador Francisco. Ya hace tiempo que hubiera unido mis tropas a las del archiduque. Y tiene mi palabra de que traspasar el alto mando del ejército a un general más competente y hábil de los que tanto abundan en Austria y así descargarme de las pesadas responsabilidades, para mí personalmente sería un placer. Pero las circunstancias son más poderosas que nosotros, general. —Y Kutúzov. sonrió, con una expresión tal como si estuviera diciendo: «Tiene todo el derecho de no creerme e incluso me es exactamente lo mismo, si lo hace o no, pero no tiene motivos para decírmelo. Y esa es la cuestión».

El general austríaco tenía aspecto de no estar satisfecho, pero no podía responder a Kutúzov en ese tono.

—Al contrario —dijo él con tono rezongante y enojado, que contradecía las palabras lisonjeras que pronunciaba—, al contrario, Su Alteza aprecia en muy alto grado la participación de Su Excelencia en la campaña, pero creemos que la actual lentitud priva a las gloriosas tropas rusas y a sus comandantes de los laureles que están acostumbrados a cosechar en la batalla —remató él la frase que evidentemente ya tenía preparada.

Kutúzov hizo una reverencia, sin cambiar la sonrisa.

—Y yo estoy convencido, basándome en la última carta con la que me honró Su Alteza el archiduque Fernando, que las tropas austríacas, bajo el mando de una ayuda tan hábil como la que puede brindar el general Mack, ahora ya habrán conseguido una victoria definitiva y no necesitarán de nuestra ayuda —dijo Kutúzov.

El general frunció el ceño. Aunque no hubiera noticias que confirmaran la derrota de los austríacos, había demasiadas circunstancias que confirmaban los generales rumores desfavorables y por lo tanto la suposición de Kutúzov sobre la victoria de los austríacos se parecía mucho a una burla. Pero Kutúzov sonreía dulcemente con la misma expresión que quería decir que él tenía derecho a suponerlo. Realmente la última carta que habían recibido del ejército de Mack le informaba de la victoria y de la inmejorable situación estratégica del ejército.

—Tráeme esa carta —dijo Kutúzov dirigiéndose al príncipe Andréi—. Tenga la bondad de escuchar —y Kutúzov, con una sonrisa burlona en las comisuras de los labios, leyó en alemán el siguiente fragmento de la carta del archiduque Fernando: «Tenemos aproximadamente setenta mil soldados del total de las fuerzas conjuntas, de manera que podemos atacar y destruir al enemigo en caso de que atravesara el Lech. Como hemos tomado Ulm podemos mantener bajo nuestro control las dos orillas del Danubio en todo momento y en caso de que el enemigo no atraviese el Lech, pasar el Danubio, arrojarnos sobre sus líneas de comunicación, más abajo atravesar de regreso el Danubio y si el enemigo piensa lanzar todas sus fuerzas contra nuestros fieles aliados, no permitirle cumplir con sus propósitos. De ese modo esperaremos animosamente el momento en el que el ejército imperial ruso esté del todo preparado y después de eso esperaremos juntos la ocasión de conceder al enemigo la suerte que se merece».

Al terminar ese párrafo Kutúzov respiró profundamente y miró atenta y afectuosamente al miembro del Consejo Superior de Guerra.

—Pero usted conoce, Excelencia, el sabio principio que prescribe suponer siempre lo peor —dijo el general austríaco, evidentemente deseando dejarse de bromas y abordar el asunto. Miró descontento al ayudante de campo.

—Perdone, general —le interrumpió Kutúzov y también se volvió hacia el príncipe Andréi—. Mira, querido, tráeme todos los informes de nuestros exploradores de Kozlovski. Toma estas dos cartas del conde Nostits, la carta de Su Alteza el archiduque Fernando —dijo él dándole unos cuantos papeles—. Y elabora un memorándum en limpio en francés de todo esto y de todas las noticias que tenemos de las actividades del ejército austríaco. Cuando esté hecho se lo presentas a Su Excelencia.

El príncipe Andréi inclinó la cabeza respetuosamente en señal de que comprendía desde la primera palabra, no solamente lo que había dicho, sino lo que Kutúzov no había dicho pero había querido decirle. Recogió los papeles y habiendo hecho una reverencia, salió de la sala con el sonido de sus pasos amortiguado por la alfombra.

El príncipe Andréi había cambiado mucho en ese tiempo, a pesar de que no hacía aún tres meses que saliera de Rusia. En la expresión de su cara, en sus movimientos, en su modo de caminar, apenas era ahora apreciable su anterior afectación, cansancio y pereza; tenía el aspecto de una persona que no tenía tiempo de pensar en la impresión que causaba en los demás y que estaba ocupado en cosas gratas e interesantes. Su rostro expresaba mayor satisfacción por sí mismo y lo que le rodeaba; su sonrisa y su mirada eran más alegres y encantadoras.

Kutúzov, al que ya había alcanzado en Polonia, le recibió muy afectuosamente, le prometió no olvidarse de él, le distinguió de los otros ayudantes de campo, le llevó consigo a Viena y le encomendaba las tareas más importantes. En el Estado Mayor de Kutúzov entre sus compañeros y en general en el ejército, igual que en la sociedad peterburguesa, el príncipe Andréi tenía dos reputaciones completamente opuestas. Unos, la minoría, consideraban al príncipe Andréi alguien diferente de ellos y del resto de la gente, esperaban de él grandes éxitos, le escuchaban, le admiraban y le imitaban. Con estos el príncipe Andréi era natural y agradable. A otros, la mayoría, no les gustaba el príncipe Andréi, le consideraban una persona vanidosa, fría y desagradable. Pero con esa gente el príncipe Andréi sabía comportarse de modo que le respetaran y le temieran. Con las dos personas con las que guardaba una relación más estrecha eran uno de sus amigos de San Petersburgo, el gordo y bonachón príncipe Nesvitski, que era inmensamente rico, despreocupado y alegre, que daba de comer y de beber a todo el Estado Mayor, se reía constantemente de todo de lo que era posible reírse y no comprendía ni creía en la posibilidad de ruindad ni de odio en el hombre. El otro era un hombre sin posición, el capitán del regimiento de infantería Kozlovski, que no tenía ningún tipo de educación mundana, incluso ni siquiera hablaba bien en francés, pero que con esfuerzo y dedicación se abría camino y en esta campaña había sido recomendado y se le había asignado una tarea especial a las órdenes del comandante en jefe. Bolkonski se relacionaba con él con placer pero en su trato siempre había un aire protector.

Al salir del despacho de Kutúzov se acercó con los papeles a Kozlovski, que estaba de guardia y se sentaba al lado de la ventana leyendo un libro sobre fortificaciones. Unos cuantos soldados, vistiendo el uniforme completo y con rostros tímidos, esperaban pacientemente en el otro extremo de la habitación.

—¿Bueno, qué, príncipe? —preguntó Kozlovski.

—Ha ordenado elaborar un documento con las razones por las que no avanzamos.

—¿Y por qué no avanzamos?

El príncipe Andréi se encogió de hombros.

—Viéndolo bien, la verdad es que es lógico que lo pregunte —dijo él.

—¿No hay noticias de Mack? —preguntó Kozlovski.

—No.

—Si fuera verdad que está herido, hubiéramos recibido noticias.

—Es incomprensible —dijo el príncipe Andréi.

—Ya le dije, príncipe, que no nos deparará nada bueno que los austríacos tomen el poder de nuestras tropas.

El príncipe Andréi sonrió y se dirigió hacia la salida, pero en ese momento se encontró a un general austríaco, alto y evidentemente forastero, con la cabeza vendada con un pañuelo negro y la orden de María Teresa al cuello, que había golpeado la puerta y entrado apresuradamente en la sala. El príncipe Andréi se detuvo. La alta figura del general austríaco, su ceño fruncido, su rostro decidido y sus rápidos movimientos eran tan asombrosos por su importancia e inquietud que todos los que estaban en la sala se levantaron espontáneamente.

—¿El comandante en jefe Kutúzov? —dijo rápidamente el general forastero con su brusca pronunciación alemana, mirando a ambos lados y dirigiéndose sin detenerse hacia la puerta del despacho.

—El comandante en jefe está ocupado —dijo Kozlovski, apresurada y sombríamente, como siempre en el cumplimiento del deber, acercándose al desconocido general y cortándole el paso hacia la puerta—. ¿A quién tengo que anunciar?

El desconocido general miró desdeñosamente de arriba abajo al no muy alto Kozlovski como sorprendiéndose de que pudiera no conocerle.

—El comandante en jefe está ocupado —repitió tranquilamente Kozlovski.

El rostro del general se ensombreció, sus labios temblaron. Sacó su libreta de notas, trazó rápidamente algo con lápiz, arrancó la hoja, se la dio y se dirigió con paso rápido a la ventana dejándose caer sobre una silla y mirando a todos los que estaban en la habitación como preguntando por qué le miraban. El general levantó la cabeza, estiró el cuello y se dirigió a la persona que estaba más cerca de él, el príncipe Andréi, como si tuviera intención de decir algo, pero en ese instante se volvió y comenzó a canturrear nerviosamente, produciendo extraños sonidos que enseguida acalló. La puerta del despacho se abrió y en el umbral apareció Kutúzov. En ese mismo instante el general de la cabeza vendada, inclinándose como si huyera de un peligro con pasos largos y rápidos de sus delgadas piernas se acercó hacia Kutúzov. Su rostro anciano y arrugado palideció y no pudo evitar un temblor nervioso del labio inferior en el momento en el que se arrancó y dijo con un tono demasiado elevado y mala pronunciación francesa, las siguientes palabras:

—Aquí tiene al desafortunado Mack.

El ancho rostro desfigurado por las heridas de Kutúzov, que se encontraba a la puerta del despacho, se mantuvo durante unos instantes completamente inmóvil. Después, como una onda, una arruga ensombreció su rostro, su frente se estiró; inclinó respetuosamente la cabeza, cerró los ojos, dejó pasar a Mack y él mismo cerró la puerta.

El rumor que ya se había difundido de la derrota de los austríacos y de la rendición de todo el ejército en Ulm resultaba cierto. Los miembros del Estado Mayor se contaban unos a otros los detalles de la conversación de Mack con el comandante en jefe que ninguno de ellos había podido escuchar. Media hora después se enviaron ayudantes de campo en distintas direcciones con órdenes que demostraban que pronto las tropas rusas, que hasta el momento habían estado inactivas, debían ir al encuentro del enemigo.

«¡El viejo fanático medio loco de Mack quería combatir contra el mayor genio bélico después de Julio César! —pensó el príncipe Andréi, dirigiéndose a su habitación—. ¿Qué le decía a Kozlovski? ¿Qué le ponía a mi padre en las cartas? —pensaba él—. Así ha pasado.» E involuntariamente experimentó un impresionante sentimiento de alegría pensando en la humillación de la orgullosa Austria y en que en una semana pudiera ser que tuviera la ocasión de ver y de tomar parte en el choque entre rusos y franceses, el primero después de Suvórov.

Al regresar a su habitación, que compartía con Nesvitski, el príncipe Andréi dejó los papeles, ahora inútiles, sobre la mesa y dejando caer los brazos se puso a caminar de un lado a otro de la habitación, sonriéndose de sus pensamientos. Temía el genio de Bonaparte, que podía resultar más fuerte que toda la bravura de los ejércitos rusos y junto con eso no podía aceptar la idea de una derrota de su héroe. La única posibilidad de resolución de esa contradicción consistía en que él mismo comandara las tropas rusas contra Bonaparte. Pero ¿cuándo podría suceder eso? Dentro de diez años, diez años que parecían una eternidad, cuando suponían más de un tercio de la vida que ya había vivido. «¡Ah! Haz lo que debas y que sea lo que Dios quiera», se dijo a sí mismo, el lema que había elegido como divisa. Llamó a su criado, se quitó la guerrera, se puso la bata y se sentó a la mesa. A pesar de la vida de campaña y de la estrecha habitación que compartía con Nesvitski, el príncipe Andréi era, lo mismo que en Rusia, muy escrupuloso, se acicalaba como una mujer y era pulcro. Nesvitski sabía que nada enojaba más a su compañero de habitación que le desordenaran sus cosas, y las dos mesas de Bolkonski, una para escribir, colocada como en San Petersburgo, con sus avíos de escribir de bronce y la otra que contenía los cepillos, las jaboneras y el espejo, siempre estaban colocadas simétricamente y sin mota de polvo. Desde el momento en que partiera de San Petersburgo y especialmente desde el momento de su separación de su mujer, el príncipe Andréi había entrado en una nueva etapa de actividad como si viviera una nueva juventud. Leía y estudiaba mucho. La vida de campaña le dejaba bastante tiempo libre y los libros que se había traído al extranjero le descubrieron nuevos intereses. Una gran parte de estos libros eran obras escogidas de filosofía. La filosofía, aparte de tener de por sí interés, era para él uno de los pedestales de orgullo, sobre los que gustaba colocarse sobre los demás. Aunque ya tenía muchos variados pedestales desde los que podía mirar por encima a la gente: su cuna, sus relaciones, su fortuna, la filosofía representaba para él un pedestal sobre el que se podía sentir superior incluso a personas como el propio Kutúzov, y sentir eso era condición indispensable para la tranquilidad espiritual del príncipe Andréi. Tomó el último volumen de las obras seleccionadas de Kant, que yacía en la mesa abierto por la mitad, y se dispuso a leer. Pero su pensamiento estaba muy lejos, y sin cesar se le aparecía su imagen preferida, el estandarte del puente de Arcola.

—Bueno, hermano, la botella corre de mi cuenta —dijo el enorme y grueso Nesvitski, entrando en la habitación, como siempre acompañado de Zherkov—. Menudo lío con Mack, ¿eh?

—Sí, ahora él ha pasado una desagradable media hora ahí arriba —dijo el príncipe Andréi.

(Habían hecho una apuesta. El príncipe Andréi sostenía que Mack sería herido y había ganado.)

—La botella corre de mi cuenta —dijo Nesvitski, quitándose la guerrera, que comprimía su rollizo cuello—. ¡Qué almuerzo vamos a tener hoy, hermano! Cabra silvestre, he conseguido una fresca, y pavo con castañas.

—Ya decía yo que el «Mack» se iba a pegar a los dientes* —dijo Zherkov, pero su broma no gustó. El príncipe Andréi le miró fríamente y se volvió a Nesvitski.

—¿Qué se ha escuchado, cuando saldrán? —dijo él.

—Han mandado avanzar a la segunda división —dijo Zherkov con sus obsequiosos modales.

—¡Ah! —dijo el príncipe Andréi, se volvió y comenzó a leer.

—Bueno, no te pongas a filosofar ahora —gritó Nesvitski, dejándose caer en la cama y resoplando—, conversemos. ¡Cómo me he reído! Te puedes imaginar que tan pronto como llegamos nosotros Strauch se va. Hay que ver cómo actúa Zherkov con él.

—Nada, le he devuelto el honor al aliado —dijo Zherkov y Nesvitski se puso a reír de tal modo que la cama crujió bajo él.

* Juego de palabras intraducible. «Mack» suena como el nombre en ruso de las semillas de amapola que se utilizan en mucho platos, sobre todo en bollería. Con esto Zherkov quiere decir que sabía que Mack les iba a amargar la cena. (N. de la T.)

Strauch, un general austríaco, enviado desde Viena para vigilar el abastecimiento del ejército ruso, se había encariñado, por alguna razón, de Zherkov. Él le había estado imitando durante toda la campaña y cada vez que se le encontraba se ponía firme dando a entender que le tenía miedo y en cuanto tenía ocasión conversaba con él en un afectado alemán, presentándose a sí mismo como un inocente bobalicón, para mayor divertimento de Nesvitski.

—¡Ah, sí! —dijo Nesvitski dirigiéndose al príncipe Andréi—, ya está bien de hablar de Strauch. Hace tiempo que te espera un oficial de infantería.

—¿Qué oficial?

—Acuérdate de que te mandaron a investigar por qué se había robado una vaca o algo por el estilo.

—¿Y qué es lo que necesita? —dijo el príncipe Andréi frunciendo el ceño, dándole vueltas al anillo en su pequeña y blanca mano.

—El pobre ha venido a pedir misericordia. Zherkov, ¿cómo es? Bueno, ¿cómo habla?

Zherkov hizo una mueca y comenzó a imitar al oficial.

—Yo… en absoluto… los soldados… compraron ganado, porque los dueños, el animal… los dueños… el animal…

El príncipe Andréi se levantó y se puso la casaca.

—Bueno, tú cúbrele de alguna manera —dijo Nesvitski—. Por amor de Dios, da tanta lástima.

—Yo no quiero cubrir nada ni meter en problemas a nadie. Me requirieron y dije lo que había sucedido. Y nunca me apenaré ni me burlaré de un miserable —añadió él mirando a Zherkov.

Después de hablar con el oficial le aclaró con arrogancia que no tenía ningún asunto personal con él y no deseaba tenerlo.

—Pues usted mismo sabe, su… príncipe —decía el oficial, que evidentemente tenía dudas de cómo debía dirigirse a ese ayudante de campo. Temía al mismo tiempo humillarse y no ser lo suficientemente cortés—, usted mismo sabe, príncipe, que hay días durante la campaña en los que los soldados no comen, como prohibirles... juzgue usted mismo...

—Si pide mi opinión personal —dijo el príncipe Andréi—, le diré que, a mi juicio, el pillaje siempre es un asunto serio y en suelo aliado no se castiga con suficiente dureza. Pero sobre todo recuerde que no puedo hacer nada, mi obligación es informar al comandante en jefe de lo que he encontrado. No puedo mentir por usted. —Y sonriéndose ante esa rara idea, se despidió del oficial y regresó hacia su habitación. Por el camino vio al general Strauch que iba por el pasillo acompañado por un miembro del Consejo Superior de Guerra. Nesvitski y Zherkov caminaban a su encuentro.

En el ancho pasillo había sitio suficiente para que los generales pudieran pasar al lado de los dos oficiales, pero Zherkov, apartando con el brazo a Nesvitski, dijo con voz jadeante:

—¡Que vienen! ¡Que vienen! ¡Échense a un lado, dejen paso! ¡Por favor, dejen paso!

Los generales pasaron con aspecto de querer librarse de los molestos honores. En el rostro de Zherkov de pronto se dibujó una estúpida sonrisa de alegría, como si no pudiera evitarla.

—Su Excelencia —dijo él en alemán, adelantándose y dirigiéndose al general austríaco—. Tengo el honor de felicitarle. Inclinó la cabeza y torpemente, como un niño que está aprendiendo a bailar, comenzó a apoyarse bien en una pierna bien en la otra.

El general, miembro del Consejo Superior de Guerra, le miraba severamente, pero al advertir la seriedad de su estúpida sonrisa, no pudo negarle un momento de atención. Entornó los ojos en actitud de escuchar.

—Tengo el honor de felicitarle, porque el general Mack ha regresado sano y salvo, solo un pequeño rasguño aquí —añadió él señalándose a la cabeza con una resplandeciente sonrisa.

El general frunció el ceño, se volvió y siguió adelante.

—¡Dios mío, qué ingenuo! —dijo con enfado después de haberse alejando unos cuantos pasos. Nesvitski abrazó con una carcajada al príncipe Andréi y le arrastró a su habitación. El príncipe Andréi entró tras Nesvitski en la habitación y, sin hacer caso de sus risas, se acercó a su mesa y tiró al suelo la gorra de Zherkov que estaba sobre ella.

—¡Pero qué cara! —decía entre risas Nesvitski—. ¡Es increíble! Solo un pequeño rasguño aquí… ja, ja, ja.

—No hay nada de que reírse —dijo el príncipe Andréi.

—¿Cómo que no? Ya solamente por la cara que tiene…

—No hay nada de que reírse. Yo no soy un gran amigo de los austríacos, pero existe algo llamado decoro que ese miserable puede no conocer, pero que tú y yo debemos observar.

—Ya basta, está a punto de llegar —interrumpió asustado Nesvitski.

—Me da igual. ¡Qué impresión de nosotros se van a llevar los aliados, cuánta delicadeza!… Ese oficial que robó una vaca para alimentar a su compañía, en realidad no es peor que tu Zherkov. Ese al menos necesitaba la vaca.

—Como tú quieras, hermano, todo esto es muy penoso y a la vez muy divertido. Si tú…

—No hay nada divertido. Han muerto cuarenta mil personas y el ejército de nuestros aliados ha sido destruido y eres capaz de bromear sobre ello —dijo él como si estas frases francesas reforzaran su opinión. Es perdonable en un insignificante muchachito, como es este señor que te has echado como amigo, pero no en ti, no en ti —dijo el príncipe Andréi en ruso, pronunciando estas palabras con acento francés, al advertir que Zherkov entraba en la habitación. Esperó a ver si el cornette le respondía algo. Pero no respondió nada, cogió su gorra, y guiñándole un ojo a Nesvitski, salió de la habitación.

—Ven a comer —le gritó Nesvitski. El príncipe Andréi miró atentamente al cornette y cuando desapareció se sentó a la mesa.

—Hace tiempo que quería decirte —le dijo a Nesvitski, que

con una sonrisa miraba al príncipe Andréi a los ojos. Parecía que para él cualquier distracción era agradable y que ahora no sin placer escuchaba el sonido de la voz y la conversación del príncipe Andréi.

—Hace tiempo que quería decirte que tu pasión por actuar con familiaridad con todos y dar de comer y de beber a todo el mundo sin hacer diferencias está muy bien, y que aunque vivo contigo eso no me resulta molesto porque sé poner en su lugar a estos caballeros. Y por lo tanto no me preocupo por mí, sino por ti. Conmigo puedes bromear. Nos entendemos el uno al otro y conocemos los límites de las bromas, pero a este Zherkov no se le puede mostrar familiaridad. Su único objetivo es destacarse de algún modo, conseguir un padrino que le dé de comer y de beber gratis, no ve nada más allá y está dispuesto a entretenerte a cualquier precio sin considerar el significado de sus bromas, pero tú no puedes actuar así.

—Pero, bueno, es un buen muchacho —dijo Nesvitski intercediendo—, un buen muchacho.

—A estos Zherkov se le puede emborrachar después de la comida y obligarles a que representen una comedia, pero nada más.

—Ya basta, hermano, bueno, no está bien… Bueno, ya no lo haré, ¡pero cállate! —gritó riéndose Nesvitski, y saltando del diván abrazó y besó al príncipe Andréi. El príncipe Andréi sonrió como un profesor a un alumno cariñoso.

—Se me revuelven las tripas de ver cómo ese Zherkov entra contigo en intimidades. Él quiere ascender y depurarse al acercarse a ti, pero él no se depura y solo consigue contaminarte a ti.

V

Los húsares del regimiento de Pavlograd se encontraban a dos millas de Braunau. El escuadrón en el que servía como cadete Nikolai Rostov ocupaba la aldea alemana de Saltzenek. El comandante del escuadrón, el capitán Denísov, conocido en todas las divisiones de caballería como Vaska Denísov, estaba alojado en la mejor casa de la aldea. El cadete Rostov, desde el momento en el que se uniera al regimiento en Polonia, vivía con el comandante del escuadrón.

El 8 de octubre, el mismo día en el que en el cuartel general todo estaba revolucionado a causa de la noticia de la derrota de Mack, la vida de campaña del escuadrón seguía igual de tranquila que antes. Denísov, que había estado perdiendo toda la noche a las cartas, aún dormía cuando Rostov, por la mañana temprano, volvía a casa a caballo, vestido con pantalones de montar y un abrigo de húsar. Rostov se acercó al porche, espoleó el caballo, y con un hábil gesto juvenil, estiró las piernas apoyadas en los estribos, como si no quisiera separarse del caballo, finalmente, desmontando de un salto y volviendo su rostro acalorado y tostado por el sol en el que ya apuntaba el bigote, llamó al ordenanza.

—Ah, Bondarenko, mi querido amigo —dijo al húsar que se arrojaba precipitadamente hacia él—. Dale un paseo, amigo mío —dijo con el afecto fraterno y alegre con el que toda la buena juventud habla cuando se encuentran felices.

—A sus órdenes, Excelencia —respondió el ucraniano, meneando alegremente la cabeza.

—Mira de pasearlo bien, ¿eh?

Otro húsar se arrojaba también hacia el caballo, pero Bondarenko ya lo tenía sujeto por el bocado. Era evidente que el cadete daba buenas propinas y que estar a su servicio resultaba provechoso. Rostov acarició el cuello del caballo, después la grupa y se detuvo en el porche.

«Es excelente», se dijo a sí mismo, sonriendo y ajustándose el sable, y entró corriendo en el porche golpeando con los tacones y con las espuelas como se hace en la mazurca. El dueño de la casa, un alemán, vestido con un chaleco y un gorro y sosteniendo una horca con la que había recogido el estiércol, miraba desde la vaqueriza. El rostro del alemán se iluminó instantáneamente, tan pronto vio a Rostov. Sonrió alegremente y guiñó un ojo: «¡Buenos días!», repitió, encontrando evidente satisfacción en saludar al joven húsar.

—Ya trabajando —dijo Nikolai con la misma alegre sonrisa fraterna que no desaparecía de su animado rostro—. ¡Hurra por los austríacos! ¡Hurra por los rusos! ¡Hurra por el emperador Alejandro! —le dijo al alemán, repitiendo las palabras que el dueño de la casa le decía con frecuencia. El alemán se echó a reír, salió de la vaqueriza, se quitó el gorro y agitándolo por encima de la cabeza, gritó:

—¡Hurra por todo el mundo!

El mismo Rostov, igual que el alemán, agitó la gorra por encima de la cabeza y riéndose gritó: «¡Hurra por todo el mundo!». A pesar de que no había ninguna causa particular para la alegría ni para el alemán que estaba limpiando su vaqueriza ni para Nikolai, que había marchado con la sección a por forraje, ambos con una feliz animación y afecto fraterno se miraron el uno al otro, sacudieron la cabeza en señal de afecto mutuo y se separaron sonriendo, el alemán para volver a la vaquería y Nikolai para entrar en la habitación que ocupaba con Denísov.

La víspera, los oficiales de ese escuadrón se habían reunido en casa del capitán del cuarto escuadrón en otra aldea y habían pasado la noche allí jugando a las cartas. Rostov había estado, pero se había retirado pronto. A pesar de todos sus deseos de ser un húsar y uno más entre sus compañeros, no hubiera podido beber un vaso más de vino sin ponerse enfermo y vomitar sobre las cartas. Tenía bastante dinero, tanto que no sabía en qué gastárselo y por ello no entendía el placer de ganar. Cada vez que, aconsejado por los oficiales, apostaba a una carta, ganaba un dinero que no necesitaba y advertía lo desagradable que les resultaba a los dueños del dinero, aunque él no pudiera evitarlo. A pesar de que el comandante del escuadrón nunca había amonestado a Rostov, él mismo había decidido que en el servicio militar había que ser escrupuloso en el cumplimiento del deber, y declaró a todos los oficiales que se consideraría un canalla si alguna vez se permitiera a sí mismo dejar pasar su turno de guardia o sus obligaciones de servicio. El cumplimiento de las guardias y del servicio como suboficial al que nadie le obligaba se convirtió en algo penoso para él, pero recordó las poco prudentes palabras que había dicho y no dejó de cumplir con ello. En el servicio como suboficial había recibido por la tarde orden del sargento de levantarse al alba e ir con la sección en busca de forraje. Denísov todavía dormía y él aún tuvo tiempo de hablar con los húsares, de ver a una alemana, hija de un maestro de escuela de Saltzenek, de que se le abriera el apetito y de volver con ese estado de ánimo con el que todo el mundo parece bueno, cordial y afectuoso. Tintineando ligeramente con las espuelas de soldado, comenzó a caminar arriba y abajo por el crujiente suelo de la habitación, mirando a Denísov que dormía con la cabeza bajo la manta. Tenía ganas de charlar. Denísov tosió y se volvió. Nikolai se acercó a él y agarró la manta.

—¡Es la hora, Denísov! ¡La hora! —gritó él.

Por debajo de la manta emergió velozmente la peluda cabeza morena con las mejillas rojas y brillantes ojos negros.

—¡La hog'a! —gritó Denísov, sin pronunciar la *r*—. ¿Qué hog'a? ¡La hog'a de lag'gag'se de este g'eino de salchicheg'os! ¡Qué mala sueg'te! ¡Qué mala sueg'te! Tan pg'onto como te fuiste sucedió. ¡Heg'mano, ayeg' peg'dí como un hijo de peg'a! ¡Eh, tg'aeg'me té!

Denísov saltó con sus tostadas piernas desnudas, cubiertas de pelo negro como las de un mono y arrugando el rostro como si sonriera, mostrando sus pequeños y fuertes dientes, comenzó a desgreñarse con ambas manos su bosque de cabellos y bigotes negros y tupidos. Desde las primeras palabras de Denísov era evidente que no se encontraba de buen humor y que estaba débil a causa del vino y de las noches en vela y se notaba que esta manera de divertirse no era para él una necesidad sino una costumbre.

—El diablo me manda ir a casa de esa rata (era el apodo del oficial) —dijo Denísov frotándose la frente y el rostro con ambas manos—. Te puedes imaginar que ayer, según te fuiste, no gané ni una sola carta, ni una carta, ni una —decía Denísov, elevando la voz hasta el grito y amoratándose completamente a causa de la agitación.

Denísov era una de esas personas llamadas fogosas que tenía que sangrarse dos veces al año.

—Bueno, ya está bien, es agua pasada —dijo Rostov, advirtiendo que Denísov comenzaba a acalorarse ante el simple recuerdo de su mala suerte—. Mejor vamos a tomarnos un té.

Era obvio que Rostov aún no se había acostumbrado a su situación y le resultaba agradable llamar de tú a alguien tan mayor. Pero Denísov ya estaba desatado, tenía los ojos inyectados en sangre, tomó la pipa que le daban, apretó los puños haciendo que chispas de la pipa se desparramaran, golpeó el suelo con ella y continuó gritando.

—Tengo una mala suerte infernal: cada vez que me daban una buena carta él tenía otra mejor.

Desparramó el fuego, rompió la pipa, la tiró y amenazó al ordenanza. Pero un minuto después, cuando Rostov se puso a hablar con él, ya se le había pasado el acaloramiento.

—Pues yo lo he pasado estupendamente. Hemos pasado al lado de ese parque, donde la hija del profesor, ¿recuerdas?… —dijo Rostov sonrojándose y sonriendo.

—Esta sangre joven —dijo ya en un tono normal Denísov, tomando la mano del cadete y sacudiéndosela—. Es casi detestable como los jóvenes se sonrojan…

—La he visto de nuevo…

—Bueno, hermano, y a mí parece que ahora me tendré que dedicar al bello sexo, no tengo dinero, basta de jugar. Nikita, amigo, dame la bolsa —le dijo al ordenanza al que antes había estado a punto de golpear—. Aquí. ¡Qué bobo, demonios! ¿Dónde estás buscando? Debajo de la almohada. Bueno, gracias, querido —dijo él cogiendo la bolsa y esparciendo sobre la mesa unas cuantas monedas de oro—. El dinero del escuadrón y para las gorras está todo aquí —dijo él—. Debe haber cuarenta y cinco solo para las gorras. ¡No, para qué contar! No alcanza.

Apartó las monedas.

—Bueno, coge de mi dinero —dijo Rostov.

—¡Si no cobramos el domingo, mal vamos! —dijo Denísov sin responder a Rostov.

—Coge de mi dinero —dijo Rostov, enrojeciendo como siempre les ocurre a los muchachos muy jóvenes, cuando tratan asuntos de dinero. Se le ocurrió vagamente que Denísov ya le debía dinero y que si no aceptaba su ofrecimiento le ofendería.

Denísov agachó la cabeza y adoptó una expresión triste.

—¡Esto es lo que haremos! Quédate con Beduin —dijo con seriedad, después de reflexionar un instante—. En Rusia pagué 1.500 rublos por él, te lo vendo por ese mismo precio. No hay nada más preciado para mí, excepto el sable. ¡Quédatelo! Venga, chócala…

—No, de ninguna manera. Es el mejor caballo del regimiento —dijo Rostov sonrojándose de nuevo.

Beduin era verdaderamente un caballo excelente y Rostov hubiera deseado tenerlo, pero se sentía avergonzado ante Denísov. Se sentía culpable de tener dinero. Denísov calló y comenzó de nuevo a mesarse los cabellos pensativo.

—Eh, ¿quién hay ahí? —dijo dirigiéndose hacia la puerta, al escuchar pasos de recias botas con tintineo de espuelas que se detenían y una respetuosa tosecilla.

—¡El sargento de caballería! —dijo Nikita. Denísov frunció aún más el ceño.

—Mal vamos —dijo él—. Rostov, querido, cuenta cuánto dinero nos queda y guarda la bolsa debajo de la almohada —dijo él saliendo al encuentro del sargento.

Rostov, imaginándose a sí mismo cornette sobre el adquirido Beduin a la cabeza del escuadrón, comenzó a contar el dinero, colocándolo maquinalmente y separando los montones en monedas de oro nuevas y viejas (había siete de las viejas y dieciséis de las nuevas).

—¡Ah! ¡Telianin! ¡Hola! Anoche me desplumaron —se escuchó la triste voz de Denísov en la otra habitación.

—¿En casa de quién? ¿De Býkov, de la rata?... Ya lo sabía yo —dijo el otro con voz tonante y tras él entró en la habitación el teniente Telianin, un petimetre y menudo oficial del mismo escuadrón.

Rostov guardó la bolsa debajo de la almohada y estrechó la menuda y húmeda mano que le tendían. Antes de la campaña Telianin había sido expulsado de la guardia por algún motivo. En el escuadrón no era querido a causa de su afectación. Rostov le había comprado su caballo.

—Bueno, qué, joven caballero, ¿qué tal le va con mi Gráchik? —preguntó él. El teniente nunca miraba a los ojos de la persona con la que hablaba; sus ojos pasaban sin cesar de un objeto a otro—. Hoy les he visto pasar...

—Bien, el caballo es bueno —respondió Rostov con tono serio de jinete experimentado, a pesar de que el caballo que había comprado por setecientos rublos tenía una pata dañada y no valía ni la mitad de lo que había pagado por él—. Ha comenzado a cojear de la pata izquierda delantera... —añadió él.

—¿Se le ha rajado una pezuña? Eso no es nada. Le enseñaré cómo ponerle un remache.

Los ojos de Telianin no se tranquilizaron, a pesar de que toda su menuda figura adoptó una postura negligente y el tono de su discurso era ligeramente burlón y paternalista.

—¿No quiere tomar un té? Y enséñeme por favor cómo ponerle ese remache —dijo Rostov.

—Se lo enseñaré, se lo enseñaré, no tiene misterio. Y estará satisfecho del caballo.

—Entonces mandaré que traigan el caballo. —Y Rostov salió, para que se lo trajeran.

Denísov estaba sentado vistiendo un arjaluk con la pipa, encogido en el umbral delante del sargento que le informaba de algo.

Al ver a Rostov, Denísov, frunciendo el ceño y señalando con el dedo gordo por encima del hombro a la habitación, en la que estaba Telianin, se sacudió con repugnancia.

—Agh, no me agrada ese joven —dijo él sin preocuparse por la presencia del sargento.

Rostov se encogió de hombros como si dijera: «A mí tampoco, pero qué se le va a hacer», y después de dar la orden volvió donde Telianin.

Telianin estaba sentado en la misma postura indolente en la que Rostov le había dejado, frotándose las pequeñas y blancas manos.

—¡Vaya paradita! No he visto ni una casa ni a una mujer hasta ahora como en Polonia —dijo Telianin, levantándose y mirando negligentemente en torno de él—. ¿Qué, ha mandado que trajeran el caballo? —añadió él.

—Sí.

—Entonces vamos.

—¿Y no quiere un té?

—No, gracias. Solo he venido a preguntarle a Denísov sobre la orden de ayer. ¿La ha recibido, Denísov?

—Todavía no. ¿Adónde van?

—Quiero enseñarle a este joven cómo herrar a un caballo —dijo Telianin.

Salieron al patio y de ahí a la cuadra. El teniente le enseñó cómo poner un remache y se marchó a su casa.

Cuando Rostov volvió, en la mesa ya había una botella de vodka y fiambre y Denísov, ya vestido, caminaba arriba y abajo de la habitación con paso rápido. Miró sombríamente a Rostov a la cara.

—Es raro que alguien no me guste —dijo Denísov—, pero este Telianin me repugna como la leche con azúcar. Está claro que te engañó con su Gráchik. Vamos a la cuadra. Llévate a Beduin, da igual, me das el dinero en efectivo ahora y pones dos botellas de champán.

Rostov de nuevo se sonrojó como una muchacha.

—No, por favor, Denísov… De ningún modo voy a aceptar tu caballo. Y si no me aceptas el dinero como un amigo me ofenderás. Tengo suficiente.

Denísov frunció el ceño, se dio la vuelta y comenzó a mesarse los cabellos. Era evidente que se encontraba incómodo.

—Bueno, que sea como tú quieres.

Rostov ya quería darle el dinero.

—Luego, luego, aún me queda. Espantajo, ve a por el sargento —le gritó Denísov a Nikita—, hay que devolverle el dinero.

Y se acercó a la cama para sacar la bolsa de debajo de la almohada.

—¿Dónde la has colocado?

—Debajo de la segunda almohada.

—Estoy mirando debajo de la segunda.

Denísov tiró las dos almohadas al suelo. La bolsa no estaba.

—¡Esto es milagroso!

—Espera, quizá la hayas tirado —dijo Rostov, cogiendo las almohadas una por una y sacudiéndolas. También sacudió la manta, pero la bolsa no estaba.

—Quizá lo haya olvidado. No, porque incluso he pensado que guardas los tesoros debajo de la cabeza —dijo Rostov—. Puse aquí la bolsa. ¿Dónde está? —dijo dirigiéndose al criado.

—Yo no he entrado. Debe estar donde la colocó.

—Pero no está…

—A usted siempre le pasa lo mismo, coloca las cosas en cualquier sitio y después se olvida. Mírese en los bolsillos.

—No, si no hubiera pensado lo del tesoro —dijo Rostov—, pero por eso me acuerdo de que la he puesto ahí.

Nikita deshizo toda la cama, miró debajo de ella, debajo de la mesa, rebuscó en toda la habitación, pero la bolsa no estaba. Denísov se buscó en los bolsillos siguiendo en silencio con la mirada los movimientos de Nikita y cuando este abrió los brazos perplejo al ver que no la tenía en los bolsillos, Denísov miró a Rostov.

—Venga, Rostov, bromis…

No terminó la frase. Rostov, con ambas manos en los bolsillos, permanecía de pie con la cabeza gacha. Al sentir la mirada de Denísov fija en él, levantó la vista, pero volvió al instante a bajarla. En ese mismo instante toda la sangre que tenía agolpada en la garganta le afluyó al rostro y los ojos. Se podía ver que el joven apenas podía tomar aliento. Denísov se volvió apresuradamente, frunció el ceño y comenzó a mesarse los cabellos.

—Nadie ha estado en la habitación excepto el teniente y ustedes. Tiene que estar en algún lado.

—Bueno, tú, muñeca del diablo, muévete, busca —gritó de pronto Denísov, enrojeciendo violentamente y arrojándose sobre el ordenanza con actitud amenazadora—. ¡Que esté la bolsa o si no te mataré a vergazos!

Rostov, jadeando y evitando la mirada de Denísov, comenzó a ponerse la guerrera, a ajustarse el sable y a colocarse la gorra.

—Tú, hijo del diablo, te digo que la bolsa tiene que estar —gritó Denísov cogiendo irracionalmente de los hombros al ordenanza y golpeándolo contra la pared.

—Denísov, déjale. Ahora vuelvo —dijo Rostov acercándose a la puerta y sin levantar la mirada.

—¡Rostov, Rostov! —gritó Denísov, de tal manera que las venas del cuello y de la frente se le tensaron como cuerdas—. Te digo que estás loco, no lo permitiré. —Y Denísov sujetó a Rostov del brazo—. La bolsa está aquí, arrancaré la piel a todos los ordenanzas y la encontraré.

—Yo sé dónde está la bolsa —respondió Rostov con voz temblorosa. Se miraron el uno al otro a los ojos.

—¡Te digo que no lo hagas —gritó desgañitándose Denísov y lanzándose a por el cadete, para retenerle—, te digo que el diablo se lleve ese dinero! Esto no puede ser, no lo permitiré. Bueno, ha desaparecido, ¡que el diablo se lo lleve! —Pero, a pesar de lo decidido de sus palabras, el hirsuto rostro del capitán expresaba ya indecisión y temor. Rostov se soltó con una rabia tal como si Denísov fuera su peor enemigo y mantuvo firmemente su mirada.

—¿Entiendes lo que dices? —dijo él con voz temblorosa—. Aparte de mí, nadie ha estado en la habitación. Tiene que ser, si no es eso entonces...

No pudo terminar de hablar y salió de la habitación.

—Ah, que el diablo te lleve a ti y a todos —fueron las últimas palabras que escuchó Rostov.

Llegó a la casa de Telianin.

—El señor no está en casa, ha ido al Estado Mayor —le dijo el ordenanza de Telianin—. ¿Ha sucedido algo? —añadió sorprendiéndose al ver el rostro desolado del cadete.

—No, nada.

—Por poco le encuentra en casa —dijo el ordenanza.

El Estado Mayor se encontraba a tres verstas de Saltzenek. Rostov, sin pasar por casa, cogió el caballo y fue hasta allí.

En la aldea que ocupaba el Estado Mayor había una taberna frecuentada por oficiales.

Rostov llegó a la taberna y vio en el porche el caballo de Telianin.

En la segunda habitación de la taberna estaba sentado el teniente, ante un plato de salchichas y una botella.

—Ah, ha venido usted, cadete —dijo él sonriendo y alzando las cejas.

—Sí —dijo Rostov, como si la pronunciación de esta palabra le causara un gran esfuerzo y se sentó en la mesa de al lado.

Ambos callaron, no había nadie en la habitación y solo se escuchaban los sonidos del tenedor sobre el plato y el masticar del teniente. Cuando Telianin terminó con el desayuno, sacó del bolsillo una bolsa y doblando hacia arriba sus pequeños y blancos dedos corrió las argollas, sacó una moneda de oro y levantando las cejas se la dio al sirviente.

—Deprisa, por favor —dijo él.

La moneda era nueva. Rostov se levantó y se acercó a Telianin.

—Permítame ver la bolsa —dijo en voz baja apenas audible.

Con su mirada errante, pero sin bajar las cejas, Telianin le dio la bolsa.

—Es el recuerdo de una mujer… sí… —dijo él y de pronto palideció—. Puede verla, cadete —añadió.

Rostov cogió la bolsa en la mano y la miró y también el dinero que contenía, y a Telianin. El teniente miraba a todas partes según era su costumbre y parecía que de pronto se había puesto muy contento.

—Si estuviéramos en Viena, allí me hubiera dejado todo, pero aquí no sabe uno ni en qué gastárselo en estas miserables aldeúchas —dijo él—. Bueno, démela, cadete, me marcho.

Rostov callaba.

—Y qué, ¿le va a comprar el caballo a Denísov? Es un buen caballo —continuó Telianin—. Démela. —Estiró la mano y cogió la bolsa. Rostov no se lo impidió. Telianin cogió la bolsa y se puso a guardársela en el bolsillo de los pantalones de montar, sus cejas se alzaban negligentemente y su boca se entreabrió como si dijera: «Sí, me guardo mi bolsa en el bolsillo, es algo muy simple que a nadie le interesa».

—Bueno, ¿qué, cadete? —dijo él suspirando y mirando por debajo de las alzadas cejas a los ojos de Rostov. Chispas de electricidad pasaron con rapidez de los ojos de Telianin a los ojos de Rostov y a la inversa una y otra vez en un instante.

—Venga aquí —dijo Rostov, cogiendo a Telianin del brazo. Prácticamente le arrastró hacia la ventana—. ¡Usted es un ladrón! —le susurró al oído.

—¿Qué?… ¿Qué?… ¿Cómo se atreve?… ¿Qué? —pero esas palabras sonaron como un grito lastimoso y desesperado y como un ruego de clemencia. Tan pronto como Rostov escuchó el sonido de esta voz cayó de su alma el enorme peso de la duda. Experimentó alegría y en ese mismo instante sintió tal lástima del desgraciado ser que se encontraba ante sí, que las lágrimas le afloraron a los ojos.

—Hay gente aquí, Dios sabe lo que pueden pensar —farfulló Telianin tomando su gorra y dirigiéndose a una sala pequeña que se encontraba vacía—. Explíqueme qué es lo que le pasa.

Cuando ambos entraron en esta sala, Telianin estaban pálido, ceniciento, apocado y como si hubiera adelgazado después de una penosa enfermedad.

—Usted ha robado hoy la bolsa de debajo de la almohada de Denísov —dijo Rostov pausadamente. Telianin quería decir algo—. Lo sé y puedo demostrarlo.

—Yo…

En el rostro ceniciento que había perdido toda la gallardía comenzaron a temblar todos los músculos, los ojos comenzaron a trasladarse, pero no como antes sino hacia abajo, sin elevarse a la altura del rostro de Rostov, y se empezaron a escuchar sus gimoteos.

—¡Conde!… No arruine la vida de un hombre joven… Aquí está el maldito dinero, cójalo… —lo tiró sobre la mesa—. ¡Tengo un padre anciano, una madre!…

Rostov cogió el dinero evitando la mirada de Telianin y, sin decirle ni una palabra, salió de la habitación. Pero se detuvo en la puerta y volvió sobre sus pasos.

—Dios mío —dijo él con lágrimas en los ojos—, ¿cómo ha podido hacer esto?

—Conde —dijo implorante Telianin, acercándose al cadete.

—No me toque —dijo Rostov retrocediendo—. Si necesita el dinero, quédeselo. —Le tiró la bolsa—. ¡No me toque, no me toque! —Y Rostov salió corriendo de la taberna, sin poder apenas contener las lágrimas.

Ese mismo día por la tarde una animada conversación tenía lugar entre algunos oficiales del escuadrón en la casa de Denísov.

—Y yo le digo, Rostov, que debe disculparse ante el comandante del regimiento —le dijo al agitado Rostov, cuyo rostro tenía un tono rojo intenso, un alto capitán del Estado Mayor, de cabellos grises, enormes bigotes, voluminosas facciones y rostro arrugado. El capitán del Estado Mayor Kirsten había sido dos veces degradado a soldado raso por cuestiones de honor y por dos veces había recuperado su rango. Era menos extraño encontrar en el regimiento a un soldado que no creyese en Dios que a uno que no respetase al capitán Kirsten.

—¡No permito que nadie me diga que miento! —gritó Rostov—. Me dijo que mentía y yo le dije que el que mentía era él. Y así se va a quedar. Puede ponerme de guardia a diario y arrestarme, pero nadie me obligará a que me disculpe, porque si él como comandante del regimiento no considera adecuado darme una satisfacción, entonces…

—Espere, querido, escúcheme —le interrumpió el capitán con su voz de bajo alisándose tranquilamente los largos bigotes—. Usted le contó al comandante del regimiento que un oficial había robado, en presencia de otros oficiales.

—No puedo y no sé ser diplomático y no tengo la culpa de que otros oficiales estuvieran presentes durante la conversación. Por esa razón me hice húsar, porque pensaba que aquí no eran necesarias tantas formas, pero me dijo que mentía… así que debe darme una satisfacción…

—Todo eso está muy bien, nadie piensa que usted sea un cobarde, pero no se trata de eso. Pregúntele a Denísov si alguna vez se ha visto que un cadete le pida una satisfacción a un comandante de regimiento.

Denísov escuchaba la conversación con aspecto sombrío mordisqueándose el bigote, evidentemente sin querer participar de ella. Ante la pregunta del capitán del Estado Mayor meneó la cabeza negativamente.

—Te he dicho que juzgues tú como sabes hacerlo —le dijo al capitán—. Yo solo sé que si no te hubiera escuchado y hubiese aplastado hace tiempo la cabeza de ese ladronzuelo (desde el principio me pareció un ser repugnante), no hubiera sucedido nada y esta historia vergonzosa no hubiera tenido lugar.

—Bueno, la cosa está clara —continuó el capitán—. Usted le contó al comandante del regimiento esa vileza en presencia de otros oficiales. Bogdanich (el comandante del regimiento se llamaba Bogdanich) le bajó los humos, usted le dijo una tontería y tiene que disculparse.

—¡De ninguna manera! —gritó Rostov.

—No pensaba eso de usted —dijo severa y seriamente el capitán—. No quiere disculparse y sin embargo es usted totalmente culpable, no solo frente a él, sino frente a todo el regimiento, frente a todos nosotros. ¿Acaso usted pensó o pidió consejo de cómo debía afrontar el asunto? No, lo soltó directamente y en presencia de otros oficiales. ¿Qué es lo que puede hacer el comandante del regimiento? ¿Debe enjuiciar al oficial y así deshonrar a todo el regimiento? ¿Mancillar a todo el regimiento por un miserable? ¿Es así como debe ser según usted? Porque nosotros no pensamos así. Y Bogdanich estuvo acertado en decirle que no decía la verdad. Es desagradable, pero qué le vamos a hacer, querido, usted mismo se lo ha buscado. Y ahora que quiere acallarse el asunto, usted, por alguna clase de arrogancia, no quiere disculparse y quiere contarlo todo. Le resulta ofensivo tener que hacer guardias, pero ¿qué le supone disculparse ante un anciano y honorable oficial? Sea como sea, Bogdanich es un viejo y valiente coronel. ¿Y a usted le resulta ofensivo pedirle perdón pero no le importa ensuciar el honor del regimiento? —La voz del capitán comenzaba a temblar—. Usted, querido, lleva muy poco tiempo en el regimiento, hoy está aquí y mañana se va como ayudante a otro sitio, a usted le da igual que vayan a decir: «¡Hay ladrones entre los oficiales del regimiento de Pavlograd!». Pero a nosotros no nos da igual. ¿No es así, Denísov? ¿Acaso nos da igual?

—Sí, hermano, me dejaría cortar una mano, para que este asunto no hubiera sucedido —dijo Denísov, dando un puñetazo a la mesa.

—Usted, con su querida arrogancia, no quiere disculparse —continuó el capitán del Estado Mayor—, pero para nosotros los viejos que hemos crecido y que moriremos aquí, el honor del regimiento nos es muy querido y Bogdanich lo sabe. ¡Oh, cuánto nos es querido, padrecito! Y esto no está bien, no está bien. Le ofenda o no, yo siempre digo la verdad y esto no está bien.

Y el capitán del Estado Mayor se levantó y le dio la espalda a Rostov.

—¡Demonios, es verdad! —gritó Denísov, comenzando a acalorarse y mirando a Rostov—. ¡Bueno, Rostov! ¡Bueno, Rostov! Que el diablo se lleve la falsa vergüenza.

Rostov, ruborizándose y palideciendo, miraba bien a uno bien al otro oficial.

—No, señores, no… no piensen… yo entiendo muy bien, es injusto que piensen así de mí… yo… para mí… yo por el honor del regimiento… ya demostraré cuando entremos en acción que para mí el honor de la bandera… Bueno, da igual, es verdad, ¡soy culpable! —tenía lágrimas en los ojos—. ¡Soy culpable, completamente culpable!… ¿Qué más quieren?…

—Así se hace, conde —gritó el capitán, dándose la vuelta y golpeándole en el hombro con su ancha mano.

—Ya te decía —gritó Denísov— que es un muchacho excelente, demonios.

—Es lo mejor, conde —repitió el capitán, como si a causa de lo que había reconocido fuera a empezar a llamarle por su título—. Vaya y discúlpese, Excelencia.

—Señores, haré lo que sea, nadie oirá de mí una palabra —dijo con voz suplicante Rostov—, pero no puedo pedir disculpas como desean, ¡juro que no puedo! ¿Cómo puedo disculparme como un niño que va a pedir perdón?

Denísov se echó a reír.

—Peor para usted. Bogdanich es rencoroso y pagará por su testarudez.

—¡Les juro que no es testarudez! No puedo describirles qué sentimiento me causa, no puedo…

—Bueno, como quiera —dijo el capitán—. ¿Y dónde se mete ese miserable? —le preguntó a Denísov.

—Dicen que está enfermo, mañana saldrá su baja en la orden del día. Ay, que no le pille —dijo Denísov—, que le aplastaré como a una mosca.

—Tiene que estar enfermo, no puede explicarse de otro modo —dijo el capitán.

—Enfermo o no, con gusto le pegaba un tiro —gritó despiadadamente Denísov.

Zherkov entró en la habitación.

—¿Qué haces aquí? —le preguntaron los dos oficiales al que entraba.

—En marcha, señores. Mack se ha rendido con todo el ejército…

—¡Mentira!

—Lo he visto yo mismo.

—¿Cómo? ¿Has visto a Mack en persona?

—¡En marcha! ¡En marcha! Dadle una botella, por traer tales noticias. Y tú, ¿cómo es que has venido a parar aquí?

—Me han enviado de nuevo al regimiento por ese demonio de Mack. El general austríaco se ha quejado. Le felicité por la llegada de Mack.

—¿Y a ti qué te pasa, Rostov, acabas de bañarte?

—No sabes, hermano, llevamos dos días metidos en un embrollo.

Entró el ayudante del coronel, y confirmó la noticia que había traído Zherkov. Se ordenó ponerse en marcha al día siguiente.

—En marcha, señores.

—Gracias a Dios, llevábamos demasiado tiempo parados.

VI

Kutúzov se había retirado hacia Viena, habiendo destruido tras de sí los puentes sobre los ríos Inn (en Braunau) y Traun (en Linz). El 23 de octubre las tropas rusas cruzaron el río Enns. Los convoyes rusos, la artillería y las columnas de tropas pasaron en pleno día a través de la ciudad de Enns, por uno y por otro lado del puente. El día era tibio, otoñal y lluvioso. El paisaje de la ciudad que se veía desde la altura en la que se encontraban las batería rusas, que protegían el puente, tan pronto era cubierto por el telón de muselina de la lluvia que caía oblicuamente, como se aclaraba y bajo la luz del sol se podían ver claramente a lo lejos los objetos, como si estuvieran cubiertos de barniz. Se divisaba abajo la ciudad con sus casas blancas y sus tejados rojos, catedrales y puentes y por ambas partes de la misma se agolpaban y se extendían las tropas rusas. En un recodo del Danubio podían verse las embarcaciones y la isla y un castillo con un parque rodeado por las aguas de la desembocadura del Enns en el Danubio. Se veía la orilla izquierda del Danubio, rocosa y cubierta de pinares, hasta la misteriosa lejanía de verdes cerros y azules desfiladeros. Se divisaban las torres del convento por detrás de un pinar que parecía virgen e inexplorado, y en la lejanía, en las montañas a este lado del Enns, se veían las patrullas del enemigo.

Entre los cañones, en la altura se encontraba el general en jefe de la retaguardia, con un oficial de su séquito observando la localidad con un catalejo. Un poco más atrás se encontraba sentado en la cureña de un cañón el príncipe Nesvitski, que había sido enviado a la retaguardia por el comandante en jefe. El cosaco que acompañaba a Nesvitski le dio un pequeño macuto y una cantimplora y Nesvitski invitaba a los oficiales a empanadillas y auténtico *doppelkümel*.* Los oficiales le rodeaban alegremente, alguno de rodillas, otro sentado a la turca sobre la hierba mojada.

—No era ningún tonto ese príncipe austríaco que se construyó aquí el castillo. Es un sitio estupendo. ¿Por qué no comen, señores? —decía Nesvitski.

—Muy agradecido, príncipe —respondió uno de los oficiales, que experimentaba una gran satisfacción al poder hablar con una figura tan importante del Estado Mayor—. Es un sitio precioso. Hemos pasado al lado del parque y hemos visto dos ciervos, ¡y el edificio es espléndido!

—Mire, príncipe —dijo otro, que deseaba coger otra empanadilla, pero le daba vergüenza y por eso hacía como si mirara el paisaje—, mire, nuestra infantería ya ha llegado allí. En esa pradera detrás de la aldea hay tres que están arrastrando algo. Van a vaciar el palacio —dijo él con visible aprobación.

—Es cierto —dijo Nesvitski—. Pero lo que yo desearía —añadió, masticando una empanadilla con su hermosa y húmeda boca— sería colarme allí —dijo señalando al convento con las torres, que se veía en la colina. Sonrió, sus ojos se entrecerraron y brillaron—. ¿Verdad que estaría bien, señores?

Los oficiales se echaron a reír.

—¡Aunque solo fuese para asustar a esas monjas! Dicen que las italianas son jovencitas. Daría cinco años de vida.

—Además de lo aburridas que deben estar ellas, príncipe —dijo riéndose el oficial más atrevido.

Entretanto el oficial del séquito que estaba más adelante le señalaba algo al general; el general miraba con el catalejo.

---

* Licor hecho de trigo con sabor a comino (kümmel) y que se destila dos veces. (*N. de la T.*)

—Sí, así es, así es —dijo enfadado el general quitándose el catalejo del ojo y encogiéndose de hombros—, así es, van a tirar sobre el puente en el paso. ¿Y qué es lo que les retiene ahí?

En el otro lado, se podía ver a simple vista al enemigo y sus baterías que eran delatadas por un humo blanco lechoso. Tras el humo resonó un disparo lejano y fue evidente que nuestras tropas se apresuraban hacia el paso.

Nesvitski, resoplando, se levantó y sonriendo se acercó al general.

—¿No quiere probarlo, Excelencia? —dijo él.

—La cosa está fea —dijo el general sin responderle—, los nuestros se han retrasado.

—¿No habría que ir a ver, Excelencia? —dijo Nesvitski.

—Sí, vaya, por favor —dijo el general repitiendo lo que ya había explicado una vez con todo detalle—, y dígale a los húsares que pasen los últimos y que quemen el puente, como les he ordenado, y que revisen una vez más los materiales inflamables.

—Muy bien —respondió Nesvitski.

Llamó al cosaco que le llevaba el caballo, le mandó que recogiera el macuto y la cantimplora y subió con facilidad su pesado cuerpo a la silla.

—Verdaderamente iré al convento —les dijo a los oficiales, mirándoles con una pícara sonrisa, y se marchó por el sinuoso sendero de la montaña.

—Vamos a ver hasta dónde llega, capitán —dijo el general dirigiéndose al artillero—. Vamos a matar el aburrimiento.

—¡Artilleros, a las piezas! —ordenó el oficial y un minuto después los artilleros corrieron alegremente desde las hogueras y cargaron.

—¡Número uno! —se escuchó la orden.

El número uno dio un respingo. El cañón resonó con un ensordecedor ruido metálico y por encima de las cabezas de todos nuestros soldados que se encontraban en la montaña pasó silbando la granada y cayó a lo lejos sin alcanzar al enemigo, señalando con humo el lugar de su caída y estallando.

El rostro de los soldados y los oficiales se alegró al oír este sonido; todos se levantaron y se pusieron a observar los movimientos allá abajo de nuestras tropas que se veían como en la palma de la mano y frente al enemigo que se aproximaba. En ese instante el sol salió por completo de detrás de las nubes y el hermoso sonido del solitario disparo y el brillo del luminoso sol se fundieron en una alegre y vigorizante sensación.

VII

Ya habían volado sobre el puente dos proyectiles enemigos y los soldados se encontraban apretujados en él. En mitad del puente, habiendo bajado del caballo y con su grueso cuerpo apretado contra la barandilla, se encontraba el príncipe Nesvitski. Riéndose, miraba hacia atrás al cosaco, que llevando a los dos caballos de las riendas, se encontraba unos cuantos pasos por detrás de él. Tan pronto como el príncipe Nesvitski quería avanzar de nuevo, los soldados y los carros se apretaban contra él y le aplastaban contra la barandilla y a él no le quedaba más que sonreír.

—¡Eh, tú, hermano! —decía el cosaco a un soldado de aprovisionamiento, que aplastaba con su carro a la infantería que se amontonaba justo al lado de las ruedas y de los caballos—. ¡Eh, tú! ¿No puedes esperar? ¿No ves que el general tiene que pasar?

Pero el soldado de aprovisionamiento, sin hacer caso al título de general, gritaba a los soldados que le impedían el paso: «¡Eh, paisanos! ¡Echaos a la derecha y dejad pasar!».

Pero los paisanos, hombro con hombro sujetando las bayonetas y sin separarse, se movían por el puente como una masa compacta. Mirando hacia abajo desde la barandilla, el príncipe Nesvitski veía las rápidas, turbias y bajas aguas del Enns que, confundiéndose, se rizaban y rompían en los pilares del puente, rebasándose las unas a las otras. Al mirar al puente veía las mismas aguas uniformes y vivas de los soldados, chacós con forro, petates, bayonetas y largos fusiles y rostros de anchos pómulos debajo de los chacós, mejillas hundidas, expresiones de despreocupado cansancio y piernas que se movían sobre el pegajoso barro amontonado en las tablas del puente. En ocasiones, entre las aguas uniformes de los soldados, como una ola de blanca espuma en las aguas del Enns, se abría paso un oficial con su abrigo y su fisionomía distinta a la de los soldados, otras veces, como un trozo de madera, las aguas del puente se llevaban consigo a un húsar a pie, a un ordenanza o a un lugareño, y en ocasiones, como un tronco que flotara por el río rodeado por todas partes, nadaba por el puente un carro de compañía o de oficiales, lleno hasta los topes y cubierto de una lona.

—Es como si se hubiera roto una presa —decía un cosaco, deteniéndose desesperado—. ¿Quedan aún muchos allí?

—¡Un millón menos uno! —dijo, guiñándole un ojo, un alegre soldado con el capote roto que pasaba cerca y que luego desapareció. Tras él pasó otro soldado anciano.

—Si a *él* (*él* era el enemigo) le da por ponerse a disparar sobre el puente, se te quitarán las ganas de bromas —decía sombríamente un soldado anciano dirigiéndose a su compañero. Y el soldado pasó. Tras él pasó otro soldado subido a un carro.

—¿Dónde demonios has metido los calcetines? —decía un ordenanza, que seguía a pie el carro y buscaba en la parte de atrás. Y ambos pasaron con el carro. Tras ellos pasaron unos soldados alegres y visiblemente bebidos.

—Qué culatazo le ha dado en todos los dientes, amigo… —decía alegremente un soldado con el capote arremangado agitando mucho los brazos.

—Vaya jamones más dulces —respondió el otro con una carcajada. Y ambos continuaron hacia delante, de modo que Nesvitski no se pudo enterar de a quién habían dado en los dientes y a qué se referían con lo de los jamones.

—Tantas prisas porque *él* se ha puesto a disparar con proyectiles de fogueo. Ya pensáis que os van a matar a todos —decía un suboficial con enfado y reproche.

—Cuando esa bala me pasó tan de cerca, abuelo —decía un joven soldado con una enorme boca que apenas podía contener la risa—, casi me muero. ¡Te juro que me asusté muchísimo! —decía ese soldado como si se jactara de ello.

Y estos también pasaron; les seguía un carro que en nada se parecía a todos los que hasta el momento habían pasado. Era un alemán sobre un carro en el que parecía que había metido toda la casa; tras el carro que conducía el alemán, estaba enganchada un hermosa vaca oronda con enormes ubres. Sobre los colchones iba sentada una mujer con un niño de pecho, una anciana y una muchacha alemana coloradota y lozana. Era evidente que se había concedido un permiso especial para que los habitantes pudieran evacuar el pueblo. Los ojos de todos los soldados se dirigían a las mujeres y mientras pasaba el carro, avanzando paso a paso, las observaciones de los soldados estaban únicamente dirigidas a las dos mujeres. Prácticamente en todos los rostros se reflejaba prácticamente la misma sonrisa ante los pensamientos indecentes que les provocaban esas mujeres.

—Vaya, la salchichera también se larga.

—Véndeme a la madre —decía otro soldado poniendo especial énfasis en la última palabra y dirigiéndose al alemán, que con los ojos bajos, enfadado y asustado, avanzaba a grandes pasos.

—¡Eh, cómo se ha vestido! ¡Menudo diablillo!

—¡Ya quisieras alojarte con ellas, ¿eh, Fedotov?!

—¡Ya ves, hermano!

—¿Adónde van? —preguntó un oficial de infantería, que se estaba comiendo una manzana, también sonriendo y mirando a la hermosa muchacha. El alemán, cerrando los ojos, dio a entender que no comprendía.

—¿La quieres? Tómala —dijo el oficial, dándole la manzana a la muchacha. La joven sonrió y la cogió. Nesvitski, igual que los demás que estaban en el puente, no retiró la vista de las mujeres hasta que estas no pasaron. Cuando pasaron de largo volvieron a transitar los mismos soldados con las mismas conversaciones y finalmente todos se detuvieron. Como sucede con frecuencia a la salida del puente, los caballos de un carro de compañía se habían negado a avanzar y todo el gentío tenía que esperar.

—¿Por qué se paran? ¡No hay ninguna orden! —decían los soldados—. ¿Por qué empujas? ¡Demonios! No hay por qué esperar. Lo peor será como *él* incendie el puente. ¡Atención, que están aplastando a un oficial! —se oían por todas partes las voces de la muchedumbre detenida, mirándose unos a otros y empujando todos hacia la salida. Mirando desde el puente a las aguas de Enns, Nesvitski escuchó de pronto el sonido aún nuevo para él de algo que se acercaba rápidamente, algo grande que caía con un chapoteo al agua.

—¡Vaya, dónde apuntan! —dijo con severidad un soldado que se encontraba cerca suyo mirando hacia donde se había escuchado el ruido.

—Nos animan para que pasemos más rápido —dijo otro intranquilo. La muchedumbre comenzó de nuevo a avanzar. Nesvitski comprendió que lo que había oído había sido una bala.

—¡Eh, cosaco, dame el caballo! —dijo él—. ¡Vosotros! ¡Apartaos, apartaos, paso!

Con un gran esfuerzo se abrió camino hasta su caballo y sin dejar de gritar se lanzó hacia delante. Los soldados se apretaban para dejarle paso, pero de nuevo le oprimieron de tal manera que le aplastaron la pierna y no tenían la culpa los de más cerca porque a ellos les apretaban aún con más fuerza.

—¡Nesvitski! ¡Nesvitski! ¡Animal! —se escuchó en este instante a sus espaldas una voz ronca.

Nesvitski miró y vio a unos quince pasos detrás de él, entre la masa viviente de la infantería que se empujaban unos a otros, al colorado, moreno y desgreñado Vaska Denísov, con la gorra sobre la nuca y la pelliza echada bravamente sobre un hombro.

—¡Ordénales tú a estos demonios, a estos diablos, que abran paso! —gritó Vaska, que evidentemente era presa de un acceso de cólera, con sus pupilas negras como el carbón, centelleando y revolviéndose en sus ojos inyectados en sangre y blandiendo el sable sin sacarlo de la vaina con una mano desnuda que tenía tan roja como la cara.

—¡Eh! Vasia —le contestó alegremente Nesvitski—. ¿Qué te ocurre?

—El escuadrón no puede pasar —gritaba Vaska Denísov mostrando rabioso los blancos dientes y espoleando a su pura sangre negro, Beduin, que, moviendo las orejas a causa de las bayonetas con las que se chocaba, bufaba y salpicaba a su alrededor espuma del bocado y resonando golpeaba con los cascos las tablas del puente y parecía estar dispuesto a saltar por la barandilla del puente si su jinete se lo hubiera permitido—. ¿Qué es esto? ¡Parecen borregos! ¡Exactamente igual que borregos! ¡Deja paso! ¡Quieto ahí! ¡Tú, carro del demonio! Os mataré a sablazos… —gritaba él efectivamente desenvainando el sable y blandiéndolo.

Los soldados, con rostros asustados, se apretaron unos contra otros y Denísov se puso a la altura de Nesvitski.

—¿Qué, hoy no estás borracho? —le dijo Nesvitski a Denísov cuando se acercó a él.

—¡No hay tiempo ni para echarse un trago! —respondió Vaska Denísov—. Todo el día llevan el regimiento de acá para allá. Hay que entrar en combate, ¡pero el diablo sabe cómo!

—¡Qué elegante vas hoy! —dijo Nesvitski mirando su nueva pelliza y los arreos del caballo.

Denísov, sonriendo, sacó un pañuelo perfumado de un bolsito y se lo acercó a Nesvitski a la nariz.

—¡No puede ser de otro modo, voy a la batalla! Me he afeitado, me he lavado los dientes y me he perfumado.

La apuesta figura de Nesvitski acompañado del cosaco y la decisión de Denísov, blandiendo el sable y gritando terriblemente, hicieron tal efecto que consiguieron llegar hasta el otro extremo del puente y reunirse con la infantería. Nesvitski se encontró a la salida al coronel al que debía transmitir la orden, y habiendo cumplido su cometido volvió sobre sus pasos.

Después de haber conseguido abrirse camino, Denísov se detuvo a la salida del puente. Sujetando descuidadamente al potro, que rabiaba por reunirse con los suyos y golpeaba con las patas, se puso a mirar al escuadrón que le iba al encuentro. En las tablas del puente resonó tan claramente el ruido de los cascos que parecía que cabalgaran unos cuantos caballos, y el escuadrón con los oficiales al frente en filas de a cuatro se extendió por el puente y comenzó a llegar al otro lado.

El joven y apuesto Peronski, el mejor jinete del regimiento y un hombre adinerado, iba el último montando un potro de tres mil rublos. Los soldados de infantería, amontonados sobre el pisoteado fango del puente, con ese característico hostil sentimiento de indiferencia y burla con el que con frecuencia se encuentran distintas armas del ejército, miraron a los limpios y elegantes húsares que pasaban garbosamente por su lado.

—¡Qué elegantes van estos muchachos! ¡Igual que si estuvieran en Podnovinskoe!

—¿Y para qué sirven? ¿Solo para lucirse y pasearse? —dijo otro.

—¡Infantería, no levantéis polvo! —bromeó un húsar cuyo caballo, corveteando, salpicaba de barro a los miembros de la infantería.

—Si hubieras andado un par de marchas con la mochila, tus cordones ya hubieran perdido el brillo —dijo un miembro de la infantería limpiándose el barro de la cara con la manga—. ¡Eso no es un hombre, sino un pájaro!

—Y si te sentáramos a ti, Zikin, estarías muy garboso —bromeó un soldado de primera refiriéndose a otro soldado delgado, encorvado a causa del peso la mochila.

—Sujeta un garrote entre las piernas y así ya tendrás caballo —contestó el húsar.

VIII

El resto de la infantería pasó el puente apresuradamente apretándose en forma de embudo a la salida. Finalmente pasaron todos los carros, comenzó a haber menos atasco y el último batallón entró en el puente. Solo los húsares del escuadrón de Denísov se quedaron al otro lado del puente frente al enemigo. El enemigo, que se veía en la lejanía desde la montaña de enfrente, no era aún visible desde el puente dado que a causa de la cañada por la que fluía el río el horizonte no alcanzaba más de media versta. Enfrente había un espacio desierto por el que se movían grupos de nuestras patrullas de cosacos. De pronto, por un camino en las montañas que se encontraban al frente, se vieron unas tropas con capotes azules y artillería. Eran los franceses. Una patrulla de cosacos bajó al galope por la montaña. Todos los oficiales y los soldados del escuadrón de Denísov, aunque trataran de hablar de otros asuntos y mirar hacia otro lado, no dejaban de pensar en lo que había allí, en la montaña, y todos miraban sin cesar a las manchas que aparecían en el horizonte que identificaban como tropas enemigas. Después del mediodía había aclarado de nuevo y el sol brillaba sobre el Danubio y sobre las sombrías montañas que lo rodeaban. Todo estaba en silencio y desde esas montañas de vez en cuando llegaban los sonidos de las cornetas y los gritos del enemigo. Ya no había nadie entre el escuadrón y el enemigo excepto unas cuantas patrullas. Una extensión vacía de unos trescientos sazhen* los separaba de él. El

---

* Sazhen: medida rusa antigua, equivalente a 2.134 metros. *(N. de la T.)*

enemigo había dejado de disparar y podía sentirse aún más claramente la precisa, amenazadora, inexpugnable y perceptible línea que separaba a los dos ejércitos enemigos.

Un paso más allá de esa línea, que recordaba a la línea que separa a los vivos de los muertos, y se encuentra un tormento desconocido y la muerte. ¿Y qué hay allí? ¿Quién hay allí? ¿Allí, tras esos campos, esos pueblos, esos tejados iluminados por el sol? Nadie lo sabe y lo desean saber y es terrible cruzar esa línea y desean cruzarla y se sabe que tarde o temprano habrá que cruzarla y saber qué hay allí, al otro lado de la línea, del mismo modo que se ha de saber inevitablemente qué es lo que hay más allá de la muerte. Y yo mismo soy fuerte, sano, alegre y excitado y rodeado de personas también sanas que también se encuentran animadas y excitadas. Y aunque no lo piense, cada individuo que se encuentra frente al enemigo siente eso y ese sentimiento otorga un particular brillo y una feliz viveza hacia todas las sensaciones que se suceden en estos minutos.

En la colina en la que se encontraba el enemigo se vio el humo de un disparo y una bala pasó silbando por encima de las cabezas del escuadrón de húsares. Los oficiales, que estaban juntos, se separaron para ocupar sus posiciones, los húsares comenzaron a alinear sus caballos cuidadosamente. Todos en el escuadrón guardaron silencio. Todos miraban hacia delante al enemigo y al comandante del escuadrón esperando órdenes. Una segunda y una tercera bala pasaron volando. Era evidente que disparaban sobre los húsares, pero las balas, silbando a la misma velocidad, volaron sobre sus cabezas y cayeron por detrás de ellos. Los húsares no se volvían a mirar, pero ante el sonido de cada bala todo el escuadrón, con sus rostros de idéntica expresión y de diferente aspecto y sus bigotes cortados, contenía la respiración, como si obedeciera órdenes, mientras la bala pasaba volando, se incorporaban en los estribos tensando los músculos de las piernas dentro de sus azules pantalones de montar y luego se dejaban caer. Los soldados, sin volver la cabeza, se miraban de reojo los unos a los otros observando con curiosidad la reacción de sus compañeros. En cada rostro, desde Denísov al corneta, se podía ver cerca de los labios y la barbilla el rasgo común de la lucha, la excitación y la emoción. El sargento fruncía el ceño mirando a los soldados como amenazándoles con un castigo. El cadete Mirónov se agachaba cada vez que pasaba volando un proyectil. Rostov, que se encontraba en el flanco izquierdo montado sobre su Gráchik, que a pesar de estar tocado de las patas tenía buen aspecto, tenía el aspecto feliz del estudiante llamado a examen ante un nutrido público ante el que está convencido de que va a distinguirse. Miraba a todos clara y luminosamente, como si les pidiera que prestaran atención a lo tranquilo que formaba bajo las balas. Pero en su rostro, el mismo rasgo de algo nuevo e inexorable se mostraba en contra de su voluntad alrededor de su boca.

—¿Quién se agacha ahí? ¡Cadete Mirónov! ¡No está bien, míreme! —gritaba Denísov, que no se quedaba en su sitio e iba y venía en su caballo por delante del escuadrón.

El rostro chato y de cabellos negros de Vaska Denísov y toda su pequeña y maciza figura, con su mano nudosa de dedos cortos y cubierta de pelo con la que empuñaba el sable desenvainado, era exactamente igual que siempre, especialmente igual que por las tardes, después de haberse bebido dos botellas. Solamente estaba algo más rojo que de costumbre, y echando su desgreñada cabeza hacia arriba, como los pájaros cuando cantan, clavando sin piedad con sus cortas piernas las espuelas en los flancos de su buen Beduin, cabalgó hacia el otro flanco del escuadrón como si cayera hacia atrás y gritó con voz ronca que revisaran las pistolas. Al pasar miró al apuesto oficial que cerraba el regimiento Peronski y se volvió apresuradamente.

Peronski resultaba muy apuesto con su chaqueta de húsar y sobre su caballo que valía miles de rublos. Pero su hermoso rostro estaba pálido como la nieve. Su potro pura sangre, venteando los terribles ruidos sobre la cabeza, pertenecía a esa raza de caballos bravos y domados que tanto gustan a niños y húsares. El animal resollaba haciendo tintinear las cadenas y los anillos del bocado y golpeaba con la delgada y musculosa pata en la tierra y en ocasiones, sin alcanzarla, pateaba en el aire, volviéndose bien a la derecha bien a la izquierda, soltando el bocado con su delgada cabeza, mirando de reojo con sus negros ojos saltones e inyectados en sangre a su jinete. Denísov le dio la espalda enfadado y se dirigió hacia Kirsten, el capitán se acercó al paso amplio y pausado de su yegua al encuentro de Denísov. El capitán, con sus largos bigotes, estaba serio, como de costumbre, solo los ojos le brillaban más que de costumbre.

—¿Qué? —le dijo a Denísov—. La cosa no llegará a un ataque. Ya verás cómo nos mandan volver atrás.

—¡El demonio sabrá lo que hacen! —gritó Denísov—. ¡Ah, Rostov! —le gritó al cadete al reparar en él—. Te esperaba. —Y sonrió con aprobación, visiblemente alegre de ver al cadete.

Rostov se sentía totalmente feliz. En ese momento el mando se dejó ver en el puente. Denísov galopó hasta él.

—¡Su Excelencia! ¡Permítanos atacar! ¡Los pondré en fuga!

—¿De qué ataque habla? —dijo el mando con voz aburrida, frunciendo el ceño como a causa de una molesta mosca—. ¿Y por qué están aquí? ¿No han visto que las defensas laterales se han retirado? Haga retroceder al escuadrón.

El escuadrón atravesó el puente y salió de debajo del fuego sin perder ni a un solo hombre. Tras él pasó un segundo escuadrón, que se encontraba en la línea de fuego y finalmente los últimos cosacos despejaron la otra orilla.

IX

Dos escuadrones de los húsares de Pavlograd, que habían cruzado el puente, regresaron uno tras otro hacia la montaña. El comandante del regimiento, Karl Bogdánovich Schubert, se acercó al escuadrón de Denísov y fue al paso cerca de Rostov sin prestarle ni la más mínima atención, a pesar de que después de su enfrentamiento a causa de Telianin era la primera vez que se veían. Rostov, sintiéndose en el frente en poder de ese hombre ante el que ahora se consideraba culpable, no apartaba la mirada de la atlética espalda, el rubio cogote y el cuello rojo del comandante del regimiento. A Rostov le parecía que Bogdanich solamente fingía no reparar en él y que todo su objetivo era comprobar el valor del cadete y él se erguía y miraba alegremente; le parecía que Bogdanich iba cerca de él a propósito para demostrar a Rostov su valentía. Pensaba que su rival enviaba a propósito al escuadrón a un ataque desesperado para castigarle a él, Nikolai. O bien pensaba que después del ataque se acercaría y le alargaría a él, que se encontraría herido, magnánimamente una mano reconciliadora.

La conocida, para los húsares de Pavlograd, figura de hombros alzados de Zherkov se acercó al comandante del regimiento. Zherkov no se quedó en el regimiento después de su expulsión del Estado Mayor, diciendo que no era tonto para ir tirando en el frente, cuando en el Estado Mayor, sin hacer nada, se consiguen más distinciones, y supo conseguir ponerse a las órdenes del príncipe Bagratión. Fue a ver a su antiguo superior con una orden del jefe de la retaguardia.

—Comandante —dijo él con su lúgubre seriedad dirigiéndose al rival de Nikolai Rostov y mirando a sus compañeros—, ordenan que se detengan y que incendien el puente.

—¿Quién lo ordena? —dijo con aire sombrío el comandante.

—Yo ya ni sé *quién lo ordena*, comandante —respondió seria y tímidamente el cornette—. A mí solamente me ha ordenado el príncipe: «Acércate y dile al comandante que vuelvan rápidamente los húsares e incendien el puente».

Tras Zherkov un oficial del séquito se acercó al comandante de húsares con la misma orden. Tras el oficial del séquito, montado en un caballo cosaco que con esfuerzo conseguía llevarle al galope, llegó el grueso Nesvitski.

—Cómo es posible, comandante —gritó él antes aún de detenerse—, le dije que tenía que incendiar el puente y alguien se ha confundido y allí están todos locos, no se entiende nada.

El comandante detuvo tranquilamente el regimiento y le dijo a Nesvitski:

—Usted me ha hablado de materiales inflamables —dijo él—, pero no me ha dicho nada de quemar el puente.

—Pero cómo que no, padrecito —comenzó a decir, deteniéndose, Nesvitski, quitándose la gorra y echándose hacia atrás con la gordezuela mano los cabellos mojados de sudor—, cómo no le voy a decir que hay que quemar el puente cuando estén dispuestos los materiales inflamables.

—¡Yo no soy su «padrecito», señor oficial del Estado Mayor, y usted no me ha dicho que tenga que quemar el puente! Conozco el servicio y tengo por costumbre cumplir firmemente las órdenes. Usted me dijo que se quemaría el puente, pero yo no soy el espíritu santo para saber…

—Bueno, siempre igual —dijo Nesvitski, dándolo por imposible.

—¿Qué haces tú aquí? —le dijo a Zherkov.

—Lo mismo que tú. Pero estás empapado, ven que te escurra.

—Usted dijo, señor oficial del Estado Mayor —continuó el comandante con tono ofendido…

—Comandante —interrumpió el oficial del séquito—, hay que darse prisa o de lo contrario el enemigo acercará sus cañones a tiro de metralla.

El comandante miró en silencio al oficial del séquito, al grueso oficial del estado mayor, a Zherkov y frunció el ceño.

—Incendiaré el puente —dijo él en tono solemne, como si, a pesar de todos los disgustos a los que le sometían, demostrara de esa forma su magnanimidad.

Espoleando con sus largas y musculosas piernas al caballo, como si este fuera culpable de todo, el comandante avanzó hasta ponerse al frente del segundo escuadrón, el mismo en el que servía Rostov bajo las órdenes de Denísov, y le ordenó volver atrás hacia el puente.

«Aquí está —pensó Rostov—, ¡quiere probarme! —Sintió una opresión en el corazón y la sangré le afluyó a la cara—. Que vea si soy un cobarde.»

De nuevo en todos los alegres rostros de la gente del escuadrón apareció ese serio rasgo que tenían cuando se encontraban frente a los cañones.

Nikolai no apartaba la vista de su rival, el comandante del regimiento, ansiando encontrar en su rostro la confirmación de sus conjeturas; pero el comandante no miró ni una sola vez a Nikolai y parecía, como siempre en el frente, severo y solemne. Se escuchó la orden.

—¡Rápido! ¡Rápido! —se escucharon unas cuantas voces cerca de él. Sujetando el sable por la empuñadura, haciendo tintinear las espuelas y apresurándose, los húsares desmontaron sin saber ellos mismos lo que iban a hacer. Los húsares se santiguaron. Rostov ya no miraba al comandante, no tenía tiempo. Temía, con el alma en vilo, retrasarse de los húsares. Le temblaba la mano cuando entregó el caballo a un soldado y sintió que la sangre le afluía a trompicones al corazón. Denísov, arrojándose hacia delante y gritando algo, iba a su lado. Nikolai no veía nada aparte de los húsares que corrían a su lado, enganchándose con las espuelas y haciendo tintinear los sables.

—¡Una camilla! —gritó la voz de alguien a sus espaldas. Rostov no pensó en lo que significaba la necesidad de una camilla, corría, tratando únicamente de ser el primero de todos, pero en el mismo puente, él, que no miraba el suelo que pisaba, cayó de manos en el pegajoso barro pisoteado. Otros le adelantaron.

—Por *ambos* lados, capitán —se escuchó la voz del comandante del regimiento que habiéndose acercado se encontraba a caballo cerca del puente, con rostro solemne y alegre.

Rostov, limpiándose las sucias manos en el pantalón, miró a su rival y quiso correr más allá, suponiendo que cuanto más avanzara, mejor. Pero Bogdanich, a pesar de que ni miró ni reconoció a Rostov, le gritó:

—¿Quién corre por medio del puente? ¡Al lado derecho! ¡Cadete, atrás! —gritó enfadado.

Ni siquiera entonces reparó Karl Bogdánovich en él, en cambio se dirigió a Denísov, que haciendo alarde de valor galopaba por el puente.

—¡Para qué arriesgar, capitán! Debería desmontar —dijo el comandante.

—¡Bah! Siempre buscando un culpable —respondió Vaska Denísov, volviéndose sobre la silla.

Entretanto Nesvitski, Zherkov y el oficial del séquito se encontraban juntos fuera del alcance de los disparos y miraban bien a ese pequeño grupo de personas con chacós amarillos, guerreras verde oscuro, con las charreteras bordadas y los pantalones de montar azules, que pululaban por el puente, bien a los capotes azules que se acercaban en la lejanía y los grupos con los caballos que eran fácilmente identificables como baterías.

«¿Quemarán o no quemarán el puente? ¿Qué será antes? ¿Alcanzarán a llegar corriendo y a quemarlo o llegarán antes los franceses a tenerles a tiro y les aniquilarán?» Con el corazón en vilo se hacían involuntariamente estas preguntas todos los soldados del gran grupo que se encontraba sobre el puente y miraban bajo la clara luz del sol al puente y a los húsares y al otro lado a los capotes azules que avanzaban con las bayonetas y las baterías.

—¡Oh! ¡Van a golpear duro a los húsares! —decía Nesvitski—. No están lejos de tenerles a tiro ahora.

—En vano ha mandado a tanta gente —dijo el oficial del séquito.

—En realidad —dijo Nesvitski—, hubiera bastado con mandar a dos buenos soldados

—Ah, Excelencia —intervino Zherkov, sin apartar la vista de los húsares, pero sin abandonar su tímida actitud, que impedía adivinar si hablaba en serio o no—. Ah, Excelencia, ¡qué dice! ¿Mandar solo dos soldados? ¿Y quién nos daría a nosotros la medalla de San Vladimir con la banda? De este modo aunque les den una paliza puede proponerse a todo el escuadrón para una condecoración y que todos reciban una banda. Nuestro Bogdanich sabe lo que se hace.

—Bueno —dijo el oficial del séquito—, eso es metralla. —Señaló a las baterías francesas que se colocaban en posición de tiro.

—Solo quieren asustarnos —continuó Zherkov—, y me parece que hasta nosotros nos encontrábamos bajo el fuego.

En ese momento en la parte francesa, en los grupos en los que estaban las baterías, de nuevo se pudo ver una, dos, tres columnas de humo casi al mismo tiempo, en el instante en el que se oía la detonación del primer disparo, se pudo ver el cuarto. Dos detonaciones, una tras otra y una tercera.

—¡Oh, oh! —gimió Nesvitski, como a causa de un abrasador dolor, agarrando al oficial del séquito del brazo—. Mire, ha caído uno, ha caído, ha caído.

—Me parece que son dos.

—Si yo fuera zar nunca haría la guerra. ¿Y por qué tardan tanto?

Las baterías francesas volvieron a cargar apresuradamente. La infantería se acercaba corriendo al puente. De nuevo, pero a diferentes intervalos, se vieron las columnas de humo y la metralla repiqueteó y repiqueteó por el puente. Pero en esa ocasión Nesvitski no pudo ver qué sucedía allí. Del puente se elevaba un espeso humo. Los húsares tuvieron tiempo de incendiar el puente y las baterías francesas dispararon sobre ellos ya no para impedírselo, sino porque los cañones estaban cargados y tenían sobre quién disparar. Los franceses tuvieron tiempo de hacer tres disparos de metralla antes de que los húsares volvieran a recoger los caballos. Dos disparos no acertaron y se perdieron, pero el tercero cayó en medio de un grupo de húsares y causó tres bajas.

Nikolai Rostov, preocupado por sus relaciones con Bogdanich, se detuvo en el puente sin saber qué hacer. No había a quién asestar sablazos (como él siempre se había imaginado las batallas) y tampoco podía ayudar en el incendio del puente porque no había cogido, como otros soldados, un manojo de paja. Estaba de pie y miraba alrededor cuando de pronto tableteó sobre el puente algo parecido a nueces desparramándose y uno de los húsares, el que tenía más cerca, cayó con un gemido sobre la barandilla. Nikolai, junto con otros, se acercó a él. Alguien de nuevo gritó: «Una camilla». Cuatro hombres sujetaron al húsar e intentaron levantarle.

—¡Ohhhhhhh! Dejadme, por el amor de Dios —gritó el herido, pero de todos modos le levantaron y le colocaron en la camilla. Se le cayó la gorra. La recogieron y la echaron en la camilla. Nikolai Rostov se dio la vuelta como si estuviera buscando algo y se puso a mirar a lo lejos, a las aguas del Danubio, al cielo, al sol. ¡Qué bien se veía el cielo, qué azul, qué tranquilo y profundo! ¡Qué brillante y majestuoso el sol poniente! ¡Qué dulces y lustrosas brillaban las aguas en el lejano Danubio! Y aún eran mejores las montañas azules que se encontraban detrás de él, el convento, los misteriosos desfiladeros, los bosques cubiertos de niebla hasta las copas de los árboles… allí todo era silencio y felicidad… «Nada más, nada más hubiera deseado, si hubiera estado allí», pensó Nikolai. «En mí mismo y en ese sol hay tanta felicidad y sin embargo aquí… gemidos, sufrimiento, temor y esta confusión y esta prisa… De nuevo gritan algo y de nuevo todos se ponen a correr hacia atrás y yo corro con ellos y aquí está ella, aquí esta la muerte sobrevolándome, alrededor de mí… un instante y ya no veré nunca más este sol, esta agua, esos desfiladeros…» En ese instante el sol comenzó a ocultarse tras las nubes; ante Nikolai aparecieron otras camillas. Y el miedo a la muerte y a las camillas y el amor al sol y a la vida se fundieron en una sensación de inquietud y desasosiego.

—¡Señor, Dios mío que estás en el cielo, sálvame, perdóname y protégeme! —murmuró para sí Nikolai.

Los húsares se acercaron hacia los caballos, las voces se hicieron más altas y tranquilas, las camillas desaparecieron de la vista.

—Qué, hermano, ¿has olido la pólvora?... —le gritó al oído la voz de Vaska Denísov.

«Todo ha terminado, pero soy un cobarde, sí, soy un cobarde», pensó Nikolai, y suspirando profundamente, tomó de las manos del soldado las riendas de su Gráchik que apartaba una pata, y montó.

—¿Qué era eso, metralla? —le preguntó a Denísov.

—¡Sí, y menuda! —gritó Denísov—. ¡Un trabajo excelente! ¡Pero ha sido una acción miserable! Un ataque es otra cosa, en un ataque te exaltas completamente, te olvidas hasta de ti mismo, y sin embargo aquí el diablo sabe que te disparan como a una diana.

Y Denísov se alejó hacia el cercano grupo en el que se encontraba el comandante del regimiento, Nesvitski, Zherkov y el oficial del séquito.

«Sin embargo parece que nadie se ha dado cuenta», pensó Rostov para sí. Y realmente nadie se había dado cuenta de nada, porque todos estaban familiarizados con el sentimiento que experimentaba un cadete sin foguear en su primera acción.

—Ahora tendrán una sorpresa —dijo Zherkov—; ya verás cómo me ascienden a subteniente.

—Informe al príncipe de que he quemado el puente —dijo el comandante solemne y alegremente.

—¿Y si pregunta por las bajas?

—¡Insignificantes! —dijo en voz baja el comandante—. Dos húsares heridos y uno muerto en el acto —dijo él con visible alegría, sin poder contener una sonrisa de felicidad pronunciando sonoramente la hermosa expresión «muerto en el acto».

X

Perseguido por el ejército francés constituido de centenares de miles de soldados bajo el mando de Bonaparte y encontrándose con la actitud hostil de los habitantes de la zona, sin confiar ya en sus aliados y padeciendo falta de víveres, obligado a actuar alejándose de todas las condiciones previstas para la guerra, el ejército ruso compuesto por treinta y cinco mil hombres bajo el mando de Kutúzov descendía apresuradamente por el Danubio, deteniéndose cuando le alcanzaba el enemigo y defendiéndose con acciones de retaguardia, lo necesario para poder retroceder sin perder su cargamento. Hubo acciones en Lambach, Amstetten y Melk, pero a pesar de la valentía y la resistencia, reconocida por los propios franceses, con la que peleaban los rusos, la consecuencia de estas acciones era solo una retirada aún más rápida. Las tropas austríacas, que habían logrado escapar de la capitulación de Ulm y unirse con Kutúzov en Braunau, se habían separado ahora del ejército ruso y a Kutúzov solo le quedaban sus débiles y extenuadas fuerzas. No se podía siquiera pensar en seguir defendiendo Viena. En lugar del plan ofensivo, hondamente urdido bajo las reglas de la nueva disciplina de estrategia militar que fue transmitido a Kutúzov por el Consejo Superior de Guerra austríaco durante su estancia en Viena, el único objetivo, casi inalcanzable, que se le presentaba ahora a Kutúzov consistía en, sin perder el ejército, como Mack en Ulm, unirse con las tropas provenientes de Rusia.

El 28 de octubre, Kutúzov pasó con su ejército a la orilla izquierda del Danubio y se detuvo por primera vez situando el Danubio entre sus tropas y las principales fuerzas francesas. El día 30 atacaba la división Mortier que se encontraba en la orilla izquierda del Danubio y la derrotaba. En esta acción por primera vez se consiguieron trofeos: banderas, cañones y dos generales enemigos. Por primera vez, después de dos semanas de retirada, las tropas rusas se detenían y después de la lucha no solo mantenían su posición sino que expulsaban a los franceses. A pesar de que las tropas estaban mal vestidas, exhaustas, reducidas a una tercera parte a causa de los rezagados, los heridos, los muertos y los enfermos; a pesar de que se había dejado en la otra orilla del Danubio a heridos y enfermos con una carta de Kutúzov que los encomendaba a la humanidad del enemigo; a pesar de que la mayoría de los hospitales y de las casas en Krems, transformadas en hospitales, no podían albergar a más enfermos y heridos, a pesar de todo esto, la parada en Krems y la victoria sobre Mortier levantaron sustancialmente la moral de las tropas. Por todo el ejército y hasta en el cuartel general corrían los rumores más alegres, aunque inciertos, sobre el ficticio acercamiento de columnas de Rusia, sobre alguna victoria conquistada por los austríacos y sobre la retirada de un asustado Bonaparte.

El príncipe Andréi se encontraba durante la batalla junto al general austríaco Schmidt, muerto en esta acción. Su caballo había sido herido y a él una bala le había rozado el brazo. Como una especial gracia del comandante en jefe fue mandado a informar de la noticia de esta victoria a la corte austríaca, que ya no se encontraba en Viena, amenazada por el ejército francés, sino en Brünn. La noche de la batalla, agitado, pero no cansado (a pesar de su aspecto débil, el príncipe Andréi podía soportar el cansancio físico mucho mejor que los más fuertes soldados), habiendo llevado a caballo el informe de Dójturov para Kutúzov que se encontraba en Krems, el príncipe Andréi fue enviado esa misma noche como correo a Brünn. El ser designado correo, aparte de las condecoraciones, significaba un importante paso para el ascenso. Habiendo recibido el despacho, la carta y los recados de los compañeros, el príncipe Andréi de noche, a la luz de los faroles, salió al porche y se sentó en la carretela.

—Bueno, hermano —dijo Nesvitski, saliendo con él y abrazándole—, lo primero es que salude de mi parte a María Teresa.

—Como hombre de honor te digo —respondió el príncipe

Andréi—, que si no me dieran nada me daría igual. Soy tan feliz, tan feliz… de poder llevar tales noticias… de lo que yo mismo he visto… tú me comprendes.

Esa estimulante sensación de peligro y de conciencia del propio valor que experimentara el príncipe Andréi durante la batalla estaba reforzada por la noche sin dormir y por el encargo de viajar a la corte austríaca. Era otro hombre, animado y afable.

—Bueno, que Dios te acompañe…

—Adiós, alma mía. Adiós, Kozlovski.

—Besa de mi parte la linda mano de la baronesa Zaifer. Y trae una botellita de Cordial si te queda sitio —dijo Nesvitski.

—La traeré y la besaré.

—Adiós.

Chasqueó el látigo y la carretela se lanzó al galope por el oscuro y embarrado camino al lado de las hogueras del ejército. La noche era oscura, estrellada, el camino negreaba entre la blanca nieve, caída en la víspera, el día de la batalla. Bien movido por la sensación de la pasada batalla, bien imaginándose alegremente la impresión que iba a causar la noticia de la victoria, recordando los recados del comandante en jefe y de los compañeros, el príncipe Andréi experimentaba la sensación de una persona que ha estado esperando durante mucho tiempo y que finalmente ha conseguido el comienzo de una ansiada felicidad. Tan pronto como cerraba los ojos resonaban en sus oídos los fusiles y los cañones, que se mezclaban con el chirrido de las ruedas y la sensación de victoria. O bien se imaginaba a los rusos huyendo y a él mismo muerto, cuando de pronto se despertaba como si de un sueño se tratara reparando con alegría en que bien al contrario eran los franceses los que habían huido. De nuevo recordaba todos los detalles de la victoria, su tranquila virilidad durante la batalla y tranquilizándose se adormecía… Después de la oscura noche estrellada comenzó una despejada y alegre mañana. La nieve se fundía bajo el sol, los caballos cabalgaban rápidamente y pasaban indiferentes a derecha e izquierda variados bosques, campos y aldeas.

En una de las estaciones alcanzó a un carro de soldados rusos heridos. El oficial ruso que conducía el transporte, echado sobre el primer carro, gritaba algo, regañando con fuertes palabras a un soldado. En las largas carretas alemanas que traqueteaban por el camino empedrado iban de seis en seis los más pálidos, sucios y vendados soldados. Algunos conversaban (pudo escuchar las conversaciones en ruso), otros comían pan, los más graves, en silencio, miraban con agitada y tierna felicidad infantil al correo que pasaba al galope.

«¡Pobres desdichados! —pensó el príncipe Andréi—, y sin embargo son necesarios...» Ordenó detenerse y le preguntó al soldado en qué acción habían sido heridos.

—Antes de ayer en el Danubio —respondió el soldado. El príncipe Andréi sacó su bolsa y le dio tres monedas de oro al soldado.

—Para todos —añadió él, dirigiéndose al oficial que se acercaba—. Mejoraos, muchachos —le dijo a los soldados—, aún hay mucho trabajo que hacer.

—¿Qué noticias hay, señor ayudante de campo? —preguntó el oficial que evidentemente quería entablar conversación.

—¡Buenas! ¡Adelante! —le gritó él al cochero y siguió adelante. Ya era completamente de noche cuando el príncipe Andréi llegó a Brünn y se vio rodeado de altas casas, de las luces de las tiendas y de las ventanas, de las casas y de los faroles, de hermosos coches que rechinaban por los puentes y de toda esa atmósfera de una gran ciudad llena de vida que resultaba siempre tan seductora para un militar después de la vida de campaña. El príncipe Andréi, a pesar del rápido viaje y de la noche sin dormir, al acercarse al palacio se sentía aún más animado que la víspera. Solo sus ojos brillaban con brillo febril y su pensamiento fluía con una excepcional rapidez y claridad. Todos los detalles de la batalla acudían a su mente muy vivamente, ya no de manera confusa, sino muy claramente en la sucinta exposición que para el emperador Francisco había urdido en su imaginación. Vislumbraba muy vivamente el rostro del emperador y todas las posibles preguntas que le pudiera hacer y las respuestas que daría. Suponía que en ese mismo momento se presentaría ante el emperador. Pero en la amplia puerta principal del palacio salió a su encuentro un funcionario y al ver que era un correo le condujo hasta otra puerta.

—Por el pasillo a la derecha; allí, Excelencia, encontrará al ayudante de campo del emperador que se encuentra de guardia. Él le llevará a ver al ministro de la Guerra.

El ayudante de campo de guardia, al encontrarse con el príncipe Andréi, le pidió que esperara y fue a ver al ministro de la Guerra. Cinco minutos después volvió el ayudante y con una particular cortesía se inclinó y, dejando pasar delante al príncipe Andréi, le acompañó por el pasillo hasta el despacho donde se encontraba el ministro de la Guerra. El ayudante de campo del emperador, con su rebuscada cortesía, parecía querer protegerse de cualquier intento de familiaridad por parte del ayudante de campo ruso. El alegre sentimiento del príncipe Andréi se debilitó sensiblemente cuando se acercó a la puerta del despacho del ministro de la Guerra. Se sentía ofendido y como siempre ocurría en su orgulloso espíritu, la sensación de ofensa se transformó en ese mismo instante, sin que él mismo lo advirtiera, en un sentimiento de desprecio, completamente carente de fundamento. Su agudo ingenio le sugirió el punto de vista desde el que podía tener derecho a despreciar al ayudante de campo y al ministro de la Guerra. «A ellos les debe resultar muy fácil alcanzar una victoria sin haber olido la pólvora», pensó él. Entornó despreciativamente los ojos, dejó caer inertes los miembros y arrastrando los pies como si le pesaran entró en el despacho del ministro de la Guerra. Su sentimiento de desprecio se reforzó aún más cuando vio al ministro de la Guerra, sentado en la gran mesa y que durante los primeros dos minutos no prestó atención al recién llegado. El ministro de la Guerra leía con su calva cabeza con cabellos grises en las sienes agachada entre dos velas apuntando algo en un papel. Dejó de leer, sin levantar la cabeza, en el momento en el que se abrió la puerta y se escucharon unos pasos.

—Tome esto y envíelo —dijo el ministro de la Guerra a su ayudante, dándole unos papeles y sin prestar atención al correo.

El príncipe Andréi sintió que o bien de todos los asuntos que ocupaban al ministro de la Guerra las acciones del ejército de Kutúzov eran las que menos podían interesarle o bien eso era lo que quería que pensara el correo ruso. «Pero me da igual», pensó él. El ministro de la Guerra se acercó el resto de los papeles, los ordenó, juntando los extremos y levantó la cabeza. Tenía una faz inteligente y con carácter, pero en el instante en el que se dirigió al príncipe Andréi, la expresión firme e inteligente del rostro del ministro de la Guerra cambió de manera habitual y premeditada y en su rostro apareció la sonrisa estúpida y falsa, que no ocultaba su falsedad, de una persona que está acostumbrada a recibir peticiones una detrás de otra.

—¿Del general en jefe Kutúzov? —preguntó él—. Espero que sean buenas noticias. ¿Hubo enfrentamiento con Mortier? ¿Victoria? ¡Ya era hora!

Tomó el despacho que estaba a su nombre y comenzó a leerlo con una expresión triste.

—¡Oh, Dios mío, Dios mío! ¡Schmidt! —dijo él en alemán—. ¡Qué desgracia, qué desgracia! —Habiendo leído rápidamente el despacho, lo dejó en la mesa y miró al príncipe Andréi evidentemente reflexionando.

—¡Ah, qué desgracia! ¿Dice usted que ha sido una acción decisiva? Sin embargo no se ha apresado a Mortier. —Se paró a pensar—. Estoy muy contento de que haya traído buenas noticias, aunque la muerte de Schmidt es un alto precio por una victoria.

—Su Alteza seguramente deseará verle, pero no hoy. Le doy las gracias, vaya a descansar. Esté mañana a la salida después del desfile. De todas maneras le avisaré.

La estúpida sonrisa que había desaparecido durante la conversación apareció de nuevo en el rostro del ministro de la Guerra.

—Hasta la vista, le estoy muy agradecido. Su Alteza el emperador seguramente querrá verle —repitió él e hizo una inclinación de cabeza.

El príncipe Andréi salió a la antesala. Allí había dos ayudantes de campo que hablaban entre ellos, evidentemente de algo que no tenía nada que ver con la llegada del príncipe Andréi. Uno de ellos se levantó con desgana y con esa misma ofensiva cortesía le pidió que escribiera su graduación, nombre y dirección en un libro que le daba. El príncipe Andréi cumplió sus deseos y sin mirarle salió de la antesala.

Cuando salió del palacio sintió que todo el interés y la felicidad que le habían causado la victoria le habían abandonado y se habían quedado en las indiferentes manos del ministro de la Guerra y del cortés ayudante de campo. Todo su pensamiento cambió instantáneamente, la batalla le pareció un recuerdo antiguo y lejano; los asuntos inmediatos e interesantes pasaron a ser la recepción del ministro de la Guerra, la cortesía del ayudante y el inminente encuentro con el emperador.

XI

El príncipe Andréi fue a casa del diplomático ruso Bilibin. Un alemán, criado del diplomático, reconoció al príncipe Andréi que se albergó en casa de Bilibin durante su estancia en Viena y al encontrarse con él comenzó a hablar con locuacidad.

—Herr Von Bilibin tuvo que dejar su piso en Viena. ¡Maldito Bonaparte —decía el criado del diplomático—, cuánta desgracia, cuántas pérdidas y cuánto desorden ha traído!

—¿Se encuentra bien el señor Bilibin? —preguntó el príncipe Andréi.

—No del todo, aún no sale de casa, pero se alegrará mucho de verle. Por aquí, por favor. Le llevarán sus cosas. ¿El cosaco se queda aquí? Mire, por ahí viene.

—Ah, mi querido príncipe, no podía tener una visita más grata —dijo Bilibin saliendo a su encuentro—. Franz, que lleven las cosas del príncipe a mi habitación. ¿Qué, enviado como mensajero de la victoria? Estupendo. Yo me repongo de mi enfermedad, como puede ver.

—Sí, mensajero de la victoria —respondió el príncipe Andréi, pero parece que no muy deseado.

—Bueno, si no está muy cansado, cuénteme después de la cena sus grandes proezas —dijo Bilibin sentándose en un sofá camilla en la esquina de la chimenea, cuando el príncipe Andréi, lavado y cambiado de ropa, entró en el lujoso despacho del diplomático y se sentó ante la comida que estaba ya preparada—. Franz, coloca bien la pantalla, sino el príncipe tendrá calor.

El príncipe Andréi, no solo tras su viaje, sino tras toda la campaña durante la cual se había visto privado de todas las comodidades de la limpieza y de la elegancia de la vida, experimentaba una agradable sensación de descanso en medio de tan lujosas condiciones de vida a las que estaba acostumbrado desde su infancia. Aparte de esto le resultaba agradable después del recibimiento austríaco hablar, aunque no en ruso (hablaban en francés), pero con un ruso que sabía que compartía su aversión (que ahora experimentaba con mayor intensidad) hacia los austríacos. Solo le resultó desagradable que Bilibin escuchara su relato casi con la misma incredulidad e indiferencia, con la que le había escuchado el ministro de la Guerra austríaco.

Bilibin era un hombre de unos treinta y cinco años, soltero, de la misma clase que el príncipe Andréi. Ya se conocían en San Petersburgo, pero habían afianzado su relación con motivo del último viaje del príncipe Andréi a Viena, en compañía de Kutúzov. Bilibin le pidió, con ocasión de su viaje a Viena, que se alojara en su casa sin discusión. Si el príncipe Andréi era un joven que prometía llegar lejos en la carrera militar, tanto más prometía Bilibin en la carrera diplomática. Todavía era un hombre joven, pero no era un diplomático inexperto, dado que había comenzado sus servicios cuando tenía dieciséis años, había estado en París, en Copenhague y ahora en Viena, y ocupaba un puesto bastante relevante. Tanto el canciller como nuestro embajador en Viena le conocían y le apreciaban. No formaba parte del gran número de diplomáticos que están obligados a tener solamente virtudes negativas, a no hacer cosas notorias y a hablar en francés, para ser un muy buen diplomático. Era uno de esos diplomáticos que saben y aman trabajar y a pesar de su holgazanería, en ocasiones pasaba la noche sentado en su escritorio. Él trabajaba igualmente bien, fuera en lo que fuese en lo que consistiera la esencia del trabajo. No le interesaba la pregunta «¿Por qué?» sino la pregunta «¿Cómo?». En qué consistiera el trabajo diplomático le daba igual, pero encontraba un gran placer en elaborar hábiles, precisas y elegantes circulares, memorándums o informes. Los méritos de Bilibin se podían apreciar aún más que en sus composiciones escritas en el arte que tenía para desenvolverse y hablar en las altas esferas. Bilibin amaba la conversación lo mismo que amaba el trabajo, solo cuando la conversación podía ser elegantemente aguda. En sociedad siempre esperaba la ocasión de decir algo notable y poder tomar parte en la conversación siempre de ese modo. La conversación de Bilbin estaba cuajada de frases originales y agudas de interés general. Estas frases se preparaban dentro del laboratorio de Bilibin y salían como si fuera a propósito en tamaño de bolsillo para que la gente simple de sociedad pudieran recordarlas cómodamente y las llevaran de salón en salón. Y realmente los juicios de Bilibin se extendían por todos los salones de Viena, se repetían con frecuencia y con frecuencia influían en los así llamados asuntos importantes.

Su delgado, agotado y excepcionalmente pálido rostro estaba completamente cubierto de gruesas y tempranas arrugas que parecían siempre tan pulcras y cuidadosamente lavadas como las yemas de los dedos después del baño. El movimiento de esas arrugas constituía el principal juego de su fisonomía. Se agrupaban en amplios pliegues en la frente cuando elevaba las cejas y cuando las bajaba se formaban gruesas arrugas en sus mejillas. Los pequeños y hundidos ojos siempre miraban directa y alegremente.

En todo su rostro, en su figura y en el sonido de su voz, a pesar del refinamiento de su ropa, sus refinadas maneras y el elegante francés con el que se expresaba, se reflejaban vivamente los rasgos de un ruso.

Bolkonski, del modo más modesto, olvidado por completo de sí mismo, le relató la acción y el recibimiento del ministro de la Guerra.

—Me han recibido llevando semejantes noticias como se recibe a un perro en un juego de bolos —concluyó él.

Bilibin sonrió maliciosamente y los pliegues de su piel se relajaron.

—Sin embargo, querido mío —dijo él alejando un dedo para mirarse la uña y de nuevo arrugando la piel bajo el ojo izquierdo—, con todo mi respeto hacia el *ejército ortodoxo*, yo opino que su victoria no es de las más brillantes.

Siguió hablando en el mismo francés pronunciando en ruso solo las palabras que quería subrayar despectivamente.

—¿Cómo es eso? ¿Acometen con toda su masa contra el infeliz de Mortier que contaba con una sola división y este se les escapa de las manos? ¿Dónde está la victoria?

—Sin embargo, hablando en serio —respondió el príncipe Andréi apartando el plato—, podemos de todos modos decir sin jactancia que esto ha sido un poco mejor que lo de Ulm.

—¿Y por qué no han apresado un mariscal, aunque solo fuera uno?

—Porque no todo sale como se planea y porque no todo es tan normal como en un desfile. Pensábamos, como le he dicho, tomar la retaguardia a las siete de la mañana, pero no llegamos hasta las cinco de la tarde.

—¿Y por qué no llegaron a las siete de la mañana? Debían haber llegado a las siete de la mañana —dijo Bilibin sonriendo—, era necesario llegar a las siete de la mañana.

—¿Y por qué no sugirieron a Bonaparte por vía diplomática que era mejor que desocupara Génova? —preguntó el príncipe Andréi en el mismo tono.

—Ya sé —interrumpió Bilibin— que usted piensa que es muy fácil apresar mariscales, sentado en un diván frente a la chimenea. Es cierto, pero de todos modos, ¿por qué no le apresaron? Y no se sorprenda de que no solamente el ministro de la Guerra sino el augusto emperador y el rey Francisco no se sientan demasiado felices con su victoria, incluso yo, un infeliz secretario de la embajada francesa, no siento ningún necesidad de, en señal de alegría, dar a mi Frantz un taler y dejarle que se vaya a celebrar con su amiguita en el Prater… aunque aquí no hay Prater.

Miró directamente al príncipe Andréi y de pronto relajó la piel recogida en la frente.

—Ahora es mi turno de preguntarle a usted «por qué», querido —dijo Bolkonski—. Le confieso que no comprendo, puede ser que haya en esto un refinamiento diplomático superior a mi débil conocimiento, pero no lo comprendo. Mack pierde todo su ejército, el archiduque Fernando y el archiduque Carlos no dan ninguna señal de vida y cometen error tras error y al final Kutúzov es el único que consigue una verdadera victoria, deshace el maleficio de los franceses y al ministro de la Guerra ni siquiera le interesa conocer los detalles.

—Precisamente por eso, querido, tome un pedazo más de asado, no hay más platos.

—Gracias.

—Vea, querido mío. ¡Hurra! ¡Por el zar, por Rusia y por la fe! Todo esto es precioso y está muy bien, pero ¿qué nos importan a nosotros, es decir, a la corte austríaca, sus victorias? Tráiganos buenas noticias sobre la victoria del archiduque Carlos o Fernando, lo mismo es un archiduque que otro, como usted sabe, aunque sea sobre una compañía de bomberos comandada por Bonaparte, y ya sería otra cosa y lanzaríamos salvas. Pero esto otro, que parece hecho a propósito, solo puede irritarnos. El archiduque Carlos no hace nada, el archiduque Fernando se cubre de vergüenza, ustedes abandonan Viena, ya no la defienden, como si nos dijeran: quedad con Dios, y que Dios os proteja a vosotros y a vuestra capital; ponen bajo el fuego al único general al que todos apreciamos, Schmidt, ¡y nos felicitan por la victoria!... Toman prisioneros un par de desertores disfrazados de generales bonapartistas. Estará de acuerdo conmigo en que no se puede imaginar algo más irritante que la noticia que usted trae. Es como si fuera hecho aposta, como si fuera aposta. Además, aunque hubieran conquistado una victoria verdaderamente brillante, aunque hubiera sido el propio archiduque Carlos el que la hubiera conquistado, ¿en qué cambiaría eso el curso de los acontecimientos? Ahora ya es tarde, cuando Viena está tomada por las tropas francesas.

—¿Cómo que tomada? ¿Viena está tomada?

—No solo está tomada sino que Bonaparte está en Schönbrunn y el conde, vuestro querido conde Wrbna, se dirige allí a recibir órdenes.

Bolkonski, después del cansancio y de la impresión del viaje y el recibimiento y especialmente después cenar, sintió que no comprendía todo el sentido de las palabras que escuchaba.

—Esto ya es otro asunto —dijo él cogiendo un palillo y acercándose a la chimenea.

—Hoy por la mañana ha estado aquí el conde Lichtenfeld —continuó Bilibin—, y me ha enseñado una carta en la que se describe detalladamente el desfile de los militares en Viena. El príncipe Murat y todos los demás... Se dará cuenta de que su victoria no es muy alegre y que no puede ser recibido como un salvador.

—La verdad es que a mí me da todo igual, completamente igual —dijo el príncipe Andréi comenzando a entender que la noticia sobre su victoria en Krems realmente tenía poca importancia a la luz de acontecimientos tales como la toma de la capital de Austria—. Pero ¿cómo es que Viena ha sido tomada? ¿Y el puente y la famosa fortificación y el príncipe Auersperg? Entre nosotros corría el rumor de que el príncipe Auersperg protegía Viena —dijo él.

—El príncipe Auersperg está de este, de nuestro lado del río y nos defiende, yo pienso que muy mal, pero de todos modos nos defiende. Y Viena está en la otra parte. No, el puente todavía no lo han tomado y confío en que no lo tomen porque está minado y se ordenó volarlo. En caso contrario estaríamos hace tiempo en las montañas de Bohemia y usted y su ejército pasarían un mal rato entre dos fuegos.

—Si es así, entonces la campaña ha terminado —dijo el príncipe Andréi.

—Eso es lo mismo que yo pienso. Y aquí piensan así la mayoría de las personas relevantes, aunque no se atrevan a decirlo. Va a suceder lo que yo vaticiné al comienzo de la campaña, que no va a ser su confabulación de Dürrenstein ni tampoco en absoluto la pólvora la que decida el asunto, sino aquellos que lo inventaron —dijo Bilibin, repitiendo una de sus frasecitas, relajando la piel de la frente e interrumpiéndose—. La cuestión no estriba solo en saber qué dirá el encuentro en Berlín del emperador Alejandro y el rey de Prusia. Si Prusia se suma a la alianza, se forzará a Austria y habrá guerra. Si no, entonces la cosa consiste (cómase esa pera, es muy buena) en decidir dónde establecer los preliminares de un nuevo Campo Formio.

—¡Qué genialidad excepcional! —gritó de pronto el príncipe Andréi cerrando su pequeño puño y golpeando con él en la mesa—. ¡Y qué fortuna tiene este hombre!

—¿Buonapart? —dijo interrogativamente Bilibin, frunciendo

el ceño y dando con esto a entender que hablaba en broma—.
¿Buonapart? —dijo él haciendo especial énfasis en la *u*—. Sin embargo yo creo que ahora cuando dispone leyes para Austria desde
Schönbrunn, hay que perdonarle la *u*. Yo decididamente asumo la
innovación y le llamo simplemente Bonapart. ¿Quiere además un
café o no? ¡Frantz!

—No, sin bromas —dijo el príncipe Andréi—, usted está en
disposición de saberlo. ¿Cómo cree que acabará todo esto?

—Esto es lo que pienso. Austria ha resultado burlada y no está
acostumbrada a ello y se tomará el desquite. Ha sido burlada porque, para empezar, las provincias han sido expoliadas (dicen que el
ejército ortodoxo es terrible para el saqueo), el ejército está destrozado, la capital tomada y todo esto por la cara bonita del rey de
Cerdeña.

—¿Se espera al emperador?

—Cualquier día. Nos engañan; mi intuición me dice que hay
relaciones con Francia y proyectos de paz, de una paz secreta, que
se firmará por separado.

—¡Estaría muy bonito! —dijo el príncipe Andréi.

—Si sobrevivimos lo veremos.

Ambos callaron.

Bilibin relajó de nuevo la piel en señal de que la conversación
había terminado.

—¿Y sabe que la última vez que vino conquistó aquí una completa victoria sobre la baronesa Zaifer?

—Y qué, ¿sigue siendo igual de entusiasta? —preguntó el
príncipe Andréi recordando a una de las más agradables mujeres
entre las que había tenido un gran éxito en su viaje a Viena en
compañía de Kutúzov.

—A solas es una mujer y no una dama de sociedad —dijo
bromeando Bilibin—. Mañana iremos a verla. Por usted y por ella
no acataré las órdenes de mi doctor. Hay que pasar lo mejor posible estos días aquí. Aunque el gabinete austríaco y la gente, en

particular las mujeres, no fueran lo especialmente encantadoras que son, seguiría sin haber nada que deseara más que pasar toda mi vida en Viena. Ah, ¿sabe quién frecuenta habitualmente sus veladas? Nuestro Hippolyte Kuraguin. Es la persona más abiertamente estúpida que he visto nunca. Los nuestros se reúnen en mi casa los jueves, y podrá verlos a todos. Pero, bueno, váyase a dormir; veo que se está cayendo de sueño.

Cuando el príncipe Andréi llegó a la habitación que habían preparado para él y se tumbó en las limpias sábanas y sobre la perfumada almohada de plumas calentada, sintió que esa batalla, de la que había llevado noticias, estaba lejos, muy lejos de él. La alianza prusiana, Hippolyte Kuraguin, la baronesa Zaifer, la traición de Austria, el nuevo triunfo de Bonaparte, la salida, el desfile, y la recepción del emperador, ocupaban su pensamiento. Cerró los ojos, pero en ese instante en sus oídos resonaron los cañonazos, los tiroteos, el ruido de las ruedas de los carros y de nuevo una sarta de mosqueteros descienden de la montaña y los franceses disparan y él siente que su corazón se estremece, y avanza junto a Schmidt y las balas silban alegremente a su alrededor y experimenta esa sensación de alegría de vivir multiplicada por diez, que no experimentaba desde la infancia. Se despertó...

—¡Sí, todo eso ha sucedido!... —dijo él felizmente, sonriéndose puerilmente a sí mismo y se durmió profundamente, como un muchacho.

XII

Al día siguiente se despertó tarde. Rememorando las impresiones de la víspera, recordó ante todo que ese día debía presentarse al emperador Francisco, recordó al ministro de la Guerra, al cortés ayudante del emperador austríaco, a Bilibin y la conversación de la noche anterior. La batalla le pareció algo pasado hacía mucho, mucho tiempo e insignificante. Se vistió con el uniforme de gran gala, que hacía mucho que no se ponía, para la vista al palacio y fresco, animado y apuesto, con un brazo vendado, con un humor más cortesano y aristocrático que guerrero, entró en el despacho de Bilibin. En el despacho ya se encontraban sentados, tumbados y de pie unos cuantos miembros del cuerpo diplomático, que frecuentaban a Bilibin y a los que él llamaba *los nuestros*. La mayor parte eran rusos, pero había un inglés y un sueco. Bolkonski conocía a muchos de ellos, como al príncipe Hippolyte, a los otros se los presentó Bilibin, llamando a Bolkonski mensajero de la victoria, de la que ya toda la ciudad tenía noticia.

—Plumas... —dijo Bilibin señalando a los suyos—, espada —dijo señalando a Bolkonski—. Señores, les presento a una de esas personas que tienen el arte de tener siempre suerte. Siempre ha sido el favorito de las más encantadoras mujeres, tiene una esposa encantadora de una hermosísima apariencia y nunca ha sido ni será herido en la nariz, en la tripa o aún peor como a mi conocido el capitán Gnilopúpov.* ¡Un célebre apellido! Por desgracia, ustedes, caballeros extranjeros —dijo dirigiéndose al inglés y al suizo—, no pueden valorar todo el encanto y la sonoridad de este nombre. No, señores, explíquenme por qué al capitán Gnilopúpov le hieren irremisiblemente en la nariz, o sencillamente le matan, y a un hombre como a Bolkonski, en el brazo, para otorgarle aún mayor atractivo a los ojos de las mujeres.

Los invitados que estaban en casa de Bilibin eran hombres jóvenes, de mundo, ricos y alegres, reunidos en Viena en un círculo aparte al que Bilibin, que era el miembro principal del grupo, llamaba *los nuestros* (*les nôtres*). Era evidente que los intereses de este círculo, que estaba compuesto casi exclusivamente de diplomáticos, no tenían nada que ver con la política y con la guerra, sino

* Gnilopúpov significa «ombligo podrido». *(N. de la T.)*

con los intereses de la alta sociedad, las relaciones con algunas mujeres y con la faceta administrativa del servicio al estado. Estos señores recibieron en su círculo al príncipe Andréi como uno de *los suyos* (honor que no prodigaban a muchos). Por cortesía y como forma de entablar conversación le hicieron algunas preguntas acerca del ejército y la batalla, y la conversación de nuevo cayó en las bromas inconsistentes y alegres y los chismorreos. Todos hablaban en francés. Y a pesar de lo acostumbrados que estaban a esta lengua y de su animación esta conversación tenía un carácter de simulación o de imitación de la alegría ajena.

—Lo bueno —dijo uno, hablando de la mala suerte de un compañero diplomático—, lo bueno es que el canciller le ha dicho que su designación para ir a Londres es un ascenso y que él debía considerarlo como tal. ¡Habría que haber visto qué cara se le quedó al oír esto!… Pero lo peor de todo, señores, voy a delatar a Kuraguin: el hombre cae en desgracia y de eso se aprovecha este donjuán, este hombre terrible.

El príncipe Hippolyte, que estaba tumbado en una butaca volteriana, con las piernas sobre el brazo del sillón, se reía ferozmente.

—Bueno, bueno —dijo él.

—¡Oh, donjuán! ¡Oh, serpiente! —se escucharon voces.

—Usted no sabe, Bolkonski —dijo Bilibin dirigiéndose al príncipe Andréi—, que todo el terror del ejército francés, casi digo del ejército ruso, no es nada comparado con lo que ha hecho este hombre entre las mujeres.

—La mujer es la compañera del hombre —dijo sentenciosamente el príncipe Hippolyte, y comenzó a mirar a través de sus anteojos a sus piernas dobladas.

Bilibin y *los nuestros* se echaron a reír con desparpajo, mirando a Hippolyte a los ojos. El príncipe Andréi se dio cuenta que Hippolyte del que (debía confesar) casi había tenido celos a causa de su mujer, era simplemente el bufón de esta alegre compañía.

—Tengo que agasajarle con Kuraguin —le dijo Bilibin en voz

baja a Bolkonski—. Es encantador cuando habla de política, hay que ver la importancia que se da.

Se sentó al lado, y reuniendo en su frente sus arrugas, entabló con él una conversación sobre política. El príncipe Andréi y otros les rodearon.

—El gabinete de Berlín no puede expresar su opinión acerca de la alianza —comenzó Hippolyte mirando a todos significativamente—, como lo hizo… en la última nota… usted comprende… usted comprende… al contrario, si Su Alteza el emperador no cambia la esencia de nuestra alianza…

El príncipe Andréi, a pesar de que *los nuestros* escuchaban con rostros alegres a Hippolyte, se alejó con repugnancia; pero Hippolyte le sujetó del brazo.

—Espere, no he acabado… —y continuó deseando evidentemente inspirar respeto al nuevo rostro hacia sus opiniones políticas—. Yo pienso que la intervención será mejor que la no intervención. Y… —guardó silencio—. No es posible dar por terminado el asunto de la no recepción de nuestro despacho del 28 de noviembre. Así es como acabará todo.

Y soltó el brazo de Bolkonski, dando a entender que ahora había terminado.

—¡Demóstenes! Te reconozco por la piedra que tienes en tu boca de oro —dijo Bilibin, cuya mata de pelo se mecía de placer.

Y todos se echaron a reír con una carcajada unánime y animada, especialmente excitada por la carcajada del propio Hippolyte que, aunque lo intentara visiblemente, no conseguía aguantar la salvaje risa que estiraba su siempre inmóvil rostro.

—Bueno, señores —dijo Bilibin—, Bolkonski es mi invitado en mi casa y en la ciudad. Quiero agasajarle todo lo que pueda con todos los placeres de la vida local. Si estuviéramos en Viena, sería fácil; pero aquí en este inmundo agujero moravo es difícil, y les pido a todos ustedes que me ayuden. Hay que enseñarle Brünn.

Ustedes le mostrarán el teatro, yo a la sociedad; y usted Hippolyte, las mujeres, se sobreentiende.

—Hay que mostrarle a Amélie, ¡qué encanto! —dijo uno de *los nuestros* besándose las yemas de los dedos—. Venga conmigo.

—Y de allí iremos a ver a la baronesa Zaifer. Por usted saldré hoy por primera vez, pero la noche es suya, si quiere aprovecharla. Alguno de estos caballeros puede servirle de guía.

—Hay que hacer un poco más humano a este sanguinario soldado Bolkonski —dijo alguien.

—Y conseguir que le guste nuestro Brünn y nuestra encantadora Viena.

—No obstante es hora de que me vaya —dijo Bolkonski mirando el reloj; a pesar de la agitada conversación no había olvidado ni por un instante el inminente encuentro con el emperador.

—¿Adónde va?

—A ver al emperador.

—¡Oh! ¡Ah!

—Bueno, ¡hasta la vista, Bolkonski! Hasta la vista, príncipe, venga pronto a comer —se escucharon las voces—. Nos encargaremos de usted. Cuide de hablar lo más posible sobre el buen abastecimiento y sobre los itinerarios, cuando hable con el emperador —dijo Bilibin, acompañando a Bolkonski al recibidor.

—Desearía alabarlo, pero no puedo —respondió sonriendo Bolkonski.

—Bueno, en general hable lo más posible. Las audiencias son su pasión, pero él ni sabe, ni gusta de hablar, como podrá comprobar.

XIII

El emperador Francisco se acercó al príncipe Andréi, que se encontraba en el lugar designado entre los oficiales austríacos a la salida, y le dijo apresuradamente unas cuantas palabras incomprensibles pero evidentemente cariñosas, y siguió adelante. Después de la salida, el ayudante de campo del emperador del día anterior, que ese día era un hombre completamente distinto, cortés y delicado, le transmitió a Bolkonski el deseo del emperador de verle de nuevo. Antes de entrar en el despacho, el príncipe Andréi, ante los cortesanos que no cesaban de intercambiar cuchicheos, ante el respeto que le mostraron cuando se enteraron de que el emperador iba a recibirle, sintió que estaba agitado ante la perspectiva de la inminente audiencia. Pero de nuevo ese sentimiento de agitación se tornó en su alma en un sentimiento de desprecio hacia esa convencional grandeza y hacia esa multitud de cortesanos susurrantes que actuaban de manera diferente y tergiversaban la verdad según la conveniencia del emperador. «No —se dijo a sí mismo Andréi—, por muy difícil que sea la situación en la que me encuentre en esta audiencia rechazaré todas las conveniencias y le diré solamente la verdad.» Pero la conversación que se entabló entre él y el emperador no le dio ocasión ni de decir la verdad, ni de mentir. El emperador Francisco le recibió de pie en medio de la habitación. Antes de empezar la conversación al príncipe Andréi le sorprendió ver que el emperador estaba como confuso sin saber qué decir, y se ruborizó.

—Dígame, ¿cuándo comenzó la batalla? —preguntó apresuradamente. El príncipe Andréi respondió. Después de esta pregunta le siguieron otras igual de básicas: «¿Se encuentra bien Kutúzov? ¿Cuánto hace que saliera de Krems?», y otras de ese estilo. El emperador hablaba con una expresión tal como si todo su objetivo fuera simplemente determinada serie de preguntas. Las respuestas a estas preguntas, como se hizo evidente, no podían interesarle.

—¿A qué hora comenzó la batalla? —preguntó el emperador.

—No puedo decir a Su Majestad a qué hora comenzó la batalla en el frente, pero en Dürrenstein, donde yo estaba, el ejército comenzó el ataque a las seis de la tarde —dijo Bolkonski animándose, suponiendo que ante esa pregunta tendría la ocasión de presentar la descripción verdadera que ya tenía preparada en su cabeza, de todo lo que sabía y había visto. Pero el emperador sonrió y le interrumpió.

—¿Cuántas millas hay?

—¿De dónde a dónde, Su Majestad?

—De Dürrenstein a Krems.

—Tres millas y media, Su Majestad.

—¿Los franceses han abandonado la orilla izquierda?

—Como nos han informado, los últimos cruzaron el río en balsas la pasada noche.

—¿Es suficiente el forraje en Krems?

—El forraje no ha sido abastecido en cantidad...

El emperador le interrumpió.

—¿A qué hora murió el general Schmidt?

Después de hacer esta última pregunta que requería de una respuesta muy corta, el emperador dijo que se lo agradecía e hizo una inclinación de cabeza. El príncipe Andréi salió y sin saber por qué en el primer instante a pesar de la asombrosa sencillez de la figura y de las maneras del emperador, a pesar de su filosofía, no se sintió del todo sobrio. Cuando atravesó la puerta del despacho desde todas partes le observaron ojos cariñosos y le prodigaron sonrisas y escuchó palabras cariñosas. El ayudante de campo del emperador del día anterior le reprochó cariñosamente que no se hubiera quedado en el palacio en la zona designada para los correos extranjeros. El ministro de la Guerra se le acercó felicitándole por haber recibido la orden de María Teresa de tercer grado, que le confería el emperador. No sabía a quién responder y pasó algunos instantes de duda. El embajador ruso le rodeó los hombros, le llevó a la ventana y se puso a hablar con él. Al contrario de lo que él y Bilibin esperaran, la presentación había sido todo un éxito. Se había preparado un tedeum. A Kutúzov le habían concedido la orden de María Teresa de la cruz mayor y todo el ejército había recibido distinciones. La emperatriz deseaba ver al príncipe Bolkonski y le llovían invitaciones a comer y a asistir a veladas por todas partes.

Mientras volvía del palacio, el príncipe Andréi, sentado en la carretela, componía de memoria la carta que iba a escribir a su padre sobre todas las circunstancias de la batalla, el viaje a Brünn y la conversación con el emperador. Pensara en lo que pensase, la conversación con el emperador, esa vana, completamente estúpida conversación, surgía de nuevo en su imaginación con todos los pequeños detalles de la expresión del rostro y de entonación del emperador Francisco. «¿A qué hora murió el general Schmidt? —se repitió a sí mismo—. ¿Le era muy necesario saber a qué precisa hora murió el general Schmidt? ¿Por qué no preguntó en qué minuto y qué segundo? ¿Qué consideración de tanta importancia para el país deduciría de ese dato? Pero peor o más estúpido que la pregunta era esa agitación que había experimentado ante la perspectiva de esta conversación. Y la agitación de todos esos ancianos al pensar que él iba a hablar conmigo. Hace dos días, bajo las balas, de entre las que cualquiera te podía causar la muerte, no experimenté ni la centésima parte de la agitación que he sentido al hablar con este hombre sencillo, bondadoso y completamente insignificante. Sí, hace falta ser un filósofo», concluyó él y en lugar de ir directamente a casa de Bilibin fue a una librería a proveerse de libros para la campaña. Se entretuvo más de una hora revisando desconocidos tratados de filosofía. Cuando se acercó a la casa de Bilibin le sorprendió ver en la puerta una brichka llena hasta la mitad y a Frantz, el criado de Bilibin, que con aspecto desolado corría a su encuentro.

—¡Ah! ¡Su Excelencia! —decía Frantz—. ¡Qué desgracia!

—¿Qué ha sucedido? —preguntó Bolkonski.

—Nos vamos aún más lejos, Dios sabe dónde. Ya tenemos al malvado pisándonos de nuevo los talones.

Bilibin salió al encuentro de Bolkonski. En el rostro siempre tranquilo de Bilibin se reflejaba la agitación.

—No, no, reconozca que resulta deliciosa —decía él—, esta historia del puente de Thabor en Viena. Lo han cruzado sin que les ofrecieran resistencia.

El príncipe Andréi no entendía nada.

—¿Cómo es posible que usted no sepa lo que ya saben todos los cocheros de la ciudad? ¿Acaso no viene del palacio?

—De ahí vengo. Hasta he visto al emperador. Kutúzov ha recibido la gran cruz de María Teresa.

—Ahora no se trata de cruces. ¿Acaso allí no saben nada?

—Nada, puede ser que después de que yo me fuera; desde allí fui a una tienda… ¿De qué se trata?

—Bueno, ahora lo comprendo. ¿De qué se trata? ¡Es extraordinario!… Los franceses han atravesado el puente que defendía Auersperg y no lo han volado, de modo que Murat corre ahora por la ciudad en dirección a Brünn; entre hoy y mañana estarán aquí.

—¿Cómo que aquí? ¿Por qué no han hecho volar el puente cuando estaba minado?

—Eso es lo que yo le pregunto. Nadie lo sabe, ni el mismo Bonaparte.

Bolkonski se encogió de hombros.

—Pero si se ha cruzado el puente eso significa que el ejército está perdido y que le han cortado la retirada —dijo él.

—Eso pienso.

—Pero ¿cómo ha sucedido?

—En ello reside la broma y el encanto. Escuche. Los franceses habían entrado en Viena, como ya le había contado. Todo muy bien. Al día siguiente, es decir, ayer, los mariscales Murat, Lannes y Béliard montaron a caballo y se dirigieron al puente. (Advierta que los tres son gascones.) «Señores», dice uno, «saben que el puente de Thabor está minado y contraminado y ante nosotros hay una amenazadora fortificación y un ejército de quince mil soldados a los que se ha ordenado hacer volar el puente y no dejarnos pasar. Pero a nuestro emperador Napoleón le será grato si tomamos este puente.» «Vamos», dijeron los otros y fueron y tomaron el puente, lo atravesaron y ahora están a este lado del Danubio con todo su ejército dirigiéndose hacia nosotros, hacia usted y hacia sus noticias.

—Basta de bromas.

—No bromeo en absoluto —prosiguió Bilibin, respondiendo a los impacientes e incrédulos gestos de Bolkonski—, no hay nada más cierto y más triste. Estos señores se acercan solos al puente y alzan los pañuelos blancos, aseguran que se ha firmado el armisticio y que ellos, mariscales, van para entablar conversaciones con el príncipe Auersperg. El oficial de guardia les deja entrar en la fortificación. Le cuentan un centenar de tonterías gasconas, diciendo que la guerra ha acabado, que el emperador Francisco ha acordado un encuentro con Bonaparte y que ellos desean ver al príncipe Auersperg y miles de gasconadas y cosas parecidas. El oficial envía a por Auersperg, estos caballeros abrazan a los oficiales, bromean, se sientan en los cañones, y entretanto el batallón francés entra sin ser advertido en el puente, tiran los sacos con los materiales inflamables al agua y se acercan a la fortificación. Finalmente hace aparición el mismo teniente general, nuestro querido príncipe Auersperg von Mautern. «¡Querido enemigo! ¡Flor del ejército austríaco, héroe de las guerras turcas! La enemistad ha finalizado, nos podemos dar la mano… El emperador Napoleón arde de deseos de conocer al príncipe Auersperg.» En una palabra, estos señores que no en vano son gascones, cubren de tal modo a este pavo de Auersperg con bellas palabras, se siente tan cautivado por la tan rápidamente adquirida intimidad con los mariscales franceses, tan cegado por el aspecto de las capas y de las plumas de avestruz de Murat, que ve solamente sus fuegos y se olvida de los que debía abrir él sobre el enemigo.

(A pesar de la viveza de su discurso, Bilibin no olvidó detenerse después de esta frase para dar tiempo a que la apreciara.)

»El batallón francés entra corriendo en la fortificación, ciega los cañones y toma el puente. Pero lo mejor de todo —continuó él calmando su agitación con el encanto del relato— es que un sargento apostado junto al cañón, a cuya señal debían prender las minas y hacer volar el puente, este sargento, al ver que las tropas francesas tomaban el puente, quería abrir fuego, pero Lannes detuvo su brazo. El sargento, que evidentemente era más inteligente que su general, se acerca a Auersperg y le dice: "¡Príncipe, le están engañando, están aquí los franceses!". Murat, al ver que todo se iba al traste si dejaba hablar al sargento, con fingida sorpresa (como un verdadero gascón) le dice a Auersperg: "No conozco una disciplina más alabada en el mundo que la austríaca", dice él, "y usted permite a su inferior que le hable así". Qué genialidad. El príncipe Auersperg se ofende y ordena arrestar al sargento. Reconozca que resulta deliciosa toda esta historia del puente. No es estupidez ni vileza.

—Tal vez traición —dijo el príncipe Andréi que evidentemente no se encontraba en situación de participar del placer que encontraba Bilibin en la estupidez del hecho que narraba. Este relato había cambiado instantáneamente el orgulloso y noble estado de ánimo que traía del palacio. Pensaba en la situación en la que se iba a encontrar ahora el ejército de Kutúzov, en como a él en lugar de unos tranquilos días en Brünn le esperaba salir al galope para encontrarse con el ejército y compartir allí con ellos o la lucha desesperada o la deshonra. E instantáneamente en su imaginación se representaron vivamente los grises capotes, los heridos, el humo de la pólvora y el sonido del tiroteo. Y de nuevo en ese instante, como siempre cuando pensaba en el cauce de los acontecimientos, en su alma se juntaron extrañamente un fuerte y orgulloso sentimiento patriótico de temor ante la derrota del ejército ruso y de festejo ante el triunfo de su héroe. La campaña había terminado. Todas las fuerzas de Europa entera estaban arruinadas, todos los esfuerzos aniquilados en dos meses por el genio y la fortuna de este incomprensiblemente fatídico hombre…

—Tampoco. Esto pone a la corte en la más ridícula situación —continuó Bilibin—. No es traición, ni vileza, ni estupidez, esto es como lo de Ulm… —se puso a reflexionar pensando en la expresión adecuada—, es Mack. Estamos *mackados* —concluyó él sintiendo que había dicho *un mot* y un fresco *mot,* una broma que iba a ser repetida. Las arrugas concentradas en su frente se alisaron en señal de placer y él, sonriendo débilmente, comenzó a mirarse las uñas.

—¿Adónde va? —dijo de pronto al príncipe Andréi, que sin decir una palabra se había levantado y se dirigía a su habitación.

—Me voy.

—¿Adónde?

—Al ejército.

—Pero si quería quedarse un par de días más.

—Pero ahora me voy.

Y el príncipe Andréi, dando las órdenes pertinentes para su partida, se fue a su habitación.

—¿Sabe, querido? —dijo Bilibin entrando en su habitación—. He pensado en usted. ¿Por qué se va? —Y en señal de lo irrefutable de sus argumentos todas las arrugas desaparecieron de su cara.

El príncipe Andréi miró interrogativamente a su interlocutor y no respondió nada.

—¿Por qué se va? Ya sé que usted piensa que su obligación es volver al ejército ahora que se encuentra en peligro. Lo comprendo, querido, eso es heroísmo.

—En absoluto —dijo el príncipe Andréi.

—Pero usted es un filósofo; séalo completamente, mire las cosas desde otro ángulo y se dará cuenta de que, al contrario, su obligación es salvarse. Deje eso para otros que no valgan para nada más. No tiene órdenes de volver atrás y no le dejaremos irse de aquí, puede quedarse y partir con nosotros allá donde nos lleve

nuestro desgraciado destino. Dicen que iremos a Olmütz. Y Olmütz es una ciudad preciosa. Partiremos para allá juntos tranquilamente en mi carroza.

—Está bromeando, Bilibin —dijo Bolkonski.

—Le estoy hablando sincera y amistosamente. Juzgue usted
mismo. ¿Dónde y para qué parte ahora, cuando puede quedarse
aquí? Le esperan solamente dos cosas (arrugó la piel sobre la sien
izquierda): o no llega al ejército y se firma la paz o comparte la
derrota y el oprobio con todo el ejército de Kutúzov.

Y Bilibin estiró sus arrugas sintiendo que la cuestión era irrefutable.

—Yo no puedo opinar de tal modo —respondió fríamente el
príncipe Bolkonski—. Antes que un filósofo soy un hombre y por
eso parto.

—Querido mío, es usted un héroe —dijo Bilibin.

—En absoluto; soy un simple oficial, que cumple con su deber, eso es todo —dijo, no sin orgullo, el príncipe Andréi.

XIV

Esa misma noche, después de despedirse del ministro de la Guerra, Bolkonski partió en busca del ejército, sin saber dónde encon-
trarlo y temiendo ser apresado por los franceses en el camino hacia Krems.

En Brünn todos los miembros de la corte habían hecho el
equipaje y ya habían enviado las cosas más pesadas a Olmütz. Tan
pronto como Bolkonski oyera la terrible noticia de boca de Bilibin, instantáneamente la moneda de la vida, a la que miraba por la
cara alegre, se le había dado la vuelta. Solo era capaz de ver lo
malo en todo y sintió instintivamente la necesidad de tomar parte
en todo ese mal. «No se puede conseguir nada excepto oprobio y
perdición para nuestras tropas con los medios con los que comba-

timos a este fatídico genio», discurría él con sombríos pensamientos, cansado, hambriento y enojado, evitando a los franceses y acercándose al día siguiente hacia donde había oído que debía encontrarse Kutúzov. Cerca de Etzelsdorf cogió el camino por el que con inmenso apresuramiento e inmenso desorden se retiraba el ejército ruso. El camino estaba tan invadido por los carros que era imposible viajar en coche. Habiendo pedido al jefe de los cosacos un caballo y un asistente, el príncipe Andréi, adelantando a los convoyes, salió a buscar al comandante en jefe y su carro. Los más funestos rumores sobre la situación del ejército llegaron a sus oídos por el camino; el aspecto de la desordenada huida del ejército le afirmaba aún más en su convencimiento, de que la campaña estaba irremisiblemente perdida. Miraba a todo lo que sucedía a su alrededor con desprecio y tristeza como un hombre que ya no perteneciera a este mundo.

«Este ejército ruso que el oro inglés ha traído aquí desde el otro confín del mundo, correrá la misma suerte que el ejército de Ulm», recordó él las palabras de la orden de Bonaparte a su ejército antes del comienzo de la campaña y esas palabras despertaron a la vez en él admiración hacia el genial héroe y un sentimiento de orgullo ofendido. «No queda nada más por hacer que morir —pensaba él—. ¡Y qué si es necesario! No lo haré peor que los demás.»

El desorden y el apresuramiento del movimiento del ejército, agravado por las repetidas órdenes del Estado Mayor de avanzar lo más deprisa posible, había alcanzado el paroxismo. Los bromistas cosacos que querían reírse de los ordenanzas que dormían en los carros gritaron: «¡Franceses!», y pasaban galopando a su lado. El grito «¡Franceses!» como una bola de nieve que creciera más y más se extendió por todas las columnas. Todos se arrojaron a correr aplastándose y adelantándose los unos a los otros e incluso se escucharon disparos y el fuego de las baterías de infantería que disparaba sin saber a quién. Después de cuatro horas los mandos consiguieron apenas detener el tumulto que le había costado la vida a algunos hombres que habían sido aplastados y a uno que había sido abatido por un disparo.

El príncipe Andréi miraba con indiferente desprecio la interminable serie de carros, parcas, trenes de artillería y de nuevo carros, carros y carros de todas las clases imaginables, adelantándose los unos a los otros y de tres en tres, incluso de cuatro en cuatro invadiendo el sucio camino. De todas partes hacia delante y hacia atrás hasta donde alcanzaba el oído se escuchaban los crujidos de las ruedas, el estruendo de las telegas* y de las cureñas, de los cascos de los caballos, el restallar de los látigos, los gritos de arre, las maldiciones de los soldados, de los ordenanzas y de los oficiales. En los márgenes del camino se podían ver sin cesar caballos caídos desollados y sin desollar, carros rotos, al lado de los cuales se sentaban soldados solitarios esperando Dios sabe qué, soldados que se habían separado de su destacamento, que se dirigían en tropel a los pueblos cercanos o se llevaban de las aldeas gallinas, corderos, heno o sacos completamente llenos de algo. En las cuestas y las pendientes la muchedumbre se hacía más compacta y se escuchaba un incesante griterío. Los soldados cayendo de rodillas en el barro, sostenían con las manos los cañones y los carros, levantaban los chicotes, resbalaban las pezuñas, se rompían las riendas y los pechos reventaban de gritos. Los oficiales, que dirigían la marcha galopaban adelante y atrás entre los carros. Sus voces se oían débilmente entre el rumor general y en sus rostros podía verse que habían renunciado a la posibilidad de detener ese desorden.

«He aquí el respetado ejército ortodoxo», pensó Bolkonski recordando las palabras de Bilibin.

Deseando preguntar, a alguna de esas personas, dónde estaba el comandante en jefe, se acercó a un convoy. Hacia él venía un ex-

* Telega: carro de transporte de cuatro ruedas. *(N. de la T.)*

traño coche de un solo caballo construido evidentemente con los medios caseros de los soldados y que parecía una mezcla entre una telega, un cabriolé y una carretela. El coche lo conducía un soldado y dentro estaba sentada bajo la capota de cuero una mujer completamente envuelta en toquillas. El príncipe Andréi se acercó y ya le estaba preguntando al soldado cuando su atención se dirigió a los desesperados gritos de la mujer que estaba sentada en el coche. El oficial que conducía el convoy golpeaba al soldado que conducía este coche, porque había querido adelantarse a los demás y el látigo caía sobre la capota. La mujer gritaba estridentemente. Al ver al príncipe Andréi se asomó desde debajo de la capota y agitando las delgadas manos que surgían por debajo de la toquilla tapizada, gritaba:

—¡Ayudante! ¡Señor ayudante!… Por amor de Dios, defiéndame… ¿Qué va a pasar?… Soy la mujer del médico del séptimo regimiento de cazadores… No nos dejan pasar, nos hemos quedado rezagados y hemos perdido a los nuestros…

—¡Te haré papilla! ¡Da la vuelta! —gritaba furioso el oficial al soldado—. Da la vuelta con tu ramera.

—Señor ayudante, defiéndame. ¿Qué es esto? —gritaba la mujer del médico.

—Permita que pase este carro, ¿o es que no ve que hay una mujer? —dijo el príncipe Andréi acercándose al oficial.

El oficial le miró y sin responderle se volvió de nuevo al soldado.

—Ni se te ocurra pasar. ¡Atrás!

—Le digo que les deje pasar —repitió de nuevo, apretando los labios el príncipe Andréi.

—¿Y tú quién eres? —se dirigió de pronto a él el oficial ebrio de cólera—. ¿Tú quién eres? ¿Tú (subrayó especialmente el *tú*) eres un mando o qué? Yo soy aquí el que manda y no tú. Tú, da la vuelta o te haré papilla.

Era evidente que esta expresión le gustaba al oficial.

—Ha puesto bien en su sitio a ese ayudantito —se escuchó una voz atrás. El príncipe Andréi vio que el oficial se encontraba en ese instante de tal inmotivada ebriedad de furia en la que la gente no sabe lo que dice. Se dio cuenta de que su intervención a favor de la mujer del médico de la kibitka* podía servir para aquello que él temía más que nada en el mundo, lo que se llama ridículo, pero su instinto le decía otra cosa. No tuvo tiempo el oficial de decir las últimas palabras, cuando el príncipe Andréi, con el rostro demudado por la cólera, se acercó a él y levantó la nagaika.**

—¡Dé-je-les pa-sar!

El oficial dejó caer los brazos y se apartó.

—Todo este desorden es culpa de estos miembros del Estado Mayor —gruñó él—. Hágalo usted como sepa.

El príncipe Andréi apresuradamente, sin levantar la mirada, se alejó de la mujer del médico, que le llamaba salvador y rememorando con repugnancia todos los detalles de esa humillante escena, siguió cabalgando hasta el pueblo en el que le habían dicho que se encontraba el comandante en jefe.

Al llegar al pueblo se bajó del caballo y se acercó a la primera casa con la intención de descansar aunque solo fuera por un instante, de comer algo y de aclarar los ultrajantes pensamientos que le atormentaban.

«Son un montón de canallas y no un ejército», pensaba él acercándose a la ventana de la primera casa, donde una voz conocida le llamaba por su nombre.

Miró. Por la pequeña ventana se asomaba el bello rostro de Nesvitski. Nesvitski, gesticulando con las manos, le llamaba.

—¡Bolkonski! ¡Bolkonski! ¿No me oyes? Ven deprisa —gritaba él.

---

* Kibitka: carruaje o trineo ruso cubierto. *(N. de la T.)*
** Nagaika: látigo de cuero. *(N. de la T.)*

Al entrar en la casa, el príncipe Andréi vio a Nesvitski y a otro ayudante. Ambos se dirigieron apresuradamente a él con preguntas sobre si tenía alguna información nueva. En sus rostros conocidos para él, el príncipe Andréi advirtió la expresión de alarma e inquietud.

Esa expresión se percibía particularmente en el rostro siempre risueño de Nesvitski.

—¿Dónde está el comandante en jefe? —preguntó Bolkonski.

—Aquí, en esta casa —respondió el ayudante.

—Bueno, ¿y qué? ¿Es verdad que se va a firmar la paz y la capitulación? —preguntó Nesvitski.

—Eso os pregunto yo a vosotros. Yo no sé nada más excepto lo que me ha costado llegar hasta aquí.

—¡No sabes lo que nos ha pasado, hermano! ¡Un desastre! Reconozco, hermano, que nos reímos de Mack, y a nosotros nos está yendo aún peor —dijo Nesvitski—. Siéntate y bebe algo.

—Ahora, príncipe, no encontrará ni carro ni nada y su Piotr, Dios sabe dónde andará, —dijo el otro ayudante.

—¿Dónde está el cuartel general? ¿Se alojan en Znaim?

—Yo ya he empaquetado todo lo que necesito en dos caballos —dijo Nesvitski—, me han hecho fardos separados. Para huir aún a través de los montes de Bohemia. La cosa está mal, amigo. ¿Qué te sucede? Seguro que estás enfermo, ¿por qué tiemblas así? —preguntó Nesvitski, al advertir que el príncipe Andréi temblaba como si hubiera tocado una botella de Leiden.

—No es nada —respondió el príncipe Andréi.

En ese instante había recordado el reciente conflicto con la mujer del médico y el oficial de aprovisionamiento.

—¿Y qué hace aquí el comandante en jefe? —preguntó él.

—Yo no entiendo nada —dijo Nesvitski.

—Yo lo único que comprendo es que todo es vileza, vileza y vileza —dijo el príncipe Andréi y salió hacia la casa en la que se encontraba en comandante en jefe.

Tras pasar al lado del coche de Kutúzov, los agotados caballos del séquito y los cosacos que hablaban en voz alta entre sí, el príncipe Andréi entró en la casa. El propio Kutúzov, como le habían dicho al príncipe Andréi, se encontraba en la estancia con el príncipe Bagratión y Weirother. Este último era un general austríaco que reemplazaba al asesinado Schmidt. En la habitación, el pequeño Kozlovski estaba acuclillado ante un escribano. El escribano, apoyado en un tonel vuelto, con las mangas del uniforme remangadas, escribía apresuradamente. El rostro de Kozlovski reflejaba agotamiento —era evidente que él tampoco había dormido— y estaba sombrío y preocupado, más que de costumbre. Miró al príncipe Andréi y ni siquiera le saludó con la cabeza.

—La segunda línea… ¿La ha escrito? —continuó él dictando al escribano—. Los granaderos de Kíev, los de Podolsk…

—No vayas tan rápido, Excelencia —respondió el escribano, mirando irrespetuosamente y con enojo a Kozlovski.

A través de la puerta se podía oír en ese momento la voz animada e insatisfecha de Kutúzov a la que interrumpía otra voz desconocida. En el sonido de estas voces, en la poca atención con la que le miraba Kozlovski, en la falta de respeto del agotado escribano, en el mismo hecho de que el escribano y Kozlovski estuvieran sentados, tan cerca del comandante en jefe, en el suelo alrededor de un tonel, y que los cosacos que cuidaban de los caballos se rieran sonoramente bajo la ventana de la casa, el príncipe Andréi sintió que algo importante y lamentable había debido suceder. A pesar de ello el príncipe Andréi preguntaba insistentemente a Kozlovski.

—Enseguida, príncipe —dijo Kozlovski—. Es la disposición de Bagratión.

—¿Y la capitulación?

—No hay ninguna capitulación, se están haciendo todos los preparativos para la batalla.

El príncipe Andréi se dirigió hacia la puerta, a través de la que se oían voces.

Pero en el instante en el que quería abrir la puerta, las voces en la habitación cesaron, la puerta se abrió sola y Kutúzov apareció en el umbral.

El príncipe Andréi estaba enfrente de Kutúzov, pero por la expresión del único ojo útil del comandante en jefe era evidente que los pensamientos y la preocupación le ocupaban de tal modo que incluso nublaban su vista. Miró de frente al rostro de su ayudante y no le reconoció.

—¿Ya ha terminado? —le dijo a Kozlovski.

—Un segundo, Su Excelencia.

Bagratión, de corta estatura, con un firme e inmóvil rostro de tipo oriental, delgado, aún joven, pasó tras el comandante en jefe.

—Tengo el honor de presentarme —repitió en voz bastante alta el príncipe Andréi, tendiéndole un sobre.

—Ah, ¿de Viena? Bien. Después, después.

Kutúzov salió con Bagratión al porche.

—Bien, príncipe, ¡adiós! Que Dios te acompañe. Llevas mi bendición para esta gran hazaña.

El rostro de Kutúzov se enterneció inesperadamente y las lágrimas acudieron a sus ojos. Se atrajo hacia sí con la mano izquierda a Bagratión y con la derecha, en la que llevaba un anillo, le bendijo y le presentó su rolliza mejilla para que se la besara, aunque en su lugar Bagratión le besó en el cuello.

—¡Que Dios te acompañe! —repitió Kutúzov y se acercó a la carroza.

—Siéntate conmigo —le dijo a Bolkonski.

—Su Excelencia, quisiera ser útil aquí. Permítame quedarme en el destacamento del príncipe Bagratión.

—Siéntate —dijo Kutúzov, al advertir que Bolkonski tardaba—, a mí también, a mí también me hacen falta mis mejores oficiales.

Se sentaron en la carroza y avanzaron unos minutos en silencio.

—Más adelante aún nos esperan muchas, muchas cosas —dijo con expresión de anciana perspicacia, como si adivinara lo que sucedía en el alma de Bolkonski—. Si de entre su destacamento vuelve mañana una décima parte daré gracias a Dios —añadió Kutúzov, como hablando consigo mismo.

El príncipe Andréi miró a Kutúzov e involuntariamente le saltó a la vista, a medio arshin* de su rostro, los limpios contornos de la cicatriz en la sien de Kutúzov, donde una bala en Izmáilov le había atravesado la cabeza. «Sí, él tiene derecho a hablar con esa tranquilidad de la muerte de esa gente», pensó Bolkonski.

—Por esa razón le pido que me envíe a ese destacamento —dijo él.

Kutúzov no respondió. Parecía que ya se había olvidado de lo que le habían dicho e iba pensativo. Cinco minutos después, meneándose rítmicamente sobre los blandos muelles de la carroza, Kutúzov se dirigió al príncipe Andréi. En su rostro no había ni rastro de agitación. Con fina burla le preguntó al príncipe Andréi sobre los detalles de su encuentro con el emperador y de las opiniones que había oído en la corte sobre la batalla de Krems. Era evidente que ya preveía todo lo que le contó su ayudante.

XV

El 1 de noviembre Kutúzov recibió a través de su espía una noticia que ponía al ejército que él comandaba en situación casi desesperada. El espía informó de que los franceses habían pasado el puente de Viena con numerosas fuerzas y se dirigían hacia la vía de comunicación de Kutúzov con las tropas que venían de Ru-

---

* Arshin: antigua medida rusa equivalente a 0,71 m. *(N. de la T.)*

sia. Si Kutúzov se decidía por quedarse en Krems, el ejército formado por 150.000 soldados de Napoleón le cortaría todas las comunicaciones, rodearía su agotado ejército de 40.000 soldados y se encontraría en la misma situación que Mack en Ulm. Si Kutúzov se decidía por abandonar la línea de comunicación con las tropas de Rusia, debería entrar sin seguir una ruta en los desconocidos territorios de los montes de Bohemia, defendiéndose de un enemigo que le superaba en fuerzas y abandonar toda esperanza de reunión con Buchsgevden. Si Kutúzov se decidía a retroceder por el camino de Krems a Olmütz para reunirse con las tropas de Rusia, se arriesgaba a que los franceses que habían pasado el puente de Viena le adelantaran por este camino y de ese modo verse obligado a entrar en batalla durante la marcha con todos los petates y los convoyes y a entrar en acción contra un enemigo que le atacaría por los dos flancos. Kutúzov eligió esta última opción.

Los franceses, como había informado el espía, habían cruzado el puente en Viena e iban a marchas forzadas hacia Znaim, que se encontraba en el camino de retirada de Kutúzov a más de 100 verstas de distancia de él. Alcanzar Znaim antes que los franceses significaba conquistar una gran esperanza de salvar el ejército; dejar que los franceses llegaran antes que él a Znaim significaba seguramente someter a todo el ejército a un oprobio similar al de Ulm, o a una total destrucción. Pero no se podía adelantar a los franceses con todo el ejército. El camino de los franceses desde Viena a Znaim era más corto y mejor que el de los rusos desde Krems a Znaim.

La noche en que recibiera la noticia, Kutúzov envió la vanguardia de 6.000 hombres de Bagratión a la derecha por las montañas, dejando el camino entre Krems y Znaim para tomar el de entre Viena y Znaim. Bagratión debía seguir esta marcha sin descanso, detenerse frente a Viena dejando Znaim a su espalda y si conseguía adelantar a los franceses retenerlos lo más posible. El propio Kutúzov con el grueso del ejército se lanzaría hacia Znaim.

Después de haber avanzado cuarenta y cinco verstas sin seguir un camino, por las montañas, con soldados hambrientos y descalzos, en una noche tormentosa, habiendo perdido a la tercera parte de sus hombres, Bagratión llegó a Hollabrünn, que se encontraba en el camino entre Viena y Znaim, unas horas antes de que llegaran los franceses que se acercaban a Hollabrunn desde Viena. Kutúzov tenía que avanzar aún durante veinticuatro horas con sus convoyes para alcanzar Znaim y por eso, para salvar al ejército, Bagratión debía, con 4.000 soldados hambrientos y agotados, detener durante veinticuatro horas a todo el ejército enemigo con el que iba a encontrarse en Hollabrunn, lo que evidentemente era imposible. Pero una rara suerte convirtió en posible lo imposible. El éxito del engaño que entregó sin combate el puente de Viena a manos de los franceses, incitó a Murat a tratar de engañar del mismo modo a Kutúzov. Murat, al encontrarse con el débil ejército de Bagratión en el camino de Znaim, pensó que ese era todo el ejército de Kutúzov y para aplastarlo por completo quiso esperar a las tropas rezagadas y con ese fin propuso una tregua de tres días, con la condición de que ninguna tropa rusa modificara su posición y no se movieran del sitio. Murat afirmaba que ya se habían puesto en marcha las negociaciones para la firma de la paz y por eso, para evitar un inútil derramamiento de sangre, proponía una tregua. El general austríaco conde Nostits, que se encontraba en la avanzada, creyó al emisario de Murat y retrocedió dejando al descubierto el destacamento de Bagratión. Otro emisario fue a las filas rusas a contar la misma noticia de las conversaciones de paz y proponer la tregua de tres días a las tropas rusas. Bagratión respondió que él no podía ni aceptar ni rechazar la tregua y mandó a su ayudante a informar a Kutúzov de la propuesta que le habían hecho.

La tregua era para Kutúzov el único medio para ganar tiempo, permitir descansar al agotado destacamento de Bagratión y avanzar con los petates y los convoyes cuyo movimiento se ocultaba de los franceses, aunque solo fuera una jornada más hacia Znaim. La proposición de tregua le daba una única e inesperada posibilidad de salvar el ejército. Al recibir esta noticia Kutúzov envió a toda prisa al general ayudante de campo Witzengerod al campamento enemigo. Witzengerod debía no solo aceptar la tregua sino proponer condiciones de capitulación, y mientras tanto Kutúzov envió a sus ayudantes atrás para acelerar en lo posible el movimiento de los convoyes de todo el ejército por el camino entre Krems y Znaim. El agotado y hambriento destacamento de Bagratión debía, ocultando el movimiento de los convoyes y del grueso del ejército, quedarse inmóvil ante el enemigo que era ocho veces más numeroso.

Las esperanzas de Kutúzov se cumplieron tanto en el sentido de que la propuesta de capitulación, que no obligaba a nada, podía dar tiempo para el avance de una parte de los convoyes, como en relación con que el error de Murat sería descubierto en breve. Tan pronto como Bonaparte, que se encontraba en Schönbrunn, a veinticinco verstas de Hollabrunn, recibió el informe de Murat sobre el proyecto de tregua y capitulación, se dio cuenta del engaño y escribió la siguiente carta a Murat:

Al príncipe Murat. Schönbrunn,
25 de brumario del año 1805 a las ocho de la mañana.

No encuentro palabras para expresar mi disgusto. Usted se limita a dirigir la vanguardia de mi ejército y no tiene autoridad para declarar una tregua sin que yo se lo ordene. Me va a hacer perder los frutos de toda la campaña. Rompa inmediatamente la tregua y avance contra el enemigo. Explíquele que el general que ha firmado esta tregua no tiene autoridad para ello y que nadie la tiene exceptuando al zar de Rusia.

Por otra parte, si el emperador ruso está de acuerdo con el citado acuerdo yo también lo estaré, pero esto no es otra cosa más que un ardid. Avance y destruya el ejército ruso. Puede apresar sus convoyes y su artillería.

El general ayudante de campo del emperador ruso… Los oficiales no son nada si no tienen plenos poderes oficiales y él tampoco los tiene. Los austríacos se dejan engañar en el paso del puente de Viena y usted se deja engañar por este general ayudante de campo del emperador.

NAPOLEÓN

El ayudante de campo de Bonaparte galopó a uña de caballo con esta severa carta para Murat. El propio Bonaparte, que no se fiaba de sus generales, fue con toda la guardia hacia el campo de batalla, temiendo dejar escapar a la víctima y mientras el destacamento de 4.000 hombres de Bagratión encendía alegremente las hogueras, se secaba, entraba en calor, y calentaba el rancho por vez primera después de tres días, y nadie de entre los soldados del destacamento sabía, ni pensaba en lo que le esperaba.

XVI

A las cuatro de la tarde el príncipe Andréi, que había persistido en su petición a Kutúzov, llegó a Grunt y se presentó a Bagratión. El ayudante de campo de Bonaparte aún no había llegado al destacamento de Murat y la batalla aún no había comenzado. En el destacamento de Bagratión nadie sabía nada sobre el transcurso de los acontecimientos, hablaban sobre la paz, pero no pensaban que fuera posible. Hablaban sobre la batalla, pero tampoco creían en su inminencia. Bagratión, que conocía a Bolkonski como un querido y fiable ayudante de campo, le recibió con una especial distinción y benevolencia, le explicó que seguramente iban a entrar en batalla ese día o al siguiente y le dio plena libertad para quedarse con él durante la batalla o en la retaguardia para controlar en orden en la retirada, «lo que también es muy importante».

—Por otra parte seguramente hoy no habrá batalla —dijo Bagratión, como para tranquilizar al príncipe Andréi.

«Si es uno de esos petimetres del Estado Mayor que han enviado para conseguir una medalla, en la retaguardia la conseguirá, y si quiere estar conmigo es libre de hacerlo… puede ser útil si es un oficial valiente», pensó Bagratión.

El príncipe Andréi, sin responder nada, pidió el permiso del príncipe para recorrer las avanzadas y conocer la distribución de las tropas para en caso de que se le encomendara alguna tarea saber adónde acudir. El oficial de guardia del regimiento, un hombre apuesto, elegantemente vestido y con un anillo de diamantes en el dedo índice, que hablaba mal pero gustosamente el francés, se ofreció a guiar al príncipe Andréi.

El oficial superior de guardia ocupaba una de las casas ocupadas de la aldea de Grunt y el príncipe Andréi entró con él en ella mientras ensillaban su caballo. Tras un tabique derribado calentaba una estufa y ante ella se arrugaban y clareaban secándose unas botas mojadas y humeaba un empapado capote. En el suelo del aposento dormían tres oficiales, la atmósfera era pesada.

—Siéntese, príncipe, aunque sea aquí —dijo el oficial superior en francés—. Ahora mismo me entregarán el caballo. Estos son nuestros oficiales, príncipe. Es que hemos marchado dos noches bajo la lluvia y no había ni dónde secarse.

Los oficiales tenían un aspecto triste y penoso. Ese mismo aspecto triste y desordenado era el que ofrecía todo el pueblo, cuando ellos, montados a caballo, lo recorrieron. Por todas partes se veían oficiales mojados con rostros tristes, que parecían buscar algo, y soldados que se traían puertas, bancos y vallas del pueblo.

—No podemos, príncipe, librarnos de esta gente —dijo el oficial superior señalando a esos soldados—. Los comandantes relajan la disciplina, y aquí —dijo señalando a la tienda del cantinero— es donde se reúnen y pasan el rato. Hoy por la mañana les eché a todos y mire ahora, ya está otra vez llena. Tengo que ir a asustarlos, príncipe. Solo un momento.

—Vayamos y tomaré algo de queso y pan —dijo el príncipe Andréi que aún no había tenido tiempo de comer nada.

—¿Por qué no lo ha dicho antes, príncipe?

Bajaron del caballo y entraron en la tienda del cantinero. Algunos oficiales con rostros sonrojados y agotados estaban sentados en las mesas comiendo y bebiendo.

—¿Qué es esto, señores? —dijo el oficial superior en tono de reproche como una persona que ya ha repetido muchas veces la misma cosa—. No pueden ausentarse así. El príncipe ha ordenado que no haya nadie aquí. Bueno, y usted, señor capitán ayudante —dijo dirigiéndose a un oficial de artillería menudo, sucio y delgado que, sin botas (se las había dado al cantinero para que se las secara), se había levantado en calcetines al ver a los que entraban en la tienda y sonreía de un modo no del todo natural.

—¿Cómo es que no le da a usted vergüenza, capitán Tushin? —continuó el oficial del Estado Mayor—. Usted como artillero debería dar ejemplo y está aquí sin las botas. Si dan la alarma estará muy bien sin las botas. —El oficial superior sonrió—. Hagan el favor de volver a sus puestos, señores, todos, todos —añadió en tono autoritario.

El príncipe Andréi sonrió involuntariamente, mirando también al capitán ayudante Tushin. Sonriendo en silencio Tushin apoyaba alternativamente el peso de una pierna a la otra, mirando interrogativamente con ojos grandes, inteligentes y bondadosos, bien al príncipe, bien al oficial superior.

—Los soldados dicen que descalzo se va más cómodo —dijo el capitán Tushin, sonriendo y azarándose, deseando evidentemente pasar de su incómoda situación al tono de broma; pero aún no había terminado de hablar cuando se dio cuenta que su broma no era bien recibida. Se turbó.

—Haga el favor de irse —dijo el oficial superior intentando mantener la seriedad.

El príncipe Andréi miró una vez más la figura del artillero. Tenía algo de particular, nada marcial, algo cómico, pero excepcionalmente atractivo.

El oficial superior y el príncipe Andréi se sentaron en el caballo y siguieron avanzando.

Al salir del pueblo sin dejar de encontrarse y de dejar atrás a soldados y oficiales de distintas armas, vieron a la izquierda las rojizas fortificaciones en construcción. Unos cuantos batallones de soldados en mangas de camisa, a pesar del frío viento, pululaban en estas fortificaciones como blancas hormigas. Desde el terraplén, alguien a quien no podían divisar, arrojaba sin cesar paladas de tierra roja. Se acercaron a la fortificación, la supervisaron y siguieron adelante. Tras la misma fortificación tropezaron con unas decenas de soldados relevándose continuamente bajando de las fortificaciones. Tuvieron que taparse la nariz y espolear al caballo para alejarse de esa atmósfera envenenada.

—Estos son los deleites del campamento, príncipe —dijo el oficial superior de guardia.

Se acercaron a la montaña del lado opuesto. Desde esta montaña se podía ver ya a los franceses. El príncipe Andréi se detuvo y comenzó a mirar.

—No, más tarde los veremos, príncipe —dijo el oficial superior, para el cual ese espectáculo era ya algo común. Señaló al punto más alto de la montaña—. Ahí es donde está nuestra batería —dijo él—, y el mismo estrafalario que estaba en la cantina sin botas; desde ahí se puede ver todo; luego iremos.

—Puedo seguir solo —dijo el príncipe Andréi, deseando librarse del chapurreo francés del oficial superior—, no quisiera molestarle más.

Pero el oficial superior le dijo que tenía que seguir hasta los dragones y juntos tomaron el camino de la derecha.

Cuanto más avanzaba, acercándose al enemigo, tanto más ordenadas y alegres parecían las tropas. El mayor desorden y decaimiento lo había visto en un convoy ante Znaim que había adelantado por la mañana y que se encontraba a diez verstas de los franceses. En Grunt también se percibía una cierta alarma y miedo. Pero cuanto más se acercaba el príncipe Andréi a las filas francesas, más seguro era el aspecto de nuestras tropas. Los soldados formaban en filas, vestidos con sus capotes y los brigadas y los jefes de compañía contaban a sus hombres señalando con el dedo al pecho del último soldado de la sección y ordenándole que levantara la mano; repartidos por todo el campo los soldados traían leña y ramaje seco y construían pequeñas barracas, riéndose alegremente y charlando entre ellos; junto a las hogueras había soldados vestidos y desnudos, secando sus camisas y calcetines o arreglando las botas y los capotes, agolpándose alrededor de los peroles y los cocineros. En una compañía ya estaba preparado el rancho, y los soldados con rostros ansiosos miraban a los peroles humeantes y esperaban a la cata que en una escudilla de madera llevaba el intendente al oficial que se encontraba sentado en un tronco frente a su barracón.

En otra compañía más afortunada, porque no todas tenían vodka, los soldados apelotonados se encontraban frente a un brigada picado de viruelas y ancho de espaldas que inclinando el tonelete vertía vodka en los tapones de las cantimploras colocadas por turno. Los soldados, con rostros fervorosos, se llevaban a la boca el tapón, lo volcaban y haciendo gárgaras y secándosela con las mangas del capote se alejaban del brigada con el rostro alegre. Todos los rostros reflejaban tanta tranquilidad como si todo estuviera sucediendo no ante el enemigo, antes de una batalla en la que se iba a perder, por lo menos la mitad del destacamento, sino en algún lugar de la patria en espera de una parada tranquila. Habiendo recorrido el regimiento de los cazadores y las filas de los granaderos de Kíev, gallardos hombres ocupados en las mismas pacíficas actividades, el príncipe Andréi y el oficial superior, cerca del alto barracón del comandante del regimiento que se distinguía de los otros, chocaron de frente con una sección de granaderos ante los que yacía un soldado desnudo. Dos soldados le sujetaban y otros dos blandían flexibles vergajos y le golpeaban rítmicamente con ellos en la espalda desnuda. El condenado gritaba artificialmente, un grueso comandante no cesaba de caminar por delante de él y sin prestar atención a sus gritos decía:

—Robar es vergonzoso para un soldado, un soldado debe ser honrado, noble y valiente, y si roba a su hermano es que no tiene honor y es un canalla. ¡Más, más!

Y se oían los golpes y los desesperados pero falsos gritos.

—¡Más, más! —decía el comandante.

Un joven oficial, con expresión de incredulidad y sufrimiento en el rostro, se alejó del condenado mirando interrogativamente a los ayudantes de campo que pasaban. Pero los ayudantes no dijeron nada, se dieron la vuelta y siguieron avanzando.

El artificialmente desesperado y falso grito del condenado se fundió inarmónicamente con los sonidos de una canción de baile que cantaban en la compañía de al lado. Los soldados estaban en círculo y en el medio bailaba un joven recluta haciendo con los pies y con la boca reiterados movimientos atrozmente rápidos.

—¡Anda a bailar tú, Makatiuk! —dijo un anciano soldado con una medalla y una cruz empujándole al círculo.

—Pero yo no puedo bailar como él.

—¡Venga!

El soldado entró en el círculo con el capote por encima de los hombros con las condecoraciones que se sacudían en él, con las manos metidas en los bolsillos pasó andando despacio por el círculo sacudiendo apenas los hombros y entornando los ojos. Miró y fijó los ojos en los ayudantes de campo que pasaban. Era evidente que le era igual a quien mirara, aunque por la expresión de su mirada parecía tener ante los ojos a algún amigo con el que con esta mirada recordara una broma común. Se detuvo en el medio y de pronto se dio la vuelta, saltó en cuclillas, dio dos patadas con las piernas, se levantó, dio otra vuelta y sin parar y empujando a los que estaban en su camino salió del círculo.

—¡Todos vosotros! Dejad que bailen los jovencitos.Vete a limpiar el fusil.

Todo lo que vio se quedó grabado en la memoria del príncipe Andréi.

Donde los dragones, el oficial superior fue a ver al comandante del regimiento y el príncipe Andréi siguió solo hasta el frente. Nuestras filas y las del enemigo estaban lejos las unas de las otras en el flanco derecho y el izquierdo pero en el medio en el sitio en el que se habían acercado los emisarios las filas estaban tan cerca que podían verse la cara los unos a los otros y hablar entre ellos. Además de los soldados que formaban filas, en este lugar había un montón de curiosos a ambos lados riéndose que miraban al extraño y para ellos ajeno enemigo.

Desde la mañana temprano, a pesar de la prohibición de acercarse a las filas, los mandos no pudieron librarse de los curiosos. Los soldados que estaban en las filas, algo fuera de lo común, ya no miraban a los franceses sino que hacían sus observaciones sobre lo que iba a venir y esperaban aburridos al relevo. El príncipe Andréi se detuvo a observar a los franceses.

—¡Mira, mira! —Le decía un soldado a su compañero señalando a un mosquetero ruso que se había acercado con un oficial a las filas y hablaba rápida y acaloradamente con un granadero francés.

—Mira qué bien charla. Ni siquiera el franchute puede seguirle. ¡Prueba tú, Sídorov!…

—Espera, déjame escuchar. ¡Fíjate! —respondió Sídorov que se consideraba un maestro hablando francés.

El soldado al que señalaban los burlones era Dólojov. El príncipe Andréi le reconoció y se puso a escuchar su conversación. Dólojov y el jefe de su compañía habían ido a esas filas desde el flanco izquierdo en el que se encontraba su regimiento.

—¡Más, más! —con inocente alegría y rostro grave le instigaba Býkov inclinándose hacia delante y tratando de no perderse ni una de las, para él, ininteligibles palabras—. Más deprisa, por favor. ¿Qué dice él?

Dólojov no respondió al jefe de su compañía, se había dejado arrastrar a una acalorada discusión con el granadero francés. Hablaban, como es lógico, de la campaña. El francés afirmaba, confundiendo a los rusos con los austríacos, que los rusos se habían rendido y que huían corriendo desde el mismo Ulm; Dólojov hablaba como siempre con un innecesario y algo afectado ardor. Decía que los rusos no se habían rendido, sino que se retiraban. Y que donde se quisieran quedar derrotarían a los franceses como en Krems.

—Si aquí nos ordenan echaros, os echaremos —decía Dólojov.

—Cuidaos de que no os apresemos con todos vuestros cosacos —dijo el granadero francés.

Los espectadores y oyentes franceses se echaron a reír.

—Os obligaremos a bailar como bailasteis con Suvórov.

—¿Qué pía ese ahí? —preguntó un francés.

—Una historia antigua —dijo otro dando por hecho que se trataba de guerras anteriores.

—El emperador le enseñará lo que es bueno a vuestro Suvará y a los demás.

—Bonaparte… —iba a comenzar Dólojov, pero el francés le interrumpió.

—¡Nada de Bonaparte, es el emperador! —gritó enfadado.

—¡Que el diablo le lleve!…

Y Dólojov en ruso, groseramente, como un soldado, le injurió y habiendo recogido su fusil se alejó.

—Vamos, Iván Lukich —le dijo al comandante.

—Mira cómo habla en franchute —dijeron los soldados de las líneas de tiradores—. ¡Ahora tú, Sídorov!

Sídorov hizo un guiño y dirigiéndose a los franceses comenzó a escupirles rápidamente palabras incomprensibles: Carí, malá, musiu, poscavilí, muter, cascá, musite —decía él tratando de dar una entonación expresiva a su charla.

—Jo, jo, jo, ja, ja, ja, ju, ju —se extendió entre los soldados el estrépito de una carcajada tan alegre y tan sana que involuntariamente se traspasó a las filas de los franceses y parecía que después de esto había que descargar lo antes posible los fusiles, hacer saltar las minas e irse lo más rápido posible cada uno a su casa. Pero los fusiles continuaron cargados, las aspilleras en las casas y en las fortificaciones siguieron mirando amenazadoramente hacia delante e igual que antes, los cañones se quedaron bajados de sus avatrenes y amenazándose unos a otros.

XVII

«Bueno —se dijo a sí mismo el príncipe Andréi—, el ejército ortodoxo no es tan malo. No parece en absoluto malo... en absoluto, en absoluto.»

Habiendo recorrido toda la línea del ejército, desde el flanco derecho al izquierdo, subió a las baterías desde las que según palabras del oficial superior que le había acompañado se podía ver todo el campo. Allí bajó del caballo y se detuvo en el último de los cuatro cañones. Por delante de los cañones paseaba sin cesar un artillero que se puso firme ante la vista de un oficial, pero que al hacerle una señal recuperó su indiferente y aburrido paseo. Por detrás de los cañones estaban los carros y aún más atrás los postes para atar los caballos y las hogueras de los artilleros. A la izquierda, cerca del último cañón, había una cabaña que se había construido hacía poco desde la que se oían las animadas voces de unos oficiales.

Realmente desde la batería se cubría la vista de casi toda la disposición de las tropas rusas y de una gran parte de las del enemigo. Directamente enfrente, en el perfil del montecillo opuesto, se veía la aldea de Schengraben, a la derecha y a la izquierda se podían diferenciar en tres asentamientos, entre el humo de las hogueras, las masas de las tropas francesas de las que era evidente que una gran parte se encontraba en la misma aldea y tras la montaña. A la derecha de la aldea, en el humo, parecía haber algo similar a una batería pero a simple vista no se podía distinguir bien. Nuestro flanco derecho estaba dispuesto en una elevación bastante empinada sobre las posiciones francesas. Nuestra infantería estaba situada allí y al final se podían ver los dragones. En el centro, donde se encontraba la batería de Tushin desde la que el príncipe Andréi observaba la posición, estaba la pendiente y la cuesta más suave y directa hacia el arroyo que separaba nuestras tropas de Schengraben. A la izquierda nuestros ejércitos estaban contiguos a un bosque donde humeaban las hogueras de la infantería que cortaba leña. La línea de los franceses era más larga que la nuestra y estaba claro que los franceses podían rodearnos por ambos lados y atacar; en el centro, tras nuestra posición, había un barranco hondo y escarpado por el cual sería difícil la retirada de la artillería y la caballería. El príncipe Andréi se acodó sobre un cañón y sacando su libreta se apuntó el plan de distribución de las tropas. Hizo anotaciones a lápiz en dos sitios con la intención de, en caso necesario, comunicarle al propio Bagration, o al oficial del séquito que se encontrara con él, sus dudas acerca de la corrección de la distribución de las tropas. Pensó, lo primero, en concentrar toda la artillería en el centro y, lo segundo, en llevar a la caballería hacia atrás, al otro lado del barranco. El príncipe Andréi, que estaba siempre con el comandante en jefe siguiendo los movimientos de las masas y las disposiciones generales y ocupándose continuamente de la descripción histórica de la batalla, en la acción que se avecinaba consideraba inconscientemente el futuro acontecer de las acciones de guerra solo en líneas generales. Solo concebía dos grandes eventualidades del tipo siguiente:

«Si el enemigo se lanza al ataque sobre el flanco derecho —se decía a sí mismo—, los granaderos de Kíev y los cazadores de Podolsk van a tener que mantener su posición hasta que los reservas del centro lleguen hasta ellos. En este caso los dragones pueden golpear en el flanco y arrollar al enemigo. En el caso de ataque en el centro pondremos a esa altura la batería central y bajo su protección ceñiremos el flanco izquierdo y retrocederemos escalonadamente hasta el barranco...» Todo el rato que estuvo en la batería al lado de los cañones no cesó de escuchar las voces de los oficiales, que hablaban en la tienda, pero, como ocurre con frecuencia, no entendía una palabra de lo que hablaban. Recordando a los mariscales Laudon, Suvórov, Friedrich, Bonaparte y sus batallas y tomando en consideración la disposición de las tropas que tenía ante sí, como si fueran solamente cañones carentes de alma, él, analizando en su imaginación diferentes composiciones y supuestos, afianzaba su pensamiento con palabras francesas. De pronto el sonido de una voz proveniente de la cabaña le sorprendió tanto por su tono cordial y directo que comenzó a prestar atención. Era evidente que los oficiales se habían enfrascado en una charla cordial y filosofaban.

—No, querido —decía una voz agradable y que al príncipe Andréi le pareció conocida—, yo digo que si pudiera saberse lo que vendrá después de la muerte nadie de entre nosotros la temería. Es así, querido.

Otra voz más juvenil le interrumpió.

—Temas o no temas, de todos modos no puedes escapar de ella...

—¡Y aun así se teme! Vosotros sois muy listos —dijo una tercera voz varonil interrumpiendo a ambos—. Vosotros sois artilleros y muy listos porque podéis llevar todo con vosotros, el vodka y los entremeses.

El propietario de la voz viril, que evidentemente era un oficial de infantería, se echó a reír. Los artilleros siguieron discutiendo.

—Y aun así se teme —continuó el primero.

—Se teme a lo desconocido, a eso. Por mucho que te digan que el alma va al cielo… pues nosotros sabemos que no hay cielo, que solo existe la atmósfera.

De nuevo la voz viril interrumpió al artillero.

—Bueno, invítanos a probar tus hierbas, Tushin —dijo él.

«Ah, este es ese mismo capitán que estaba sin botas en la tienda del cantinero», pensó el príncipe Andréi reconociendo la agradable voz que filosofaba.

—¡Eh, tú! —gritó el oficial de infantería—. ¡Aliosha! Hermano, trae los entremeses de las cajas de municiones.

—Venga, venga —afirmó la voz del artillero—, y una pipa para mí por eso.

O bien al que había pedido el vodka y los entremeses le dio vergüenza, o al otro le dio miedo que pensaran que tacañeaba, pero ambos callaron.

—Mira, llevas hasta libritos contigo —dijo la burlona voz masculina.

—Hay algo escrito sobre las circasianas.

Comenzó a leer casi sin poder contener la risa que a él mismo avergonzaba, pero que no podía evitar.

«Las circasianas son famosas por su belleza y son dignas de su fama por su sorprendente blancura…»

En ese instante se escuchó un silbido en el aire; más y más cerca, más deprisa y más alto, más alto y más deprisa; y una bala, como si no hubiera terminado de decir todo lo que era necesario, con una fuerza inhumana, haciendo saltar chispas, calló en la tierra cerca de la cabaña. Fue como si la tierra gritara a causa del terrible golpe. En ese instante saltó antes que nadie de la cabaña el pequeño Tushin con la pipa en un lado de la boca, su rostro bondadoso e inteligente estaba ligeramente pálido. Tras él salió el dueño de la voz viril, un oficial de infantería que salió corriendo hacia su compañía, abrochándose por el camino.

XVIII

El príncipe Andréi se quedó en la batería sin desmontar, mirando a las tropas francesas. Sus ojos erraban sin saber dónde posarse por el amplio espacio. Solo veía que la anteriormente inmóvil masa de franceses comenzaba a agitarse y que a la izquierda había realmente una batería. El humo aún no se había disipado sobre ella. Dos franceses a caballo, probablemente ayudantes de campo, galopaban por la montaña. Bajo la montaña, tal vez para reforzar las filas, se movía una pequeña columna de enemigos que se podía ver muy claramente. Aún no se había disipado el humo del primer disparo cuando se vio un nuevo humo y un disparo. La batalla había comenzado. El príncipe Andréi dio la vuelta al caballo y volvió a galope a Grunt a buscar al príncipe Bagratión. Tras de sí escuchó que el bombardeo se volvía más intenso y más sonoro. Era evidente que los nuestros comenzaban a responder. Abajo, en el sitio en el que se habían acercado antes los parlamentarios, se escucharon descargas de fusiles.

Lemarrois acababa de llegar con la severa carta para Murat de Bonaparte y el avergonzado Murat, deseando reparar su error, en ese mismo momento hizo avanzar a sus tropas por el centro y las hizo rodear por ambos flancos, deseando ya para la tarde, para llegada del emperador, haber aplastado al insignificante destacamento que tenía frente a sí.

«¡Ha comenzado! ¡Aquí está!», pensó el príncipe Andréi sintiendo que la sangre comenzaba a afluirle al corazón. Al pasar entre las compañías que comían rancho y bebían vodka un cuarto de hora antes, vio por doquier el mismo rápido movimiento de soldados que escogían sus armas y formaban y en todos los rostros reconoció ese sentimiento de agitación que había en su corazón. «Ha comenzado. ¡Aquí está! ¡Terrible y alegre!», decían los rostros de cada soldado y oficial con el que se encontraba. Sin haber conseguido aún llegar a las fortificaciones en construcción, divisó en la sombría luz de la tarde del día otoñal unos jinetes que galopaban a su encuentro. El primero, vestido con levita de general, burka* y un gorro de astracán, montaba un caballo blanco. Era el príncipe Bagratión con su séquito. El príncipe Andréi se detuvo para esperarle. El príncipe Bagratión detuvo su caballo y al reconocer al príncipe Andréi le saludó con la cabeza. Continuó mirando hacia delante mientras el príncipe Andréi le relataba lo que había visto.

La expresión de «¡Ha comenzado! ¡Aquí está!» también se reflejaba en el rostro firme y bronceado del príncipe Bagratión con los ojos entrecerrados y turbios como si no hubiera dormido. El príncipe Andréi, con intranquila curiosidad, miraba a ese rostro inmóvil y quería saber si pensaba y sentía y qué era lo que pensaba y sentía ese hombre en aquel momento. «¿Hay algo tras ese rostro inmóvil?», se preguntaba a sí mismo el príncipe Andréi, mirándole. El príncipe Bagratión afirmó con la cabeza en señal de acuerdo con las palabras del príncipe Andréi y dijo «bien» con una expresión tal como si todo lo que había sucedido y lo que le comunicaban fuera precisamente lo que él ya preveía. El príncipe Andréi, sofocado por la rápida cabalgata, hablaba con premura. El príncipe Bagratión pronunciaba las palabras con su acento oriental con especial lentitud como sugiriendo que no había que apresurarse. Sin embargo espoleó su caballo al galope en dirección a la

* Burka: capote de fieltro del Cáucaso. (N. de la T.)

batería de Tushin. El príncipe Andréi, junto con el séquito, le siguieron. Tras el príncipe Bagratión iba un oficial del séquito, el ayudante personal del príncipe Zherkov, un ordenanza, el oficial superior de servicio sobre un hermoso caballo inglés, un funcionario civil, un auditor que para saciar su curiosidad había solicitado acudir a la batalla y otros cargos menores, cosacos y húsares. El auditor, un hombre grueso, de rostro orondo con una ingenua sonrisa de alegría, miraba a su alrededor bamboleándose sobre su caballo con un extraño aspecto a causa de la ropa que vestía, sentado entre húsares, cosacos y ayudantes de campo.

—Mire, príncipe, quiere ver la batalla —le dijo Zherkov a Bolkonski señalando al auditor—, pero ya le ha empezado a doler el pecho.

—Basta ya —dijo el auditor con una resplandeciente, ingenua y a la vez astuta sonrisa, como si le resultara halagüeño ser el objeto de las bromas de Zherkov y como si intentara a propósito parecer más tonto de lo que era.

—Muy divertido, mi señor príncipe —dijo el oficial superior de servicio. (Recordaba que en francés el título de príncipe se decía de una manera particular, pero no pudo dar con ello.)

En ese momento ya todos se habían acercado a la batería de Tushin y frente a ellos impactó un proyectil.

—¿Qué es lo que ha caído? —preguntó el auditor sonriendo cándidamente.

—Galletas francesas —dijo Zherkov.

—¿Quiere decir que matan con eso? —preguntó el auditor—. ¡Qué horror!

Y parecía casi deshacerse de satisfacción. Apenas había terminado de hablar cuando resonó inesperadamente un silbido que de pronto se interrumpió con el estrépito de haber golpeado en algo líquido, y p-p-p-pum, un cosaco que iba a la derecha y detrás del auditor se desplomó con su caballo en el suelo. Zherkov y el oficial superior de servicio se inclinaron sobre la silla y dieron la vuelta a los caballos para seguir adelante. El auditor se detuvo frente al cosaco mirándolo con atenta curiosidad. El cosaco estaba muerto, el caballo aún se debatía.

—¿Qué? Habría que levantarle —dijo con una sonrisa. El príncipe Bagratión miró entornando los ojos y al ver la causa de la turbación se dio la vuelta indiferente como si dijera: no vale la pena entretenerse con estupideces. Detuvo su caballo con maneras de buen jinete, se inclinó ligeramente y arregló su espada, que se le había enganchado en la burka. La espada era antigua, diferente de las que se llevaban entonces. El príncipe Andréi recordó un relato en el que se contaba que Suvórov en Italia le regaló su espada a Bagratión y en ese instante le resultó especialmente agradable ese recuerdo. Se acercaron a la misma batería en la que había estado Bolkonski, mirando el campo de batalla.

—¿De quién es esta compañía? —le preguntó el príncipe Bagratión a un artillero que se encontraba al lado de las cajas de municiones.

Preguntaba: «¿De quién es esta compañía?», pero en esencia lo que preguntaba era: «¿No se estarán acobardando por aquí?». Y el artillero lo entendió.

—Del capitán Tushin, Su Excelencia —gritó poniéndose firme con voz alegre y terrible el pelirrojo artillero con el rostro cubierto de pecas.

—Está bien —dijo Bagratión reflexionando, y pasando al lado de los carros se acercó al último cañón. En el momento en el que pasaba resonó un disparo de este cañón ensordeciéndole a él y al séquito, y en el humo que rodeaba los cañones pudo verse a los artilleros que empujaban el cañón y apresuradamente, con todas sus fuerzas, lo hacían rodar hasta su posición original. Un enorme soldado de anchos hombros que llevaba un escobillón saltó hacia la rueda con las piernas muy abiertas. Otro metía con manos temblorosas una bala en la boca del cañón. Un hombre pequeño y encorvado, el oficial Tushin, tropezando con la cola de la cureña corrió hacia delante sin advertir la presencia del general y haciéndose visera con la mano para poder ver.

—Así es la cosa, añade dos líneas más —gritó con voz tonante, a la que intentaba dotar de una gallardía que no iba con su figura—. ¡El número dos! —dijo con voz fina—. ¡Fuego, Medvédev!

Bagratión llamó al oficial y Tushin, con tímidos y torpes movimientos, habiéndose llevado dos dedos a la visera, con un gesto en nada parecido a como saludan los soldados, sino más bien a como bendicen los clérigos, se acercó al general. Aunque la batería de Tushin estaba destinada para disparar sobre la cañada, disparaba con balas incendiarias sobre la aldea de Schengraben que se divisaba en frente y ante la que se movían grandes masas de franceses.

Nadie había ordenado a Tushin dónde y con qué disparar, y él, aconsejado por su brigada Zajárchenko, al que respetaba mucho, había decidido que sería buena idea incendiar la aldea. «¡Bien!», dijo Bagratión al informe del oficial y comenzó a mirar todo el campo de batalla que se abría ante él como considerando algo. Por el lado derecho era por donde más se acercaban los franceses. Bajo la colina en la que se encontraba el regimiento de Kíev en la cañada del río se escuchaba el retumbante traqueteo de los fusiles y tras los dragones mucho más a la derecha, un oficial del séquito le señaló al príncipe una columna de franceses que se acercaba a nuestro flanco. A la izquierda el horizonte terminaba en un bosque cercano.

El príncipe Bagratión ordenó que dos batallones del centro fueran a reforzar el flanco derecho. Un oficial del séquito se atrevió a advertir al príncipe que si estos batallones se iban, las baterías quedarían desprotegidas. El príncipe Bagratión se volvió hacia el oficial del séquito y le miró en silencio con ojos apagados. Al príncipe Andréi le parecía que la apreciación del oficial del séquito era correcta y que realmente no se le podía objetar nada. Pero en ese instante el ayudante del comandante del regimiento, que se encontraba en la cañada, galopó hasta ellos con la noticia de que enormes masas de franceses avanzaban por debajo y que el regimiento se había dispersado y se retiraba hacia los granaderos de Kíev. El príncipe Bagratión movió la cabeza en señal de acuerdo y aprobación. Fue al paso hacia la derecha y envió a un ayudante a dar la orden a los dragones de atacar a los franceses. Pero el ayudante enviado allí volvió al cabo de media hora con la noticia de que el jefe del regimiento de dragones se retiraba hacia el otro lado del barranco ya que habían dirigido contra ellos un intenso fuego y perdía hombres inútilmente y por esa razón había ordenado a los tiradores que corrieran a internarse en el bosque.

—Está bien —dijo Bagratión.

Cuando se alejó de la batería se escucharon también a la izquierda disparos en el bosque y como se encontraba demasiado lejos del flanco izquierdo para que él mismo pudiera llegar a tiempo, envió allí a Zherkov a decirle al general superior, el mismo que presentara el regimiento a Kutúzov en Braunau, que se retirara lo más rápido posible al otro lado del barranco porque era probable que el flanco derecho no tuviera fuerzas para detener por mucho tiempo al enemigo. Tushin y el batallón que le cubría fueron olvidados por completo.

El príncipe Andréi escuchaba concienzudamente las conversaciones del príncipe Bagratión con los mandos y las órdenes que les daba y reparó con sorpresa en que no daba ninguna orden y que el príncipe solo trataba de aparentar que todo lo que se hacía por necesidad, casualidad y la voluntad de los mandos, si no era por orden suya, sí al menos de acuerdo con sus intenciones. Gracias al tacto que demostraba el príncipe Bagratión, el príncipe Andréi advirtió que a pesar del carácter casual de los acontecimientos y su independencia de la voluntad del jefe, su presencia hacía mucho. Los mandos que se acercaban al príncipe Bagratión con rostros desolados se tranquilizaban, los soldados y oficiales le saludaban alegremente y se animaban más en su presencia y hacían visible alarde de su valor ante él.

XIX

El príncipe Bagratión, habiendo llegado al punto más alto de nuestro flanco derecho, comenzó a descender donde se escuchaba el resonar del tiroteo y no se podía ver nada a causa del humo de la pólvora. Cuanto más descendían hacia la cañada menos podían ver, pero se hacía más perceptible la cercanía del propio campo de batalla. Comenzaron a encontrarse con heridos. A uno que tenía la cabeza ensangrentada y no llevaba gorra le llevaban dos soldados sujeto por los brazos. Gemía y escupía, estaba claro que la bala le había entrado por la boca o el cuello. Otro con el que se encontraron caminaba solo vigorosamente, sin fusil, iba quejándose en voz alta y agitando a causa de un dolor reciente, un brazo, del que manaba sangre como de una botella, manchando su capote. Por su rostro parecía más asustado que dolorido, acababan de herirle. Atravesando el camino comenzaron a descender por la pendiente y en ella vieron a algunos soldados tumbados; se encontraron con una multitud de heridos entre los que también había soldados sanos. Los soldados subían la montaña jadeando, y a pesar de ver al general hablaban en voz alta y gesticulaban con los brazos. Enfrente, en el humo, ya se podían ver filas de capotes grises y un oficial, al ver a Bagratión, salió corriendo con un grito tras los soldados que se marchaban en masa pidiéndoles que volvieran. Bagratión se acercó a las filas en las que aquí y allá resonaban los disparos acallando las conversaciones y las órdenes. Todo el aire estaba saturado del humo de la pólvora. Los rostros de los soldados estaban cubiertos de pólvora y excitados. Unos limpiaban los fusiles con las baquetas, otros añadían la pólvora, sacaban la carga de las bolsas y disparaban. Pero no podían ver a quién disparaban a causa del humo de la pólvora que no se había llevado el viento. Y se escuchaban con frecuencia los agradables sonidos de los zumbidos y los silbidos.

«¿Qué es esto? —pensó el príncipe Andréi, al acercarse a ese grupo de soldados—. ¡No puede ser una línea de tiradores porque están en grupo! No puede ser un ataque porque no se mueven, no puede ser un cuadro porque no están formando correctamente.»

Un anciano delgado de aspecto débil, el comandante del regimiento, con una agradable sonrisa y unos párpados que cubrían más de la mitad de sus ancianos ojos, otorgándole un aspecto dulce, se acercó al príncipe Bagratión y le recibió como un anfitrión a un apreciado huésped. Informó al príncipe Bagratión de que su regimiento había sufrido el ataque de la caballería francesa y de que a pesar de que el ataque había sido rechazado, el regimiento había perdido más de la mitad de sus soldados. El comandante del regimiento decía que el ataque había sido rechazado ideando esta denominación militar para explicar lo que había sucedido en su regimiento, pero sin saber él mismo realmente qué era lo que había ocurrido en esa media hora en las tropas de las que era responsable y sin poder decir con certeza si el ataque había sido rechazado o su regimiento había sido masacrado por el ataque. Al comenzar la acción solo supo que empezaron a volar balas y granadas por todo su regimiento y a caer soldados y que después alguien gritó: «La caballería», y los nuestros comenzaron a disparar. Y seguían disparando hasta el momento ya no sobre la caballería que se había ocultado, sino sobre la infantería francesa que se había dejado ver en la cañada y abría fuego sobre nosotros.

El príncipe Bagratión asintió con la cabeza en señal de que todo era exactamente como él había deseado y supuesto. Ordenó a su ayudante que hiciera bajar de la montaña a los dos batallones del Sexto de Cazadores junto a los que acababa de pasar. Al príncipe Andréi le sorprendió en ese instante el cambio que se había operado en el rostro de Bagratión. Su rostro expresaba la ensimismada y alegre determinación que hay en un hombre que va a arrojarse al agua en un día de calor y está tomando carrerilla. No había ya ni ojos empañados por la falta de sueño, ni fingido aspecto de concentración: los ojos redondos, firmes, de rapaz, miraban al frente animada y algo despreciativamente, sin detenerse en nada en particular, aunque en sus movimientos se mantenía su anterior lentitud y gravedad.

El comandante del regimiento se volvió al príncipe Bagratión rogándole que se alejara, dado que ese sitio era demasiado peligroso.

—Excelencia, por el amor de Dios —decía él, mirando a un oficial del séquito, que le daba la espalda, para pedirle ayuda—. Mire.

Le hacía advertir las balas que aullaban, silbaban y cantaban sin cesar a su alrededor. Hablaba con el tono de reproche y de ruego con el que un carpintero le habla a un señor que ha cogido el hacha: «Nosotros estamos acostumbrados, pero a usted le saldrán callos». Hablaba con un tono tal como si a él mismo no pudieran herirle las balas. Y sus ojos entrecerrados daban a sus palabras una expresión aún más persuasiva. El oficial superior se unió en sus ruegos al comandante del regimiento, pero el príncipe Bagratión no les respondió y únicamente ordenó que cesaran de disparar y que se situaran de modo que dejaran espacio para los dos batallones que se acercaban. Mientras hablaba parecía, a causa del viento que se había levantado, que una mano invisible descorriera de derecha a izquierda la cortina de humo que ocultaba la cañada y la montaña situada enfrente y las filas de franceses que se movían por ella se hicieron visibles ante ellos. Todos los ojos se posaron involuntariamente en estas columnas francesas que se movían hacia nuestras tropas serpenteando por los escalones del terreno. Ya podían verse los gorros de piel de los soldados, ya se podía diferenciar a los oficiales de los soldados y se veía cómo ondeaban las banderas.

—Marchan bien —dijo alguien del séquito de Bagratión.

La cabeza de la columna casi había descendido a la cañada. El enfrentamiento debía producirse en ese lado.

Los restos de nuestro regimiento, que había entrado en combate, formaron apresuradamente y se echaron hacia la derecha; tras ellos, adelantando a los rezagados, se acercaban, bien alineados, los dos batallones del Sexto de Cazadores. Aún no habían llegado a la altura de Bagratión y ya se podía oír el paso duro y pesado que marcaba toda esa masa de gente. El que iba más cercano a Bagratión por el flanco izquierdo era el comandante del regimiento, un hombre de cara redonda y buena planta, con una expresión feliz y estúpida en el rostro. Era evidente que en ese momento no pensaba en nada excepto en que marchaba bravamente junto a su jefe. Complaciente, marchaba con facilidad con sus musculosas piernas, como flotando, estirándose sin el menor esfuerzo y distinguiéndose así del pesado paso de los soldados que le seguían. En la pierna llevaba desenvainada una espadita delgada y estrecha (una espadita curvada, en nada similar a un arma) y mirando bien al jefe, bien hacia atrás, volvía ágilmente todo su fuerte talle sin perder el paso. Parecía que todas sus fuerzas estaban dedicadas a marchar del mejor modo posible junto a su superior y sintiendo que lo estaba haciendo bien, se encontraba feliz. «Izquierda, izquierda, izquierda, derecha, izquierda», parecía decir interiormente a cada paso y con ese compás y con rostros severos se movía el muro de las figuras de los soldados, soportando el peso de las mochilas y los fusiles como si cada uno de estos soldados dijera mentalmente a cada paso: «Izquierda, izquierda, izquierda, derecha, izquierda».

Un grueso mayor, jadeando y perdiendo el paso, evitó un arbusto del camino; un soldado rezagado, jadeando con rostro asustado por la falta que había cometido, alcanzó corriendo a la compañía; una bala, segando el aire voló sobre la cabeza del príncipe Bagratión y su séquito y cayó en la columna.

—¡Cerrad filas! —se escuchó la presuntuosa voz del comandante del regimiento.

Los soldados evitaron en arco el lugar en el que había caído la bala y un viejo caballero, un suboficial de flanco que se había detenido junto a las víctimas, alcanzó su fila, cambió el paso de un salto, se puso al ritmo de la marcha y miró con rostro enfadado. «Izquierda, izquierda, izquierda, derecha, izquierda», parecía escucharse en el silencio amenazador y el rítmico sonido de las piernas que golpeaban el suelo al unísono.

—¡Bravo, muchachos! —dijo Bagratión.

—¡Hurra-a-a-a-a-a-a-a-a-a! —se extendió por las filas.

Un sombrío soldado que iba a la izquierda miró al gritar a los ojos a Bagratión con una expresión tal como si le dijera: «Ya lo sabemos»; otro, sin mirar y como si temiera distraerse, abrió la boca, gritó y siguió adelante. Se les ordenó que se detuvieran y se quitaran las mochilas.

Bagratión pasó junto a sus filas y se bajó del caballo. Le dio las riendas a un cosaco, luego se quitó la burka y se la dio, estiró las piernas y se enderezó el gorro en la cabeza. La cabeza de la columna francesa con los oficiales al frente se dejó ver por detrás de la montaña. Pero nadie les vio, todos miraban al hombre de baja estatura con gorro de borrego, los brazos alineados a lo largo del cuerpo y los, entonces brillantes, ojos.

—¡Que Dios os acompañe! —dijo él con voz fuerte y firme, en un instante se volvió hacia el frente y meneando suavemente los brazos, con paso torpe de jinete, avanzó como trabajosamente por el accidentado terreno. El príncipe Andréi sintió que una irresistible fuerza le lanzaba hacia delante y experimentó una felicidad que le hizo olvidarse de todo en ese instante...

Aquí tuvo lugar ese ataque sobre el que el señor Thiers dijo: «Los rusos se comportaron valerosamente y —cosa rara en una guerra—, dos masas de infantería marcharon con decisión la una contra la otra y ninguna de las dos cedió hasta la propia confrontación», y Napoleón en la isla de Santa Elena dijo: «Algunos batallones rusos se comportaron de forma intrépida».

Los franceses ya se encontraban cerca, el príncipe Andréi que iba junto a Bagratión ya distinguía claramente las bandoleras, las rojas espoletas, e incluso los rostros de los franceses. (Vio claramente a una anciano oficial francés que con las piernas torcidas y calzando unas botas caminaba con dificultad por la montaña.) El príncipe Bagratión no daba ninguna nueva orden y todos seguían avanzando en silencio formando filas. De pronto, entre los franceses zumbó un primer disparo, un segundo, un tercero… y por toda la formación enemiga se propagaron el humo y las descargas. Unos cuantos de nuestros soldados cayeron, entre ellos el oficial de rostro redondo que marchaba tan alegre y diligente. Pero en el mismo momento en el que resonó el primer disparo Bagratión les miró y gritó:

—¡Hurra!

—¡Hurra-a-a-a! —un prolongado grito se difundió por nuestra línea y abrazando al príncipe Bagratión y los unos a los otros, abandonando la formación, pero en alegre y animada multitud los nuestros corrieron por la montaña en pos de las desbaratadas filas de franceses.

XX

El ataque del Sexto de Cazadores consiguió la retirada del flanco derecho. En el centro, la acción de la olvidada batería de Tushin, que había logrado incendiar Schengraben, había detenido el movimiento de los franceses. Los franceses apagaron el incendio extendido por el viento y tuvieron tiempo de retirarse. Aunque la retirada a través del barranco fue apresurada y ruidosa, las tropas consiguieron retirarse sin confundir las órdenes. Pero el flanco izquierdo, compuesto por los regimientos de infantería de Azov y Podolsk y el de los húsares de Pavlograd que fue al mismo tiempo atacado y rodeado por las superiores fuerzas de los franceses, bajo las órdenes de Lannes, fue aniquilado. Bagratión envió a Zherkov a ver al general del flanco izquierdo con la orden de retirarse inmediatamente.

Zherkov espoleó al caballo y salió al galope marcialmente, sin retirar la mano de la gorra. En presencia de Bagratión se comportaba de modo excelente, es decir, muy valerosamente, pero tan pronto como se alejó le abandonaron las fuerzas. Se apoderó de él un temor invencible a que le mataran y no pudo volver a la zona de riesgo.

Al acercarse a las tropas del flanco izquierdo avanzó hacia donde se oía tiroteo y comenzó a buscar al general y a los mandos donde no podía encontrarlos y por esa razón no transmitió las órdenes.

El mando del flanco izquierdo pertenecía por superior grado al coronel del mismo regimiento al que pasó revista Kutúzov en Braunau y en el que servía el soldado Dólojov. Y como comandante del extremo del flanco izquierdo había sido designado el coronel del regimiento de Pavlograd donde servía Rostov, lo que provocó un malentendido. Los dos mandos estaban fuertemente enojados el uno con el otro y al mismo tiempo que en el flanco derecho ya hacía tiempo que la acción había concluido y los franceses comenzaban a retirarse, ambos jefes estaban inmersos en unas conversaciones a través del ayudante de campo que tenían como fin ofenderse mutuamente. Esos regimientos, tanto el de caballería como el de infantería, estaban muy mal preparados para la inminente acción. Por una extraña circunstancia, los hombres de los regimientos, desde el soldado al general, no esperaban la batalla y se dedicaban tranquilamente a tareas nada bélicas: alimentar a los caballos en caballería y recoger leña en infantería.

—Si me supera en grado —decía el coronel de húsares alemán, dirigiéndose al ayudante de campo que se acercaba—, déjale que haga lo que quiera. Yo no puedo sacrificar a mis húsares. ¡Trompeta! ¡Toca retirada!

Pero los acontecimientos se precipitaron. Los cañonazos y el tiroteo atronaban fundiéndose a la derecha y en el centro y los capotes franceses de los tiradores de Lannes pasaban ya la presa del molino y formaban a este lado a dos tiros de fusil. El coronel de infantería, con paso tembloroso, se acercó al caballo, montó bien alto y erguido, y fue a ver al comandante del regimiento de Pavlograd. Los comandantes se acercaron y se saludaron con cortesía y ocultaron la rabia que albergaban en sus corazones.

—De nuevo igual, coronel —decía el general—, yo no puedo dejar a la mitad de mis hombres en el bosque. Le ruego, le ruego —repitió él—, que ocupe la posición y se prepare para el ataque.

—Y yo le pido que no se inmiscuya en lo que no es asunto suyo —respondió el coronel acalorándose—. Si usted fuera de la caballería…

—Yo no soy de la caballería, coronel, pero soy un general ruso, por si no lo sabe…

—Lo sé muy bien, Su Excelencia —gritó de pronto el coronel, espoleando el caballo y amoratándose—. No quiero aniquilar mi regimiento para darle gusto.

—Se está propasando, coronel. Yo no estoy aquí por gusto y no le permito que me diga eso.

El general aceptó la invitación del coronel para el torneo de valor, enderezando el pecho y frunciendo el ceño fue con él hacia la línea de tiro como si todas sus diferencias debieran decidirse allí, en la línea, bajo las balas. Se acercaron a la línea, algunas balas volaron sobre ellos y se detuvieron en silencio. No había nada que ver en las filas, porque igual que desde el otro sitio en el que se encontraban antes estaba claro que la caballería no podía hacer nada a causa de los arbustos y el barranco y que los franceses rebasaban el ala izquierda. El general y el comandante se miraron severa y significativamente como dos gallos preparándose para la pelea, esperando en vano una señal de cobardía. Ambos superaron la prueba. Y como no había nada que decir y ninguno de los dos quería dar lugar a que el otro dijera que era el primero en alejarse del alcance de las balas, se hubieran quedado allí durante mucho tiempo probando mutuamente su valor si en ese momento en el bosque casi detrás de ellos no se hubiera escuchado el traqueteo de los fusiles y unos gritos sordos entremezclados. Los franceses habían caído sobre los soldados que recogían leña en el bosque. Los húsares ya no podían retroceder con la infantería. Tenían el camino de retirada cortado a la izquierda por las filas francesas. Pero entonces, por muy desfavorable que fuera el terreno, era imprescindible atacar para abrirse camino.

El escuadrón en el que servía Rostov fue situado de cara al enemigo, casi sin que tuvieran tiempo de montar en los caballos. De nuevo, como en el puente sobre el Enns, no había nadie entre el escuadrón y el enemigo y entre ambos, separándoles, se encontraba esa extraña línea de desconocimiento y temor como la línea que separa a los vivos de los muertos. Todos los soldados percibían esa línea y la pregunta sobre si cruzarla o no, y cómo hacerlo, les agitaba.

El coronel se acercó al frente, respondió enojado a las preguntas de los oficiales y como si siguiera insistiendo en lo mismo, dio alguna orden. Nadie dijo nada concreto, pero por el escuadrón se difundió el rumor de un ataque. Se dio la orden de formar, después chirriaron los sables al ser desenvainados, pero aún nadie se movió. Las tropas del flanco izquierdo, los húsares y la infantería notaron que los propios mandos no sabían qué hacer. Y la indecisión de los mandos se transmitió a las tropas. Se miraban entre ellos y a los mandos que tenían delante con impaciencia.

—¿Por qué sueltas las riendas? —le gritó un suboficial a un soldado que se encontraba cerca de Rostov.

—Aquí viene el capitán —dijo otro soldado—. Ahora debe empezar la cosa.

«Cuanto antes, cuanto antes», pensaba Nikolai mirando la cruz de San Jorge que colgaba del cordón de su chaqueta y que había recibido dos días antes por el incendio del puente sobre el Enns. Nikolai se encontraba ese día, más que nunca, en su acostumbrado feliz estado de ánimo. Dos días antes había recibido la cruz, ya se había reconciliado completamente con Bogdanich y para mayor felicidad iba a conocer el goce de un ataque, cosa sobre la que había oído hablar mucho a los húsares de su regimiento y que esperaba con impaciencia. Había oído hablar del ataque como si se tratara de un goce extraordinario. Le habían dicho que en cuanto te internas en el cuadro te olvidas completamente de ti mismo, que en el sable del húsar quedan nobles huellas de la sangre enemiga, etc.

—La cosa pinta mal —dijo un anciano soldado. Nikolai le miró con reproche.

—¡Que Dios nos acompañe, muchachos! —sonó la voz de Denísov—. ¡Al trote, marchen!

En la primera fila se agitaron las grupas de los caballos. Gráchik tiró de las riendas y él mismo arrancó a andar.

«Internarse en el cuadro», pensó Nikolai apretando la empuñadura del sable. Veía al frente la primera línea de húsares y más allá se divisaba una oscura franja que no podía ver claramente, pero que tomó por el enemigo. No hubo ni un solo disparo, como antes de una tormenta.

—¡Trote largo! —se escuchó la orden y Nikolai sintió cómo su Gráchik movía las ancas arrojándose al galope. Preveía de antemano sus movimientos y se sentía más y más alegre. Advirtió un árbol solitario junto al que debía pasar el escuadrón. Ese árbol se encontraba al principio al frente, en el medio de esa línea que parecía tan terrible. Y ahora sobrepasaban esa línea y no solo nada terrible sucedía sino que todo se volvía aún más alegre y animado. «¡Cuanto antes, cuanto antes! Hay que dar a probar al sable la carne del enemigo», pensaba Nikolai. No veía nada bajo sus pies ni frente a él más que las grupas de los caballos y las espadas de los húsares de la fila de delante. Los caballos comenzaban a saltar adelantándose involuntariamente unos a otros. «¡Si pudieran verme en Moscú en este instante!», pensaba él.

—¡¡Hurra-a-a-a-a!! —ulularon las voces.

«Que agarre ahora a quien sea», pensaba Nikolai clavándole las espuelas a Gráchik y poniéndole a la carrera adelantando a los otros. De pronto algo azotó el escuadrón como si de una ancha escoba se tratara. Nikolai levantó el sable preparándose para asestarlo, pero en ese instante el soldado que cabalgaba delante suyo se distanció de él y Nikolai sintió, como en un sueño, que continuaba corriendo hacia delante a una velocidad sobrenatural y que sin embargo, no se movía del sitio. Un húsar al que conocía, Bondarchúk, que iba más atrás, se topó con él y le miró enojado. El caballo de Bondarchúk se echó a un lado y él pasó galopando. Todavía le adelantó un segundo y un tercer húsar.

«¿Qué es esto? ¿No me muevo? He caído, estoy muerto...», se preguntó y se respondió Nikolai en un instante. Ya se encontraba solo en medio del campo. En lugar de los caballos al galope y las espaldas de los húsares veía a su alrededor la inmóvil tierra y los rastrojos. Había sangre caliente debajo de él. «No, estoy herido y el caballo muerto.» Gráchik se incorporó sobre las patas traseras, pero cayó aprisionando la pierna del jinete. De la cabeza del caballo manaba sangre, este se agitaba sin poderse levantar. Nikolai quiso incorporarse y también cayó. El sable se le había enganchado en la silla. No sabía dónde estaban los nuestros ni dónde estaban los franceses. No había nadie a su alrededor.

Después de liberar su pierna se levantó. «¿Dónde, en qué lado estaba ahora esa línea que tan bruscamente separaba las dos tropas?», se preguntó a sí mismo sin hallar respuesta. «¿No me ha pasado ya algo malo? ¿Qué hay que hacer cuando se presenta una situación como esta?», se preguntó a sí mismo incorporándose. En ese instante sintió que algo inútil colgaba de su entumecido brazo izquierdo. Se lo miró buscando en vano la sangre. «Ahí hay gente —pensó alegremente, viendo a unos cuantos soldados que corrían hacia él—. Ellos me ayudarán.» Al frente de estos soldados corría uno con un extraño chacó y capote azul, moreno, bronceado, con nariz aguileña. Dos más corrían detrás de él y aún muchos algo más atrás. Uno de ellos pronunció unas palabras en una lengua extraña que no era ruso. Entre los soldados que iban un poco más atrás con los mismos chacós había un húsar ruso al que llevaban cogido por los brazos; más atrás llevaban su caballo.

«Seguramente es uno de los nuestros que han cogido prisionero... Sí. ¿Acaso me van a apresar a mi? ¿Quiénes son esos? —seguía pensando Nikolai, sin creer lo que veía—. ¿Acaso son franceses?» Miraba a los franceses que se aproximaban y a pesar de que un instante antes había cabalgado hacia ellos para alcanzarlos y matarlos, su proximidad le parecía ahora tan terrible que no creía en sus propios ojos. «¿Quiénes son? ¿Por qué corren? ¿Acaso vienen a por mí? ¿Acaso corren hacia mí? ¿Y para qué? ¿Para matarme? ¿A mí, a quien todos quieren tanto?» Se acordó del amor que su madre sentía por él, de su infancia y de sus amigos y le pareció imposible que el enemigo tuviera intención de matarle. «Pero puede ser que me maten.» Estuvo parado sin moverse del sitio y sin cambiar de posición más de diez segundos. El francés que iba delante, el de la nariz aguileña, se acercó tanto que ya podía ver la expresión de su rostro. Y la acalorada y extraña fisonomía de este hombre con la bayoneta terciada, conteniendo la respiración, acercándose ágilmente a él, asustó a Rostov. Empuñó la pistola, pero en lugar de dispararle con ella se la tiró al francés y corrió con todas sus fuerzas hacia los arbustos. No con esa sensación de duda y lucha con la que corría por el puente del Enns sino con la sensación de la liebre que huye de los perros. Un simple sentimiento de temor por su joven y feliz vida dominaba todo su ser. Saltando rápidamente entre los linderos con la misma premura con la que corriera cuando jugaba al pilla-pilla, volaba por el campo volviendo de vez en cuando su pálido, bondadoso y juvenil rostro y un estremecimiento de terror le recorría la espalda. «No, mejor no mirar», pensó él, pero al acercarse a los matojos miró una vez más. Los franceses se habían quedado atrás y en ese instante el que iba el primero pasaba del trote al paso y dándose la vuelta le gritaba algo a un camarada que iba detrás. Nikolai se detuvo. «Algo no marcha bien —pensó él—, no puede ser que quieran matarme.» Y mientras tanto la mano izquierda le pesaba tanto como si le hubieran colgado de ella una pesa de dos puds. No podía correr más. El francés también se detuvo y apuntó. Nikolai cerró los ojos y se agachó. Una y después otra bala pasaron volando, zumbando, por su lado. Reunió sus últimas fuerzas, se cogió el brazo izquierdo con el derecho y corrió hacia los arbustos. En los arbustos se encontraban los tiradores rusos.

XXI

Los regimientos de infantería, sorprendidos de improviso en el bosque, huían de él y las compañías, mezclándose unas con otras, corrían en una desordenada multitud. Un soldado, presa del pánico, pronunció la frase: «Nos han cortado la retirada», terrible en una guerra, y la frase, junto con una sensación de terror, se difundió por toda la masa de soldados.

—¡Estamos rodeados! ¡Nos han cortado la retirada! ¡Estamos perdidos! —se oían las sofocadas voces de los que huían.

Los franceses no atacaron de frente sino que rebasaron nuestro flanco izquierdo por la derecha y golpearon (como escriben en las crónicas) al regimiento de Podolsk, que se encontraba frente al bosque y del cual una gran parte estaba internado en él buscando leña. «Golpearon» significaba que los franceses acercándose al bosque dispararon al lindero en el que se divisaba a tres soldados rusos que recogían leña. Los dos batallones de Podolsk se mezclaron y corrieron hacia el bosque. Los que recogían leña se mezclaron con los que huían, lo que aumentó el desorden. Después de atravesar corriendo el bosque, que no era muy profundo, y de llegar al campo que se encontraba al otro lado continuaron corriendo en total desorden. El bosque, que se encontraba situado en el medio de la distribución de nuestro flanco izquierdo, fue tomado por los franceses, con lo que el batallón de Pavlograd fue partido en dos por ellos y para unirse al destacamento debía irse completamente a la izquierda y expulsar a la fila enemiga que le cerraba el paso. Pero las dos compañías que estaban en nuestra avanzadilla, parte de los soldados que se encontraban en el bosque y el propio comandante del regimiento, tenían las vías cortadas por los franceses. Tenían que o bien subir a la colina de enfrente y a la vista, bajo el fuego francés, rodear el bosque, o bien atravesarlo. El comandante del regimiento, en el preciso instante en el que oyó detrás los disparos y los gritos, comprendió que algo terrible le estaba sucediendo a su regimiento y el pensamiento de que él, un oficial ejemplar, con veintidós años de servicio y que nunca había sido culpable de nada, pudiera ser considerado culpable ante el mando de incompetencia o de falta de iniciativa, le afectó de tal modo que en ese momento, olvidándose del indómito coronel de caballería y de su rango de general y lo más importante, olvidándose completamente del peligro y del instinto de conservación, agarrándose del arco de la silla y espoleando el caballo, galopó hacia el regimiento bajo la lluvia de balas que afortunadamente no le alcanzó. Solo deseaba una cosa, saber qué sucedía y reparar, costara lo que costase el error si era suyo y que no le culparan a él, un oficial ejemplar, emérito, del que nunca habían tenido queja.

Consiguió pasar felizmente entre los franceses, llegó galopando al campo que había tras el bosque por el que corrían los nuestros, que sin escuchar las órdenes huían cuesta abajo. Llegó ese instante de vacilación moral que decide la suerte de la batalla: ¿escuchará esta desordenada multitud de soldados la voz de su comandante o después de mirarle correrán lejos?

A pesar de los desesperados gritos de la antes tan amenazadora para los soldados voz del comandante del regimiento, a pesar del colérico, amoratado y demudado rostro del comandante y del batir de su sable, los soldados seguían corriendo, gritando, disparando al aire y sin atender a las órdenes.

La vacilación moral que decide la suerte de una batalla se inclinaba evidentemente a favor del miedo.

—¡Capitán Máslov! ¡Teniente Pletnev! ¡Muchachos, adelante!

—¡Moriremos por el zar! —gritaba el comandante del regimiento—. ¡Hurra!

Un pequeño grupo de soldados se arrojó hacia delante tras su general, pero de nuevo se detuvo y comenzó a disparar. El general se puso a toser a causa de sus gritos y el humo de la pólvora, y se detuvo en medio de los soldados. Todo parecía perdido; pero en ese instante los franceses que avanzaban sobre los nuestros de pronto se lanzaron a la fuga, se ocultaron de los linderos del bosque y en este aparecieron tiradores rusos. Era la compañía de Timojin, que era la única que se mantenía en orden en el bosque y escondida en una trinchera atacó inesperadamente a los franceses. Timojin cayó sobre los franceses con unos gritos tan desesperados y con tan demente y ebria determinación corrió hacia el enemigo con un sable, que los franceses, sin tener tiempo de volver en sí, arrojaron las armas y huyeron. Dólojov que corría casi a la par que Timojin mató de un disparo a quemarropa a un francés y cogió del cuello a un oficial que se entregaba. Los soldados rusos que huían regresaron, se reunieron los batallones y los franceses, que habían dividido en dos las tropas del flanco izquierdo fueron momentáneamente rechazados.

El comandante del regimiento se encontraba con el mayor Ekonómov en el puente, dejando pasar junto a ellos las compañías que se retiraban, cuando se le acercó un soldado y con descaro, para llamar su atención, le cogió de las riendas y casi se apoyó en él. El soldado llevaba un capote de paño azul, no llevaba ni mochila ni chacó, tenía la cabeza vendada y cruzándole el pecho llevaba una cartuchera francesa. En las manos sostenía el sable de un oficial francés. El soldado era guapo, sus ojos azules miraban con descaro al rostro del comandante y su boca sonreía. A pesar de que el comandante del regimiento estaba ocupado en darle las órdenes al mayor Ekonómov no pudo evitar prestar atención a este soldado.

—Su Excelencia, aquí tiene dos trofeos —dijo Dólojov señalando a la espada francesa y a la cartuchera—. Hice prisionero a un oficial. Detuve a la compañía. —Dólojov respiraba pesadamente a causa del cansancio; hablaba entrecortadamente—. Los nuestros mataron después al oficial a bayonetazos. Toda la compañía es testigo. Le ruego que lo recuerde, Excelencia.

—Bien, bien —dijo el comandante del regimiento y se volvió hacia el mayor Ekonómov. Pero Dólojov no se alejó, se desató el pañuelo, se lo quitó y la sangre comenzó a manar por su amplia y hermosa frente sobre los cabellos que estaban pegados por la sangre.

—Una herida de bayoneta y aun así me quedé en el frente.

El general se alejó sin escuchar a Dólojov. Nuevas columnas de franceses se acercaban al molino.

—No se olvide, Excelencia —gritó Dólojov y atándose el pañuelo a la cabeza fue tras los soldados que se retiraban.

XXII

Se habían olvidado de la batería de Tushin y solamente al final de la batalla y dado que continuaba escuchando cañonazos en el centro el príncipe Bagratión envió allí al oficial superior de guardia y después al príncipe Andréi para ordenar a la batería que se retirara lo antes posible. Los soldados de cobertura que se encontraban junto a los cañones de Tushin habían sido retirados por orden de alguien en medio de la acción, pero la batería continuaba disparando y no había sido tomada por los franceses solamente porque el enemigo no podía distinguir entre el humo si tenían o no tenían cobertura y no podía suponer que cuatro cañones sin protección tuvieran la audacia de disparar. Bien al contrario, por la energética actividad de esta batería pensaban que ahí en el centro estaban reunidas las principales fuerzas de los rusos, y en dos ocasiones trataron de atacar ese punto y ambas veces fueron rechazados por los disparos de metralla.

Poco después de que se marchara el príncipe Bagratión, Tushin pudo incendiar Schengraben.

—¡Mira cómo se han asustado! ¡Arde! ¡Mira ese humo! ¡Bien hecho! ¡Humo, humo! —decían los artilleros animándose.

Todos los cañones disparaban en dirección al incendio sin que nadie se lo hubiera ordenado. Como si se azuzaran con cada disparo los soldados gritaban: «¡Bien hecho! ¡Así, así! ¡Fíjate! ¡Bien!». El incendio, propagado por el viento, se extendía rápidamente. Las columnas francesas que estaban en la aldea retrocedieron, pero como si de un castigo por esta derrota se tratara, el enemigo dispuso, a la derecha de la aldea en el mismo montecillo del molino donde el día anterior por la mañana se encontraba la tienda de Tushin, diez cañones y comenzó a disparar con ellos a Tushin.

A causa de la infantil alegría que les causara el incendio y el frenesí de los acertados disparos sobre los franceses, nuestros artilleros no repararon en esta batería hasta que dos balas y después otras cuatro más cayeran entre los cañones y una derribara dos caballos y otra le arrancara la pierna a uno de los porteadores de las cajas. Una vez consolidada, la animación no se debilitó y solamente cambió de carácter. Los caballos fueron sustituidos por otros de la cureña de reserva, los heridos fueron retirados y los siete cañones se dirigieron contra la batería de diez cañones. Un oficial amigo de Tushin había muerto al inicio de la batalla y en el transcurso de una hora de cuarenta soldados habían caído diecisiete y uno de los cañones no podía ya disparar; pero aun así los artilleros estaban alegres y animados. Dos veces repararon en que por debajo de ellos, cerca, se divisaban los franceses y entonces les dispararon con metralla.

Un hombre de baja estatura con movimientos débiles y torpes que le pedía constantemente al asistente *una pipa por esto* como él decía y desparramaba lumbre de esta, corría hacia delante y miraba a los franceses haciendo visera con su pequeña mano.

—¡Destruidlos, muchachos! —decía y él mismo agarraba los cañones y aflojaba los tornillos. Entre el humo, rodeado de los incesantes disparos que le obligaban a que sus débiles nervios se estremecieran, Tushin, sin soltar su pipa, cojeando de un cañón a otro y a las cajas de la munición, bien apuntando, calculando los proyectiles o disponiendo que sustituyeran y retiraran a los caballos muertos y heridos, gritaba con su voz débil tonante e indecisa. Su rostro se animaba más y más. Solo cuando mataban o herían a alguien fruncía el ceño y gemía como de dolor y apartándose del herido gritaba enfadado a los soldados que como siempre se demoraban en levantar al herido o al muerto. Los soldados, en su mayor parte jóvenes apuestos (como siempre ocurre en las compañías de artilleros, dos cabezas más altos que su oficial y el doble de anchos que él), todos, como niños que se encontraran en una situación comprometida, miraban a su comandante y la expresión que había en su rostro influía invariablemente en los rostros de ellos.

A causa del terrible rumor, ruido, necesidad de atención y de actividad, Tushin no experimentaba ni la más mínima sensación de miedo, y el pensamiento de que podían matarle o herirle gravemente no se le pasaba por la cabeza. Al contrario, se fue alegrando más y más y convenciéndose cada vez más de que no podían matarle. Le parecía que ya hacía mucho tiempo, tal vez ayer, había tenido lugar ese momento en el que divisara al enemigo e hiciera el primer disparo y que ese pedacito de campo en el que se encontraba ya hacía mucho que lo conocía, era un lugar familiar. A pesar de que él recordaba, tenía en cuenta y hacía todo lo que puede hacer el mejor de los oficiales en su situación, se encontraba en un estado similar al delirio febril o a la borrachera. Tras los sonidos de sus cañones que le rodeaban por todas partes, tras el silbido y los golpes de los proyectiles enemigos, tras la visión de los artilleros sudorosos, sonrojados, que se apresuraban alrededor de las piezas, tras la vista de la sangre de soldados y caballos, tras la visión de los humos del enemigo en ese lado del que después de cada disparo volaba una bala que golpeaba en la tierra, en un soldado, en una pieza o en un caballo, tras la visión de estos objetos, él se formaba en la cabeza su mundo fantástico en el que consistía su deleite en ese instante. Los cañones enemigos no eran cañones sino pipas de las cuales en espaciadas bocanadas liberaba humo un fumador invisible.

—Mira, disparó otra vez —decía para sí Tushin en un susurro, cuando surgía de la montaña una bocanada de humo que el viento arrastraba hacia la izquierda—, ahora a esperar la pelota para enviarles otra.

—¿Qué ordena, Su Excelencia? —le preguntó un artillero que se encontraba cerca de él y que le había escuchado musitar algo.

—Nada, una granada… —respondió él.

«Dale duro, querida Matvevna», se decía a sí mismo. En su imaginación Matvevna era el gran cañón de uno de los extremos, de vieja fundición. Los franceses, alrededor de sus armas, le parecían hormigas. Un apuesto beodo, el primero del cañón número dos, era en su imaginación el *tío*; Tushin le miraba con más frecuencia que a los demás y se alegraba de cada uno de sus movimientos. El sonido a veces amortiguado y que de nuevo se intensificaba, de las descargas de fusiles bajo la montaña, le parecía la respiración de alguien. Escuchaba el apagarse y reanudarse de esos sonidos.

«Mira, de nuevo ha comenzado a respirar, ha comenzado a respirar», decía para sí.

Él mismo creía ser de enorme estatura, un hombre vigoroso que arroja con ambas manos balas sobre los franceses.

—¡Vamos, Matvevna, mamaíta, no te rindas! —decía él alejándose del cañón cuando en su cabeza resonó una voz ajena, desconocida.

—¡Capitán Tushin! ¡Capitán!

Tushin miró asustado. Era el oficial superior que le había echado de Grunt. Este le gritó con voz sofocada:

—¡¿Es que se ha vuelto loco, señor mío?! Le han ordenado retirarse dos veces y usted…

«Pero ¿qué tienen contra mí?», pensó Tushin mirando con temor al mando.

—Yo… no… —comenzó a decir llevándose los dedos a la visera—. Yo…

Pero el coronel no pudo terminar de decir todo lo que quería. Un proyectil que pasó cerca le obligó a inclinarse sobre el caballo. Calló y tan pronto quiso decir otra cosa cuando otro proyectil le detuvo. Dio la vuelta al caballo y volvió atrás al galope.

—¡Retiraos! ¡Retiraos todos! —gritó él desde lejos.

—¡No quiere que..! —dijo Tushin. Un minuto después llegó un ayudante de campo con la misma orden. Era el príncipe Andréi. Lo primero que vio al llegar a la zona que ocupaban los cañones de Tushin fue un caballo desenganchado con la pata destrozada que relinchaba alrededor de los caballos de los tiros. De su pata manaba sangre como de una fuente. Entre los avatrenes había unos cuantos terribles objetos: los cuerpos de los muertos. El caballo del príncipe Andréi pasó junto a uno de ellos y él involuntariamente vio que no tenía cabeza, pero que la mano con los dedos medio doblados parecía viva. Mientras se acercaba volaron sobre él un proyectil tras otro. Sintió que un estremecimiento nervioso recorría su espalda. Estaba moral y físicamente agotado. Pero el solo pensamiento de que tenía miedo le sirvió de nuevo para animarse. «Yo no puedo tener miedo.» Dio la orden y no se alejó de la batería. Decidió que desmontaran los cañones de la posición delante de él y se los llevaran. El príncipe Andréi bajó del caballo, y junto con Tushin, caminando entre los cadáveres y bajo el terrible fuego de los franceses, se encargó de la recogida de los cañones.

—Ha venido antes un mando y se ha largado de rápido —dijo un artillero al príncipe Andréi—, no como Su Excelencia.

El príncipe Andréi no habló nada con Tushin. Ambos estaban tan ocupados que parecía que ni siquiera se hubieran visto. Cuando, después de cubrir los que quedaban intactos de los cuatro cañones del avatrén, comenzaron a bajar la montaña (dejaron un cañón que estaba roto y otro de largo alcance), el príncipe Andréi se acercó a Tushin.

—Bueno, hasta la vista —dijo el príncipe Andréi tendiéndole la mano a Tushin.

—Hasta la vista, querido —dijo Tushin—. Adiós, querido —dijo Tushin con lágrimas en los ojos.

El príncipe Andréi se encogió de hombros y volvió atrás.

—Bueno, una pipa por esto —dijo Tushin.

XXIII

El viento se calmó, las nubes negras que colgaban bajas sobre el campo de batalla se fundían en el horizonte con el humo de la pólvora. Empezó a oscurecer y el resplandor de los dos incendios se hizo más claro. La cañonada comenzó a debilitarse, pero el traqueteo de los fusiles detrás y a la derecha se escuchaba cada vez más cercano y frecuente. Tan pronto como Tushin, acercándose y adelantando heridos, salió con sus cañones de debajo del fuego y llegó al barranco, le salieron al encuentro mandos y ayudantes de campo entre los que estaba el oficial superior Zherkov, que había sido enviado por dos veces a la batería de Tushin y no había conseguido llegar ni una sola. Todos le daban órdenes interrumpiéndose los unos a los otros, sobre cómo y adónde ir y le hacían reproches y observaciones sobre la manera irreflexiva en que había actuado por haber estado tanto tiempo sin retirarse. Tushin no disponía nada y guardaba silencio temiendo hablar porque a cada palabra estaba a punto, sin saber por qué, de echarse a llorar montado en su jamelgo de artillería. Aunque se había ordenado abandonar a los heridos, muchos de ellos caminaban tras las tropas y pedían que les dejaran ir montados en los cañones. El mismo oficial de infantería que antes de la batalla leía acerca de las circasianas iba tumbado sobre la cureña con una bala en el estómago. Al bajar la montaña, un pálido cadete de húsares que se sujetaba un brazo con el otro se acercó a Tushin y le pidió que le dejara sentarse en el cañón.

—Capitán, por el amor de Dios, tengo una contusión en el brazo —dijo él tímidamente. Era evidente que no era la primera vez que el cadete pedía un sitio para sentarse y que antes había recibido negativas. Rogaba con voz triste e indecisa—. Ordene que me sienten, por el amor de Dios.

—Sentadlo. Sentadlo —dijo Tushin—. Échale un capote, tú, tío. ¿Y dónde está el oficial que se encontraba herido?

—Lo han descargado, había muerto —respondió alguien.

—Sentadlo. Siéntese, querido, siéntese. Ponle el capote, Antonov.

El cadete era Rostov. Se sujetaba un brazo con el otro, estaba pálido y su mandíbula inferior se sacudía a causa de un temblor febril. Le sentaron en el mismo cañón del que habían descargado al oficial muerto. En el capote que le acercaron había sangre, de la que se mancharon los pantalones y las manos de Rostov.

—¿Está usted herido, querido? —dijo Tushin, acercándose al cañón en el que iba sentado Rostov.

—No, es una contusión.

—Entonces, ¿por qué hay sangre en el mástil? —preguntó Tushin.

—Ese oficial, Excelencia —respondió un soldado de artillería frotando la sangre con la manga del capote como si se disculpara por la suciedad del cañón.

A la fuerza y con ayuda de la infantería subieron los cañones a la montaña y al llegar a la aldea de Guntersdorf se detuvieron. Había oscurecido tanto que no se podía distinguir el uniforme de un soldado a diez pasos, y el tiroteo comenzó a cesar. De pronto cerca del lado derecho se escucharon de nuevo gritos y descargas. Los disparos refulgían en la oscuridad. Era el último ataque de los franceses al que respondieron los soldados atrincherados en las casas de la aldea. Todos se marcharon de nuevo de la aldea, pero los cañones de Tushin no podían moverse y los artilleros, Tushin y el cadete, mirándose unos a otros en silencio, se quedaron esperando su suerte. El tiroteo comenzó a cesar y de la calle lateral surgieron las animadas conversaciones de los soldados.

—¿Estás bien, Petrov? —preguntaba uno.

—Hermano, qué infierno que han encendido. Ahora no se puede ni pisar por allí —decía otro.

—No se ve nada. ¡Cómo han frito a los suyos! No se ve nada en la oscuridad, hermanos. ¿No hay nada de beber?

Los franceses fueron rechazados por última vez. Y de nuevo en la más total oscuridad, los cañones de Tushin, rodeados del murmullo de la infantería, siguieron avanzando en la oscuridad huyendo como un río sombrío e invisible siempre en la misma dirección con el murmullo de las conversaciones, los susurros y los ruidos de los cascos y de las ruedas. En el rumor general, sobre los otros ruidos, los más claros de todos los sonidos eran los gemidos y las voces de los heridos en la oscuridad de la noche. Sus gemidos parecían rellenar toda esa oscuridad que rodeaba a las tropas. Sus gemidos y la oscuridad de esa noche eran todo uno. Al cabo de un tiempo la muchedumbre que avanzaba fue presa de la agitación. Alguien pasó con su séquito sobre un caballo blanco y dijo algo al pasar.

—¿Qué ha dicho? ¿Dónde vamos a ir ahora? ¿Hay que detenerse? ¿Nos felicita? —se escucharon las ávidas preguntas por todos lados, y toda la masa en movimiento comenzó a apretarse entre sí (era evidente que los de delante se habían detenido) y se extendió el rumor de que se había ordenado detenerse. Todos se pararon en medio del embarrado camino por el que iban.

Se encendieron los fuegos y las conversaciones se hicieron audibles. El capitán Tushin, dando órdenes a la compañía, mandó a uno de los soldados a buscar un puesto de socorro o un médico para el cadete y se sentó al lado del fuego que los soldados habían encendido en el camino. Rostov también se arrastró hacia el fuego. El temblor febril a causa del dolor, del frío y la humedad estremecía todo su cuerpo. El sueño le vencía, pero no podía dormirse a causa del dolor que le atormentaba, y no encontraba una postura para el brazo. Bien cerraba los ojos, bien miraba el fuego, que le parecía ardientemente rojo, bien a la encorvada y débil figura de Tushin sentado a la turca a su lado. Los grandes, bondadosos e inteligentes ojos de Tushin estaban detenidos en él con tal compasión y piedad que sintió pena de él. Se dio cuenta de que Tushin quería con todo su corazón ayudarle y no podía.

Por todas partes se podían oír los pasos y las conversaciones de los que paseaban y de la infantería que se distribuía alrededor, el sonido de las voces, de los pasos y de los cascos de los caballos en el barro y el crepitar lejano y cercano de la leña se fundía en un agitado rumor.

Ya no era como antes, un invisible río en la oscuridad, sino que era como un mar sombrío que oscila y se apacigua tras una tormenta. Rostov escuchaba y miraba sin comprender todo lo que sucedía ante y alrededor de él. Un soldado de infantería se acercó a la hoguera, se sentó en cuclillas, acercó las manos al fuego y volvió el rostro.

—¿No le importa, Excelencia? —dijo él dirigiéndose interrogativamente a Tushin—. Me he separado de mi compañía, Excelencia, yo mismo no sé dónde, ¡qué desgracia!

Junto con el soldado se acercó a la hoguera un oficial de infantería con la mandíbula vendada y le pidió a Tushin que ordenara que movieran un poco los cañones para poder pasar un carro. Tras el comandante aparecieron en la hoguera dos soldados. Maldecían y peleaban quitándose el uno al otro una bota.

—¡Tú la has cogido! ¡Menudo listo! —gritaba uno con voz ronca.

Después se acercó un soldado delgado y pálido con el cuello envuelto en un pañuelo ensangrentado que pedía agua con voz enfadada a los artilleros.

—¿Qué, me tengo que morir como un perro? —decía él. Tushin ordenó que le dieran agua. Después se acercó un soldado alegre que pedía fuego para la infantería.

—¡Un poco de fueguito ardiente para la infantería! Quedad en paz, compatriotas, gracias por el fuego, después os lo devolveremos con intereses —decía él mientras se llevaba a algún sitio en la oscuridad el tizón al rojo.

Tras este soldado cuatro más que portaban algo pesado en los capotes pasaron al lado de la hoguera. Uno de ellos tropezó.

—Diablos, han dejado leña en el camino —farfulló uno.

—Si está muerto, ¿por qué hay que llevarlo? —dijo otro de ellos.

—¡Venga, vosotros!

Y se ocultaron en la oscuridad con su carga.

Al mismo tiempo desde otro lado se acercaron dos oficiales de infantería y un soldado sin gorra con la cabeza vendada.

—Fueguito, señores. No encuentro a los míos, así que me sentaré aquí.

Los artilleros le dejaron sitio.

—¿No habrán visto, señores, dónde se encuentra el tercer batallón, el de Podolsk? —preguntó uno.

Nadie lo sabía. El soldado de la cabeza vendada se sentó en la hoguera, y frunciendo el ceño miró a los que estaban sentados alrededor.

—Muchachos —dijo él dirigiéndose a los artilleros—, ¿no hay nada de vodka? Pago una moneda de oro por dos tapones de vodka.

Sacó la bolsa. El uniforme era de soldado, pero llevaba un capote azul con una manga rota. Del pecho le colgaba una cartuchera y una espada francesa. Tenía la frente y las cejas manchadas de sangre. Una arruga artificial en el entrecejo le daba una expresión agotada y despiadada, pero su rostro era sorprendentemente bello y en las comisuras de sus labios se dibujaba una sonrisa. Los oficiales continuaron su conversación.

—¡Cómo me lancé sobre ellos! ¡Cómo grité! —decía un oficial—. No, hermano, les ha ido mal a tus franceses.

—Bueno, ya se va a poner a fanfarronear —dijo otro.

Mientras tanto el soldado se había bebido los dos tapones de vodka que consiguiera de los artilleros y había pagado la moneda de oro.

—Sí, ahora se van a contar muchas historias —dijo él dirigiéndose con desprecio al oficial—, pero por alguna razón no te he visto en la batalla.

—Bueno, no hay otro como Dólojov —dijo el oficial riéndose tímidamente y hablando con un compañero—. No le basta con asestar bayonetazos a los franceses y ha disparado a uno de los suyos de la Quinta compañía.

Dólojov miró rápidamente a Tushin y a Rostov que no apartaban la vista de él.

—No se puede correr, por eso le disparé —dijo él—, y a un oficial hubiera matado con la bayoneta si fuera cobarde.

Dólojov comenzó a remover las brasas y a añadir leña.

—¿Por qué dejaron esos cañones a los franceses? —le dijo a Tushin. Tushin frunció el ceño, se dio la vuelta e hizo como si no le oyera.

—¿Qué? ¿Duele? —le preguntó en un susurro a Rostov.

—Duele.

—¿Y por qué pelean? —dijo Tushin suspirando.

En ese momento, al lado de la hoguera resonaron los pasos de dos caballos, se vieron las sombras de los jinetes y se escuchó la voz del mando que decía algo severamente.

—Se le ordenó ir a la cola de la columna, ir allí y ocupar la posición —decía una voz enojada—, y no discurrir.

—Allí no se oían las voces y aquí se están pavoneando de nuevo —dijo Dólojov, de modo que los que pasaban le pudieran escuchar, se levantó, se colocó bien el capote, el vendaje de la cabeza y se alejó de la hoguera.

—Su Excelencia el general requiere su presencia, están aquí en una isba —dijo un artillero acercándose a Tushin.

—Ahora mismo voy, querido.

Tushin se levantó y abrochándose el capote se alejó de la hoguera.

Cerca de la hoguera de los artilleros, en una isba preparada para él, estaba sentado a la mesa el príncipe Bagratión hablando con algunos jefes de unidad que estaban allí reunidos. Había allí un anciano con los ojos entrecerrados que roía con glotonería un hueso de cordero y el general que llevaba veintidós años de servicio intachable, sonrojado a causa del vodka y de la comida y el oficial superior con la sortija y Zherkov que miraba intranquilo a todos y el príncipe Andréi entornando los ojos perezosa y despreciativamente.

En la isba había una bandera arrebatada a los franceses apoyada en una esquina y el auditor, con rostro inocente, pellizcaba la tela de la bandera y meneaba la cabeza con incredulidad quizá porque en efecto le interesaba el aspecto de la bandera o quizá porque a un hambriento le resultaba penoso mirar a una comida a la que no había sido invitado. En la isba de al lado había un coronel de dragones francés que había sido hecho prisionero. Alrededor se agolpaban nuestros oficiales, mirándolo. El príncipe Bagratión daba las gracias a algunos mandos, les pedía detalles de la acción y les preguntaba acerca de las pérdidas. El comandante del regimiento que había pasado revista en Braunau informaba al príncipe de que tan pronto como empezó la acción había abandonado el bosque reuniendo a los que recogían leña y habiendo dejado pasar a los franceses por su lado golpeó con dos batallones armados de bayonetas y les arrolló.

—Cuando vi, Excelencia, que el primer batallón se había dispersado, me quedé parado en el camino y pensé: «Dejaré pasar a estos y le saldré al encuentro con el fuego del batallón», y así lo hice.

El comandante del regimiento deseaba tanto hacer eso, había lamentado tanto que no le hubiera dado tiempo a hacerlo, que le parecía que todo había sido exactamente así. Pero ¿y no podía ser que hubiera sucedido? ¿Acaso era posible discernir en aquella confusión qué había y qué no había sucedido?

—Y tengo que mencionar, Su Excelencia —continuó él, recordando la conversación de Dólojov con Kutúzov y su último encuentro con el degradado—, que el degradado a soldado Dólojov tomó prisionero ante mis propios ojos a un oficial francés y se distinguió especialmente.

—Precisamente ahí vi, Excelencia, el ataque del regimiento de Pavlograd —participó respetuosa y audazmente en la conversación Zherkov, que ese día en absoluto había visto a sus húsares y solo había tenido noticias de ellos a través del oficial de infantería—. Destrozaron dos cuadros, Su Excelencia.

Algunos sonrieron ante las palabras de Zherkov esperando como siempre bromas por su parte; pero al advertir que lo que decía participaba de la gloria de nuestras armas y de aquel día, lo recibieron con una expresión seria, aunque la mayoría sabían muy bien que lo que decía Zherkov era una mentira sin ningún fundamento. El príncipe Bagratión frunció el ceño y se dirigió al anciano coronel.

—Les doy las gracias a todos, señores, todas las fracciones han actuado de forma heroica: la infantería, la caballería y la artillería. Pero ¿por qué se dejaron dos cañones en el centro? —preguntó él buscando a alguien con la mirada. (El príncipe Bagratión no preguntaba por los cañones del flanco izquierdo, él ya sabía que ahí al principio de la acción se habían abandonado todos los cañones)—. Me parece que se lo pedí a usted —le dijo al oficial superior de guardia.

—Uno había sido alcanzado —respondió el oficial de guardia con firmeza y precisión— y el otro no puedo recordarlo, yo mismo estuve allí todo el tiempo dando las órdenes pertinentes y tan pronto como me fui... Fue una pena, verdaderamente —añadió él tímidamente.

Alguien dijo que el capitán Tushin estaba allí, en esa misma aldea y ya se había enviado a por él.

—Usted estuvo también, príncipe Bolkonski —dijo el príncipe Bagratión dirigiéndose al príncipe Andréi.

—Por poco no nos tropezamos —dijo el oficial superior de guardia, sonriendo agradablemente a Bolkonski.

—No tuve el placer de verle —dijo fríamente el príncipe Andréi levantándose.

En ese instante apareció Tushin en el umbral avanzando tímidamente por detrás de las espaldas de los generales. Rodeado de generales en la oscura isba y como siempre turbado ante los mandos, Tushin no vio el mástil de la bandera y se tropezó con él. Unos cuantos se rieron.

—¿Por qué se abandonaron los cañones? —preguntó Bagratión, frunciendo el ceño no tanto por el capitán sino por los que reían entre los que se oía más alta que ninguna la risa de Zherkov. Solo ahora a Tushin, ante el amenazador aspecto del mando, se le reveló todo el horror y la vergüenza de que estando él con vida hubiera perdido dos cañones. Estaba tan agitado que hasta ese instante no había tenido tiempo de pensar en ello. La risa de los oficiales le desconcertó aún más. Estaba ante Bagratión con un temblor de la mandíbula inferior como si tuviera fiebre o fuera un niño que se fuera a echar a llorar y apenas alcanzó a decir:

—No lo sé... Su Excelencia... no tenía hombres, Su Excelencia.

—¿Y no había podido cogerlos de las tropas de cobertura?

Tushin no dijo que no había tropas de cobertura a pesar de que era la pura verdad. Temía con eso jugarle una mala pasada a otro mando y, en silencio, miraba fijamente al rostro de Bagratión con el mismo aspecto que tiene un alumno confuso ante su examinador.

El silencio se alargó bastante. Era evidente que el príncipe Bagratión sin desear ser severo no hallaba qué decir y el resto no se atrevían a inmiscuirse en la conversación. El príncipe Andréi miró a Tushin entornando los ojos.

—Su Excelencia —rompió el príncipe Andréi el silencio con su penetrante voz—, usted me permitió ir a la batería del capitán Tushin. Estuve allí y encontré muertos a las dos terceras partes de los soldados y los caballos, dos cañones destrozados y ningún tipo de tropas de cobertura.

El príncipe Bagratión y Tushin miraban ahora al unísono porfiadamente a Bolkonski, que dejaba escapar lentamente las palabras de la boca.

—Y si Su Excelencia me permite expresar mi opinión —continuó él—, el éxito de este día se lo debemos sobre todo a la actuación de esta batería y a la heroica firmeza del capitán Tushin y de su compañía —dijo el príncipe Andréi señalando con un gesto nervioso y desdeñoso al sorprendido capitán.

El príncipe Bagratión miró a Tushin, y aunque era evidente que no quería expresar incredulidad ante el juicio de Bolkonski no se sentía al mismo tiempo en situación de creerle completamente, inclinó la cabeza y le dijo a Tushin que se podía marchar.

XXIV

«¿Quiénes son? ¿Qué quieren? ¿Qué necesitan? ¿Y cuándo acabará todo esto?», pensaba Rostov mirando las sombras que cambiaban enfrente suyo, cuando Tushin se alejó de él. El dolor del brazo se hacía más insoportable. Le vencía el sueño, círculos encarnados saltaban ante sus ojos y la impresión que le causaban esas voces y esos rostros y la sensación de soledad se fundían con el dolor. Ellos, esos soldados, heridos y sanos, ellos, esos oficiales y especialmente ese extraño e inquieto soldado con la cabeza vendada le abrumaban, le agobiaban, le retorcían los tendones y quemaban la carne de su brazo roto y de su hombro. Para librarse de ellos, en especial de él, de ese ansioso soldado de la sonrisa fija, cerró los ojos.

Se adormeció por un instante, pero en ese corto intervalo de olvido vio en sueños una innumerable cantidad de cosas: vio a su madre y sus grandes manos blancas, vio los delgados hombros de Sonia, los ojos y la risa de Natasha y a Denísov con su voz y sus bigotes y a Telianin y toda la historia con Telianin y Bogdanich. Toda esa historia era lo mismo que ese soldado de la voz penetrante y toda esa historia y esos soldados le agarraban y apretaban de forma lacerante e insistente y todos tiraban de su brazo en la misma dirección. Él trataba de apartarse de ellos, pero ellos no aflojaban la presión de su hombro ni por un instante. No le hubiera dolido, hubiera estado bien, si no tiraran de él; pero era imposible librarse de ellos.

Se incorporó. La humedad del suelo y el dolor le hicieron ponerse a temblar como si tuviera fiebre. Abrió los ojos y miró hacia arriba. La negra cortina de la noche pendía a un arshin de las brasas. En esa luz flotaban copos de nieve. Tushin no regresaba, el médico no acudía. Estaba solo, únicamente un soldadito estaba entonces sentado desnudo al otro lado del fuego calentando su delgado y amarillento cuerpo.

«¡A nadie soy necesario! —pensó Rostov—. Nadie me ayuda ni se apiada de mí. Y una vez yo viví en mi casa, fuerte, alegre y querido.» Suspiró y con el suspiro gimió involuntariamente.

—¿Qué, duele algo? —preguntó el soldadito sacudiendo su camisa sobre el fuego y sin esperar respuesta, graznó, y añadió—: No se han perdido hoy pocos paisanos, ¡es terrible!

Nikolai no escuchaba al soldado. Miraba los copos que revoloteaban sobre el fuego y recordaba el invierno ruso en la cálida y luminosa casa, su abrigo de pieles, los rápidos trineos, su cuerpo sano y sobre todo el amor y las atenciones de su familia. «¿Para qué he venido aquí? ¡Ahora todo ha acabado! Estoy solo y me muero», pensaba él.

Al día siguiente los franceses no reanudaron el ataque y los restos del destacamento de Bagratión se unieron al ejército de Kutúzov. Al tercer día el príncipe Anatole Kuraguin, ayudante de campo de Buchsgevden, acudió al galope para darle a Kutúzov la noticia de que las tropas que venían de Rusia se encontraban a un día de distancia. Los ejércitos se reunieron.

La retirada de Kutúzov, a pesar de la pérdida del puente de Viena y en particular esa última batalla de Schengraben, fueron la sorpresa no solo de rusos y franceses sino de los mismos austríacos. Al destacamento de Bagratión le llamaron «el ejército de los héroes», y Bagratión y su destacamento recibieron importantes distinciones de los austríacos y poco tiempo después la llegada a Olmütz del emperador ruso.

TERCERA PARTE

I

El príncipe Vasili no meditaba sus planes y aún menos pensaba en hacer daño a la gente para sacar ventaja de ello. Solo era un hombre de la alta sociedad, que tenía éxito en el mundo y que se había acostumbrado a ese éxito. Se fraguaban en él constantemente, según las circunstancias y sus relaciones con la gente, cambios de planes y consideraciones de los que ni él mismo se daba verdadera cuenta, pero que suponían el mayor interés de su existencia. Y esos planes y consideraciones no eran ni uno ni dos, sino de decenas de ellos, de los que algunos acababan de ocurrírsele, otros se lograban y otros desaparecían. Él no decía por ejemplo: «Esta persona es ahora influyente, debo conseguir su confianza y amistad y pedir a través de él un préstamo al contado», o no se decía a sí mismo: «Debo atraerlo, casarlo con mi hija y aprovecharme indirectamente de su posición». Pero si se encontraba con la persona influyente, en ese mismo momento su instinto le sugería que esa persona podía serle útil, y el príncipe Vasili se le acercaba y ante la primera ocasión, sin preparación previa, naturalmente, por instinto, le halagaba, le trataba con familiaridad y hablaba del tema sobre el que le interesaba pedir la merced. En este juego de intrigas no se encontraba la felicidad, pero sí el sentido de su existencia. Sin eso la vida no hubiera tenido significado para él. Pierre estaba bajo su control en Moscú, consiguió que el joven fuera a San Petersburgo, consiguió que le prestara 30.000 rublos, consiguió que fuera designado gentilhombre de cámara, lo que se consideraba entonces como el actual grado de consejero de estado. Como por distracción, pero a la vez con la indudable certeza de que debía ser así, hacía todo lo posible para casar a Pierre con su hija. Si el príncipe Vasili hubiera preparado sus planes, nunca hubiera podido ser tan natural en su trato y tomarse tantas familiaridades. Tenía un instinto que le atraía siempre hacia personas más influyentes y más ricas que él y un instinto que también le mostraba las ocasiones en las que debía utilizar a estas personas.

Inmediatamente después de la muerte de su padre, Pierre, tras su soledad y ociosidad, se sintió hasta tal punto rodeado de gente y ocupado, que solamente cuando se acostaba podía quedarse solo consigo mismo. Tenía que firmar documentos, tratar con oficinas públicas sobre asuntos de los que no tenía una noción clara, preguntar sobre cualquier cuestión a su secretario, visitar sus propiedades y recibir a un enorme número de personas que antes ni siquiera sabían de su existencia y que ahora se hubieran sentido ofendidas y airadas si él no hubiera querido verlas. Todas estas personalidades varias —hombres de negocios, parientes y conocidos— tenían una disposición buena y cariñosa hacia el joven heredero, todos ellos estaban visible e incuestionablemente convencidos de las muchas cualidades de Pierre. No paraba de oír las palabras: «con su extremada bondad», «con su buen corazón» o «es usted tan honesto, conde» o «con su inteligencia» o «si él fuera tan inteligente como usted» y otras similares, así que finalmente acabó por convencerse de su bondad e inteligencia, tanto más porque en el fondo de su alma siempre había considerado que era más bondadoso e inteligente que la mayoría de la gente a la que conocía. Hasta la gente que antes se comportaba con él de manera ruin y hostil, se convertía en tierna y afectuosa. Incluso la severa princesa mayor fue a la habitación de Pierre después del funeral y bajando los ojos y sin cesar de ruborizarse, le dijo que sentía muchísimo los malentendidos que había habido entre ellos y que ahora no se sentía con el derecho de pedirle nada más que que le permitiera, después del terrible golpe, quedarse aún unas cuantas semanas en la casa que tanto amaba y en la que tantos sacrificios había hecho. No pudo contenerse y se echó a llorar al pronunciar estas palabras. Pierre le tomó de la mano, le pidió que se tranquilizara y que no abandonara nunca la casa. Desde ese día la princesa comenzó a tejerle una bufanda, a preocuparse por su salud y a decirle que ella solo temía por él y que entonces estaba contenta de que él le permitiera quererlo.

—Hazlo por ella, querido mío, después de todo ha sufrido tanto por el difunto —le dijo el príncipe Vasili dándole a firmar un documento a favor de la princesa, y desde entonces esta fue aún más bondadosa con él.

Las hermanas pequeñas también se volvieron más bondadosas; en especial la más joven y linda, la que tenía un lunar, que con frecuencia hacía que Pierre se turbara con su atolondramiento al verle. Poco después de la muerte de su padre escribió al príncipe Andréi. En la corta respuesta que recibió de él desde Brünn, el príncipe Andréi le escribía entre otras cosas: «Ahora te va a ser difícil, querido mío, ver con claridad, aun a través de las gafas, el mundo. Recuerda que ahora vas a estar rodeado de todo lo más mezquino y ruin y lo noble se alejará de ti». «No hablaría así si viera su bondad y sinceridad», pensó Pierre. A Pierre le parecía tan natural que todos le quisieran, le hubiera parecido tan anormal que alguien no le amara, que no podía dejar de creer en la sinceridad de la gente que le rodeaba. Raramente hallaba tiempo para leer y para reflexionar sobre sus temas favoritos: los ideales revolucionarios y Bonaparte y la estrategia, que ahora, siguiendo los acontecimientos bélicos, había comenzado a interesarle terriblemente. En la gente que le rodeaba no encontraba afinidad hacia esos intereses.

No tenía tiempo para nada. Se sentía constantemente en un estado de dulce y alegre embriaguez. Se sentía el centro de algún importante movimiento general. Sentía que constantemente se esperaba algo de él, sentía que si no hacía ese *algo*, muchos se entristecerían y defraudaría sus esperanzas, pero que si lo hacía, todo iría muy bien. Por lo tanto hacía todo lo que le pedían, pero eso tan excepcional que todos esperaban seguía sin llegar.

Durante estos primeros momentos, el príncipe Vasili más que ningún otro, se adueñó de los asuntos de Pierre tanto como si fueran los suyos propios. Desde el momento de la muerte del conde Bezújov no había dejado de mano a Pierre. Daba el aspecto de un hombre agobiado de trabajo, cansado y exhausto pero que, al final, por compasión, no podía abandonar a su suerte y dejar en manos de los bellacos a ese joven desamparado, hijo de su amigo y con tan inmensa fortuna. En los pocos días que pasó en Moscú después de la muerte del conde Bezújov, hacía llamar a Pierre o iba a visitarle y le ordenaba lo que debía hacer con tal tono de cansancio y seguridad como si a cada momento le estuviera diciendo: «Sabes que estoy sepultado de trabajo, pero no tendría compasión si te dejara así, pero esto ha de acabarse; y tú bien sabes que lo que te ordeno es lo único factible».

—Bueno, amigo mío, finalmente partimos mañana —le dijo una vez cerrando los ojos y tocándole con los dedos el codo, con tal tono como si lo que decía hubiera estado acordado entre ambos hacía mucho tiempo y no pudiera ser de otro modo, a pesar de que era la primera vez que Pierre lo escuchaba—. Mañana partimos, podrás venir en mi coche. Estoy muy contento. Aquí lo más importante ya está resuelto. Hace tiempo que yo ya debería haberme ido. Mira lo que he recibido del príncipe. Intercedí por ti y has sido admitido en el cuerpo diplomático y hecho gentilhombre de cámara.

A pesar de la fuerza del tono de cansada seguridad, que decía que eso no podía ser de otro modo, Pierre, que había estado pensando tanto tiempo en su carrera, quiso objetar algo, pero el príncipe Vasili le interrumpió.

—Pero, querido mío, esto lo he hecho por mí, me lo dictaba mi conciencia y no tienes nada que agradecerme. Nunca nadie se quejó de que le quisieran demasiado, puedes abandonarlo todo mañana mismo, pero ya tú mismo decidirás en San Petersburgo. Ya era hora de que te alejaras de todos estos terribles recuerdos. —El príncipe Vasili suspiró—. Sí, sí, querido mío. Que vaya mi ayudante de cámara en tu coche. Ah, sí, casi lo olvido —añadió el príncipe Vasili—, sabes que tenía unas cuentas con el difunto, he recibido lo de Riazán y me lo quedo. A ti no te hace falta. Ya haremos nosotros cuentas.

Lo que el príncipe Vasili llamaba «lo de Riazán» eran unos cuantos miles de obrok* que el príncipe Vasili se quedaba…

En San Petersburgo, al igual que en Moscú, a Pierre le rodeó una atmósfera de personas tiernas y cariñosas. No pudo rechazar el puesto, o mejor dicho, el nombramiento (porque él no hacía nada) que le había conseguido el príncipe Vasili y había que atender a tantos conocidos, invitaciones y ocupaciones varias que Pierre experimentó aún más que en Moscú esa sensación de ofuscación, prisa y de un bien exigido pero no alcanzado. Muchos de los antiguos amigos solteros de Pierre no estaban en San Petersburgo. La guardia estaba en campaña. Dólojov había sido degradado y Anatole estaba en el ejército, en provincias y por lo tanto Pierre no pudo continuar pasando sus noches como gustaba de hacerlo antes. Pasaba todo su tiempo en almuerzos, bailes y predominantemente en casa del príncipe Vasili en compañía de la vieja y gruesa princesa y de la bella Hélène, en relación con la cual era presentado en sociedad en contra de su voluntad con obligación de hacer el papel tan desacostumbrado para él de primo o hermano, dado que se veían todos los días y vivían juntos. Pero si

---

* Tributo en dinero o en especie que pagaba el campesino al terrateniente en Rusia durante el feudalismo. Por lo tanto en este caso los miles de obrok serían miles de rublos provenientes de la renta de la finca de Riazán. *(N. de la T.)*

Hélène quería bailar con alguien le pedía directamente a Pierre que fuera su caballero. Ella le enviaba a decirle a su madre que ya era hora de irse, y a averiguar si ya había llegado el coche y por la mañana, en el paseo, le pedía que le trajera sus guantes.

Anna Pávlovna Scherer le mostró más que nadie a Pierre el cambio que se había operado en la forma que tenía toda la sociedad de verle. Antes, como en la inoportuna conversación sobre la revolución francesa que entabló Pierre en su velada, él sentía constantemente que hablaba con torpeza, que era inconveniente y que carecía de tacto, que Hippolyte podía decir tonterías y eran consideradas oportunas, pero que su conversación, que a él le parecían inteligente cuando la urdía en su imaginación, se convertía en necia tan pronto como la exponía en voz alta y ese tímido desacierto experimentado en el mundo de Anna Pávlovna le llamaba a la rebeldía y a mantener un discurso especialmente radical. «Es igual —pensaba él—, ya que todo resulta impropio voy a decirlo igualmente.» Y entonces se embarcaba en conversaciones como la mantenida con el vizconde. Así había sido antes, pero ahora era al contrario. Todo lo que él decía resultaba encantador. Y si incluso la propia Anna Pávlovna no se lo decía, él se daba cuenta de que ella quería decírselo pero que se abstenía de hacerlo por no herir su modestia.

Al comienzo del invierno de 1805 a 1806, Pierre recibió el acostumbrado papel rosa de Anna Pávlovna con una invitación a la que se añadía: «Encontrará en mi casa a la bella Hélène, a la que nadie se cansa de admirar». Al leer esto Pierre se dio cuenta por primera vez de que entre él y Hélène había un cierto vínculo, que los demás reconocían, y este pensamiento a la vez le asustó como si le hubieran impuesto una obligación con la que no podía cumplir y le sedujo como una suposición divertida.

La velada en casa de Anna Pávlovna era tal como la primera, la única novedad que ofrecía la anfitriona a sus invitados era que en este caso no estaba Mortemart sino un diplomático que venía de

Berlín conocedor de detalles frescos sobre la estancia del emperador en Potsdam y sobre asuntos de guerra. Pierre fue recibido por Anna Pávlovna con un matiz de tristeza referente a la reciente pérdida que había sufrido el joven y esa tristeza era exactamente la misma que la imperial tristeza que expresaba ante el recuerdo de su augusta emperatriz María Fédorovna. Pierre, sin saber él mismo por qué, se sintió halagado. Anna Pávlovna organizaba los grupos de su velada con su habitual maestría. En un grupo grande en el que estaba el príncipe Vasili y los generales se gozaba de la compañía del diplomático. El segundo grupo estaba en la mesita de té. Pierre quería unirse al primero, pero Anna Pávlovna, que se encontraba en un estado de excitación similar al del comandante en el campo de batalla, en el momento en el que mil brillantes nuevas ideas le vienen a la mente y apenas tiene tiempo de ponerlas en práctica, al ver a Pierre le tocó con el dedo:

—Espere, tengo planes para usted para esta velada. —Ella miró a Hélène y le sonrió—. Mi querida Hélène, es necesario que sea caritativa con mi pobre tía, que siente adoración por usted. Esté con ella diez minutos. Y para que no le resulte demasiado aburrido, aquí tiene un caballero que no se negará a acompañarla.

La bella se dirigió hacia la tía pero Anna Pávlovna retuvo a Pierre a su lado con aspecto de que era imprescindible hacerle todavía unas últimas convenientes indicaciones.

—¿No es cierto que es encantadora? —dijo ella señalando a la belleza que se alejaba con majestuosidad—. ¡Y qué maneras! ¡Qué tacto para una muchacha tan joven y qué arte para comportarse! ¡Lo lleva en la sangre! El que la despose será afortunado. Junto a ella el hombre menos mundano conseguirá espontáneamente y sin esfuerzo ocupar un lugar brillante en sociedad. ¿No es cierto? Solo quería saber su opinión. —Y Anna Pávlovna dejó a Pierre.

Pierre respondió afirmativamente con sinceridad a la pregunta de Anna Pávlovna sobre el gusto que tenía Hélène para comportarse. Si alguna vez pensaba en Hélène era precisamente en el excepcional y reposado modo que tenía ella de ser agradable en sociedad.

La tía recibió en su rincón a los dos jóvenes, pero parecía querer esconder su adoración por Hélène y mostrar el temor que le causaba Anna Pávlovna. Miraba a su sobrina como interrogándola sobre lo que debía hacer con esa gente. Al alejarse de ellos, Anna Pávlovna volvió a tocar con un dedo la manga de Pierre y le dijo:

—Espero que no vuelva a decir que se aburre uno en casa de mademoiselle Scherer.

Hélène sonrió como si quisiera decir que no concebía que al verla a ella se pudiera experimentar otra emoción que no fuera admiración. La tía tosió ligeramente, tragó saliva y dijo en francés que estaba muy contenta de ver a Hélène. Después se dirigió a Pierre con el mismo saludo y el mismo gesto.

En medio de la aburrida y entrecortada conversación, Hélène miró a Pierre y le sonrió con la misma sonrisa clara y hermosa con la que sonreía a todos. Pierre estaba tan acostumbrado a esa sonrisa y significaba tan poco para él que le sonrió también débilmente y se volvió.

La tía hablaba en ese momento de la colección de tabaqueras que tenía el difunto padre de Pierre, el conde Bezújov. Ella sacó la suya. La princesa Hélène le pidió que le dejara ver el retrato del marido de la tía, que estaba grabado en la tabaquera.

—Seguramente está hecho por Vinesse —dijo Pierre refiriéndose al conocido miniaturista, inclinándose sobre la mesa para coger la tabaquera y prestando atención a la conversación que tenía lugar en la otra mesa. Se levantó para rodearla, pero la tía le tendió la tabaquera por detrás de Hélène. Hélène se inclinó hacia delante para dejarle sitio y le miró sonriendo. Llevaba, como siempre en las veladas, un vestido muy escotado a la moda de la época, tanto por delante como por detrás. Su busto, que siempre le había parecido a Pierre de mármol, se encontraba tan cerca de su vista, que con sus ojos miopes percibió involuntariamente el viviente atractivo de sus hombros y su cuello, tan cerca de su boca, que solo tenía que inclinarse un poco para rozarse con ellos. Pierre se inclinó involuntariamente, se apartó azarado y de pronto se sintió inmerso en la fragante y cálida atmósfera del cuerpo de la bella. Sintió el calor de su cuerpo, el olor de los perfumes y el crujido de su corsé al respirar. No la vio ya como una belleza marmórea, un todo con el vestido, como la veía y sentía antes, sino que de pronto vio y sintió su cuerpo, solamente oculto por la ropa. Y una vez visto esto ya no pudo verla de otra manera, del mismo modo que no podemos volver a ver un espejismo.

Ella le miró fijamente con sus negros ojos brillando y le sonrió. «¿Así que hasta ahora no se había percatado de lo hermosa que soy? —parecía decir—. ¿No se había dado cuenta de que soy una mujer? Sí, soy una mujer. Una mujer que puede pertenecer a cualquiera, incluso a usted.» Pierre se sonrojó, bajó los ojos y de nuevo quiso verla como la belleza ajena y distante para él que le pareciera antes. Pero ya no podía hacerlo. No podía, lo mismo que un hombre que ve en la niebla una tallo de hierba y lo confunde con un árbol no puede, una vez que ha visto la hierba, ver de nuevo en ella un árbol. Miraba y veía una mujer palpitando en el vestido que la cubría. Y como si eso fuera poco sintió en ese momento que Hélène no solo podía, sino que debía e iba a ser su esposa y que no podía ser de otro modo. Lo supo con tanta seguridad como lo sabría si ya estuviera con ella bajo la corona.*

Cómo y cuándo sería no lo sabía, ni siquiera si sería un matrimonio afortunado. Incluso pensaba que sería muy desafortunado por alguna razón que desconocía.

—Bueno, les dejo en su rincón, veo que les va muy bien —sonó la voz de Anna Pávlovna.

---

* Rito nupcial ruso. *(N. de la T.)*

Y Pierre, intentando recordar con temor si había hecho algo censurable, enrojeció mirando alrededor de ellos. Sentía que todos sabían, del mismo modo que él, lo que le había sucedido.

Poco tiempo después cuando se trasladó al grupo grande, Anna Pávlovna le dijo:

—Dicen que está arreglando su casa de San Petersburgo. —(Era verdad, el arquitecto le había dicho que era necesario y Pierre, sin saber el mismo para qué, arreglaba su casa de San Petersburgo)—. Eso está bien, pero no se vaya del lado del príncipe —dijo ella sonriendo al príncipe Vasili—. Es bueno tener un amigo como el príncipe. Yo sé algo de eso, ¿no es cierto? ¿Y usted? Usted necesita consejo. —Ella guardó silencio—. Si se casara ya sería distinto. —Y ella les englobó en una mirada. Pierre no miraba a Hélène y ella ya no se separaba de él, estaba singularmente cerca, toda ella cerca de él con su precioso cuerpo, su olor, su piel y el rubor de la pasión femenina. Él murmuró algo y enrojeció.

Una vez en casa, Pierre tardó mucho en conciliar el sueño pensando en lo que le había pasado. ¿Qué era exactamente lo que le había sucedido? Nada. Solo había entendido que una mujer, a la que conocía desde niño, a la que despreciaba, de la que decía distraídamente: «Sí, es linda», cuando le comentaban lo hermosa que era, había comprendido que esta mujer le podía otorgar todo un mundo de deleites en el que hasta el momento no había pensado. «Pero es estúpida, yo mismo he dicho que es estúpida —pensaba él—. Esto no es amor, al contrario. Pero hay algo en este sentimiento que ella ha despertado en mí, algo prohibido. ¿Por qué habrá conseguido despertar esto en mí? Me dijeron que su hermano Anatole estaba enamorado de ella y que ella estaba enamorada de él y que por eso habían alejado a Anatole. Su hermano es Hippolyte y su padre el príncipe Vasili. Yo no debería amarla», discurría él y al tiempo que así pensaba, cuando este pensamiento estaba aún a medias, se descubría a sí mismo sonriendo dándose cuenta de que otra serie de razonamientos emergía de los primeros y que a la vez que pensaba en la insignificancia de Hélène, soñaba en que ella fuera su mujer, que se enamorara de él, que fuera completamente distinta y que todo lo que había pensado y escuchado de ella fuera incierto y de nuevo no la veía como antes sino que solo veía su cuello, sus hombros, su seno. «Pero ¿por qué nunca antes había tenido estos pensamientos…?»

Y de nuevo se decía que no era posible y que habría algo de indigno y de perverso en ese matrimonio. Recordaba sus palabras y sus miradas de antes y las miradas y palabras de quienes les habían visto juntos. Recordó con espanto las palabras y la mirada de Anna Pávlovna cuando le hablaba de la casa, recordó cientos de esas alusiones por parte del príncipe Vasili y de otros y le entró pánico: ¿no se había comprometido ya de algún modo para el cumplimiento de ese propósito que arruinaría toda su vida? Y decidió firmemente alejarse de ella, observarse a sí mismo y partir. Pero en el momento en el que expresó esa decisión del otro lado de su consciencia emergió su imagen y él dijo: «Si me rindo a ella todo será olvidado y perdonado, esta es la felicidad, qué ciego he estado que no había visto antes la posibilidad de una felicidad tan grande».

En el mes de noviembre de 1805, el príncipe Vasili tenía que ir en viaje de inspección a Moscú y a otras cuatro provincias. Lo había organizado con la intención de visitar de paso sus fincas arruinadas y las fincas de su futuro yerno, el joven conde Bezújov, y habiendo recogido a su hijo Anatole en el lugar en el que se encontraba su regimiento, ir juntos a visitar al príncipe Nikolai Andréevich Bolkonski, con la intención de casar a su hijo con la hija del acaudalado anciano. Pero antes de partir y de afrontar esos nuevos asuntos, le era imprescindible que el asunto de Pierre se concretara. Era cierto que este iba últimamente a diario y pasaba todo el día en casa del príncipe Vasili, estaba turbado y en presencia de Hélène se comportaba de forma ridícula y necia como hacen los enamorados, pero aún no le había hecho la proposición.

«Todo esto es precioso», se dijo una vez a sí mismo por la mañana con un suspiro de tristeza, dándose cuenta de que Pierre, que tanto le debía (bueno, que Dios le perdone), no se comportaba del todo bien con él. «Es la juventud y la frivolidad, bueno, qué se le va a hacer —pensó el príncipe Vasili sintiéndose muy satisfecho de su propia bondad—, pero todo esto debe acabar. Pasado mañana es el santo de Lelina, invitaré a alguna gente. Y si no entiende qué es lo que debe hacer, entonces ya será asunto mío. Soy el padre.»

Mes y medio después de la velada en casa de Anna Pávlovna y la agitada noche de insomnio que la siguió, en la que Pierre había decidido que el matrimonio con Hélène arruinaría su vida y que debía evitarla y marcharse, después de tomar esa decisión iba a casa del príncipe Vasili a diario y percibía con horror que cada día estaba más y más unido a ella a los ojos de la gente, que no podía de ninguna manera volver a verla tal como lo hacía antes, que el hecho de separarse de ella le parecía terrible y que debía ligar su destino al de ella. Puede que se hubiera podido abstener de verla, pero no había día en el que no recibiera notas de la madre de la princesa o de la propia Hélène de parte de su madre en las que le escribían que le esperaban y que si no asistía echaría a perder el regocijo general y frustraría sus esperanzas… El príncipe Vasili, en los pocos momentos que pasaba en casa, al pasar por delante de Pierre le daba la mano presentándole su afeitada mejilla y le decía o bien «hasta mañana» o «ven a comer o de lo contrario no te veré», o «me quedo por ti», y cosas parecidas. Pero cuando el príncipe Vasili se quedaba por Pierre (según él decía) no le dirigía ni dos palabras. Pierre no se sentía con fuerzas de frustrar sus esperanzas.

Iba a la casa del príncipe y en cada ocasión se decía: «Es necesario que finalmente la comprenda y me dé cuenta de quién es ella. ¿Me engañaba antes o me engaño ahora? No, no es estúpida, es una mujer muy hermosa —se decía a sí mismo—. No se equivoca nunca en nada, nunca dice nada necio. Habla poco, pero lo que dice siempre es claro y directo. Así que no es tonta. Nunca se turba. Así que no es una mujer estúpida».

Le sucedía a menudo que empezaba a conversar con ella, a pensar en voz alta, y ella siempre le respondía o bien con un breve y oportuno razonamiento, que le mostraba que lo que decía no le interesaba, o bien con una silenciosa sonrisa y una mirada que mostraban aún más perceptiblemente su superioridad. Ella tenía razón al considerar absurdos todos esos razonamientos en comparación con esa sonrisa. Siempre le recibía con alegría y confianza, solo a él le prodigaba esa sonrisa en la que había un mayor significado que en las demás sonrisas que siempre embellecían su rostro. Todo estaba bien. Pierre sabía que todos estaban esperando solamente que él dijera por fin una palabra, cruzara la frontera, y él sabía que tarde o temprano la cruzaría, pero algún incomprensible terror le impedía el solo pensamiento de dar ese irremisible paso.

Pierre se dijo a sí mismo mil veces durante aquel mes y medio en el que se sentía arrastrado más y más al precipicio que le aterraba: «Pero ¿qué me sucede? Es necesario tener energía. ¿O es que ya no la tengo?». Intentaba hacer acopio de fuerzas morales, pero sentía con horror que en este caso no tenía la energía que sabía que había en él y que realmente tenía. Pierre pertenecía a ese grupo de personas que solo son fuertes cuando se sienten completamente limpias. Y desde aquel día en el que de su apasionada naturaleza se apoderó ese deseo que experimentó al tomar la tabaquera en casa de Anna Pávlovna, un inconsciente sentimiento de culpa que le causaba esa aspiración paralizó su energía. No tenía ayuda de nadie y se acercaba más y más a dar ese paso al que se precipitaba.

El día del santo de Hélène cenaron en casa del príncipe Vasili unos cuantos invitados, de los más cercanos, como decía la madre de la princesa, parientes y amigos. A todos estos parientes y amigos se les dio a entender que en ese día se decidía el destino de la homenajeada. Los invitados se sentaron para la cena. La princesa Kuraguina, madre de Hélène, gruesa, mujer imponente, bella en otro tiempo, se sentaba en el sitio de la anfitriona. A sus dos lados los invitados de honor, un anciano general, su esposa, Anna Pávlovna Scherer. En el otro extremo de la mesa se sentaban los invitados más jóvenes y menos importantes y exactamente allí estaban sentados como personas de la casa Pierre y a su lado Hélène. El príncipe Vasili no cenaba, paseaba alrededor de la mesa con un excelente humor sentándose bien con uno, bien con otro de los invitados, y a cada uno le dirigía despreocupadamente palabras amables a excepción de a Pierre y Hélène, a los que parecía no advertir.

El príncipe Vasili animaba a todos, las velas ardían luminosas, resplandecía la plata y el cristal de los servicios, las galas de las damas y las doradas y plateadas charreteras, alrededor de la mesa el servicio iba y venía con sus rojos caftanes; se escuchaba el sonido de los cuchillos, de las copas y de los platos y el sonido de unas cuantas animadas conversaciones que tenían lugar en la mesa. Se podía oír cómo en un extremo de la mesa un anciano chambelán le aseguraba a una anciana baronesa que sentía por ella un ardiente amor y también la risa de ella, desde otro extremo se escuchaba el relato del infortunio de María Víktorovna, desde otro una invitación para mañana. En el medio de la mesa el príncipe Vasili reunía a varios oyentes y solo se escuchaba su voz. Le contaba a las damas con una burlona sonrisa en los labios la última —del miércoles— sesión del Consejo de Estado a la que se había enviado y en la que Serguei Kuzmich Viazmítinov, el nuevo general gobernador militar de San Petersburgo, había leído el entonces famoso rescripto del emperador Alejandro Pávlovich desde el frente, en el que el emperador, dirigiéndose a Serguei Kuzmich, decía que de todas partes recibía manifestaciones de la lealtad de la nación y que daba las gracias a los habitantes de San Petersburgo por comunicarle su lealtad y que se enorgullecía de gobernar esa nación y que procuraría ser digno de ella.

—Sí, sí, ¿y no leyó más allá de Serguei Kuzmich? —preguntaba, riéndose, una dama.

—Ni una sílaba más —respondió el príncipe Vasili—. El pobre Viazmítinov no pudo de ningún modo leer más allá. Volvió a empezar a leerlo varias veces, pero tan pronto como decía Serguei… se echaba a llorar y ya cuando pronunciaba Ku… zmi… ch le ahogaban los sollozos y no podía continuar y de nuevo sacaba el pañuelo y volvía a decir «Kuzmich» y de nuevo las lágrimas… de modo que propusimos que lo leyera otro.

—Kuzmich… y lágrimas… —repitió otro.

—No sea malo —dijo desde el otro extremo de la mesa, Anna Pávlovna amenazándole con el dedo—, es un gran hombre nuestro buen Viazmítinov…

Todos empezaron a participar en la conversación que se había iniciado en el lado de la mesa en el que se encontraban los invitados de honor, todos parecían estar alegres y bajo la influencia de la más variada animación; solo Pierre y Hélène estaban sentados juntos en silencio prácticamente en el extremo de la mesa; en los rostros de ambos brillaba una resplandeciente sonrisa de vergüenza ante su propia felicidad y por mucho que hablaran, se rieran o bromearan los demás, aunque devoraran con apetito el vino del Rin, el sauté y el helado y aunque evitaran mirar a esta pareja, por mucho que parecieran indiferentes y fingieran no prestarles atención, por alguna razón se percibía que de vez en cuando les dirigían miradas y que la anécdota sobre Serguei Kuzmich y la amenaza y la comida era todo fingido y que toda la atención de los invitados estaba puesta en Pierre y Hélène. El príncipe Vasili representaba los sollozos de Serguei Kuzmich y a la vez dirigía una mirada a su hija y mientras se reía la expresión de su cara decía: «Sí, todo va bien, hoy se decidirá todo». Anna Pávlovna le amenazaba por lo de nuestro buen Viazmítinov y en sus ojos que miraron fugazmente en este momento a Pierre él leía la felicitación por el futuro yerno y por la felicidad de su hija. La madre de la princesa miraba enfadada a su hija ofreciendo vino con un triste suspiro a su vecina como si este suspiro quisiera decir: «Sí, ahora a nosotras no nos queda más que beber vino dulce, querida mía; ahora es tiempo de que estos jóvenes sean así de insolente y provocadoramente felices». El anciano general repetía las palabras de su mujer con desprecio y tristeza, mostrando así la necedad que había en ellas. «No sería así si fuera tan hermosa y amable como esta belleza —pensó él—, y no solo un embuste.» «Y vaya tontería todo lo que estoy contando sobre el despacho de Viena, como si realmente me importara —pensaba el diplomático mirando la felicidad en el rostro de los enamorados—, ¡la felicidad es esto!»

En medio de todos esos insignificantes, menores y artificiales intereses, que ligaban a aquellos invitados, caía el simple sentimiento de atracción mutua entre dos jóvenes hermosos y sanos. Y este verdadero sentimiento humano los apabullaba a todos y planeaba sobre la artificial charla. Las bromas no eran alegres, las noticias a nadie importaban, la animación era visiblemente falsa. No solamente ellos sino los criados, los camareros, parecían sentir lo mismo y se olvidaban del orden al servir los platos, la esbelta, firme y marmórea figura de Hélène y su resplandeciente rostro que de pronto había adoptado para todos un nuevo valor y el rojo y grueso rostro de Pierre desfalleciendo a causa de la pasión contenida. Parecía que hasta las llamas de las velas solo estaban atentas a estos dos rostros felices.

Pierre sintió que era el centro de todo y su situación le alegraba y le cohibía a un tiempo. No veía, ni entendía, ni oía nada. Se encontraba en el estado de un hombre embebido en alguna cuestión importante. Solo de vez en cuando aparecían inesperadamente en su entendimiento pensamientos e impresiones de la realidad.

«¡Así que todo ya ha acabado! —pensaba él—. ¿Y cómo ha sucedido todo esto tan pronto? Ahora sé que esto se ha de cumplir ineluctablemente no solo por ella, ni por mí, sino por todos. Todos lo esperan, están tan convencidos de que va a suceder que no puedo, no puedo estafarles. Pero ¿cómo será? No lo sé», y de nuevo se sumerge en la actividad que roba todas las fuerzas de su voluntad. De nuevo ve bajo sus propios ojos ese rostro, esos ojos, esa nariz y esas cejas y el cuello y el nacimiento del pelo y el pecho. Y de pronto se siente avergonzado por alguna razón. No le resultaba fácil acaparar la atención de todo el mundo, resultar feliz a los ojos de los demás como si fuera Paris el sibarita, poseedor de Elena. Pero es verdad que siempre sucede así y que así es como debe ser. Y de nuevo la escucha, la ve y la siente solo a ella, su proximidad, su respiración, sus movimientos, su belleza. Y le parece que no es ella sino él el que es extraordinariamente bello y esa es la razón por la que todos le miran y él, feliz de la admiración de los demás, saca pecho, levanta la cabeza y se congratula de su suerte. De pronto una voz, una voz de alguien conocido, escuchada por él en la triste y minúscula vida que había vivido antes en la que no había belleza y abnegación, le dice por segunda vez una cosa.

—Te he preguntado cuándo recibiste la carta de Bolkonski —decía la voz del príncipe Vasili—. Qué distraído estás, querido.

El príncipe Vasili sonríe y Pierre ve que todos, todos le sonríen a él y a Hélène.

«Bueno, ¿y qué si ya lo saben todos? —se dice a sí mismo Pierre—, ¿qué sucede? Es la verdad.» Él mismo sonríe, mostrando sus feos dientes, y Hélène sonríe.

—¿Cuándo la recibiste? ¿La envió desde Olmütz? —repite el príncipe Vasili que necesitaba saberlo para resolver una discusión.

«¿Se puede pensar y hablar de tales naderías?», piensa Pierre.

—Sí, de Olmütz —responde él con un suspiro de condolencia hacia todos los que no son él en ese instante.

Después de la cena Pierre condujo a su dama tras los demás a la sala. Los invitados comenzaron a retirarse y algunos se fueron sin despedirse de Hélène como si no quisieran distraerla de su importante ocupación; algunos se acercaron un momento y se fueron rápidamente sin dejarla que les acompañara. El diplomático guardaba silencio tristemente saliendo de la sala. Le parecía que su carrera era toda vanidad en comparación con la felicidad de Pierre. El anciano general gruñó enfadado a su mujer cuando ella le preguntó por su dolor de piernas. «Vaya vieja pirulí —pensó él—. Elena Vasilevna será aún hermosa cuando tenga cincuenta años.»

—Parece que la puedo felicitar —susurró Anna Pávlovna a la madre de la princesa y le estrechó la mano con fuerza—. Si no tuviera migraña me quedaría.

La princesa no respondió nada; le atormentaba la envidia por la felicidad de su hija.

Pierre, durante la despedida de los invitados, estuvo mucho rato sentado con Hélène en la sala. En el último mes y medio se quedaba con frecuencia a solas con ella y nunca le hablaba de amor, pero ahora sentía que era imprescindible y no podía decidirse a dar este último paso. Sentía aún más vergüenza que antes por todo, por estar solo con esa belleza que tanto le atraía, como si al lado de Hélène ocupara un lugar extraño. «Esta felicidad no es para ti —le decía una voz interior—, esta felicidad es para los que no tienen todo lo que tú tienes.» Pero era necesario decir algo y él comenzó a hablar. Le preguntó si había pasado buena tarde. Ella como siempre, con la corrección que la caracterizaba, contestó que ese cumpleaños había sido uno de los más agradables de su vida. Y se puso a hablar de los invitados a la cena y de todos habló bien.

Algunos de los parientes más cercanos aún no se habían ido. Estaban sentados en la sala grande. El príncipe Vasili se acercó a Pierre con paso indolente. Pierre se levantó y dijo que ya era tarde. El príncipe Vasili le miró interrogativa y severamente como si lo que había dicho fuera tan extraño que no pudiera ser entendido. Pero después esa expresión de severidad cambió y el príncipe tomó la mano de Pierre, le hizo sentar y le sonrió con cariño.

—Bueno, ¿qué, Lelia? —se dirigió él en ese preciso instante a su hija con ese descuidado tono de acostumbrada ternura que usan los padres que son cariñosos con sus hijos desde la infancia, pero que el príncipe Vasili había adquirido por medio de la imitación.

Y de nuevo se dirigió a Pierre:

—¡Serguei Kuzmich! ¿No es admirable?

Pierre sonrió, pero su sonrisa evidenciaba que entendía que no era la anécdota sobre Serguei Kuzmich la que en ese instante interesaba al príncipe Vasili; y el príncipe Vasili entendía que Pierre era consciente de ello. De pronto se turbó, murmuró algo de manera antipática y salió. El aspecto de turbación del anciano hombre de mundo conmovió a Pierre, miró a Hélène y ella también parecía encontrarse bastante alterada y diciéndole con la mirada: «Usted es el culpable».

«Hay que dar inevitablemente el último paso, pero no puedo, no puedo», pensaba Pierre y se ponía de nuevo a hablar de trivialidades, de Serguei Kuzmich, preguntó en qué consistía la anécdota, pues no la había oído. Hélène respondió con una sonrisa que ella tampoco lo sabía.

Cuando el príncipe Vasili entró en la sala, la madre de la princesa hablaba en voz baja con una señora mayor acerca de Pierre.

—Por supuesto que es un gran partido, pero la felicidad, querida mía…

—Los matrimonios se hacen en los cielos —respondía la señora.

El príncipe Vasili se fue hasta el otro rincón de la habitación como si no escuchara a las damas, y se tumbó en el diván. Cerró los ojos como si durmiera. Se le cayó la cabeza y se despertó.

—Alina —le dijo a su esposa—, ve a ver qué hacen.

La madre de la princesa fue hacia la puerta y al pasar por ella miró hacia dentro de la sala con gesto indiferente. Pierre y Hélène estaban sentados en la misma posición y conversaban.

—Todo sigue igual —le dijo a su marido.

El príncipe Vasili frunció el ceño, torció la boca hacia un lado, lo cual le daba una expresión iracunda, y de pronto se incorporó, se levantó, echó la cabeza para delante y adoptando la animada y feliz expresión de las grandes ocasiones, cruzó con pasos decididos al lado de las damas y llegó al saloncito. Se acercó alegremente con pasos rápidos a Pierre, su rostro reflejaba tal extraordinaria alegría que Pierre se levantó asustado y le miró.

—¡Y yo, tonto de mí! —dijo el príncipe Vasili—. Mi mujer me lo acaba de decir. Ven aquí, y tú también, Lelia. —Estrechó con un brazo a Pierre y con el otro a su hija—. Estoy muy, muy contento. —Le temblaba la voz—. Quería mucho a tu padre y ella será una buena esposa para ti. Que Dios os bendiga.

Abrazó a su hija y luego a Pierre y le besó su maloliente boca. Las lágrimas le corrían por las mejillas.

—Princesa, ven aquí —gritó él.

La princesa llegó con su fatigoso caminar, y Pierre se sintió aliviado y feliz. La princesa y la señora mayor lloraban. Besaban a Pierre. Y él besaba la mano de la bella Hélène. Después de las bendiciones les dejaron de nuevo solos. Pierre sostenía la mano de ella en silencio y miraba su pecho que bajaba y subía por la respiración.

—¡Hélène! La amo terriblemente —dijo y sintió vergüenza. Él le miró a la cara. Ella se le acercó más. Tenía el rostro sonrojado.

—Ah, quítese esas… —y señalaba a las gafas.

Pierre se quitó las gafas y a través de la extraña expresión de las personas que llevan gafas sus ojos miraban interrogativamente y con espanto. Quería inclinarse sobre su mano para besarla, pero de pronto ella, con un rápido movimiento de cabeza, le interceptó con sus labios y los puso sobre los de él. Su rostro entonces sorprendió a Pierre porque de pronto había adoptado una expresión desagradable de abstraimiento. «Ya es tarde, todo se ha acabado y además la amo», pensaba él.

Mes y medio después estaba casado y se instalaba con su esposa en la inmensa casa de San Petersburgo de los condes Bezújov.

II

Después del matrimonio de Pierre y Hélène el anciano príncipe Nikolai Andréevich Bolkonski recibió carta del príncipe Vasili en la que le avisaba de su visita en compañía de su hijo: «Voy en visita de inspección y desde luego para mí cien verstas no es rodeo para visitarle, mi muy respetado bienhechor», escribía él. «Mi Anatole me acompañará y partirá para el ejército, y confío en que le permitirá presentarle en persona el profundo respeto que, asemejándose a su padre, siente por usted.»

—Parece que no es necesario ir a buscarlos, los prometidos vienen aquí por sí solos —dijo poco cuidadosamente la princesita al oír esto. El príncipe Nikolai Andréevich frunció el ceño y no dijo nada.

Dos semanas después de la recepción de la carta, llegó por la tarde el servicio del príncipe Vasili y al día siguiente él mismo con su hijo. El anciano Bolkonski nunca había tenido en muy alta estima al príncipe Vasili, pero en los últimos tiempos cuando este había adoptado tantas funciones y honores y juzgando por las alusiones de la carta y de la princesita, entendiendo la intención de arreglar el matrimonio, la escasa estima se convirtió en un sentimiento de desprecio hostil. Resoplaba constantemente al hablar de él. El día que llegaba el príncipe Vasili, el príncipe Nikolai Andréevich estaba especialmente disgustado y de mal humor. Bien fuera que estaba de mal humor por la llegada del príncipe Vasili o que el hecho de estar disgustado por la llegada del príncipe Vasili le ponía de mal humor, pero las personas que le conocían ya sabían por su cara y por su forma de andar que cuando estaba en ese estado lo mejor era evitarle. Salió a pasear como de costumbre con su abrigo de terciopelo y cuello de marta cibelina con el gorro a juego. En la víspera había nevado mucho. El príncipe fue al jardín, como había supuesto el administrador, para emprenderla contra algo, pero el camino por el que atravesaba el príncipe Nikolai Andréevich hacia el invernadero ya estaba despejado, se veían las huellas de la escoba en la nieve extendida y la pala estaba clavada en un mullido montón de nieve amontonada a ambos lados del camino. El príncipe atravesó el invernadero. Todo estaba en orden. Pero se había enfadado con el arquitecto acerca de las construcciones porque el tejado de la nueva ala no estaba acabado y a pesar de que se había enterado de ello la víspera, riñó a Mijaíl Ivánovich. Ya se acercaba a la casa en compañía del administrador.

—¿Y se puede pasar en trineo? —preguntó él—. La princesa querría dar un paseo.

—Hay mucha nieve, Su Excelencia, ya he dado orden de limpiar el paseo.

El príncipe movió la cabeza aprobatoriamente, y entró en el porche.

—Era difícil llegar —añadió el administrador—. Y como habíamos oído que venía un ministro a visitar a Su Excelencia.

El príncipe volvió de pronto todo el cuerpo hacia su administrador.

—¿Qué? ¿Qué ministro? ¿Quién lo ha ordenado? —gritó el príncipe con su voz ronca y penetrante—. No se limpia para mi hija la princesa, sino para un ministro. En mi casa no hay ministros.

—Disculpe, Excelencia, yo creía…

—Tú creías —gritó el príncipe acalorándose cada vez más, pero incluso entonces no hubiera golpeado a Alpátych si con sus palabras este no le hubiera irritado hasta tal punto—. ¿Y quién te ha enseñado a rendir honores a mis espaldas a personas a las que no quiero conocer? Para mi hija no se hace, pero para otros sí. —El príncipe ya no pudo soportar ese pensamiento.

Antes de la comida, la princesa y mademoiselle Bourienne, a sabiendas de que el príncipe estaba de mal humor, le esperaban de pie en el comedor. Mademoiselle Bourienne con su rostro radiante como si estuviera diciendo: «No sé nada, soy la misma de siempre», y la princesa María pálida, asustada, con la mirada baja. Lo más duro siempre para la princesa María era saber que en estas ocasiones era necesario comportarse como lo hacía mademoiselle Bourienne, pero no podía. Pensaba así: «Si hago como que no me doy cuenta (aparte de que no sé fingir), pensará que no tengo compasión, y si hago como que yo misma estoy triste y de mal humor (lo cual es cierto), dirá, como siempre hace, que soy una lánguida, que refunfuño y cosas parecidas».

El príncipe miró el rostro asustado de su hija y bufó.

—¡Brrr! ¡Pero qué tonta! —dijo y se dirigió a mademoiselle Bourienne.

«Y la otra no está, ya le han ido con el chisme», pensó él al ver que la princesita no estaba en el comedor.

—¿Y dónde está la princesa? ¿Se esconde?

—No se encuentra del todo bien —contestó sonriendo alegremente mademoiselle Bourienne—. No va a venir. Se comprende en su estado.

—Me hago idea —dijo el príncipe, y se sentó a la mesa.

El plato le pareció que no estaba limpio, señaló una mancha y lo tiró. Tijón lo alcanzó al vuelo. No es que la princesita estuviera enferma; pero sentía un miedo tan invencible hacia el príncipe que, habiendo oído que estaba de mal humor, decidió no bajar.

—Temo por el niño —le decía a mademoiselle Bourienne—. Dios sabe lo que le puede pasar por el susto.

—Desde luego, desde luego.

La princesa Liza vivía en Lysye Gory en un constante estado de miedo y antipatía. De la antipatía hacia el anciano príncipe no era consciente, porque el miedo predominaba tanto que no era capaz de darse cuenta de ella. El príncipe, por su parte, sentía la misma antipatía, pero amortiguada por el desprecio. La princesa se había encariñado mucho con mademoiselle Bourienne y pasaba el día con ella, le pedía que pasara la noche en su habitación y hablaba con ella con frecuencia de su suegro, juzgándole.

—Han venido visitas, príncipe —dijo mademoiselle Bourienne desdoblando la blanca servilleta con sus sonrosadas manos—. Su Excelencia el príncipe y su hijo, según he oído —dijo ella.

—¡Hum! Ese *excellence* es un jovenzuelo al que yo mismo llevé y coloqué en el Colegio —dijo el príncipe ofendido como si mademoiselle Bourienne quisiera menospreciarle—. Y no puedo entender por qué trae a su hijo. Puede que la princesa Lizaveta Karlovna y la princesa María lo sepan, pero yo no sé por qué trae a ese petimetre. Yo no le necesito. —Y miró a su hija que se había sonrojado—. ¿Qué te sucede? ¿No te encuentras bien? ¿O es por miedo al ministro como le llamó hoy ese estúpido de Alpátych?

—No, padre.

—Que me manden a Alpátych.

Aunque mademoiselle Bourienne no había escogido un tema de conversación muy acertado, no se detuvo y siguió charlando sobre el invernadero, sobre la belleza de las nuevas construcciones, y después de la sopa el príncipe se suavizó, ella pensó que a causa de su conversación, pero la causa de ello era que había tomado la sopa y había empezado a hacer la digestión.

Después de comer fue a ver a su nuera. La princesita estaba sentada en la mesita charlando con Masha, la doncella. Al ver a su suegro palideció.

—Sí, cierta pesadez.

Estaba fea, con las mejillas caídas, el labio levantado y los ojos hundidos.

—¿Necesitas algo?

—No, gracias.

—Bueno, bueno. —Salió y se dirigió a la sala de servicio.

Allí estaba Alpátych con la actitud de un condenado a muerte.

—¿Habéis vuelto a cubrir el camino?

—Sí, Su Excelencia, perdóneme, por el amor de Dios, ha sido una tontería…

El príncipe le interrumpió y se echó a reír con su artificial risa.

—Está bien, está bien. —Le tendió la mano que Alpátych besó, y salió en dirección al despacho.

Por la tarde llegó el príncipe Vasili, le recibieron en el paseo los cocheros y el servicio y entre gritos condujeron sus trineos y acarreos hacia el edificio, por el camino de nieve pisada.

El príncipe Vasili y Anatole fueron conducidos a habitaciones separadas. Anatole se encontraba totalmente tranquilo y alegre, tal como era siempre. Así era como veía toda su vida, como un alegre paseo que alguien le había marcado y que debía seguir, así consideraba su viaje a casa del anciano malhumorado y de su rica y espantosa heredera. Todo esto podía llegar a ser, según él se imaginaba, muy agradable y divertido, si las comidas son buenas y hay vino y las mujeres pueden resultar hermosas. «¿Y por qué no he de casarme si ella es tan rica? Eso nunca está de más», así pensaba Anatole. Pellizcó a la linda doncella de la princesa que escapaba corriendo y riendo se puso a arreglarse.

Se afeitó y se perfumó con la presunción y el esmero habituales en él y con su innata expresión solemne y triunfal, echando hacia delante el pecho y llevando bien alta la hermosa cabeza, entró en la habitación de su padre. Alrededor del príncipe Vasili se esmeraban dos ayudantes de cámara, vistiéndole; él mismo miraba animadamente a su alrededor y asintió alegremente ante la figura de su hijo que entraba en la habitación, como si le dijera: «¡Sí, así es como necesito que estés!».

—Bueno, ya sin bromas, padre, ¿es verdaderamente espantosa, eh? —preguntó él, como continuando una conversación mantenida con frecuencia durante el viaje.

—¡Ya está bien de tonterías! Lo principal es que intentes ser respetuoso y prudente con el anciano príncipe.

—Si me injuria me iré —dijo él—. No puedo soportar a esos ancianos. ¿Eh?

—Querido mío, no quiero oír tus bromas con motivo de esto. Recuerda lo mucho que de esto depende para ti.

Mientras tanto entre las mujeres no solamente ya se tenía noticia de la llegada del ministro con su hijo, sino que el aspecto exterior de ambos ya había sido descrito con detalle. La princesa María estaba sentada sola en su habitación y hacía vanos esfuerzos por superar su inquietud.

«Para qué me escribirían, para qué Liza me hablaría de eso, si es imposible —se decía a sí misma reflejada en el espejo—. ¿Cómo saldré a la sala? E incluso si llegara a gustarme no podría comportarme con él tal como soy.» Y el solo recuerdo de la mirada irónica de su padre le provocaba terror.

La princesita y mademoiselle Bourienne ya habían recibido a través de Masha, que se había tropezado con él, todas las informaciones necesarias sobre Anatole, sobre lo guapo que era el cejinegro hijo del ministro y sobre que a su papá le resultaba dificultoso subir con las piernas de alambre las escaleras y que, sin embargo, él las había subido de tres en tres como un águila. Habiendo recibido la información, la princesita y mademoiselle Bourienne, cuyas agradables y animadas voces ya eran audibles desde el pasillo, entraron en la habitación.

—Marie, ¿sabe que ya han llegado? —dijo la princesita meneando su vientre acercando y cayendo sobre una butaca. Ya no llevaba la blusa con la que bajaba a comer sino que vestía uno de sus mejores vestidos verde de seda; su cabeza estaba cuidadosamente revestida y en su rostro había una animación que sin embargo no ocultaba las caídas y lívidas facciones de su rostro. Con aquella indumentaria con la que con frecuencia asistía a las veladas en San Petersburgo era aún más evidente lo mucho que se había afeado.

En mademoiselle Bourienne también se notaba cierta mejora en el estilo de la ropa, lo que daba a su lindo y fresco rostro un aspecto aún más seductor.

—Bueno, y sigue llevando la misma ropa, princesa —dijo ella—. Enseguida van a venir a decirnos que han llegado. Hará falta bajar y usted debería arreglarse un poco.

La princesita levantó su corto labio superior sobre los dientes y ella misma se levantó de la butaca, llamó a la criada y apresurada y alegremente se puso a pensar un atavío para la princesa María y a llevarlo a la práctica. La princesa María se sentía herida en su amor propio por el hecho de que la llegada de su supuesto prometido la inquietara en el fondo de su alma, se avergonzaba de ello e intentaba ante sí misma esconder este sentimiento. Precisamente ellas (su cuñada ya se había engalanado) le decían claramente que debía hacer exactamente eso, lo que suponía el orden adecuado de las cosas. Decirles que se avergonzaba de sí misma y de ellas hubiera significado mostrar su inquietud; por otro lado, negarse a arreglarse hubiera supuesto bromas e insistencia. Suspiró, sus bellísimos ojos se apagaron, su poco agraciado rostro se cubrió de manchas y con esa fea expresión de víctima que casi siempre adoptaba su cara se sometió a la voluntad de mademoiselle Bourienne y Liza. Ambas mujeres estaban sinceramente decididas a embellecerla. Era tan fea que ninguna de las dos podía concebir que fuera a competir con ellas; por eso se pusieron a vestirla con total sinceridad con esa ingenua y obstinada creencia femenina de que la vestimenta puede embellecer un rostro.

—No, es cierto, amiga, este vestido no le va bien —decía Liza—. Di que traigan tu vestido de terciopelo. Es cierto. Y este no le va bien porque es demasiado claro, no le va bien.

Lo que no estaba bien no era el vestido sino el rostro y la figura de la princesa. Esto no lo percibían mademoiselle Bourienne y la princesita; a ambas les parecía que si le ponían una cinta celeste en los cabellos, recogidos hacia arriba, y sacaban la banda celeste del vestido marrón y ese tipo de cosas, todo estaría bien. Pero se olvidaban de que el asustado rostro y la figura no se podían cambiar y que por ello por mucho que cambiaran el marco y los adornos de ese rostro el mismo rostro lo echaba todo a perder. Después de dos o tres cambios a los que la princesa se sometió dócilmente, cuando le habían recogido el pelo hacia arriba (el peinado le cambiaba y le afeaba completamente el rostro), con la cinta celeste y el vestido de gala de terciopelo, la princesita dio dos vueltas alrededor de ella, arreglando con su menuda mano un pliegue del vestido allí y dándole la vuelta a la cinta allá y mirando, con la cabeza inclinada, ya de un lado, ya de otro.

—No, no puede ser —dijo ella con decisión juntando las manos—. No, Marie, decididamente esto no va con usted. Me gusta más con su vestidito gris de diario, por favor, hágalo por mí —dijo ella a la doncella—, trae el vestido gris de la princesa y ya verá mademoiselle Bourienne cómo arreglo esto —dijo con una sonrisa de anticipación del placer artístico.

Pero cuando Katia trajo el vestido solicitado, la princesa María estaba inmóvil delante del espejo observando su rostro y vio en este que tenía lágrimas en los ojos y que le temblaban los labios prestos a sollozar.

—Bueno, princesa —dijo mademoiselle Bourienne—, todavía un pequeño esfuerzo.

La princesita, tomando el vestido de la mano de la doncella, se acercó a la princesa María.

—Ahora vamos a hacerlo sencillo y agradable —decía ella.

Su voz, la de mademoiselle Bourienne y la de Katia, que se reía de algo, se confundieron en un alegre balbuceo, parecido a los trinos de los pájaros.

—No, déjenme —dijo la princesa.

Y su voz sonó tan seria y doliente que el balbuceo de los pájaros calló instantáneamente. Ellas miraron a los grandes y bellos ojos, llenos de lágrimas y de pensamientos que las miraban clara y suplicantemente y comprendieron que insistir hubiera sido inútil e incluso violento.

—Al menos cámbiese el peinado —dijo la princesita—. Ya se lo decía yo —le dijo con reproche a mademoiselle Bourienne—, que María tiene uno de esos rostros a los que no les va ese tipo de peinados. Cámbieselo, por favor.

—No, déjenme, déjenme, todo me es indiferente —respondió la voz de la princesa María apenas conteniendo las lágrimas.

Ellas se encogieron de hombros, hicieron un gesto de sorpresa, dándose entonces cuenta de que la princesa María estaba realmente fea con ese aspecto, más que de costumbre; pero ya era demasiado tarde. Las miraba con la expresión que ellas ya conocían, meditabunda y triste. Esa expresión no les provocaba miedo. (Ella no provocaba ese sentimiento en nadie.) Pero sabían que cuando en su rostro aparecía esa expresión se tornaba silenciosa y aburrida y obstinada en sus decisiones.

—Se lo cambiará, ¿verdad? —dijo Liza, y cuando la princesa María le prometió que lo haría salió de la habitación.

Cuando la princesa María se quedó sola en la habitación no cumplió la promesa hecha a Liza y ni siquiera se miró al espejo, sino que dejó caer inermes los brazos y los ojos y se sentó en silencio y cavilante. Se imaginaba a su marido, un ser fuerte, claro e incomprensiblemente atractivo, que solo le pertenecía a ella. A un niño, su pequeño, como el que había visto el día anterior en casa de su ama de cría, se lo imaginaba en el pecho y de nuevo a ese mismo marido observándola. Ella le miraba avergonzada y feliz.

—Puede bajar a tomar el té. El príncipe saldrá ahora —sonó la voz de la doncella a través de la puerta. Y esa voz la devolvió a la realidad.

Volvió en sí y se asustó de sus propios pensamientos. «Eso es imposible —pensó ella—. Es una felicidad que no habré de experimentar en la tierra.» Y antes de bajar se levantó, entró en la capilla y dirigiéndose al negro semblante iluminado por las velas del

Salvador permaneció frente a él unos instantes con las manos entrelazadas, y suspirando y santiguándose salió de la habitación.

En el alma de la princesa María había una duda angustiosa. ¿Podía ella aspirar a la felicidad del amor, del amor terrenal hacia un esposo? Cuando pensaba en el matrimonio la princesa soñaba en la felicidad de una familia, en los hijos, pero sobre todo su sueño más intenso y oculto era el amor terrenal. El sentimiento era más fuerte cuanto más trataba de ocultarlo y mostrar a los demás e incluso a ella misma que estaba totalmente por encima de él. «Dios mío —decía ella—, ¿cómo puede ser que me opriman el corazón estos diabólicos sentimientos? ¿Cómo me desharé para siempre de estos pensamientos para cumplir libremente con tu voluntad?» Y apenas ella formulaba esta pregunta Dios le respondía en su propio corazón: «No desees nada para ti, no busques, no te inquietes, no envidies. El futuro de los hombres y tu propio destino no te es posible cambiarlo; pero vive de manera que estés preparada para todo. Si Dios quiere probarte con la obligación de un matrimonio, estate preparada para cumplir con sus deseos». Con este pensamiento alegre y tranquilizador (y con la esperanza de realizar su prohibido sueño terrenal) la princesa María se santiguó suspirando y bajó sin pensar ni en su vestido ni en su peinado ni en cómo entraría ni en lo que diría. ¿Qué podía importar todo aquello en comparación con la voluntad de Dios, sin la que no cae un solo cabello de la cabeza del hombre?

Cuando entró en la habitación el príncipe Vasili y su hijo ya estaban en la sala con la princesita y mademoiselle Bourienne. Cuando entró con su pesado caminar, apoyándose en los talones, los caballeros y mademoiselle Bourienne se pusieron en pie, y la princesita, señalándosela a los caballeros, dijo:

—Aquí está Marie.

La princesa María vio a todos y con detalle. Vio el rostro del príncipe Vasili, serio durante un momento, deteniéndose ante la vista de la princesa y en ese preciso instante sonriente, y el rostro de la princesa leyendo con curiosidad y temor la impresión que había causado María en el rostro del anciano príncipe. Vio a mademoiselle Bourienne con su cinta y su bello rostro y la mirada más animada que nunca, detenida en *él*; pero a *él* no podía verle, no podía decidirse a mirarle y si le miraba no distinguía nada aparte de algo muy grande, deslumbrante y hermoso.

Lo primero fue besar la calva cabeza del príncipe Vasili que se agachó a besarle la mano y responder a sus palabras, diciendo que, al contrario, ella le recordaba muy bien: «Esto lo conozco —pensaba ella—, este olor a tabaco y vejez, parecido al de mi padre». Después se acercó a ella Anatole. Notó la tierna mano, que estrechaba con fuerza la suya, notó el olor de los perfumes y rozó apenas su blanca frente con los hermosos cabellos claros peinados con pomada. Ella le miró y quedó impactada por su belleza. Anatole, colocando el pulgar de su mano derecha en la cerrada abotonadura de la casaca, con el pecho echado hacia delante y la espalda hacia atrás, habiéndose alejado y balanceando una pierna con la cabeza un poco inclinada, miraba a la princesa en silencio y de manera alegre, evidentemente sin pensar en ella.

Anatole era una de las personas menos mundanas de la tierra. Nunca sabía ni iniciar ni mantener una conversación, e incluso ni decir esas pocas palabras que es necesario decir cuando se acaba de conocer a alguien; pero a pesar de eso siempre resultaba agradable gracias a su inmutable seguridad y calma, cosa que se cotiza más que nada en el mundo. Si un hombre que no está seguro de sí mismo calla al conocer a alguien y exterioriza la conciencia de la inoportunidad de su mutismo y el deseo de encontrar algo que decir, perderá mucho a ojos de la gente de mundo. Pero Anatole callaba balanceando la pierna, observando alegremente el peinado de la princesa y evidenciaba que podía seguir callado tranquilamente todo el tiempo que quisiera. Su aspecto parecía decir: «Si a alguien le resulta incómodo el silencio, entonces que hable, yo no lo deseo». Aparte de eso, en sus relaciones con las mujeres, Anatole hacía gala de la actitud que más despierta el interés de las mujeres, su temor y su pasión. Era la actitud despectiva del que sabe de su superioridad. Como si con su aspecto les dijera: «Os conozco, os conozco, para qué voy a ocuparme de vosotras, así solo conseguiré afeminarme. Deberíais estar contentas!». Es posible, incluso probable, que no pensara así ante las mujeres (y es más probable que no lo hiciera dado que en general pensaba poco), pero tenía el aspecto y la actitud. La princesa lo percibió, y como si deseara demostrarle que ni siquiera se atrevía a pensar en que él se ocupara de ella se volvió hacia el anciano príncipe.

La conversación fue general y animada gracias a la vocecita y al corto labio de la princesita. Estaba tremendamente animada. Había recibido al príncipe Vasili con la amable comicidad que con frecuencia utilizan las personas alegres y parlanchinas que consiste en que entre la persona a la que se dirigen y ellas mismas se presuponen previas bromas y alegrías establecidas hace tiempo y divertidos recuerdos desconocidos para los demás, cuando en realidad no existe ninguno de esos recuerdos compartidos, como no los había entre la princesita y el príncipe Vasili. El príncipe Vasili participó gustoso de ese tono. La princesita también hizo partícipe a Anatole, al que apenas conocía, de estos recuerdos nunca compartidos. Mademoiselle Bourienne también participaba de esos recuerdos ajenos e incluso la princesa María se dejó absorber con satisfacción por estos alegres recuerdos.

—Por lo menos ahora podemos disfrutarle por completo, querido príncipe —decía la princesita, por supuesto, en francés, al príncipe Vasili—. No es como en nuestras veladas en casa de Annette, de las que siempre se iba. ¿Se acuerda de la querida Annette?

—Ah, ¡no me irá usted a hablar de política como Annette!

—¿Y nuestra mesita de té?

—¡Oh, sí!

—¿Por qué no iba usted nunca a casa de Annette? —preguntó la princesita a Anatole—. ¡Oh! Ya sé, ya sé —dijo ella haciendo un guiño—, su hermano Hippolyte me relató sus andanzas. ¡Oh! —Ella le amenazó con el dedo—. ¡Conozco hasta sus travesuras en los Campos Elíseos!

—¿Y a ti Hippolyte no te contó nada? —dijo el príncipe Vasili dirigiéndose a su hijo y sujetando la mano de la princesa como si ella quisiera irse y él apenas alcanzara a retenerla—. ¿No te contó cómo languidecía por una encantadora princesa y ella le echó de su casa?

—¡Ah! ¡Es la perla de las mujeres, princesa! —dijo dirigiéndose a la princesa María. Y se pusieron a recordar al príncipe Andréi cuando aún era un niño en casa de los Kuraguin.

Por su parte mademoiselle Bourienne no dejó pasar la ocasión, ante las palabras «Campos Elíseos», de entrar en la conversación de los recuerdos ajenos.

—Ah, los Campos Elíseos y la reja de Tuileries, príncipe —le dijo a Anatole recordando con tristeza.

Mirando a la linda Bourienne se dio cuenta de que iba a divertirse. «Ah, y tú tienes ganas también —pensó él mirándola—. No es fea. Espero que se la traiga consigo cuando nos casemos, —pensó él—. No es fea la muchacha.»

El anciano príncipe se vestía reposadamente en su despacho, meditando sombríamente sobre lo que iba a hacer. La llegada de estos invitados le enojaba. «¿Qué me importan a mí el príncipe Vasili y su hijito? El príncipe Vasili es un charlatán vano y su hijo debe ser un petimetre como el resto de los jóvenes de ahora.» Nada de esto tenía importancia, pero le enojaba el hecho de que su llegada elevaba en su alma una cuestión no planteada y completamente oculta, una cuestión sobre la que el anciano príncipe siempre se engañaba a sí mismo. La cuestión era si el príncipe se decidiría alguna vez a permitir que la princesa María pudiera hallar la felicidad de la vida familiar, separarse de ella y darle un esposo. Esta cuestión yacía en lo más profundo del ser del anciano príncipe y nunca se había decidido a planteársela claramente, sabiendo de antemano que su respuesta sería, como siempre, justa y la justicia estaba en franca contradicción no solo con sus sentimientos sino con todos los recursos de su vida. A pesar de que viviendo con ella la atormentaba con todos los medios a su alcance, la vida sin la princesa María hubiera sido impensable para el anciano príncipe. Él no se planteaba la importante cuestión, pero no se le iban de la cabeza una gran cantidad de razonamientos relacionados con ella. «¿Y por qué ha de casarse? Seguramente sería infeliz. Ahí tenemos a Liza y Andréi, y en este caso me parece que es difícil un marido mejor, ¿y acaso ella está contenta de su destino? ¿Y quién iba a querer casarse con ella? Es fea y torpe. Se casará con ella por la posición, por el dinero, así no sería feliz y no podría vivir…» Pero el príncipe Vasili había traído directamente a su hijo y había expresado claramente cuál era su deseo. Su nombre y su posición social eran los adecuados, y la pregunta había de ser respondida. «No me opondré —se dijo a sí mismo el príncipe (pero el corazón se le encogió en el pecho ante el solo pensamiento de alejarse de su hija)—, pero siempre y cuando él esté a su altura. Ahora veremos si lo está.»

—Veremos si lo está —dijo en voz alta y con estas palabras y cerrando la tapa de la tabaquera, se dirigió a la sala—. Veremos si lo está.

Entró en la sala, como siempre con pasos vivaces, miró rápidamente en derredor advirtiendo el cambio en el vestido de la princesita y la cinta de la Bourienne y el horrible peinado de la princesa María y las sonrisas de mademoiselle Bourienne y Anatole y la soledad de la princesa con su peinado. «¡Se ha arreglado como una estúpida! —pensó él mirando con rabia a su hija—. ¡No tiene vergüenza! ¡Y él no quiere saber nada de ella!»

Se acercó al príncipe Vasili.

—Te saludo, amigo mío, me alegro mucho de verte.

—Para un querido amigo cien verstas no es un rodeo —decía el príncipe Vasili, demostrando como siempre familiaridad hacia el príncipe Nikolai Andréevich.

—Este es mi segundo hijo, pido que le quiera y le respete.

—¡Gordo, gordo! —dijo él—. Eso está muy bien, bueno, ven a besarme. —Y le mostró la mejilla.

Anatole besó al anciano y le miró con curiosidad y completa tranquilidad, esperando que pronto dijera alguna gracia de las que le había prometido su padre. Cuando dijo «gordo, gordo» Anatole se había echado a reír.

El príncipe Nikolai Andréevich se sentó en su sitio habitual en la esquina del diván acercando una silla para el príncipe Vasili y comenzó a hablar de los asuntos y novedades políticas. Escuchaba con atención y satisfacción el relato del príncipe Vasili, pero no dejaba de mirar a la princesa María.

—¿Así que ya mandan noticias de Potsdam? —dijo repitiendo las últimas palabras del príncipe Vasili y de pronto se levantó y se acercó a su hija.

—¿Veo que te has peinado así para los invitados, eh? —dijo él—. Estás muy bonita, muy bonita. Te has hecho un nuevo peinado porque venían invitados y ante ellos te digo que en adelante no te cambies de atuendo sin mi permiso.

—Es culpa mía, padre —dijo la princesita.

—Usted puede hacer lo que le plazca —dijo el príncipe Nikolai Andréevich, haciendo una reverencia a su nuera—, pero ella no se puede desfigurar más, ya es lo bastante fea.

Y se volvió a sentar en su sitio sin prestar mayor atención a su hija, que estaba a punto de llorar.

—Al contrario, ese peinado le favorece mucho a la princesa —dijo Anatole que tenía como principio y costumbre decir cumplidos a las mujeres en cualquier situación. La princesa se ruborizó alegre. Se sentía agradecida a su padre por haber provocado que Anatole le dijera esas palabras.

—Bueno, querido joven príncipe, ¿cómo se llama? —el padre se volvió a Anatole—. Ven aquí, vamos a hablar, conozcámonos.

—En la voz de Nikolai Andréevich había ternura, pero la princesa y mademoiselle Bourienne sabían que esa ternura escondía cierta malicia. Realmente el príncipe necesitaba examinar a Anatole y trataba de mostrarse ante su hija en la más relajada de las situaciones.

«Ahora empieza la diversión», pensó Anatole y con una sonrisa alegre y burlona se sentó al lado del anciano príncipe.

—Bueno, parece que ha viajado mucho, querido. En el extranjero la educación es diferente a la que tu padre y yo recibimos, aprendiendo a leer y escribir con un sacristán. Dígame, ¿sirve ahora en el ejército?

—En la caballería de la guardia. —Anatole apenas podía contener la risa.

—¿Y qué, está en el frente?

—Sí, hasta ahora en el frente.

—¿No ha cruzado la frontera con su regimiento?

—Así es, no ha sido necesario, príncipe.

—Mi hijo la ha cruzado. Seguramente todavía extrañas París, dado que te has educado allí, ¿verdad, príncipe Vasili?

—Cómo no extrañarlo, príncipe. —Anatole resoplaba a causa de la risa.

—Bueno, en mis tiempos, cuando estaba en París añoraba Lysye Gory. Pero ahora todo es distinto. Bien, vamos a mi despacho. —Tomó al príncipe Vasili por la mano y se lo llevó consigo.

En el despacho el príncipe Vasili, con su habitual descuido, supo llevar la conversación al tema que le interesaba.

—¿Qué piensas? —dijo el anciano príncipe con enojo—. ¿Que yo la retengo, que no puedo separarme de ella? ¡Se lo imaginan! —dijo enfadado aunque nadie se imaginaba nada—. ¡Por mí, mañana mismo! Solo te digo que quiero conocer mejor a mi yerno. Mañana ante ti le preguntaré a ella si desea casarse, entonces que él se quede. Que se quede y ya veré. —El príncipe resolló—. Que se vaya, me da igual —gritó con el mismo tono estridente con el que había gritado a su hijo en la despedida.

—Le digo sinceramente —dijo el príncipe Vasili con el tono astuto de uno que sabe que la astucia es inútil frente a la sagacidad de su interlocutor—. Usted conoce la naturaleza de la gente. Anatole no es un genio, pero es honrado y un buen muchacho, buen hijo y buen pariente. Se lo digo yo.

—Está bien, está bien, lo veremos.

Como siempre sucede con las mujeres solitarias que pasan mucho tiempo sin ver un hombre, ante la presencia de Anatole, guapo, joven, seguro de sí mismo, tranquilo y un buen muchacho nada tímido, todas las mujeres de la casa del príncipe Nikolai Andréevich se dieron cuenta a un tiempo de que su vida no había sido tal hasta la llegada del joven. Sintieron que la fuerza de pensamiento, sentimiento y observación se había multiplicado en ellas como si su vida, hasta ese momento sumida en la sombra, hubiera sido iluminada por una luz solar muy festiva.

La princesa María ni pensaba ni se acordaba ya de su rostro y su peinado. La visión del bello y franco rostro del hombre que podía, debía ser su marido, atrajeron toda su atención. Le parecía que era bondadoso, valiente, decidido, viril y noble. Estaba convencida de ello. Millares de pensamientos sobre su futura vida de familia asaltaban su imaginación. Los rechazaba tratando de que nadie advirtiera nada y pensaba en que quizá era demasiado fría para con él. «Si pienso en cómo le abrazo y le pido que quiera y comprenda a mi padre como yo le comprendo, si pienso en eso y me imagino ya tan cerca de él involuntariamente bajo los ojos e intento tener una actitud indiferente hacia él, aunque no sepa cuál es la causa, puede pensar que soy fría con él y que no me resulta en absoluto simpático, cuando esto no es cierto, mas al contrario.» Así pensaba la princesa e intentaba mostrarse agradable y verdaderamente cariñosa y confiada.

«Buena muchacha», pensaba Anatole para sí.

Mademoiselle Bourienne, llevada al grado máximo de excitación, pensaba, pero en otro orden de cosas. Por supuesto una muchacha joven y bella, sin una posición clara en el mundo, sin amigos ni parientes y hasta sin patria, no pensaba dedicar toda su vida al servicio del príncipe Nikolai Andréevich, leyéndole libros y acompañando a la princesa María. Mademoiselle Bourienne esperaba desde hacía mucho al príncipe ruso que fuera capaz de apreciarla por encima de las princesas rusas, feas, torpes y mal vestidas, enamorarse de ella y llevarla consigo, al principio a la fuerza y luego, puede hacerse cualquier cosa con un hombre enamorado. Mademoiselle Bourienne conocía una historia que había escuchado a su tía y que luego ella misma había completado, que gustaba de repetir en su imaginación. Era la historia de cómo se le había parecido su pobre madre, *ma pauvre mère*, y le había reprochado el haberse dado a un hombre sin casarse con él. Mademoiselle Bourienne solía conmoverse hasta las lágrimas, contándose en su imaginación esa historia. Y ahora había aparecido *él*, un verdadero príncipe ruso. Pero no la movía ningún propósito, ni siquiera por un momento pensaba en lo que debía hacer. Se sentía emocionada e inquieta. Atrapaba cada mirada, cada movimiento de Anatole y se sentía feliz.

La princesa Liza, como un viejo caballo de batalla que escucha el toque de la trompeta, olvidándose inconscientemente de su embarazo, se preparaba para el acostumbrado galope de coquetería sin ninguna intención o deseo de competir sino con una alegría ingenua y disipada.

A pesar de que en presencia de las mujeres Anatole adoptaba la actitud del hombre que está cansado de la persecución a la que estas le someten, era sensible a la vanidad que le provocaba el placer de sentir que las mujeres se enamoraban de él. Por otro lado empezaba a experimentar, hacia la linda e insinuante mademoiselle Bourienne, ese terrible y feroz sentimiento que se apoderaba de él con asombrosa rapidez y que le inducía a proceder de la manera más ruda y audaz.

Después del té pasaron a la sala de los divanes y solicitaron a la princesa que tocara el clavicordio. Anatole se acodó sobre el clavicordio enfrente de ella, al lado de mademoiselle Bourienne, mirando a la princesa con sus ojos rientes y alegres. La princesa María no podía sostener esa mirada que la emocionaba y la atormentaba al mismo tiempo. Bajaba los ojos pero continuaba sintiéndola. Su sonata preferida la trasladaba a un mundo más poético e íntimo y aquella mirada fija en ella otorgaba a este mundo aún mayor poeticidad. La mirada de Anatole, a pesar de estar detenida en María, no se interesaba por ella sino por los contornos del piececito de mademoiselle Bourienne, que pisaba y tocaba por debajo del fortepiano. Mademoiselle Bourienne también miraba a la princesa y en sus bellos ojos había una expresión también nueva para la princesa María de atemorizada alegría y esperanza.

«¡Cuánto me quiere! —pensaba la princesa María—. ¡Qué afortunada soy y qué feliz puedo llegar a ser con una amiga y un esposo tales! ¿Podrá llegar a suceder?» Y ella miraba su pecho, sus manos, su porte, pero no se atrevía a mirar su rostro, sintiendo que su mirada seguía fija en ella.

Por la noche, cuando se dispusieron a retirarse tras la cena, Anatole besó la mano de la princesa. Ella misma no sabía cómo pudo atreverse, pero miró de frente con sus ojos miopes al ancho y hermoso rostro que se aproximaba. Tras la princesa besó la mano de mademoiselle Bourienne (era algo inadecuado, pero aun así él lo hizo directamente y con seguridad), y mademoiselle Bourienne se sonrojó y miró asustada a la princesa.

«¡Qué encanto! —pensó la princesa—. Teme que yo piense que ella quiere gustarle.» Se acercó a mademoiselle Bourienne y la besó con fuerza.

Cuando Anatole se acercó a besar la mano de la princesita, ella se levantó y se alejó de él.

—¡No, no, no! Cuando su padre me escriba diciéndome que se porta usted bien entonces le daré mi mano a besar. No antes. —Y levantando un dedito y sonriendo salió de la habitación.

Se separaron y excepto Anatole, el culpable de todo lo que pasaba, que se durmió en el mismo instante en que se tumbó en la cama, nadie durmió mucho aquella noche.

«¿Puede que llegue a ser mi marido, precisamente este extraño y apuesto hombre?», pensaba la princesa María y el pánico, que casi nunca sentía, se apoderó de ella, tenía miedo de mirar porque le parecía que había alguién detrás del biombo en las sombras del rincón. Y ese alguien era él, el diablo y él, ese hombre de la frente blanca, las cejas negras y la boca sonrosada. Llamó a la doncella y le pidió que durmiera con ella en la habitación.

Mademoiselle Bourienne paseó largo rato aquella noche por el invernadero, sonriéndose de sus pensamientos y esperando a alguien en vano.

La princesita reñía a la doncella porque su cama no estaba bien hecha. No podía acostarse de lado ni boca abajo. En cualquier posición se encontraba pesada e incómoda. Le molestaba el vientre y se dio cuenta de que le molestaba más que antes, especialmente ahora dado que la llegada de Anatole le había trasladado más vivamente a otros tiempos en los que no lo tenía y se sentía feliz. Estaba enojada y por eso se enfadaba con la doncella. Estaba sentada en una butaca vistiendo una blusa y una cofia. Katia, somnolienta, estaba de pie frente a ella en silencio apoyándose ya en un pie, ya en el otro.

—¿Cómo no le da vergüenza? Por lo menos podría tener piedad de mí —decía la princesita.

El anciano príncipe tampoco dormía. Tijón, con la cabeza vencida por el sueño, escuchaba cómo andaba enojado y resoplaba por la nariz. El anciano príncipe se sentía ofendido por su hija. Era una enorme ofensa y además irreparable porque la ofensa no trataba de él sino de otra persona, otra persona a la que amaba más que a sí mismo. Caminaba para tranquilizarse. Se decía a sí mismo, en su acostumbrado intento de engañarse, que aún no había reflexionado sobre todo ese asunto y que hallaría aquello que fuera más justo y que debiera hacerse, pero en lugar de esto se enojaba cada vez más.

«Al primero que llega se olvida de todo, incluso de su padre, corre, se peina hacia arriba, y menea la cola, no parece la misma. Le hace feliz abandonar a su padre. A pesar de saber que me daría cuenta... Frrrrr —se sonaba con rabia—. ¿Y acaso yo no me doy cuenta de que ese idiota solo mira a Bourienne? A esa hay que ponerla en la calle. ¿Cómo puede tener tan poco orgullo para no darse cuenta? Si no tiene orgullo por sí misma al menos que lo tenga por su padre. Tengo que mostrarle que ese estúpido no piensa en ella y que solo mira a Bourienne. Aunque no tenga orgullo, mi obligación es hacérselo ver...», se dijo a sí mismo.

Diciendo a su hija que se engañaba y que Anatole tenía intención de cortejar a la Bourienne, el anciano príncipe sabía que avivaría el amor propio de María y que habría conseguido su propósito (el deseo de no separarse de su hija) y, por lo tanto, ante este pensamiento se tranquilizó. Llamó a Tijón y comenzó a desnudarse.

«¡Que les lleve el diablo! —pensaba él en el momento en el que Tijón cubría el enjuto y anciano cuerpo con la camisa de dormir—. Yo no les he pedido que vinieran. Han venido a desordenar mi vida. Y no me queda mucha. Hay que sacarlos de aquí a patadas. Al diablo», dijo desde debajo de la camisa.

Tijón conocía la costumbre del príncipe de expresar en ocasiones sus pensamientos en voz alta y por eso permanecía impertérrito ante él.

—¿Se acostaron? —preguntó el príncipe.

Tijón, como todos los criados, conocía por intuición el rumbo de los pensamientos de su señor. Y adivinó que preguntaba por el príncipe Vasili y su hijo.

—Hace tiempo que apagaron las luces.

—Todo esto no sirve para nada, para nada... —dijo apresuradamente el príncipe, e introduciendo los pies en las pantuflas y los brazos en el batín se fue a la cama.

A pesar de que Anatole y mademoiselle Bourienne no se habían dicho nada, ambos entendieron perfectamente que tenían muchas cosas que decirse en secreto y por esa razón, desde por la mañana ambos buscaron la ocasión de verse a solas. Al mismo tiempo que la princesa fue a ver a su padre a la hora de costumbre, mademoiselle Bourienne se encontró con Anatole en el invernadero. Aquel día la princesa iba hacia la puerta del despacho con una especial agitación. Le parecía que todos sabían que ese día se iba a decidir su destino e incluso sabían que ella no pensaba en otra cosa. Creyó verlo en el rostro de Tijón y en el rostro del ayudante de cámara del príncipe Vasili que se encontró cuando llevaba agua caliente y que le hizo una profunda reverencia. «Todos saben lo feliz que soy», pensaba ella.

El anciano príncipe estaba excepcionalmente tierno y cuidadoso. Esa expresión de cuidado de su padre la conocía muy bien la princesa María. Era la misma expresión que su rostro adoptaba cuando apretaba los puños a causa del enojo que le causaba que la princesa María no entendiera la lección, cuando se levantaba y se alejaba de ella y repetía las palabras en voz baja. Él comenzó a conversar con su hija en francés, cosa que raramente hacía.

—Esto no es cosa suya —dijo él sonriendo artificialmente—. Yo se lo transmitiré. Creo que ya ha adivinado —continuó él— que el príncipe Vasili no ha venido y ha traído consigo a su discípulo (por alguna razón el príncipe Nikolai Andréevich llamaba a Anatole el discípulo del príncipe Vasili) para que yo me regale la vista contemplándolo. Ayer me hicieron una propuesta referida a usted. Y como usted ya conoce mis principios se la transmito a usted.

—¿Cómo debo entenderle, padre? —dijo la princesa, palideciendo y sonrojándose y sintiendo que había llegado ese solemne momento en el que habría de decidir su destino.

—¡Cómo entenderlo! —gritó su padre en ruso con enojo—. El príncipe Vasili te encuentra de su gusto como nuera y te pide en matrimonio para su discípulo. ¿Bien?

—No sé cómo usted, padre… —empezó a decir con un susurro la princesa.

—Yo, yo, ¿qué tengo que ver yo? A mí déjenme aparte. Me parece que no soy yo quien va a casarse. ¿Y usted? Sería deseable saberlo.

La princesa advirtió que su padre no miraba el asunto con buenos ojos, pero en ese momento le asaltó el pensamiento de que o se decidía ahora o que nunca se decidiría su destino. Bajó los ojos para no tener que ver la mirada bajo cuyo influjo sentía que no podía pensar y por costumbre podía solo obedecer y dijo:

—Deseo solamente una cosa: cumplir su voluntad —dijo ella—. Pero si he de expresar cuál es mi deseo… —No le dio tiempo a terminar la frase. Su padre la interrumpió.

—¡Estupendo! —gritó él—. Te tomará con tu dote y de paso se llevará a mademoiselle Bourienne. Mademoiselle Bourienne será su mujer y tú serás su señorita de compañía.

Pero el príncipe volvió en sí y contuvo su enojo involuntariamente expresado al advertir el efecto que habían causados esas rudas palabras en su hija.

Ella se inclinó, se agarró a los brazos de la butaca y se echó a llorar.

—Bueno, bueno. Estoy bromeando, estoy bromeando —dijo él—. Recuerda solo una cosa, princesa, mantengo mis principios de que una hija tiene todo el derecho a elegir. Y te doy total libertad. Recuerda una cosa. De tu decisión depende la felicidad de tu vida futura. Sobre mí no hay nada que decir.

—Pero yo no sé…

—¡No hay nada más que decir! A él le ordenan que debe casarse y se casaría no solo contigo sino con quien fuera; pero tú eres libre de elegir… Vete a tu habitación, reflexiona y después de una hora ven a mi despacho y delante de ellos, del príncipe Vasili, di: sí o no. Sé que te pondrás a rezar. Está bien, reza. Pero es mejor que reflexiones. Ahora vete.

—¡Sí o no, sí o no, sí o no! —gritó él.

La princesa, como si caminara a través de una espesa niebla, tambaleándose, salió de la habitación.

Se había decidido su destino y se había decidido felizmente. Pero lo que su padre había dicho de mademoiselle Bourienne era una insinuación horrible, ni siquiera podía pensar en ello. Pasaba por el invernadero para ir a su habitación sin ver ni oír nada, cuando de pronto el conocido sonido de la voz de mademoiselle Bourienne la despertó de su sueño. Levantó la mirada y a dos pasos de ella vio a Anatole, que abrazaba a la francesita y le susurraba algo. Anatole, con una feroz expresión de agitación en su bello rostro, miró a la princesa María y en el primer instante no soltó a mademoiselle Bourienne, que se encogió asustada y se tapó la cara con las manos.

«¿Quién hay ahí? ¿Qué quiere? ¡Espere!», parecía decir el rostro de Anatole. La princesa María les miró en silencio. No podía entender qué era lo que sucedía. Mademoiselle Bourienne gritó, se separó de Anatole y echó a correr. Anatole, tranquilo como siempre, miró a la princesa María y reconociéndola finalmente le hizo una reverencia y sonrió como invitándola a reírse de ese terrible suceso. La princesa María no entendía nada. Seguía en el mismo sitio sin mover ni un solo músculo de su rostro. Anatole salió antes que ella.

Una hora después Tijón fue a llamar a la princesa María. Le pidió que acudiera al despacho del príncipe y añadió que también se encontraba allí el príncipe Vasili Serguévich. Así había ordenado su padre que la avisarán.

La princesa, en el momento en el que llegó Tijón, estaba sentada en su habitación con mademoiselle Bourienne, que sollozaba en sus brazos. La princesa María le acariciaba silenciosamente la cabeza. Los bellos ojos con toda su luminosidad y tranquilidad miraban con un sentimiento de amor infinito y de lástima al lindo rostro de mademoiselle Bourienne.

—No, princesa, he perdido para siempre su cariño —decía mademoiselle Bourienne.

—La quiero más que nunca —decía la princesa María—, e intentaré hacer todo lo que esté en mi mano para su felicidad.

—Pero usted me desprecia, usted, tan limpia, debe despreciarme, usted nunca comprenderá el arrebato de la pasión.

—Lo comprendo todo —dijo la princesa María sonriendo tristemente—. Voy a ver a mi padre —dijo ella y salió.

El príncipe Vasili estaba sentado con las piernas cruzadas con una tabaquera en las manos y como conmovido en extremo como si él mismo se avergonzara y se burlara de su sensibilidad, permanecía sentado con una sonrisa tierna en la cara. Cuando la princesa María entró, se llevó apresuradamente un pellizco de tabaco a la nariz.

—Ah, querida, querida —dijo él levantándose y tomándola de ambas manos. Suspiró y añadió—: El destino de mi hijo está en sus manos. Decida, mi querida, adorada, mi dulce María, a quien siempre voy a querer como una hija.

Se separó de ella. Una lágrima verdadera asomó a sus ojos.

—Fr…fr… —se sonó el príncipe—. Habla, sí o no, ¿quieres o no quieres ser la esposa del príncipe Anatole Kuraguin? Di: sí o no —gritó él—, y después me reservaré el derecho a dar mi opinión. Sí, mi opinión y mi voluntad —añadió el príncipe Nikolai Andréevich, dirigiéndose al príncipe Vasili y respondiendo a su expresión suplicante. El anciano príncipe quería reservarse una posibilidad de salvación—. ¿Sí o no? ¿Y bien?

—Padre, su voluntad ante todo.

—Sí o no.

—Mi deseo, padre, es no abandonarle nunca, no separar nunca mi vida de la suya. No quiero casarme —dijo ella mirando decididamente con sus bellos ojos al príncipe Vasili y a su padre.

—¡Absurdo! ¡Tonterías! Absurdo, absurdo, absurdo —gritó el príncipe Nikolai Andréevich frunciendo el ceño, y cogiendo a su hija de la mano la atrajo hacia sí, no la besó, pero le hizo daño en la mano. Ella se echó a llorar.

El príncipe Vasili se levantó.

—Querida mía, le diré que nunca olvidaré este momento, pero mi buena princesa, deme al menos una pequeña esperanza de conmover su corazón, tan bondadoso y generoso. Diga que quizá. El futuro es tan amplio. Diga que quizá.

—Príncipe, lo que he dicho es lo que llevo en el corazón. Le estoy agradecida por el honor, pero nunca seré la esposa de su hijo.

—Bueno, eso es todo, querido mío. Estoy muy contento de verte. Vete a tu habitación, princesa, vete —decía el anciano príncipe.

«Mi vocación es otra —pensaba la princesa María—, mi vocación es ser feliz solamente a través de la felicidad de los demás, encontraré la felicidad en sacrificarme por los demás. Y por mucho que me cueste conseguiré que la pobre Carolina sea feliz. Le ama tanto y se arrepiente tan terriblemente. Haré todo lo posible para conseguir que se case con ella. Si él no es rico, le daré medios a ella, se lo pediré a mi padre, a Andréi. Seré tan feliz cuando ella se convierta en su esposa. Ella es tan infeliz, extranjera, sola, sin ayuda y le ama tan terriblemente.» Un día más tarde el príncipe Vasili y su hijo partieron y la vida en Lysye Gory volvió a ser la de antes.

III

Hacía mucho tiempo que los Rostov no tenían noticias de Nikolai. Solo a mediados del invierno le dieron una carta al conde, en la que reconoció la letra de su hijo. Al recibir la carta, el conde asustado y apresuradamente, intentando que no se dieran cuenta, se fue a su despacho de puntillas, se cerró con llave y se puso a leerla. Cuando Anna Mijáilovna, sabiendo (como siempre sabía todo lo que sucedía en la casa) de la recepción de la carta, fue con pasos silenciosos hacia el despacho del conde, se lo encontró con la carta en las manos sollozando y riendo a la vez.

—Mi querido amigo —dijo interrogativa y tristemente Anna Pávlovna dispuesta a tomar parte en el asunto.

El conde sollozó aún con más fuerza.

—Nikolai... una carta... mi querido hijo está herido... fue... herido... mi querido hijo... la condesita... Dios mío... ¿Cómo se lo diré a la condesita?

Anna Mijáilovna se sentó a su lado, secó con su pañuelo las lágrimas de los ojos del conde, de la carta, que estaba empapada, secó sus propias lágrimas y después de haber leído la carta tranquilizó al conde y decidió que después de la comida, a la hora del té, prepararía a la condesa y después del té le contaría todo, con la ayuda de Dios. Durante la comida Anna Mijáilovna habló de las noticias de la guerra, preguntó dos veces cuándo habían recibido la última carta de Nikolai a pesar de saberlo ya y señaló que era muy posible que aquel día recibieran carta de él. Cada vez que la condesa comenzaba a intraquilizarse y a mirar ansiosamente al conde y a Anna Mijáilovna, esta desviaba imperceptiblemente el tema de la conversación hacia cuestiones triviales. Natasha, que era la que mejor dotada estaba de toda la familia para apreciar los matices del tono de voz, de las miradas y de la expresión facial, desde el comienzo de la comida aguzó el oído y se dio cuenta de que su padre y Anna Mijáilovna se traían algo entre manos, y que ese algo tenía que ver con Nikolai. Pero a pesar de su carácter atrevido (sabía lo sensible que era su madre con todo lo que se refería a las noticias acerca de Nikolai), decidió no hacer ninguna pregunta durante la comida, pero no comió nada a causa de la inquietud y daba vueltas sin cesar en la silla, sin escuchar las reconvenciones de su sirvienta personal. Después de la comida se lanzó a todo correr a alcanzar a Anna Mijáilovna en la sala de los divanes y se tiró a su cuello a la carrera.

—Tiíta, palomita, ángel, dígame, ¿qué es lo que sabe?

—Nada, amiga mía.

—No, alma mía, palomita, querida, melocotoncito, no querré más a Borís si no me lo dice, no desistiré, sé que sabe algo.

—Ah, bribona, mi niña —dijo ella—. Pero por Dios, sé prudente: sabes cómo puede afectar esto a tu madre —y le contó a Natasha en pocas palabras el contenido de la carta, bajo promesa de no decírselo a nadie.

—Palabra de honor —dijo Natasha santiguándose—, no se lo diré a nadie. —Y enseguida salió corriendo al cuarto de juegos, llamó a Sonia y a Petia y se lo contó todo. Natasha no siguió el ejemplo de Anna Mijáilovna pero con rostro asustado corrió hacia Sonia tomándola de la mano y susurrándole «importante secreto» la arrastró hasta el cuarto de juegos.

—Nikolai está herido, una carta —empezó a decir ella solemnemente y alegrándose de la fuerte impresión que estaba causando. Sonia se puso de pronto blanca como una sábana, empezó a temblar y se hubiera caído de no haberla sujetado Natasha. La impresión que le había causado la carta había sido más fuerte de lo que Natasha se esperaba. Ella misma se echó a llorar intentando hacer callar y tranquilizar a su amiga.

—Está visto que todas vosotras las mujeres sois unas lloronas —dijo el panzudo Petia, a pesar de que él mismo se había asustado más que nadie del desmayo de Sonia—. Yo sin embargo estoy muy contento, de verdad, muy contento de que Nikolai se haya distinguido así. Sois unas lloronas.

Las muchachas se echaron a reír.

—Pero si te ha dado un ataque de histeria —dijo Natasha, evidentemente muy orgullosa de ello—, pensaba que solo los mayores podían ponerse histéricos.

—¿Tú no has leído la carta? —preguntó Sonia.

—No la he leído, pero ella me ha dicho que ya todo ha pasado y que ya le han hecho oficial.

Petia, en silencio, comenzó a pasearse por la habitación.

—Si yo estuviera en el lugar de Nikolai hubiera matado a más franceses —dijo de pronto—. ¡Qué miserables son! —Era evidente que Sonia no quería hablar e incluso no sonreía ante las palabras de Petia y miraba en silencio pensativa por la ventana hacia la oscuridad.

—Mataría a tantos que haría una montaña con ellos —continuó Petia.

—Cállate, Petia, qué tonto eres.

Petia se ofendió y todos callaron.

—¿Te acuerdas de él? —preguntó de pronto Natasha.

Sonia sonrió.

—¿De Nikolai?

—No, pero, Sonia, ¿te acuerdas bien de él, del todo? —dijo Natasha con un gesto cuidadoso, intentándole dar a sus palabras un tono muy serio.

—Yo me acuerdo. De Nikolai me acuerdo —dijo ella—. Pero de Borís no. No le recuerdo en absoluto.

—¿Cómo? ¿No te acuerdas de Borís? —preguntó Sonia con asombro.

—No es que no me acuerde, sé cómo es, pero no le recuerdo como a Nikolai, cuando cierro los ojos puedo ver a Nikolai, pero a Borís no (ella cerró los ojos), ¿ves? Nada.

—No, yo me acuerdo muy bien.

—¿Y le escribirás? —preguntó Natasha.

Sonia se puso a pensar. La pregunta sobre qué escribir a Nikolai, sobre si debía escribirle y qué decirle, era un dilema que le atormentaba. Ahora que él ya era oficial y un héroe herido en el campo de batalla ¿estaría bien por su parte recordarle su existencia, como aludiendo a la obligación que tenía para con ella? «Que él haga lo que quiera, a mí me basta con amarle. Y al recibir mi carta puede pensar que le estoy recordando algo.»

—No lo sé, pienso que si él escribe yo le escribiré —dijo Sonia sonriendo alegremente.

—¿Y no te da vergüenza escribirle?

—No, ¿por qué? —dijo Sonia riéndose sin saber por qué.

—Pues a mí me daría vergüenza escribir a Borís. No le voy a escribir.

—¿Y por qué te da vergüenza?

—No sé por qué, pero así es. Me resulta incómodo, me da vergüenza.

—Yo sé por qué le daría vergüenza —dijo Petia, ofendido por la anterior observación de Natasha—, porque estuvo enamorada de ese gordo de las gafas (así llamaba Petia a Pierre), y ahora se ha enamorado de ese cantante (Petia hablaba del profesor de canto italiano de Natasha), por eso le da vergüenza.

—Ay, ya está bien, Petia, no sé cómo no te da vergüenza, nosotras estamos tan contentas y tú no paras de discutir. Mejor hablemos de Nikolai.

—Petia, eres un tonto —dijo Natasha—. No sabes lo encantador y seductor que ha estado hoy —le dijo a Sonia (hablaba del profesor de canto)—. Me ha dicho que no ha escuchado voz mejor que la mía, y cuando canta se le hace un bulto en la garganta, qué encanto.

—Ay, Natasha, ¿cómo puedes pensar ahora en cualquier otro? —dijo Sonia.

—No lo sé. Ahora pensaba que seguramente no quiero a Borís. Es muy amable, y le quiero, pero no le quiero como tú a Nikolai. Yo no me hubiera puesto histérica como tú. ¿Por qué no puedo recordarle? —Natasha cerró los ojos—. No puedo, no le recuerdo.

—¿Así que es cierto que estás enamorada de Fecconi? Ah, Natasha, que absurda eres —dijo Sonia con reproche.

—Ahora de Fecconi, antes de Pierre y antes de Borís —dijo enfadada Natasha—. Ahora estoy enamorada de Fecconi, le amo, le amo, me voy a casar con él y seré cantante.

La condesa estaba realmente preparada por las alusiones de

Anna Mijáilovna durante la comida. Al volver a su habitación, no retiraba los ojos del retrato en miniatura de su hijo, realizado en una tabaquera, y lloraba. Anna Mijáilovna se acercó a la habitación de la condesa de puntillas con la carta y se detuvo.

—No entre —dijo al anciano conde, que había ido con ella—, después. —Y cerró la puerta tras de sí.

El conde acercó el oído al ojo de la cerradura y se puso a escuchar.

Al principio escuchó el sonido de una conversación indiferente, después solo el sonido de la voz de Anna Mijáilovna, hablando un largo rato, después un grito, después silencio, después de nuevo ambas voces hablaron a la vez con un tono alegre y después pasos y Anna Mijáilovna le abrió la puerta. En el rostro de Anna Mijáilovna había la expresión orgullosa, feliz y tranquilizadora del cirujano que ha terminado una difícil amputación y que introduce al público para que pueda apreciar su arte.

—Listo —le dijo al conde señalando con un gesto solemne a la condesa, que sostenía en una mano la tabaquera y en la otra la carta y llevaba los labios bien a una bien a la otra.

Al ver al conde le tendió la mano, abrazó su cabeza calva y por encima de ella seguía mirando a la carta y al retrato y de nuevo para poder llevárselos a los labios apartaba ligeramente la cabeza calva. En la carta estaba sucintamente descrita la campaña y las dos batallas y decía que besaba la mano de mamá y papá, pidiendo su bendición y que mandaba besos a Vera, a Natasha y a Petia y que les pedía que besaran a la querida Sonia a la que recordaba con frecuencia, como a los demás. Además de eso mandaba saludos a míster Schelling y a madame Hubert y a la niñera y al resto de la gente. En la posdata hablaba sobre dinero.

Esta carta fue leída un centenar de veces, pero los que fueron juzgados adecuados para escucharla, tuvieron que ir a la habitación de la condesa. Allí fueron los preceptores, las niñeras, el cómico, Mítenka, algunos conocidos, y la condesa se la leía con renovado placer por centésima vez y cada vez descubría en la carta nuevos detalles acerca de su Nikolai. Le producía una alegría tan extraña y excepcional que su hijo, ese hijo que se agitaba en su interior hacía veinte años, ese hijo a causa del que había discutido con el conde, porque le malcriaba, ese hijo que había aprendido a decir *chère maman* hacía tan poco, que ese hijo suyo estuviera ahora allí en tierra extraña, en un ambiente extraño, como un valiente que no temía a la muerte y que escribía cartas. Toda la universal experiencia de siglos que muestra que los niños se van haciendo hombres imperceptiblemente desde la cuna, no significaba nada, la madurez de su hijo le causaba una alegría tan excepcional, como si no le hubiera sucedido ya a millones y millones de personas, que la habían alcanzado idénticamente. Como nunca había esperado que fuera posible que aquel que se le agitaba en el vientre, chillara y comenzara a mamar de su pecho y comenzara a hablar, entender, estudiar y que ahora fuera un hombre, un servidor de su patria y un hijo y ciudadano ejemplar, tampoco ahora podía creerse que ese mismo ser pudiera ser ese hombre fuerte y valiente, un ejemplo de hijo y de persona, que es lo que era ahora, a juzgar por su carta.

—¡Qué estilo! ¡Qué modo de describir! —decía ella, leyendo la parte más descriptiva de la carta—. ¡Qué alma! ¡No dice nada de sí mismo, nada! Habla de un tal Denísov y estoy segura de que él es el más valiente de todos. No dice nada de sus sufrimientos. ¡Qué gran corazón! ¡Yo le conozco bien! ¡Y cómo se acuerda de todos! ¡No se olvida de nadie!

Durante más de una semana se prepararon y se escribieron borradores que se presentaron a la condesa para que los viera y se pasaron a limpio cartas para Nikolai de todos los miembros de la casa. Anna Mijáilovna, como mujer práctica, había sabido conseguirse para ella y para su hijo protección en el ejército incluso para la correspondencia. Tenía la posibilidad de mandar sus cartas por correo al gran príncipe Konstantin Pávlovich, que era comandante de la guardia. Se había escuchado que la guardia ya debía estar junto al ejército de Kutúzov en el momento en el que llegara la carta y el dinero a Borís, a través del correo del gran príncipe y que Borís ya podría dárselo a Nikolai. Las cartas eran del anciano príncipe, de la condesa, de Petia, de Vera, de Natasha y de Sonia y el conde le mandaba seis mil rublos, lo que era una cantidad enorme para la época.

Los negocios del conde ya habían llegado a tal grado de complicación, que este fruncía fuertemente el ceño cuando Mítenka le proponía comprobar las cuentas y Mítenka ya había llegado a tal grado de seguridad en el miedo que de las cuentas tenía su patrón, que le proponía revisar unas cuentas que no existían y le entregaba al conde su propio dinero llamándolo dinero prestado y descontaba de ello para su uso el 15 por ciento. El conde sabía de antemano que cuando necesitara seis mil rublos para el equipo de Nikolai, Mítenka le diría directamente que no los tenía y por eso usando de su audacia, le dijo que le eran imprescindibles diez mil rublos. Mítenka le dijo que por el mal estado de los ingresos no se podía ni siquiera pensar en conseguir ese dinero, si no se empeñaban las posesiones, y le presentó las cuentas. De pronto el conde dio la espalda a Mítenka y evitando su mirada se puso a gritar que eso era ya lo último, que nunca se había visto que de ochenta mil personas no se sacaran diez mil rublos, para equipar a su hijo, que iba a mandar a todos los administradores al ejército, que necesitaba ese dinero, que nada había que debatir y que si no podían ser diez mil, bueno, al menos que fueran seis mil. Y realmente consiguió el dinero, a pesar de que el conde tuvo que firmar para ello una letra con un porcentaje muy alto.

IV

El 12 de noviembre el ejército de Kutúzov, acampado cerca de Olmütz, se preparaba para la revista que al día siguiente iban a pasar los dos emperadores, el ruso y el austríaco. La guardia, recién llegada de Rusia, pasaba la noche a quince verstas de Olmütz y al día siguiente salió a campo de Olmütz a las diez de la mañana para pasar revista.

Nikolai Rostov había recibido una nota de Borís en la que le comunicaba que el regimiento de Izmailovski acababa de llegar y que pasaría la noche a quince verstas de Olmütz y en la que le solicitaba que fuera para verse y para darle el dinero y las cartas, esas mismas cartas que habían escrito con tal inquietud y amor y ese mismo dinero cuya adquisición se había conseguido con tanto disgusto y enfado.

Habiéndoselo dicho a Denísov se sentó después de la comida en el caballo que le habían llevado, comprado después de la muerte de Gráchik, y en compañía de un húsar partió hacia donde estaba asentada la guardia. Rostov vestía una casaca de soldado, pero en ella llevaba charreteras y un sable de oficial colgado del cinto. El brazo, que ya empezaba a curar, lo llevaba vendado con un vendaje negro. Su moreno y robusto rostro estaba despreocupadamente alegre. Fue al trote durante dos verstas, apoyándose en los estribos y mirando al galope del húsar que saltaba a su lado, dejándose caer por un lado de la silla con negligencia, elevando su sonora voz con una canción alemana aprendida hacía poco y que le gustaba especialmente:

No sé qué es lo que me falta.
Y muero de impaciencia…

y en el sonido de su voz había una virilidad completamente nueva. Dos días antes le había ocurrido uno de los sucesos más importantes en la vida de un joven.

Dos días antes cuando llegaron cerca de Olmütz, Denísov, que la víspera había ido a la ciudad, le dijo:

—Bueno, hermano, he hecho una inspección de reconocimiento, hoy iremos juntos, qué mujeres hay en Olmütz: una húngara, dos polacas y una griega, que son excepcionales…

Rostov no se había negado ni tampoco había estado directamente de acuerdo con ir, y había adoptado una actitud como si ya estuviera muy acostumbrado, exactamente igual que Denísov; y en el entretanto sintió que había llegado ese momento decisivo en el que pensaba, dudando miles y miles de veces, y apenas alcanzó a decir algo en respuesta a Denísov. Aún no conocía mujeres, le parecía algo escandaloso y ultrajante acercarse a una mujer ajena, en venta, compartida con Denísov y con todo el mundo, pero una invencible curiosidad le arrastró a conocer ese sentimiento, pues no se era un hombre si no se conocía y no se había visto esto, como si fuera una condición indispensable y grata. Todos los que hablaban sobre ello tenían una expresión de inocente placer, acrecentada dado que este placer era algo prohibido.

Denísov y él fueron montados en un carro ligero tirado por dos caballos. Denísov fue por el camino y llegando a Olmütz hablando de asuntos ajenos, haciendo observaciones sobre los ejércitos, por el lado de los que pasaban y recordando hechos pasados, tan despreocupada, tranquila y alegremente como si estuvieran yendo de paseo, como si no fueran a consumar uno de los más terribles, criminales e irremediables actos. Llegaron a Olmütz, el soldado que hacía de cochero por indicación de Denísov torció en una calle, luego en otra, dos callejuelas y se detuvo a la puerta de una casita. Entraron, una mujer mayor salió a recibir a Denísov como a un conocido y les condujo a la sala. Dos mujeres, sonriendo alegremente, saludaron a Denísov.

Al principio Rostov pensó que le saludaban de ese modo porque le conocían, pero se dirigían a Denísov de un modo tan cariñoso, como si se tratara de un viejo conocido. Ellas se sonrieron mutuamente al mirarle. Le pareció que se estaban riendo de él, enrojeció y fijándose en lo que hacía Denísov se esforzó por hacer lo mismo. Pero no podía, no se encontraba con fuerzas.

Denísov cogió a una de ellas, una rubia rolliza, con el cuello desnudo, guapa, aunque con un cierto aspecto cansado, triste, vil y ajado a pesar de su juventud y alegría. Denísov la abrazó y besó. Rostov no pudo hacer lo mismo. Estaba frente a la rolliza morena griega que le miraba con alegría con sus bellos ojos y mostraba con una sonrisa los preciosos dientes y que parecía esperar y divertirse con su indecisión. Rostov la miraba con los ojos de par en par, temblando de miedo, enojándose consigo mismo, sintiendo que estaba dando un paso irreparable en su vida, que en ese momento estaba sucediendo algo terrible y criminal y cosa extraña, precisamente el encanto de lo criminal era lo que le empujaba hacia ella. Le parecía tremendamente seductora, le parecía especialmente seductor que le fuera completamente ajena, sin embargo algo deshonesto y vil le repelía. Pero los ojos, rodeados de una sombra negra, se hundían más y más en su mirada, fundiéndose con ellos se sentía como arrastrado irrevocablemente a la profundidad y la cabeza le daba vueltas. La sensación de vileza se perdió en esa embriaguez.

—Has elegido muy bien a tu griega —gritó Denísov—, ella y yo ya nos conocimos ayer. Besa de una vez al muchacho —gritó él.

Rostov enrojeció, se apartó de ella y salió a la puerta con la intención de marcharse, pero cinco minutos después la pasión de la curiosidad y el deseo superaron el horror de la vileza y la repugnancia le atrajo de nuevo. Volvió a entrar. El vino estaba sobre la mesa. Denísov ya había pagado a la griega, como se hace siempre con los novatos. Ella le tomó de la mano, le atrajo hacia la mesa, le hizo sentarse y se sentó en sus rodillas, sirviendo vino a ambos. Rostov bebió, la abrazaba de vez en cuando, cada vez con más fuerza, la repugnancia y la pasión y el deseo de probarse lo más pronto posible, erradicar de sí ese sentimiento de pureza, se fundieron en uno y él sintió con alegría que se olvidaba de sí mismo.

Al día siguiente por la mañana, guiado por la griega, salió al zaguán (Denísov no había esperado y había partido el día anterior), fue andando hasta el coche de punto, volvió al campamento y pasó el día como siempre, sin mostrar nada extraño y dando a entender a todos que eso que le había sucedido la noche anterior era para él algo muy habitual. Por la noche, cuando se acostó, no dejaba de pensar en la griega y deseaba cuanto antes poder verse con ella. Se durmió profundamente. En sus sueños vio una batalla y una multitud de gente que lo seguía porque era el vencedor.

En el sueño él estaba de pie sobre una oscilante elevación y le hablaba a la gente con palabras que llevaba en su corazón y que antes no sabía. Sus pensamientos eran nuevos, claros y espontáneamente se revestían de palabras inspiradas y juiciosas. Se sorprendía de lo que decía y le alegraba oír el sonido de su propia voz. No veía nada, pero sentía que alrededor suyo se agolpaban hermanos a los que no conocía. De cerca distinguía su pesada respiración, a lo lejos se agitaba la multitud inabarcable como el mar. Cuando él hablaba a la multitud, como el viento sopla entre las hojas, un estremecimiento de entusiasmo les recorría; cuando callaba, la multitud, como un solo ser, contenía la respiración. Sus ojos no veían, pero sentía clavadas en él las miradas de todas esas personas y esas miradas le oprimían y le alegraban. Él les impulsaba del mismo modo que ellas le impulsaban a él. El entusiasmo enfermizo que les afligía le otorgaba a él un poder que no tenía límites. Una voz interior apenas audible le decía «es terrible», pero la velocidad del movimiento le embriagaba y le arrastraba consigo aún más lejos. La presión del temor reforzó el encantamiento y la elevación sobre la que se encontraba le elevó, oscilando, más y más alto.

De pronto sintió detrás de él la mirada solitaria de alguien que instantáneamente destruyó todo el anterior encantamiento. La mirada estaba insistentemente fija en él y tuvo que volverse. Vio a una mujer y sintió la vida ajena. Comenzó a darle vergüenza, se detuvo. La multitud no desapareció y no se apartó, pero la mujer desconocida se movía tranquilamente por en medio de ella, sin mezclarse con ella. No sabía quién era esa mujer, pero era Sonia, pero en ella había todo lo que era susceptible de ser amado, y hacia ella, dulce y libremente, fluía una irresistible fuerza. Al encontrarse con sus ojos se volvió indiferente y él solamente vio con pesadumbre el contorno de su rostro que se volvía. Solo su mirada tranquila se quedó en su imaginación. En ella había una breve burla y una afectuosa lástima. Ella no entendía lo que él decía y se apenaba de ello y se apenaba de él. No le despreciaba ni despreciaba a la multitud ni su entusiasmo, ella estaba simplemente plena de felicidad. Ella no necesitaba a nadie y por eso él sintió que no podía vivir sin ella. Una titilante oscuridad le ocultó sin compasión su imagen y se echó a llorar en sueños por la imposibilidad de estar con ella. Lloraba por la irrecuperable felicidad pasada y por la imposibilidad de una felicidad futura, pero en sus lágrimas había ya una felicidad presente.

Se despertó y lloró y lloró lágrimas de vergüenza y arrepentimiento por su falta, que le separaba para siempre de Sonia. Pero el ajetreo diurno disipó esta impresión e incluso si se acordaba de ese sueño intentaba luchar contra él aunque seguía surgiendo por sí solo. Y ahora cuando al saber de las cartas que le habían enviado de su casa, había partido a ver a Borís, se le aparecía más frecuentemente y con más fuerza.

Ya había anochecido completamente cuando llegó Nikolai, la aldea en la que se encontraba el regimiento Izmailovski estaba helada, olía a humo y brillaba la luna. Le dijeron dónde estaba el tercer batallón, pero en la oscuridad los centinelas no querían dejarle pasar, así que tuvo que llamar al ayudante de campo enviado a ver al gran príncipe. Pero cuando le permitieron pasar se confundió y junto con el tercer batallón cayó en la aldea en la que se encontraba el propio gran príncipe y se volvió atrás con temor. Era ya tarde, cansado e impaciente, llegó a donde los soldados cocineros que era donde se encontraba Borís.

—¿Dónde se encuentra el príncipe Drubetskoi, alférez? —preguntó él.

El soldado miró al húsar con curiosidad y se acercó a él.

—No hay ningún príncipe Drubetskoi en nuestro batallón. Pregunte en el cuarto batallón, allí hay muchos príncipes, pero en el nuestro ninguno.

—¡El príncipe Drubetskoi! Seguro que está.

—No, Su Excelencia, lo sabré yo.

—Y en la cuarta compañía, el que está con el capitán, ¿no es príncipe? —dijo otro soldado.

—¿Dónde está el príncipe, con el capitán Berg?

—¡Berg, Berg, también está aquí, es verdad! —gritó Rostov—. Te has ganado una moneda de cobre.

La guardia había ido toda la marcha como de paseo haciendo gala de su belleza y disciplina. Las marchas eran cortas, los macutos se llevaban en los carros, las autoridades austríacas preparaban excelentes comidas a los oficiales en todas las jornadas. Los regimientos entraban y salían de las ciudades con música; y toda la marcha (de lo que se enorgullecían los oficiales de la guardia) los soldados iban marcando el paso y los oficiales iban andando en sus puestos. Borís hizo todo el camino con Berg, que era el jefe de su compañía. Toda la marcha supuso para él una alegre ceremonia. Berg y Borís, descansando ya tras la marcha, se encontraban en un limpio cuarto que les habían asignado, bebían té y jugaban al ajedrez sobre la mesa redonda. Borís con su cara ancha y atenta un poco bronceada seguía siendo igual de guapo y elegante en el vestir que en Rusia. Berg en la marcha era más escrupulosamente pulcro aún que en Moscú, era visible que él mismo se admiraba sin cesar de la limpieza y la pulcritud de su batín y de sus arquillas e incluso invitaba a los demás a que apreciaran su pulcritud y le elogiaran por ello. Lo mismo que en Moscú, expulsaba esmerados anillitos de humo como si se tratase de emblema y divisa de su vida y, exhibiendo su pulcritud, cogía con las manos limpias las figuras de ajedrez sentenciando significativamente como sentencian en casos parecidos las personas limitadas, con unas únicas y siempre idénticas palabras.

—Bueno, así es, Borís Serguévich, bueno, así es, Borís Serguévich. —Pero sin acabar de decir las últimas palabras oyó un ruido en el recibidor y vio al oficial de húsares que corría hacia la puerta, al que al principio no conoció.

—Eh, tú, que el diablo te lleve —gritó el oficial de húsares, entrando y provocando incomprensiblemente tanto ruido y alboroto en la habitación como si todo el escuadrón hubiera irrumpido en la misma—. ¡Y Berg también está aquí! Demonios, la guardia. ¡Pero si aquí hay niños!

—Niños, iros a la cama a dormir —continuó Borís, tronando, saltando de la mesa y corriendo al encuentro de Rostov. Con ese sentimiento orgulloso propio de los jóvenes, que temen los caminos trillados y que desean expresar sus sentimientos a su manera, de forma novedosa, diferente a los demás y no como lo hacen a menudo fingidamente los mayores, los dos amigos que se querían tiernamente, se reunieron, se golpearon los hombros, se empujaron, se pellizcaron, dijeron—: «ah, que el diablo te lleve» —se abrazaron, no se besaron, no se dijeron palabras cariñosas el uno al otro. Pero a pesar de esta falta de muestras de cariño, en sus rostros, especialmente en el de Rostov, se reflejó una felicidad, una animación y un amor tal que incluso Berg pareció olvidar por un momento admirarse de su bienestar. Sonrió enternecido, aunque se sentía extraño entre los dos amigos.

—¡Sois unos malditos enceradores, tan limpios y frescos como si vinierais de paseo, no como nosotros los sucios soldados! —gritó Rostov, mostrando con orgullo su capote salpicado de fango, tan alto que la casera alemana se dejó ver por la puerta para mirar a aquel que gritaba tan terriblemente. Llovieron preguntas sin respuesta de ambas partes.

—Bueno, cuéntame, ¿cuándo has visto a los míos, están todos bien de salud? —preguntaba Rostov.

—¿Y qué, ya eres oficial? ¿Y estás herido? —decía Borís señalando a su capote y a su brazo en cabestrillo.

—Eh, y vosotros aquí —decía Rostov, sin contestar y dirigiéndose a Berg—. Hola, querido mío. —Rostov, que antes cambiaba completamente ante caras nuevas y sobre todo si le eran antipáticas, entre las que se contaba, Borís lo sabía muy bien, la de Berg, ahora ante este rostro antipático en vez de cohibirse, parecía, como si lo hiciera a propósito, más seguro y desbocado. Rostov se acercó la mesa, se sentó enfrente de él y tiró todas las piezas del ajedrez sobre el diván.

—Bueno, siéntate y cuéntame —dijo él tirando de la mano de Borís—, ¿tienen ellos noticias nuestras? ¿Saben que he sido ascendido? Ya llevamos dos meses fuera de Rusia.

—Bueno, ¿y tú has entrado en combate? —preguntó Borís.

Rostov, sin responder, tiró con nerviosos movimientos de la cruz de San Jorge que le colgaba de la guerrera y señalando a su brazo en cabestrillo miró a Berg sonriendo.

—No, no he entrado.

—Caray —dijo Borís muy sorprendido y sonriendo en silencio, mirando los cambios que había experimentado su amigo. En esencia, era ahora por vez primera cuando el propio Rostov, comparándose con sus anteriores relaciones en la vida, sentía la magnitud del cambio que se había operado en él. Todo lo que antes le parecía difícil se le hacía fácil. Haciendo a Borís sorprenderse de su desenvoltura, él mismo se sorprendía aún más de ella. Había acertado, deseando vanagloriarse delante de los miembros de la guardia con su tono fanfarrón de húsar, sintió una inesperada libertad y seducción en ese tono. Percibió con placer que al contrario de lo que sucedía antes entre Borís y él ya no era Borís sino él el que marcaba el carácter y el rumbo de la conversación. Le divertía visiblemente poder cambiar el tema de la conversación a voluntad; tan pronto como Borís le empezó a preguntar sobre la guerra y sobre sus experiencias, Rostov, recordando al anciano criado de Borís, cambió de nuevo el tema de conversación.

—Bueno, ¿y tu viejo perro, Gavrilo, está contigo? —preguntó él.

—Cómo no —respondió Borís—, está aquí y aprende alemán con la casera.

—¡Eh, tú, viejo diablo, —gritó Rostov—, ven aquí! —Y a su llamada apareció el venerable e imponente anciano criado de Anna Mijáilovna.

—Ven aquí y bésame, viejo perro —dijo Rostov sonriendo alegremente, y le abrazó.

—Permítame el placer de felicitarle, Excelencia —dijo el bondadoso y respetable anciano Gavrilo, admirándose de la cruz y las charreteras de Rostov.

—Bueno, dame una moneda de cincuenta kopeks para el cochero —gritó Rostov riéndose, recordando al anciano criado cómo en sus años estudiantiles le había prestado monedas. El amable y bondadoso anciano no tardó en responderle:

—Cómo no creer a los oficiales y a los caballeros, Su Excelencia —dijo en tono de broma, como si sacara dinero del bolsillo.

—Menudo pieza estás hecho —dijo Rostov, golpeando en la espalda al anciano—, qué contento estoy de verle, qué contento estoy de verle. Oye —dijo de pronto a Borís—, mándale a por vino.

Borís, a pesar de no beber, sacó gustosamente de debajo de la limpia almohada una bolsa rota y mandó que trajeran vino.

—A propósito, te voy a dar tu dinero y tu carta.

—Dámelo, so cerdo —gritó Rostov, azotándole el trasero cuando Borís, que se había reclinado sobre la arquilla haciendo chasquear el estridente cerrojo inglés, sacaba las cartas y el dinero.

—Has engordado, de verdad —dijo Rostov y arrebatándole las cartas y tirando el dinero sobre el diván apoyó ambos pies en la mesa y se puso a leer. Leyó unas cuantas líneas, sus ojos se empañaron y todo su rostro adoptó una expresión de mayor bondad de rasgos nada infantiles. Leyó otro poco y su mirada adoptó un aire aún más singular y la expresión de ternura y arrepenti miento se mostró en él con un temblor de labios. Miró a Borís con rabia y cuando sus miradas se encontraron se tapó la cara con las cartas.

—Le han mandado bastante dinero —dijo Berg mirando a la pesada bolsa que abollaba el sillón.

—Mire, querido Berg —dijo Rostov—. Cuando usted reciba carta de su casa y se encuentre con una persona con la que quiere hablar de muchas cosas y yo esté allí, me iré enseguida, para no molestarle. Escuche, váyase, por favor, a donde sea, a donde sea... ¡Al diablo! —gritó él y en ese preciso instante, cogiéndole por los hombros y mirando su rostro cariñosamente, intentando visible-mente suavizar la brusquedad de sus palabras, añadió—: Usted ya sabe que le hablo de corazón, como a un viejo y buen conocido.

—Ah, discúlpeme, conde, lo entiendo muy bien —dijo Berg levantándose y hablando con su voz gutural.

—Vaya con los dueños de la casa: le han llamado —añadió Borís.

Berg se puso una limpísima levita, sin mácula ni polvo, se arre-gló ante el espejo las patillas para arriba, como las llevaba Alejan-dro Pávlovich, y convenciéndose por la mirada de Rostov de que su levita causaba impresión, salió de la habitación con una amable sonrisa.

—Soy un cerdo —dijo Rostov, mirando a la carta (en ese mo-mento leía las notas en francés de Sonia. Veía como si la tuviera ante sus ojos su oscura piel, los delgados hombros y sobre todo, veía y sabía qué sucedía en su alma cuando escribía esa carta, como si todo eso sucediera en la suya propia. Sentía cómo a ella le atormentaba escribir demasiado o demasiado poco, y sentía lo in-tensa y sólidamente que ella le amaba).

—¡Ah, qué cerdo soy! Mira lo que escriben —repitió él, en-rojeciendo ante el recuerdo del sueño del día anterior y sin mostrar al inclinado Borís las líneas que le emocionaban tan intensamente.

Le leyó el siguiente párrafo de la carta de su madre: «Pensar que tú, mi precioso, mi idolatrado, mi incomparable Koko, te encuentras entre todos los horrores de la guerra y estar tranquila y pensar en cualquier otra cosa, supera mis fuerzas. Que Dios me perdone por mi pecado, pero tú eres el único, mi precioso Koko, el más querido para mí de entre todos mis hijos». Todas las cosas que le habían pasado en los últimos días y la lectura de la carta de Sonia le habían alterado el ánimo, predisponiéndole a la sensibilidad, y no pudo terminar de leer la carta sin que le brotaran las lágrimas. Se echó a llorar, se enfadó consigo mismo y se echó a reír fingidamente.

Entre las cartas de la familia había una carta de recomendación para el príncipe Bagratión, que, siguiendo el consejo de Anna Pávlovna, había conseguido la anciana condesa a través de unos conocidos y que le enviaba a su hijo pidiéndole que la entregara a su destinatario y se sirviera de ella.

—No, que se quede con Dios —dijo Rostov tirando la carta—, yo estoy bien en el regimiento.

—Pero ¿qué haces, es posible que tires la carta? —preguntó Borís con asombro.

—Naturalmente.

—Pero es absurdo —dijo Borís—, no te obliga a nada y puede conseguirte un destino mejor.

—Yo no deseo nada mejor.

—No, sigues siendo el mismo —dijo Borís meneando la cabeza y sonriendo—. Cómo puedes juzgar si ese destino sería mejor o peor cuando aún no lo has experimentado. Por ejemplo yo también estoy muy contento con mi destino en el regimiento y en la compañía, pero mi madre me dio una carta para un ayudante de Kutúzov, Bolkonski. Dicen que es un hombre muy influyente. Bueno, pues fui a verle y me prometió conseguirme un puesto en el cuartel general. Y no veo qué hay de malo en ello: una vez que entramos en el servicio militar hay que intentar hacer lo que se pueda por conseguir una carrera brillante. ¿Tú no conoces, no te has encontrado nunca con Bolkonski? —preguntó Borís.

—No, yo a esos canallas del Estado Mayor no les conozco —respondió sombríamente.

—Hoy por la tarde quería venir a visitarme —dijo Borís—. Ahora está visitando al tsesarévich,* le ha mandado su comandante en jefe.

—Ah —dijo Rostov reflexionando. Calló durante unos segundos y miró alegre y cariñosamente a los ojos de Borís.

—Bueno, ¿por qué hablar de tonterías? —dijo él—, cuéntame las buenas nuevas de los nuestros. ¿Cómo está mi padre, y madame de Genlis? ¿Cómo está mi querida Natasha? ¿Y Petka? —preguntó por todos, pero no pudo preguntar por Sonia. Tampoco habló con Borís de sus relaciones con Natasha, como si ahora reconociera que esas eran tonterías de niños de las que ahora había que olvidarse.

El anciano Gavrilo trajo vino y así como todo lo íntimo había sido dicho o más bien nada íntimo se había llegado a decir y era evidente que no se iba a decir, Borís propuso enviar a llamar al expulsado Berg, para que compartiera la botella que acababan de traer.

—Bueno, y qué pasa con ese alemán —dijo Nikolai con un gesto de desprecio, antes de que volviera Berg—. ¿Sigue con la misma porquería, siempre con sus cuentecitas?

—No —intercedió Borís—, es un hombre excelente, honrado y pacífico.

De nuevo a Rostov le sorprendió no una casual, sino una esencial diferencia en las miradas con su amigo.

—No, para mí será mejor no ser tan honrado y pulcro y ser un hombre vivo y no un blandengue como ese alemán.

---

* Príncipe heredero en la Rusia zarista. (N. de la T.)

—Es un hombre muy, muy bueno, honrado y amable —dijo Borís.

Rostov miró fijamente a los ojos de Borís y suspiró como si se despidiera para siempre de la pasada amistad y de la sencilla relación con su compañero de la infancia. «Somos completos extraños», pensó Rostov.

Berg regresó y ante la botella de vino la conversación entre los tres oficiales se animó. Los miembros de la guardia le hablaron a Rostov acerca de sus marchas, de cómo les habían agasajado en Rusia, en Polonia y en el extranjero, le narraron las palabras y los actos del Gran Príncipe, anécdotas sobre su bondad y su irascibilidad. Berg, como de costumbre, callaba cuando el tema no trataba de su persona, pero a propósito de las anécdotas sobre la irascibilidad del Gran Príncipe, narró con gusto cómo en Galitzia pudo hablar con el Gran Príncipe que pasaba revista al regimiento y se enfadó porque no marcaban bien el paso. Henchido de satisfacción y apenas conteniendo una amplia sonrisa, contó cómo el Gran Príncipe, encolerizado, se había acercado a él y gritado: «¡Arnauti!» («arnauti» era la expresión favorita del tsesarévich cuando estaba enfadado) y Berg, repitiendo esta expresión, se henchía visiblemente de felicidad.

—«Arnauti, arnauti», gritaba el Gran Príncipe y pidió ver al jefe de la compañía. «¿Dónde esta ese bestia, el jefe de la compañía?» —repetía Berg con placer estas palabras del Gran Príncipe—. Yo salí más muerto que vivo —dijo Berg—, y él ya me reñía, me reñía y me reñía y «arnauti» y «demonios» y «a Siberia» —decía Berg, con voz aguda y sonriendo astutamente—. Y yo callaba. «Bueno, ¿y tú qué eres, mudo? Y de pronto gritó: «Arnauti». Yo seguía callado, ¿qué tenía que temer? Al día siguiente en la orden del día no se contaba nada; ¡eso es lo que significa no perder la cabeza! Así es, conde —dijo Berg, expulsando sus perfectos anillitos.

Borís advirtió que a Rostov no le gustaba demasiado ese relato. Cambió el tema de conversación hacia asuntos bélicos y hacia donde había resultado herido Rostov. Rostov, poco a poco ante la presencia de Berg, poco grata para él, adoptó de nuevo el tono anterior de húsar valentón, y animándose les contó acerca de sus andanzas en Schengraben exactamente como cuentan las batallas los que han tomado parte en ellas, es decir, como les gustaría que hubieran sucedido, como lo han oído de otros narradores, como fuera más hermoso contarlas, no exactamente como han sucedido. Rostov era un joven sincero, él no hubiera dicho nunca una mentira intencionadamente y en su intención, al comenzar el relato, estaba contarlo todo tal como había sido, pero imperceptible, involuntaria e inevitablemente para sí, cambió a la fantasía, el embuste y e incluso a la vanagloria. En realidad, ¿cómo podía él contarlo? Es posible que le fuera necesario contárselo así a sus oyentes, los cuales, al igual que él mismo (lo sabía muy bien), habían escuchado ya en multitud de ocasiones relatos sobre ataques y se habían hecho una idea de lo que era un ataque y esperan exactamente ese relato. ¿Cómo podía él, destruyendo sus ideas preconcebidas, contar algo de hecho completamente diferente? O bien no le hubieran creído, o aún peor hubieran pensado que el mismo Rostov era culpable de que a él no le hubiera sucedido lo que habitualmente sucede en los relatos de los ataques de caballería. No les podía contar sencillamente que fueron todos al trote, que se cayó del caballo, se dislocó el brazo y con un acopio de fuerzas huyó de los franceses al bosque.

Ellos esperaban que les contara cómo, presa de un tremendo ardor, sin reconocerse a sí mismo, voló como una tormenta para darles su merecido, penetrando en el cuadro dando mandobles a derecha e izquierda y cayendo exhausto y cosas similares. Se lo contó de tal modo que ellos se quedaron satisfechos y él no advirtió que todo lo que contaba estaba lejos de ser verdad.

En medio del relato entró en la habitación el príncipe Andréi, al que Borís esperaba. En la víspera, cuando Borís le había dado la carta de Pierre, que Anna Pávlovna le había solicitado que escribiera para su amigo y en la que el joven conde Bezújov le decía a Bolkonski que el portador de esa carta era un joven extraordinariamente agradable, Bolkonski, ya halagado con que se dirigieran a él para solicitar protección, había prestado atención al joven Borís y ese joven le había gustado excepcionalmente. Además, para el príncipe Andréi el papel que le resultaba más grato en sus relaciones con la gente era el papel de protector de muchachos jóvenes y simpáticos que se admirarían de él. Esa era precisamente su relación con el propio Pierre y así se había establecido ahora también con Borís. Con su innato tacto Borís había conseguido en el primer encuentro con el príncipe Andréi hacerle entender que estaba dispuesto a admirarse de él. Visitaba ahora a Borís para descansar antes de su partida al Estado Mayor y para comentarle, tal como le había prometido, que daría los pasos necesarios para conseguir su traslado al cuartel general. Al entrar en la habitación y ver al húsar que se sentaba frente a la mesa contando con ardor sus hazañas bélicas a los novatos de la guardia («seguramente son embustes», pensó el príncipe Andréi, que ya había oído cientos de veces tales relatos), el príncipe Andréi frunció el ceño, entornó los ojos e, inclinándose ligeramente, se sentó en el diván pesada y perezosamente. Le era desagradable haber caído en tan mala compañía. A pesar de que Borís le llamaba conde Rostov, no cambió ni su opinión sobre él ni el gesto de desprecio.

—Vamos, continúe —dijo él con un tono, ante el que era imposible continuar. A pesar del desagradable y burlón tono del príncipe Andréi, a pesar del desprecio que en general sentía Rostov, desde su punto de vista de soldado, hacia todos esos ayudantes de campo del Estado Mayor, entre los que evidentemente se contaba el que había entrado, Rostov se sintió confuso y no pudo continuar. Enrojeció, se volvió y guardó silencio y no pudo evitar seguir con atención todos los movimientos y las expresiones del rostro de ese hombre pequeño, cansado, débil y perezoso, que dejaba escapar las palabras entre los dientes, como si le hiciera un favor a aquel con el que hablaba. Ese hombre le interesaba, le turbaba y le despertaba un involuntario respeto. Rostov enrojeció y reflexionaba en silencio mirando al que había entrado. Berg le escuchaba humillándose hasta lo inconveniente. Borís, como una inteligente anfitriona, intentaba introducir a ambos en una conversación común. Preguntó acerca de las novedades y si no era indiscreción acerca de lo que se había oído sobre cuáles eran los planes de futuro.

—Probablemente seguiremos adelante —respondió Bolkonski, evidenciando no querer decir nada más ante extraños.

Berg aprovechó la ocasión para preguntar con especial delicadeza si se iba a dar, como se había oído, el doble de forraje a los jefes de compañía. A esto el príncipe Andréi respondió con una sonrisa que él no podía juzgar sobre asuntos de estado de tamaña importancia, y Berg se echó a reír alegremente.

—Sobre su asunto —se dirigió el príncipe Andréi a Borís—, hablaremos después. —Y miró a Rostov como si con esto le diera a entender que estaba de más. Rostov se sonrojó, sin decir nada. Bolkonski continuó—: Venga a verme después de pasar revista, y haremos todo lo que podamos.

Y para decir finalmente algo antes de irse, se volvió a Rostov sin dignarse a advertir que a este el estado de invencible confusión infantil se le iba transformando en cólera, dijo:

—Me parece que narraba la batalla de Schengraben. ¿Estuvo usted allí?

—Estuve allí —dijo con furia Rostov como si quisiera de este modo ofender al ayudante de campo.

Bolkonski advirtió el estado de ánimo del húsar y le pareció divertido. Sonrió ligeramente con desprecio.

—Sí, ahora se cuentan muchas historias de esa batalla.

—¡Sí, historias! —dijo muy alto Rostov, fijando de pronto en Bolkonski una mirada furibunda—. Sí, muchas historias, pero nuestras historias, son las de los que estuvieron en medio del fuego enemigo, nuestras historias tienen un peso del que carecen las historias de los jovenzuelos del Estado Mayor, que reciben premios sin hacer nada.

—A los cuales supone usted que yo pertenezco —dijo el príncipe Andréi con tranquilidad y sonriendo alegremente.

Un terrible sentimiento de rabia y a la vez de respeto hacia la tranquilidad de esa figura se mezclaban en ese instante en el alma de Rostov.

—Yo no hablo de usted —dijo él—, no le conozco y admito que no deseo conocerle. Hablo en general del Estado Mayor.

—Pues yo le diré —le interrumpió con tranquila autoridad en la voz el príncipe Andréi— que usted puede que quiera ofenderme y estoy dispuesto en acordar con usted que es fácil hacerlo si no tiene suficiente respeto por su persona; pero estará de acuerdo conmigo en que no es el lugar ni el momento adecuados para esto. Dentro de unos días todos nos veremos inmersos en un gran duelo más importante y además de eso, Drubetskoi, que dice ser un viejo amigo suyo, no tiene la culpa de que mi fisonomía tuviera la mala suerte de no gustarle. Por lo demás —dijo él levantándose—, conoce usted mi apellido y sabe dónde encontrarme; pero no olvide —añadió él— que yo no me considero ofendido ni creo que usted lo haya sido y mi consejo como persona de mayor edad es dejar este asunto sin mayores consecuencias. Así que le espero el viernes después de la revista, Borís, hasta la vista —dijo y salió.

Rostov se dio cuenta de lo que le debía haber dicho solo cuando él ya había salido. Borís supo que cuanto más le pidiera a Rostov que dejara ese asunto como estaba, más se obcecaría él, por lo tanto no dijo ni una sola palabra a favor del que se acababa de marchar. Rostov también calló y media hora después mandó que le trajeran su caballo y partió. Se fue con la duda de si Borís dejaba de ser su amigo o si debía acostumbrarse a que ya se habían alejado el uno del otro para siempre. Su otra duda consistía en si debía ir al día siguiente al cuartel general y retar a ese amanerado ayudante de campo o dejarlo como estaba. Pensando con rabia en con qué placer pondría contra las cuerdas a ese hombre pequeño, débil y orgulloso, sintió con asombro que de entre todas las personas a las que conocía, no haría a ninguno su amigo con tanta alegría.

V

Al día siguiente del encuentro de Borís y Rostov fue la revista de los ejércitos austríaco y ruso, tanto los de refresco que acababan de llegar de Rusia como aquellos que ya volvían de la campaña con Kutúzov. Ambos emperadores, el ruso con el tsesarévich y el austríaco con el archiduque, pasaron revista a la unión de los dos ejércitos, que sumaban ochenta mil hombres.

Desde el amanecer comenzaron a moverse los ejércitos gallardamente aseados y vestidos ocupando un lugar protegido. Miles de piernas y de bayonetas con las banderas desplegadas y deteniéndose ante las órdenes de los oficiales iban formando y guardando las distancias, dejando pasar a otros grupos de infantería con diferentes uniformes. Sonaba el rítmico trote y el tintineo de los sables de la elegante caballería vestida con sus uniformes bordados azules, rojos, verdes, llevando músicos con bordadas indumentarias por delante, sobre caballos negros, alazanes y bayos. Extendiéndose con su sonido metálico temblando sobre las cureñas, los cañones limpios y brillantes con su olor a atacador, arrastrándose entre la infantería y la caballería iba la artillería situándose en los lugares designados. No solamente los generales con los uniformes de gran gala, con las gruesas o delgadas cinturas ceñidas hasta lo imposible y enrojeciendo por los cuellos abrochados con las bandas y todas las condecoraciones, no solo los oficiales bien peinados y emperifollados, sino cada soldado con el rostro fresco, recién afeitado y lavado y con el equipo lo más reluciente posible, cada caballo tan bien cuidado que la piel brillaba como raso en el cuello y las crines mojadas peinadas pelo a pelo; todos percibían que estaba sucediendo algo serio, solemne e importante. Cada general y soldado se sentía como un grano de arena en ese mar de personas, sentía su insignificancia como individuo y a la vez experimentaba una orgullosa impresión de su fuerza y magnitud perteneciendo a esa masa con la que se hacía una indivisible unión.

Desde el amanecer y hasta las diez de la mañana continuaron los intensivos desvelos y los esfuerzos, y finalmente todo llegó a estar en el adecuado orden.

En el enorme campo se distribuyen las filas y solo se ven las formaciones precisamente alineadas y limpias reluciendo con el blanco de sus uniformes de la artillería, caballería, la guardia, el ejército de Kutúzov que destaca por su informalidad belicosa, y la guardia austríaca con sus generales de blanco.

Un emocionado murmullo pasó, como el viento entre las hojas de los árboles, y desde todas partes resonaron los sonidos de la marcha general. Como si el mismo ejército se alegrara al encontrarse con el zar y emitiera esos sonidos festivos, como si no fuera el viento el que agitara esta importante desmandada que se vislumbraba en mitad de los batallones, sino que el propio ejército expresara su alegría ante la llegada de los emperadores con este leve movimiento. Se escuchó una voz, después, con el canto del gallo al alba, se repitieron otras voces desde diferentes lados. El ejército presentó armas y cayó el silencio. En el silencio sepulcral solo se escuchaba el sonido de los cascos del centenar de caballos del séquito de los emperadores. Después solo la cariñosa voz del emperador Alejandro. Y el ejército emitió un grito de alegría tan terrible, prolongado y ensordecedor, que los propios soldados se asustaron de esa fuerza y de esa masa de la que formaban parte.

Rostov estaba en su puesto en las tropas de Kutúzov y experimentaba la misma sensación que experimentaban cada uno de los miembros de ese ejército, la sensación de olvido de sí mismo, de fuerza, de inhumano y orgulloso sentimiento de poder y terrible atracción hacia aquello que era causa de ese júbilo.

Sentía que de una palabra que dijera este hombre dependía que toda esa muchedumbre (y él con ella, como un insignificante grano de arena) se arrojara al fuego o al agua, al crimen o a la muerte, por eso se estremecía y aguardaba ante esa palabra que se avecinaba.

—¡Hurra! ¡Hurra! ¡Hurra! —resonaba de todas partes, y ante el armónico y ensordecedor sonido de esas voces en medio de las inmóviles y como petrificadas en sus cuadros masas del ejército, marchaban negligentemente, sin simetría y lo que es más importante, moviéndose con libertad, y el centenar de jinetes del séquito y delante de ellos, dos hombres, los emperadores. En ellos estaba absolutamente fija la atención de esa masa de gente.

El hermoso y joven zar Alejandro con un uniforme de la guardia montada, con un tricornio, con su agradable rostro y su audible pero templada voz, atraía toda la atención.

Era la primera vez que Rostov veía al zar. Quedó cautivado por el sencillo encanto de su apariencia en relación con su alto estatus.

Deteniéndose ante el regimiento de Pavlograd el zar le dijo algo en francés al emperador austríaco y sonrió.

Al ver esa leve sonrisa, Rostov sintió que en ese momento amaba al emperador más que a nadie en el mundo. No sabía el porqué, pero así era. El emperador llamó al comandante alemán del regimiento Usach y le dijo unas palabras. Rostov le envidió con toda su alma.

El emperador se dirigió a los oficiales:

—Señores —cada palabra le sonó a Rostov como música celestial—, les doy las gracias de todo corazón. —(¡Qué feliz hubie-

ra sido Rostov si hubiera podido entonces morir por su zar!)—.
Han recibido las insignias de San Jorge y serán dignos de ello.

El zar aún dijo algo más que Rostov no alcanzó a oír y los soldados, con toda la fuerza de sus pulmones de húsar, gritaron «¡Hurra!».

Rostov gritó también inclinándose en la silla para darse fuerzas deseando hacerse daño con ese grito, pero solo para expresar todo su entusiasmo por su soberano.

El zar se detuvo unos segundos como indeciso.

«¿Cómo puede estar indeciso el zar?», pensó Rostov y esa indecisión le pareció aún más majestuosa. Pero la indecisión no duró más que un instante. El pie del zar con la ceñida y afilada espuela tocó el costado de la hermosa yegua inglesa que montaba, la mano del zar enguantada en blanco tiró de las riendas y arrastrado se ocultó en el desordenado pero encantador ondulante mar de sus ayudantes.

Cuando la visión se desvaneció, se cantaron canciones, los oficiales se reunieron en grupos y comenzaron a conversar sobre las condecoraciones, sobre los austríacos y sus uniformes, se escucharon bromas, encuentros de amigos de la guardia y del ejército de Kutúzov, conversaciones sobre Bonaparte y sobre lo mal que le iba a ir ahora, especialmente cuando llegara el cuerpo de Essen y si Prusia se ponía de su nuestro lado.

Pero principalmente se hablaba del zar Alejandro, repitiendo cada una de sus palabras y movimientos y entusiasmándose con ellos. No deseaban más que entrar lo antes posible en combate contra los franceses, bajo las órdenes de su zar. Todos estaban más convencidos de obtener la victoria tras la revista, que después de haber ganado dos batallas.

VI

Al día siguiente de la revista, Borís, vestido con su mejor uniforme y acompañado de los deseos de suerte de su compañero Berg, fue a ver a Bolkonski a Olmütz, deseando aprovechar su buena disposición y conseguirse el mejor puesto posible con alguna personalidad importante, que era lo que más le atraía conseguir en el ejército. Una voz interior le hablaba en contra de su voluntad y a veces le parecía vergonzoso ir a rogarle a nadie.

«Pero, por otra parte, no —se decía a sí mismo—, son todas esas fantasías infantiles y caballerescas de Rostov las que están repercutiendo en mí. Es hora de olvidarse de esas cosas. Están bien para él, al que su padre manda miles de rublos. (No le envidio y le quiero.) Pero yo que no poseo nada aparte de mi persona, he de hacer carrera.»

Reprimió ese sentimiento que se le antojaba de falsa vergüenza y con decisión se dirigió a Olmütz. No encontró ese día al príncipe Andréi en el Estado Mayor, pero el esplendor, ese ambiente festivo y poderoso, de usanza solemne de la vida que vio entonces en Olmütz donde estaba el cuartel general, el cuerpo diplomático y los dos emperadores con su séquito de cortesanos y allegados, solo consiguió aumentar su deseo de pertenecer a ese elevado mundo.

No conocía a nadie y a pesar de su elegante uniforme de la guardia todos aquellos que iban y venían por la calle en sus elegantes coches, con sus plumas, sus bandas y sus órdenes militares o cortesanas parecían estar tan por encima de él que no querían ni podían darse tan siquiera cuenta de su existencia. En el cuartel general de Kutúzov, donde preguntó por Bolkonski, todos los ayudantes de campo e incluso los ordenanzas le miraron como si quisieran darle a entender que, como él, eran muchos los oficiales que deambulaban por allí y que ya estaban todos hartos de ellos. A pesar de ello o quizá más instigado precisamente por esto, de nuevo al día siguiente, el 15, entró tras la comida en la gran casa de Olmütz ocupada por Kutúzov y preguntó por Bolkonski. Este estaba en casa y Borís fue conducido a una gran sala donde antes seguramente se hacían bailes y en la que ahora había cinco camas y una variedad de muebles: mesas, sillas y un clavicordio. Un ayudante de campo, vestido con una bata persa, estaba sentado en una mesa cerca de la puerta y escribía. Otro, colorado y grueso, estaba tumbado en la cama con las manos tras la cabeza y riéndose con el oficial que se encontraba a su lado. El tercero tocaba un alegre vals en el clavicordio, el cuarto estaba echado sobre el clavicordio y canturreaba. Ninguno de estos señores reparó en Borís ni cambió de postura. El que escribía, al que Borís se dirigió, se volvió hacia él enojado y le dijo que Bolkonski estaba de servicio y que si necesitaba verle que pasara a la sala de recepciones por la puerta de la izquierda. En la sala de recepciones además del ayudante de campo había unas cinco personas entre los que salían, entraban o pasaban, el encargado general de alojamiento, el artillero jefe, un anciano ayudante de campo, el jefe de un destacamento, el encargado de aprovisionamiento, el jefe de la propia cancillería, un ayudante de campo ordenanza, un ayudante del emperador, etcétera, etcétera. Todos ellos, casi sin excepción, hablaban en francés.

En el momento en el que Borís entró, el príncipe Andréi, entornando los ojos con desprecio, con ese particular aspecto de cansancio excesivamente amable que dice claramente que si no tuviera la obligación no hablaría con usted ni un minuto, escuchaba a un anciano general cubierto de condecoraciones que casi de puntillas, estirado, con una expresión servil de soldado en su rostro amoratado por el apretado cuello, contaba algo al príncipe Andréi.

—Muy bien, tenga la bondad de esperar —le dijo al general, y habiendo reparado en Borís no se dirigió más al general que corría tras él suplicándole que escuchara una cosa más, sino que con una alegre sonrisa, saludándole con la cabeza, se dirigió a Borís.

Su rostro adoptó esa tierna expresión infantil que resultaba tan encantadora para aquellos a los que la dirigía.

Borís en aquel instante comprendió más que nunca que aparte de la subordinación y la disciplina que estaba escrita en las normas y que se conocía en el regimiento y él mismo conocía, había otra subordinación más importante, la que establecía que ese general con el rostro amoratado esperara respetuosamente a que un capitán, el príncipe Andréi, encontrara más de su gusto conversar con el alférez Drubetskoi, Borís decidió no seguir a partir de ese momento lo que estaba escrito en las normas sino esa subordinación no escrita. En ese momento sintió que solamente por haber sido recomendado al príncipe Andréi, se colocaba inmediatamente por encima del general, que en otras circunstancias, en el frente, hubiera podido exterminarle a él, un alférez de la guardia. El príncipe Andréi fue hacia él y le dio la mano.

—Que lástima que ayer no pudiera encontrarme. Pasé todo el día con los alemanes, fui con Weirother a comprobar la disposición. ¡Cuando los alemanes se ponen puntillosos no se acaba nunca!

Borís sonrió como si lo que contaba el príncipe Andréi fuera algo conocido para él. Pero era la primera vez que escuchaba el apellido Weirother, e incluso la palabra «disposición».

—Bueno, qué, querido, ¿sigue queriendo ser ayudante de campo? He pensado en usted en este tiempo.

—Sí, he pensado —dijo Borís enrojeciendo involuntariamente por alguna razón— solicitar un puesto con el comandante en jefe. Recibió una carta del príncipe Kuraguin hablándole de mí; solo quiero pedirlo porque… —añadió como si le diera vergüenza— creo que la guardia no entrará en combate.

—¡Bien, bien! Hablaremos de todo —dijo el príncipe Andréi—, solo permítame que termine con este señor y enseguida estoy con usted.

Y cuando el príncipe Andréi fue a despachar al amoratado general, este, que evidentemente no compartía las ideas de Borís sobre las ventajas de la subordinación no escrita, clavó una mirada tan terrible y feroz en el atrevido alférez que le había impedido terminar su conversación con el ayudante de campo, que Borís se sintió incómodo. Se volvió y esperó con impaciencia a que volviera el príncipe Andréi del despacho del comandante en jefe.

—Esto es lo que he pensado para usted —dijo el príncipe Andréi cuando entraron en la gran sala donde estaba el clavicordio. (El ayudante que había recibido a Borís con tanta frialdad fue amable y cortés con él)—. No sacará nada acudiendo a Kutúzov —decía el príncipe Andréi—; le dirá un montón de gentilezas, le invitará a comer con él —(«esto no estaría tan mal para el servicio a esta subordinación», pensó Borís)—, pero no conseguirá nada más que eso; pronto seremos un batallón de ayudantes de campo y ordenanzas. Esto es lo que haremos: Tengo un buen amigo, un general ayudante del emperador Alejandro y una excelente persona, el príncipe Dolgorúkov; y aunque puede que no lo sepa, resulta que ahora ni Kutúzov, con todo el Estado Mayor, ni nosotros significamos nada, todo está ahora centralizado en el zar; así que nos dirigiremos a Dolgorúkov, yo también he de ir a verle, ya le he hablado de usted, así veremos si hay posibilidad de encontrarle un puesto con él o en otro sitio allí, más cerca del sol.

Estaba bien avanzada la tarde cuando llegaron al palacio de Olmütz, donde se encontraba el emperador con sus allegados.

VII

Ese mismo día se reunía el consejo de guerra del que formaban parte todos los miembros del Hofkriegsrat[*] y los dos emperadores y en el cual, en contra de la opinión de los ancianos, de Kutúzov y del príncipe Schwarzenberg, se había decidido atacar inme-

---

[*] Consejo Supremo de la Guerra. *(N. de la T.)*

diatamente y presentar batalla general a Bonaparte. Acababa de terminar la reunión del consejo de guerra cuando Andréi llegó, en compañía de Borís, al palacio en busca del príncipe Dolgorúkov. Todos los rostros del cuartel general se encontraban bajo el encanto de la revista de Olmütz y en esa tarde el encanto aún se había reforzado más por el consejo de guerra. La voces tardías de los que aconsejaban esperar aún algo más, sin ser apoyadas, habían sido sofocadas tan unánimemente y los argumentos de los que las refutaban evidenciaban tan indiscutiblemente las ventajas de una ofensiva que lo que se trató en el Consejo, la futura batalla y la indudable victoria, no parecían futuro sino ya pasado. Todas las ventajas estaban de nuestra parte. Las enormes fuerzas, sin duda superiores a las de Napoleón, estaban concentradas en un único sitio. Napoleón, que estaba visiblemente debilitado, no preparaba el ataque. Los ejércitos estaban animados por la llegada de los emperadores y deseaban entrar en combate; el general austríaco Weirother, que servía de guía a los ejércitos, conocía hasta los más insignificantes detalles del punto estratégico en el que iba a tener lugar la batalla (por una feliz coincidencia el ejército austríaco había estado el año anterior de maniobras precisamente en esos campos, en los que entonces era inminente el combate con los franceses); el terreno se conocía y estaba registrado en los mapas hasta los más mínimos detalles.

Dolgorúkov, que era uno de los más ardientes partidarios del ataque, acababa de volver de la revista, cansado, agotado pero animado y orgulloso por el triunfo obtenido en el Consejo. Cuando el príncipe Andréi y Borís entraron en sus aposentos, el príncipe Andréi le presentó a su protegido, pero el príncipe Dolgorúkov aunque le estrechó la mano firme y cortésmente no le dijo nada y no estaba en disposición visiblemente de reprimir el expresar los pensamientos que le ocupaban en aquel momento y le dijo en francés al príncipe Andréi:

—Bueno, querido, ¡qué batalla hemos mantenido! Quiera Dios

que la batalla que tendrá lugar a consecuencia de esta sea igual de victoriosa. Bueno, querido mío —dijo él entrecortada y animadamente—, debo reconocer mi culpa ante los austríacos y especialmente ante Weirother. ¡Qué exactitud, qué detallismo, qué conocimiento del terreno y previsión de todas las condiciones que se pueden presentar! No, querido, no se puede ni aun a propósito pensar en algo más favorable que estas condiciones en las que nos encontramos. Una mezcla de precisión austríaca y valor ruso, ¿qué más se puede pedir?

—Entonces, ¿el ataque está definitivamente decidido? —dijo Bolkonski.

—Y sabe, querido, me parece que definitivamente Bonaparte ha perdido el juicio. Sepa que hoy se ha recibido una carta suya para el emperador.

—¡Vaya! ¿Y qué dice? —preguntó Bolkonski.

—¿Qué puede decir? Nada más que bla, bla, bla, solo para ganar tiempo. Le digo que está en nuestras manos, eso está claro. Pero lo más divertido de todo —dijo de pronto riéndose bonachonamente—, es que nadie sabía a quién dirigir la respuesta. Si no es al cónsul, se entiende que mucho menos al emperador. A mí me pareció que lo mejor era al general Bonaparte.

—Bueno, ¿y qué decidieron al final? —dijo sonriendo Bolkonski.

—Usted conoce a Bilibin, es una persona muy inteligente y proponía dirigirla a: «el usurpador y enemigo de la raza humana». —Dolgorúkov se echó a reír alegremente—. Pero este Bilibin es realmente inteligente y ha encontrado una forma de dirigir la carta.

—¿Cuál? —preguntó Bolkonski.

—Al jefe del gobierno francés —dijo serio y con visible placer el príncipe Dolgorúkov—. Eso no le va a gustar —dijo Dolgorúkov—. Mi hermano le conoce, ha comido con él en París y dice que no se puede imaginar persona más astuta en los pormenores diplomáticos.

—Sí, el conde Márkov era el único que sabía tratar con él. Usted ya conoce la historia del pañuelo. Es encantadora.

Y el locuaz Dolgorúkov dirigiéndose tanto a Borís como al príncipe Andréi, contó con detalles cómo Bonaparte deseando probar a Márkov, nuestro embajador, dejó voluntariamente caer delante de él el pañuelo y se detuvo mirándole, esperando, seguramente que Márkov le hiciera el servicio de recogérselo, pero Márkov había tirado el suyo cerca del primero y lo recogió, dejando el pañuelo de Bonaparte.

—Sí, es excelente —dijo Bolkonski también sonriendo—. Pero escuche, príncipe, he venido para pedirle un favor para este joven. ¿Sabe?

Pero el príncipe Andréi no tuvo tiempo de terminar, pues en la habitación entró un ayudante de campo, para avisar al príncipe Dolgorúkov de que fuera a ver al emperador.

—¡Ah, qué lástima! —dijo Dolgorúkov levantándose apresuradamente y estrechándole la mano al príncipe Andréi y a Borís—. Sabe que estaré muy contento de poder hacer todo cuanto esté a mi alcance, por usted y por este amable joven —dijo y estrechó una vez más la mano de Borís con una expresión bondadosa, sincera y animada.

Los pensamientos de Borís se agitaron involuntariamente pensando en lo cerca que se encontraba en ese momento del poder supremo. Allí se encontraba en contacto con los resortes que guiaban todos los enormes movimientos de la masa de la que él en su regimiento se sentía una parte diminuta, dócil e insignificante. Salieron al pasillo tras el príncipe Dolgorúkov y se encontraron con un personaje que salía de la misma puerta de la habitación del zar por la que entró Dolgorúkov, un joven con ropa de civil con un rostro admirablemente hermoso y arrogante y la mandíbula, mostrada hacia delante en línea recta, que lejos de afearle le otorgaba una especial expresión de vivacidad y destreza. Este joven de baja estatura saludó a Dolgorúkov como a un igual y con una mirada fija y fría comenzó a mirar al príncipe Andréi, yendo en línea recta hacia él y evidentemente esperando que el príncipe Andréi le hiciera una reverencia o le cediera el paso. El príncipe Andréi no hizo ni lo uno ni lo otro; el rostro del joven expresó una cólera demoledora, y desviándose siguió andando pasillo adelante.

—¿Quién es? —preguntó Borís.

—Es una de las personas más relevantes, pero también de las más desagradables para mí. Un polaco, el príncipe Czartoryski.

—Estas son las personas —dijo Bolkonski cuando salían del palacio, con un suspiro que no pudo contener—, estas son las personas que deciden el destino de la nación.

Borís le miraba con perplejidad, dudando si esto había sido dicho desdeñosa, respetuosa o envidiosamente. Pero en el rostro bilioso y moreno del joven, que iba delante de él, no podía adivinarse nada. Lo había dicho tan claramente porque era verdad. Al día siguiente el ejército se puso en marcha y Borís no tuvo ocasión, hasta la batalla de Austerlitz, de visitar ni a Bolkonski ni a Dolgorúkov y se quedó en el frente.

VIII

El 15 de noviembre partió de Olmütz la unión de los dos ejércitos, en cinco columnas cada una bajo las órdenes de un general, de los que ni uno solo tenía nombre ruso. Sus nombres eran los siguientes: primera columna: Vimpfen, segunda columna: el conde Langeron, tercera columna: Przebyszewski, cuarta columna: el príncipe Lichtenstein y quinta columna: el príncipe Grenglow. El tiempo era frío y luminoso y la gente marchaba alegremente. A pesar de que nadie, excepto los altos mandos, sabía adónde se dirigía el ejército y por qué razón, todos estaban contentos de entrar en acción después de la inactividad en el campamento de Olmütz.

Las columnas se movían con la música según las órdenes, con las banderas desplegadas. Todo el camino debía transcurrir armoniosamente, como en la revista, y marcando el paso. A las nueve de la mañana, el zar con su séquito adelantó a la guardia y se puso al lado de la columna de Przebyszewski. Los soldados gritaron alegremente «hurra» y durante diez verstas que hicieron los ochenta mil soldados movilizados, se abrieron paso mezclándose artificialmente con las siguientes unidades, el sonido de la marcha del ejército y las canciones de los soldados. Los ayudantes de campo y los guías de las columnas, que iban y venían por los regimientos, tenían una expresión en el rostro de alegre autocomplacencia. El general Weirother, dirigiendo excepcionalmente el movimiento del ejército durante la tarde, dejaba pasar por su lado el ejército, quedándose en un lado del camino con algunos oficiales de la escolta y con el príncipe Dolgorúkov que iba a su lado y tenía el aspecto satisfecho de una persona que desempeña un maniobra con agradecimiento. Preguntaba a los guías de división que pasaban, dónde estaba determinado que pasaran la noche y los testimonios de los guías de división concordaban con los pronósticos que le hacía a Dolgorúkov, que estaba a su lado.

—Fíjese, príncipe —decía él—, los de Nóvgorod forman en Rauznitz, como yo decía, tras ellos van los Mosqueteros, que forman en Klauzebitz —comprobaba su libreta de anotaciones—, después los de Pavlograd, después la guardia que va por el camino principal. Estupendo. Maravilloso. No veo —dijo él, recordando una réplica que le había hecho un anciano general ruso—, no veo por qué suponen que los ejércitos rusos no pueden hacer tan bien las maniobras como los austríacos. Vea, príncipe, lo firme y precisamente que se mantiene la disposición, si la disposición es sólida…

El príncipe Dolgorúkov escuchaba sin mucha atención al general austríaco; le ocupaba la duda de si era o no era posible y si lo era, cómo atacar al regimiento francés, contra el que topaba el ejército ruso esa misma tarde frente a la pequeña ciudad de Wischau.

Le hizo esta pregunta al general Weirother. Weirother dijo:

—Esta cuestión solo puede resolverla la voluntad de Su Majestad. Por lo demás es muy posible.

—No podemos dejar ante nuestras narices a este regimiento francés —dijo Dolgorúkov y con estas palabras fue hacia el cuartel de los emperadores. En el Estado Mayor de los emperadores ya se encontraba el explorador de la avanzadilla, enviado por el príncipe Bagratión, que comunicaba que el regimiento francés no era muy poderoso y carecía de refuerzos.

Media hora después de que llegara el príncipe Dolgorúkov se había decidido atacar a los franceses al amanecer del día siguiente y con ello ignorar la llegada del emperador Alejandro al ejército y su primera campaña.

El príncipe Dolgorúkov debía tomar parte en esta acción comandando la caballería.

El emperador Alejandro se resignó con un suspiro a la propuesta de sus allegados y decidió quedarse en la tercera columna.

IX

Al día siguiente al alba, el escuadrón de Denísov, en el que servía Nikolai Rostov y que estaba en el regimiento del príncipe Bagratión, levantó el campamento, y avanzando aproximadamente una versta detrás de las columnas se detuvo en un amplio camino.

Rostov vio que por su lado avanzaban los cosacos, el primer y el segundo escuadrón de húsares, batallones de infantería con artillería y generales a caballo con su comitiva. Todo el miedo que había experimentado como anteriormente antes de entrar en combate, toda la lucha interna, por medio de la cual había superado ese miedo, todos sus sueños de cómo se iba a distinguir como húsar en esta acción habían sido en vano. Su escuadrón se había quedado en la reserva y Nikolai Rostov pasó ese día aburrido y melancólico. A las nueve de la mañana escuchó tiroteo a lo lejos, gritos de «hurra», vio que llevaban heridos hacia la retaguardia (solo unos cuantos) y finalmente vio cómo en medio de cientos de cosacos conducían a todo un regimiento de la caballería francesa. Era evidente que la acción estaba consumada y, además, felizmente. Los que volvían hablaban de una victoria brillante, de la toma de la ciudad y de la captura de todo un escuadrón.

El día era claro, soleado después de la intensa helada nocturna y la alegre luz del día otoñal concordaba con la noticia de la victoria que no solo transmitían los relatos sino también las alegres expresiones del rostro de los soldados, los oficiales, los generales y los ayudantes de campo que iban y venían de allí pasando al lado del escuadrón de Rostov. Eso le oprimía más el corazón a Rostov, por haber sufrido en vano el miedo que antecede a la batalla, pasando ese día de alegría sin hacer nada.

Denísov estaba sombrío y silencioso por la misma causa. Veía en la detención de su escuadrón en la reserva la intencionalidad y las intrigas del infame ayudante de campo y se disponía a «enseñarle lo que es bueno».

—Rostov, ven aquí, beberemos para calmar la pena —gritó Denísov, sentándose al borde del camino con la cantimplora y algo de comer. Rostov bebió en silencio, intentando no mirar a Denísov y temiendo que se pusiera a repetir los improperios contra el ayudante de campo, que ya estaba harto de oír.

—Aún llevan a uno más —dijo uno de los oficiales, señalando a un dragón francés hecho prisionero que llevaban a pie entre dos cosacos.

Uno de ellos llevaba de las riendas el hermoso caballo francés del prisionero.

—¡Véndeme el caballo! —le gritó Denísov al cosaco.

—Como quiera, Su Excelencia.

Los oficiales se levantaron y rodearon a los cosacos y al prisionero francés. El dragón francés era un joven alsaciano que hablaba francés con acento alemán. Jadeaba por la impresión, tenía el rostro teñido de rojo y oyendo que se hablaba en francés, rápidamente se puso a hablar con los oficiales, dirigiéndose a uno y a otro. Decía que no le hubieran capturado, que no era culpable de que lo hubieran hecho sino que la culpa era del cabo que le había enviado a coger unas mantas, pero que él le había dicho que los rusos estaban allí. Y a cada palabra añadía: «Pero no le hagan nada malo a mi caballito», y acariciaba a su caballo. Era evidente que no entendía bien dónde estaba. Tan pronto se excusaba por haber sido capturado, como, imaginándose a su superior frente a él, narraba su eficacia y solicitud en el cumplimiento del deber. Llevaba fresca consigo, a la retaguardia del ejército ruso, toda la atmósfera del ejército francés, que resultaba tan extraña para nosotros.

Los cosacos vendían el caballo por dos chervónetz,* y Rostov, el más rico de los oficiales, lo compró.

—Pero no le haga nada malo a mi caballito —dijo bondadosamente el alsaciano a Rostov cuando el caballo pasó al húsar.

Rostov sonriendo tranquilizó al dragón y le dio algo de dinero.

—*Allez, allez!* —le dijo el cosaco poniéndose en marcha. Y en ese preciso momento alguien gritó: «¡El zar!».

Todos corrieron, se apresuraron, escucharon con estremecimiento la repetición de una misma palabra: «¡El zar! ¡El zar!», y Rostov vio que se acercaban por el camino unos cuantos jinetes llevando gorros con penachos blancos. En un minuto todos se encontraban en sus puestos y aguardaban.

Nikolai Rostov no recordaba y no se dio cuenta de cómo corrió y se sentó sobre el caballo. En un instante toda su pena y su infelicidad por no haber entrado en combate, su habitual estado de aburrimiento por encontrarse entre los mismos rostros ya vistos, en un momento todos los pensamientos sobre sí mismo se des-

* Chervónetz: moneda histórica, rublo de oro. *(N. de la T.)*

vanecieron y fue absorbido por una sensación de felicidad ante la proximidad del emperador. Sentía que simplemente con esa proximidad se compensaba la pérdida de ese día. Se encontraba feliz, como un amante que aguarda el esperado encuentro. No se atrevía a mirar hacia el frente y sin hacerlo sentía la embriagadora sensación de que él estaba próximo. Y no la sentía por oír el ruido de los cascos de los caballos que se acercaban cabalgando, sino porque según se acercaba todo alrededor de él, se iluminaba y se hacía más alegre y más expresivo.

Este sol se acercaba más y más para Rostov, derramando alrededor de él haces de luz majestuosa y dulce, y cuando ya se sentía atrapado por esos haces, escuchó su voz, esa voz tan cariñosa, tranquila, majestuosa y a la vez tan sencilla.

Como Rostov pensaba que debía suceder se hizo un silencio de muerte y en ese silencio se oyó el sonido de su voz:

—¿Los húsares de Pavlograd? —dijo interrogativamente.

—La reserva, señor —respondió cualquier otra voz, basta y terrenal, tan humana frente a esa otra voz divina que había dicho: «Les hussards de Pavlograd».*

El zar se puso a la altura de Rostov y se detuvo. Su rostro era aún más hermoso que hacía tres días en la revista. Resplandecía con tal alegría y juventud, con tal inocente juventud que recordaba a un muchachito de catorce años y a la vez era por completo el rostro del gran emperador. Por casualidad, al mirar al escuadrón, los ojos del zar se encontraron con los de Rostov y se detuvieron en ellos no más de dos segundos. No es posible saber si el zar entendió todo lo que sucedía en el alma de Rostov (a Rostov le pareció que lo entendía), pero miró por un momento con sus ojos azul celeste el rostro de Rostov (suave y dulcemente y derramando por ellos una brillante luz), después de pronto levantó las cejas y con un brusco movimiento espoleó al caballo con el pie iz-

* «Los húsares de Pavlograd», en francés en el original. (N. de la T.)

quierdo y siguió adelante al galope. Rostov apenas si pudo recobrar el aliento de la alegría.

Habiendo escuchado el tiroteo de la vanguardia, el joven emperador no podía resistir el deseo de asistir a la batalla, y a pesar de todas las recomendaciones de los cortesanos, al mediodía partió de la tercera columna y fue al galope hasta la vanguardia. Aún sin haber alcanzado a los húsares se encontró con unos cuantos ayudantes de campo que le informaron del feliz desenlace de la acción. La batalla se presentaba como una brillante victoria sobre los franceses y por eso el zar y toda la guardia, especialmente cuando aún no se había dispersado el humo de la pólvora en el campo de batalla, creían que los franceses habían sido vencidos y expulsados en contra de su voluntad. Unos cuantos minutos después de que pasara el zar, la división de los húsares de Pavlograd fue hecha avanzar. En el propio Wischau, Rostov vio una vez más al zar. En la plaza de la ciudad en la que había habido un tiroteo bastante intenso y en la que yacían unos cuantos cuerpos, entre muertos y heridos, que no había habido tiempo de retirar. Rodeado de su séquito de civiles y militares de los que llamaba la atención la elegante figura de Adam Czartoryski, el zar, sobre una yegua inglesa, echado hacia un lado, miraba con gesto grácil sujetando delante de los ojos los dorados impertinentes a un soldado tirado boca abajo, sin chacó y con la cabeza ensangrentada. El soldado herido era tan basto, vil y sucio que a Rostov le ofendía su cercanía al zar. Rostov vio cómo se estremecían, cómo a causa del frío los encorvados hombros del zar y cómo su pie izquierdo comenzaba a golpear febrilmente con la espuela el costado del caballo, que miraba indiferente y no se movía del sitio. Unos ayudantes que se bajaron del caballo cogieron al soldado por debajo e intentaron colocarle sobre una camilla. El soldado se puso a gemir.

—Con cuidado, con cuidado, ¿es que no se puede hacer con más cuidado? —dijo el zar, sufriendo visiblemente más que el soldado moribundo y siguió adelante. Rostov vio las lágrimas que llenaban los ojos del zar y escuchó cómo al alejarse le decía a Czartoryski—: Qué cosa tan terrible es la guerra, que cosa tan terrible.

Rostov, olvidándose de todo, espoleó a su caballo y siguió al zar y volvió en sí solo cuando Denísov le llamó a gritos.

Los ejércitos de la vanguardia estaban desplegados delante de Wischau y a la vista de las filas enemigas que durante todo el día iban cediendo respetuosamente terreno ante los pequeños tiroteos. A la vanguardia se hizo llegar el agradecimiento del emperador, las promesas de condecoraciones y se dio a los soldados doble ración de vodka. Las hogueras de campamento crepitaron y las canciones de los soldados se elevaron aún más alegremente que la noche anterior. Denísov aquella noche celebraba su ascenso a comandante y Rostov propuso un brindis a la salud del zar, pero no de Su Majestad el zar, como se dice en las comidas oficiales, sino a la salud del zar, una gran persona bondadosa y encantadora.

—Bebamos a su salud y por la segura victoria sobre los franceses. No sé —decía él— si hemos luchado antes —decía—, si no hemos dado tregua a los franceses, como en Schengraben, ¿qué sucederá ahora que es él mismo quien nos comanda? Todos nosotros moriremos por él de buen grado. ¿No es así, señores? Puede ser que no lo exprese bien, he bebido mucho, pero yo así lo siento y vosotros también. A la salud de Alejandro I. ¡Hurra!

—¡Hurra! —ulularon las entusiasmadas voces de los oficiales. El anciano Kirsten gritó muy entusiasmado y no menos sincero que el joven enamorado Rostov. Cuando Rostov había hecho su brindis, Kirsten, vestido con camisa y pantalones, con un vaso en la mano se acercó a la hoguera de los soldados y con una grandiosa pose, levantando las manos con sus largos bigotes grises y con el plateado pelo del pecho que se veía a través de la camisa abierta, se detuvo a la luz de la hoguera.

—¡Muchachos, a la salud de Su Majestad el zar! ¡Por la victoria sobre los enemigos! ¡Hurra! —gritó él con su excepcional voz de barítono de anciano húsar.

Los húsares se agolparon y respondieron al unísono con un fuerte grito.

Ya era bien entrada la noche cuando todos se disgregaron, Denísov dio una palmada con su pequeña mano en el hombro de su favorito, Rostov.

—En campaña no hay de quién enamorarse, así que él se enamora del zar —dijo él.

—Denísov, no bromees con eso —gritó Rostov con enfado—. Es un sentimiento tan elevado y tan hermoso.

—Te creo, te creo, amigo, lo entiendo y lo comparto.

—No, no lo entiendes. —Y Rostov se levantó y se puso a pasear entre las hogueras, soñando en lo feliz que sería, no ya muriendo para salvarle la vida (él no se atrevía siquiera a pensar en eso), sino simplemente muriendo ante los ojos del emperador. Estaba realmente enamorado del zar, de la gloria de las armas rusas y de la esperanza de una próxima victoria, y no era el único en experimentar ese sentimiento en los días memorables que precedieron a la batalla de Austerlitz. Nueve de cada diez miembros del ejército ruso estaban en ese mismo instante enamorados aunque menos apasionadamente de su zar y de la gloria de las armas rusas.

X

Al día siguiente el emperador se detuvo en Wischau. El médico de la corte, Villiers, fue llamado varias veces. En el cuartel general y entre los regimientos más cercanos corrió la noticia de que el zar estaba indispuesto. No había comido nada y había dormido mal esa noche. Como decían sus allegados, la causa de esa indisposición se hallaba en la fuerte impresión que había causado en el sensible espíritu del emperador la visión de los heridos y los muertos.

Al amanecer del día 17 fue enviado desde la avanzadilla un oficial francés bajo la protección de la bandera del parlamento, solicitando una entrevista con el emperador ruso. El oficial era Savari. El emperador acababa de despertarse y por lo tanto Savari tuvo que esperar.

Al mediodía fue admitido a presentarse ante el emperador, y una hora después partió en compañía del príncipe Dolgorúkov a la avanzadilla del ejército francés.

Tal como se decía, la intención de la visita de Savari consistía en una proposición de paz y en la propuesta de una entrevista entre el emperador Alejandro y Napoleón. Finalmente había sido rechazado y en lugar del emperador se envío a Dolgorúkov, el vencedor de Wischau, junto a Savari para que mantuviera conversaciones con Napoleón, si estas conversaciones, contra toda espera, contenían un verdadero deseo de paz.

Por la tarde volvió Dolgorúkov y a los ojos de los que le conocían se había operado en él un significativo cambio. Después de su entrevista con Napoleón se comportaba como un príncipe de nacimiento y no habló con ninguno de los allegados del emperador sobre lo que había sucedido en esa entrevista. Al volver fue directamente a ver al emperador y pasó largo rato con él a solas.

A pesar de eso en el Estado Mayor se difundieron rumores sobre lo dignamente que se había comportado Dolgorúkov con Bonaparte y de cómo para no llamar a Bonaparte Excelencia, intencionadamente no le había llamado de ninguna manera y cómo él, declinando las propuestas de paz que le hacía Bonaparte, terminó de rematarle. Dolgorúkov comentó lo siguiente al general austríaco Weirother en presencia de extraños:

—O bien yo no entiendo nada —decía el príncipe Dolgorúkov—, o él teme en este momento más que nada la batalla general. En caso contrario para qué le haría falta esta entrevista, mantener conversaciones y, lo que es más importante, retroceder sin la menor demora, cuando retroceder es algo tan contrario a todos las estrategias bélicas. Créame, le llegará la hora y será muy pronto. Bien andaríamos si escucháramos a los llamados ancianos experimentados, como el príncipe Schwarzenberg, etcétera. A pesar de mi total respeto a sus méritos, andaríamos bien esperando no se sabe bien el qué y dándole la ocasión de huir de nosotros o de engañarnos de uno u otro modo, ahora que está realmente en nuestras manos. No, no se puede olvidar a Suvórov y su máxima: no situarse en la situación de ser atacado, sino atacar. Créame que en la guerra la energía de los jóvenes muestra con frecuencia el camino de manera más fiable que toda la experiencia de los ancianos.

Los días 17, 18 y 19 el ejército avanzó y la vanguardia enemiga, tras breves tiroteos, se retiró con rapidez.

Desde el mediodía del 19 en las altas esferas del ejército comenzó un intenso, ajetreado y animado movimiento que continuó hasta la mañana del día siguiente, el 20 de noviembre, en el que tuvo lugar la tan memorable batalla de Austerlitz. Al principio el movimiento (animadas conversaciones, carreras, el envío de ayudantes de campo) se limitó al cuartel general de los emperadores, después, hacia la tarde, este movimiento se trasladó al cuartel de Kutúzov y desde allí se distribuyó por todas las partes y todos los rincones del ejército y en las tinieblas de la noche de noviembre se elevó de los campamentos el zumbido de las conversaciones, se escucharon órdenes y en la oscuridad comenzó a agitarse, comunicando y transmitiendo el movimiento, como un gigantesco lienzo de diez verstas compuesto de ochenta mil soldados. Y esas masas del ejército se movían y actuaban durante el memorable día 20 a causa de un impulso dado a las cuatro de la tarde de la víspera por el movimiento concentrado del cuartel general de los emperadores. Este movimiento, que había dado el impulso para todo lo subsiguiente, era similar al primer desplazamiento de la rueda central de un gran reloj de torre. Una rueda se movió lentamente, otra la siguió y una tercera, y más y más rápido se pusieron a moverse más y más ruedas, pesos, piñones y ejes, las campanas y las campanillas, el carillón comenzó a sonar y surgieron las figuritas. Las horas pasan, el reloj da la hora y lenta, regularmente, avanzan las agujas mostrando el resultado del movimiento. Sucede igual que en los relojes, igual que en ese incontenible movimiento fatídico y con la misma independencia de la primera causa del desplazamiento de la rueda central, cuando ya se ha dado el primer impulso. De igual modo, la rueda que se encuentra al lado permanece indiferente, silenciosa e inmóvil hasta el momento en el que se le transmite el movimiento y lo sigue a su vez dócilmente, tan pronto como le llega, silbando en los ejes y encajando los dientes, los bloques suenan rodando con rapidez vertiginosa y a la rueda que está al lado, igualmente tranquila e inmóvil, como si estuviera preparada para pasar cien años en esa misma inmovilidad, le llega el momento, se acciona una palanca y obedeciendo al movimiento, rechina, se pone a dar vueltas y se une a la operación.

Igual que en los relojes, el resultado del complejo e innumerable movimiento de las piezas es el lento pero uniforme movimiento de las agujas que muestran la hora, así el resultado de todos los complejos movimientos humanos de esos 160.000 rusos y franceses, todos los anhelos, deseos, arrepentimientos, humillaciones, satisfacciones, sufrimientos, temores y pasiones de estas personas fue la pérdida de la batalla de Austerlitz, llamada la batalla de los tres emperadores, lo que equivale a un lento avance de la aguja de la historia universal en la esfera de la historia de la humanidad.

Los emperadores y sus allegados se emocionaban con la esperanza y el temor ante los acontecimientos del día siguiente y temían principalmente que Bonaparte les engañara, que no retrocediera rápidamente a Bohemia y les privara del éxito seguro que todo parecía apuntar. La poca gente que pensaba en la batalla del día siguiente era el propio zar, el príncipe Dolgorúkov, y Adam Czartoryski. El principal resorte de todo el movimiento era Weirother, su ayudante estaba sobrecargado con los detalles de la acción.

Había ido a la avanzadilla a observar al enemigo, dictaba las órdenes en alemán, había ido a ver a Kutúzov y al emperador y le mostraba en el plano la disposición y los movimientos propuestos del ejército. Weirother, como alguien que está demasiado ocupado, olvidaba incluso ser respetuoso ante las personas coronadas. Hablaba rápidamente, de manera poco clara, sin mirar a su interlocutor a la cara, sin responder a las preguntas que se le hacían, estaba cubierto de suciedad y tenía aspecto presuntuoso y a la vez confuso. Se sentía a la cabeza de un movimiento que había comenzado y ya se había convertido en incontenible. Era como un caballo enganchado corriendo cuesta abajo. No sabía si tiraba o era arrastrado, pero avanzaba lo más rápido posible, sin tener tiempo de pensar adónde conduciría ese movimiento. La mayoría de la gente que se encontraba en el cuartel de los emperadores se ocupaba de otros asuntos completamente diferentes. En un lado se hablaba de que aunque sería deseable nombrar al general NN comandante de la caballería, no sería adecuado, porque el general austríaco NN se podría ofender con ello y le hacía falta comandar dado que estaba bajo la protección del emperador Francisco y por lo tanto se había propuesto dar a NN el nombramiento de jefe de la caballería del último flanco izquierdo. En otro lado se comentaba confidencialmente y se bromeaba sobre el rechazo del conde Arakchéev al nombramiento de comandante de una de las columnas del ejército.

—Al menos es un acto sincero —decía alguien en su favor—, ha dicho directamente que sus nervios no lo pueden soportar.

—Sincero e ingenuo —decía otro. En otro lado, un anciano y ofendido general defendía su derecho a comandar una sección.

—No deseo nada, pero habiendo servido veinte años, me apena no haber recibido ningún nombramiento y servir a las órdenes de un general más joven que yo. —El anciano general, con la voz quebrada por el llanto, aseguraba que solo deseaba una cosa: tener ocasión de demostrar su dedicación a Su Majestad el emperador y realmente al anciano no se le podía ofender y por eso habiendo hablado con este y aquel se creó para el anciano un nombramiento totalmente nuevo y completamente innecesario.

Entre los generales austríacos las consideraciones y conversaciones trataban de cómo hacer para que los jefes austríacos no estuvieran bajo el comando ruso y para que la gloria de la victoria del día siguiente no pudiera atribuirse a los presuntuosos bárbaros rusos. Intentaban conseguir mandar a los rusos a lugares penosos y poco visibles en los que no se planeaban acciones brillantes y reservar para los austríacos los sitios donde sería decidida la suerte de la batalla. En otra parte se hablaba de que era imprescindible evitar que el emperador llevara a cabo el deseo que había expresado, adecuado a su arriesgado carácter, de participar en persona en la acción y exponerse al peligro. Cien personas del Estado Mayor hacían todo lo posible para al día siguiente encontrarse en el séquito de los emperadores, algunos solo porque allí donde estuvieran los emperadores el riesgo sería menor, otros considerando que allí donde estuvieran los emperadores habría mayores recompensas. Ya se hacían previsiones de hacia dónde se dirigiría el ejército tras la victoria.

A las ocho de la tarde, el propio anciano Kutúzov fue al cuartel general de los emperadores y en un conocido círculo repitieron aprobativamente su conversación con el conde Tolstói, mariscal de la corte. «A usted el emperador le escucha. Dígale que perderemos la batalla», decían que Kutúzov lo había dicho como con la intención de asegurarse por anticipado que no le iban a reprochar nada y cargar en caso de fracaso toda la culpa sobre otras espaldas. Pero el fracaso no se podía y no era necesario preverlo y por eso aprobaban la respuesta del conde Tolstói: «Ah, mi querido general, yo estoy ocupado con el arroz y las pulardas. Ocúpese usted de los asuntos de guerra».

XI

A las diez de la noche Weirother acudió con sus planos al cuartel de Kutúzov, donde se había convocado no un simple consejo de guerra, sino una reunión donde se iban a dar las órdenes finales para el día siguiente. Se había convocado al cuartel general a todos los jefes de columna y todos habían asistido a excepción del príncipe Bagratión, que estaba de mal humor y se había negado a asistir con el pretexto de que su destacamento se encontraba muy alejado. Él rezongaba que los salchicheros estaban todos equivocados y decía que iban a perder la batalla.

Kutúzov ocupaba un castillo palaciego no muy grande cerca de Ostralitz. En la gran sala que se había convertido en el despacho del comandante en jefe estaban reunidos los miembros del consejo de guerra y bebían té, cuando llegó Rostov, el ordenanza de Bagratión con la noticia de que el príncipe no iba a acudir.

—Si no va a venir el príncipe Bagratión, podemos empezar —dijo Weirother levantándose apresuradamente de su sitio y acercándose a la mesa sobre la que estaba extendido un enorme mapa de los alrededores de Brünn y Austerlitz.

Kutúzov, con la guerrera desabrochada de la que, como liberándose, emergía del cuello levantado su grueso cuello, estaba sentado en una butaca volteriana colocando simétricamente sus rollizas y ajadas manos en los brazos de la misma y se encontraba prácticamente dormido cuando entró el príncipe Andréi. Abrió con esfuerzo su único ojo y con la boca ensalivada musitó:

—Sí, sí, por favor, es ya tarde. —Asintió con la cabeza, la dejó caer y cerró de nuevo el ojo.

Si en un primer momento los miembros del Consejo pensaron

que Kutúzov fingía dormir, los ruidos que hacía con la nariz durante la lectura que siguió a esto, demostraban que en ese momento para el comandante en jefe la cuestión estribaba en algo mucho más importante que en demostrar su desprecio hacia las disposiciones o hacia cualquier otra cosa: la cuestión para él estribaba en una incontenible necesidad de satisfacer una necesidad humana, el sueño. Estaba verdaderamente dormido. Weirother con los movimientos del hombre que está demasiado ocupado para perder ni un minuto comenzó a leer con tono brusco, alto y monótono la disposición de la futura batalla, que tenía como título que él también leyó: «Disposición de ataque a las posiciones enemigas tras Kobelnitz y Sokolnitz, el 20 de noviembre de 1805».

La disposición era muy compleja y difícil. En la singular disposición se leía: «Dado que el enemigo apoya su flanco izquierdo en unas montañas cubiertas de bosques y el flanco derecho se extiende a lo largo de Kobelnitz y Sokolnitz, cerca de los pantanos que se encuentran allí, y sin embargo nosotros rebasamos con nuestro flanco izquierdo su derecho, nos resultará más cómodo atacar este último flanco enemigo especialmente si ocupamos las aldeas de Sokolnitz y Kobelnitz, que nos situará en la posibilidad de atacar el flanco del enemigo y perseguirlo en la llanura entre Szlapanitz y el bosque de Turace y evitar el desfiladero entre Szlapanitz y Belowitz, que cubre el frente enemigo. Para este fin resulta imprescindible... La primera columna marcha... la segunda columna marcha... la tercera columna marcha», etcétera. Era abundante en la incontable cantidad de nombres propios, los que, a veces parando la lectura, el general Weirother concretaba solo cuando consideraba que era necesario mostrar el lugar en el plano, que se encontraba allí. Los generales parecían escuchar de mala gana pero con avidez la complicada disposición. El alto y rubio general Buchsgevden estaba de pie, con la espalda apoyada en la pared, y tenía los ojos inexpresivamente fijos en el resplandor de las velas, parecía que no escuchaba e incluso no quería que los demás pensaran que estaba escuchando. Justo en frente de Weirother, con sus brillantes y grandes ojos fijos en él con pose marcial, apoyando las manos con los codos doblados en la rodillas, se sentaba el rubicundo Milodarowicz con los hombros y los bigotes levantados. Callaba con obstinación, mirando al rostro de Weirother y apartando solamente la mirada de él cuando el jefe del Estado Mayor austríaco callaba. En estos momentos Milodarowicz miraba significativamente a otros generales. Pero el significado de esas significativas miradas era incomprensible. Si estaba él de acuerdo o no, si se encontraba satisfecho o disgustado con el contenido de la disposición era algo que no se podía deducir. El que se encontraba más cercano a Weirother era el conde Langeron y con una fina sonrisa en su rostro de francés meridional, que no le abandonó durante toda la lectura, miraba sus delicados dedos que daban vueltas a una dorada tabaquera con un retrato. En medio de una de las pausas más largas detuvo el movimiento giratorio de la tabaquera, levantó la cabeza y con una desagradable cortesía en las comisuras de los finos labios interrumpió a Weirother y quiso objetar algo, pero el general austríaco, sin interrumpir la lectura, meneó las manos con enojo como diciendo: después, después me dirá lo que piensa, ahora limítese a mirar al mapa y a escuchar. Langeron levantó los ojos con una expresión perpleja, intercambió una mirada con Milodarowicz como pidiendo una explicación, pero encontrándose con la significativa mirada de Milodarowicz que nada significaba, bajó los ojos tristemente y de nuevo se puso a dar vueltas a la tabaquera.

—Una lección de geografía —dijo él para sí, pero lo suficientemente alto para que se le escuchara.

Przebyszewski, con respetuosa pero digna cortesía, colocaba la mano detrás de la oreja para oír mejor, con aspecto de un hombre que tiene toda la atención absorbida. Dójturov, de baja estatura, estaba sentado en frente de Weirother con aspecto atento, concienzudo y humilde, abstrayéndose visiblemente de la incomodidad de la situación, aprendiendo concienzudamente la disposición y los sitios desconocidos para él en el mapa extendido. Le pidió unas cuantas veces a Weirother que repitiera palabras que no había entendido bien y Weirother satisfizo su deseo.

Cuando la lectura, que duró más de una hora, se dio por finalizada, Langeron, deteniendo de nuevo la tabaquera y sin mirar a Weirother, le hizo unas cuantas observaciones, pero era evidente que la intención de estas observaciones era únicamente dar la sensación al general Weirother, tan seguro de sí mismo, como un profesor de escuela, leyéndoles la disposición, que no trataba con tontos sino con personas que podían darle a él clases de asuntos de guerra. Cuando la monótona voz de Weirother calló, Kutúzov abrió los ojos, como el molinero que se despierta cuando se detiene el ruido soporífero de la rueda del molino, escuchó lo que decía Langeron y rápidamente dejó caer de nuevo la cabeza, como si dijera: «Ah, todavía seguís con esas tonterías…».

Intentando ofender con el mayor sarcasmo a Weirother y a su amor propio de autor del plan de guerra, Langeron demostraba que Bonaparte podía pasar fácilmente a atacar en lugar de ser atacado y a consecuencia de ello toda esa disposición resultaba del todo inútil.

—Si pudiera atacarnos lo habría hecho hoy.

—Entonces usted debe pensar que él no tiene fuerzas —dijo Langeron.

—Como mucho tiene cuarenta mil soldados —respondió Weirother con sonrisa de doctor al cual una curandera quiere mostrar un remedio.

—En tal caso, él está buscando su derrota al esperar nuestro ataque —dijo Langeron con tono irónico y una sonrisa, mirando de nuevo, en busca de apoyo a Milodarowicz, que era el más cercano.

Pero en ese momento en lo que menos pensaba Milodarowicz era en el tema de discusión de los generales.

—Por Dios —dijo él—, que eso lo veremos mañana en el campo de batalla.

Weirother se sonrió de nuevo con esa sonrisa que quería decir que le resultaba ridículo y extraño encontrarse con objeciones y tener que demostrar eso de lo que no solo él estaba totalmente seguro, sino de lo que también estaban convencidos Sus Majestades los emperadores.

—El enemigo ha apagado los fuegos y se escucha un rumor continuado en su campamento —dijo él—. ¿Qué quiere decir esto? O se aleja y eso es lo único que debemos temer o cambia de posición. —Sonrió—. Pero incluso si ocupara la posición de Turace solo conseguiría librarnos de muchos problemas y los planes seguirían como hasta ahora, hasta en sus más mínimos detalles.

Kutúzov se despertó, carraspeó roncamente y miró a los generales.

—¡Señores! La disposición para mañana, es decir para hoy, dado que ya es la una de la madrugada, no se puede cambiar —dijo él—. La han escuchado, y todos nosotros cumpliremos con nuestra obligación. Y antes de la batalla no hay nada más importante —calló— que dormir bien.

Hizo intención de levantarse. Los generales hicieron una reverencia y se alejaron.

XII

Eran las dos de la mañana cuando a Rostov, que había sido mandado por Bagratión al cuartel general, por fin le dieron por escrito la disposición para que se la entregara al príncipe Bagratión, y en compañía de otros húsares se dirigió a Pozorytz al trote, al flanco derecho del ejército ruso.

La víspera Rostov no había dormido, encontrándose en la fila del flanco de la vanguardia, y ese día por la mañana había sido llamado por orden de Bagratión y de nuevo no había logrado dormir, así que dormitó todo el rato mientras se escribía la disposición y se enfadaba cuando le despertaban diciendo que estaba listo para ponerse en marcha. En el instante en que se sentó en el caballo se despabiló completamente.

La noche era oscura y nublada, la luna que casi estaba llena tan pronto se cubría como aparecía de nuevo, dejándole ver la caballería y la infantería que se encontraba por todos lados y que visiblemente se estaba preparando. Se encontró con algunos ayudantes de campo y jefes superiores que le tomaban por otra persona y le preguntaban si llevaba noticias u órdenes. Él respondía lo que sabía y les preguntaba lo que ellos sabían, sobre todo acerca del emperador, con el que, a cada instante, soñaba encontrarse.

Después de avanzar unas cuantas verstas y deseando ahorrarse el rodeo, se desvió del camino y siguió a pie por entre las hogueras. Se acercó a alguien para preguntarle el camino.

Los soldados estaban de guardia y una gran muchedumbre estaba sentada o de pie al lado de una hoguera que ardía intensamente.

—Anda, hermano, es igual, qué más da si un austríaco se va a quedar con mis propiedades —decía un soldado arrojando con fuerza una silla pintada a las llamas de la hoguera.

—No, hermano, espera, déjame que yo luzca en ella —dijo el otro soldado evitando que la silla cayera al fuego y, en una significativa pose, apoyándose de lado y sentándose sobre ella—. Bueno, hermano, ¿qué opinas ahora de mí?

—Muchachos, ¿por dónde se llega a la tercera división? —preguntó Rostov. (No se guiaba por el nombre de los sitios sino por el nombre de las divisiones, ya que el ejército se extendía por toda su ruta.)

Los soldados le dijeron lo que sabían. Un joven soldado, tras una evidente lucha con la indecisión, le preguntó:

—¿Es cierto, Excelencia, que mañana habrá una batalla?

—Es cierto, es cierto. ¿Y cómo podría no ser? El propio zar nos comandará —dijo alegremente Rostov, pero la noticia no causó una gran alegría. Los soldados callaron. Rostov, habiéndose alejado unos pasos, se detuvo a escuchar lo que hablaban.

—¿Qué, no les bastaba con los generales? —dijo un soldado.

—Así es, hermano mío, cómo anduvimos por las montañas con Suvórov —comenzó a decir una ronca voz de anciano—, nos acercamos al abismo y por abajo pululaban los mismos franceses, así que cogimos los fusiles, te sientas en tu culo y ¡hala!, a bajar así deslizándote derechito hacia ellos y a darles duro. Cómo le machacamos entonces. Y era el mismo Bonaparte.

—Dicen que entonces era aún más malvado —dijo otra voz—. ¿Y dónde lo meterán cuando lo capturen?

—Ni que en Rusia hubiera poco sitio —advirtió otro.

—¡Vaya! Ya están enganchando los carros, pronto partiremos.

El soldado que estaba sentado en la silla se levantó y la arrojó a la hoguera.

—Así nadie se quedará con ella. Deja que se vaya el teniente y me llevaré todo lo que hay en su barraca.

Rostov se montó en el caballo y siguió adelante. Habiendo avanzado unas dos verstas entre una densa masa donde se reunían y ya comenzaban a moverse los ejércitos, en medio de un destacamento de infantería al que llegó, un oficial alemán guía de una columna se le acercó y le preguntó respetuosamente si sabía alemán, y habiendo recibido una respuesta afirmativa le pidió que hiciera de intérprete entre él y el comandante del batallón, con el que tenía una cuestión que tratar. El comandante del batallón se echó a reír cuando Rostov y el austríaco se acercaron a él y en ese mismo instante, sin escuchar a Rostov, se dirigió al austríaco, comenzó a gritarle con todas sus fuerzas unas palabras, que se veía que le gustaban mucho y que ya había repetido muchas veces: «*Nicht verstehen*,* ale-

---

* En alemán significa textualmente: «No entender». *(N. de la T.)*

mán, no comprendo vuestro idioma de salchicheros, alemán». Rostov le transmitió las palabras del oficial alemán, pero el comandante del batallón, riéndose, le repitió al alemán todavía unas cuantas veces más su frase favorita y finalmente le dijo a Rostov que la orden que le transmitía el guía de columna ya hacía tiempo que la conocía y ya había sido cumplida. El comandante del batallón también preguntó sobre las novedades y Rostov le contó la noticia que había oído sobre que el propio zar iba a comandar el ejército.

—Mira por dónde —dijo el comandante del batallón—. ¿No es cierto que son unos cerdos? —le dijo a Rostov—. De verdad que lo son. Así es, señor húsar, unos verdaderos cerdos.

«Qué equivocados están todos», pensó Rostov.

Rostov siguió adelante. En lugar de ir por las filas de los ejércitos ya acercándose a la avanzadilla, siguió adelante y salió por la línea de fuego. Eso ya se encontraba más cerca. Habiendo cabalgado desde muy lejos, dejó descansar a su caballo y se puso a pensar en su tema favorito: el emperador y la posibilidad de conocerle más de cerca. «De pronto caminando en la oscuridad él estaría ahí y diría: "¡Ve a ver quién hay ahí!". Iría a dondequiera que fuese, a averiguar y le llevaría el informe. Y él diría…»

—¡Quién va, habla o te mato! —escuchó de pronto el grito del centinela.

Rostov se estremeció y se asustó.

—San Jorge, Olmütz, timón —repitió él maquinalmente la consigna del día. «Qué triste sería pensar que ellos no se equivocan.» Miró alrededor de él y fijó particularmente la mirada en el lado izquierdo donde estaba el enemigo y hacia donde se quería dirigir, pero no se podía distinguir nada y eso lo hacía más terrible.

La luna se ocultó tras las nubes.

«¿Dónde estoy? ¿Ya he llegado a la línea de fuego?», pensó Rostov. Se le había hecho terrible, quiso preguntar al húsar, pero le dio vergüenza. Habían estado a punto de matarle. Y si no le mataban hoy le matarían mañana. «Oh, es horrible. Solamente quería dormir, lo deseaba terriblemente.» Y él, con esfuerzo, abrió los ojos.

La luna salió de entre las nubes. En la zona izquierda se veía una cuesta a medio iluminar, y en frente un negro montecillo que parecía tan empinado como una pared. En el montecillo había una mancha blanca que Rostov no se podía explicar de ninguna manera: ¿era un claro del bosque iluminado por la luna, o restos de nieve, o una casa blanca? Incluso le pareció que alguien se movía por esa mancha blanca. Pero la luna se volvió a ocultar. «Si alguien me dispara desde allí me matará. He venido en vano —pensó Rostov—. Me matarán, que el diablo me lleve, si no hoy, entonces mañana, es igual, solo quiero dormirme y ver en sueños al emperador. Esa mancha debe ser nieve, *une tache, une tache** —pensó Rostov—. Pero aquí no hay ninguna "tasha". Natasha, hermana, ojos negros. Na… tashka… ¡Lo que se sorprenderá cuando le diga que he visto al emperador! Natashka… tómate la tashka. *Nicht verstehen,* alemán, sí.» Y él levantó la cabeza que había dejado caer hasta las crines del caballo. «¿En qué estaba pensando? No quiero olvidarlo. Me matarán mañana, no, no es eso, después. Sí, atacar a la *tache,* atacar, atacar. ¿A quién atacan? A los húsares. Nos matarán a todos. Los húsares y los bigotes. Por la calle Tverskaia pasaba ese húsar con bigotes y todavía me acuerdo de él, delante de la casa de Gúrev… El viejo Gúrev. ¿Es posible que yo llegue a viejo? Malo, malo, viejo, viejo, viejecillo. Pero si me matan joven es igual. No dejaré de amar al zar por eso. Pero todo esto son naderías. Lo más importante ahora es que el emperador está aquí. Cuando me miró quiso decir algo, pero no se atrevió… No, fui yo el que no se atrevió. Qué pena que me vayan a matar. Le hubiera dicho todo. Esos soldados no dijeron nada, solo quemaron la silla. Y es verdad que es igual que me maten. Pero esto son naderías, lo principal es no olvidar que estaba pensando en algo importante. Sí. Sí, atacar a la *tache.*

---

* «Una mancha, una mancha.» *(N. de la T.)*

Sí, sí, sí. Está bien.» Y él tenía la cabeza totalmente reclinada sobre el cuello del caballo. De pronto le pareció que le disparaban.

—¿Quién? ¿Quién? ¿Quién ataca? ¿Sablazos? ¿Quién? —dijo despertándose.

Rostov, en el preciso momento en que abrió los ojos, vio delante de él una brillante luz roja y escuchó los gritos prolongados de miles de voces que en el primer momento le pareció que se encontraban a diez pasos de él en la zona del enemigo.

—Debe ser que está fanfarroneando —dijeron los soldados señalando a la izquierda. Lejos, mucho más lejos de lo que le había parecido a Rostov en el primer instante, vio en el mismo sitio en el que le había parecido ver algo blanco unos fuegos dispuestos en línea y escuchó unos lejanos gritos prolongados, probablemente de las voces de miles de franceses.

—¿Crees que es eso? —dijo Rostov tratando de tranquilizarse dirigiéndose al húsar.

—Sí, se alegran de algo, Su Excelencia.

Los fuegos y los gritos duraban desde las cuatro.

«¿Qué puede ser eso —pensaba Rostov—, nos atacan ellos, nos asustan o están convencidos de que ya han vencido a alguien. ¡Qué extraño! Bueno, que se queden con Dios. ¿Qué es lo que me decía el zar? Sí, sí. Sí, atacar a la *tache*.»

—Su Excelencia, aquí están los generales —dijo el húsar.

Rostov se despertó y vio delante suyo a Bagratión. Bagratión con el príncipe Dolgorúkov y unos ayudantes que también habían ido a ver los extraños fuegos encendidos y los gritos del ejército enemigo y Rostov se encontró con ellos en la avanzadilla y le dio el papel al jefe.

—Crea, príncipe —decía Dolgorúkov—, que esto no es más que un ardid, se retira y ha ordenado a la retaguardia encender unos fuegos y hacer ruido para engañarnos.

«Y a ellos qué les importa —pensaba Rostov, cayéndose de sueño—, da igual.»

—Qué puede ser eso —dijo el príncipe Bagratión—, ahora lo sabremos. —Y el príncipe Bagratión ordenó que enviaran un escuadrón de cosacos a revisar la zona que se encontraba mucho más a la derecha de los fuegos—. Si el ruido y los fuegos se han dejado solo en la retaguardia, ese sitio de la derecha, donde mando a los cosacos, ya no debe estar ocupado.

Después de diez minutos de espera, durante los cuales siguieron los gritos y los fuegos en el lado del enemigo, en el silencio de la noche se escucharon, desde esa zona de la derecha hacia donde se habían dirigido los cosacos, unos cuantos disparos de fusil, y el escuadrón de cosacos, a los que se había ordenado retroceder si el enemigo abría fuego contra ellos, salió al trote desde la montaña.

—Vaya —dijo el príncipe Bagratión al escuchar los disparos—, no, es evidente que no todos se han ido, príncipe. Hasta mañana por la mañana. Mañana lo sabremos todo —dijo el príncipe Bagratión y siguió adelante hacia la casa que ocupaba.

«Hasta mañana, hasta mañana —pensó Rostov, siguiendo a los generales—. Mañana veremos si nos matan o no, pero hoy hay que dormir.» Y casi escurriéndose del caballo se quedó a dormir allí, en el ala que ocupaba el príncipe Bagratión sin siquiera quitarse la gorra, con la cabeza apoyada en la barandilla.

Si la vista de Nikolai Rostov hubiera podido penetrar a través de la niebla de la noche otoñal, penetrar hasta donde ardían los fuegos del enemigo cuando iba por las líneas de la avanzadilla, entonces en un lugar de la avanzadilla francesa, a una distancia no mayor de mil pasos de él, hubiera visto lo siguiente: sin los fuegos de campamento, en la oscuridad, había carros de fusileros de la infantería, alrededor de los cuales caminaban los centinelas y detrás de los carros sobre el mismo suelo o sobre paja, yacían los soldados franceses envueltos en sus capas y detrás del montón de soldados se alzaba una tienda de campaña. Junto a la tienda se encontraba un caballo de silla y su jinete. Un joven oficial francés salió de la tienda y llamó al sargento. Tras él salió otro francés con uniforme de ayudante de campo. Los cabos llamaron a asamblea y los soldados que estaban dormidos se desperezaron, se levantaron y en cinco minutos se encontraban reunidos alrededor de los dos oficiales.

—¡Soldados! ¡Orden del emperador! —promulgó el oficial, adentrándose en el grupo de la amontonada compañía.

Un soldado de infantería sostenía, cubriéndola con la mano, una vela de sebo, para iluminar el papel. El fuego comenzó a vibrar, se estremeció y se apagó. El oficial se aclaró la voz, esperando la luz. El soldado cogió un manojo de paja, lo fijó a un palo, lo encendió en la hoguera y lo sostuvo por encima de la cabeza del oficial, para darle luz. Apenas un manojo de paja se consumía, otro se encendía y el oficial pudo leer sin interrupciones todo el contenido de la significativa orden del emperador. Mientras el soldado liaba el manojo de paja, el ayudante le dijo al oficial que sostenía la orden:

—Mírelos, y que no haya posibilidad de saber qué es lo que está sucediendo allí —dijo él señalando a los rusos.

—El emperador lo sabe todo —repuso el oficial de infantería—. ¡Atención!

Y comenzó a leer la orden con cierto énfasis, como en el teatro.

Durante la lectura tres jinetes se acercaron y se detuvieron tras las filas de soldados que escuchaban la orden. Tras la lectura el oficial agitó el papel por encima de la cabeza y gritó: «¡Viva el emperador!». Y los soldados elevaron al unísono un alegre grito. En este instante un jinete con un sombrero de tres picos y un capote gris, se adelantó hacia el grupo iluminado por el manojo de paja. Era el emperador. La mayoría de los soldados vieron su rostro y a pesar de la sombra oscura que cubría la parte superior del mismo a causa del sombrero, le reconocieron en el acto, y abandonando la formación a causa de la alegría, le rodearon.

Los gritos se elevaron más y más, de tal modo que resultaba incomprensible cómo tan pocos soldados podían gritar tan alto. A uno de los soldados se le ocurrió encender dos manojos de paja más, para iluminar más el rostro del emperador, otros soldados siguieron el ejemplo del primero y en todas las líneas ardieron manojos de paja. Los soldados de las compañías y los regimientos vecinos corrieron hasta el lugar en el que se encontraba el emperador y se esparcieron más y más por las líneas las luces de los manojos de paja, y se generalizaron más y más los gritos que eran cada vez más intensos.

Y esos eran los gritos y los fuegos que sorprendieron aquella noche no solamente a Rostov, Bagratión y Dolgorúkov, sino a todos los regimientos de la avanzadilla del ejército ruso que ya se encontraban en el campo de Austerlitz.

Nosotros buscábamos a Napoleón y creíamos sorprenderle en franca retirada, incluso temíamos no tener tiempo de alcanzarle. Nuestro ejército se movía apresurada y desordenadamente (eso que estaba tan detalladamente concebido en los planos y los mapas, no podía estar más alejado de su cumplimiento en la realidad); y por eso al empezar el día, al encontrarnos con los franceses sin haber tenido tiempo de ocupar las posiciones que debíamos haber ocupado, no teníamos ninguna posición excepto aquella en la que nos había sorprendido el alba. El mismo Napoleón habiendo recibido informes de algún traidor sobre nuestras intenciones, o adivinándolas, escogió la mejor posición frente al Brünn y además de esto en lugar de retroceder como nosotros habíamos supuesto hizo avanzar a todo el grueso de su ejército a la misma línea de su avanzadilla.

Esos fuegos y gritos que sorprendieron a los nuestros en la víspera eran gritos de salutación al emperador y los manojos de paja encendida, con los que los soldados corrían tras él cuando pasaba revista en la avanzadilla, estaban preparando a sus regimientos para la batalla.

La víspera de la batalla, en la que pensábamos cogerle de improvisto, en el ejército francés se había leído la siguiente orden de Napoleón:

¡Soldados! El ejército ruso se enfrenta a nosotros para vengar el ejército austríaco de Ulm. Son los mismos batallones que aniquilasteis ante Hollabrunn y que habéis perseguido sin tregua hasta este lugar. Las posiciones que ocupamos son formidables y mientras avancen para envolverme por la derecha, ¡me dejarán su flanco al descubierto! ¡Soldados! Yo mismo guiaré vuestros batallones. Me mantendré alejado del fuego, si vosotros con vuestra acostumbrada valentía lleváis a las filas enemigas el desorden y la confusión; pero si por un momento la victoria fuera dudosa, veríais a vuestro emperador exponerse a la primera línea de fuego del enemigo porque no puede haber vacilación en la batalla, especialmente en este día en el que se trata del honor de la infantería francesa, tan necesario para el honor de nuestra nación.

Que no se rompan filas con la excusa del repliegue de los heridos. Cada uno debe estar bien compenetrado con la idea de que es necesario vencer a estos lacayos de Inglaterra, a los que tan grande odio mueve contra nuestra nación. Esta victoria finalizará nuestra campaña y podremos volver a los cuarteles de invierno donde nos aguardan las nuevas tropas francesas, que se forman en Francia; y entonces la paz que yo acordaré será digna de mi nación, de vosotros y de mí.

Napoleón

Así que la ventaja de la sorpresa estaba de su parte. Esperábamos la ventaja de nuestra posición y de nuestro ataque sorpresa y nos encontramos con su ataque por sorpresa sin ocupar ninguna posición. Nada de esto impedía que el plan de ataque propuesto por los austríacos fuera muy bueno y que pudiéramos cumplirlo con exactitud, derrotar el ala derecha de Napoleón, guardando el centro, hacerlo retroceder a las montañas de Bohemia, cortándole el camino de Vensk. Todo esto podía haber sido si de nuestra parte hubiera habido no un cuantioso ejército, los más mortíferos cañones, las armas de batalla más novedosas y mortíferas, una gran organización en el abastecimiento de alimentos, incluso no el arte militar de los jefes del ejército, pero si de nuestro lado hubiera estado algo que no se puede pesar, contar, ni definir, pero que siempre y ante cualquier circunstancia de desigualdad ha decidido, decide y decidirá la suerte en una batalla, es decir, si los nuestros hubieran tenido una mejor disposición de ánimo.

La noche era oscura, nubosa, de vez en cuando se veía la luna, las hogueras ardieron toda la noche en ambos campamentos, que se encontraban a una distancia de cinco verstas el uno del otro. A las cinco de la mañana aún era de noche cerrada, el ejército del centro, la reserva y el flanco izquierdo aún se mantenían inmóviles y en el flanco derecho ya comenzaban a moverse las columnas de infantería, caballería y artillería que debían ser las primeras en abandonar las colinas, atacar el flanco izquierdo francés y hacerle retroceder a las montañas de Bohemia. El humo de las hogueras a las que se había arrojado todo lo superfluo, hacía que los ojos escocieran. Estaba oscuro y hacía frío. Los oficiales bebían té y desayunaban apresuradamente. Los soldados mascaban pan seco, golpeaban el suelo con los pies para calentarse y se reunían alrededor del fuego al que se arrojaba todo lo que fuera de madera para encenderlo y poder fumar.

Los guías de columna austríacos pasaban entre las tropas rusas provocando burlas y esa era la señal de que el ejército pronto iba a ponerse en marcha. Tan pronto como un austríaco se acercaba al comandante de un regimiento todo comenzaba a agitarse. Los soldados salían corriendo de las hogueras para formar, metiendo las pipas en la caña de las botas, los oficiales recorrían las filas, los cocheros y los ordenanzas alistaban los caballos, montaban y acomodaban los carros y a una orden se ponían en marcha, se santiguaban, se oía el patear de miles de botas y las columnas se movían sin saber adónde y sin poder ver a causa de los que les rodeaban y de la niebla que se espesaba más en el territorio en el que se adentraban.

Los soldados se movían en el regimiento lo mismo que un marinero en un barco. Por muy lejos que vaya y por peligrosas y terribles que sean las latitudes en las que se adentre, siempre reconocerá su entorno, como un marinero reconoce la misma cubierta, los mástiles, las jarcias, del mismo modo el soldado ve a los mismos compañeros, filas, bayonetas, mandos. Rara vez el soldado se interesa por conocer la latitud en la que se encuentra su barco. Pero el día de la batalla, Dios sabe cómo y por qué, en el mundo moral del ejército se escucha una nota grave para todos, que suena como el acercamiento de algo decisivo e importante. Los soldados intentan con excitación escapar de los intereses de su regimiento, escuchan, observan y preguntan ávidamente, que es lo qué sucede alrededor de ellos. La niebla se hizo tan espesa que a pesar de que había amanecido no se podía ver a diez pasos de distancia. Los arbustos parecían árboles gigantescos y las explanadas precipicios y pendientes. En cualquier parte, en todos lados, era posible toparse con un enemigo que resultaba invisible a diez pasos. Pero las columnas marcharon durante largo rato en esa misma niebla, bajando y subiendo montañas, pasando por huertos y cercados, por una región desconocida, sin encontrarse con el enemigo en ningún sitio. Al contrario, tanto delante como detrás, por todas partes sabían que marchaban columnas del ejército ruso en la misma dirección que ellos. A todos los soldados animaba el saber que muchos, muchos de los nuestros se dirigían al mismo sitio al que ellos iban, es decir, a un lugar desconocido.

—Fíjate, han pasado también los de Kursk —decían en las filas.

—¡Es terrible, hermano, las tropas que han reunido los nuestros! Ayer por la tarde si mirabas a los fuegos que había encendidos, era imposible ver el fin. Era como Moscú, en una palabra.

Aunque ninguno de los jefes de columna se acercaba a las filas ni hablaba con los soldados (los jefes de columna como hemos visto en el consejo de guerra no estaban de humor y llevaban a cabo la tarea descontentos, y por eso cumplían las órdenes y no se preocupaban de animar a la tropa) a pesar de ello los soldados marchaban alegres, como siempre que participaban en una acción, especialmente en un ataque. Pero después de marchar una hora aproximadamente sin salir de la espesa niebla, la mayor parte de la tropa tuvo que detenerse y por la filas cundió una desagradable sensación de desorden y confusión. Esta sensación se transmite de múltiples maneras, aunque es difícil definirlas, pero lo que es indudable es que se transmite con una extraordinaria seguridad y se difunde rápida, imperceptible e inconteniblemente como el agua por una cañada. Si el ejército ruso hubiera estado solo, sin aliados, puede que hubiera pasado aún mucho tiempo hasta que esta sensación de desorden y confusión se convirtiera en una convicción general; pero entonces, cuando se podía buscar con una particular satisfacción y naturalidad la causa del desorden en la torpeza austríaca todos se convencieron de que había un enorme barullo causado por esos devoradores de salchichas.

—¿Qué sucede? ¿Es que está cerrado el paso? ¿O es que ya hemos tropezado con los franceses?

—No, no se escucha nada. Y hubieran abierto fuego.

—Tanta prisa para partir y resulta que partimos y nos detienen sin sentido en mitad del campo, son estos malditos alemanes que se equivocan. Son unos estúpidos.

—Yo les dejaría pasar delante. Apuesto que están acurrucándose detrás y aquí estamos ahora sin comer.

—¿Y qué, va a ser pronto? Dicen que la caballería ha cerrado el paso —decía un oficial.

—¡Esos malditos alemanes no conocen su propio territorio! —decía el otro.

—¿De qué división sois? —gritó un ayudante de campo acercándose.

—De la dieciocho.

—Entonces, ¿qué hacéis aquí? Ya hace tiempo que deberíais haber pasado adelante, así no llegaréis hasta la noche.

—Qué órdenes tan estúpidas; ellos mismos no saben lo que hacen.

Después se acercó un general que gritó algo enfadado en un idioma que no era ruso.

—Bla, bla. ¿Qué es lo que dice? No se entiende nada —decía un soldado cuando el general se alejó—. Yo fusilaría a todos esos canallas.

—A las nueve debíamos estar en nuestros puestos y ni siquiera hemos hecho la mitad del camino. ¡Menudas órdenes!

La causa del barullo se resumía en que durante el movimiento de la caballería austríaca, que iba por el flanco izquierdo, esta había tenido que cruzar al lado derecho. Unos cuantos miles de soldados de caballería avanzaron a la cabeza de la infantería y esta tuvo que esperar.

Por delante se produjo una discusión entre el guía de la columna austríaco y un general ruso. El general ruso gritaba con rabia, exigiendo que detuviera a la caballería. Y el austríaco intentaba demostrar que él no era el culpable sino el mando superior. Entretanto las tropas esperaban de pie, aburriéndose y desanimándose. Finalmente después de una hora de retraso, los ejércitos siguieron avanzando y comenzaron a bajar una colina. La niebla que se había formado arriba se espesaba aún más en la llanura donde bajó el ejército. De pronto, en la niebla se escuchó un disparo, luego otro y en la cañada del riachuelo Goldbach comenzó la batalla.

Sin contar con encontrar al enemigo abajo donde el riachuelo y habiendo tropezado con él por casualidad en la niebla, sin escuchar palabras de aliento de los mandos superiores y con la impresión compartida por toda la tropa de que se habían retrasado y lo más importante: metidos en una espesa niebla sin ver nada delante ni alrededor suyo, los rusos se tiroteaban con el enemigo lenta y perezosamente, avanzaban y se volvían a detener sin recibir ni una sola orden de los mandos ni de los ayudantes de campo durante ese tiempo, que erraban por la niebla de aquel terreno desconocido, sin encontrar sus tropas.

Así comenzó la batalla para la primera, segunda y tercera columnas, que habían bajado a la llanura. La cuarta columna con Kutúzov al frente se encontraba en la loma de Pratzen. En la llanura, donde había comenzado la acción, todavía había una espesa niebla, más arriba había aclarado, pero nada podía verse de lo que estaba sucediendo abajo. ¿Estaban todas las tropas del enemigo a diez verstas de nosotros como habíamos supuesto o estaba aquí en medio de la niebla? Nadie lo supo hasta las nueve.

XIII

Eran las nueve de la mañana. Un completo mar de niebla se extendía abajo, pero en la altura de la aldea de Szlapanitz en la que se encontraba Napoleón, rodeado de sus mariscales, había aclarado completamente. Sobre él se elevaba el claro cielo azul y la enorme esfera del sol navegaba como una roja bola hueca sobre la superficie del lechoso mar de niebla. Ni todo el ejército francés, ni el propio Napoleón con su Estado Mayor se hallaban ya en la otra orilla del río o en las aldeas de Sokolnitz y Szlapanitz, en las que debíamos tomar posiciones y lanzar el ataque, sino en esta orilla, tan cercana a nuestras tropas, que Napoleón podía a simple vista distinguir un soldado de caballería de uno de infantería. Napoleón se encontraba un poco adelantado a sus mariscales sobre ese mismo caballo gris y con el mismo sombrero y capote con el que el día anterior había visitado los puestos de la avanzadilla. El mismo rostro inmóvil, indiferente y majestuoso estaba ahora iluminado por el brillante resplandor de la mañana. Observó durante largo rato las colinas, que era como si emergieran del mar de niebla y sobre las cuales, en la lejanía, se movía el ejército ruso y escuchaba el ruido de los disparos en la cañada. Sus conjeturas parecían ser ciertas.

Una parte de las tropas rusas ya había bajado a la cañada, los estanques y los lagos, una parte desocupaba las alturas de Pratzen que él tenía la intención de atacar y que consideraba que eran posiciones clave. Veía esa isla, en medio de la niebla, que formaban las dos colinas y la aldea de Pratzen que se encontraba en la sima que se formaba entre ellas, veía cómo se movían las relucientes bayonetas rusas avanzando por este desfiladero y por ambos lados de la aldea y todas siguiendo una única dirección hacia la cañada desaparecían en el mar de niebla. Según las noticias que había recibido por la noche, por el ruido de las ruedas y de los pasos que se escuchaban por la noche en los puestos de la avanzadilla, por el desordenado movimiento de las columnas rusas, según todas las conjeturas veía claramente que los aliados le creían lejos, que las columnas que se movían cerca de Pratzen constituían el centro del ejército ruso y que el centro ya se había debilitado lo suficiente para atacarlo con éxito. Pero aún no ordenaba lanzarse al ataque.

Aquel era para él el día solemne de su coronación. Antes del alba había dormido unas cuantas horas y fuerte, alegre y descansado con esa feliz disposición de ánimo con la que todo nos parece posible y todo se consigue, montó a caballo y se dirigió al campo. Estaba inmóvil, mirando a las colinas que se iban haciendo visibles entre la niebla y en su hermoso rostro de veintiocho años había el mismo matiz de felicidad segura de sí misma y bien merecida que aparece en el rostro de un feliz y enamorado muchacho de dieciséis años. Los mariscales estaban algo alejados de él y no se atrevían a distraer su atención. Miraba bien a las colinas de Pratzen, bien al sol que emergía de la niebla. Cuando el sol hubo salido completamente de la niebla y comenzó a brillar con un deslumbrante resplandor sobre los campos y la niebla (como si él solo estuviera esperando a esto para empezar la acción), quitándose el guante hizo un gesto con su hermosa y blanca mano a los mariscales. Ellos se acercaron a él y dio orden de comenzar la batalla. Los mariscales, en compañía de los ayudantes de campo, galoparon en diversas direcciones y tras unos instantes el grueso de las fuerzas del ejército francés se movía con presteza hacia las colinas de Pratzen, que las tropas rusas evacuaban progresivamente descendiendo hacia la izquierda en la cañada donde cada vez se intensificaba más el infructuoso tiroteo.

Kutúzov entró a caballo en Pratzen al frente de la cuarta columna, la que debía ocupar el puesto de la columna de Przebyszewski y Langeron que ya habían descendido. Saludó a los miembros del primer regimiento y dio orden de avanzar, mostrando así que tenía la intención de conducir él mismo esa columna. Al entrar en la aldea de Pratzen se detuvo considerando lo que iba a ser el campo de batalla.

El príncipe Andréi se encontraba al lado del comandante en jefe, entre un montón de personas de su séquito. El príncipe Andréi había reflexionado y sufrido tanto durante esa noche que él mismo se sorprendía de su tranquilidad a pesar de que no había pegado ojo. Esa mañana sentía que las capacidades de su alma no excedían los límites de la observación y la actividad física (podía verlo todo, notar, acordarse de todo sin entrar en reflexiones, podía hacer todo, pero no le parecía suficiente) y por eso se sentía especialmente preparado para lo que puede hacer un hombre. Se encontraba al lado de Kutúzov y miraba atentamente a lo que sucedía delante y alrededor suyo.

Eran las nueve de la mañana, el aire era frío, seco y cortante aunque no había viento. La niebla que se había formado por la noche había dejado en las colinas solamente escarcha que se había transformado en rocío pero en la cañada aún se extendía un mar lechoso. No podía verse nada en el lado izquierdo de la cañada donde descendían nuestras tropas y desde donde llegaba el ruido de los disparos. Sobre las colinas se elevaba el claro cielo y a la derecha emergía el enorme disco solar sobre la niebla. El sol parecía un esférico flotador rojo que balanceándose flotaba sobre la superficie del mar de bruma. Adelante a lo lejos en esa orilla del mar de niebla se veían emerger colinas boscosas, en las que debía encontrarse el ejército enemigo. A la derecha se veía a la guardia sumergirse en los dominios de la niebla con el retumbar de pasos y ruedas y el brillo de las bayonetas; a la izquierda la misma masa de caballería, infantería y artillería se acercaban y desaparecían en el mar de niebla. Próximas a él el príncipe Andréi veía todas esas figuras conocidas y poco interesantes de Kozlovski, Nesvitski y otros. Adelante, sobre un caballo no muy alto, se divisaba la espalda encorvada de Kutúzov.

Kutúzov le parecía aquel día al príncipe Andréi una persona completamente diferente de la que había conocido en su buena época. No había en él esa oculta seguridad y la anciana tranquilidad del silencioso desprecio hacia la gente y la fe en sí mismo que el príncipe Andréi apreciaba de él. Ese día el comandante en jefe parecía extenuado, aburrido e irritado.

—Diga de una vez que formen columnas en el batallón y que envuelvan la aldea —dijo con enojo a un general subalterno—. ¿Cómo es que no comprende, Su Excelencia, muy señor mío, que no se puede hacer desfilar así al ejército por una calle de un pueblo cuando se marcha contra el enemigo?

—Planeaba hacerles formar delante del pueblo, Su Excelencia —respondió el general. Kutúzov se echó a reír con cólera.

—¡Muy buena idea eso de formar a la vista del enemigo, muy buena idea!

—Su Excelencia, según la disposición, debemos avanzar aún tres verstas hasta las filas enemigas.

—La disposición… —gritó colérico Kutúzov—. ¿Y quién le ha dicho eso? Haga el favor de hacer lo que le mando.

—¡A sus órdenes!

—Bueno, querido —le susurró al príncipe Andréi Nesvitski, que seguía en su sitio con un aspecto simpático seguro y procaz—, parece que el viejo está de muy mal humor.

Hasta Kutúzov se acercó un oficial austríaco con un penacho verde y uniforme blanco y le preguntó en nombre del emperador si la cuarta columna había entrado en acción.

Kutúzov, sin responderle, frunció el ceño, se volvió y su mirada tropezó involuntariamente con la del príncipe Andréi que se encontraba a su lado. Al reparar en Bolkonski, la expresión de rabia y mordacidad de la mirada de Kutúzov se suavizó, como si reconociera que su ayudante de campo no tenía culpa alguna de lo que sucedía. Y sin responder al ayudante de campo austríaco, se volvió a Bolkonski:

—Vaya a enterarse, querido, de si han dispuesto ya a los tiradores —dijo él—. ¡Qué hacen! ¡Qué hacen! —dijo para sí, aún sin responder al austríaco.

Efectivamente habían olvidado situar tiradores delante de las columnas y el príncipe Andréi ordenó al mando más cercano de parte del comandante en jefe que enmendara el descuido.

La niebla ya se había dispersado completamente. Eran las diez de la mañana, ya habían pasado más de cuatro horas desde que Napoleón, a quien nosotros creíamos a diez verstas de nuestras tropas, pero que se encontraba con todo su ejército allí, en ese mar de niebla que se extendía a nuestro alrededor, hubiera dado a los mariscales orden de atacar. El tiroteo en el flanco izquierdo en la cañada se había hecho más intenso, frecuente y audible y los caballos que montaban Kutúzov y su séquito levantaban las orejas al escucharlo. Y el comandante en jefe, decrépito y sin fuerzas, con su grueso cuerpo abandonado sobre la silla de montar y con las abultadas mejillas descolgadas, montaba en silencio, con la cabeza abandonada hacia delante y aún no daba la orden de avanzar a la cuarta columna, que él comandaba.

En ese momento, a las diez, a la espalda de Kutúzov se oyó a lo lejos el sonido de las salutaciones de los regimientos y comenzó a acercarse por la prolongada línea de las columnas rusas. Era evidente que aquel a quien saludaban avanzaba con rapidez. Cuando gritaron los soldados del regimiento que comandaba él, se hizo a una lado y miró. Parecía como si galopase por el camino de Pratzen todo un escuadrón de jinetes de variados colores. Dos de ellos cabalgaban juntos delante de los demás. Uno vestía un uniforme negro con un penacho blanco montando un caballo alazán, el otro llevaba un uniforme blanco y montaba un caballo negro. Eran los dos emperadores con su séquito. Kutúzov, con la afectación del veterano que se encuentra en el frente, ordenó formar y saludar al emperador. Toda su figura y sus modales cambiaron repentinamente. Adoptó el aire de un subalterno que no discurre. Él, actuando con una afectada elegancia y respeto, que era evidente que sorprendía desagradablemente al emperador Alejandro, se acercó, saludó e informó.

La impresión desagradable pasó solo como una pequeña nube en un claro cielo por el juvenil y feliz rostro del emperador. Estaba un poco más delgado esos días tras la indisposición, que en el campo de Olmütz donde le vio Bolkonski por primera vez en el extranjero; pero en sus hermosos ojos grises había la misma fascinadora mezcla de majestuosidad y dulzura y en los finos labios la misma expresividad y sobre todo el aire de inocente y bondadosa juventud.

En la revista de Olmütz resultaba más majestuoso, ahora parecía más alegre y enérgico. Estaba algo sofocado después de galopar esas tres verstas y deteniendo el caballo respiró hondo y miró a los rostros de los miembros de su séquito, tan jóvenes y animados como el suyo. Allí se encontraban también el mono bonito de Czartoryski, y la original figura de Novosíltsev y el príncipe Volkonski y Stróganov, todos ellos jóvenes apuestos, elegantes y ricamente vestidos montados en hermosos caballos bien cuidados y de refresco aunque ligeramente sudados. El emperador Francisco, un joven rubicundo de rostro alargado, mantenía la cabeza y el cuerpo erguidos, montando un potro negro extraordinariamente hermoso y tenía un aire apuesto y tranquilo. Miraba en silencio a su alrededor manteniendo la cabeza alta. Preguntó algo con aspecto significativo a uno de sus ayudantes de campo con uniforme blanco. «Seguramente le está preguntando a qué hora salieron», pensó el príncipe Andréi con una sonrisa que no pudo contener, observando con curiosidad a su viejo conocido. En el séquito del emperador había una representación de jóvenes oficiales rusos y austríacos, del ejército y de la guardia. Entre ellos, cubiertos con gualdrapas bordadas iban guiados por los palafreneros, los caballos de refresco de los zares, de una excepcional hermosura.

Como si a través de una ventana abierta hubiera entrado de pronto un fresco viento campestre a una habitación llena de un aire viciado, así fue como la juventud, energía y seguridad en la victoria de esta brillante juventud en cabalgata irrumpió en el lugar. Así al menos le pareció al príncipe Andréi mirándoles. Parecía haber tal vigoroso ímpetu en esa brillante pléyade, que parecía que nadie podía resistirse frente a ellos. Dándole la espalda a Kutúzov el emperador Alejandro miró el campo de batalla, deteniéndose en particular en el lugar en el que se escuchaban los disparos de los fusiles y en francés, con una sonrisa y con lástima, le dijo algo a uno de los que le rodeaban. El príncipe Andréi estaba seguro a pesar de no haber escuchado las palabras, de que el emperador expresaba su lástima porque a causa de su posición, le era imposible estar allí en la línea de fuego donde se decidía la suerte de la batalla hacia donde un íntimo sentimiento le arrastraba.

—¿Por qué razón no comienza, Mijaíl Lariónovich? —le dijo el emperador Alejandro a Kutúzov con una cariñosa sonrisa y mirando al mismo tiempo cortésmente al emperador Francisco.

—Estoy esperando, Su Excelencia, —respondió Kutúzov inclinándose respetuosamente.

—Pero no estamos en Tsaritsyn Lug, donde no se comienza el desfile hasta que todo el regimiento ha llegado —dijo con un leve reproche, mirando de nuevo cortésmente a los ojos del emperador Francisco como si le invitara si ya no a tomar parte, sí a escuchar lo que él decía; pero el emperador Francisco que continuaba mirando en derredor meneó la cabeza.

—Por eso es por lo que no empiezo, señor —dijo Kutúzov cuyo rostro se estremeció y por el que pasó una sombra de enfado—, por eso es por lo que no empiezo, señor —dijo él con un tono cortante y sonoro—, porque no estamos ni en un desfile ni en Tsaritsyn Lug.

En todos los rostros del séquito del zar, que por un momento se miraron los unos a los otros, se reflejó una queja y un reproche. «Por muy viejo que sea no debería, de ninguna manera hablar así», decían esos rostros.

El zar miró fija, cariñosa y atentamente a los ojos de Kutúzov esperando que dijera algo más.

—Pero si Su Excelencia lo ordena —dijo Kutúzov cambiando de nuevo al anterior tono inexpresivo, del general obediente que no discurre.

Espoleó al caballo y dio la orden de atacar.

El ejército comenzó a organizarse y dos batallones del regimiento de Nóvgorod y del batallón de Apsheron avanzaron por delante del emperador.

En el momento en que pasaba el batallón de Apsheron la singular figura de un pequeño general que involuntariamente sorprendía por su agilidad y presunción, sin capote, vestido con uniforme y condecoraciones y un sombrero de ala ladeado con un enorme penacho hizo avanzar a su caballo hacia delante y saludando marcialmente, lo detuvo frente al emperador. Bolkonski no pudo reconocer al instante en ese belicoso general de ojos brillantes y el rostro vuelto hacia arriba al mismo Milodarowicz que había tratado de tan buena fe no dormirse en el consejo de guerra que había tenido lugar la tarde de la víspera.

—¡Vaya con Dios, general! —le dijo el emperador.

—Su Excelencia, haremos todo lo posible —respondió él alegre, sin vacilación y solemnemente aunque sin dejar por ello de provocar una sonrisa burlona en los miembros del séquito del emperador por su mal francés. Milodarowicz hizo girar bruscamente a su caballo y se puso un poco por detrás del zar.

Los soldados del regimiento de Apsheron, animados por el ruido de los disparos y por la presencia del emperador, pasaron por delante del mando con paso vivo y marcial.

—¡Muchachos! —gritó con voz fuerte, segura y alegre Milodarowicz, que estaba hasta tal punto animado por el ruido de los disparos, el ansia de batalla y ante la vista de los jóvenes del batallón que eran ya sus compañeros en época de Suvórov en la campaña de Italia, que incluso se olvidó de la presencia del emperador—. ¡Muchachos! No es la primera vez que tomáis una aldea —gritó él y espoleando el caballo precipitadamente y saludando de nuevo al emperador, siguió cabalgando hacia delante.

El caballo del emperador hacía extraños a causa de la impaciencia. (Era el mismo caballo que montara ya en las revistas en Rusia y ahora en el campo de Austerlitz llevando a su jinete, soportando los distraídos golpes de su pie izquierdo, levantaba las orejas al oír el ruido de los disparos exactamente igual que lo había hecho en el Campo de Marte, sin entender el significado de los disparos que escuchaba ni la cercanía del negro potro del emperador Francisco ni nada de lo que hablaba, pensaba, y sentía ese día aquel que le montaba.)

El emperador sonrió aprobatoriamente tanto al inadecuado y marcial proceder de Milodarowicz como a lo que hacía uno de los soldados del batallón de Apsheron que iba en el flanco. Este soldado al escuchar el grito del general se estremeció y quiso él mismo gritar: «a sus órdenes», pero después reflexionó, desistió de su empeño y guiñó marcialmente a Milodarowicz que se alejaba cabalgando. Fue la última vez que Bolkonski vio al emperador con esta sonrisa en el rostro.

Kutúzov, acompañado de sus ayudantes de campo, siguió al paso tras los carabineros.

Kutúzov recorrió media versta tras la columna y se detuvo ante Pratzen frente a una solitaria casa abandonada (que seguramente había sido una taberna), en el cruce de dos caminos. Los dos caminos descendían por la montaña. Aunque de la niebla ya solo quedaban jirones sobre la cañada y el sol como deslumbrantes lenguas de luz se vertía sobre los campos, los bosques y las colinas, aún no se podía ver al enemigo y las tropas y el mando avanzaban sin apresurarse, aún aguardando el choque. Kutúzov condujo parte del regimiento de Nóvgorod por el camino de la izquierda y una parte más pequeña del batallón de Apsheron por la derecha. Se puso a conversar con un general austríaco.

El príncipe Andréi que se encontraba algo por detrás observaba a los generales rusos y austríacos que se encontraban cerca de él, y a los ayudantes de campo. Ninguno de ellos tenía un aspecto natural y él los conocía a todos, todos por igual trataban de adoptar un aspecto perspicaz, marcial o despreocupado, pero no resultaba natural. Uno de los ayudantes tenía un catalejo y miraba por él.

—Miren, miren —dijo él—. Son los franceses.

Dos o tres generales y ayudantes de campo tomaron el catalejo quitándoselo los unos a los otros y todos los rostros cambiaron de pronto y adoptaron una expresión completamente natural. En todos ellos se reflejó el miedo y la perplejidad. El príncipe Andréi como reflejado en un espejo vio en sus rostros lo que sucedía más adelante.

—Es el enemigo… no. Sí, mire. Son ellos. Está claro. Pero ¿qué es esto? —se escuchaba.

Kutúzov miró por el catalejo y se acercó al general austríaco.

El príncipe Andréi miró adelante y a simple vista vio más abajo a la derecha a los franceses que iban al encuentro de la columna de Apsheron a una distancia no mayor de ochocientos pasos de él. La batería que iba al frente alistó armas, abrió fuego, se escuchó una intensa descarga de los fusiles y por un momento todo se cubrió por el humo.

El recuerdo del brillante ataque de Schengraben surgió vivamente en la mente del príncipe Andréi. Del mismo modo marchaban ahora las tropas francesas con sus capotes y zapatos azules y del mismo modo se dirigían a su encuentro entonces los granaderos de Kíev, así venían ahora los franceses, solo que iban por los señores de Nóvgorod y los gallardos jóvenes de Apsheron. Al príncipe Andréi no le entraba en la cabeza que el resultado de ese ataque pudiera ser distinto que el que había presenciado en Schengraben y esperaba con seguridad la primera salva de los franceses, después «hurra» y la fuga de los franceses y nuestra persecución. Pero todo estaba oculto por el humo, los disparos se fundían en un solo sonido y no se podía divisar nada. Cerca de la taberna corrían hacia delante soldados rusos de infantería. Esto no duró más de dos minutos. Pero resultó que el ruido de las descargas comenzó a acercarse en lugar de alejarse y al límite de su asombro el príncipe Andréi sintió que Kutúzov hacía un gesto de desesperación. Un soldado herido pasó corriendo con un grito de dolor al lado de la taberna, luego un segundo, un tercero y una multitud de soldados y oficiales corrieron tras ellos apartando bruscamente del camino a Kutúzov y a su séquito. Una mezcla de rusos y austríacos acrecentando la multitud corrían hacia atrás hacia el lugar en el que cinco minutos antes habían desfilado delante del emperador. Bolkonski miraba sin dar crédito y sin fuerzas para comprender lo que estaba sucediendo ante sus ojos.

Buscaba con los ojos el rostro de Kutúzov para obtener de él la aclaración de lo que estaba sucediendo. Pero Kutúzov, reculando hacia el sitio en el que se encontraba Bolkonski, le decía algo rápidamente, con gestos, al general que se encontraba cerca de él. Nesvitski, que había sido enviado adelante con el rostro rabioso y colorado, tan distinto a sí mismo, gritaba que las tropas huían y le rogaba a Kutúzov que retrocediera, afirmando que si no le hacía caso sería hecho prisionero por los franceses, que ya se encontraban a doscientos pasos de ellos. Kutúzov no le respondía y Nesvitski, con un aspecto de rabia tal que el príncipe Andréi jamás había visto ni habría podido imaginarse en él, se dirigió a él:

—No lo entiendo —gritaba—, todos huyen, hay que marcharse, nos matarán a todos o nos masacrarán como a ovejas.

El príncipe Andréi, apenas conteniendo el temblor de su mandíbula inferior, se acercó a Kutúzov.

—Deténgalos —gritaba el comandante en jefe, señalando a un oficial del regimiento de Apsheron que habiendo recogido el abrigo pasó al trote por su lado con la multitud que cada vez era más numerosa—. ¿Qué es esto? ¿Qué es esto?

El príncipe Andréi salió al galope tras el oficial y alcanzándole le gritó:

—¿Acaso no oye, señor mío, que el comandante en jefe le ordena que vuelva?

—Ah, si eres tan listo anda tú mismo —dijo groseramente el oficial que era evidente que bajo la influencia del pánico había perdido cualquier noción de superior e inferior y de cualquier tipo de subordinación. En el preciso momento en el que el príncipe Andréi salía al galope entre los otros soldados y había conseguido abrirse camino, golpeando a su caballo en la panza, la muchedumbre que iba aumentando continuaba su carrera directamente a Pratzen al mismo sitio en el que se encontraban los emperadores y su séquito.

Las tropas corrían en un multitud tan espesa, que una vez que te atrapaba era difícil salir de ella. Alguien gritaba: «¡Vamos! ¿Por qué te demoras?». Alguien, volviéndose en ese momento, disparó al aire, alguien golpeó el caballo que montaba el príncipe Andréi. Bolkonski entendió rápidamente que era imposible llegar incluso a pensar en detener a los que corrían y que lo único que podía hacer era librarse de esa masa, donde a cada minuto se arriesgaba a ser abatido junto con su caballo, aplastado o alcanzado por una bala y acercarse al comandante en jefe con el que podía albergar la esperanza de morir con dignidad. Con un grandioso esfuerzo logró librarse de la riada de gente y hacerse a la izquierda, saltó unos arbustos que se encontraban al lado del camino, vio más adelante en el medio del batallón de infantería el penacho de los miembros del séquito de Kutúzov y se acercó a ellos.

En el séquito de Kutúzov tras esos cinco minutos en los que se había ausentado, todo había cambiado. Kutúzov, que había bajado del caballo, se encontraba de pie, dejando caer la cabeza, junto al batallón de Nóvgorod que aún no se había desorganizado completamente un poco más a la derecha del camino, y daba órdenes a los generales que se encontraban ante él a caballo con la mano en la visera.

—Traiga aquí todo lo que encuentre. ¡Váyase! ¡Dígaselo al general Milodarowicz! —gritaba Kutúzov. El ayudante de campo salió al galope a buscar al general sin escuchar estas últimas palabras.

Alrededor de Kutúzov estaban los miembros de su séquito cuyo número se había reducido a la mitad. Algunos estaban a pie y otros continuaban montados a caballo. Todos estaban pálidos, cuchicheaban, miraban adelante y se dirigían sin cesar al comandante en jefe rogándole que se fuera. Sus ojos estaban predominantemente fijos en la batería rusa que se encontraba al frente a la izquierda y que sin cobertura disparaba sobre los franceses, que se encontraban alejados de ella no más de ciento cincuenta pasos. En el momento en el que el príncipe Andréi llegó, Kutúzov, con dificultad, ayudado de un cosaco, se montaba en su caballo. Sentado en el caballo el aspecto de Kutúzov cambiaba y él parecía despertarse, los finos labios se volvían más expresivos, y su único ojo brillaba con un claro resplandor observando todo atentamente.

—Al ataque con las bayonetas. ¡¡¡Muchachos!!! —gritó Kutúzov a un coronel que se encontraba a su lado y él mismo se lanzó hacia delante con su caballo. Las balas no cesaban de volar con un terrible silbido entre las cabezas de Kutúzov y su séquito, y en el momento en el que avanzó, como una bandada de pájaros, volaron con un silbido los proyectiles sobre el batallón y el séquito, alcanzando a algunos hombres. Kutúzov miró al príncipe Andréi. Y esa mirada halagó a Bolkonski. En esa mirada que Kutúzov dirigía a su ayudante de campo favorito, Bolkonski vio la alegría que le causaba verle en ese momento decisivo y el consejo de ser valiente y estar preparado para todo, como si le diera lástima de su juventud. Era como si la mirada de Kutúzov dijera: «A mí, que soy un anciano, esto me es fácil, pero me da pena por ti». Todo esto, sin duda alguna, sucedía solo en la imaginación del príncipe Andréi, en ese momento por su mente pasaban con una extraordinaria claridad un millar de finas líneas de pensamientos y sentimientos, él simplemente observaba, pero en ese momento no pensaba, sobre aquello que había pensado tanto tiempo y de manera tan dolorosa, sobre el momento en el que se encontraba, en el que podía hacer algo grande o morir joven y desconocido.

El batallón se lanzó al ataque y Kutúzov, después de esperar unos minutos, salió también al galope. Pero sin llegar a alcanzar al batallón el príncipe Andréi vio cómo Kutúzov se tocaba con la mano la mejilla y a través de sus dedos brotaba la sangre.

—¡Su Excelencia! Está usted herido —dijo Kozlovski, que con su aspecto sombrío y nada majestuoso iba todo el rato al lado de Kutúzov.

—La herida no está aquí —dijo Kutúzov, deteniendo el caballo y sacando un pañuelo—, sino aquí. —Y señaló adelante a todas las columnas de los franceses que se movían y al batallón, que se detenía.

El mismo disparo con el que había sido herido Kutúzov hirió al comandante del batallón, que se encontraba detrás, mató unos cuantos soldados y al alférez que llevaba la bandera. El comandante del batallón cayó del caballo. La bandera se estremeció y al caerse fue detenida por los fusiles de unos soldados que se encontraban cerca. Las filas de delante se pusieron en pie y unos cuantos disparos desordenados se escucharon en sus filas. Kutúzov apretó el pañuelo teñido de rojo contra la mejilla herida.

—¡Ahhh! —mugió como a causa del dolor Kutúzov, golpeando con las espuelas al caballo y galopando hacia el centro del batallón.

En ese momento a su lado solo quedaban el príncipe Andréi y Kozlovski.

—Qué vergüenza, muchachos, qué vergüenza —gritó Kutúzov con un involuntario tono de sufrimiento en la voz, arrojando el pañuelo al suelo.

Los soldados miraban con incredulidad.

—¡Adelante! ¡Soldados!

Los soldados sin moverse disparaban y no avanzaban a la batería, que ya dejaba de disparar y delante de la cual, a diferentes distancias ninguna mayor de cien pasos, se encontraban los franceses. Pero los franceses avanzaban y los nuestros permanecían quietos, disparando. Era evidente que la suerte de la batalla dependía de quién se arrojara con mayor decisión hacia esos cañones.

—¡Ohhhh! —mugió una vez más Kutúzov con aspecto de desesperación y mirando maquinalmente al pañuelo ensangrentado, como si recordara su juventud, el asalto a Izmailovski, enderezándose de pronto, su único ojo relumbró y se lanzó hacia delante—. ¡Hurra! —gritó él con una voz que evidentemente por su debilidad y su ronco y anciano sonido, no respondía a toda la energía de su estado de ánimo. Escuchando su voz y reparando en su falta de fuerza física, él, como si buscara ayuda con la brillante pupila que ocupaba todo el ojo y con una expresión brutal en el rostro, miró a sus ayudantes.

Kozlovski fue el primero con el que su mirada tropezó. Le rodeó para fijarse en el príncipe Andréi.

—Bolkonski —susurró él con la voz temblorosa a causa de la consciencia de su falta de fuerza—. Bolkonski —susurró él señalando al desordenado batallón y al enemigo—. ¿Qué es esto?

Pero antes de que terminara de decir esas palabras, el príncipe Andréi sintiendo también que lágrimas de vergüenza, rabia y arrebato se le venían a la garganta, ya galopaba hacia delante para cumplir con lo que Kutúzov esperaba de él y para lo que estaba preparado desde hacía tanto. Azuzó el caballo, adelantó a Kutúzov y acercándose hasta la caída bandera, saltó del caballo, sin saber él mismo cómo, y la alzó.

—¡Muchachos, adelante! —gritó con penetrante voz infantil. El caballo, al sentirse libre, resoplando y alzando la cola, con un corto y altivo trote, se alejó de las filas del batallón. Tan pronto como el príncipe Andréi hubo cogido el asta de la bandera diez balas zumbaron cerca suyo, pero ninguna le alcanzó, aunque algunos soldados cayeron a su lado.

—¡Hurra! —gritó el príncipe Andréi y corrió hacia delante con la indudable convicción de que todo el batallón corría tras él. Y ciertamente corrió en soledad únicamente unos pasos. Se le unió un soldado y luego otro y todo el batallón al grito de «hurra» se lanzó hacia delante a la carrera.

Ninguno de los que conocían al príncipe Andréi hubiera creído entonces, viendo su vigorosa y decidida carrera y su rostro feliz, que ese fuera el mismo príncipe Bolkonski que con tal cansancio arrastraba sus pies y su conversación por los salones de San Petersburgo, pero ese era precisamente él, el verdadero, que en ese momento experimentaba mayor placer que el que jamás había experimentado en su vida. Un suboficial del batallón tomó de las manos del príncipe la oscilante bandera, pero en ese preciso instante cayó muerto. El príncipe Andréi levantó de nuevo la bandera y apoyándosela en el hombro corrió hacia delante sin dejar que los soldados le alcanzaran. Ya se encontraba a veinte pasos de los cañones, corrió adelante con su batallón bajo el intenso fuego de los franceses a través de los que caían a su lado, pero en ese instante no pensaba en lo que le esperaba e involuntariamente todas las imágenes de su alrededor se imprimían con colores brillantes en su imaginación. Veía y entendía hasta los más pequeños detalles de la figura y el rostro de un artillero pelirrojo que tiraba de un extremo del escobillón mientras que un soldado francés tiraba del otro. Un poco más allá del soldado, en medio de cuatro cañones, vio al mismo Tushin que tanto le había sorprendido en Schengraben, que se encontraba de pie con aspecto culpable y confuso. Era evidente que Tushin no entendía el significado del momento y como si le divirtiera la comicidad de su situación, sonreía con una sonrisa estúpida y patética, exactamente igual que cuando se encontraba sin botas en la aldea de Grunt en casa del cantinero, ante el oficial superior de guardia y mirando a los franceses que se aproximaban a él amenazadoramente portando fusiles. «¿Es posible que vayan a matarle —pensó el príncipe Andréi—, antes de que nos dé tiempo a llegar?» Pero eso fue lo último que el príncipe Andréi vio y pensó. De pronto, sintió como si un soldado cercano le hubiera golpeado en el lado izquierdo con toda la fuerza de un recio madero. El dolor no fue muy grande pero lo principal es que le resultó desagradable porque ese dolor le distrajo de terminar de atender a lo que estaba presenciando que le interesaba sobremanera. Y he aquí un extraño suceso: Sus piernas cayeron como a un foso, vaciló y cayó. Y de pronto no vio nada más que el cielo —un alto cielo con nubes grises que se deslizaban por él—, nada más que el alto cielo. «¿Cómo es posible que no haya visto antes este alto cielo? —pensó el príncipe Andréi—. Si lo hubiera hecho pensaría de otro modo. No hay nada aparte del alto cielo, pero incluso ni siquiera eso existe, solo hay silencio, paz y sosiego.»

Cuando el príncipe Andréi cayó el desconcierto se apoderó de nuevo del batallón y este echó a correr hacia atrás, sumándose a la confusión de los que huían. La multitud corría hacia los emperadores y su séquito, arrastrándolos consigo al lado de las colinas de Pratzen. Nadie podía detener esta huida e incluso ni conocer la razón de la misma de boca de los que corrían. En el séquito de los emperadores el pánico se vio reforzado por las noticias y la incertidumbre y llegó hasta tal punto que en cinco minutos de todo este brillante séquito de los emperadores no quedaba nadie al lado del zar Alejandro excepto el médico de la corte Villiers y el maestrante Ene.

XIV

El plan de batalla de Austerlitz era el siguiente: el centro del ejército ruso lo constituía la cuarta columna, frente a la que se encontraban los emperadores, el ala izquierda las tropas de Buchsgevden y la derecha el destacamento de Bagratión. Los ejércitos rusos debían avanzar hacia la derecha, formando un ángulo recto del cual uno de sus lados lo compondría la primera, segunda, tercera y cuarta columnas y el otro lado el destacamento de Bagratión. En ese ángulo recto, según habían supuesto los aliados, debían ser detenidas y atacadas las tropas enemigas. Pero Bonaparte, previéndolo, en lugar de esperar el ataque de los aliados en una sola masa, avanzó atacando ese mismo ángulo que constituían las dos líneas de los aliados en el punto de las colinas de Pratzen y habiendo perforado ese ángulo, desgarró el ejército en dos partes de las que una, la mayor, nuestra ala izquierda, se encontraba en el valle entre estanques y arroyos. El ataque de nuestro flanco izquierdo fue débil, falto de simultaneidad, e insuficientemente enérgico, porque por circunstancias imprevistas, la marcha de las columnas fue retenida y llegaron unas cuantas horas después de la hora que tenían fijada. (Las circunstancias imprevistas aparecen más cuanto más vergonzosa resulta la derrota en la batalla.) Todas estas situaciones imprevistas que se repitieron regularmente hicieron que esos 25.000 rusos, en el curso de dos horas fueran contenidos por la división de 6.000 de Frianne y que Napoleón tuviera la oportunidad de dirigir todas sus fuerzas a ese punto que le parecía más importante que los demás, precisamente en las colinas de Pratzen.

En el centro donde se encontraba toda la guardia, debía permanecer más a la derecha la caballería austríaca y la reserva de la guardia, pero por circunstancias imprevistas la caballería austríaca no se encontraba en su sitio y la guardia cayó en primera línea. La guardia avanzó a su hora designada con las banderas desplegadas, música, vistiendo ropas extraordinariamente pulcras y guardando un orden ideal, de ensueño. Los colosales tambores mayores moviendo y arrojando al aire sus mazas, marcharon por delante de los músicos, los oficiales de la caballería jinetearon mil caballos, la infantería fue modestamente, como todos los soldados, a sus puestos y marcaban el paso de todos los regimientos que les seguían, al mismo tiempo. El gran príncipe Konstantin Pávlovich con el coleto blanco de caballero de la guardia real y un brillante casco dorado iba al frente de la guardia montada.

La guardia pasó a través de arroyos en el Walk-mulle y se detuvo siguiendo una versta en dirección a Blazowitz donde ya debía encontrarse el príncipe Lichtenstein. Ante la guardia se divisaron ejércitos que al principio fueron tomados por los nuestros por la columna del príncipe Lichtenstein. El tsesarévich dispuso a la infantería de la guardia en dos líneas con la extensión del frente: en la primera estaban los regimientos de Preobrazhenski y de Semérnov, teniendo al frente de la compañía de artillería del medio, precisamente al gran príncipe Mijaíl Pávlovich, en la segunda, se encontraban el regimiento de Izmáilov y el batallón de cazadores de la guardia. En el flanco derecho de los batallones había dos cañones. Detrás de la infantería estaban dispuestos los leiv-húsares y la guardia montada. Según la disposición, delante de la guardia debía encontrarse la caballería austríaca. Cuando de pronto, de las tropas que se divisaba adelante y que habían sido tomadas por austríacas, voló una bala que desconcertó a todo el destacamento de la guardia y a su mando el gran príncipe. Las tropas que se veían delante no eran nuestras, sino del enemigo, que no solo disparaba sino que había tomado la ofensiva directamente contra la guardia, que no se encontraba moralmente preparada para la acción. Allí, en el centro, exactamente esas mismas circunstancias fatales pero imprevisibles hicieron que la caballería austríaca, debiendo encontrarse frente a la guardia, tuviera que alejarse dado que el emplazamiento en el que estaba colocada, lleno de hoyos y barrancos, impedía la actuación de la caballería y a consecuencia de ello la guardia entró en batalla inesperada e imprevisiblemente y a pesar del brillante ataque del batallón Preobrazhenski y de los caballeros de la guardia real, como dice la historia bélica, esta tuvo que batirse en retirada muy pronto por el mismo camino por el que desde Pratzen se retiraban otras columnas.

Según la orden, Bagratión debía ser el último con su flanco derecho en dar con el enemigo y rematar su derrota, pero se advirtió muy pronto que no solo no se había quebrantado al enemigo en todos los otros puntos sino que este había tomado la ofensiva y por esa razón el príncipe Dolgorúkov se limitaba a defenderse y a retirarse. Al igual que en Schengraben el príncipe Bagratión cabalgó lentamente en su blanco caballo caucasiano frente a las filas, exactamente igual que en aquella ocasión dio muy pocas órdenes e indicaciones, e igual que entonces, la acción de su ala derecha salvó a todo el ejército y él se retiró en completo orden.

XV

Al comienzo de la batalla, sin querer ceder a la demanda de Dolgorúkov de comenzar el ataque, el príncipe Bagratión propuso enviar a su ordenanza de servicio Rostov al comandante en jefe, para dirigirle esta pregunta. Bagratión sabía que por la distancia de casi diez verstas que separaba un flanco del otro, si no mataban a Rostov, lo que era bastante posible y si llegaba a encontrar al comandante en jefe, cosa harto difícil, no alcanzaría a volver antes de la tarde.

—¿Y si encuentro antes al emperador que al comandante en jefe, Su Excelencia? —dijo Rostov con la mano en la visera.

—Le puede preguntar a Su Majestad —le dijo apresuradamente Dolgorúkov interrumpiendo a Bagratión.

Rostov salió al galope sin pensar en el riesgo y sin caber en sí de gozo. Le había dado tiempo a dormir unas cuantas horas antes del alba y se sentía alegre, audaz, decidido, con ese elástico movimiento y seguridad en la suerte, en ese estado de ánimo en el que todo parece posible y fácil. No se acordaba de sus sueños del día anterior de estar cerca del emperador, pero esos sueños eran tan vivos que habían quedado en su imaginación las huellas de lo que había sucedido de verdad. No pensaba entonces ni en el riesgo que corría, ni en el fracaso en presencia del emperador, ni aún menos en la posibilidad del fracaso de nuestro ejército. El emperador estaba con sus tropas, el día era claro, alegre, su alma estaba colmada de gozo y felicidad. «Solo hay que orientarse, para no perder el camino», pensaba él galopando alrededor del bien alineado escuadrón de caballería de Uvárov, que aún no había entrado en acción. Delante suyo escuchó descargas lejanas, que en el fresco aire de la mañana se escuchaban en intervalos de dos o tres disparos, lo que les hacía ser similares a una trilladura infructuosa y que no inspiraban ninguna sensación desagradable ni de horror. Eran sonidos alegres. Por delante de él se divisaban masas de infantería en movimiento. E igual que en la noche del día anterior todo le pareciera confusión, hoy creía firmemente en que todo estaba planeado y que cada uno conocía su posición y deber y aunque esto no fuera así todo iría muy bien. Cuanto más avanzaba las descargas se hacían más intensas y veía menos por delante de él. Acercándose a la guardia, advirtió que algunos jinetes galopaban hacia él. «Kutúzov y el emperador no deben estar muy lejos de aquí», pensó él y espoleó el caballo en la dirección de los jinetes. Eran nuestros leiv-ulanos cuyas desordenadas filas volvían del frente, algunos sobre el caballo y otros muertos y ensangrentados.

Rostov se hizo a la izquierda con su caballo y cabalgó lo más rápido que pudo.

«Yo no tengo nada que ver con eso —pensó—. Tengo que encontrar al comandante en jefe lo antes posible.» No le dio tiempo a avanzar unos cientos de pasos más, cuando a su izquierda, por el mismo camino por el que él iba, surgieron sobre toda la extensión del campo una enorme masa de jinetes montando caballos pardos y negros y vistiendo uniformes, corazas y cascos blancos, que iban al trote directos hacia él. Era el ataque de dos escuadrones de la guardia montada contra la caballería francesa. Rostov lanzó su caballo a todo galope para salir del camino de estos escuadrones que aceleraban la marcha y que a todo galope podían atropellarle. Ya era audible ese sonido tintineante, ese terrible sonido tintineante, ese sonido, que parece el de un huracán, de los caballos que se acercan, ya más de la mitad de la guardia montada galopaba, casi sin poder contener a los enérgicos caballos. Rostov veía sus acalorados rostros de un rojo encendido, ya escuchaba las voces de mando: «Marchen, marchen», cuando Rostov apenas alcanzó a esquivarlos. El caballero de la guardia real que se encontraba en el extremo de la formación, un hombre de colosal envergadura con un rostro lúgubre y de pómulos salientes, que alzaba el sable con furia como si quisiera cercenar incluso su cabeza, hubiera tirado irremisiblemente a Rostov de su Beduin (a Rostov le parecía ser tan pequeño y débil en comparación con esos hombres y caballos tan enormes), si no se le hubiera ocurrido menear la nagaika delante de los ojos de su caballo. El pesado caballo pardo con manchas que parecía tan confuso y agitado como su jinete se apartó bajando las orejas, pero el caballero de la guardia real picado de viruelas le clavó con fuerza las espuelas en los flancos y, el caballo, sacudiendo la cola y estirando el cuello continuó aún más veloz. Apenas hubo esquivado a la caballería escuchó sus gritos: «¡Hurra!», y al mirar vio que sus filas delanteras ya se mezclaban con otras, seguramente las de la caballería francesa con sus rojas charreteras.

Aquel era el brillante ataque de la caballería que sorprendió a los propios franceses. Tiempo después a Rostov le horrorizó escuchar que de toda esa masa de jinetes descomunales y hermosos, de todos esos brillantes y ricos jóvenes, oficiales y cadetes montados sobre mil caballos, tan llenos de belleza, fuerza y vida, tras el ataque, de todo el escuadrón solo quedaron dieciocho.

Pero en ese instante en el que Rostov había evitado felizmente el peligro de ser arrollado, envidió a la caballería de la guardia. La envidió, pero en ese mismo momento pensó en todos los riesgos que aún debía correr, toda la felicidad que podía alcanzar y que incluso seguramente alcanzaría (estaba seguro de ello) hablando con el mismísimo emperador, que dejando de mirar siguió galopando en dirección al flanco izquierdo, donde debía estar el alto mando. Pasaba al lado de la infantería de la guardia sin siquiera pensar en su amigo Borís, cuando escuchó una voz que le llamaba por su nombre y le preguntaba qué hacía en su destacamento.

—Ya hace rato que partí de allí, parece que va bien —gritó Rostov deteniendo el caballo.

—Y nosotros, hermano, hemos caído en la primera línea —dijo con una sonrisa indeterminada Borís, cuyo rostro tenía un tono encarnado.

—¿Y qué tal ha ido? —preguntó Rostov.

—Los hemos rechazado —gritó alguien.

Rostov, alegre, siguió adelante al galope.

Al sobrepasar a la guardia escuchó por delante suyo descargas en el lugar en el que se encontraba nuestra retaguardia y donde no podía estar el enemigo. «¿Qué puede ser eso? —pensó Rostov—. Eso no es el enemigo. No puede ser. Ellos —pensó él refiriéndose en general a los mandos—, saben lo que hacen.» Sin embargo tuvo que convencerse a sí mismo para acercarse a las tropas en las que se escuchaban y veían las descargas que aún continuaban.

—¿Qué sucede? ¿Qué sucede? —preguntaba Rostov poniéndose a la altura de los grupos de soldados rusos y austríacos que corrían en un mixto tropel cortándole el camino.

—¿Qué sucede? ¿Qué sucede? —le respondían en ruso, en alemán y en búlgaro el tropel de corredores, sin entender, lo mismo que él, lo que sucedía.

—Han disparado sobre los austríacos —gritó uno—. Pero que se los lleve el diablo, son unos traidores.

—Ve a verlo tú mismo. ¿Los han abatido? Que se vayan al diablo.

Los insultos y los gritos se acallaron los unos a los otros. A Rostov le habían ordenado buscar a Kutúzov en la aldea de Pratzen y aún desde el flanco derecho le habían indicado las colinas de Pratzen y las iglesias alemanas. Ahora se encontraba delante de ellas sin creer lo que veían sus ojos, mirando los cañones franceses y las tropas en torno de la aldea.

Siendo informado por un oficial de que las colinas de Pratzen habían sido tomadas por los franceses, cuyas baterías podía ver a simple vista, Rostov trató de alejarse galopando de los que huían y entrar en el camino de retirada. Habiendo entrado en el camino principal de retirada o de carrera del ejército ruso vio un cuadro de desorden y confusión aún mayor. Carros y carretas de todo tipo, soldados rusos y austríacos de todos los cuerpos, heridos y muertos, toda esa mezcolanza hormigueaba bajo el siniestro sonido de las balas que volaban en el claro y soleado mediodía desde las baterías francesas, emplazadas en las colinas de Pratzen.

—¿Dónde está el emperador? ¿Dónde está Kutúzov? —preguntaba Rostov a todos y de ninguno recibía respuesta.

—¡Eh, hermano! Ya hace tiempo que todos se han largado —le dijo a Rostov un soldado riéndose por alguna razón. Otro, que evidentemente era ordenanza o maestrante de una persona importante, le aclaró a Rostov que hacía una hora que había pasado como alma que lleva el diablo un coche por ese camino llevando al emperador, que se encontraba gravemente herido.

—No puede ser —dijo Rostov—, seguro que es algún otro.

—Yo mismo le he visto, Excelencia —dijo el ordenanza con una sonrisa de seguridad—. Ya es hora de que conozca bien al emperador, le he visto muchas veces en San Petersburgo, igual que le estoy viendo a usted. Iba en el coche, pálido como la muerte e Iliá Iványch iba sentado en el pescante. Cómo corrían los cuatro caballos negros, al pasar por nuestro lado. Ya es hora de que conozca los caballos del zar y a su cochero Iliá Iványch y que sepa que el cochero Iliá no lleva a otro que no sea el emperador.

Sumido en la desesperación y destrozado por la confirmación del expresivo ordenanza, Rostov siguió adelante intentando hallar a alguno de los mandos y sobre todo a Kutúzov. Las noticias que le había dado el ordenanza tenían cierto fundamento. Ciertamente habían visto cómo el cochero del zar, Iliá, llevaba a toda prisa a alguien muy pálido en el coche, pero no era el emperador sino el mariscal de la corte, el conde Tolstói, que había acudido, igual que los demás, a admirarse de la victoria sobre Bonaparte.

—El comandante en jefe ha muerto —dijo un soldado ante la pregunta de Rostov—. No, ese es otro, como se llama… Kutúzov está en esa dirección en la aldea. —El soldado señaló hacia la aldea de Gostieradek y Rostov galopó en esa dirección por la que se veían en la distancia una torre y una iglesia. ¿Qué prisa tenía? ¿Qué podía decirles ahora al emperador o a Kutúzov?

—No vaya por ahí directo a la aldea, Excelencia —le gritó un soldado—. Por ahí le matarán.

—Eh, pero ¿qué dices? —dijo otro—. ¿Por dónde va a ir? Por ahí está más cerca.

Rostov reflexionó un instante y se echó al galope precisamente te por la dirección por la que llegaba antes y con mayor peligro. «Bah, ahora qué más da», pensaba él. Atravesó la extensión en la que había más muertos, soldados que habían caído cuando huían de Pratzen. Los franceses aún no ocupaban ese sitio y los rusos que estaban vivos o heridos ya lo habían abandonado. En el campo, como montones sobre tierra bien labrada, yacían grupos de diez y quince hombres muertos y heridos. Los heridos se arrastraban de dos en dos o de tres en tres y los desagradables y en ocasiones, como le parecía a Rostov, fingidos gemidos y gritos que emitían se acrecentaban cuando se les acercaba, como si quisieran que él se apiadara de ellos. Unos le rogaban que les ayudara, le pedían agua, otros gritaban y maldecían, otros gemían y agonizaban. Rostov advirtió que algunos soldados que no estaban heridos les quitaban las botas a los muertos (las botas son lo más valioso que hay para un soldado) y se alejaban corriendo del terrible campo. Rostov no se detuvo, no solamente no prestó su ayuda, sino que ni tan siquiera miró a los caídos, los que mirándole de reojo seguían con la mirada su caballo. Tenía bastante con temer por sí mismo, no por su vida, sino por su hombría, que le era muy necesaria y que sabía que no resistiría la vista de esos desgraciados. No tenía miedo, pero un instinto oculto, como le sucede a todo el mundo en una guerra, le obligaba a ser no solamente insensible e indiferente hacia ese sufrimiento sino que incluso ese instinto le ocultaba todo lo de alrededor, de tal modo que hacia la muerte y el sufrimiento de esos miles de personas experimentaba un interés menor que por el dolor de muelas de un amigo en tiempo de paz.

Los franceses, que habían cesado de disparar sobre ese campo cubierto de muertos y heridos, porque ya no había nadie vivo en él, al ver al ayudante de campo que cabalgaba por él, probablemente por broma o pasatiempo dirigieron hacia él los cañones y le lanzaron unas cuantas balas. El sentimiento producido por esos horribles sonidos sibilantes y los muertos a su alrededor se fundieron en Rostov en una sensación de espanto y de lástima por sí mismo. Se acordó de la última carta de su madre. «Qué sentiría ella —pensó él—, si me viera ahora, en este campo, con los cañones dirigidos hacia mí.» No le alcanzó ni una bala. Llegó felizmente a Gostieradek. Allí había tropas rusas, que aunque estaban confusas guardaban un gran orden, ya no llegaban allí los proyectiles franceses y el sonido de las descargas parecía lejano. Allí ya todos veían claro y comentaban que la batalla se había perdido.

«La batalla se ha perdido, pero por lo menos yo estoy vivo y sano —pensó Rostov—. Gracias a Dios. Solo me queda cumplir con el encargo.» A quien fuese que se dirigiera nadie podía decirle ni dónde se encontraba el emperador ni dónde estaba Kutúzov, pero le recomendaron dirigirse a la izquierda fuera de la aldea, pues habían visto allí a alguien del alto mando. Recorrió aún tres verstas y pasando al lado de las últimas tropas rusas, a la izquierda, cerca de un huerto atravesado por una acequia, Rostov vio a dos jinetes que se encontraban al lado de la misma. Uno con un penacho blanco en el sombrero parecía un general y por alguna razón le resultaba a Rostov conocido, el otro, un jinete desconocido, montando un precioso caballo alazán se acercó a la acequia, espoleó el caballo y soltando las riendas saltó con facilidad por encima de la acequia. Solo un poco de tierra removida por los cascos traseros del caballo cayó al fondo. Haciendo virar bruscamente al caballo y saltando de nuevo sobre la acequia se dirigió respetuosamente al jinete del penacho blanco evidentemente intentando convencerle de que hiciera lo mismo. El jinete, cuyo porte le resultaba familiar a Rostov y que por alguna razón atraía involuntariamente toda su atención, hizo un gesto negativo con la cabeza y la mano y por este gesto Rostov reconoció al momento a su ídolo, su adorado emperador. Pero ese no podía ser él, solo en medio de ese campo vacío. Pero en ese instante Alejandro volvió la cabeza y Rostov reconoció los amados rasgos que tan vivamente se habían grabado en su memoria. El emperador estaba pálido, sus mejillas caídas, y los ojos hundidos, pero a Rostov le pareció que había un mayor encanto y dulzura en sus rasgos. Rostov se sintió feliz al saber que el rumor sobre la herida del emperador era falso. Era feliz porque podía verle y porque podía e incluso debía dirigirse directamente a él y hablarle, lo que constituía la más elevada meta de sus deseos. Pero como un muchacho enamorado que se queda pasmado y tembloroso sin atreverse a expresar sus sueños y mirando asustado a su alrededor buscando ayuda o la posibilidad de una demora o de una huida, cuando llega el ansiado momento y se encuentra a solas ante su amada, así Rostov en ese momento, en el que había alcanzado aquello que deseaba más que cualquier otra cosa en la vida, no se atrevía ni sabía cómo acercarse al emperador, y se imaginaba mil razones por las que eso resultaba inadecuado, embarazoso e imposible.

«¡Cómo! Es como si aprovechara la ocasión de que se encuentra solo y triste. Puede ser que le resulte desagradable y duro mostrarse ante un desconocido en estos momentos de tristeza, y además qué le puedo decir ahora, cuando solo con verle se me para el corazón y se me seca la boca.» Rostov había olvidado los innumerables discursos que, desde el momento en que empezó a sentir esa pasión por el emperador, pensaba decirle en la soledad de la noche de su vida en el campamento. Pero la mayor parte de esos discursos tenían lugar en otras circunstancias, en su mayoría servían para momentos de victoria, de festejo y sobre todo en su lecho de muerte, a causa de alguna herida, en el momento en el que el emperador le agradecía su heroica actuación y él, muriéndose, le confesaba su amor demostrado en la batalla: «Además, qué le voy preguntar al emperador de sus órdenes para el flanco derecho cuando he llegado hasta tan lejos que hasta la noche no alcanzaré a regresar. No, decididamente, no debo acercarme a él. Puede resultar inoportuno. Antes morir mil veces que recibir una mala mirada suya o causarle mala impresión». Y con tristeza, casi con desesperación en el corazón, Rostov se alejó a pie sin dejar de mirarle. Rostov no reparó en que más importante que todas sus suposiciones había una que él no había contemplado. El emperador estaba agotado, enfermo, triste y solo. Sencillamente necesitaba ayuda bien para cruzar la acequia que no se atrevía a saltar con su caballo o para enviar a buscar su coche y a sus ayudantes.

Mientras Rostov hacía todas estas reflexiones y se alejaba con tristeza del emperador, el conde alemán de Liefland Toll, el mismo que había transmitido la disposición la víspera de la batalla, pasó por casualidad por ese preciso lugar, y sin hacer ninguna reflexión se acercó directamente al emperador, ofreciéndole sus servicios y le ayudó a cruzar a pie sobre la acequia, hizo pasar a su caballo, y cuando el emperador se sentó agotado bajo un manzano, se quedó a su lado. Rostov vio desde la distancia, con envidia y arrepentimiento, cómo Toll hablaba con el emperador larga y ardorosamente y cómo el emperador que evidentemente se había echado a llorar se tapaba los ojos con las manos y estrechaba la mano de Toll. «Yo podría estar en su lugar», pensó para sí Rostov y cabalgó más lejos con una total desesperación sin saber él mismo adónde se dirigía y por qué. Esa desesperación era aún mayor porque sentía que su propia debilidad era la causa de su dolor. Él habría podido, no solo habría sino debía haber podido acercarse al emperador. Y esa hubiera sido la única ocasión de mostrar al emperador su lealtad. Y no lo había aprovechado… «¡Qué es lo que he hecho!», pensó él. Y haciendo virar al caballo galopó al lugar donde había visto al emperador. Pero ya no había nadie allí. Solo vio carros y carrozas…

Por un postillón supo que el Estado Mayor de Kutúzov se encontraba cerca en la aldea hacia donde se dirigían los carros. Rostov fue con ellos. Delante de él iba un palafrenero conduciendo unos caballos. Tras el palafrenero iba un carro y tras ella iba un anciano probablemente cocinero, con las piernas curvadas.

—Tito, eh, Tito —decía el palafrenero.

—Qué —respondía distraídamente el cocinero.

—Vete a trillar un ratito.

—¡Idiota!

Aún pasó un cierto tiempo de silencioso avance y se repitió la misma broma.

XVI

A las cinco de la tarde la batalla estaba perdida en todos los puntos. Przebyszewski y su cuerpo del ejército ya habían entregado las armas. El regimiento de Perm que estaba rodeado por todas partes por el enemigo, habiendo perdido, entre muertos, heridos y prisioneros a cinco miembros del Estado Mayor, 39 oficiales y 1.684 soldados y habiéndoles sido arrebatados seis cañones, se encontraba completamente aniquilado. El resto de las tropas de Langeron y Dójturov, mezcladas, se apretaban cerca de los estanques en los pantanos y las orillas de Augest. Sin embargo a las seis en este punto era donde aún se escuchaba el intenso cañoneo casi únicamente de los franceses, que habían colocado numerosas baterías en las laderas de las colinas de Pratzen con la única intención de causarles el máximo daño disparando sin fallar el tiro sobre la nutrida masa de rusos que se apretaba en los estanques, en una extensión de algo más de cuatro verstas cuadradas. Los rusos respondían poco: la mayor parte de sus cañones se había apresurado en avanzar, atascándose en los pantanos y hundiéndose en el quebradizo hielo. En la retaguardia Dójturov reunía al batallón, disparando y resistiendo contra los ataques de la caballería francesa tan firme y oportunamente que esos ataques pronto cesaron, tanto más cuando el día declinaba y comenzaba a anochecer y resultaba más y más evidente que no se podía ganar la batalla. Pero todo el horror del día no estuvo ni en las colinas de Pratzen, sembradas de muertos y heridos sin recoger, ni en la columna de Przebyszewski, donde con lágrimas de rabia en los ojos, rodeado de sus muertos y heridos rindieron armas por orden de los franceses, ni en los corazones de la gente, que no contaban con más de la mitad de sus compañeros, e incluso ni en el corazón del emperador, humillado, atormentado por el arrepentimiento, la compasión y el dolor físico, solo con su maestrante, detenido sin ayuda, con un ardor interno en el cuerpo y con la impresión de ver la muerte y el sufrimiento que no le abandonaba y sin fuerzas para ir más lejos, parado en la aldea de Urzitz, tumbado en una isba campesina sobre la paja, esperando en vano el consuelo físico a su sufrimiento, puesto que no pudieron conseguirle unas gotas de vino y estas le fueron negadas por los cortesanos del emperador Francisco, que se encontraba en la misma situación. Allí no estuvo todo el horror del día. Todo el horror del día se manifestó en la estrecha presa de Augest, en la que durante tantos años se había sentado pacíficamente el anciano alemán, pescando con su nieto, que remangándose las mangas de la camisa rozaba en la regadera los plateados y temblorosos peces, en esa presa por la que durante tanto tiempo se acercaban pacíficamente los moravos sobre sus carretas de dos caballos cargadas de trigo, con sus gorros de pelo y chalecos azules y cubiertos de harina, con sus carros blancos, se alejaban por esa misma presa, que bullía ahora hasta tal punto con cañones y soldados que no había sitio en una rueda, o apretado bajo la panza de un caballo, por donde no se colara un soldado y no había ni un solo rostro en el que no estuviera impreso un humillante olvido de todos los sentimientos humanos y de las normas y la conciencia de un único sentimiento: el egoísta instinto de conservación. En esta presa acaeció el horror. Detrás, en la entrada de la presa se escuchó la voz de un oficial, que gritaba con tanta decisión y autoridad que todos los que se encontraban cerca de él le prestaron atención involuntariamente. El oficial se encontraba de pie sobre el hielo del lago y gritaba que los soldados debían pasar por el hielo con los cañones, que el hielo aguantaba. Realmente el hielo soportaba su peso.

En ese mismo instante el mismo general que se había presentado en Braunau, que se encontraba arriba en la entrada, levantó la mano y abrió la boca cuando de pronto una de las balas silbó tan bajo sobre la muchedumbre que todos se agacharon, golpeó algo y el general gimió y cayó en un charco de sangre. Nadie pensó en levantarle y ni tan siquiera le miró.

—¡Al hielo! ¡Al hielo! ¡Vamos! ¡Da la vuelta! ¿Es que no oyes? ¡Vamos!

De pronto tras la bala que había caído sobre el general se escucharon innumerables voces, como sucede siempre en las muchedumbres, sin saber ellas mismas qué gritaban y por qué. Uno de los cañones de atrás, que había entrado en la presa, torció hacia el hielo, la muchedumbre de soldados se arrojó instantáneamente desde la presa al hielo. Bajo uno de los soldados que iban delante el hielo se resquebrajó y una de sus piernas se sumergió en el agua, quiso ponerse de pie y se hundió hasta la cintura; los soldados más cercanos se apelotonaron los unos contra los otros, el conductor del cañón detuvo su caballo, pero por atrás aún se oían gritos: «¡Al hielo, por qué se detienen, vamos!». Los soldados que rodeaban el cañón azuzaron a los caballos para que avanzaran. Los caballos se pusieron en marcha. Un enorme trozo de hielo se desprendió y todos se arrojaron hacia atrás o hacia delante, tirándose al agua los unos a los otros con gritos desesperados que nadie pudo escuchar.

—¡Hermanos! ¡Queridos! ¡Amigos! —gritaba, escupiendo, un anciano oficial de infantería con la mejilla vendada, hundiéndose hasta la cabeza y emergiendo a la superficie, se aferró al borde del hielo, apoyándose en él con los codos y la barbilla, casi consiguiendo salvarse, pero un soldado se agarró al oficial apoyándose en sus hombros, después le arrastró y él mismo se hundió. Y después se agarraron otros soldados, hundiéndose y tratando de salvarse, ahogándose despiadadamente los unos a los otros. Por atrás se seguían escuchando las descargas que se habían escuchado durante todo el día, pero en el estanque y por encima de él volaban las balas aumentando la confusión y el horror.

XVII

En las colinas de Pratzen, en el mismo sitio donde había caído con la bandera en la mano, yacía el príncipe Andréi Bolkonski perdiendo sangre, y sin él mismo saberlo, dejando escapar leves quejidos lastimeros e infantiles. A su lado sonó algo. Abrió los ojos, sin que él mismo creyera albergar en sí la fuerza suficiente, escuchó su gemido y cesó de emitirlo. Ante sus ojos estaban las patas de un caballo gris. Miró más arriba con esfuerzo y vio encima de él un hombre con un sombrero de tres picos, una levita gris, con un rostro feliz y a la vez infeliz. Este hombre miraba al frente con atención. El príncipe Andréi se puso a mirar en la misma dirección y vio los estanques de Augest e incluso la imagen del movimiento de los rusos sobre los estanques y el hielo, que desde la altura parecía un hermoso panorama móvil. Este hombre era Bonaparte. Le dio órdenes a los artilleros y miró hacia abajo a la derecha. El príncipe Andréi siguió la dirección de su mirada. Bonaparte miraba a un soldado ruso muerto, miraba con atención, directamente a ese cuerpo con la misma expresión indiferente con la que miraba a los vivos, como si le fuera necesario preguntar algo a ese cadáver, pero no dijo nada y siguió mirándole con atención e incluso se acercó a él. El soldado ruso no tenía cabeza, solo unos filamentos rojos de carne que le salían del cuello y la hierba seca estaba completamente regada de sangre, la mano de este soldado había adoptado un extraño tranquilo gesto, con los dedos doblados, sujetándose del botón del capote. Napoleón se volvió de nuevo hacia el campo de batalla.

—Una hermosísima muerte, de un bello hombre —dijo él mirando a la presa de Augest y volviéndose de nuevo hacia el cadáver—. Diga que la vigésima batería dispare algunas balas.

Uno de los ayudantes corrió a cumplir la orden. Napoleón se volvió hacia la izquierda y reparó en el yaciente príncipe Andréi con el asta de la bandera tirada junto a él. La bandera ya se la había llevado algún soldado francés como trofeo.

—He aquí un joven que ha sabido morir bien —dijo Napoleón, y a la vez, sin olvidar nada, dio en ese preciso momento la orden de comunicar a Lannes que avanzara hacia el arroyo la división de Frianne.

Bolkonski escuchó todo lo que decía Napoleón que se encontraba sobre él, escuchó la alabanza que Napoleón le había hecho, pero le interesaba tan poco como si una mosca zumbara por encima de él; le ardía el pecho, sentía que estaba perdiendo sangre y veía sobre sí el cielo lejano, alto e infinito. (En ese instante pensaba con tal claridad y veracidad sobre toda su vida, como no había pensado desde el día de su boda.) Sabía que ese era Napoleón, su héroe, pero en ese momento Napoleón le parecía una persona tan insignificante en comparación con lo que sucedía en ese momento entre él, su alma y ese alto e infinito cielo con nubes que evolucionaban rápidamente por él. En ese momento le daba completamente igual quién estuviera a su lado, o quién hablara de él, estaba contento de que se hubieran detenido ante él y solamente deseaba que esas personas le ayudaran y le devolvieran a la vida que de tan diferente manera entendía ahora y que amaba ahora con tanta intensidad y que tenía intención de utilizar de modo tan distinto, si la fortuna le concedía esa oportunidad. Reunió sus últimas fuerzas para moverse un poco e hizo un débil movimiento con las piernas que le arrancó involuntariamente un gemido de dolor.

—Levantad a este joven y trasladadlo al puesto de socorro.

—Y Napoleón siguió adelante al encuentro del mariscal Lannes, que se acercaba a Bonaparte felicitándole por la victoria.

El príncipe Andréi no recordaría nada más, perdió el conocimiento a causa del terrible dolor que le originó la colocación sobre la camilla, el traqueteo del transporte y el tratamiento de la herida en el puesto de socorro. Se despertó más tarde, al final del día, cuando junto a otros oficiales rusos heridos y prisioneros le trasladaron al hospital. Las primeras palabras que escuchó cuando se despertó fueron las palabras de un oficial del convoy que decía apresuradamente:

—Hay que detenerse aquí, él vendrá ahora, le satisfará ver a estos señores prisioneros.

—Hoy hay tantos prisioneros, casi todo el ejército ruso, que seguramente le aburrirá —dijo otro oficial.

—¡No, qué va! Dicen que este es el comandante de toda la guardia del emperador —dijo el primero señalando a un oficial ruso con un uniforme blanco de la guardia, que Bolkonski instantáneamente reconoció como el príncipe Repnín. Se había encontrado con él en sociedad en San Petersburgo. A su lado se encontraba otro joven oficial de la caballería de la guardia. Ambos estaban heridos y era evidente que ambos se esforzaban en tener un aspecto digno y afligido. «Como si no diera todo igual», pensó el príncipe Andréi mirándoles. En ese momento se acercó Bonaparte a caballo. Le dijo algo sonriendo al general que iba a su lado.

—Ah —dijo él al ver a los prisioneros—, ¿quién es el oficial superior? Le dijeron que era el coronel, el príncipe Repnín.

—Usted era comandante del regimiento de caballería del emperador Alejandro —le preguntó Napoleón.

—Comandaba un escuadrón —respondió el príncipe Repnín.

—Su regimiento cumplió su deber con honor —dijo Napoleón.

—La alabanza de un gran general es la mejor recompensa para un soldado —fue su respuesta.

—Se la concedo con mucho gusto —dijo Napoleón, y preguntó—: ¿Quién es ese joven que se encuentra a su lado?

El príncipe Repnín le dijo que era el teniente Sujtelen, que apenas pasaba de la edad infantil.

Tras mirarlo Napoleón dijo sonriendo:

—Demasiado joven se le ha ocurrido venir a medirse con nosotros.

—La juventud no impide ser valiente —respondió audaz y expresivamente Sujtelen.

—Hermosa respuesta —dijo Napoleón—. Joven, usted llegará lejos.

El príncipe Andréi, para completar el trofeo de los prisioneros, estaba también expuesto ante los ojos del emperador y no pudo no llamar su atención. Napoleón evidentemente le reconoció.

—Bueno, y usted, joven —se dirigió a él—, ¿cómo se siente?

A pesar de que cinco minutos antes el príncipe Andréi aún con esfuerzo había conseguido decir algunas palabras, ahora, sosteniendo fijamente la mirada del emperador, calló. De nuevo pensaba en ese alto cielo, que había visto al caer herido. Todo lo presente le parecía insignificante en ese instante. Le parecían estúpidas todas las afectadas y artificiales conversaciones de Repnín y Sujtelen. Tan pequeño e insignificante le parecía su propio héroe visto ahora de cerca y habiendo perdido esa aureola de secreto y de ignorancia, le parecía tan insignificante con su mezquina vanidad en comparación con ese alto cielo. Todo parecía inútil e insignificante en comparación con ese severo y majestuoso pensamiento que le provocaba el debilitamiento a causa de la pérdida de sangre, el sufrimiento experimentado y la cercanía de la muerte. Pensaba en la insignificancia de la grandeza y la insignificancia de la vida, de la que nadie podía comprender el sentido y aún más sobre la insignificancia de la muerte, el sentido de la cual nadie de los vivos podía entender ni explicar. Sobre esto pensaba el príncipe Andréi mirando en silencio a los ojos de Napoleón. El emperador, sin esperar respuesta, se volvió y al alejarse le dijo a uno de sus mandos:

—Que cuiden de estos señores y que les lleven a mi campamento, para que mi doctor Larrey observe sus heridas. Hasta la vista, príncipe Repnín. —Y él, espoleando el caballo, siguió adelante al galope. En su rostro se reflejaban la felicidad y la alegría de un muchacho de trece años enamorado.

Los soldados que llevaban al príncipe Andréi y que le habían quitado la imagen de oro que le había colgado a su hermano la princesa María, al ver el afecto con el que el emperador se dirigía al prisionero, se apresuraron a devolvérsela. El príncipe Andréi no vio quién y cómo se la había colgado, pero de pronto se encontró sobre su pecho la imagen sujeta a la fina cadena de oro.

«Estaría bien —pensó el príncipe Andréi, mirando a la imagen que su hermana le había colgado con tal piedad y emoción—, estaría bien si todo fuera tan claro y sencillo como le parece a la pobre, bondadosa y encantadora princesa María. Qué bien estaría saber dónde buscar ayuda en la vida y saber que su significado nos va a ser desvelado y hallar ayuda incluso en la muerte, sabiendo firmemente qué habrá tras la tumba. Pero para mí ahora mientras muero, no hay nada seguro excepto la insignificancia de todo lo que conozco y la grandeza de algo que me es desconocido, desconocido pero importante.»

Las camillas comenzaron a avanzar. A cada bache sentía un insoportable dolor, le aumentó la fiebre y comenzó a delirar. Sueños sobre una vida familiar tranquila, sobre su padre, su mujer, su hermana y el futuro hijo, el arrepentimiento en relación a su mujer y la ternura que experimentó la noche anterior a la batalla eran el principal fundamento de sus imaginaciones febriles. La vida tranquila y la apacible felicidad familiar en Lysye Gory le atraían hacia sí, ya había logrado esa calma cuando se le apareció la figura del pequeño Napoleón con su mirada fría, protectora y feliz con la infelicidad de otros, le quemaba el pecho, haciéndole sufrir, le arrastraba y le despojaba de ello a Bolkonski, de todo aquello que era tranquilo y feliz.

Pronto todos los sueños se mezclaron y se fundieron en una masa, sombras de olvido y delirio, que sin lugar a dudas, según la opinión del mismo Larrey debían conducir a la muerte, más que a la curación.

—Es un hombre nervioso y bilioso —dijo Larrey—; no se recuperará.

XVIII

Al comienzo del año 1806 Nikolai Rostov volvió de permiso. Se acercaba de noche en un trineo tirado por caballos a la casa aún iluminada de la calle Povarskaia. Denísov también estaba de permiso y Nikolai le había persuadido de que fuera con él y se quedara en casa de su padre. Denísov dormía en el trineo después de la borrachera de la noche anterior.

«¿Llegaremos pronto? ¿Llegaremos pronto? Oh, estas insoportables calles, puestos, kalachi,* farolas, cocheros —pensaba Nikolai echando el cuerpo hacia delante en el trineo, como si de este modo ayudara a los caballos—. ¡Denísov, hemos llegado! Duerme. Aquí está la esquina, el cruce donde para el cochero Zajar, y ahí está Zajar, y el mismo caballo. Ese es el puestecillo donde comprábamos pasteles. ¿Llegaremos pronto?»

—¿Cuál es la casa? —preguntó el cochero.

—Esa, la grande. ¿No la ves? Esa es nuestra casa. ¡Denísov!

—¿Qué?

—Hemos llegado.

—Está bien.

—Dmitri —dijo dirigiéndose al criado que iba en el pescante—, ¿hay luz en casa?

—Sí, en el despacho de su padre. Aún no se han acostado.

---

* Kalachi: panes dulces en forma de trenzas, medialunas o círculos. *(N. de la T.)*

—Procura no olvidarte de sacar mi nueva guerrera. Puede que haya alguien. —Y Rostov se palpó los bigotes. Los tenía bien peinados—. Todo está bien. Bueno, vamos. Y ellos ni siquiera saben que llegamos.

—Seguramente llorarán, su merced —dijo Dmitri.

—Sí, bueno, tres rublos de propina. Vamos. ¡Venga, vamos! —le gritó al cochero—. Despierta, Vasia —le dijo a Denísov, que se había vuelto a dormir—. ¡Es ahí mismo, vamos, tres rublos de propina, vamos!

Nikolai saltó del trineo, y entró en el embarrado parque señorial, la casa resultaba inerte e inhospitalaria. Nadie sabía que llegaban ni salió a su encuentro. Solo el anciano Mijaíl estaba sentado y con las gafas puestas tejiendo unos lapti* con trocitos de tela.

«¡Dios mío! ¡Qué alegría! Señor, no puedo respirar», pensó Nikolai, deteniéndose para tomar aliento.

—¡Mijaíl! ¿Cómo estás?

—¡Dios santo! —gritó Mijaíl reconociendo al joven señor—. Señor mío Jesucristo, ¿qué es esto? —Y Mijaíl, temblando de la emoción, se volvió hacia la puerta y luego volvió hacia atrás y se apretó contra el hombro de Nikolai.

—¿Están todos bien?

—Sí, gracias a Dios. Ahora acaban de cenar.

—Ven a acompañarme.

Nikolai entró de puntillas a la gran y oscura sala. Todo estaba igual, las mismas mesas de juego, las mismas grietas en las paredes, el mismo espejo sucio. Nikolai ya divisaba a una muchacha y no le dio tiempo a alcanzar el salón cuando algo impetuoso, como una tormenta, voló desde la puerta lateral y le abrazó. Hubo aún una segunda y una tercera. Y hubo aún más besos, más lágrimas, y más gritos.

---

* Lapti: zapatos rusos que se hacen normalmente de corteza de abedul o de cualquier otro árbol que sea lo suficientemente blando y flexible. (N. de la T.)

—Y yo no sabía nada… ¡Koko! ¡Mi querido Kolia! Aquí está nuestro Nikolai… ¡Cómo has cambiado! ¡Velas, té!

—He traído conmigo a Denísov.

—Excelente.

—Bésame a mí.

—Alma mía. Hay que preparar a la condesa.

Sonia, Natasha, Petia, Anna Mijáilovna, Vera y el anciano conde le abrazaron, la gente del servicio gritaba y lanzaba ayes. Petia se cogió de sus piernas.

—¿Y yo?

Natasha, tras haber saltado sobre él y haber cubierto su rostro de besos, le sujetaba del borde de la guerrera, saltaba como una cabra sobre el mismo sitio y chillaba. Por todas partes había brillantes lágrimas de felicidad de ojos amantes, por todas partes había labios que buscaban besos. Sonia, ruborizada, le había tomado del brazo y resplandecía con una mirada de felicidad fija en sus ojos. Pero él aún buscaba con la mirada y esperaba a alguien. Y he aquí que se escucharon pasos tras la puerta. Eran pasos tan rápidos, que no podían ser de su madre. Pero era ella, con un vestido nuevo que él no conocía y que seguramente había sido cosido en su ausencia.

Ella corrió a su encuentro y cayó sobre el pecho de su hijo. No podía alzar el rostro y lo apoyaba contra los fríos botones de su guerrera.

Denísov se encontraba allí de pie sin que nadie reparara en él y comenzaba a frotarse los ojos que tenía llorosos a causa del frío.

—Papá, este es mi amigo Denísov.

—Adelante, por favor. Le conozco, le conozco.

Los mismos rostros felices y apasionados se volvieron hacia la figura despeinada y de negros bigotes de Denísov y le rodearon.

—¡Querido Denísov! —chilló Natasha, que estaba como poseída—. ¡Gracias a Dios! —Y tan pronto como repararon en él se lanzó encima de Denísov, le abrazó y le besó. Todos, incluso el mismo Denísov, quedaron confusos por su conducta. Pero Natasha se encontraba en un estado tal de excitación que hasta mucho tiempo después no comprendió lo inadecuado de la misma.

Condujeron a Denísov a una habitación preparada para él, pero los Rostov no se acostaron hasta mucho más tarde. Se sentaron amontonados alrededor de Nikolai sin apartar de él sus ojos apasionados y amorosos, atrapando cada una de sus palabras, de sus movimientos y de sus miradas. La anciana condesa no soltaba su mano y se la besaba a cada instante. El resto se peleaban y se quitaban el sitio los unos a los otros para estar más cerca de él y disputaban por quién le traía el té, el pañuelo, la pipa y…

A la mañana siguiente los recién llegados durmieron hasta las diez de la mañana. En su habitación había un ambiente asfixiante, cargado, en la habitación de al lado rodaban por el suelo sables, bolsas, correajes, maletas abiertas, botas sucias. Dos pares limpios con espuelas acababan de ser dejados junto a la pared. Los criados trajeron palanganas, agua caliente y ropa limpia. Olía a tabaco y a hombre.

—¡Eh, Grishka, la pipa! —gritó la voz ronca de Denísov—. ¡Rostov, levántate!

Nikolai, frotándose los somnolientos ojos, levantó la revuelta cabeza de la cálida almohada.

—¿Es muy tarde? —En ese instante oyó en la habitación de al lado el roce de frescos vestidos, el sonido de las frescas voces de muchacha, y a través de la puerta entreabierta surgió algo rosa, cintas, cabellos negros, rostros blancos y hombros. Eran Natasha y Sonia que habían ido a ver si Rostov se había levantado ya.

—¡Levántate Koko! —se escuchó la voz de Natasha.

—Basta, ¿qué haces? —susurraba Sonia.

—¿Este es tu sable? —gritó Petia—. Voy a entrar —y abrió la puerta.

Las muchachas saltaron a un lado. Denísov, con ojos asustados, escondió sus peludas piernas con la manta, mirando a su compañero en busca de ayuda. La puerta se cerró de nuevo y otra vez se escucharon los pasos y los murmullos.

—Koko, ponte la bata y sal aquí —gritó Natasha.

Rostov salió.

—Qué fresquitas y lavadas y engalanadas estáis —dijo él.

—Sí, es el mío —le contestó a Petia en referencia a la pregunta sobre el sable. Al salir Nikolai, Sonia huyó y Natasha, tomándole de la mano, le condujo a la habitación de al lado.

—¿Ha huido Sonia? —preguntó Nikolai.

—Sí, ella es así de graciosa. ¿Te alegras de verla?

—Sí, desde luego.

—No, pero ¿te alegras mucho?

—Sí, mucho.

—No, dime. Pero ven aquí, siéntate.

Ella le hizo sentarse y tomó asiento a su lado, le miraba por todos lados y se reía de cada palabra, sin tener al parecer fuerzas para contener su alegría.

—Ah, qué bien —decía ella—. Fantástico. ¡Escucha!

—Por qué me preguntas si me alegro de ver a Sonia —preguntó Nikolai sintiendo que bajo el influjo de esos cálidos haces de amor por primera vez tras un año y medio, en su corazón y en su rostro despuntaba esa sonrisa limpia e infantil que no había aparecido ni una sola vez desde que salió de su casa. Natasha no respondía a su pregunta.

—No, escucha —decía ella—, ¿eres ahora un hombre? —decía—. Estoy tremendamente contenta de que seas mi hermano. Y todos vosotros sois así.—Ella le tocaba los bigotes—. Me gustaría saber cómo sois los hombres ¿Sois como nosotras?

—¿Por qué me has preguntado…?

—Sí. ¡Es una larga historia! ¿Cómo vas a tratar a Sonia, de tú o de usted?

—Como surja —dijo Nikolai.

—Llámala de usted, por favor, ya te diré por qué.

—¿Por qué?

—Bueno, te lo diré ahora. Sabes que Sonia es mi amiga. Tan amiga que me quemaría el brazo por ella. Mira. —Se remangó el vestido de muselina y mostró en su largo, huesudo y delicado brazo, por debajo del hombro, mucho más arriba del codo (un lugar que queda oculto por los vestidos de baile) un señal roja—. Me quemé para demostrarle mi amor. Calenté una regla al fuego y me la puse ahí.

Sentado en el diván con cojines del que antes fuera su cuarto de estudio, y mirando a los ojos apasionadamente animados de Natasha, Nikolai entró de nuevo en ese pequeño mundo familiar e infantil, y el hecho de quemarse el brazo con la regla para mostrar amor, no le parecía algo absurdo, lo entendía y no le sorprendía.

—¿Y qué más? —solo preguntó él.

—¡Somos tan amigas, tan amigas! Lo de la regla es una tontería, pero nosotras seremos siempre amigas, y sé que si ella es infeliz yo también lo seré. Cuando ella quiere a alguien es para siempre; y yo eso no lo comprendo. Yo enseguida me olvido.

—Bueno, ¿y qué más?

—Sí, ella nos quiere de tal modo a ti y a mí. —Natasha sonrió con su tierna, cariñosa y luminosa sonrisa—. Recuerda lo que pasó antes de tu marcha… Ella dice que lo olvides todo. Me dijo: «Siempre le voy a querer, pero él debe ser libre». Esto es realmente maravilloso, maravilloso y noble —gritó Natasha.

—Yo no retiro mi palabra —dijo Nikolai.

—No, no —gritó Natasha—. Ya he hablado con ella de esto. Sabíamos que dirías eso. Pero no puede ser, comprende que si tú te niegas parecería que ella lo había dicho adrede. Parecería que te casas con ella a la fuerza, y eso no debe ser así.

Nikolai se encontraba perplejo, todo estaba muy bien pensado por ellas y no sabía qué responder a su hermana pequeña.

—De todos modos no puedo retirar mi palabra —dijo él, pero con un tono tal que delataba que ya hacía tiempo que la había retirado—. Ah, cuánto me alegro de verte —dijo él—. Bueno, ¿y tú no has cambiado de opinión con respecto a Borís? —preguntó Nikolai.

Las diferencias entre los dos amigos de la infancia, que se hicieron tan evidentes en el encuentro entre ambos en campaña, el tono paternalista y aleccionador que había adoptado Borís con su amigo y quizá un poco también el hecho de que Borís, que solo había entrado en combate una vez, hubiera recibido más honores que Rostov y le hubiera tomado la delantera en la carrera militar, hicieron que Rostov, sin darse cuenta de ello, tuviera peor predisposición hacia Borís precisamente porque antes eran amigos. Además si Natasha se apartaba de Borís eso sería para él como una justificación del cambio en sus relaciones con Sonia, que le agobiaban porque suponían un compromiso y una limitación de su libertad. Lo dijo sonriendo, como si estuviera bromeando, pero siguiendo con atención la expresión del rostro de su hermana, al tiempo que le hacía la pregunta. Pero a Natasha nada en la vida le parecía complicado y difícil, especialmente las cosas que le concernían a ella.

Sin turbarse, contestó alegremente:

—Borís es otra cosa —dijo ella—, él es firme, pero de todas maneras te diré sobre él que todo eso fueron chiquilladas. Él aún puede enamorarse y yo —ella guardó silencio—, yo todavía puedo enamorarme de verdad. Digamos que estoy enamorada.

—¿De verdad que estuviste enamorada de Fecconi?

—No, qué tontería. Tengo quince años, la abuela ya estaba casada a mi edad. ¿Y Denísov es bueno? —dijo ella de pronto.

—Sí, es bueno.

—Bueno, ve a vestirte. ¡Qué terrible es tu amigo!

—¿Vaska? —preguntó Nikolai, deseando mostrar su intimidad con Denísov.

—Sí. ¿Es bueno?

—Muy bueno.

—Bueno, ven lo antes posible a tomar el té. Estaremos todos juntos.

Al encontrarse en la sala con Sonia, Nikolai enrojeció. No sabía cómo comportarse con ella. El día anterior se habían besado, pero entonces ambos sintieron que no podían hacer eso y él se dio cuenta de que todos, su madre y sus hermanas, le miraban interrogativamente y esperaban a ver cómo se comportaba con ella. Él le besó la mano y la llamó de usted. Pero sus ojos se hablaron mutuamente con amor y sin inquietud, con felicidad y agradecimiento. Ella con su mirada le pidió perdón por haberse atrevido con la embajada de Natasha a recordarle su promesa y le daba las gracias por su amor. Él con su mirada le agradecía su propuesta de libertad y le decía que así o de otro modo no iba a dejar de amarla porque eso era imposible. Denísov, para sorpresa de Rostov, en compañía de las damas se comportaba con animación, alegría y galantería, como nunca habría esperado de él. El viejo húsar cautivó a todos los habitantes de la casa y especialmente a Natasha, de la que más se admiraba, y a la que llamaba hechicera y decía que su corazón de húsar había sido herido más gravemente por su causa que en la batalla de Austerlitz. Natasha brincaba, le provocaba y le cantaba sorprendentes romanzas de las que él era el más ferviente admirador. Él le escribía poesías y divertía a toda la casa y especialmente a Natasha con sus relaciones burlonamente amorosas, que quizá en el fondo del corazón de Denísov no fueran completamente de broma hacia la alegre muchacha de catorce años. Natasha resplandecía de felicidad y era visible que las delicados halagos y las lisonjas la incitaban y la hacían más y más encantadora.

Al volver del ejército a Moscú, Nikolai Rostov fue recibido por los miembros de su casa como el mejor hijo, un héroe y el amado Koko; por los parientes como un joven respetuoso, amable y encantador; por los conocidos como un apuesto teniente de húsares, un buen cantante, excelente bailarín y uno de los mejores partidos de Moscú. Los Rostov conocían a todo Moscú, el anciano conde tenía suficiente dinero ese año porque había vendido un bosque y volvió a empeñar unos bienes y, por esa razón, Nikolai montaba su propio trotón y vestía los más modernos pantalones de montar, botas y espuelas bañadas en plata y un nuevo metnik* que era lo que más le preocupaba al volver a casa experimentó la agradable sensación de adaptarse a los viejos hábitos de la vida después de un lapso de tiempo. Le parecía que se había robustecido y crecido mucho. Recordaba con desprecio sus eternos juegos de títeres con Borís, los besos secretos con Sonia. Ahora preparaba al trotón para las carreras. Las espuelas de sus botas eran afiladas como solo las llevaban tres militares en todo Moscú. Conocía a una dama del bulevar a cuya casa iba bien entrada la noche. Dirigía la mazurca en el baile de los Arjánov, hablaba de la guerra con el mariscal Kámenski y se tuteaba con viejos calaveras moscovitas. Consumía la mayor parte de su tiempo con su trotón y la ropa de moda, las botas y los guantes a la última y las nuevas relaciones con gente que siempre estaba encantada de tratar con él. Su pasión hacia el emperador se había debilitado, dado que no le veía y no tenía ocasión de hacerlo. Pero el recuerdo de esa pasión y de la fuerte impresión que le causó en Wischau y Austerlitz era uno de los más fuertes de su vida y hablaba con frecuencia del emperador y sobre su amor por él, dando a entender que no decía todo lo que había en su sentir hacia el emperador, que no podía ser entendido por todos. Además, en esa época tantos compartían el sentimiento de Rostov que no pudo olvidarse de él y el nombre que repetía frecuentemente Moscú para denominar a Alejandro I era «Ángel encarnado».

La sensación que tenía frecuentemente en el tiempo que pasó en Moscú era la impresión de la estrechez de sus nuevas botas de

---

* Metnik: chaqueta corta, parte del uniforme de un húsar. *(N. de la T.)*

charol en los pies, los guantes nuevos de gamuza cubriendo las manos limpias, el olor del fijador en los bigotes levantados o la impresión de apresuramiento o de espera de algo muy alegre, la decepción de esta espera y las nuevas esperas. Con frecuencia cuando se quedaba en casa le parecía que era un pecado perder así el tiempo con todos sus encantos, sin dar a nadie la ocasión de aprovecharlos y se apresuraba a ir a cualquier parte. Cuando se perdía una comida, un velada o una juerga de solteros, le parecía que era allí, donde debería haber ido y de ese modo habría asistido a ese suceso especialmente alegre que parecía estar esperando. Bailaba mucho, bebía mucho, escribía muchas poesías en los álbumes de las damas y cada tarde se preguntaba si no estaría enamorado de esta o de aquella, pero no, él no estaba enamorado de nadie y aún menos de Sonia, a la que sencillamente quería. Y no estaba enamorado de nadie porque estaba enamorado de sí mismo.

XIX

Al día siguiente, 3 de marzo, a las dos de la tarde, doscientos cincuenta hombres, socios del club inglés y cincuenta invitados esperaban a la comida en honor del huésped de honor y héroe de la campaña austríaca, el príncipe Bagratión. Al principio de recibir las noticias de Austerlitz, Moscú había quedado estupefacto, pero por ese entonces los rusos ya se habían acostumbrado de tal modo a las victorias, que no podían creer las terribles noticias que recibían del ejército y buscaban la aclaración en algún hecho extraordinario como el causante de ese terrible suceso. En el club inglés, donde se reunían todos los hombres notables, que poseían informaciones fiables e influencia, en el mes de diciembre, en los primeros momentos de la recepción de las noticias, no se escuchó nada. Los miembros con opinión propia como el conde Rastopchín, el príncipe Yuri Vladímirovich Dolgorúkov, Valúev, Márkov,

Viázemski, no se dejaron ver en el club y se reunieron en casas particulares, con sus círculos, evidentemente discutiendo las noticias recibidas y los moscovitas que repetían lo que oían, entre los que se contaba el conde Iliá Andréevich Rostov, se quedaron durante un corto período de tiempo sin opinión definida sobre los asuntos de la guerra. Uno tras otro guardaron silencio, bromearon o tímidamente contaron rumores. Pero tras un tiempo, cuando los jurados salieron de sus salas de deliberación, aparecieron de nuevo los hombres de fuste para dar sus opiniones en el club y de nuevo se habló clara y precisamente. Se hallaron las causas de aquel acontecimiento increíble, inaudito e imposible, es decir, que los rusos hubieran sido vencidos, y estas causas se escogieron, se meditaron y se ampliaron en todos los rincones de Moscú. Estas causas eran las siguientes: la traición de los austríacos, el mal avituallamiento, la traición del polaco Przebyszewski y del francés Langeron, la ineptitud de Kutúzov y en voz baja también lo atribuían a la juventud e inexperiencia del emperador, que elegía a gente mala e insignificante; pero las tropas eran extraordinarias y habían causado admiración por su valentía. Los soldados, oficiales y generales eran héroes. Pero el héroe de héroes era el príncipe Bagratión, afamado por su acción en Schengraben y la retirada de Austerlitz, donde fue el único que no fue quebrantado. Otra causa de que Bagratión fuera elegido héroe en Moscú era que no tenía relaciones allí, era de fuera. En su persona se rendía merecido homenaje al soldado ruso belicoso, recto, carente de relaciones e intrigas, cuyo nombre aún estaba relacionado con el recuerdo de la campaña italiana y al rendirle tales honores se mostraba mejor el descontento y la desaprobación hacia Kutúzov.

—Si no existiera Bagratión habría que inventarlo.

Sobre Kutúzov nadie hablaba y algunos, en susurros, le tachaban de veleta de la corte y sátiro. Por todo Moscú se repetían las palabras de Dolgorúkov, «El que juega con fuego acaba quemándose», consolándose de nuestra derrota con el recuerdo de las anteriores victorias, y las palabras de Rastopchín que decía que al soldado francés hay que incitarle para la batalla con frases grandilocuentes, que al alemán hay que razonarle y convencerle de que es más peligroso huir, pero que al soldado ruso solamente hace falta contenerle y pedirle que vaya más despacio. Por todas partes se escuchaban nuevas narraciones sobre ejemplos particulares de la hombría de nuestros soldados y oficiales, uno había salvado la bandera, otro había matado a cinco franceses, otro había cargado él solo con cinco cañones. También aquellos que no conocían a Berg decían que, herido de la mano derecha, había tomado el sable con la izquierda y había seguido adelante. Sobre Bolkonski no decían nada y solo los que le conocían íntimamente lamentaban que hubiera muerto tan joven dejando a su esposa embarazada y a su excéntrico padre.

El 3 de marzo a las dos de la tarde, en todas las salas del club se escuchaba el sonido de las conversaciones y como el vuelo de las abejas en primavera los miembros y los invitados del club iban y venían en todas direcciones, se sentaban, se levantaban, se reunían y se separaban con los uniformes, los fracs e incluso alguno con peluca y caftán. Los criados de librea, empolvados, con medias y zapatos, permanecían de pie en cada puerta y trataban de seguir muy atentamente cada movimiento de los miembros más renombrados. La mayoría de los presentes eran ancianos respetables con rostros anchos y autosatisfechos y firmes movimientos. En los rincones se divisaba a los jóvenes, a los oficiales: el joven y apuesto húsar Rostov con Denísov. Conversaban con su nuevo amigo Dólojov al que le habían sido devueltos los galones del regimiento Semiónov. En los rostros de los jóvenes, especialmente en los de los soldados, se reflejaba ese sentimiento de respetuoso desprecio hacia los ancianos, que era como si expresara que de todos modos el porvenir era suyo. Nesvitski estaba allí como miembro antiguo del club y Pierre también, había engordado de cuerpo pero adelgazado de cara, tenía una mirada indiferente, cansada, casi infeliz y se encontraba en la mitad de la sala, deseando evidentemente alejarse hacia alguna dirección. Le rodeaba una atmósfera de personas que se inclinaban ante él y su fortuna y él, por costumbre de reinado se dirigía a ellos con desprecio. Por la edad debía pertenecer a los jóvenes, pero por su riqueza pertenecía más al círculo de los ancianos. Los ancianos más notables constituían el centro de los grupos a los que se acercaban respetuosamente incluso los desconocidos a fin de escuchar. El mayor de los círculos se establecía alrededor del conde Rastopchín y Naryshkin. Rastopchín decía que los rusos habían sido arrollados por los austríacos en su huida y que habían tenido que abrirse camino con las bayonetas entre los fugitivos.

—Él nos lo puede decir —decía dirigiéndose a Dólojov y llamándole para que se acercara. Dólojov confirmaba las palabras de Rastopchín.

En otro lugar se comentaba confidencialmente que Uvárov había sido enviado desde San Petersburgo para conocer la opinión moscovita sobre Austerlitz. En un tercer grupo Naryshkin hablaba de la reunión del consejo de guerra austríaco, en el que Suvórov cacareó como un gallo en respuesta a la estupidez de un general austríaco. Shinshin, que se encontraba allí, dijo queriendo bromear que se veía que Kutúzov ni siquiera había sido capaz de aprender de Suvórov la sencilla disciplina de cacarear como un gallo, pero los ancianos le miraron severamente, dándole a entender que allí, en aquel día y de tal modo resultaba inadecuado hablar sobre Kutúzov.

El conde Iliá Andréevich Rostov, con paso de ambladura y aspecto preocupado, iba y venía con sus blandos zapatos, del comedor a la sala, saludando apresuradamente y exactamente del mismo modo a las figuras importantes y a las que no lo eran, dado que las conocía a todas, pero sin olvidar mirar con alegría a su esbelto y joven hijo. Se acercó a Dólojov, le estrechó la mano y acordándose de la historia del oso, se echó a reír.

—Te ruego que vengas a visitarnos, dado que eres amigo de mi hijo... allí juntos habéis hecho heroicidades... ¡Ah! Vasili Ignátich...

En ese momento un criado con rostro asustado se dirigió al conde.

—¡Ha llegado!

Sonaron las campanillas, los decanos se lanzaron hacia delante, los miembros que se encontraban dispersos por las habitaciones se agolparon en un solo montón, como el trigo sacudido con una pala, hacia la puerta de la sala principal. Ante todos entró Bagratión sin sable ni sombrero, dado que era costumbre del club y sin el gorro de astracán y la nagaika en la espalda como acostumbraba a verle Nikolai Rostov, sino con un nuevo ajustado uniforme con la cruz de San Jorge, con las sienes rapadas (lo que era evidente que se había hecho hacía poco tiempo y que influía negativamente en su fisonomía), untado de pomada e incómodo como si estuviera más acostumbrado a caminar por un campo batido (como había marchado frente al regimiento de Kursk en Schengraben), que por el parquet. En su rostro había una expresión tímida y solemne que junto con su recia y masculina fisonomía le otorgaba un aspecto incluso algo cómico. Bekleshov y el conde Alexei Uvárov iban tras él, y como huésped le invitaron respetuosamente a pasar adelante. Bagratión se mostró confuso sin querer servirse de esa cortesía, y finalmente pasó. Los decanos le salían al encuentro y le decían algunas palabras sobre la hospitalidad moscovita, sobre el honor de tenerle como invitado y cosas similares y como apoderándose de él, lo rodearon y lo condujeron a la sala. Pero era imposible atravesar las puertas a causa de la gente apelotonada que se apretaban unos a otros y miraban al héroe por entre los hombros, como si fuera un bicho raro. El conde Iliá Andréevich riéndose y diciendo: «Querido mío», se abría paso por la muchedumbre y conducía a los invitados. Los sentaron y los rodearon de hombres de fuste. El conde Iliá Andréevich se abrió de nuevo paso a través de la muchedumbre y reapareció al cabo de un minuto con otro decano portando una gran bandeja de plata que le llevó al príncipe Bagratión. En la bandeja había unos versos. Bagratión, al ver la bandeja, miró asustado como pidiendo ayuda y salvación, pero al darse cuenta de que no se la brindaban tomó la bandeja con decisión con ambas manos y miró al conde enfadado y rabioso como si le dijera: «¿Qué más quiere de mí? ¡Verdugo!». Alguien, solícito, cogió la bandeja de manos de Bagratión (dado que él parecía tener la intención de seguir sujetándola hasta la noche e ir así a la mesa) y llamó su atención sobre los versos. «Bueno, los leeré», fue como si dijera Bagratión y comenzó a leer con el aspecto concentrado y serio con el que leía los partes del regimiento. El propio autor, Níkolev, tomó los versos y se puso a leerlos. El príncipe Bagratión bajó la cabeza y escuchó cómo se escucha el padrenuestro en la iglesia.

> *Sé el orgullo del siglo de Alejandro*
> *y protege a nuestro Tito en el trono,*
> *sé a la vez un jefe temible y un buen hombre,*
> *maestro en la patria y César en la batalla.*
> *Sí, el afortunado Napoleón,*
> *al haber conocido como es Bagratión,*
> *ya no osará a molestar a los Aquiles rusos...*

Pero Níkolev no pudo terminar de leer los versos, dado que la potente voz del mayordomo anunció: «¡La comida está lista!». Las puertas se abrieron, desde el comedor sonaron los acordes de «Retumbe el trueno de la victoria, que se regocijen los valientes rusos», y el conde Iliá Andréevich miró con enfado a Níkolev, que continuaba la lectura. Todos se levantaron, demostrando que la comida es más importante que los versos, y de nuevo Bagratión fue delante de todos hacia la mesa. Le sentaron, en primer lugar, entre dos Alejandros: Bekleshov y Naryshkin, lo cual también tenía sentido en relación con el nombre del emperador. Trescientas personas se distribuyeron en la mesa de forma tan natural como el agua se desliza hacia las zonas hondas: cuanto más importantes eran más cerca se sentaban del invitado de honor.

Antes de la comida, el conde Iliá Andréevich presentó al príncipe a su hijo, del que estaba firmemente convencido que era un héroe mayor que el propio Bagratión y este reconociéndole dijo algunas torpes palabras, como todas las que había dicho ese día. El conde Iliá Andréevich, resplandeciente, miraba a su alrededor convencido de que todos estaban igual de contentos que él, en este en su opinión importantísimo y extraordinario día.

Nikolai Rostov había conocido ese día a Dólojov. Y ese extraño personaje le impresionó y le atrajo, como les pasaba a todos. Nikolai no se separaba de él y a su lado, por intercesión de Bagratión, se sentó cerca del centro. Frente a ellos se sentaba Pierre con su séquito y el príncipe Nesvitski. El conde Iliá Andréevich se sentaba enfrente de Bagratión con otros decanos y agasajaba al príncipe personificando la hospitalidad moscovita. Sus esfuerzos no habían sido en vano. Los menús, de vigilia y de carne y leche, fueron suntuosos, pero él no pudo estar del todo tranquilo hasta el final de la comida. En el segundo plato los camareros empezaron a descorchar las botellas y a servir champán. El conde Iliá Andréevich intercambió miradas con otros decanos. «¡Habrá muchos brindis, es hora de empezar!», susurró él y tomando la copa en la mano se levantó.

—¡A la salud de Su Majestad el emperador! —proclamó él y en ese instante sus bondadosos ojos se humedecieron de lágrimas cuyo sentido desconocía. Todos se levantaron, de nuevo empezaron a tocar «Que retumbe el trueno», y todos gritaron «Hurra». Bagratión gritó con la misma voz con la que gritaba en el campo de Schengraben. La entusiasta voz de Nikolai se escuchó sobre el coro de las trescientas voces. Poco le faltó para echarse a llorar. Se bebió la copa de un trago y la arrojó al suelo. Muchos siguieron su ejemplo. Acababan de acallarse las voces y los criados recogían la rota cristalería del suelo, todos comenzaban a sentarse, sonriéndose de sus gritos y se cruzaban palabras entre extremos distantes de la mesa, cuando el conde Iliá Andréevich se levantó de nuevo y propuso un brindis a la salud del héroe, el príncipe Bagratión, y sus ojos se humedecieron aún más. De nuevo gritaron «hurra» y junto con la música se escuchó el coro que entonaba la cantata de Pável Ivánovich Kutúzov:

> *Inútiles son todos los obstáculos para los rusos,*
> *la valentía es garantía de victoria,*
> *tenemos con nosotros a Bagratión,*
> *todos nuestros enemigos se arrodillarán...*

En cuanto la canción terminó siguieron más y más brindis, ante los que el conde Iliá Andréevich derramó más y más lágrimas, se rompió más cristalería y se oyeron más gritos. Bebieron a la salud de Bekleshov, Naryshkin, Uvárov, Dolgorúkov, Apraxin, Valúev, a la salud de los decanos, a la salud del gerente, a la salud de todos los miembros del club.

Pierre estaba sentado en frente de Dólojov y Nikolai Rostov y Nikolai no podía evitar reírse interiormente del extraño personaje que era ese joven adinerado. Pierre, cuando no comía, entornaba los ojos y fruncía el ceño, miraba al primer rostro con el que su mirada tropezaba y con aspecto de absoluto distraimiento se hurgaba la nariz. Antes tampoco había tenido aspecto de joven sagaz pero al menos se encontraba alegre, ahora ese mismo rostro expresaba apatía y cansancio. A ojos de Rostov parecía un idiota.

En el instante en que Rostov le miraba sorprendido por su aspecto embotado, Pierre razonaba sobre la batalla de Austerlitz, decía que había estado mal comandada y que hubiera sido necesario atacar el flanco derecho. Rostov, que estaba hablando con su vecino, dijo en ese momento: «Nadie ha visto mejor que yo la batalla de Austerlitz en toda su extensión».

—Dígame —dijo de pronto Pierre dirigiéndose a él—, por qué razón cuando nuestro centro fue quebrado, no pudieron colocarlo entre dos fuegos.

—Porque no había nadie para dar las órdenes —respondió por Rostov Dólojov—. Tú serías bueno para la guerra —añadió él.

Rostov y Dólojov se echaron a reír. Pierre les dio la espalda apresuradamente.

Cuando bebieron a la salud del emperador, estaba tan embebido en sus pensamientos que no se levantó, y su vecino de mesa le dio un codazo. Él se levantó y se bebió la copa, mirando en derredor. Aguardó a que todos se sentaran y él también se sentó, miró a Dólojov y enrojeció. Después de los brindis oficiales, Dólojov propuso a Rostov un brindis por las mujeres hermosas, y con rostro grave, pero con una sonrisa en las comisuras de los labios, se volvió a Pierre. Pierre bebió distraídamente, sin mirar a Dólojov. El criado que repartía la cantata de Kutúzov, colocó una hojita junto a Pierre como invitado de mayor importancia. Él quiso cogerla, pero Dólojov se la arrebató de la mano y comenzó a leerla. Pierre inclinó sobre la mesa todo su grueso cuerpo:

—Démela. Es una descortesía —gritó él.

—Está bien, conde —le susurró su vecino a Bezújov, que sabía que Dólojov era un pendenciero. Dólojov miró a Pierre con sorpresa con unos ojos completamente distintos, luminosos, alegres, crueles y con una sonrisa como si dijera: «Esto es lo que me gusta».

—No se lo doy —dijo con claridad.

Pierre comenzó a resoplar como si tuviera un nudo en la garganta.

—Usted… usted… ¡Canalla!… Le reto a duelo —exclamó él y ni su vecino de mesa ni Nesvitski pudieron contenerle. Se levantó y salió de detrás de la mesa. Allí mismo en el club, Rostov, que aceptó ser el padrino de Dólojov, acordó con Nesvitski, padrino de Bezújov, la condiciones del duelo. Pierre se marchó a casa pero Nikolai y Dólojov se quedaron en el club hasta muy entrada la noche, escuchando cantar a los cíngaros.

—Él se encuentra en desventaja —le dijo Dólojov a Rostov—. Tiene unas rentas de trescientos mil rublos que perder y en cualquier caso el escándalo le perjudicará, y yo solo me juego a la linda viudita. Hasta mañana en Sokólnik. Me dice mi olfato que le voy a matar.

XX

Al día siguiente en Sokólnik Pierre estaba igual de distraído, disgustado, con el ceño fruncido, mirando a su alrededor a la nieve derretida, a los árboles desnudos y a los padrinos, que medían los pasos con preocupación. Tenía aspecto de estar preocupado por cosas que en absoluto tenían que ver con lo que estaba haciendo en ese momento. Y realmente desde por la mañana había desplegado sus mapas y había distribuido los ejércitos para una nueva batalla de Austerlitz en la que Napoleón fuera derrotado. No solamente no se despidió de su mujer ni de ningún otro, sino que como acostumbraba se dejó arrastrar por las ocupaciones intelectuales, intentando olvidarse del presente, acordándose solamente de vez en cuando que ese día iba a disparar con una pistola de verdad contra un pendenciero y que no sabía disparar. La llegada de Nesvitski le hizo recordar muy vivamente lo que le esperaba y este intentó, repitiéndole lo que había sucedido el día anterior, mostrarle que no tenía razón y lo más importante, que era una inconsciencia retar a un tirador como Dólojov y concederle el primer disparo.

—No quiero inmiscuirme, pero todo esto es una estupidez —dijo Nesvitski.

—Sí, es terriblemente, terriblemente estúpido —dijo Pierre frunciendo el ceño y rascándose.

—Entonces permíteme que lo arregle —dijo levantándose con alegría Nesvitski, que no era un hombre en absoluto sanguinario.

—¿Arreglar el qué? —preguntó Pierre—. Ah, sí, el duelo. No, da igual —añadió él, ellos ya está listos.

Cuando los padrinos hacían el último intento de reconciliación usual, Pierre en silencio pensaba en otra cosa.

—Dígame solamente cómo y adónde he de ir y dónde he de disparar.

Cuando se lo dijeron sonrió bondadosa y distraídamente diciendo:

—Nunca he hecho esto. —Y comenzó a preguntar sobre el tipo de gatillo y a admirarse de las divertidas invenciones de Shneller. Él hasta el momento nunca había sostenido en la mano una pistola. Dólojov sonreía alegremente y miraba luminosa y severamente con sus bellos e insolentes ojos azules.

—No quiero el primer disparo —dijo él—, para qué le voy a matar como a un pollito. Aun así la suerte va a estar de mi parte.

Rostov, siendo un padrino inexperto, estuvo de acuerdo, enorgulleciéndose de la grandeza de su nuevo amigo.

Les dieron las pistolas y les mandaron que se alejaran entre quince y veinte pasos, disparando en cualquier punto de esa distancia.

—¿Así que ahora puedo disparar? —preguntó Pierre.

—Sí, cuando llegues a la barrera.

Pierre cogió con su mano grande y rolliza tímida y cuidadosamente la pistola, temiendo evidentemente dispararse a sí mismo y, ajustándose las gafas fue hacia el árbol, en cuanto llegó levantó la pistola y disparó sin apuntar, todo su cuerpo se estremeció. Incluso se tambaleó a causa del ruido de su disparo y después él mismo se sonrió de su impresionabilidad. Dólojov cayó soltando la pistola.

—Qué estupidez —gritó entre dientes y agarrándose el costado, del que manaba sangre, con la mano.

Pierre se acercó a él.

—Oh, Dios mío —alcanzó a decir, deteniéndose frente a él de rodillas. Dólojov le miró, frunció el ceño y señalando a la pistola dijo—: «Dámela». —Rostov se la dio. Dólojov se sentó en el suelo. Su mano izquierda estaba empapada en sangre, se la secó con la levita y se apoyó sobre ella—. Por favor —le dijo a Pierre—, por favor, a la barrera…

Pierre, apresuradamente, con un cortés deseo de no hacerle esperar, se alejó y se quedó de pie frente a Dólojov a diez pasos de él.

—¡De lado, cúbrete el pecho con la pistola, el pecho! —gritó Nesvitski. Pierre permanecía de pie con una indefinible sonrisa de lástima, mirando a Dólojov través de las gafas. Dólojov levantó la pistola, las comisuras de sus labios continuaban sonriendo, los ojos le brillaron con el esfuerzo y la rabia de las últimas fuerzas reunidas. Nesvitski y Pierre cerraron los ojos y escucharon al mismo tiempo el disparo y el desesperado grito de rabia de Dólojov.

—¡Que el diablo la lleve, me ha temblado la mano! ¡Llévenme! ¡Llévenme!

Pierre se dio la vuelta y quiso acercarse, pero después cambió de opinión y con el ceño fruncido se fue hacia su coche. Durante todo el camino fue murmurando algo y no respondió a las preguntas que le hacía Nesvitski.

XXI

Últimamente Pierre se veía con su mujer o bien por las noches o bien en presencia de las visitas, de las que tenía la casa llena, tanto en San Petersburgo como en Moscú. En la noche del 4 al 5 de marzo no se fue a acostar con su mujer y se quedó en el enorme despacho de su padre, el mismo en el que el anciano conde había muerto. Estuvo tumbado pero no durmió durante toda la noche y estuvo caminando adelante y atrás por el despacho. El rostro de Dólojov sufriendo, muriendo, rabioso y fingiendo bravura, no se le iba de la imaginación y resultaba necesario, inexorablemente necesario que se detuviera y reflexionara sobre el significado de ese rostro, el significado y la suerte de ese rostro en la vida y toda esa vida pasada. Los recuerdos del pasado provocaron que rememorara lo que había sucedido desde el momento de su boda y su boda había seguido de manera tan inmediata a la muerte de su padre (había tenido tan poca ocasión de habituarse a la nueva situación) que le parecía que ambas cosas habían ocurrido al mismo tiempo.

«¿Qué es lo que ha pasado? —se preguntaba a sí mismo—. ¿De qué soy culpable?

»Sí, todos esos horribles recuerdos de cuando yo después de la cena en casa del príncipe Vasili dije esas estúpidas palabras: "La amo", ya entonces me di cuenta. Me di cuenta de que no era así, simplemente fue eso lo que me salió.» Recordó la luna de miel y experimentó vergüenza, la misma que sintiera entonces y durante toda la primera época. Había un recuerdo que era para él especialmente vivo, ultrajante y abochornante, el de cómo una vez, al poco de su boda, entró del dormitorio al despacho, cubierto por una bata de seda y allí encontró a su administrador, que se levantó respetuosamente, y mirando al rostro de Pierre y a su bata, sonrió levemente como expresando con esta sonrisa la respetuosa comprensión a la felicidad de su patrón. Pierre se ruborizaba cada vez que recordaba vivamente esa mirada. Al recordarlo en aquel instante exhaló un suspiro. Recordaba cuando aún la veía hermosa, cómo ella le impresionaba con su arrogancia, su tranquilidad, su naturalidad y elegancia para moverse en las altas esferas. Cómo le impresionaba su habilidad para manejar la casa de manera aristocrática. Después recordó cómo él, acostumbrado ya a ese estilo de elegancia con el que ella sabía revestir su casa y a sí misma, comenzó a buscar la esencia de su esposa y no la encontró. Tras los elegantes modos no había nada. Los modos lo eran todo. Y su frialdad continuaba. Recordaba cómo entornaba los ojos moralmente para encontrar un punto de vista desde el que poder ver algo mejor, alguna esencia, pero no había ninguna. Pero en ella no había ningún tipo de descontento a causa de esa carencia. Estaba satisfecha y tranquila, en su sala revestida de tela de damasco con collares de perlas sobre sus seductores hombros. Anatole iba a visitarla, le pedía dinero y le besaba los hombros desnudos. Ella le rechazaba como a un amante. Su padre, en broma, intentaba despertar sus celos y ella decía con una tranquila sonrisa que no era tan tonta como para estar celosa y que su esposo hiciera lo que quisiera.

Pierre le preguntó una vez que si no tenía síntomas de embarazo. Ella se echó a reír con desprecio y le dijo que no era tonta como para desear tener hijos y que de él no los tendría. Después recordó la simpleza y la grosería de sus pensamientos y la vulgaridad de las expresiones: «No soy tonta, vete a paseo», propias de ella, a pesar de haber sido educada en un ambiente aristocrático. Con frecuencia, observando el éxito que tenía a ojos de los hombres y mujeres jóvenes y viejos, Pierre no alcanzaba a comprender por qué no la amaba. Al pensar en sí mismo durante esa época solo pudo recordar un sentimiento de atontamiento, de no querer darse cuenta de la verdad, con el que vivía y que no le permitía tomar las riendas de su propia vida, un sentimiento de estupefacción, de indiferencia y de desamor hacia ella, y un constante sentimiento de vergüenza por no encontrarse en su lugar, por haber adoptado la estúpida situación de hombre feliz, poseedor de una belleza, incluso cuando se encontraba con su ayuda de cámara, al salir de la habitación de su esposa con una bata de seda bordada que ella le había regalado. Después recordó cómo sus condiciones de vida habían cambiado imperceptiblemente, de forma ajena a su voluntad, cuando se vio arrastrado a esa vida de gran señor, de aristócrata ocioso, que él, educado en las ideas de la revolución francesa, juzgaba antes tan severamente. Todos le sacaban dinero, por todas partes, le pedían dinero y lo achacaban a alguna causa. Tenía todo su tiempo ocupado. Le requerían para los asuntos más triviales, visitas, salidas, almuerzos, pero estos requerimientos se sucedían los unos a los otros sin descanso y eran hechos de una manera tan directa y con un convencimiento tal de que así debía ser que ni siquiera se le ocurría que podía rechazarlos. Pero en San Petersburgo, antes de su partida recibió una carta anónima, en la que escribían que Dólojov era el amante de su mujer y que él no veía bien a través de sus gafas. Él tiró la carta al fuego, pero no dejó de pensar en ella. Era cierto que Dólojov era el que más cercano se encontraba de su mujer. Cuando llegó a Moscú se encontró al día siguiente a Dólojov en el club tras la comida y ahora Dólojov se encontraba sentado en la nieve frente a él, sonriendo con esfuerzo y muriendo entre maldiciones.

Pierre era una de esas personas que a pesar de su aparente debilidad de carácter no buscan un confidente para sus penas. Las sufría en soledad. «Ella, ella ha sido la culpable de todo, ella, sin temperamento, sin corazón, sin inteligencia —se decía a sí mismo—. ¿Pero qué saco con esto? ¿Por qué me casé con ella, por qué le dije "la amo", si era una mentira y algo aún peor? —se dijo a sí mismo—. Soy culpable y he de pagar, ¿pero con qué? ¿Con la deshonra de mi nombre, la infelicidad de mi vida? Bah, es todo un absurdo —pensó él—. A Luis XVI le mataron porque era deshonesto y un criminal, después mataron a Robespierre. ¿Quién tiene razón, quién es el culpable? Nadie. Vive mientras te quede vida, es posible que mañana mueras como yo he estado a punto de morir hace una hora, como ha muerto ese Dólojov. ¿Y merece la pena atormentarse con eso, cuando la vida es un solo segundo en comparación con la eternidad? No necesito nada. Me basto solo. ¿Qué he de hacer? —y de nuevo se le planteaba la pregunta—: ¿Por qué me casé con ella? "¿Pero dónde diablos le iba a llevar esa galera?"»,* recordó y sonrió.

Por la mañana, cuando el ayudante de cámara descubrió con sorpresa que el conde no se había acostado, entró en el despacho y encontró a Pierre, ya calmado, tumbado en la otomana leyendo.

—La condesa me ordenó preguntar si estaba usted en casa —dijo el ayuda de cámara. Pero no le dio tiempo a terminar de decirlo cuando la propia condesa vestida con una bata de raso blanco bordada en plata y sencillamente peinada (dos enormes trenzas rodeaban como en diadema dos veces su seductora cabeza) entró en la habitación tranquila y majestuosamente, aunque en su hermosa y marmórea frente había una arruga de enojo. Ella, con su tacto característico, no habló en presencia del ayuda de cámara. Sabía del duelo y había ido a hablar sobre él. Esperó mientras el ayuda de cámara servía el café y con un gesto majestuoso le mostró la puerta. Pierre, como un escolar pillado in fraganti, la miraba tímidamente a través de las gafas. Se puso a comer por hacer algo aunque no tenía apetito. Ella no se sentó.

—¿Cómo se ha atrevido a hacer eso? —preguntó ella.

—¿Yo?... ¿Yo qué...? —dijo Pierre.

—¿Que qué ha hecho? Comprometer a su esposa. ¿Quién te ha dicho que es mi amante? —dijo ella en francés con su vulgar forma de hablar, revolviendo el interior de Pierre al pronunciar la palabra «amante» como todas las palabras que siguieron—. Él no es mi amante y tú eres un tonto. Ahora seré el hazmerreír de todo Moscú solo porque tú, borracho y fuera de ti, retaste a duelo a un hombre que no te había hecho nada.

—Lo sé... pero...

—Tú no sabes nada. Si fueras más inteligente y agradable, pasaría más tiempo contigo y no con él, y está claro que a mí me gusta más estar con un hombre inteligente que contigo. No se te

* Frase de Molière. (N. de la T.)

ha ocurrido nada mejor que matar a un hombre mil veces mejor que tú.

—No diga más —dijo Pierre, enrojeciendo y alejándose de ella—. Es suficiente. ¿Qué es lo que quiere?

—Sí, mejor que usted. Y rara sería la mujer que con un marido como usted no se buscara amantes.

—Por el amor de Dios, cállese, señora. Lo mejor es que nos separemos —dijo Pierre con voz suplicante.

—Sí, separarse, ¿para que me quede sin nada y con la vergüenza de haber sido repudiada por mi marido? Nadie sabe qué clase de marido es.

Hélène estaba roja, con una expresión tal de rabia en los ojos como Pierre nunca había visto en ella.

—Separarse, disculpe, solo si me cede todas sus posesiones. Estoy embarazada y no de usted.

—¡Arggg! ¡Vete o te mato! —gritó Pierre reflejando el rostro de su padre y tomando el tablero de mármol de la mesa y con una fuerza aún desconocida para él dio un paso y lo levantó sobre ella. Hélène de pronto se echó a llorar. Su rostro se descompuso y se echó a correr. Pierre arrojó el tablero y mesándose los cabellos comenzó a pasearse por la habitación. Una semana después Pierre entregó a su mujer un poder para administrar todas las propiedades de la Gran Rusia, que constituían más de la mitad de su fortuna, y partió solo hacia San Petersburgo.

XXII

Habían pasado dos meses desde que se recibieran noticias en Lysye Gory sobre la batalla de Austerlitz y sobre la desaparición del príncipe Andréi. A pesar de todas las búsquedas su cuerpo no había sido encontrado y a pesar de todas las cartas enviadas a través de la embajada, no se encontraba entre los prisioneros. Y lo peor de todo, quedaba en todo caso la esperanza de que hubiera sido recogido en el campo de batalla por los habitantes de la zona y que pudiera estar convaleciente o moribundo, solo entre gente extraña y sin fuerzas para dar noticias. En los periódicos a través de los que el príncipe tuvo por primera vez noticias de la batalla de Austerlitz venía escrito de manera muy escueta e indefinida, que los rusos habían tenido que batirse en retirada, pero que se habían retirado en completo orden. Pero el anciano príncipe comprendió a través de esas noticias oficiales cómo había sido la cosa. Y a pesar de que no sabía nada de su hijo, esas noticias le destrozaron. Estuvo tres días sin salir de su despacho y durante todo el día, según vio Tijón, se dedicó a escribir cartas y a mandar montones de sobres a correos dirigidos a las más importantes personalidades. Se acostaba a dormir a la hora de costumbre, pero el diligente Tijón se levantaba por la noche de su camastro en el cuarto de los criados y acercándose cautelosamente a la puerta del despacho escuchaba que en la oscuridad el anciano príncipe andaba tanteando por su habitación graznando y rezongando algo para sí.

Una semana después de la recepción de los periódicos con noticias sobre la batalla de Austerlitz, llegó una carta de Kutúzov, en la cual él, sin esperar a que se lo requirieran, informaba de la suerte que había corrido su hijo.

«Ante mis ojos su hijo —escribía Kutúzov—, con la bandera en la mano, a la cabeza del regimiento, cayó como un héroe, digno de su padre y de su patria. Si está vivo o muerto, a pesar de todos mis esfuerzos, hasta el momento no puedo saberlo. Me consuelo como usted con la esperanza de que esté vivo puesto que en caso contrario se encontraría entre los oficiales hallados en el campo de batalla, cuya relación me han hecho llegar a través de parlamentarios.»

Al recibir estas noticias bien entrada la tarde, estando solo en su despacho, el anciano príncipe no dijo nada a nadie. Según su costumbre al día siguiente fue a dar su paseo y estuvo taciturno con el administrador, con el jardinero, con el arquitecto y a pesar de que tenía aspecto de enojo no dijo nada a nadie. Cuando a la hora acostumbrada la princesa María entró en su despacho se encontraba tras el torno trabajando, pero no se volvió hacia ella como era su costumbre. Hizo un movimiento de cabeza hacia ella, pero cambió de opinión como si no se decidiera.

—¡Ah! ¡La princesa María! —dijo él de pronto artificialmente y tiró el escoplo. La rueda dio aún unas vueltas a causa de la inercia. La princesa María recordaría durante mucho tiempo el apagado chirrido de la rueda, que se fundió con lo que sucedió a continuación. La princesa María se acercó a él, vio su rostro y de pronto sintió que algo la abandonaba (la felicidad, el interés, el amor a la vida. En un instante no quedó nada de eso); sus ojos se llenaron de lágrimas. Por el rostro de su padre, por un rostro que no era triste, ni abatido, sino colérico y artificialmente contenido, se dio cuenta de que una terrible desgracia pendía sobre ella y la aplastaría, la más terrible desgracia de la vida, que aún no había padecido, la desgracia irreparable e incomprensible, la muerte de aquel a quien quieres.

—¡Padre! ¡Andréi! —dijo ella, la torpe y desgarbada princesa, pero con una pena tan indescriptiblemente encantadora y cautivadora y una abnegación, que su padre no resistió su mirada y se dio la vuelta.

—Él ya no existe —gritó estridentemente, como si quisiera echar a la princesa con ese grito.

La princesa no perdió el equilibrio ni sintió vahídos. Ya estaba pálida, pero cuando oyó esas palabras, su rostro se transfiguró y no para expresar mayor sufrimiento sino al contrario, algo brilló en sus luminosos y bellos ojos, como si una alegría, una elevada alegría se derramara en medio de esa intensa pena que sentía. Olvidó todo el temor que experimentaba hacia su padre (que era el más intenso de sus sentimientos). Se acercó a él, le tomó de la mano y le acercó hacia sí y ya levantaba la otra mano para abrazar su enjuto y fibroso cuello.

—No se aleje de mí, lloremos juntos. —Las lágrimas seguían en sus ojos.

El anciano la rechazó con enojo.

—¡Miserables! ¡Canallas! —gritó él—. ¡Perder un ejército, perder vidas! ¿Para qué? Ve, ve a decírselo a Liza.

—Sí, yo se lo diré.

La princesa, que no se encontraba con fuerzas para estar de pie, se sentó en una butaca y lloraba sin enjugarse las lágrimas. Veía a su hermano en el instante en el que se despidió de ella y de Liza, con su aspecto desdeñoso. Le veía en el momento en el que tierna y burlonamente se colgó la imagen. «¿Habría llegado a creer? ¿Se habría arrepentido de su incredulidad? ¿Estaría él ahora allí?», pensaba ella.

—Padre, dígame cómo ha sido —preguntó ella entre lágrimas.

—Vete, vete, le han matado en la batalla, a la que mandaron a morir a los mejores hombres y el honor de Rusia. Váyase, princesa María.

Ella se levantó y se marchó, pero recordando el estado de su cuñada, atormentada, intentó decirle lo que había sucedió e intentó ocultárselo sin lograr ni lo uno ni lo otro. Antes de la comida el príncipe envió a Tijón con una nota para la princesa en la que le preguntaba si ya se lo había contando a Liza. Al recibir una respuesta negativa, fue él mismo a hablar con ella.

—¡Por el amor de Dios, padre —gritó la princesa arrojándose hacia él—, no se olvide de lo que ella alberga ahora en su seno!

El príncipe la miró, miró a su nuera y salió. Pero no se fue a su despacho, sino que cerrando la puerta de la pequeña sala donde estaban las mujeres, comenzó a andar adelante y atrás por el salón.

La princesa María no se decidía a contarle a Liza lo que había ocurrido precisamente porque nunca la había visto tan silenciosa, benévola y triste.

Cuando la princesa María había vuelto del despacho de su padre, la princesita estaba sentada con su labor, y la había mirado con esa particular expresión de mirada interna y plácida que tienen las mujeres embarazadas.

—María —le había dicho ella, apartando el bastidor y echándose hacia atrás—, dame tu mano. —Tomó la mano de la princesa y se la colocó sobre la tripa. Sus ojos sonreían, esperando, el labio sombreado de vello permanecía levantado y tenía aspecto de infantil felicidad—. Hay que esperar… aquí está… ¿lo oyes? ¿Cómo será? Pequeñito, pequeñito. Si no fuera tan terrible, Marie. De todos modos le voy a querer. Le voy a querer mucho, mucho. ¿Qué tienes? ¿Qué te sucede?

María cayó de rodillas y comenzó a sollozar. Le dijo que sentía mucha pena por Andréi, pero no pudo decidirse a contarlo. Durante la mañana se echó a llorar en otras ocasiones. Esas lágrimas, cuya causa ella no contaba, inquietaron a Liza, por poco observadora que fuera. No decía nada, pero observaba intranquila intentando descubrir la razón. Y cuando entró el anciano príncipe, que ella siempre temía tanto, con ese rostro intranquilo y colérico, lo comprendió todo. Se volvió a María, ya sin preguntarle qué le sucedía, sino preguntándole y rogándole que le dijera que Andréi estaba vivo y que no era cierto que hubiera muerto. La princesa María no pudo decirle eso. Liza gritó y cayó desmayada. El anciano príncipe abrió la puerta, la miró y como convenciéndose de ese modo de que la operación se había consumado se fue a su despacho y desde ese momento salió de él solamente para su paseo matutino, pero no apareció por el salón ni el comedor. Las lecciones de matemáticas continuaron. No dormía, como podía oír Tijón, y sus fuerzas decrecieron. Adelgazó, amarilleó, pareció hincharse y por las mañanas comenzó a tener ataques de cólera más frecuentes en los que no sabía lo que hacía y corría a su despacho, en presencia únicamente de Tijón, con el que estaba más tiempo que antes y con el único con el que hablaba por las tardes, mandándole que se sentara y le contara lo que sucedía en la hacienda y la aldea. El anciano príncipe no quería albergar ninguna esperanza, les contó a todos que el príncipe Andréi había muerto y encargó un panteón para su hijo para el que designó un lugar en el jardín, pero aun así seguía conservando la esperanza y mandó un funcionario a Austria para seguir el rastro del príncipe Andréi. Aguardaba y mantenía la esperanza, y por ese motivo le resultaba más duro que a ninguno. La princesa María y Liza llevaron cada una el dolor a su modo. Liza, a pesar de que el dolor no le causó daño físico alguno, se hundió y decía que estaba segura de que moriría en el parto.

La princesa María rogaba a Dios, andaba tras Liza y trataba de llevar a su padre por el camino de la religión y de las lágrimas, pero todo era en vano.

Pasaron dos meses desde el día en el que se recibió la noticia. El anciano príncipe se consumía a ojos vista, a pesar de todos los esfuerzos para volver a su antiguo ritmo de vida. El tiempo de la princesita se acercaba y la princesa María le recordó a su padre la petición de Andréi de que trajeran un partero y se solicitó a Moscú el mejor partero.

XXIII

—Querida amiga —dijo la princesita la mañana del 19 de marzo tras el desayuno, levantando como acostumbraba el labio sombreado de vello en una sonrisa; pero desde el día en que recibieran las noticias todo en esa casa era triste, no solamente las sonrisas sino las conversaciones e incluso el modo de andar, y en ese instante la sonrisa de la princesita recordaba aún más la tristeza general.

—Queridita, temo que el frishtik, como le llama Foká, que hemos tomado hoy me haya sentado mal.

—¿Qué te sucede, alma mía? Estás pálida. Oh, estás muy pálida —dijo asustada la princesa María acercándose a su cuñada con su pesado caminar.

—Su merced, ¿no deberíamos llamar a María Bogdánovna? —dijo una de las doncellas que se encontraban allí (María Bogdánovna era la comadrona de la población más cercana, que llevaba ya dos semanas viviendo en su casa).

—En efecto —aprobó la princesa María—, puede ser que sea eso. Yo iré. ¡No te preocupes, ángel mío! —Y besó a su cuñada.

—¡Oh, no, no! —Y además de la palidez y del sufrimiento físico el rostro de la princesita expresó temor por los inminentes dolores. —No, es el estómago… Marie, di que es el estómago…

Pero María, viendo cómo la princesita comenzaba a retorcerse las manos y a llorar, salió apresuradamente de la habitación.

—¡Dios mío! ¡Dios mío! ¡Oh! —escuchó tras de sí pero no se volvió y corrió a por María Bogdánovna.

María Bogdánovna ya salía a su encuentro con expresión tranquila y significativa, frotándose las pequeñas y regordetas manos.

—No es nada, princesa, no se preocupe —dijo ella.

Cinco minutos después la princesa escuchó desde su habitación cómo arrastraban algo pesado. Se asomó para ver qué era y vio que unos criados llevaban por alguna razón el diván de piel al dormitorio. En todos los rostros había un algo solemne y callado. La princesa estuvo largo tiempo sola en su habitación, abría la puerta, o bien se sentaba en su butaca o bien tomaba el libro de oraciones o se ponía de rodillas frente a los iconos. Pero para desgracia y sorpresa suya descubrió que las oraciones no calmaban su inquietud. Le atormentaba el pensamiento de que al morir el príncipe Andréi había dejado de existir y de que cómo ahora un nuevo príncipe Andréi Nikoláevich iba a empezar a vivir. (Ella y toda la casa estaban convencidos de que sería un niño.) De nuevo se sentó en la butaca, abrió el salterio y comenzó a leer los 104 salmos.

Por todos los rincones de la casa se había derramado y adueñado de todos el mismo sentimiento que experimentaba la princesa María, sentada en su habitación. Según la creencia de que cuanta menos gente sepa de los dolores de una parturienta, menos sufrirá esta, todos trataban de fingir que no se daban cuenta y nadie hablaba de ello, pero en todos, además de la acostumbrada seriedad y el respeto a las buenas maneras reinantes en casa del príncipe, era evidente una preocupación general, un reblandecimiento del corazón y la conciencia de que algo grande e ininteligible estaba sucediendo en aquel momento. La vieja niñera, una anciana centenaria, que había sido ya nodriza del anciano príncipe, gritaba enfadada a una muchacha descalza por entrar con tanta prisa en la habitación, y habiendo conseguido las velas del matrimonio del príncipe ordenó que las encendieran ante los iconos y cerrando los ojos se puso a murmurar algo. Otra niñera entró en la habitación de la princesa.

—No es nada, ángel mío, no te angusties. Dios es bondadoso —dijo ella besándole en el hombro—. Reza. Me quedaré contigo. —Y se quedó en la habitación de la princesa.

En la gran sala de las mujeres no se escuchaban las risas. En el cuarto de los criados, todos se encontraban sentados y en silencio, como esperando a algo. El anciano príncipe, al escuchar el ajetreo, mandó a Tijón a preguntar a María Bogdánovna qué sucedía. María Bogdánovna salió de la habitación en la que se escuchaban gritos y dijo mirando significativamente al emisario:

—Anuncia al príncipe que el parto ha comenzado.

Tijón volvió y se lo transmitió al príncipe.

—Está bien —dijo el príncipe y Tijón ya no escuchó el más mínimo ruido en el despacho. A pesar de que las velas aún iluminaban, Tijón entró en el despacho como para cambiarlas, y al ver que el príncipe estaba tumbado en el diván, olvidando su miedo miró su malogrado rostro, agachó la cabeza y se acercó en silencio a él y besándole en el hombro salió, sin cambiar las velas y sin decir para qué había entrado. En la hacienda, hasta bien entrada la noche ardieron velas y antorchas y nadie durmió. Estaba teniendo lugar el más solemne misterio de los que acontecen en el mundo.

Pasó la tarde y llegó la noche. Y el sentimiento de espera y de reblandecimiento del corazón ante lo ininteligible no disminuía sino que iba en aumento. Nadie dormía. El príncipe salió del despacho, pasó a través del cuarto de los criados, donde todos se encontraban con la cabeza gacha, al salón, a la sala de los divanes y se detuvo en la oscuridad. Escuchó gemidos a través de la puerta que en ese momento estaba abierta. Se volvió y regresó a su despacho con paso rápido y ordenó llamar al ordenanza. Ese mismo día esperaban la llegada del partero. El príncipe caminaba por el despacho y se detenía para ver si escuchaba el sonido de las campanillas. Pero no se escuchaba nada aparte del rumor del viento y la vibración de los cristales. Era una de esas noches de marzo en las que el invierno parece como si quisiera salirse con la suya y derrama con una particular cólera sus últimas nieves y tempestades. El príncipe mandó hombres a caballo con faroles a buscar al partero y continuó con sus paseos. La princesa María estaba sentada en silencio, con sus luminosos ojos posados en los fuegos de las lamparillas, cuando de pronto una violenta ráfaga de viento empujó una de las ventanas (la princesa quitaba las contraventanas desde que llegaban las alondras) y golpeó los postigos mal cerrados, levantó la cortina y sopló con fría y blanca nieve, apagando la vela. La princesa se despabiló: «No, todavía tenía que venir todo el horror de la muerte», pensó ella. Se levantó asustada. La niñera corrió a cerrar la ventana.

—Princesa, madrecita, alguien viene por la avenida —dijo la niñera asomándose, para sujetar el marco de la ventana—, llevan faroles, seguramente es ese doctor…

La princesa María se cubrió con un chal y acudió al encuentro de los que venían. Cuando salió al porche la carreta con los faroles estaba en la entrada. Una multitud de criados en la plazoleta la separaban del recién llegado. La sollozante voz de Tijón decía algo:

—Padrecito, Andréi Nikoláevich, pero si le habíamos enterrado.

Y de pronto la voz llorosa y lo que era aún más terrible, alegre, del príncipe Andréi respondió:

—No, aún sobrevivo, Tijón. ¿Mi padre mi hermana y la princesa se encuentran bien? —dijo la voz que temblaba ligeramente. Al recibir la respuesta de Tijón al oído de que la princesa estaba de parto, Andréi le gritó a su cochero que partiera. Su carreta era la del partero, al que se habían encontrado en la última estación y con el que había viajado. Los criados se apresuraron, al ver tras ellos a la princesa María, a cederle el paso. Ella miraba asustada a su hermano. Él se acercó y la abrazó y ella tuvo que convencerse de que era él. Sí, era él, aunque pálido, delgado y con una expresión diferente en la cara, más dulce y feliz.

—¿No recibisteis mi carta? —preguntó él y sin esperar una respuesta que no habría obtenido porque la princesa no podía hablar, se volvió y junto al partero subió la escalera con paso veloz y fue a la habitación de su esposa. Ni siquiera se dio cuenta de que mientras iba por el pasillo la cabeza de un anciano vestido con una bata blanca se asomaba por la puerta del cuarto de los criados clavando su mirada en él y le miraba inmóvil y silenciosamente mientras pasaba. El príncipe Andréi, sin escuchar a nadie, fue directamente a ver a su esposa.

—Bueno, ¿cómo va? —preguntaba él intranquilo.

Ella yacía sobre las almohadas con una cofia blanca (los dolores acababan de cesar, negros mechones de pelo se ondulaban sobre sus mejillas sudorosas y encendidas, la sonrosada y encantadora boquita con el labio sombreado de vello estaba abierta) y sonriendo alegre e infantil. Los brillantes ojos miraban como los de un niño y parecían decir: «¡Os quiero a todos, pero por qué sufro, ayudadme!».

El príncipe Andréi la besó y se echó a llorar.

—Alma mía —dijo él, palabras que nunca antes le había dicho. Ella le miró interrogativamente con reproche infantil. «Yo esperaba que me ayudaras y tampoco he recibido nada de ti.» No se sorprendía de que él hubiera llegado. Los dolores comenzaron de nuevo y le sacaron de la habitación. El partero se quedó con ella. El príncipe Andréi fue a ver a su padre, pero la princesa María le detuvo diciéndole que su padre mandaba a decirle que no fuera a verle y que se quedara con su esposa. Se puso a conversar con su hermana, pero a cada instante se callaban. Ambos esperaban y escuchaban.

—¡Ve, amigo mío! —dijo la princesa María y ella misma fue la que salió para allá. El príncipe Andréi se quedó solo escuchando el sonido del viento en la ventana y la espera se le hizo horrible. De pronto un grito desgarrador, que no era de ella, ella no podía gritar así, se oyó en la habitación de al lado. Se acercó a la puerta, el gritó se acalló, pero se escuchó otro grito, el grito de un niño. «Para qué habrán traído un niño aquí», pensó el príncipe Andréi con sorpresa. La puerta se abrió y salió el partero sin levita y con la camisa remangada, pálido y temblándole la barbilla. El príncipe Andréi le preguntó, pero el partero le miró con rabia y se fue sin decir ni una palabra. Salió una mujer con rostro asustado y al ver al príncipe Andréi, quedó confusa en el umbral. Él entró en la habitación de su esposa. Ella yacía muerta en la misma posición en la que la había visto cinco minutos antes con la misma expresión, a pesar de los ojos inmóviles y las mejillas pálidas, tenía la misma encantadora, infantil y tímida carita con el labio cubierto de vello negro. «¡Yo os quería a todos y no hacía mal a nadie, qué es lo que habéis hecho conmigo! ¡Ah, qué es lo que habéis hecho conmigo!»

En un rincón del cuarto, gruñendo como un lechón, había algo pequeño y rojizo en las blancas manos de María Bogdánovna.

Dos horas después seguía igual de oscuro y el viento soplaba de igual forma. El príncipe Andréi fue con pasos silenciosos hasta el despacho de su padre. El anciano ya lo sabía todo. Estaba tumbado en el diván. El príncipe Andréi se acercó más a él. El anciano dormía o fingía dormir. El príncipe Andréi se sentó con él en el diván. El anciano apretó los ojos.

—Padre…

El anciano, en silencio y con las viejas y ásperas manos como tenazas, abrazó el cuello de su hijo y se puso a sollozar como un niño.

Tres días después se celebraron las exequias de la princesita. El príncipe Andréi subió los peldaños del catafalco y vio de nuevo ese mismo rostro, a pesar de tener los ojos cerrados. «Ah, ¿qué habéis hecho conmigo?», y él sintió que algo se desgarraba en su alma y que era culpable de pecados que no podría reparar ni olvidar. No pudo llorar. El anciano también subió y besó la mano de la princesa y fue como si ella le dijera: «Ah, ¿por qué habéis hecho esto conmigo?».Y el anciano, por segunda vez en su vida, se puso a sollozar.

Cinco días después bautizaron al joven príncipe Nikolai Andréevich.

XXIV

Aún no se había disipado la impresión que había causado la primera guerra contra Napoleón cuando comenzó la segunda que acabó con la Paz de Tilsit. Al principio del año 1806 y durante el año 1807, el sentimiento de enemistad hacia Bonaparte, como se le llamaba, penetró aún más profundamente en el corazón de la nación rusa que en el año 1805. Medio millón de guerreros, dos reclutamientos en un año, las maldiciones al enemigo del género humano y anticristo Bonaparte que se escuchaban en todas las iglesias y el rumor de que se acercaba a la frontera rusa, obligaron a levantar contra él a todo el estado.

Rostov, después del desgraciado duelo, en el que él había participado, llevó al herido Dólojov a su piso. Rostov conocía a Dólojov de la vida de solteros con los cíngaros, de las francachelas, pero nunca había estado en su casa e incluso nunca había pensado en cómo podía ser la casa de Dólojov. Y si Dólojov tenía una casa, seguramente era, como suponía Rostov, una habitación sucia y llena de humo con botellas, pipas y un perro, en la que guardaría sus maletas y en la que pasaría la noche de vez en cuando. Pero Dólojov le dijo que vivía en su propia casa en la calle Nikola Yavlenni con su anciana madre y dos hermanas solteras.

Mientras le llevaban Dólojov guardaba silencio, haciendo visibles esfuerzos para no gemir, pero ante la casa, reconociendo el mercado de Arbat, se incorporó y tomó la mano de Rostov y su rostro expresó un temor, una desesperación tal, que Nikolai nunca hubiera esperado de él.

—Por el amor de Dios, no me lleves a casa de mi madre, ella no lo soportará… Rostov, déjame, corre a verla, prepárala. Ese ángel no lo soportará.

La casita era linda, limpia, con flores y alfombras. María Ivánovna Dólojova tenía aspecto de anciana venerable. La madre corrió asustada al encuentro de Rostov en el recibidor.

—¡Fedia! ¿Qué le ha pasado a Fedia? —gritó ella tan pronto como Rostov dijo que Dólojov le enviaba y que no se encontraba del todo bien.

—¿Ha muerto? ¿Dónde está? —Y cayó sin sentido. Las hermanas, unas muchachas poco agraciadas, corrieron y rodearon a la madre. Una de ellas le preguntó en un susurro a Rostov qué le había pasado a Fedia y él le dijo que Dólojov estaba levemente herido. Rostov no pudo resistir la desgarradora visión de la desesperación de la madre y las hermanas cuando llevó a Dólojov y se marchó con la excusa de buscar a un doctor librándose de la visión del encuentro entre la madre y el hijo.

Cuando Rostov volvió con el doctor, ya habían acostado a Dólojov en su despacho, decorado con valiosas armas, sobre una piel de oso y la madre se encontraba sentada en la cabecera en un pequeño escabel más pálida aún que su hijo. Las hermanas parloteaban en la habitación vecina, en el pasillo, pero no se atrevían a entrar en el cuarto. Dólojov soportó el dolor de la sonda de la herida y la extracción de la bala igual que había soportado la propia herida. Ni siquiera fruncía el ceño y sonreía tan pronto como su madre entraba en la habitación. Era evidente que tenía concentrados todos sus esfuerzos en tranquilizar a la anciana. Cuanto más íntimamente conocía Rostov a Dólojov más apegado se sentía hacia él. Todo en él, empezando por su costumbre de dormir en el suelo hasta su ostentación de sus malas inclinaciones y el disimulo de las buenas, todo era extraordinario, diferente al resto de la gente y todo resultaba firme y claro. Al principio María Ivánovna miraba con hostilidad a Rostov, relacionándole con las desgracia de su hijo, pero cuando Dólojov, advirtiéndolo le dijo: «Rostov es mi amigo y le pido, adorada mamá, que le quiera», María Ivánovna comenzó realmente a apreciar a Nikolai y Nikolai comenzó a visitar la casa de la calle Nikola Yavlenni. A pesar de las bromas de su familia y del reproche de sus relaciones de sociedad, pasaba todo el día en casa del convaleciente, bien conversando con él o escuchando sus relatos, atrapando cada una de sus palabras, movimientos y sonrisas, y coincidiendo con él sin reservas en todo o bien hablando con María Ivánovna Dólojova sobre su hijo. Supo por ella que Fedia mantenía a sus hermanas y a ella misma y que era el mejor hermano e hijo del mundo. María Ivánovna estaba convencida de que Fedia era un dechado de virtudes. (Esta opinión era compartida por Rostov, especialmente cuando escuchaba o veía a Dólojov.) Ella ni siquiera era capaz de admitir que fuera posible tener una mala opinión sobre su hijo.

—Sí, él es demasiado bondadoso, elevado y puro de corazón —decía ella—, para este mundo de ahora tan depravado. Nadie ama la virtud, esta molesta a todos. Pues dígame, conde, si esto ha sido justo y honrado por parte de ese Bezújov, Fedia, con su bondad le quería y ni siquiera ahora dice nada malo de él. Esa travesura que hicieron en San Petersburgo —una broma que le hicieron a un policía—, la hicieron juntos. Y qué pasa, Bezújov queda libre de culpa y Fedia lo sufre todo en sus carnes. ¡Y cómo lo sufrió! Le han devuelto a su puesto, pero cómo no hacerlo. No creo que haya muchos como él tan valientes y tan patriotas. ¡¿Y a qué viene ahora este duelo?! ¡¿Es que estas personas tienen algo de sentido del honor?! Sabiendo que es hijo único, retarle a duelo y dispararle. Gracias a que Dios tuvo piedad de nosotros. ¿Y por qué todo esto? ¿Quién no tiene sus intrigas en estos tiempos? Y puesto que es tan celoso, entiendo que lo hubiera debido dar a entender antes, porque ya lleva un año así. Y le reta a duelo suponiendo que no aceptará porque le debe dinero. ¡Qué bajeza! ¡Qué infamia! Sé que usted entiende a Fedia, mi querido conde, por eso le quiero con toda mi alma. Créame que no hay muchos que le entiendan, tiene un alma tan elevada y celestial…

El propio Dólojov durante su convalecencia en casa era con frecuencia especialmente dulce y animado. Rostov prácticamente se enamoraba de él cuando ese hombre duro y masculino, entonces debilitado por la herida, dirigía hacia él sus claros ojos azules y su hermoso rostro, sonriendo suavemente y hablándole le demostraba su amistad.

—Créeme, amigo mío —decía él—, en el mundo hay cuatro tipos de personas: unos no aman ni odian a nadie, esos son los más felices de todos. Otros, que odian a todos, son Kartushi, malvados. Los terceros que aman aquello que tienen ante los ojos y lo demás les es indiferente son tantos que si los cuelgas de las farolas de aquí a Moscú, no va a haber suficientes postes para colgarlos a todos, son todos estúpidos, y luego hay otros como yo. Yo cuando quiero a alguien le quiero de tal modo que daría la vida por él y al resto los aplastaría a todos, si se cruzan en mi camino o en el camino de la gente a la que quiero. Tengo una madre a la que adoro, inestimable, mis hermanas, dos o tres amigos entre los que te cuento, y al resto los odio a todos, les haría puré para que a mis elegidos les vaya bien. —Y él, sonriendo estrechaba la mano de Rostov—. Sí, alma mía —continuaba—, me he encontrado con hombres afectuosos, honestos, bondadosos, elevados —y de nuevo acariciaba con la mirada a Rostov—, pero mujeres, además de ser criaturas en venta, tanto las condesas como las cocineras, es igual, mujeres de ese tipo no he encontrado. Carecen de esa alma pura que pudiera amar a otra alma, como la pobre Liza amaba a Erast. Si yo encontrara una mujer así, daría la vida por ella. Y las otras… —Hizo un gesto de desprecio—. Sabes por qué le reté, es decir por qué forcé a Bezújov a que me retara. Me había cansado de ella. Era fría como un pez. No me amaba, solo me temía. Y yo tenía curiosidad. El amor es la suprema felicidad y yo aún no la he alcanzado.

La mayoría del tiempo se comportaba muy dulcemente, pero en una ocasión Rostov le vio en uno de esos accesos de cólera en los que hizo uso de su terrible conducta. Sucedió ya en el final de su convalecencia. Se quitó la venda y mandó a un criado a que le trajera una limpia, no había limpias y el criado corrió a pedírselas a la lavandera que se encargaba de planchar las vendas. Dólojov esperó unos cinco minutos. Luego, apretando los dientes y frunciendo el ceño se sentó en la cama, después se levantó, cogió una silla y se la acercó. «¡Egorka!», comenzó a gritar manteniéndose de pie y esperando. Rostov quiso distraerle, pero Dólojov no le respondió. Rostov fue a por Egorka y le trajo junto con las vendas. Pero según entró Egorka Dólojov se arrojó a él, le arrolló por las piernas y comenzó a golpearle con la silla. La sangre manaba de la herida. A pesar de los esfuerzos de Rostov y de la madre y las hermanas que habían llegado corriendo, Egorka no pudo librarse hasta que Dólojov no cayó a causa del agotamiento y la pérdida de sangre.

XXV

Aunque en aquella época el emperador era muy severo con los que se batían en duelo, las familias de Hélène y de Rostov echaron tierra sobre el asunto y no hubo consecuencias. Dólojov aún estaba débil y apenas si podía andar cuando su nuevo amigo Nikolai le llevó a casa de sus padres. Todos eran recibidos en la casa de los Rostov con los brazos abiertos. Pero a Dólojov le recibieron con especial alegría, por su amistad con Nikolai y por su terrible y destacada reputación. Esperaron en vano su llegada durante unos días. La condesa estaba ligeramente intimidada, las muchachas estaban agitadas a pesar de que Sonia estaba completamente absorbida por su amor por Nikolai, Vera por Berg, que había venido de permiso y había vuelto a partir y Natasha estaba totalmente satisfecha con su adorado Denísov. Ninguna quería que Dólojov se enamorara de ella, pero todas le pedían a Nikolai que les contara en detalle cómo era y entre ellas hablaban sobre él, con unas risas que evidentemente buscaban ocultar su temor y su inquietud.

Al tercer día de esperar llegó el coche, las muchachas corrieron a asomarse por las ventanas y luego se apartaron al reconocer a Dólojov y a Nikolai conduciendo a su amigo. Dólojov era cortés. Hablaba poco (y lo que decía era original) y miraba con atención a los rostros de las damas. Todos esperaban que hiciera algo fuera de lo común, pero no dijo ni hizo nada extraordinario. Lo único en él que no era completamente normal era que en sus maneras era imposible encontrar ni sombra de ese incomodo y turbación que aunque se oculte, siempre se puede apreciar en los jóvenes solteros en presencia de muchachas jóvenes. Dólojov, al contrario, sirviéndose de la ventaja que le daba su herida y su supuesta debilidad, se arrellanaba con libertad sentado en una butaca volteriana que le habían ofrecido y recibiendo las pequeñas atenciones que le brindaban. Gustó a todos los habitantes de la casa, Sonia veía en él un amigo y considerándolo algo muy importante intentaba con abnegación hacer del entorno de la casa algo agradable para su amigo. Le preguntaba cómo le gustaba el té, tocaba para él en clavicordio las piezas que más le gustaban y le mostraba los cuadros de la sala. Vera discurría que no era un hombre como los demás y por lo tanto le gustaba. Natasha, durante las primeras dos horas de su visita, no apartaba de él sus ojos curiosos e interrogantes (de tal modo que la condesa le advirtió unas cuantas veces en voz baja que no era correcto comportarse así). Después de la comida se puso a cantar, evidentemente para él y Vasia Denísov ya dijo que la hechicera se había olvidado de su enano (así era como él se apelaba) y quería encantar a un nuevo príncipe. Ella se reía, pero después de haber cantado en la sala miraba intranquila a Dólojov y al volver al comedor se sentó a la mesa cerca de él mirando la impresión que había causado en su rostro y sin apartar la vista de él esperando sus alabanzas. Dólojov no le prestaba ni la más mínima atención y les contaba algo a Vera y a Sonia, dirigiéndose preferentemente a esta última. La intranquilidad de Natasha y el deseo de que la alabaran era tan evidente que la anciana condesa sonriendo intercambió miradas con Nikolai señalando con los ojos a Natasha y Dólojov. Ambos comprendían qué era lo que necesitaba.

—¿Le gusta la música? —le preguntó la condesa a Dólojov.

—Sí, mucho, pero reconozco que no he oído nada parecido a las canciones de los cíngaros y que ni una cantante italiana, en mi opinión, puede compararse con Akulka.

—¿Ha escuchado cómo canto yo? —preguntó de pronto Natasha enrojeciendo—. ¿Le ha gustado? ¿Más que la cíngara Akulka?

—Sí, ha estado muy bien —dijo Dólojov fría, cortés y cariñosamente como dirigiéndose a un niño y sonriéndole con su luminosa sonrisa.

Natasha se volvió rápidamente y se fue. En ese instante Dólojov significaba para ella como hombre menos que el criado que les servía la comida.

Por la tarde, como sucedía a menudo, la condesa llamaba a su hija predilecta a su habitación y se reía con ella con esas carcajadas con las que se ríen las ancianas bondadosas en raras ocasiones, y por esa razón de un modo aún más incontenible.

—¿De qué se ríe, mamá? —preguntaba Sonia desde detrás del biombo.

—Sonia, él (Dólojov) no es de su gusto. —Y la condesa se reía aún más estruendosamente que antes.

—Ríase, pero no es de mi gusto —repetía Natasha intentando parecer ofendida, pero sin fuerzas para aguantar la risa.

—Qué criatura celestial es tu prima Sonia —le dijo Dólojov a Nikolai cuando se vieron al día siguiente—. Sí, feliz de aquel que pueda llamar amiga a ese ser celestial. Pero no voy a hablar de eso.

Ya no hablaron más de Sonia pero Dólojov comenzó a ir a diario y María Ivánovna Dólojova de vez en cuando con un suspiro a escondidas de su hijo le preguntaba a Nikolai acerca de su prima Sonia.

La pregunta que se hacían los miembros de la familia acerca de la razón del acercamiento del joven fue rápidamente respondida por todos con que Dólojov iba a ver a Sonia y estaba enamorado de ella. Nikolai, con un orgulloso sentimiento de autosatisfacción y seguridad, le facilitaba a Dólojov las ocasiones de verse con Sonia y estaba firmemente convencido de que Sonia y en general las mujeres que se enamoraban de él no podían cambiarle. Una vez le dijo a Sonia que Dólojov sería un buen partido. Sonia se echó a llorar:

—Es usted un malvado —le dijo solamente.

El anciano conde y la condesa bromeaban con Sonia, pero entre sí murmuraban en serio: «No es un mal partido, si se casa cambiará». Sonia se limitaba a mirar con sorpresa y reproche a los condes, a Nikolai y al propio Dólojov, y como si estuviera indecisa, a pesar de sentirse halagada por la atención de Dólojov, esperaba con una terrible curiosidad a ver lo que iba a suceder.

Un mes después de haber conocido a Dólojov, la doncella de las muchachas, peinando la enorme trenza de Sonia, esperó hasta que Natasha saliera de la habitación y le dijo en un susurro:

—Sofía Alexándrovna, no se enfade, una persona me ha dado esto… —Y comenzó a sacarse algo del seno.

Era una carta de amor de Dólojov. La asustada y regocijada Sonia cogió la carta con un movimiento felino y aún más sonrojada que la doncella se fue al dormitorio y allí reflexionó sobre si debía o no debía leerla. Sabía que era una declaración. «Sí, si yo fuera hija de *maman* (así llamaba a la condesa), debería enseñarle la carta, pero Dios sabe lo que me espera. Yo amo a Nikolai y voy a ser su esposa o la de nadie, pero no soy su hija y a mí, una huérfana, no me está permitido rechazar el amor o la amistad de este Dólojov.»

Sonia la abrió y comenzó a leer: «Adorada Sophie, la amo, como nunca un hombre ha amado a una mujer. Mi destino está en sus manos. No me atrevo a pedir su mano. Sé que usted, un ángel puro, no me la concedería a mí que soy un hombre de una merecida mala reputación. Pero desde el instante en el que la conocí soy otro, he visto el cielo. Si me quieres, aunque sea una décima parte de lo que yo te quiero a ti, me comprenderás. Sophie entrégate a mí y seré tu esclavo. Si me quieres escribe sí y encontraré el instante para que nos veamos».

Natasha se encontró a Sonia leyendo la carta y entendió de qué se trataba.

—Ah, qué suerte tienes —gritó ella—. ¿Qué le vas a contestar?

—No, no sé qué hacer, no puedo verle ahora.

Una semana después de la recepción de la carta, a la que Dólojov no recibió respuesta y durante la cual Sonia evitaba obstinadamente quedarse a solas con él, Dólojov fue por la mañana temprano a casa de los Rostov. Solicitó ver a la condesa y le dijo que pedía la mano de Sofía Alexándrovna. La condesa manifestó su consentimiento y llamó a Sonia. Esta, sonrojada y emocionada, abrazándose a Natasha, pasó al lado de los ojos curiosos de los habitantes de la casa que ya sabían lo que iba a suceder y que esperaban con alegría las nupcias de la señorita, en las puertas de la habitación donde la esperaba Dólojov, que se cerraron tras ella, se apretujaron las cabezas de los curiosos. Dólojov enrojeció tan pronto como entró Sonia, aún más sonrojada y asustada, se acercó rápidamente a ella y la tomó de la mano que ella no pudo liberar a causa del temor que la dominaba. «¿Cómo puede ser que me ame?», pensaba ella.

—Sofía Alexándrovna, la adoro, no hace falta que diga nada. Ya ha comprendido lo que ha hecho con mi corazón. Era un depravado, andaba entre tinieblas, hasta que la conocí, adorada, inigualable Sophie. Tú, ángel, has iluminado mi vida. Sé mi estrella, sé mi ángel de la guarda. —Su hermosa voz tembló al decir eso, la abrazó y quiso estrecharla contra sí.

Sonia temblaba de miedo y parecía aturdida, pequeñas gotas de sudor perlaron su frente, pero tan pronto como él la tocó la gatita despertó y de pronto sacó las uñas. De un salto se apartó de él. No le dijo nada de todo lo que había preparado para decirle. Sintió su atractivo y el poder que ejercía sobre ella y se horrorizó. Ella no podía ser de nadie más que de Nikolai.

—Monsieur Dólojov, no puedo... le doy las gracias... ah, váyase, por favor.

—Sophie, recuerde que mi vida, mi vida futura se encuentra en sus manos.

Ella le apartó horrorizada.

—Sophie, dime, ¿amas ya a alguien? ¿A quién? Le mataré.

—A mi primo —dijo Sonia.

Dólojov frunció el ceño y salió con paso rápido y firme y

pasó por la sala con esa particular expresión de colérica decisión que en ocasiones adoptaba su rostro.

En la sala el anciano conde se encontró a Dólojov y extendió hacia él ambos brazos.

—Bueno, felicida… —comenzó a decir él, pero no terminó, el colérico rostro de Dólojov le espantó.

—Sofía Alexándrovna me ha rechazado —dijo Dólojov temblándole la voz—. Adiós, conde.

—Yo no creía, no creía, hubiera considerado un honor llamarte sobrino. Bueno, hablaremos aún con ella, querido. Sé que mi Koko… desde niños primo y prima… espere…

—Sí —dijo Dólojov—, ustedes no consideran a Sofía Alexándrovna digna de su hijo, y él tampoco. Y Sophie no me considera a mí digno de ella. Sí, todo está en orden. Adiós, le doy las gracias por todo —dijo y salió. Al encontrarse con Nikolai no le dijo ni una palabra y le esquivó.

Dos días después Nikolai recibió una nota de Dólojov en la que decía lo siguiente: «No voy a ir más a vuestra casa y tú sabes por qué. Partiré pasado mañana y tú lo harás también pronto, según he oído. Ven hoy por la tarde, en memoria de las francachelas de los húsares en Moscú. Voy a estar festejando donde Yar».

Rostov salió del teatro y a las once fue a ver a Dólojov donde se alojaba, pasó al recibidor, lleno de capas y abrigos y desde donde se podía escuchar a través de la puerta entreabierta el rumor de voces masculinas y el sonido de monedas vertidas. Las tres habitaciones pequeñas que ocupaba Dólojov estaban elegantemente decoradas y bien iluminadas. Los invitados estaban sentados solemnemente alrededor de la mesa y jugaban. Dólojov pasaba entre ellos y recibió con alegría a Rostov. No se habló ni una palabra sobre la petición de mano, ni en general sobre la familia. Él se encontraba sereno y tranquilo, más que de costumbre, pero Rostov advirtió en él ese rasgo de frío resplandor y de insolente obstinación que tenía en el instante en el que en el almuerzo del club retó a Bezújov. Rostov no había jugado durante todo el tiempo que había estado en Moscú. Su padre le pidió unas cuantas veces que no se acercara a las cartas y Dólojov le había dicho riéndose en algunas ocasiones: «Solo los tontos juegan al azar de las cartas, si hay que jugar es mejor jugar sobre seguro».

—¿Es que te has puesto a jugar sobre seguro? —le dijo Rostov.

Dólojov se sonrió extrañamente ante estas palabras y dijo:
—Puede.

Después de la cena Rostov recordó esa conversación, cuando Dólojov, sentado en el diván entre dos candelabros y habiendo lanzado desde la mesa una bolsa con chervónetz barajaba con sus manos anchas y musculosas y miraba con sus agradables ojos retadores a los presentes. Sus ojos se encontraron con la mirada de Rostov. Rostov temía que Dólojov pensara que en ese momento se estaba acordando de la conversación acerca de jugar sobre seguro y buscaba, sin encontrarla, una broma que le demostrara lo contrario, pero antes de que le diera tiempo a hacerlo, Dólojov, posando su acerada mirada en el rostro de Rostov, le dijo lenta y pausadamente, de modo que todos pudieran escucharlo:

—Te acuerdas que decíamos: «tonto de aquel que quiere jugar al azar, hay que jugar sobre seguro», y yo quiero intentarlo.

«¿Intentar jugar al azar o sobre seguro?», pensó Rostov.

—¿O es que me tienes miedo? Sí, es mejor que no juegues —añadió él y golpeando la baraja dijo—: ¡La banca, señores! —Y empujando el dinero hacia delante se dispuso a repartir.

Rostov se sentó a su lado y al principio no jugó. Dólojov le miraba con desprecio.

—¿Qué, no juegas? —dijo él.

Y por extraño que parezca Nikolai sintió la necesidad de coger una carta y comenzar a jugar apostando a ella una cantidad insignificante.

Dólojov no prestaba ni la más mínima atención al juego de su amigo, y le pidió que él mismo llevara las cuentas. Pero Rostov no ganaba ni con una sola carta.

—Señores —dijo Dólojov después de un tiempo barajando—, hagan el favor de poner el dinero sobre las cartas, si no, puedo equivocarme con las cuentas.

Uno de los jugadores dijo que esperaba que pudiera confiar en él.

—Oh, desde luego —respondió Dólojov y sin mirar a Rostov añadió:

—Tú no te molestes, ya haremos cuentas.

El juego continuaba… Los criados no cesaban de servir champán. Rostov rechazó la copa que le habían rellenado por tercera vez dado que estaba ocupado en hacer una apuesta alta a una carta, había perdido todas las apuestas y ya tenía unas deudas de 800 rublos. Había escrito 800 rublos sobre una carta, pero en el instante en el que le servía champán reflexionó y escribió la cifra habitual, 20 rublos. Dólojov, sin mirarle, se dio cuenta de su indecisión.

—Déjalo —dijo—, así te desquitarás más rápido. A los demás les hago ganar y tú no dejas de perder. ¿O es que me tienes miedo? —añadió él.

Rostov se apresuró a dejar los 800 que había escrito y colocó el siete de corazones con un ángulo roto. Después recordaría muy bien esa carta. Puso el siete de corazones y escribió con un trozo de tiza sobre él 800 con cifras redondas y derechas; se bebió la copa de champán que le habían servido y que ya se había calentado y sonrió a las palabras de Dólojov, por primera vez con el corazón agitado por el juego, y esperando a que saliera el siete comenzó a mirar con impaciencia a las manos de Dólojov, que sostenía la baraja.

El domingo de la semana anterior el conde Iliá Andréevich le había dado 2.000 rublos a su hijo y él, que nunca gustaba de hablar de dificultades económicas, le dijo que ese dinero era el último del que iba a poder disponer hasta mayo y por esa razón le pedía a su hijo que esa vez fuera más moderado. Nikolai se echó a reír y le dijo que le daba su palabra de honor de no pedirle más dinero hasta el otoño.

De ese dinero quedaban ahora 1.200 rublos. De forma que el siete de corazones significaba no solo la pérdida de 1.600 rublos, sino la necesidad de faltar a la palabra dada. Miraba con el corazón en vilo a las manos de Dólojov y pensaba: «Bueno, date prisa, dame la carta y cogeré mi gorra y me iré a mi casa a cantar con Denísov y Natasha y seguro que ya no vuelvo a coger una carta». Y en ese instante el encanto de las canciones, de su casa en la que se encontraba Denísov, Natasha y Sonia y las conversaciones e incluso el tranquilo lecho de la calle Povarskaia se le presentaban con una fuerza y claridad tal que no podía aceptar que un estúpida casualidad, que hiciera caer el siete a la derecha antes que a la izquierda, pudiera privarle de toda esa felicidad y arrojarle al abismo de una desgracia indefinida que nunca había experimentado. Eso no podía suceder, pero aun así esperaba en vilo el movimiento de las manos de Dólojov. Esas manos dejaron tranquilamente la baraja y tomaron el vaso y la pipa que les ofrecían.

—Así que no te da miedo jugar conmigo —repitió Dólojov y como si fuera a contar un alegre relato, dejó las cartas, se apoyó contra el respaldo de la silla y comenzó a decir lentamente y con una sonrisa:

—Sí, señores, me han dicho que por Moscú corre el rumor de que soy un tahúr, por esa razón les recomiendo que tengan cuidado conmigo.

—¡Bueno, reparte de una vez! —dijo Rostov. Dólojov cogió las cartas con una sonrisa. El siete que él necesitaba ya se encontraba delante, era la primera carta que había salido de la baraja.

—No te vayas a acobardar —le dijo a Rostov y continuó repartiendo.

Una hora y media después la mayoría de los jugadores juzgaban su propio juego como una broma. Todo el juego estaba centrado en Rostov. A los 1.600 rublos los había sustituido una larga columna de cifras que él había ido calculando hasta los 10.000 rublos y que ahora suponía que debía elevarse a 15.000 cuando en realidad superaba los 20.000. Dólojov conocía hasta el último rublo de estas cifras a pesar de la falta de atención que había aducido. Había decidido seguir jugando hasta que la cifra se elevara a 42.000. Había elegido ese número porque era la suma de sus años con los de Sofía Alexándrovna.

Rostov, con la cabeza apoyada en ambas manos, no veía ni oía nada. «Seiscientos rublos, el as, doblo al nueve... es imposible desquitarse, qué bien estaría en casa de Elena... la sota, no puede ser... ¿Y por qué hace esto conmigo?» Unas veces apostaba mucho dinero a una carta, pero Dólojov se negaba a aceptarla y él mismo fijaba la cifra. Nikolai le obedecía y rogaba a Dios igual que le rogaba en el campo de batalla en el puente sobre el Enns, o imaginaba que la primera carta que le cayera en la mano sería la que le salvara; o contaba los galones de su guerrera y trataba de jugarse todo lo perdido a la carta que coincidiera con esa cifra; o bien miraba a los otros jugadores en busca de ayuda; o miraba al, ahora frío, rostro de Dólojov tratando de entender por qué hacía eso con él. «Él sabe —se decía a sí mismo— lo que significa para mí perder este dinero. No puede desear mi perdición. Pero él no tiene la culpa: qué puede hacer si tiene suerte y yo no tengo la culpa —se decía a sí mismo—. Yo no he hecho nada malo. ¿Por qué entonces tan terrible desgracia? ¿Y cuándo ha comenzado? No hace mucho cuando me acerqué a esta mesa con la intención de ganar cien rublos e ir a casa de Elena, qué feliz era, aunque no sabía apreciar esa felicidad. ¿Cuándo terminó esto y comenzó esta nueva y terrible situación? ¿Cómo ha podido cambiar? Estaba sentado en este mismo lugar y elegía y movía las cartas del mismo modo. ¿Cuándo sucedió y qué es lo que ha sucedido? Estoy sano, soy fuerte y sigo en el mismo sitio. No, esto no puede ser y seguro que al final se queda en nada.» Estaba rojo y empapado en sudor, a pesar de que en la habitación no hacía calor. Y su rostro era horrible y lastimoso, especialmente por los inútiles esfuerzos que hacía por parecer tranquilo.

Las cuentas llegaron a la fatídica cifra. Rostov preparó una carta, que debía doblar los 3.000 rublos que acababa de ganar, cuando Dólojov golpeó la baraja, la dejó a un lado y tomando la tiza comenzó a calcular rápidamente la suma de las deudas de Rostov. Nikolai comprendió en ese instante que todo estaba perdido; pero dijo con voz indiferente:

—¿Qué, ya no sigues? Tenía preparada una carta estupenda.
—Como si lo que más le interesara fuera el placer del juego.

«Todo ha acabado, estoy perdido —pensó él—. Ahora solo me queda un tiro en la sien», y a la vez decía con voz alegre:

—Bueno, una carta más.

—De acuerdo —respondió Dólojov, que había terminado la suma—, ¡de acuerdo! Van 21 rublos —dijo él señalando a la cifra 21 que sobraba de los 42.000 y cogiendo la baraja se preparó para repartir. Rostov, obediente, escribió 21 en lugar de los 6.000 que tenía preparados.

—Me es igual —dijo él—, solo quiero saber si gano o pierdo con este diez.

Dólojov, sin sonreír, satisfizo su interés. Ganó el diez.

—Me debe 42.000, conde —dijo él y estirándose, se levantó de la mesa—. Se cansa uno de estar tanto rato sentado.

—Sí, yo también estoy cansado —dijo Rostov.

Dólojov, como para recordarle que no era ya adecuado bromear, le interrumpió:

—¿Cuándo podrá pagarme, conde?

Rostov le miró interrogativamente.

—Mañana, señor Dólojov —dijo él y después de pasar algo de tiempo con el resto de los invitados salió al recibidor para irse a casa. Dólojov le detuvo y le llevó a una pequeña habitación a la que conducía otra puerta del recibidor.

—Escucha, Rostov —dijo Dólojov cogiéndole de la mano y mirándole con un rostro terriblemente sombrío. Rostov sintió que Dólojov no estaba tan terriblemente enfurecido como quería parecer en ese instante.

—Escucha, sabes que amo a Sophie y que la amo de tal modo que daría cualquier cosa por ella. Ella está enamorada de ti, tú eres quien la retiene, cédemela y estaremos en paz con respecto a los 42.000 rublos que no puedes pagarme.

—Estás loco —dijo Nikolai, sin tener tiempo de ofenderse pues la propuesta había sido del todo inesperada.

—Ayúdame a llevármela y hacerla mía y estaremos en paz.

Rostov sintió en ese instante todo el horror de su situación. Comprendió el golpe que significaría para su padre que le pidiera ese dinero, toda su vergüenza y comprendió lo feliz que sería librándose de todo eso y estando en paz, como decía Dólojov, pero acababa de comprender eso cuando toda su sangre se alzó.

—Es un infame, cómo puede decir eso —gritó él arrojándose sobre Dólojov con furia. Pero Dólojov le sujetó ambas manos.

—Venga, quieto.

—Me da igual, le abofetearé y le retaré.

—No voy a batirme con usted, ella le ama.

—Mañana recibirá el dinero y el desafío.

—No aceptaré eso último.

Decir mañana y mantener un tono de voz adecuado no era difícil, pero volver solo a casa con el horrible recuerdo de lo ocurrido, dormir hasta el día siguiente y acudir al padre, generoso y dulce, pero embrollado en sus negocios, confesar y pedir lo imposible, era terrible. Sobre el duelo no pensaba. Antes había que pagar pero batirse no era difícil.

En casa aún no dormían. Al entrar en la sala escuchó el ronco sonido de la voz de Denísov, su risa y risas femeninas.

—Si me lo pide mi diosa, no puedo negarme… —gritaba Denísov.

—Excelente, maravilloso —gritaban las voces femeninas.

Todos estaban en la sala alrededor del piano de cola.

Dos velas ardían en la habitación, pero aunque hubieran ardido mil no hubieran sido más luminosas que Natasha. Era imposible que se derramara una risa argentina más luminosa.

—¡Aquí está Nikolai! —gritaron las voces. Natasha se le acercó corriendo.

—¡Qué listo eres por venir tan pronto! ¡Estamos tan alegres! Monsieur Denísov se ha quedado por mí y le estamos entreteniendo.

—Bueno, está bien, está bien —gritó Denísov guiñándole el ojo a Nikolai y sin advertir su desolación—. Natasha Ilínichna, para ustedes una barcarola. Nikolai, siéntate, acompáñame y después él hará todo lo que yo le pida.

Nikolai se sentó en el piano y nadie advirtió que estaba desolado. Era difícil darse cuenta de algo porque él mismo aún no se había dado cuenta de lo que había hecho y de lo que le esperaba. Se sentó y tocó el preludio de su barcarola favorita. Esta barcarola había sido traída no hacía mucho de Italia por la condesa Perovskaia y en casa de los Rostov la acababan de aprender. Era una de esas piezas musicales que se imponen en el oído y en el pensamiento atrayéndote irresistiblemente al principio y anulando cualquier otro recuerdo musical. Te acuestas a dormir y se repiten las frases musicales y todas las demás te parecen vacías, flojas y aburridas en comparación con esas frases. Si esta melodía se canta con una buena voz las lágrimas brotan de los ojos y todo parece sencillo y baladí y la felicidad resulta cercana y posible. Es cierto que ese tipo de melodías cansan pronto y se hacen tan insoportables como al principio resultaban irresistibles.

Nikolai tomó el primer acorde del preludio y quiso levantarse.

«Dios mío, ¿qué estoy haciendo? —pensó él—. Soy un hombre perdido, sin honor. Lo único que me queda es un tiro en la sien. ¿Qué puedo hacer? ¿Cómo saldré de esto? No hay salida posible. Pero quiero cantar con ellos.»

—Nikolai, ¿qué te sucede? —le preguntaba Sonia con la mirada fija en él. Ella era la única que veía que algo le ocurría. Él se volvió enfadado. Le ofendía su felicidad. Se consideraba a sí mismo un hombre que había caído muy bajo y que deshonraba a todos los que le querían.

Natasha, con su sensibilidad, también se había dado cuenta instantáneamente del estado de su hermano. Se dio cuenta, pero se encontraba tan alegre en ese instante, tan alejada del dolor, la tristeza y el reproche que ella (como sucede con frecuencia con los jóvenes) se engañó a posta a sí misma. «Me encuentro demasiado feliz en este instante y me espera una satisfacción demasiado grande como para echarla a perder compartiendo su dolor —sintió ella, y se dijo a sí misma—: No, seguramente me equivoque, él debe de estar tan contento como yo.»

—Bueno, Nikolai —dijo ella dirigiéndose al centro de la sala, donde en su opinión la resonancia debía ser mejor. Comenzó alzando orgullosamente la cabeza y dejando caer graciosamente los brazos y avanzando con un enérgico movimiento punta-tacón hasta detenerse en medio de la sala.

«¡Esta soy yo! —parecía decir—. Veremos a ver quién se queda indiferente al verme.» Le daba igual si había dos o tres personas mirándola. Ella provocaba a todo el mundo con su mirada. La bondadosa mirada de admiración de Denísov se encontró con la suya. «Vaya una coqueta desalmada que va a ser», decía la mirada de Denísov. «Sí —respondían la mirada y la sonrisa de Natasha—. ¿Y qué, acaso es algo malo?»

Nikolai dio maquinalmente el primer acorde. «Y por qué hacen esa tontería de cantar —pensaba él—, cuando hay aquí un hombre, yo, que está perdido. No hay que pensar en eso sino en cómo salvarse. Y todo esto es estúpido, infantil, y el viejo Denísov está coqueteando, qué asco.»

Natasha dio la primera nota y su garganta se ensanchó, levantó el pecho y sus ojos adoptaron una expresión seria. No pensaba en nada ni en nadie en ese instante y de su boca curvada en una sonrisa se derramaron los sonidos, esos sonidos que pueden repetirse miles de veces dejándonos indiferentes, pero que de pronto pueden hacernos estremecer y llorar. El mundo entero se concentró instantáneamente para Nikolai en la espera de la próxima frase, todo se dividió en los tres tiempos en los que estaba escrita el aria, que ella cantaba. Uno, dos, tres, uno, dos, tres, uno… «Qué vida más estúpida —pensó Nikolai—. Toda esta infelicidad y Dólojov y la maldad y el dinero y el deber y el honor, todo eso es una tontería… lo único verdadero es esto… Bueno, a ver cómo Natasha da este sí… Excelente.» Y él, involuntariamente, llenó el pecho e hizo la segunda voz: uno, dos, tres, uno…

Hacía mucho tiempo que Nikolai no se deleitaba de tal modo con la música, como en ese día. Pero pasó el tiempo y volvió a recordar lo que le ocupaba, horrorizándose. El anciano conde volvió del club alegre y satisfecho. Nikolai no tuvo ánimos para decirle nada esa misma tarde.

Al día siguiente no salió de casa y decidió informar a su padre de sus deudas de juego. Se acercó en unas cuantas ocasiones a la puerta del despacho de su padre y se volvió corriendo con temor. Pero no había otra salida a esa situación. O retiraba su palabra en lo tocante a Dólojov o intentaba quitarse la vida como había pensado más de una vez, o lo contaba todo evitando de ese modo asestar un duro golpe a sus padres, pero el asunto no podía eludirse. Antes de comer fue a ver a su padre; en lugar de decir lo que tenía que decir comenzó sin saber por qué a contar con aire animado cosas del último baile. Finalmente cuando el padre le tomó de la mano y se lo llevó a tomar el té, le dijo de pronto con el mismo tono despreocupado como si pidiera que un coche le llevara a la ciudad:

—Papá, he venido a verle por un asunto. Lo había olvidado. Necesito dinero.

—Míralo —dijo el padre, que se encontraba de especial buen humor—. Te dije que no te bastaría. ¿Necesitas mucho?

—Muchísimo —dijo enrojeciendo y con una sonrisa estúpida y despreocupada que mucho tiempo después Nikolai no pudo perdonarse—. He perdido algo de dinero jugando —dijo él—, es decir, mucho, muchísimo, 42.000 rublos.

—¿Qué? Basta, no puede ser...

Cuando su hijo le contó como había sido todo y, lo más importante, que había prometido pagar esa misma tarde, el anciano se llevó las manos a la cabeza y sin pensar en reconvenir a su hijo y lamentarse, salió corriendo de la habitación diciendo solamente: «Cómo no me lo has dicho antes», y fue a ver a algunas de sus ilustres amistades a fin de conseguir la suma necesaria. Cuando a las doce volvió con su ayuda de cámara que le llevaba el dinero encontró a su hijo en el despacho tumbado en el diván y llorando a lágrima viva, como un niño.

Al día siguiente Denísov llevó el dinero y el desafío a Dólojov, pero este fue rechazado.

Dos semanas después Nikolai Rostov se incorporó a su regimiento, silencioso, pensativo y triste, sin despedirse de sus destacadas amistades y pasó los últimos días en la habitación de las muchachas, llenando sus álbumes de poesías y música. El anciano conde, junto con los profesores y las institutrices, partió para el campo poco después de la partida de su hijo, donde él pensaba que su presencia se había hecho imprescindible a consecuencia del absoluto desbarajuste de sus negocios, principalmente causado por la última inesperada deuda de 42.000 rublos.

XXVI

Dos días después de la discusión con su mujer, Pierre partió para San Petersburgo con la intención de conseguir el pasaporte y viajar al extranjero, pero ya se había declarado la guerra y no se lo daban. No se alojó en su casa, ni en la de su suegro el príncipe ni en casa de ninguno de sus muchos conocidos, vivió en el hotel Inglaterra, sin salir de la habitación y sin informar a nadie de su llegada. Pasaba todo el día y la noche tumbado en el diván y leyendo o paseándose por su habitación o escuchando la conversación del señor Blagovéshchenski, la única persona a la que vio en San Petersburgo. Blagovéshchenski era un astuto, servil y estúpido mandatario que ya le hacía las diligencias al fallecido conde Bezújov. Pierre mandó a buscarle para encomendarle que recogiera el pasaporte y desde entonces iba a verle a diario y se sentaba en silencio durante todo el día delante de Pierre considerando esto como una maniobra muy astuta de su parte, que debería reportarle mayores beneficios. Pierre se acostumbró a ese rostro estúpido y servil sin prestarle ninguna atención, pero apreciando que estuviera con él en la habitación.

—Entonces venga a visitarme —decía él despidiéndose.

—Así será. Usted como siempre está leyendo y leyendo —decía Blagovéshchenski al entrar.

—Sí, siéntese para tomar el té —decía Pierre.

Pierre vivió así más de dos semanas. No tenía conciencia de la fecha ni del día de la semana que era y cada vez que se dormía se preguntaba a sí mismo si era de día o de noche. Comía tanto a mitad del día como a mitad de la noche. Durante ese tiempo leyó todas las novelas de madame Suzan y Radcliffe, *El espíritu de las leyes* de Montesquieu y aburridos volúmenes de las cartas de Rousseau que todavía no había leído, y todo le pareció igualmente bueno. Tan pronto como se quedaba sin el libro o sin la compañía de Blagovéshchenski, que le comentaba las bondades de servir en el Senado, comenzaba a pensar en su situación y cada vez que todo se repetía en su cabeza, las mismas líneas de detestables pensamientos miles de veces repetidos que le conducían a la misma situación sin salida de desesperación y desprecio hacia la vida, se decía a sí mismo en voz alta y en francés: «Acaso no da todo igual. Estar aquí pensando en esto cuando toda la vida es una estupidez tan breve».

Solo cuando leía o escuchaba a Blagovéshchenski en ocasiones se le venían los pensamientos de antaño sobre lo estúpido que era por pensar que ser senador es la cumbre de la gloria cuando incluso la gloria del héroe de Egipto es una gloria impura; o a veces, leyendo sobre el amor de una tal Amélie le venían pensamientos de cómo él se enamoraría y se daría al amor por una mujer; o leyendo a Montesquieu pensaba en lo limitado de los juicios de ese escritor sobre los asuntos de leyes del espíritu y que si él, Pierre, se diera el trabajo de pensar escribiría sobre esa cuestión otro libro que sería mucho mejor, etcétera.

Pero tan pronto como se detenía en estos pensamientos, le venía a la cabeza lo que le había pasado a él y se decía a sí mismo que todo eso era absurdo y que daba igual y que toda la vida era estúpida y no merecía la pena ocuparse en nada. Era como si apretara el tornillo sobre el que descansaba toda su vida.

«¿Qué soy, para qué vivo, qué sucede alrededor de mí, qué se debe amar y qué hay que despreciar, qué es lo que yo amo y qué desprecio, qué es bueno y qué es malo? —eran las preguntas que se le planteaban sin recibir respuesta. Y buscando las respuestas, él mismo, en solitario, a pesar de sus escasos conocimientos de filosofía, seguía esas líneas de pensamiento y le asaltaban las mismas dudas que a la antigua filosofía de toda la humanidad—: ¿Quién soy yo, qué es la vida, qué fuerza nos dirige a todos?», se preguntaba a sí mismo. Y la única e ilógica respuesta a estas preguntas le satisfacía. Esa respuesta era: «Solo se descansa con la muerte». Todo en sí mismo y en todo el mundo alrededor de él se le antojaba tan confuso, sin sentido y ruin que lo único que temía era que la gente le arrastrara de nuevo hacia la vida y que le apartaran de ese desprecio hacia todo en el que lo único que hallaba era un consuelo temporal.

Una mañana se encontraba tumbado con las piernas apoyadas en la mesa con una novela abierta entre las manos, pero inmerso en ese hilo de pensamiento pesado y sin salida, dándole vueltas y vueltas a la misma cosa, apretando y apretando el tornillo sin conseguir fijarlo. Blagovéshchenski estaba sentado en una esquina y Pierre miraba su pulcra figura como se mira la esquina de una estufa. «No encontrarás nada y nada averiguarás —se decía Pierre para sí—. Todo es miserable, estúpido y está del revés. Todo por lo que lucha la gente no son más que minucias. Y lo único que podemos llegar a saber es que no sabemos nada. Y este es el más alto grado de la sabiduría humana. La alegoría sobre que no se podía saborear el fruto del árbol de la ciencia del bien y del mal no es en absoluto estúpida», pensaba él.

—¡Zajar Nikodímych! —dijo dirigiéndose a Blagovéshchenski—. Cuando estudiaba en el seminario, ¿cómo le explicaron el significado del árbol de la ciencia del bien y del mal?

—Ya lo he olvidado, su merced, pero el profesor era una mente privilegiada…

—Bueno, dígame… —Pero en ese instante se escuchó en la antesala la voz del ayuda de cámara de Pierre que no dejaba pasar a alguien y la baja pero firme voz de una visita que decía: «No te preocupes, amigo, el conde no me va a echar y además te estará agradecido de que me dejes pasar».

—¡Cierre, cierre la puerta! —gritó Pierre, pero la puerta ya se abría y en la habitación entró un anciano delgado de baja estatura con una peluca empolvada, medias y zapatos, con las cejas blancas que destacaban intensamente en su limpio y venerable rostro. En el proceder de ese hombre había una grata seguridad y la cortesía de una persona de clase alta. Pierre saltó perplejo del diván y se volvió al anciano con una torpe sonrisa interrogante. El anciano, sonriendo con tristeza a Pierre, miró a la desordenada habitación y con voz suave e inmutable dijo su apellido que no era ruso y a Pierre le resultaba conocido, aclarándole que tenía que hablar con él en persona. Después de decir eso miró a Blagovéshchenski como solo miran las personas que tienen poder. Cuando Blagovéshchenski salió, el anciano se sentó al lado de Pierre y durante mucho rato estuvo fijando su mirada cariñosa en los ojos de este.

Alrededor de Pierre había, esparcidos por el suelo y las sillas, papeles, libros y ropa. Por la mesa rodaban los restos del desayuno y el té. El mismo Pierre estaba sin lavar, sin afeitar y despeinado, vestido con una sucia bata. El anciano estaba tan pulcramente afeitado, su alta gorguera le sentaba tan bien al cuello, la empolvada peluca encajaba tan bien con su rostro y las medias tan bien en sus delgadas piernas que parecía que no podía ser de otro modo.

—Señor conde —dijo él mirándole con atención mientras que un asustado Pierre se cerraba la bata—. A pesar de su justa sorpresa al verme a mí, un desconocido, en su casa, me veo en la obligación de molestarle. Si tiene la amabilidad de concederme una corta entrevista, sabrá por qué.

Pierre por alguna razón con un involuntario respeto miró interrogativamente a través de las gafas al anciano y guardó silencio.

—¿Ha oído usted hablar, conde, de la hermandad de los francmasones? Tengo el honor de pertenecer a ella y mis hermanos me pidieron que viniera a verle. Usted a mí no me conoce, pero nosotros le conocemos a usted. Usted ama a Dios, es decir, la verdad, y ama el bien, es decir, al prójimo, a sus hermanos y usted se encuentra sumido en la infelicidad, abatido y apenado. Usted está perdido y hemos venido a ayudarle, a abrirle los ojos y a llevarle al camino que conduce a los hermanos del edén renovado.

—Ah, sí —dijo Pierre con una sonrisa culpable—. Le estoy muy agradecido… Yo… —Pierre no sabía qué decirle, pero el rostro y la conversación del anciano actuaron sobre él de manera muy grata, tranquilizándole. El rostro del anciano que se había animado y había adoptado un expresión de fervor en el momento en que comenzó a hablar de la masonería volvió de nuevo a ser fría y respetuosamente contenida.

—Muy agradecido… pero déjeme en paz —dijo el anciano acabando a su manera la frase de Pierre. Se sonrió y suspiró fijando su imperturbable mirada llena de vida en la perpleja mirada de Pierre y, cosa extraña, Pierre halló en esta mirada la esperanza de paz que tanto necesitaba. Sintió que para ese anciano el mundo no era una masa mezquina, sin iluminar por la luz de la verdad, sino al contrario, era un armonioso y majestuoso todo.

—Ah, no, en absoluto —dijo Pierre—. Al contrario solo me temo, por lo que he oído de la masonería, que me encuentre muy lejos de entenderla.

—No tema, hermano mío. Tema solamente al Todopoderoso. Dígame claramente cuáles son sus pensamientos y sus dudas —dijo el anciano animándose—. Nadie puede llegar solo a la verdad, solamente piedra tras piedra con la participación de todos los millones de descendientes de Adán hasta nuestros tiempos, se eleva el templo de Salomón que debe ser digna morada de Dios. Si algo sé, si oso, yo, insignificante esclavo, a ir en ayuda de mi prójimo es simplemente porque soy la centésima parte de un grandioso todo y un eslabón de una invisible cadena cuyo comienzo se pierde en los cielos.

—Sí… yo… ¿por qué?… —dijo Pierre—. Desearía saber en qué consiste la verdadera francmasonería. ¿Cuál es su objetivo? —preguntó Pierre.

—¿Objetivo? La construcción del templo de Salomón, el conocimiento de la naturaleza. El amor a Dios y el amor al prójimo.

—El anciano calló con un aspecto que parecía querer decir que había que reflexionar largamente sobre las palabras que acababa de decir. Ambos callaron durante dos minutos.

—Pero ese es el objetivo del cristianismo —dijo Pierre. El anciano no respondió—. ¿Qué significa para ustedes el conocimiento de la naturaleza? ¿Y qué caminos seguirán para lograr en el mundo la realización de sus tres objetivos: el amor a Dios, al prójimo y a la verdad? A mí me parece que eso es imposible.

El anciano movía la cabeza, como afirmando cada una de las palabras de Pierre. Ante las últimas palabras detuvo a Pierre, que empezaba a sentir una animación intelectual e irritada.

—Acaso no ves en la naturaleza que estas fuerzas no se devoran las unas a las otras sino que al encontrarse producen armonía y bonanza.

—Sí, pero… —comenzó a decir Pierre.

—Sí, pero en el mundo moral —le interrumpió el anciano— no ves esa armonía. Ves que todos los elementos se encuentran para producir la vegetación, la vegetación sirve para que se alimente un animal y los animales, sin propósito ni huellas, se devoran los unos a los otros. Y te parece que el hombre destruye todo lo que tiene a su alrededor para satisfacer su concupiscencia y al final de todo no conoce cuál es su objetivo, la razón de su existencia.

Pierre sentía cada vez un mayor respeto hacia ese anciano, que adivinaba y le narraba sus propios pensamientos.

—Vive para conocer a Dios, su Creador —dijo el anciano, guardando de nuevo silencio para acentuar sus palabras.

—Yo… no piense que es a causa de la moda… pero yo no creo, bueno, no es que no crea, pero no conozco a Dios —dijo con tristeza y un gran esfuerzo Pierre, sintiendo que era imprescindible que le dijera toda la verdad y asustándose de lo que decía.

El anciano sonrió como sonríe un rico que tiene mil rublos en la mano a un pobre que le hubiera dicho que no tiene cinco rublos y que cree que es imposible conseguirlos.

—Sí, usted no le conoce, conde —dijo el anciano cambiando el tono y arrellanándose tranquilamente mientras sacaba la tabaquera—. No le conoce porque usted es infeliz y porque para usted el mundo es una montaña de ruinas.

—Sí, sí —dijo Pierre con un tono miserable que confirmaba la declaración del rico sobre su pobreza.

—Usted no le conoce, conde, usted es muy infeliz y nosotros lo sabemos, pero nosotros le conocemos y le servimos y en este servicio hallamos la dicha suprema no solo en el más allá (que usted tampoco conoce) sino también en este mundo. Muchos dicen que le conocen, pero no han alcanzado ni el primer nivel de su conocimiento. Tú no le conoces. Pero él está aquí, está en mí, está en mis palabras, él está en ti e incluso en las cosas sacrílegas que dices ahora —dijo con voz temblorosa el anciano. Calló—. Pero llegar a conocerle es difícil. Nosotros trabajamos para ese conocimiento y en esa labor encontramos la felicidad suprema en la tierra.

—Pero ¿en qué consiste ese trabajo?

—Tú acabas de decir que nuestro objetivo es el mismo que el del cristianismo. En parte esto es cierto, pero nuestro objetivo ya estaba fijado antes de la encarnación del Hijo de Dios. Los maestros de nuestra orden estuvieron con los egipcios, los caldeos y los antiguos hebreos.

Por extraño que fuera lo que decía el anciano, por mucho que antes Pierre se burlara interiormente de ese tipo de juicios de los masones que ya había tenido ocasión de escuchar antes con los recuerdos de los caldeos y los secretos de la naturaleza, ahora escuchaba con el corazón en vilo y ya no le preguntaba sino que creía lo que le decía. Pero lo que creía no eran los sensatos argumentos del discurso del anciano, sino creía, como creen los niños en el tono de seguridad y de sinceridad con el que hablaba. Creía en el temblor de la voz con el que el anciano hablaba, expresando su lástima por el desconocimiento de Dios de Pierre, creía a los brillantes y venerables ojos, envejecidos en esa convicción, creía en la tranquilidad y la jovialidad que iluminaban toda la persona del anciano, que le impresionaron particularmente en comparación con su depresión y su desesperanza. Creía en la fuerza de ese enorme grupo de personas, unidos durante siglos por un pensamiento, del cual el anciano era el representante de muchos años.

—Es imposible revelar a los profanos los secretos de nuestra orden. Es imposible porque el conocimiento de este objetivo se consigue solo a través del trabajo, el lento recorrer de un verdadero masón de un nivel de conocimiento a otro superior. Comprenderlo todo significa comprender toda la sabiduría que posee la orden. Pero nosotros llevamos ya tiempo siguiéndote a pesar de tu lamentable ignorancia y de la oscuridad que cubre la luz de tu alma. Decidimos elegirte y salvarte de ti mismo. Tú dices que el mundo consiste en ruinas que caen y se aplastan mutuamente. Y eso es correcto. Tú mismo eres esas ruinas. ¿Quién eres tú? —Y el anciano le empezó a exponer a Pierre toda su vida, su entorno y su carácter sin embellecerlo nada, sino con las palabras más directas y más fuertes—: Eres rico, diez mil personas dependen de tu voluntad. ¿Los has visto, conoces sus necesidades, te has preocupado, has pensado en qué situación física y mental se encuentran, los has ayudado para encontrar el camino para llegar al Reino de Dios? ¿Has secado las lágrimas de las viudas y los huérfanos; los has querido de corazón aunque solo sea un minuto? No. Aprovechándote del fruto de sus esfuerzos concediste sus deseos a gente ignorante y que solo perseguía sus propios intereses y tú dices que el mundo se derrumba. Te casaste y tomaste la responsabilidad de guiar a un ser joven e inexperto y ¿qué es lo que hiciste, pensando solo en la satisfacción de sus apetitos?

Tan pronto como el anciano mencionó a su mujer, Pierre enrojeció violentamente y comenzó a resollar deseando interrumpir su discurso, pero el anciano no lo permitió.

—No la ayudaste a encontrar el camino de la verdad, sino que la precipitaste en el abismo de la mentira y la desventura. Un hombre te ofende y tú le matas o has querido matarle. Tu sociedad, tu patria te ha dado una posición más feliz y superior en el Estado. ¿Cómo les has agradecido ese bien? Has intentado en el tribunal mantener la postura más justa o conseguir la cercanía al trono del zar para defender la verdad y ayudar al prójimo? No, no has hecho nada de eso, te abandonaste a los más insignificantes anhelos humanos, rodeándote de los más despreciables lisonjeros, y cuando la infelicidad te mostró toda la insignificancia de tu vida, no te culpaste a ti mismo sino al omnisciente Creador, al que no conoces para no temerle.

Pierre guardaba silencio. Habiendo descrito su vida pasada con tintes negros, el anciano pasó a la descripción de la vida que debería seguir Pierre si quería seguir los principios de los masones. Tenía que visitar todas sus inmensas posesiones, en todas debían ser realizados beneficios materiales para los cristianos, por doquier debían ser fundados hospicios, hospitales y escuelas. Sus enormes medios debían ser utilizados para difundir la cultura en Rusia, la publicación de libros, la educación de sacerdotes, la creación de bibliotecas, etc. Él mismo debía ocupar un destacado lugar en el servicio y ayudar al bienhechor emperador Alejandro a erradicar de los tribunales la corrupción y la mentira. Su casa debía ser lugar de reunión de todos sus correligionarios, de todos aquellos que luchaban por el mismo fin. Así como él tenía inclinación hacia los asuntos filosóficos, el tiempo libre de servicio y de la administración de sus bienes debía ser utilizado para la adquisición de conocimientos sobre los secretos de la naturaleza, en lo que el maestro supremo de su orden no le negaría el apoyo.

—Entonces —concluyó él—, ese conocimiento al que te encaminarás llevando ese tipo de vida, cuyo socorro y bendición sentirás a cada instante, entonces ese conocimiento vendrá por sí solo.

Pierre guardaba silencio sentado frente a él con sus grandes inteligentes y atentos ojos llenos de lágrimas. Se sintió renacido.

—Sí, todo eso que me cuenta ha sido mi único deseo, mi sueño —dijo Pierre—, pero no he encontrado a nadie en la vida que no se burlara de tales pensamientos. Yo pensaba que eso era imposible, pero si…

El anciano le interrumpió.

—¿Por qué no se cumplían sus sueños? —dijo el anciano, entusiasmándose visiblemente con la discusión, a la que Pierre no le estaba incitando, pero que en otros casos se le planteaba con frecuencia—. Te diré, respondiendo a la pregunta que me has hecho antes. Has dicho que la masonería enseña lo mismo que el cristianismo. El cristianismo es la enseñanza y la masonería es la fuerza. El cristianismo no te apoyaría, te daría la espalda con desprecio tan pronto como pronunciaras las palabras sacrílegas que has dicho delante de mí. Nosotros no hacemos distinción de religión, de nación ni de clase, consideramos por igual como nuestros hermanos a todos aquellos que aman a la humanidad y la verdad. El cristianismo no vino ni pudo venir en tu ayuda y nosotros hemos salvado y salvamos a peores criminales que tú. Te atormenta pensar en Dólojov. Así que debes saber que el maestro de nuestra orden, que conoce en profundidad los secretos de la medicina, fue enviado por nosotros a visitar al que tú consideras tu víctima y esto es lo que nos ha escrito.

El anciano sacó una carta escrita en francés y comenzó a leerla. En la carta se describía que el estado de Dólojov, que había sido crítico, ahora no revestía ningún peligro. El autor de la carta añadía que por desgracia sus intentos de curación moral, de este alma sumida en la oscuridad, habían sido completamente en vano.

—Esta es la diferencia entre el cristianismo y nosotros.

El anciano calló, cogió una hoja de papel y con lápiz dibujó un cuadrado, luego le dibujó dos diagonales y en cada lado del cuadrado puso un número del uno al cuatro.

Frente al uno escribió: Dios, frente al dos: el hombre, frente al tres: la carne y frente al cuatro la diversidad, y después de reflexionar sobre ello le dio el papel a Pierre.

—Nosotros no sabemos, conde, y por eso le descubro mucho de lo que no sabemos y no podemos revelar a los neófitos. Eso es la masonería. El hombre ha de esforzarse por estar en el centro. Los lados de este cuadrado lo encierran todo...

El anciano estuvo en la habitación de Pierre desde las doce de la mañana hasta bien avanzada la tarde. Hablaron de todo. Pierre advirtió que el anciano no mencionaba su ateísmo como diciendo que estaba convencido de que esa momentánea equivocación pronto sería enmendada.

Una semana después se anunció el ingreso de Bezújov en la logia de San Petersburgo.

XXVII

El asunto de Pierre con Dólojov fue acallado, a pesar de lo severo que era en esa época el emperador en relación a los duelos, y ninguno de los contendientes ni sus padrinos fueron castigados. Pero la historia del duelo, confirmada por la separación de Pierre de su mujer, se divulgó por sociedad y llegó a oídos del propio emperador. Pierre, al que miraban protectora e indulgentemente cuando era hijo ilegítimo, al que adularon y enaltecieron cuando era el mejor partido del Imperio ruso tras su boda, cuando las doncellas y las madres ya nada podían esperar de él, perdió mucha estimación en la opinión de la gente, más aún dado que él no quería incitar la benevolencia general. Ahora solamente le culpaban de lo ocurrido diciendo que era un estúpido celoso propenso a tales acciones sangrientas, lo mismo que su padre. El príncipe Vasili ya sabía por una carta de su hija desde Moscú que su yerno estaba en San Petersburgo, le buscó y le escribió una nota diciéndole que fuera a verle. Pierre no respondió nada, y no acudió. El príncipe Vasili en persona fue a verle poco después de la visita del masón. Pierre no veía a nadie durante ese tiempo aparte del italiano y de sus nuevos amigos de la masonería, y dedicaba todo el día a la lectura de sus libros y había pasado del estado de apatía a un terrible sentimiento de curiosidad por saber qué era la masonería. Había sido admitido como miembro de la sociedad, había pasado la prueba, hacía donativos, escuchaba los discursos y aunque no podía entender bien qué era lo que ellos querían sentía calma espiritual y esperanza de perfeccionamiento, y lo más importante, entrega a algo o a alguien desconocido y una liberación de su desenfrenada voluntad. Solo esperaba a la próxima reunión de la logia para leer sus conjeturas sobre los trabajos en el campo y se disponía a partir para ponerlos en marcha. Estaba ocupado en pasar su discurso a limpio cuando entró el príncipe Vasili.

—Amigo mío, estás en un error —esas fueron las primeras palabras que le dijo al entrar en la habitación—. Ya lo sé todo y puedo decirte sin temor a equivocarme que Hélène es tan inocente ante ti como lo era Cristo ante los judíos. —Pierre quiso responder, pero él le interrumpió—. Yo lo entiendo todo, lo entiendo todo —dijo él—, tú has actuado como un hombre digno que valora su honor; puede que con excesiva premura, pero no vamos a juzgar eso ahora. Solo entiende en qué situación nos colocas a ella y a mí a ojos de todo el mundo e incluso de la corte —añadió él bajando la voz—. Ya está bien, querido —él le tiró de la mano hacia abajo—, que todos los pecados sean perdonados; sé un buen chico, tal como yo sé que eres. Escribe ahora una carta conmigo y ella vendrá aquí y todo este escándalo terminará, pero te diré que puedes sufrir fácilmente las consecuencias de esto. Sé de buena fuente que la emperatriz madre se ha tomado un vivo interés en este asunto. Sabes que ella quiere mucho a Hélène desde que era una niña.

Pierre trató de hablar unas cuantas veces, pero por un lado el príncipe Vasili no se lo permitía cortando apresuradamente la conversación, y por otro lado el mismo Pierre temía comenzar a hablar sin el tono de decidida negativa y desacuerdo con el que se había decidido firmemente a contestar a su suegro. Él fruncía el ceño, enrojecía, se levantaba y se dejaba caer de nuevo intentando conseguir hacer lo que le resultaba la cosa más difícil del mundo, decirle a una persona algo desagradable a la cara, no decirle eso que esa persona espera oír, quienquiera que sea. Sentía que de la primera palabra que dijera dependía su destino. Estaba tan acostumbrado a obedecer ese tono de despreocupada autoconfianza del príncipe Vasili que incluso entonces sentía que no tenía fuerzas para contradecirle. Pero sin embargo sentía que de lo que dijera iba a depender todo su destino futuro, es decir, seguir por el antiguo camino o por el nuevo tan atractivo que le habían mostrado y por el que creía que iba a encontrar el renacer a una nueva vida.

—Bueno, querido —dijo el príncipe Vasili con tono risueño y jocoso—, dime que sí y la escribiré de tu parte y sacrificaremos un cordero cebado. —Pero al príncipe Vasili no le dio tiempo a terminar su broma cuando Pierre con una expresión furiosa en el rostro que realmente recordaba a su padre, sin mirar a los ojos de su interlocutor le dijo con un susurro:

—Príncipe, yo no le he llamado. ¡Váyase! ¡Váyase! —Se levantó de un salto y le abrió la puerta—. ¡Váyase ya! —repitió él sin darse crédito a sí mismo y alegrándose de la expresión de confusión y temor que reflejaba el rostro del príncipe Vasili.

—¿Qué te sucede? Estás enfermo.

—¡Váyase! —dijo una vez más la voz amenazadora. Y el príncipe Vasili tuvo que irse sin haber recibido explicación alguna.

Al día siguiente Pierre recibió una notita de Anna Pávlovna Scherer con una invitación que no aceptaba discusión para ir a visitarla esa misma tarde entre las siete y las ocho, para tener una importante conversación y comunicarle las felices noticias sobre el príncipe Andréi Bolkonski. Pierre y todo el mundo en San Petersburgo creían muerto al príncipe Andréi.

En la nota se añadía que, aparte de él, en casa de Anna Pávlovna no habría nadie. Pierre llegó a la conclusión a través de esta nota que Anna Pávlovna ya conocía su entrevista del día anterior con su suegro y que la cita de ese día tenía como fin únicamente continuar con lo mismo y que las noticias sobre el príncipe Andréi eran solo el cebo; pero habiéndose convencido de que con su nueva vida no necesitaba temer a la gente y que seguramente había algo de verdad en lo de las noticias relativas al príncipe Andréi, se afeitó por primera vez tras su duelo, se puso el frac y partió al encuentro. Estaba alegre y contenido. Como si se burlara de todo el mundo conociendo la verdad.

Desde aquella primera tarde en la que Pierre había defendido tan inoportunamente a Napoleón en la velada de Anna Pávlovna había pasado mucho tiempo. La primera coalición había sido derrotada, habían muerto 100.000 personas en Ulm y Austerlitz. Bonaparte, que tanto había escandalizado a Anna Pávlovna con su insolente anexión de Génova y por haberse puesto la corona de Cerdeña, ese Bonaparte ya había puesto hasta el momento a dos de sus hermanos al frente de reinos europeos, había dispuesto órdenes para toda Alemania, era recibido por los emperadores de todas las cortes europeas, excepto la rusa y la inglesa, había destruido en dos semanas el ejército prusiano en Tena, había entrado en Berlín, había tomado una espada que le gustaba propiedad de Federico el Grande y la había enviado a París (este último suceso irritaba por encima de los demás a Anna Pávlovna) y habiéndole declarado la guerra a Rusia, prometía destruir sus nuevas tropas como había hecho en Austerlitz. Anna Pávlovna daba las mismas veladas que antes en sus días libres e igual que antes, se burlaba de Napoleón y se enfadaba con él y con todos los soberanos y dirigentes europeos, que, según le parecía a ella, acordaban a propósito el mostrarse indulgentes con Napoleón, para hacerle a ella y a la emperatriz madre disgustarse y enfadarse. Pero Anna Pávlovna y su ilustre protectora se consideraban por encima de esas provocaciones.

—Tanto peor para ellos —decían ellas y, de todos modos, expresaban a los allegados su verdadera postura en ese asunto.

Esa tarde, cuando Pierre entró en el porche de la casa de Anna Pávlovna, le salió al encuentro el mismo criado cortesano con el mismo aspecto significativo y solemne y anunció su nombre. Pierre pisó la alfombra de la misma sala forrada de terciopelo en la que estaba sentada en la misma butaca, con el mismo aspecto infeliz, la silenciosa tía personificando por todos sus rasgos y su pose la silenciosa y leal tristeza a causa de los escandalosos triunfos de Bonaparte.

Anna Pávlovna, tan firme e irrebatible en sus recepciones, salió al encuentro de Pierre y le ofreció de un modo especialmente cariñoso su delgada y amarillenta mano.

—¡Oh! Cómo ha cambiado —le dijo ella—, y a mejor, considerablemente a mejor. Le agradezco mucho que haya venido. No se arrepentirá de haberlo hecho, pero antes de que le cuente las novedades que le alegrarán, debo leerle un sermón.

—¿Está vivo? —preguntó impaciente Pierre y en su rostro se reflejó la expresión de juvenil afecto y felicidad que no había adoptado desde los tiempos de su boda.

—¡Después! ¡Después! —dijo bromeando Anna Pávlovna—. Si escucha mi sermón le contaré la noticia.

Pierre frunció el ceño.

—No puedo bromear sobre esto —dijo él—. Usted no sabe lo que significa ese hombre para mí. ¿Está vivo?

—Su Pilad está vivo —dijo con un cierto desprecio Anna Pávlovna—, pero recuerde con qué condición le digo esto y le cuento todos los detalles sobre ello. Debe escucharme como a un sacerdote y seguir mis consejos, aunque confío en que usted no será ya el terrible polemista que era antes. En mi opinión el matrimonio modela bastante el carácter de la gente, confío en que también actuará así en usted, especialmente conociendo el carácter de nuestra querida Hélène.

Pierre, para su sorpresa, se sentía extraordinariamente firme y tranquilo en consideración a las inminentes exhortaciones. La conciencia de que tenía un objetivo y una esperanza en la vida le otorgaban esa seguridad. Por primera vez tras su ingreso en la hermandad, se probaba a sí mismo en la rutina de la vida diaria y se sentía extraordinariamente crecido. No temía la influencia que Anna Pávlovna pudiera tener sobre él y además se encontraba sumido en la alegría de la inesperada noticia de la vuelta a la vida de su amigo.

Pierre estaba también ocupado en pensar de qué modo la cortesana Anna Pávlovna iba a abordar el tema del duelo, que era algo prohibido y muy mal visto en la corte. Se sorprendía de cómo podía Anna Pávlovna hablar tan cariñosa y amistosamente con él, después de haber cometido un acto tan poco cortés. Él aún no comprendía que, aunque Anna Pávlovna conocía hasta el mínimo detalle de su duelo, lo ignoraba, es decir, hacía como si el duelo nunca hubiera tenido lugar. Se limitaba a hablar de las relaciones de Pierre con su esposa. Cuando Pierre le advirtió imprudentemente que estaba dispuesto a asumir todas las consecuencias de su acto, pero que no cambiaría su decisión de separarse de su esposa, ella le miró interrogativamente con aspecto perplejo, como si le preguntara de qué acto estaba hablando, y añadió apresuradamente:

—Nosotras, las mujeres, no podemos y no queremos saber de otros actos que no sean los que nos atañen directamente.

A pesar de los conmovedores argumentos y exhortaciones de Anna Pávlovna, el golpe que suponía para el anciano padre, el príncipe Vasili, que arrojaba a su destino y a sus inclinaciones a una mujer joven, el mal que le hacía a su reputación esa separación, que no puede ser para siempre porque Hélène le obligará a volver con ella. Ante todos estos argumentos, Pierre, enrojeciendo y sonriendo indeciso, solo respondía decididamente que no se encontraba con fuerzas y no podía cambiar su decisión.

Pierre, manteniendo su respeto innato hacia las mujeres, que se le mezclaba con un cierto desprecio hacia ella, no pudo enfadarse por la conversación, pero comenzó a resultarle pesada.

—Dejemos esta conversación, no nos lleva a ningún lado.

Anna Pávlovna reflexionó.

—¡Ah! Píenselo usted, amigo mío —dijo ella elevando los ojos al cielo—. Piense en cómo sufren y soportan sus sufrimientos las personas, especialmente las mujeres y de muy alta dignidad —dijo ella adoptando esa expresión de tristeza que acompañaba a su conversación cuando esta trataba de los miembros de la familia real—. Si usted pudiera ver cómo yo veo la vida de algunas mujeres o mejor dicho ángeles y lo que sufren pero sin quejarse ni una pizca de la infelicidad de su matrimonio —y las lágrimas acudieron a sus animados ojos—. Ah, mi querido conde, usted tiene el don de cautivarme —le dijo ella, utilizando las mismas palabras que le decía a todos los que quería halagar, y le tendió la mano—. Ya no sé ni lo que digo —dijo ella como riéndose de su agitación y volviendo en sí. Pierre le prometió reflexionar y no divulgar su separación, pero le rogó que le dijera todo lo que sabía sobre su amigo. Los familiares de Liza Bolkónskaia habían recibido la noticia de que estaba herido y que se recuperaba de sus heridas en una aldea alemana y que había partido de allí completamente recuperado. Esta noticia alegró a Pierre aún más en aquel momento en el que él, habiendo renacido a una nueva vida, con frecuencia se entristecía por la pérdida de su mejor amigo con el que tanto deseaba compartir los nuevos pensamientos y su nueva forma de ver la vida. «No podría ser de otro modo», pensó él. «Una persona como Andréi no podía morir. Aún le queda mucho por delante.»

Pierre quería despedirse, pero Anna Pávlovna no se lo permitió y le obligó a acercarse en su compañía desde el aislado rincón en el que habían mantenido su conversación hasta donde se encontraban los invitados que estaban reunidos en tres grupos, de los cuales dos era evidente que estaban formados a la ligera con gentes de menor relevancia mientras que uno, reunido alrededor de la mesa de té, constituía el centro, y en este estaban agrupados los personajes de mayor rango y más relevantes. Ahí se encontraban las condecoraciones, los galones y los comisionados. En el primer grupo Pierre encontró una mayoría de personas mayores, entre los que había un hombre desconocido para él que se hacía escuchar por encima de los otros. Pierre les era a todos conocido y fue recibido como si le hubieran visto el día anterior. Anna Pávlovna presentó a Pierre y al desconocido, nombrándole con un apellido extranjero y susurrándole a Pierre: «Es un hombre de amplios y profundos conocimientos».

La conversación trataba de la carta de dimisión como comandante en jefe de Kámenski que se acababa de recibir en San Petersburgo.

—Kámenski se ha vuelto completamente loco —se decía allí—, Bennigsen y Buchsgevden están afilando los cuchillos, se pelean, solo Dios controla el ejército y esto es lo que le escribe al emperador: «Yo soy viejo para el ejército, no veo nada, apenas si puedo montar a caballo, pero no por pereza como otros, no puedo buscar un lugar en los mapas y no conozco el terreno. Me atrevo a ofrecer a la más mínima consideración parte de la documentación epistolar, que consiste en seis hojas que debería haber recibido el mismo día, cosa que no puedo tolerar y por la cual me atrevo a solicitar para mi persona un cambio de puesto». Y es el comandante en jefe.

—Pero ¿a quién se podía haber nombrado? —interrumpía Anna Pávlovna como si se defendiera de las acusaciones que se le hacían—. ¿Dónde están nuestros hombres? —Hablaba como si la falta de hombres fuera también uno de los fastidios dirigidos contra María Fédorovna—. ¿Y Kutúzov? —dijo ella y su sonrisa aniquiló para siempre a Kutúzov—. Ya ha mostrado muy bien como es. ¿Prozorovski? En nuestro país no hay hombres. ¿Quién es el culpable de esto?

—Aquel al que Dios quiere aniquilar es privado de juicio —dijo el hombre que poseía profundos conocimientos—. Hay muchas razones por las que en nuestro país no hay hombres, dijo él—. Algunos son demasiado jóvenes, otros carecen de posición, a otros no les ha dado tiempo a conseguir el favor del emperador, y sin embargo en el exterior han alistado a las mejores fuerzas revolucionarias.

—Así que usted dice —continuaba Anna Pávlovna— que las fuerzas revolucionarias deben triunfar sobre nosotros, defensores del viejo orden.

—Que Dios me libre de pensar eso —respondió el sabio—, pero sería muy probable que el significado de Bonaparte, aún velado para nosotros, sea más claro para la posteridad. Puede ser que haya sido llamado para aniquilar los reinos que no sigan los preceptos divinos y para mostrarnos claramente cuán vano es este gran mundo. —Y el hombre de profundos conocimientos comenzó a relatar las profecías de Jung Stilling sobre el significado del número apocalíptico cuatro mil cuatrocientos cuarenta y cuatro y que en el Apocalipsis se anuncia precisamente el advenimiento de Napoleón y que él es el Anticristo.

—Yo no he necesitado de libros para llegar a esa conclusión —replicó Anna Pávlovna—, desde el principio percibí que no era un ser humano y en mi libre pensamiento dudaba de si no contradiría a las enseñanzas cristianas el maldecirle, pero ahora siento que mis plegarias y maldiciones de todo corazón se han fundido con las maldiciones que ahora se ha ordenado leer en las iglesias; sí, es el Anticristo, creo en ello y cada vez que pienso en que esa horrible criatura ha tenido el atrevimiento de proponer a nuestro emperador establecer con él una alianza y cartearse como hermanos… Solo le pido a Dios que si no le es dado a Alejandro, como a un san Jorge, aplastar la cabeza de esta serpiente, que por lo menos nunca nos humille reconociéndolo como a un igual. Yo, al menos, sé que no lo resistiría.

Y con estas palabras, saludando con la cabeza, Anna Pávlovna se trasladó al otro grupo, compuesto predominantemente de diplomáticos en el que Pierre reconoció a Mortemart, ya entonces vestido con un uniforme de la guardia real rusa, a Hippolyte que hacía poco había vuelto de Viena, y a Borís, el mismo que tanto le gustara por su sincera explicación en casa de su padre en Moscú. Borís, durante su servicio en el ejército, gracias a las gestiones de Anna Mijáilovna y a su propio agradable y templado temperamento, había tenido tiempo de situarse en el más cómodo puesto. Servía junto al príncipe Volkonski y entonces había sido enviado al ejército del que acababa de volver como correo. Carecía ya de aspecto infantil y por eso parecía aún más agradable y tranquilo. Era evidente que se había adaptado completamente a esa subordinación no escrita que tanto le gustaba, por la que un alférez podía estar por encima de un general. Y en ese momento en la velada de Anna Pávlovna, entre personas importantes y de alto rango, a pesar de su baja graduación y de su juventud, se comportaba de un modo extraordinariamente correcto y adecuado. Pierre le saludó con alegría y se puso a escuchar la conversación general. La conversación trataba de las últimas noticias recibidas de Viena y del gabinete de Viena que nos había negado su ayuda y sobre el que se derramaban los reproches.

—Viena considera que las bases del tratado propuesto son hasta tal punto imposibles que no sería posible llegar a alcanzarlo ni a través de los éxitos más brillantes y duda de los medios a través de los que podremos alcanzar estos éxitos. Esta es la auténtica opinión del gabinete vienés —decía el encargado de negocios sueco, que dominaba el círculo diplomático—. La duda halaga —dijo con una amplia sonrisa.

—Es necesario diferenciar al gabinete vienés del emperador austríaco —dijo Mortemart—. El emperador nunca habría podido pensar así, eso es solamente lo que dice el gabinete.

—Ah, mi querido vizconde —dijo Anna Pávlovna considerando que era necesario que interviniera—. Europa no será nunca nuestra sincera aliada. El rey de Prusia solo ha sido nuestro aliado temporalmente. Tiende una mano a Rusia pero con la otra escribe su famosa carta a Bonaparte en la que le pregunta si se encuentra satisfecho con el recibimiento que se le ha dado en el palacio de Potsdam. No, la razón se niega a comprender tal cosa, es algo increíble.

«Todo sigue igual que hace dos años», pensó Pierre en el mismo instante en el que quiso dar su opinión a Anna Pávlovna sobre ese asunto, aunque el hecho de que el tono y el sentido de la conversación fueran exactamente los mismos que antes, le retuvieron. Riéndose interiormente se volvió hacia Borís, deseando intercambiar sonrisas con alguien, pero Borís, como si no entendiera su mirada, no le devolvió la sonrisa. Él escuchaba con atención como un buen estudiante la conversación de los mayores.

Tan pronto como se pronunciaron las palabras «rey de Prusia», Hippolyte comenzó a fruncir el ceño y a agitarse, preparándose para decir algo y deteniéndose.

—Sin embargo es un aliado —dijo alguien.

—¿El rey de Prusia? —preguntó Hippolyte y se echó a reír.

—Aquí hay un joven que ha visto con sus propios ojos los restos del ejército austríaco, os puede decir que no queda nada de él —dijo Anna Pávlovna señalando a Borís. Borís, hacia el que se volvieron los ojos, confirmó tranquilamente las palabras de Anna Pávlovna e incluso mantuvo la atención general durante unos instantes, al contar lo que había visto en la fortaleza de Glogau, donde había sido enviado.

La conversación se detuvo un instante. Anna Pávlovna ya comenzaba a decir algo cuando Hippolyte la interrumpió y se excusó. Anna Pávlovna le cedió la palabra, pero él se excusó de nuevo y riéndose guardó silencio.

—La espada de Federico el Grande —comenzó a decir Anna Pávlovna, pero de nuevo Hippolyte le interrumpió con las palabras «el rey de Prusia» y se excusó de nuevo. Anna Pávlovna se volvió hacia él con decisión, pidiéndole que continuara. Hippolyte se echó a reír.

—No, nada, solo quería decir… —se echó a reír, repitiendo la broma que había escuchado en Viena y que había estado preparándose toda la tarde para decir—, quiero decir que guerreamos en vano.

Pierre frunció el ceño: el estúpido rostro de Hippolyte le recordaba dolorosamente a Hélène. Alguien se rió. Borís se sonrió cuidadosamente, de tal modo que su sonrisa podía ser tomada como burla o como aprobación de la broma, según fuera recibida esta.

—¡Oh, qué malicioso es este príncipe Hippolyte! —dijo Anna Pávlovna amenazándolo con su amarillo dedo, y se alejó hacia el grupo principal, llevándose consigo a Pierre, que no permitía que se apartara de su lado. Borís les siguió. Pierre hacía mucho tiempo que no acudía a una velada de sociedad, y le resultaba interesante ver qué iba a suceder a continuación. Si se había enterado de muchas cosas interesantes en esos dos grupos, acercándose al tercero, el central y advirtiendo la animación con la que conversaban tuvo la esperanza de escuchar ahí las cosas más importantes e interesantes.

—Dicen que a Gardenberg le han dado la tabaquera incrustada de diamantes y sin embargo al conde N. Ánnenski la banda de primer grado —decía uno.

—Perdone, pero la tabaquera con el retrato del emperador es un premio y no una distinción —decía otro.

—El emperador lo ve de otro modo —le interrumpió severamente otro—. Hay ejemplos en el pasado, puedo nombrarles el caso del conde Schwarzenberg en Viena.

—Pero, conde, eso es imposible —le contradijo otro.

—Sí, es un hecho —intervino Anna Pávlovna con tristeza, tomando asiento, y todos de pronto se pusieron a hablar acaloradamente. Pierre en ese instante tuvo una de esas sensaciones equívocas en las que parece que se está dormido y que todos los que te rodean son parte de un sueño y en cuanto abras los ojos no van a estar ahí, y en el que se puede comprobar si es un sueño o la realidad haciendo algo inhabitual como golpear a alguien o gritar salvajemente. Él probó a gritar y su grito que comenzó roncamente le obligó a despertarse. Convirtió el grito en tos y sin llamar la atención se levantó, y deseando transmitir a alguien su estado alegre y burlón miró en derredor a la animada reunión. «O bien son todos ellos monstruos o el monstruo lo soy yo, pero somos ajenos», pensaba él. El joven Drubetskoi estaba sentado adecuada y respetuosamente algo por detrás del comisionado, y casi inapreciablemente se sonreía cuidadosamente de sus bromas. Pierre recordó vivamente su discusión en esa misma sala dos años antes y se gustó a sí mismo. Recordó también a Andréi que se encontraba allí, su amistad y sus veladas tras la cena. «Gracias a Dios que está vivo. Iré a casa y le escribiré.»

Y sin que lo advirtieran salió en silencio de la habitación. Y en el coche durante todo el trayecto se iba sonriendo en silencio de su vida feliz y plena de interés.

XXVIII

En el año 1807 Pierre emprendió finalmente su viaje al campo, con una finalidad muy bien definida: el beneficio de sus veinte mil campesinos. Este objetivo se subdividía en tres partes: 1) la manumisión, 2) la mejora de su bienestar físico con la construcción de asilos y hospitales, y 3) su bienestar moral con la construcción de escuelas y la mejora del clero. Pero tan pronto como llegó al campo, viendo las cosas sobre el terreno y hablando con los administradores, se dio cuenta de que esa misión resultaba imposible. Y era imposible principalmente por la falta de medios.

A pesar de la riqueza del conde Bezújov todas las posesiones estaban hipotecadas y por eso era imposible liberar a todos los campesinos como era su intención. Pagar esa deuda era imposible dado que no solamente gastaba los 600.000 rublos de ingresos que tenía sino que además todos los años resultaba imprescindible pedir dinero prestado. Entonces se sentía mucho menos rico que cuando recibía su asignación de 10.000 rublos del difunto conde. En líneas generales se hacía confusamente el siguiente presupuesto:

Pagaba al Consejo 80.000 por todas sus posesiones. El sueldo de los administradores de todas sus posesiones ascendía a 32.000. Al príncipe Vasili le había dado 200.000. Había una enorme cantidad de pequeñas deudas. El mantenimiento de la casa de Moscú y de las princesas 30.000. La de las afueras de Moscú 17.000. Las pensiones 16.000. Obras de caridad y peticiones 10.000. La condesa 160.000. Los intereses de las deudas 73.000. La construcción de una iglesia que había comenzado 115.000. La otra mitad, inmensa, que constituía 300.000 rublos, se gastaba sin saber muy bien en qué. Como en la casa de Moscú y en todas sus posesiones halló ancianos con grandes familias que llevaban viviendo veinte años a cuenta de su padre y que se mantenían a su servicio durante toda su vida. Era imposible cambiar esta situación. Queriendo disminuir las caballerizas de Moscú vio a un anciano que estaba empleado como cochero, que ya había estado en Turetchin con el difunto conde.

—¿Tengo muchos caballos, para qué los necesito? —decía Pierre suponiendo que el cochero estaría de acuerdo con sus planes de simplicidad. Pero el cochero decía respetuosamente: «Como ordene» y «¿Puedo marcharme?».Y en su rostro se reflejaba enfado y un mordaz reproche hacia el conde Bezújov, inmaduro, ilegítimo, que no sabía conservar su dignidad, apreciar a la gente y mantener el honor de la casa. Lo mismo sucedía con el jardinero, con las princesas y con el mayordomo. Pierre fruncía el ceño, se mordía las uñas y decía: «Está bien, lo pensaré». Y todo: las caballerizas, el jardín, el invernadero y las princesas, seguían como antes y todo, independientemente del deseo del conde, continuaba a la antigua usanza, costándole a Pierre la mitad de sus ingresos. Antes aún temían que él cambiara las cosas, pero después le conocieron y se esforzaron solo en mostrar enfado y su disposición para la infelicidad en la que él les iba a sumir y sabían que él lo dejaría todo como estaba.

Habiendo llegado a sus principales posesiones de Orlov con el proyecto preparado y aprobado en la logia y por el Benefactor (así llamaban al gran maestro de la logia) de la manumisión de los campesinos y la mejora de sus condiciones físicas y morales, Pierre convocó, además de al administrador principal, a todos los administradores de sus fincas, y les leyó su proyecto. Desarrolló en un largo y docto discurso sus ideas. Les decía que se iban a tomar medidas inmediatas para la liberación de los campesinos de la esclavitud de la servidumbre, que desde ese momento no se debía sobrecargar de trabajo a los campesinos, que no se debía mandar a trabajar a las mujeres con niños pequeños, que se debía prestar ayuda a los campesinos y que los castigos debían consistir en amonestaciones y no ser físicos y que en cada finca debía haber hospitales, asilos, escuelas, etc. Algunos de los administradores (los había incluso analfabetos) escuchaban asustados deduciendo del contenido del discurso que el joven conde no estaba contento con su «guardar y esconder el pan», otros tras el primer susto encontraron divertido el sisear del habla de Pierre y las palabras que escuchaban, nuevas para ellos, otros encontraban simplemente placer en escuchar lo que decía el señor, otros, los más inteligentes entre los que se encontraba el administrador general, comprendieron por ese discurso que se podía hacer caso omiso del señor.

Después del discurso dado a los administradores Pierre comenzó a trabajar a diario con el administrador general. Pero, para su sorpresa, advirtió que sus trabajos no hacían avanzar la cuestión ni un paso. Sentía que sus esfuerzos corrían independientes de su objetivo, que no la emprendían con la cuestión ni la hacían avanzar. Por una parte el administrador, presentando el asunto con el enfoque más negativo, le mostraba a Pierre la necesidad de pagar las deudas y de emprender nuevos trabajos a costa de los hombres, con lo que Pierre no estaba de acuerdo. Por otro lado, Pierre exigía que se iniciara ya el proceso de manumisión, a lo que el administrador exponía la necesidad de pagar antes la deuda con el Consejo de Tutela y por lo tanto la imposibilidad de una rápida liberación de los campesinos. El administrador no decía que eso era completamente imposible, pero recomendaba que para la consecución de ese objetivo se vendieran los bosques de la provincia de Kostromá, la venta de las tierras bajas y las propiedades de Crimea; pero todas estas operaciones estaban según el administrador ligadas a procesos tan complejos de levantamiento de prohibiciones, peticiones de licencias y etcétera que Pierre se perdía y lo único que le decía era: «Sí, sí, hágalo así».

Pasaron dos semanas y el asunto de la manumisión no avanzó ni un solo paso. Pierre luchaba y hacía diligencias, pero sentía vagamente que no tenía ese práctico tesón que le hubiera dado la posibilidad de tomar el asunto en sus manos y poner en movimiento la rueda. Comenzó a enfadarse, a amenazar al administrador y a exigir. El administrador que consideraba todas esas fantasías del joven conde como una locura desventajosa para él, para Pierre y para los campesinos, hizo ciertas concesiones. Aunque siguiera presentando el asunto de la liberación de los campesinos como algo imposible, dispuso la construcción en todas las fincas del conde de grandes edificios para escuelas, hospitales y asilos y convenció a los campesinos de que expresaran su agradecimiento a su señor por la generosidad. Pierre conversó un par de veces con campesinos y al preguntarles sobre sus necesidades, se convenció aún más de la necesidad de llevar a cabo para ellos las reformas planeadas. Encontró en sus conversaciones la confirmación de todos sus planes, exactamente igual que el administrador halló en su discurso decadencia y la demostración de la inutilidad de todos los planes del conde. Pero Pierre no sabía que en el indefinido discurso del pueblo puede encontrarse la confirmación de todo como en las palabras de un oráculo y se sintió muy feliz cuando los campesinos le dijeron que iban a rezar a Dios durante un siglo por él, por sus hospitales y escuelas. Pierre, al recorrer todas las aldeas de Orlov, vio con sus propios ojos las paredes de ladrillo en construcción de las nuevas edificaciones de los hospitales y las escuelas.

«Hasta aquí es hasta donde penetran y bullen los ánimos que me han inspirado nuestra santa hermandad», pensaba él alegremente, mirando a los albañiles y carpinteros que pululaban alrededor de las nuevas construcciones. Pierre vio los informes de los administradores sobre los trabajos de los campesinos, que habían disminuido en el papel (en esencia los trabajos habían aumentado, dado que al trabajo en el campo se sumaba la construcción de los hospitales y las escuelas). El administrador le dijo a Pierre que sus trabajadores le bendecían y que los campesinos tributarios a los que se les había disminuido el *obrok*, estaban construyendo un altar en honor a su ángel. El administrador prometió al conde mantener sus planes de liberación aunque los campesinos ya tenían el doble de beneficios que antes y ante la decidida exigencia de Pierre de vender los bosques y las fincas de Crimea para comenzar a pagar las deudas, le prometió intentar con todas sus fuerzas cumplir los deseos del conde.

XXIX

Después de haber pasado tres semanas en el campo, sobre lo que mandó un informe a la logia, Pierre, feliz y satisfecho, volvió hacia San Petersburgo, pero sin llegar a Moscú hizo un rodeo de 150 verstas para ir a visitar al príncipe Andréi al que hasta el momento no había visto. Pierre, sabiendo que el príncipe Andréi vivía en Boguchárovo, que su padre le había devuelto, a 40 verstas de Lysye Gory fue directamente allí. Era la primavera del año 1807.

La finca, la casa, el jardín, el patio, las construcciones adyacentes… todo era igual de nuevo que la primera hierba y las primeras hojas primaverales de los abedules. La casa aún no estaba estucada, los carpinteros (siervos) trabajaban en la valla, campesinos sucios y harapientos transportaban arena en carretillas, mujeres descalzas la extendían bajo las órdenes del jardinero (alemán), presentando un gran contraste, por su suciedad, con la limpieza y elegancia del patio, la fachada de la casa y los macizos de flores. Los campesinos, quitándose apresuradamente las gorras, dejaron pasar la diligencia de Pierre. A su encuentro no salió un criado con casaquín a la antigua, ni con medias y peluca como se estilaba antes en su casa, sino un mayordomo con frac al nuevo estilo inglés.

—¿Está el príncipe en casa?

—Está tomando el café en la terraza. ¿A quién tengo que anunciar? —dijo respetuosamente el mayordomo. En Pierre había algo, a pesar de su torpeza, o especialmente a causa de su torpeza, que despertaba mucho respeto.

A Pierre le impresionó el contraste de la elegancia de todo lo que le rodeaba (sobre lo que debía reflexionar) con el abatimiento y el dolor de su amigo. Entró apresuradamente en la limpia y flamante casa, que todavía olía a pino, aún sin estucar, pero elegante hasta el mínimo detalle y extraordinariamente particular y pasando por el despacho se acercó a la puerta de la terraza en la que se veía a través de la ventana un mantel blanco, un servicio de café y la espalda de alguién con una bata de terciopelo.

Era una de esas calurosas mañanas de abril en las que todo florece tan deprisa que se teme que esa alegría primaveral se vaya demasiado pronto.

Se oyó una voz brusca y desagradable proveniente de la terraza.

—¿Quién hay ahí, Zajar? Hazle pasar a la habitación de la esquina. —Zajar se detuvo pero Pierre le rodeó, y resollando, con pasos rápidos, entró en la terraza y tomó del brazo al príncipe Andréi tan deprisa que sin que su rostro tuviera tiempo de adoptar una expresión de enojo Pierre ya, quitándose las gafas, le besaba y le miraba de cerca.

—Eres tú, querido —dijo el príncipe Andréi. Y ante estas palabras Pierre quedó sorprendido del cambio operado en el príncipe Andréi. Sus palabras eran cariñosas, tenía una sonrisa en los labios y en el rostro, pero su mirada estaba apagada y muerta, por lo cual, a pesar del evidente deseo, el príncipe Andréi no podía adoptar una expresión despreocupada y alegre. Pierre, preguntándole y relatándole, no dejaba de observar y de sorprenderse del cambio que había experimentado. No era solamente que había adelgazado, que estaba pálido y avejentado, sino su mirada y las arrugas de la frente, que denotaban un pensamiento fijo, mantuvieron impresionado largo rato a Pierre hasta que se acostumbró.

Siempre sucede que en un encuentro después de una larga separación la conversación tarda bastante tiempo en establecerse; ambos se preguntaban y se contestaban brevemente sobre cosas sobre las que ellos mismos sabían que habría que hablar largo y tendido. Finalmente la conversación empezó a detenerse poco a poco sobre las cosas brevemente esbozadas anteriormente, en las preguntas sobre la pasada campaña, sobre la herida, sobre la enfermedad, sobre los planes para el futuro (sobre la muerte de la esposa de Andréi no se habló) y también en las preguntas del príncipe Andréi sobre su matrimonio, su separación, el duelo y la masonería. (Ellos no se escribían mutuamente, no sabían cómo hacerlo. ¿Cómo podía el príncipe Andréi rellenar media paginita? Solo una vez Pierre había escrito una carta de recomendación para Dólojov.)

Ese matiz muerto y concentrado que había advertido Pierre en la mirada del príncipe Andréi ahora se manifestaba aún más intensamente en sus opiniones que con frecuencia adoptaban una triste burla hacia todo en lo que anteriormente consistía su vida, los deseos, las esperanzas de felicidad y de gloria. Y Pierre comenzó a sentir que entonces no era adecuado hablar con exaltación delante del príncipe Andréi de los sueños, las esperanzas de felicidad y la búsqueda del bien. Le dio vergüenza contarle todas sus nuevas ideas masónicas y las acciones que había emprendido, y se contuvo.

—Ya nunca más serviré en el ejército —dijo el príncipe Andréi—. O yo no valgo para nuestro ejército o nuestro ejército no me vale a mí, no lo sé, pero el hecho es que no hacemos pareja. Incluso pienso que soy yo el que no vale. —Sonrió—. Sí, amigo mío, hemos cambiado mucho, mucho, desde que no nos vemos. Ahora no encontrarás en mí nada de orgullo. Me he sometido. No ante la gente porque en su mayoría son peores que yo, sino ante la vida. Plantar árboles, criar a mi hijo, y para divertirme ejercitarme en juegos intelectuales si me distraen de algún modo. (Por ejemplo, cuando leo a Montesquieu hago anotaciones. ¿Para qué? Para matar el tiempo.) Míralos a ellos —dijo señalando a los campesinos—, hacen lo mismo con la arena y está bien.

—No, no ha cambiado —dijo Pierre, reflexionando—. Si no tiene el orgullo de la ambición posee orgullo intelectual. Eso también es orgullo, un defecto y una virtud.

—Qué orgullo puede haber, amigo mío, en sentirse culpable e inútil y eso es lo que yo siento y no solamente no me quejo sino que me encuentro satisfecho.

—¿Culpable de qué? —Ya se encontraban en el despacho en ese momento. Andréi le señaló el encantador retrato de la princesita, que le miraba como si estuviera viva.

—De esto —dijo él ablandándose por la presencia de una persona querida para él: le temblaron los labios y se dio la vuelta.

Pierre comprendió que Andréi se arrepentía de haber amado poco a su esposa y comprendió que en el alma del príncipe Andréi este sentimiento había podido crecer con una extraordinaria fuerza, pero no comprendió cómo era posible amar a una mujer. Guardó silencio.

—Bueno, ya ves, alma mía —dijo el príncipe Andréi para cambiar de conversación—. Estoy aquí como en un campamento. Solo he venido a supervisar. Hoy vuelvo de nuevo con mi padre y mi niño. Está allí con mi hermana. Te los presentaré. Saldremos después de comer.

Después de la comida la conversación trató sobre el matrimonio de Pierre y sobre toda la historia de la separación. Andréi le preguntó cómo había sucedido. Pierre enrojeció violentamente igual que enrojecía siempre que le preguntaban por eso, y dijo apresuradamente:

—Más tarde, más tarde ya le contaré todo en algún momento. —Al decir esto se sofocó. Andréi suspiró y dijo que lo que había pasado era de esperar y que era una suerte que hubiera acabado así y que aún conservara algo de fe en la humanidad.

—Sí, lo lamento mucho, mucho, por ti.

—Sí, pero todo eso ya acabó —dijo Pierre—, y qué gran suerte no haber matado a ese hombre. No me lo hubiera perdonado nunca.

El príncipe Andréi se echó a reír.

—Eh, en la guerra matan a gente así —dijo él—. Y todos lo consideran algo muy justo. Y matar a un perro rabioso es algo que está incluso muy bien. A nosotros no nos es dado juzgar lo que es justo e injusto. Los hombres siempre se equivocan y se equivocarán siempre aún más cuando juzgan lo que es justo y lo que no lo es. Solamente hay que vivir de manera que no tengamos que arrepentirnos. Joseph Maistre dijo con razón: «en la vida solo hay dos verdaderas desgracias: el remordimiento de conciencia y la enfermedad. Y la felicidad es solamente la ausencia de esos dos males». Vivir para mí mismo, evitando solo para mí mismo esos dos males, esa es ahora toda mi filosofía. —El príncipe Andréi calló.

—No, yo vivía solo para mí mismo —comenzó Pierre—, y de este modo solo he arruinado mi vida. No, no puedo estar de acuerdo con usted. Solo ahora comienzo a entender todo el significado de la enseñanza del amor cristiano y el espíritu de sacrificio.

Andréi miraba en silencio con sus ojos apagados a Pierre y sonreía dulce y burlonamente.

—Iremos pronto a ver a mi hermana, la princesa María, coincidirás con ella. Esta es, alma mía, la diferencia que hay entre nosotros: tú vivías para ti mismo —dijo él—, y casi arruinas tu vida y solo has hallado felicidad cuando has comenzado a vivir para los demás y yo he experimentado algo diametralmente opuesto. Yo vivía para la gloria. (¿Y qué es la gloria? Es ese mismo amor al prójimo, el deseo de hacer algo por ellos, el deseo de recibir sus alabanzas.) Así yo vivía para los demás y no casi sino que he arruinado mi vida por completo y desde entonces estoy más tranquilo y vivo solo para mí.

—¿Cómo para sí mismo, y su hijo, su hermana, su padre? —dijo Pierre.

—Son lo mismo que yo. No son los demás —continuó Andréi. Y los demás, el prójimo, *le prochain*, como tú y la princesa María lo llamáis son la fuente de los errores y del mal, *le prochain*, son esos campesinos de Orlov que vienes ahora de visitar y a los que quieres hacer el bien. —Y miró a Pierre con una mirada provocativa y burlona. Era evidente que él, como un hombre que no está aún completamente convencido de sus nuevos principios y que no había tenido aún la ocasión de expresarlos, quería incitar a Pierre.

—Está bromeando. ¿Cómo se puede decir eso? —dijo Pierre animándose—. Qué error o qué mal puede haber en que la gente infeliz, como nuestros campesinos, que son gente como usted y como yo, que viven y mueren sin más comprensión de Dios y de la verdad que las imágenes y las oraciones sin sentido, sean instruidos en las verdades consoladoras, en la fe en una vida futura, en el castigo, en la recompensa, en el regocijo? Nosotros podemos pensar de otro modo pero para ellos es diferente. ¿Qué mal y qué error hay en ayudar a la gente que muere de enfermedades, de parto por falta de asistencia, cuando es tan fácil materialmente ayudarles y les puedo proporcionar médicos, hospitales y asilos para los ancianos? ¿Y es que no es un bien sensible e indudable darle descanso y recreo a aquel que no tiene descanso ni de noche ni de día?… —decía Pierre animándose y ceceando—. Y eso es lo que yo he hecho. No solo no me disuadirá de que esto es bueno, sino que tampoco será capaz de decirme que usted mismo no ha pensado en ello.

Andréi callaba y sonreía.

—Y lo principal es que —continuó Pierre— la satisfacción de hacer el bien es la verdadera felicidad de la vida.

—Sí, eso es otra cosa —comenzó el príncipe Andréi—. Yo construyo una glorieta en el jardín y tú hospitales. Tanto lo uno como lo otro puede servir para pasar el rato. Pero qué es lo justo y qué es el bien, dejemos que lo juzgue aquel que todo lo sabe y no nosotros. Tú dices: escuelas —continuó él contando con los dedos—, la enseñanza, etcétera, es decir, quieres sacarle de su estado animal y darle preocupaciones morales. Pero a mí me parece que la única forma de ser feliz es la felicidad animal y tú quieres privarle de eso. Yo le envidio y tú quieres hacerle como yo, pero sin darle ni mi inteligencia ni mis sentimientos ni mis medios. Luego tú dices que hay que aliviar su trabajo y en mi opinión el trabajo físico es para ellos una necesidad tal, tal condición de su existencia, como para ti y para mí el trabajo intelectual. Tú no puedes evitar pensar. Me acuesto a las tres de la mañana y me asaltan pensamientos y no puedo conciliar el sueño, doy vueltas en la cama y no me duermo hasta el amanecer porque estoy pensando y no puedo evitarlo; del mismo modo él no puede no arar y no segar porque sino iría a la taberna. Igual que yo no soportaría su terrible trabajo físico y me moriría al cabo de una semana, él tampoco soportaría mi holganza, engordaría y moriría. Y además dices… ¿qué más has dicho?

El príncipe Andréi dobló el tercer dedo.

—Ah, sí. Hospitales y médicos. Si tiene un ataque y se está muriendo tú lo sangras y lo curas y estará inútil durante diez años y supondrá un peso para todos. Sería mucho más fácil y tranquilo para él morirse. Otros nacen y siempre habrá muchos. Si lo que tú lamentas es que te va a faltar un trabajador de más… pero tú quieres curarle por amor hacia él. Y él no lo necesita. Y además, ¿qué fantasía es esa de que la medicina ha curado a alguien alguna vez…?

El príncipe Andréi expresaba con un especial entusiasmo sus pensamientos de desencanto, como un hombre que llevara mucho tiempo sin hablar. Y su mirada se animaba más cuanto más desesperanzados eran sus juicios. Contradecía en todo a Pierre, pero parecía que al contradecirle él mismo dudaba de lo que decía, y se alegró cuando Pierre le rebatió con firmeza.

—Lo único que no puedo comprender es cómo se puede vivir con tales pensamientos —decía Pierre—. Yo también me he encontrado en momentos así, no hace mucho tiempo, en San Petersburgo, pero cuando se ha llegado a ese estado, eso no es vida, todo me parecía miserable, y sobre todo yo mismo no me lavaba, no comía… pero cómo usted…

—Sí, son esos mismos pensamientos, pero no del todo —respondió el príncipe Andréi—. Yo veo que todo es así, que todo es miserable y desesperanzador, pero yo vivo y no soy culpable de ello, así debe ser, hay que vivir lo mejor posible sin hacer daño a nadie, hasta que te llegue la muerte.

—Pero entonces, ¿qué es lo que le impulsa a vivir? Con esos pensamientos tienes que quedarte quieto, sin emprender…

—Eso es lo fastidioso, que la vida no te deja en paz. Yo sería feliz no haciendo nada, pero por un lado la nobleza de la región me ha hecho el honor de nombrarme su jefe; a la fuerza me he librado. Ellos no podían comprender que no tengo lo que hace falta, carezco de la bondadosa trivialidad que se necesita. Por otro lado está esta casa que he tenido que construir para tener mi propio rincón, donde pueda estar tranquilo. Ahora la milicia que tampoco quiere dejarme en paz.

—¿Por qué no vuelve al ejército?

—¡Después de Austerlitz! —dijo el príncipe Andréi lúgubremente—. No, he dado mi palabra de que no voy a volver a servir en activo en el ejército ruso. Y no lo haré. Ni siquiera si Bonaparte estuviera aquí en Smolensk y amenazara Lysye Gory me incorporaría al ejército ruso. Bueno, como te decía —continuó el príncipe Andréi tranquilizándose—, ahora la milicia, mi padre ha sido nombrado comandante en jefe de la tercera región y la única forma que tengo de librarme del servicio es acudir a servir como ayudante suyo.

—¿Y se alistará?

—Sí, ya lo he confirmado. —Calló durante un instante—. Así es como se hace todo, alma mía —continuó él sonriendo—. Yo hubiera podido apartarme del servicio, pero ¿sabes por qué voy? Dirás que confirmo tu teoría de hacer el bien. Voy porque, te voy a ser sincero, mi padre es uno de los hombres más admirables de su siglo. Pero se hace viejo y no es que sea cruel, pero es demasiado íntegro de carácter. Es terrible con su costumbre de tener poder absoluto y ahora con este poder que le ha dado el emperador haciéndole comandante en jefe de la milicia. Si hace dos semanas me hubiera retrasado dos horas hubiera ahorcado a un funcionario en Yujnovo. Así que voy porque aparte de mí, nadie tiene influencia sobre mi padre y podré salvarle de cometer un acto que después le atormentaría.

—Ah, ahí lo tiene…

—Sí, pero no es como tú piensas —continuó el príncipe Andréi—. No le deseaba ni le deseo el menor bien a ese miserable funcionario que robaba las botas a los milicianos; incluso estaría muy satisfecho de verle colgado, pero me da pena mi padre, es decir, de nuevo yo mismo.

El príncipe Andréi por primera vez desde la llegada de Pierre se animó en ese momento después de la comida. Sus ojos resplandecían alegremente mientras intentaba demostrar a Pierre que en su acto no había deseo de hacer el bien al prójimo.

—Bueno, tú quieres liberar a los campesinos —continuó él—. Eso está muy bien. Pero no para ti, ni para mí, y aún menos para los campesinos. Tú no has azotado a ninguno ni has enviado a ninguno a Siberia. Y aunque se golpee a los campesinos, se les azote y se les envíe a Siberia, creo que no es peor para ellos. En Siberia llevan la misma vida de bestias y las heridas del cuerpo cicatrizan y sigue siendo igual de feliz que era antes; pero esto es necesario para esas gentes que mueren moralmente, que experimentan arrepentimiento pero que lo acallan y se embrutecen por el simple hecho de que tienen la posibilidad de castigar ya sea justa o injustamente. Esos son los que me dan pena y para los que desearía liberar a los campesinos. Es posible que tú no lo hayas visto, pero yo he visto cómo buenas personas educadas en la tradición del poder ilimitado, con los años, cuando se vuelven irascibles, se vuelven crueles y groseras y aun sabiéndolo no pueden contenerse y se vuelven más y más desgraciadas.

Andréi hablaba de esto con tal seguridad que Pierre pensó involuntariamente en que estos pensamientos se los inspiraba su padre a Andréi. No le respondió nada.

—De estos y de eso es de los que me compadezco: de la dignidad humana, de la tranquilidad de conciencia y de la pureza y no de las espaldas y de las frentes, que por mucho que se las azote o se las afeite, seguirán siendo las mismas espaldas y frentes.

—Es cierto, es cierto —gritó Pierre al que le gustaba ese nuevo punto de vista para las acciones que había emprendido.

Por la tarde el príncipe Andréi y Pierre se sentaron en la carretela y partieron para Lysye Gory. El príncipe Andréi, sin dejar de mirar a Pierre, rompía de vez en cuando el silencio con frases que delataban que se encontraba de un humor excelente.

—¡Qué contento estoy de verte! ¡Qué contento! —decía él.

Pierre callaba sombríamente y contestaba de un modo lacónico, parecía inmerso en sus propios pensamientos.

—¿Y a ti te gustan los niños? —preguntó él después de un breve silencio—. Ya me dirás cuando le veas si te gusta. —Pierre se lo prometió.

—Has cambiado terriblemente —dijo el príncipe Andréi—. Y a mejor, a mejor.

—¿Y sabe por qué he cambiado? —dijo Pierre—. No encontraré mejor ocasión de decírselo. —De pronto volvió todo el cuerpo en la carretela—. Deme la mano —y Pierre le hizo un signo masónico al que Andréi no respondió con la mano—: ¿Acaso eres masón? —dijo.

—Si cree que hay algo superior…

—No me lo digas, no me lo digas, ya lo había pensado. Sé qué es la masonería a vuestros ojos.

Pierre siguió sin hablar. Pensaba en que tenía que mostrarle a Andréi las enseñanzas de la masonería; pero tan pronto como se imaginaba cómo y qué iba a decirle, presintió que el príncipe Andréi con una palabra, con un argumento, iba a comprometer toda su enseñanza y temió comenzar y exponer a la burla su querido sanctasanctórum.

—No, ¿por qué piensa así —comenzó a decir de pronto Pierre bajando la cabeza y adoptando el aspecto de un toro que va a embestir—. ¿Por qué piensa así? No debería pensar así.

—¿A qué te refieres?

—A la vida, al destino del hombre, al reinado del mal y la confusión. Eso no puede ser. Yo también pensaba así y ¿sabe qué me salvó? Los masones. No, no sonría. La masonería no es una secta ritual y religiosa, como yo pensaba, sino que la masonería es la mejor, la única expresión de las mejores y eternas facetas del ser humano. —Y comenzó a explicar a Andréi qué era la masonería, como él la entendía y con lo que difícilmente estarían de acuerdo sus hermanos masones. Decía que la masonería es la enseñanza de la sabiduría, del cristianismo liberado de las cadenas de la religión y del Estado, la enseñanza del perfeccionamiento del ser humano, de la ayuda al prójimo, la erradicación de cualquier mal y la propagación de esta enseñanza de igualdad, amor y conocimiento.

—Sí, eso estaría bien, pero a esos iluminados los persigue el gobierno, son conocidos y por lo tanto carecen de fuerza.

—Yo no sé qué son los iluminados, ni qué son los masones —dijo Pierre entrando en un estado de elocuente exaltación en el que perdía los estribos—, y no quiero saberlo. Sé cuáles son mis convicciones y que con estas convicciones encuentro la simpatía de mis correligionarios, que son incontables en el presente, fueron incontables en el pasado y a los que el futuro pertenece. Solo nuestra santa fraternidad tiene un verdadero sentido en la vida; todo lo demás es sueño —decía él—. Comprenda, amigo mío, que fuera de esta unión todo es mentira y falsedad y yo estoy de acuerdo con usted en que a un hombre bueno e inteligente no le queda nada más que, como usted, vivir su vida intentando solamente no hacer daño a nadie. Pero asimile nuestras convicciones fundamentales, entre en nuestra hermandad, denos la mano, permita que le guíen y sentirá como yo me sentí, parte de una enorme cadena invisible cuyo comienzo se oculta en el cielo.

El príncipe Andréi miraba delante suyo en silencio, escuchando el discurso de Pierre. Unas cuantas veces pidió que le repitiera palabras que no había escuchado por el sonido de las ruedas. Por el particular brillo que tenían los ojos de Andréi y por su silencio Pierre veía que sus palabras no eran en vano y que Andréi no le interrumpiría. Ya había dejado de temer un burla o una fría réplica y solo deseaba saber cómo eran recibidas sus palabras.

Se acercaron a un río desbordado que tenían que cruzar sobre una balsa. Mientras disponían la carretela y los caballos ellos subieron en silencio a la balsa y se acodaron en la barandilla. El príncipe Andréi contemplaba en silencio el brillo del atardecer a lo largo del río.

—Bueno, y ¿qué piensa de esto? ¿Por qué calla?

—¿Qué es lo que pienso? Te escucho. Eso es todo. Pero tú dices: entra en nuestra hermandad y te mostraremos el propósito de la vida, el destino del hombre y las leyes que rigen el mundo. Pero todos nosotros somos hombres. ¿Cómo es posible que lo sepáis todo y yo no? Y tú, un hombre, ¿no sabes lo que eres?

—¿Cómo que no lo sé? —dijo Pierre fogosamente—. Si lo sé. ¿O es que no siento en mi alma que formo parte de este enorme todo armónico? ¿O es que no siento que en esta innumerable cantidad de seres en los que se manifiesta la divinidad, o la fuerza suprema, como quiera, yo no soy más que un eslabón, un peldaño entre los seres inferiores y los superiores? Si yo veo claramente la escalera que lleva del vegetal al hombre, ¿por qué supongo que esta escalera, de la que no veo el fin por abajo se pierde en las plantas y en los pólipos? ¿Por qué no supongo que esta escalera acaba conmigo y no sigue más y más arriba hasta seres superiores? Usted a leído a Herder, que es un gran filósofo y un hombre muy docto. Él dice… —Y Pierre comenzó a explicar todas las enseñanzas de Herder que entonces eran completamente nuevas y que habían sido comprendidas en profundidad y habían emocionado a Pierre.

La carretela y los caballos ya hacía tiempo que habían sido trasladados a la otra orilla, y el sol ya se había ocultado hasta la mitad y la helada de la tarde cubría de estrellas los charcos de la orilla, pero Pierre, para sorpresa de los criados, de los cocheros y de los barqueros seguía de pie, gesticulando con las manos y hablando con su voz ceceante. El príncipe Andréi le escuchaba en la misma pose inmóvil y no cesaba de mirar el rojo resplandor del sol sobre el agua azul.

—No, amigo mío —acabó Pierre—, hay un Dios en el cielo y hay bondad en la tierra.

El príncipe Andréi suspiró y miró con ojos luminosos, infantiles y tiernos el rostro encendido y entusiasta, pero tímido frente a su amigo, al que creía superior, de Pierre.

—Sí, ¡si esto fuera así! —dijo él—. Pero vamos a sentarnos.

—Y al salir de la balsa el príncipe Andréi miró al alto y limpio cielo y por primera vez después de Austerlitz vio ese alto e infinito cielo que había visto tumbado en el campo de Austerlitz desangrándose y muriendo. Al ver ese cielo recordó todos los pensamientos que le habían asaltado entonces y se sorprendió de cómo había podido después olvidar todo aquello al entrar en el antiguo ritmo de vida. Pierre no le había persuadido, todos sus razonamientos no habían hecho más que dejarle indiferente, pero la apasionada animación de Pierre, para defender sus argumentos como una tabla de salvación y el evidente deseo de su amigo de transmitir la felicidad que experimentaba a causa de sus convicciones, y sobre todo esa timidez de Pierre que por primera vez había adoptado un tono aleccionador con una persona con la que antes siempre había estado de acuerdo, todo esto junto a la prodigiosa tarde de abril y la calma del agua hicieron que Andréi de nuevo percibiera el alto cielo infinito y se enterneciera y notara que tenía fuerzas de juventud que él consideraba que ya había gastado.

—¿Por qué? —dijo el príncipe Andréi ante la insistente petición de que entrara en la logia masónica—. ¿Por qué? Para mí no es difícil y a ti te causara una gran satisfacción.

XXX

En el año 1807 la vida en Lysye Gory había cambiado poco. Lo único que había variado es que en las habitaciones que ocupara de la difunta princesa estaba ahora el cuarto para el niño y allí vivían el pequeño príncipe, mademoiselle Bourienne y la niñera inglesa. La princesa ya no recibía sus lecciones de matemáticas y solo iba a saludar a su padre por las mañanas, cuando él estaba en casa. El anciano príncipe había sido nombrado uno de los ocho comandantes en jefe de la milicia que se había establecido en toda Rusia. El anciano príncipe se había recuperado de tal modo tras el regreso de su hijo que no se había considerado con derecho a renunciar al deber para el que le había designado el propio emperador. Seguía igual, pero en los últimos tiempos, con más frecuencia por las mañanas, antes de desayunar y también antes de la comida tenía accesos de rabia, durante los que resultaba terrible para sus subordinados e insoportable para los miembros de su casa.

En el cementerio se levantaba un nuevo monumento sobre la tumba de la princesa, una capilla con una estatua de mármol de un ángel llorando. El anciano príncipe pasó a ver una vez esa capilla y sonándose enfadado se alejó de allí. Al príncipe Andréi tampoco le gustaba mirar ese monumento, probablemente le parecía, lo mismo que a su padre, que el rostro del ángel se parecía al de la princesa y ese rostro también decía: «Ah, ¡qué habéis hecho conmigo! Yo os di todo lo que pude y ¿qué habéis hecho vosotros conmigo?». Solamente la princesa María encontraba placer en ir a la capilla y lo hacía con frecuencia e intentando transmitir sus sentimientos al niño, llevaba consigo a su pequeño sobrino y le asustaba con sus lágrimas.

El anciano príncipe acababa de regresar de una ciudad de provincias donde había tenido que resolver ciertos asuntos militares y como de costumbre le sucedía, la actividad le había revitalizado. Llegó contento y se alegró particularmente de la llegada de su hijo con un invitado al que aún no conocía personalmente, pero sí por su padre, del que había sido amigo. El príncipe Andréi llevó a Pierre al despacho con su padre y después fue a las habitaciones de la princesa María y a ver a su hijo. Cuando regresó, el anciano y Pierre discutían y por los animados viejos ojos de su padre y por sus gritos, Andréi advirtió con placer que Pierre le había caído bien. Discutían, como era de esperar, sobre Bonaparte, sobre el que el príncipe Nikolai Andréevich parecía examinar a cada forastero que llegaba. El anciano no podía digerir la gloria de Bonaparte e insistía en que era un mal táctico. Pierre, aunque había cambiado en mucho su manera de ver al que había sido su héroe, aún le consideraba un hombre genial aunque le acusaba de haber traicionado los ideales revolucionarios. El anciano no entendía en absoluto ese punto de vista. Juzgaba a Bonaparte solo como jefe militar:

—¿Y qué, en tu opinión ha actuado inteligentemente ahora situándose de espaldas al mar? —decía el anciano—. Si no fuera por Kusgeren (así llamaba él a Buchsgevden) se encontraría en una terrible situación.

—Ahí reside su fuerza —objetaba Pierre—, en que él desprecia la tradición bélica y todo lo hace a su modo.

—Sí, a su modo, y en Austerlitz se apostó entre dos fuegos…

Pero en este instante entró el príncipe Andréi y el anciano guardó silencio. Nunca hablaba de Austerlitz delante de su hijo.

—Siempre hablando de Bonaparte —dijo el príncipe Andréi con una sonrisa.

—Sí —respondió Pierre—, recuerde cómo le veíamos hace dos años.

—Sin embargo ahora —dijo el príncipe Andréi—, ahora para mí está claro que toda la fuerza de este hombre reside en el desprecio a las ideas y en la mentira. Solo hace falta convencer a todos de que nosotros siempre vencemos y triunfaremos.

—Andréi, cuéntanos lo de la charca de Arcola —dijo el anciano echándose a reír antes de que empezara.

Este relato lo había escuchado el anciano cientos de veces y siempre le obligaba a repetirlo. El relato consistía en los detalles de la toma del puente de Arcola en el año 1804, que el príncipe Andréi, estando preso, había conocido a través de un testigo de los hechos, un oficial francés. En aquel tiempo era conocida por todos y glorificada la supuesta hazaña de Bonaparte siendo aún comandante en jefe, en el puente de Arcola. Narraban, publicaban e inmortalizaban en cuadros cómo el ejército francés se había quedado rezagado en el puente, recibiendo disparos de metralla. Bonaparte tomó la bandera y se lanzó a avanzar por el puente y siguiendo su ejemplo las tropas avanzaron y tomaron el puente. El testigo le dijo a Andréi que nada de eso había sucedido. Era cierto que el ejército estaba detenido en el puente y que unas cuantas veces al serles ordenado que avanzaran salieron corriendo, es verdad que el mismo Bonaparte se acercó y bajó del caballo para observar el puente. En el instante en el que se bajó del caballo y sin encontrarse precisamente al frente del ejército, las tropas que habían avanzado echaron a correr hacia atrás, en ese mismo instante le hicieron caer patas arriba y al intentar librarse de ser aplastado, cayó en una zanja llena de agua, donde se ensució y se caló y de la que le sacaron con dificultad, le sentaron en un caballo ajeno y le llevaron a que se secara. Y además el puente no se tomó ese día sino al día siguiente, disponiendo las baterías que habían destrozado a los austríacos.

—Así es como se gana la gloria entre los franceses —decía el anciano riéndose con su desagradable risa—, y ordenó escribir en los boletines que había corrido al puente con la bandera.

—Sí, él no necesita esa gloria, su mejor gloria es haber aplacado el terror.

—Ja, ja, ja, el terror… Bueno, que así sea. —El anciano se levantó—. Bueno, hermano —dijo dirigiéndose a Andréi—, es excelente tu amigo, le he cogido cariño. Consigue que me sulfure. Otros dicen cosas inteligentes y no apetece escucharles, y él no dice más que tonterías y sin embargo me incita a la discusión. Con él me acuerdo del pasado, de cuando estuve en Crimea con su padre. Bueno, iros. Puede ser que vaya a cenar. Seguiremos discutiendo. Vete, amigo mío. Te gustará la boba de mi hija la princesa María.

El príncipe Andréi llevó a Pierre a ver a la princesa María, pero ella no les esperaba tan pronto y estaba en su habitación con sus huéspedes favoritos.

—Vamos, vamos a verla —dijo el príncipe Andréi—, ella está ahora escondida con sus gentes de Dios,* seguro que se sentirá avergonzada, pero se lo tiene merecido y así tú verás a las gentes de Dios. Te aseguro que es muy curioso.

—¿Qué es eso de las gentes de Dios? —preguntó Pierre.

—Ahora lo verás.

Efectivamente, la princesa María se avergonzó y en su rostro aparecieron manchas rojas cuando entraron en su habitación. En el diván de su acogedora habitación con lámparas que ardían ante los iconos estaba sentado a su lado un joven con una larga nariz y largos cabellos, con un hábito de monje. En un sillón cercano estaba sentada una anciana con un pañuelo negro sobre la cabeza y los hombros.

—Andréi, ¿por qué no me has avisado? —dijo ella con cariñoso reproche, poniéndose delante de sus peregrinos como una gallina clueca frente a un halcón—. Me alegro de verle. Me alegro mucho —le dijo a Pierre mientras que él besaba su mano. Le conocía de pequeño y además, su amistad con Andréi, la desgracia de su esposa y sobre todo su rostro bondadoso y tímido le predisponían a su favor. Le miraba con sus bellos y luminosos ojos y parecía decir: «Le quiero mucho, pero por favor, no se ría de *los míos*».

—Ah, Ivánushka está de nuevo aquí —dijo Andréi señalando con una sonrisa al joven peregrino, mientras su hermana hablaba con Pierre.

—¡Andréi! —dijo con voz suplicante la princesa María.

—Tú ya sabes cómo son las mujeres —dijo Andréi a Pierre.

—Andréi, por el amor de Dios —repitió la princesa María.

---

* Nombre de una secta religiosa. *(N. de la T.)*

Era evidente que la actitud burlona frente a los peregrinos y la inútil defensa que de ellos hacía la princesa María era algo acostumbrado en sus relaciones.

—Pero, amiga mía —dijo el príncipe Andréi—, deberías estarme agradecida por aclararle a Pierre tu intimidad con este joven.

—¿De verdad? —dijo Pierre en serio (cosa por la que la princesa María le estuvo muy agradecida) mirando a través de las gafas al rostro de Ivánushka, que comprendiendo que se hablaba de él les observaba con ojos astutos.

La princesa María se inquietaba totalmente en vano por *los suyos*. Ellos no se azaraban en absoluto. La anciana hablaba con el príncipe Andréi con la voz rítmica que utilizaba cuando hablaba de cosas santas. El afeminado Ivánushka, intentando hablar con voz grave bebía té y sin turbarse, respondía al príncipe Andréi.

—¿Así que ha estado en Kíev? —le preguntó el príncipe Andréi a la anciana.

—Sí que he estado, padrecito, el padre Amfiloji me bendijo. Está muy debilitado, madrecita —dijo dirigiéndose a la princesa María—. Parece que va a ser salvado en este mundo. Está delgadísimo, pero cuando te acercas a que te bendiga las manos le huelen a incienso. Fui a la cueva. Ahora se puede entrar libremente a las cuevas. Los monjes me conocen. Me dieron la llave y entré y me postré ante los santos, les recé a todos, doy gracias a Dios por ello.

Todos guardaban silencio, la única que hablaba con voz rítmica y tranquila era la peregrina.

—¿Y dónde más has estado? —preguntó el príncipe Andréi—. ¿Has ido a ver a la Virgen?

—Ya basta, Andréi —dijo la princesa María—. No se lo cuentes, Pelaguéiushka.

—¿Y por qué no se lo voy a contar, madrecita? Tú piensas que se burlará. Pero no, él es bueno, piadoso, es mi bienhechor, me dio diez rublos, lo recuerdo. Estuve en Kaliazin. En Kaliazin, madrecita, la Santísima Madre de Dios se ha revelado y parece como si estuvieras viendo una imagen milagrosa. Y el milagro, padrecito, es que le mana crisma de las mejillas.

—Bueno, está bien, está bien, luego lo cuentas —dijo la princesa María ruborizándose.

—Permítame preguntarle —dijo Pierre—. ¿Cómo que crisma?

—Mana de las mejillas de la Virgen, padrecito, y es perfumado.

—¿Y usted cree en eso? —dijo Pierre.

—¿Por qué no voy a creerlo? —dijo asustada la peregrina.

—Porque es un engaño.

—¡Ah, padrecito, qué dice! —dijo horrorizada Pelaguéiushka, volviéndose hacia la princesa María en busca de ayuda.

—¿Qué sucede? Él está diciendo la verdad —dijo el príncipe Andréi.

—Señor mío Jesucristo —dijo la peregrina anciana—, también tú. Ay, no hables así, padrecito. Uno que no creía en Dios dijo: «Los monjes engañan», y según lo dijo se quedó ciego. Y soñó que se le aparecía la Santísima Madre de Dios y le decía: «Cree en mí y te curaré». Entonces él empezó a pedir: llevadme con ella. Te lo digo de verdad porque yo misma lo vi. Le llevaron al ciego a ver a la Virgen y él se arrojó a sus pies diciendo: «Cúrame y te daré todo lo que el zar me ha concedido». Yo misma lo vi, había una estrella engastada en la Virgen. ¡Y él recobró la vista! —dijo ella dirigiéndose a la princesa María.

La princesa María enrojeció. Ivánushka, con sus luminosos ojos, miraba a todos de reojo.

El príncipe Andréi no pudo evitar burlarse, le gustaba y estaba acostumbrado a irritar a su hermana.

—Es decir, que ascendieron a la Virgen a general.

—Padrecito, padrecito, no blasfemes, recuerda que tienes un hijo —dijo de pronto rabiosa y asustada la peregrina, completamente colorada mirando a la princesa María—. Es un pecado que digas esas cosas. Dios te perdonará. —Ella se santiguó—. Señor, perdónale. Madrecita, ¿qué es esto? —se levantó y al borde del llanto comenzó a recoger su hatillo. Era evidente que le resultaba doloroso y terrible lo que le habían dicho y que sentía vergüenza de haber recibido favores en una casa en la que se podían oír tales cosas. Entonces no le hizo falta a la princesa María pedirle a Andréi que se reportara. Tanto el propio Andréi como particularmente Pierre trataron de tranquilizar a la peregrina y de convencerla de que ninguno de los dos pensaba así y que esos comentarios se les habían escapado. La peregrina se tranquilizó y después estuvo durante largo rato narrándoles la felicidad que se experimentaba al caminar en soledad por las cuevas, sobre la bendición del padre Amfiloji, etcétera. Después entonó un canto.

La princesa María, permitiéndoles que se quedaran a pasar la noche, se llevó a su hermano y a la visita a tomar el té.

—Ya ve, conde —decía la princesa María—, Andréi no quiere acordar conmigo que la peregrinación es una gran hazaña. Dejarlo todo, todas las relaciones, las alegrías de la vida y partir, viviendo solo de limosnas, recorrer el mundo y rezar por todos, por los bienhechores y por los enemigos.

—Sí —decía el príncipe Andréi—, si tú hicieras algo así para ti sería una ofrenda, pero para ellos es una carrera.

—No, tú no lo comprendes. Tienes que escuchar lo que dicen.

—Lo he escuchado y solo oigo ignorancia, error y el anhelo de vagabundear, y sin embargo tú escuchas lo que quieres escuchar y lo que tienes en el alma.

—No, yo estoy de acuerdo con la princesa —decía Pierre—. Lo único que me apena es la superstición.

—Oh, tú vas a estar en todo de acuerdo con la princesa María, sois idénticos.

—Eso me enorgullece mucho.

Cuando Pierre partió y todos los miembros de la familia se sentaron juntos, como siempre ocurre, excepto Bourienne, todos comenzaron a hablar de él y como raramente sucede, todos dijeron cosas buenas. Incluso Mijaíl Ivánovich le alababa con frecuencia, sabiendo que con eso le daba una satisfacción al anciano príncipe. La princesa María preguntaba con frecuencia por él y le pedía a Andréi que le escribiera con más frecuencia. Andréi rara vez hablaba de él, pero su visita había marcado época. Todos los sueños de Pierre de los que prácticamente se había burlado y que le había rebatido al conversar con él, todas esas hipótesis, comenzó el príncipe Andréi a llevarlas a cabo en sus propiedades sin decírselo a nadie. En Boguchárovo se levantó un ala para hacer un hospital, se llamó a un sacerdote y se le pagó para que enseñara a los niños, se disminuyó la angaria y se envió una solicitud para la manumisión de los campesinos.

Era el día 26 de febrero. El cochero que había llevado al anciano príncipe al volver de la ciudad trajo documentos y cartas para el príncipe Andréi. El ayudante de cámara, al no encontrarle en el despacho, fue hacia las habitaciones de la princesa María, pero tampoco allí le encontró y le dijeron que fuera al cuarto del niño.

—Perdone, Excelencia, Petrushka ha traído documentos —dijo una de las doncellas ayudantes de la niñera dirigiéndose al príncipe Andréi que estaba sentado en una pequeña silla de la habitación del niño y con manos temblorosas y el ceño fruncido vertía en medio vaso de agua unas gotas de un frasco de medicina, de pronto lo tiró enfadado al suelo y pidió otro porque había echado más gotas de la cuenta.

—Amigo mío —decía la princesa María desde la cuna junto a la que se encontraba—, es mejor esperar a después…

—Ah, haz el favor, siempre estás diciendo tonterías, siempre quieres esperar, mira a lo que nos lleva esperar —gruño él queriendo evidentemente herir a su hermana.

—Amigo mío, es mejor no despertarle, está durmiendo.

El príncipe Andréi se acercó indeciso de puntillas con el vaso.

—Quizá tengas razón en lo de no despertarle —dijo él. La

princesa María le señaló a la doncella que le llamaba. El príncipe Andréi salió rezongando «que se los lleve el diablo» y arrebatando de la mano que le alargaba los sobres y las cartas de su padre volvió a la habitación del niño. El anciano príncipe había escrito lo siguiente en un papel azul con sus trazos grandes y alargados utilizando de vez en cuando signos de abreviación: «Acabo de recibir a través del correo una noticia muy alegre si no es falsa. Parece que Bennigsen ha logrado una victoria completa sobre Bonaparte en Pultusk. En San Petersburgo todo el mundo lo está celebrando y se han mandado al ejército innumerables condecoraciones. A pesar de que es un alemán le felicito. No entiendo qué es lo que hace el jefe de Korchev, un tal conde Rostov, hasta el momento no ha enviado ni contingentes adicionales de soldados, ni provisiones. Ve inmediatamente y dile que le cortaré la cabeza si no lo tiene todo preparado en una semana. Acabo de recibir una carta de Pétenka, dice que todo es verdad. Cuando no se mete el que no debe meterse, hasta un alemán puede vencer a Bonaparte. Dicen que ha huido bastante diezmado».

La recepción de esta carta que en otro momento inmediatamente después de leerla y de haber comprendido su contenido hubiera resultado un duro golpe para el príncipe Andréi, consistente en que, uno, el destino continuaba burlándose de él, disponiéndolo de tal modo que Napoleón fuera vencido ahora que él estaba en su casa, avergonzándose inútilmente de la deshonra de Austerlitz, y dos, que su padre le exigía partir inmediatamente a Korchev a ver a un tal Rostov, sin embargo le dejó completamente indiferente hacia ambos asuntos.

«Que el diablo se lleve a todos los Pultusk, los Bonapartes y las condecoraciones —pensó acerca de lo primero—. No, disculpe, pero no voy a partir mientras Nikólenka se encuentre en este estado», pensó de lo segundo, y con la carta abierta en la mano y de puntillas volvió hacia el cuarto del niño buscando con la mirada a su hermana.

Era la segunda noche que no dormía cuidando del pequeño que ardía en fiebre. Durante esas veinticuatro horas, sin fiarse del médico de la casa y esperando al que habían mandado a llamar a la ciudad, probaron un remedio detrás de otro. Agotados por la falta de sueño y por la inquietud, se hacían mutuamente reproches y discutían. En el instante en el que de nuevo entró el príncipe Andréi con la carta en la mano vio que la niñera ocultaba algo de su vista con rostro asustado y que la princesa no estaba junto a la cuna.

—Amigo mío —escuchó detrás de él el susurro de la princesa María, que a él le pareció desesperado. Y como sucede en los momentos de terrible incertidumbre se apoderó de él un inmotivado temor. Todo lo que veía y oía le parecía un confirmación de sus temores.

«Todo ha acabado, ha muerto», pensó él. El corazón se le desgarró y un sudor frío surgió en su frente. Se acercó a la cuna aturdido, convencido de que la encontraría vacía, pero el lindo y sonrosado niño, murmurando en sueños, estaba tumbado en ella. El príncipe Andréi se agachó y como le había enseñado su hermana probó con los labios si el niño tenía fiebre. La delicada frente estaba húmeda, él le tocó con la mano, incluso los cabellos estaban mojados. Una sombra se divisó a su lado bajo las cortinas de la cama. El príncipe no miró sin caber en sí de la felicidad de mirar al rostro del niño y escuchar su rítmica respiración. La sombra era la princesa María, que se había acercado con pasos inaudibles a la cuna, había levantado la cortina y la había dejado caer tras de sí. Bajo la cortina de muselina había una penumbra mate y los tres parecían encontrarse aislados del mundo.

—Está sudando —dijo el príncipe Andréi.

—He ido a buscarte para decírtelo.

El príncipe Andréi miró a su hermana con sus bondadosos ojos y sonrió con aire culpable. Los luminosos ojos de la princesa María brillaban más que de costumbre a causa de las lágrimas de felicidad que había en ellos. Despacio para no despertar al niño, se cogieron de la mano y la torpe princesa María con este gesto enganchó levemente la manta de la cuna. Se riñeron el uno al otro, permaneciendo aún de pie en esa luz mate de la cortina como si lamentaran despedirse de ese mundo apartado, limpio y lleno de tanto amor y, finalmente, enganchándose el cabello y suspirando salieron y cerraron tras ellos las cortinas.

Al día siguiente el niño estaba completamente recuperado y el príncipe Andréi partió para Korchev para cumplir el encargo de su padre.

XXXI

La última deuda de 42.000 rublos, contraída para el pago de las pérdidas de Nikolai, aunque era una suma insignificante en relación a todas las propiedades del conde Rostov, resultaba la gota que colmaba el vaso. Este último préstamo, que el conde había solicitado bajo palabra y el pago de sus cuotas, desordenó definitivamente los negocios de los Rostov. Para el otoño debía cumplir con el pago de la letra de cambio y con las exigencias del consejo tutelar, cosas ambas que no se podían pagar sin vender propiedades. Pero el anciano conde, con la sensación de un jugador que se entrega al juego, no tuvo en cuenta a los banqueros y tuvo fe; Mítenka, nadando en aguas cenagosas, no intentó aclarar sus asuntos. Con la intención de disminuir los gastos, el conde partió al campo con su familia con la intención de pasar en él incluso el invierno. Pero la vida en el campo no ayudaba mucho al conde a solucionar sus asuntos. Vivía en su finca de Otrádnoe, una propiedad de quinientos campesinos, sin hacer ningún tipo de gasto, pero con un rico jardín y un parque y un invernadero, una enorme reserva de caza, un coro de música y caballerías. Por desgracia ese mismo año había habido dos reclutamientos y la milicia había arruinado a muchos terratenientes rusos; ellos habían puesto fin a sus saqueos. En sus propiedades se reclutaba a uno de cada tres trabajadores para la milicia, así que en las tierras de labranza se había tenido que reducir el laboreo y en las tierras de campesinos tributarios, que suponían la mayor parte de sus ingresos, los mujiks ni pagaban ni podían pagar los tributos. Además de eso debía preservar 10.000 rublos para los uniformes y las provisiones. Pero el conde no había cambiado ni un ápice ni su radiante alegría ni su hospitalidad, acentuada en el campo y desde el momento que fuera elegido por unanimidad decano de la nobleza. Aparte del gran baile y las diversiones que organizaba para la distracción de los nobles de su región, pagaba por algunos, los más pobres, con su propio dinero, y los defendía con todas sus fuerzas frente al comandante en jefe, a pesar de la fama de terrible severidad que este, el príncipe Bolkonski, tenía. Por lo tanto hubo negligencias que enfadaron al príncipe Nikolai Andréevich y para la supervisión de las mismas envió a su hijo.

Mítenka vivía con su familia en la casa grande de la aldea de Otrádnoe y todos los que tenían asuntos con el conde sabían que precisamente allí, en su casa, se decidían todas las cuestiones. En su porche se agolpaban los jefes de los campesinos, vestidos con caftanes nuevos y el calzado limpio, los campesinos harapientos y las mujeres que iban a solicitar algo. Mítenka salía a recibirles con su pelliza, sonrosado, orgulloso y desatento.

—¿Bueno, tú qué quieres?

El alcalde de la aldea explicaba que de nuevo el jefe de la milicia había ido a exigir gente para la instrucción del día siguiente, pero que el barbecho aún no estaba labrado.

—¿Qué es lo que ordena?

Mítenka frunció el ceño.

—El demonio sabe lo que hacen. Así arruinarán toda la hacienda. Le dije que escribiera —murmuró para sí mismo—. ¿Qué es esto?

Era una carta del comisario de policía rural con una petición de dinero por orden del comandante en jefe. Mítenka la leyó.

—Di que no está, ha ido a la ciudad. Luego le informaré. Bueno, ¿vosotros qué quereis?

El anciano campesino cayó de rodillas.

—¡Padre! ¡Ya se llevaron a Vaniúshka, por lo menos que me dejen a Matiúshka! Ordénalos que le dejen.

—Ya te han dicho que es solamente temporal.

—Cómo temporal, padrecito. Dicen que se los llevarán a todos.

Una mujer que pedía por su marido cayó de rodillas a sus pies.

Tras una esquina salieron aún diez hombres guiñaposos que evidentemente también eran demandantes.

—Bueno, es que ninguno de vosotros escucha. El zar ha ordenado…

—Padrecito… padre…

—Id a ver al señor.

—Padre, protégenos.

En ese momento al lado del porche del ala del intendente pasó traqueteando una enorme carroza de reata con un tiro de seis caballos grises. Dos criados iban impecables en los galones traseros. El cochero, gordo, sonrosado, con la barba untada de pomada, gritó a la gente que el potro de refresco comenzaba a centellear. «Átalo más corto, Vaska», y la carroza rodó hacia la entrada con columnas entre las tinas expuestas de la enorme casa de Otrádnoe. El conde partía a la ciudad para encontrarse con el príncipe Andréi, pero sabían que volvía al día siguiente, así como que dos días después era su santo, día de celebraciones y visitas. Ya hacía tiempo que en la sala grande se preparaba para ese día la sorpresa de una representación teatral casera de la que a pesar del ruido de los hachazos para la construcción del escenario, el conde no debía enterarse. Muchos invitados habían llegado ya de Moscú y de la capital de la provincia para ese día.

Mítenka dejó a la gente después de decirles que el conde no tenía tiempo y que no se podía cambiar nada porque todo se había decidido en su nombre.

El príncipe Andréi llevaba dos días en la capital del distrito, llevando a cabo todas las disposiciones indicadas por su padre, y solo esperaba el encuentro con el decano de la nobleza, que iba a tener lugar por la tarde, para partir.

Era obvio que a pesar del cambio que alimentaba la esperanza de que se hubiera operado en él, no podía conocer a ninguno de los habitantes de la ciudad, ni al alcalde ni al juez. Caminaba y paseaba como por un desierto. Un día por la mañana fue a un comercio y quedando prendado de la belleza de una panadera le dio cinco rublos de propina; al día siguiente un campesino fue a verle lamentándose de la vergüenza de su hija. Murmuraban de ella que era la amante del hijo del comandante en jefe. El príncipe Andréi cambió dinero, fue al mercado al día siguiente y repartió cinco rublos a cada muchacha. Cuando el conde Iliá Andréevich fue a la ciudad y se cambió en casa del juez tuvo noticia de este comportamiento del joven y le alegró mucho. Apresuradamente, como siempre y con mejor humor que de costumbre fue a ver al príncipe Andréi.

El anciano conde se servía de la gran ventaja de las personas bondadosas, que consistía en que no necesitaba cambiar su trato ni con las personas importantes ni con las que no lo eran, dado que no podía ser más cariñoso de como lo era con todo el mundo.

—¡Le saludo, querido príncipe! Me alegro mucho de conocerle. A su padre le vi una vez, pero es posible que no me recuerde. ¿Cómo es que no le da vergüenza alojarse aquí? Debería haber venido directamente a mi casa, mis cocheros le hubieran llevado en un momento, eso hubiera sido más tranquilo para usted y para los demás y podríamos haber hablado del asunto; además me imagino que usted ni siquiera tenía qué comer; y mi condesita y los niños se hubieran alegrado mucho. Ahora iremos a mi casa, dormirá allí, pasará unos días, los que quiera, precisamente pasado mañana es mi santo, no desprecie, príncipe, mi pan y mi sal. Sobre nuestro asunto espere un poco, llamaré a mi secretario y en un momento lo tendremos preparado. Ya tengo preparado el dinero; yo mismo sé, padrecito, que el servicio es ante todo.

Fuera porque realmente el conde y su secretario representaban garantía suficiente del intempestivo cumplimiento de algunas exigencias y la satisfacción de aquellas que pudieran ser satisfechas o porque el príncipe Andréi hubiera sido cautivado por las sencillas y bondadosas maneras del anciano conde tras las que no se ocultaba nada excepto una general benevolencia y bondad hacia todas las personas sin excepción, sintió que todos los asuntos oficiales habían finalizado y que si no lo habían hecho, eso no impedía de ninguna manera la falta de voluntad del anciano conde de llevar un conveniente gobierno a su padre y a todas las personas del mundo.

—¡Bueno, príncipe, buena jugada le ha hecho a los comerciantes! Así me gusta, así es como se portan los caballeros. —Y le dio bondadosamente unas palmadas en la espalda—. Así que, por favor, príncipe, amigo, no rechace alojarse en mi casa, al menos una semanita —dijo como si no dudase que el príncipe Andréi pudiera ir con él. El príncipe Andréi que se encontraba en un excepcional estado de ánimo tras el feliz desenlace de la enfermedad de su hijo, la historia con los comerciantes y especialmente a causa de que el anciano conde pertenecía a esa clase de personas tan diferente de sí mismo, que no podía medirse con ellas y que le resultaban especialmente simpáticas, realmente no pensó en la posibilidad de rechazar su invitación.

—Bueno, pero no una semanita —dijo él sonriendo.

—Allí lo veremos —concedió el anciano conde resplandeciendo con una alegre sonrisa—. Ya verá, pasado mañana habrá teatro en mi casa, mis muchachas lo han preparado. Solo que es un secreto, una sorpresa. ¡Cuide de no decirlo!

Habiendo sentado al nuevo huésped en su carroza y ordenado que el coche del príncipe les siguiera, el anciano conde le llevó a tomar el té de la tarde a Otrádnoe. El amable anciano charló abundante y alegremente y esa charla gustó aún más al joven Bolkonski. Hablaba con un amor y un respeto tal de su hijo, al que el príncipe Andréi recordaba haber visto en el extranjero, con tal cuidado y esfuerzo no se deshacía en elogios al hablar de sus muchachas (el príncipe Andréi comprendió que era esa innata delicadeza de un padre de muchachas casaderas hablando en presencia de un buen partido), miraba de una manera tan simple a todas las relaciones humanas, era tan distinto del conjunto de personas orgullosas, inquietas y ambiciosas a las que él mismo pertenecía y que tan poco le gustaban, que el anciano le agradó especialmente.

—Esta es mi barraca —dijo él con un cierto orgullo entrando en la amplia y poco empinada escalera de piedra cubierta de flores y en el amplio recibidor en el que aparecieron diez criados, la mitad sucios, pero todos alegres. El anciano le condujo directamente con las damas al salón y el balcón en el que todos estaban sentado tras la mesa de té. El príncipe Andréi encontró en la familia Rostov lo que esperaba encontrar: ancianas señoras moscovitas con una conversación en francés indolente y sin sentido, a la estricta señora Liza mirando despreciativamente hasta el mínimo detalle a su prometido, a la acogida, siempre sonrojada y modesta Sonia y al preceptor alemán con el niño fastidiándole constantemente con sus observaciones solo para mostrar a los padres y particularmente al invitado, que él, un buen alemán, recordaba cuáles eran sus obligaciones y que incluso usted, señor invitado, podía llevarle a trabajar a su casa, si es que necesitaba un buen alemán, y que iría gustoso porque de todos modos allí no sabían valorarle plenamente, y miembros de la nobleza invitados que se comportaban respetuosamente en casa del decano. Todo era como debía ser. Nada era inesperado, pero por alguna razón todo aquello, con toda su insignificancia y trivialidad conmovió al príncipe Andréi hasta el fondo de su alma. Si había una causa para su estado de ánimo, completamente teñido en ese instante de una luz tierna y poética o si todo lo que le rodeaba era lo que producía en él ese estado no lo sabía, pero todo le conmovía y todo lo que veía y escuchaba se imprimió vivamente en su memoria como sucede en los instantes solemnes e importantes de la vida.

El anciano se acercó apresuradamente con pasos blandos a su mujer besándose mutuamente las manos y señalando con la mirada al invitado diciéndose el uno al otro cosas que solo comprendían los esposos y las esposas. Liza no le pareció a primera vista antipática, se sentó al lado del invitado (a él le apenó que no fuera tan buena como su padre), Sonia, toda sonrojada con su abundante sangre, sus fieles ojos de gata y sus negras y espesas trenzas, peinadas en las mejillas como las orejas de un perro de muestra y el anciano criado mirando con una sonrisa al nuevo rostro y el enorme y viejo abedul con las inmóviles ramas suspendidas en la cálida luz de la tarde y el sonido de los cuernos de caza y el aullido de los galgos proveniente de la perrera y un jinete sobre un potro de pura sangre y un drozhki* dorado deteniéndose bajo el balcón para mostrar al conde su potro favorito y el sol poniente y la fina hierba en los bordes del camino y junto a ella la regadera del jardín, todas esas cosas, como atributos de la felicidad, se grabaron en su memoria. Un sitio nuevo, nueva gente, el silencio de las tardes de verano, los tranquilos recuerdos y una nueva y benevolente opinión sobre el mundo, influenciada por el anciano conde durante el viaje, le dieron la impresión de la posibilidad de una vida nueva y feliz. Él miraba fugazmente el cielo mientras la condesa le decía una frase trivial acerca de lo agradable que era la vida en verano (qué podía decirle a una persona extraña, él no halló nada que reprobarle, era una buena mujer). Miró al cielo y por primera vez después de la batalla de Austerlitz lo vio de nuevo, vio el alto e

---

* Drozhki: coche ligero de cuatro ruedas. *(N. de la T.)*

infinito cielo que no tenía nubes que se deslizaran por él sino que era azul, claro y amplio. Un ruido parecido al sonido de un pájaro que hubiera entrado volando en la habitación y golpeara en la ventana se escuchó en la ventana que daba al balcón y una voz alegre y apasionada gritó:

—¡Abridme, me he quedado *apatrada*, mamá! ¡Me he quedado *apatrada*! —gritó riéndose y llorando, como le pareció al príncipe Andréi, un niño que estaba en la ventana. Al verle, el niño, el encantador niño, sacudiendo los negros rizos se ruborizó, ocultó el rostro entre las manos y saltó de la ventana.

Era Natasha. Con un traje de hombre para ensayar su obra y sabiendo que su padre había regresado y con un invitado, había ido a lucirse, pero al haberse enganchado en el pestillo se le había ocurrido la palabra «apatrada» y deseando reírse de esa palabra y abrir la puerta, cosa que no podía y mostrarse con el traje de hombre, que sabía que le quedaba muy bien, ante el nuevo invitado y deseando esconderse de su padre, ella, como un pajarillo, comenzó a agitarse en la ventana sin saber lo que hacía, tal como le sucedía siempre todos esos pensamientos se le ocurrieron de pronto y quería ponerlos en práctica inmediatamente.

—Bueno, voy a ver a Polkam —dijo el anciano conde, guiñando un ojo y sonriendo a su mujer, actuando como si no hubiera visto nada y no supiera de la sorpresa y bajó del balcón para ver a Polkam que golpeaba impaciente con las patas espantando a las moscas y con este solo movimiento hacía rodar hacia delante y hacia atrás el drozhki.

—Es mi hija mediana, están preparando un espectáculo para el santo de mi esposo —dijo la anciana condesa.

El príncipe Andréi dijo con una sonrisa que lo sabía todo.

—¿Quién se lo ha dicho? —gritó una voz desde la ventana y la singular cabeza (Natasha había cumplido los quince años ya estaba muy formada y había embellecido ese verano)—. ¡¿Mi padre?!

—No, me he enterado aquí —dijo él sonriendo.

—¡Ah! —dijo la vocecilla tranquilizándose—. Mamá, venga aquí, mire a ver qué le parece.

La anciana condesa salió y el príncipe Andréi escuchó cómo persuadía a su hija para que mostrara a todos el aspecto que tenía con ese traje. Entretanto Liza le contaba con sumo detalle que ese traje significaba que estaban preparando una obra de teatro, que el anciano conde ya lo sabía, pero que fingía que no, en una palabra, todo lo que el príncipe Andréi había entendido desde el primer indicio.

El anciano conde conversaba con el jinete sobre el tiempo que tardaba Polkam en llegar a tal sitio. Por un lado se oía una balalaica cerca de la cocina y desde el estanque llegaban los sonidos de un rebaño dispersándose. El príncipe Andréi escuchaba todo, pero todos estos sonidos eran solo el acompañamiento del sonido de la voz del niño-niña que decía que quería presentarse ante el invitado. La anciana condesa la había convencido. De pronto la puerta se abrió apresuradamente y Natasha entró corriendo en el balcón. Llevaba puestos unos pantalones de piel de alce, unas botas de húsar y abierto sobre el pecho un chaleco de terciopelo bordado en plata. Delgada, graciosa, con los rizos largos hasta los hombros, sonrosada, asustada y satisfecha de sí misma quiso dar unos pasos adelante, pero de pronto le entró vergüenza, se tapó la cara con las manos y se deslizó hacia la puerta casi tirando a su madre patas arriba y solo pudo oírse por el parquet el rápido crujido de sus botas de húsar alejándose.

Por la tarde, Natasha, que habitualmente no era tímida, no bajó a cenar.

—¿Por qué no bajas? —le decían.

—No voy, me da vergüenza.

La misma condesa tuvo que ir por ella. Pero Natasha, escuchando los pasos de la condesa, se puso de pronto a llorar.

—¿Por qué lloras? ¿Qué te sucede? —decía la condesa cariñosa.

—Ah, nada, me fastidia que hagáis una montaña de un grano de arena. Vaya, vaya, le doy mi palabra —se santiguó— de que iré.

—Y bajó antes de la cena con un vestido de mujer, que ya era largo como el de las mayores, pero con el mismo peinado. Ella, enrojeciendo, se sentó al lado del príncipe Andréi.

Era evidente que había crecido mucho, era esbelta y tenía ya la estatura de una mujer adulta no muy alta. Era bonita y no lo era. La parte superior de su rostro: la frente, las cejas, los ojos, eran delicados, finos y excepcionalmente bellos, pero los labios eran excesivamente gruesos y grandes, la irregular barbilla se unía con un potente y excesivamente fuerte (en comparación con la ternura de los hombros y el seno) cuello. Pero los defectos de su rostro solo podían distinguirse en un retrato o en un busto de su imagen, en la Natasha viva no podía advertirse nada de eso porque tan pronto como su rostro se animaba, la firme belleza de la parte superior se fundía con la expresión algo salvaje y sensual de la parte inferior formando un conjunto de luminoso y siempre cambiante encanto. Y siempre estaba animada. Incluso cuando callaba y escuchaba o pensaba. Después de la cena, sin participar en la conversación de los mayores, miraba curiosa y atentamente con ojos severos a la nueva cara. El anciano conde advirtiendo que estaba taciturna, guiñando alegremente un ojo al príncipe Andréi y mirando de soslayo a su hija favorita dijo:

—Solo echo de menos Moscú por una cosa: aquí no hay teatros, lo que daría por ver una función teatral. ¡Ah! ¡Natasha! —se dirigió a ella. El príncipe Andréi, siguiendo la mirada del anciano príncipe, también la miró.

—Aunque tengo en casa una cantante —dijo el anciano conde.

—¿Usted canta? —dijo el príncipe Andréi. Dijo estas simples palabras mirando directamente a los preciosos ojos de esa muchacha de quince años. Ella también le miró y de pronto, el príncipe Andréi sin ninguna causa, sin entenderlo él mismo, sintió que la sangre le acudía a la cara y que no sabía qué hacer con sus ojos y sus labios y que simplemente se había ruborizado y estaba confuso como un niño. Le pareció que Natasha había reparado en su estado y los demás también.

Por la noche la anciana condesa, en camisa, dejó entrar una vez más en su habitación a Natasha que estaba particularmente animada después de su rapto de timidez y que vestida con una camisa vieja y una cofia peroraba sentada encima de la montaña de almohadas.

—Sí, él es de mi gusto —decía.

—No puede decirse que lo tengas malo —decía la condesa.

El príncipe Andréi no se quedó hospedado en casa de los Rostov y a la mañana siguiente partió. Iba solo en su coche y no dejaba de pensar en su difunta esposa. Veía ante sí su rostro como si estuviera viva. «¿Qué es lo que habéis hecho conmigo?», decía sin cesar ese rostro, y a él se le hacía muy duro y triste.

«Sí, hay esperanza y juventud —se decía a sí mismo—, pero yo estoy acabado, consumido, viejo», se decía a sí mismo, pero al mismo tiempo que se decía eso, acercándose a casa pasó por un bosque de abedules de Lysye Gory que lindaba con la mansión. Cuando partiera a Korchev en ese bosque, que ya había brotado, había un roble que aún no tenía hojas y él reflexionó acerca de ese roble. Era primavera, los arroyos ya se habían derretido, todo estaba verde, en el bosque olía a tibia frescura. Junto al mismo camino tendiendo un nudoso y desgarbado brazo sobre él estaba el viejo roble con la corteza rota en uno de los lados. Todo el viejo roble con sus brazos desgarbados y sus dedos, con su centenaria corteza cubierta de musgo y sus postillas, resaltando con sus ramas desnudas, parecía hablar sobre la vejez y la muerte. «Ya estáis de nuevo vosotros con las mismas tonterías —parecía decir a los abedules y a los ruiseñores—, de nuevo fingís alguna alegría primaveral, balbuceáis vuestras antiguas, aburridas, siempre iguales fábulas sobre la primavera, la esperanza, el amor. Todo eso es absurdo y necio. Miradme a mí: soy anguloso y nudoso, así me han hecho y así soy, pero soy fuerte, yo no finjo, no dejo brotar la sabia y las hojas jóvenes (que luego se caerán), no juego con la brisa, estoy aquí y seguiré estando igual de desnudo y nudoso, hasta que desaparezca.»

Ahora, al volver, el príncipe Andréi se acordó del roble con el que pensaba que tenía mucho en común y miró hacia delante en el camino buscando al viejo árbol con sus gastados brazos extendidos con reproche sobre la burlona y enamorada primavera. Pero el anciano ya no estaba: el calor apretó, el sol de primavera calentó, la tierra se ablandó y el viejo, sin poder contenerse, olvidando sus reproches y su altivez, dejó que los antes desnudos y terribles brazos se cubrieran de jóvenes y jugosas hojas que tremolaban al suave viento, del tronco, de las protuberancias, de la áspera corteza, habían brotado hojas jóvenes y el obstinado viejo más pleno, más majestuoso y más reblandecido que ninguno, celebraba la primavera, el amor y la esperanza.

XXXII

El emperador vivía en Bartenstein. El ejército se encontraba en Friedland.

El regimiento de Pavlograd que se encontraba entre esa porción del ejército que estaba de campaña en el año 1805, y que siendo completado en Rusia se había retrasado para las primeras acciones, se encontraba entonces acampado en una aldea polaca devastada. Denísov, a pesar de su conocido valor, no era uno de esos oficiales que hacen progresos en el ejército; seguía comandando el mismo escuadrón de húsares, que, a pesar de que más de la mitad no eran los mismos, igual que antes no le temían sino que sentían por él una ternura infantil.

Nikolai, aunque era teniente, seguía siendo un oficial subalterno, del escuadrón de Denísov.

Cuando Nikolai volvió en coche de posta de Rusia y encontró a Denísov con su caftán de campaña, con su pipa de campaña en una habitación llena de objetos desparramados y tal como antes, sucio, barbudo y alegre, en absoluto repeinado como le había visto en Moscú y ambos se abrazaron, los dos comprendieron que el amor que se procesaban era de verdad. Denísov preguntó por todos los miembros de la casa y en especial por Natasha. No ocultó frente a Nikolai lo mucho que le gustaba su hermana. Decía directamente que estaba enamorado de ella, pero en ese momento añadía (dado que no había nada oscuro en Denísov):

—Pero no es para mí, que soy un viejo perro apestoso, ese encanto no puede ser mío. Mi tarea es asestar sablazos y beber. Pero la quiero, la quiero y siempre será así y nunca tendrá un caballero más fiel, hasta que yo no muera. Por ella soy capaz de matar a cualquiera y de arrojarme al agua o al fuego.

Nikolai decía sonriendo:

—No hay ninguna razón para ello. Ella te quiere.

—No te burles en mi cara. Espera, hermano, escucha. Vivo aquí solo y me aburro. Mira qué versos le he compuesto.

Y él leyó:

Hechicera, dime qué fuerza
me empuja hacia las abandonadas cuerdas,
¿qué fuego has encendido en mi corazón?,
¿qué entusiasmo se derrama por mi pecho?

Puede que hace tiempo yo, arrasado, desolado,
en una cruel tristeza desfalleciendo en secreto,
puede que hace tiempo hacia ti insensible y frío,
tu limpio don rechazara con desprecio.

Mas de pronto todo un mundo mágico de ilusión
se me abrió en los más seductores sueños,
me produjo sed de canciones,
e inflamó el fuego en las cuerdas de la felicidad.

En los ardientes nervios nacen las ideas,
y los pensamientos me envuelven como un enjambre de abejas,
surgen… desaparecen… de pronto de nuevo se agolpan.
Olvidado de todo… el sueño, el alimento y el descanso.

Hierve la sangre en los arrebatos de inspiración.
¡Y canto entusiasmado noche y día!
No hay fuerza que pueda deshacer el encantamiento,
¡ellas queman todo mi interior!

Sálvame, apiádate de mí,
calma el dolor de mis terribles sentimientos,
¡no, no, hechicera, no creas la plegaria!
¡Permíteme morir a tus pies!

Nikolai, avergonzado por sus actos, llegó agradecido al escuadrón con la intención de ser un buen soldado, guerrear, no pedir ni un solo kopek a sus padres y expiar su culpa. En ese estado de ánimo sintió más vivamente su amistad con Denísov y todo el encanto de la solitaria, serena y monacal vida del escuadrón, de su forzada ociosidad, a pesar de las cartas y el vodka y se sumergió en ella con gusto.

Era el mes de abril, el tiempo del deshielo, había barro, hacía frío, los ríos se deshelaban y los caminos desaparecían, durante algunos días no recibieron aprovisionamiento. Se enviaron soldados a pedir patatas a los habitantes de la zona, pero no había ni patatas ni habitantes. Todo estaba abandonado y todos habían huido. Los mismos habitantes que no lo habían hecho estaban en una situación miserable y o bien era imposible quitarles ya nada o bien hasta los soldados menos compasivos no tenían el valor de hacerlo. El regimiento de Pavlograd apenas si había entrado en combate, pero la sola hambre le había reducido a la mitad. La muerte en los hospitales era cosa tan segura que los soldados enfermos de calentura y de hidropesía a causa de la mala alimentación preferían continuar en el servicio, arrastrando a duras penas las piernas. Al principio de la primavera los soldados encontraron una raíz que emergía de la tierra que por alguna razón llamaron «raíz dulce de Mashka» y se diseminaron por praderas y campos, buscando la raíz dulce (que era muy amarga), la desenterraban con los sables y se la comían a pesar de la orden de no hacerlo. Los soldados comenzaron a sufrir hinchazón de pies, manos y cara y se atribuyó a esa raíz. Pero a pesar de la prohibición seguían comiendo la raíz porque ya llevaban dos semanas prometiéndoles abastecimiento y solamente les daban una libra* de galletas por persona. Los caballos llevaban también dos semanas alimentándose de las techumbres de las casas y ya se habían acabado con toda la paja en tres millas a la redonda. Los caballos estaban en los huesos y aún cubiertos de jirones del pelaje invernal. Denísov, que había ganado en el juego, gastó más de mil rublos de su dinero para pienso y Rostov le prestó todo lo que tenía, pero no había donde comprar.

Pero a pesar de la terrible pobreza los soldados y los oficiales vivían igual que siempre: formaban en filas, hacían la limpieza y limpiaban los pertrechos, incluso hacían la instrucción, por las noches contaban fábulas y jugaban a las tabas. Los húsares que iban habitualmente elegantes y a la moda deslucieron bastante y los rostros de todos estaban más amarillentos y con los pómulos más salientes que de costumbre. Los oficiales seguían reuniéndose, bebiendo en ocasiones y jugando con mucha frecuencia y a lo grande y por lo tanto el dinero gastado del aprovisionamiento que no podía ser comprado era también mucho. Todos estaban en el juego.

—Bueno, hermano —gritó Denísov a Rostov una noche después de que llegara de ver al comandante del regimiento al que había ido a solicitar órdenes—. Voy a coger dos secciones y a capturar un convoy de provisiones. Que el diablo me lleve si permito

* 1 libra = 409,5 g. *(N. de la T.)*

que mis hombres mueran como perros. —Dio la orden al sargento de caballería de ensillar y se bajó del caballo.

—¿Qué convoy? ¿Uno enemigo? —preguntó Rostov, levantándose de la cama en la que estaba tumbado, solo y aburrido en la habitación.

—¡Uno nuestro! —gritó Denísov, con el mismo acaloramiento con el que había hablado con el comandante del regimiento.

—Voy, me encuentro un convoy y pienso que es para nosotros y voy a preguntar al administrador por nuestras galletas. Me vuelven a decir que no hay, que ese se lo llevan a los de infantería. Que espere un día más, que escriba una solicitud. He escrito ya siete, y seguimos sin tener provisiones. Cogeré el primero que me encuentre. No permitiré que mis hombres se mueran de hambre —decía Denísov—. Quien quiera, que me juzgue.

Sin abandonar ese estado de irritación en el que se encontraba, Denísov se sentó en el caballo y partió. Los soldados sabían hacia dónde se dirigían y aprobaban en gran medida las órdenes de su jefe, estaban alegres y bromeaban entre sí y sobre los caballos que tropezaban y caían. Denísov miró a los soldados y se volvió.

—Tienen un aspecto infame —dijo él y siguió al trote por el camino por el que debía pasar el convoy. No todos los caballos podían trotar; algunos caían de rodillas, pero sacaban sus últimas fuerzas para no perderse de los suyos. Alcanzaron el convoy, los soldados del mismo intentaron oponerse, pero Denísov golpeó en el hombro a un viejo sargento de caballería y se llevó el convoy. Media hora después dos oficiales de infantería, un ayudante de campo y el encargado de alojamiento del regimiento cabalgaron hasta allí para pedir una explicación. Denísov no les dijo ni una palabra y únicamente gritó a sus soldados:

—¡Vamos!

—Responderá de esto, capitán; esto es un escándalo, un saqueo, nuestros hombres hace dos días que no comen. Esto es pillaje. Responderá de ello, señor mío —y bamboleándose en el caballo, como se bambolean todos los oficiales de infantería al montar, se alejó.

—¡Va como un perro por una valla! —le gritó Denísov como buen oficial de caballería burlándose del modo de montar del de infantería y haciendo reír a todo el escuadrón.

Repartieron abundantemente las galletas entre los soldados e incluso las compartieron con otros escuadrones, y el comandante del regimiento al conocer toda la historia, repetía, tapándose los ojos con las manos abiertas:

—Haré la vista gorda ante esto, pero ni respondo de ello ni sé nada.

Sin embargo al día siguiente, tras haber recibido una queja del comandante de infantería, llamó a Denísov y le aconsejó que fuera al Estado Mayor y que allí al menos acusara recibo en el departamento de aprovisionamiento y que dijera que había recibido unas provisiones que estaban registradas para el regimiento de infantería. Denísov partió y volvió furioso, colorado y con tal congestión que resultó indispensable hacerle inmediatamente una sangría; un plato lleno de sangre negra salió de su brazo peludo y solo entonces se encontró en situación de contar lo que le había sucedido. Pero cuando llegaba al momento culminante de la historia, se acaloraba de tal modo que la sangre le manaba del brazo y fue necesario vendárselo.

—Llego. ¿Y piensas que son tan pobres como nosotros? ¡Qué va! Miro a los judíos de aprovisionamiento, todos limpitos, planchaditos y alegres. Bueno, ¿dónde está vuestro jefe? Me lo dijeron. Esperé durante un buen rato. Esto ya me irritó bastante. Les imprequé a todos y les mandé que me anunciaran. Estoy de servicio y he cabalgado treinta verstas. Bien, llega el ladrón en jefe: Vaya a ver al comisario, regístrese allí y su asunto será presentado al alto mando.

—Usted a mí no me tiene que dar lecciones, padrecito, y será mejor que no me hagan esperar tres horas.

Le insulté y me fui. Fui de un funcionario a otro y a otro, me hacían pasar de uno a otro y todos eran unos petimetres, te digo que ya me estaba poniendo furioso. Llego a ver a un consignatario. Me lo encuentro comiendo y veo que le llevan cerveza y pavo. Y pienso, a este no le voy a esperar. Entro y a quién te crees que me encuentro (en ese momento se soltó la venda y salpicó la sangre). ¡Telianin!

—¡Así que eres tú quien nos mata de hambre! ¡Y le di, zas, zas, en toda la jeta! ¡Ah… (dijo una palabrota)! Si no me lo quitan le habría matado… ¿Bonito, eh?

—Pero por qué gritas, tranquilízate —decía Rostov—. Va a haber que sangrarte de nuevo.

En la batalla de Friedland dos escuadrones de Pavlograd, que comandaba Denísov, fueron situados en el flanco izquierdo, cubiertos por la artillería, como les había dicho por la mañana el comandante del regimiento. Desde el comienzo de la batalla se abrió un fuego muy intenso sobre los húsares. Las filas caían una tras otra y nadie les dio orden de retirarse o de cambiar la posición. Denísov, aunque estaba igual de repeinado y de perfumado para la batalla que siempre, estaba triste y daba enfadado las órdenes para la retirada de los muertos y heridos. Al ver no muy lejos a un general que se acercaba cabalgó hasta él y le explicó que estaban aniquilando a toda la división sin que esto supusiera ningún beneficio para nadie. Los caballos estaban tan débiles que no podían cabalgar al ataque y aunque esto hubiera sido posible, la zona era intransitable y no había ninguna necesidad de formar bajo las balas, cuando se podía seguir adelante. El general sin terminar de escucharle se dio la vuelta y se alejó.

—Dirijase al general Dójturov, yo no soy el superior. —Denísov buscó a Dójturov. Este le dijo que el superior era un tercer general y este tercero le dijo que el superior era el primero.

«Que el diablo les lleve», pensó Denísov y regresó cabalgando. A Kirsten ya le habían matado y el oficial superior era Rostov. Ya había tantas bajas que la gente se mezclaba y abandonaban las posiciones. Denísov consideró que era su deber reagrupara a sus hombres. Pero en ese momento la infantería tropezó con ellos y se lo impidió.

—No merecía la pena perder la mitad del escuadrón. ¡Demonio! —dijo él, pero en ese instante le alcanzó metralla en la espalda y le hizo caer sin sentido del caballo. Rostov ya estaba acostumbrado a soportar la sensación de terror que siempre se le repetía en la batalla, igual que sabía esmerarse en reunir al batallón en la huida y después correr como fuera.

XXXIII

Borís se había colocado en el alto mando imperial al finalizar la anterior campaña y no cesaba de cosechar éxitos. Se contaba entre el batallón Preobrazhenski privado de Su Majestad y a consecuencia de ello consiguió más respeto y estaba a la vista del emperador. El príncipe Dolgorúkov no se olvidó de él y se lo presentó al príncipe Volkonski. El príncipe Volkonski se lo recomendó a otro, un hombre muy influyente, con el que el joven Drubetskoi comenzó a servir (sin dejar de recibir el sueldo del batallón privado del emperador) como ayudante de campo. Borís gustaba a todos, especialmente a las grandes personalidades, a causa de su, como ellos decían, aspecto elegante y franco, su modestia, su saber estar, su escrupulosidad al cumplir con los encargos y su precisión, exactitud y elegancia al hablar. La guardia, al igual que en la primera guerra, iba de fiesta en fiesta; durante toda la campaña las mochilas y una parte de los soldados fueron montados en los carros. Los oficiales iban en coche con todas las comodidades. Toda la guardia marchaba así y el batallón de Su Majestad lo hacía aún más lujosamente. Berg ya era el comandante superior de la compañía en el batallón y de la caballería Vladimirski y estaba muy bien considerado en el mando. Precisamente en Bartenstein fue Borís a ver a ese hombre muy influyente para el que tenía una carta del príncipe Volkonski, fue tomado como ayudante de campo y se separó de Berg, previendo un futuro mejor. Esta esperanza se cumplió. Esa majestuosidad del séquito del emperador, que solo había visto en el pasillo del palacio de Olmütz, la veía ahora en la misma sala en la que se encontraba. Fue invitado a uno de los bailes que daba el ministro prusiano Gardenberg y que el emperador y el rey honraron con su presencia. En este baile, Borís, que era un excepcional bailarín, se distinguió aún más. Y le sucedió que se encontraba bailando con la condesa Bezújov cuando el emperador se le acercó y le dijo a esta unas palabras. Estaba bailando con ella y el emperador le habló y se alejó sonriendo cariñosamente a Borís, en el instante en el que iban que comenzar a bailar una escocesa. Borís, que sabía quién era esa belleza, en la que había reparado el emperador, le pidió a un conocido suyo ayudante de campo del emperador que se la presentara. Utilizó su relación con el príncipe Vasili para iniciar la conversación y con su innato tacto evitó hablar de su marido (sintió, de una manera instintiva, desconociendo los detalles, que no debía hacerlo). Hélène le iluminaba por completo con su sonrisa, la misma sonrisa, con la que había iluminado al zar, le dio su mano y fue inmediatamente cuando el zar habló con ella. Durante la conversación del zar con su pareja de baile Borís se apartó para no escuchar, aunque nadie le había enseñado a comportarse de ese modo. Sabía que era necesario hacerlo.

Borís estuvo todo el tiempo al lado del emperador, es decir, en las mismas ciudades y pueblos en los que estaba el emperador y todo lo que se hacía en esa corte era su principal interés y su vida. Estaba en Junsburg, cuando se recibió la terrible noticia de la derrota de Friedland, enviada a San Petersburgo, y estuvo después en la entrevista de los dos emperadores en nuestra orilla del río Niemen en Tilsit. Como la persona a la que servía no se encontraba en Tilsit con el emperador durante la entrevista de los emperadores, y sin embargo el batallón Preobrazhenski estaba allí, Borís, reconociendo francamente que deseaba presenciarlo, le pidió a su superior que le dejara libre de servicio durante un tiempo, a lo que le respondieron que sí.

En julio fue a su batallón y fue bien recibido por sus compañeros, con los que sabía llevarse tan bien como con los mandos. Nadie sentía adoración por él, pero todos le consideraban un joven agradable. Llegó por la noche, la contraseña era: «Napoleón, Francia, valor», en respuesta a la contraseña que la víspera había establecido Napoleón: «Alejandro, Rusia, grandeza». Y esa fue la primera novedad que le contó entusiasmado Berg. Berg le mostró una casa en la que había estado Napoleón y era extraño y alegre experimentar la cercanía de ese hombre, cuya cercanía resultaba antes tan terrible. Borís percibía todo el entusiasmo del ambiente y deseaba ver a Napoleón aún más de cerca cuando Rostov fue a verle.

A la mañana siguiente hubo una reunión de oficiales en casa de Berg y Borís, que había sido testigo del encuentro, dos días antes, narraba los detalles del mismo. Borís hablaba con su sempiterna sonrisa, que delataba o una leve burla o ternura hacia aquello que había visto o la alegría de poder narrarlo. Él narraba como raramente se sabe hacer, con un poder tal en la voz que se percibía involuntariamente que todo lo que él decía era nada más que la verdad, era tan parco en florituras y se abstenía tanto de hacer juicios personales, que le escuchaban en silencio. Se podía apreciar que él narraba los hechos, renunciando a sus propios juicios.

—Estuve junto a Napoleón —comenzó él—. Partimos por la mañana temprano. El emperador fue a caballo junto al emperador de Prusia. Llevaba un uniforme del batallón Preobrazhenski, un sombrero y la banda de San Andrés. Conocen la aldea Ober-Mamensek Kruk, ahí hay una taberna cerca de la orilla. El emperador entró en la taberna, se sentó junto a la ventana y dejó en la mesa el sombrero y los guantes. El cuerpo de generales también entró en la taberna y todos, como si estuvieran esperando algo, se quedaron de pie en silencio junto a la puerta. El emperador estaba tranquilo como siempre, aunque un poco pensativo. Yo estaba en la ventana y podía verlo todo. Pasaron allí unas cuatro horas y nadie, ni el rey, ni el emperador, ni ninguno de los generales, dijo una palabra. Fui a la orilla y como el río no es caudaloso como ya saben, no solamente vi los pabellones sobre las balsas con los inmensos monogramas «A» y «N», sino que incluso vi toda la orilla que se encontraba cubierta por una densa multitud de espectadores. A la derecha se divisaba la guardia del emperador Napoleón (Borís llamaba así al que antes había sido «Bonaparte» sin aún saber que hacía tres días en el ejército se había prohibido severamente llamar Bonaparte a Napoleón, de forma innata sentía que debía actuar de ese modo), y en esa orilla se podían ver los mismos preparativos. Recordarán —dijo Borís con una amplia sonrisa— que ha sido necesario pensar muy bien cómo preparar el encuentro para que ninguno llegara antes que el otro, para que nuestro emperador no tuviera que esperar al emperador Napoleón y al contrario. Y en honor a la verdad, todo se ha preparado a la perfección, a la perfección —repitió él—. Positivamente este ha sido uno de los espectáculos más majestuosos del mundo. Tan pronto como escuchamos los gritos en la otra orilla de la guardia napoleónica: «¡Que viva el emperador!…».

—Sus gritos suenan mucho mejor que nuestro estúpido «hurra» —dijo uno de los oficiales.

—Sí, ¡y qué maravillosamente bien situada estaba su guardia! Hoy han prometido comer con nosotros dos oficiales de la guardia imperial francesa. Pero continúe, Drubetskoi.

—Bueno, tan pronto como escuchamos los gritos en la otra orilla y vimos al emperador Napoleón cabalgando en un caballo blanco, el ayudante de campo del emperador se lanzó a todo correr hacia la taberna y le dijo al emperador: «¡Vaya, Su Majestad!».

»El emperador salió, se puso el sombrero y los guantes con mucha tranquilidad y fue hacia la barca. Desamarraron casi al mismo tiempo, pero el emperador Napoleón atracó antes. Iba erguido con los brazos cruzados sobre el pecho. Hay que confesar que resulta muy majestuoso a pesar de su corta estatura. Pero el aspecto de nuestro emperador asombró a todos. Es excepcional —dijo enternecido Borís—, y en general ese instante fue tan grandioso y conmovedor que aquel que lo haya visto no lo olvidará nunca.

»El emperador Napoleón llegó antes a la balsa, cruzó apresuradamente al otro lado y cuando nuestro emperador salía de la barca le dio la mano. —En ese momento de la narración Borís se detuvo con una amplia sonrisa como si quisiera dar tiempo a los oyentes para que apreciaran todo el profundo significado de la situación.

—¿Pero es cierto —preguntó uno de los oyentes—, que en el instante en que los emperadores entraron en el pabellón una barca francesa con soldados armados desenganchó de su orilla y avanzó por el agua hasta quedarse entre nuestra orilla y la balsa?

Borís frunció el ceño, como dando a entender que esa circunstancia, que realmente había sucedido y se había visto, no debía ser recordada.

Con su particular tacto comprendió que era algo que no estaba bien. Si Napoleón quería, en caso de un desenlace desfavorable de las conversaciones, asustar al emperador Alejandro para que este se encontrara en su poder, o si simplemente era una parte de la ceremonia aunque no hubo ninguna barca que partiera de nuestra orilla, aquello no debía ser recordado y aunque había visto muy bien la barca e incluso había reflexionado sobre ella, dijo:

—No, yo no lo vi —y continuó con su relato—. Estuvieron en el pabellón —dijo él—, exactamente una hora y cincuenta y dos minutos. Miré el reloj. Después vimos desde la orilla cómo ellos llamaron a los miembros de su séquito y se los presentaron el uno al otro. Después el emperador hizo el mismo camino de vuelta, se sentó en la carroza y junto al rey de Prusia volvió a Amt Baublen.

Aquí se puede ver, señores —continuó Borís—, toda la verdadera grandeza, cuando involuntariamente comparamos a nuestro emperador con el rey de Prusia —dijo solamente Borís. Pero los otros oficiales añadieron:

—Dicen que el rey de Prusia no pudo controlarse a sí mismo durante el encuentro; estaba como loco y caminaba por la orilla sin finalidad alguna, bien hacia la derecha, bien hacia la izquierda, como si quisiera escuchar lo que hablaban en la balsa, y al final completamente aturdido fue directamente hacia el agua, seguramente queriendo ahogarse. Dicen que entró en el agua hasta la panza del caballo y se detuvo. ¿Lo viste, Drubetskoi?

—No, no lo vi.

—Pero es que su situación es terrible —dijo otro oficial—, dicen que su esposa, la reina Amalia, ha venido.

—¡Qué hermosa es! La vi ayer —dijo Berg—. A mi juicio lo es aún más que María Fédorovna. Ayer comió con el emperador Napoleón.

—Si yo fuera Napoleón no le negaría nada.

—Sí, si ella no le negara nada a él —dijo otro oficial.

—Bueno, eso se sobreentiende.

Los oficiales, exceptuando a Borís, se echaron a reír.

—Si yo estuviera en el lugar del rey de Prusia, del dolor me hubiera arrojado al río. Su situación es mala.

Borís, frunciendo ligeramente el ceño, daba a entender con su expresión que no consideraba adecuado, incluso entre amigos, mantener una conversación así sobre un real aliado, y se apresuró a cambiar de conversación.

—Sí, señores —dijo él—, la grandeza de alma no la otorga la corona. Para el emperador Alejandro el golpe asestado por la desgracia de Friedland, supongo que no fue menor que el golpe recibido por el rey de Prusia, pero había que ver con qué hombría y con qué firmeza lo sobrellevó.

Y Borís narró a sus atentos oyentes la impresión que causó en Junsburg la noticia de Friedland y su relato evidenció que todo el interés de este acontecimiento se centraba en la impresión que le había causado al emperador Alejandro, que había sacrificado tantas cosas y había pasado tantos trabajos contando con que su ejército se encontraba en una posición brillante y esperando noticias de victoria, había renunciado a comandar la misión, sacrificando su propio honor, en visos del éxito de la misma y de pronto, en lugar de recibir noticias sobre una victoria recibió la noticia de la completa derrota de la que eran culpables los comandantes en jefe, los generales, los oficiales y los soldados y la cual privaba al emperador de todos los frutos de sus acciones, cambiaba todo su plan y le apenaba hasta el fondo de su corazón. ¿Y qué es lo que hizo el emperador? Pues con su bondad angelical y su grandeza de espíritu no ordenó castigar a todos los criminales. Solamente se entristeció y reflexionando sobre su posición, adoptó nuevas medidas. Borís contaba todo esto con tal sincero convencimiento que obligaba a sus oyentes a compartir su opinión. En este instante llegó Nikolai Rostov a ver a Borís, la aparición del húsar vestido de paisano, que evidentemente había llegado a Tilsit en secreto, y la amistosa bienvenida que le prodigó Borís, causaron una mala impresión en los oficiales. Pero Borís saludó alegremente a su viejo amigo. Se abstuvo de efusividades, pero le preguntó si quería un té, comer algo o acostarse a dormir. Los oficiales se marcharon.

XXXIV

Después de la desgracia de Friedland Nikolai Rostov había quedado como el oficial de mayor graduación del escuadrón, un escuadrón que de ello solo tenía el nombre, dado que había un total de sesenta soldados a caballo. Estaban asentados cerca del Niemen y ya les habían llegado las noticias sobre la paz. Ya había suficientes provisiones y los oficiales ya hablaban de una retirada a Rusia.

Al principio Rostov estuvo entusiasmado con su nuevo cargo y con su autoridad sobre el escuadrón. Los dirigía con tal diligencia que recibió la aprobación del que había sido su enemigo y que actualmente era su superior, el comandante del regimiento. Le agradaba responsabilizarse del rancho del escuadrón, saludarse con la gente, dar las órdenes al sargento y decir: «en mi escuadrón».

También le resultaba muy agradable pensar que la guerra se había acabado y que no le esperaban nuevos peligros y que pronto iba a poder volver a Rusia y ver a los suyos. Sobre lo poco gloriosa que había sido la campaña, pensaba muy poco, como todos los oficiales del frente.

Un proverbio alemán dice: «los árboles no dejan ver el bosque». Así los soldados que toman parte en una guerra, nunca perciben ni entienden el significado de la propia guerra. Se termina la campaña, hay provisiones, vas a Rusia o te alojas con las pani* en Polonia, dicen que se ha firmado el armisticio. Y hay que dar gracias a Dios. Y cómo ha terminado y cuál ha sido el resultado de esa guerra, son cosas en las que deben pensar aquellos que no han participado en ella. Solo cuando el soldado se encuentra tras la paz a los que antes habían sido sus enemigos y ve su regocijo y su alegría percibe vivamente el resultado total de la guerra.

Eso fue lo que le sucedió a Nikolai Rostov el 7 de junio cuando iba hacia el cuartel general de Bennigsen para solicitar órdenes y se encontró allí ese mismo día al capitán francés Périgord, que había sido enviado por Napoleón para comenzar las conversaciones de paz de Tilsit. En el cuartel general de Bennigsen Rostov se detuvo a ver al que había sido su compañero, Zherkov, que entonces se encontraba por alguna razón en el Estado Mayor. Salían juntos hacia la cantina cuando en la calle comenzó el movi-

* Pani: «señora», «mujer» en polaco. *(N. de la T.)*

miento. Todos corrían para ver algo y Rostov y Zherkov siguiendo el movimiento general vieron al apuesto oficial de la guardia francesa que pasaba por la calle acompañado de trompetistas y tocado con un gorro de piel de oso. Era el parlamentario Périgord. Su aspecto era tan desdeñoso y altivo que de pronto Rostov sintió la vergüenza del vencido y dándose la vuelta rápidamente se alejó.

Périgord que llegó al alto mando durante la comida, fue invitado a la mesa. Sin hablar ya de los variados rumores que corrieron acerca de la altivez con la que se había comportado Périgord y de las cosas ofensivas que había dicho de los rusos después de la comida, los testigos contaban que había entrado, se había sentado a la mesa y había pasado todo el tiempo que había estado en el Estado Mayor sin quitarse el gorro. Rostov, obligado a esperar hasta la tarde las órdenes por escrito, oyó estos rumores y calló. No era capaz de hablar de lo intensamente que ardían en su interior la indignación, la vergüenza y la rabia. Se preguntaba involuntariamente si no tenían razón esos franceses en despreciar de ese modo a los rusos y si no era él y sus camaradas y sus soldados culpables del desprecio que les había mostrado ese francés. Pero no, en cuanto recordaba a Kirsten, a Denísov, a sus húsares, se daba cuenta que eso era una desvergüenza del francés y una infamia por parte de esos rusos que la soportaban. Estaba con Zherkov y otros oficiales en el porche de una de las casas ocupadas por los miembros del Estado Mayor. Zherkov bromeaba como de costumbre.

—Pienso que habrá tenido que sudar debajo del gorro —dijo él y se dirigió a Rostov—. Toda la gente es gente, solo el diablo anda con sombrero, ¿no es verdad, eh, Rostov? —Este requerimiento sacó a Rostov de su estado de rabia oculta e hizo que se encendiera.

—No comprendo, señores —dijo él, elevando más y más la voz—, ¿cómo pueden bromear y reírse de tales cosas? Se me revuelve el estómago: un canalla, un zapatero francés (Rostov se equivocaba: Périgord era miembro de la antigua aristocracia francesa), osa sentarse sin descubrirse delante de nuestro comandante en jefe, ¿y después de esto qué? ¿Qué no se atreverá a hacer después de esto cualquier francés conmigo, con un oficial ruso? Solo yo, un teniente de húsares, le quitaría el gorro de la cabeza, porque no soy un alemán curlando y estimo el honor de Rusia.

—¡Bueno, bueno! —dijeron los oficiales asustados, deseando volver al tono jocoso de la conversación y mirándose entre sí. No lejos de allí había un grupo de generales, pero Rostov, animado por el miedo que provocaban sus palabras, se encendió aún más.

—¿Acaso es que somos unos prusianos para que tengan derecho a tratarnos así? Parece que Pultusk y Preußisch Eylau le demostraron que nuestro comandante en jefe es un cualquiera...

—Ya basta, ya basta —dijeron los oficiales.

—Dios sabe quién, los alemanes, los salchicheros, locos echados a perder. —La mayor parte de los oficiales, se alejaron de Rostov, pero en ese mismo instante uno de los generales del grupo que estaba cerca de ellos, un hombre alto y robusto de cabellos grises, se separó de su grupo y se acercó al joven húsar.

—¿Cuál es su nombre? —preguntó él.

—Conde Rostov, del regimiento de húsares de Pavlograd, para servirle —dijo Nikolai—, y dispuesto a repetir lo que acabo de decir, incluso frente al mismísimo emperador, tanto más delante de usted a quien no tengo el honor de conocer.

El general, sin dejar de mirar severamente a Rostov con el ceño fruncido, le tomó de la mano.

—Comparto totalmente su opinión, joven —dijo él—, totalmente, y estoy muy contento de conocerle, mucho.

En ese instante el gorro de piel que había despertado tal sentimiento de rabia en el alma de Rostov apareció en la entrada del alto mando. Ya partía. Rostov se dio la vuelta para no verle. A pesar del placer de comandar un escuadrón y de la rápida vuelta a Rusia, el sentimiento de vergüenza del vencido, animado por lo que había sucedido, sin haber abandonado su sentimiento de arrepentimiento por las deudas contraídas en Moscú y por encima de todo la pena por la pérdida de Denísov, del que tanto se había encariñado en los últimos tiempos y que, según había oído, se encontraba en el hospital luchando entre la vida y la muerte, hicieron muy triste su vida durante el tiempo de las celebraciones de Tilsit. A mediados de junio, por muy difícil que le resultara, obtuvo permiso del comandante del regimiento para ir a ver a Denísov al hospital que se encontraba a cuarenta verstas.

La pequeña aldea en la que se encontraba el hospital, saqueada dos veces por los ejércitos ruso y francés, precisamente por ser verano, cuando el aspecto del campo es tan hermoso, resultaba un espectáculo sombrío por sus techumbres y empalizadas destruidas, las calles sucias, los harapientos ciudadanos y los soldados borrachos o heridos. En una casa de piedra, con los restos de una empalizada destruida y parte de las ventanas rotas, se había instalado el hospital. Unos cuantos soldados envueltos en vendas paseaban y se sentaban en el porche al sol. En el instante en el que Nikolai atravesó la puerta le envolvió el olor de hospital y de los cuerpos en descomposición. En ese momento llevaban por el pasillo de las manos y de los pies un cadáver o un hombre vivo, él no miró. Un doctor ruso de campaña salió a su encuentro, con un cigarro en la boca, en compañía de un enfermero que le informaba de algo.

—No puedo multiplicarme —decía el doctor—, ve esta tarde a casa del burgomaestre, estaré allí. —El enfermero le preguntó algo.

—Haz lo que quieras, ¿es que no da todo igual? —Y siguió adelante y entonces reparó con sorpresa en Rostov.

—¿Qué desea, Su Excelencia? —dijo él con modos de doctor, especialmente burlón y en absoluto turbado porque Rostov hubiera oído las palabras que le decía al enfermero.

—¿Qué desea, las balas no le han pillado y quiere pillar el tifus? Esta, padrecito, es la casa de los apestados, el que entra muere. Solo nosotros dos, Makéev —señaló al enfermero— y yo, pasamos por aquí. Ya han muerto cinco de nuestros médicos: a la semana de entrar ya están listos. Se han llamado a médicos prusianos, pero a nuestros aliados no les gusta esto —y el locuaz doctor se echó a reír con una risa que evidenciaba que no solo entonces, sino nunca, gustaba de reírse.

Rostov le aclaró que deseaba ver a un mayor de húsares que se encontraba allí.

—Aquí, padrecito, no hay heridos, aquí los que ya están heridos cogen el tifus, y no puedo conocerlos a todos. Comprenda que estoy yo solo para tres hospitales, cuatrocientos enfermos en total. Y todavía no podemos quejarnos porque las damas prusianas nos envían café y dos libras de hila, sino estaríamos perdidos. Yo les registro como muertos, con eso no nos complicamos, el tifus ayuda, pero me siguen mandando nuevos pacientes. Hay casi cuatrocientos, ¿no? —le preguntó al enfermero.

—Sí, exactamente —respondió el enfermero. Era evidente que este ya hacía tiempo que quería irse a comer y esperaba con impaciencia a que se fuera el parlanchín doctor, que tanto se había alegrado de ver una cara nueva.

—El mayor Denísov —repitió Rostov— fue herido en Moliten.

—Me parece que murió —dijo el doctor pidiendo confirmación por parte del enfermero, pero este no lo sabía.

—¿Cómo es, alto y pelirrojo? —preguntó el doctor. Rostov describió el aspecto de Denísov.

—Sí, sí —dijo el doctor como con alegría—, debe haber muerto, pero lo comprobaré, tenía los registros. ¿Los tienes tú, Makéev?

Por mucho que el doctor le intentara persuadir de que no visitara las cámaras, como llamaba a los destrozados cobertizos en los que se encontraban los enfermos tendidos en el suelo, por mucho que le amenazara con que seguramente se contagiaría con el tifus, Rostov, despidiéndose del doctor, subió arriba con el enfermero y recorrió todas las habitaciones. Al ver la situación en la que se encontraban los enfermos (en su mayor parte soldados), Rostov se convenció inmediatamente de que Denísov no podía estar allí. Pero aun así recorrió todas las estancias. Un cierto sentimiento le decía: te repugna y te horroriza ver todo esto, pero debes hacerlo, debes mirar. Y Rostov recorrió todas las cámaras. Nunca había visto un horror parecido al que vio en esa casa.

Solo había sido ocupado el entresuelo. La casa estaba construida, como todas las casas señoriales: antesala, sala, salón de tránsito, sala de divanes, dormitorios, las habitaciones de las doncellas y de nuevo antesala. No había ni un solo mueble. Desde la primera habitación a la última de todo este circuito, los soldados yacían alineados en dos filas con la cabeza hacia la pared dejando un pasillo en medio, algunos sobre rotos colchones, otros sobre paja, otros sobre el mismo suelo, sobre sus propios capotes. El olor y la suciedad eran terribles, las moscas cubrían de tal modo a los enfermos que ya ni se las espantaban. Unos estaban como muertos, solo los estertores denotaban señales de vida, otros ardían de fiebre apretándose unos contra otros, otros miraban con débiles y febriles ojos al hombre sano, fresco y limpio que pasaba por su lado. Cinco soldados sanos atendían allí y repartían agua con cucharones, que era lo que más pedían los enfermos. Denísov no se encontraba entre ellos y según el registro del enfermero Makéev, resultaba que Denísov había sido registrado en ese hospital, pero había sido trasladado a la antigua casa de un terrateniente y se encontraba allí a cargo de un doctor prusiano.

Después de muchos esfuerzos finalmente Nikolai le encontró. Denísov se había recuperado de sus heridas, pero sufría más moralmente a causa de la correspondencia que mantenía sobre el asunto del convoy que había arrebatado y la paliza propinada al funcionario de abastecimiento Telianin. Casi no reparó en Rostov y no mostró el más mínimo interés por su relato sobre Périgord, Tilsit, ni el horror del hospital, solamente le interesaba una cosa, su correspondencia y la respuesta que iba a dar a los requerimientos del departamento de aprovisionamiento, en la que injuriaba a todos los ladrones de aprovisionamiento y, autosatisfecho de su elocuencia y buena dicción, comenzó con entusiasmo, riéndose y descargando puñetazos sobre la mesa, a enumerar las pullas que le tiraba al departamento de aprovisionamiento. La que sería en su opinión la última carta, bastante abultada, irónica y fulminante en su opinión, acababa con las palabras: si los señores del comisariado fueran tan eficaces para responder a las necesidades de abastecimiento del ejército como lo son para satisfacer las suyas propias, el ejército no conocería el hambre. Le dio este papel a Rostov pidiéndole que sin falta lo llevara él mismo a Tilsit y lo entregara en la misma oficina de Su Majestad.

Con el deseo de cumplir con este encargo llegó Nikolai el día 27 al aposento que ocupaba Borís.

—Me alegra mucho que hayas venido en estos momentos. Vas a ver un montón de cosas interesantes. ¿Sabes que hoy el emperador Napoleón comerá con el zar?

—¿Bonaparte?

—No, palurdo, el emperador Napoleón, no Bonaparte —dijo con una sonrisa Borís—. ¿Es que no sabes que estamos en paz y que ha habido un encuentro entre los dos emperadores?

—No sé nada. ¿Y tú lo has visto?

—Cómo no, estuve allí.

Rostov se sentía incómodo con su antiguo amigo. Comió algo y se fue a dormir. Al día siguiente los dos amigos fueron a la revista.

Rostov había llegado a Tilsit el día menos apropiado para entrevistarse con su amigo Borís y para entregar el papel de Denísov. Él mismo no podía hacerlo, dado que iba vestido de paisano y había ido a Tilsit sin permiso de su superior, pero Borís, al que pidió que lo hiciera por él, no pudo hacerlo aquel día, el 27 de junio. Desde por la mañana se difundió la noticia de que se había firmado la paz y que los emperadores se habían intercambiado las condecoraciones, la de San Andrés y la Legión de Honor, y que se daría una comida al batallón Preobrazhenski a cargo del batallón de la guardia francesa. Borís partió por la mañana temprano a su batallón.

Rostov estuvo deambulando por la ciudad. A las once entró en la plaza que dividía dos calles y en la que vivían los emperadores. En la plaza se encontraban la guardia francesa y la rusa. De la calle de al lado salió el encargado de marcar el paso. El batallón comenzó a formar y Rostov vio que cabalgaba a su encuentro la tan conocida e intensamente amada figura del emperador Alejandro, alegre y feliz. El emperador Alejandro llevaba la Legión de Honor, miraba adelante y sonreía. En el primer momento de confusión a Nikolai le pareció que era a él a quien sonreía, y experimentó un instante de felicidad, pero Alejandro miraba más adelante. Rostov siguió la dirección de su mirada y vio a un hombre a caballo con un sombrero sin pluma vestido con uniforme de coronel y la banda de San Andrés. Adivinó que era Napoleón. No podía ser ningún otro, al frente de su séquito, de corta estatura, nariz aguileña, acercándose a Alejandro y sujetándose el sombrero con la mano; no podía creer que ese fuera Napoleón Bonaparte. El vencedor de la batalla de Austerlitz, lo veía de tan cerca y era tan humano, e incluso montaba tan mal a caballo (esto saltaba a la vista de un soldado de caballería). ¿Dónde estaba la grandeza? Era un hombre como todos nosotros pecadores… Pero inmerso en estos pensamientos Rostov por poco no fue arrojado al suelo por los gendarmes que apartaban a la muchedumbre, apenas le dio tiempo a atravesar el batallón Preobrazhenski donde estaba el público y si Borís no le hubiera protegido le hubieran echado. Borís le sacó de la multitud y le colocó en primera fila entre dos hombres de estado, que se encontraban allí. Uno era un diplomático y el otro un inglés.

Durante todo el tiempo mientras que le empujaban y después cuando le colocaban en primera fila no dejaba de mirar a su héroe y observaba con sorpresa e inquietud sus relaciones con Napoleón. Para Nikolai aún era el mismo Bonaparte, aún más Bonaparte después de lo ocurrido con Périgord.

Rostov vio que después de intercambiar algunas palabras se estrecharon la mano el uno al otro (le ofendía que Napoleón, y cualquier francés, maestro o actor, estrechara la mano de nuestro emperador). La sonrisa de Napoleón era desagradablemente fingida, la de Alejandro cariñosa y luminosa. Ambos se acercaron al batallón Preobrazhenski, directamente hacia ellos, hacia él y los hombres de estado que se encontraban a su lado. Estos se echaron atrás pero quedaron tan cerca que se sintieron involuntariamente turbados, especialmente Rostov que temía que le reconocieran y le entregaran a los tribunales. Sus ojos se encontraron de nuevo con los ojos del emperador y Nikolai los apartó rápidamente. Le parecía que no era digno del luminoso resplandor de los ojos del emperador. (Quizá le parecía que no lo era a causa de que él mismo estaba enojado con todos y con su incómoda situación y su juventud.) Se volvió y sus ojos se fijaron involuntariamente en la figura, cercana a él, de un soldado de flanco del batallón Preobrazhenski. Era un hombre alto y pelirrojo, con un rostro bobalicón y rubicundo y ojos empañados. No solamente todo su cuerpo sino los rasgos de la cara, los ojos, e incluso los pensamientos estaban en ese momento en posición, es decir, se encontraban inmersos en el esfuerzo de estirarse y mirar a los ojos del emperador.

A tres pasos de sí escuchó una voz bronca, precisa y agradable que hablaba en francés:

—Majestad, le pido su permiso para otorgar la orden de la Legión de Honor al más valiente de sus soldados.

Rostov miró: el que hablaba era Bonaparte. Alejandro, agachando la cabeza, sonrió imperceptiblemente.

—A aquel que haya sido más valiente que ninguno durante la guerra —añadió Napoleón mirando las filas.

—Permítame, Excelencia, que le pregunte su opinión al coronel —dijo Alejandro y espoleando al caballo, se dirigió hacia el coronel Kozlovski. Entretanto Bonaparte se bajó del caballo y soltó las riendas. Un ayudante se arrojó adelante apresuradamente. «También se pavonea», pensó con rabia Nikolai.

—¿A quién se la damos? —preguntó a media voz en ruso el emperador Alejandro a Kozlovski.

—A quien ordene Su Majestad.

El emperador frunció involuntariamente el ceño y mirando en derredor, dijo:

—Sí, pero algo habrá que decirle.

Kozlovski, con aspecto decidido, miró a las filas y también abarcó a Rostov con esa mirada.

«¿Y si es a mí?», pensó él.

—¡Lázarev! —dijo el coronel con voz firme e inmutable, llamando al primer soldado por categoría, el mismo a cuyo bobalicón rostro había estado mirando Rostov.

Lázarev avanzó con soltura, gallardo, pero su rostro temblaba como sucede con los soldados que son llamados al frente para ser castigados.

Bonaparte se quitó los guantes y mostró las pequeñas y rollizas manos (de peluquero, pensó Rostov) y no tuvo más que volver ligeramente la cabeza para que los miembros de su séquito adivinaran instantáneamente qué era lo que quería y se ajetrearan y se fueran pasaron unos a otros la condecoración con la cinta y se la dieran sin hacer esperar ni un segundo a su pequeña mano extendida. Era evidente que él sabía que no podía ser de otro modo. Estiró la mano y sin mirar apretó dos dedos, en ellos estaba la condecoración. Se acercó a Lázarev y mirando hacia arriba hacia ese rostro inmóvil —que no estaba radiante ni enfurruñado, su rostro no podía cambiar—, dirigió su mirada al emperador Alejandro, dándole a entender que lo hacía *por él*, y la mano con la condecoración tocó el botón del soldado Lázarev, seguramente deseando y suponiendo que la condecoración se quedaría enganchada por sí misma en el botón. Él sabía que solamente consistía en que su mano, la mano de Napoleón, le honrara tocando el pecho del soldado ruso y que ese soldado ya se consideraría sagrado. La cruz quedó en efecto prendida, porque las corteses manos de rusos y franceses, molestándose unas a otras, se arrojaron a prenderla. Lázarev mientras tanto, como alrededor de él rondaban todas las fuerzas del mundo, seguía en presenten armas sin moverse, mirando directamente a los ojos de Alejandro y de vez en cuando hacia debajo de reojo a Bonaparte y mirando a Alejandro como si le preguntara si debía seguir en esa posición o si no le ordenaba hacer algo más o matar a ese Bonaparte, o si no hacía falta o si tenía que quedarse así. Pero no le ordenaron hacer nada y se quedó en la misma postura.

Los emperadores montaron a caballo y se alejaron. Los soldados del batallón Preobrazhenski se acercaron a la mesa y se sentaron alrededor —rusos y franceses— y comenzaron a comer con los servicios de plata.

Lázarev se sentó en el sitio de honor. No solo los soldados, sino los oficiales, tenían unos rostros tan felices que era como si se acabaran de casar. Los soldados intercambiaron los chacós, los gorros, los uniformes, se palmearon los hombros y las barrigas los unos a los otros. Lo que más se escuchó decir era «Bonjour». Los oficiales rusos y franceses iban y venían en círculo, haciendo en ocasiones de traductores de los soldados y también abrazándose y declarándose amor y alabándose mutuamente la valentía. Rostov caminaba por la calle, mirando desde lejos esa escena, y se fue a casa de Borís a esperarle.

Borís y Berg, también felices y sonrosados, volvieron por la tarde.

—Qué suerte ese Lázarev, mil doscientos rublos de pensión vitalicia —decía Berg, al entrar.

—Sí —respondió Borís—. ¿Por qué no has venido con nosotros? —dijo dirigiéndose a Rostov—. Todo ha sido excelente. Se dice que nuestro emperador también ha concedido la cruz de San Jorge al más valiente de los soldados de la guardia francesa —dijo él.

—Bueno, has tenido suerte de venir y poder ver el festejo.

—A mi juicio esto no es un festejo sino una farsa —dijo sobriamente Rostov.

—Cómo te gusta llevar la contraria.

—Es una pura farsa y nada más… —comenzó de nuevo Rostov, pero Borís no le dejó terminar.

—Tengo que ir a ver a Saussure, que me ha llamado.

—Bueno, vete.

Borís se fue y Rostov volvió a su regimiento sin despedirse, dejando la siguiente nota para Borís: «Me marcho porque no tengo nada más que hacer; y no he querido verte antes de irme porque tenemos puntos de vista tan diferentes que nos es mucho más fácil separarnos y no fingir. Ve por tu camino y te deseo mucho éxito. Te pido que entregues la carta de Denísov».

CUARTA PARTE

CUARTA PARTE

I

Ya nadie hacía mención a *Bonaparte*, natural de Córcega y anticristo. Napoleón era un gran hombre, no así Bonaparte. Estuvimos dos años aliados con esa gran personalidad y genio, el emperador Napoleón. Se homenajeó a su embajador Caulaincourt durante dos años en San Petersburgo y Moscú como nunca antes fuera homenajeado un embajador. En 1809 el emperador Alejandro acudió a Erfurt a entrevistarse otra vez con su nuevo amigo, y en la alta sociedad, la sociedad de Anna Pávlovna, solo se hablaba sobre la grandeza de la solemne cita de los dos dueños del mundo y sobre la genialidad del emperador Napoleón, el antiguo corso Bonaparte, el anticristo al que un año antes, por manifiesto imperial, excomulgaban por todas las iglesias rusas por ser enemigo del género humano. En el año 1809, la amistad de los dos señores del mundo, como llamaban a Napoleón y Alejandro, llegó incluso al extremo de que se hablara sobre el matrimonio de Napoleón con una de las hermanas del emperador Alejandro, y cuando Napoleón declaró la guerra a Austria, un cuerpo del ejército ruso cruzó la frontera para acudir en ayuda de su antiguo enemigo Bonaparte y contra su otrora aliado, el emperador austríaco.

Pero en la sociedad se tenía la impresión de que no participaríamos seriamente en esa guerra y no había preocupación. La atención principal de la sociedad rusa de ese tiempo la concitaban las reformas internas que estaban siendo llevadas a cabo en aquel momento por el emperador en todos los rincones de la administración estatal. Fue aquel período inicial del reinado que siguió al de la zarina Catalina la Grande, largo y prolongado, en el cual todo lo antiguo y anterior se consideraba anticuado e inservible y en el que además del impulso de cambiar lo fastidioso y dejar a las fuerzas jóvenes proceder a sus anchas, y aparte del motivo de que los defectos del Antiguo Régimen eran visibles y sus ventajas imperceptibles, se presentaban también numerosas razones de por qué es necesario eliminar lo viejo e introducir lo nuevo. Todo cambiaba, seguramente como un nuevo inquilino rehace su casa, en la que su predecesor ha vivido mucho tiempo antes de él. Era aquel momento temprano del reinado que cada pueblo vive unos cinco veces en un siglo. Un período revolucionario, diferente de lo que llamamos «revolución» solo por el hecho de que el poder está en manos del antiguo gobierno, y no del nuevo. En estas revoluciones, como en todas las demás, se habla del espíritu de los nuevos tiempos, de las exigencias de este tiempo, de los derechos del hombre, de la necesidad de que impere la sensatez en la estructura del estado y de la justicia en general. Bajo el pretexto de estas ideas, también entran en liza las pasiones más irrazonables del hombre. Pasarán el tiempo y las ganas, y los antiguos introductores de lo novedoso se aferrarán a su antiguo orden nuevo, ahora anticuado, y defenderán la decoración de su casa frente a la juventud que crece, que de nuevo quiere y necesita satisfacer su necesidad de probar fuerzas. Y exactamente del mismo modo ambas partes esgrimen argumentos que consideran ser la verdad; unos sobre el nuevo espíritu de los tiempos, los derechos del hombre y demás, y otros sobre el tiempo consagrado al derecho, las ventajas de lo conocido, lo acostumbrado, etcétera. Ambas partes solo aspirarán a satisfacer las necesidades de las edades del hombre.

Como siempre, los introductores de lo nuevo en 1809 tenían

un ejemplo a imitar, y ese ejemplo era en parte Inglaterra y en parte la Francia napoleónica.

Hacía ya tiempo que había sido promulgado un decreto para eliminar la dependencia de los colegios e instituciones pertenecientes al Consejo Estatal y los ministerios, otro para favorecer la promoción de cargos a través de exámenes y otro más para abolir los privilegios de los altos cargos de la corte. También se preparaban reformas —aún más importantes y juiciosas— que daban miedo a los ancianos, los cuales sabían que no vivirían para ver los frutos de esa simiente y alegraba a la juventud, porque a la juventud le gusta la novedad. Como siempre, figurándose que tanto unos como otros alegarían sus argumentos, y pensando que actuarían consecuentemente con sus ideas sobre la base de la razón, unos y otros satisfacían únicamente sus necesidades instintivas. Y como siempre, del mismo modo unos y otros, a consecuencia de las disputas, se olvidaban hasta de sus imaginarias conclusiones y actuaban solo movidos por la pasión.

—Entonces, dado que usted dice que la nobleza ha sido el báculo del trono, ¿no sería de su agrado que los consejeros de provincias cincuentones se examinasen? —decía Speranski.

—Y usted dice que el nuevo espíritu de los tiempos es mejor, pero le demostraré que en tiempos de Iván el Terrible los rusos eran más felices que ahora —decían Karamzín y el resto de opositores.

Tanto unos como otros pensaban que el destino de la humanidad, y seguramente de Rusia y de todos los rusos, dependía precisamente de sus discusiones sobre la entrada o no entrada en vigor del decreto sobre los ministerios o los exámenes. Y precisamente en esto, como siempre, se confundían. Excepto aquellos que en esas discusiones encontraban la alegría de vivir, nadie estaba de humor para ministerios, exámenes, la emancipación de los campesinos, la entrada de jueces y demás. La vida, con sus intereses existentes en la salud y la enfermedad, la riqueza y la pobreza, el

amor al hermano y a la hermana, al hijo y al padre, a la esposa y a
la amante, discurría más allá de los decretos sobre los ministerios y
los colegios. Como siempre, la vida con sus intereses en el trabajo
y el descanso, el deseo y la pasión, las ideas y la ciencia, la música y
la poesía, transcurre más allá de cualquier disposición estatal.

II

El príncipe Andréi, con la excepción de un breve viaje a San Petersburgo donde fue admitido en la masonería, después de Tilsit
vivió dos años más en el campo sin salir de la aldea. Todas las iniciativas que Pierre emprendía y desechaba en sus posesiones, sin
fuerza para superar la resistencia tácita de los administradores y
su propia indecisión e informalidad, las llevó a buen término el
príncipe Andréi sin esfuerzo alguno aparente. Poseía en grado
sumo lo que le faltaba a Pierre; esa tenacidad práctica que sin
agitación ni esfuerzo y con muy poco movimiento por su parte,
hacía avanzar dócil y correctamente sus proyectos. Una de sus
posesiones, de mil campesinos, se registró como propiedad de la-
bradores libres; en otras la azofra se cambió por el *obrok*. En Boguchárovo había un vacunador y una comadrona, algo primordial
para el príncipe Andréi. Leía y estudiaba mucho, y se carteaba
bastante con sus hermanos masones. Seguía las reformas de Speranski y empezaba a cansarse cada vez más de su tranquila, estable
y fructífera actividad, la cual le parecía inactividad en comparación con la lucha y el derribo de todo lo anticuado que, según
sus ideas, debía ahora tener lugar en San Petersburgo, el centro
del poder gubernamental.

Durante dos años, cada primavera observaba en un bosque de
abedules un roble torcido, que despuntaba todas las primaveras y
apabullaba por su belleza y felicidad a los abedules, de cuya dicha
primaveral se reía antes tan sobriamente. Le asaltaban pensamien-

tos poco claros, imprecisos, inexpresables con la palabra incluso para sí mismo y secretos como un crimen (el príncipe Andréi enrojecía, como un niño, al pensar que alguien pudiera conocerlos). Eran estos pensamientos secretos sobre el roble los que componían todo el interés de su vida y la esencia de la cuestión que se forjaba en el alma del príncipe Andréi. Todos sus trabajos intelectuales y prácticos eran solo el relleno de un tiempo vacío de vida, y la cuestión sobre el roble y los pensamientos relacionados, la vida.

«Sí, se mantiene fuerte —pensó, sonriendo, el príncipe Andréi del roble—. Y se ha mantenido fuerte por mucho tiempo; no se ha secado cuando ha hecho calor, cuando ha abrigado el calor del amor. Se ha reblandecido y ha servido de motivo para reírse, y él mismo tiembla y se entumece en el vivo verdor. Sí, sí», decía, sonriendo y escuchando, como si estuviese cantando allí la traviesa y apasionada voz de pecho de Natasha y viendo su luz ante sus ojos. Se levantó, se acercó al espejo y miró un buen rato su bello y delgado rostro, pensativo e inteligente. Luego se dio la vuelta y contempló el retrato de la difunta Liza, que con los bucles del pelo peinados a la griega, que tierna y alegremente le contemplaba desde su marco dorado. Le miraba alegremente y aun así le decía: «¿Qué es lo que les he hecho? ¡Les quería tanto a todos!».

Y el príncipe Andréi, poniendo las manos detrás de la espalda, caminaba largo rato por la habitación, bien frunciendo el ceño, bien sonriendo. Le daba vueltas a los pensamientos sobre el roble en relación con Speranski, con la gloria, con la masonería y con la vida futura. Y en esos minutos, si alguien entraba a verle, se mostraba especialmente seco, severo, decidido y, en particular, desagradablemente lógico.

—Querido mío —solía decir entrando en esos momentos la princesa María—, no se puede sacar hoy a Koko a pasear. Hace mucho frío.

El príncipe Andréi miraba en esos instantes secamente a su hermana y decía:

—Si hiciera calor, saldría con una blusa. Pero como hace frío, hay que vestirle con ropa de abrigo, que para eso está pensada. Eso es todo lo que se debe hacer cuando hace frío y no quedarse en casa cuando el niño tiene que tomar el aire —dijo con especial lógica, como castigando a alguien por toda esa tarea interior, secreta e ilógica, sobre el roble. La joven princesa María pensaba en esas ocasiones que el príncipe Andréi estaba ocupado con su actividad intelectual y en cómo esta consumía a los hombres.

En el invierno de 1809 los Rostov, a quienes el príncipe Andréi raramente iba a ver después de su visita en 1807, se marcharon a San Petersburgo (los negocios del viejo conde se arruinaron de tal modo que se marchó a buscar un puesto en el servicio militar). En la primavera del mismo año el príncipe Andréi empezó a toser. La princesa María le convenció de ir al médico y meneando significativamente la cabeza, este aconsejó al príncipe ser prudente y no descuidar su enfermedad. El príncipe Andréi se burló de la preocupación de su hermana por la medicina y se fue a Boguchárovo. Pasó una semana solo y continuó tosiendo. Al cabo de otra, fue a ver a su padre con la firme convicción de que le quedaba muy poco de vida y aquí, al pasar junto al roble que ya había despuntado, finalmente y sin dudas dio solución a la secreta cuestión que le ocupaba desde hacía tiempo. «No, no tenía razón. Felicidad, amor, esperanza… Todo eso existe y tiene que existir y debo emplear en ello el resto de mi vida.» Puede ser, por lo tanto, que el príncipe Andréi resolviera la cuestión con tanta claridad por tener la certeza de hallarse próximo a la muerte, tal y como ocurre frecuentemente con las personas de cerca de treinta años. El príncipe Andréi, sintiendo que se terminaba su juventud, pensó que se le acababa la vida y creyó firmemente en la cercanía de su muerte. Ni que decir tiene que no le contó a nadie sus mortales presentimientos, que sirvieron como continuación de sus pensamientos secretos, pero comenzó a ser más cuidadoso, activo, bondadoso y tierno con todos, marchándose a San Petersburgo poco tiempo después.

III

Al llegar a San Petersburgo en 1809, el príncipe Andréi se ordenó a sí mismo dirigirse directamente a casa de Bezújov, figurándose que si, como cabía suponer, Pierre no ocupaba a solas la por todos conocida en San Petersburgo gigantesca mansión en el Moika, como mínimo allí se enteraría de dónde vivía. Cuando entró por la puerta notó que la casa estaba habitada. Preguntó si había alguien, seguro de que la pregunta solo podía referirse a Pierre, ya que la condesa, según sabía Andréi, en los últimos tiempos vivía por separado y con toda la corte en Erfurt.

—La condesa ha salido —contestó el portero.

—Así que, ¿el conde Piotr Grigórevich no vive aquí? —preguntó el príncipe Andréi.

—Está en casa. Pase, por favor.

El príncipe Andréi quedó tan sorprendido por la noticia que apenas pudo disimular su perplejidad delante del portero, y entró tras el criado en la habitación de Pierre. La casa era grande, el piso de arriba distribuido en habitaciones de techo bajo. Pierre, vestido con una camisa suelta y con sus gordos y desnudos pies calzando unas pantuflas, estaba escribiendo, sentado a la mesa. La habitación estaba atestada de libros y papeles, y había tal humo que a pesar de ser de día, estaba oscuro.

Era evidente que Pierre estaba tan abstraído en sus asuntos que tardó en oír el ruido que producía el paso de los que entraban. Ante la voz del príncipe Andréi se giró y miró a Bolkonski directamente a la cara, pero, al parecer, sin reconocerle. El rostro de Pierre no parecía saludable, estaba hinchado y de color amarillento. Había una expresión de enfado y preocupación en sus ojos y en sus labios. «Otra vez triste —pensó el príncipe Andréi—. Y no puede ser de otro modo, ya que otra vez está con esa mujer.»

—¡Ah, es usted! —exclamó Pierre—. Por fin, gracias a Dios —pero en su tono no se percibía esa antigua jovialidad festiva e infantil. Abrazó al príncipe Andréi y volvió enseguida con sus libretas, que empezó a apilar.

—Ay, además no me he lavado, estaba tan ocupado… Naturalmente, se quedará aquí y en ningún otro sitio… Gracias a Dios —dijo Pierre. Y justo en el momento de decir esto, el príncipe Andréi reparó, incluso más patentemente que antes, en nuevas arrugas en su cara abotargada y, en particular, esa expresión general de preocupación por lo cotidiano que normalmente oculta la inseguridad sobre lo importante de la vida.

—Así que no recibiste mi última carta —preguntó el príncipe Andréi—, donde te escribo sobre mi enfermedad y el viaje…

—No… ay, sí. La recibí. ¿Qué le pasa, acaso está de verdad enfermo? No, tiene buen aspecto.

—No, los dos estamos mal, amigo. Nos hacemos viejos —dijo el príncipe Andréi.

—¿Viejos? —continuó asustado Pierre—. Oh, no —se rió desconcertado—. Al revés, nunca antes había vivido tan plenamente como ahora —dijo.

Pero su tono parecía corroborar las palabras del príncipe Andréi. Se volvió otra vez hacia su mesa, como si por costumbre fuera a buscar en sus papeles la salvación.

—¿Sabe usted en qué me hallaba? Estoy elaborando el proyecto de la reforma judicial…

Pierre no terminó de hablar al ver que el príncipe Andréi, cansado por el trayecto, se quitaba su ropa de viaje y daba una orden al criado.

—Pues lo que le digo, todavía estamos a tiempo. ¡Ah, cómo me alegro de verle! Bueno, ¿y qué tal la princesa María Nikolaevna y su padre? Usted sabe que esa estancia en Lysye Gory me dejó el mejor de los recuerdos.

El príncipe Andréi sonrió en silencio.

—No, no crea —respondió Pierre a esa sonrisa con la misma seguridad como si el príncipe Andréi hubiera expresado con palabras lo que ese gesto entrañaba—. No, no crea que aquí predomina la formalidad y la apariencia. No, aquí hay gente admirable. Ahora el Gran Maestro está aquí. Es una persona excelente. Le he hablado de usted... Bueno, qué contento estoy, qué feliz —decía, empezando a entrar poco a poco en un estado de animación antaño natural y sincero.

En ese momento, con el ligero crujido de sus botas, entró en la habitación un lacayo sonrosado, elegante, con su brillante librea nueva. Digna y respetuosamente hizo una reverencia.

Pierre levantó la cabeza, entornó los ojos y antes de que el lacayo comenzase a hablar, empezó, confirmando cada futura palabra de este, a asentir suavemente con la cabeza en señal de aprobación.

—Su Excelencia la condesa Aliona Vasilevna ordenó informarle —clara y agradablemente pronunció el lacayo— de que ya que ha tenido el placer de saber de la llegada del príncipe Andréi Nikolaevich, tenga Su Excelencia la bondad de ordenar el traslado de los aposentos del príncipe al piso de abajo.

—Sí, está bien, está bien, sí, sí, sí, sí... —repitió deprisa Pierre. A pesar de participar en el destino de su amigo, el príncipe Andréi no pudo evitar sonreír. Sentía que preguntar a Pierre por cómo había sido posible reunirse de nuevo con su esposa incomodaría a Bezújov. Pero pasar en silencio sobre la noticia también resultaría incómodo.

—¿Hace mucho que regresó la condesa? —preguntó, después de marcharse el lacayo.

Pierre sonrió débilmente, lo que hizo entender al príncipe Andréi todo lo que deseaba saber. En primer lugar, con esa sonrisa dio a comprender que le aturdieron, le enredaron, eludieron su opinión y contra su voluntad, le reunieron con su esposa. En segundo lugar, habló de lo que no obstante era una creencia fundamental suya: dijo que la vida es tan corta y tan tonta que no valía la pena no hacer lo que otros tanto deseaban, no valía la pena creer en fuera lo que fuese del mismo modo que no creer. Y también añadió en francés:

—¿Necesita la solución a la adivinanza? Y así, querido mío, le reconozco que he sido demasiado obstinado y que no tenía razón. Luego, en esencia, ella de por sí no es una mala mujer... Tiene sus defectos, ¡pero quién no los tiene! Y después, aunque (entre nosotros) ya no siento amor por ella, es mi mujer... pues es eso...

Pierre se alteró por completo con la explicación y enseguida se acercó de nuevo a la mesa, cogió su libreta y comenzó a hablar del objeto de sus escritos.

Para el príncipe Andréi ya era evidente de qué pensamientos se había salvado con sus notas sobre la vieja y nueva Rusia, y estaba claro el motivo de por qué se había hinchado tanto su cara y habían surgido en él arrugas con tanta rapidez; no tanto por la vejez como por el decaimiento.

—¿No ve usted? He empezado a hablarle de mis apuntes. Supongo que hay poca responsabilidad entre los ministros y pocas formas constitucionales. La totalidad de las reformas es imprescindible, ¿y qué podría ser si no?

El príncipe Andréi conocía hasta el último detalle de lo que estaba haciendo Speranski, y tenía su propia opinión al respecto. Consideraba que toda la organización existente era tan desastrosa, y despreciaba y odiaba de tal modo a todos los gobernantes, que las revolucionarias y rompedoras iniciativas de Speranski le llegaban del todo al corazón. Speranski, al cual nunca había visto, le parecía ser una especie de Napoleón civil. Se alegraba de su surgimiento, de la humillación sufrida por los gobernantes anteriores precisamente por esas reformas que se estaban llevando a cabo, y conocía toda la parte fundamental de la filosofía de las reformas. Vislumbraba la emancipación de los campesinos, de la cámara de diputados, la transparencia judicial y la limitación del poder de la monarquía. Speranski le resultaba interesante como expresión de las nuevas ideas y protestas contra lo viejo. Compartía totalmente las ideas de Pierre, pero en ese momento no le preocupaban demasiado.

—¿Así que le interesa bastante Speranski? —habló Pierre—. ¿Sabe que es masón? Puedo hacer que se encuentre con él a través de mi esposa.

—Sí, es un hombre admirable —respondió el príncipe Andréi.

IV

La presencia del príncipe Andréi en San Petersburgo suponía una novedad. Sus méritos para gozar de notoriedad consistían en que era un viudo interesante, había abandonado todo, se había enmendado y se dedicaba a atender a su hijo. Se había convertido al camino de la verdad y hacía mucho bien en el campo y, sobre todo, había liberado a sus campesinos.

La condesa Aliona Vasilevna Bezújova había poseído uno de los primeros salones de San Petersburgo y ahora, tras llegar proveniente de Erfurt, donde, tal y como se rumoreaba, una persona sumamente importante le había otorgado su predilección —en especial después de volver con su marido (precisamente un marido como Pierre era condición indispensable para una mujer completamente a la moda)—, ella y su salón eran indudablemente los primeros en San Petersburgo. El príncipe Andréi, por su anterior reputación de joven peterburgués a la moda, en general por su posición y en particular por tratarse de un hombre joven (Hélène prefería una sociedad de hombres), fue llamado a reunirse con ella mediante un cierto afán impropio. Al día siguiente de su llegada fue invitado a comer y a pasar la tarde en la planta de abajo, la mitad que correspondía a la condesa.

El príncipe Andréi no podía negarse y Pierre, a quien no le gustaba en absoluto almorzar con su esposa (lo hacía habitualmente en el club), se preparó para bajar junto a su amigo.

—Tengo que decirle, querido mío, que el salón más importante de San Petersburgo es el de mi esposa. Acuden todos los diplomáticos de relevancia, en especial los de la embajada francesa. Caulaincourt ha venido de visita.

Escuchando y sonriendo ligeramente, el príncipe Andréi entornó los ojos.

A las seis de la tarde (según la última moda) la condesa, ataviada con un sencillo vestido (costaba ochocientos rublos) de terciopelo negro con encajes del mismo tejido, recibió al príncipe en su también sencilla (que costaba con el acabado dieciséis mil rublos) sala de estar. En la variada sala de caballeros, los títulos y uniformes favoritos, entre los que predominaban los franceses, rodeaban ya a la condesa. Entre los conocidos del príncipe Andréi estaba un tal Borís, que enseguida sorprendió al príncipe por el trato que dispensaba a Bezújov y a su esposa, imperceptible para los demás, pero para él tan claro como el día. El principal rasgo de Borís, ahora ya capitán de caballería y ayudante de N. N., era su agradable buena apariencia y su calma, pero detrás de esa calma, se veía que la sonrisa delicada que habitaba en sus ojos y labios escondía algo más. La verdad es que el príncipe Andréi, entrando ya en la sala de estar, se preparó para buscar por todas partes los indicios de la infelicidad del pobre Pierre, pero le sorprendió sobremanera el tono de respetuosa cortesía, particular y algo triste, con el que Borís se levantó ante Pierre e inclinando la cabeza y en silencio, le saludó. Sin ninguna duda, se trataba de fantasías de Andréi. Pero frecuentemente, las fantasías revelan la verdad de un modo más seguro que las demostraciones visibles. Al príncipe le pareció que la expresión del gesto de Borís en el momento de saludar al marido de Hélène era dulcemente pudorosa y fatalista, como si dijese: «Le respeto y no le deseo mal alguno, pero nuestras pasiones y las de las mujeres escapan a nuestro dominio. Si por pasión le hiciera algún daño, y usted considerara esto un daño, estaría preparado para asumir toda la responsabilidad de mi posición. Por lo demás, si no sabe ni se imagina nada —hablaba también la luz maliciosa de sus ojos—, pues mejor para ti, querido mío».

Esto era lo que se imaginaba el príncipe Andréi; pero extrañamente todas las inevitables miradas que a continuación tendía sobre Borís y Hélène confirmaron sus primeras impresiones. Borís no estaba sentado entre las personas que rodeaban a la condesa; se mantenía aparte, ocupándose de los invitados como si fuera el hombre de la casa, satisfecho con lo que en realidad le pertenece y no por ello deseando mostrar más de lo que tiene. Después, el príncipe Andréi se fijó en que la condesa, con una mirada especialmente fría, le pedía a Borís que le pasara alguna cosa. Captó sus fugaces miradas justo en el momento que hablaban entre sí y finalmente, cuando en la conversación Borís se dirigió a ella como «condesa», el príncipe comprendió con claridad que con ese tono, a solas, Borís la trataría de «tú». Seguramente, Borís había sido, era o iba a ser un amante de su agrado, al mismo tiempo que una persona muy importante, cuya afinidad con Hélène conocía todo el mundo. Era un amante reconocido.

En ese mundo, en el salón de su esposa, Pierre se mostraba siempre animadamente parlanchín y discutía con excitación con todos por igual en busca solo de ideas. Era obvio que en aquel mundo se propasaba igual que con su trabajo. Había pocas damas; dos o tres que el príncipe no conocía y Anna Pávlovna. Hélène la había invitado por ser amiga de la difunta esposa de Bolkonski, y haciendo gala de su excepcional tacto, la sentó en la mesa al lado del príncipe Andréi.

La condesa recibió impecablemente al príncipe Andréi y a los invitados con esa soltura y seguridad especiales que siempre suelen faltar en las mujeres virtuosas. Había incluso embellecido en el tiempo que el príncipe no la había visto. Estaba rellenita, pero no gorda. De blancura extraordinaria, no había ni siquiera una sola arruga en su magnífico rostro. Sus cabellos eran muy largos y espesos. Sus cejas eran cibelinas, como perfiladas, y matizaban su prominente frente, lisa y marmórea y esa misma sonrisa de labios sonrosados, diciendo mucho o nada resplandecía en su rostro. Su belleza era reconocida no solamente en San Petersburgo, sino también en el extranjero. Todo el patio de butacas se daba la vuelta, dando la espalda al escenario, cuando llegaba a su palco. Napoleón había dicho de ella: «Es un animal magnífico».

La condesa era plenamente consciente de ello, lo que la hacía sentir todavía mejor. Al príncipe Andréi nunca le gustó especialmente y jamás la habría elegido como esposa, pero ahora él también se sometía a ese fenómeno de belleza y elegancia, una vorágine de vida mundana. De todos modos, veía en ella el objeto que todos reconocen como el del deseo y por el cual todos se afanan. Le apeteció participar en este torneo e intentar vencer a todos. Además, se sentía bastante animado y dispuesto después de su resurgimiento. Hacía tanto tiempo que no disfrutaba del placer de estar acompañado en los finos círculos mundanos que, sentado a su lado, ni siquiera se percató de que le estaba diciendo algo más que los habituales cumplidos y que la estaba mirando más de lo debido. Se había olvidado ya de su esposa, de Pierre y de todos, lo cual resultaba agradable a la condesa. Andréi se sentía ahora satisfecho consigo mismo y se comportaba en el salón con tanta libertad y desdén, que a la mujer le hubiera gustado desconcertarle. En mitad de la conversación se dirigió a él súbitamente y guardó silencio. Sus hermosos ojos se entornaron y debido a las largas pestañas empezaron a brillar de repente de un modo insolente, apasionado e indecoroso. Eran los mismos ojos que miraron a Pierre el día que se prometieron, cuando le besó. El príncipe Andréi volvió en sí y, rechazándola, contestó a su pregunta con frial-dad. De nuevo seguía sin gustarle.

Anna Pávlovna acogió con cordialidad al príncipe Andréi como compañero de mesa, pero con un cierto matiz de reproche por ser ayudante de Kutúzov en Austerlitz, la batalla que tanto había afligido al zar.

En términos generales, la conversación discurrió preferente-mente sobre la entrevista en Erfurt, la gran noticia del día. Cuatro años después de la última tarde en sociedad con Anna Pávlovna, el príncipe Andréi escuchaba ahora un arrebatado discurso sobre Napoleón, el mismo al que antes tildaban de maldito. No había entusiasmo y deferencia suficientes para hablar del genio.

La condesa estaba relatando la solemnidad que rodeó a Erfurt y citó durante la conversación a las admirables personalidades europeas como si de sus propios conocidos se tratase. «Éramos muchos. El duque tal, el conde cual…»; o directamente: «El duque Lioune me hizo reír».

—¿Cómo pueden escucharla y cómo puede tan hábilmente fingir que lo comprende todo y que no es boba? —pensaba Pie-rre al escucharla.

La condesa les contó el célebre espectáculo en que Talma re-presentaba una obra de Racine. Ambos emperadores estaban sen-tados delante del escenario en dos butacas especialmente prepara-das. Les relató el momento en que Talma dijo: «La amistad de un gran hombre es un regalo de Dios».

—De los dioses, condesa, si me permite parafrasear a Racine —corrigió uno de los diplomáticos franceses.

—¡Oh, no profeso el monoteísmo! —contestó la condesa.

«¿De quién habrá aprendido y memorizado esa frase que ha acertado a decir? —pensó Pierre, sirviéndose una copa de vino—. No lo comprendo. Porque yo sé que es boba y no entiende nada de lo que dice.»

Pierre bebió bastante y el príncipe Andréi se dio cuenta de

ello. La condesa continuó su relato, consistente en que cuando Talma pronunció la susodicha frase, «el emperador Alejandro estrechó la mano del emperador Napoleón. Todos lo vimos. No se pueden imaginar la impresión que nos causó, todos contuvimos la respiración».

El príncipe Vasili acababa las frases de su hija y murmuraba expresivamente, como diciendo: «Bueno, un gran hombre. Un genio. Nunca lo he negado».

Anna Pávlovna tomó parte en la conversación y no negó un leve entusiasmo y profundo respeto hacia Su Alteza el emperador de los franceses, como ahora le llamaba. Pero en su entusiasmo había un cierto tono de tristeza que debía referirse al particular enfoque de su protectora ante la nueva alianza de Rusia. Reconocía que Napoleón era un genio que había prestado grandes servicios a la revolución y había comprendido las ventajas que le reportaría una unión con el zar Alejandro, pero se compadecía de la desaparición del Antiguo Régimen, pues no obstante se guiaba por convicciones y principios rigurosos. Una de las cosas con las que coincidía plenamente con la condesa era en su apasionado fervor por los franceses.

—Francia está a la cabeza del resto de naciones. Ser francés y pertenecer a la nobleza —decía.

El príncipe Andréi, como siempre que visitaba un salón, intervenía e incluso llevaba la pauta de la conversación, llevando la contraria de un modo alegre y mordaz. Él, que tan de buena gana siempre reprendía a los rusos, no pudo reprimirse e hizo algunas objeciones que no gustaron a Anna Pávlovna. Objeciones acerca de que por esa razón sería mejor adquirir la nacionalidad de Napoleón y no luchar nunca contra los franceses.

—Sí, sería mucho mejor —dijo significativamente Anna Pávlovna.

Pierre bromeaba y en ocasiones con el brillo de su palabrería francesa y a pesar de la incómoda situación del marido en el salón de su mujer, suscitaba la atención de los presentes. La expresión de la condesa parecía decir: «Sí, no pasa nada, no le presten atención. Es mi marido».

V

A última hora de la tarde, retirándose del salón de la condesa, Pierre se marchó al club y cuando regresó, Andréi ya estaba dormido. Al día siguiente, el príncipe salió temprano a resolver unos asuntos, almorzó con su suegro y por la tarde estuvo en la casa donde habían prometido presentarle a Speranski. Solo cuando hubo caído la tarde volvió a casa y entró en los aposentos llenos de humo de Pierre, al que no había visto en todo el día.

—Qué bien que te haya encontrado en casa —dijo el príncipe Andréi, frotándose la cara con las manos y desabrochándose la ropa apoyado en la otomana.

Pierre conocía esa expresión de Andréi y era de su agrado. Dejó sus libretas y fumándose una pipa tomó asiento más sosegadamente frente a su amigo.

—¿Sabe usted, querido mío, que me quedaré en San Petersburgo? He recibido unas ofertas a las que no me puedo negar. Realmente, en una época como la nuestra, cuando hay tanta convulsión política, cuando hay tanta efervescencia, y cuando se está deshaciendo de tal modo todo lo viejo y podrido, uno simplemente no puede contenerse y no tomar parte.

—¿Cómo? Me alegra saberlo. ¿Y dónde? —dijo Pierre.

—Kochubéi me ha pedido que me ocupe de la comisión que redacta el código jurídico. Luego me proponen ocupar un puesto en Crimea.

—No, quédese aquí —dijo Pierre—. No le he visto desde la tarde de ayer —continuó—. Creo que todas esas alabanzas a Napoleón le han afectado de un modo extraño. ¡Cómo si no podría haberle mareado tanto todo! Por lo que a mí respecta, si hubiera continuado pensando de Napoleón lo mismo que pensaba antes, creo que habría cambiado mis ideas con tal de no estar en connivencia con toda esa gente.

—Sí —dijo el príncipe Andréi sonriendo—. Lo que nosotros pensábamos y sentíamos hace cuatro años solo ahora lo han comprendido. Pero para ellos Egipto, la campaña italiana, la liberación de Italia, el primer cónsul... eran cosas incomprensibles. Para que entrasen en razón hizo falta la pompa que rodeó a Tilsit y Erfurt, que provoca burla y aversión. Ellos, como dice Goethe, son como el eco, pero no tienen voz. Y como el eco con retardo, todo lo tergiversan. Nunca cantan al son. Cuando se aproxima algo nuevo, no hacen más que creer en lo antiguo. Solo cuando lo nuevo envejece, queda vulgarmente anticuado y las mentes de vanguardia ya vislumbran lo moderno, ellos comienzan a dilucidar que lo antiguo era contra lo que luchaban. Justo como sucede ahora con Napoleón. Incluso si yo, como hace cuatro años, todavía creyera que existen grandes hombres, de igual modo hubiera perdido mi fe en Bonaparte sin necesidad de que Austerlitz hubiera tenido lugar.

—¡Ah! —continuó Pierre—. ¡Así que usted es de la misma opinión sobre Bonaparte! A mi parecer, es una nulidad y una vacuidad que se halla próximo a desaparecer. Es un hombre que no podrá mantener su posición y que se desmoronará.

—Sin duda, sin duda —respondió el príncipe Andréi asintiendo con la cabeza como si lo que decía Pierre fuese una perogrullada, aunque en San Petersburgo apenas unos pocas personas compartían tales ideas.

Se quedaron en silencio y se miraron. Les resultaba agradable sentir que a pesar de vivir por separado sus ideas avanzaban por los mismos derroteros. Después de un largo intervalo en el camino de sus vidas, se encontraban de nuevo juntos. Por una natural asociación de ideas con respecto a este acercamiento, el príncipe

Andréi pasó a recordar a Borís, que en 1805 le había causado muy buena impresión. Sentía que sus ideas habían divergido muchísimo en ese tiempo.

—¿Recuerdas que te hablé de Borís Drubetskoi, al que me recomendaste? Me cayó bien, pero me equivoqué por completo. He vuelto a verle ahora y no me gusta.

De nuevo coincidieron. Parecía que Pierre también hubiera estado antes arrebatado y desilusionado por ese joven, pero no expresó las sospechas que en principio tenía sobre él.

—No, es muy buen chico. Es más, goza de gran éxito en la sociedad y en el ejército.

—Sí, sí. Llegará muy lejos. Pero precisamente por eso no me gusta. Concede mucha importancia a su carrera y a su círculo. Es lo lamentable de la cuestión. Es el más listo de todos, lo cual no es difícil. No obstante, posee un tacto especial para disimular su superioridad y fingir un nivel similar sin ofender a los demás. Es la fórmula principal del éxito, pero resulta lamentable que no sea lo suficientemente inteligente para comprender que no vale la pena lo que hace. Cree que todo eso es muy importante. Infla afanosa y cuidadosamente esa pompa de jabón, pero las cosas le irán mal cuando la pompa reviente.

Pierre cambió de conversación.

—Bueno, ¿y qué me dice usted? ¿Ha visto a Speranski?

El príncipe Andréi resolló.

—Una equivocación menos —dijo—. No es que no esté de acuerdo contigo. Se puede y se debe hacer mucho, pero no con esas manos manchadas.

—¡Oh, querido mío, alma de casta…!

—Casta o no, simplemente no puedo aguantar ese tono ladino y dogmático con cierto lustre de jacobinismo cortesano. El ladino es de una calaña especial.

—No estoy de acuerdo. Su proyecto es válido, pero no las medidas.

—Pero piense que es la única persona que puede…

—Y luego —interrumpió el príncipe Andréi— esa gente no puede comprender la libertad, porque están acostumbrados a mirar desde abajo hacia arriba.

VI

Los asuntos financieros de los Rostov no se solucionaron en los dos años que permanecieron en el campo. A pesar de que Nikolai, manteniéndose fuerte en sus intenciones, continuaba sirviendo en el seno del ejército y gastando poco dinero en comparación, el ritmo de vida en Otrádnoe era tal y en especial Mítenka llevaba los negocios de tal manera, que las deudas aumentaban cada año de un modo insostenible. El servicio civil supuso la única ayuda evidente que recibió el viejo conde, marchándose a San Petersburgo en busca de un puesto en él y como decía, a divertir a las chicas por última vez. Y puede que incluso casar a alguna, tal y como piensan todos los padres. En realidad, Berg, al mando ahora de un batallón de la guardia, engalanado con la orden de Vladimir y el sable de oro por su arrojo, joven justo, discreto, apuesto y que iba por el camino más brillante, le hizo una proposición de matrimonio a Vera, que se había decidido firmemente a hacer cuatro años atrás y que había cumplido firmemente.

—¿No ve usted? —decía haciendo virtuosamente aros de humo delante de su camarada, al que le llamaba amigo solo porque sabía que todo el mundo los tenía—. ¿No ve usted que lo he pensado todo? No me habría casado si no lo hubiese premeditado todo y por alguna u otra razón resultara inconveniente. Pero todo lo contrario. Mis padres están ahora bien mantenidos, les he organizado el arriendo de una casa en el territorio de Ostzeis, y así puedo vivir con mi esposa en San Petersburgo con mi sueldo y con sus bienes. No contraigo matrimonio por dinero, lo considero una bajeza, pero opino que la esposa tiene que aportar lo suyo y el marido también. Tengo mi carrera en el servicio militar y ella posee algunos recursos económicos y buenas relaciones. En nuestros días, eso ya es algo, ¿no es así? Y lo principal es que ella es una chica magnífica y respetable. Me ama... —Berg enrojeció y sonrió.

—Así que venga a... —quería decir a comer, pero cambió de parecer y dijo a tomar el té. Atravesándolo rápidamente con la lengua, hizo un arito redondo de humo que plasmaba por completo sus sueños de felicidad.

Al principio, la proposición de Berg se recibió con una perplejidad poco halagüeña para él. Se percibió como algo extraño que el hijo de un sombrío noble de Livonia pidiera en matrimonio a Vera, pero el principal rasgo del carácter de Berg consistía en un fuerte egoísmo ingenuo y bondadoso. Los Rostov pensaron que el asunto saldría bien si él mismo estaba tan convencido de ello. Además, Vera explicó con convencimiento que Berg era un barón, que iba por el buen camino y que no existía ni la más mínima posibilidad de que resultase un mal casamiento si se esposaba con él y que en la sociedad había numerosos ejemplos de ese tipo de matrimonios que ella aportó. Se dio el consentimiento. El sentimiento de los familiares pasó de la perplejidad a la alegría, pero no era una alegría sincera, sino aparente. Se notaba la confusión y la vergüenza entre los familiares que hablaban del casamiento, como si sintieran pudor por no querer a Vera y deshacerse de ella. El viejo conde era el que estaba más desconcertado. Seguramente, no hubiera sabido citar la causa de su aturdimiento, pero los motivos eran sus asuntos financieros, que en los últimos tiempos se habían unido a los familiares y a los de casa. Resueltamente, desconocía la cuantía de su fortuna, cuántas deudas tenía y qué era lo que estaba en condiciones de dar a Vera como dote. Cuando nacieron sus hijas, a cada una se le asignó como dote una posesión de trescientos campesinos. Pero ya se había vendido una y la otra estaba hipotecada y con el plazo caducado, por lo que debía de ponerse a la venta. Berg estaba prometido desde hacía más de un mes. Solo quedaba una semana para que se celebrase la boda y el conde todavía no había decidido la cuestión de la dote para Vera. No hablaba de ello con la condesa que, compadeciéndose de su marido, se había prometido no comentar nada sobre el dinero. A una semana de la boda todo seguía sin resolver, y la vergüenza y el peso de la conciencia atormentaban al conde de tal modo que habría caído enfermo si Berg no le hubiera sacado de esa posición. Este solicitó una conversación a solas con el conde, y con una sonrisa llena de virtud le pidió respetuosamente que le informara de en qué iba a consistir la dote asignada a Vera. El conde se sintió tan culpable y desconcertado con esta pregunta, la cual presentía desde hacía ya tiempo, que contestó sin pensar con lo primero que le vino a la cabeza.

—Me gusta que te hayas preocupado y quiero que quedes satisfecho —dándole unas palmaditas en el hombro se levantó, deseando poner fin a la conversación. Pero Berg, sonriendo agradablemente, le explicó que si no era posible saber en qué iba a consistir la dote de Vera y recibirla por adelantado, no se casaría con ella, a pesar de todo su amor.

—Porque juzgue usted, conde. Actuaría vilmente si ahora me permitiera casarme sin poseer recursos fijos para sostener a mi esposa…

La conversación concluyó cuando el conde, deseando mostrarse espléndido y no someterse a nuevas peticiones, dijo que le extendería una letra de cambio por valor de ochenta mil rublos, pero Berg, pensándolo, respondió que no podía aceptar una letra de cambio y pidió cuarenta mil en efectivo y los otros cuarenta en letra.

—Sí, sí. Está bien —dijo el conde apresuradamente—. Acepta no obstante mis disculpas, amigo. Conseguiré cuarenta mil y te daré además una letra de cambio por valor de ochenta mil. Dame un beso, pues.

Al poco tiempo el conde consiguió el dinero por un porcentaje de judíos y se lo entregó a Berg. La conversación entre el conde y el novio fue secreta para todos los de la casa. Solamente advirtieron que el conde y el prometido estaban especialmente alegres.

Nikolai continuó sirviendo en su regimiento destacado en Polonia. Al recibir la noticia de que su hermana iba a contraer matrimonio, envió una fría carta de felicitación y no acudió a la boda, con el pretexto de tener asuntos que le retenían allí.

Poco después de firmarse el acuerdo de paz de Tilsit, se desplazó a casa por vacaciones y produjo entre los suyos la sensación de que había cambiado mucho. Su padre le encontró muy crecido y maduro. Gastaba poco dinero, no jugaba a las cartas y en dos años prometió licenciarse, casarse y volver al campo para administrarlo.

—Ahora todavía es pronto. Dejadme que sirva como capitán de caballería.

—Es un buen muchacho, buen muchacho —decía su padre.

La condesa también se mostraba satisfecha con su hijo, pero a sus ojos maternales no le era ajeno que Nikolai se había endurecido. Deseaba que se casase, pero fue insinuar la posibilidad de una novia rica, concretamente Julie Kornakova, y comprendió que su hijo no estaba por la labor. Algo había empeorado en él, pero no sabía el qué. Experimentó por vez primera ese instinto maternal con el que alegremente se cree en cada paso que da tu niño, pero no se cree —aunque se sienta— que ese mismo paso sea hacia abajo. Vera estaba enteramente satisfecha de su hermano; aprobaba su moderación en los gastos y su seriedad. Sonia deseaba más que nunca convertirse en la esposa de Nikolai. Él no le comentaba nada de amor o boda, pero era dulce y cariñoso con ella. De cualquier manera, Sonia no hacía más que amarlo fielmente y prometía seguir haciéndolo tanto si se casaba con ella como si lo hacía con otra. El amor de Sonia era tan firme y fiel, que Natasha decía:

—Yo incluso ni siquiera entiendo cómo se puede amar así; es como si te lo hubieses ordenado a ti misma y ya no pudieses cambiar.

Solo Natasha estaba descontenta con su hermano. Se quejaba ostensiblemente de sus maneras, de su cuello pardo, del modo en que sostenía la pipa entre los dedos, no hacía más que importunarle y fastidiarle, de un salto se montaba en él a caballito y le obligaba a llevarla por las habitaciones como si buscara algo que luego no encontraba.

—¿Qué es lo que te pasa? —decía ella—. ¡Eh, eh! ¿Dónde estabas? —le preguntaba todo el rato molestándole, como intentando encender su chispa. Los demás no reparaban en ella y solo a Natasha le gustaba, pero en los últimos tiempos esa llama se había apagado bastante.

VII

Natasha, que había vivido en soledad en el campo durante el último año, se había formado su propia noción de todo de un modo muy preciso y con frecuencia contradecía la opinión de sus familiares. Ese último año en el campo había sido aburrido, pues todo el mundo, menos Sonia y ella, hablaba solamente del poco dinero disponible y de que no era posible desplazarse a Moscú, se compadecían de las señoritas y todos los días oían los chismes de Vera, que decía que en el campo es muy difícil casarse, que una se muere de aburrimiento, que se puede encontrar un puesto en San Petersburgo, etcétera. Natasha rara vez intervenía en la conversación, y cuando lo hacía, atacaba a Vera airadamente y afirmaba que en el campo se vive con más alegría que en Moscú. En el verano, efectivamente, Natasha se organizaba la vida de tal modo que, sin fingir, aseguraba que era extraordinariamente feliz. Se levantaba temprano por la mañana y junto con las chicas del servicio doméstico, la institutriz y Sonia, se iba a recoger setas, bayas o nueces. Cuando el calor apretaba, se acercaban al río y tomaban un baño en un lugar dispuesto para ello. Natasha aprendió a nadar con alegría y orgullo. Luego cantaba, almorzaba y acompañada por su perro de caza Mitka, se marchaba a caballo a sus lugares preferidos; el campo y los prados. A medida que pasaban los días sentía cómo se hacía más fuerte y hermosa, engordaba, y nadaba, cabalgaba y cantaba mejor. Siempre estaba feliz en el campo y fuera de la casa. Cuando a la hora de la comida o el té de nuevo oía los mismos bulos sobre el aburrimiento en el campo y la pobreza, se sentía todavía más feliz en el campo, en el bosque, a caballo, en el agua o a la luz de la luna en su ventana. No estaba enamorada de nadie y no sentía ninguna necesidad de ello. Sonia tomaba parte en su vida, pero en los mejores minutos de Natasha notaba que este aun con todo su deseo a duras penas la podía seguir, tal y como no podía hacerlo en el bosque, en el agua o a caballo. Un día caluroso de julio, cuando las dos, junto con la institutriz y el resto de las chicas llegaron a la parte del río acondicionada para el baño, Natasha se quitó la ropa, se anudó un pañuelo blanco en la cabeza y con una blusa se puso en cuclillas en la parte delantera del banco. Abrazó con sus delgados brazos sus flexibles piernas y detuvo sus ojos sobre el agua. Hacía ya rato que todas estaban en el agua, chapoteando y gritando. Las muchachas se llamaban a gritos, olvidando la diferencia entre señores y siervos.

—¡Venga, chicas! ¡En esa dirección! —gritaban con ese envalentonamiento femenino típico con el que se bañan las rusas. Natasha seguía sentada y miraba al agua y a la orilla contraria. Pensaba seriamente por primera vez en su vida: «¿Para qué ir a Moscú? ¿Por qué motivo no se puede vivir siempre aquí? ¿Acaso no estamos bien aquí? Ah, qué bien… ¡Y qué contenta y feliz que estoy! Y luego dicen que somos pobres. Cómo vamos a ser pobres teniendo tantas tierras, empleados y casas. Mira, Nastia no tiene nada excepto ese vestido rosa. ¡Y qué simpática es, qué alegre y qué trenzas tan bonitas tiene! ¿Cómo vamos a ser pobres? Entonces, ¿para qué tenemos tantos maestros, músicos y dos bufones? No necesitamos todo eso. Papá y mamá están satisfechos con todo, y yo también. ¡Cómo sería de divertido si se vendiese todo lo que sobra y viviéramos con las dos chicas en un ala de la casa! Iré y se lo diré a papá», decidió ella para sí.

En ese instante, una ráfaga de viento atravesó el campo, levantando una polvareda sobre el campo arado. Rizando el agua sopló sobre el rostro de Nastia, que estaba nadando y esta, asustándose, perdió el aliento y luego se echó a reír. Natasha, riéndose, corrió hacia la poza y se tiró al agua. De vuelta a casa, con el pañuelo anudado sobre la cabeza, bronceada y alegre, corrió hacia su padre y seria e imponentemente le expuso su filosofía, como ella misma la definía. Su padre, riéndose, la besó y con un cariñoso desdén dijo que estaría muy bien si todo se pudiera hacer tan fácilmente. Pero Natasha no se rindió tan pronto y sentía que a pesar de ser una niña y su padre un anciano, ella tenía razón.

—¿Y por qué no se puede? —dijo—. Bien, hay deudas. Pues vivamos entonces de tal manera que gastemos dos veces menos.

Natasha no creía ni en la dulce sonrisa desdeñosa de su padre ni en las bromas de su madre. Sabía que llevaba razón y desde ese momento comenzó a creer en sus propias ideas y a tener opinión propia. No aprobaba que su padre buscase un puesto de trabajo en San Petersburgo; decía que todo eso era una tontería, pues ya eran ricos. Se mostró de acuerdo con la boda de Berg y Vera porque consideraba que no encajaban entre ellas. Sin embargo, le alegraba la posibilidad de divertirse en San Petersburgo. A pesar de estar preparada para vivir por siempre en el campo, no le satisfacía el estilo de vida que llevaban sus familiares en San Petersburgo. Todo le parecía estar un poco mal y ser algo provinciano, no suficientemente *comme il faut*.* ¿Por qué sabía ella cómo hay que vivir en la alta sociedad? Ciertamente, su intuición le decía que el hecho de

* «Como es debido.» *(N. de la T.)*

que las habitaciones no estuvieran debidamente recogidas, los lacayos fueran sucios, la carroza estuviera anticuada y la mesa no se pusiera como es debido, ofendía a su sentido de la finura y vanidad. Se vestía ella misma y también vestía estupendamente a la anciana condesa, que se había puesto a sus órdenes. Adivinó al instante toda esa pequeña aceptación de modales y compostura que conforman los matices de la alta sociedad. En la casa de los Rostov en San Petersburgo, un poco ridícula y provinciana, Natasha les sorprendió por sus impecables modales de la más alta y elegante sociedad.

Tenía dieciséis años. Unos decían que era hermosa, otros que solamente atractiva y superficial; una coqueta malcriada. Pero todos afirmaban que era muy simpática.

Sin embargo, transcurrido un mes después de la llegada de los Rostov a San Petersburgo, Natasha recibió dos proposiciones matrimoniales de unos pretendientes ricos. Pero rehusó ambas. Se reía de tal modo y coqueteaba tan alegremente, que a los observadores jamás se les hubiera pasado por la cabeza hacerle una proposición semejante. No aparentaba ser de este mundo. Resultaba extraño pensar que de repente desease escoger un marido que anduviese en batín a su lado de entre todos esos centenares dispuestos a convertirse en su cónyuge en cuanto ella lo quisiera. Todos estaban listos para cortejarla, recoger su pañuelo, bailar y escribir versos en su álbum. Ella no permitía otra designación para ellos. Y cuantos más hombres hubiera de este tipo, tanto mejor.

Natasha enseguida apreció a Pierre no tanto porque alguna vez creyera estar enamorada de él y por incluirle de inmediato entre las personas de la sociedad más alta, como por ser más inteligente y sencillo que el resto. Al enterarse de que era masón, le asedió a preguntas sobre en qué consistía aquello. Cuando le contó en líneas generales el objetivo de la masonería, se quedó contemplándolo largo rato con los ojos abiertos de par en par y dijo que era estupendo.

Cuando él se marchó, la vieja condesa le preguntó sobre qué habían estado hablando tan apasionadamente.

—No te lo puedo decir, mamá.

—Lo sé. Sé que es un farmazón —habló la condesa.

—Francmasón, mamá —corrigió Natasha.

Por lo que respecta a los hombres, le invadía un sentimiento semejante al que experimenta el organizador de una cacería cuando mira a las escopetas: «¿Estarán cargadas? Si lo están, el gatillo funciona y hay pólvora almacenada; todo está en orden. Así que esperen a que quiera disparar una salva con todas ellas o con una de mi elección. Pero es imprescindible que todas estén cargadas».

Natasha tenía dieciséis años y corría el año 1809. Hacía cuatro que, después de haber besado a Borís, contaba con los dedos el año en que llegaría a esa edad. Desde entonces, no le había vuelto a ver.

Delante de Sonia y de su madre, cuando la conversación giraba en torno a Borís, Natasha afirmaba con completa libertad que todo aquel asunto estaba terminado y que todo lo que pasó había sido una chiquillada de la cual no valía la pena ni hablar por estar olvidada desde hacía tiempo. Pero esta niña poseía en grado sumo el don femenino de la astucia para adornar sus palabras con el tono que más le conviniera. Un don para ocultar en lo más profundo y secreto de su alma la cuestión sobre si existía un compromiso con Borís producto de una chiquillada ya olvidada, o si por el contrario había algo más serio que la ataba a él. Esto la atormentaba dolorosamente. Por una parte, le resultaría divertido casarse ahora y precisamente con Borís, tan amable simpático y *comme il faut* (se regocijaba especialmente porque así le mostraría a Vera que no debía sentirse tan orgullosa de que era mayor y se casaba, como si fuera la única que pudiera hacerlo y le demostraría que hay que casarse no con un alemanito como Berg, sino con alguien como el príncipe Drubetskoi). Por otro lado, le agobiaba la idea de una obligación que la ataría y privaría de su mayor placer: pensar que cada hombre que conocía podía llegar a convertirse en su marido.

En 1809, cuando los Rostov se instalaron en San Petersburgo, Borís fue a visitarles. Enseguida fue recibido como todos; es decir, se le invitaba a comer y cenar todos los días. Al saber de la llegada de Borís, Natasha, sonrojándose y con la voz temblorosa, le dijo a Sonia:

—¿Sabes que ha venido?

—¿Quién? ¿Bezújov? —preguntó Sonia.

—No, el anterior: Borís. —Y arreglándose frente al espejo, entró en la sala de estar.

Borís esperaba encontrar a Natasha muy cambiada, pero todo su recuerdo era la imagen simpática de una morenita con ojos brillantes bajo los rizos, labios rojos y una atrevida risa infantil. Se presentó a verles no sin preocupación. El recuerdo de Natasha era el más poético de cuantos tenía Borís. Pero su brillante carrera, una de cuyas principales condiciones era la libertad, y la noticia, recibida a través de su madre, de la ruina de los Rostov, le obligaron a tomar la decisión final de eliminar y olvidar esos recuerdos y promesas infantiles. Pero sabía que los Rostov estaban en San Petersburgo, motivo por el cual no debía dejar de hacerles una visita. Si no lo hiciera, sería peor; con ello demostraría que seguía recordando el pasado. Se decidió a ir en calidad de viejo y buen conocido. Y por lo que respecta a su pasado con Natasha, se presentaría con esa falta de memoria con la que se tapan tantos recuerdos cordiales y vergonzosos en el mundo. Pero se sorprendió cuando Natasha entró en la sala, resplandeciente y con una sonrisa más que cariñosa, con todo el encanto de sus recién cumplidos dieciséis bellos años. En modo alguno esperaba encontrarla así. Borís enrojeció y vaciló.

—¿Qué, reconoces a tu antigua compinche revoltosa?

Borís besó su mano y admitió estar estupefacto por la transformación ocurrida en ella.

—¡Qué guapa se ha puesto!

«Pues claro», contestaron los resplandecientes ojos de Natasha.

—¿Y papá ha envejecido? —preguntó ella.

Natasha tomó asiento y escuchó en silencio la conversación entre Borís y la condesa, que se dirigía a él como a un adulto. Callada, le escudriñaba hasta el último detalle, percibiendo él la risueña carga de esa mirada obstinada e irrespetuosa. Natasha le observaba y advertía en él una cortesía indulgente que indicaba que él recordaba su antigua amistad con los Rostov y por esa razón ahora, aunque no perteneciera a la sociedad de los Rostov, no actuaría con altanería. Durante esta primera visita, al citar con tacto a personajes de la alta aristocracia, Borís —merced a un descuido en el que reparó Natasha— hizo mención a un baile de palacio al que asistió y a las invitaciones que había recibido de parte de N. N. y S. S. Se sentó, ajustando con su blanca y suave mano el limpísimo guante que cubría la izquierda. El uniforme, las espuelas, la corbata, su peinado… todo estaba a la última moda y *comme il faut'hoe*.* En silencio, Natasha seguía sentada, mirándole de reojo con los ojos encendidos y ofendidos.

No pudo quedarse a almorzar, pero estuvo de vuelta en unos días; les visitó de nuevo y permaneció en la casa desde la comida hasta la hora de la cena. Aunque no deseaba acudir y pasar tanto tiempo, sin embargo no podía actuar de otro modo. A pesar de su decisión de rechazar a Natasha y de decirse a sí mismo que ese proceder sería algo innoble, no podía dejar de ir. Le pareció que era imprescindible explicarse ante Natasha, decirle que todo lo que pasó debía ser olvidado, que a pesar de todo… no podía convertirse en su esposa, pues no posee fortuna y jamás permitirían desposarla con él. Llegó por segunda vez y, como observaron la condesa y Sonia, Natasha parecía estar tan enamorada de Borís como antes. Le cantó sus canciones preferidas, le enseñó su ál-

---

* «Como debe ser.» *(N. de la T.)*

bum, obligándole a escribir algo en él, y no le permitió recordar los viejos tiempos, dando a entender que los nuevos eran estupendos. Se marchó entre la niebla bien adentrada la tarde, sin haber mencionado lo que tenía intención de decir. Al día siguiente Borís se presentó de nuevo. Y al otro, y al otro...

Recibía invitaciones de parte de la condesa Bezújova y pasaba los días enteros en casa de los Rostov.

La noche del cuarto día, cuando la vieja condesa ya estaba en chambra y cofia, sin sus rizos postizos pero con un moño gris asomando bajo su gorro de dormir, mientras hacía sobre la alfombrita las reverencias de su oración nocturna entre suspiros y gemidos, su puerta chirrió. Natasha entró corriendo, también ataviada con una chambra, unas pantuflas que calzaban sus pies desnudos y el pelo recogido. La condesa se giró, frunció el ceño y acabó de leer sus últimas oraciones «Acaso este lecho sea mi tumba». Natasha, enrojecida y nerviosa al ver a su madre en actitud de rezar, se detuvo, tomó asiento e involuntariamente sacó la lengua, amenazándose a sí misma. Al percatarse de que su madre continuaba rezando, corrió de puntillas hacia la cama, se quitó las pantuflas deslizando rápidamente un pie sobre el otro y de un salto se metió en el lecho que la condesa temía como si de su tumba se tratara. Este era alto, de plumas y con cinco cojines superpuestos de mayor a menor. Del salto, Natasha se hundió entre las plumas. Se volvió hacia la pared y comenzó a brincar y a retozarse debajo del edredón. Tumbada, daba coces y se reía levemente, ya cubriéndose la cabeza, ya mirando a su madre. La condesa se acercó a la cama con cara de severidad y, viendo que Natasha tenía la cabeza tapada y que no podía verla, dibujó una sonrisa bondadosa y tenue.

—Bueno, bueno, bueno —dijo.

—¡Mamá! ¿Podemos hablar? —dijo Natasha—. Bueno, un besito nada más, uno solo. —Y se asió al cuello de su madre, besándola debajo de la barbilla.

En el trato con su madre Natasha mostraba exteriormente unas maneras rudas, pero era tan atenta y hábil, que por mucho que asiera con las manos el cuello de su madre, siempre lo hacía de tal modo que a esta no le resultaba molesto ni desagradable.

—Bueno, ¿y qué te ocurre hoy? —preguntó la condesa acomodándose entre los cojines y esperando a que Natasha, todavía dando coces y rodando sobre sí misma, se acostara a su lado bajo el edredón y adoptase una expresión seria, dejando los brazos por fuera.

Estas visitas nocturnas de Natasha, que acontecían antes de que el conde regresase del club, eran uno de los inestimables placeres preferidos de ambas.

—¿Qué te ocurre hoy? Yo también tengo que hablarte…

Natasha tapó con su mano la boca de su madre.

—Es sobre Borís… lo sé —dijo con seriedad—. Por eso he venido. No me lo diga, ya lo sé. No, dígame, dígame —retiró la mano—. Dígame, mamá. ¿Es simpático?

—Natasha, tienes dieciséis años. A tu edad yo ya estaba casada. Dices que Boria es simpático… Lo es y mucho. Le quiero como a un hijo. Pero ¿qué es lo que quieres? ¿Qué es lo que piensas? Le has sorbido el seso completamente. Lo veo…

Pronunciando estas palabras, la condesa se giró y miró a su hija. Natasha permanecía recta e inmóvil, con la mirada puesta sobre una de las esfinges de madera roja esculpidas a los pies de la cama, de tal modo que la condesa solamente veía el perfil de la cara de su hija. Y esa misma cara sorprendió a la condesa por su expresión seria y concentrada. Natasha escuchaba y pensaba.

—Le has hecho perder la cabeza totalmente, ¿para qué? ¿Qué quieres de él? Sabes que no puedes casarte con él.

—¿Por qué? —dijo Natasha sin cambiar de posición.

—Porque es joven, porque es pobre, porque es un pariente tuyo… y porque tú misma no le amas.

—¿Cómo lo sabe?

—Lo sé; eso no está bien, querida. Y quería preguntarte si le amas o no.

—Sabe perfectamente a quién amo, ¿por qué dice tonterías?

—No, no lo sé. A Bezújov o a Denísov, o a algún otro, o… —dijo la condesa sin poder terminar de hablar debido a la risa.

Natasha tomó la larga mano de la condesa, la besó en la parte superior, luego en la palma, le dio de nuevo la vuelta y empezó a besar la primera falange del índice, luego el espacio entre los dedos, luego de nuevo la otra falange, mientras susurraba: «enero, febrero, marzo, abril…».

—Hable, mamá. ¿Por qué no dice nada? Hable —decía mirando a su madre, que con solemnidad y ternura observaba a su hija. Parecía que debido a esa contemplación había olvidado todo lo que quería decir.

—Te lo estoy diciendo, hija. No está bien. En primer lugar, porque no todos entenderán vuestra amistad de la infancia. El que le vean tan cercano a ti puede perjudicarte a los ojos de otros jóvenes que nos visitan. Y sobre todo, le distrae y le martiriza. Puede que ya haya encontrado un buen partido y ahora parece volverse loco.

—¿Volverse loco? —repitió Natasha.

—Te contaré lo que me pasó a mí. Yo tenía un primo…

—Sí, lo sé; Kiril Matvéich… ¡pero es un viejecito!

—No siempre fue un viejo. A lo que vamos, Natasha. Hablaré con Boria. No hace falta que venga tan frecuentemente a visitarnos…

—¿Y por qué no, si es lo que desea?

—Porque tú misma dices que no te casarás con él.

—Así que no me casaré, ¡cómo si hubiera que casarse con todos! No, mamá. No hable con él, no ose hablar con él. ¡Qué tonterías son estas! —dijo Natasha con el tono del que no desea que le desposean de algo propio—. Bueno, no me casaré. Así que déjele que siga visitándonos. A mí me gusta y a él también. —Miró sonriendo a su madre—. No nos casaremos, seguiremos así —repitió.

—¿Cómo puede ser eso, querida?

—Pues así. Bueno, no hace falta que me case. Seguiremos así.

—¡Así, así! —repitió la condesa y sacudiendo todo el cuerpo, de repente comenzó a reírse con su bondadosa risa de anciana.

—¡Basta de reírse, pare ya! —gritó Natasha—. Mueve toda la cama. Es igual que yo, igual de guasona... ¡Pare! —dijo, cogiendo las manos de la condesa y besando la falange de un dedo meñique—. Junio —y continuó besándolos—, julio, agosto... —Mamá, ¿y está muy enamorado? ¿Qué le parece? ¿Se enamoró alguien así de usted? Es muy, muy simpático. Pero no es del todo de mi gusto. Es tan estrecho como el reloj del comedor... ¿comprende?... Estrecho... ya sabe, gris, claro... Bezújov sí que es azul, azul oscuro y rojo, y además es cuadrado. ¿Ha visto cómo resoplaba y tenía celos esta tarde? Es fantástico. Me habría casado con él si no hubiera amado a nadie y si él no hubiera estado casado.

—¡Condesita! —se escuchó la voz del conde detrás de la puerta—. ¿Estás dormida?

Natasha saltó de la cama descalza, y con las pantuflas en la mano corrió a su habitación. Tardó en dormirse, pensando todo el rato que nadie podía entender todo lo que ella comprendía y tenía dentro. «Sonia —se dijo, mirando cómo dormía hecha un ovillo con su enorme trenza—. ¡No, qué va! Mamá y esta no comprenden. Es increíble, qué lista que soy y qué simpática que es ella —continuó hablando de sí misma en tercera persona e imaginando que esas palabras eran dichas por un hombre muy inteligente, el más inteligente y guapo...—. Todo, todo lo tiene —continuaba ese hombre—. Es inteligente, extraordinariamente simpática y además guapa, extraordinariamente guapa. Muy hábil. ¡Y su voz!»

Cantó su fragmento favorito de una ópera de Cherubini y se echó en la cama, sonriendo con el alegre pensamiento de que ahora se iba a dormir. Llamó a Duniasha para que apagase la vela. Apenas le había dado tiempo a Duniasha a salir de la habitación y

Natasha ya estaba en otro mundo, el feliz mundo de los sueños, donde todo era tan fácil y maravilloso como en la realidad, solo que más alegre, pues sucedía de otro modo…

Al día siguiente, Borís llegó de nuevo de visita a casa de los Rostov. La condesa le hizo pasar a su habitación, le tomó la mano y, acercándosele, le besó.

—Borís, usted sabe que yo le quiero como a un hijo.

La condesa enrojeció y él todavía más.

—Sabe, querido, que el amor maternal tiene unos ojos que ven lo que otros no. Querido mío, usted es un joven adulto, bueno y razonable. Sabes que la chica es fuego y que un joven no puede ir a la casa… —La condesa se desconcertó—. Usted es un joven honesto y siempre le consideré como un hijo…

—Tiíta —contestó Borís, comprendiendo perfectamente el significado de las misteriosas palabras de la condesa, como si hubieran sido compuestas por todas las leyes de la lógica—. Tiíta, si he de ser culpable, no lo seré ante usted. Nunca olvidaré cuán en deuda estoy con usted y si me pide que no venga a visitarles, mis pies no pisarán esta casa, por muy difícil que me resulte.

—No, ¿por qué? Pero recuérdalo, vida mía.

Borís besó la mano de la condesa y desde entonces acudió a casa de los Rostov solamente cuando había baile. Tampoco se quedaba a solas con Natasha cuando se organizaba algún banquete.

VIII

El príncipe Andréi se instaló en San Petersburgo en agosto de 1809. Era la época en que la nueva corriente encabezada por Speranski y sus enérgicas reformas se hallaban en su apogeo. Ese mismo mes, la carroza del zar volcó, torciéndose este un pie y permaneciendo en Peterhoff tres semanas en las que se entrevistaba diaria y exclusivamente con Speranski. En esos días, no solo se preparaban dos célebres decretos que alarmaban a la sociedad —el de la abolición de los cargos en la corte y el de los exámenes para obtener puestos de asesor de colegio y consejero civil—, sino también la totalidad de una constitución estatal que habría de cambiar el régimen de la justicia, la administración y la economía de Rusia, desde el Consejo Estatal hasta los consejos de los distritos rurales. Se llevaron a cabo y tomaron forma los entonces imprecisos sueños liberales con los que el zar Alejandro accedió al trono y que en un primer momento se afanó en materializar con ayuda de Czartoryski, Novosíltsev, Kochubéi y Speranski, a los cuales él mismo llamaba bromeando «el comité de salvación nacional».

Ahora, Speranski había sustituido a todos los responsables de los asuntos civiles y Arakchéev a los de los asuntos militares. El príncipe Andréi, al poco de su llegada, se presentó en la corte en calidad de gentilhombre de cámara.

El zar se interesó por su herida. Al príncipe siempre le había parecido que resultaba antipático al soberano, y que su rostro y todo su ser le eran desagradables. El príncipe, más que nunca, encontró la confirmación de esa impresión en las pocas palabras que el zar le dirigió a la salida, con una mirada seca y distante. Aunque gracias a sus contactos y cargo en el ejército podía haber aspirado a un recibimiento más cálido, el actual había sido justamente el recibimiento esperado. Los cortesanos se explicaban la aspereza del zar en que este reprochaba a Bolkonski no haber vuelto a prestar servicio alguno, y así se lo hicieron ver.

«Sé que uno no puede dominar sus simpatías y antipatías —pensó el príncipe Andréi—, y por ello no puedo pensar en presentar personalmente un proyecto al zar y esperar recompensa alguna. Pero el asunto se abrirá camino por sí mismo.» Ahí mismo entregó su proyecto a un viejo mariscal de campo amigo de su padre. El mariscal le había dado hora para una entrevista y le recibió amablemente, prometiéndole elevar un informe al zar. Al cabo de unos días, se puso en conocimiento del príncipe Andréi que debía presentarse ante el ministro de Defensa, el conde Arakchéev.

A las nueve en punto de la mañana del día en cuestión, el príncipe se presentó en la antesala del conde Arakchéev. Conocía al conde por los comentarios de los artilleros de la guardia imperial, por la anécdota de que arrancó con sus propias manos las patillas a unos soldados y por lo que sucedió en la víspera de la batalla de Austerlitz, en la que todo el Estado Mayor sabía de su negativa a asumir el mando de una columna bajo el pretexto de templar mal sus nervios. Esta reputación se confirmó también durante la campaña de la guerra de Finlandia en 1807, en la que el conde Arakchéev dirigió su ejército hallándose a más de cien kilómetros de distancia. El príncipe Andréi no le conocía personalmente ni había tratado con él nunca, pero todo lo que sabía de él no era para inspirarle respeto. «Pero ha sido ministro de Defensa, hombre de confianza del zar, nadie debe fijarse en sus cualidades personales, se le ha ordenado el estudio de mi proyecto y, en consecuencia, solo él puede darle curso», así pensaba el príncipe Andréi entre todas aquellas personas importantes y no tan importantes que esperaban audiencia en la antesala del despacho del conde Arakchéev. Durante gran parte de su servicio como ayudante de campo, el príncipe había visto muchas visitas y antesalas como aquella. Conocía perfectamente la diversidad de caracteres de esas audiencias, y la del conde Arakchéev tenía un carácter especial.

El rostro de las personas de menos alcurnia reflejaba un sentimiento general de incomodidad, oculto bajo el descaro y burlas personales hacia su propia situación y hacia la persona que esperaban ver. Unos iban y venían en actitud meditativa, otros se reían y cuchicheaban. El príncipe escuchó el apodo de «Fuerza Andréevich» y las palabras «el tío le dará una buena». Un personaje muy importante, por lo visto ofendido por tan larga espera, permanecía sentado con las piernas cruzadas y sonreía con desprecio. Pero en cuanto se abría la puerta, en todos ellos se reflejaba instantáneamente una sola cosa: el miedo. El príncipe Andréi sorprendió al funcionario de guardia con el ruego de que le anunciaran de nuevo, pero de todos modos esperó largo rato. Pudo oír desde detrás de la puerta el estrépito de una voz impertinente y desagradable, y vio salir a un oficial que, pálido y con los labios temblorosos, atravesó la antesala llevándose las manos a la cabeza.

Cuando le llegó el turno, el ayudante de guardia le condujo hasta la puerta y le susurró: «A la derecha, junto a la ventana».

El príncipe Andréi vio ante sí a un hombre de unos cuarenta años y de aspecto enjuto, algo encorvado y con las cejas fruncidas sobre unos ojos sin expresión. Refunfuñando, se volvió hacia el príncipe sin mirarle.

—¿Qué solicita? —preguntó.

—No solicito nada —dijo el príncipe Andréi lentamente y en voz baja.

—Tome asiento —dijo Arakchéev volviendo sus ojos hacia él y apretando ligeramente los labios—. ¿El príncipe Bolkonski?

—No solicito nada; Su Majestad el zar ha tenido la bondad de enviar a Su Excelencia la memoria que le presenté...

—Sí, querido amigo, la he leído. He leído su memoria —interrumpió Arakchéev.

Solo pronunció amablemente estas primeras palabras y luego, sin mirarle a la cara, fue de nuevo adquiriendo un tono cada vez más despectivo y gruñón.

—¿Propone un nuevo reglamento militar? Hay muchas leyes viejas, pero no hay quien pueda ponerlas en práctica. Ahora todos escriben leyes; es más fácil escribirlas que cumplirlas.

—He venido por orden del zar para que Su Excelencia me haga saber qué curso piensa darle a mi memoria —dijo el príncipe Andréi.

—He emitido una resolución sobre su memoria y la he enviado al comité. Por si lo desea usted saber, no he dado mi aprobación —contestó Arakchéev, levantándose y cogiendo un papel de la mesa—. Aquí está, tómelo.

—En el papel estaba escrito lo siguiente: «Está redactado sin fundamento. Parece una imitación del reglamento militar francés y se aparta innecesariamente de las ordenanzas militares vigentes».

—¿A qué comité ha enviado el proyecto? —preguntó el príncipe.

—Al comité de reglamentos militares. He pedido que se le incluya como vocal en él, pero sin remuneración.

El príncipe sonrió.

—No la deseo.

—Sin remuneración —repitió Arakchéev—. Ha sido un honor. ¡Eh!, ¡llamad al siguiente! —gritó, despidiéndose del príncipe.

La audiencia con el conde Arakchéev no enfrió la actividad del príncipe con su proyecto. A la espera de la notificación de su inclusión como miembro del comité, renovó antiguas amistades y efectuó algunas visitas, especialmente a aquellas personas que él sabía que estaban bien situadas y podían prestarle su apoyo. Guiado por su intuición social, visitaba a aquellos que se encontraban ahora al frente de la administración y preparaban algo con dedicación. Ahora experimentaba una sensación semejante a la de la víspera de entrar en combate, cuando una inquieta curiosidad le abrumaba y le arrastraba irresistiblemente hacia las altas esferas, donde se preparaba el futuro del que dependía el destino de millones de personas. Por la irritación de los mayores y la curiosidad de los profanos, por la reserva de los iniciados y por las prisas y preocupación de todos, por el incalculable número de comités y comisiones de cuya existencia se enteraba cada día, tenía la sensación de que entonces, en 1809, se estaba fraguando en San Petersburgo una gigantesca batalla civil. No conocía a su comandante en jefe, persona misteriosa a quien imaginaba como un ser genial: Speranski. La obra de sus reformas, que conocía vagamente, y la personalidad del reformador le interesaban tan apasionadamente, que muy pronto la revisión del reglamento militar pasó a ocupar para él un segundo plano.

El príncipe Andréi se encontraba en una de las posiciones más ventajosas para ser recibido cordialmente en los más variados y elevados círculos de la sociedad peterburguesa de entonces. El partido de los reformadores le acogió hospitalariamente y trataba de ganárselo; en primer lugar, porque tenía una reputación de hombre de gran erudición e inteligencia, y en segundo lugar, porque tras permitir la emancipación de sus campesinos se había forjado fama de liberal. El partido de los viejos descontentos se dirigía a él como hijo de su padre, buscando su simpatía y condenando las reformas. Los sectores femeninos, *la alta sociedad*, le recibieron con cordialidad por ser un partido rico y eminente, por ser un personaje prácticamente nuevo con la aureola de la romántica historia de su muerte imaginaria y el trágico fin de su mujer. Además, la opinión general de todos los que le conocían de antes era que había mejorado mucho en aquellos cinco años, que se había suavizado y robustecido. Ya no había en él ese orgullo y actitud burlona, sino el aplomo que se adquiere con los años. Se hablaba con interés de él y todos deseaban conocerle.

IX

Al día siguiente de su visita al conde Arakchéev, el príncipe Andréi fue a casa del conde Kochubéi y le contó cómo había ido su entrevista con *Fuerza Andréevich*. Kochubéi también le llamaba así, con la misma vaga mofa que el príncipe había notado en la antesala del ministro de Defensa.

—Querido amigo —dijo Kochubéi—, ni siquiera en este asunto harás nada sin Mijaíl Mijáilovich. Es un gran negociador. Se lo comentaré. Prometió venir esta tarde…

—¿Qué tiene que ver Speranski con el reglamento militar? —preguntó el príncipe.

Kochubéi movió la cabeza sonriendo, como asombrándose de la ingenuidad de Bolkonski.

—Hablamos de usted. Hace algunos días —continuó Kochubéi—, a propósito de sus agricultores libres...

—Así que, es usted, príncipe, el que ha emancipado a sus mujiks —intervino un anciano de los tiempos de Catalina, volviéndose con desprecio a Bolkonski.

—La hacienda era pequeña y no aportaba beneficios —contestó Bolkonski.

—Teme quedarse atrás —dijo el viejo, mirando a Kochubéi—. Lo único que no entiendo es una cosa —prosiguió el anciano—. ¿Quién va a labrar la tierra si se libera a los campesinos? Es fácil escribir leyes, pero gobernar es difícil. Del mismo modo le pregunto, conde, ¿quién será el jefe de la administración si todos deben pasar un examen?

—Los que aprueben —contestó Kochubéi, poniendo una pierna sobre la otra y mirando en derredor.

—Conmigo sirve Priánichnikov, un hombre magnífico que vale su peso en oro... Tiene sesenta años, ¿acaso debe someterse a un examen?

—Sí, es difícil, porque la educación no está muy difundida, pero... —el conde Kochubéi no terminó de hablar. Se levantó y tomando del brazo al príncipe Andréi salió al encuentro de un hombre calvo, de unos cuarenta años, alto y de tez pálida. Vestía un frac azul, llevaba una cruz al cuello y una condecoración. De frente despejada, tenía un rostro alargado de extraordinaria blancura. Era Speranski. El príncipe Andréi le reconoció de inmediato por su porte, diferente al de los demás y de un tipo especial. En ninguno de los miembros de la sociedad que el príncipe Andréi frecuentaba había visto esa tranquilidad y empaque de movimientos torpes, ni esa mirada firme y dulce a un tiempo, de ojos entrecerrados y un tanto húmedos. Tampoco esa sonrisa firme que nada significaba, ni una voz tan fina, equilibrada y apacible. Y sobre todo, esa suave blancura de su rostro y en particular de sus manos, un tanto anchas, pero extraordinariamente carnosas, delicadas y blancas. El príncipe únicamente había visto esa suavidad y blancura de rostro en los soldados que han permanecido largo tiempo en el hospital.

Speranski no pasaba la mirada de una persona a otra, como involuntariamente se hace al entrar en una sala donde hay muchas personas, y no se daba prisa en hablar. Hablaba en voz baja, con la seguridad de ser escuchado y solo miraba a aquel con quien hablaba.

El príncipe Andréi seguía con especial atención cada palabra y cada movimiento de Speranski. Como frecuentemente ocurre con la gente, en particular con aquellos que juzgan severamente a sus allegados, el príncipe, al conocer a una nueva persona —sobre todo como Speranski—, cuya reputación le era conocida, esperaba hallar en él la perfección absoluta de las cualidades humanas.

Speranski comentó a Kochubéi que lamentaba no poder haber llegado antes, pues le habían entretenido en palacio. No dijo que se había retrasado por haber estado hablando con el zar, reparando el príncipe Andréi en esta afectada modestia. Cuando Kochubéi le presentó al príncipe, Speranski lentamente posó sus ojos sobre Bolkonski con la misma sonrisa y comenzó a mirarle en silencio.

—Estoy muy contento de conocerle. He oído hablar mucho de usted, como todo el mundo —dijo.

Kochubéi habló del proyecto de Bolkonski y de la visita a Arakchéev. Speranski sonrió más abiertamente.

—El director de la comisión es un buen amigo mío, Magnitski —dijo Speranski—. Si lo desea, puedo concertarle una entrevista con él. Estoy seguro de que hallará en él una buena acogida a todo lo que sea razonable.

Pronto se formó un círculo en torno a Speranski, y el anciano que hablaba de su funcionario Priánichnikov también formuló esa pregunta a Speranski.

El príncipe Andréi observaba involuntariamente todos sus movimientos. Le sorprendía la extraordinaria y despectiva tranquilidad con la que Speranski aguantaba las acusaciones. De vez en cuando sonreía, contestando que él no podía juzgar de lo que había de beneficioso o no beneficioso en la voluntad del zar. Tras conversar un rato, Speranski se levantó y se acercó al príncipe Andréi. Era evidente que consideraba necesario dedicarse a Bolkonski.

—No me ha dado tiempo a hablar con usted, príncipe, en medio de esta animada conversación —dijo sonriendo despectivamente, como dando a entender que ambos comprendían la nulidad de tales conversaciones. Involuntariamente, esa distinción halagó al príncipe.

—Le conozco desde hace tiempo, príncipe. Primeramente, por el asunto de sus campesinos, que ha sido nuestro primer ejemplo y sería deseable que muchos lo siguieran. En segundo lugar, porque usted es uno de los gentileshombres de cámara que no se ha ofendido por el nuevo decreto.

—Sí —contestó el príncipe—. Mi padre no quiso que utilizara ese privilegio; comencé el servicio desde los grados inferiores.

—Y mientras tanto, la medida se condena bastante.

—Sin embargo, creo que hay algún fundamento en esas censuras.

—Fundamento para la ambición personal…

—En parte también para el estado.

—¿Qué quiere decir?

—Soy admirador de Montesquieu —dijo el príncipe Andréi—, y su idea de que la base de la monarquía es el honor, me parece irrefutable. Ciertos derechos y privilegios de la nobleza me parecen medios para sostener ese sentimiento.

La sonrisa desapareció del blanco rostro de Speranski, y su aspecto ganó bastante. Probablemente, las ideas del príncipe Andréi le parecieron amenas.

—Si enfoca la cuestión desde ese punto de vista… —comenzó diciendo en francés, pronunciando con dificultad y hablando con más lentitud que en ruso, pero con absoluta tranquilidad. Dijo que el honor no puede sostenerse con privilegios, nocivos para el servicio, y que el honor es o bien la posición de negación de acciones deshonestas o bien la célebre fuente de la competición para conseguir la aprobación y las recompensas que lo expresan. Sus conclusiones eran breves, simples y claras.

—La institución que sostiene este honor, similar a la Legión de Honor de Napoleón, no daña sino que ayuda al buen éxito del servicio. No es un privilegio de casta o de corte.

—No obstante, los privilegios han alcanzado el mismo objetivo —dijo el príncipe Andréi.

—Pero usted no ha querido ejercerlos, príncipe —respondió Speranski de nuevo con una sonrisa.

—Si me honra con su visita el miércoles —dijo Speranski—, como ya habré hablado con Magnitski, le comunicaré algo que le pueda interesar y además tendré el placer de conversar más detalladamente con usted.

Cerrando los ojos, hizo una reverencia y a la francesa, sin decir adiós e intentando pasar desapercibido, salió de la sala.

Durante los primeros tiempos de su estancia en San Petersburgo, el príncipe Andréi sintió que toda su aportación ideológica era perfectamente mutable. Quizá sus ideas y el enfoque sobre la vida que había elaborado durante su vida de retiro y que no había variado, quedaban ahora oscurecidas por las pequeñas obligaciones que le envolvían en San Petersburgo. Por la noche, al volver a casa, anotaba en su agenda cuatro o cinco visitas o entrevistas imprescindibles que debía atender a horas concretas. El ritmo de aquella vida, la disposición del día de tal modo que llegase a tiempo a todas partes, le sustraían buena parte de sus energías. Era de justicia que no hiciese nada durante estos primeros tiempos. Ni siquiera pensaba en nada ni tenía tiempo para ello, solamente hablaba, y con éxito, de lo que meditara antes en el campo. Sin embargo, al cabo de unos días, disgustado, se percató de que había repetido las mismas cosas el mismo día y en lugares diferentes. Pero estaba tan ocupado durante todo el día que no tenía tiempo para pensar que no hacía nada. De sus anteriores intereses en la vida, únicamente le asaltaban con frecuencia los vagos pensamientos sobre el roble que despuntaba, sobre su persona y sobre las mujeres.

Speranski produjo al príncipe Andréi una grata impresión, como solo la producen los personajes nuevos a las personas muy orgullosas, tal y como sucedió en la primera entrevista en casa de Kochubéi y después, el miércoles, en la de Speranski, donde recibió a solas al príncipe y habló con confianza largo rato con él. El príncipe consideraba a toda esa enorme cantidad de gente seres despreciables e insignificantes, y tenía tal deseo de encontrar el ideal vivo de la perfección al que él aspiraba, que pensaba que había hallado en Speranski ese tranquilizador ideal de hombre que era capaz de comprenderle por completo y al que estaba listo para respetar y apreciar con toda la fuerza de una consideración que había negado a los demás. Si Speranski hubiese pertenecido al mismo mundo que el príncipe Andréi, con la misma educación y costumbres morales, Bolkonski pronto le habría encontrado su parte débil, humana y no heroica. Pero ahora, esa mentalidad extraña y ajena para él le inspiraba aún más respeto. Por otra parte, Speranski, ya fuera porque apreciaba las capacidades del príncipe, ya fuese por encontrar necesario atraerlo para su causa, coqueteaba ante él haciendo gala de su imparcialidad y sus juicios sensatos, que ponía en escena como el único motivo de sus actos. Halagaba al príncipe con una fina lisonja unida a la presunción que consiste en el reconocimiento tácito de su contertulio como la única persona capaz de comprender la estupidez *de todos* los demás y todo el significado de sus propias ideas.

Durante su larga conversación del miércoles por la tarde, Speranski dijo más de una vez: «*Miramos* a todo lo que sobresale del nivel ordinario de nuestras arraigadas costumbres…», o sonriendo: «Pero *deseamos* que los lobos queden hartos y las ovejas a salvo…», o: «*Ellos* no lo pueden comprender…», y todo con una expresión que parecía decir: «Nosotros, usted y yo, comprendemos qué son ellos y quiénes somos nosotros».

Esta primera y prolongada conversación con Speranski no hizo más que reforzar en el príncipe Andréi el sentimiento de respeto e incluso admiración con el que había visto por primera vez a Speranski. Veía en él a un hombre de gran inteligencia, virtuoso y racional, un pensador riguroso que con energía y obstinación había conseguido el poder y lo ejercía solo para el bien de Rusia. A los ojos del príncipe Andréi, Speranski era precisamente el hombre que él mismo deseaba ser. Un hombre que explicaba de una manera razonable todos los fenómenos de la vida, reconociendo como real solo lo que era racional y que sabía aplicar a todas las cosas la medida de la razón. Todo parecía tan sencillo, claro y, principalmente, racional en la exposición de Speranski, que el príncipe Andréi forzosamente se mostraba de acuerdo en todo. Si discrepaba y discutía, se debía únicamente a que deseaba a propósito permanecer independiente y porque le irritaba la visión de las manos de Speranski al coger la tabaquera o el pañuelo. Todo lo encontraba bien, pero había una cosa que turbaba al príncipe Andréi: su blanca mano carnosa y delicada, a la que involuntariamente miraba el príncipe, como habitualmente se mira a las manos de las personas que detentan el poder. Por algún motivo, esa mano le irritaba.

Igualmente le causó una impresión desagradable el excesivo desprecio de Speranski hacia los demás y la variedad de pruebas que aportaba como confirmación de sus opiniones. Empleaba todos los instrumentos posibles de la razón, exceptuando la comparación, y como le parecía al príncipe Andréi, pasaba de uno a otro con demasiado atrevimiento. Bien se situaba en el terreno de la práctica y censuraba a los soñadores, bien en el terreno de la sátira, burlándose irónicamente de sus rivales; bien se volvía rigurosamente lógico, bien se elevaba de repente a la esfera de la metafísica. Este último instrumento de demostración lo utilizaba cuando el príncipe expresaba su desacuerdo. Trasladaba la cuestión a las alturas de la metafísica, pasaba a definir el espacio, el tiempo y el pensamiento, y sacando de allí sus objeciones, de nuevo bajaba al terreno de la discusión.

En general, el principal rasgo de la mentalidad de Speranski, lo que sorprendía más al príncipe era su obediencia a la razón y su fe infinita en ella, característica común en todos los ladinos. Era evidente que nunca podría tener Speranski la idea, habitual para el príncipe, de que no se debe expresar todo lo que se piensa, y de que acaso lo que uno habla y en lo que uno cree sea absurdo. Vagamente, estos eran los rasgos, o más bien las impresiones, que había percibido el príncipe durante la conversación. Pero al salir de su casa, el príncipe experimentó hacia él un extraño sentimiento de admiración, semejante al que en otros tiempos sintió hacia Bonaparte. La circunstancia de que Speranski fuera hijo de un sacerdote y de que los mentecatos pudieran despreciarle —como hacían muchos— solo por ser hijo de un pope, obligaba al príncipe Andréi a guardar con especial cuidado ese sentimiento e, inconscientemente, a acrecentarlo.

Su conversación había comenzado con el tema de los campesinos del príncipe Andréi, a quienes había convertido en agricultores libres. En confianza, Speranski —halagando especialmente al príncipe— le transmitió las ideas del zar acerca de la abolición de la servidumbre. Partiendo de este tema, la charla pasó de un modo natural a la necesidad de reformas simultáneas, etcétera.

Sobre el proyecto del nuevo reglamento militar, Speranski dijo solamente que Magnitski había prometido examinar el reglamento con ayuda de Bolkonski, pero todavía no había tenido tiempo de hacerlo.

Hacia el final de la conversación, Speranski propuso al príncipe Bolkonski hablar de la cuestión de por qué no prestaba ningún servicio y le ofreció un puesto en la comisión de redacción de leyes. Con este motivo, Speranski le relató con ironía que la comisión tenía ciento cincuenta años de existencia, que costaba millones de rublos, que no había hecho nada, y que Rosenkampf se había limitado a pegar etiquetas a todos los artículos de la legislación comparada.

—Y eso es todo. Queremos dar nuevos poderes judiciales al Senado, pero no tenemos las leyes. Por lo tanto, es un pecado que personas como usted, príncipe, no presten ahora servicio.

El príncipe respondió diciendo que para ello era imprescindible poseer una formación jurídica de la que no disponía.

—Nadie la tiene, ¿qué quiere usted? Es un círculo vicioso del que hay que salir a la fuerza.

Una semana después, el príncipe Andréi era nombrado miembro de la comisión de reglamentos militares y, cosa que no esperaba en modo alguno, jefe de sección de la comisión de redacción de leyes. A petición de Speranski, se encargó de la primera parte del código civil que se estaba elaborando y con ayuda del código de Napoleón y el código de Justiniano, comenzó a trabajar en la composición del capítulo de derechos de las personas.

Así fue la vida del príncipe Andréi hasta el día de Año Nuevo de 1810, cuando debía de entrar en vigor la nueva constitución y tener lugar la primera reunión del Consejo Estatal. Parte del trabajo realizado, que le había ocupado todo el tiempo, se la entregó a Speranski. Pero al cabo de unos días se enteró de que su trabajo había sido de nuevo pasado a Rosenkampf para realizar modificaciones. Al príncipe le ofendió que Speranski no le comentara nada al respecto y entregara el trabajo para su modificación a la persona por la que el mismo Speranski expresaba frecuentemente un completo desprecio. Aunque esta circunstancia agravió al príncipe, no minó en absoluto la alta opinión, aprecio y respeto que sentía por Speranski. Con la obstinación de quien manifiesta un claro desdén, el príncipe mantuvo firme su opinión. En todo ese tiempo había acudido de visita a casa de Speranski unas seis veces. Siempre a solas, había hablado mucho con él, corroborando la particular e inhabitual mentalidad de Speranski. Por el contrario, Magnitski, con el cual colaboraba en la comisión de reglamentos militares, no le había causado una grata impresión; reconocía en él una mentalidad afrancesada desagradable y una falta de la bondadosa frivolidad francesa que siempre producía en él una impresión desagradable. Magnitski hablaba muy bien, a menudo muy inteligentemente, y recordaba un excepcional número de cosas. Pero a la misteriosa pregunta que siempre nos hacemos al escuchar un discurso inteligente —«¿por qué dice esto?»—, no se hallaba respuesta alguna en las palabras de Magnitski. Cierto día antes de Año Nuevo, Speranski invitó al príncipe Andréi a una cena informal.

En el comedor entarimado de la pequeña casa, cerca de los jardines Tavrícheski, que se distinguía por la limpieza (recordaba a la pulcritud de un convento), a las cinco en punto de la tarde el príncipe Andréi encontró reunidos a todo aquel círculo de amigos. No había damas, excepto la hija menor de Speranski —de rostro alargado, como el de su padre—, y su institutriz. Los invitados eran Gervais, Magnitski y Stolypin. Desde la antesala, el príncipe Andréi oyó hablar en voz alta y unas sonoras y aburridas carcajadas, semejantes a las que se escuchan en el teatro. La voz de Gervais y el mismo Speranski marcaban claramente ja… ja… ja. Magnitski hablaba rápido y contaba muy agudamente anécdotas sobre la estupidez de un alto funcionario con el que tenía tratos. Pero las risas que se escuchaban a su alrededor, al príncipe no le parecieron divertidas. Speranski le estrechó su blanca y delicada mano, al tiempo que masticaba algo y continuaba riéndose. Sentados a la mesa, la conversación no cesó ni por un instante. Tampoco cesó la risa, que con su nota de falsedad tocó alguna fibra sensible en el alma del príncipe. El enorme y orondo Stolypin, ahogándose, hablaba del odio que sentía por un personaje célebre. En su voz había sinceridad, pero se repetía en él esa misma risa. Hasta ese momento, Speranski, como siempre, estaba contenido. Era evidente que después del trabajo deseaba descansar y divertirse en un entorno amigable. Escuchaba cómo sus invitados se divertían con la alegre conversación en la comida y quería hacer lo mismo, pero lo hacía de manera torpe. El timbre agudo de su voz causaba al príncipe una impresión desagradable. La mayor parte de los temas de la conversación eran burlas de personas que ya habían sido puestas en ridículo hacía tiempo y, sobre todo, la risa era pesada. El príncipe Andréi no se reía, y temía resultar cargante para esas personas. Pero nadie se percataba de su disconformidad con el humor allí reinante.

Después de cenar, la hija de Speranski y su institutriz se levantaron de la mesa y él la acarició con su blanca mano, besándola. Este gesto al príncipe Andréi le pareció artificial.

A la manera inglesa, los hombres se quedaron a la sobremesa, bebiendo vino de Oporto. No se habló de nada serio, estando graciosamente prohibido tocar esas cuestiones. Había que estar de broma, y todos las hicieron. El príncipe Andréi, deseando salir de su incómoda posición, intervino en la conversación unas cuantas veces, pero siempre sus palabras eran rechazadas como un tapón hundido en el agua, y no lograba seguirles la broma. Le parecía que estaban sordos, como si hubieran cogido los instrumentos de un cuarteto y hubieran aprendido a tocar solo de oído, que era lo que estaban haciendo. No había nada malo e inapropiado en lo que decían. Al contrario, todo era ingenioso y podía resultar divertido, pero faltaba lo que suele constituir la sal de la alegría, y ni siquiera se daban cuenta de ello.

Magnitski recitó unos versos compuestos por él mismo y dedicados al príncipe Vasili. Gervais enseguida improvisó la respuesta, y juntos representaron una escena del príncipe con su esposa. El príncipe Andréi quiso marcharse, pero Speranski le retuvo. Magnitski se atavió con un vestido de mujer y comenzó a declamar un monólogo de Fedra. Todos se rieron. El príncipe Andréi pronto se despidió de los invitados y salió de la casa.

Los enemigos de Speranski —el viejo partido solía injuriarle— decían que era un ladrón y un sobornador, y afirmaban que era un loco iluminado y un frívolo granuja. Y lo decían no para ofenderle o denigrarle, sino porque estaban absolutamente convencidos de ello. En el entorno de Speranski, como ahora podía oír el príncipe Andréi, se decía que la gente del viejo partido eran unos ladrones, estúpidos sin honor de los que se reían. Y también lo afirmaban no para denigrarles, sino porque sinceramente así lo pensaban. Todo esto ofendió al príncipe Andréi. ¿Para qué condenar y personalizar con una cólera mezquina la figura de Speranski, que estaba realizando un grandioso trabajo? Y luego estaba esa risa delicada y aburrida, que no paraba de sonar en los oídos del príncipe Andréi. Se desencantó de Speranski, pero se dedicó aún con más ahínco a participar en el proceso de reformas. Concluido su trabajo en la elaboración del código civil, redactó entonces el proyecto sobre la emancipación de los campesinos y esperó con emoción la apertura del nuevo Consejo Estatal, en el que debían situarse los cimientos de la nueva constitución. El príncipe ya poseía su propia experiencia en este aspecto, algo que le comprometía; tenía sus contactos y sus odios. Y sin dudar ni por un instante de la importancia del asunto, se entregó a él con toda su alma.

X

Fueron muchos los motivos que condujeron a Pierre a reunirse de nuevo con su esposa, pero uno de los principales, por no decir el único, fue que Hélène, sus familiares y amigos consideraban un asunto de gran importancia la unión de los dos cónyuges. Pero Pierre pensaba que nada en la vida es un asunto de gran importancia y opinaba que su propia libertad y la obstinación en castigar a su mujer no revestían tanta seriedad. El argumento que le convenció, aunque ni siquiera él mismo lo esgrimió, consistía en que a él no le costaba nada acceder y complacer así gratamente a los otros.

Para la condesa Elena Vasilevna, para su posición en la sociedad, era imprescindible vivir en casa con un marido y precisamente con uno como Pierre. Por ello, por su parte y por la del conde Vasili se emplearon todos los medios y argucias posibles para convencer a Pierre, con peculiar insistencia de los más estúpidos. La principal astucia fue emprender la acción a través del Gran Maestro de la logia, que ejercía gran influencia sobre Pierre. Este, como hombre que no concedía importancia a nada que fuese cotidiano, pronto accedió, especialmente porque tras dos años la dolorosa herida sufrida en su orgullo ya había cicatrizado y encallecido. El Gran Maestro de la logia, al que los masones llamaban Benefactor, vivía en Moscú. Los masones se dirigían a él cuando se encontraban en situación embarazosa, y él, a modo de padre espiritual, les daba su consejo, que era recibido como una orden. En el caso que nos ocupa, el Gran Maestro le dijo a Pierre, quien había llegado a Moscú a propósito para entrevistarse con él, lo siguiente: 1) Al casarse, había contraído la obligación de dirigir a su mujer, por lo que no tenía ahora derecho a abandonarla a su suerte, 2) la falta de su mujer todavía no había sido demostrada, y si lo hubiera sido, tampoco tendría derecho a repudiarla, y 3) no está bien que el hombre ande solo, y ya que necesita una esposa, no puede tomar a otra que no sea la que ya posee.

Pierre se mostró de acuerdo. Hélène regresó del extranjero, donde había vivido durante todo ese tiempo, y en casa del príncipe Vasili tuvo lugar la reconciliación. Besó la mano de su sonriente esposa y al cabo de un mes se instaló con ella en una gran mansión en San Petersburgo.

Hélène había cambiado en esos dos años. Estaba más guapa y tenía una actitud más tranquila. Hasta el día de su encuentro con ella, Pierre pensaba que estaba en condiciones de unirse sinceramente a ella, pero cuando la vio, comprendió que no era posible. Declinó sus explicaciones, besó su mano con galantería y organizó en la casa, compartida por los dos, su propia mitad en las habitaciones de techo bajo del segundo piso. A veces, en particular cuando llegaban invitados, bajaba a comer y asistía con frecuencia a las veladas y bailes organizados por su esposa, a los que acudía toda la parte más notable de la más alta sociedad peterburguesa. Como ocurre siempre, la entonces alta sociedad también se distribuía en varios círculos, cada uno con un matiz diferente, a pesar de que todos se reunían en la corte y en los grandes bailes. Había, sin embargo, un pequeño pero bien definido sector de descontentos por la unión con Napoleón; el de los legitimistas de Joseph Maistre y María Fédorovna, al que pertenecía Anna Pávlovna. También existía el círculo de M. A. Naryshkina, que se caracterizaba por su elegancia mundana carente de todo matiz político. Luego también estaba el de los hombres de negocios y liberales, con más presencia masculina que el resto: Speranski, Kochubéi, el príncipe Andréi… Otro grupo era el de la aristocracia polaca, de A. Czartoryski y otros. Y finalmente estaba el círculo francés del conde Rumiántsev y Caulaincourt, favorable a la unión con Napoleón y donde Hélène ocupaba uno de los lugares más vistosos. Frecuentaban sus salones los miembros de la embajada francesa y el mismo Caulaincourt, y también una gran cantidad de gente célebre por su inteligencia y cortesía, pertenecientes a esa corriente.

Hélène estuvo en Erfurt durante la famosa cita de los emperadores y de allá trajo esos contactos con los personajes napoleónicos de Europa. En Erfurt gozó de un éxito brillante. El mismo Napoleón, percatándose de su presencia en el teatro, dijo de ella que era un «animal magnífico». Era más hermosa y elegante que antes, lo cual no sorprendió a Pierre, pero sí el hecho de que en esos dos años su esposa hubiera tenido tiempo de adquirir una reputación de mujer encantadora, tan inteligente como bella. Los secretarios de la embajada e incluso el embajador le confiaban secretos diplomáticos, por lo que en cierto sentido era poderosa. El famoso Duc de Lignes* le escribía cartas de ocho páginas. Bilibin reservaba sus ocurrencias para contarlas primero en presencia de la condesa Bezújova. Ser admitido en el salón de la condesa equivalía a un certificado de inteligencia. Los jóvenes, antes de asistir a una de sus veladas, leían algún libro para tener de tema de conversación en el salón. Pierre, que sabía que era tontísima, asistía a aquellas veladas, donde se hablaba de política, poesía y filosofía, con el extraño sentimiento de estupor y temor a que pronto se descubriera el engaño. Experimentaba una sensación semejante a la que debe de sentir un prestidigitador esperando a cada instante que su truco quede al descubierto. Pero ya fuera bien porque para dirigir un salón así precisamente solo hacía falta la estupidez, o ya fuese porque las mismas víctimas hallaran placer en el engaño, este no se desvelaba, confirmando Aliona Vasilevna su sólida reputación de mujer inteligente y encantadora.

Pierre era precisamente el marido que necesitaba una brillante mujer de mundo como ella. Era uno de esos hombres originales y distraídos, un señor importante que no molestaba a nadie y que no solamente no echaba a perder la impresión general de aquellas recepciones, sino que en contraste con la elegancia y tacto de su esposa, contribuía a ponerla de relieve. Pierre, robustecido, había madurado aún más si cabe —como madura siempre la gente después de casarse— durante esos dos años y a consecuencia de su constante dedicación a los elevados intereses masones. Había adquirido involuntariamente ese tono de indiferencia y

---

* Duque de Lignes. *(N. de la T.)*

abandono en medio de una sociedad que no le interesaba, un tono que no se adquiere artificialmente e inspira un respeto involuntario. Entraba en el salón de su mujer del mismo modo que a una cantina. Conocía a todos y se afanaba en pasar el tiempo que permanecía en casa del modo menos aburrido posible. En ocasiones, intervenía en alguna conversación interesante y entonces, mascullando, emitía su opinión, a veces sin tacto alguno. Pero la opinión del original marido de la mujer más notable de San Petersburgo estaba ya tan definida, que nadie tomaba en serio sus extravagancias. Había sufrido tanto dos años atrás a causa del agravio producido por la conducta de su mujer, que ahora evitaba la posibilidad de una ofensa similar. En primer lugar, porque él no era para ella un marido y, en segundo lugar, porque inconscientemente volvía la espalda a todo lo que pudiera proporcionarle la idea de una ofensa semejante. Tenía la firme convicción de que su esposa se había convertido en una marisabidilla y por ello no podía apasionarse por ningún otro hombre más.

Borís Drubetskoi había cosechado muchos éxitos en su carrera y había estado viviendo en Erfurt. A su regreso de la corte allá establecida, se convirtió en un visitante íntimo en casa de los Bezújov. Hélène le llamaba «mi paje» y le trataba como a un niño. Le sonreía como a todos, pero a veces le miraba sin esbozar sonrisa alguna. En ocasiones, Pierre tenía la idea de que había algo antinatural en esa amistad protectora hacia un niño imaginario de veintitrés años de edad, para luego reprocharse a sí mismo su desconfianza. Además, Hélène se dirigía, sin vacilar, a su paje de un modo muy natural. Desde el primer momento, el mismo trato de Borís causó en Pierre una impresión desagradable. Desde que llegó a San Petersburgo y se hizo un habitual de las veladas de aquella casa, Borís mostraba a Pierre un respeto especial, digno y melancólico. «Este matiz de deferencia seguro que tiene que ver con mi nueva posición», pensó Pierre, esforzándose por no prestar atención a ese asunto. Pero extrañamente, la presencia de Borís en

el salón de su mujer (algo casi constante) actuaba físicamente sobre Pierre; agarrotaba todos sus miembros y eliminaba su espontaneidad y libertad de movimientos. «Es rara esta antipatía», pensó
Pierre y comenzó a permanecer menos tiempo en casa.

A los ojos del mundo, Pierre era un gran señor, marido de una
mujer célebre, un hombre original e inteligente, un buen muchacho que aunque no hacía nada, no dañaba a nadie. Durante todo
ese tiempo, en el alma de Pierre se iba desarrollando un trabajo
interior complicado y difícil, que le revelaba muchas cosas y le
conducía a muchas alegrías y dudas espirituales.

En el otoño de ese mismo año acudió a Moscú para entrevistarse con el Gran Maestro de la orden, Yósif Alekséevich Pozdéev,
que disfrutaba de la veneración de todos los masones, al que no
llamaban de otro modo que Benefactor.

La cita con el Benefactor, durante la cual Pierre se convenció
de volver con su esposa, ejerció gran influencia sobre él y le descubrió muchos aspectos de la masonería. A partir de esa visita,
Pierre se impuso como norma escribir en su diario con regulari-
dad, y esto es lo que escribió en él:

Moscú, 17 de noviembre.

Ahora acabo de llegar de casa del Benefactor y me apresuro a
anotar todo lo que he experimentado. Tras conocer a Yósif Alekséevich por las cartas y los discursos a los que damos lectura en
nuestras casas, por el gran título que ocupa entre nosotros y por la
veneración que todos sentimos por él, me dirigí a su casa esperando ver un anciano majestuoso, un ejemplo de virtud, y lo que vi
fue más de lo que podía esperar. Yósif Alekséevich es un anciano
de corta estatura, delgado pero de esqueleto extraordinariamente
ancho, con el rostro arrugado y fruncido, de cejas grises de entre
las que brillan sus ojos ardientes. Vive pobremente en una casa sucia. Sufre desde hace años una dolorosa enfermedad de la vejiga,
pero nadie ha oído nunca de él una queja o un gemido. Desde
por la mañana hasta bien entrada la noche, con excepción de las

horas de la comida —la más simple y sobria—, se dedica a la ciencia de la introversión, a levantar actas y componer epístolas. Me ha recibido cariñosamente y ha tenido la bondad de decir que me conocía, invitándome a tomar asiento junto a él en el lecho en que está acostado. Con relación a la conversación sostenida sobre mis asuntos familiares, me ha dicho: «La principal obligación del verdadero masón es la perfección personal. Con frecuencia pensamos que tras habernos desecho de todas las dificultades de nuestra vida, pronto alcanzaremos ese objetivo. Al contrario, querido mío, solamente en medio de las preocupaciones mundanas lograremos alcanzar los tres fines principales: 1) Conocerse a uno mismo, ya que el hombre puede conocerse a sí mismo únicamente a través de la comparación con los demás, 2) La perfección, ya que solo se obtiene mediante la lucha, y 3) Lo esencial, el amor a la muerte. Solo las adversidades de la vida pueden mostrarnos su vanidad y ayudarnos así en nuestro amor innato a la muerte o a la resurrección en una nueva vida». Palabras más que notables, por cuanto que Yósif Alekséevich, a pesar de sus penosos sufrimientos físicos, no está cansado de vivir y sin embargo ama la muerte, para la que considera no estar todavía suficientemente preparado.

La conversación discurrió después sobre las actividades de nuestra logia, no aprobando Yósif Alekséevich nuestros últimos actos. Dijo que la corriente actual de las logias más nuevas se deja arrastrar por la actividad social, cuando el fin primordial habría de ser alcanzar la sabiduría y erigir en nuestro interior el templo de Salomón. Me explicó el significado completo del Gran Cuadrado del universo, probándome que los números tres y siete son la base de todo. Me ha aconsejado dedicarme primero de todo a mi perfeccionamiento, dándome con ese fin esta libreta en la que escribo y escribiré de ahora en adelante todos mis actos que se aparten de la familia de las virtudes.

San Petersburgo, 23 de noviembre.
Vivo de nuevo con mi esposa. Ayer nos mudamos a nuestra casa. Me he instalado otra vez en las habitaciones de la planta superior y

he experimentado un dichoso sentimiento de renovación. Le he dicho a mi mujer que lo pasado está olvidado, que nunca haré mención a ello y que no tengo nada que perdonar. Le he rogado que haga lo mismo. Que no sepa lo difícil que me resulta perdonarla.

Me he levantado a las ocho, de acuerdo con el horario que me he confeccionado, he leído las Sagradas Escrituras y después me he ido a mi puesto de trabajo (Pierre trabajaba en uno de los comités). He vuelto a la hora de comer, he comido y bebido con moderación y luego he copiado unas piezas para los hermanos. Al atardecer, he bajado al salón de mi esposa y he contado a los allí presentes una divertida historia sobre B., y solo cuando todos ya estaban riendo a carcajadas, recordé que no debía haberlo hecho. Me retiro a dormir con un estado de ánimo tranquilo y feliz. Dios mío, ayúdame a caminar por tus senderos: Primero, a vencer la cólera con la calma y la parsimonia. Segundo, a vencer la lujuria con la abstinencia y la repulsión. Tercero, a apartarme de la vanidad, pero sin deshabituarme de los asuntos de Estado y el servicio, de las obligaciones familiares, de las relaciones con los amigos y de las ocupaciones económicas.

Las fechas siguientes en el diario de Pierre muestran que después de desviarse levemente de sus promesas, cumplió durante cerca de una semana con sus votos. En ese tiempo, experimentó un estado de felicidad e incluso entusiasmo, que le obligaba a pensar por las noches y a soñar con ese mismo orden de ideas, de las cuales anotó algunas. Y así, el 28 de noviembre escribió lo siguiente:

He soñado que Yósif Alekséevich estaba en mi casa, y yo, muy contento, deseaba agasajarle. Me había puesto a charlar incesantemente con unos extraños y de repente me acordé de que eso no podía gustarle, y quise acercarme a él para abrazarle. Pero cuando estuve a su lado vi que su rostro se había transformado; estaba rejuvenecido y en voz baja me hablaba sobre la doctrina, pero tan bajo que me era imposible oírle. Luego, salimos todos de la habitación y ocurrió algo extraño; estábamos sentados o tumbados en el suelo. Me decía algo, y yo, queriendo mostrarle mi sensibilidad y sin atender a sus palabras, comencé a imaginarme el estado interior de mi alma y la gracia de Dios que me había iluminado. Las lágrimas asomaron por mis ojos y quedé contento de que él pudiera verlas. Pero mirándome con enfado, se levantó bruscamente y cesó de hablar. Eso me intimidó y le pregunté si lo que estaba diciendo se refería a mí, y sin contestarme, se mostró muy tierno hacia mí. Y después, de improviso, nos vimos de nuevo en mi dormitorio, donde hay una cama de matrimonio. Se acostó en un lado y yo, como ruborizándome por el deseo de hacerle carantoñas, me eché a su lado. Me preguntó: «Dígame la verdad: ¿cuál es su principal defecto? ¿Lo sabe ya? Creo que sí». Turbado por la pregunta, respondí que la pereza era mi principal defecto. Movió la cabeza con incredulidad y yo, más turbado aún, le dije que aunque había vuelto con mi mujer siguiendo su consejo, no era un marido para ella. Discrepó de ello y señaló que no debería privar a mi esposa de mis caricias, dándome a entender que ese era mi deber. Pero respondí que me avergonzaría hacerlo y, de repente, el sueño se desvaneció. Me desperté y hallé en mi pensamiento este texto de las Sagradas Escrituras: *«La vida era la luz de los hombres y la luz brillaba en las tinieblas, pero las tinieblas no la recibieron».* El rostro de Yósif Alekséevich era joven y radiante. Este mismo día he recibido una carta del Benefactor en la que me habla de los deberes conyugales.

Otro sueño. Camino entre tinieblas y de repente unos perros me rodean y me muerden en las piernas, pero sigo mi camino sin temor. Un perro pequeño me clava los dientes en el muslo izquierdo y no me suelta. Intento ahogarle con las manos, y en cuanto me deshago de él, otro perro aún más grande se me echa encima. Me lo quito de encima y un tercer perro, todavía más grande, empieza a roerme. Lo levanto, pero a medida que lo hago, el perro se hace más grande y pesado. Entonces, el hermano A. I. me agarra del brazo y me conduce a un edificio para llegar al cual hay que pasar por una tabla muy estrecha. Al pisarla, se dobla y se cae, y yo debo pasar por una tapia a la que apenas llego con las manos. Tras grandes esfuerzos, logro arrastrar mi cuerpo de tal modo que los pies quedan colgando por un lado y el tronco por otro. Miro y veo al hermano A. I. en la tapia que me señala un amplio paseo y un jardín, en el que se levanta un magnífico edificio. Me desperté. ¡Oh, Dios, Gran Arquitecto de la naturaleza! ¡Ayúdame a librarme de los perros, de mis pasiones y de la última de ellas, que reúne en sí la fuerza de todas las demás! ¡Ayúdame a entrar en el templo de la virtud, del que en sueños he llegado a su contemplación!

30 de noviembre.

Me he levantado tarde. Me he quedado largo rato en la cama, entregándome a la pereza. ¡Dios mío!, ayúdame y dame fuerzas para que pueda seguir tu camino. He leído las Sagradas Escrituras, pero sin la disposición adecuada. Luego ha venido el hermano Urusov y hemos conversado sobre la vanidad del mundo. Me ha contado los nuevos proyectos del zar. Empecé a criticarlos, pero me he acordado de los preceptos y palabras de nuestro Benefactor; el verdadero masón debe ser un diligente hombre de estado cuando se requiera su colaboración, y contemplar con tranquilidad aquellas cosas para las que no ha sido llamado. Mi lengua es mi enemigo.

Me han visitado los hermanos G. B. y O., habíamos convenido hablar de la admisión de un nuevo hermano. Me imponen las obligaciones de rector, pero me siento débil e indigno. Después hemos pasado a la explicación de las siete columnas y gradas del templo: siete ciencias, siete virtudes, siete vicios y siete dones del Espíritu Santo. El hermano O. ha estado muy elocuente. Por la noche ha tenido lugar la admisión. La nueva estructura del local ayuda mucho a la magnificencia del espectáculo. Borís Drubetskoi ha sido el admitido. Yo propuse su admisión y he sido el orador. Una extraña sensación me ha inquietado durante todo el tiempo que hemos permanecido juntos en esa oscura estancia. Sorprendí en mí odio hacia él, que en vano me he esforzado en superar. Por ello, desearía sinceramente salvarlo del mal y conducirlo al camino de la verdad, pero los malos pensamientos sobre él no me abandonaban. Se me ha ocurrido pensar que el fin de ingresar en nuestra hermandad consistía solamente en el deseo de acercarse a la gente importante que se encuentra en nuestra logia. Aparte de preguntarme varias veces si NN y SS figuraban en nuestra logia y de, según he observado, no ser capaz de sentir respeto por nuestra sagrada orden y estar demasiado ocupado y satisfecho con su persona física como para desear mejorar su espíritu, no tenía motivos para dudar de él. Pero no me ha parecido sincero, y todo el rato que he permanecido a su lado a solas en ese oscuro local, creo que se reía con desprecio de mis palabras y le habría atravesado gustosamente el pecho desnudo con la espada que blandía y tenía apoyada en él. No podía hablar con elocuencia y comunicar con franqueza mis sospechas a los hermanos y al Gran Maestro. ¡Gran Arquitecto de la naturaleza, ayúdame a encontrar el camino de la verdad que me ha de sacar del laberinto de la mentira!

En la comida he sido inmoderado y he rehusado uno de los platos, pero sin embargo, me he hartado de beber. Así que me he levantado de la mesa con sensación de pesadez y somnoliento.

Después hay un salto de tres días y escribe lo siguiente:

He tenido una conversación larga e instructiva a solas con el hermano I. Me ha revelado muchas cosas, aunque yo no fuera digno de que lo hiciera. Adonai es el nombre de aquel que ha creado el mundo y Elohim es quien lo gobierna. El tercer nombre, que no puede citarse, significa TODO. Las conversaciones con A. me fortalecen, iluminan y confirman en el camino de la virtud. Ante él, no existe lugar para la duda. Veo clara la diferencia entre el pobre estudio de las ciencias sociales y nuestra santa doctrina que lo abarca todo. Las ciencias humanas dividen todas las cosas para comprenderlas, lo matan todo para estudiarlo. En la santa ciencia de la orden todo está unificado y comprendido en su totalidad y en su vida. La Trinidad, los tres principios de las cosas, son el azufre, el mercurio y la sal. El azufre tiene las cualidades del óleo y del fuego. Unida a la sal, con su fogosidad despierta en ella el ansia, mediante la cual atrae al mercurio, lo atrapa y retiene, y juntos producen los diversos cuerpos. El mercurio es la esencia líquida y volátil del espíritu: Cristo, el Espíritu Santo, Él.

Sigo igual de perezoso y tragón. He recordado los preceptos de contenerme al final de la comida, cuando ya era tarde. He mirado a María Mijáilovna con pensamientos lascivos. Señor, ayúdame.

4 de diciembre.

Ha tenido lugar una logia magistral entre amigos. Se ha descrito el sufrimiento de nuestro padre Adoniram. Lo he escuchado, y como la primera vez que tuve conocimiento de ello, me han asaltado las dudas de si realmente existió, o si es una alegoría con significado propio. He expuesto estas dudas al hermano O. y me ha dicho que se debe esperar pacientemente a la revelación de más secretos que aclararán más cosas. Hoy he pasado la tarde en la parte de la casa de la condesa; mi esposa. No puedo superar la aversión que siento por ella. Conversé apasionadamente con NN sobre lo vano e insignificante y me he burlado con maldad de los senadores. He cenado en exceso, así que he tenido malos sueños durante toda la noche.

7 de diciembre.

Se me ha ordenado organizar y presidir la mesa de la logia. Que Dios me ayude a organizar todo satisfactoriamente. He convencido al príncipe Andréi para que venga. Le veo poco y no puedo seguirle. Está muy atraído por la lucha mundana y confieso que con frecuencia siento envidia, aunque mi participación habría de concernir preferentemente a mí. Ha venido a visitarme y me ha hablado con orgullo de sus logros. Está contento de sus éxitos tanto en la instauración del bien como en su victoria sobre los que considera sus enemigos. Me he esforzado en prepararle para la solemne reunión de hoy y me ha escuchado con dulzura y atención, pero siento que no puedo penetrar en su alma como hace el Benefactor en la mía cuando habla conmigo. El príncipe

Andréi pertenece a los masones fríos, pero honestos. Todos ellos, según mis observaciones, se dividen en cuatro categorías. A la primera pertenecen los raros genios como el Benefactor, que han asimilado completamente las verdades sagradas en las que el largo camino recorrido sostiene su empresa de recorrer el resto. Para ellos hay menos misterios que conocimientos, los cuales han vertido en su vida con la doctrina sagrada y sirven de ejemplo a la humanidad. Hay pocos masones de este tipo. A la segunda clase pertenecemos nosotros, los que buscamos, vacilamos, cedemos y nos arrepentimos; pero que buscamos la luz verdadera del autoconocimiento y erigir un templo interior. A la tercera categoría pertenecen las personas como mi querido amigo Bolkonski, O., B. y muchos otros. Estos masones miran con indiferencia nuestro trabajo sin esperar de él ningún logro, aunque no les suscite dudas. Son gente que solamente consagra a nuestra actividad una pequeña parte de su alma. Se comportan como el príncipe Andréi, porque se les invita y porque aunque tampoco ven toda la luz de Sión, no ven sino lo que hay de bueno en la masonería. Son hermanos fieles, pero perezosos. La última categoría la conforman los que, ay, ingresan en la hermandad sagrada por el único motivo que está de moda y porque en la logia hacen sus contactos necesarios para conseguir sus objetivos mundanos entre la gente célebre y de renombre. Son muchos los de esta clase, y el joven Drubetskoi se inscribe en ella.

La logia ha discurrido felizmente y con solemnidad. He comido y bebido en abundancia. Después de la comida, no pude dotar a mis respuestas de la claridad necesaria, hecho del que muchos se han percatado.

12 de diciembre.

Me he despertado tarde. He leído las Sagradas Escrituras, pero sin sentir emoción. Después he salido un rato a pasear por la sala. Quería meditar, pero en su lugar, la imaginación me ha rememorado un hecho ocurrido hace cuatro años. El vizconde francés, después de mi duelo, tuvo la insolencia de despedirse de mí y desearme buena salud y paz de espíritu. En ese momento no contesté nada. Ahora he recordado todos los detalles de ese encuentro; en mi interior, le dije las cosas más atroces e hirientes. Volví en sí y deseché esa idea, solo cuando me vi descompuesto por la cólera, pero no me he arrepentido de ello lo suficiente. Después ha llegado Borís y ha empezado a contar diversas aventuras. Me he mostrado descontento con su visita desde el primer momento y le he dicho algo desagradable. Ha replicado y he montado en cólera; le he calumniado con un cúmulo de groserías y hasta brusquedades. Esta vez no ha replicado y no he caído en la cuenta hasta que ha sido tarde. ¡Dios mío!, no sé comportarme con él. La causa es mi amor propio. Me creo superior a él y eso me hace peor que él, pues él se muestra condescendiente con mis groserías, y yo, por el contrario, le desprecio. ¡Dios mío!, concédeme que en su presencia pueda ver mejor mi bajeza y actuar de manera que le sea útil.

Me he echado una siesta después de la comida y mientras me adormecía he podido oír una voz clara que me decía al oído izquierdo: «Es tu día». Tuve un sueño, tras el que me desperté con el alma radiante y el corazón estremecido. Soñaba que estaba en el sofá grande de mi casa de Moscú y que Yósif Alekséevich entraba por la sala. Enseguida me di cuenta de que había concluido en él el proceso de regeneración y salí a su encuentro. Le beso las manos y me dice: «¿Te has percatado de que ahora tengo otra cara?». Le miré sin dejar de abrazarle y vi que su rostro era el de un joven, pero no tenía cabello y sus rasgos eran completamente diferentes. Le dije: «Le habría reconocido aunque me hubiera encontrado con usted por casualidad», pensando al mismo tiempo: «¿He dicho la verdad?». De repente, se tumbó como un cadáver, para después poco a poco volver en sí y entrar conmigo en el despacho, sosteniendo un gran libro escrito por él. Puso el libro sobre la mesa y comenzó a leer. Le dije «Lo he escrito yo», y me respondió con la cabeza afirmativamente. Yo también leía mucho de ese libro y todo lo que leía eran fines concretos. De todas estas ideas que he tenido en sueños, compondré un discurso que tendré el honor de leer en la logia.

26 de diciembre.

Hace tiempo que no echo un vistazo ni a esta libreta ni a mi alma. Me he entregado por completo a la vanidad y a todos mis vicios, que prometí lisonjeramente eliminar. Ayer comprendí a qué vorágine del mal me ha conducido esta despreocupación; me horroricé y volví en sí. Han llegado a San Petersburgo los Rostov, antiguos conocidos míos. El viejo conde es una excelente persona. Encontrándomelo en casa de N. me invitó a la suya y hace ya dos semanas que les visito a diario. Solo ayer comprendí por qué lo hago. Natalia, su hija menor, posee una voz magnífica y un aspecto fascinante. Le marqué las notas, escuché su canto, le hice reír y hablé con ella incluso de temas importantes. Es una chica que lo comprende todo. Pero ayer por la tarde, su hermana mayor dijo de broma que cinco años antes, cuando estuve de visita en Moscú con motivo de su santo, la pequeña Natalia se enamoró de mí. Al escuchar estas palabras, me turbé tanto que me sonrojé y sentí que las lágrimas casi asomaban en mis ojos. Sin tener nada que decir, me levanté, notando sin embargo que ella también se había sonrojado. Esta circunstancia me obligó a adentrarme en mis sentimientos y a horrorizarme de a lo que me exponía. La pasada noche tuve un sueño en el que alguien me muestra un gran libro, como un códice alejandrino. Todas las páginas estaban ilustradas con magníficos dibujos que representaban las aventuras del alma con su amante. También vi a una hermosa doncella de ropaje transparente y cuerpo diáfano que estaba posada en las nubes. Me pareció entender que esta doncella no era otra que la condesita Rostova y al mismo tiempo representaba el Cantar de los Cantares. Al mirar a estos dibujos, sentía que hacía mal, pero no podía apartar mi vista de ellos.

¡Dios mío, ayúdame! Si esto es lo que quieres, que se cumpla tu voluntad. Pero si yo mismo lo he provocado, enséñame qué hacer. Mi depravación acabará conmigo si me abandonas del todo.

A últimos de diciembre, Pierre dio lectura durante la reunión solemne de la logia de segundo rango a su discurso *sobre los medios para difundir la verdad pura y el triunfo de la voluntad*. Este discurso no solo causó una fuerte impresión en la logia, sino también preocupación. Bezújov se encontraba en tal estado de tensión durante su alocución y hablaba con tal ardor, con las lágrimas casi asomándole en los ojos, que transmitió sus sentimientos a muchos de sus sinceros hermanos y provocó el recelo en otros, que veían intenciones peligrosas en sus palabras. Hacía tiempo que no tenía lugar una reunión tan agitada. Se formaron grupos. Muchos rebatían y culpaban a Pierre; le criticaban por su iluminismo. Otros muchos le apoyaban. El Gran Maestro, que presidía la logia, acabó la discusión con la decisión de enviar el contenido del discurso a las altas instancias para que fuera sometido a debate, y hasta entonces cerrar el asunto y dedicarse a los trabajos habituales. Pierre no pensó en modo alguno estar tan plenamente convencido de sus palabras hasta que leyó el discurso y halló desacuerdo. Por primera vez, los hermanos advirtieron sorprendidos una pasión y energía en Bezújov que no esperaban. Se olvidó de los ritos convencionales, interrumpió a todos, gritó y enrojeciendo, llegó a un estado de entusiasmo que le causó un gran placer. El Gran Maestro amonestó a Bezújov por su vehemencia y por haber propiciado que la pasión, y no solo el amor hacia las virtudes, dominase la disputa, hecho que Pierre no podía dejar de reconocer.

En lugar de volver a casa después de la logia, Pierre fue a visitar al príncipe Andréi, al cual no había visto desde hacía largo tiempo. La infinita diversidad de mentalidades que hace que ninguna verdad se presente por igual a dos personas distintas, sorprendió a Pierre por primera vez en esa reunión. A pesar de la fuerza de sus convicciones, Pierre no pudo convencer completamente a nadie con sus ideas; cada uno le entendía a su manera, con limitaciones y cambios, mientras que, la principal exigencia de las ideas, consiste en transmitirlas exactamente como uno las comprende. El príncipe Andréi se encontraba en casa ocupado con su trabajo. Atendió atentamente al relato de Pierre sobre lo sucedido en la reunión de la logia e hizo algunas objeciones. Cuando Bezújov concluyó, se levantó y comenzó a andar por la habitación.

—Todo esto es magnífico, amigo mío; la verdad. Sería un fervoroso hermano si creyera en la posibilidad de todo ello —dijo el príncipe mirando con ojos brillantes a Pierre—, pero nada de esto tendrá lugar. ¡Para acometer semejante transformación es imprescindible tener el poder, y este solo está en las manos del gobierno! Y para paralizarlo tenemos que colaborar con él, especialmente con un gobierno como el nuestro.

—Sí, pero el gobierno es accidental —dijo Pierre—, y las fuerzas y actividades de la orden son eternas. Un hombre como Speranski es ahora accidental.

—No Speranski —respondió el príncipe Andréi—, sino el zar. Lo principal es el tiempo y la instrucción.

—¿Por qué habla con tanto desprecio de Speranski? —preguntó Pierre.

—Speranski. Un error menos, querido mío —dijo el príncipe—. Speranski es un tunante, un pelo más listo que el resto de la gente.

—¡Querido mío! —dijo Pierre con tono de reproche—. Un alma de casta…

—No, nada de alma de casta. Le conozco. No se lo he dicho a nadie ni lo voy a hacer. Es mejor que Arakchéev, pero no es mi héroe. ¡Speranski! No, ¿qué hay que decir? No es él el que pueda hacer algo, sino las instituciones, que necesitan tiempo y se forman con la gente, con todos nosotros. No comprendemos el tiempo que nos ha tocado vivir. Es uno de los más grandes fenómenos de la historia. El mismo zar limita sus propios poderes y otorga derechos al pueblo. Está bien que no lo entiendan los ancianos, pero ¿cómo no podemos sentir nosotros lo que se está haciendo ahora? Es algo mejor y de más importancia que cualquier hazaña bélica. Hace unos días el Consejo Estatal abrió sus sesiones como corporación del Estado. Los ministros rinden cuentas públicamente, los asuntos financieros se anuncian al pueblo. Hoy o mañana se aprobará el proyecto de la abolición de la servidumbre. ¿Qué más se puede desear? ¿Qué más hace falta?

—Sí, es magnífico —dijo Pierre—. Pero reconozca que existe otra parte de nuestra alma que no se contenta con esto, a la que solo nuestra sagrada hermandad apoya y alumbra. No comprendo cómo usted puede ser un hermano tan frío.

—¡No soy un hermano frío!, especialmente ahora. Sé que vuestra orden es una de las mejores instituciones del mundo, pero eso es poco para la vida.

Pierre guardó silencio.

—¿Por qué no se casa? —preguntó—. He pensado que necesita casarse.

El príncipe Andréi sonrió en silencio.

—Bueno… yo… —dijo Pierre—. ¡Vaya ejemplo que soy! Me casé siendo un chiquillo… por cierto, en esencia Hélène no es una mala mujer, en esencia…

El príncipe Andréi sonrió con dulzura y alegremente se acercó a Pierre, dándole unas palmaditas.

—Lamento muchísimo que nos hayamos visto tan poco —dijo—. Desconozco por qué siempre actúas en mí de modo tan estimulante. Es mirar tu cara y me siento alegre y joven.

—Cásese —repitió Pierre con una sonrisa radiante, mirando al príncipe.

En ese preciso instante se le ocurrió con quién tenía que casarse el príncipe Andréi. Había una muchacha, no conocía otra mejor, digna para su mejor amigo. Se trataba de Rostova. A Pierre le pareció que ya había pensado antes en ello, y solo por este motivo la amaba.

—Debe de casarse y sé con quien —dijo.

El príncipe Andréi enrojeció extrañamente al oír estas palabras. Sus recuerdos sobre el roble y las ideas relacionadas con él aparecieron repentinamente.

—María también quiere casarse —dijo—. Está aquí su amiga, Julie Kornakova. La conoces.

—La conozco, pero no es ella —contestó Pierre—. No le deseo un matrimonio por sentido común; quiero que reviva. Conozco...

—No, amigo mío, no debo pensar en ello y no lo hago. ¡Qué tipo de marido sería, enfermo y débil! Mi herida se abrió de nuevo hace unos días y Villieux me envía de nuevo al extranjero.

—¿Va a asistir pasado mañana al baile organizado por Lev Kirílovich? —preguntó Pierre.

—Sí, iré.

XI

El 31 de diciembre, víspera del Año Nuevo 1810 y Nochevieja, tuvo lugar un baile en casa de Lev Kirílovich Naryshkin, un alto dignatario de los tiempos de Catalina la Grande. Debían asistir el cuerpo diplomático, Caulaincourt y el zar.

En el malecón Angliski, la casa del célebre alto dignatario resplandecía con sus innumerables luces. Junto a la entrada, iluminada y con una alfombra roja desplegada, formaba no solo la policía y unos cuantos gendarmes, sino el mismo jefe de policía y decenas de oficiales. Los carruajes iban y venían con sus lacayos con plumas en los sombreros. De los coches salían hombres uniformados, con condecoraciones y bandas; las damas, de raso y armiño, se apeaban de los estribos. Por unos instantes, la muchedumbre pudo divisar sus graciosos contornos y ligeros movimientos.

Prácticamente cada vez que se acercaba una nueva carroza con su resplandeciente lacayo, un murmullo recorría a la multitud, que se descubría.

—¿El zar? No, un ministro... un príncipe... un embajador... ¿Acaso no ves el penacho? —se decía entre la multitud. Uno de ellos, ataviado con un sombrero, parecía reconocer a todos, citando por su nombre a los eminentes altos dignatarios de ese tiempo.

Finalmente, algo comenzó a agitarse; el jefe de policía se cuadró y el zar, asomando de una carroza, pisó con sus botas de charol con espuelas la resplandeciente alfombra roja. El gentío se quitó el sombrero, y la conocida por todos joven y bella figura del zar, de lisa nuca, con los cabellos engominados y con altas charreteras debajo del capote, rápidamente desapareció bajo la entrada. Llevaba en la mano un sombrero con penacho y le comentó algo de pasada al jefe de policía.

Desde detrás de las ventanas se percibían los acordes de una magnífica gran orquesta, y a la vista de la masa, sombras de hombres y mujeres se movían tras las ventanas iluminadas. Los invitados ya llenaban las salas de baile. Allí estaban Speranski, el príncipe Kochubéi, Saltykov, los Viazmítinov, sus esposas e hijas y todo San Petersburgo. También todos los cargos de la corte, el cuerpo diplomático, altos funcionarios llegados de Moscú, oficiales de guardia desconocidos, bailarines… También estaban el príncipe Vasili, el príncipe Andréi, Pierre, Borís, Berg y su esposa, el anciano Rostov, la condesa con una toca al gusto de Natasha, y esta y Sonia con vestidos blancos y rosas en el cabello.

Era el primer gran baile al que acudía Natasha en su vida. Fueron muchos los chismes y preparativos que rodearon a este evento y muchos los temores de que no se recibiese la invitación, de que los vestidos no estuviesen listos para la fecha y de que no se hiciese todo como se debiera. María Ignátevna Perónskaia se presentaría al baile junto con los Rostov. Amiga y pariente de la condesa, era una mujer mayor que había sido dama de honor en la antigua corte. Había organizado todo para los Rostov, debiendo estos de recogerla a las diez en punto de la noche en los jardines Tavrícheski. Si se tratara de bañarse, Natasha se esforzaría con todo su empeño en sobrepasar a nado a todos; si se tratase de recoger setas, recolectaría más y mejor que nadie, todo lo que no atañera al baño o a las setas le parecía insignificante. Pero ahora, cuando el asunto giraba en torno al baile, Natasha consideraba absurdo todo lo demás y pensaba que toda la dicha de su vida dependía de que todas ellas —su madre, Sonia y ella misma— estuviesen vestidas del mejor modo posible. Sonia y la condesa se habían encomendado totalmente a Natasha. La condesa habría de ponerse un vestido de terciopelo rojo oscuro y las dos muchachas irían de muselina blanca, con rosas en el corpiño y el cabello, y además, peinadas a la griega.

No había tiempo material de pensar qué encontrarían en el baile y qué les depararía; solamente había un sentimiento de solemne y gran espera. Natasha se esmeraba con todas, siendo por ello la última en arreglarse. Aún permanecía sentada ante el espejo, con un peinador echado sobre sus delgados hombros. Sonia, ya lista, se estaba poniendo un lazo.

—¡No, así no, Sonia! —gritó Natasha, girando la cabeza y recogiéndose el cabello con las manos, haciéndose daño—. Ese lazo no está bien. Acércate. —Sonia se sentó y Natasha se lo anudó.

—Permítame, señorita. Así no.

—¡Y cómo hago!

—¿Os falta mucho? —se oyó la voz de la condesa—. Son las diez menos cuarto.

—Y tú, mamá. ¿Estás ya?

—Solo me falta el tocado.

—¡No oses ponértelo hasta que vaya yo! —gritó Natasha.

Como siempre, claro está, se les hizo tarde. A Natasha la falda le estaba larga y dos doncellas, mordisqueando los hilos, hacían el dobladillo a toda prisa. Otra más, con los alfileres entre los labios, dejó a la condesa y corrió hacia Sonia y Natasha. Lo esencial estaba ya: con especial cuidado se habían lavado piernas, manos, cuello y orejas. Aunque se habían aseado todo el cuerpo, perfumado y empolvado, todavía quedaba mucho por hacer. Con el peinado acabado, en chambra y con zapatos de baile, Natasha corría de una a otra.

A las diez, el conde finalmente entró en la habitación. Vestía un frac azul, medias y zapatos, e iba bien perfumado y peinado.

—¿Termináis o no? Aquí os traigo el perfume. Perónskaia espera con impaciencia.

—¡Qué guapo estás, papá! ¡Un encanto! —gritó Natasha, con el vestido ya puesto, pero con dos doncellas aún remendando la costura (el vestido todavía le venía largo).

—Papá, ¿bailaremos un Daniel Cooper? —dijo Natasha. La condesa salió de la habitación con paso lento y especial timidez.

—¡Oh, querida, qué guapa! —habló el conde—. ¡Más hermosa que ninguna!…

—¡Mamá! Échate el velo un poco más a ese lado. Ahora te lo sujeto.

Natasha avanzó hacia ella y la doncella que cosía su falda no tuvo tiempo de seguirla y rompió un poco de muselina.

—No es nada. Lo arreglaré y no se notará.

La niñera entró para ver a las señoritas y exclamar.

—¡Qué guapas, qué divinas! —dijo.

Rompieron un guante más y, por fin, marcharon. Perónskaia todavía no estaba lista. A pesar de su edad y fealdad, le había ocurrido lo mismo que a las Rostova, aunque con menos prisas, porque estaba ya acostumbrada. También había lavado, perfumado y empolvado su viejo y feo cuerpo, concienzudamente se había lavado las orejas e incluso, también como las Rostova, su vieja doncella había admirado con entusiasmo el ropaje de su señora cuando salió de la casa con el vestido amarillo y su emblema. Perónskaia alabó los vestidos de las Rostova:

—¡Encantadoras, adorables!

Las Rostova la ensalzaron y cuidando de sus peinados, subieron a las carrozas y partieron. Para Natasha los preparativos del baile empezaron ya en la víspera, pero no había tenido ni un momento libre en todo el día y no le había dado tiempo a pensar en lo que le esperaba. En aquel ambiente húmedo y frío, entre la penumbra y las estrecheces y saltos del carruaje, Natasha se imaginó por primera vez lo que le esperaba allí, en el baile, en las resplandecientes salas entre cientos de mujeres encantadoras: música, flores, bailes, el zar... Aquello estaba tan fuera de lugar con la impresión de frío, oscuridad y apreturas de la carroza, que no podía ni creer que así sería. Solamente tuvo conciencia de todo lo que le esperaba, cuando tras pasar hacia el vestíbulo por la alfombra roja, se quitó el abrigo y subió por la escalera, iluminada y llena de flores, delante de su madre. Justo en ese instante recordó cómo tenía que comportarse, y se esforzó por adoptar el aire majestuoso que consideraba apropiado para una muchacha en un baile así. Por suerte, sintió que su corazón latía a cien pulsaciones por minuto y no pudo adoptar esa pose que la hubiera hecho parecer ridícula. Caminaba encogida por la emoción y tratando con todas sus fuerzas de ocultarla. Pero ese era el estilo que mejor le iba. Delante y detrás, conversando también en voz baja, entraban los invitados con sus trajes de gala. En los espejos de la escalera se reflejaban las damas, con sus vestidos blancos y azules, luciendo brillantes y perlas en sus brazos y cuellos desnudos. Natasha no conseguía ver su imagen reflejada entre ellas. Al entrar en la primera sala, el murmullo uniforme de las voces, pasos y trajes la ensordeció. La luz y el resplandor la cegaron más aún. Los anfitriones, que desde hacía media hora permanecían en la puerta de entrada recibiendo a los invitados con las mismas palabras —«Encantado de verles»—, acogieron con idéntica cortesía a los Rostov y a la señorita Perónskaia.

Las dos muchachas, ambas de blanco y con rosas iguales en sus negros cabellos, hicieron la misma reverencia, pero la anfitriona fijó su atención involuntariamente en la delicada Natasha y le dedicó una sonrisa especial, además de la que repartía a todos. Puede que la anfitriona recordase su primer baile y sus dorados años de juventud que no habían de volver. El dueño de la casa también siguió con los ojos a Natasha y preguntó al conde si era su hija.

—¡Encantadora! —dijo.

En la sala, los invitados se agrupaban ante la puerta de entrada, en espera de la llegada del zar. Cedieron un sitio a la condesa y esta se colocó en las primeras filas.

Natasha oyó y sintió que algunos hablaban de ella y la miraban. En esos instantes, no veía ni comprendía nada, pero en su rostro no se percibía ni la más mínima turbación. Fue la primera en hablar unas palabras con su madre solo con tal de no permanecer en silencio. Sin prisa y sin mostrar curiosidad, miró a su alrededor. Cerca de ella se alzaba un embajador, un anciano de abundantes cabellos plateados y ensortijados, que sosteniendo una tabaquera, reía y hacía reír a las damas que lo rodeaban. Una dama de belleza singular, alta y rellena, hablaba con algunos hombres, sonriendo con tranquilidad. Se trataba de Hélène. Natasha admiró con entusiasmo su belleza y con tristeza pensó en su insignificancia en comparación con ella. Contoneándose, Pierre caminaba entre los invitados, dejando caer los brazos perezosamente y con un aspecto como si estuviese andando por el mercado, estrechando manos a diestro y siniestro. Sin llegar hasta Natasha, a la que había tendido una mirada desde lejos con sus miopes ojos, cogió del brazo a un joven oficial y dijo:

—Váyase a cortejar a mi esposa —dijo señalando a Hélène.

Un viejo general se acercó a Perónskaia, pero pronto se alejó. Después, un joven empezó a charlar tranquilamente con ella. Natasha tenía la sensación de que preguntaban por ella. Borís se acercó a ellas y comenzó a hablar con la condesa. Llegaron dos muchachas rubias acompañadas de su madre, que iba engalanada con unos brillantes enormes. El príncipe Andréi Bolkonski entró en la sala vestido con un traje de coronel, y Natasha quedó sorprendida por su elegancia y seguridad. Recordó que le había visto en alguna parte. Había poco movimiento y poca conversación, mientras todos estaban a la espera de la llegada del zar. Natasha tuvo tiempo de observar los peinados, los trajes y las relaciones de los invitados. Por el trato y las miradas, determinó para sí quién pertenecía a la más alta sociedad o a la mediana. El pensamiento acerca de en qué capa se enmarcarían ellas, la tenía ocupada. De entre los hombres que en ese rato habían entrado en la sala y permanecían ahora cerca de ella, incluyó en esa clase a cuatro: Pierre, el príncipe Andréi, el secretario de la embajada francesa y un caballero de la guardia real extraordinariamente apuesto, que había entrado después de los otros y permanecía en medio de la sala, con la mano puesta sobre los botones del uniforme y con un aire despectivo. Al ver a Natasha, Pierre dejó al oficial y se dirigió hacia los Rostov, pero en ese momento los invitados comenzaron a hablar, se agolparon y retrocedieron de nuevo; entre dos filas que le abrían paso y al son de la música, el zar apareció, seguido de los dueños de la casa. El soberano caminaba con paso rápido, saludando a derecha e izquierda, como afanándose en acabar cuanto antes esos primeros minutos de aquella recepción.

La orquesta comenzó a tocar una polca y todo se puso en movimiento. Un joven con aspecto azorado rogó a Natasha echarse a un lado. Algunas damas, cuyos rostros expresaban un completo olvido de las normas de sociedad, se abalanzaron hacia delante. Los caballeros empezaron a acercarse a ellas y a formar las parejas para la polca. Todos se apartaron y el zar, sonriendo y dando la mano a la anfitriona fuera de compás, entró en el salón. Le siguieron el dueño de la casa y María Antónovna Naryshkina, luego el embajador, los ministros y los generales, a los que iba nombrando Perónskaia, que no había sido invitada a bailar. Natasha comprendió que se quedaba junto con su madre y Sonia entre el pequeño grupo de damas que no habían sido invitadas a bailar y que su posición era ultrajante. Si permanecía así durante todo el baile, solo haciendo bulto, y su vestido, que tanto había encantado a la niñera, resultaba en balde, no sería feliz. Estaba de pie, con sus delgados brazos caídos sosteniendo un abanico, conteniendo la respiración y mirando al frente con sus asustados ojillos de azabache, con expresión de estar esperando una gran alegría o un gran dolor; como un pajarito herido. Su pecho, apenas formado, subía y bajaba rítmicamente. No le interesaban ni el zar ni las personalidades importantes que iba señalando Perónskaia. Solo tenía un pensamiento: «¿Es posible que nadie se acerque a mí y que no baile entre las primeras? ¿Es que no se dan cuenta de mi presencia todos estos caballeros que ahora parece que no me miran y si lo hacen, aparentan decir: "¡Ah!, no es esa la que busco. No hay nada que mirar"? No, esto no puede ser —pensaba—. Deben de saber lo mucho que me apetece bailar, lo bien que bailo y lo mucho que les regocijará bailar conmigo».

Los compases de la polca, que sonaba desde hacía rato, comenzaron a resonar tristemente, como un recuerdo en los oídos de Natasha. Sintió ganas de llorar. Pierre pasó a su lado con una dama importante, sin reparar en ella y mascullando algo. El príncipe Andréi, en el que se había fijado, pasó con la bella Hélène, sonriendo perezosamente y comentándole alguna cosa. También dos o tres jóvenes más, que ella consideraba pertenecían a la alta sociedad y por lo tanto deseaba bailar con ellos, pero ninguno la miraba. El apuesto Anatole no estaba bailando y, sonriendo con desprecio, hablaba con otros jóvenes que le rodeaban. Natasha observó que, a su manera, él también era una celebridad. Tenía la sensación de que estaba hablando sobre ella y que la miraba, lo que le causaba alarma. Perónskaia, señalándole, le dijo a la condesa:

—¿Sabe que ese es el famoso señorito Kuraguin? ¡Qué guapo es!

Borís pasó dos veces junto a Natasha y no hizo el menor signo de interés, por lo que se desenamoró totalmente de él. Berg y su esposa, que tampoco bailaban, se acercaron. Fue incluso peor. A Natasha le pareció ofensivo que ese acercamiento familiar tuviese lugar ahí, en el baile.

Por fin, el zar se detuvo junto a su última pareja de baile (bailaba con tres). La música cesó y un cuidadoso ayudante de campo se acercó a las Rostova y les rogó que se apartaran a un lado, haciendo un círculo. Empezaron a sonar claramente los compases rítmicos y cautelosos de un vals. Sonriendo, el zar echó una ojeada al salón. Pasó un minuto y nadie comenzaba a bailar. El ayudante de campo que dirigía el baile se acercó a María Antónovna y la invitó. Ella alzó su mano para posarla en su hombro. Estaba extraordinariamente guapa y el ayudante bailaba magníficamente. En el gran círculo que se había formado en el salón y bajo la mirada de cientos de invitados, comenzaron a bailar sin dar vueltas, para después hacer giros rítmicamente. Debido al son cada vez más rápido de la música, se oía el tintineo de las espuelas en los rápidos y ágiles pies del ayudante, que hacía girar a María Antónovna. Natasha contemplaba la escena y estaba a punto de romper a llorar, viendo que no era ella la que bailaba el primer vals. No se percató de que en ese momento Bezújov y Bolkonski se habían acercado y la estaban mirando. Al príncipe Andréi le encantaba el baile, con sus invitados, sus flores, y su música. Era uno de los mejores bailarines de su tiempo, de antes de la guerra, y era el primer baile al que acudía desde que se había instalado en San Petersburgo. Conocía a todos los invitados y era conocido por todos ellos, que ansiaban su compañía. Pero en los cinco años que había permanecido al margen de la alta sociedad, los círculos jóvenes y mundanos que se divierten en los bailes habían cambiado. Todas las muchachas que en su época estaban en disposición de salir, ya eran damas, y las radiantes damas de entonces ya habían sido eclipsadas por otras. Le recibieron preguntándole por el último decreto y por las novedades que se producían en la política. Los ancianos y ancianas deseaban recordar con él el pasado, mas no era ese su propósito. Al príncipe le gustaba el baile, el vals y ser parte activa, no mero espectador. En cuanto entró en el salón, se apoderó de él una radiante poesía de elegante alegría y, quitándose de encima a las damas y caballeros que deseaban acapararle, avanzó por la estancia, experimentando una animación que no esperaba para sí. Sentía como antaño que era un hombre apuesto al que se dedican atenciones, alegrándose sin motivo. Cogiéndole del brazo, Pierre le detuvo.

—¡Qué guapa está la señorita Rostova! ¿Recuerda que le hablé de ella?

—No sé quién es, nunca me has hablado de ella. ¿Quién es? —señaló también a Natasha Rostova—. Apuesto a que es su primer baile.

—Esa es. Vayamos y se la presento.

—¡Ah!, la conozco, su padre es ese obtuso caudillo de Riazán. Vamos.

Bolkonski y Pierre se acercaron por el lado al que no miraba Natasha. El príncipe Andréi se ofreció para bailar con ella una vuelta de vals. La pétrea expresión de Natasha, pronta a la desesperación o al entusiasmo, se iluminó de repente con una sonrisa feliz, infantil y agradecida. «Hace tiempo que te esperaba», parecía decir aquella asustada muchacha de finos hombros con su resplandeciente sonrisa, feliz y contenida, cuando puso su mano en el hombro del príncipe Andréi. Era la tercera pareja que entraba en el círculo. Enseguida, todos se fijaron en Natasha; sus ojos resplandecían con tanto entusiasmo y había una gracia tan infantil e inocente en sus brazos y cuello desnudos, que era imposible no fijarse. Su cuerpo escotado no era hermoso, sus hombros, en comparación con los de Hélène, eran delgados, su pecho estaba sin definir y sus brazos eran escuálidos. Pero sobre Hélène parecía advertirse el barniz de miles de miradas que habían resbalado por su cuerpo, y Natasha parecía una niña a la que habían puesto un escote por primera vez y a quien le daría mucha vergüenza ponérselo si no le hubiesen dicho que era necesario. El príncipe Andréi salió a bailar porque deseó escoger a Natasha como pareja. De todas las primerizas, que él gustaba de poner en juego, ella fue la primera que vio. Apenas se ciñó a su delgado, flexible y tembloroso talle, esa niña con escote comenzó a moverse y sonreír tan cerca de él, que el aroma de su encanto le embriagó. Durante el baile el príncipe le comentó lo bien que bailaba, a lo que ella respondió con una sonrisa. Luego le dijo que la había visto en alguna parte y ella se sonrojó. Y de repente, las imágenes de Pierre sobre el pontón, el roble, la poesía, la primavera y la dicha, revivieron en el alma del príncipe Andréi. Pierre permanecía de pie junto a la condesa, y a su pregunta sobre quién era aquella dama con brillantes, respondió: «El embajador sueco». No veía ni escuchaba nada; seguía ávidamente cada movimiento de la pareja y los rápidos y rítmicos movimientos de los pies de Andréi y los zapatos de Natasha, y el rostro de ella, entregado, agradecido y dichoso, tan inclinado hacia el de Andréi. La escena le resultaba dolorosa y alegre. Se alejó unos pasos y vio en el otro lado a su esposa en toda la magnificencia de su belleza, que honraba a los que la rodeaban con su elevada conversación.

—¡Dios mío, ayúdame! —se dijo, tornándose su rostro sombrío.

Deambulaba por la sala, como si hubiera perdido algo. Esa noche asombró a sus conocidos por su particular e incoherente distracción.

Volvió junto a Natasha y comenzó a hablarle del príncipe Andréi, del que con tanta frecuencia la hablaba. Después del príncipe Andréi, se acercó Borís y la invitó a bailar, y luego otros jóvenes. Natasha, feliz y sonrojada, no cesó de bailar durante toda la noche. A mitad del cotillón, Natasha era continuamente escogida para bailar, a lo que ella accedía con una sonrisa, a pesar de que le faltaba el aliento. De repente, el príncipe Andréi, que bailaba cerca de ella, pensó que aquella muchacha no bailaría más allá de la mitad del invierno y que se casaría muy pronto. Por algún motivo, ese pensamiento le aterrorizó. Al final del baile, cuando Natasha atravesaba el salón, una idea extraña y totalmente inesperada asaltó al príncipe Andréi: «Si se acerca primero a su prima y después a su madre, esa chica se convertirá en mi esposa —se dijo a sí mismo. Primeramente se acercó a su prima—. ¿Qué estoy diciendo? He perdido el juicio», pensó Andréi.

La última pieza, una mazurca, el príncipe Andréi la bailó con Natasha, antes de dirigirse a la cena. El viejo conde, con su frac azul, se aproximó a ellos y tras recordar al príncipe su estancia en Otrádnoe e invitarle a que les visitara, preguntó a su hija si estaba contenta.

Natasha no respondió, se limitó a sonreír con una sonrisa que parecía decir con un reproche: «¿Cómo puedes preguntarme eso?».

—Más contenta que nunca —contestó, quitándose de su blanca y delgada mano el guante perfumado.

Natasha estaba tan dichosa como nunca antes en su vida. Se encontraba en ese estado de felicidad suprema que hace a las personas buenas del todo y las hace amar a todos por igual. El zar Alejandro Pávlovich le parecía encantador y si hubiese sido necesario, se hubiera acercado a él para decírselo, del mismo modo que sencillamente se lo había dicho a Perónskaia. Deseaba que todos estuviesen felices y contentos. Sonia bailaba, pero cuando se quedaba sin pareja, Natasha hablaba con invitados a los que no conocía:

—Invite a bailar a mi prima. —Y lo decía de una forma tan simple, que nadie se sorprendía.

Perónskaia no bailaba y estaba sentada sola. A Natasha se le ocurrió que se había empolvado el cuello en vano, pero se consoló pensando que a Perónskaia no le hacía falta bailar. De todos modos, se acercó a ella y la besó. El príncipe Andréi, Pierre y demás bailarines le parecían todos iguales, igual de encantadores.

XII

Al día siguiente, el príncipe Andréi sonrió al despertarse sin saber por qué. Había recordado toda su vida pasada en San Petersburgo en la nueva sociedad. Recordó el baile del día anterior, pero no detuvo mucho tiempo su pensamiento en él: «Sí, ha sido un baile brillantísimo. Todavía puedo encontrar gran satisfacción en estos placeres. Y la señorita Rostova es muy simpática. Hay en ella frescura, algo especial y no característico de San Petersburgo que la distingue de las demás». Eso fue todo lo que pensó del baile. Pero comenzó a recordar episodios muy anteriores; toda su vida en San Petersburgo. Y estos cuatro meses se le presentaron como un mundo completamente nuevo, como si hasta entonces nunca hubiera pensado en ello. Recordó sus gestiones, sus búsquedas, la historia de su proyecto de reforma de los reglamentos militares, que había sido tomado en consideración por el comité y que pretendían silenciar únicamente porque otro trabajo, que no resistiría la crítica, se había elaborado y presentado al zar. Recordó la historia de sus informes sobre la emancipación de los campesinos, cuyo debate constantemente eludía Speranski no porque resultasen poco razonables o innecesarios, sino porque no era el momento de ocupar con ellos la atención del zar. Pasó revista a su actividad legislativa y al ultraje a la libertad que suponía que su trabajo fuera de nuevo devuelto a Rosenkampf, lo que le produjo vergüenza y ganas de reír. Se imaginó vivamente que estaba en Boguchárovo, con sus mujiks, con Dron, el alcalde de la pedanía, y los siervos, y aplicándoles los derechos que había dividido en artículos y párrafos, sintió ganas de reír por haberse dedicado a un trabajo tan inútil.

Ocupado en estos pensamientos le sorprendió la visita de un joven conocido suyo, Bitski, que servía en diferentes comisiones y frecuentaba todos los círculos de San Petersburgo. Bitski era un ferviente admirador de las nuevas ideas de Speranski y un gacetillero consumado de la capital. Una de esas personas que eligen una corriente como si de un traje a la moda se tratase, pero que precisamente por ello se muestran como sus más ardientes partidarios. Con gesto preocupado, sin apenas tiempo de quitarse el sombrero, se acercó al príncipe Andréi, al que consideraba uno de los pilares del partido liberal, y comenzó a hablar. Acababa de enterarse de los detalles de la célebre sesión plenaria del Consejo Estatal inaugurada por el zar, y los relató con entusiasmo. El discurso del zar había sido extraordinario, uno de esos discursos que solamente pronuncian los monarcas constitucionales ingleses. El zar comunicó directamente que el Consejo y el Senado son la esencia de los estamentos del Estado. Dijo que el gobierno del país debe fundamentarse no en la arbitrariedad, sino en principios firmes, que las finanzas debían ser reformadas y que las cuentas habían de hacerse públicas, contaba Bitski, enfatizando sus palabras y abriendo significativamente los ojos.

—Sí, los acontecimientos de hoy suponen el comienzo de una nueva era, la más grande de nuestra historia —concluyó.

El príncipe Andréi escuchó con impaciencia el relato que esperaba sobre la inauguración del Consejo Estatal, atribuyéndole la misma importancia. Pero le asombraba que esos acontecimientos no solamente no le afectaran, sino que le parecieran poco menos que una mezquindad. Atendió a la entusiasta exposición de Bitski con una burla oculta y silenciosa. Le vino a la cabeza un pensamiento simplísimo: «¿Qué nos importa a Bitski y a mí lo que haya dicho el zar en el Consejo?». La conversación de Bitski le empezó a resultar aburrida. Le rogó disculpas y le dijo que debía de realizar algunas visitas. Salieron de la casa juntos. Una vez que el príncipe Andréi se quedó solo, se preguntó adónde tenía que dirigirse. Sí, debía efectuar una visita a los Rostov, pues era lo que exigía la cortesía.

Natasha llevaba puesto un vestido azul distinto al del día anterior, con el que estaba aún más favorecida. Toda la familia, que el príncipe Andréi antes juzgaba severamente, ahora, en su opinión, estaba formada por magníficas personas, sencillas y buenas. La hospitalidad y bondad del viejo conde, especialmente agradable en San Petersburgo, era tal, que el príncipe no pudo rechazar la invitación de quedarse a comer con ellos. Todos ellos eran personas buenas y excelentes, y desde luego no comprendían en absoluto que en Natasha tenían un tesoro. Pero eran buenas personas que componían el mejor fondo para que destacase aquel encanto de muchacha, llena de vida y de especial poesía. El príncipe Andréi sintió en Natasha la presencia de una paz especial, completamente extraña para él, que parecía colmada de ciertas alegrías desconocidas del mundo que ya entonces, en la avenida de Otrádnoe, chocaba con él, irritándole. Esta incertidumbre era la que le tenía más ocupado con la señorita Rostova. Después de comer, interpretó una canción. Primeramente, el príncipe Andréi conversó con la madre de la muchacha, la escuchó y después ambos guardaron silencio. Luego, el príncipe sintió inesperadamente que unas lágrimas le subían por la garganta, cuya posibilidad no contemplaba. Se sentía a un tiempo feliz y triste.

Decididamente no tenía ningún motivo para llorar, pero estaba a punto de hacerlo. ¿Por qué razón? ¿Por su anterior amor? ¿Por la princesita? ¿Por sus desilusiones? Sí y no. Había una terrible contradicción entre algo infinitamente grande e impreciso que habitaba en él, y algo estrecho y corpóreo de lo que él mismo estaba constituido. Eso era lo que le atormentaba y le alegraba durante el canto de Natasha. En cuanto hubo terminado de cantar, se acercó a él y le preguntó si había sido de su agrado. Mirándola, sonrió. Natasha también le correspondió con una sonrisa.

Se marchó de la casa bien entrada la noche y se acostó por la fuerza de la costumbre, pero pronto comprendió que en ese momento no podía dormir. Encendió una vela y se sentó en la cama. Se levantó y volvió a echarse sin que el insomnio le incomodara en absoluto. Así de alegre y renovado estaba su espíritu. Durmió dos horas antes de que amaneciera, pero cuando se despertó, estaba más fresco que nunca. Por la mañana recibió una carta de Marie en la que describía el penoso estado de salud de su padre y en la que involuntariamente expresaba su descontento con la señorita Bourienne. Luego llegó un colaborador suyo del comité y se lamentó del deterioro de su trabajo. El príncipe Andréi se esforzó en tranquilizarle. «¿Cómo pueden no comprender que esto no es nada y que todo va a salir bien?», pensó.

Fue de nuevo a visitar a los Rostov y de nuevo no durmió esa noche. Volvió a visitarles. Fue al tercer día, mientras estaba sentado por la tarde en el salón de los Rostov y contaba riendo y haciendo reír anécdotas sobre la distracción de Pierre, cuando sintió que le miraban seria y obstinadamente. Se volvió. Era la mirada triste de la condesa, severa y también compasiva, con la que unía a los dos, como si con esta mirada les bendijera y temiendo un engaño por su parte lamentara la separación de su hija preferida. La condesa cambió enseguida de expresión y se asombró de no ver desde hacía tiempo a Bezújov, pero el príncipe Andréi entendió esas palabras de otro modo. En su lugar, comprendió que la condesa le estaba recordando la responsabilidad que tendría que asumir con este acercamiento, y con este pensamiento miró de nuevo a Natasha, como preguntándose si valía la pena asumirla. «Lo meditaré en casa», pensó el príncipe Andréi.

Por la noche le resultó imposible dormir y se preguntó qué era lo que iba a hacer. Se afanó por olvidar y arrojar fuera de su mente el recuerdo de su rostro, sus brazos, su modo de andar, el sonido de su voz y sus últimas palabras. Sin este recuerdo resolvería la cuestión de si se casaría o no con ella y cuándo. Comenzó a razonar: «Desventajas: emparentarse con esa familia, seguramente el disgusto de su padre, el abandono de la memoria de su difunta esposa, su juventud, darle una madrastra a Koko… madrastra, madrastra. Sí, pero lo principal es qué hago con mi persona». Ya se la imaginaba como su esposa. «No puede ser de otra forma, no puedo vivir sin ella. Pero no puedo decirle que la amo; ¡es demasiado pronto, no puedo!», se decía a sí mismo.

Pero en el estado de excitación en el que se encontraba, la terrible idea de confundirse, actuar deshonestamente, seducirla y no mantener de algún modo una promesa aún no hecha le asustó tanto, que al cuarto día decidió no verla y esforzarse más en meditar y encontrar una solución por sí mismo. No acudió de visita a casa de los Rostov, pero hablar con la gente y escuchar conversaciones sobre sus vacuas preocupaciones, tener trato con los que desconocían lo que él sabía, era algo insoportable para él.

Esa misma noche, Natasha, ya excitada, ya asustada, permaneció largo rato con los ojos inmóviles en la cama junto a su madre, preguntándole qué significaba aquello y relatando cómo el príncipe la alababa y el modo en que preguntaba adónde y cuando irían al campo.

—Únicamente desconozco qué es lo que ha encontrado en mí. Dices que soy una tonta. Si siempre que estoy cerca de él siento miedo, ¿qué significa eso? ¿Significa que estoy enamorada? ¿No? ¡Mamá, se está durmiendo!

—No, alma mía… También yo tengo miedo —respondió su madre—. Ve a dormir.

—Da igual, no me dormiré. ¡Vaya tontería dormir! Podríamos pensar… —y de nuevo comenzó a decir por décima vez o así que le quería y que él la querría a ella.

—Tuvo que venir a San Petersburgo a propósito y ha venido a visitarnos.

Decía todo esto como el jugador que no puede recobrarse de la primera gran carta que le han dado y a la que decide jugar. En ese momento, le pareció que se había enamorado de él la primera vez que le vio en Otrádnoe. Esa extraña e inesperada felicidad parecía asustarla; el hombre que había escogido (y estaba convencida de ello) también la quería a ella. La dicha extraordinaria por haber sido elegida por él alegraba y adulaba su enorme amor propio, y debido a ese sentimiento, Natasha no sabía si le amaba. Antes estaba más segura de ello, pero ahora no sabría qué responder en el caso de que tuviese el valor de hacerse esa pregunta a sí misma.

—Mamá, ¿y qué pasa con él? ¿Cuándo me hará una proposición de matrimonio? ¿Me la hará?

—Basta, Natasha… Reza a Dios. Los matrimonios se hacen en los cielos.

—Palomita, mamaíta… ¡Cuánto la quiero! —gritó Natasha, abrazando a su madre con lágrimas de alegría.

XIII

Durante cuatro días, el príncipe Andréi no fue a casa de los Rostov de visita ni a ningún otro sitio donde se los pudiera encontrar. Pero al cuarto día no pudo contenerse y engañándose a sí mismo con la vaga esperanza de ver a Natasha, por la tarde se desplazó para ver a los jóvenes Berg, quienes le habían visitado ya dos veces, invitándole a pasar una velada con ellos.

A pesar de que Berg, cada vez que se encontraba en alguna parte con el príncipe Andréi le rogaba con insistencia que le visitara una tarde, cuando le informaron en su pulcra y cuidadísima casa de la calle Vladímir de que Bolkonski había llegado de visita, se inquietó como si de una sorpresa se tratase. Cuando llegó Bolkonski, Berg se hallaba sentado en su nuevo y luminoso despacho. Estaba decorado con tanto esmero con muebles nuevos, pequeños bustos y cuadros, que resultaba complicado habitar en ese espacio; parecía que su fin fuera estar siempre en orden y que el más mínimo uso cotidiano que se hiciera de esa habitación pudiera perturbarlo. Berg lucía un traje desabotonado y estaba inculcando a Vera la idea de que siempre se puede y se debe tener a conocidos de más categoría que la de uno mismo, pues solo así se obtiene placer de las amistades. «Se pueden aprender cosas o pedir alguna gracia. Fíjate cómo vivía yo después de mis primeros ascensos (Berg no contaba su vida por años sino por ascensos). Mis camaradas no son aún nadie y yo, en cambio, ya estoy propuesto para coronel de regimiento; tengo la suerte de ser tu marido (se levantó y besó su mano, enderezando de paso un extremo de la alfombra). ¿Y cómo he logrado esto? Principalmente, escogiendo bien las amistades. Ni que decir tiene que hay que ser virtuoso y cuidadoso…» Berg sonrió con la convicción de saberse superior a su débil esposa y guardó silencio, pensando que de todos modos su encantadora mujer era una persona débil que no puede concebir todo lo que supone la dignidad del hombre; ser hombre. Vera también sonrió con la convicción de ser superior a su buen y virtuoso marido que, como todos los hombres, entendía equivocadamente la vida. En su opinión, él no comprendía que, a pesar de todo, lo fundamental en la vida consistía en el arte de tratar a las personas con fina diplomacia y la obstinación en conseguir los deseos propios. «Si no dominara este arte, ahora sería una solterona en casa de mis arruinados padres y no la esposa de un hombre bueno y honrado que está haciendo una carrera brillante, a cuyos logros futuros yo contribuiré.» Berg pensaba que todas las mujeres eran limitadas y únicamente servían para casarse, como su esposa. Vera, juzgando por su marido y generalizando su opinión como siempre hacen las personas limitadas, pensaba que todos los hombres eran orgullosos y no hacen más que atribuirse la inteligencia, pero al mismo tiempo no comprenden nada. Ambos estaban muy satisfechos con su destino.

Berg se levantó y abrazó a su esposa con cuidado de no arrugar los encajes del chal que tanto le había costado, y la besó en los labios.

—Solo una cosa te pido: que no tengamos hijos demasiado pronto —dijo por una inconsciente asociación de ideas.

—Sí —respondió Vera—, tampoco yo lo deseo. Sin embargo —dijo sonriendo con el mismo cuidado que Berg había apartado los caros encajes (le encantaba ponerse por encima de todo el género masculino encarnado en su marido)—, creo que hoy va a venir alguien a visitarnos —dijo, apartándose de su marido de nuevo por una inconsciente asociación de ideas—. ¿Están encendidas las velas del salón?

—Sí. Igual que este era el de la princesa Yusopova —dijo Berg sonriendo alegremente y señalando el chal de encaje de su mujer.

En ese momento anunciaron la llegada de un invitado de honor al que deseaban recibir desde hacía tiempo: el príncipe Andréi. Ambos cónyuges intercambiaron una sonrisa de satisfacción, atribuyéndose cada uno el honor de aquella visita.

«¡Ahí tienes lo que significa saber hacer buenas amistades!», pensó Berg.

«¡Ahí tienes lo que significa saber comportarse!», pensó Vera.

El príncipe Andréi, al acudir de visita a casa de los Berg, mantuvo su compromiso de no ver durante dos días a Natasha. Confiaba vagamente en verla en casa de su hermana. Le recibieron en el nuevo salón, donde no había un lugar en el que sentarse sin que se rompiese la simetría, la pulcritud y el orden. Por ese motivo, era comprensible y no resultaba extraño que Berg propusiera magnánimamente romper la simetría de un sillón o de un diván en honor de un invitado tan preciado y, por lo visto, hallándose a ese respecto en un doloroso estado de indecisión, dejó la solución de esta cuestión al gusto del invitado. Berg no era en absoluto del agrado del príncipe Andréi, con su torpe egoísmo y necedad. Probablemente, porque Berg representaba el contraste más drástico a su carácter. Sin embargo, Berg era en ese momento el mejor contertulio que podía tener. Escuchó con placer durante largo rato el relato de sus ascensos, sus planes y bajo el sonido de su voz, entregándose con placer todo el tiempo a la ensoñación de sus propios asuntos. Vera, que permanecía sentada, rara vez intercalaba alguna palabra, sin aprobar en su fuero interno a su marido no por hablar todo el rato de sí mismo (según ella, no podía ser de otro modo), sino por hacerlo sin la suficiente despreocupación. Vera también se mostraba agradable con el príncipe por el involuntario nexo existente en su memoria entre Natasha y él. Vera era una de esas personas decentes y poco atrayentes que tanto abundan en el mundo y que uno nunca toma en serio, y para el príncipe Andréi, que la consideraba un ser bueno e insignificante, ahora también era alguien especialmente allegado, debido a su proximidad con Natasha.

Berg rogó disculpas al príncipe por dejarle a solas con Vera (con una mirada, ella le mostró la inconveniencia de ese gesto), y salió del salón para enviar rápidamente al ordenanza a comprar las mismas pastas para el té que había probado en casa de los Potemkin y que según su opinión eran de más categoría que el resto y debían por ello provocar el asombro del príncipe Andréi cuando las viera servidas en la cestita de plata que su padre le había enviado como regalo de boda.

El príncipe Andréi se quedó a solas con Vera, sintiéndose súbitamente incómodo. Vera habló tanto como su marido, pero no se podía evadir uno de su charla, porque, a diferencia de su marido, tenía la costumbre de dirigirse con preguntas a su contertulio a mitad de la conversación, como si estuviera examinándole: «¿Comprende usted?». Por esta razón, el príncipe Andréi debía seguir su conversación, sobre todo cuando comenzó a hablar de Natasha, nada más salir del salón su marido.

Vera, tal y como todos los que habitaban y frecuentaban la casa de los Rostov, advirtió los sentimientos del príncipe hacia Natasha y sobre esa base hizo sus propuestas. No es que estimase imprescindible comunicar al príncipe Andréi sus consideraciones sobre el carácter de Natasha y sus inclinaciones y aficiones pasadas —aunque lo hizo—, pero sentía la necesidad de abordar esa conversación con un invitado tan apreciado y mundano, y poder sacar a relucir su aparente tacto diplomático en el trato, el arte de las insinuaciones y la astucia sin causa ni motivo. Tenía que mostrarse cercana y sagazmente fina, y Natasha era el mejor pretexto para poner en juego todo su arte. Orientando sus preguntas hacia su familia, la última visita del príncipe Andréi y la voz de Natasha, Vera se detuvo en el enjuiciamiento del carácter de su hermana.

—Creo, príncipe, que usted se ha debido asombrar con frecuencia de la inhabitual capacidad de Natasha para cambiar sus afectos. Antes le encantaba la música francesa y ahora no la soporta. Y esto le ocurre continuamente. Es capaz de encariñarse por todo y *también* de olvidarse de ello rápidamente…

—Sí. Pienso que muestra sus sentimientos de una manera *muy intensa* —dijo el príncipe con un tono como si la cuestión de los rasgos del carácter de Natasha no pudiera en absoluto interesarle.

—Sí —respondió Vera con una leve sonrisa—. Pero usted, príncipe, es una persona muy perspicaz y comprende de inmediato el carácter de la gente. ¿Qué piensa de Natalie? ¿Puede ella amar para siempre a una sola persona?

La conversación empezó a desagradar al príncipe.

—No tengo ningún motivo para pensar nada que no sea bueno de su hermana.

—Yo creo que cuando ella ame de verdad… —prosiguió Vera con un aire muy significativo, como dando a entender que ella amaba entonces. (En toda esta conversación Vera pensaba que deseaba el bien de Natasha)—. Pero en nuestros tiempos —continuó, mencionando «nuestros tiempos» como lo hacen las personas de pocas miras, que creen haber descubierto y valorado que las peculiaridades de nuestro tiempo y las características de la gente cambian con los años— una muchacha goza de tanta libertad que el placer de tener admiradores ahoga en ellas ese sentimiento, y Natalie, hay que reconocerlo, es muy sensible a esto.

El príncipe Andréi desconocía qué resultaría de todo aquello, pero escuchando las torpes y desacertadas palabras de Vera sintió un sufrimiento en su interior, semejante al que debe experimentar un músico al escuchar y ver a su lacayo remedando y tocando con gesto expresivo un instrumento que no conoce. Con ese mismo aire de suficiencia tocaba Vera el instrumento de la fina conversación de salón.

—Sí, eso creo —contestó Andréi secamente—. ¿Ha asistido al último concierto de Catalani?

—No, no estuve. Pero volviendo al tema de Natalie, creo que

nunca han cortejado tanto a nadie como a ella, pero hasta ahora no le ha gustado seriamente nadie, incluso nuestro simpático primo Borís, al que tan difícil le resultó rechazarla.

El príncipe Andréi aclaró la voz y frunciendo el ceño, guardó silencio. Estaba experimentando sentimientos hostiles hacia Vera, que no se habría contenido de expresar de no ser ella una mujer. Vera no se percató.

—Así que es amigo de Borís... —dijo Vera.

—Sí, le conozco.

—Seguramente le ha hablado de su amor infantil hacia Natalie. En los últimos tiempos fue muy tierno, estaba muy enamorado. Si hubiera sido rico...

—¿Acaso hizo una proposición de matrimonio? —preguntó el príncipe sin querer.

—Bueno, sabe, fue un amor de infancia, y ya sabe, entre primos esa intimidad lleva a veces al amor. Pero, ya sabe, la edad, las circunstancias...

—¿Fue su hermana la que le rechazó o fue él? —preguntó el príncipe.

—Sí, ya sabe, fue una relación íntima infantil, que era adorable cuando eran niños. Pero ser primos es una vecindad peligrosa y mi madre lo arregló todo. Tanto mejor para Natasha, ¿no es así?

El príncipe Andréi no contestó nada y calló descortésmente. En su interior algo se había hecho jirones. Lo que había no solo de natural, sino de imprescindible en el carácter de Natasha, el hecho de que ella hubiera amado a alguien, que se hubiera besado con su primo (como se abrazara el príncipe Andréi con la suya en la adolescencia), nunca se le había ocurrido; pero siempre que pensaba en Natasha, a ese pensamiento se le unía el de la pureza y virginidad de las primeras nieves. «Vaya una sandez que me haya enamorado alguna vez de esa niña», fue lo primero que pensó el príncipe Andréi. Y como un viajero que tras perderse en la noche examina con asombro al amanecer el lugar al que ha llegado, el príncipe no pudo entender de inmediato qué destino le había conducido a sentarse a la mesa del té de unos tales Berg, jóvenes e ingenuos. ¿Qué tenía que ver él con Natasha y con su hermana, y con ese ingenuo alemán que contaba lo bien que fabrican en Finlandia las cestitas de plata para el pan y los bizcochos? Pero como el viajero que llega a un lugar desconocido y que durante largo tiempo no se decide a volver al no saber dónde se halla su camino anterior, el príncipe Andréi, sin escuchar ni responder, permaneció largo rato en casa de los Berg, asombrándoles, e incluso hacia el final agobiándoles, con su presencia.

Tras abandonar la casa de los Berg y en cuanto se quedó a solas consigo mismo, el príncipe Andréi sintió que ya no podía volver a su antiguo camino y que tenía celos y temía perderla; a pesar de todo, la amaba aún más que antes. Todavía no era tarde y se permitió ir a casa de Pierre, al que asombrosamente no había visto en todos esos días. Unas carrozas se hallaban paradas junto al portal iluminado de la casa de los Bezújov; la condesa había organizado una recepción para el embajador de Francia, pero Pierre estaba solo en la planta de arriba, en su mitad de la casa.

Vestido con una camisa suelta, Pierre estaba sentado en su habitación de techo bajo y anegada de humo. Estaba pasando a limpio unas actas escocesas auténticas, cuando el príncipe Andréi entró en los aposentos.

Desde el día del baile, Pierre notaba la llegada de sus accesos de hipocondría y trataba desesperadamente de luchar contra ellos. De nuevo todo le parecía mezquino en comparación con la eternidad, de nuevo se hacía la misma pregunta: «¿Para qué?». Y se *obligaba a trabajar* día y noche, confiando así en alejar la llegada de un malestar anímico.

—¡Ah!, es usted —dijo con aspecto malhumorado y distraído—. Ya ve, estoy trabajando —dijo, señalando la libreta con el aire de la salvación de los infortunios de la vida con el que se entregan los desventurados a su trabajo.

—Hace tiempo que no te veía, querido amigo —dijo Andréi—. Los Rostov preguntan por ti.

—¡Ah!, los Rostov. —Pierre se sonrojó—. ¿Ha estado de visita en su casa?

—Sí.

—Nunca tengo tiempo, ya sabe… y me voy en cuanto acabe el trabajo.

—¿Adónde? —preguntó el príncipe Andréi.

—A Moscú. —Pierre súbitamente resolló con dificultad y dejó caer su pesado cuerpo en el diván junto a Andréi—. A decir verdad, la condesa y yo no congeniamos. Hemos hecho la prueba y… Sí, sí, me casé muy pronto. Pero usted… ya es hora.

—¿Tú crees? —dijo el príncipe.

—Sí, y te diré con quién —dijo Pierre, enrojeciendo otra vez.

—Con la pequeña de las Rostova —dijo Andréi sonriendo—. Sí, te digo que podría enamorarme de ella.

—Pues enamórese, cásese y sean felices —dijo Pierre con especial fervor, levantándose de un salto y comenzando a andar por la habitación—. Siempre lo pensé. Esa muchacha es un tesoro tal, un tesoro tal… No abundan chicas como ella. Querido amigo, se lo ruego: No le dé más vueltas ni dude. Cásese, cásese y cásese.

—¡Es muy fácil decirlo! En primer lugar, soy viejo —dijo el príncipe Andréi, mirando a los ojos de Pierre y esperando su respuesta.

—¡Eso es absurdo! —gritó enojado Pierre.

—Bueno, si pensase, aunque estoy a más de cien millas de la boda, tengo un padre… que me dice que mi nuevo matrimonio sería lo único que podría abatirle de dolor.

—¡Absurdo! —gritó Pierre—. También él la querrá. Es una buena muchacha. Cásese, cásese. No hablemos más de ello.

Y, efectivamente, Pierre se arrimó sus libretas y comenzó a explicar al príncipe el sentido de esas actas escocesas auténticas, pero Andréi no comprendía sus explicaciones; ni siquiera entendía el sufrimiento envidioso que se ocultaba en Pierre. De nuevo sacó como tema de conversación a los Rostov y la boda. ¿Dónde estaba su melancolía, su desprecio a la vida y su desencanto? Soñaba y hacía planes como un niño, viviendo totalmente para el futuro. Pierre era la única persona ante la que había decidido sincerarse y ya le había contado todo lo que albergaba su alma. Como un muchacho, bien ingenuamente, bien riéndose de sí mismo, le relató sus planes.

—Sí, si me casase ahora —decía—, me hallaría en las mejores condiciones. Cualquiera de mis ambiciones está enterrada para siempre. En el campo he aprendido a vivir. Llevaría un educador a Nikólushka. Masha, a la que le resulta difícil sobrellevar esa vida, viviría con nosotros. En invierno iría a Moscú. En verdad, tengo diecisiete años.

Continuaron hablando hasta bien entrada la noche, siendo estas las últimas palabras de Pierre: «Cásese, cásese, cásese».

XIV

Al día siguiente de la conversación nocturna con su madre, en la que decidieron que el príncipe Andréi hiciese una proposición de matrimonio, Natasha le esperó con temor. Llegaría ese momento decisivo que la privaría de su mayor dicha: la esperanza de recibir amor de todos los hombres que conocía, y las pruebas a las que gustaba de someterles: amarla. Llegaría el día en que aparecerían otras alegrías: ser una dama, acudir a palacio, etcétera. Pero sería imprescindible rehusar las antiguas y alegres dichas de costumbre. Temía que llegara el príncipe, el hombre que más le gustaba de cuantos conocía, y le propusiera matrimonio. Pero el príncipe no llegó. Al día siguiente, recelando, Natasha le esperó con impaciencia y pasión. Si hubiera sabido comprender sus sentimientos, habría visto que esa impaciencia no derivaba de su amor, sino del miedo a aparecer ridícula y estafada ante los ojos de su madre, de Pierre, de ella misma, y según creía, de todo el mundo que supiera del asunto y lo que esperaba ella de él. Aquel día estaba calmada y avergonzada. Creía que todos estaban al tanto de su desencanto y que se reían de ella, o que la compadecían. Por la tarde se acercó a su madre y comenzó a llorar junto a su cama como un niño que busca su culpa y al no encontrarla, pregunta por qué se le castiga. Después se enfadó y le anunció a su madre que no amaba en absoluto al príncipe Andréi y que nunca lo había amado. Tampoco iría detrás de él y ahora habría de ser él el que rogara su mano. Pero ¿lo haría? Esta cuestión no la abandonó ni por un minuto, adormeciéndose con ese torturador e insoluble dilema.

«Es tan extraño y se parece tan poco al resto… De él puede esperarse todo —pensaba—. De cualquier modo, el asunto está acabado. Ya no voy a pensar más en él. Mañana me pondré el vestido azul del santo de papá, el preferido de Borís, y estaré contenta todo el día.»

Pero a pesar de la firme decisión de olvidar todo y volver a su antigua vida, a pesar del vestido azul de papá, a pesar de sus rayas con lunares en las que frecuentaba la alegría, Natasha no podía volver al curso anterior de su vida. Todos sus admiradores, Borís y otros estuvieron de visita esos días, mirándola a los ojos y admirándola, pero todo era triste, y en su presencia Natasha recordaba aún más vivamente al príncipe Andréi, enrojecía y se irritaba constantemente. Tenía todo el rato la impresión de que todos conocían su situación y la compadecían por ello. La idea del posible casamiento y el tono serio que adoptó su madre hacia todo ello la habían cambiado sin que se diera cuenta. En su interior, Natasha no podía sentirse tan contenta como antaño.

Una tarde en la que la condesa trataba de calmar a Natasha, diciéndole que la ausencia del príncipe Andréi era algo muy natural al tener probablemente que meditar mucho una decisión de tanta importancia y recibir el imprescindible consentimiento de su padre, Natasha, que al principio había prestado atención a las palabras de su madre, súbitamente la interrumpió.

—¡Pare, mamá! No pienso y no quiero pensar nada. Venía y ha dejado de venir, eso es todo —su voz era temblorosa y le faltó poco para llorar, pero se repuso y continuó alegremente—. Y no deseo en absoluto casarme. Me da miedo. Ahora estoy totalmente tranquila…

Al día siguiente de esta conversación, Natasha, luciendo el mismo vestido azul que apreciaba especialmente por haberle proporcionado muchas mañanas alegres, caminaba por el diáfano salón, que le agradaba particularmente por su fuerte sonoridad. Al pasar junto a los espejos, se miraba en ellos y deteniéndose en el centro de la sala, repetía una estrofa musical del final del coro de Cherubini —que le encantaba—, y escuchaba alegremente (como si le sorprendieran) el encanto con el que los sonidos modulados de su voz llenaban el vacío de la habitación y lentamente se apagaban. Se detuvo, sonrió triunfalmente y continuó sus pasos por el sonoro parquet, pisando con el tacón y la puntera de sus zapatos nuevos que tanto le agradaban y con la misma alegría con la que escuchaba. Escuchaba gozosa el sonido de su voz, escuchaba el pataleo rítmico de sus tacones con el crujido de la puntera: toc-tip, toc-tip. Y de nuevo, al pasar junto al espejo, se miró en él. «¡Esta soy yo!», parecía decir la expresión de su rostro ante la visión de sí misma. «Pues está bien.» Un lacayo quiso entrar en el salón para retirar alguna cosa, pero Natasha no le permitió la entrada. Después de cerrar la puerta, continuó de nuevo sus pasos.

Se encontraba aquella mañana en ese acostumbrado estado de amor y admiración por sí misma que tanto le agradaba. «¡Qué encanto de chica es esta Natasha! —se decía otra vez con las palabras de una imaginaria tercera persona—. Es hermosa, tiene buena voz, es joven y no molesta a nadie. Únicamente hay que dejarla tranquila. Ta-ta-ta…», decía canturreando y pisando otra vez con los tacones y haciendo crujir el parquet con las punteras. Apenas pudo contenerse y rompió a reír de alegría.

En ese momento se abrió la puerta del vestíbulo y, oyéndose unos pasos, alguien preguntó si los señores estaban en casa.

Natasha se volvió al espejo, pero no se vio reflejada. Escuchó unos ruidos provenientes del vestíbulo. Cuando se contempló, su rostro estaba pálido y había enrojecido de súbito. Era *él*, el auténtico. Estaba segura de ello, aunque su voz no le llegara apenas a través de las puertas cerradas. Entró en el salón.

—¡Mamá, ha venido Bolkonski! —dijo—. ¡Esto es terrible, insoportable! Me voy a morir —habló con voz debilitada—. No quiero sufrir.

—Venga, hazle pasar —ordenó suspirando la condesa al lacayo que entrando, confirmaba la noticia de Natasha.

El príncipe Andréi entró y con expresión relajada besó la mano de las damas y comenzó a hablar de mademoiselle Georges más sosegadamente de lo que lo había hecho nunca en otros salones. La mirada que tendió a Natasha era tan fría y sosegada como cuando miraba a Anna Pávlovna. El príncipe, en su experiencia vital, había aprendido el necesario arte de hablar solo con la boca y de contemplar sin ver, ese arte que todos nosotros aplicamos inconscientemente, como cuando nuestros ojos se detienen obstinadamente en un objeto que no vemos, o cuando pronunciamos las palabras que hemos aprendido sin pensar en ellas y que aplicamos conscientemente cuando deseamos mirar a algo horrible sin asustarnos o pronunciar palabras conmovedoras sin que nos tiemble la voz. Un arte que consiste en accionar dos mecanismos; el de los fenómenos exteriores y el de la vida interior del espíritu, para que ese eje, engranaje y correas, ese dispositivo de transmisión que en condiciones normales existe entre esos dos mecanismos, deje de existir. En el príncipe Andréi, estos dos mecanismos se accionaban deliberadamente cuando hablaba y miraba. Sentía que si se restableciera la comunicación, no podría mirar y hablar de esa manera. Solo Dios sabría qué resultaría. Por ello trataba de impedir que los fenómenos exteriores se aferraran a la vida espiritual, y por este motivo se mostraba tan desagradablemente directo y sereno. En ese momento, Natasha comprendió que había algo artificial e incomprensible y, sin bajar ni un segundo los ojos, miró preocupada con obstinada y descortés curiosidad a la cara del príncipe Andréi. La condesa no estaba atendiendo al príncipe; no comprendía lo que le decía (ni siquiera escuchó lo que contó sobre su marcha). Miraba a su hija como una niña, enrojeciendo y sonrojándose continuamente. Durante esa semana, la condesa había sufrido y cambiado de opinión ante esa inminente explicación tantas veces, que ahora solo pensaba si ciertamente ya había llegado ese instante terrible y si era necesario o no levantarse y marcharse bajo cualquier pretexto, dejándoles a solas para que se aclarasen. Tras hablar de teatro, la condesa se levantó.

—Voy a avisar a mi marido —dijo—. Aunque está ocupado, lamentaría mucho no poder verle.

Cuando la condesa se levantó y salió, Natasha la miró con ojos asustados y suplicantes. El príncipe Andréi sintió que contra su voluntad, el mecanismo se había atascado y que no estaba en condiciones de pronunciar siquiera una palabra con tranquilidad y que sus ojos expresaban toda la fuerza de la influencia que esa muchacha ejercía sobre él. Sonrió y comenzó a hablar tranquila y llanamente.

—¿Sabe para qué he venido?

—Sí… No… —se apresuró a decir ella.

—He venido a conocer mi destino, que depende de usted.

El rostro de Natasha resplandeció, pero no dijo nada.

—He venido para decirle que la amo y que mi felicidad depende de usted. ¿Desea unir su destino con el mío?

—Sí —dijo Natasha en tono muy bajo.

—Pero ¿sabe usted que soy viudo, que tengo un hijo y un padre del que desearía obtener el consentimiento?

—Sí —respondió igualmente Natasha.

La miró, y la seria pasión de su expresión le asustó, como algo inesperado. Deseaba seguir mirándola, mas no pudo, al apoderarse de él una dicha amorosa nueva. Sonrió y besó su mano.

—Sin embargo, hace falta tiempo. Deme un año… —dijo.

—No sé nada, no comprendo… Yo solo… Soy muy feliz. Yo…

—¿Me concederá un año? ¿No se desenamorará de mí?

Natasha no podía responder. Su actividad interior la atormentaba. Resolló con fuerza dos veces y comenzó a sollozar. No podía articular palabra.

«Bueno y qué», parecían decir sus ojos, que miraban con ternura al príncipe Andréi. Tomó asiento. El príncipe Andréi tomó su fina y delgada mano y la estrechó contra sus labios.

—¿Sí? —dijo él, sonriendo. Entre lágrimas, ella sonrió también y ladeando pensativamente la cabeza un segundo, como preguntándose si podía o no, le besó.

—No, dígame…

El príncipe Andréi rogó ver a la condesa y transmitiéndole lo anteriormente hablado, le pidió la mano de su hija. Pero el príncipe pidió un año más de tiempo, ya que debía obtener el consentimiento de su padre (que, naturalmente, consideraría un honor emparentarse con los Rostov, decía el príncipe), Natasha era aún joven y sentía apego por su primo y él necesitaba ir a curarse al extranjero. Durante ese tiempo, el príncipe se comprometía, pero no así Natalie. Si al cabo de un año continuaba vivo, con o sin el consentimiento de su padre, pediría que se materializara su felicidad, entregándosele a Natalie. Pero si durante ese tiempo, Natalie se enamorase de otro, tan solo le pediría escribir una palabra. Natasha, escuchándole, sonreía. De todo lo que hablaba, únicamente comprendía que era una niña a la que hacía unos pocos días la institutriz María Emílevna había ofendido, de la que Nikolai se reía cuando trataba de razonar, y a ella, a esa niña, la trataban seriamente como a una igual, como a un superior o una favorita. El príncipe Andréi era un caballero tan inteligente, tan grande y tan simpático… Todo resultaba halagüeño y dichoso, pero al mismo tiempo terrible, porque Natasha sentía que ya no se trataba de una broma y que ya no se podía jugar más con la vida. Por primera vez sentía que ya era mayor y que sobre ella también recaía la responsabilidad en cada palabra que ahora dijese.

—De la condesa depende decidir si se anuncia el compromiso o si se mantiene en secreto.

El príncipe Andréi, pensando en su padre, prefería no divulgarlo. La condesa estuvo de acuerdo en mantener el secreto. Pero ese mismo día, misteriosamente, la noticia se comunicó a todos los habitantes de la casa.

El príncipe Andréi estaba contento, aunque menos de lo que esperaba. Se acercó junto con Natasha hasta la ventana.

—Sabe que le amo desde aquella vez que estuvo en nuestra casa en Otrádnoe —dijo ella.

El anciano conde hacía como si no supiera nada, pero se mostraba especialmente cariñoso y alegre con el príncipe Andréi. Los Rostov ya debían marcharse al campo, pero permanecieron un poco más de tiempo por el príncipe y Natasha. Bolkonski les visitaba a diario. Como uno más de la casa, con el traje desabrochado, se sentaba junto a la mesita de ajedrez, dibujaba en los álbumes, jugaba a la pelota con Petia y animaba el círculo familiar con su dicha sencilla y bondadosa. Al principio se percibía cierta torpeza en la familia en su trato con él; le consideraban muy letrado y les parecía una persona venida de otro mundo. Pero luego se acostumbraron a él y, sin apuros, entablaban conversaciones en su presencia de asuntos domésticos y de nimiedades en las que, como todos, también tomaba parte. Al principio les parecía orgulloso y por alguna razón, muy letrado, pero pronto se convencieron de que podía hablar de todo. Sabía hablar de economía con el conde y de trapos con la condesa y Natasha. Le hablaban con confianza de Nikolai, de su decisión de apenas pedirles dinero y de sus pérdidas.

—Ha sido muy afortunado de perder todo de una sola vez —dijo el príncipe Andréi—. Es el mejor método para un joven, a mí también me ocurrió. —Y empezó a contar cómo en los primeros tiempos de su servicio militar en San Petersburgo le ganaron en el juego y las ganas que le entraron de pegarse un tiro. Natasha le miraba.

—¡Es increíble, lo sabe todo! —decía Natasha—. Conoce a todos y sabe de todo; lo ha probado todo, incluso lo desagradable.

—¿Por qué dice eso? —preguntó el príncipe Andréi.

—No lo sé, pero así es.

—Bueno, entonces no lo contaré.

—No, me encanta.

A veces, los Rostov se asombraban entre ellos y también en presencia del príncipe de todo lo que ocurría y de lo evidentes que eran los presagios. Todo les había parecido augurios: la llegada del príncipe Andréi a Otrádnoe, su llegada a San Petersburgo, la afinidad entre Natasha y Andréi —que ya percibió la niñera en la primera visita del príncipe—, el roce en 1805 entre Andréi y Nikolai, y que todo se resolviera el día de Adriano y Natalia, o de Andréi y Natasha, como decían ellos.

Sin embargo, en la casa reinaban esa poética melancolía y silencio que siempre acompañan a los novios. Con frecuencia, sentados uno junto al otro, guardaban silencio. A veces se levantaban y salían, pero de todos modos continuaban callados, lo que les agobiaba. El viejo conde abrazaba y besaba al príncipe Andréi, pidiéndole consejo con motivo de la educación de Petia o del servicio de Nikolai. La vieja condesa dando suspiros, les miraba. Sonia miraba alegremente unas veces a Andréi y otras a Natasha. Esta se mostraba feliz e inquieta. Cuanto más contenta estaba, más le faltaba alguna cosa. Si el príncipe hablaba —contaba las cosas muy bien—, le escuchaba con orgullo. Cuando hablaba ella, notaba con temor y alegría que la escudriñaba con atención. Y ella se preguntaba con perplejidad: «¿Qué es lo que busca en mí? ¿Qué es lo que consigue mirándome así?». A veces entraba en un estado de ánimo desmesuradamente alegre, y entonces le gustaba sobre todo escuchar y ver cómo el príncipe se reía, cosa que hacía rara vez. Pero siempre que reía, se entregaba totalmente a su risa, sintiéndose ella después más cerca de él.

La víspera de su partida, el príncipe Andréi se llevó consigo a Pierre. Pierre parecía turbado y desconcertado. Se quedó conversando con la madre mientras Natasha y Sonia se sentaban en la mesita de ajedrez, invitando a acercarse al príncipe Andréi.

—¿Así que conoce a Bezújov desde hace tiempo? —preguntó—. ¿Le estima?

—Sí, es un buen hombre. Tremendamente divertido.

Y como siempre que hablaba de Pierre, comenzó a contar anécdotas sobre su distracción, que incluso a veces inventaba.

—¿Sabe? Se lo he contado todo —dijo el príncipe Andréi—. Le conozco desde la infancia; tiene un corazón de oro. Natalie —cambió de súbito, poniéndose serio—, solo le ruego una cosa. Debo marchar. Dios sabe qué puede pasar. Usted puede dejar de am… Bien, ya sé que no debo hablar de esto. Pero le pido una cosa; si algo le sucede en mi ausencia…

—¿Qué va a suceder?

—Si ocurre alguna desgracia —continuó el príncipe Andréi—, se lo ruego, Natalie. Pase lo que pase, acuda solo a Pierre en busca de consejo y ayuda.

A finales de febrero los Rostov partieron, y al poco, tras recibir su pasaporte, marchó el príncipe Andréi al extranjero, efectuando una visita de solo cuatro días a Lysye Gory, adonde en esas fechas habían regresado el viejo príncipe y su hija, tras haber pasado el invierno en Moscú.

XV

El invierno de 1809, como los diez anteriores, el príncipe Nikolai Andréevich Bolkonski y su hija lo pasaron en Moscú. Al anciano se le permitió la salida hacia las capitales y quiso aprovechar su estancia en ella, pero no aguantó vivir en Moscú más de tres meses, por lo que regresaron a Lysye Gory para la cuaresma. La salud y el carácter del príncipe se deterioraron bastante aquel año, después de la partida de su hijo para el extranjero. Se volvió aún más irritable que antes y sus continuos arrebatos de genio los descargaba principalmente contra la princesa María. Parecía buscar afanosamente sus puntos más débiles para mortificarla con la mayor crueldad posible. La princesa María tenía dos pasiones que constituían sus dos alegrías; su sobrino Nikólushka y la religión, siendo ambos los temas preferidos del príncipe para sus ataques y sus burlas. Se hablara de lo que se hablase, él conducía la conversación hacia el tema de la superstición de las viejas solteronas y de los mimos excesivos hacia el niño. «Quieres hacer de él una solterona como tú, pero es inútil; el príncipe Andréi necesita un hijo», decía. O bien, dirigiéndose a mademoiselle Bourienne, le preguntaba en presencia de la princesa María qué pensaba de los popes y los iconos, bromeando sobre ello.

Hería continuamente a la princesa María, pero su hija no tenía que hacer el menor esfuerzo para perdonarle. ¿Acaso podía parecerle culpable un anciano enfermo y débil? ¿Podía su padre ser injusto, amándola como ella sabía? ¿Y en qué consiste la justicia? La princesa jamás pensaba en esa soberbia palabra: justicia. Todas las complicadas leyes y razonamientos humanos se concentraban para ella en una sola, simple y clara; en la ley del amor y la abnegación, promulgada por Aquel, que siendo Dios, sufrió por amor a la humanidad. ¿Qué le importaba a ella la justicia o injusticia de otras personas? Ella debía sufrir y amar, y eso es lo que hacía.

En los albores de la primavera, el príncipe Andréi estuvo en Lysye Gory. Había obtenido un permiso por vacaciones y marchó al extranjero para que su herida sin restañar sanase y a buscar un educador para su hijo, uno de esos preceptores filósofos, amigos virtuosos de los que entonces se llevaban para educar a los hijos de los ricos. El príncipe Andréi estaba feliz y se mostraba dulce y tierno como hacía tiempo no le había visto la princesa María. Presentía que algo le había sucedido, pero él no le comentó nada de su amor.

Antes de partir, conversó largo rato con su padre, percatándose la princesa María de que ambos habían quedado descontentos.

El viejo príncipe envejeció bastante tras la noticia de la muerte de su hijo, la vuelta de este, el fallecimiento de su nuera, y en particular, por las desgracias que la milicia causara en su finca. En 1808 marchó a Moscú, pero regresó al poco tiempo. Su abatimiento moral se manifestó especialmente tras la marcha de su hijo, sobre todo cuando, al irritarse, mostraba una extraña y repentina pasión por la señorita Bourienne (la princesa María no daba crédito a lo que veía) mitigándose únicamente su genio por raros minutos de sosiego. Solo la señorita Bourienne podía hablar y reírse sin causarle molestia, solo ella podía leer para él en voz alta para que quedara satisfecho, y constantemente le servía como ejemplo a imitar por su hija. La princesa María era culpable de no ser tan jovial, de no poseer un color de cara tan saludable, de no ser tan sagaz como la señorita Bourienne. Gran parte de la conversación de sobremesa con Mijaíl Ivánovich discurría sobre la educación, y tenía como fin demostrar a la princesa María que con sus mimos estaba echando a perder a su sobrino, y que las mujeres no son capaces de nada sino de parir niños, y que en Roma, si fuesen unas solteronas, probablemente las habrían arrojado por la roca de Tarpeya. Con la señorita Bourienne hablaba de que la religión era una ocupación para personas ociosas y que sus compatriotas en el año 1792 solo hicieron una cosa inteligente: Eliminar a Dios. Había semanas en las que no dirigía palabras de afecto a su hija y se afanaba por encontrar sus puntos débiles donde poder pincharla. A veces (esto pasaba preferentemente antes del desayuno, el momento en el que estaba de peor humor), entraba en la habitación del niño y apartando a un lado a la niñera y a la nodriza, encontraba que todo estaba sistemáticamente mal y que eso podía deteriorar la educación del niño, desparramaba y rompía los juguetes, regañaba, e incluso a veces, empujaba a la princesa María, para luego salir apresuradamente.

A mitad del invierno, el príncipe se encerró en su habitación sin motivo alguno sin ver a nadie que no fuera la señorita Bourienne y sin dejar pasar a su hija. Mademoiselle Bourienne estaba muy animada y alegre, y en la casa se hacían los preparativos para una partida. La princesa no estaba al tanto; había estado sin dormir dos noches, atormentándose, y finalmente se decidió a ir a hablar con su padre. Escogiendo imprudentemente un momento antes de la comida, fue a la habitación de su padre, exigiéndole una cita para explicarse. Bajo la influencia de un sentimiento de indignación por la inmerecida posición que ocupaba en la casa, esta vez superó su habitual temor. Este pensamiento la inquietaba tanto, que se permitía sospechar que mademoiselle Bourienne había predispuesto deliberadamente a su padre en contra suya. Pero quedó enteramente como culpable al escoger mal el momento para recibir explicaciones. Si hubiera preguntado a mademoiselle Bourienne, le habría explicado a qué horas se podía o no se podía hablar con el príncipe. Pero con su falta de tacto, entró en el despacho a grandes zancadas y con unas manchas rojas que asomaban en su rostro. Temiendo que si vacilaba le faltaría el valor, fue directamente al grano.

—Padre —dijo—, he venido a decirle que si he hecho algo mal, dígame qué es. Castígueme, pero no me atormente así. ¿Qué he hecho?

El príncipe estaba en uno de sus peores momentos. Tumbado sobre el diván, atendía a la lectura. Refunfuñando, la miró en silencio unos cuantos segundos, y riéndose de un modo poco natural, dijo:

—¿Qué es lo que quieres? ¿Qué quieres? Vaya una vida, ¡ni un minuto de tranquilidad!

—Padre…

—¿Qué quieres? No necesito nada. Tengo a la señorita Bourienne, lee bien. Y Tijón es un buen ayudante de cámara. ¿Qué más puedo desear? Bueno, siga —dijo volviéndose a mademoiselle Bourienne y recostándose de nuevo.

La princesa María rompió a llorar y salió corriendo del despacho. Ya en su cuarto, fue presa de un ataque de nervios.

La tarde de ese mismo día, el príncipe la mandó llamar y la recibió en el umbral de la puerta. Enseguida la abrazó, nada más entrar por la puerta —evidentemente, la estaba esperando—. Le hizo leer en voz alta y sin cesar de andar a su alrededor, le tocaba el cabello. Esa tarde no llamó a mademoiselle Bourienne y durante largo rato no se desprendió de la compañía de la princesa María. En cuanto ella manifestaba el deseo de salir del despacho, él proponía una lectura nueva y comenzaba de nuevo a caminar por la habitación. La princesa sabía que su padre deseaba hablar de las explicaciones que no le había dado esa mañana, pero el viejo príncipe no sabía como empezar. El que su padre se hallara ahora en una situación de culpabilidad, a ella le apuraba y dolía de una manera indescriptible, mas no podía ayudarle porque no se atrevía a ello. Finalmente, se levantó por tercera vez para salir. El rostro de su padre estaba reblandecido y radiante, con una mirada y una sonrisa infantilmente apocadas sobre sus mejillas llenas de arrugas… La miró directamente a los ojos. Con un movimiento rápido la cogió del brazo y a pesar de sus esfuerzos por librarse de él, la besó. Nunca antes había hecho algo semejante. Cerrando sus dos palmas, la volvió a besar, y con la misma sonrisa apocada miró a los ojos de su hija. De repente, frunció el ceño, le dio la vuelta sobre sus hombros y la empujó hacia la puerta.

—¡Anda, márchate! —dijo. En el momento de darle la vuelta, se sintió tan débil que comenzó a tambalearse, y la voz con la que había dicho «¡Anda, márchate!», queriendo parecer terrible, era en realidad débil y decrépita.

¡Cómo podía no perdonársele todo después de esto!

Pero ese minuto de enternecimiento del viejo príncipe se desvaneció, y al día siguiente la vida discurrió como siempre y como antaño; comenzó de nuevo a manifestarse el habitual sentimiento de odio sereno del anciano hacia su hija, que a cada minuto se expresaba en ofensas como proferidas en contra de su voluntad.

Desde ese momento, un pensamiento nuevo empezó a rondar por la cabeza de la princesa María. Era un pensamiento que constituía el sentido de su vida, tan sombrío y preciado como el del roble del príncipe Andréi. Se trataba de la idea del monacato, y no tanto del monacato como de la peregrinación. Unos tres años atrás, la princesa María había tomado por hábito viajar dos veces al año al monasterio de Serdob para ayunar y conversar con el padre Akinfi, el abad, y confesarse ante él. Solo a él, al padre Akinfi, le confió este secreto. Al principio, le disuadió de la idea, pero después la bendijo. «Abandonar la familia, los parientes, la patria, su posición, toda preocupación por los bienes materiales para no apegarse a nada, ir vestida con harapos de cáñamo, errar por una propiedad ajena de lugar en lugar sin causar mal alguno a la gente y rezar por ellos. Y también rezar por los que les amparan y por los que los persiguen. No hay una verdad y ni una vida más elevadas que estas —pensaba la princesa María—. ¿Qué puede haber mejor que esta vida? ¿Qué puede haber más puro, sublime y dichoso?»

Con frecuencia, al escuchar los relatos de las peregrinas, se excitaba al oír su habla sencilla y mecánica, estando preparada para dejarlo todo al instante y salir corriendo de la casa (ya disponía incluso del traje). Pero después, tras ver a su padre y al pequeño Koko, maldecía su debilidad, lloraba pausadamente y sentía que era una pecadora, amándoles más que a Dios. La princesa, horrorizada, descubrió en su alma algo, en su opinión, todavía peor: el pavor a su padre, el odio a Bourienne, el pesar por la imposibilidad de unir su destino a una persona tan sencilla, honorable y simpática como le parecía que era Rostov. Y luego, una y otra vez volvía a su ensoñación preferida de verse junto con Pelaguéiushka, vestida con ásperos harapos, caminando con un palo y un morral por un camino polvoriento, dirigiendo su peregrinación sin alegría, sin pasiones humanas, sin anhelos, de santo en santo, y al fin y al cabo, allá donde no haya penas, ni suspiros de dicha suprema y felicidad eterna.

«No, ya lo he meditado y lo cumpliré con toda seguridad», pensaba la princesa María, sentada junto al escritorio y royendo la pluma con la que escribía en 1809 a su amiga Julie su habitual y acostumbrada carta de los jueves.

«Las desdichas parecen ser nuestro común atributo, mi querida y tierna amiga, por las que, aparentemente, siento mayor aprecio cuanto más desgraciadas son —escribía la princesa—. La pérdida que le ha causado la guerra después de sufrir dos desgracias es tan terrible que no la puedo explicar sino como una especial gracia de Dios, porque la ama, para ponerla a usted y a su excelente madre a prueba (la carta de la princesa María expresaba su pésame con motivo de la muerte del tercero de sus hermanos por fiebres, cuando ya habían matado a sus otros dos hermanos en Turquía, uno en la campaña de 1805 y otro en 1807. De esta manera, de los cuatro hijos de Nastásia Dmítrievna solo ella quedaba ahora con vida). ¡Ah, querida amiga! La religión y únicamente la religión puede, no digo ya consolarnos, sino librarnos de la desesperación. Solo la religión puede explicarnos que, sin su amparo, el hombre no puede comprender por qué seres buenos y nobles que saben hallar la alegría de vivir, y que no solamente no hacen daño alguno a nadie, sino que son imprescindibles para la dicha de los demás, son llamados por Dios, mientras que entre los vivos quedan personas malvadas, inútiles, nocivas, que son una carga para sí mismos y los demás. La primera muerte que vi y que jamás olvidaré, fue la de mi querida cuñada, que tanta impresión me produjo. Del mismo modo que usted pregunta al destino por qué tenía que morir su excelente hermano, así me pregunté yo por qué tenía que desaparecer Liza, ese ángel que no solo no hizo mal alguno a nadie, sino que nunca tuvo en el alma más que buenos pensamientos. ¿Y qué, querida amiga? Ya han pasado cinco años desde entonces, y con mi insignificante inteligencia comienzo ahora a comprender con claridad por qué tenía que morir, y de qué modo su muerte no era más que la expresión de la infinita bondad del Creador, cuyos actos, para nosotros incomprensibles en su mayoría, son solamente una manifestación de su infinito amor hacia sus criaturas. Quizá, pienso con frecuencia, ella era demasiado angelical y cándida como para poder soportar sus obligaciones como madre. Como joven esposa era impecable, y puede que no lo hubiera sido como madre. Ahora, no solo nos ha dejado, en particular al príncipe Andréi, el lamento y el recuerdo más puros, sino que probablemente ocupará un lugar que yo no oso esperar para mí.

»Pero, sin hablar más de ella, esta muerte terrible y prematura, a pesar de toda su tristeza, ha tenido la más saludable influencia para Andréi, para mi padre y para mí. Entonces, en el momento de la pérdida, estos pensamientos no podían venir a mí; horrorizada, los habría alejado, pero ahora los veo claros e indiscutibles. Le escribo todo esto, querida amiga, solo para convencerla de una verdad evangélica de la que he hecho una norma de vida: ni un solo cabello caerá de nuestra cabeza sin Su voluntad. Y Su voluntad se guía únicamente por su infinito amor hacia nosotros. Por eso, todo lo que nos acontezca será por nuestro bien. Usted nos pregunta si iremos pronto a Moscú. A pesar de todo el deseo que tengo de verla, no creo que sea así, ni lo deseo. Se sorprenderá de que el motivo de ello sea Bonaparte; he aquí la explicación. La salud de mi padre se deteriora notoriamente y se manifiesta en una especial irritabilidad nerviosa. Con esta irritabilidad, como sabe, arremete preferentemente contra los asuntos políticos. No puede soportar la idea de que Bonaparte se trate de igual a igual con todos los soberanos europeos, especialmente con el nuestro, el nieto de Catalina la Grande.

»Ya sabe que me muestro completamente indiferente ante los asuntos políticos, pero según lo que dice mi padre en sus conversaciones con Mijaíl Ivánovich, conozco todo lo que ocurre en el mundo, en especial todos los honores rendidos a Bonaparte, al que según parece, de todo el mundo solo es en Lysye Gory donde no se le reconoce como un gran hombre y menos aún como emperador de los franceses. Mi padre no puede soportarlo. Creo que mi padre, principalmente como consecuencia de su enfoque de los asuntos políticos y en previsión de los choques que su manera de expresar sus opiniones sin cohibirse en modo alguno pueda producir, no habla con gusto de un viaje a Moscú. Todo lo que ganaría con un tratamiento médico, lo perdería como consecuencia de sus discusiones sobre Bonaparte, que son inevitables. Un ejemplo de esto lo tuvimos el año pasado. De cualquier modo, la cosa se decidirá muy pronto. La vida familiar discurre como siempre, con la excepción de la presencia de Andréi. Como ya le decía, ha cambiado mucho últimamente. Después de su desgracia, solo ahora, en este año, ha renacido moralmente. Ya es el que conocí de pequeña; dulce, bondadoso y tierno. Ha comprendido, según creo, que la vida no se ha acabado para él. Pero junto con este cambio de espíritu, se ha debilitado mucho físicamente; está más delgado y nervioso que antes. Temo mucho por él, pero me alegra que haya emprendido este viaje a San Petersburgo. Espero que eso le restablezca. Ha marchado allá porque necesita terminar un asunto con su suegro y porque prometió a los Rostov asistir a la boda de su hija mayor. Se casa con un tal Berg. Pero confío en que este viaje le anime de algún modo. Sé que el príncipe Razumovski escribió a Andréi invitándole a ocupar un puesto importante en el servicio civil, Andréi se ha negado, pero espero que cambie de opinión. Necesita hacer algo. Mi padre aprobó fervientemente el viaje y desea que Andréi trabaje en el servicio civil. Por mucho que injurie y desprecie al actual gobierno, es la inactividad de Andréi en estos cinco últimos años y el hecho de que muchos de sus camaradas le hayan sobrepasado en el servicio civil, lo que realmente martiriza a mi padre, aunque no lo manifieste.

Pese a su desprecio por el gobierno, desea que Andréi ocupe un puesto importante y que esté a la vista del zar, no quedándose toda la vida como un coronel retirado. No es que la inactividad agobie también a Andréi, pero últimamente no ha estado nunca ocioso y no puede ser que siga así, dadas sus enormes posibilidades y gran corazón. No es posible contar todo el bien que ha hecho aquí a todos, desde sus mujiks hasta los nobles. No es que le incomode la inactividad, sino que se siente tan preparado para cualquier asunto de estado importante, ya sea civil o militar, que le apena ver cómo se desperdicia su talento y cómo otros, personas mezquinas, ocupan puestos que le pertenecen a él por derecho. Sé que está muy afligido por ello.

»Y así se ha marchado; flaco, enfermo y con algo de tos, pero cariñoso y reanimado. No ha ocultado su dolor, como hacía antes, considerando vergonzoso el mostrarlo. Ha llorado y se ha despedido de Koko, de mi padre y de mí. Me asombra el modo en que llegan los rumores del campo a Moscú, especialmente los falsos, como el que usted me describe sobre el matrimonio de Andréi con la pequeña Rostova. La verdad es que Andréi solamente ha alternado con ellos. Los Rostov, durante su traslado del campo a San Petersburgo con toda la familia, nos visitaron y pasaron un día entero en nuestra casa. Es cierto que Natalie Rostova es una de las chicas más encantadoras que he visto nunca y que Andréi se mostró muy cariñoso con ella, pero era el cariño de un viejo tío hacia su sobrina. También es cierto que le encanta su maravillosa voz, que regocijó incluso a mi padre, pero no creo que Andréi pensase alguna vez en casarse con ella y no pienso que pueda suceder. Y he aquí el porqué; en primer lugar, sé que a pesar de que Andréi rara vez habla de su difunta esposa, el dolor de esta pérdida está demasiado arraigado en su corazón como para sustituirla y dar una madrastra a nuestro pequeño Koko. En segundo lugar, porque Natalie no es del tipo de mujeres que puedan gustar a Andréi. Es atractiva, encantadora, pero no hay en ella lo que se llama profundidad. Después de que ella la fascine, sonriendo sin motivo aparente, mírela y se preguntará involuntariamente: "Pero ¿qué hay en ella de hermoso?, ¿de qué he quedado prendada?", y no encontrará respuesta. Nos encantó a todos y tan solo al segundo día pude concentrar mis pensamientos para premeditar su carácter. Tiene dos enormes defectos: la vanidad, la pasión por las alabanzas y la coquetería sin límite. No he visto nada semejante. Coqueteaba con todos; con Andréi, conmigo, con su hermano, y principalmente, con mi padre. Por lo visto, había oído hablar de su carácter y decidió vencerle, cosa que hizo. Al cabo de dos horas, llegó incluso a permitirse con él unas libertades que nadie, creo, se ha permitido en la vida. Me parece que Andréi no la escogerá como esposa, y le digo francamente que no lo deseo.

»En cuanto a Nikolai, sinceramente le confieso que es muy de mi agrado, y al mirarle, sueño con que sea feliz con él. ¡Cuánto desearía ver a esta persona tan simpática como el marido de mi mejor amiga!

»Pero estoy hablando por los codos; estoy terminando la novena hoja. Adiós, mi querida amiga; que Dios la guarde en su santa y poderosa protección. Mi querida amiga, mademoiselle Bourienne, le manda un beso.»

QUINTA PARTE

QUINTA PARTE

I

La tradición bíblica dice que la falta de trabajo, la ociosidad, era la condición para la beatitud del primer hombre antes de su caída. El amor a la ociosidad sigue siendo el mismo en el hombre caído, aunque la maldición sigue pesando sobre él no solo porque tengamos que ganarnos el pan con el sudor de nuestra frente, sino porque no podemos mantenernos ociosos y estar tranquilos. Cierto gusanillo nos pica y nos cuenta que por estar ociosos debemos sentirnos culpables. Si el hombre pudiera hallar un estado en el que, permaneciendo ocioso, se sintiese útil y cumpliendo con su deber, encontraría una parte de la beatitud primitiva. Y en todos los países una gran clase, la clase militar, goza continuamente de ese estado de obligada e irreprochable ociosidad y precisamente en ello consiste la beatitud y el atractivo del servicio militar. Nikolai Rostov experimentaba de lleno esa dicha desde 1807, sirviendo en el regimiento de húsares en tiempos de paz.

Denísov ya no mandaba el regimiento, le habían trasladado. Se levantaba tarde por las mañanas, pues no había motivo para las prisas. Rostov se bebía una taza de té, se fumaba una pipa y charlaba con un sargento de caballería. Luego llegaban los oficiales, y le contaban alguna cosa importante que había hecho N. N., y cómo se podían bajar los humos a ese nuevo rufián. O le hablaban sobre el potro moro que había sido vendido por un precio ínfimo, o acerca de dónde ir por la tarde. Rostov no jugaba a las cartas —se había corregido durante el servicio militar—, se había batido una vez en duelo, siempre disponía de dinero, bebía mucho sin emborracharse y se mostraba generoso en los convites. Se había endurecido y convertido en un buen muchacho al que sus amistades moscovitas encontrarían de mal tono, pero al que sus camaradas de división respetaban por su reputación.

Era un jinete intrépido y continuamente cambiaba, vendía y compraba caballos en los que él mismo cabalgaba y hacía trotar sujetos a una cuerda. Almorzaba en casa y todo el que no tenía qué comer sabía que en casa de Rostov disfrutaría de un cubierto preparado y una cálida acogida. Después se echaba una siesta y luego llamaba a los cantores, a los que él mismo enseñaba. Visitaba a muchachas polacas y perseguía a las jóvenes solteras pero queriendo parecer un rudo húsar y no un galán. Si se quedaba a solas, raramente cogía un libro, y cuando lo hacía, olvidaba lo que leía.

En los últimos tiempos, es decir en el año 1809, en las cartas que recibía de su familia encontraba que su madre se quejaba cada vez más frecuentemente de que las cosas iban de mal en peor; le decía que era necesario realizar gestiones y que debía volver a casa. Al leer estas cartas, Nikolai experimentaba un sentimiento de intranquilidad y temía que quisieran sacarlo de ese limitado y conocido cascarón que es el servicio militar, en el que vivía tranquilamente preservándose de todos los enredos cotidianos. Sentía que tarde o temprano tendría que volver al torbellino de la vida y de los asuntos que iban mal y que había que arreglar, a las cuentas con los administradores (de las que ya su padre había insinuado algo en su última visita), a las relaciones sociales, al amor de Sonia y la promesa que le hiciera. Todo esto era terriblemente difícil y complicado, y a las cartas de su madre contestaba con las clásicas frías cartas callándose cuando tenía intención de volver a casa. Del mismo modo respondió a la carta que le informó acerca de la boda de Vera. No le escribieron nada sobre el arreglo de matrimonio con el príncipe Andréi, y solo por las cartas que recibía de Natasha tenía la sensación de que algo le sucedía y se le ocultaba, lo cual le inquietaba. De todos los suyos, Natasha era a quien más quería.

Pero a finales de 1810 recibió una carta desesperada de su madre, escrita a escondidas del conde. Le decía que si Nikolai no volvía y se ocupaba de los asuntos, toda la hacienda sería vendida en pública subasta y todos quedarían arruinados. El conde era tan débil, tenía tal confianza en Mítenka y era tan bueno, que todos le engañaban, y así las cosas iban de mal en peor. «En nombre de Dios, te lo suplico. Ven cuanto antes si no quieres hacernos a mí y a toda tu familia unos desgraciados», escribía la condesa. Esta carta impresionó a Nikolai; gozaba de un sentido común o instinto que indicaba qué era lo que debía hacer.

Ahora tenía que ir, si no solicitando la baja, sí pidiendo un permiso. Sin saber por qué después de la siesta ordenó que le ensillaran a Mars, un potro gris malísimo, que hacía tiempo que no montaba. A la vuelta, con el potro cubierto de espuma, mandó a Danila preparar el equipaje, y anunció que había pedido permiso para marchar a casa. Por muy desagradable y difícil que le resultara pensar que se iba sin enterarse en el estado mayor (lo cual le interesaba especialmente) si le ascendían a capitán de caballería o le concedían la orden de Santa Ana por su actuación en las últimas maniobras, por muy extraño que le pareciera marcharse sin vender al conde Golujovski los tres caballos de pelaje oscuro que le estaba regateando y por los que había apostado sacar dos mil rublos, y por muy incomprensible que fuera no asistir al baile que los húsares tenían que ofrecer a la señora Przezdziecka a despecho de los ulanos, que a su vez ofrecían otro a la señora Brzozowska, sabía de la necesidad de dejar ese ambiente feliz y sereno y dirigirse allá donde todo era absurdo y confuso.

Una semana después recibió el permiso y sus compañeros húsares no solo de regimiento, sino también de brigada, le ofrecieron un banquete de quince rublos el cubierto, con dos orquestas y dos coros.

Rostov bailó el trepak con el mayor Básov. Todos los jóvenes cayeron hacia las ocho de la tarde; los húsares y soldados, borrachos y balanceándose, se abrazaban a Rostov, que los besaba. Después los soldados le zarandearon de nuevo, y después de eso ya no recordaba nada más hasta la mañana siguiente, cuando se despertó con dolor de cabeza y enfadado en la tercera estación, donde por algún motivo zurró al dueño, que era un judío. Como ocurre siempre, a la mitad del camino, entre Kremenchúg o Kíev, todos los pensamientos de Rostov todavía estaban atrás, en su escuadrón.

Pero pasada la mitad del camino, comenzó a olvidar a los tres caballos de pelaje oscuro, a su capitán y a la señora Brzozowska, y se cuestionó con inquietud qué se encontraría en Otrádnoe. Cuanto más se acercaba, más pensaba en su casa, como si el sentido moral estuviese sometido a esa misma ley por la que la velocidad de caída de los cuerpos es inversa al cuadrado de las distancias. En la penúltima parada, golpeó al cochero, que tenía caballos malos, y en la última, antes de Otrádnoe, dio una propina de tres rublos para que el postillón se comprara vodka, y como un niño subió jadeante los escalones del zaguán de su casa.

Tras las efusiones de su recibimiento, y después de una extraña sensación de insatisfacción en comparación con lo que esperaba («todo sigue igual, ¿por qué me habré dado tanta prisa en venir?»), Nikolai empezó a habituarse al viejo mundo de su casa. Sus padres seguían siendo los mismos; únicamente habían envejecido algo más. Pero lo que había nuevo en ellos era cierta inquietud y un desacuerdo que en ocasiones mostraban, como Nikolai pronto supo, debido a la mala situación de los asuntos económicos. Sonia tenía ya veinte años. Había llegado a la plenitud de su belleza; no prometía más de lo que ya tenía, lo cual era bastante. Toda ella respiraba amor y felicidad desde la llegada de Nikolai, y el amor fiel e inquebrantable de la muchacha obró en él con alegría.

Natasha le asombró durante un buen rato, horrorizándole y haciéndole reír.

—Estás completamente distinta —decía.

—¿Y cómo estoy, más fea?

—Al contrario. Pero tienes una nueva dignidad…

Natasha le contó en secreto a Nikolai el mismo día de su llegada sus amores con el príncipe Andréi y le enseñó su última carta. Nikolai quedó muy sorprendido y poco contento. Para él, el príncipe Andréi era una persona ajena que provenía de otro mundo, un mundo superior.

—Bueno, qué. ¿Estás contento? —preguntó Natasha.

—Mucho —contestó Nikolai—. Es una persona excelente. Y tú… ¿estás muy enamorada?

—Cómo decirte —respondió Natasha—. Me encuentro tranquila y segura. Sé que no hay nadie mejor que él, y ahora me encuentro tan bien y tan tranquila… Es completamente distinto a lo de antes…

Petia le asombró el que más. Ya era un muchacho grande.

Durante los primeros días desde su vuelta, Nikolai andaba triste e incluso enfadado. Le atormentaba la necesidad de intervenir en los absurdos asuntos de las cuentas y de toda esa vida no militar. Para librarse cuanto antes de esa carga, la misma tarde de su llegada (había llegado por la mañana), enojado, sin responder a Natasha, que le preguntaba adónde iba, se dirigió con el ceño fruncido al ala del edificio donde estaba Mítenka, y le exigió ver las cuentas *de todo*. En qué consistían esas cuentas *de todo*, Nikolai lo ignoraba aún más que Mítenka, que estaba aterrorizado y perplejo.

La conversación y el balance de Mítenka duraron poco tiempo. El alcalde de la pedanía y los elegidos por la comunidad y la administración, que esperaban en la antesala del edificio, al principio escucharon con placer y temor la cada vez más subida de tono voz del joven conde, y cómo zumbaban y crujían las terribles e injuriosas palabras, que caían unas tras otras con rapidez: «¡Bandido, bicho desagradecido! ¡Perro, te voy a matar a sablazos…! No me harás como a mi padre… ¡Nos has robado, canalla!».

Después, aquella gente, con no menos placer y espanto, vio cómo el joven conde, con el rostro encendido y los ojos inyectados en sangre, sacó de allí agarrado por el cuello al cariacontecido Mítenka, dándole con gran habilidad, entre palabra y palabra, puntapiés en el trasero al tiempo que le gritaba: «¡Fuera, que no quede aquí ni tu olor, canalla!». Mítenka bajó a todo correr los seis escalones y huyó hacia el parterre. (El parterre era un sitio famoso en Otrádnoe en el que se refugiaban los delincuentes. Allí se ocultaba de su esposa el mismo Mítenka, cuando llegaba borracho de la ciudad, y allí se escondían de él muchos habitantes de Otrádnoe, sabiendo que ese lugar ejercía de salvavidas.)

Las cuñadas y la mujer de Mítenka se asomaron asustadas desde una habitación, donde hervía un samovar reluciente cuyo humo subía por el alto lecho del intendente, cubierto con una colcha hecha de pequeños trozos de tela. El conde, sofocado, no les prestó ninguna atención, y con paso decidido, haciendo sonar las espuelas, pasó cerca de ellas y volvió a su casa.

La condesa, a la que las muchachas habían puesto enseguida al corriente de lo sucedido en aquella ala del edificio, por una parte se tranquilizó pensando que ahora su situación económica se arreglaría, pero se inquietó al pensar cómo aquel asunto afectaría a Nikolai. Varias veces, de puntillas, se acercó a la puerta de su habitación para oír cómo él fumaba una pipa tras otra.

Al día siguiente, el anciano conde llamó aparte a Nikolai y le dijo sonriendo:

—¿Sabes, alma mía, que te has acalorado en vano? Mítenka me lo ha contado todo.

Nikolai enrojeció, como no lo hacía desde mucho tiempo atrás. «Sabía —pensó— que nunca comprenderé nada aquí, en este mundo estúpido.»

—Te has enfadado porque no ha inscrito setecientos rublos. Pero están anotados en una transferencia en otra página que tú no viste.

—Papá, es un canalla y un ladrón, lo sé. Lo hecho, hecho está. Pero si quiere, no le diré nada más.

—No, ¿sabes?, querido…. —El conde también estaba turbado. Sentía que había administrado mal las propiedades de su esposa y que era culpable ante sus hijos, pero no sabía cómo corregir aquello.

—No… ¿sabes?, es un hombre leal. Te ruego que te encargues de esos asuntos. Yo soy viejo, yo…

Nikolai se olvidó de Mítenka y de todo al ver el rostro turbado de su padre. No sabía qué decir y le faltó poco para llorar. Era horrible pensar que su anciano padre, bueno y gentil, se considerase culpable.

—No, papá. Perdóneme si le he disgustado. Yo entiendo menos que usted, perdóneme, no intervendré más.

«Al diablo con él, con esa transferencia, con los mujiks, con el dinero y con todo este absurdo», pensó. Desde entonces no se inmiscuyó en esos asuntos y tuvo trato con Mítenka, que con respecto al joven conde se mostraba agradable y servicial, especialmente cumpliendo órdenes sobre la caza, que el anciano conde practicaba por todo lo alto. En todo ese tiempo, la única gestión sobre asuntos económicos de la casa que hizo que Nikolai consistió en que un día la condesa le reveló el secreto de que poseía una letra de cambio de Anna Mijáilovna por valor de doce mil rublos, y le preguntó qué pensaba hacer con ella.

—Pues esto —contestó Nikolai, recordando la pobreza de Anna Mijáilovna, su antigua amistad con Borís y su actual aversión por él (esta última circunstancia era la que más le forzó a comportarse como se comportó)—. ¡Pues esto! —dijo—. Dice que depende de mí: ¡Pues esto! —Y rompió el pagaré, haciendo que la anciana condesa llorara lágrimas de felicidad por ese acto.

Nikolai se dedicó seriamente a los asuntos de la caza, ya que era otoño y la mejor época del año para ello. Natasha montaba a caballo con seguridad, como un hombre. Gustaba y entendía de caza, y gracias a ella, esos dos meses de otoño que pasó junto con Nikolai en 1810 en Otrádnoe fueron, a su manera, los más felices de sus vidas, de los que más gustaban de recordar con posterioridad. Sonia no sabía montar a caballo y se quedaba en la casa. Como consecuencia de ello, Nikolai la veía menos. Sus relaciones eran sencillas y amigables; la quería, pero se consideraba totalmente libre. Natasha había dejado de estudiar. No tenía con quién coquetear, pero no se agobiaba por su soledad, pues estaba segura de su futuro matrimonio con el príncipe Andréi y esperaba sin demasiada impaciencia ese momento, sintiéndose también, como nunca antes, completamente libre. Se entregaba a la caza y a la amistad de su hermano con la misma pasión con la que hacía el resto de las cosas. Gracias a ella, Nikolai se puso más alegre y halló allí, en ese anterior horrible mundo suyo de confusión, su propio ambiente y el interés esencial de su amistad con Natasha y la caza.

II

Esto sucedía el 12 de septiembre. Ya venían los primeros fríos. Las heladas matinales cubrían la tierra mojada por las lluvias de otoño, y el verdor intenso destacaba entre los rastrojos amarillos de las siembras de verano, pisoteados por el ganado. Las cumbres y los bosques, que a finales de agosto eran todavía islotes amarillos entre los campos negros de otoño sobre los que se hacinaban los rastrojos, ahora eran de color pardo con intensos reflejos dorados y rojizos, y estaban cubiertos con las hojas húmedas caídas entre el verde intenso de las sementeras de otoño. La liebre ya había mudado la mitad de su pelo y su lomo había encanecido, los zorros habían perdido el color y sus camadas de ese año se dispersaban, los lobos jóvenes ya eran más grandes que los galgos, y los perros del joven y ardoroso cazador Rostov ya se batían decentemente rastreando la presa. Los cazadores, reunidos en consejo, decidieron dar tres días de descanso a los perros y salir el 14 de septiembre desde el robledal, donde habían avistado unos lobos.

Así estaban las cosas el 11 de septiembre por la tarde. La montería permaneció en casa durante todo el día; el ambiente era gélido y punzante. Pero por la tarde comenzó a deshelar y apareció la bruma, no soplaba viento en absoluto. Al día siguiente, Nikolai se levantó pronto, se acercó a la ventana en batín y vio que hacía una mañana incomparable para la caza, como si el cielo se fundiese y descendiera a la tierra. Si había movimiento en el aire, quizá fuese de arriba abajo. De las desnudas ramas del jardín pendían unas gotas transparentes. En la huerta, la tierra mojada y brillante ennegrecía como las semillas de las amapolas. Tal vez lluvia o tal vez niebla se desparramaba desde una infinidad gris.

Nikolai salió al zaguán, que olía a hojarasca mojada y a los perros que estaban tumbados bajo el tejadillo. Milka, una perra negra de raza con manchas rojas y anchos cuartos traseros, miró a su dueño con sus grandes ojos saltones, se levantó, y estirándose y encogiéndose como una liebre, saltó de repente sobre Nikolai, lamiéndole la nariz y el bigote. Un semental de color rojo, Rugay —al que habían cruzado con Milka—, sintiendo envidia de Milka y al ver a su amo desde el camino de flores por el que venía, encorvó el espinazo y se lanzó hacia el zaguán. Alzando la cola, contuvo su carrera y comenzó a restregarse contra las piernas de Nikolai.

—¡Hop, hop! —se oyó en ese momento el grito inimitable de los cazadores, que contenía el más profundo bajo y el más agudo tenor. Danila apareció por la esquina de la casa, con su rostro arrugado y su cabello gris cortado a tazón a la manera ucraniana. Llevaba en la mano una fusta torcida con esa expresión de autosuficiencia y desprecio a todos que es exclusiva de los cazadores. Se quitó el gorro circasiano ante su amo con desdén, lo cual resultaba lisonjero, pues Nikolai sabía que este Danila, que despreciaba a todos y se sentía por encima de cualquiera, no obstante era su hombre.

—¡Danila! —exclamó Nikolai mesándose el bigote y sonriendo, notando que ya le dominaba esa insuperable sensación del cazador en la que uno olvida todo lo pasado, lo futuro y todas las antiguas intenciones, como el enamorado en presencia de su amada.

—¿Qué ordena, Su Excelencia? —preguntó Danila con voz grave de archidiácono, ronca a fuerza de azuzar a los perros. Sus dos ojos negros brillantes miraron de reojo con astucia al amo, que seguía callado. «¿Qué, no te vas a resistir?», parecían decirle aquellos dos ojos.

—Un día magnífico, ¿eh? Para la caza y la persecución a caballo, ¿no? —dijo Nikolai rascando a Milka detrás de las orejas.

Danila no contestó y se limitó a parpadear.

—He enviado a Uvarka al amanecer para escuchar —dijo con su voz de bajo después de un minuto de silencio—. Dice que ha pasado al coto de Otrádnoe.

«Ha pasado» quería decir que la loba y sus crías, de la que ambos tenían conocimiento, habían pasado al bosque de Otrádnoe, que se hallaba a dos verstas de la casa.

—Bueno, habrá que ir, ¿no? Llama a Uvarka y subid los dos.

—Como usted mande. —Y Danila desapareció tras la esquina.

—Pero espera. No des de comer a los perros todavía.

—Está bien.

Cinco minutos después, Danila y Uvarka se hallaban en el amplio despacho de Nikolai y conversaban. Por muy espacioso que fuera, resultaba terrible ver a Danila en aquella habitación. A pesar de su corta estatura, verle allí producía una impresión semejante a la de ver un caballo o un oso entre los muebles y demás enseres de la vida doméstica. El propio Danila lo comprendía mejor que nadie. Cuando entraba se quedaba como petrificado, y sin moverse, se esforzaba en hablar en voz baja. Continuamente le parecía que podría romper y estropear algo por descuido, y siempre se afanaba por salir de debajo de aquellos techos, al aire libre. Cuando hubo terminado las preguntas, sonsacado a Danila que los perros estaban listos y trazado el camino, Nikolai mandó que le ensillaran el caballo. El mismo Danila ardía en deseos de salir, pero justo cuando se disponía a ello, Natasha entró en la habitación con paso rápido. Estaba sin peinar y envuelta en un gran pañuelo de la niñera de color negro y con pájaros estampados.

Natasha estaba muy agitada, así que a duras penas podía seguir cubriéndose con el pañuelo sin bracear en presencia de los cazadores con sus brazos desnudos, lo que en parte consiguió.

—¡No, esto es una vileza y una bajeza! —gritó—. Te vas solo, has ordenado que te ensillen el caballo, y a mí no me has dicho nada…

—Pero es que tú no puedes ir. Mamá ha dicho que no vayas.

—En cambio tú has elegido incluso el momento, ¡muy bonito! —decía, apenas conteniendo las lágrimas—. Pero yo voy, quiera mamá o no. ¡Danila!, ordena que me ensillen un caballo y di a Sasha que me traiga mi jauría —dijo al montero.

De alguna manera, permanecer en esa habitación le parecía a Danila incómodo e inconveniente, pero tener que habérselas con la señorita, le resultaba incomprensible. Bajó los ojos y se apresuró a salir, como si aquello no fuera con él, tratando de no hacer daño involuntariamente a Natasha.

Aunque decían que Natasha no podía ir a la cacería y que se resfriaría, no se podía impedir que hiciese lo que le viniera en gana, y finalmente, preparó sus cosas y fue con ellos.

El anciano conde, que siempre había mantenido un enorme equipo de caza y que de vez en cuando salía al campo, ahora había pasado la dirección a su hijo. Aquel 12 de septiembre, estando de muy buen humor, se preparó a salir también. Ordenó a su esposa, a la institutriz, a Sonia y Petia que marchasen en la lineika…*

Al cabo de una hora, toda la montería se hallaba junto al zaguán de la casa. Sin esperar a nadie, Nikolai, con un gesto muy serio y mostrando que no era el momento de tonterías, pasó junto a Natasha, que con la ayuda de su montero Sasha se había montado en el caballo, e inspeccionó todos los preparativos. Mandó por delante una jauría y unos cuantos rastreadores, se montó en su cobrizo alazán del Don, y silbando a sus perros, se arrancó a través de las eras hacia el campo, en dirección al coto de Otrádnoe. El paje del anciano conde tenía que llevar su caballo, y el conde tenía que ir en su pequeño drozhki directamente al mejor puesto de caza, preparado para él. Los Rostov poseían ochenta perros de caza. Todos eran de una antigua raza que habían criado los Rostov; perros raposeros escuálidos y paticortos, de fuerte ladrido, negros y con manchas rojizas. Muchos estaban ya algo lisiados, así que en la cacería emplearon solo a cincuenta y cuatro. Danila y Karp Turka marchaban delante y por detrás marchaban tres monteros de traílla. Los galgos estaban agrupados en cuatro jaurías según los amos; las del anciano conde, con once perros y dos monteros, las del conde Nikolai con seis y las de Natasha, con cuatro ejemplares no muy buenos. Como no se confiaba en Natasha, le dieron perros un poco peores. Mítenka también iba con su propia jauría, habiendo además otras siete. En total, salieron al campo cerca de ciento cincuenta perros y veinticinco jinetes. Cada perro conocía a su dueño y respondía a su nombre, y cada cazador conocía bien su oficio, su puesto y la misión que tenía asignada. Todo ese caos de perros aullando y de cazadores que los llamaban a gritos se reunió en la finca, y sin ruido y sin conversaciones, con paso uniforme y tranquilo, se esparció por el campo en cuanto todos hu-

---

* Lineika: carruaje abierto con asientos laterales. *(N. de la T.)*

bieron atravesado la cerca. Solo de vez en cuando se oía el silbido de un cazador, el relincho de algún caballo o el ladrido de algún perro, el paso de los caballos como si pisasen por una alfombra de pieles, o el raro tintineo de sus collares de hierro. Apenas habían salido en dirección a Chepyzh, cuando por el campo aparecieron otros cinco cazadores con galgos y otros dos con lebreles, que iban al encuentro de los Rostov.

—¡Ah, tío! —exclamó Nikolai, al acercarse a un hombre de avanzada edad, bien conservado y de grandes bigotes grises.

—Ya lo sabía yo —respondió el tío (era un pariente lejano, pobre, vecino de los Rostov, que dedicaba su vida exclusivamente a la caza)—. Sabía que no resistirías la tentación. Y haces bien; con este tiempo, la caza es trigo limpio (era un dicho del tío). Entra enseguida en el coto, porque mi Guirchik me ha informado de que los Ilaguin ya están en Karniki y te quitarán las piezas delante de tus narices. Es trigo limpio.

—Allá vamos. ¿Bueno, qué? ¿Juntamos las jaurías? —preguntó Nikolai. Se reunió a los galgos, porque el tío afirmaba que sin su Boltor, que era «trigo limpio», no se podía ir a por los lobos. Avanzaron juntos.

Natasha se acercó a ellos al galope, envuelta torpemente en chales que, no obstante, no podían ocultar su diestra y firme postura sobre el caballo. Su rostro animado y feliz, con sus brillantes ojos, asomaba de entre el pañuelo y el sombrero de hombre. Además, Natasha también portaba un cuerno, un puñal y una traílla.

—¡Nikolai, qué simpático es Trunila! Me ha reconocido —exclamó—. ¡Buenos días, tío! —Nikolai no respondió, pues estaba ocupado en planes y consideraciones, sintiendo sobre sí toda la responsabilidad de la cacería y mirando a su «ejército». El tío hizo una reverencia, pero no dijo nada y frunció el ceño al ver su falda. No le gustaba que a un asunto serio como la caza se le uniera la travesura. Nikolai era de la misma opinión y miró con severidad a su hermana, tratando de darle a entender la distancia que debía separarles en ese momento, como Enrique IV hacía con Falstaff; por mucha amistad que hubiera habido antes entre ellos, entre el rey y Falstaff ahora había un muro. Pero Natasha estaba demasiado contenta como para percatarse de ello.

—¡Nikolai! Mira qué flaca se ha quedado mi Zavidka. Seguro que la alimentan mal —dijo llamando a gritos a una perra viejísima pelada y con bultos en las costillas—. ¡Mira!

Nikolai le había dado a Natasha esa perra porque no había donde meterla, y ahora le daba vergüenza que su tío viese que llevaba un perro así a la cacería.

—Hay que colgarla —dijo secamente y salió al galope en su alazán para transmitir la orden, salpicando con barro a su tío, Natasha y él mismo. Pero la pésima condición de Zavidka no turbó a Natasha; se dirigió a su tío y le mostró, asiéndole, su otro perro, aunque también era muy malo. Ya se divisaba el islote del coto de Otrádnoe a unos cien sazhen, y los ojeadores se acercaron a sus inmediaciones.

Nikolai finalmente decidió con su tío lo que debían hacer y le mostró a Natasha el lugar donde debía quedarse, marchándose al galope sobre el barranco, que era el segundo paso en importancia hacia el lobo.

En ese dique, al anciano conde se le concedió el mejor paso hacia el espesor del bosque.

—¡Nikolai! —gritó Natasha—. ¡Yo misma lo apuñalaré!

Nikolai no contestó y se limitó a encogerse de hombros ante la falta de tacto de su hermana.

—Vas a cazar a un lobo, no lo pierdas —dijo el tío.

—Según se presente —respondió Nikolai—. ¡Karái, vamos, eh! —gritó, contestando a las palabras de su tío llamando a su perro. Karái era un can enorme y monstruoso de grandes colmillos, no parecía un perro. Era famoso por haberse enfrentado él solo a un lobo feroz.

Todos se dispersaron. El anciano conde, que conocía el fervor cazador de su hijo, se dio prisa para no llegar tarde. Aún no habían llegado al lugar los ojeadores, cuando Iliá Andréevich, alegre y sonrosado, se acercó al paso por entre el verdor. Había desayunado, tenía las mejillas temblorosas e iba con sus escuálidos caballos. Se despojó de su abrigo, se pertrechó con sus atavíos de caza y se montó en su dócil Viflianka, animal manso, bien cebado y encanecido como él. Los drozhki tirados por caballos fueron enviados más atrás. El conde Iliá Andréevich en el fondo no era un cazador, aunque sí conocía bien el oficio. Llegó al lindero del bosque donde tenía su puesto, soltó las riendas, se acomodó la pelliza y sonriendo, se dio la vuelta. Junto a él estaba su ayudante de cámara, Semión Chekmár, jinete experimentado, pero torpe. Sujetaba con una cadena a tres perros lobos veloces, adiposos como el amo y el caballo. Otros dos perros, viejos e inteligentes, que no iban sujetos a la traílla, se echaron en el suelo. Un poco más allá del lindero, estaba otro montero y postillón, Mitka Kopyl. De baja estatura, sonrosado y siempre borracho, Mitka era un jinete impenitente y un cazador apasionado. Siguiendo su vieja costumbre, el conde se bebió antes de la cacería su licor en una copa de plata, y se tomó un entremés acompañándolo con media botella de su burdeos favorito. Iliá Andréevich estaba algo sonrojado a causa del vino y de la marcha. Sus ojos, húmedos, tenían un brillo especial. Sentado en su montura y envuelto en su pelliza, volviéndose y sonriendo, ciertamente tenía el aspecto de un niño al que sacan de paseo.

Semión Chekmár, bebedor empedernido, flaco y de mejillas hundidas, tenía un aire terrible, pero no quitaba el ojo a su señor, con el que había vivido en armonía durante treinta años. Comprendiendo que estaba de buen humor, esperaba de él una conversación agradable. Un tercero se acercó prudentemente desde las entrañas del bosque (se veía que lo hacía a propósito) y se detuvo detrás del conde. Se trataba de un viejecito de barba blanca, envuelto en una capa de mujer y con un gran gorro cónico; era el bufón Nastásia Iványch.

—¡Ten cuidado, Nastásia Iványch! —le dijo el conde, guiñándole un ojo—. Si espantas a la fiera, Danila te dará una buena tunda.

—Sé lo que me hago.

—¡Chst! —chirrió el conde, volviéndose a Semión.

—¿Has visto a Natalia Ilínichna? —le preguntó a Semión—. ¿Dónde está?

—Cerca de los matorrales de Zharov —respondió Semión, sonriendo—. Vaya una manera de acosar al lobo…

—¿Te sorprende su manera de montar? —dijo el conde.

—No tiene nada que envidiar a un hombre.

—¿Dónde está Nikolasha? En la cima de Ladov, ¿no? —preguntó el conde en voz baja.

—Así es. Saben donde tienen que ponerse. Montan tan bien que a veces Danila y yo nos quedamos boquiabiertos —dijo Semión, sabiendo que complacía a su señor.

—Monta bien, ¿eh? ¡Y qué planta tiene a caballo!

—Es como para pintar un cuadro. Hace poco, cuando perseguían a un zorro en los matojos de Zavárzino, estuvo de maravilla. El caballo vale mil rublos, pero el jinete no tiene precio. ¡Dónde va a encontrar un mozo como él!

—Encontrar… —repitió el conde, lamentando visiblemente que Semión hubiera terminado tan pronto su conversación—. ¿Encontrar? —exclamó, levantando el faldón de la pelliza e intentando sacar la tabaquera. Semión se bajó del caballo y sacando la tabaquera, se la entregó.

—Hace unos días, cuando Mijaíl Sídorych… —Semión no terminó de hablar, al escuchar claramente cómo retumbaba en el tranquilo aire la persecución y los ladridos de no más de dos o tres galgos. Apresuradamente, cogió los estribos y se montó en el caballo, gimiendo y farfullando algo.

—¡Se han amontonado en torno a una cría! —comenzó a hablar. Está ahí fuera. ¡Mira cómo aúlla! Pero… la han llevado directamente a Ladov.

El conde, olvidando borrar la sonrisa de su rostro, miró a lo largo del dique con la tabaquera en la mano y sin aspirar rapé. Semión estaba diciendo la verdad; se oían los aullidos del lobo y el cuerno de tono grave de Danila. La jauría atacó a la presa y se oyó cómo los galgos bramaban con sus ladridos ahogados con ese aullido especial que sirve como señal para comenzar la persecución del lobo. No se oía ya cómo los ojeadores buscaban la fiera, sino cómo azuzaban a los perros. De entre todas las voces sobresalía la de Danila, ora grave, ora fina y penetrantemente metálica, a la que se le quedaban pequeñas las veinte hectáreas de bosque, propagándose y resonando por todo el campo. Tras haber prestado oído unos segundos, el conde se percató de que los galgos se habían dividido en dos jaurías; una grande, que rugía con especial ardor y que empezaba a alejarse, y otra que corría a lo largo del bosque, al lado del conde, desde la que se oían los gritos de Danila. Ambos grupos se fusionaron en la lejanía. Semión suspiró y se inclinó para arreglar una correa con la que se había enredado un perro joven. El conde también suspiró y al darse cuenta de que llevaba la tabaquera en la mano, automáticamente la abrió y aspiró un poco de polvo.

—¡Atrás! —ordenó en un susurro Semión a un perro que en ese momento había salido del lindero.

El conde dio un respingo y dejó caer la tabaquera. Semión quiso bajarse del caballo y recogerla, pero mudó de opinión e hizo un guiño al bufón. Nastásia Iványch desmontó y al ir a por ella, se tropezó con la perra y cayó al suelo.

—¿Te has caído? —rieron Semión y el conde.

—Si se arrastrara hacia Nikolasha —decía el conde, continuando con la conversación interrumpida—. Me regocijaría si Karái lo agarrase…

—¡Oh, vaya perro muerto!... Venga, ¡ven aquí! —habló Semión, tendiendo la mano hacia la tabaquera del conde y riéndose de que Nastásia Iványch se la acercara con una mano y con la otra recogiera hojas secas de tabaco. El conde y Semión se le quedaron mirando. Los galgos no paraban de correr y alejarse. De repente, como con frecuencia ocurre, oyeron el ruido de la persecución, que se acercaba instantáneamente. Era como si aquellos hocicos estuvieran ladrando delante de ellos mismos y escucharan los gritos de Danila, quien cabalgando en su pardo caballo castrado, parecía que estaba a punto de atropellarlos. Ambos se volvieron, asustados e inquietos, pero no había nada ni nadie delante. El conde miró hacia la derecha, a Mitka, y se horrorizó. Este, con los ojos desorbitados, pálido y lloroso, miró al conde y le indicó alzando el gorro que mirase adelante, hacia la otra parte.

—¡Paso! —gritó con una voz que evidenciaba que hacía tiempo que esa palabra pedía ser pronunciada. Mitka soltó los perros y salió al galope hacia el conde. El conde y Semión, sin saber por qué, abandonaron el lindero y a unos treinta pasos a su izquierda, vieron a un lobo gris frentudo y barrigón que torpemente, a pequeños saltos, se acercaba por el linde en el que permanecían. Los perros aullaban rabiosos y, deshaciendo la jauría, se lanzaron como flechas a por el lobo a través de los mullidos rastrojos, pasando junto a las patas de los caballos. El lobo ya estaba en el lindero y detuvo su carrera; volvió pesadamente su cabeza gris hacia los perros, como si padeciera anginas, y con el mismo balanceo, dio un salto seguido de otro, y moviendo la cola, se ocultó en el bosque. En ese momento, el conde, dándose cuenta de su error, gritó con voz llorona delante del lobo. De la parte contraria del bosque, con un bramido quejumbroso surgieron uno, dos, tres galgos y toda la jauría salió disparada a través del campo detrás de la fiera mirando a todas partes. Pero esto todavía no era nada; detrás de los perros se abrieron los arbustos de los avellanos y apareció el caballo pardo de Danila, que parecía un caballo moro de tanto sudar.

Sin gorro y con sus cabellos canos desgreñados, Danila iba montado sobre su largo lomo, hecho una pelota e inclinado hacia delante, con el rostro sudoroso y enrojecido (uno de sus bigotes se había erizado burlonamente hacia arriba).

—¡Busca, busca! —gritó otra vez Danila en dirección al bosque—. ¡Paso!... —gritaba con toda su agitación ante el conde, blandiendo su fusta. Pero ni siquiera cambió el tono una vez le hubo reconocido.

—¡Han dejado escapar al lobo! ¡Vaya cazadores! —Y sin conceder al conde más palabras, dio un latigazo con toda su cólera sobre los costados bañados en sudor de su caballo castrado y se arrancó detrás de los perros en medio de unos gritos ensordecedores. El conde, como un niño reprendido, permaneció en su sitio mirando a su alrededor tratando de provocar con una sonrisa siquiera la compasión en Semión por su situación. Pero Semión, que había visto la panza cebada del lobo, comprendió que todavía había esperanzas de volver a saltar sobre él al internarse entre los matorrales y hacerle saltar por entre los troncos talados. Desde ambos lados, los galgos brincaron hacia la fiera, pero el lobo huyó entre los arbustos y ningún cazador consiguió cortarle el paso.

A la media hora, Danila y sus perros volvieron a la isleta desde el otro lado, incorporándolos a la parte de la jauría que se había escindido y que todavía corría en busca de la presa.

En la isleta todavía quedaban dos fieras y cuatro cachorros. Uno de estos lo mató el tío, otro lo atraparon los perros y los monteros lo rajaron. La tercera cría la mataron los galgos en el lindero y a la cuarta todavía la perseguían. Uno de los lobos descendió por la cañada hacia la aldea y huyó en medio del acoso. El otro se arrastró por el barranco de Ladov, donde se encontraba Nikolai.

Nikolai experimentaba la sensación de la cacería (algo imposible de definir) según se acercaba o se alejaba el fragor de la persecución y el sonido de los ladridos de los perros que conocía. También por las voces de los ojeadores, que sonaban más altas en la isleta cuando gritaban que habían encontrado al lobo y a sus crías, que en alguna parte los habían azuzado, que luego los galgos se habían dividido y que algo desafortunado había ocurrido. Al principio disfrutaba con el ruido que producía la jauría, que por dos veces pasó junto a él por el lindero. Primeramente se quedó petrificado, tendiendo la mirada mientras se encogía en su montura, como preparado para dar un grito de desesperación que ya asomaba a su garganta. Se contuvo de emitir ese grito, como se retiene el agua en la boca preparándose para soltarla en cualquier momento. Tras desesperarse y enfadarse, albergó una esperanza. Pidió a Dios varias veces en su interior que el lobo apareciese ante él; lo pidió con ese sentimiento de pasión y vergüenza con el que ruegan las personas en un momento de gran preocupación debido a una causa ínfima. «Venga, ¿qué te cuesta? Concédeme este deseo —le rogó a Dios—. Sé que eres grande y que peco al pedírtelo. Pero, Dios mío, haz que el lobo venga hacia aquí y que, a la vista de mi tío, que nos mira desde allí, Karái le salte al cuello.» Pero el lobo no salía. Mil veces en esa media hora miró con tensión, obstinación e inquietud a la linde del bosque, con dos robles distanciados sobre un grupo de álamos, el barranco con sus bordes erosionados, el gorro del tío que apenas sobresalía entre los arbustos de la derecha, y Natasha y Sasha, que estaban a la izquierda. «No, no tendré esa suerte —pensaba—. ¿Y qué habría de costar? Siempre he tenido mala suerte en todo. No veo nada.» Mientras tanto, aguzaba el oído y su cansada vista, mirando a diestro y siniestro.

Justo en el instante de mirar hacia la derecha, le pareció que el lobo caminaba por la parte de arriba de la cañada de Ladov, a unos treinta pasos del lindero. Su color blanco y gris destacaba entre el verdor de la cuesta del barranco. «No, no es posible», pensó, suspirando con dificultad, como lo hace un hombre aliviado ante la consecución de lo largamente esperado. Se había cumplido así, de una manera tan sencilla, la más grande dicha; sin ruido ni brillo, la fiera gris corría pesadamente mirando a ambos lados, como si fuera a lo suyo. Nikolai no podía creérselo y miró a sus perros. Prokoshka, encorvado, no respiraba, volviendo hacia el lobo no solo sus ojos desorbitados, sino todo su cuerpo, como si fuera un gato que despreocupadamente ve a un ratón correr hacia él. Algunos perros estaban tumbados y otros permanecían en pie, pero ninguno veía al lobo ni comprendía nada. El más viejo, Karái, volvió la cabeza y enseñando unos viejos y amarillentos colmillos, chasqueó los dientes, buscándose encolerizadamente una pulga en las patas traseras.

Nikolai, que estaba pálido, les miró muy severamente, pero no comprendieron el significado de esa mirada. «¡Busca, busca!», les decía, avanzando los dientes y susurrando. Los perros se pusieron de pie haciendo sonar los hierros y poniendo las orejas tiesas. Sin embargo, Karái solo se levantó cuando terminó de rascarse el muslo, poniendo las orejas tiesas y meneando ligeramente el rabo, del que colgaban unos fieltros. «Bueno, ¿qué? Ya estoy listo, ¿de qué se trata?», parecía decir.

«¿Los suelto o no los suelto?», no hacía más que preguntarse Nikolai, mientras el lobo avanzaba hacia él, alejándose del bosque. De súbito, la fiera cambió toda su expresión; al ver unos ojos humanos que se clavaban en ella, se estremeció y se paró. Tras pensar si seguir avanzando o retroceder, se lanzó hacia delante a saltos tranquilos, mesurados y seguros. Sin mirar atrás, parecía decirse: «¡Hala! Da igual. Veamos si me cogen de algún modo».

—¡A él! ¡Vamos! —Y Nikolai, desgañitándose, se lanzó al galope con su buen caballo bajo las faldas de la cumbre de Ladov, dirigiéndose en tropel hacia el lobo. No veía más que los perros y la bestia, pero advirtió enfrente a Natasha, que vestida con un traje de amazona ondulante, se acercaba con un grito estridente. Había adelantado a Sasha, y el tío venía por detrás a todo correr con sus dos jaurías.

Sin cambiar de dirección, el lobo se internó por la cañada. El primero en acercarse fue el negro Milka. Pero, horror, en vez de apretar el paso y aproximarse a él, se detuvo y, alzando el rabo, se apoyó sobre sus patas delanteras. El segundo fue Liubim. Este, de un salto, asió al lobo por el muslo, pero la fiera se detuvo y, volviéndose, le enseñó los dientes. Liubim le soltó. «No, no puede ser. Se va a escapar», pensó Nikolai.

—¡Karái! —Pero Karái a duras penas podía galopar de igual a igual con el caballo. Otros dos perros se acercaron al lobo. Los de la jauría de Natasha ya estaban allí, pero ninguno le acosaba. Nikolai ya estaba a unos treinta metros de él. El lobo detuvo su paso por tres veces, se sentó sobre sus posaderas, enseñó de nuevo los dientes, se sacudió a los perros que le tenían agarrado por las patas traseras, y con el rabo encogido corrió hacia delante. Todo esto ocurría en mitad de la loma que unía el coto de Otrádnoe con el enorme bosque estatal de Zaseka. Fue adentrarse en el bosque, y el lobo huyó.

—¡Karáiushka! ¡Padre! —gritó Nikolai. Karái, el viejo animal mutilado, se hallaba ya un poco por delante del caballo, trotando con paso ajustado y conteniendo la respiración. No le quitaba ojo al lobo, que por un instante se había vuelto a parar. Un perro delgado y joven de la jauría de Natasha, de pelaje atigrado, se lanzó frontalmente a por el lobo con la inexperiencia de la juventud y quiso atraparlo. La fiera, abriendo sus fauces, se arrojó con una rapidez que nadie se esperaba a por el inexperto perro. Ensangrentado y con el costado desecho, el perro se echó a un lado con el rabo encogido, aullando desesperadamente. El lobo se levantó y, con la cola encogida entre las patas, echó de nuevo a correr hacia delante. Pero mientras el choque tenía lugar, Karái, con trozos de fieltro enrollados en sus muslos y ceñudo, ya se hallaba a cinco pasos de la bestia, sin cambiar su constante trote. Y en ese momento, como si un rayo lo hubiera atravesado, Nikolai vio que algo estaba pasando con Karái. Se había echado encima del lobo con dos saltos temerarios y, juntos, rodaban como una peonza. Cuando vio la cabeza del lobo, alzada hacia arriba y mostrando con la boca abierta unos dientes que no alcanzaban a nadie, y, que este por primera vez, había caído de lado y se esforzaba por aferrarse con sus gordas patas a la tierra para no caer de espaldas, Nikolai pensó que aquel era el momento más feliz de su vida. Ya estaba ahí mismo, echando un pie en tierra para bajar del caballo y hacerse cargo de él, cuando Kárai cayó al lado del lobo. Tenía el pelo erizado, temblaba completamente y, con sus dientes carcomidos, hacía esfuerzos desesperados por levantarse y agarrar por el cuello al lobo. Pero resultaba evidente que sus dientes ya no estaban en buen estado. En uno de esos intentos, el lobo se revolvió y se hizo con la situación. Kárai cayó de nuevo y le soltó. Como comprendiendo que la cosa no estaba para bromas, la fiera huyó a todo correr y se distanció de los perros.

—¡Dios mío! ¿¡Por qué!? —gritó frenético Nikolai.

Su tío, como viejo cazador, galopó por el atajo desde el bosque de Zaseka y le cortó la retirada, pero ningún perro estrechó el cerco. Por detrás, Kárai se quedaba rezagado. Los cazadores, Nikolai, su tío, Natasha y los monteros, daban vueltas en torno a la fiera, gritando, sin escucharse entre ellos, y preparándose a descabalgar en cuanto el lobo se sentara sobre sus posaderas. Pero siempre conseguía quitárselos de encima, acercándose lentamente al bosque que habría de servirle de salvación.

Ya en el inicio del acoso, al oír los gritos, Danila se había lanzado por el lindero. Al hallarse sin galgos y no ser esa parte de la cacería asunto suyo, se detuvo a contemplar lo que sucedía. Vio cómo Kárai agarraba al lobo y esperaba a que ahora lo atraparan. Pero al no desmontar los cazadores, la fiera se los quitó de encima y Danila empezó a gritar.

—¡Os esquiva! —gritó y arreó su caballo pardo no en dirección al lobo, sino directamente hacia la línea que delimitaba el bosque de Zaseka, al punto adonde sabía que el lobo se dirigiría. Al ir en esta dirección, galopaba hacia el lobo mientras los perros del tío de Nikolai le cortaban el paso por segunda vez, antes de que a Karái le diese tiempo a echársele encima de nuevo. Danila cabalgaba en silencio, blandiendo un puñal en su mano izquierda y, como un trillo de mano, arreando con la fusta al caballo en sus hundidos costados. Nikolai no vio ni oyó a Danila hasta que su caballo resopló a su lado, respirando con dificultad. No vio cómo, saltando por encima de la cabeza de su caballo, Danila cayó en medio de los perros, sobre el lomo trasero del lobo. En un instante, los mismos perros que antes no acosaban a la fiera, se lanzaron ladrando a por sus muslos. Danila, rodando, llegó hasta el cercado animal y agotado, como el que se echa a dormir, se desplomó con todo su peso sobre la bestia, agarrándola por las orejas. No permitió que la degollasen, y ordenó a un montero que le cortase un palo, con el que atravesó sus fauces. Ató a la jauría y cargó al lobo en un caballo. Cuando todo hubo terminado, Danila no dijo nada, y descubriéndose, con una sonrisa cohibida, infantil y tierna, se limitó a felicitar al joven conde por su gran dominio de la caza.

Se llamó a los galgos y todos se reunieron, deseando contarse todo lo acontecido. Pero bajo ese pretexto, se contaron lo que no había sucedido y emprendieron la marcha. El anciano conde bromeó con Danila sobre la fiera que casi había escapado.

—Sin embargo, hermano, te has enfadado —dijo el conde.

Danila respondió a esas palabras con una agradable sonrisa y el conde regresó a casa en su coche. Natasha se quedó con la cacería, a pesar de que se la intentó persuadir de lo contrario. Lo que más deseaba Nikolai era conquistar la cima del monte Zybin antes que los Ilaguin, que ya estaban cerca. Por este motivo, también continuó.

La cima del monte Zybin era una profunda hondonada surcada por el agua en medio de la verde espesura de una poveda en la que siempre había zorros. Apenas habían soltado a los galgos, cuando do en el islote de al lado se escucharon los cuernos y el fragor de la cacería de los Ilaguin. Vieron a Ilaguin, que se hallaba cazando con sus perros cerca del monte. Había ocurrido lo siguiente: mientras que de entre los galgos de los Rostov huía un zorro hacia un dique cercano al bosque de los Ilaguin, dos cazadores de cada familia habían salido a ojear. Ambos empezaron a azuzar al zorro, y Nikolai vio cómo un zorro pequeño, rojizo y extrañamente peludo se extendía por entre el verdor. Corría y daba saltos en círculo. Haciendo estos círculos cada vez más frecuentemente, regateaba alrededor de los perros con su peluda cola. Finalmente se lanzó un perro blanco, y tras él, uno negro. La mezcla tomó forma de estrella, pues los perros estaban separados, apenas moviéndose un poco en torno al zorro. Dos jinetes se acercaron; uno, de los Rostov, con un sombrero rojo, y el otro, un desconocido, con un caftán amarillo. Durante un buen rato no ataron sus correas y permanecieron de pie, agitando los brazos. A su lado, los caballos estaban atados y los perros sueltos. Uno de ellos levantó la voz.

—Se pelean —le comunicó un montero a Nikolai.

Entonces los galgos se pusieron a correr detrás del zorro. Nikolai mandó llamar a su hermana y acudió al paso al lugar de la pelea. Desde la otra parte, también montado en un magnífico caballo, con una indumentaria que le hacía destacar entre los demás y acompañado por dos monteros, salió un corpulento señor al encuentro de Nikolai. Pero antes de que ambos caballeros se encontrasen, el ojeador que se había peleado, sin soltar de la correa al perro que llevaba al zorro, se aproximó al conde. Lejos todavía, se quitó el sombrero e intentó hablar con respeto, pero estaba pálido como un lienzo, y jadeante, fuera de sí. Tenía un ojo amoratado pero mantenía el orgulloso aspecto del vencedor.

—¡Iba a azuzar sirviéndose de nuestros perros! Pero ha sido mi perra la que lo ha atrapado. Vea y juzgue. Quería llevarse la pieza, pero le he zurrado con el zorro en el morro. ¡Dámelo! ¿Y esto, no lo quieres? —dijo el cazador, mostrando su puñal, probablemente pensando que todavía estaba hablando con su rival.

Sin entrar en conversación con él, Nikolai, también agitado, siguió adelante al encuentro del caballero que se acercaba. El vencedor se puso en la fila de atrás y allí, rodeado por los curiosos que le compadecían, les relató su hazaña. En vez de un enemigo, Nikolai halló en Ilaguin un bondadoso caballero de gran presencia, que ardía en deseos de conocer al joven conde. Le anunció que había ordenado castigar al ojeador y que lamentaba mucho lo ocurrido. Rogó al conde que le considerase un amigo, ofreció sus terrenos para la caza, y con profunda galantería se quitó su gorro de castor ante Natasha, a la que hizo una serie de cumplidos mitológicos, comparándola con la diosa Diana. Ilaguin, para reparar la falta de su cazador, pidió insistentemente a Nikolai que pasara a su vedado, que cuidaba para sí y por el que pululaban zorros y liebres. Nikolai, halagado por la amabilidad de Ilaguin y deseando jactarse ante él de cobrarse una pieza, se mostró de acuerdo y se desvió aún más de su itinerario.

Para llegar al vedado de Ilaguin había que marchar lejos y atravesar campos pelados, en los que apenas había esperanzas de encontrar liebres. Las dos cacerías se igualaron y avanzaron unas tres verstas, no hallando nada. Los señores iban juntos. Todos miraban mutuamente a sus respectivos perros, tratando a hurtadillas de que no se notara que buscaban inquietamente entre las otras jaurías a los posibles rivales de los suyos. Si la conversación discurría sobre la rapidez de los perros, entonces cada uno hablaba con particular desdén de las cualidades del suyo propio, del que al hablar con su cazador, no hallaba palabras para colmarlo de elogios.

—Sí, es una buena perra. Caza bien —comentó Ilaguin con voz de indiferencia hacia Erza, su perra rojiza por la que dos años antes había dado tres familias de sirvientes a un vecino. Erza turbó especialmente a Nikolai; era extraordinariamente hermosa, de pura raza, de morro fino, delgada pero de músculos de acero, y con esas preciadas energía y alegría que los cazadores llaman corazón. El perro no corre con las patas, sino con el corazón. Todos los cazadores estaban locos por medir las fuerzas de sus perros. Todos albergaban la esperanza, pero no lo reconocían. Nikolai le susurró a su montero que daría un rublo a quien avistase una pieza, e Ilaguin ordenó lo propio.

—Tiene un buen perro, conde —habló Ilaguin.

—Sí, no está mal —contestó Nikolai.

—No comprendo —continuó Ilaguin— cómo otros cazadores son tan celosos de las fieras y de los perros. Por lo que a mí respecta, le diré que lo que me divierte es azuzar y marchar en una compañía como la de ustedes... No hay nada mejor... —se quitó de nuevo el gorro de castor ante Natasha—, pero eso de contar las pieles cobradas no me importa.

—Sí, claro.

—U ofenderme porque sea otro perro, y no el mío, el que cobre la pieza. Lo que me gusta es ver. ¿No es así, conde? Porque yo creo que...

Los cazadores se alinearon a lo largo del barranco. Los caballeros marchaban por el medio de la parte derecha.

—¡Tus, Tus! —se oyó en ese instante el prolongado grito de uno de los ojeadores de Ilaguin. Se había ganado un rublo al avistar una liebre.

—¡Ah!, parece que ha visto una —dijo con desdén Ilaguin—. Bueno, ¿qué? ¿Repetimos, conde?

—Sí... marchemos juntos, —contestó Nikolai, mirando a Erza y al perro rojizo de su tío, sin fuerzas para ocultar la emoción de que había llegado el momento de enfrentar a sus perros con los otros, en particular con los de Ilaguin, célebres por su velocidad. Nunca había conseguido hacer tal cosa.

—Bueno, me temo que van a adelantar a mi Milka.

—¿Es grande? —preguntó Ilaguin, acercándose hacia el lugar y no sin preocupación mirando y dando un silbido a Erza—. ¿Y usted, Mijaíl Nikanórovich? —le preguntó al tío.

Este caminaba enfurruñado.

—¿Cómo voy a meterme en eso, si ustedes pagan un pueblo por cada perro? ¡Rugay! —gritó—. ¡Rugáiushka! —volvió a gritar, expresando involuntariamente con este diminutivo su cariño a su rojizo perro y la esperanza que en él depositaba. Natasha sentía lo mismo que los demás y no ocultaba su preocupación. Más adelante, incluso expresó odio a todos los demás perros que osaran atrapar la liebre en vez de su Zavidka.

—Mira hacia dónde tiene la cabeza. Aléjate, llévate a los galgos —gritó alguien.

Pero apenas comenzaban a cumplirse esas órdenes, cuando la liebre, presintiendo la helada de la mañana siguiente, no aguardó por más tiempo y saltó de la madriguera, primeramente asomando una oreja. Los galgos unidos por sus correas, seguidos de los ojeadores, se lanzaron a por ella. Los ojeadores que estaban por todas partes soltaron a los perros. El respetable e impasible Ilaguin se lanzó al galope por el monte. Nikolai, Natasha y el tío volaban, sin saber ellos mismos cómo ni adónde, viendo tan solo a los perros y a la liebre, y temiendo perderles de vista aunque solo fuera por un instante. La liebre era grande y veloz. Estaba apostada en los rastrojos, pero por delante se abría la maleza sobre un terreno fangoso. Natasha, impaciente, estaba más cerca de la liebre que nadie. Sus perros fueron los primeros en clavarle la mirada y saltar corriendo. Para horror suyo, se percató de que su fiable Zavidka comenzaba a rezagarse, echándose a un lado. Dos perros jóvenes se estaban acercando, pero aún se encontraban lejos, cuando viniendo desde atrás voló la rojiza Erza, aproximándose a la liebre y meneando la cola como si prometiera atraparla en unos instantes. Pero esto apenas duró un segundo. Liubim igualó a Erza e incluso le sacó ventaja.

—¡Liubimushka! ¡Padrecito! —se escuchó el triunfante grito de Nikolai. Natasha únicamente chillaba. Parecía que Liubim iba a hacer presa y que los demás también la atraparían, pero tras haber llegado a su altura, pasó de largo como una bala. La liebre se había parado bruscamente. De nuevo la hermosa Erza acortó el espacio, quedándose como colgada del rabo de la liebre, tratando de no errar el golpe y atraparla por una pata trasera.

—¡Erza! ¡Mamita! —gritaba lloroso Ilaguin con la voz descompuesta.

Pero Erza no atendió a sus súplicas; en el mismo límite de la maleza la persiguió, pero no implacablemente. La liebre hizo un requiebro y se escabulló entre el verdor. De nuevo, como dos caballos emparejados, Erza y Liubim se nivelaron y reanudaron la persecución, pero no tan velozmente como por los rastrojos.

—¡Rugay! ¡Rugáiushka! ¡Es trigo limpio! —gritó entonces una nueva voz.

El rojizo Rugay, cubierto de fango hasta las rodillas, pesado y torpe, estirando y encorvando el lomo, corrió hasta alcanzar a los dos primeros. Los sobrepasó y ya encima de la liebre, apretó el paso con una terrible abnegación. Solo se veía cómo rodaba como una peonza, manchándose el lomo de barro. Finalmente, formó una estrella junto con los otros perros que rodeaban a la liebre. Al cabo de un minuto, todos estaban junto a la pieza. El tío, el único contento, desmontó y habiéndole cortado las patas traseras la sacudió para que chorreara la sangre, mirando con inquietud, con los ojos errantes, sin saber qué hacer con sus pies y manos mientras decía sin darse cuenta de sus palabras:

—Esto sí que es un perro… ¡Cómo ha resistido! Es trigo limpio —decía entre suspiros, como si estuviese reprendiendo a alguien, como si todos fueran enemigos que le hubieran ofendido y solo ahora hubiese podido justificarse.

—Ahí tienen a los perros de mil rublos, ¡es trigo limpio! Toma, Rugay, para ti. —Y echó al perro una pata con tierra adherida que había cortado de la liebre—. ¡Es trigo limpio! ¿Qué, la has limpiado ya?

—Está cansado, ha corrido tres veces él solo —dijo Nikolai sin oír a nadie y tampoco sin preocuparse de si le escuchaban o no, olvidando sus esfuerzos por parecer siempre impasible y tranquilo—. ¿O es que no ha sido así?

—Pero ¿qué es eso de cruzarse? Así cualquier perro de corral lo consigue —comentó al mismo tiempo Ilaguin, enrojecido y jadeante por la carrera.

Entretanto, Natasha chillaba sin cobrar aliento, de tal modo que sus gritos tintineaban en los oídos de todos. No podía dejar de gritar en tanto que viera cómo cazaban a la liebre. Con esos chillidos, cumplía algún rito; expresaba lo que otros cazadores hacían con sus conversaciones simultáneas. El mismo tío ató con correas la liebre, hábil y diestramente se la echó al arzón y, como reprochando algo a todos, se marchó con aspecto de no querer hablar con nadie. Los demás se separaron tristes y ofendidos, y solamente pasado bastante tiempo, pudieron recobrar su anterior aire de indiferencia fingida. Largo tiempo miraron aún al rojizo Rugay, que con su lomo arqueado y manchado de barro, con el aire tranquilo del vencedor seguía al trote el caballo del tío, haciendo sonar ligeramente las cadenas. «Bueno, soy como los demás cuando no se trata de cazar. Pero en la caza no me perdáis de vista.»

Cuando después de un largo rato el tío se acercó a Nikolai y le dirigió la palabra, el joven se sintió halagado de que su tío se dignara a hablar con él después de lo ocurrido.

Poco más encontraron en el vedado, y además era tarde. Los cazadores emprendieron diferentes caminos, pero Nikolai estaba tan lejos de casa que aceptó el ofrecimiento de su tío para pasar la noche en su finca de Mijáilovka, que distaba dos verstas del vedado.

—Venid a mi casa, es trigo limpio. Ya veis, el ambiente está muy húmedo. Así podríais descansar y a la condesa la llevarían en coche —dijo el tío, especialmente animado.

La cacería llegó a Mijáilovka, y Nikolai y Natasha desmontaron junto a la casita gris del tío, que estaba rodeada por un jardín.

III

Unos cinco criados, grandes y pequeños, salieron al zaguán a recibir a su señor. Decenas de mujeres, grandes y pequeñas, se asomaron desde la entrada de servicio a ver a los cazadores que llegaban. La presencia de Natasha, una señorita a caballo, llevó su curiosidad y asombro (como en todos los sitios por donde pasaba Natasha) a tal extremo, que muchos se acercaron y sin ningún apuro la miraron a los ojos haciendo sus observaciones, como si aquello que se les mostrara no se tratase de una persona, sino de un ser extraño ser que no pudiera oír ni comprender.

—¡Fíjate, Arinka! Va sentada de lado y le cuelga la falda. Mira, lleva un cuerno. ¡Dios santo!, si lleva un puñal... Ves, es una tártara.

—¿Cómo no te caes? —preguntó la más atrevida, dirigiéndose a Natasha.

El tío descabalgó junto al zaguán, y mirando a sus criados, gritó imperiosamente que se fueran los que no tuviesen nada que hacer y que se preparara todo lo necesario para acoger a sus invitados y al acompañamiento. Lo repitió varias veces. Todos se dispersaron y se pusieron manos a la obra. Natasha, que a pesar del cansancio o quizá a consecuencia de él, se encontraba en ese estado de excitación y felicidad en el que el espejo del alma graba con especial claridad y brillantez todas las impresiones, observaba y se fijaba hasta en el último detalle. Notó cómo el rostro de su tío se había transformado en la casa y parecía ahora más sosegado y seguro.

Enviaron a un sirviente a Otrádnoe a por el carruaje y entraron en la casa. En el zaguán, que olía a manzanas frescas, colgaban pieles de zorro y de lobo. El aspecto de la casa no era muy limpio; no parecía evidente que el fin de los inquilinos consistiera en evitar las manchas, pero la sensación de abandono no era notoria. Las habitaciones donde habitaban estaban barridas y fregadas, pero tras las esquinas se limpiaba solo en las grandes ocasiones. La casa no estaba enlucida y el suelo era de tarima. Había una sala pequeña y el salón, también pequeño, tenía una mesa redonda y un sofá. Pero estas habitaciones estaban desocupadas. El dormitorio era un despacho con una alfombra y un diván raídos, un retrato de Suvórov, diosas griegas y el olor de Zhúkov y los perros. Rugay entró en la estancia con el lomo sucio, se echó en el diván y comenzó a limpiarse con la lengua y los dientes. También se dejó pasar a Milka y Zavidka. Del despacho salía un pasillo en el que se veía un biombo con las telas rotas y se escuchaba un murmullo. Al parecer, ahí comenzaba la parte de la casa reservada a las damas. Un misterio, pues el tío no estaba casado.

Natasha y Nikolai se quitaron los abrigos y se sentaron en el diván, volviéndose al tío, que se marchaba a preparar algo. Sus rostros ardían, sentían hambre y estaban muy contentos de pasar todo ese rato con su tío. Como muchos otros momentos de su vida en Otrádnoe, recordarían esos instantes hasta el fin de sus vidas con melancólico placer, a pesar de que en ese día no había pasado nada extraordinario. Se miraron el uno al otro (después de la cacería, en la habitación, Nikolai no consideraba necesario darse importancia ante su hermana). Natasha guiñó un ojo a su hermano y, no pudiendo contenerse por más tiempo, estallaron sonoramente en risas.

Se desternillaban, sin haber tenido tiempo para pensar un pretexto para su risa. Poco después, el tío volvió ataviado con un casaquín, pantalones azules y unas botas de media caña. Natasha advirtió que esa vestimenta, la misma de la que se había mofado al ver con ella a su tío en Otrádnoe, era un auténtico traje. Los fracs y las levitas resultaban ridículos, pues el tío lucía ese traje con un porte tan natural como noble. El tío también estaba contento, y no solo no se ofendió por la risa de los dos hermanos, sino que se unió a ella. No podía ocurrírsele que podrían estar riéndose de su vida.

—Esta, condesita. Es trigo limpio. No he visto otra igual —dijo acercándole una pipa a Nikolai y sujetando otra con tres dedos con un gesto típico—. Ha cabalgado todo el día como un hombre como si nada. Sí, señorita, si hubiera encontrado una como usted en mi época, es trigo limpio, me hubiera casado enseguida.

Natasha no contestó. Se limitó a esbozar una sonrisa y a decir entre dientes:

—¡Qué tío tan encantador!

Al poco rato, a juzgar por el ruido de los pies, una muchacha descalza abrió la puerta. Una mujer de unos cuarenta años, gruesa, de pecho grande, hermosa y sonrosada, de barbilla doble y con unos labios sonrientes llenos de carmín, entró con una bandeja bien surtida entre las manos. Esta mujer (el ama de llaves del tío), con su agradable respetabilidad y amabilidad en los ojos y en cada movimiento, a pesar de su gordura poco común que la obligaba a sacar el vientre y mantener la cabeza erguida, se movía con extraordinaria soltura. Con igual habilidad colocó la bandeja con sus manos regordetas, hizo una respetuosa reverencia y dulcemente distribuyó en la mesa las botellas, los aperitivos y el agasajo. Con una sonrisa en el rostro, se retiró hacia un lado, permaneciendo de pie. «Pues esta soy yo, ¿comprende ahora a su tío?», parecía decir.

¿Cómo no comprenderlo? No solo Nikolai; también Natasha entendía a su tío y el significado de su ceño y de esa sonrisa, feliz y satisfecha, con la que frunció ligeramente sus labios al entrar Anisia Fédorovna. En la bandeja había vodka, licores de hierbas, setas en vinagre, tortas de centeno, miel en panal y miel cocida, manzanas, nueces, almendras tostadas y nueces con miel. Después Anisia Fédorovna trajo confituras a la miel y azucaradas, jamón y un pollo recién asado. Todo había sido escogido y preparado por Anisia Fédorovna. Todo tenía el perfume y el sabor de ella misma. Todo recordaba a su impecable jugosidad, su limpieza y a la blancura de su agradable sonrisa.

—Coma, señorita condesa —decía a Natasha, ofreciéndole bien un plato, bien otro.

Luego Natasha siempre diría que jamás había visto ni comido semejantes tortas de centeno con unas confituras, miel y frutos secos tan exquisitos, como aquella vez en casa de Anisia Fédorovna.

Anisia Fédorovna se retiró. Nikolai y su tío, entre sorbo y sorbo de licor, conversaron sobre la jornada de caza y las que seguirían, sobre Rugay y los perros de Ilaguin. Natasha, tras tomarse su aguamiel, entró en la conversación. Después de un silencio ocasional, como casi siempre ocurre en quienes reciben por primera vez a sus amistades en casa, el tío, como respondiendo a los pensamientos que seguramente rondaban a sus invitados, dijo:

—Así voy terminando mi vida… Uno se muere y no quedará nada. ¿Para qué voy a pecar?

El rostro del tío era muy significativo, incluso hermoso, cuando pronunció esas palabras. Nikolai involuntariamente recordó todo lo bueno que de él hablaban su padre y los vecinos. En toda la comarca su reputación era la de un hombre estrafalario, pero nobilísimo y desinteresado. Solían recurrir a él como juez en los asuntos familiares y como albacea testamentario. Le confiaban secretos, le habían escogido juez y para otros cargos, pero a todo se había opuesto con obstinación. Pasaba el otoño y la primavera en los campos cabalgando en su caballo overo castrado, en el invierno se quedaba en casa y en el verano se tumbaba en su jardín.

—¿Por qué no acepta ningún cargo público, tío?

—Ya lo hice, pero lo dejé. No sirvo para ello ni entiendo nada. Eso es para vosotros, a mí me falta inteligencia. La caza es otra cosa. ¡Abrid esa puerta! —gritó—. ¿Por qué la habéis cerrado? —La puerta del fondo del pasillo (que el tío llamaba «pasilo»), que conducía a la sala de caza, estaba abierta y se escuchaba con claridad el sonido de una balalaica que parecía tocar alguien hábil. Hacía rato que Natasha estaba con el oído atento, y salió al pasillo para oír mejor.

—Es Mitka, mi cochero. Le he comprado una buena balalaica. Me gusta —dijo el tío.

El tío tenía la costumbre de que se oyese tocar una balalaica desde aquella sala cuando volvía de cazar.

—Estupendo, ¡qué maravilla! —dijeron Nikolai y Natasha, a quienes al igual que las setas, la miel y los licores, los gallardos acordes de «Barynia» les parecieron los mejores del mundo.

—¡Otra, otra! —gritaba Natasha asomándose a la puerta. El tío estaba sentado y escuchaba, con la cabeza inclinada a un lado y con una sonrisa que parecía decir «sí, soy un viejo que está sentado aquí tranquilamente fumándose una pipa porque puede. Vaya si puedo». La canción «Barynia» sonó unas cien veces. El intérprete afinó su instrumento unas cuantas veces, resonando los mismos acordes, que lejos de aburrir a los oyentes, pedían más y más. Anisia Fédorovna entró en la sala y arrimó su obeso cuerpo junto al dintel de la puerta.

—Escuche, condesita —le dijo a Natasha con una sonrisa idéntica a la del tío que parecía decir «que podía»—. Toca estupendamente.

—En esa estrofa no lo hace bien, —dijo repentinamente el tío con un gesto enérgico que daba a entender muy bien que realmente «podía»—. En esta parte hay que soltarse. ¡Es trigo limpio!

—¿Acaso sabe tocar? —preguntó Natasha. Su tío sonrió sin contestar.

—Anisiushka, mira si las cuerdas de la guitarra están bien… Hace tiempo que no la cojo, la tengo abandonada. Es trigo limpio.

Anisia Fédorovna salió de buen grado con paso ligero a cumplir el encargo de su señor y trajo la guitarra.

El tío, sin mirar a nadie, quitó soplando el polvo, tamborileó con sus dedos huesudos la caja de la guitarra, afinó sus cuerdas y, pareciendo olvidar todo y a todos los allí presentes, se acomodó en el sillón. Graciosamente, con cierto gesto teatral, cogió por arriba el cuello de la guitarra, y guiñando un ojo a Anisia Fédorovna, comenzó a tocar una canción que no era «Barynia». Dio un acorde limpio y sonoro, y después, con calma y vigor, comenzó a interpretar con un ritmo muy lento «Por una calle empedrada… iba una muchacha a por agua». Los rostros de la servidumbre cubrían las puertas. Al unísono, con reposada alegría —la misma que rezumaba en toda la persona de Anisia Fédorovna— Nikolai y Natasha entonaron en su interior la canción. Anisia Fédorovna se puso colorada y, cubriéndose con un pañuelo, salió riéndose de la habitación. El tío siguió limpia y esforzadamente tocando con energía la canción. Continuaba mirando con ojos inspirados al lugar por donde había salido Anisia Fédorovna. En su rostro se dibujó una leve sonrisa bajo el bigote gris, especialmente a medida que desgranaba la canción, acelerando el ritmo, y, en lugar de hacer rasgueos, apartándose un tanto de la melodía. Se esperaba en cualquier momento que el tío empezara a bailar.

—¡Qué maravilla, tío! ¡Impresionante! ¡Otra, otra! —gritaba Natasha, saltando a abrazar y besar a su tío, fuera de sí de alegría y mirando a Nikolai, como si le preguntara: ¿qué es esto? Nikolai también estaba admirado. Su tío tocó la canción por segunda vez y el sonriente rostro de Anisia Fédorovna apareció de nuevo en el umbral de la puerta, y tras él, los de otros sirvientes. «Cuando va a por agua fresca, grita a la muchacha: ¡espera!», el tío hizo de nuevo un acorde penetrante, lo interrumpió, y se encogió enérgicamente de hombros.

—¡Venga, venga, querido tío! —comenzó a gemir con voz suplicante Natasha, como si la vida le fuera en ello. El tío se levantó, pareciendo haber en él dos hombres: uno serio se reía de otro parrandero, y este hizo una ingenua pero severa extravagancia.

—¡Vamos, sobrina! —evidente y completamente turbado, invitó a Natasha a bailar con la mano que había arrancado el último acorde.

Natasha se desprendió del chal que la cubría, dio unos pasos hacia su tío y, apoyando las manos sobre las caderas, movió los hombros y se detuvo.

¿Dónde, cómo y cuándo esa condesita educada por una emigrante francesa se había empapado del aire ruso que se respiraba? ¿Dónde había aprendido aquellas maneras (que los *pas de châle** de la institutriz deberían haber erradicado hacía tiempo)? Pero en cuanto Natasha se puso en pie, encogió los hombros y sonrió dichosa, solemne y orgullosa, el primer temor que se había apoderado de Nikolai y de todos los asistentes, el miedo de que ella, la señorita, no saliera airosa, se disipó y la admiraron entusiasmados. Ella hizo exactamente lo mismo que Anisia Fédorovna, quien enseguida le tendió el pañuelo necesario para aquel baile. A Anisia se le saltaron las lágrimas contemplando a la esbelta y graciosa condesita, criada entre algodones y tan distinta a ella, pero que sabía entender cuanto había en Anisia, en el padre de Anisia, en su tía, en su madre y en cualquier ruso.

—¡Bueno, condesa! Es trigo limpio —dijo el tío riendo con alegría cuando hubo terminado la danza—. ¡Vaya con la sobrina! Ahora solo falta escogerle un buen mozo para marido. ¡Es trigo limpio!

—Ya está escogido —dijo riéndose Nikolai.

—¿Sí? —exclamó el tío con asombro, mirando a Natasha con curiosidad.

Natasha, con una sonrisa feliz, movió la cabeza afirmativamente.

—¡Y vaya marido!

—¡Eso es lo importante! Trigo limpio.

Después de «Por una calle empedrada», ante las insistentes exigencias de su sobrina, el tío tocó para ella unas cuantas piezas más y cantó su canción favorita de los cazadores:

> *Así caía por la mañanita,*
> *ay, qué rica nievecita…*

* «Sin el chal.» *(N. de la T.)*

El tío cantaba como canta el pueblo, con pleno convencimiento de que todo el sentido de la canción está en la letra, y que la melodía solo sirve para la armonía. Y precisamente por eso, la melodía inconsciente en sus labios era extraordinariamente bella. El tío cantaba muy bien y Natasha estaba asombrada. Decidió que dejaría el arpa y solo estudiaría guitarra, de la que allí mismo había empezado a aprender algunos acordes. Sin embargo, ya habían llegado en busca de Natasha. Además de una lineika, habían enviado un drozhki y tres jinetes para recogerla, pues los condes no sabían dónde se hallaba, y la intranquilidad les desesperaba. Natasha se despidió de su tío y tomó asiento en la lineika. El tío la arropó y se despidió de ella con mucha ternura. Les acompañó a pie hasta el puente y ordenó a los cazadores marchar por delante con linternas.

—¡Adiós, querida sobrina! —gritó en la oscuridad con su decrépita y reblandecida voz.

La noche era oscura y húmeda. Los caballos chapoteaban por el barro invisible. Atravesaron una aldea en la que brillaban luces rojizas.

—¡Qué encantador es el tío! —dijo Natasha cuando salieron al camino.

—Sí —respondió Nikolai—. ¿No tienes frío?

—No. Me encuentro muy bien, muy bien. Estoy estupendamente —dijo Natasha con una particular sensación de felicidad, guardando silencio desde entonces.

¿Qué estaba pasando con ese espíritu puro, infantil y sensible, que tan ávidamente percibía las impresiones más diversas de la vida? Dios sabe cómo se acomodaban esas impresiones en su alma, pero ella se sentía muy feliz.

Se acercaban ya a la casa, cuando de repente comenzó a cantar «Así caía por la mañanita…», tema que había buscado durante todo el trayecto y del que por fin lograba acordarse.

—Muy bien —dijo Nikolai.

—¿En qué estabas pensando ahora, Nikolai? —preguntó.

Les encantaba preguntarse eso mutuamente.

—¿Yo? —dijo Nikolai, meditativo—. Mira, primero pensaba que Rugay, el perro rojizo, se parece al tío. Si fuera una persona, tendría consigo todo el rato al tío. ¡Qué buen carácter tiene, ¿eh?! —Y se echó a reír—. ¿Y tú?

—No estaba pensando en nada. Solo me estaba repitiendo durante todo el camino «Mi querido Pumpernickel, mi querido Pumpernickel» —dijo, y se rió aún más ruidosamente—. ¿Sabes? —dijo de súbito—. Sé que ya nunca me sentiré tan feliz y tranquila como ahora.

—¡Qué tonterías tan absurdas! Mientes —dijo Nikolai y pensó: «Esta Natasha es un encanto. No tengo otro amigo y camarada como ella, y nunca lo tendré».

«¡Qué encanto es Nikolai!», pensó Natasha.

—¡Ah! Todavía hay luz en el salón —dijo ella, señalando a las ventanas de su casa de Otrádnoe, que brillaban con hermosura en la húmeda oscuridad de la noche.

—Bueno, ahora te reñirán. Mamá ordenó…

IV

En las postrimerías del otoño recibieron otra carta del príncipe Andréi en la que escribía que se encontraba totalmente bien de salud y que amaba a su prometida más que nunca. Contaba las horas que faltaban para el feliz encuentro, pero existían unas circunstancias, de las que no valía la pena hablar, que le impedían su llegada antes de un plazo determinado. Natasha y la condesa comprendieron que esas circunstancias eran en realidad el consentimiento de su padre. Le suplicaba a Natasha que no le olvidara, y con el corazón encogido repetía lo de siempre: que ella era libre y que de todos modos podría rechazarle en caso de que se desenamorara de él y quisiera a otro.

—¡Qué tonto! —gritó Natasha con lágrimas en los ojos.

En la carta, envió un retrato suyo en miniatura y le rogó el suyo a Natasha: «Solo ahora, después de seis meses de separación, he comprendido cuán fuerte y apasionadamente la amo. No ha habido un instante en el que la haya olvidado, ni un motivo de alegría por el que no haya pensado en usted».

Durante unos cuantos días, Natasha anduvo con la mirada arrebatada, hablaba únicamente de él y contaba los días que faltaban para el 15 de febrero. Pero esto era demasiado duro de sobrellevar. Cuanto más fuerte era el amor que sentía por él, más apasionadamente se entregaba a las pequeñas alegrías de la vida.

De nuevo se olvidó, y tal y como le decía a Nikolai, jamás en la vida, ni antes ni después, había experimentado la libertad y el interés de vivir, como en esos ocho meses. Sabiendo que su casamiento, la dicha, y el amor en su vida eran una cuestión ya decidida, y siendo consciente (aunque sin pensar en ello deliberadamente) de que el mejor de todos los hombres la amaba, desapareció en ella la inquietud anterior, la alarma ante cualquier hombre y la necesidad de apropiarse moralmente de cada uno de ellos. El mundo entero con sus innumerables alegrías, al que esa angustia coqueta ya no tapaba, se abrió ante ella.

Nunca había percibido con tanta claridad y sencillez la belleza de la naturaleza, la música y la poesía, ni el encanto del amor familiar y la amistad. Sentía que se había vuelto más bondadosa, sencilla e inteligente. Raras veces se acordaba de Andréi y no se permitía pensar profundamente en él. Tampoco temía olvidarle. Le parecía que ese sentimiento había enraizado muy hondamente en su alma. La llegada de su hermano supuso para ella el comienzo de un mundo completamente diferente; amistoso e igualitario en la amistad, la caza y en todo lo primitivo, natural y salvaje relacionado con ese tipo de vida. El viejo viudo Ilaguin, que se había quedado prendado de Natasha, comenzó a visitarles y le hizo una proposición de matrimonio a través de una casamentera. Antes, esto la habría halagado y entretenido; se habría reído. Pero ahora se ofendió por el príncipe Andréi. «¿Cómo ha osado?», pensó Natasha.

El conde Iliá Andréevich había renunciado a su cargo de decano de la nobleza, porque ese puesto suponía unos gastos demasiado elevados. Sin tener esperanzas de que se le ofreciera otro puesto, decidió permanecer en el campo durante el invierno. Pero sus asuntos no se arreglaban. Con frecuencia, Natasha y Nikolai eran testigos de conversaciones misteriosas e inquietantes entre sus padres, y escuchaban rumores sobre la venta de la rica casa patrimonial de Moscú y la de las afueras. Los amigos más íntimos y algunos vecinos habían marchado a Moscú. Sin cargo alguno en la nobleza, las grandes recepciones ya no eran necesarias, y la vida en Otrádnoe era más modesta que en años precedentes, motivo por el cual resultaba más agradable. La enorme casa y sus pabellones continuaban llenos de gente, y a la mesa se sentaban más de veinte personas. Todos los que habitaban en la casa eran prácticamente miembros de la familia. Tal era el caso del músico Dimmler y su esposa, Jogel y su familia, la señorita Belova, y otros más.

No había grandes recepciones, pero se llevaba el mismo ritmo de siempre, sin el cual los condes no podían imaginarse la vida: las cacerías, acrecentadas desde la vuelta de Nikolai; las cuadras con cincuenta caballos y quince cocheros; el cuentista ciego que por la noche le contaba cuentos a la condesa; dos bufones con flecos dorados que iban a tomar té, y que tras servírseles dos tazones, recitaban de memoria sus cómicos diálogos imaginarios, a los que los condes reían por condescendencia; los maestros e instructores de Petia; los caros regalos que se hacían mutuamente con motivo de las onomásticas y las comidas solemnes para todo el distrito; las partidas de *whist* y Boston del conde, en las que permitía que todos vieran su abanico de cartas, dejando que los vecinos, quienes consideraban el derecho a participar en una partida con el conde Iliá Andréevich como la renta más lucrativa, le ganaran cada día cien rublos.

En cada carta, Berg insistía con fría cortesía en que se encontraban en dificultades económicas y que necesitaba recibir todo el dinero de la letra de cambio. El conde, como si se encontrase atrapado en unas enormes redes, se dedicaba a sus asuntos tratando de no creer que se enredaba más y más. No se sentía con fuerzas ni para romper la red, ni para desenredarla con paciencia y cuidado. La condesa no sabría decir cómo veía todo aquel asunto, pero con su afectuoso corazón sentía que sus hijos se arruinarían, que el conde no tenía la culpa, que no podía dejar de ser como era y que él mismo sufría por ello, aunque lo ocultase. La condesa buscaba un remedio y desde su punto de vista de mujer, encontró solo uno: un matrimonio para Nikolai. Con su particular apatía y pereza, buscó, pensó, escribió cartas, pidió consejo al conde y final y felizmente encontró, según sus principios, un buen partido en todos los aspectos para Nikolai. Pensaba que no podía encontrar nada mejor, y en caso de que Nikolai se negara, habría que renunciar para siempre a la posibilidad de arreglar el desastre.

Julie Kornakova era ese buen partido. Los Rostov conocían a su muy buena y virtuosa familia desde la infancia, y ahora se había convertido en una rica heredera con motivo de la muerte del último de sus hermanos. La condesa escribió directamente a Anna Mijáilovna a Moscú, recibiendo una contestación favorable y una invitación para que Nikolai acudiera a Moscú. Por una parte, todo estaba bien planeado, pero la condesa intuitivamente comprendió que Nikolai, dado su carácter, rechazaría indignado un matrimonio de conveniencia. Por ello, refinando todas sus artes diplomáticas y a veces con lágrimas en los ojos, habló a Nikolai de su único deseo de verle casado, pues solo así iría tranquila a la tumba. Si fuera así, tenía en perspectiva una muchacha maravillosa. En otras conversaciones, la condesa alababa a Julie y aconsejaba a Nikolai desplazarse a Moscú para divertirse con ocasión de las fiestas.

Nikolai pronto adivinó hacia qué tendían aquellas conversaciones e hizo hablar a su madre con sinceridad. Cuando ella le dijo que todas las esperanzas de remediar los asuntos financieros se fundaban en su matrimonio, Nikolai, con una crueldad que él mismo no acertaba a comprender, le preguntó si en el supuesto de amar a una muchacha sin patrimonio alguno, le exigiría sacrificar sus sentimientos y su honor al dinero. En esa época, Nikolai, al igual que Natasha, experimentaba la misma sensación de tranquilidad, libertad y holganza de las condiciones de la vida fácil. Se sentía tan bien, que de ningún modo deseaba cambiar su posición, por lo que menos que nunca podía pensar con tranquilidad en un casamiento. Su madre no respondió y rompió a llorar.

—No, no me has comprendido —decía ella, sin saber qué decir y cómo justificarse.

—Mamá, no llore. Dígame tan solo qué es lo que desea. Sabe que daré toda mi vida para que sea feliz —dijo Nikolai, pero la condesa, aun creyéndole, sentía que todo su plan se había desplomado.

«Sí, quizá ame a una chica pobre», se decía así mismo Nikolai. Desde ese día, comenzó a intimar más con Sonia, a pesar de que antes la tratara con total indiferencia.

«Siempre sacrificaré mis sentimientos por el bien de mi familia, no puedo mandar en ellos, la amo», pensaba para sus adentros.

Después de las cacerías, siguieron largas noches de invierno, mas Nikolai, Sonia y Natasha no se aburrían. Además de la caza del lobo, todos ellos disfrutaban de la troika,* el patinaje y las montañas, además del teatro, la música, la charlatanería amigable y las lecturas en voz alta (leían *Corinne* y *Nouvelle Héloïse*) ocupaban alegremente su tiempo por completo. Por las mañanas, Nikolai permanecía en su despacho lleno de humo fumándose una pipa y leyendo un libro. Aunque no tenía nada que hacer por separado, actuaba así porque era un hombre. Las señoritas olían con respeto aquel olor a tabaco y juzgaban aquella vida suya masculina y sepa-

* Troika: tiro de tres caballos. *(N. de la T.)*

rada, durante la cual, bien leía, o bien fumando se tumbaba y pensaba en su próximo matrimonio, en su pasado servicio militar, en Karái y sus futuros cachorros, en el caballo de espesa crin, en Matresha —la moza del zaguán— y en Milka, que con todo, era patosa. Pero en cambio, cuando él se unía a ellas, la vida que llevaban juntos resultaba más divertida, especialmente cuando se eternizaban más allá de la medianoche sentados al piano o simplemente en el diván tocando la guitarra, conversando sobre unos temas que solo para ellos tenían sentido. Natasha encontraba a diario un nuevo dicho o chiste, de los que uno no podía evitar reírse: bien el «cilindro móvil», bien «la isla de Madagascar», los cuales relataba con especial sentido del humor. Luego, al salir de la estancia, saltaba sobre la espalda de Nikolai y le exigía que la llevara a la cama a cuestas. Allí le retenía, acercándole a Sonia, y guiñando alegremente los ojillos soñolientos, atendía de vez en cuando a su cuchicheo amoroso.

V

Llegaron las Pascuas de Navidad. Aparte de la misa solemne —en la que por primera vez Natasha y Nikolai cantaron junto con el sacristán y los cazadores las canciones que se habían aprendido—, y de las aburridas felicitaciones de vecinos y sirvientes, no sucedió nada de especial. Así de tranquilos y melancólicos pasaron los tres primeros días de las fiestas. Pero en el aire, en el sol, en la helada navideña de veinte grados bajo cero, en la fría luz de la luna, en los destellos de la nieve, en la vacuidad de las antesalas y los pabellones de donde habían salido para pasear y a los que regresaban sofocados y trayendo consigo la helada; en todo había una exigencia poética de celebración, que durante las fiestas tornaba melancólico al silencio.

Después de comer, Nikolai, que por la mañana había visitado a algunos vecinos, se echó una cabezada en la sala de los divanes.

Sonia entró en la estancia y salió de puntillas. No habían repuesto las velas, y en la habitación se cernían claramente las sombras y la luz de la luna. Natasha cantaba. Después de la comida se había sentado junto a su adormecido padre y luego se había puesto a pasear por la casa. No había nadie en las dependencias de los criados, excepto unas viejas. Se arrimó a ellas y escuchó el cuento de un novio que llegó a una casa de baños y al canto de un gallo se desmoronó. Después fue a ver a Dimmler a su habitación. El músico, con las lentes sobre la nariz, estaba leyendo un libro a la luz de una vela mientras su esposa cosía. Apenas le habían acercado una silla y expresado el placer de verla, cuando se levantó y se marchó, diciendo con aire imponente «La isla de Madagascar, la isla de Madagascar». Los Dimmler no se ofendieron; nadie se ofendía con Natasha. Luego entró en la antesala y envió a un lacayo a por un gallo y a otros dos a por avena y tiza. Pero en cuanto le trajeron todo lo que había pedido, les ordenó retirarse, diciendo que ya no hacía falta. Ni siquiera los lacayos, que eran viejecitos venerables a los que el conde trataba con esmero, jamás se enfadaban con Natasha, a pesar de que ella les traía continuamente al redopelo, martirizándoles con recados, como si les tratara de decir «¿Qué, se va a enfadar? ¿Se va a poner altivo conmigo? ¿Tendrá ánimo para ello?». La doncella Duniasha era la que peor suerte corría, pues Natasha no la dejaba tranquila ni un minuto. Si no era exigiéndole tal cosa, era con otra; ya fuera deshaciéndole la trenza o manchándole el vestido en vez de regalárselo. Pero de otro modo, Duniasha se hubiera muerto del aburrimiento. Como la vez que, tras enfermar y permanecer dos semanas en el pabellón de la servidumbre sin ver a sus señoras, salió a servir sintiéndose todavía enferma y débil. Cruzando la antesala, Natasha entró en el salón y encontró allí a la señorita Belova sentada junto a la mesa camilla haciendo un solitario. Le barajó las cartas, la besó y mandó preparar el samovar, aunque no era en absoluto la hora. Finalmente, ordenaron retirarlo.

—Vaya con la señorita —dijo Foká, retirando el samovar, con deseos de enfadarse, pero sin fuerza para ello. Natasha comenzó a reírse, mirando a Foká a los ojos. Gracias a esas risas, nadie se enojaba con Natasha.

—Nastásia Iványch, ¿cuántos hijos tendré? —preguntó al pasar junto al bufón.

—Tendrás pulgas, libélulas y saltamontes —respondió.

Natasha solo le preguntaba al bufón, pero no escuchaba sus respuestas. Rara vez le reía las gracias y no le gustaba hablar con él. Como eludiendo la responsabilidad que detentaba, después de haber probado su poder y haberse convencido de que todos estaban sumisos, Natasha entró en la sala, cogió una guitarra, se sentó en un rincón oscuro y empezó a rasguear las cuerdas, entonando una estrofa de una ópera que recordaba. Para los que la oían por primera vez a la guitarra, le salían unos «trit-trit» que no tenían ningún sentido, pero en su imaginación esos sonidos le hicieron revivir una larga retahíla de recuerdos. Sentada en el rincón, con una leve sonrisa y la mirada fija, se escuchaba a sí misma y no hacía más que recordar. Se hallaba en un estado de reminiscencia. Al principio, el sonido de las cuerdas graves le trajo muchos recuerdos del pasado. Desde aquel momento, cuando se entregaba al recuerdo, no rememoraba nada salvo el deseo de volver a ese melancólico estado de reminiscencia. De súbito se imaginó que ya había visto anteriormente ese presente, que el momento de estar sentada con la guitarra en la esquina en la que la luz se filtraba por la ranura de la puerta de la despensa, ya había pasado antes. Parecía revivir lo que ya había ocurrido. Sonia se dirigió al final de la sala a por algo, y su acción también parecía haber ocurrido antes punto por punto.

—Sonia, ¿qué es esto? —gritó Natasha, haciendo «trit-trit» con las cuerdas graves de la guitarra. Sonia se acercó y se puso a escuchar.

—No lo sé —dijo azarándose como siempre ante esas extrañas conversaciones que surgían entre Nikolai y Natasha sobre diversas sutilezas que ella nunca acertaba a comprender. Esto le dolía mucho delante de Nikolai, el cual según creía ella valoraba mucho esas incomprensibles conversaciones—. No lo sé —dijo, adivinando tímidamente algo, pero temiendo confundirse.

Cuando discurrían tales conversaciones, Sonia siempre experimentaba un particular placer poético en Nikolai y Natasha. Ella no entendía qué hallaban de placentero en esas charlas y en la música, pero sentía y creía que estaban haciendo algo bueno, y junto con sus queridos Nikolai y Natasha, se esforzaba por asimilar ese reflejo. «Bueno, se ha reído con la misma timidez que cuando ocurrió —pensó Natasha—, y con idéntica...»

—No, esto son los coros, ¿o es que no escuchas?: «trit-trit» —y Natasha terminó de cantar la estrofa para que lo comprendiera—. ¿Adónde ibas? —preguntó.

—A cambiar el agua de la copa. Estoy dibujando un bordado para mamá.

Sonia siempre estaba ocupada.

—¿Dónde está Nikolai?

—Creo que está tumbado en la sala de los divanes.

—Ve a despertarlo —dijo Natasha—. Ahora voy.

Tomó asiento, pensó qué significado tenía todo lo que estaba sucediendo y sin lamentar en absoluto no haber resuelto ese misterio, se dijo: «¡Ay! ¡Que venga cuanto antes! ¡Tengo tanto miedo de que no venga! Y sobre todo: me hago mayor. Ya no encontrará en mí lo que hay ahora...». Se levantó, dejó la guitarra y pasó al salón. Toda la familia estaba sentada a la mesa de té, y entre los invitados figuraba su tío. Los sirvientes permanecían de pie en torno. Natasha entró y se detuvo.

—¡Ah!, ahí está —dijo Iliá Andréevich.

Natasha miró a su alrededor.

—¿Necesitas algo? —le preguntó su madre.

—Necesito un marido. Deme un marido, mamá, deme un marido —comenzó a gritar con voz de pecho a través de su casi imperceptible sonrisa, exactamente igual que cuando de niña le pedía un pastel a su madre.

En un primer momento, al oír estas palabras, todos se quedaron perplejos, como asustados. Pero sus dudas se disiparon en unos segundos. Resultaba gracioso y todos, incluso los lacayos y el bufón Nastásia Iványch, se rieron. Natasha era consciente de que no resultaba encantadora por hacer esto o aquello sino que todo resultaba encantador tan pronto como ella lo hacía o lo decía. Era algo que sabía y de lo que incluso abusaba.

—Mamá, deme un marido. ¡Un marido! —repitió—. Todas tienen uno menos yo.

—Mamita, solo tienes que escoger uno —dijo el conde.

Natasha le besó en la calva.

—No hace falta, papá. —Se sentó a la mesa (nunca bebía té y no entendía por qué fingían que les gustaba) y conversó juiciosa y sencillamente con su padre y su tío, pero al poco rato se retiró a la sala de los divanes, al rincón que su hermano y ella preferían y en el que siempre iniciaban conversaciones íntimas. Le llevó una pipa y una taza de té, y se sentó con él.

Desperezándose, Nikolai la miró y sonrió.

—He dormido estupendamente —dijo.

—¿No te sucede a veces —dijo Natasha— que parece que todo lo bueno ya ha pasado y no volverá? ¿Y que solo queda el tedio y la tristeza?

—¡Pues claro que sí! —dijo—. A veces creo que todo va bien, que todos están contentos, y de repente se me ocurre que no quedará nada y que todo es absurdo. Especialmente, cuando estando en el regimiento, escuchaba música a lo lejos.

—¡Oh, sí! Lo sé, lo sé —confirmó Natasha—. Me pasaba lo mismo cuando era pequeña. ¿Recuerdas que una vez me castigaron por coger unas ciruelas? Vosotros no hacíais más que bailar, y yo me quedé en la sala de estudio sollozando. Lloré tanto, que nunca se me olvidará. Estaba triste y sentía lástima por mí y por todos.

—Lo recuerdo —asintió Nikolai.

Natasha se puso a pensar; seguía en ese estado de reminiscencia.

—¿Y recuerdas —dijo sonriendo pensativamente— cuando hace muchísimo tiempo, todavía siendo pequeños, papá nos llamó a su despacho que aún estaba en la casa vieja? Estaba muy oscuro, entramos y allí había...

—¡Un negro! —terminó de decir Nikolai, sonriendo alegremente—. ¿Cómo no voy a acordarme? Y ahora no sé si era negro, si lo soñamos o es que nos lo contaron.

—Era gris y con los dientes blancos, ¿te acuerdas? Estaba de pie y se nos quedó mirando...

—¿Lo recuerdas, Sonia? —preguntó Nikolai.

—No, no lo recuerdo —contestó tímidamente.

—Pues yo pregunté a papá y a mamá por el negro —dijo Natasha—. Dicen que no hubo ningún negro. Pero tú sí que lo recuerdas.

—Ya lo creo. Parece que estoy viendo sus blancos dientes.

—¡Qué extraño! Es como si fuera un sueño. Me gustan estas cosas.

—¿Y recuerdas cuando estábamos jugando con un huevo de Pascua en la sala y de repente aparecieron dos viejas y empezaron a dar vueltas por la alfombra? ¿Ocurrió, o no? ¿Te acuerdas lo bien que lo pasamos?...

—Sí. ¿Y cuando papá disparó con su rifle?

Sonriendo, se interrumpían con un nuevo placer para ellos: los recuerdos. Pero no los tristes recuerdos propios de la vejez, sino los poéticos de la infancia; del pasado más lejano en donde los sueños se confunden con la realidad. Rieron suavemente, sintiendo alegría melancólica. Aun cuando compartían recuerdos comunes, Sonia, como siempre, no llegaba tan lejos. Solo participó de ellos cuando Natasha y Nikolai evocaron su primera llegada. Sonia decía que tenía miedo de Nikolai, porque en su chaquetita llevaba cordones y la niñera le decía que iba a atarla con ellos.

—Recuerdo que me dijeron que tú habías nacido debajo de una col…

Dimmler entró en la sala de los divanes, en los que solo estaba encendida una casi consumida vela de sebo, y se acercó a un arpa que estaba situada en una esquina. Retiró el paño que la cubría y el arpa emitió un sonido discordante.

—Eduard Kárlych, toque, por favor, mi nocturno favorito de Field —dijo desde el salón la voz del anciano conde.

Dimmler inició unos acordes, y volviéndose a Natasha, Nikolai y Sonia, dijo:

—¡Qué tranquilos están los jóvenes!

—Sí, estamos filosofando —dijo Natasha volviéndose por un segundo, y prosiguió la conversación. Ahora hablaban de sueños. Natasha contaba que antes volaba en ellos con frecuencia, pero ahora no.

—¿Y cómo, con alas? —preguntó Nikolai.

—No, no. Con las piernas. Solo hay que emplearse un poco con las piernas.

—Claro, claro —dijo riéndose Nikolai.

—Así —apuntó rápidamente Natasha, poniéndose de pie en el diván. Su expresivo rostro mostraba los esfuerzos; extendió hacia adelante los brazos e intentó volar, pero cayó al suelo. Nikolai y Sonia se rieron.

—¡No, espera! Seguro que vuelo —dijo Natasha.

Dimmler comenzó a tocar en ese instante. Natasha bajó del diván de un salto, de nuevo cogió el candelabro, lo sacó de la habitación y volvió en silencio a su sitio. Aquel ángulo de la habitación estaba oscuro, pero por los grandes ventanales entraba la luz helada de la luna.

—¿Sabes? —cuchicheó Natasha, acercándose a Nikolai y Sonia cuando Dimmler hubo terminado la pieza y ya estaba sentado, pulsando débilmente las cuerdas, aún indeciso por si debía dejar el instrumento o comenzar algo nuevo—. Yo creo que cuando uno comienza a recordar todo, termina por recordar lo de antes de venir al mundo.

—Eso es la metempsicosis —aseguró Sonia, que como buena estudiante de historia, recordaba todo—. Los egipcios creían que nuestras almas proceden de algún animal y que de nuevo volverán a ellos.

—Yo sé a quién irá tu alma.

—¿A quién?

—¿A un caballo?

—Sí.

—¿Y el alma de Sonia?

—Era de un gato, y se convertirá en un perro.

—No, ¿sabéis? Yo no creo que nuestras almas estuviesen antes en animales —continuó Natasha con el mismo cuchicheo, a pesar de que la música ya había cesado—. Estoy segura de que éramos ángeles en algún lugar y que por eso lo recordamos todo…

—¿Puedo unirme a ustedes? —preguntó Dimmler, acercándose y sentándose junto a ellos.

—Si fuimos ángeles, entonces, ¿por qué hemos caído tan bajo? No, no puede ser —dijo Nikolai.

—No tan bajo, ¿quién te ha dicho que hemos caído bajo?… —replicó Natasha acaloradamente—. Tú mismo decías que las almas son inmortales.

—Sí, pero es difícil imaginarse la eternidad —intervino Dimmler, que estaba sentado al lado, sonriendo desdeñosamente y sintiendo, sin saber cómo, que se había entregado a la influencia del diván y que participaba seriamente en la conversación.

—¿Por qué es difícil? Hoy es, mañana será, ¡siempre será! Lo único que no comprendo es por qué empezó de repente…

—Natasha, ahora te toca a ti. Cántame alguna cosa —se oyó decir a la voz de la condesa—. ¿Qué hacéis ahí sentados como si estuvieseis conspirando?

—Mamá, no tengo ganas —replicó Natasha, pero levantándose enseguida.

Nadie, ni siquiera el viejo y duro Dimmler, que parecía hallar un sentimiento fresco y nuevo en aquel rincón de la casa, deseaba irse. Pero Nikolai se sentó al piano, Natasha se levantó y comenzó a cantar, colocándose como siempre en el centro de la habitación y escogiendo el punto más conveniente para la acústica. Había dicho que no tenía deseos de cantar, pero nunca antes ni en mucho tiempo después, cantó como aquella tarde. El conde Iliá Andréevich, que conversaba en su despacho con Mítenka, escuchó su canto, y al igual que un alumno presuroso por salir a jugar después de la lección, se hizo un lío con lo que decía y guardó silencio. Mítenka de cuando en cuando sonreía. Nikolai, sin quitar el ojo a su hermana, contenía como ella el aliento. Sonia la escuchaba, pensando con espanto en la enorme diferencia existente entre las dos y en la imposibilidad de ser ella la preferida de Nikolai. La anciana condesa permanecía sentada con una sonrisa feliz y melancólica, con las lágrimas asomando en sus ojos y meciendo en ocasiones la cabeza, pensando que pronto debería de separarse de Natasha. Pensaba lo mucho que disfrutaban juntas y lo triste que sería entregársela en matrimonio al príncipe Andréi.

Dimmler tomó asiento junto a la condesa y, cerrando los ojos, comenzó a escuchar.

—No, condesa —dijo finalmente—. Tiene un talento europeo. Tiene lo que no se aprende: suavidad, dulzura, fuerza...

—¡Ay, qué miedo tengo por ella, qué miedo! —respondió la condesa, sin recordar con quién estaba conversando. Su intuición maternal le decía que había algo de excesivo en todo lo bueno de Natasha y sentía pánico por ella. El sentimiento maternal no la engañaba.

Todavía no había concluido Natasha de cantar, cuando Petia, con el entusiasmo de sus once años, entró en la sala y dio la noticia de que habían llegado los atavíos y los disfraces. Natasha cesó en seco.

—¡Tonto! —le gritó a su hermano, corrió hacia una silla, se

dejó caer sobre ella y comenzó a llorar. Pero en ese preciso instante se levantó de un salto, besó a Petia y corrió al encuentro de los disfraces: los había de osos, de cabras, de turcos, de grandes señores, terribles unos y cómicos otros. Los criados irrumpieron en la sala tocando la balalaica y comenzaron sus cánticos y sus danzas. Hicieron un corro y cantaron canciones para convocar a los espíritus. Al cabo de media hora aparecieron en el salón más disfraces: una vieja señora con miriñaque que era Nikolai, una bruja que era Dimmler, Natasha vestida de húsar, Sonia de circasiano y Petia de turca. Todo había sido urdido y preparado por Natasha. También había pensado la distribución de los disfraces y pintado con un corcho quemado los bigotes y las cejas. Ahora se encontraba más alegre y animada que de costumbre. Después del condescendiente asombro, de la broma de no reconocerse y de las alabanzas por parte de los que no estaban disfrazados, los jóvenes vieron que sus atavíos estaban tan logrados, que había que salir para enseñárselos a quien fuese. Nikolai, que aprovechando el excelente estado del camino quería dar un paseo a todos en su troika, propuso ir con diez criados disfrazados a la casa del tío, que acababa de marcharse. En media hora estuvieron listas cuatro troikas con sus campanillas y cascabeles, y bajo la helada e inmóvil luz de la luna, que empapaba un aire a veinticuatro grados bajo cero, las troikas partieron hacia la casa del tío por un camino nevado que no solo crujía, sino que silbaba.

VI

Natasha fue la primera en dar el tono de alegría navideña que prendía ya en todos, incluso en Dimmler, quien bailaba con una escoba vestido de bruja. La alegría pasaba de unos a otros e iba en aumento, en especial cuando salieron al frío para ocupar los trineos, entre conversaciones, risas y gritos.

Había dos trineos de servicio. El tercero era la troika del anciano conde tirada por un trotón orlovski, y la otra era la de Nikolai, con su pequeño y lanudo caballo de varas. Nikolai estaba muy alegre. Con su disfraz de vieja, envuelto en una capa de húsar, permanecía de pie entre los trineos y sostenía las riendas. Había tanta claridad que se veían brillar los herrajes y los ojos de los caballos a la luz de la luna, los cuales miraban asustados cómo sus jinetes hacían ruido en el zaguán a la misteriosa luz de luna. Natasha, Sonia, la niñera y dos muchachas tomaron asiento en el trineo de Nikolai.

—¡Ve delante, Zajar! —gritó Nikolai al cochero de su padre, con la intención de adelantarlo después. Una troika marchaba ya delante, haciendo sonar los patines y las campanillas, demasiado ruidosas para el silencio de aquella noche. La caballería de refuerzo se ceñía a la lanza del carro, atascándose y removiendo la nieve dura y brillante como el azúcar.

—¡Venga, queridos! —gritó Nikolai a los cocheros olvidándose de sus miriñaques y marchó tras ellos, primeramente al trote, por el angosto camino junto al jardín. Las sombras de los árboles desnudos se proyectaban a lo largo del camino y ocultaban la clara luz de la luna. Pero he aquí que llegaron a una llanura nevada, como de azúcar, que brillaba incluso emitiendo destellos violetas, y el trineo de delante experimentó una sacudida al pasar por un bache; otro tanto ocurrió con los siguientes.

—¡Ahí hay un montón de huellas de liebre! —resonó la voz de Natasha en el aire gélido.

—¡Qué bien se ven! —dijo la vocecita de Sonia.

Nikolai se volvió y se agachó para escudriñar una cara totalmente nueva, con cejas y bigotito, que le miraba desde las pieles de marta. «Esta antes era Sonia», pensó. La miró más de cerca y sonrió.

—¿Decías algo, Nikolai?

—No, nada. —Y se volvió de nuevo hacia los caballos, que

tras salir a un gran camino cubierto de nieve batida y plagado de huellas de liebre, comenzaron a tirar con más fuerza del trineo. El de la izquierda saltaba y tiraba de las riendas. El del centro se balanceaba y se chocaba con los otros, como preguntando: «¿Empezamos ya, o es pronto todavía?». Delante, ya lejos y haciendo sonar los cascabeles, se distinguía claramente sobre la blanca nieve la troika negra de Zajar, que iba dando gritos. De su trineo se oían los gritos de los criados y la voz y las risotadas de Dimmler.

—¡Eh, amigos! —gritaba la vieja con su miriñaque, tirando de las riendas con una mano y arreando un latigazo con la otra. Solo por el aire que fuertemente les azotaba en la cara y por las sacudidas de los tirones de los caballos al trote, se podía advertir lo velozmente que volaba la troika. Nikolai miró hacia atrás. Entre los gritos, el chasquido del látigo y los saltos de los caballos centrales, las demás troikas se rezagaban. El caballo del centro, oscilando bajo su arco, no acortaba el paso y prometía apretar más cuando fuese necesario. Aguantando el ritmo, se pusieron a la altura de la primera troika.

—¡Qué, Zajar! ¡Te he igualado!

Zajar volvió su cara, que estaba cubierta de escarcha hasta las cejas.

—¡A ver si se mantiene, señorito!

Ambos trineos marchaban disparados, pero Zajar tomaba la delantera. Nikolai comenzó a igualarse.

—¡Embustes, señorito! —gritó Zajar, y empezó a echarse a la derecha.

El caballo de la derecha galopaba por el camino intacto, salpicando de fina y seca nieve a los jinetes. Nikolai no se contuvo y lanzó su troika a toda velocidad. Cuando hubo recorrido una versta, se frenó y miró hacia atrás. Unos extraños de alegre rostro y con bigotito estaban sentados en el trineo.

—¡Fíjate! Tiene el bigote y las pestañas blancas —dijo uno de los extraños de bigotito.

«Me parece que es Natasha», pensó Nikolai.

—¿No tenéis frío? —gritó Dimmler algo divertido desde atrás, pero no le oyeron. De todos modos, se rieron.

Sabe Dios si el tío se alegró de ver toda esa algarabía; en un primer momento, incluso pareció turbado e incómodo, pero los que acudieron a verle no se percataron de ello. Después de danzar y cantar, comenzaron a recitar sortilegios. Nikolai se quitó su miriñaque y se puso el casaquín de su tío. Las señoritas se quedaron con sus disfraces puestos, y cada vez que Nikolai miraba a sus bigotes y cejas perfilados con un corcho quemado, tenía que recordar que se trataba de Natasha y de Sonia. Esta última le sorprendía especialmente; y para alegría de ella, no cesaba de mirarla con atención y cariño. Le pareció que solo ahora, gracias a su bigote y cejas, la había reconocido por vez primera. «Así pues, es ella. ¡Qué tonto que soy!», pensó, mirando a sus brillantes ojos y a su entusiasta sonrisa que asomaba por debajo del bigote, y que le formaba hoyuelos en las mejillas que nunca antes había visto.

Después de sacar los aros y un gallo, Anisia Fédorovna propuso a las señoritas ir al granero a escuchar el porvenir. El granero estaba junto a la misma casa, y Anisia Fédorovna dijo que allí casi siempre se oía o bien cómo derramaban el trigo, o bien cómo daban golpecitos. Una vez incluso una voz inició un conjuro. Natasha dijo que tenía miedo.

Sonia, riéndose, se tapó la cabeza con su abriguito. Sonriendo, les observó a través de él.

—Pues yo no tengo miedo de nada. Ahora voy.

Nikolai de nuevo vio esa inesperada sonrisa asomando entre el bigote.

«¡Qué maravilla de muchacha! —pensó—. ¿Y en qué he estado pensando, tonto de mí, todo este tiempo?» En cuanto Sonia salió al pasillo, Nikolai fue al zaguán a refrescarse; en la casita hacía calor. En el patio hacía ese mismo frío inmóvil, brillaba esa misma luna, solo que incluso más luminosa. La luz era tan intensa y había tantos destellos en la nieve, que uno no deseaba mirar al cielo, donde no se advertían las estrellas. El cielo estaba oscuro y triste, pero en la tierra había alegría.

«¡Qué tonto, pero qué tonto que soy! ¿A qué he estado esperando hasta ahora?», pensó Nikolai. Sin saber la razón, salió corriendo del zaguán y dobló la esquina de la casa por el sendero que llevaba al porche trasero. Sabía que Sonia iría por allí. A mitad del camino se amontonaba la leña a lo largo de varios sazhen. Estaba cubierta de nieve y proyectaba sombras que se entrelazaban sobre el caminito que conducía al granero. Su pared de troncos, como esculpidos de alguna extraña piedra preciosa, brillaba a la luz de la luna. El silencio era total. En el jardín un árbol crujió, pero todo enmudeció de nuevo. Parecía que su pecho no respirase aire, sino júbilo y alguna energía eternamente joven.

De repente, en el zaguán del servicio se escucharon unos pasos por los escalones, crujiendo ruidosamente el último, en el que se acumulaba la nieve. La voz de Anisia Fédorovna dijo:

—Derecho, señorita. Pero no mire a los lados.

—No tengo miedo —respondió la voz de Sonia, dirigiéndose a donde estaba escondido Nikolai y haciendo ruido al pisar con sus finas zapatillas.

«Sí, es ella, pero ¿y yo? No lo sé», pensó Nikolai.

A dos pasos de él, Sonia le vio. Pero tampoco le veía del mismo modo en que le había conocido y siempre ligeramente temido. Nikolai tenía puesto el casaquín del tío, los cabellos enredados y las cejas fruncidas. Sonreía feliz, con una sonrisa nueva para Sonia. Ella se asustó de lo que pudiera pasar, y corrió rápidamente hacia él.

«Parece otra, pero siempre es la misma», pensó Nikolai, mirando el rostro de la chica, iluminado de lleno por la luna. Pasó sus manos entre las pieles que cubrían su cabeza, la abrazó, la estrechó contra su pecho y la besó en los labios, sobre los que el bigote olía suavemente a corcho quemado. Sonia le besó justo en el centro de los labios, y sacando sus pequeñas manos, le estrechó ambas mejillas.

—Sonia, parece que estás esperando a tu prometido —dijo Nikolai—. No hay nada que oír en el granero. Vayamos para que nos vean. —Y volvieron del granero por caminos diferentes.

Cuando regresaron a casa, Natasha —que como siempre se había dado cuenta de todo— tomó asiento en el trineo con Dimmler y sentó a Sonia con Nikolai. Este, sin adelantar a nadie, llevaba el trineo en línea recta, volviéndose todo el rato hacia Sonia bajo esa extraña luz de luna que todo lo cambia, buscando entre las cejas y el bigote a la Sonia de antes y de ahora, de la que había decidido no separarse nunca más. La contemplaba una y otra vez, y cuando reconocía a la una y a la otra, recordaba ese beso mezclado con olor a corcho quemado, volviéndose en silencio o preguntando únicamente «¿Vas bien, Sonia?», y seguía guiando el trineo.

A mitad de camino, sin embargo, dejó las riendas al cochero y saltó al trineo en el que iban los Dimmler. Se acercó a Natasha y se sentó en el pescante.

—¡Natasha! —murmuró en francés—. ¿Sabes?, me he decidido por Sonia.

—¿Se lo has dicho? —preguntó Natasha, poniéndose súbitamente radiante de alegría.

—¡Ay, qué rara estás con esas cejas y el bigote, Natasha! ¿Estás contenta?

—Muchísimo, muchísimo. Empezaba a enfadarme contigo. No te lo había dicho, pero te portabas mal con ella. ¡Tiene un corazón tan grande, Nikolai! ¡Qué contenta estoy! A veces soy mala, pero sentía vergüenza de ser feliz y Sonia no —continuó Natasha—. Ahora estoy muy contenta. ¡Venga, ve con ella!

—¡No, espera! ¡Qué graciosa estás así! —dijo Nikolai, mirándola todo el rato y hallando en ella algo nuevo y extraordinario que antes no veía. Lo que no veía antes era precisamente esa amorosa seriedad, que se mostraba tan claramente mientras le decía con su bigotito y sus cejas perfiladas lo que debía de hacer.

«Si antes la hubiera visto como es ahora, hace tiempo que le habría preguntado qué hacer. Y habría hecho todo lo que hubiera ordenado, y todo habría salido bien.»

—Entonces, ¿estás contenta y he hecho bien?

—¡Ay, sí! ¡Muy bien! ¿Sabes?, no hace mucho me enfadé con mamá por ese motivo. Mamá decía que ella te quería pescar. ¿Cómo se puede decir semejante cosa? Reñí con mamá. Jamás permitiré que nadie diga o piense nada malo de ella, porque ella solo tiene buenas cualidades.

—Entonces, ¿está todo bien, no? —dijo Nikolai, otra vez contemplando las cejas y el bigote para comprobar si hablaba de veras. Haciendo crujir la nieve bajo sus botas, bajó de un salto y corrió hacia su trineo. El mismo circasiano, que seguía sentado allí alegre y sonriente, con su bigotito y sus brillantes ojos, le miraba bajo su capuchón de piel.

—Natasha, he visto una habitación grande en la que él escribía sentado —contaba Sonia.

Natasha estaba sentada detrás de Sonia, pero por muchas lágrimas que vertió debido a los esfuerzos por examinar atentamente la vela, no vio nada y dijo no ver nada.

Poco después de las Navidades, la anciana condesa comenzó a exigir insistentemente a su hijo que se casara con Julie, y cuando él confesó que su amor y sus promesas eran para Sonia, la condesa empezó a reprender a Sonia delante de él, tildándola de ingrata. Nikolai rogó a su madre que les perdonase, amenazando incluso con casarse en secreto con Sonia si esta seguía siendo acosada. Prometiendo a Sonia arreglar en el regimiento sus asuntos y volver al cabo de un año para casarse con ella, Nikolai marchó a su guarnición, malquistándose casi por completo con sus padres.

Al poco de la marcha de su hijo, Iliá Andréevich se dispuso a viajar a Moscú para vender su casa. Natasha afirmaba que seguramente el príncipe Andréi habría llegado ya, y suplicaba a su padre que la llevase con él. Después de discutir y tras alguna vacilación, se decidió que la condesa permaneciera en Otrádnoe y que el conde acudiera con las dos muchachas a Moscú, instalándose durante un mes con sus tías.

VII

El amor entre el príncipe Andréi y Natasha y su felicidad fue uno de los motivos principales en el vuelco que dio la vida de Pierre. No sentía envidia ni celos; se alegraba de la dicha de Natasha y de su amigo, pero después de esto su vida se quebrantó. De repente, todo su interés en la masonería se vino abajo, todo el trabajo de introspección y autoperfeccionamiento se perdió. Frecuentaba el club, y de este salía con sus viejas amistades a visitar a mujeres. Desde ese momento, comenzó a llevar una vida tal, que la condesa Elena Vasilevna consideró necesario llamarle seriamente la atención. Sin avisarla, Pierre partió para Moscú.

En Moscú, apenas hubo entrado en su inmensa mansión con las princesas flacas y secas y la numerosa servidumbre ociosa; apenas vio al pasar por la ciudad esa virgen de Iveria con sus velas, esa plaza con la nieve sin pisar, esos cocheros, esas casitas de Sivtsev Vrazhek; apenas vio a los viejos señores moscovitas, que sin deseos ni prisas reñían y terminaban allí sus vidas; apenas vio a las viejas señoras moscovitas y el Club Inglés, se sintió como en su propia casa, como en un refugio tranquilo. Desde el día en que llegó a Moscú no abrió su diario ni una sola vez, ni acudió a visitar a sus hermanos masones. Se entregó de nuevo a sus principales pasiones, de las cuales se confesó cuando fue admitido en la logia, y aunque no se encontró satisfecho, sí al menos alegre. Qué horror e incluso desprecio habría experimentado siete años atrás, antes de la batalla de Austerlitz y justo cuando acababa de llegar del extranjero, si le hubiesen dicho que no hay nada que sea menester buscar e inventar, y que su vida estaba encarrilada y trazada desde hacía mucho tiempo. Casarse con una belleza, vivir en Moscú, ofrecer comidas, jugar al Boston, injuriar ligeramente al gobierno, parrandear de vez en cuando con los jóvenes y ser miembro del Club Inglés.

Deseaba proclamar la república en Rusia, quería ser Napoleón y también filósofo. Quería beberse de un trago una botella de ron sentado en la ventana, ser un estratega, vencer a Napoleón, regenerar el depravado género humano y conducirse él mismo hacia la perfección. Quería instituir colegios y hospitales y emancipar a los campesinos. Pero en vez de esto, resultaba ser el rico marido de una mujer infiel, un gentilhombre de cámara retirado miembro del Club Inglés al que le gustaba comer, beber y, desabrochándose la chaqueta, hablar mal del gobierno.

Pierre encarnaba a todos estos tipos, pero ahora no podía ni tenía fuerzas para creer que él era esa misma clase de gentilhombre moscovita de cámara retirado que tan profundamente despreciaba siete años atrás. Le parecía que era completamente diferente a ellos; alguien especial. Los otros eran gente insulsa, tontos; pero él, aun a pesar de estar descontento de todo, seguía sintiendo ganas de hacer algo por la humanidad. Le hubiera resultado muy doloroso pensar que seguramente todos los gentileshombres de cámara retirados actuaban de igual modo; buscaban algo nuevo y deseaban encontrar su camino en la vida. E igual que él por la fuerza de las circunstancias, de la sociedad o de la raza, por esa fuerza espontánea que obliga a las simientes de las patatas a estirarse hasta la ventana, llegaban a Moscú y al Club Inglés, donde censuraban al gobierno y al resto de los gentileshombres de cámara retirados.

Pierre seguía pensando que él era distinto, que no se podía quedar en esa categoría, que aquello era un compás de espera (un compás de espera en el que entraban miles de personas con la dentadura completa y todo el cabello, y salían del Club Inglés de Moscú desdentados y calvos), y que muy pronto empezaría a actuar... En este enfoque de la vida, su amigo Andréi y él eran contrarios hasta la extrañeza. Pierre siempre habría querido hacer algo; consideraba que la vida sin un fin razonable, sin lucha y sin actividad, no era vida. Nunca había sabido hacer lo que hubiera deseado, y simplemente vivía sin hacer mal alguno a nadie y complaciendo a muchos. Por el contrario, el príncipe Andréi desde muy joven consideraba que su vida estaba acabada, y decía que sus únicos deseos y objetivos consistían en llegar a vivir el resto de sus días sin causar mal a nadie y sin estorbar a sus más íntimos. Y en lugar de ello, sin saber por qué, se entregaba con tesón en cada asunto, atrayendo a los demás a la actividad en cuestión.

Pasado un año, Pierre se convirtió en un auténtico moscovita. Se acostumbró a vivir en Moscú, donde comenzó a hallar calma y cordialidad, como si fuese un viejo traje usado del que nunca hay una razón para desprenderse, por muy gastado que esté. Por muy extraña que le resultase la casa de su esposa, por muy desagradable que fuera la constante cercanía de Hélène, quizá era esa misma irritación hacia ella la que todavía le contenía y apoyaba. Cuando a finales de abril Hélène marchó a Wilno, adonde se trasladaba la corte, Pierre se sintió horriblemente apenado y, sobre todo, confundido. Se sumió, con una diferencia de siete años de edad y experiencia, prácticamente en aquel mismo estado en que se hallaba en San Petersburgo.

En su fuero interno, se elevó con la fuerza de antaño la consciencia del amor hacia el bien y la justicia, el orden y la felicidad. Adaptando su propia vida ajena a esa percepción, se quedó perplejo ante la inconsistencia de la vida, tratando de cerrar los ojos ante toda la difusa confusión que se le mostraba, mas no pudo. «¿Qué era lo que se estaba fraguando en el mundo? —pensaba constantemente, urdiendo en su interior un ideal de justicia, orden, felicidad y racionalidad—. Odio y desprecio a esa mujer, estoy atado a ella por siempre como un presidario, con una cadena de la que cuelga el peso del honor y el nombre. Estoy atado a ella y ella está atada a mí. Su amante Borís la repudiará para casarse con una mujer estúpida y aburrida, y después echará a perder todos los buenos sentimientos para ponerse al mismo nivel que su esposa; ella es rica, y él es pobre. El viejo Bolkonski ama a su hija y por ello la atormenta; ella ama el bien y por eso es desgraciada, como las piedras. Speranski era una persona sensata y capaz: le destierran a Siberia. El zar era amigo de Napoleón, y ahora nos ordena maldecirle. Los masones hacen juramento al amor y la misericordia, pero no pagan las cuotas para los pobres y enfrentan a Astrea contra los buscadores del Maná. Se pegan por conseguir el delantal de la logia escocesa. Y yo no comprendo todo este embrollo, veo que el nudo está muy enredado y enmarañado, y no sé cómo desliarlo; es más, solo sé que no se debe deshacer.»

En este estado, a Pierre le gustaba sobremanera comprar periódicos y leer las noticias de la crónica política. «Lord Pitt habla del pan sin pensar en él. ¿Para qué habla Bonaparte de la amistad? Todos mienten sin saber por qué. Pero tengo que meterme en algún sitio», pensaba Pierre. Experimentaba la desgracia de muchas personas, especialmente los rusos, que tienen la capacidad de ver y creer en la posibilidad del bien y la verdad, y de advertir con demasiada claridad la mentira y el mal de la vida. Por eso, se desprendió de la salvación intelectual de esa tortura: los asuntos y el trabajo. A sus ojos, el trabajo, en cualquiera de sus ámbitos, se unía al mal y al engaño. Si trataba de comportarse como un filántropo y veterano liberal, la mentira y el mal pronto le apartaban de sus intenciones. Al mismo tiempo, una profesión, una ocupación, era algo necesario para Pierre, como son doblemente necesarios para cada hombre. Por una parte, a decir verdad, la persona que utiliza los bienes de la sociedad, debe él mismo trabajar para devolver a la sociedad lo que ha obtenido de ella. Por otra, la especialidad personal es necesaria, porque quien no esté activo observará toda la confusión de la vida y enloquecerá o morirá al contemplarla. Como la cobertura bajo el fuego enemigo, tal y como contaba a Pierre el príncipe Andréi: había quien hacía cestitas de mimbre, quien construía, quien ponía vallas a las casas, quien reparaba las botas. Era demasiado horrible estar bajo las balas para no hacer nada. Era demasiado horrible estar bajo la vida para no hacer nada. Y Pierre necesitaba hacer algo. Y lo hizo. Manteniendo vivo únicamente de la masonería el misticismo, leía y leía libros de autores místicos. Descansaba de la lectura y las ideas entregándose a la charlatanería en los salones y en el club. Después de comer y hacia la noche, bebía bastante. Para Pierre, la necesidad de beber vino residía de nuevo en la coincidencia de dos motivos antagónicos que confluían en uno. Beber vino comenzó a ser para él una necesidad física cada vez más acuciante. Sin darse cuenta, se bebía de un trago los vasos de Halitaux Margot (su vino preferido) y se sentía bien, a pesar de que los médicos le habían advertido que, debido a su corpulencia, el alcohol le era perjudicial. Al mismo tiempo, solamente cuando se bebía un par de botellas percibía que el terrible y complicado nudo de la vida no era tan pavoroso. Ya fuera charlando, atendiendo a conversaciones, o leyendo después de comer y cenar, ese nudo en cualquiera de sus aspectos centelleaba incesantemente en su imaginación. Y se decía a sí mismo: «No es nada. Lo desharé. Tengo preparada una explicación, pero ahora no tengo tiempo; después pensaré en ello. Está todo claro». Y ese después no llegaba nunca. Y Pierre temía más que nunca a la soledad.

Se salvaba de la vida con el vino, la compañía y la lectura. A veces pensaba en lo que le contaba el príncipe Andréi de los soldados, afanosamente ocupados bajo las balas, y toda la gente le parecía ser como esos soldados poniéndose a cubierto de la vida: había quien lo hacía a través de la ambición, quien con el juego, quien escribiendo leyes, quien con las mujeres, quien con juguetes como los caballos y la caza. «Lo importante es no *verla*, no ver esa horrible vida», pensaba Pierre.

Así era Pierre en el secreto de su alma, de cuyos sentimientos no hablaba a nadie, y de los que nadie sospechaba. Pero para todos los demás, en particular para la sociedad moscovita, desde las viejas hasta los niños, Pierre era recibido como el amigo al que se espera desde largo tiempo y para el que siempre hay un sitio reservado. Para ellos, Pierre era el más simpático, bueno, inteligente, alegre y generoso de todos los hombres extravagantes; un señor ruso a la antigua, desenvuelto y cordial. Su monedero siempre estaba vacío porque lo abría a todo el mundo. Si no hubiera sido por las buenas personas que aprovechando su posición financiera, se dirigían a él sonriendo como a un niño, poniéndolo a su cargo en cuanto a las finanzas se refiere, hacía tiempo que se hubiera convertido en un indigente. Donaciones, cuadros de poco valor, estatuas, sociedades benéficas, colegios, iglesias, libros… no negaba nada. Y si no hubiera sido por dos amigos a los que había prestado mucho dinero y que se ocupaban de él, lo habría regalado todo. En el club no había comidas ni veladas que no contasen con su presencia. Todos le rodeaban y enredaban con discusiones, charlas y chistes en cuanto ocupaba su sitio en el diván tras beberse dos botellas de Margot. Donde había una riña, reconciliaba a las partes con una sonrisa bondadosa y un chiste oportuno. Acudía a todos los bailes, y si faltaban caballeros, se ofrecía como pareja de baile. Divertía e inquietaba a las viejecitas, y con las señoritas jóvenes se mostraba sabiamente amable. No había nadie que contara las historias con tanta gracia y que escribiera mejor los álbumes. En los concursos de pies forzados con V. L. Pushkin y P. I. Kutúzov, componía sus versos antes que ellos y resultaban siempre más divertidos. «Es una maravilla. No tiene sexo», comentaban sobre él las damas jóvenes. Las logias masonas resultaban aburridas e indolentes cuando Pierre no acudía a ellas. Solamente en la más secreta profundidad de su alma, Pierre se decía a sí mismo, dando explicación a su desenfrenada vida, que no se había convertido en lo que era porque la naturaleza le hubiese arrastrado a ello, sino porque estaba desgraciadamente enamorado de Natasha y reprimía ese amor.

Pierre llevó una vida muy animada en Moscú en el invierno de 1810 a 1811. Al igual que en San Petersburgo, conocía a todo el mundo y frecuentaba los más diversos salones de la sociedad moscovita, divirtiéndose en todos ellos. Visitaba a los ancianos y a las ancianas, quienes le tenían en alta estima. En los bailes de la alta sociedad, se forjó una opinión de personaje estrafalario, muy inteligente y distraído, pero divertido. Junto con sus antiguos camaradas, salía de parranda y excursión por Moscú con músicos cíngaros y demás francachela. Entre sus amigos se contaban Dólojov, con el que de nuevo había reanudado su amistad, y su cuñado Anatole Kuraguin.

VIII

A principios del invierno, el príncipe Nikolai Andréevich y su hija llegaron de nuevo a Moscú. Por su pasado, por su inteligencia y originalidad, y sobre todo a causa del debilitamiento de su entusiasmo por el reinado del zar Alejandro I, de la hostil influencia francesa y de las corrientes de opinión patrióticas que imperaban en aquel momento en Moscú, el príncipe Nikolai Andréevich enseguida se convirtió en objeto de respeto y fidelidad por parte de los moscovitas y en el centro de la oposición de Moscú al gobierno.

El anciano príncipe había envejecido mucho en ese año, se podía ver tanto en su aspecto como en las tristes señales de la vejez: la somnolencia intempestiva, el olvido de acontecimientos recientes y la buena memoria para los lejanos, y principalmente, en esa infantil vanidad con la que asumía el papel de jefe de la oposición y con la que recibía las ovaciones de los moscovitas. Pero a pesar de todo, cuando el anciano, especialmente por las tardes, aparecía a la hora de tomar el té con sus pieles y su empolvada peluca y comenzaba —incitado por alguien— a relatar entrecortadamente el pasado, o de manera aún más intermitente a contar sus drásticas opiniones sobre el presente, uno no podía dejar de admirarse por una mente, memoria y exposiciones tan lúcidas.

Para los visitantes, toda su antigua mansión con sus enormes espejos de entrepaño y muebles de estilo prerrevolucionario, los lacayos empolvados y el mismo anciano enérgico que su dulce hija y la linda señorita francesa veneraban, constituían un espectáculo majestuoso y agradable. Pero quienes la visitaban no pensaban que además de las dos o tres horas durante las que veían a los dueños, existieran otras veintiuna en las que transcurría su misteriosa vida íntima doméstica. Y esa vida doméstica se había tornado tan dura para la princesa María, que ya no se ocultaba a sí misma el peso de su situación, y rogaba a Dios que la ayudara. Si su padre la hubiera obligado a hacer reverencias todas las noches, si la hubiera pegado, forzado a arrastrar haces de leña e ir a por agua, no hubiera pensado que su situación era difícil. Pero aquel afectuoso torturador, el más cruel de todos, pues por amarla se martirizaba a sí mismo y a su hija, intencionadamente y con la astucia de la maldad sabía ponerla en la tesitura de elegir entre dos opciones insoportables.

Él era consciente de que la principal preocupación de su hija consistía en que su hermano Andréi recibiese el consentimiento para contraer matrimonio. Además, la fecha de su llegada se aproximaba, por lo que dirigía todos sus ataques a ese espinoso punto con la perspicacia propia del amor-odio. Cuando en un primer instante le vino a la cabeza la idea o burla de que si Andréi se casaba, él se casaría con Bourienne y se dio cuenta de lo dolorosamente que golpearía a la princesa María, la idea le agradó. Y en los últimos tiempos —así le parecía a la princesa María— mostraba con especial obstinación su cariño por mademoiselle Bourienne, manifestando a su hija su descontento de esta manera. Un día, la princesa María vio en Moscú (le pareció que su padre obraba así en su presencia a propósito) cómo el viejo príncipe besaba la mano de mademoiselle Bourienne. La princesa María montó en cólera y salió de la habitación. Al cabo de unos minutos, la señorita Bourienne entró en su habitación y propuso que fueran juntas a ver al anciano príncipe. Al ver a mademoiselle Bourienne, la princesa contuvo sus lágrimas, se puso en pie de un salto, y sin recordar ella misma con qué palabras, le espetó a la francesa que saliese de su habitación. Al día siguiente, Lavrushka, el lacayo, que no había servido el café a tiempo a la francesa, fue llamado aparte y se le exigió que fuera deportado a Siberia. Cuántas veces en este tipo de situaciones la princesa María recordaba las palabras de Andréi sobre a quién hacían mal los derechos de la servidumbre. El príncipe dijo delante de ella que él no podía exigir el respeto de las personas hacia su amiga Amélie Evguénevna si su hija se permitía perder los estribos delante de ella. La princesa María pidió perdón a Amélie Evguénevna para salvar a Lavrushka del destierro. Ya no existía el consuelo anterior del monasterio y la peregrinación. No tenía amigas. Julie, con la que había mantenido correspondencia durante cinco años, le resultó completamente extraña cuando la princesa se reunió con ella. En ese tiempo, Julie, que tras la muerte de sus hermanos se había convertido en uno de los mejores partidos de Moscú, se encontraba en pleno apogeo del disfrute de los placeres mundanos. Aparecía siempre rodeada de jóvenes que la conocían de mucho tiempo atrás y que, según pensaba ella, finalmente habían apreciado sus cualidades. Julie se hallaba en ese período en que las señoritas de la alta sociedad sienten que envejecen y que les ha llegado la última posibilidad de casarse; ahora o nunca.

Los jueves, la princesa María recordaba con una sonrisa triste que ya no tenía a quien escribir, pues Julie —cuya presencia no le causaba ninguna alegría— estaba en Moscú y se veían cada semana. Recordaba cómo un viejo emigrado renunció a casarse con la dama con la que pasaba las tardes porque «¿dónde iba entonces a pasar las tardes?». La sociedad mundana no existía para la princesa María; de todos era sabido que su padre no le permitía frecuentarla, por lo que no la invitaban. Ella decía que no podía dejar solo a su enfermo padre y todos admiraban su amor y su entrega a él. Muchos enviaban casamenteros para sus hijos, ya que Julie y ella eran en ese momento los mejores partidos de Moscú. Pero desde que se instalaron en Moscú, el príncipe Nikolai Andréevich se burló y trató como un trapo a todos los jóvenes que les visitaban, de tal manera que ya nadie se presentaba en su casa.

Lo peor de todo fue que el encargo de su hermano no solo no se cumplió, sino que el asunto se arruinó completamente, pues el mero recordatorio sobre la condesa Rostova sacaba de sus casillas al anciano príncipe. En particular, esto resultaba muy penoso para la princesa María porque solamente muy raras veces, en los momentos más delicados, se permitía pensar que ella no tenía la culpa de todas las penalidades de su situación. La mayor parte del tiempo estaba firmemente convencida de que era precisamente ella la que obraba mal y con perfidia, siendo por tanto la culpable. Opinaba así, en primer lugar porque en los últimos tiempos, en particular en Moscú, esperando la llegada de su hermano cualquier día, siempre se hallaba en tal estado de agitación que no encontraba la capacidad que tenía antes para pensar sobre el futuro ni su anterior amor a Dios. No podía rezar con todo el alma como antes, y sentía que únicamente cumplía con un rito. En segundo lugar, se sentía culpable porque en su relación con Koko, que estaba a su cuidado, reconocía en sí misma con horror los rasgos coléricos propios de su padre. Se decía innumerables veces que no debía acalorarse mientras instruía a su sobrino; pero casi siempre que se sentaba con el puntero para tomarle el alfabeto francés, deseaba transmitir sus conocimientos a la cabecita de Koko con tanta rapidez, que aun a pesar de concentrar la afectuosa luz radiante de sus ojos sobre él, este pronto comenzó a temer que se enojara. Koko no comprendía; la princesa temblaba, se movía con prisa, se enfadaba, a veces levantaba la voz, le tiraba del brazo y si lo ponía en el rincón, entonces se dejaba caer sobre el diván, se cubría con sus hermosas manos y sollozaba reconociendo su maldad y perversidad. Koko, imitando sus sollozos, se acercaba a ella y le separaba de la cara las manos húmedas. Pero nada le hacía sentir más intensamente su depravación y culpabilidad como cuando su padre, al que a veces reprochaba alguna cosa, se ponía a buscar sus gafas en su presencia tanteando con las manos junto a ellas pero sin verlas; o como cuando se olvidaba de lo que acababa de suceder; o cuando daba un débil paso en falso y se volvía para ver si alguien le había visto; o como cuando —y esto era lo peor de todo— durante la comida de repente se adormecía, dejando caer su servilleta y dando cabezadas. Sí, había envejecido y estaba débil. Él no era el culpable; ella sí. La princesa deseaba sostenerle la cabeza, apoyársela en el brazo superior del sillón y besarle tiernamente su frente surcada de arrugas, aunque ni siquiera se atrevía a pensarlo, pues eso lo hacía mademoiselle Bourienne. La princesa María temblaba de miedo al pensar que su padre advirtiera que ella lo hubiera visto. Aun esforzándose, no sabía ni ocultar ni mostrar sus deseos, y se odiaba y despreciaba a sí misma por ello.

IX

En 1811 vivía en Moscú Métivier, un médico francés que rápidamente había adquirido celebridad. Era muy alto, apuesto, amable, extraordinariamente instruido y educado como buen francés y, a decir de todos, un médico de excepcional valor. Era recibido en la alta sociedad no como a un médico, sino como a un igual.

El príncipe Nikolai Andréevich, que se burlaba de la medicina, comenzaba en los últimos tiempos a permitir que le visitasen los doctores, al parecer sobre todo para reírse de ellos. También se solicitaron los servicios de Métivier, quien iba a casa del príncipe dos veces por semana. Como en todas partes, Métivier, además de practicar la medicina, se afanaba por intimar con el paciente. El día de San Nikolai, onomástica del príncipe, todo Moscú acudió a la puerta de su casa, pero no recibió a nadie. Le entregó a la princesa María una lista con algunos nombres de personas a las que se debía invitar a comer.

Métivier, que había acudido a felicitar al príncipe, dijo a la princesa María que, como médico, consideraba conveniente incumplir la orden, y entró en la habitación del príncipe. Aquella mañana de su santo, el anciano príncipe se hallaba en uno de sus momentos de peor humor. Acababa de echar de su cuarto a la princesa y había lanzado el tintero a Tijón. Estaba recostado y adormecido en su butaca volteriana, cuando el apuesto Métivier, con su tupé negro y rostro sonrosado, entró en la estancia y le felicitó. Se sentó a su lado y le tomó el pulso. Métivier, haciendo caso omiso de su mal humor, hablaba desenfadadamente, cambiando de un tema a otro. El anciano príncipe, con el ceño fruncido y sin abrir los ojos, haciendo caso omiso del desenvuelto y alegre estado de ánimo del doctor, continuó en silencio, de vez en cuando farfullando alguna palabra ininteligible y hostil. Métivier comentaba respetuosamente su pesar por las últimas noticias acerca de los fracasos de Napoleón en España y lamentó que el emperador se dejara arrastrar por la ambición. El príncipe permanecía callado. Métivier se refirió a las desventajas del sistema continental, pero el príncipe continuaba callado. Métivier empezó a hablar de las últimas noticias sobre la introducción del nuevo código civil redactado por Speranski. El príncipe callaba. Sonriendo, Métivier comenzó a hablar solemnemente de Oriente y del rumbo hacia esa dirección que la política francesa debía tomar junto con la rusa; que la idea de hacer del mar Mediterráneo un lago francés… El príncipe no aguantó más y comenzó a hablar de su tema preferido: el significado de Oriente para Rusia y el enfoque de Catalina la Grande y el príncipe Potemkin sobre el mar Negro. Charlaba mucho y de buena gana, mirando de vez en cuando a Métivier.

—Según usted, príncipe —dijo Métivier—, los intereses de ambos imperios residen en la unión y en la paz.

El príncipe cesó repentinamente de hablar, y con las cejas casi cubriéndole los ojos, lanzó una mirada pérfida al médico.

—¡Ah, me está usted obligando a hablar! ¡Necesita que yo hable! —gritó de repente el príncipe—. ¡Fuera de aquí, espía! ¡Fuera!

Fuera de sí, se levantó del sillón. El ingenioso Métivier no encontró otra cosa mejor que hacer que salir apresuradamente de la habitación con una sonrisa y decirle a la princesa María, quien iba corriendo a su encuentro, que su padre no se encontraba del todo bien: «La bilis se le ha subido a la cabeza. No se preocupe, volveré mañana». Y llevándose un dedo a los labios, salió de la casa oyendo el ruido de las zapatillas del príncipe, que se acercaba al salón. Toda la fuerza de su genio se abatió sobre la princesa María, pues la culpó de permitir la entrada de un espía a su habitación. Con ella no podía tener ni un instante de tranquilidad, ni morir en paz, decía.

—Tenemos que separarnos, ¡ya lo sabe! —fueron las palabras que le dedicó a su hija. Y como temiendo que ella no supiese hallar consuelo de algún modo, volvió hacia ella, y tratando de adoptar un aire calmado, añadió:

—Y no pienses que esto te lo he dicho en un momento de acaloramiento. Estoy tranquilo y ya lo he meditado; así será.

Pero no se contuvo, y con la misma maldad que solo puede haber en una persona que ama, apretó los puños y, evidentemente también sufriendo, gritó:

—¡Y a ver si se casa contigo algún imbécil!

Dio un portazo, llamó a mademoiselle Bourienne y acostado, escuchó su lectura de *Amélie de Mansfeld*, tosiendo de vez en cuando.

Desde ese día, se extendió por Moscú el rumor, creíble o no, de que Métivier era un espía de Napoleón.

A las dos de la tarde acudieron a la comida los seis elegidos. El príncipe Nikolai Andréevich salió a su encuentro majestuosamente afable y calmado, como siempre. Llevaba puesta su peluca, iba empolvado y vestía su caftán con las medallas. Los invitados eran el conocido conde Rastopchín, el príncipe Lopujín y su sobrino, el general Chatrov —antiguo compañero de armas del príncipe—, y entre los jóvenes, Pierre y Borís Drubetskoi. Este último, que era ayudante de una personalidad importante y capitán de la guardia, ocupaba un puesto destacado en San Petersburgo. Había llegado de permiso a Moscú unos días atrás y cuando fue presentado al príncipe Nikolai Andréevich supo comportarse ante él de una manera tan sensata, respetuosa, independiente y patriótica, que el príncipe hizo una excepción a su favor, puesto que él no recibía en su casa a jóvenes solteros. La casa del príncipe no era lo que suele llamarse «la sociedad», pues no se hablaba de él en la ciudad, pero era un círculo tan pequeño, que ser recibido en él resultaba de lo más halagador. Así lo había comprendido Borís una semana antes: cuando en su presencia, el general gobernador dijo a Rastopchín que esperaba verle en su casa el día de San Nikolai, este contestó que no podía.

—Ese día voy siempre a rendir pleitesía a las reliquias del príncipe Nikolai Andréevich.

—¡Ah, sí, sí! —había respondido el general.

El tono de la comida fue serio, pero la conversación no cesó. El tono de la conversación era tal, que los invitados informaban al príncipe Nikolai Andréevich de todas las tonterías y contrariedades que se decían de él en las altas instancias del gobierno, como si del tribunal supremo se tratase. El príncipe parecía tomar en consideración todo lo que decían. Todo esto se exponía con especial objetividad. Todos hablaban con epicidad caduca de hechos notorios, guardándose de emitir su opinión cuando el asunto podía concernir a la persona del zar. Únicamente Pierre transgredía el tono cuando al tratar de extraer conclusiones se pasaba del límite, pero siempre era detenido a tiempo. Parecía que todos estaban esperando a que Rastopchín comenzase a hablar, y cuando lo hizo, todos se giraron hacia él. Pero reservó su golpe para después de la comida.

—¡El consejo estatal y el Ministerio de la Religión! ¡Ojalá hubiesen inventado el suyo propio! —gritó el príncipe Nikolai Andréevich—. Son unos traidores. «Poder soberano»... Ya hay un poder absoluto: el mismo que ordena que se hagan estos cambios —dijo el príncipe.

—Cuando menos habría que arrear con un látigo a los ministros —dijo Rastopchín, en gran parte para motivar la discusión.

—¡La responsabilidad! Han oído la llamada, pero no saben de dónde. ¿Quién nombra a los ministros? El zar. Él es quien los releva, los lisonjea y los destierra a Siberia. Él es quien no anuncia al pueblo que tiene unos ministros que pueden cobrar impuestos hasta la extenuación, y por ello ser culpables.

—¡La moda, la moda... la moda francesa y nada más! ¿Cómo puede ser considerado una moda el que las señoritas se exhiban casi desnudas como un anuncio de los baños públicos? Haga frío o sea indecoroso, se desnudan. Como ahora. ¿Por qué la autoridad debiera recortar sus poderes? ¿Qué es eso de inscribir en las monedas el mapa de Rusia y no la cara del zar? Rusia y el zar son uno. Son uno, cuando el zar desea sentirse plenamente zar.

—¿Ha leído usted, príncipe, la nota de Karamzín acerca de la vieja y nueva Rusia? —preguntó Pierre—. Habla de...

—Es un joven muy inteligente, desearía conocerle.

Tras el asado se sirvió el champán. Todos se pusieron en pie y felicitaron al viejo príncipe. La princesa María también se acercó para felicitarle. Él le puso la mejilla, pero la miraba de modo que quedara patente que no había olvidado el choque de la mañana: toda la cólera del príncipe permanecía con la misma intensidad.

La conversación cesó por un instante. El viejo general y senador, que no podía contener más su silencio, deseó hablar.

—Permítanme que les hable de los últimos sucesos en la revista de San Petersburgo.

—Sí, adelante.

—El nuevo embajador francés (después de Caulaincort vino Lauriston) fue recibido en audienciá por el zar. Su Majestad le llamó la atención sobre la división de granaderos, que marchaba en desfile solemne, y al parecer dijo que en Francia no prestaban atención a esas bagatelas. Dicen que en la siguiente revista, el zar no tuvo la bondad de dirigirse a él ni siquiera una vez —dijo el general, al parecer conteniendo su opinión y limitándose a relatar el suceso.

—¿Y han leído la nota enviada a las cortes europeas defendiendo los derechos del duque de Oldemburgo? —preguntó Rastopchín con el enfado propio de una persona que ve cómo se hacen mal las cosas a las que uno se dedicaba antes—. En primer lugar, está pésimamente redactada. Teniendo quinientos mil soldados, podía y debía haber sido redactada más audazmente.

—Sí, con quinientos mil soldados no sería difícil tener buen estilo.

Pierre se percató de que aquellos ancianos nunca traspasaban con sus opiniones el límite que podía atañer al zar. Rastopchín se contenía añadiendo y repitiendo frases de Pierre.

—Yo pregunto cuáles son las leyes que podemos redactar para nuestro país, qué justicia podemos exigir después de que Napoleón haya obrado con Europa como un pirata en un barco abordado…

—No habrá guerra —interrumpió brusca y sentenciosamente el príncipe—. No la habrá porque no tenemos gente. Kutúzov está viejo; no comprendo lo que hizo en Rushuk. ¿Y qué, príncipe? ¿Cómo lleva su posición? —se volvió a Rastopchín, quien hacía unos días había visitado en Tver al príncipe de Oldemburgo.

El príncipe Nikolai Andréevich cambió intencionadamente el tema de la conversación; en los últimos tiempos no podía hablar de Bonaparte porque pensaba constantemente en él. Comenzaba a no comprender en esa persona muchos de sus actos: tras casarse el año anterior con la hija del emperador austríaco, el viejo príncipe no podía despreciarlo aún más, ni tampoco creer en su poder. No lo entendía y se perdía en conjeturas, y cuando se hablaba de Bonaparte, se turbaba.

—El duque de Oldemburgo soporta dignamente su infortunio con entereza y resignación —dijo Rastopchín. Y prosiguió hablando sobre Bonaparte—. Ahora el asunto llega hasta el Papa. ¿Qué hacemos que no lo adoptamos? Nuestros dioses son los franceses, nuestro reinado celestial es París —dijo volviéndose a los jóvenes Borís y Pierre—. Los trajes son franceses, las ideas son francesas, los sentimientos son franceses… ¡Ay!, cuando miro a nuestra juventud, me dan ganas de sacar del museo el viejo garrote de Pedro el Grande y romperles las costillas a la rusa… Bueno, Excelencia, adiós. No se ponga enfermo ni se entregue a la melancolía. Dios aprieta pero no ahoga.

—Adiós, querido mío. Eres como un gusli,* da gusto escucharte —contestó el viejo príncipe, reteniendo su mano y ofreciendo su mejilla para que le besara. Los demás también se pusieron de pie con Rastopchín. Pierre se quedó solo, pero el viejo príncipe no le prestó atención y se marchó a sus habitaciones. Despidiéndose, Borís le dijo a la princesa María que él siempre había tenido a su padre en un pedestal, que era merecedora de él y que por ello no podía disfrutar de las distracciones sociales. Borís abandonó la casa junto con los demás, pero pidió su permiso para acudir de visita.

La princesa María había permanecido en silencio en el salón mientras duró la conversación. Escuchando todos esos bulos y

---

* Gusli: antiguo instrumento ruso de muchas cuerdas. *(N. de la T.)*

chismorreos acerca de tan importantes cuestiones de estado, no comprendió nada de lo que se hablaba y, cosa extraña, se dedicó únicamente a pensar en si los invitados habrían reparado o no en la hostil actitud de su padre hacia ella. Con mirada interrogativa se dirigió a Pierre, quien antes de salir, sombrero en mano, dejó caer su grueso cuerpo en el diván al lado de la princesa. «¿No ha notado nada?», parecía decir. Pierre se encontraba en el agradable estado de ánimo que sigue a una comida. Miraba de frente y sonreía silenciosamente.

—Princesa, ¿hace mucho que conoce a ese joven? —preguntó, señalando a Borís, que salía por la puerta.

—Le conocí de pequeño, pero ahora hace poco tiempo…

—¿Y qué, le gusta?

—Sí, ¿por qué lo pregunta?

—¿Se casaría con él?

—¿Por qué me lo pregunta? —respondió la princesa María, sonrojándose toda, a pesar de haber desechado ya toda idea de contraer matrimonio.

—Porque cuando frecuento la sociedad, no su casa, sino la sociedad, me entretengo observando a la gente. Y ahora he observado que un joven sin posición financiera viene de permiso habitualmente a Moscú desde San Petersburgo con el fin de casarse con una novia rica.

—¿Eso ha observado? —preguntó la princesa María pensando todo el rato en sus asuntos.

—Sí —prosiguió Pierre con una sonrisa—. Y ese joven se las arregla ahora de tal manera que allá donde esté un buen partido, allá se presenta él. Leo en él como en un libro abierto. Ahora mismo está indeciso; no sabe a quién atacar primero: a mademoiselle Julie Kornakova o a usted.

—¿De verdad? —Y la princesa pensó: «¿Por qué no podría escogerle como amigo y confidente y contarle todo? Me aliviaría, y él me proporcionaría su consejo».

—¿Se casaría con él?

—¡Ay, Dios mío! Hay momentos, conde, en que me casaría con cualquiera —dijo de repente la princesa sin darse ella misma cuenta de sus palabras, con la voz llena de lágrimas—. ¡Ay!, si usted supiera, amigo mío, lo duro que es querer a alguien tuyo y sentir que no puedes hacer nada por él que no sea doloroso, y que no es posible cambiar nada. La única solución que veo es marcharme, pero ¿adónde?

—¿Qué le sucede, princesa?

Pero la princesa no había terminado de hablar, cuando comenzó a llorar.

—No sé qué me pasa hoy —dijo, justificándose—. No me haga caso, hablemos mejor de Andréi. ¿Vendrán pronto los Rostov?

—Según he oído, en unos días estarán aquí.

La princesa, para olvidarse de sus problemas, le comunicó a Pierre su plan de cómo ella, sin decirle nada a su padre, trataría de intimar con la futura novia en cuanto los Rostov llegaran a Moscú, y de procurar que el viejo príncipe se acostumbrara a Natasha y la quisiese. Pierre dio su completa aprobación a ese propósito.

—Solo una cosa —dijo Pierre saliendo del salón y mirándola a los ojos con especial cordialidad—. Acerca de lo que ha dicho sobre usted misma, recuerde que tiene un fiel amigo: yo. —Y la cogió de la mano.

—No, Dios sabrá lo que he dicho. Olvídelo —respondió la princesa—. Únicamente, hágame saber cuándo llegan los Rostov.

Esa misma tarde, la princesa se sentó como de costumbre junto a su padre con sus labores. Él escuchaba la lectura y graznaba con enojo mientras ella le miraba pensando mil cosas terribles de él: «Me odia, quiere que me muera». Ella volvió la cabeza, el viejo hinchó los labios y empezó a dar cabezadas con decrépita debilidad.

X

Las suposiciones de Pierre con respecto a Borís resultaron justas. Borís se hallaba indeciso entre los dos partidos más ricos de Moscú. Pero la princesa María, por muy fea que fuera, le parecía más atractiva que Julie. Él, sin embargo, temiendo y sintiendo que sería difícil entablar relaciones con ella, se concentró en Julie. Se convirtió en un habitual en casa de los Ajrosimov. María Dmítrievna, a pesar de estar espiritualmente muerta por la pérdida de sus hijos, seguía siendo tan directa como antes y en su interior despreciaba a una hija tan poco parecida a ella. Esperaba con impaciencia el momento de desprenderse de ella.

Julie tenía ventisiete años y pensaba no solamente que no era fea, sino que ahora era mucho más atractiva que antes. En verdad lo era; en primer lugar, porque era rica. En segundo lugar, porque cuanto más pasaban los años, los hombres podían tratarla con más libertad y seguridad. Ella misma recibía a sus invitados y ella misma visitaba otras casas ataviada con cualquier cofia.

Un hombre que diez años antes hubiera recelado de acudir a diario a una casa donde habitaba una señorita de diecisiete años para no comprometerla, ahora iría valientemente a sus cenas (ese era su estilo). Sabía cómo recibir a sus invitados y remedar todos los tonos posibles. Dependiendo de las personas, Julie era una bombástica aristócrata y dama de honor o una cándida moscovita; una alegre señorita o una muchacha desencantada, poética y melancólica. Este último tono, adquirido ya en sus tiempos de juventud y utilizado entonces para coquetear con Nikolai, era su preferido. Pero todos ellos los adoptaba de un modo tan superficial, que a las personas que en realidad eran melancólicas o simplemente alegres, las imitaciones les sorprendían y repelían. Pero ya que la mayoría de la gente finge y no vive, ella se veía rodeada de personas que la apreciaban. Sus amigos eran Karamzín —quien en otros tiempos había sido un indigente—, Vasili Pushkin y Piotr

Andréevich Viázemski, que le escribía versos. A todos les parecía divertido y libre de consecuencias charlar frívolamente con ella. Entre sus aduladores, Borís contaba para ella como uno de los más agradables, y ella le lisonjeaba. Precisamente con él, Julie consideró necesario adquirir su tono preferido: el melancólico. Mientras Borís dudaba, todavía reía y se mostraba alegre. Pero cuando se decidió firmemente a elegir entre las dos, se convirtió de pronto en una persona melancólica y triste. Julie comprendió que se entregaría a ella. Todo su álbum estaba lleno de sentencias lapidarias suyas escritas a mano: «la muerte es salvadora y la tumba es paz. No hay mejor refugio contra las penas». O «Robles seculares, vuestras oscuras ramas ciernen sobre mí la oscuridad y la melancolía. La melancolía. En el bosque está el asilo de la melancolía. Quiero descansar en su sombra como un anacoreta». O «Cuanto más me acerco al borde, menos me aterra…», etcétera. Julie interpretaba al arpa para Borís los nocturnos más tristes. Este suspiraba y le leía en voz alta «La pobre Liza». Esta situación prosiguió a lo largo de dos semanas y comenzó a complicarse. Ambos sentían que era necesario salir de esa mortal espera, del amor a los sepulcros y del desprecio a la vida. Julie, para convertirse en la esposa de un ayudante de campo del zar; Borís, para recibir de una novia melancólica los tres mil campesinos necesarios para las fincas de la provincia de Penza. La solución era bastante complicada, pero había que pasar por ella. Un día, después de haberse dado cuenta de que había que pasar más allá de la ensoñación de un amor no terrenal, Borís decidió explicarse e hizo una proposición matrimonial. Para horror de la anciana condesa Rostova y para enfado de Natasha (quien de todos modos consideraba a Borís uno de sus admiradores), la petición de mano fue acogida favorablemente. Al día siguiente, los dos jugadores no estimaron necesario hacer más uso de la melancolía y comenzaron a ir alegremente al teatro y a los bailes. Por las mañanas, mostrándose como prometidos, acudían a las tiendas a comprar todo lo necesario para la boda. El convenido enlace entre Julie y Borís era una fresca e importante noticia cuando Iliá Andréevich Rostov llegó a Moscú a finales del invierno para poner a la venta su casa, llevando consigo a Natasha para que se distrajera.

XI

Los Rostov llegaron a Moscú a principios de febrero. Nunca antes había estado Natasha tan inquieta, preparada y madura para el amor —y por ello, tan femeninamente hermosa— como en ocasión de aquella su llegada a Moscú. Antes de partir de Otrádnoe, soñó que el príncipe Andréi la recibía en su salón y le decía: «¿Por qué no venía? Hace tiempo que estoy aquí». Natasha deseaba tan apasionadamente ese momento, tan fuerte era la necesidad de amar a un hombre que no fuera mediante una fantasía, tan difícil había comenzado a ser la espera de su prometido, que al llegar a Moscú estaba firmemente convencida de que ese sueño se materializaría y que se encontraría con el príncipe Andréi.

Llegaron por la tarde, y al día siguiente por la mañana se envió la notificación a las casas de Pierre, Anna Mijáilovna y Shinshin. El primero en personarse un día después fue Shinshin, que les puso al corriente de las noticias que circulaban por Moscú. La principal era que en aquel momento había dos jóvenes, Dólojov y Kuraguin, por los que las señoritas moscovitas enloquecían.

—¿Son esos que ataron el oso al policía?

—Los mismos —contestó Shinshin—. Por lo menos Kuraguin es un auténtico adonis, y bueno... su padre es un personaje célebre. Y en cuanto a Dólojov... «Dólojov es un persa», así es como le llaman las señoritas.

—¿De dónde ha salido? Desapareció hace tres años.

—Resulta que fue ministro en algún lugar de Persia con un

príncipe reinante. Tenía un harén y mató al hermano del sha. Pero vuelve locas a todas nuestras señoritas. Dólojov es un persa y se acabó. Es un tahúr y un ladrón. Pero no hay comida que no cuente con su presencia, le invitan a todas. Así están las cosas.

—Y lo más divertido de todo —prosiguió Shinshin—. ¿Recuerda que Bezújov se batió con él en duelo? Pues ahora son íntimos amigos. Es el primer invitado en su casa y en la de la condesa Bezujova.

—¿Acaso ella está aquí? —preguntó el conde.

—¡Ciertamente! Llegó hace unos días. Su marido huyó de ella y la condesa se presentó en Moscú para reunirse con él. Es guapa, muy guapa. No comprendo qué es lo que…

«¿Qué es lo que sucede entre ellos?», pensó Natasha, escuchando distraídamente.

—¿Bolkonski está también en Moscú? —preguntó Natasha.

—El padre está aquí, pero ¡ay!, el hijo no, querida prima. No tienes con quien coquetear —contestó Shinshin burlonamente, sonriendo con cariño.

Natasha ni siquiera sonrió ante esa respuesta, apenas conteniendo las lágrimas.

Después acudió Anna Mijáilovna y anunció con lágrimas en los ojos lo que para ella era motivo de dicha: el casamiento de su hijo con Julie.

—Lo principal es que tiene un corazón de oro. ¡Y mi Borís la ama tan apasionadamente! Ya desde la infancia la amaba —les comentaba una envejecida Anna Mijáilovna, repitiendo la frase que le decía a todo el mundo y sin tiempo para caer en la cuenta de que debía haberla cambiado para los Rostov.

Natasha se sonrojó al oír la noticia, y sin decir nada a nadie, se levantó y salió del salón. Pero en cuanto se hubo retirado, comprendió cuán poco oportuno era su enojo. ¿Qué tenía ella que ver con Borís, cuando ella misma estaba ya prometida con nada menos que el príncipe Andréi, el mejor hombre del mundo? Pero, no obstante, la noticia la ofendió y enojó, aún más si cabe por haber mostrado su enfado.

Pierre, que tenía que comunicarle las últimas noticias de Andréi, todavía no se había presentado. El día anterior había estado de parranda hasta bien entrada la noche, y por eso no se había levantado hasta las tres de la tarde. Llegó a la hora de la cena. Natasha, que había oído de su llegada, fue corriendo hasta a su encuentro desde las habitaciones traseras, donde había permanecido en silencio y pensativa hasta ese momento.

Al verla, Pierre enrojeció como un niño, sintiendo que se ponía colorado como un tonto.

—Bueno, ¿qué? —le preguntó Natasha cogiéndole con la mano que Pierre había besado—. ¿Tiene cartas para mí? Mi querido conde, todos me repugnan menos usted. ¿Las tiene? Démelas.

Natasha condujo de la mano a Pierre hasta su habitación, fuera de sí de alegría.

—¿Vendrá pronto?

—Tiene que venir pronto. Me escribió sobre el pasaporte para un instructor que ha encontrado.

—Enséñemela, enséñemela —dijo Natasha.

Pierre le entregó la carta, que era breve y escrita en francés. El príncipe Andréi escribía que ya había terminado con el último de sus asuntos y que el suizo Laborde, un hombre inteligente, educado e instructor ideal, llegaría con él. Era necesario conseguirle un pasaporte. La carta tenía un estilo oficial y áspero, tal y como escribía el príncipe Andréi. Pero por ello, Pierre concluyó que estaba ya en camino.

—Bueno, ¿y qué más? —preguntó Natasha.

—Ya no hay nada más —dijo sonriendo Pierre.

Natasha se quedó pensativa.

—Venga, vayamos al salón.

Pierre también le comunicó los deseos de la princesa María de conocerla, de acudir a casa de los Rostov y de lo agradable que sería conocer a su futuro suegro. Natasha se mostró conforme con todo, pero permanecía muy silenciosa y concentrada.

Al día siguiente, Iliá Andréevich marchó con su hija a casa del príncipe. Natasha advirtió con temor y disgusto que su padre había accedido de mal grado a realizar esa visita, este se azaró al entrar en la antesala y preguntar si el príncipe se hallaba en la casa. Una vez que fueron anunciados, Natasha también se percató de que entre los sirvientes reinaba cierta turbación; dos de ellos cuchicheaban algo en la sala y una doncella se acercó presurosa a ellos, tras lo cual les informaron de que el príncipe no les podía recibir, pero sí la princesa. La primera persona en salir a su encuentro fue mademoiselle Bourienne. Aunque de manera fría, recibió al conde y a su hija con particular cortesía y les acompañó hasta la sala donde estaba la princesa. Esta recibió a sus invitados con gesto de preocupación y temor. Tenía manchas rojas en el rostro y trataba en vano de mostrarse desenvuelta y contenta. Aparte de la indefinida antipatía y envidia que sentía por Natasha, la princesa también estaba agitada porque, ante el anuncio de la visita de los Rostov, el príncipe había gritado que no les quería para nada y que los recibiese la princesa María si así lo deseaba, pero que no se les permitiera la entrada en sus habitaciones.

La princesa se decidió a atender a los Rostov, pero temía a cada instante que su padre cometiese alguna extravagancia o grosería. La princesa María estaba al tanto del supuesto casamiento y Natasha sabía que la princesa tenía conocimiento de ello, pero no hablaron del tema ni una sola vez.

—Bueno, querida princesa. He traído a mi cantarina, ya que era su deseo verla… Qué pena, es una pena que el príncipe siga enfermo —y tras decir unas cuantas más frases de rigor, se levantó—. Si me lo permite, princesa, dejaré aquí a Natasha durante un cuarto de hora. Voy a dos pasos de aquí, a la calle Koniushennaya, a casa de Anna Dmítrievna. Después pasaré a recogerla…

Iliá Andréevich se había inventado esa diplomática argucia para dar rienda suelta a su hija con su futura cuñada. La princesa dijo que estaba muy contenta y rogó al príncipe que permaneciera más tiempo en casa de Anna Dmítrievna.

Mademoiselle Bourienne, a pesar de las inquietas miradas que le lanzaba la princesa María, no se retiraba de la sala y mantenía firme el hilo de la conversación sobre los placeres de Moscú y los teatros.

Natasha se ofendió y afligió. Y sin ella misma saberlo, con su calma y dignidad inspiró respeto y temor en la princesa María. A los cinco minutos de marcharse el conde, la puerta de la sala se abrió de golpe y apareció el príncipe en batín y con un gorro blanco de dormir.

—¡Ah, señorita! —dijo—. Señorita... la condesa Rostova, si no me equivoco... Le ruego que me disculpe... No sabía... Dios es testigo de que no sabía que nos había honrado con su visita. Le ruego que me disculpe —hablaba de un modo tan poco natural y tan desagradable, que la princesa María, con la mirada gacha, permaneció de pie sin atreverse a mirar ni a su padre ni a Natasha. Esta se levantó y volvió a tomar asiento, sin saber tampoco qué hacer. Solo mademoiselle Bourienne sonreía agradablemente.

—Le ruego que me excuse... Le ruego que me excuse —gruñó el viejo antes de retirarse.

Mademoiselle Bourienne fue la primera en reaccionar después de la aparición del viejo príncipe, comenzando a hablar sobre su indisposición. Pero al cabo de cinco minutos Tijón entró en la sala y anunció a la princesa María que su padre había ordenado que marchara de visita a casa de su tía. La princesa María, sonrojada hasta las lágrimas, mandó decirle que en aquel momento tenía invitados.

—Querida Amélie —dijo la princesa, volviéndose a mademoiselle Bourienne—. Vaya y diga a mi padrecito que hoy por la mañana no podré ir. Por favor —añadió con un tono que mademoiselle Bourienne conocía por infalible y con el que la princesa, al límite de su paciencia, dio a entender que ya no cedía más. Mademoiselle Bourienne salió de la sala y la princesa María, ya sola, cogió de la mano a Natasha y disponiéndose a hablar, suspiró profundamente.

—Princesa —dijo súbitamente Natasha, poniéndose de pie también—. No… Vaya usted… Vaya, princesa —dijo con lágrimas en los ojos—. Quería decirle que es mejor que lo dejemos… Es mejor… —Y comenzó a llorar.

—No llore, no llore, alma mía. —Y la princesa también empezó a sollozar al tiempo que la besaba. El anciano conde hizo acto de presencia en ese momento y las halló en esa situación. Tras recibir la promesa por parte de la princesa de devolverles la visita al día siguiente por la tarde, el conde cogió a su hija y abandonaron la casa.

XII

Aquella misma tarde, los Rostov fueron al teatro. Natasha se había mostrado silenciosa y ensimismada durante todo el día, vistiéndose para la ocasión sin experimentar ningún placer.

Aquella noche honraban a la preferida del público moscovita y el conde Iliá Andréevich, que había conseguido unas localidades, llevó a sus señoritas a ver el espectáculo. Natasha no marchó de buena gana, aunque de todos modos sabía que tenía que pasar el tiempo de alguna manera. Pero cuando una vez vestida, bajó para esperar a su padre y se miró en el espejo grande del salón y observó lo guapa que estaba, entristeció aún más. Pero su tristeza era dulce y afectuosa. «Dios mío, si él estuviese aquí yo ya no sería como antes, tonta y tímida, sino otra. Le abrazaría, me apretaría contra él, le obligaría a mirarme con sus ojos curiosos y aduladores y después le obligaría a reírse como reía entonces. Y sus ojos,

¡cómo veo esos ojos! —pensaba Natasha—. ¿Qué tengo yo que ver con su padre y con su hermana? Yo le amo a él y solo a él, a su rostro, a sus ojos y a su sonrisa viril e infantil. No, es mejor no pensar en él. Mejor olvidar, olvidarle por completo por el momento. Si no, no aguantaré esta espera. Ahora mismo voy a llorar —y se apartó del espejo para no prorrumpir en sollozos—. ¿Cómo puede Sonia amar a Nikolai de una manera tan regular y apacible, y esperar con tanta paciencia? No, ella es totalmente distinta...», pensó, mirando cómo entraba en la sala Sonia con un abanico.

Tras quitarse el abrigo, Natasha entró en el iluminado palco de platea mientras sonaba la música de su obertura preferida. Bajo esas brillantes luces y al son de ese compás, parecía aún más enamorada y triste. No pensaba en el príncipe Andréi, pero se sentía como si se hallara en su presencia; reblandecida y enternecida. Deseaba apretarse contra alguien, acariciarse y amar... Tomó asiento en la parte delantera, donde le indicó el acomodador, y apoyando su mano en las candilejas, comenzó a mirar al patio de butacas y a los palcos de enfrente. Su pequeña mano, enfundada en el guante, involuntaria e imperceptiblemente apretaba y soltaba convulsivamente el programa de la velada al ritmo de la obertura, arrugándolo. Natasha y Sonia, dos muchachas excepcionalmente hermosas que habían hecho aparición con el conocido en todo Moscú conde Iliá Andréevich, quien hacía tiempo que estaba ausente, atrajeron para sí toda la atención de los allí presentes. Además, todos conocían, aunque de manera vaga, su compromiso con el príncipe Andréi, uno de los mejores partidos. Sabían que desde entonces vivían en el campo, lo cual era una circunstancia que suscitaba un interés aún mayor hacia ella. La atención estaba concentrada sobre Natasha en particular, quien aquella noche y gracias a su triste y poético estado de ánimo, estaba especialmente bella. Sorprendía sobre todo por estar rebosante de vida y belleza además de por su indiferencia hacia todo lo que la rodeaba.

—Mira, aquellas parecen Alenina y su madre —dijo Sonia.

—¡Dios mío! Mijaíl Kirilych ha engordado aún más —observó el anciano conde—. ¡Mirad qué toca lleva nuestra Anna Mijáilovna! También están Borís y Julie. Ahora se nota que están prometidos.

Natasha volvió los ojos en la dirección que miraba su padre y vio a Julie, que muy escotada y luciendo un collar de brillantes en torno a su gordo y rojo cuello (muy empolvado, como Natasha sabía), estaba sentada con aspecto muy alegre junto a su madre. Detrás de ellas, con el oído pegado a los labios de Julie, se divisaba la bien peinada y hermosa cabeza de Borís, quien miró de reojo a los Rostov y sonrió diciendo alguna cosa.

«Hablan de nosotras. Seguramente está aplacando los celos por mí de su novia», pensó Natasha. Anna Mijáilovna estaba sentada detrás ataviada con una toca verde, sumisa a la voluntad de Dios y con el rostro feliz y festivo. En el palco reinaba esa atmósfera de noviazgo que tan bien conocía Natasha y tanto le gustaba. Tras un suspiro, comenzó a otear en busca de algún otro rostro conocido. En la parte delantera del patio de butacas, justo en el medio, apoyándose de espaldas con los codos sobre las candilejas, estaba Dólojov, con su larga melena de cabellos rizados extrañamente peinada hacia atrás. Vestía un traje persa y estaba a la vista de todos, sabiendo que atraía la atención de toda la sala, y se mostraba igual de desenvuelto que si estuviera en su propio cuarto. Junto a él se agolpaba la juventud más granada de Moscú, entre la que, evidentemente, él se llevaba la palma. Dólojov, después de su historia con Nikolai, había retirado el saludo a los Rostov. Alegre, miraba con insolencia directamente a los ojos de Natasha, que apartó despreciativamente su mirada. El conde Iliá Andréevich, riéndose, dio un pequeño empujón a Sonia y la mostró a su anterior adorador.

En el palco contiguo, a dos pasos del suyo, Natasha observó a una dama que estaba sentada de espaldas a ella. Su cuello y sus desnudos hombros eran arrebatadores, y lucía un vestido y un peinado que denotaban una elegancia de grado sumo. Natasha, a la que siempre le había encantado la belleza y elegancia de todos, especialmente en las mujeres, volvió unas cuantas veces su mirada hacia ese cuello adornado con un collar de perlas, esos hombros y ese peinado, pareciéndole que ya en algún lugar se había quedado prendada de esa belleza. La dama estaba sentada sola. Cuando la miraba por segunda vez, la dama se giró y hallando al conde Iliá Andréevich, inclinó la cabeza y sonrió. Era extraordinariamente bella, y Natasha recordó que ya la había visto y admirado anteriormente en algún otro sitio. Recordó que se trataba de la condesa Bezujova —la esposa de Pierre— cuando Iliá Andréevich, que conocía a todo el mundo, se volvió para intercambiar unas palabras con ella.

—¿Lleva en Moscú mucho tiempo, condesa? —preguntó—. Iré, iré a besar su mano. Yo he venido por unos asuntos y he traído conmigo a mis niñas. Dicen que Semiónova trabaja divinamente. ¿Y su marido?

La condesa Bezujova sonrió con su encantadora sonrisa y dijo:

—Quería venir. Encantada de verles —y se volvió.

—¡Qué guapa está! —susurró el conde.

—¡Una maravilla! —exclamó Natasha, a la que la belleza femenina le afectaba irresistiblemente.

Mientras aún sonaban los últimos acordes de la obertura, el director de orquesta dio unos toquecitos con la batuta. Los que estaban todavía de pie tomaron asiento, otros cuantos se dirigieron a sus butacas, y el telón se abrió.

En medio del escenario había unos paneles iguales. A los lados, unos cartones pintados de verde debían representar unos árboles, y por detrás de ellos, bajo las lámparas, aparecían unos hombres vestidos con levita y unas muchachas. Detrás había una ciudad muy mal dibujada, como todas las que se representan en los teatros y que no existen en la realidad. Por arriba se extendían unas telas, y unas señoritas con corpiño rojo y falda blanca permanecían sentadas sobre las tablas. Una de ellas, engalanada con un traje de seda blanco estaba sentada aparte, y todos estaban vestidos como siempre se viste en el teatro pero nunca en la realidad. Todos cantaban alguna canción. Después, la muchacha de blanco se acercó a una garita, y un hombre con pantalones de seda ceñidos (tenía las piernas gruesas), un penacho y un puñal, comenzó a mostrarle algo. Fue cogerla de la mano y rozar sus dedos, y aquel hombre empezó a cantar. Natasha, por muy extraño que resulte en el teatro, ya sabía lo que iba a pasar y no puso interés en lo que se estaba representando en la escena. En general, el teatro le gustaba poco, y en aquel momento, recién venida del campo y en el grave estado de ánimo en el que se encontraba, todo aquello le resultaba aburrido y poco interesante. En uno de los instantes más silenciosos de la obra, cuando el amante de los pantalones ceñidos toqueteaba los dedos de la muchacha del vestido blanco —evidentemente esperando el momento propicio del compás para empezar a cantar—, chirrió una puerta del patio de butacas y se oyó el ligero ruido de unas botas que atravesaban la alfombra en dirección al palco que ocupaban los Rostov.

Hélène se volvió y, sonriendo, inclinó la cabeza amigablemente. Natasha siguió sin querer la mirada de la condesa Bezujova. Se acercaba a ellos Anatole Kuraguin, aquel mismo apuesto caballero de la guardia real en el que Natasha se había fijado en el baile en San Petersburgo. Lucía ahora un uniforme de ayudante de campo, con charreteras y cordones. Caminaba con paso acelerado y estilo bravo y fanfarrón, que hubiera resultado ridículo de no ser tan guapo y de no tener en su magnífico rostro esa expresión de bondadosa satisfacción y alegría. No solo Natasha y Hélène se volvieron hacia él; también muchas otras damas y caballeros se giraban según avanzaba por la alfombra del pasillo, haciendo chirriar ligeramente sus botas y haciendo tintinear las espuelas y el sable.

A pesar de que la función ya había comenzado, no se apresuró en ocupar su localidad y, mirando sin embargo a su alrededor, tras advertir la presencia de Natasha —a la que había observado por dos veces—, se acercó a su hermana, sacudió la cabeza e inclinándose, le preguntó algo, señalando con los ojos a Natasha. «¿Quién es?» Por el movimiento de sus labios, Natasha oyó o leyó que decía: «¡Es encantadora!». Luego pasó a la primera fila y tomó asiento junto a Dólojov.

—Cuánto se parecen la condesa y su hermano —dijo el conde Iliá Andréevich—. ¡Son especie de la misma sangre! —dijo.

En el entreacto todos se levantaron de nuevo de su butaca, se mezclaron y comenzaron a salir. Borís acudió al palco de los Rostov y recibió con mucha sencillez y cortesía las felicitaciones y, con las cejas levantadas y la sonrisa distraída, transmitió a Natasha y Sonia el ruego de su prometida para que asistiesen a la boda. Unos cuantos caballeros más se acercaron al palco de los Rostov. El palco de Hélène estaba atestado de gente, y ella se hallaba rodeada de los hombres más inteligentes e ilustres. Natasha escuchaba a ratos las finas conversaciones.

Anatole Kuraguin, en quien Natasha estaba interesada todo lo que cualquier mujer pueda estar interesada en un hombre que tenga reputación de señorito y juerguista, permaneció de pie todo el entreacto en la fila delantera junto a las candilejas, mirando hacia el palco de los Rostov y hablando con Dólojov. Natasha era consciente de que hablaban de ella.

En medio de las filas de butacas, Natasha reparó en una figura grande y oronda con lentes, que de pie miraba ingenuamente hacia el palco. Se trataba de Pierre. Al encontrarse sus ojos con los de Natasha, la saludó moviendo la cabeza. En ese mismo instante, Natasha observó que Anatole se dirigía en dirección a Pierre, apartando a la multitud como si avanzara entre matojos. Se acercó a él y empezó a hablarle de alguna cosa mientras miraba al palco de los Rostov. «Apuesto a que seguramente le está pidiendo a Pierre que nos presente», pensó Natasha. Pero se equivocaba: Anatole salió solo del patio de butacas, volviendo de nuevo a él únicamente cuando ya todos estaban sentados. Al pasar junto a su palco, Anatole giró su hermosa cabeza hacia Natasha con desdén, y a ella le pareció que sonreía. Luego, oyó su voz en el palco de su hermana y cómo le susurraba algo.

En el segundo acto, la decoración representaba algún tipo de monumento, y un agujero en las telas simulaba ser la luna. Las pantallas de las lámparas se habían alzado, el bajo y el contrabajo comenzaban a sonar, y de derecha e izquierda entraron en escena muchas personas vestidas con capas negras que agitaban sus manos, en las que blandían algo parecido a puñales. Después llegaron corriendo otros que empezaron a arrastrar hacia fuera a la cantante de blanco, cosa que no lograron hacer de primeras. Cantó con ellos durante un buen rato, y luego se la llevaron. Entre bastidores dieron tres golpes a una cacerola. Todos se asustaron mucho y empezaron a entonar de rodillas una plegaria muy bella.

Durante el acto, cada vez que Natasha miraba al patio de butacas, sus ojos se encontraban con los de Anatole Kuraguin, quien apoyando el brazo en el respaldo de su asiento, no dejaba de mirarla. A Natasha esa mirada le resultaba desagradable y se empezó a sentir inquieta.

En cuanto el acto hubo terminado, Hélène se puso de pie, se volvió hacia el palco de los Rostov, e hizo señas con su mano enguantada al anciano conde para que se acercara. Sin prestar atención a los que entraban en su palco, comenzó a hablar con él, sonriendo amablemente.

—Tiene que presentarme a su encantadora hija y a su sobrina. Toda la ciudad no habla más que de ellas y yo aún no las conozco.

Natasha, ruborizándose, se sentó a su lado. Conocer a esa belleza exuberante y escuchar sus alabanzas fue algo muy agradable para ella.

—Ahora también yo quiero hacerme moscovita. ¿Cómo no se avergüenza de ocultar semejantes perlas en el campo? —Hélène gozaba justamente de una reputación de mujer cautivadora. Podía decir lo contrario de lo que pensaba y, en particular, era capaz de adular con la mayor sencillez y naturalidad.

—No, querido conde, permítame que me ocupe de sus muchachas. Yo ahora estoy aquí por poco tiempo, y a usted le pasa lo mismo. Trataré de distraerlas.

La condesa Aliona Vasilevna preguntó por el príncipe Andréi Bolkonski, lo cual aprovechó para insinuar finamente que estaba al tanto de las relaciones del príncipe con su familia. Rogó que una de las chicas se sentara en su palco para lo que restaba de función a fin de que se fueran conociendo mejor, siendo Natasha la que se cambió a las localidades de Hélène.

En el tercer acto, el escenario representaba un palacio muy iluminado y lleno de retratos de caballeros con barba, especialmente mal dibujados, como solo ocurre en los teatros. Dos personas —probablemente el zar y la zarina— que cantaban bastante mal, aparecieron por los lados de la escena entonando una cancioncilla y se sentaron en el trono. Los dos vestían ropajes feos y estaban muy tristes. Tomaron asiento, y de la parte derecha salieron unos hombres y mujeres con las piernas desnudas que comenzaron a bailar todos juntos y a dar vueltas. Después los violines iniciaron unos compases, una de las bailarinas se acercó a la esquina, se arregló el corpiño con sus delgados brazos y empezó a dar saltos, batiendo rápidamente una pierna sobre otra.

En ese momento, Natasha advirtió que Anatole la observaba con unos anteojos y aplaudía y gritaba. Después, un hombre apareció por la esquina de la escena, los timbales y las trompetas sonaron poderosos, y el bailarín, solo y con las piernas desnudas, comenzó a dar unos saltos altísimos. Se trataba de Duport, que ganaba sesenta mil rublos en plata por mostrar su arte. Duport avanzaba a pasitrote, y todo el público empezó a aplaudir y dar gritos. El hombre sonreía estúpidamente y saludaba hacia todos los lados. Luego danzaron más bailarines y de nuevo uno de los zares dio un grito al compás de la música y todos comenzaron a cantar. Pero de improviso, se anunció la tormenta y ni que decir tiene que todos salieron corriendo, arrastrando consigo de nuevo a una persona. Todavía no había terminado ese acto, cuando de repente se sintió una corriente de frío en el palco. Se abrió una puerta y entró Pierre acompañado del bello Anatole, que sonriendo e inclinándose, trataba de no tropezar con nadie. Natasha se puso contenta de ver a Pierre, y con la misma alegre sonrisa se volvió a Kuraguin. Cuando Hélène se lo presentó, este se acercó a Natasha, inclinó levemente su perfumada cabeza, y dijo que había deseado tener el placer de verla de nuevo desde el baile en casa de los Naryshkin en 1810.

Anatole Kuraguin hablaba de una manera sencilla y alegre, y a Natasha le impresionó gratamente no solo el hecho de que no hubiera nada de extraño en aquel hombre del que tantas cosas se contaban, sino que, por el contrario, sonriera con la sonrisa más ingenua, alegre y bondadosa que jamás había visto.

Kuraguin le habló del carrusel que se estaba organizando en Moscú y le pidió que participase.

—Va a ser muy divertido.

—¿Cómo lo sabe?

—Venga, por favor. De verdad —dijo.

Hablaba con extraordinaria soltura y sencillez, evidentemente sin reparar en las palabras que pronunciaba. Sin apartar sus sonrientes ojos, miraba a su cara, su cuello y sus manos. A Natasha le parecía muy divertido, pero la cosa empezó a tornarse complicada y embarazosa. Cuando ella no le miraba, sentía que él ponía sus ojos en sus hombros, y le devolvía ingenuamente la mirada para que Anatole desviara la vista a su rostro. Pero cuando le miraba a los ojos, advertía con miedo que entre ellos no existía esa barrera del pudor que siempre sentía en su relación con los demás hombres. Sin saber por qué, a los cinco minutos Natasha sentía una intimidad terriblemente familiar con aquel hombre. Cuando se volvía, temía que él cogiese por detrás su desnudo brazo y besase su cuello. Conversaban sobre las cosas más nimias y Natasha sentía una intimidad con aquel hombre como nunca antes la había tenido con ningún otro. Le resultaba extraño no solamente que no se hubiera azarado ante ella y no hubiera tratado de entender algo, sino que, por el contrario, pareciera mimarla y confortarla. Natasha se giró hacia Pierre y a su padre como se vuelve un niño cuando su niñera se lo quiere llevar a otro sitio, pero ninguno de los dos contestó su mirada. Entre las frases de cortesía, Natasha preguntó a Anatole si le gustaba Moscú. Hizo la pregunta y enrojeció; todo el tiempo le parecía hacer algo inconveniente al hablar con él. Anatole sonrió.

—Al principio no me gustaba mucho, porque lo que hace agradable a una ciudad son las mujeres bonitas. Pero ahora me gusta mucho —dijo, sonriendo todo el rato y mirándola a los ojos.

—¿Irá al baile? Por favor, no deje de ir. —Y tendiendo su mano hacia su ramillete, añadió en voz baja—: Deme esa flor.

Natasha no supo qué decir y se volvió como si no lo hubiese oído. Pero en cuanto se giró, pensó con temor que él estaba a sus espaldas muy cerca de ella, por lo que debía estar confuso y enojado y había que reparar el asunto. No se pudo contener y se volvió. Él recogió del suelo el programa y, sonriendo, la miró de nuevo. Sin saber si quería enfadarse o no, Natasha le miró directamente a los ojos. Su cercanía, su seguridad, y su sonrisa cariñosa y bondadosa, la vencieron del todo. Natasha sonrió también del mismo modo, mirándole directamente a los ojos. «Dios mío, ¿qué estoy haciendo?», pensaba. Pero al mirarle y conquistarle, sintió que entre los dos no había obstáculo alguno.

El telón se levantó de nuevo y Anatole volvió a su sitio. En el tercer acto apareció un diablo cantando, que agitó las manos hasta que cedieron las tablas bajo sus pies y desapareció de allí. Pero Natasha ya no veía ni escuchaba nada aunque quisiera; no podía dejar de seguir con la mirada cada movimiento de Anatole. Al pasar junto al palco de platea de los Rostov, sonrió y Natasha le devolvió la sonrisa. A la salida del espectáculo, Anatole les acompañó hasta la carroza. Apretándole el brazo, Anatole la ayudó a subir.

«¡Dios mío! ¿Qué es esto?», pensó Natasha durante toda esa noche. A la mañana siguiente, recordó involuntariamente a Anatole y la soltura con la que se había dirigido a ella: «Nunca había experimentado algo así. ¿Qué es esto? Quiero, pero no puedo pensar en él. Quizá sea lo que llaman amor a primera vista. No, no le amo. Pero a cada minuto me acuerdo de él. ¿Qué significado tiene? ¿Cuál es el significado del temor que siento hacia él?».

Ya en la cama, Natasha solo estaba en condiciones de contarle todo cuanto pensaba a la anciana condesa. Sabía que Sonia, con su visión severa e íntegra de la vida, solo se horrorizaría de escuchar su confesión, así que no le contó nada.

XIII

En aquel 1811, la vida en Moscú era muy divertida. Dólojov y Anatole Kuraguin eran los reyes entre los jóvenes solteros. El príncipe Andréi todavía no había llegado a la ciudad, y su padre, el viejo príncipe, se había marchado al campo. Pierre temía a Natasha y no acudía de visita a casa de los Rostov.

Ese año, Dólojov había aparecido de nuevo por Moscú, de donde había desaparecido rápidamente después de haber ganado a las cartas al joven Nikolai Rostov. Se contaba que aquel año también había desplumado a un comerciante, y cuando este, tras despertar a la mañana siguiente, anunció que había sido emponzoñado con un narcótico y no tenía intención de pagar su deuda, Dólojov —sin decir nada al mercader— dio un grito a su gente y ordenó preparar unas letras de cambio y unos arenques en una habitación vacía, donde encerró al mercader.

—Ha venido a pasar una temporada a mi casa. Quizá se le ocurra firmar.

Al cabo de tres días, durante los cuales no dieron al mercader de beber, este firmó la letra de cambio y fue liberado. Pero el mercader presentó una denuncia, y a pesar de la recomendación que Dólojov pudo conseguir, fue expulsado de Moscú con la amenaza de degradarle si no se alistaba de nuevo en el ejército. Según contaban, ingresó con el rango de capitán en el ejército de Finlandia. Su regimiento allí destacado estuvo inactivo y él, que siempre había sabido relacionarse bien con las personas de mejor posición y situación financiera, convivió en Finlandia con el príncipe Iván Bolkonski, primo carnal del príncipe Andréi. Los dos se instalaron en casa de un pastor protestante, y los dos se enamoraron de su hija. Dólojov, fingiendo estar solo enamorado, hacía tiempo que se había convertido en el amante de la muchacha. Bolkonski se enteró y comenzó a reprochárselo. Dólojov le retó y le mató en un duelo. Aquella misma tarde, la hija del pastor protestante fue a verle y, amenazándole, recriminó lo sucedido. En un acceso de crueldad, Dólojov la golpeó y la echó. Enseguida se instruyeron dos nuevos pleitos y Dólojov desapareció, de tal modo que nadie tuvo noticias de él durante dos años. Lo último que se supo fue a través de una carta que su madre recibió en secreto de manos de uno de sus lacayos y ayudantes en el juego de la época de su brillante vida moscovita. La carta era breve, pero apasionadamente tierna; como todas las cartas que Dólojov escribía a su madre y como el trato que le dispensaba desde que comenzara a andar.

María Ivánovna Dólojova iba por todo Moscú mostrando a todos la carta y suplicando la defensa y la clemencia para su adorado Fedia. La carta, escrita en Finlandia, era la siguiente:

Mi inestimable ángel de la guarda y madre,
El destino cruel no cesa de perseguirme. Circunstancias fatales me abocan al torrente borrascoso de la vida. De nuevo he caído en desgracia y ando entre pleitos. Solo Dios, justo y verdadero, conoce la verdad. He huido, pero no me preocupo por mí. La

única pena que me atormenta es usted, inestimable ángel mío y querida mía. Le mando un abrazo y le suplico que no se aflija y se apene porque vendrán tiempos mejores. No desapareceré. Siento que de nuevo besaré sus manos, veré sus ojos y veré el amor que más aprecio: el maternal, claro y pleno. La divinidad es la voz que más poderosamente habla en mí. Adiós, querido ángel. Le envío con la presente todo lo que puedo y le ruego que tenga paciencia. Su hijo que la adora,

F. DÓLOJOV

La carta iba acompañada de cinco mil rublos y Dólojov aclaraba que no necesitaba nada.

María Ivánovna Dólojova lloraba a lágrima viva al leer esta carta y recriminaba a todo el mundo la injusticia cometida con su noble hijo: a Bezújov por su crueldad, a Rostov por sus calumnias, a la finlandesa por insolente, al gobierno por despiadado y a ese asqueroso joven comerciante que, pérfido de él, habiendo sido vencido en el juego por un hombre honrado, le había denunciado.

Finalmente, transcurridos tres años sin ningún tipo de noticias acerca de él, en el otoño de 1810 se presentó en la casita de María Ivánovna una persona vestida con extraños ropajes persas, bronceada y con barba, que se tiró a sus pies. Era Dólojov. Contaban que había permanecido en Georgia durante todo ese tiempo en la casa de un príncipe reinante y ministro, que había combatido allí contra los persas, que poseía su propio harén, que había matado a alguien, y que tras prestar algún tipo de servicio al gobierno, regresó a Rusia. A pesar de su pasado —que no solo no ocultaba sino del que hacía gala—, Dólojov no solo fue paulatinamente aceptado en las altas esferas de Moscú, sino que se presentaba de tal modo que parecía que hacía un favor especial a todo aquel al que acudía a visitar. Se organizaban comidas en su honor en las mejores casas de Moscú y se invitaba a la gente a pasar la tarde con Dólojov el Persa. Muchos jóvenes ardían en deseos de intimar con él y se avergonzaban de su pasado, en el que no figuraban historias como las de Dólojov.

Nadie sabía de qué vivía en Moscú, pero lo hacía con opulencia. Seguía vistiendo su traje persa, que le favorecía mucho. Las damas y las señoritas coqueteaban con Dólojov a cual más, pero él, en esta su última estancia en Moscú, adquirió un despreciativo tono de donjuanismo en su trato con las mujeres que las turbaba sobremanera. En Moscú se repetía de boca en boca su célebre respuesta a Julie Kornakova, quien al igual que las otras damas, deseaba domesticar a esa fiera. En el transcurso de un baile, le preguntó por qué no se casaba.

—Porque no creo en ninguna mujer y menos aún en muchachitas —respondió Dólojov.

—¿Y cómo podría una muchacha demostrarle su amor? —reguntó Julie.

—Muy sencillo: rindiéndose a mí antes de la boda. Entonces me casaría. ¿Quiere probar?

Ese año, Dólojov puso de moda por primera vez a los coros de cíngaros, frecuentemente agasajaba a sus amigos con su presencia, y solía decir que no había ninguna señorita de Moscú que valiera un dedo de Matrioshka.

Anatole era otro de los brillantes jóvenes de Moscú esa temporada, y aunque pertenecía a una sociedad un poco distinta, al fin y al cabo era amigo y compinche de Dólojov.

Anatole tenía veintiocho años y su fuerza y belleza estaban en pleno apogeo. En los cinco años que iban desde 1805 —a excepción del tiempo pasado en la campaña de Austerlitz—, Anatole había vivido en San Petersburgo y Kíev, donde había servido de ayudante de campo, y en Gatchin, donde lo había hecho en un regimiento de la guardia imperial. No solo no buscaba servir en el ejército, sino que siempre lo evitaba. Y a pesar de ello, no cesaba de servir en destinos evidentemente muy agradables, en los que no era necesario realizar ninguna tarea. El príncipe Vasili consideraba que una de las condiciones para mantener el decoro consistía en que su hijo sirviera en el ejército. Por ello, apenas estropeaba su hijo su reputación en un destino, cuando era trasladado a otro. Anatole pensaba que esto era una condición de vida indispensable, y al alistarse como ayudante de campo, hacía ver que cedía y hacía un favor. Por otra parte, no fingía. Gozaba siempre de buena salud y de buen humor.

En cuanto al dinero, Anatole se comportaba exactamente del mismo modo. Instintivamente, estaba convencido con toda su alma de que no podía vivir de otra manera que no fuera como él vivía; es decir, con cerca de veinte mil rublos al año, lo cual era una de las condiciones naturales de su vida, como el agua para un pato. Aunque no muy a menudo —el príncipe Vasili pensaba lo mismo y comprendía que no había nada de qué discutir—, su padre se quejaba y reprochaba su conducta. Pero tragándose sus palabras, acababa dándole dinero y se obligaba a hacer gestiones ante el zar. Además, Anatole estaba persuadido de que era inevitable vivir con menos de veinte mil rublos al año, pues sentía que no tenía bajas pasiones. No era jugador, no despilfarraba con las mujeres (estas le habían malacostumbrado de tal modo, que no comprendía cómo era posible pagarlas por hacer lo que tanto deseaban), no era ambicioso (más de cien veces había irritado a su padre por arruinar su carrera, burlándose de todos los honores). No era tacaño (o eso pensaba) y no ahorraba; derrochaba el dinero en todas partes y estaba lleno de deudas.

¿Cómo podía no tener a su servicio dos ayudantes de cámara? Si ganar premios en las carreras era de su ocurrencia, ¿cómo podía no poseer un caballo de carreras? ¿Cómo no tener un carruaje, cuentas en el sastre, en la perfumería, en el abastecedor de charreteras y etcétera, de mil rublos cada una al año? Él no podía ni ponerse a pensar en ello ni llevar el uniforme gastado. Y sobre todo, ¿cómo podía no descorchar una botella con sus amigos y no invitarles a comer o a cenar? Parecía no hacer con esto mal a nadie. No podía dejar de enviar un ramo de flores y una pulsera a las mujeres hermosas en agradecimiento a su atención, tras despedirse de ellas. Entre los juerguistas, entre los «hombres magdalena», existe el oscuro sentimiento de su inocencia, basado también, como en las mujeres magdalena, en la esperanza del perdón. «A ella se le perdonará todo, porque ha amado mucho. Y a él se le perdonará todo, porque se ha divertido mucho sin hacer mal a nadie.» Así piensan —o más bien, sienten en lo más profundo de su alma— los juerguistas, y Anatole, a pesar de su incapacidad para entender las cosas, lo sentía más que ningún otro porque era un juerguista totalmente sincero que lo sacrificaba todo por la alegría bondadosa. No era como otros parranderos, ni siquiera como Vaska Denísov, para quienes las puertas de la vanidad y de la alta sociedad, de la riqueza y de la felicidad del matrimonio estaban cerradas, y por ello exageraban sus orgías. No era de los que como Dólojov, recordaban siempre las ganancias y las pérdidas; no quería saber nada con sinceridad, excepto satisfacer sus gustos, de los que los principales eran las mujeres y el jolgorio. Por todo ello, creía firmemente que eran los demás los que deberían preocuparse de él y colocarle en buenos puestos, y que siempre debiera disponer de dinero. Todo había sucedido en realidad así, como suele ocurrir en la vida. En los últimos tiempos en San Petersburgo y Gatchin, Anatole se había endeudado tanto que sus acreedores comenzaron a importunarle, a pesar de su especial tolerancia con él. Mientras tanto, los disuadía con su cara bonita, sacando pecho, sonriendo y diciendo: «Dios mío, ¿qué voy a hacer?». Pero ahora empezaban a echársele encima. Fue a ver a su padre y, sonriendo, dijo: «Papá, tengo que acabar con todo esto. No me dejan tranquilo».

Después fue a visitar a su hermana.

—¿Qué significa esto? ¡Déjame dinero!

Su padre ululó y por la tarde pensó:

—Ve a Moscú. Escribiré y te darán un puesto. Puedes vivir en la casa de Pierre, no te costará nada.

Anatole marchó y empezó a vivir alegremente en Moscú y a reunirse con Dólojov, junto con el que introdujo un cierto tipo de donjuanismo masónico.

Al principio, Pierre recibió a Anatole de mala gana por los recuerdos que en él despertaba el aspecto físico de Anatole, pero después se acostumbró a su presencia. De vez en cuando le acompañaba a sus orgías con los músicos cíngaros, le prestaba dinero e incluso le cogió aprecio. Era imposible no querer a aquel hombre cuando se le conocía de cerca. Ninguna baja pasión habitaba en él; no era codicioso, ni soberbio, ni ambicioso, ni envidioso, y menos aún sentía odio por alguien. Nunca hablaba ni pensaba mal de nadie. «Para no aburrirme mientras tanto», era la idea con la que expresaba lo único que necesitaba.

Sus compañías en Moscú eran distintas a las de Dólojov. El principal círculo de amistades de Anatole radicaba en la sociedad que se reunía en los bailes y entre las actrices francesas, particularmente mademoiselle Georges.

Se movía en sociedad, asistía a los bailes y participaba vestido de caballero en las fiestas de disfraces que entonces organizaba la alta sociedad. Frecuentaba incluso las funciones teatrales caseras, pero los planes del príncipe Vasili de casarle con una rica heredera estaban lejos de materializarse. Los momentos más agradables para Anatole en Moscú tenían lugar cuando tras asistir a un baile o incluso despedirse de la compañía de mademoiselle Georges —de la que era un amigo muy allegado—, se iba a casa de Talmá, a la de Dólojov, a la propia, o con los gitanos. Tras quitarse el uniforme se ponía manos a la obra: beber, cantar o rodear con sus brazos a una gitana o una actriz. En este caso, los bailes y la sociedad actuaban en él como una excitación restrictiva ante el desenfreno nocturno. Sus fuerzas y su aguante en el transcurso de esas noches insomnes y ebrias asombraban a todos sus camaradas. Después de una noche semejante podía acudir al día siguiente a una comida de sociedad tan fresco y apuesto como siempre.

En sus relaciones con Dólojov, por parte de Anatole existía una ingenua y pura amistad en la medida en que él era capaz de experimentar ese sentimiento. Por parte de Dólojov, la amistad era interesada. Mantenía a su lado al licencioso Anatole Kuraguin y le dirigía según sus necesidades.

Dólojov necesitaba de Anatole su buen nombre, la nobleza de sus contactos y su reputación para moverse en sociedad y hacer frente a sus cuentas en el juego, ya que había comenzado a jugar de nuevo. Pero lo que más le hacía falta de él era predisponerle a su favor y dirigirle a su antojo. El mismo proceso en sí de dirigir una voluntad ajena suponía para Dólojov un placer, una costumbre y una necesidad. Solo durante sus infrecuentes arrebatos de crueldad y escándalos se olvidaba Dólojov de sí mismo, pues siempre se mostraba como el más frío y calculador de los hombres, que gustaba sobre todo de despreciar a la gente y obligarles a actuar al dictado de su voluntad. Así había dirigido a Rostov y ahora dirigía a Anatole, aparte de otros muchos. A veces se entretenía con ello incluso sin motivo aparente, como si únicamente estuviera cogiéndole el tranquillo.

Natasha había causado una honda impresión en Kuraguin. Ni él mismo sabía por qué le había hecho la corte.

Aunque había sido invitado, no acudió a casa de la tía de los Rostov. En primer lugar, porque no la conocía; segundo, porque el anciano conde, siempre poco natural respecto a las muchachas, consideraba indecoroso invitar a un juerguista tan célebre; tercero, porque no era del agrado de Anatole visitar una casa donde hubiera señoritas. Durante el baile, Anatole permaneció en casa, pero en el estrecho círculo del hogar se sentía incómodo.

Anatole no pensaba, porque no podía imaginarse qué habría de resultar de su galanteo con Natasha.

Al tercer día después del encuentro en el teatro, fue a comer a casa de su hermana, que había llegado de San Petersburgo recientemente.

—Estoy enamorado. Voy a enloquecer de amor —le dijo a su hermana—. Es encantadora. Pero no se dejan ver en ningún sitio. ¿Qué pasaría si les hago una visita? Me casaría con ella ahora mismo, ¿eh? No, tienes que organizármelo de algún modo. Invítales a comer o, no sé, organiza una velada.

Hélène escuchaba a su hermano alegremente y con aire de burla, incomodándole. Le encantaba sinceramente ver a los enamorados y seguir el proceso de enamoramiento.

—¡Has caído! —dijo ella—. No, no les llamaré; son muy aburridos.

—¡¿Aburridos?! —contestó horrorizado Anatole—. Ella es un encanto: es una diosa.

A Anatole le gustaba esa expresión. Durante la comida permaneció en silencio, suspirando. Hélène se reía de él. Cuando Pierre hubo salido del salón (Hélène sabía que él no aprobaría una cosa así), le comunicó a su hermano que estaba preparada para compadecerse de él y que al día siguiente mademoiselle Georges declamaría en su casa, que habría una velada y que invitaría a los Rostov.

—Tan solo ten presente que no debes hacer travesuras de las tuyas. La invito bajo mi responsabilidad y, según dicen, ya está prometida —dijo Hélène, deseando que su hermano hiciese precisamente alguna travesura.

—¡Eres la mejor de las mujeres! —gritó Anatole, besando a su hermana en el cuello y en los hombros—. ¡Qué pies! ¿Los has visto? Es un encanto.

—Encantadora, encantadora —dijo Hélène, a quien Natasha le había gustado sinceramente y deseaba de veras que pasara un buen rato.

Al día siguiente, los caballos grises de Hélène llevaron su carreta hasta la casa de los Rostov. Con aspecto lozano por el frío y con una sonrisa resplandeciente que asomaba entre sus pieles de marta, entró presurosa y animada en el salón.

—No, querido conde. Lo suyo no tiene parangón. ¿Cómo se puede vivir en Moscú y no salir a ningún sitio? No, no se lo permitiré. Hoy por la tarde mademoiselle Georges declamará en mi casa, y si no trae consigo a sus dos bellas jóvenes, que son mucho mejores que mademoiselle Georges, no querré saber nada más de usted. A las nueve en punto, no falten.

Al quedarse a solas con Natasha, tuvo tiempo de decirle:

—Ayer mi hermano estuvo comiendo en mi casa. Me moría de la risa. Apenas comió nada y suspiraba por usted, querida mía. Está loco, loco de amor por usted.

Natasha se ruborizó. «¿Por qué me cuenta todo esto? —pensó—. ¿Qué tengo yo que ver con alguien que suspira por mí si ya tengo a mi prometido?»

Pero Hélène, pareciendo adivinar las dudas de Natasha, añadió:

—No deje de venir. Distráigase. No debe vivir como una monja solo porque ame ya a alguien, encanto mío (así era como llamaba a Natasha). Incluso en el caso de que ya esté prometida, estoy segura de que su novio preferiría que se dejara ver en sociedad durante su ausencia antes que morir de aburrimiento.

«¿Qué significa esto? Sabe que estoy prometida, pero me habla del amor de Anatole… Ha hablado de ello con su marido, con Pierre, y se habrán reído. Y ella, una señora tan agradable, evidentemente me quiere con todo su corazón.» (Natasha no se confundía en este punto: a Hélène le gustaba de veras.) «Ellos lo sabrán mejor que yo —pensó Natasha—. ¿Quién puede prohibir a alguien que se enamore? ¿Por qué no he de divertirme?»

El iluminado salón de la mansión de los Bezújov estaba repleto de gente. Anatole permanecía junto a la puerta, sin duda esperando la llegada de Natasha. Cuando esta se produjo, enseguida se le acercó y no se apartó de ella durante toda la tarde. Nada más verle, esa misma desagradable sensación de temor y de ausencia de barreras la invadió de nuevo. Mademoiselle Georges lucía un chal de color rojo sobre uno de sus hombros y estaba de pie en medio del salón. Miró severa y sombríamente a su público y comenzó a recitar el monólogo de Fedra, en el que ya alzando la voz, ya susurrando, levantaba su cabeza con solemnidad. Todos susurraban: «¡Admirable!, ¡divino!, ¡maravilloso!».

Pero Natasha no acertaba a comprender ni oír nada. No veía nada hermoso, excepto las magníficas manos de mademoiselle Georges, las cuales, no obstante, eran demasiado regordetas. Estaba sentada casi al final y Anatole se encontraba detrás de ella. Asustada, esperaba algo. A veces sus ojos se encontraban con los de Pierre, que estaban severamente fijos en ella y que siempre se apartaban cada vez que tropezaban con su mirada. Después del primer monólogo, todos los presentes se levantaron y rodearon a mademoiselle Georges, expresándole su admiración.

—¡Qué bella es! —dijo Natasha, por decir alguna cosa.

—No me lo parece, cuando la miro a usted —dijo Anatole—. Ahora ha engordado. ¿Ha visto su retrato?

—No, no lo he visto.

—¿Desearía verlo? Está en aquella habitación.

—¡Ah, sí! ¡Véanlo —dijo Hélène al pasar junto a ellos—. Anatole, enséñaselo a la condesa.

Se levantaron y entraron en la galería de cuadros contigua. Anatole cogió el candelabro de bronce de tres velas e iluminó el retrato. De pie junto a Natasha, sosteniendo en alto el candelabro con una mano, Anatole inclinaba la cabeza y miraba a su cara. Natasha deseaba contemplar el retrato, pero le daba vergüenza fingir: el retrato no le interesaba en absoluto. Bajó la mirada y luego miró a Anatole. «No veo nada. No tengo nada que ver en el retrato», parecían decir sus ojos. Él, sin bajar el candelabro, rodeó a Natasha con su brazo izquierdo y le dio un beso en la mejilla. Ella, sintiendo miedo, se quitó de encima su brazo. Deseaba decir alguna cosa y que estaba ofendida, pero no podía y no sabía cómo. Estaba a punto de llorar y, ruborizada y temblando, salió apresuradamente de la sala.

—Una palabra, solo una, por amor de Dios —decía Anatole, saliendo tras ella.

Natasha se detuvo. Tan necesario le era que él dijera esa palabra que hubiese explicado lo sucedido.

—Natalie, una palabra. Solo una palabra —no cesaba de repetir. Pero en ese instante se oyeron unos pasos, y Pierre e Iliá Andréevich, acompañados de una dama, entraron también en la galería.

En el transcurso de la velada, Anatole Kuraguin tuvo tiempo de decirle a Natasha que la amaba, pero que era un hombre desgraciado porque no podía acudir a su casa de visita (no dijo el motivo, y Natasha no se lo preguntó). Le suplicó que visitara a su hermana, para así poder verla al menos de vez en cuando. Natasha le miró asustada y no respondió nada. Ni siquiera ella misma comprendía qué era lo que le estaba pasando.

—Mañana, mañana se lo diré.

Después de aquella tarde, Natasha no pudo conciliar el sueño en toda la noche. Ya hacia la madrugada, decidió que nunca había amado al príncipe Andréi, sino solamente a Anatole y así se lo diría a todos: a su padre, a Sonia y al príncipe Andréi.

Su actividad psicológica interna, que contrahacía las causas razonables al amparo de los hechos consumados, le condujo a pensar: «¡Si después de esto he podido al despedirme responder con una sonrisa a su sonrisa; si he podido admitir que desde el primer instante le he amado siempre solo por ser caballeroso y magnífico, y que nunca he querido al príncipe Andréi!». Pero un cierto temor la envolvió al pensar cómo podría decir lo que pensaba. Al día siguiente por la tarde recibió a través de una doncella una apasionada carta de Anatole, en la que le pedía que contestase a la pregunta de si le amaba o no, si debía morir o vivir, y si deseaba confiar en él. En caso afirmativo, la esperaría al día siguiente por la tarde junto a la puerta del servicio y se la llevaría para casarse canónicamente en secreto con ella. Si no, entonces no podría seguir viviendo.

Todas estas viejas palabras, estudiadas y copiadas de alguna novela, a Natasha le parecieron nuevas y que solo podían referirse a su caso concreto. Pero por mucho que considerase que en su interior ya estaba todo decidido, no respondió ni dijo nada a la doncella para que así esta no lo dijera nada a nadie.

Antes que nada, era necesario escribir al príncipe Andréi. Se encerró en su cuarto y comenzó a escribir una carta.

«Tenía usted razón cuando hablaba de que podía desenamorarme. No puedo dejar de desenamorarme de usted. Su recuerdo nunca se me podrá borrar de la memoria, pero… amo a otro. Amo a Kuraguin, y él me ama.» Natasha detuvo aquí su escritura y se puso a pensar. No, no podía terminar de escribir esa carta. Resultaba estúpido y no debía de ser así. Después pensó durante largo rato.

El tormento de la duda, el miedo, el secreto que había decidido no confiar a nadie y una noche insomne, terminaron por doblegarla. Tras recibir la carta y mandar de vuelta a la doncella, cayó dormida en el diván con la ropa puesta y con la carta entre las manos.

Sonia, que no sospechaba nada, entró en la habitación de puntillas como un gato, se acercó a Natasha, le extrajo la carta de entre los dedos y la leyó.

Al leer la carta, Sonia no pudo creer lo que estaban viendo sus ojos. Mientras leía, miraba cómo dormía Natasha, como buscando en su rostro una explicación. Y no la encontró. Su cara era bonita y dulce. Cogiéndose del pecho para no perder el aliento, Sonia puso de nuevo la carta entre sus dedos, tomó asiento y comenzó a pensar.

El conde no se hallaba en la casa y su tía era una vieja beata que no podía ofrecer ninguna ayuda. Hablar con Natasha resultaría horroroso; Sonia sabía que la contradicción únicamente reafirmaría a Natasha en sus intenciones. Pálida y temblando toda de miedo y emoción, Sonia se fue de puntillas a su habitación, donde se ahogó en lágrimas. «¿Cómo he podido no darme cuenta de nada? ¿Cómo ha podido esto llegar tan lejos? Sí, se trata de Anatole Kuraguin. ¿Y por qué no viene a casa? ¿Por qué tanto misterio? ¿Es posible que la quiera engañar? ¿Es posible que ella ya haya olvidado al príncipe Andréi?» Y lo más espantoso de todo era pensar que si él la engañaba, ¿qué haría el gentil y noble Nikolai cuando se enterase del asunto? «Así que esto es lo que significaba su cara de hoy; agitada, decidida y poco natural. Pero no es tiempo de suposiciones sino de actuar. ¿Pero cómo?»

Como mujer, y especialmente con su carácter, a Sonia se le ocurrieron algunas argucias para obrar indirectamente. Esperar, seguir sus movimientos, tirarle de la lengua e intervenir en el momento decisivo. «Pero quizá se amen. ¿Qué derecho tendría yo a inmiscuirme? ¿Ir a contárselo al conde? No, el conde no debe saber nada. Dios sabe cómo reaccionaría ante una noticia así. Podría escribir a Anatole Kuraguin y exigirle una explicación honesta y franca, pero si pretende engañarla, ¿quién le ordena que venga a casa? ¿Y dirigirme a Pierre, la única persona a la que yo podría confiarle el secreto de Natasha? Es embarazoso… ¿y qué hará?» Pero de un modo u otro, Sonia sentía que había llegado el momento de recompensar todo lo bueno que la familia Rostov había hecho con ella, librándoles de la desgracia que se cernía sobre ellos. Lloraba de alegría al pensar en ello, y de amargura al pensar en la calamidad que Natasha se estaba labrando.

Tras muchas vacilaciones, tomó una decisión. Recordó las palabras del príncipe Andréi acerca de a quién dirigirse en caso de desgracia. Volvió a su habitación, donde seguía durmiendo Natasha, cogió la carta y escribió una nota en nombre propio para Bezújov, en la que incluyó las líneas que había empezado Natasha. Le pedía a Pierre que ayudara a su prima y a ella a explicarse con Anatole y averiguar el motivo de sus relaciones secretas y sus intenciones.

Natasha se despertó y al no encontrar la carta, le preguntó a Sonia con esa decisión y ternura que se producen al despertar:

—¿Has cogido la carta?

—Sí —respondió Sonia.

Natasha miró interrogativamente a Sonia.

—No, Sonia. No puedo. ¡Soy tan feliz! —dijo Natasha—. No puedo ocultarlo por más tiempo. Ya lo sabes, Sonia; nos amamos. Sonia, palomita, él me lo ha dicho. Me escribe…

Sonia, como si no pudiese creer lo que oía, miraba a Natasha con ojos desorbitados.

—¿Y Bolkonski? —preguntó.

—¡Ay, Sonia! Aquello no era amor, estaba equivocada. Ay, si pudieras saber lo feliz que soy y cuánto le amo.

—Pero, Natasha… ¿De veras crees que puedes cambiar a Bolkonski por él?

—Por supuesto. Tú no sabes cómo me ama. Mira, aquí lo escribe.

—¡Natasha! ¿De verdad que lo otro ha terminado del todo?

—Ay, no comprendes nada —contestó Natasha, sonriendo alegremente.

—Pero, alma mía, ¿cómo puedes rechazar al príncipe Andréi?

—¡Ay, Dios mío! ¿Acaso hice alguna promesa? —dijo Natasha.

—Pero, vida mía, querida… piénsalo. ¿Qué es lo que cambias y para qué? ¿Acaso te ama?

Natasha solo acertó a sonreír con desprecio.

—¿Y por qué no viene de visita a casa? ¿A qué viene tanto misterio? Piensa qué tipo de persona es Anatole.

—¡Oh, qué ridícula te pones! Ahora él no puede anunciarlo a todos, me ha pedido que sea así.

—¿Y por qué?

Natasha se turbó. Evidentemente, por primera vez le había asaltado esa misma pregunta.

—¿Por qué, por qué?… No quiere, no lo sé. Debido a su padre, seguramente. Pero Sonia, tú no sabes qué es el amor…

Pero Sonia no se sometía a la expresión de felicidad que irradiaba del rostro de su amiga. La cara de Sonia reflejaba temor, aflicción y decisión. Continuó haciendo preguntas a Natasha con severidad.

—¿Qué es lo que puede impedirle anunciar su amor y pedir tu mano a tu padre, si es que te has desenamorado de Bolkonski? —preguntó Sonia.

—¡No digas tonterías! —interrumpió Natasha.

—¿Qué padre puede impedírselo? ¿En qué es nuestra familia peor que la suya? Natasha, eso no es cierto…

—¡No digas tonterías! No comprendes nada de nada —dijo Natasha, sonriendo con aspecto de creer con toda seguridad que si Sonia pudiese hablar con Anatole del mismo modo que hablaba ella, no haría unas preguntas tan estúpidas.

—Natasha, no puedo dejar así las cosas. No lo permitiré, hablaré con él —prosiguió hablando Sonia, asustada.

—Pero ¿qué es lo que te pasa? ¿Qué es lo que te pasa, por Dios? —gritó Natasha obstruyéndole el paso, como si Sonia fuese ya a hablar con él—. ¿Quieres mi desdicha? ¿Quieres que se marche y que…?

—Le diré que una persona noble… —comenzó Sonia.

—Bueno, yo misma se lo diré hoy por la tarde, por muy mezquino que resulte de mi parte. Pero hablaré con él y se lo preguntaré todo. ¿Que no es una persona noble? Si tú le conocieras… —dijo Natasha.

—No, no te comprendo —contestó Sonia, sin prestar atención a que Natasha había empezado a llorar de repente.

Su conversación quedó interrumpida cuando las llamaron a comer. Después de la comida, Natasha se puso a pedir a Sonia la carta.

—Natasha, enfádate conmigo si quieres, pero he escrito una carta al conde Bezújov y se la he enviado. Le he rogado que pida explicaciones a Anatole.

—¡Qué cosa más estúpida y más vil! —gritó enojada Natasha.

—¡Natasha! O bien cuenta sus intenciones, o bien que renuncie a ti...

Natasha prorrumpió en sollozos.

—Me rechazará y yo no podré vivir. Y si tú vas a continuar así, me marcharé de casa y será peor.

—Natasha, no te comprendo. ¿Qué estás diciendo? Si ya te has desenamorado del príncipe Andréi, piensa en Nikolai y en lo que pensará cuando se entere de esto.

—No quiero nada de nadie. No amo a otro que no sea él. ¿Cómo te atreves a decir que no es una persona noble? ¿Acaso no sabes que le amo? —gritó Natasha.

—Natasha, tú no le quieres —dijo Sonia—. Cuando una persona ama, se convierte en bondadosa; y tú te enfadas con todos y no sientes lástima ni por el príncipe Andréi ni por Nikolai.

—No, alma mía. Sónechka, yo quiero a todos y siento lástima por todos; pero le quiero tanto y soy tan feliz con él, que ya no puedo separarme de él —respondió Natasha, llorando ahora lágrimas de bondad.

—Pero debes hacerlo. Deja que aclare sus intenciones. Piensa en tu padre y en tu madre.

—Ay, no me lo digas. Calla, por Dios, calla.

—Natasha, ¿deseas echarte a perder? Bezújov también dice que no es una persona honesta.

—¿Por qué has hablado con él? Nadie te lo ha pedido. No puedes entender nada de esto. Eres mi enemiga. Para siempre.

—Natasha, arruinarás tu vida.

—Y la arruinaré, la arruinaré con tal de que no me atosiguéis. Será a mí a quien le vaya mal, así que dejadme en paz.

Y Natasha, rabiosa y sumida en lloros, se marchó a su cuarto, tomó la carta que había empezado, y añadió: «Estoy enamorada, adiós y perdóneme». Se la entregó a una doncella y ordenó que la llevaran a la oficina de correos. También escribió otra carta a Anatole, en la que le pedía que acudiese en su busca por la noche y se la llevase de allí, porque ya no podía vivir en su casa.

Al día siguiente, no se recibieron noticias ni de Anatole ni de Pierre. Natasha no salía de su habitación; decía que estaba enferma. Por la tarde, se presentó Pierre.

XV

Después de su primera cita con Natasha en Moscú, Pierre tenía la sensación de no gozar en su presencia de libertad ni tranquilidad, por lo que había decidido no visitarles. Pero Hélène había atraído a su casa a Natasha y Pierre, con la sensibilidad de un enamorado, se atormentaba contemplando sus relaciones. Pero ¿qué derecho tenía él para inmiscuirse en ese asunto? Además, tenía la sensación de no ser imparcial en ese aspecto. Decidió no ver a ninguna de las dos.

Tras recibir la carta de Sonia, la primera sensación que experimentó fue de alegría, por mucho apuro que le diera reconocerlo. Se alegraba de que el príncipe Andréi no fuera más feliz que él. Esa sensación duró un instante, después sintió lástima por Natasha, capaz de amar a una persona como Anatole, al que tanto despreciaba. Luego no acertó a comprender aquel asunto, sintió pánico por Andréi y aún más por la responsabilidad que había recaído en él. Como consuelo, le sobrevino instantáneamente el lúgubre pensamiento de la futilidad y la poca durabilidad de todo, y trató de despreciar a todos. Pero no podía dejar ese asunto. La infidelidad de Natasha a Andréi le martirizaba como si la hubiera sufrido en sus carnes y con más intensidad si cabe que la de su propia esposa. Y, al igual que al enterarse de la traición de su esposa, experimentó un sentimiento de repugnancia, aunque tímido, hacia al hombre que era la causa del engaño y cólera contra la culpable. Odiaba a Natasha. Pero había que decidirse a hacer algo; ordenó enganchar los caballos y marchó a buscar a Anatole.

Pierre lo encontró con los cíngaros. Estaba alegre, guapo, sin su levita y con una cíngara sentada sobre sus rodillas.

En la sala del piso de abajo estaban cantando y danzando en medio de una sonora algarabía. Pierre se acercó a Anatole y le llamó aparte.

—Vengo de parte de los Rostov —dijo Pierre.

Anatole se turbó y enrojeció.

—¿Y qué? ¿Qué?

Pero Pierre estaba aún más turbado que él y no le miraba a los ojos.

—Querido mío… —comenzó—. Usted sabe que Andréi Bolkonski, que es amigo mío, está enamorado de esa muchacha. Soy buen amigo de la familia y desearía conocer sus intenciones…

Pierre miró a Anatole y quedó asombrado por la expresión de preocupación y aturdimiento que reflejaba su rostro.

—Pero… ¿Qué es lo que sabes tú? ¿Qué? —dijo Anatole—. ¡Ay!, todo esto es tan estúpido. Es Dólojov el que me ha embrollado en esto.

—Sé que te permitiste escribir esta carta y que cayó en manos de la servidumbre.

Anatole agarró la carta y se la arrancó de las manos.

—Lo hecho hecho está. Eso es todo —dijo Anatole, amoratándose.

—Está bien. Pero se me ha encomendado averiguar cuáles son tus intenciones.

—Si quieren obligarme a casarme —habló Anatole, revolviendo la carta—, entonces ten presente que yo no estoy obligado a bailar al son que me tocan. Natasha es libre, ella misma me lo ha dicho. Si me ama, pues peor para Bolkonski.

Pierre resolló con dificultad. Ya había surgido en él esa duda metafísica sobre la posibilidad de la justicia y la injusticia; ese tornillo que no lograba ajustar. Luego, sintió una envidia y desprecio tales por Anatole, que se afanó por mostrarse especialmente dulce con él. «Tiene razón; ella es la culpable», pensaba.

—De todos modos, contéstame con franqueza. Después iré a verles y ¿qué podré decirles? ¿Tienes intención de pedir su mano? —susurró Pierre, sin alzar la mirada.

—¡Desde luego que no! —dijo Anatole, más atrevido cuanto más tímido se mostraba Pierre.

Pierre se levantó y entró en una sala en la que estaban los invitados y los cíngaros. Estos le conocían y sabían de su generosidad. Comenzaron a honrarle dedicándole canciones. Iliushka empezó a bailar, levantó una mano y le acercó una guitarra. Pierre le dio algo de dinero y le sonrió. Iliushka no tenía culpa de nada y danzaba estupendamente. Pierre se bebió el vino que le sirvieron y permaneció en esa compañía más de una hora. «Lleva razón; ella es la culpable», pensó. Y con estos pensamientos, acudió a la casa de los Rostov.

Sonia le recibió en el salón y le contó que la carta ya estaba escrita. El anciano conde se lamentaba del lío en el que se habían metido sus chicas y no comprendía qué era lo que le sucedía a Natasha.

—¿Cómo que no, papá? ¿No comprende lo que le he dicho? —decía Sonia, volviéndose a Pierre—. Kuraguin ha hecho una proposición de matrimonio. Bueno, ella la ha rechazado, pero el asunto la ha apesadumbrado.

—Sí, sí —confirmó Pierre.

Tras conversar un rato, el conde se marchó al club. Natasha no había salido de su habitación y no lloraba, sino que permanecía sentada con la mirada fija al frente. No comía, no dormía, no decía nada. Sonia le rogó a Pierre que pasara a verla y que hablase con ella.

Pierre entró en su habitación. Natasha estaba pálida y temblorosa; Pierre comenzó a sentir lástima por ella. Ella le miraba ásperamente, sin sonreír. Pierre no sabía cómo empezar a hablar ni qué decir. Sonia habló primero.

—Natasha, Pierre Kirílovich lo sabe todo. Ha venido a decirte que…

Natasha se volvió con ojos curiosos, como preguntando si se trataba de un amigo o de un enemigo en relación a Anatole. Por sí mismo, Pierre no existía para ella. Él percibió ese detalle, y al ver su mirada y su rostro enflaquecido, comprendió que Natasha no era culpable de aquella situación; entendió que estaba enferma y comenzó a hablar.

—Natalia Ilínichna —dijo, bajando los ojos—. Acabo de verle y hablar con él.

—¿Así que no se ha marchado? —exclamó con alegría Natasha.

—No, pero eso es algo indiferente para usted, porque no la merece. No desea ser su marido. Y yo sé que usted no quiere hacer desgraciado a mi amigo. Ha sido un arrebato, un error momentáneo; usted no puede amar a una persona mala e insignificante.

—Por Dios, no me hable mal de él.

Pierre la interrumpió.

—Natalia Ilínichna, piénselo. Su felicidad y la de mi amigo dependen de lo que decida usted. Aún está a tiempo.

Natasha sonrió maliciosamente y pensó: «¿Acaso esto puede ser así, y acaso pienso en Bolkonski como él quiere que piense?».

—Natasha Ilínichna: es insignificante, malo…

—Es mejor que todos vosotros —interrumpió de nuevo Natasha—. ¡Si no nos molestaseis!… ¡Ay, Dios mío!, ¿qué es esto? ¿Qué es esto? Sonia, ¿por qué me has hecho esto? ¡Marchaos! —Y comenzó a sollozar con la desesperación con la que se lloran las penas de las que uno mismo se siente causa.

Pierre se disponía a decir algo, pero ella le gritó:

—¡Váyase, váyase!

Fue en ese preciso momento cuando Pierre sintió de veras lástima por ella. Había comprendido que no tenía la culpa de lo que le habían hecho.

Pierre se fue al club. Nadie sabía nada de lo que se cocía en su interior y en casa de los Rostov. Le resultaba extraño. Todos ocupaban sus sitios, jugando a las cartas. Le saludaron. Un lacayo llevó una vela al sitio habitual de Pierre y le informó de que el príncipe estaba en el restaurante (el lacayo sabía quiénes eran los amigos de Pierre). Pero Pierre no leyó, no conversó con nadie y ni siquiera cenó.

—¿Dónde está Anatole Vasilievich? —preguntó al portero cuando hubo regresado a casa.

—No ha venido. Trajeron una carta de los Rostov y la han dejado aquí.

—Avíseme en cuanto venga.

—A sus órdenes.

Hasta bien entrada la noche, antes de acostarse, Pierre estuvo paseando por su habitación como un león enjaulado. No se dio cuenta de cómo pasaba el tiempo hasta que a las tres de la mañana su ayudante de cámara entró y le avisó de la llegada de Anatole Vasilievich. Pierre se detuvo para cobrar aliento y fue a verle. Anatole, a medio desvestir, estaba sentado en el diván. El lacayo le estaba ayudando a quitarse las botas y él sostenía entre sus manos la carta de Natasha, que leía sonriendo. Estaba enrojecido, como siempre después de una juerga, pero con la lengua y las piernas firmes; solo tenía hipo. «Sí, tiene razón. Tiene razón», pensó Pierre, contemplándole. Se acercó a él y se sentó a su lado.

—Ordénale que salga —dijo, mirando al lacayo.

El lacayo abandonó la estancia.

—Vengo otra vez a hablar de… Desearía conocer… —dijo Pierre.

—¿Por qué te entrometes? No te diré ni enseñaré nada —contestó Anatole.

—Lo lamento, querido mío —dijo Pierre—, pero es imprescindible que me entregues esa carta. Eso en primer lugar.

Le quitó la carta de las manos, reconoció la caligrafía, la arrugó, se la metió en la boca y comenzó a masticarla. Anatole quiso impedirlo, pero no llegó a tiempo; percatándose del estado en que Pierre se encontraba, optó por no decir nada. Pierre no permitió que hablara.

—No emplearé la violencia, no tema.

Se levantó, cogió unas pinzas de la mesa y empezó febrilmente a doblarlas y romperlas.

—En segundo lugar, debes marcharte esta misma noche —dijo él.

—¡Pero escúchame! —dijo tímidamente Anatole.

—Es muy descortés por mi parte lo que estoy haciendo, pero no solo debes marcharte de mi casa; sino de Moscú y además hoy mismo. Sí, sí. Y en tercer lugar: nunca deberás decir una palabra acerca de lo que ha pasado entre tú y esa desgraciada… y no deberás dejar que te vea.

Anatole frunció el ceño, bajó la mirada y guardó silencio. Medrosamente, miraba a Pierre.

—Eres un muchacho noble y bueno —dijo de súbito con voz temblorosa Pierre, respondiendo a esa mirada tímida—. Así debe ser. No tengo por qué explicarte el motivo, pero así debe ser, querido.

—Pero ¿por qué te has puesto así? —preguntó Anatole.

—¡¿Por qué?! —gritó Pierre—. ¿Por qué? Pero ¿quién te crees que es ella? ¿Una muchachita sin más, o qué? Es una canallada. Para ti es una diversión más, pero has llevado la desgracia a una familia. Te lo ruego.

No fueron las palabras de Pierre sino su tono lo que convenció a Anatole, que seguía mirándole con timidez.

—Sí, sí —dijo—. Se lo dije a Dólojov. Él es quien me incitó a hacerlo. Quería llevársela. Yo le dije que después…

—¡Canalla! —gritó Pierre—. Él… —quiso decir algo más, pero se calló. Comenzó a resoplar por la nariz y miró fijamente a Anatole. Este conocía ese estado y su terrible fuerza física, por lo que se apartó de él.

—Ella es un encanto, pero si las cosas son como dices, está todo acabado.

Pierre no hacía más que resoplar como una gaita hinchada y continuaba callado.

—Sí, es así. Tienes razón —dijo Anatole—. No hablemos más del asunto. Ten presente, querido mío, que no haría este sacrificio por nadie, excepto por ti. Me voy.

—¿Me das tu palabra? —preguntó Pierre.

—Te doy mi palabra.

Pierre salió de la habitación y envió a Anatole un lacayo con dinero para el viaje. Al día siguiente, Anatole pidió un permiso y marchó para San Petersburgo.

SEXTA PARTE

SEXTA PARTE

I

En la primavera del año 1812 el príncipe Andréi estaba en Turquía en el ejército, el mismo al que tras Prozorovski y Kámenski había sido destinado Kutúzov. El príncipe Andréi, cuya opinión sobre el ejército había cambiado mucho, rechazó el puesto en el Estado Mayor que le ofreció Kutúzov y entró en el frente en el regimiento de infantería, con el cargo de comandante de batallón. Después de la primera acción le ascendieron a coronel y le asignaron un regimiento. Consiguió lo que deseaba: actividad, es decir, librarse de la sensación de ociosidad y además, soledad. A pesar de que se consideraba muy cambiado desde la batalla de Austerlitz y la muerte de su esposa, a pesar de que realmente había cambiado mucho desde entonces, para los demás, para los colegas, los subordinados e incluso para los mandos, seguía resultando una persona igual de orgullosa e inaccesible que antes. Solo con la diferencia de que su orgullo no era ahora ofensivo. Los subordinados y los compañeros sabían que era un hombre honrado, valiente y con algo peculiar: despreciaba a todos por igual. (Nada causa tanto desprecio como la aspereza ni tanta admiración como la firmeza.)

Encontraba en el regimiento más soledad no solamente que en su aldea, sino más de la que hubiera podido hallar en un monasterio. La única persona que conocía su pasado y sus penas era

Piotr, su ayuda de cámara, todos los demás eran soldados, oficiales, gente con la que se encontraba hoy y con los que se comparte el campo de batalla, pero a los que probablemente nunca verás cuando dejes el regimiento. Ellos te miran y tú les miras sin conciencia del pasado y del futuro y por esa razón de un modo especialmente sincero, amistoso y humano. Además, el comandante del regimiento estaba situado en un puesto solitario. Le querían, le llamaban *nuestro príncipe*. Le querían no porque fuera recto, atento, valiente, sino principalmente porque no le avergonzaba asumir sus culpas. Así de evidente era que él —*nuestro príncipe*— se encontraba por encima de los demás. El ayudante de campo, el ayuda de cámara, el comandante del batallón, apocados, entraban en su siempre elegantemente arreglada y limpia tienda donde él, limpio, delgado, siempre tranquilo, estaba sentado en la acostumbrada silla y les avergonzaba informarle de las necesidades del regimiento, como si temieran distraerle de sus importantes lecturas o reflexiones. No sabían que sus lecturas eran de Schiller y las reflexiones eran ensoñaciones sobre el amor y la vida en familia. Llevaba bien los asuntos del regimiento, precisamente porque la mayor parte de sus fuerzas estaban puestas en sus ensoñaciones y a las cuestiones del ejército solo dedicaba una atención insignificante, negligente y mecánica. Como siempre sucede las cosas iban bien porque no se ponía en ellas demasiado celo.

El 18 de mayo del año 1812 el Estado Mayor y su regimiento se encontraban en Oltenitz a orillas del Danubio. No había actividad militar. Después de vigilar desde por la mañana el batallón que llegaba fue a pasear en caballo como siempre hacía y después de haber recorrido seis verstas se acercó a la aldea moldava de Budsheta. Allí era día de fiesta. El pueblo, bien alimentado, bebiendo vino, sureños, todos vestidos con blusas de cáñamo, celebraban la fiesta. Las muchachas, que jugaban al corro, le miraron y continuaron jugando. Cantaban alegre, melódica y afectadamente. Una gitana con firmes pechos bajo la blusa blanca de cáñamo abigarrada y feliz. Un gitano pequeño, encorvado y lleno de adornos. Se asustaron al ver al militar y se apretaron el uno contra el otro. Les compró unas nueces, pero no se las comió. Estaba alegre, sonreía, pero se puso tan triste que le dio miedo. Se encontraba en ese estado de viva observación en el que se encontrara en el campo de Austerlitz y con los Rostov. Se internó en el bosque. Las tempranas hojas de los robles. La sombra y la luz ondulaban en el aire cálido y perfumado. Los oficiales pensaban que estaba observando la posición, pero él no sabía qué era lo que le sucedía. Envío un guía y se alejó apresuradamente para que nadie le viera. Tenía ganas de llorar.

«Hay —pensaba él— sinceridad y amor y un camino fiel y feliz en la vida. ¿Dónde está? ¿Dónde está? —Se bajó del caballo, se sentó en la hierba y se echó a llorar—. El bosque cálido y perfumado. La gitana de los firmes pechos. El alto cielo y las fuerzas de la vida y el amor y Pierre y la humanidad, Natasha. Sí, Natasha, la amo más que a nada en el mundo. Amo el silencio, la naturaleza, el pensamiento.» Y de pronto, descubrió qué era lo que le sucedía, se apresuró a levantarse y se marchó alegre y feliz a casa. Cuando llegó se sentó y escribió dos cartas, una en una tarjeta postal y otra en papel normal. Una era su dimisión y la otra una carta al conde Rostov en la que le pedía oficialmente la mano de su hija con una nota adjunta para Natasha en francés: «Ya sabe que la amo. Hasta ahora no me he atrevido a ofrecerle mi roto corazón, pero mi amor por usted lo ha animado de tal modo que me encuentro con fuerzas para consagrar toda mi vida a nuestra felicidad. Espero su respuesta».

Esto, al igual que la otra decisión, eran un sacrificio para el príncipe Andréi. Dejar el ejército cuando había sido ascendido a general y le habían propuesto el cargo de general de guardia, cuando su reputación en el ejército era excelente, era un privación y una renuncia de todo lo anterior, pero tanto más placer le causaba la idea de que renunciaba a todo eso, ¿a causa de qué? A causa de la idea de la que se había reído más de una vez al escucharla de Pierre, de que la guerra es el mal en el que solo pueden tomar parte las estúpidas armas y no la gente que es capaz de pensar por sí misma. Se sacrificaba de ese modo por la humanidad. Y todo eso se encontraba ya en su ser, pero a causa de la impresión de la gitana, las nueces que había comprado y la cálida y ondulante sombra de las hojas había salido fuera y así sería. Otro sacrifico era adentrarse en las disputas de la vida familiar. Si ella, como la gitana, estuviera allí, eso no sería un sacrificio.

Le aterraba el futuro, pero decidió firmemente pasar por encima de todo. Sobre la vulgaridad de los parientes de Natasha, sobre el disgusto de su padre. Se la imaginaba llorando y coqueteando con Pierre. «No, no puedo, no puedo vivir sin ella», y la gitana de la blusa de cáñamo se relaciona con todas estas decisiones.

En su casa siempre comían unos cuantos oficiales. La conversación trataba sobre la guerra con los franceses. Sobre la reparación de los transportes. Sobre los ascensos. Después de la comida llegó el correo.

—Les felicito, señores.

—Se lo debemos a usted, Excelencia.

—¿Y usted, príncipe?

—Me ascienden a general y me fijan un destino.

—¿Así que nos deja? —dijo el comandante del batallón intentando aparentar tristeza.

—Les dejaría de todos modos —dijo el príncipe Andréi—. Tómese la molestia de mandar el sobre. Disculpen —comenzó a leer la carta. En ella se relataba la historia de la caída de Speranski y todos los planes de constitución y se escribía sobre la guerra prevista para ese mismo año.

«Napoleón se ha acercado al Niemen, la guerra es inminente. ¿Quién la comandará? Pero ahora no es ninguna broma. No puede ser que tomen Moscú. No me puedo imaginar qué sucederá.

Tiene suerte de estar en el ejército. Y yo nada. No he visto a los Rostov, están en el campo. Yo todavía tengo esperanzas.»

Esta carta agitó de tal modo al príncipe Andréi que perdió el aliento. Acaso no iba él a tomar parte en esta guerra que decidiría el destino de la nación y ¿con quién va entrar en esta batalla decisiva, con ese pequeño teniente? No, él estaba por encima de eso. Tenía obligaciones consigo mismo. Fue a Bucarest y se encontró con Kutúzov en un baile anudándole la bota a una joven moldava. Se despidió fríamente y se marchó de permiso, dado que no aceptaron su dimisión.

II

El conde estaba desesperado, escribió a su esposa y ambos se pusieron a velar a Natasha como si se tratara de una enferma. El médico fue a verla, pero enseguida dijo que la enfermedad era moral. Natasha comía y dormía poco y no hacía nada, permanecía sentada en el mismo sitio haciendo de vez en cuando comentarios triviales. Si le recordaban al príncipe Andréi o a Anatole se echaba a llorar enojada. Lo que más le gustaba era estar con su hermano Petia e incluso a veces con él se reía. La otra persona con la que en ocasiones se animaba era Pierre. Pierre pasaba todo el día en casa de los Rostov y la trataba con una ternura y una delicadeza que solo Natasha apreciaba completamente.

En la Semana Santa Natasha celebró la vigilia, pero no quiso hacerlo con todos en la iglesia parroquial, ella y su niñera consiguieron que les dieran permiso para ir de modo excepcional a una maravillosa iglesia que conocía la niñera en Uspenia na Plotu. Allí había un sacerdote singular, muy austero y elevado, como decía la niñera. La institutriz era muy piadosa y por eso permitieron a Natasha ir con ella. Todas las noches con una vela despertaba a las tres de la madrugada a Natasha. Ella asustada pensando «¿no me habré dormido?», saltaba de la cama, helada, se lavaba, se vestía y cogiendo un chal de tapiz «el espíritu del pensamiento humilde» recordaba cada vez Natasha, se enrollaba en él y lo anudaba. Viajaban en un trineo tirado por un solo caballo hasta la madrugada y en ocasiones iban a pie por las calles oscuras y las heladas aceras. En Uspenia na Plotu donde ya los sacristanes, los sacerdotes y los feligreses conocían a Natasha se detenía ante el icono de la Virgen María, incrustado en la parte posterior del coro, iluminada por la clara luz de pequeñas velas y mirando el curvado, negro, pero tranquilo y de dulzura celestial, rostro de la Virgen, rezaba por ella, por sus pecados, por su maldad, por su vida futura, por sus enemigos, por todo el género humano y en especial por la persona a la que había causado un mal terrible.

En ocasiones, a pesar de la severa protección de la niñera, hombres de bajo estrato se abrían paso hacia el icono ante el que rezaba Natasha y que usaban una gran parte de los feligreses, y sin reconocer en Natasha a una señorita le golpeaban en los hombros cubiertos por el pañuelo de paño y susurraban: «madrecita», y Natasha se alegraba, humildemente con sus delgados dedos ponía cuidadosamente y aseguraba la vela que no quería quedarse quieta y con modestia, como una criada, escondía sus desnudas manos bajo el pañuelo. Cuando leían las Horas, Natasha escuchaba atentamente las plegarias y trataba de seguirlas espiritualmente. Cuando ella no entendía, cosa que sucedía con frecuencia, por ejemplo cuando trataba de profanación, reflexionaba ante esas palabras y su alma se estremecía aún más ante su vileza y ante la bondad del ininteligible Señor y de sus santos. Cuando el diácono, al que ya conocía como si fuera un íntimo amigo, el diácono de cabellos castaños que a cada rato se apartaba con la mano, enderezándose la casulla. Cuando el diácono leía «alabado sea el Señor por el mundo entero», Natasha se alegraba de que ella era el mundo, igual que los demás, oraba y se santiguaba alegremente, se ponía de rodillas y seguía cada palabra sobre los que están de viaje por mar y tierra (en ese momento ella recordaba con claridad y tranquilidad al príncipe Andréi solo como ser humano y rezaba por él).

Cuando hablaban sobre nuestras personas queridas y odiadas ella pensaba en su familia, como personas queridas y en Anatole como persona odiada. Le causaba una alegría especial rogar por él. En aquel entonces ella ya reconocía en él un enemigo.

Y sin cesar le faltaban enemigos para rezar por ellos. Añadió a su lista todos los acreedores y todos aquellos que tenían negocios con su padre. Después, cuando rezaba por la familia del zar, superaba cada vez sus dudas de por qué rezar tanto por ellos en particular y se inclinaba y se santiguaba diciéndose a sí misma que eso no era más que orgullo y que ellos era igualmente personas. Con el mismo celo rezaba por el sínodo diciéndose a sí misma que ella también amaba y se compadecía del santo sínodo. Cuando leían el Evangelio, se alegraba y se regocijaba, pronunciando antes de la lectura las palabras: «gloria a ti, Señor», y se consideraba afortunada por poder escuchar esas palabras que tenían para ella un sentido especial. Pero cuando abrían las puertas del zar y alrededor suyo susurraban con devoción: «Las puertas de la clemencia», o cuando surgía el sacerdote con las ofrendas o cuando se oían las misteriosas exclamaciones del sacerdote tras las puertas del zar y leían el credo, Natasha agachaba la cabeza y se espantaba con alegría ante la grandeza y la ininteligibilidad de Dios y las lágrimas se derramaban por sus delgadas mejillas. Ella no se perdía ni los maitines, ni las Horas, ni las vísperas. Se postraba ante las palabras: «la luz de Cristo iluminará a todos», y pensaba con horror en el sacrílego que mirara en ese instante y viera qué sucedía sobre sus cabezas. Muchas veces al día pedía a: «Dios, el Señor de su vida» que la liberara del espíritu de la vanidad y que le concediera un verdadero espíritu. Seguía con horror la pasión de Cristo que representaban ante sus ojos. La Semana Santa como decía la niñera, la pasión, el Santo Sudario, las casullas negras, todo esto influyó en el ánimo de Natasha de forma vaga y confusa, pero algo quedó claro para ella: «que se haga tu voluntad». «Señor, llévame contigo», decía ella con lágrimas en los ojos cuando se confundía en la complejidad de todas estas felices impresiones.

El miércoles le pidió a su madre que invitara a Pierre y ese día, encerrada en su habitación, le escribió una carta al príncipe Andréi. Tras algunos borradores se decidió por lo que sigue: «Me preparo para el gran misterio de la confesión y la comunión y tengo que pedirle perdón por el mal que le he hecho. Prometí no amar a nadie más que a usted, pero fui tan depravada que me enamoré de otro y le engañé. Por el amor de Dios, perdóneme usted para este día y olvide a esta mujer que no es digna de usted». Esa carta se la dio a Pierre y le pidió que se la entregara al príncipe Andréi que ella sabía que estaba en Moscú.

Consiguió de su madre, sorprendida y asustada del furor religioso de su hija, el permiso para confesarse fuera de casa, con el padre Anisin en Uspenia na Plotu. Allí ella se confesó entre un cochero y un comerciante y su esposa, tras unos biombos en el coro. El sacerdote Anisin, cansado del pesado servicio, miró a Natasha cariñosa y negligentemente, la cubrió con su estola y escuchó con tristeza las confesiones que arrancaba de su pecho con sollozos. La absolvió con la breve y sencilla promesa de no pecar, que Natasha recibió como si cada una de esas palabras viniera del cielo. Fue andando a casa y por vez primera desde el día del teatro concilió el sueño tranquila y feliz.

Al día siguiente volvió a casa aún más alegre tras la comunión y desde aquel momento la condesa advirtió con alegría que Natasha comenzaba a animarse. Tomaba parte en los asuntos de la vida, en ocasiones cantaba, leía los libros que le traía Pierre, que se había hecho un habitual de la casa de los Rostov, pero ya no recuperó su anterior alegría y vitalidad. Ante los demás tenía constantemente un aspecto y un tono de culpabilidad que daba a entender que todo era demasiado bueno para el crimen que había cometido.

La historia de Natasha y Anatole abatió intensamente a Pierre. Además de su amor a Andréi, además de ese sentimiento más allá de la amistad que sentía hacia Natasha, además de la coincidencia de circunstancias que le obligaban a tomar parte constantemente del destino de Natasha y de su participación en el arreglo de su matrimonio, le atormentaba la idea de que él era el culpable de ese conflicto dado que no había sido capaz de prever lo que Anatole iba a hacer. ¿Pero podía haberlo previsto? Para él Natasha era un ser elevado y celeste, que había dado su amor al mejor hombre del mundo, el príncipe Andréi, y Anatole era un estúpido, grosero y falso animal.

Algunos días después del suceso, Pierre no fue a casa de los Rostov y frecuentó con asiduidad los círculos de sociedad y en particular la chismosa, es decir, la más alta sociedad. Allí ciertamente hablaban con una alegre conmiseración sobre Natasha, y Pierre, utilizando su talento, se sorprendió de cómo podían inventarse tales absurdeces sin fundamento y relató tranquilamente que su cuñado se había enamorado de Natasha Rostova y había sido rechazado. Cuando volvió por primera vez a casa de los Rostov estuvo especialmente alegre con la familia y con Natasha. No reparó en los ojos llorosos y el rostro asustado y se quedó a comer. Después de la comida, en voz alta y sin mirar a Natasha, contó que por todo Moscú se comentaba que Anatole le había hecho una proposición a Natasha y como ella le había rechazado, este, herido en su orgullo, había huido. No advirtió cómo al oír esto a Natasha le empezó a sangrar la nariz y se levantó de la mesa, ni cómo Sonia le miraba con ternura y devoción a causa de ello. Se quedó a pasar la tarde y volvió al día siguiente y comenzó a ir a diario a casa de los Rostov.

Con Natasha era, igual que antes, alegre y bromista pero con el particular matiz de tímido respeto que adoptan las personas delicadas ante la desgracia ajena. Natasha le sonreía con frecuencia a través de las lágrimas que parecía que siempre hubiera en sus ojos aunque los tuviera secos. Sonia ahora, después de a Nikolai, era a Pierre a la persona a la que más quería en el mundo, por el bien que le había hecho a su amiga, y se lo decía de manera confidencial.

Él no hablaba nada con Natasha ni sobre Anatole ni sobre el príncipe Andréi, solo conversaba con ella y comenzó a llevarle libros, entre otros, su favorito *La nueva Eloísa*, que Natasha leyó con entusiasmo y sobre el que hizo algunos juicios, diciendo que no entendía cómo podía Abelardo querer a Eloísa.

—Yo podría —dijo Pierre (a Natasha le resultó extraño que Pierre hablara de sí mismo como de un hombre que también podía amar y sufrir. Él para ella no tenía sexo)—. Conversando una vez con uno de mis amigos decidimos que el amor a una mujer purifica todo el pasado, que el pasado no es su... —Él miró a Natasha a través de las gafas.

Sonia se fue a propósito. Esperaba y deseaba que tuvieran una explicación.

Natasha se echó de pronto a llorar.

—Piotr Kirílovich —dijo—, ¿por qué engañarnos? Sé por qué dice eso. Pero eso no va a suceder nunca, nunca... No por él, sino por mí. Le amaba demasiado como para hacerle sufrir.

—Dígame solo una cosa, ¿amaba a...? —no sabía cómo llamar a Anatole, y enrojeció ante su solo recuerdo—, ¿amaba a esa mala persona...?

—Sí —dijo Natasha—, y no le llame mala persona, me ofende. Pero no sé nada, nada, ahora —de nuevo se echó a llorar—, no entiendo nada.

—No hablaremos de ello, amiga mía —dijo Pierre. De pronto para Natasha resultó extraño ese dulce, tierno tono de niñera que utilizaba con ella.

»No hablaremos de ello, amiga mía, pero le pido una cosa, considéreme como un amigo, y si necesita ayuda, consejo o si simplemente necesita descargar su alma con alguien, no ahora, sino cuando aclare su alma, piense en mí.

Besó su mano, y sacando un pañuelo del bolsillo del frac se puso a limpiarse las gafas. Natasha estaba feliz con esa amistad y la abrazaba. Aunque no concebía que Pierre era también un hombre y que esa amistad podía transformarse en otra cosa. Eso podía suceder, pero no con ese encantador Pierre. Ella sentía así, sinceramente, pero no sabía qué era lo que sucedía en el alma de Pierre. Sentía eso de tal modo que le parecía que esa barrera moral entre hombres y mujeres, cuya ausencia sintiera tan dolorosamente con Anatole, en Pierre parecía ser infranqueable. Pierre iba todos los días a casa de los Rostov y en especial últimamente y así continuó hasta la primavera, cuando en Semana Santa recibió la carta que Natasha había escrito antes de confesarse con la petición de entregársela al príncipe Andréi.

El príncipe Andréi no fue a casa de Pierre, sino que se alojó en un hotel y le escribió una nota en la que le pedía que fuera a verle.

Pierre le encontró igual que siempre, estaba algo pálido y enfurruñado. Caminaba arriba y abajo por la habitación esperando. Sonrió débilmente al ver a Pierre, solo con los labios, y le interrumpió apresuradamente no dejándole hablar en tono de broma y frívolo en un momento en el que había de resolverse un asunto en absoluto frívolo. Le llevó a la habitación de atrás y cerró la puerta.

—No hubiera venido aquí (así llamaba a Moscú), me voy con Kutúzov al ejército turco, pero tengo que informarte de esta carta. —Le enseñó a Pierre los garabatos de Natasha en un pedazo de papel gris (estos garabatos llegaron después del nombramiento). Allí estaba escrito: «Me dijo que era libre y que le escribiera si me enamoraba de alguien. Me he enamorado de otro. Perdóneme. N. Rostova».

Era evidente que la carta había sido escrita en un momento de crisis moral y su lacónica brutalidad era por lo tanto más disculpable, pero también más dolorosa.

—Discúlpame si te importuno, pero créeme que para mí es más difícil —su voz tembló. Y como enojándose por esa debilidad continuó con decisión de un modo sonoro y desagradable—: Recibí la negativa de la condesa Rostova, y me llegaron rumores de que tu cuñado buscaba su mano o algo parecido. ¿Es eso cierto? —Se frotó la frente con la mano—. Aquí están sus cartas y su retrato.

Lo sacó de la mesa y dándoselo a Pierre le miró. Le temblaba el labio inferior cuando se lo dio.

—Devuélveselo a la condesa.

—Sí… No… —dijo Pierre—. Está exaltado, Andréi, ahora no puedo hablar con usted, tengo una carta para usted, aquí está, pero antes debo decirle…

—Ah, estoy muy tranquilo, déjame leer la carta. —Se sentó y fríamente, con rabia y de un modo desagradable, como su padre, se echó a reír.

—No sabía que esto había llegado tan lejos y que Anatole Kuraguin no se dignó a pedir la mano de la condesa Rostova —dijo Andréi. Resopló unas cuantas veces por la nariz—. Bueno, está bien, está bien —dijo él—. Dile a la condesa Rostova que agradezco mucho el buen recuerdo que guarda de mí, que comparto totalmente sus sentimientos y que le deseo lo mejor. Es algo descortés, pero discúlpate por mí, querido amigo, yo no podré po… —Y sin terminar la frase se dio la vuelta.

—Andréi, ¿acaso no puedes comprender ese arrebato de muchacha y esa insensatez? Y sin embargo ella es un ser encantador y honrado.

El príncipe Andréi le interrumpió. Se echó a reír con rabia.

—¿Y qué, pedir de nuevo su mano? Perdonar, ser magnánimo y todo eso. Sí, eso es muy noble, pero yo no soy capaz de andar por las pisadas de otro… Ah, y además de todo, la amistad. ¿Dónde se encuentra ahora… el señor… dónde está ese… bueno…? —Y una terrible luz refulgió en los ojos del príncipe Andréi—. Vete, Pierre, vete, te lo ruego.

Pierre le obedeció y se marchó, le estaba resultando muy doloroso y se daba cuenta de que no podía ayudar. Salió y ordenó que le llevaran a casa de los Rostov sin saber él mismo para qué, pero queriendo ver a Natasha, no decirle nada y volver, como si solamente el verla pudiera adiestrarle en lo que debía hacer. Pero no encontró a los Rostov y volvió a donde se encontraba el príncipe Andréi.

Bolkonski estaba sentado a la mesa completamente tranquilo y desayunaba solo.

—Bueno, siéntate y ahora hablaremos como es debido —dijo él.

Pero sin él mismo advertirlo, no pudo hablar de nada y no dejó hablar a Pierre. Sobre todo lo que empezaban a hablar, Andréi tenía una breve, burlona y desesperanzadora palabrita, que para Pierre, que se encontraba tan cercano a ese estado, aniquiló todo el interés por la vida y le mostró en toda su desnudez el terrible y embrollado nudo de la existencia. Tales palabras y pensamientos solo pueden actuar en un alma envenenada de desesperación, ya que algunas veces pueden ser incluso cómicas.

Después de hablar de su padre, Andréi dijo:

—Qué se puede hacer, la quiere y por eso atormenta a la princesa María, así debe ser al parecer, la araña se come a la mosca y mi padre devora la vida de la princesa María, y ella está satisfecha. Ella se come a su dios con pan y vino por más que su padre la humille y la haga sufrir. Al parecer, así debe ser.

También habló de sí mismo:

—Solo me hacía falta ponerme las charreteras de general y todos suponían que era general y sabía algo, pero yo no sirvo para nada, aunque de todos modos hay muchos peores que yo. Sí, todo lo mejor en este, el mejor de los mundos. ¿Así que voy a tener el placer de encontrarme a tu querido cuñado en Wilno? Está bien. Y tu encantadora esposa, querido, tendrías ventaja si viviera contigo una buena mujer. Eso es aún peor. Bueno, adiós. ¿O acaso te quedas? —dijo él levantándose y fue a vestirse. Pierre no conseguía idear nada. A él le estaba resultando casi más duro que a su amigo. Y aunque no se esperaba que el príncipe Andréi se tomara ese asunto de manera tan dolorosa, al ver cómo se lo tomaba no le sorprendió.

«Sin embargo yo soy el culpable de todo, de todo y no puedo dejar esto así —pensó él, recordando lo fácil que le parecía la reconciliación y cómo ahora le resultaba imposible—. De todos modos tengo que hacer lo que había pensado.» Recordó el discurso que había preparado con anterioridad y fue a decírselo al príncipe Andréi. Él estaba sentado y leía una carta, un criado hacía las maletas en el suelo. Bolkonski miró con enfado a Pierre. Pero Pierre comenzó a decir con decisión lo que quería decir.

—¿Recuerda nuestra conversación en San Petersburgo —dijo él—, recuerda *La nouvelle Héloïse*?

—Lo recuerdo —respondió apresuradamente el príncipe Andréi—. Dije que hay que perdonar a la mujer caída, dije eso, pero no dije que yo pudiera perdonarla. Yo no puedo.

—Andréi —dijo Pierre.

Andréi le interrumpió.

—Si quieres ser mi amigo nunca más me hables de esto… de todo esto. Bueno, adiós. ¿Está ya preparado? —le gritó al criado.

—Aún no.

—Te dije que lo tuvieras preparado, miserable. Fuera. Adiós, Pierre, perdóname. —Y en ese instante fue hacia Bezújov, le abrazó y le besó—. Perdóname, perdóname… —Y condujo a Pierre a la antesala.

Pierre no le vio más y no habló a los Rostov de su encuentro con él.

A causa de la no liquidación de la venta de la casa, los Rostov pensaban partir de Moscú pero no lo hicieron. Pierre también estaba en Moscú e iba a diario a casa de los Rostov.

«¡Hermano mío emperador! —escribía la primavera de 1812 el emperador Napoleón al emperador Alejandro—. El conde de Narbona me ha dado la carta de Su Majestad. Observo con satisfacción que Su Majestad recuerda Tilsit y Erfurt...»

«¡Hermano mío emperador! —escribía Alejandro el 12 de junio después de que las tropas de Napoleón atravesaran el Niemen—. Ha llegado a mis oídos que a pesar de la sinceridad... Si Su Majestad no está dispuesto a derramar la sangre de nuestros súbditos por un malentendido como este... El entendimiento entre nosotros será posible.

»Su Majestad tiene aún la posibilidad de librar a la humanidad de las penalidades de una nueva guerra.

ALEJANDRO»

Así fueron las dos últimas cartas, las dos últimas expresiones de la relación entre estas dos personas.

Pero evidentemente, a pesar del dos veces mencionado en la carta recuerdo de Tilsit y Erfurt, a pesar de la sobreentendida promesa de que Napoleón iba a ser siempre igual de encantador como lo fuera en Tilsit y Erfurt, a pesar de ese deseo a través de todas las complejas sutilezas de las relaciones diplomáticas e internacionales que penetraban hasta el mismo corazón del recuerdo querido y personal sobre la amistad con Alejandro (como dice una mujer que ha sido amada para apaciguar a un amante endurecido y enfriado: «Recuerdas el primer instante en que nos conocimos, y recuerdas esos momentos de arrebato esa noche a la luz de la luna»), a pesar de todo eso era evidente que lo que había de suceder sucedería y Napoleón entró dentro de las fronteras rusas, es decir, tuvo que actuar como actuó, del mismo modo que no se sabe por qué razón cae de la rama una manzana madura.

Habitualmente se piensa que cuanto mayor es el poder mayor

es la libertad. Los historiadores que describen acontecimientos históricos dicen que esos acontecimientos suceden por el deseo de una persona: César, Napoleón, Bismarck, etc. Aunque decir que en Rusia murieron cien mil personas matándose los unos a los otros porque así lo quisieron una o dos personas, es tan absurdo como decir que una montaña minada de un millón de puds se cae porque el último trabajador la golpea con la pala. Napoleón no llevó Europa a Rusia, pero los ciudadanos de Europa lo llevaron consigo forzándole a gobernarles. Para convencerse de esto solo hace falta pensar que se le atribuye a ese hombre el poder de obligar a cien mil personas a matarse los unos a los otros y a morir.

Es cierto que existe una ley humana zoológica similar a la ley zoológica de las abejas que las obliga a matarse las unas a las otras y a los machos a matarse los unos a los otros e incluso la historia confirma la existencia de esa ley, pero que un solo hombre ordene a millones que se maten los unos a los otros no tiene sentido porque es incomprensible e imposible. ¿Por qué no decimos que Atila guió sus huestes, sino que ya entendemos que las naciones fueron del este al oeste? Pero en la historia moderna ya no queremos entender eso. Nos sigue pareciendo que los prusianos vencieron a los austríacos porque Bismarck fue muy fino y astuto, cuando toda la astucia de Bismarck solamente se camuflaba bajo un acontecimiento histórico que había de suceder irremisiblemente.

Ese engaño nuestro proviene de dos causas: la primera de la capacidad psicológica de falsificar por adelantado las causas intelectuales para algo que sucede inevitablemente, lo mismo que tomamos por una visión del futuro algo sucedido en el instante de despertarse y la segunda de la ley de coincidencia de innumerables causas en cada acontecimiento casual, la misma ley por la que cada mosca puede considerarse con justicia como el centro y sus necesidades como la finalidad de todo el universo, por la misma ley por la que a un hombre le parece que el zorro engaña a los perros con su cola mientras que en realidad la cola solo sirve de contrapeso para las curvas. El fatalismo es tan comprensible en el contexto histórico como incomprensible resulta en los seres individuales. No en vano las palabras de Salomón: «el corazón del zar está en la mano de Dios» se han convertido en un proverbio. El zar es un esclavo de la historia, un acontecimiento casual, y tiene menor libertad de elección que el resto de las personas. Cuanto más poder, cuanto mayores vínculos con otras personas, menor es la libertad. Existen actos involuntarios que pertenecen a la esfera elemental de la vida del hombre y hay actos voluntarios por mucho que digan los fisiólogos y por más que estudien el sistema nervioso humano.

Un argumento irrebatible contra ello es el de que ahora yo puedo alzar o no alzar la mano. Puedo seguir escribiendo y detenerme. Eso es indudable. ¿Pero acaso puedo yo saber en el mar lo que digo, puedo saber en la guerra lo que hago, puedo en un conflicto con cualquier otra persona, en una acción donde el sujeto de mi acción no soy en absoluto yo mismo, acaso puedo saber lo que hago? No, no puedo. Allí actúo por las leyes humanas instintivas y espontáneas. Y cuanto más poder se tiene, cuanto mayores son los vínculos con otras personas, menor libertad. No se actúa por uno mismo, como lo hacen los maestros, artistas o pensadores que son libres, sino como el coronel, el zar, el ministro, el esposo o el padre que no son libres, se está sujeto a las leyes instintivas y sometiéndose a ellas con ayuda de la imaginación inconscientemente fingen su libertad y de una innumerable cantidad de causas convergentes de cada fenómeno accidental eligen aquellas que les parece que justifican su libertad. En esto consiste todo el malentendido. El emperador Napoleón, a pesar de que a él le pareciera ahora más que nunca, que dependía de él derramar o no derramar la sangre de su pueblo, nunca más que entonces había seguido esas desconocidas leyes que le obligaban (suponiendo que él actuara por su propia voluntad) a hacer aquello que había de suceder. No podía detenerse, no podía actuar de otro modo. Una innumerable cantidad de causas históricas le empujaban hacia aquello que debía suceder y él era su rostro visible, él, como un caballo enganchado a la rueda de un molino pensaba que avanzaba por sus propios intereses, moviendo el mecanismo ajustado a la rueda del caballo. Los ejércitos, reunidos y agrupados en un centro, habían sido reunidos por causas accidentales y espontáneas. Esa fuerza necesitaba actuar. El primer pretexto que se presentaba de forma natural era Rusia, y siguiendo la ley de coincidencia convergieron miles de pequeñas causas, reproches por la vulneración del sistema continental, el duque de Oldemburgo, el instante de cólera durante la salida, cuando el propio Napoleón no supo qué decir a Kurakin, el embajador ruso en París. Después, los movimientos de tropas hacia Prusia para protegerse de la amenaza. Para que la amenaza no fuera risible hacía falta hacer preparativos serios. Al hacer esos preparativos serios aquel que los hiciera se dejaba arrastrar por ellos. Cuando muchos de ellos ya se habían hecho, apareció la falsa vergüenza de que no fueran en vano y se creó la necesidad de ponerlos en práctica. Hubo conversaciones que a los ojos de los contemporáneos se hicieron con el sincero deseo de conseguir la paz y que solamente hirieron el amor propio de ambas partes y causaron inevitables conflictos. Ni la voluntad de Alejandro, ni la voluntad de Napoleón, ni la voluntad de los pueblos y aún menos el sistema continental, el duque de Oldemburgo o las intrigas de Inglaterra, sino la innumerable cantidad de circunstancias convergentes de las cuales cada una podía ser llamada causa, llevó a aquello que debía suceder, a la guerra, la sangre y todo aquello que repugna al ser humano y que por tanto no puede provenir de su voluntad.

Cuando una manzana madura y cae, ¿por qué cae? ¿Por la gravedad, porque la rama se ha secado, porque el sol la ha madurado, porque pesa más, porque el viento la sacude o porque el chico que se encuentra debajo se la quiere comer? Ninguna de esas es la causa. Todo ello es solo la coincidencia de las condiciones con las que suele producirse el acontecimiento vital orgánico y accidental. Y el botánico que descubre que la manzana cae porque tiene tejido celular, etc., tendrá la misma razón y la misma sinrazón que el niño que está debajo del árbol y que dice que ha caído porque él quería comérsela. Como tendría razón y no la tendría aquel que diga que Napoleón marchó hacia Moscú porque así lo quiso y fracasó porque así lo quiso Alejandro.

En los acontecimientos históricos las grandes personalidades son las etiquetas que dan la denominación al acontecimiento, pero son los que, al igual que las etiquetas, tienen una menor relación con el acontecimiento.

IV

El 11 de junio a las once de la mañana el coronel polaco Pogowski, que se encontraba en el Niemen con un regimiento de ulanos, vio una carroza que galopaba hacia él, tirada por seis caballos cubiertos de espuma, seguida del séquito imperial.

En la carroza estaba sentado el emperador Napoleón con su gorro y su uniforme de la vieja guardia, conversando con Berthier. Pogowski nunca había visto al emperador, pero le reconoció inmediatamente y preparó a sus hombres para el saludo oficial.

Napoleón se encontraba esa mañana en el mismo estado en que estuviera la memorable mañana de la batalla de Austerlitz. Se encontraba en ese estado vespertino fresco y claro en el que todo lo difícil se antoja naturalmente fácil y precisamente porque uno cree en sí mismo, piensa que es capaz de todo y más que creer no duda ni un instante y actúa como si una fuerza externa que no dependiera de él le obligara a actuar. Napoleón se encontraba desde por la mañana en ese estado, reforzado por el paseo de quince verstas con los rápidos caballos sobre los suaves muelles, por el hermoso camino entre la hierba cubierta de rocío, los brotes de trigo creciendo y por todas partes el esplendor de junio con el verde de los bosques brotando.

Iba —según pensaba— a examinar el sitio para cruzar el Niemen. Aún no había tomando una decisión sobre la cuestión de si iba a cruzar entonces el río o si iba a esperar la respuesta de Lauriston, pero en esencia iba porque esa mañana él era el inevitable ejecutor de la voluntad de la providencia. La mañana era preciosa, se encontraba en el mismo estado de ánimo vespertino que en la batalla de Austerlitz en el que era inevitable que emprendiera algo, le causaba alegría la idea de que él, él, a pesar de toda su grandeza, a pesar de la última estancia en Dresden durante la cual los reyes y emperadores formaban su comité de recepción, él, que concediéndole una gracia a la casa de Austria se había casado con su princesa, él, a pesar de todo esto, iba en persona a examinar el lugar de paso y dar las órdenes pertinentes. Saludando a los ulanos polacos sin retirar la vista del empinado meandro que hacía el Niemen salió de la carroza y llamó a los oficiales con un gesto de la mano. Algunos generales y oficiales se acercaron a él. Sujorszewski fue uno de los primeros y Napoleón le preguntó acerca de los caminos hacia el Niemen y sobre la situación de la vanguardia de las tropas. Sin terminar de escuchar el final del discurso de Sujorszewski, Napoleón, bajando el catalejo con el que miraba, le dijo a Berthier que tenía la intención de inspeccionar él mismo el Niemen. Berthier preguntó apresuradamente a los oficiales si ese reconocimiento del terreno no supondría un riesgo para el emperador por parte de los cosacos, y ante la respuesta afirmativa, informó al emperador de que su persona y su sombrero eran demasiado conocidos por todo el mundo y que sería imprudente bajar y ponerse al alcance de los disparos de los cosacos. Napoleón miró a los oficiales buscando entre ellos a uno de su estatura. La consciencia de su corta estatura siempre le había sido desagradable a Napoleón y las personas de gran estatura le turbaban. Pero esa era una mañana feliz, como siempre es feliz para la gente que se encuentra en un feliz estado de ánimo. O los oficiales resultaron ser de corta estatura o Napoleón solo reparó en estos, pero dijo con una sonrisa que se pondría un uniforme polaco.

Algunos oficiales se apresuraron a quitarse el uniforme, incluso Sujorszewski. Pero no había tenido tiempo de desabotonarse cuando la severa mirada de uno de los miembros del séquito de Napoleón le detuvo. Napoleón, como Paris con la manzana, debiendo elegir una beldad, miró sin sonreír a los oficiales que se desvestían y dado que el coronel Pogowski era el de mayor graduación o bien porque de la ropa interior que llevaban los oficiales la más limpia era la suya, el emperador le eligió a él, y habiéndose quitado su levita gris con la banda, que fue instantáneamente atrapada como si se tratara de una reliquia, se puso la levita y la gorra de Pogowski. Berthier también se disfrazó apresuradamente de ulano polaco y dio orden de que se eligiera para el emperador un caballo manso, dado que Bonaparte era un jinete medroso e inseguro. En compañía de Berthier y del mayor Sujorszewski, Napoleón se acercó a caballo a la aldea de Alexoten y desde allí al Niemen, tras el que en la lejanía se divisaban los cosacos rusos.

Al ver ese Niemen en el que cinco años atrás había tenido lugar la paz de Tilsit y lo más importante, ese Niemen tras el que nació ese misterioso y colosal imperio escita, parecido al que había llegado Alejandro de Macedonia y tras el que se encontraba ese Alejandro que le exigía insolentemente la retirada de las tropas francesas de la Pomerania cuando toda Europa se inclinaba ante él, el soberano de Francia, y tras el que se encontraba esa ciudad asiática de Moscú con sus innumerables iglesias y pagodas chinas, al ver ese Niemen, ese precioso cielo y ese campo que terminaban en el horizonte, se puso el uniforme polaco y descendió bajo los disparos de la vanguardia rusa y ya no pudo evitar decidir que al día siguiente atacaría. Volviendo hacia la aldea Nogarishki, Sujorszewski, que iba más atrás, escuchaba cómo el gran hombre cantaba con voz de falsete: «Mambrú se fue a la guerra...» y veía la brillante, luminosa y alegre mirada que se detenía en todo, indiferente y que hablaba del feliz y ligero estado en el que se encontraba en ese instante el gran hombre. Desde Nogarishki se envió la orden de trasladar allí el cuartel general y Napoleón dictó la disposición que ordenaba atravesar el Niemen y atacar. Además de eso, precisamente en Nogarishki se presentaron por primera vez al emperador Napoleón muestras de billetes rusos falsos por valor de cien millones de rublos que fueron comparados con los verdaderos y aprobados por el emperador y se presentó para su firma una sentencia de fusilamiento para un sargento polaco que le había dicho una insolencia a un general francés.

V

El emperador ruso con la corte ya llevaba aproximadamente un mes residiendo en Wilno, donde también se encontraba el cuartel general del ejército ruso. Después de muchos bailes y fiestas en casa de los magnates polacos, en casa de los cortesanos y en casa del propio emperador, en el mes de junio a uno de los generales ayudantes polacos del emperador se le ocurrió celebrar una comida y un baile en honor del emperador de parte del cuerpo de generales ayudantes de campo. Esta idea fue muy bien acogida por todos.

El emperador expresó su acuerdo, los generales ayudantes recogieron el dinero por suscripción y la persona más del gusto del emperador fue invitada para ser la anfitriona del baile. Bennigsen ofreció su casa de las afueras y el 11 de junio fue el día elegido para la comida, el baile, el paseo en barca y los fuegos artificiales.

El mismo día en que Napoleón diera la orden de atravesar el Niemen y de que las tropas de la avanzada, haciendo retroceder a los cosacos, atravesaran el Niemen, el emperador pasó la tarde en la dacha de Bennigsen, en el baile dado por los generales ayudantes de campo.

Por la tarde al día siguiente hubo una alegre y brillante fiesta con la condesa Lovich. Había un ambiente especialmente alegre y animado.

Entre las bellezas polacas, la condesa Bezújova no comprometía la reputación de la bellezas rusas y se hizo notar. Borís Drubetskoi, que había sido invitado por mediación de Hélène Bezújova, también estaba en el baile.

A las doce de la noche seguían bailando. El emperador, paseándose por delante de los bailarines, detenía a unos y otros con esas cariñosas palabras que solo él sabía decir. Borís, como todos los del baile, honrado por la presencia del emperador se dirigía constantemente a este y estaba a su lado, a pesar de bailar y hablar con las damas. Al comienzo de la mazurca vio que Balashov se acercaba al emperador que le estaba diciendo algo a una dama polaca y se detenía, aunque era inadecuado detenerse frente al emperador. Eso significaba algo. El emperador le miró interrogativamente y comprendió que Balashov actuaba así solamente porque había una importante razón para ello y que necesitaba hablar con el emperador. Haciéndole una leve inclinación de cabeza a la dama, en señal de que la audiencia había finalizado, el emperador se volvió hacia Balashov y cogiéndole del brazo se fue con él. De manera espontánea le abrieron paso a ambos lados, dejándole un amplio camino de tres sazhen. Borís miró al grueso y rastreramente fiel rostro de Arakchéev que al advertir la conversación del emperador con Balashov se separó de la muchedumbre pero no se atrevió a acercarse. Borís, como la mayoría de las personas honestas, sentía una instintiva antipatía hacia Arakchéev, pero la benevolencia del emperador hacia él le hacía dudar de la justicia de sus sentimientos. Balashov le decía algo al emperador con rostro muy serio. El emperador se enderezó rápidamente, como una persona ofendida y sorprendida, y siguió escuchando tranquila y amablemente. Borís, a pesar de la clara conciencia de que lo que se hablaba era muy importante, a pesar del ardiente deseo de saber de qué se trataba, comprendiendo que si el conde Arakchéev no se atrevía a acercarse más, él no podía ni pensarlo, se apartó hacia un lado. De forma inesperada el emperador y Balashov fueron directos hacia él (estaba en la puerta de salida al jardín). No tuvo tiempo de alejarse y escuchó las siguientes palabras del emperador que hablaba con la agitación propia de una persona ofendida:

—Solo habrá reconciliación cuando no quede en mi patria ni un solo enemigo armado.

Ante estas palabras el emperador, advirtiendo la presencia de Borís, le miró orgullosa y decididamente y como le pareció a Borís, al emperador le resultaba agradable decir esas palabras, estaba satisfecho de la forma en que había expresado su pensamiento e incluso le satisfacía que Borís le escuchara entusiasta y respetuosamente.

—Que nadie lo sepa —añadió el emperador (Borís entendió que eso se refería a él).

Y el emperador se marchó.

Las noticias comunicadas por Balashov en el baile del emperador eran el paso de Napoleón con todo su ejército, sin previa declaración de guerra, a través de Niemen a una jornada de distancia de Wilno. Estas inesperadas noticias lo fueron más, especialmente después de un mes de infructuosa espera y en el baile. En el primer instante el emperador se sintió indignado y agitado con esa noticia y bajo la influencia de este momentáneo sentimiento halló la que después sería una famosa sentencia que a él mismo tanto gustaba y que expresaba completamente sus sentimientos. Al volver a casa desde el baile el emperador mandó llamar a las dos de la madrugada al secretario Shishkov y le ordenó que escribiera al gobernador militar de San Petersburgo y a las tropas y exigió que se incluyeran indispensablemente las siguientes palabras: No habrá reconciliación hasta que en la patria rusa no quede ni un solo enemigo armado.

Al día siguiente se escribió esa carta que comenzaba con las palabras:

«Hermano mío emperador» que aparece al principio del capítulo anterior y se envió a Balashov a hablar con Napoleón como un último intento de reconciliación. Al día siguiente la noticia que llevara Balashov era conocida por todos. El cuartel general del emperador se mudó una estación más atrás, a Sventsiani, y todas las armas del ejército retrocedieron.

VI

Al partir Balashov, el emperador le repitió de nuevo las palabras: «no habrá reconciliación hasta que en la patria rusa no quede ni un solo enemigo armado» y ordenó que se las transmitiera indispensablemente a Napoleón, aunque es probable que, precisamente porque el emperador sentía con su tacto que no era apropiado transmitir esas palabras en ese instante, en el que se estaba haciendo el último intento de pacificación, no las escribió en la carta y por eso ordenó a Balashov que las transmitiera; es decir, sentía una necesidad personal de expresarlas.

Balashov partió de noche, llegó con el alba a la vanguardia y fue detenido por los centinelas de la caballería francesa. Los soldados húsares con los uniformes carmesí no le dejaron pasar, no le hicieron ningún honor e irrespetuosamente, conversaron sombríamente entre ellos en su presencia y mandaron a buscar al oficial. Fue algo extraordinariamente raro para Balashov, acostumbrado por su posición desde mucho tiempo atrás a recibir honores, y después de su cercanía al poder supremo —su conversación de hacía tres horas con el emperador—, ver allí en tierra rusa ese hostil, y lo más importante, irrespetuoso, trato. Pero espontáneamente le vino el pensamiento de la insignificancia de esas gentes y de que a pesar de que parecían ser personas al igual que él, con brazos, piernas, memoria e ideas, a pesar de que le impedían el paso a la fuerza, tenía la misma relación con ellos que el granito de trigo con una de las principales ruedas del molino. Incluso no les miraba cuando esperaba en las filas. No estuvo esperando mucho tiempo. El coronel de húsares francés Julner se acercó a él sobre un hermoso caballo bien alimentado con el aspecto de satisfacción y bienestar que tenían también sus soldados que se encontraban en las filas. Era ese primer período de la campaña, cuando las tropas todavía se encuentran en buen estado, casi como en un desfile en tiempos de paz, solo que con un toque marcial más informal y con ese matiz de alegría, excitación y espíritu emprendedor que siempre acompaña al comienzo de la campaña. Las tropas se acicalan, se pavonean como si no supieran que muy pronto no solo no van a tener tiempo de cepillar la cola a los caballos sino que no tendrán tiempo de cepillarse sus propios cabellos, como si no supieran que pronto no habrá alegría sino horror, terror, sufrimiento y muerte.

El coronel Julner fue discreta y dignamente cortés, entendiendo visiblemente todo el significado del envío de Balashov, le condujo a través de sus soldados y se puso a conversar con él con una sonrisa.

No habían andado ni un centenar de pasos cuando les salió al encuentro el rey de Nápoles, el mismo Murat que tan diestramente había tomado él solo el puente de Viena y el que, por todos sus servicios a Napoleón, ya hacía entonces tiempo que era rey del reino de Nápoles. Cuando Julner, señalando al brillante grupo frente al que iba Murat ataviado con un manto rojo y cubierto de oro y piedras preciosas, dijo que era el rey de Nápoles, Balashov en señal de acuerdo y respeto inclinó levemente la cabeza y fue al encuentro de Murat que ahora era rey, más majestuoso e imponente que lo fuera en el año 1805 en el puente de Viena donde junto con Béliard se apropió de la otra mitad de Viena. Ese ya era el Murat que se llamaba rey de Nápoles y en cuyo título todos creían. Era ese Murat que la víspera del día en que, por exigencia de Napoleón de unirse al ejército, debía salir de Nápoles, al ir paseando de la mano de su esposa y acompañado de cortesanos por las calles de Nápoles, para distraerse de las aburridas ocupaciones diarias dos panaderos italianos se levantaron y gritaron a su paso: ¡Viva el rey! Murat con una triste sonrisa, que inmediatamente, como cada sonrisa del zar, se reflejó en los rostros de los cortesanos, dijo:

—¡Pobres desgraciados! Me dan lástima… No saben que mañana les abandonaré.

Él, como un viejo caballo algo comilón, pero siempre dispuesto para el servicio, montado en un caballo árabe adornado con oro y piedras preciosas, alegre, radiante, animado por los acostumbrados preparativos de antes de una guerra, fue al encuentro de Balashov, tocó ligeramente con la mano su gorro ribeteado de oro y adornado con plumas de avestruz y saludó alegremente al general ayudante de campo del emperador Alejandro. Se acercó y puso una mano sobre las crines del caballo de Balashov. Su bondadoso y bigotudo rostro resplandecía de autosatisfacción cuando Balashov, al conversar con él le decía: «a Su Majestad, de Su Majestad», en todos los casos, con la connatural afectación del uso demasiado frecuente del título al dirigirse a una persona para la que ese título todavía es nuevo.

O bien a Murat le gustó el rostro de Balashov o se encontraba en un alegre estado de ánimo por la hermosa mañana y el paseo a caballo, pero desmontando y cogiendo del brazo a Balashov, comenzó a conversar con él en un tono en absoluto regio ni hostil sino con el tono con el que conversarían unos bondadosos, y alegres criados cuyos amos han discutido y que siguen siendo buenos amigos a pesar de las relaciones entre sus patrones.

—Y bueno, general, ¿parece que la cosa acabará en guerra? —preguntó Murat.

Balashov reconoció que realmente el asunto estaba así, pero advirtió que el emperador Alejandro no quería la guerra y que el hecho de que le hubieran enviado a él lo demostraba.

—¿Así que no cree que el instigador de la guerra sea el emperador Alejandro? —dijo Murat con una sonrisa bondadosa bajo sus bigotes.

Al hablar de las causas de la guerra Murat dijo lo que seguramente él mismo no deseaba decir, pero lo hizo a causa de la alegría:

—Deseo de todo corazón que los emperadores den fin a este asunto entre ellos y que la guerra que ha comenzado en contra de mi voluntad acabe lo antes posible.

—No le entretengo más. Me ha alegrado conocerle, general —añadió Murat, y Balashov, después de hacerle una reverencia a Su Majestad, siguió adelante, suponiendo por las palabras de Murat que se iba a encontrar muy pronto con Napoleón.

Pero en lugar de llevarle rápidamente al encuentro de Napoleón, los centinelas del cuerpo de infantería de Davout retuvieron de nuevo a Balashov y el ayudante del comandante del cuerpo al que avisaron le condujo al encuentro del mariscal Davout.

VII

El sombrío Davout era completamente lo opuesto a Murat. Era el Arakchéev del emperador Napoleón; un Arakchéev no cobarde, pero tan preciso y cruel, que no sabía expresar su lealtad de otra manera que a través de la crueldad. Estas personas son necesarias en el mecanismo del organismo imperial, lo mismo que los lobos son necesarios en el organismo de la naturaleza, siempre están presentes, siempre aparecen y se mantienen, por mucho que su cercanía a la cabeza del gobierno resulte impropia. Si no hubiera esa necesidad orgánica ¿cómo podría ser que una persona cruel que arrancaba personalmente los bigotes a los granaderos y que a causa de sus nervios no podía soportar el peligro, el ignorante y poco cortés Arakchéev, pudiera mantener una posición fuerte junto al caballero bondadoso y de tierno carácter que era Alejandro? Pero eso debía ser así y así era.

Balashov encontró al mariscal Davout en un cobertizo sentado sobre un tonel y ocupado en tareas administrativas (estaba comprobando las cuentas). Hubiera sido posible encontrar un alojamiento mejor, pero el mariscal Davout era una de esas personas que buscan a propósito situarse en las más sombrías condiciones de vida para tener el derecho a estar sombríos. Precisamente para ese fin están siempre apresurada y obstinadamente ocupados: «No hay lugar para ocuparse y pensar en la felicidad y en la parte amorosa de la vida del hombre, cuando como usted puede ver, estoy sentado en un barril en un sucio cobertizo y trabajando». El primer placer y necesidad de esas gentes consiste en, al encontrarse con la juvenil y bondadosa alegría de vivir, arrojar a los ojos de esa animación su sombría y obstinada actividad. Davout se proporcionó ese placer cuando le llevaron a Balashov.

Cuando entró el general ruso se sumergió aún más en su trabajo y al mirar a través de las gafas al alegre rostro de Balashov que se hallaba bajo la influencia de la hermosa mañana y la charla con Murat, se volvió aún más sombrío y sonrió maliciosamente.

«He aquí todavía un petimetre con gentilezas —pensó él—, ahora no es tiempo de gentilezas. Yo era contrario a esta guerra, pero una vez que la guerra ha comenzado, no hay que ser gentil sino trabajar.»

Advirtiendo en el rostro de Balashov la desagradable impresión, Davout se dirigió a él severa y fríamente con la brusca pregunta de qué necesitaba. Suponiendo que le daba ese recibimiento solo a causa de que Davout no sabía que él era el general ayudante de campo del emperador Alejandro, e incluso su representante ante Napoleón, Balashov se apresuró a comunicarle su nombre y su misión.

Al contrario de lo que él esperaba, que esa noticia cambiara instantáneamente el tono y el trato de Davout al más respetuoso posible, como de ordinario ocurría con las personas groseras, Davout después de escuchar a Balashov se volvió aún más seco y grosero.

—¿Dónde está el paquete? —preguntó él—. Démelo y yo se lo haré llegar al emperador.

Balashov dijo que tenía órdenes de entregar el paquete personalmente al emperador.

—Las órdenes de su emperador se cumplen en su ejército —dijo bruscamente Davout—, debe hacer lo que le digan. —Y como para hacer sentir aún más al general ruso su dependencia de la fuerza bruta, Davout salió del cobertizo y llamó al centinela.

Balashov sacó el paquete que contenía la carta del emperador y sin mirar a Davout lo dejó sobre la mesa (la mesa consistía en una puerta de la que aún sobresalían la bisagras arrancadas, colocada sobre dos barriles).

Davout cogió el sobre y leyó lo que había sobrescrito.

—Está en su completo derecho de mostrarme o no mostrarme respeto —dijo Balashov—, pero permítame que le advierta que tengo el honor de ser general ayudante de campo de Su Majestad… ¿Dónde puedo esperar la respuesta?

Davout le miró en silencio. Evidentemente estaba considerando si se había equivocado satisfaciendo excesivamente su necesidad de mostrar que era un trabajador y no un galante.

—Se le darán las atenciones precisas —dijo él y guardándose el sobre en el bolsillo salió del cobertizo. Un momento después entró el ayudante y condujo a Balashov a un alojamiento preparado para él.

Balashov comió aquel día con el mariscal, en ese mismo cobertizo, en esa misma tabla apoyada sobre barriles, pasó tres días más en el cuartel general de Davout y avanzó junto a él en dirección a Wilno ya sin ver al mariscal sino teniendo a su lado al inseparable ayudante, un general francés.

VIII

Tras cuatro días de soledad, aburrimiento y consciencia de su insignificancia y de estar en manos de otros, lo que era especialmente perceptible después de la esfera de poder en que se encontraba poco tiempo atrás, una carroza fue a buscar a Balashov y él, entre tropas francesas que ocupaban todo el terreno, fue conducido a Wilno al mismo puesto del que había partido cuatro días antes. Y a esa misma casa, la mejor de Wilno, en la que había recibido las últimas órdenes del emperador Alejandro. Hacía cuatro días en esa casa había centinelas del batallón Preobrazhenski y ahora había dos granaderos con uniforme desabotonado azul y gorro de piel. Dentro de la casa se agolpaban los generales y los hombres destacados de la zona, de entre los cuales algunos reconocieron a Balashov y se dieron la vuelta. Dentro también estaba el caballo del emperador, pajes, el mameluco Rustan y un brillante séquito de ayudantes de campo. Seguramente esperaban que saliera el mismo Napoleón.

En la primera sala Berthier recibió cortésmente a Balashov y dejándole por un momento fue a ver a Napoleón. Cinco minutos después volvió y le informó de que el emperador le recibiría entonces.

Napoleón esperaba a Balashov y le esperaba con esa agitación que no le abandonaba cuando el asunto se refería a las relaciones con aristócratas de la sangre del zar, de los que el más brillante de todos, física y moralmente, le parecía Alejandro. Sabía que cada palabra, cada movimiento, cualquier impresión que causara en el emisario sería transmitida a Alejandro. Eligió su mejor momento, la mañana, y el, en su opinión, más majestuoso de sus trajes: un uniforme abierto con la banda de la Legión de Honor sobre un chaleco blanco de piqué y botas de montar. El séquito de la entrada también estaba impecable. Napoleón decidió recibir a Balashov a la salida de su paseo a caballo y le recibió en su despacho. Se encontraba de pie en la ventana de la habitación apoyando sobre una pequeña mesilla su blanca y menuda mano, jugando con la tabaquera, e inclinó levemente la cabeza en respuesta a la respetuosa reverencia de Balashov.

«Estaré tranquilo y majestuoso. La demostración de la conciencia del propio poder es la tranquilidad —pensaba Napoleón en ese instante—. Le permitiré que lo diga todo y le mostraré mi poder. Le demostraré lo insolente que fue exigir la salida de mis tropas de la Pomerania y cómo ellos son castigados por esta exigencia con la entrada de mis tropas en sus fronteras.» El recuerdo de la exigencia de despejar la Pomerania, en el primer momento cuando fue recibida, ofendió especialmente a Napoleón por la confluencia de diversas causas, porque la había recibido en un momento en el que estaba de mal humor y porque una hora antes le había dicho a Berthier que Rusia proponía condiciones para la paz y por lo tanto ese recuerdo comenzó a elevar la sensación de ofensa en su ánimo. Pero en ese preciso momento se dijo a sí mismo: «Eso no va a suceder. Ahora, ocupando este mismo Wilno desde el que fue enviado este general ayudante de campo, debo demostrar mi fuerza únicamente con la tranquilidad».

«Bueno, me está viendo, no se turbe, venga aquí, tranquilícese y diga lo que tenga que decir», decía su mirada.

—¡Su Majestad! El emperador mi señor… —comenzó Balashov, algo turbado, pero con la elegancia y la fluidez que le caracterizaban. Transmitió a Napoleón todo lo que le habían ordenado. Transmitió que el emperador Alejandro estaba asombrado de la entrada de las tropas francesas dentro de las fronteras rusas, que él no estaba comenzando la guerra y que no la deseaba, que el príncipe Kurakin había solicitado sus pasaportes sin el conocimiento del emperador Alejandro, que con Inglaterra aún no había ninguna relación y que el emperador Alejandro deseaba la paz, pero que no era posible alcanzarla de otro modo que con la condición de que las tropas de Su Majestad se retiraran al otro lado del Niemen. Él dijo *que las tropas francesas se retiraran al otro lado del Niemen*, pero no dijo esa frase que evidentemente tanto gustaba al emperador Alejandro, que había escrito en la carta ordenando que indispensablemente se introdujera en la orden para las tropas y que había mandado que Balashov dijera a Napoleón. Balashov recordó esas palabras —«hasta que no quede en la patria rusa ni un solo enemigo armado»—, pero un sentimiento complejo e inexplicable, llamado tacto, le retuvo. Mirándole a los ojos, no pudo decir esas palabras, aunque quería decirlas. En esas palabras había una sensación de ofensa demasiado personal y seguramente de modo instintivo, es decir, no solamente su entendimiento, sino el conjunto de todas sus cualidades, prohibió a Balashov decirlas. Napoleón escuchó todo tranquilamente, pero las últimas palabras, aunque suavizadas, le molestaron. Y le molestaron aún más porque en ellas se podía escuchar el recuerdo de las anteriores exigencias de desocupar la Pomerania. «Las exigencias que han tenido como consecuencia mi entrada en Rusia», pensó él.

—Yo deseo la paz tanto como el emperador Alejandro —comenzó él—. Durante dieciocho meses —dijo él— he hecho todo lo posible para conseguirla. Llevo dieciocho meses esperando una explicación. —Pero tan pronto como comenzó y una palabra independientemente de su voluntad arreó a la otra, apareció el recuerdo de las exigencias de desocupar la Pomerania que habían acabado con su entrada en Rusia y en ese instante lo expresó en palabras—. Pero para comenzar las conversaciones, ¿qué es lo que se me exige?

—Retirar las tropas a la otra orilla del Niemen.

Napoleón pareció no prestar atención a lo que acababa de oír y continuó:

—Pero para que las conversaciones sean posibles es necesario que ustedes no mantengan relaciones con Inglaterra.

Balashov transmitió la aseveración del emperador Alejandro de que no había alianza con Inglaterra.

Napoleón volvió de nuevo sobre la exigencia de retirarse al otro lado del Niemen, solo del Niemen. Necesitaba esa exigencia. Era ofensiva y tranquilizadora para él. En lugar de la exigencia de cuatro meses atrás de abandonar la Pomerania, ahora solo le exigirían retroceder a la otra orilla del Niemen y por lo tanto la alianza y la hermandad con Inglaterra continuaban.

«Sí, ahora lo entiendo —pensaba Napoleón y quiso decir que tras la actual exigencia de retirarse al otro lado del Niemen pronto solo le exigirían que saliera de Moscú—. Pero no, no diré nada de más. No permitiré que se desvanezca en él (en Alejandro a través de Balashov) esta sensación de tranquila consciencia de mi poder.» Pero ya había comenzado a hablar y cuanto más hablaba menos se paraba en el modo de controlar su discurso. Todos los recuerdos ofensivos sobre la exigencia de abandonar la Pomerania, sobre no haberle reconocido como emperador en los años 1805 y 1806, sobre el rechazo de la petición de mano de la gran princesa, todos esos recuerdos se rebelaron en su ser a medida que hablaba. Y junto con cada uno de los recuerdos de esas humillaciones, frente a cada uno de ellos, se rebelaba en su mente el recuerdo de la compensación por esa humillación y las celebraciones como la de Tilsit y Erfurt y la estancia en Dresden poco tiempo atrás. «Todos ellos son personas, personas insignificantes», pensó él y continuó hablando, alegrándose de la lógica, que a él le parecía indiscutible, de sus argumentos. Llevaba ya mucho tiempo en la misma postura, así que, bien juntando las manos en el pecho, o bien colocándolas a su espalda, empezó a caminar por la habitación y a hablar.

—Peticiones como la de abandonar el Oder y el Vístula se le pueden hacer al príncipe de Baden, pero no a mí. Aunque me dieran San Petersburgo y Moscú (la ciudad asiática de Moscú, que estaba allí, en Escitia) no aceptaría esas condiciones. ¿Y quién ha sido el primero que se ha reunido con su ejército? El emperador Alejandro y no yo. Aunque en el ejército no tiene nada que hacer. Yo soy diferente, esa es mi función. Y qué grandioso reinado podría haber sido este —decía él, como si sintiera pena del niño que se ha portado mal y se ha quedado sin golosinas—. Le di Finlandia, le hubiera dado Moldavia y Valaquia. Se dice que han firmado la paz, ¿es cierto?

Balashov confirmó esa noticia, pero Napoleón no le dejaba hablar y especialmente no le permitía decir aquello que le resultaba desagradable (y eso le era muy desagradable). Necesitaba hablar él solo y demostrar que tenía razón, que era bueno, que era grande, y continuó hablando con esa elocuente e incontinente irritación a la que tan propensas son las personas engreídas y con esa elocuente e incontinente irritación con la que hablara en 1803 con el embajador francés y hacía poco con el príncipe Kurakin.

—Sí —continuó él—, se lo prometí y le hubiera dado Moldavia y Valaquia y ahora no va a tener esas hermosas provincias. Sin embargo hubiera ensanchado Rusia desde el golfo de Bonia hasta la desembocadura del Danubio. Catalina la Grande no hubiera podido hacer más —decía Napoleón, acalorándose más y más, caminando por la habitación y repitiendo a Balashov prácticamente las mismas palabras que le dijera al mismo Alejandro en Tilsit—. Todo esto lo habría debido a mi amistad. ¡Oh, qué grandioso reinado, qué grandioso reinado —repitió unas cuantas veces y se detuvo—, qué grandioso reinado, qué grandioso reinado *hubiera podido ser* el reinado del emperador Alejandro! —Miró con lástima a Balashov y tan pronto como este quiso decir algo, le interrumpió apresuradamente. En esos instantes le resultaba incomprensible hasta la furia, que Alejandro pudiera salirse del brillante (a su entender) programa que le había trazado.

»¿Qué puede desear y buscar que no haya hallado en mi amistad? Pero no, él encuentra mejor rodearse de otra gente, ¿de quién? —continuó Napoleón interrumpiendo a Balashov—. Ha llamado a Stein, Armfeld, Witzengerod, Bennigsen. Stein, expulsado de su patria —repitió Napoleón con cólera y aparecieron manchas en su pálido rostro. El recuerdo de Stein le ofendía profundamente porque comenzó equivocándose con él; le consideraba una persona insignificante y le recomendó al rey de Prusia: "Coja a Stein, es un hombre inteligente", y después, al enterarse del odio de Stein a Francia, firmó un decreto en Madrid para confiscar todas sus posesiones y exigiendo su extradición. Lo más ofensivo para Napoleón, relacionado con el nombre de Stein, era el recuerdo de cuando ordenó apresar a su hermana inocente y enviarla a París para ser juzgada. Eso Napoleón ya no lo podía perdonar y continuó cada vez más irritado e incapaz de controlar lo que decía.

»Armfeld es un libertino y un intrigante, Witzengerod es un prófugo expulsado de Francia, Bennigsen es algo más militar que los demás, pero sigue siendo un inepto que no supo hacer nada en el año 1807 y que debería provocar terribles recuerdos en el emperador Alejandro… Suponiendo que fueran hombres capaces se podría servir de ellos —continuó Napoleón sin alcanzar apenas a poner en palabras las ideas que le iban surgiendo, demostrándose lo acertado que estaba—, pero ni siquiera lo son, no valen ni para la guerra ni para la paz. Dicen que Barclay es el más sensato de todos, pero yo no lo diría a juzgar por sus primeros movimientos. ¿Y ellos qué hacen? ¿Qué hacen? —dijo Napoleón irritándose aún más ante el pensamiento de que el emperador Alejandro toleraba la cercanía de aquellos que Napoleón apreciaba tan poco, toleraba a esas personas que él despreciaba más que nada en el mundo y que hubiera colgado inmediatamente si hubieran caído en sus manos.

»Pful propone, Armfeld discute, Bennigsen considera y Barclay, llamado a actuar, no sabe qué decidir y el tiempo pasa sin hacer nada. El único que es un militar es Bagratión, es estúpido, pero tiene experiencia, buen ojo y decisión. ¡¿Y qué papel juega su joven emperador en esa miserable muchedumbre?! Le comprometen y le cargan con la responsabilidad de todo lo que sucede. —Calló un instante y continuó con una expresión de grandeza.

—¡Un emperador debe ponerse al frente de su ejército solo cuando sea un jefe militar! —dijo él, arrojando esas palabras en forma de generoso consejo como un reto al rostro del emperador. Napoleón sabía lo mucho que deseaba el emperador Alejandro ser un jefe militar—. Ya hace una semana que ha comenzado la campaña y no han sabido defender Wilno, están divididos en dos y les hemos expulsado de las provincias polacas. Su ejército protesta…

—Al contrario, Majestad —dijo Balashov al que casi no le daba tiempo a recordar qué era lo que le decían, siguiendo con dificultad esa explosión de palabras—, las tropas arden en deseos…

—Lo sé todo —le interrumpió Napoleón—. Lo sé todo y sé el número de sus batallones con la misma certeza que el de los míos. No tienen ni doscientos mil soldados y yo tengo tres veces más. Le doy mi palabra de honor —dijo Napoleón olvidando que esa palabra no tenía ningún sentido y para él era un absurdo—. Le doy mi palabra de honor de que tengo quinientos treinta mil soldados a este lado del Vístula. Sus turcos no ayudarán, no valen para nada y lo han demostrado firmando la paz con ustedes. El destino de los suecos es ser gobernados por reyes dementes. Su rey estaba loco, lo cambiaron y pusieron a otro que ahora se ha vuelto loco (Napoleón se rió de su broma) porque solo un loco puede aliarse con Rusia.

A cada una de las frases de Napoleón, Balashov quería y tenía algo que objetar, y no paraba de moverse como alguien que quiere decir algo, pero Napoleón le interrumpía.

Por ejemplo, sobre la locura de los suecos, Balashov quería decir que Suecia era una isla cuando Rusia estaba de su parte, pero ya ni trataba de hablar porque no solo con la razón o con la inteligencia sino con todo su ser percibía que Napoleón se encontraba entonces en el estado en el que se encuentran todas las personas en un instante de agitación nerviosa y a causa de la que hace falta hablar, hablar y hablar simplemente para demostrarse a sí mismos su acierto. Por un lado a Balashov le resultaba grato presenciar esa irritación, veía que Napoleón estaba actuando mal diciéndole todo aquello. (Lo percibía especialmente por la apesadumbrada e indiferente expresión del rostro de Berthier, que se encontraba presente y que evidentemente, no aprobaba las palabras de Napoleón.) Por otro lado, Balashov temía comprometer su dignidad de emisario del emperador y a cada segundo estaba listo para contradecirle.

—¿Y qué me importan a mí esos aliados suyos? *Yo tengo* aliados: los polacos. Son ochenta mil y pelean como leones. Y serán doscientos mil. («¿De dónde van a salir esos doscientos mil?», pensó Berthier suspirando con tristeza.)

«También redactaron una protesta sobre el duque de Oldemburgo», pensó Napoleón, y recordando esa ofensa previa continuó:

—Si levantan a Prusia en mi contra, sepa que la borraré del mapa de Europa —dijo él, acalorándose más y más, y haciendo un enérgico gesto con su pequeña mano—. Sí, les arrojaré al otro lado del Dvina y del Dnieper y levantaré frente a ustedes esa barrera que Europa, siendo ciega y criminal, permitió demoler. Sí, esto es lo que les sucederá y eso es lo que habrán ganado alejándose de mí —concluyó Napoleón, que había comenzado a hablar con Balashov con la firme intención de conocer la opinión del emperador Alejandro sobre la guerra y con la intención de acordar una verdadera paz.

De pie frente a Balashov, sintiendo la necesidad de terminar de algún modo su extraño discurso, que había culminado con exaltación italiana, dijo de nuevo con lástima: «Qué grandioso reinado podía haber sido el de su emperador, podía haber sido...».

Ante los argumentos de Balashov, que trataba de demostrar que por parte de Rusia el asunto no tenía unos tintes tan sombríos como los que presentaba Napoleón y afirmaba que de la guerra, los generales y los aliados esperaban lo mejor, Napoleón movía la cabeza con condescendencia como si dijera: «Sé que su obligación es hablar así, pero usted mismo no cree lo que está diciendo...».

—Asegure en mi nombre al emperador Alejandro —dijo él interrumpiéndole, evidentemente sin escuchar lo que decía Balashov—, que le sigo siendo fiel, conozco su alto valor y sus altas cualidades.

—¿Qué diablo le habrá traído aquí? —dijo él con lástima de que Alejandro hubiera echado a perder su carrera de ese modo y era evidente que pensaba eso solo por él mismo.

—Dios mío, Dios mío, qué grandioso reinado *podía haber sido* el de su emperador... No le entretengo más, general, recibirá mi carta para el emperador. —Y Napoleón, calzando sus botas de montar, se marchó con paso decidido, precedido de sus pajes, para ir a dar su paseo.

Balashov supuso que Napoleón se había despedido, pero a las cuatro le invitaron a la mesa del emperador. En esa comida, a la que asistieron Bessières, Caulaincourt y Berthier, Balashov estuvo más en guardia tratando de encontrar a cada pregunta de Napoleón esa pulla diplomática, esa finura del pañuelo de Márkov, que rechazara respetuosamente el tono altivo de Napoleón. Y encontró dos de esas pullas diplomáticas. Una fue la respuesta a una pregunta de Napoleón acerca de Moscú, sobre la que preguntaba con el agrado y la curiosidad de un viajero que tuviese la intención de visitarla en breve.

—¿Cuántos habitantes tiene, cuántas casas, cómo son esas casas? ¿Cuántas iglesias hay? —preguntaba Napoleón. Y ante la respuesta de que había más de doscientas iglesias, dijo que la gran cantidad de monasterios e iglesias que había advertido en Polonia es señal de atraso del pueblo. Balashov, respetuosa y alegremente, hallando lugar para su pulla diplomática, se permitió no estar de acuerdo con la opinión del emperador francés advirtiendo que había países donde la civilización no puede aniquilar el espíritu religioso del pueblo. «Esos países son Rusia y España», liberó su *bouquet* Balashov. Pero ese *bouquet* de astucia diplomática que más tarde relató Balashov fue en tan alto grado apreciado entre los enemigos de Napoleón, como desapercibido pasó durante la comida. Por los indiferentes y perplejos rostros de los señores mariscales, se evidenció que ellos no entendieron en qué consistía la agudeza que sugería el tono de Balashov. «Si ha habido alguna, no la hemos entendido o no es en absoluto aguda», decían las expresiones de los rostros de los mariscales. La segunda pulla, igual de poco apreciada, consistió en que a la pregunta de Napoleón sobre cuáles eran los caminos que llevaban a Moscú, Balashov respondió que de igual modo que todos los caminos llevaban a Roma, todos los caminos llevaban a Moscú y que entre los diversos caminos Carlos XII eligió el camino de *Poltawa*. Pero esto tampoco pareció agudo y no alcanzó Balashov a terminar de decir la última palabra Poltawa cuando Caulaincourt comenzó a hablar de la dureza del camino entre San Petersburgo y Moscú y de sus recuerdos de esa época.

Después de la comida se trasladaron al despacho de Napoleón para tomar café, a ese mismo despacho que cuatro días antes ocupara el emperador Alejandro. Napoleón se sentó y sorbiendo el café de una taza de porcelana de Sevreskaia, le señaló a Balashov una silla a su lado. Se sabe cuál es el estado de ánimo después de una comida, que más que cualquier otra causa razonable hace que el hombre se encuentre satisfecho consigo mismo y considere a todo el mundo amigos suyos. Napoleón se encontraba en ese estado. Le parecía que las personas que tenía alrededor le idolatraban. Le parecía incluso que hasta Balashov debía ser, después de la comida, un amigo y un admirador.

Esto no es un equívoco, puesto que es antinatural que un hombre siga pensando, después de haber comido con otro, que este es su enemigo. Napoleón, con una agradable sonrisa, amistosamente, olvidando quién era Balashov, se dirigió a él:

—¿Es cierto lo que me han dicho de que estas son las habitaciones en las que vivía el emperador Alejandro? Es extraño.

Balashov le respondió breve y afirmativamente, bajando tristemente la cabeza.

—En esta habitación hace cuatro días deliberaban Witzengerod y Stein —dijo de nuevo coléricamente Napoleón, ofendido por el tono de la respuesta de Balashov—. Lo que no puedo soportar —comenzó a decir— es que el emperador Alejandro se haya rodeado de todos mis enemigos personales. ¿No pensaron que yo puedo hacer lo mismo? Sí, expulsaré de Alemania a todos sus parientes, a los Wurtemberg, a los Baden, a los Weimar, sí los expulsaré… —Napoleón comenzó de nuevo a pasear como por la mañana—. Que se prepare para darles asilo en Rusia.

Balashov se levantó, y su aspecto denotaba que deseaba despedirse. Napoleón continuó sin prestarle atención:

—¿Y por qué ha decidido comandar el ejército, por qué? La guerra es mi oficio y su obligación es reinar y no comandar ejércitos. ¿Por qué ha tomado esa responsabilidad?

Calló, siguió un rato paseando en silencio y de pronto se acercó inesperadamente a Balashov y con una ligera sonrisa tan segura, rápida y directamente como si estuviera haciendo algo no solamente importante, sino incluso benéfico, acercó su mano al rostro de Balashov y le cogió suavemente de la oreja. Que el emperador te tirara de la oreja se consideraba un honor en el imperio francés.

—Bueno, ¿por qué no dice nada, admirador y cortesano del

emperador Alejandro? ¿Están preparados los caballos para el general? —añadió inclinando ligeramente la cabeza en respuesta a la reverencia de Balashov—. Denle los míos, tiene que viajar lejos.

La carta que llevó Balashov fue la última carta de Napoleón que leyó Alejandro. Todos los detalles de la conversación se transmitieron al emperador ruso y la guerra comenzó.

IX

Después de su entrevista en Moscú con Pierre el príncipe Andréi fue a San Petersburgo con la intención de encontrarse allí con el príncipe Kuraguin con el que consideraba indispensable encontrarse. Pero en San Petersburgo se enteró de que Kuraguin había partido al ejército moldavo por encargo del ministro de la Guerra. Allí en San Petersburgo el príncipe Andréi supo que Kutúzov, su antiguo y siempre bien dispuesto hacia su persona general Kutúzov, estaba destinado en el ejército moldavo como ayudante del mariscal de campo Prozorovski. El príncipe Andréi solicitó que le admitieran en el ejército moldavo y después de recibir la orden de ir a servir en el cuartel general partió para Turquía.

Después de pasar aproximadamente un año en el ejército turco, a comienzos del año 1812, cuando Kutúzov ya llevaba más de dos meses sin salir de Bucarest con su amante de Valaquia, manteniendo conversaciones de paz y cuando llegaron rumores de la proximidad de una guerra con los franceses, el príncipe Andréi pidió volver al ejército ruso, y por la intercesión de Kutúzov fue enviado al Estado Mayor del Ministro de la Guerra Barclay de Tolli.

Poco después de que el príncipe Andréi llegara al ejército turco, Kuraguin volvió a Rusia y el príncipe Andréi no pudo encontrarse con él. Bolkonski no consideraba conveniente escribir a Kuraguin y retarle. Sin dar un nuevo motivo para el duelo, consideraba que retarle comprometería a Natalia Rostova y por eso esperaba un encuentro en persona en el que tenía la intención de hallar una nueva causa para el duelo.

A pesar de que había pasado más de un año desde que volviera del extranjero, la decisión del príncipe Andréi no había cambiado su disposición general de ánimo. Por mucho tiempo que pasara no iba a poder evitar retarle cuando se lo encontrara, lo mismo que un hambriento no puede evitar arrojarse sobre la comida. Y por mucho tiempo que pasara no podía ver en la vida otra cosa que la unión de vicios, injusticias y estupidez que solo resultaban amenas a través de ese desprecio que a él le inspiraban. Su herida física había cicatrizado completamente, pero la moral seguía abierta. No había sido la traición de su prometida lo que le desengañara de la vida, pero la traición de su prometida había sido el último de sus desengaños. El único placer que hallaba en la vida era el orgulloso desprecio hacia todos y todo, lo que gustaba de contar con mucha frecuencia a aquellas personas que no podían comprenderlo y a las que despreciaba igual que a los demás. Se estaba convirtiendo en uno de esos parlanchines inteligentes, pero ociosos y amargados que son tan comunes entre los hombres solteros y sin ocupación. Su hijo no necesitaba su apoyo y su amor activo, tenía a su lado al *instituteur* traído de Suiza, monsieur Laborde, y a su tía, la princesa María. Y además, ¿en qué se podía convertir ese niño siendo criado con los mejores medios? O en un embaucador o embaucado igual que todos lo que viven en este mundo, o en un infeliz que ve demasiado claramente toda la estulticia de este mundo. Un hombre que desprecia todo igual que su padre. Así pensaba acerca de él el príncipe Andréi. En Turquía recibía escasas cartas de su padre, su hermana, Laborde y Nikólushka, que ya sabía escribir. Era evidente que la princesa María amaba inmensamente a Nikólushka, que Laborde estaba encantado con la princesa María y que su padre seguía siendo el mismo.

Antes de partir al ejército que se encontraba en mayo en el campamento del Drissa, el príncipe Andréi fue a Lysye Gory, que estaba en el mismo camino, encontrándose a tres verstas del camino real de Smolensk. En los últimos tres años había habido tantos cambios en la vida del príncipe Andréi, había cambiado tanto de opinión, de sentimientos, había visto tanto (había recorrido el este y el oeste) que le dejó estupefacto que todo en Lysye Gory siguiera igual, hasta en sus más pequeños detalles. Como a un castillo encantado y dormido, entró en la avenida y en la puerta de piedra de la casa de Lysye Gory. En esa casa había la misma gravedad, la misma limpieza y el mismo silencio, los mismos muebles, las mismas paredes, la misma manchas y los mismos tímidos rostros, solo que un poco envejecidos. La princesa María había engordado, pero sus ojos se habían apagado y raramente brillaban con la anterior luz, era como si se hubiera resignado a su vida. Bourienne también había engordado, había embellecido y al príncipe Andréi le pareció que había ganado seguridad en sí misma. Laborde iba vestido con una levita de corte ruso, hablaba en ruso con los criados mutilando el idioma, pero seguía siendo el mismo preceptor de limitada inteligencia, culto, virtuoso y pedante. El anciano príncipe solo había cambiado en que se había hecho visible en uno de los lados de su boca la falta de un diente. El único que había crecido era Nikólushka, había cambiado, había tomado color y le había crecido un oscuro cabello rizado y sin saberlo, cuando se reía elevaba el labio superior de su linda boquita, igual que lo elevaba la fallecida princesita. Era el único que no seguía la regla de inmutabilidad de ese durmiente castillo encantado.

El príncipe Andréi tenía intención de pasar allí una semana, pero solo estuvo tres días. Desde el primer momento se dio cuenta de que a pesar de que exteriormente todo seguía igual que antes, las relaciones internas habían cambiado. Los miembros de la familia estaban divididos en dos bandos, ajenos y enemistados, que se juntaban entonces solo en su presencia y cambiaban para él su habitual modo de vida. A uno de los bandos pertenecían el anciano príncipe, mademoiselle Bourienne y el arquitecto, y al otro la princesa María y Laborde, Nikólushka y todas las niñeras y nodrizas.

La tarde del primer día, Piotr el ayudante de cámara, después de haber instalado a Andréi y sujetando una vela, le contó que el príncipe habitualmente no salía al comedor para las comidas y que se las servían en su despacho en compañía de Amélie Kárlovna y el arquitecto, y que la princesa comía sola y que en ocasiones no se encontraba con su padre en semanas.

Realmente, durante el noviazgo del príncipe Andréi, el anciano príncipe, al principio en broma y después ya en serio, se había ido acercando más y más hacia sí a Bourienne que le leía en voz alta y cada vez podía soportar menos la presencia de su hija. Todo en ella le irritaba y le llevaba a someterla a injusticias de las que era consciente y que le pesaban aún más precisamente porque quería a la princesa María y no podía soportarla. Quería que ella fuera perfecta y veía que no podía cambiarla y que no podía resignarse a ella tal y como era. Bourienne era para él solo un agradable objeto cuyo espíritu y cualidades le eran indiferentes.

Si ella adulaba y fingía a él no le importaba, siempre y cuando le resultara agradable. Pero en la princesa el más mínimo alejamiento de su ideal le irritaba. Quería a su nieto, pero no aprobaba su educación y por eso trataba de no verle. Su única ocupación entonces, además de la lectura, era la construcción. Tan pronto como terminó de levantar el invernadero, había comenzado a edificar una enorme casa veraniega de estilo griego en el nuevo jardín, donde había plantado árboles y situado estanques. Solo al hablar de ese futuro parque y de la casa veraniega, que podían estar terminados antes de cincuenta años, el anciano se animaba como en el pasado. De asuntos políticos hablaba entonces poco, no sin placer, pero con reserva. El príncipe Andréi advirtió unas cuantas veces que cuando intentaba espolear al anciano y comenzaba a hablarle de la guerra con los turcos, o de la futura campaña contra Bonaparte, el anciano, escuchando, quería decir algo, pero luego era como si reflexionara, como si supiera algo que anulaba todo el interés de todas esas consideraciones y eso le llevara a pensar que no merecía la pena decir lo que sabía porque no podrían comprenderle.

Mientras estuvo en Lysye Gory todos los habitantes de la casa comieron juntos, pero todos estaban incómodos y el príncipe Andréi sintió que él era el invitado para el que hacían tales excepciones y que les estorbaba con su presencia. Durante la comida Andréi sintiendo eso, involuntariamente estuvo taciturno y su padre al advertirlo, también guardó silencio con aire sombrío y se fue a su despacho. Cuando Andréi fue a verle al día siguiente, el anciano príncipe comenzó inesperadamente a hablarle de la princesa María criticándola por su superstición, por su falta de afecto hacia mademoiselle Bourienne, que era la única que le era verdaderamente fiel.

Era obvio que el príncipe Andréi no podía decir nada ni ayudar a su padre de ningún modo. Pero el anciano príncipe hablaba para que él escuchara y no abriera la boca. El anciano sentía hasta el fondo de su alma que era culpable frente a su hija, que la martirizaba todo lo que se puede martirizar a un ser vivo, pero no podía evitar hacerlo.

Debía ser así, era necesario martirizarla, él tenía razón en hacerlo y había causas para ello. Y él hallaba estas causas. Le apenaba que el príncipe Andréi no pareciera aprobar su manera de actuar y por eso era necesario explicárselo y era necesario que él escuchara. Y él se puso a explicárselo. Pero Andréi, en esa disposición de ánimo en la que se encontraba, no pudo escuchar con tranquilidad. Él también necesitaba polemizar, discutir y hacer infelices a los demás. «¿Por qué debo sentir lástima de él? —pensó—. Es mi padre, en tanto que sea justo. "Platón es mi amigo, pero la verdad es el camino."»

—Si me pregunta mi opinión —dijo el príncipe Andréi sin mirar a su padre (era la primera vez en su vida que censuraba a su padre)—. Yo no quisiera hablar, pero si me pregunta diré que bien al contrario yo no conozco a una criatura más dulce y bondadosa que la princesa María y no puedo entender por qué la aleja de sí. Ya que me pregunta —continuó Andréi acalorándose, porque siempre estaba dispuesto a acalorarse en los últimos tiempos y sin sopesar lo que decía—, lo único que puedo decir es que la princesa María me da lástima. Masha es uno de esos seres bondadosos e inocentes a los que compadecer y mimar. —El príncipe Andréi no pudo terminar de hablar porque el anciano clavó primero los ojos en su hijo, después se echó a reír de forma sardónica y artificial y con su risa descubrió el hueco que le había dejado el diente, al que el príncipe Andréi no se podía acostumbrar.

—Así que hay que darle libertad para que me martirice a mí y a tu hijo con sus tonterías...

—Padre, no puedo ser juez de todo, pero usted me ha provocado y he dicho y siempre diré que usted no es tan culpable como esa francesa.

—¡Ah! ¡Me condenas! Bueno, está bien, está bien. Muy bien —dijo en voz baja, después de pronto pegó un salto y gritó señalando con un enérgico gesto la puerta—: ¡Fuera! ¡Fuera! Para que no quede aquí ni tu olor.

El príncipe Andréi salió con una triste sonrisa. «Todo ha de ser así en este mundo», pensó él.

La princesa María, al saber de su discusión con su padre, se lo recriminó.

El príncipe Andréi quiso marcharse en ese preciso momento, pero la princesa María le pidió que se quedara un día más. Ese día el príncipe Andréi y su padre se vieron y no mencionaron la anterior conversación. Únicamente el anciano príncipe habló a su hijo de usted y fue especialmente generoso y atento a la hora de darle dinero. Al día siguiente el príncipe Andréi ordenó que prepararan el equipaje y fue a la habitación de su hijo. El cariñoso niño, de cabello rizado como su madre, se sentó en sus rodillas. El príncipe Andréi comenzó a contarle el cuento de Barba Azul, pero sin terminarlo se puso a pensar y se dirigió a Laborde.

—¿Así que está muy contento con la princesa? —le dijo—. Me alegra mucho que estén de acuerdo en la forma de educar...

—¿Y es que acaso se puede no estar de acuerdo con la princesa? —dijo Laborde juntando animadamente las manos—. Las princesa es un modelo de virtud, inteligencia y abnegación. Si Nikolai no sale un muchacho excelente no será culpa de los que tiene alrededor —dijo él autoensalzándose tímidamente.

El príncipe Andréi se dio cuenta, pero advirtió, como en sus anteriores conversaciones con Laborde, su sincera admiración hacia la princesa.

—Venga, sigue contando —dijo su hijo.

El príncipe Andréi, sin responder, volvió a dirigirse a Laborde.

—¿Y en los asuntos religiosos cómo puede estar de acuerdo con ella? —preguntó él—. Dado que usted es un defensor del protestantismo.

—Yo solo veo una cosa en la princesa: la pura esencia del cristianismo y ninguna afición a las formas. Y en la religión como en todo ella es la perfección.

—¿Y a sus monjes peregrinos, los ha visto? —preguntó con una sonrisa el príncipe Andréi.

—No, no los he visto, pero he oído acerca de ellos. La princesa reparó en que al príncipe esto no le agradaba y dejó de acogerles.

Realmente, en los últimos tiempos la princesa se había apegado tan apasionadamente a sus planes de emprender una peregrinación y se había convencido tan evidentemente de que no podría cumplirlos de otro modo que a través de la muerte de su padre que la idea de la posibilidad de desear esa muerte le horrorizaba. Le dio su abrigo a Fedósiushka y abandonó ese sueño.

A mitad de la conversación entre Andréi y Laborde la princesa María entró en la habitación con rostro asustado.

—¿Cómo? ¿Se va? —dijo ella. Y ante la respuesta afirmativa de su hermano se lo llevó a su habitación para hablar con él.

Tan pronto como se puso a hablar de ello sus labios temblaron y brotaron las lágrimas. El príncipe Andréi entendió que al contrario que sus palabras, que decían que estaba bien, esas lágrimas decían lo que él había supuesto, que ella estaba sufriendo y que se lo agradecía y le quería aún más (si es que esto era posible) por su intercesión.

—No voy a hablar más de lo que ha pasado. Intentaré tranquilizarle (ella sabía que eso era imposible y que todas las culpas de la separación entre padre e hijo caerían sobre ella). Pero lo que te quiero decir es esto. —Ella con una mano suave, con un gesto gracioso y femenino le tomó del codo, se acercó a él y en sus ojos, en los que aún había lágrimas, brillaron directamente hacia el rostro de su hermano, unos rayos de amor, de simple amor que tranquilizaban y elevaban el alma. Ella ya se había olvidado de sí misma. E igual que en el 1805 necesitaba colgarle a Andréi la imagen, ahora necesitaba darle consejo, dar tranquilidad y consuelo en su dolor. Sabía todo lo que había sucedido por las cartas de Julie (ya entonces) Drubetskoi, pero nunca había hablado de ello con su hermano. «Y no se encontrará un hombre que pueda comprender y apreciar todo el encanto femenino moral de esta muchacha —pensó el príncipe Andréi mirándola—. Y se perderá así, atormentada y acosada por un viejo chocho.»

—Andréi, te pido y suplico una cosa. Si estás sufriendo (la princesa bajó los ojos), no pienses que ese daño te lo han hecho personas. Las personas son Sus armas. —Ella miró a la cabeza del príncipe Andréi con la habitual firme mirada con la que se mira al lugar en el que acostumbramos a ver un cuadro. Seguramente le veía a Él al decir esto.

—El dolor te lo ha causado Él y no las personas. Las personas son sus armas, ellas no son las culpables. Si te parece que alguien es culpable frente a ti olvídalo y perdona. Por amor de Dios, Andréi, no te vengues en nadie. Nosotros no tenemos derecho a castigar. Nosotros somos castigados.

Andréi, con solo ver su mirada, comprendió todo, entendió que ella sabía todo, comprendió que conocía su deseo de encontrar y retar a Kuraguin que estaba en el ejército principal y de eso hablaba. Él quería creerla... y ¿perdonar el qué?, se preguntó a sí mismo. ¿El beso sensual de una mujer a la que amé más que a nada? ¿Y a quién? A ese... No, eso no se puede arrancar del corazón.

—Si yo fuera una mujer, lo haría, Marie. Eso es una virtud de la mujer, pero si a un hombre le golpean en el rostro, no es que no deba, es que no puede perdonar.

—Andréi...

—No, alma mía, no, mi querida amiga Masha, nunca te he querido como te quiero ahora. No hablemos de esto. —Abrazó la cabeza de Masha, se echó a llorar y se puso a besarla.

Escucharon los pasos de la niñera y Nikolasha. Los hermanos disimularon. Andréi sentó en las rodillas a Nikolasha.

—Vente conmigo —dijo el príncipe Andréi.

—No, mañana voy con la tía al jardín a recoger piñas, ¿sabes? Piñas y de las piñas voy a hacer una casa tan grande que todos van a pasar por el camino grande. ¿Conoces el camino grande...?

Nikolasha no había terminado de contar su historia, cuyo único sentido era pronunciar las nuevas palabras (Nikolasha estaba aprendiendo a hablar) cuando el príncipe Andréi se levantó, le abrazó y de nuevo con lágrimas en los ojos, estrechó contra sí su linda carita. Ya estaba totalmente dispuesto para el viaje y envió a preguntar a su padre si podía ir a despedirse. El criado enviado volvió diciendo que el príncipe había dicho que ya se habían despedido y que le deseaba buen viaje. La princesa María rogó a Andréi que esperara un día más diciendo que sabía lo desgraciado que se sentiría su padre si Andréi se iba sin que se hubieran reconciliado. Pero Andréi tranquilizó a su hermana diciéndole que seguramente pronto regresaría de nuevo y que indispensablemente escribiría a su padre, pero que en ese momento, cuanto más se quedara, más se avivaría la discordia.

—Todo esto se pasará, se pasará —decía Andréi.

—Adiós, adiós. Recuerda que la desgracia la manda Dios y que las personas nunca son culpables —gritó la princesa María cuando arrancó la carroza. Y las últimas palabras que escuchó fueron «derecho a castigar», que la princesa María pronunció con voz llorosa.

«Así debe ser —pensó el príncipe Andréi—. Ella, una criatura encantadora, se queda a merced de un anciano excelente pero demenciado. Yo sé que lo que ella dice es cierto, pero haré lo contrario. Mi hijo quiere cazar un lobo. Yo voy al ejército. ¿Para qué? No lo sé. Porque así debe ser. Y todo da igual, da igual.»

X

El príncipe Andréi llegó al cuartel general del ejército el 13 de julio. Por muy poco que por entonces se interesara por los asuntos militares sabía que Napoleón había atravesado el Niemen y había tomado Wilno partiendo el ejército en dos, que los nuestros se habían retirado al campamento fortificado del Drissa y que había unos pequeños asuntos que solucionar previos a la retirada cuyo fin consistía solamente en la salvación del ejército, y su reunificación.

La reunificación aún no se había conseguido y según decían, era incierta. El príncipe Andréi supo por rumores que las tropas eran comandadas por el propio emperador Alejandro y que el mando supremo lo ostentaba el prusiano Pful, el mismo que hiciera el plan de la campaña de Jena junto con otros doctos prusianos. Y que Pful tenía toda la confianza del emperador. Al frente de las tropas se encontraban: Rumiántsev el canciller, el antiguo ministro de la Guerra Arakchéev, el nuevo ministro de la Guerra Barclay de Tolli, Bennigsen sin nombramiento, el general sueco Armfeld, Stein antiguo ministro prusiano, Paulucci que el príncipe Andréi había conocido en Turquía y gran cantidad de extranjeros y complejos mecanismos de deberes de estado. En las conversaciones casuales del camino con los militares, el príncipe Andréi advirtió el carácter general de desconfianza hacia los mandos y los peores presentimientos sobre el resultado de la guerra. Pero nadie pensaba en el peligro de una invasión de las provincias rusas.

El príncipe Andréi fue destinado al Estado Mayor de Barclay de Tolli, precisamente donde debía estar Kuraguin. El príncipe Andréi encontró a Barclay de Tolli a la orilla del Drissa. Las tropas estaban distribuidas en el campamento fortificado según el plan de Pful. Dado que no había ni una sola aldea grande ni pueblo en los alrededores, esta enorme cantidad de generales y cortesanos se había distribuido en diez verstas a la redonda en las mejores casas de las aldeítas a uno y otro lado del río. Barclay de Tolli se encontraba a cuatro verstas del emperador.

Recibió seca y fríamente a Bolkonski y le dijo, con su pronunciación alemana, que informaría de él al emperador para que le fijara un destino. Allí supo el príncipe Andréi sin preguntarlo, que Anatole se encontraba en el ejército de Bagratión, donde había sido enviado y donde se quedaba por el momento. Al príncipe Andréi esa noticia le resultó grata. No tenía intención de buscar a Kuraguin, no se apresuraba en cumplir su decisión; sabía que esta nunca iba a cambiar.

Allí, a pesar de toda la indiferencia que sentía hacia la vida, el interés del centro generado por la enorme guerra le sedujo involuntariamente. Durante cuatro días en los que no fue requerido para nada, tuvo tiempo de saber, por las conversaciones con los miembros del Estado Mayor, la confusión en la que estaba sumida la dirección del ejército e incluso el príncipe Andréi, en su actual estado de ánimo en el que consideraba que todo lo escandaloso era tal y como debía ser, no pudo salir de su asombro. Cuando aún se encontraban en Wilno el ejército estaba dividido en dos, una parte estaba comandada por Barclay de Tolli y la segunda por Bagratión. El emperador se encontraba en la segunda. En la orden de operaciones no se había dicho que el emperador fuera a ejercer el mando, solo se había dicho que el emperador estaría en el ejército. Además, el emperador no tenía Estado Mayor propio de comandante en jefe sino que había un Estado Mayor imperial. A su lado se encontraban los jefes de su cuartel general imperial: El príncipe Volkonski y sus altos cargos, los generales y los ayudantes de campo del emperador y una gran cantidad de extranjeros, pero no había Estado Mayor del ejército. Así que en ocasiones había que cumplir las ordenes del príncipe Volkonski cuando se sabía que venían del emperador, y en ocasiones no. Además de eso, junto al emperador se encontraban sin cargo Arakchéev, un íntegro general, Bennigsen el más anciano de todos y el Gran Príncipe. A pesar de que estas personalidades se encontraban sin cargo, por su posición ostentaban influencia y el jefe del ejército con frecuencia no sabía en calidad de qué preguntaba o aconsejaba una u otra cosa Bennigsen o el Gran Príncipe o el comandante en jefe. Pero esa era la coyuntura externa, el sentido esencial de la presencia del emperador y de todas estas personas estaba claro desde el punto de vista cortesano (y en presencia del emperador todos se convertían en cortesanos). Este era el siguiente: el emperador no había adoptado el grado de comandante en jefe pero regía tanto el primer como el segundo ejército. Arakchéev era fiel, cumplidor y un guardián del orden y el provecho, que en cualquier momento podía ser necesario. Bennigsen, propietario de tierras en Wilno, era en esencia un buen general, útil para aconsejar y puede que incluso para sustituir a Barclay. El Gran Príncipe estaba allí por su gusto. El ministro Stein estaba allí porque era un buen consejero y porque era un hombre inteligente y honesto a quien Alejandro sabía apreciar. Armfeld sentía un odio enconado hacia Napoleón y era un general seguro de sí mismo, cosa que siempre ejercía influencia sobre Alejandro. Paulucci estaba allí porque era audaz y decidido en sus discursos. Los generales ayudantes estaban allí porque iban a cualquier parte donde se encontrara el emperador y finalmente, el principal, Pful estaba allí porque él, habiendo preparado el plan de batalla contra Napoleón y habiendo hecho a Alejandro creer en la utilidad de este plan, dirigía todos los asuntos bélicos. Junto a Pful se encontraba Volsogen, que transmitía las ideas de Pful de un modo más adecuado que el propio Pful, brusco, presuntuoso hasta el desprecio a los demás y teórico de gabinete.

Además de estas mencionadas personalidades rusas y extranjeras en el cuartel general del emperador había aún muchas más, especialmente extranjeras y todas, especialmente las extranjeras (con la audacia propia de quien se mueve en un ambiente ajeno) aportaban su óbolo de divergencia de opiniones en la organización del ejército.

El príncipe Andréi, que no tenía ningún interés personal, se encontraba en la mejor posición para la observación. Entre todas las ideas y las voces de ese inmenso, agitado, brillante y orgulloso mundo, el príncipe Andréi veía las más claramente subdivididas corrientes y partidos siguientes:

El primero estaba compuesto por Pful y sus seguidores, teóricos de la guerra, que creían en la existencia de una ciencia bélica y en que esta ciencia tiene unas reglas inmutables, reglas de movimientos, de marcha, y otras similares y que exigían la retirada al interior del país, una retirada desde el punto de vista de las reglas descritas por esa ilusoria teoría bélica y en los que en cada desviación de esa teoría solo veían barbarie, ignorancia o mala intención. A estos pertenecían Volsogen, Armfeld y otros, en su mayoría alemanes.

Como siempre sucede, junto a un extremo había representantes de otro extremo. Estos eran aquellos que ya en Wilno habían instado a la invasión de Polonia y la emancipación de todos los planes establecidos con anterioridad. Además de que los representantes de este partido fueran los defensores de las acciones más arriesgadas, también eran los representantes del nacionalismo, a causa de lo cual eran aún más unilaterales en las disputas. Estos eran los rusos: Bagratión, Ermólov y otros. En aquel entonces fue muy difundida una broma de Ermólov: él solo le pedía al emperador una gracia, que le ascendiera a alemán. Estos decían, recordando a Suvórov y a Rumiántsev, que no había que pensar, ni clavar chinchetas en los mapas sino combatir y luchar, no permitir al enemigo que entre en Rusia y no dejar que las tropas se desalienten.

El tercer partido al que parecía pertenecer el propio emperador era el de los cortesanos que pactaban con ambas corrientes. Estos pensaban y decían lo que de ordinario dice la gente que no tiene convicciones propias pero que desea aparentar que las tiene, tanto más dado que parecen estar por encima de todos los extremos. Analizando y uniendo las corrientes decían que sin duda la guerra, especialmente con un genio como Bonaparte (se había convertido de nuevo en Bonaparte), exigía profundas consideraciones, profundos conocimientos científicos (y en este asunto Pful era genial); pero que a la vez sin lugar a dudas, los teóricos eran unilaterales y por eso había que escuchar también las voces que exigen una acción enérgica, se junta todo y sale… un embrollo, decían sus adversarios, pero ellos decían que el resultado era excelente.

La cuarta tendencia era la tendencia de la que el representante más visible era el Gran Príncipe, el heredero, el tsesarévich, que no podía olvidar el desengaño de Austerlitz, donde él, como en una revista había partido al frente de la guardia con casco y pelliza, suponiendo bravamente aplastar a los franceses y había caído inesperadamente en primera línea y conseguido huir a duras penas de la confusión general. Estos tenían en sus juicios la virtud y el defecto de la sinceridad. Temían a Napoleón, veían en él la fuerza y en ellos la debilidad y lo decían directamente. Decían: «De esto no saldrá nada excepto dolor, vergüenza y muerte. Hemos abandonado Wilno, hemos abandonado Vítebsk, y abandonaremos Drissa». «Todos los alemanes son unos cerdos —decía breve y claramente el Gran Príncipe—. Lo único inteligente que nos queda hacer es firmar la paz y lo antes posible, antes de que nos arrojen de San Petersburgo.»

Esta opinión, muy difundida entre las altas esferas del ejército, encontraba apoyo en San Petersburgo en la persona del canciller Rumiántsev, que por otras razones de estado también estaba a favor de la paz.

Los quintos eran los partidarios de Barclay de Tolli no tanto como hombre sino como ministro de la Guerra y comandante en jefe. Ellos decían: «Por muchos defectos que tenga (siempre comenzaban así) es un hombre honrado y sensato, no hay nadie mejor que él. Hacedle jefe del Estado Mayor y dadle poder, porque la guerra no puede tener éxito sin un único líder. Bueno, y si no es Barclay, al menos que no sea Bennigsen, este ya demostró su incapacidad en 1807, dádselo a algún otro, pero que alguien tenga el poder, porque así no se puede continuar».

Los sextos eran los partidarios de Bennigsen, decían que al contrario, no había nadie más juicioso y experimentado que Bennigsen y que por muchas vueltas que dieran de todos modos volverían a él. Hay que dejarlos que cometan errores, cuantos más cometan mejor: al menos pronto se darán cuenta que así no pueden seguir. Y no es necesario un Barclay cualquiera, sino un hombre como Bennigsen, que ha demostrado de lo que es capaz, al que el propio Napoleón hizo justicia y bajo las órdenes del cual todos servirían gustosamente.

Los séptimos eran las personas que siempre se encuentran en la corte, junto a los emperadores jóvenes y de los que junto al emperador Alejandro había una cantidad especialmente grande, estas personas eran los generales y ayudantes de campo del emperador, entregados al zar no como emperador, sino como hombre, que le adoraban, como le adoraba Rostov en el 1805 y que veían en él no solo todas las virtudes, sino todas las cualidades humanas. Estas personas, aunque admiraban la humildad del emperador, se lamentaban de ella y lo único que deseaban era que su adorado zar dejara todas sus excesivas inseguridades y declaraban abiertamente que él debía ponerse a la cabeza del ejército y establecer, allí donde se encontrara, el Estado Mayor, y que cuando lo necesitara se hiciera aconsejar de teóricos y prácticos experimentados y que debía conducir él mismo las tropas, que solo esto conseguiría infundirles el mayor entusiasmo.

El octavo y más numeroso grupo que suponía un noventa y nueve por ciento del total se formaba de las personas que no deseaban. No deseaban la paz ni la guerra, ni la ofensiva ni el repliegue, ni el campamento junto al Drissa ni en cualquier otro sitio, ni a Barclay, ni al emperador, ni a Pful ni a Bennigsen y que solamente deseaban una cosa y esta era la más importante: la mayor cantidad de provechos y placeres. En ese río revuelto de intrigas cruzadas y enmarañadas, que pululaban por el cuartel general imperial, se podían obtener muchas cosas que en otro momento hubieran resultado imposibles. Aquellos que lo único que deseaban era no perder su ventajosa posición hoy estaban de acuerdo con Pful, mañana con sus detractores y pasado mañana afirmaban que no tenían ninguna opinión sobre un asunto determinado, solamente para esquivar la responsabilidad. Otros, deseando extraer beneficio, llamaban la atención del emperador con sus discusiones y gritaban en el consejo, se daban golpes de pecho y retaban a duelo a los que eran de otra opinión, demostrando con esto que estaban dispuestos a sacrificarse por el bien general. Unos terceros, a la chita callando, mendigaban entre consejo y consejo y en ausencia de sus enemigos, un subsidio por sus fieles servicios, otros, como por descuido, siempre se mostraban abrumados de trabajo a ojos del emperador, otros habían conseguido una meta largo tiempo deseada: comer con el emperador, y para ello demostraban que Pful estaba en lo cierto o estaba en un error y aportaban evidencias más o menos firmes.

La mayoría pescaban rublos, condecoraciones y ascensos y en esa pesca seguían solo la dirección de la veleta de la gracia del zar y tan pronto como advertían que la veleta giraba hacia un lado, todos esos zánganos que poblaban el ejército comenzaban a zumbar en esa dirección y así al emperador le resultaba más difícil girar hacia otro lado. En medio de esa situación indeterminada, ante un peligro serio que amenazaba al ejército, que le otorgaba a todo un carácter especialmente alarmante, en medio de ese torbellino de intrigas, amor propio, conflictos, diferentes opiniones y sentimientos, frente a la diferencia de raza de todos estos personajes, este octavo partido de personas que se ocupaban de sus intereses personales, añadía una gran confusión y embrollo a la marcha general del asunto. Cualquiera que fuera la cuestión que saliera a la palestra, este enjambre de zánganos sin detenerse ya en los anteriores asuntos volaba hacia el nuevo tema y con su zumbido acallaba y cubría a todas las voces sinceras que debatían.

En el momento en el que el príncipe Andréi llegó al ejército, de todas estas facciones se había formado una nueva, la novena y última, que comenzaba a alzar su voz. Era un partido formado por ancianos juiciosos, con experiencia en el Estado y conocimientos y que no compartían ni una corriente ni su opuesta y que miraban a todo lo que sucedía en el Estado Mayor de manera objetiva y que buscaban los métodos para salir de esa incertidumbre, indecisión, confusión y debilidad. Las personas de esta facción decían y opinaban que todos los problemas provenían de la presencia del emperador con la corte en el ejército; que habían llevado al ejército esa incertidumbre, y que esa convencional y vacilante inestabilidad de las relaciones que era adecuada para la corte resultaba dañina en el ejército; y que el emperador debía gobernar y no comandar las tropas y que la única salida para esa situación era que el emperador y su corte abandonaran el ejército, que la sola presencia del emperador paralizaba a cincuenta mil soldados, necesarios para su seguridad y que el peor comandante en jefe, aisladamente, sería el mejor si se le relacionaba con la presencia y el poder del emperador.

XI

En los días que el príncipe Andréi pasó sin ocupación en el campamento del Drissa, Shishkov, secretario del emperador, que era uno de los principales representantes de ese partido, escribió una carta al emperador que también acordaron firmar Balashov y Arakchéev. En esa carta, utilizando el permiso que le había dado el emperador para opinar acerca de la marcha de los acontecimientos, respetuosamente y con la excusa de la necesidad que tenía el emperador de infundir ánimo a la población de la capital frente a la guerra, le proponían que abandonara el ejército.

Esa carta aún no había sido entregada al emperador cuando Barclay dijo a Bolkonski tras el almuerzo que el emperador quería ver en persona al príncipe Andréi para preguntarle sobre Turquía y que fuera al cuartel general de Bennigsen a las seis de la tarde. Ese mismo día se habían recibido noticias en el cuartel del emperador de un nuevo movimiento de Napoleón, que podía suponer un peligro para el ejército y esa misma mañana el coronel Michaut visitaba la fortificación del Drissa en compañía del emperador, informándole de que ese campamento fortificado construido por Pful y que se consideraba una obra maestra de la táctica, que debía aniquilar a Napoleón, era un absurdo y la perdición del ejército ruso.

El príncipe Andréi fue al cuartel del general Bennigsen que ocupaba una antigua casa de hacendados en la misma orilla del río. Allí no se encontraban ni Bennigsen ni el emperador, pero

Chérnyshev, ayudante de campo del emperador, recibió a Bolkonski y le informó de que el emperador había ido con el general Bennigsen y con el marqués Paulucci, por segunda vez ese día, a visitar la fortificación del campamento del Drissa, acerca de cuya conveniencia empezaba a tener serias dudas.

Chérnyshev se sentó con una novela francesa en las manos en la ventana de la primera estancia. Esta estancia seguramente había sido anteriormente una sala de estar. En ella había todavía un órgano sobre el que había amontonadas unas alfombras y en una esquina estaba la cama plegable del ayudante de campo de Bennigsen. El ayudante se encontraba allí. Visiblemente agotado por el trabajo o la francachela, estaba sentado sobre la cama plegada y dormitaba. A la sala daban dos puertas, una que conducía al antiguo salón y la otra, a la derecha, al despacho. A través de la primera puerta se escuchaban voces que hablaban en alemán y de vez en cuando en francés. Allí, en el antiguo salón estaban reunidas, por deseo del emperador, algunas personas cuya opinión sobre las inminente dificultades deseaba conocer. No era un consejo de guerra, pero era un consejo de elegidos que debían aclarar algunas cuestiones personalmente al emperador. Allí se encontraba el general Armfeld, el general ayudante de campo sueco Volsogen, Witzengerod, Michaut, Toll, un hombre que no tenía nada que ver con el ejército: el conde Stein, y finalmente el mismo Pful, que según lo que oía el príncipe Andréi era el principal resorte de todo el asunto. El príncipe Andréi tuvo la ocasión de observarle bien, dado que Pful había llegado poco tiempo después que él y al pasar hacia el salón se había parado un momento a hablar con Chérnyshev.

Pful, desde la primera ojeada, con su uniforme de general ruso de mala confección, que le sentaba muy mal, como si se tratara de un disfraz, le pareció al príncipe Andréi conocido a pesar de no haberle visto nunca. Había en él algo de Weirother, de Mack, de Schmidt y de muchos otros generales y teóricos alemanes, a los que había visto en el año 1805. Pful era el más típico de todos. El príncipe Andréi aún no había visto a nadie que reuniera en sí mismo todo lo que había en estos.

Pful era de corta estatura, pero de huesos anchos y de complexión firme y robusta aunque era delgado, de pelvis ancha y homóplatos salientes. Su rostro estaba cubierto de arrugas, y tenía unos brillantes e inteligentes ojos hundidos. Sus cabellos estaban apresuradamente cepillados por delante y en las sienes y por detrás estaban ingenuamente erizados en mechones. Mirando inquieto y enojado entró en la habitación como si temiera lo que se iba a encontrar en la sala grande cuando entrara. Con un movimiento torpe, sujetándose la espada, se dirigió a Chérnyshev para preguntarle en alemán dónde estaba el emperador. Era evidente que quería entrar cuanto antes en la habitación, sentarse en su sitio y ponerse a la tarea. Asintió apresuradamente con la cabeza ante las palabras de Chérnyshev y sonrió irónicamente al escuchar su respuesta de que el emperador estaba inspeccionando las fortificaciones. «Hay aquí quién pueda examinar las fortificaciones que yo he construido», parecía decir, asintiendo con la cabeza y resoplando irónicamente y dijo algo para sí con voz grave y brusca como hablan los alemanes seguros de sí mismos: «Qué estúpido…» o «al diablo con todo» o «de esto saldrá alguna ruindad». El príncipe Andréi no lo oyó. Chérnyshev presentó al príncipe Andréi a Pful, mencionando que el príncipe había venido de Turquía, donde se había dado fin tan felizmente a la guerra. Pful, mirando no al príncipe Andréi, sino como a través de él, dijo riéndose: «debió ser así dado que la guerra seguía las normas de la táctica», y echándose a reír despreciativamente entró en la habitación en la que se escuchaban voces.

Era evidente que Pful, siempre inclinado a la irritación sarcástica, se encontraba aquel día especialmente agitado porque se hubieran atrevido a inspeccionar y a juzgar su campamento en su ausencia. El príncipe Andréi, después de este breve encuentro con

Pful y gracias a sus recuerdos de Austerlitz, se hizo una idea clara de las características de ese hombre.

Pful era uno de esas personas desesperada e inmutablemente seguras de sí mismas hasta el martirio, que solo se dan entre los alemanes, precisamente porque solo los alemanes se sienten seguros de sí mismos apoyándose en ideas abstractas: la ciencia imaginaria o la real. El francés está seguro de sí mismo porque se considera completamente fascinante para hombres y mujeres, tanto intelectual como físicamente y por eso resulta risible. El inglés está seguro de sí mismo porque es ciudadano del país más civilizado del mundo y como inglés sabe todo lo que debe hacer y por lo tanto sabe sin lugar a dudas que todo lo que como inglés hace, está bien. El italiano está seguro de sí mismo porque se emociona y se olvida fácilmente de sí mismo y de los demás. El ruso está seguro de sí mismo precisamente porque no sabe ni quiere saber nada. El alemán es el que está seguro de sí mismo más firmemente que ninguno, porque él conoce la verdad, la ciencia que él mismo ha inventado, pero que para él es la verdad absoluta. Era evidente que Pful era así, tenía una ciencia: la teoría del movimiento oblicuo, extraída de la historia de las guerras de Federico el Grande, y todo lo que se encontraba en la historia contemporánea y que no encajaba con esa teoría le parecía absurdo y bárbaro. En el año 1806 él fue uno de los autores del plan bélico que terminó con Jena y Auerstein, pero del resultado de esa guerra no extrajo ninguna lección o experiencia, bien al contrario, las pequeñas desviaciones de su teoría fueron para él la causa de todo el fracaso y decía con su particular alegre ironía: «Ya decía yo que toda la acción se iría al diablo». Pful era uno de esos teóricos que aman tanto su teoría que se olvidan de la finalidad de esta: su puesta en práctica. En su amor a la teoría odiaba toda la práctica y no quería conocerla. Incluso se alegraba de los fracasos consecuencia de la acostumbrada desviación de la práctica con respecto a la teoría: le demostraban el acierto de la teoría.

Cruzó unas cuantas palabras con el príncipe Andréi y Chérny-shev con la expresión de un hombre que sabe de antemano que todo va a ir mal pero que incluso no está insatisfecho de que así sea. Los mechones de cabello sin peinar que resaltaban en su nuca y los peinados apresuradamente en las sienes lo confirmaban con especial elocuencia.

Se dirigió a esa habitación como va el mártir al tormento y se escuchó el sonido grave y rezongón de su voz.

No tuvo tiempo el príncipe Andréi de seguir con la mirada a Pful cuando entró apresuradamente Bennigsen en la sala y sin detenerse, siguió hasta el despacho, dando algunas órdenes a su ayudante de campo. El emperador venía tras él y Bennigsen se había adelantado con la intención de preparar algo antes de que llegara. Chérnyshev y el príncipe Andréi salieron al porche. El emperador ya desmontaba, el rostro cansado pero firme. El marqués Paulucci le decía algo. El emperador, sin advertir la presencia y agachando la cabeza, escuchaba a Paulucci que hablaba con un particular ardor. El emperador dijo algo y se echó a andar deseando visiblemente dar por concluida la conversación, pero el acalorado y agitado italiano, olvidando las formas, le seguía y continuaba diciendo:

—Y en lo que respecta al que aconsejó el campamento del Drissa… —decía Paulucci en el momento en que el emperador, subiendo la escalera y reparando en el príncipe Andréi le saludaba con la cabeza y fruncía el ceño ante las palabras del italiano.

—En lo que respecta, Majestad —continuó con atrevimiento como si no pudiera detenerse—, al que aconsejó el campamento del Drissa, no veo otra elección para él que el manicomio o el patíbulo.

Sin terminar de escuchar y como si no escuchara las palabras del italiano, el emperador se dirigió benévolamente a Bolkonski:

—Me alegro mucho de verte, ve a donde están reunidos y espérame. —El emperador entró en el despacho. Tras él entraron el príncipe Volkonski y el barón Stein y cerraron la puerta tras ellos.

El príncipe Andréi, sirviéndose del permiso del emperador, entró con Paulucci, al que ya había conocido en Turquía, al salón donde se reunía el consejo.

El príncipe Volkonski salió del despacho donde se encontraba el emperador y llevando unos mapas al salón, los desplegó en la pared y planteó las cuestiones sobre las que deseaba Su Majestad el emperador escuchar la opinión de los allí reunidos. El asunto trataba de unas noticias que se habían recibido por la noche (que después resultarían ser falsas) sobre maniobras envolventes de tropas francesas en torno al campamento del Drissa. El emperador deseaba que ellos discutieran tranquilamente en su ausencia el asunto y dijo que él iría más tarde.

Comenzó el debate. El primero que empezó fue el general Armfeld proponiendo inesperadamente una nueva posición lejos de los caminos de Moscú y San Petersburgo. Esta propuesta no estaba motivada por nada, excepto por el deseo de demostrar que él también podía tener opinión. Era una de las millones de propuestas que se podían hacer, igual de fundamentadas que las demás, mientras no se tuviera idea del carácter que iba a tomar la guerra. Le disputaron y defendieron con mucho fundamento. Después el joven coronel Toll leyó sus notas proponiendo otro nuevo plan también muy fundamentado. A continuación Paulucci propuso un plan de ataque sobre el que discutió con el príncipe Volkonski, levantando la voz y enojado. Discutieron de tal modo que parecía que se iban a retar a duelo. Pful y su intérprete (su puente para las relaciones en la corte) callaron durante toda la discusión. Pful se limitaba a resoplar y a revolverse despectivamente, dando a entender que ante esas estupideces que entonces escuchaba nunca se rebajaría a objetar nada. Pero cuando el príncipe Volkonski le invitó a que expusiera su opinión se limitó a decir:

—¿Qué tienen que preguntarme a mí, señores? El general Armfeld ha propuesto una excelente disposición con la retaguardia al descubierto o también está muy bien el ataque propuesto por este señor italiano. O la retirada también está bien. ¿Qué tiene que preguntarme a mí? —decía él—. Si ya ustedes lo saben mejor que yo.

Pero cuando Volkonski dijo, frunciendo el ceño, que le preguntaba su opinión en nombre del emperador, entonces Pful se levantó y animándose repentinamente comenzó a decir:

—Lo han echado todo a perder, lo han liado todo, han querido saber todo mejor que yo y ahora vienen a mí. ¿Que cómo se puede solucionar? No hay nada que solucionar. Hay que poner en práctica con exactitud el plan que redacté. ¿Cuál es la dificultad? Estupideces, juegos de niños. —Se acercó al mapa y comenzó a hablar velozmente clavando en él el delgado dedo y demostrando que ninguna eventualidad podía alterar el campamento del Drissa, que todo estaba previsto y que si el enemigo realmente trataba de envolvernos sería aniquilado.

Paulucci, que no sabía alemán, comenzó a preguntarle en francés. Volsogen fue en ayuda de su superior y comenzó a traducir sin apenas alcanzar a seguir a Pful que, con sus ingenuas sienes peinadas y su nuca enredada, demostraba velozmente que todo, todo, todo estaba previsto y que el error estaba en que no se había puesto en práctica con exactitud. Se reía sin cesar irónicamente demostrado sus argumentos y finalmente se negó despectivamente a seguir demostrándolo como se niega un matemático a comprobar con diversos métodos la corrección ya demostrada de un problema. Volsogen lo sustituyó y continuó su exposición en francés diciendo de vez en cuando: «¿No es verdad, Su Excelencia?». Pful, como un soldado enfebrecido en la batalla que dispara sobre los suyos, gritaba a su ayudante, a Volsogen:

—Sí, bueno, ¿qué más hay que decir?

Paulucci y Michaut atacaron a Pful en francés a dos voces, Armfeld asedió a Pful en alemán. Toll se explicaba en ruso con el príncipe Volkonski. El príncipe Andréi escuchaba en silencio y reflexionaba.

De entre todas estas personas la que más despertaba la simpatía del príncipe Andréi era el airado, decidido y neciamente seguro de sí mismo Pful. Por el tono con el que le hablaban los miembros de la corte, por lo que se había permitido decirle Paulucci al emperador, pero principalmente, por una cierta desesperación en el rostro del propio Pful, era evidente que los demás sabían y que él mismo percibía que su caída estaba cercana. Y a pesar de su seguridad en sí mismo y su gruñona ironía alemana, daba lástima con sus cabellos peinados en las sienes y erizados en la nuca. Él era el único de los allí presentes que no deseaba nada para sí mismo, no alimentaba enemistad contra nadie y ansiaba solamente una cosa, llevar a la práctica el plan deducido a través de los años y elaborado a partir de la teoría, y esa era la única eventualidad que se le escapaba. Resultaba ridículo, era desagradable con su ironía, pero a la vez inspiraba involuntariamente respeto por su absoluta lealtad a una idea y daba lástima.

Además, en todos los que hablaban, a excepción de Pful, había un rasgo general que no hubiera en el consejo de guerra de 1805, este era, aunque intentaran disimularlo, un terrible pánico ante el genio de Napoleón, que afloraba en cada una de las réplicas. Consideraban que para Napoleón todo era posible, esperaban que les atacara por todos los flancos y con su temible nombre se desbarataban las hipótesis los unos a los otros. Pful era el único que parecía considerarle un bárbaro, igual que a los demás.

El príncipe Andréi escuchaba en silencio y reflexionaba. Presenciaba con placer esas voces e incluso gritos ininteligibles y en diferentes lenguas a dos pasos del emperador, en una habitación a la que podía entrar en cualquier momento. Según su lúgubre estado de ánimo, todo era como debía ser e incluso él, como Pful, que se alegraba de que algo malo sucediera, se alegraba de que todo fuera muy mal. Esos pensamientos que hacía mucho tiempo, durante sus actividades militares, había tenido con frecuencia, de que no existe ni puede existir ninguna ciencia militar y por lo tanto no puede haber un así llamado genio militar, habían adquirido entonces para él un cariz de absoluta veracidad.

«Qué teoría, qué ciencia puede haber en una acción cuyas condiciones y circunstancias se desconocen y no pueden ser determinadas y en la cual las fuerzas de los participantes en la guerra pueden ser determinadas aún en menor medida. Nadie ha podido ni puede saber en qué situación se encontrará nuestro ejército y el ejército enemigo a lo largo del día y nadie puede saber cuál es la fuerza de este o de ese destacamento. En ocasiones, cuando no hay un cobarde al frente que grite "Estamos rodeados" y eche a correr sino que hay un hombre alegre y valiente al frente, un destacamento de cinco mil soldados vale por uno de treinta mil como en Schengraben y en ocasiones cincuenta mil huyen frente a ocho mil como ocurrió en Austerlitz. Qué ciencia puede haber en una acción en la que como en cualquier acción práctica nada se puede determinar y todo depende de una incontable cantidad de condiciones, cuyo sentido se determina en un solo instante sobre el que nada se sabe hasta que no llega. Armfeld dice que nuestro ejército está aislado y Paulucci dice que hemos puesto al ejército francés entre dos fuegos; Michaut dice que la ruina del campamento del Drissa es que el río se encuentra a su espalda y Pful dice que esa es su fuerza. Toll propone una posición, Armfeld propone otra y todas son buenas y malas y las ventajas de cada propuesta solo se verán cuanto tenga lugar el acontecimiento.

»¿Y por qué todos dicen?; un genio bélico. ¿Acaso es un genio aquel que alcanza a ordenar a tiempo que abastezcan de víveres o que unos avancen hacia la derecha y otros hacia la izquierda? Y entonces, ¿por qué no es un genio el que gana dinero y administra su casa? Solamente porque los militares están rodeados de brillo y de poder y de una masa de canallas lisonjeando ese poder y otorgándole la condición de genio aunque no le pertenezca. Al contrario, los mejores generales que yo he conocido son estúpidos o distraídos. El mejor es Bagratión, el mismo Napoleón lo reconoció. Recuerdo el rostro estúpido y autosatisfecho, el rostro de Napoleón en el campo de Austerlitz. No es solo que a un buen coronel no le sean necesarias ni el genio ni ninguna cualidad particular, sino que, al contrario, lo que necesita es carecer de las mejores y más elevadas cualidades humanas, el amor, la poesía, la ternura, la curiosidad filosófica. Debe ser limitado, creer firmemente en que lo que hace es muy importante, porque si no perderá la paciencia, y solo entonces será un buen coronel. Que Dios le libre de amar a alguien, de sentir lástima, y de pensar en lo que es justo y en lo que no lo es. Se comprende que aún en la antigüedad se elaborara para ellos la teoría del genio, porque eran los que ostentaban el poder.»

Así pensaba el príncipe Andréi escuchando la discusión y solo salió de sus reflexiones cuando Paulucci le llamó a la presencia del emperador y todos se marcharon. Al día siguiente, en la revista, el emperador preguntó al príncipe Andréi dónde quería desempeñar sus servicios y el príncipe Andréi se perdió para siempre en el mundo de la corte al no pedir quedarse junto a la persona del emperador y solicitando servir en el regimiento. Al día siguiente al Consejo, Bolkonski abandonó el cuartel general y el emperador partió.

XII

Antes de comenzar la campaña, Rostov recibió una carta de sus padres en la que le rogaban que volviera a casa de permiso cuando el regimiento ya estaba en campaña y el emperador aguardaba en el ejército. Sobre la ruptura del compromiso entre Natasha y Andréi le escribían brevemente explicando que la causa había sido la negativa de Natasha. Nikolai no sabía nada de lo sucedido. Ni siquiera intentó solicitar un permiso y escribió una carta a sus padres en la que decía que ese asunto aún podía arreglarse, pero que si él abandonaba en ese momento la gran guerra que se estaba preparando, perdería para siempre el honor ante sus propios ojos y que eso nunca podría arreglarse. Por otra parte escribió a Sonia: «Adorada amiga del alma mía, la separación de este año será la última. Ten paciencia y cree en mi eterno e inmutable amor. Tras esta guerra lo dejaré todo y te haré mi esposa si todavía me amas y nos encerraremos en una tranquila reclusión, viviendo solamente para el amor y el uno para el otro. Esta es mi última carta, lo próximo será nuestro encuentro en el que yo te estrecharé contra mi inflamado pecho». Nikolai, a pesar del antiguo matiz de romanticismo que conservaba en su tono (pero no en su carácter) escribía aquello que pensaba sinceramente.

En el regimiento se encontraba muy bien, estaba mejor que antes, pero ya veía que no era posible vivir así toda la vida. El otoño y el invierno pasados en Otrádnoe con la caza y las fiestas de Navidad le habían descubierto la perspectiva de una vida aristocrática tranquila y feliz que le seducía. «Una buena mujer, niños, diez o doce buenas jaurías de galgos, y puede uno dedicarse a la hacienda y a los cargos electivos de la nobleza —pensaba él—. Pero todo esto vendrá después. Y ahora aquí se está bien y además ahora no puede ser de otro modo porque estamos en plena campaña.»

Al volver de permiso sus compañeros le recibieron con alegría y Nikolai fue enviado enseguida a por una remonta y trajo de Malorusia una remonta magnífica. En su ausencia había sido ascendido a capitán y pronto obtuvo su propio escuadrón.

Se sumergió más que antes en el interés de la vida del regimiento aunque ya sabía que tarde o temprano tendría que abandonarla. Pero entonces comenzaba la campaña, el regimiento retrocedía en Polonia, pagaban el doble de sueldo, llegaban nuevos oficiales, nuevos soldados y caballos y, lo más importante, se propagaba esa alegre animación que acompaña al inicio de una guerra y Nikolai, teniendo conciencia de su confortable situación en el regimiento, se daba por completo a los placeres y los intereses del servicio militar.

Las tropas retrocedían desde la misma frontera y el regimiento de Pavlograd no entró en acción ni una sola vez hasta el 12 de julio, pero esa constante retirada no sirvió para desalentar a los húsares. Al contrario, toda esta campaña de retirada en la mejor estación del año, con suficientes víveres, era una constante alegría. Desalentarse, intranquilizarse e intrigar podía hacerse en el cuartel general, pero en el interior del ejército no se preguntaban adónde y por qué, escuchaban vagamente comentarios sobre el campamento del Drissa y solo sentían el tener que retirarse por tener que abandonar la habitación en la que se habían acomodado o por dejar a una linda pani. Si a alguien se le venía a la cabeza que la cosa pintaba mal, este trataba aún más de estar alegre y de no pensar en la marcha general de los acontecimientos como debe hacer un buen soldado.

El 12 de julio, la noche de la víspera del combate, hubo una fuerte tormenta (en general en ese verano hubo unas tormentas impresionantes), los dos escuadrones de Pavlograd estaban acampados detrás de la aldea en la que se alojaban los mandos, en medio de un campo de centeno dorado pero que estaba totalmente tumbado. Llovía a mares y Rostov, en compañía de dos oficiales calados hasta los huesos, se acurrucaba bajo una choza construida a toda prisa. Un oficial de largos bigotes que le continuaban desde las mejillas y que tenía por costumbre acercarse mucho al rostro de su interlocutor, le narraba a Rostov las noticias de la batalla de Saltanov, que había escuchado en el Estado Mayor.

Rostov, encogiendo el cuello por el que se filtraba el agua, fumaba una pipa y escuchaba sin prestar atención, sonriendo de vez en cuando al joven oficial Ilin, que se acurrucaba a su lado y que de vez en cuando hacía muecas. Ese oficial, de dieciséis años, que había ingresado en el batallón hacía poco tiempo, era entonces en relación a Nikolai lo mismo que había sido Nikolai para Denísov siete años atrás. Ilin intentaba imitar en todo a Rostov y estaba enamorado de él como una mujer.

El oficial de los bigotes dobles, Zdrżinski, narraba con acento polaco y con entusiasmo polaco, el acto de Raevski, que estuvo en la presa bajo un fuego terrible con sus dos hijos y que junto con ellos se lanzó al ataque. Rostov escuchaba el relato y no solamente no decía nada para corroborar el entusiasmo de Zdrżinski sino que bien al contrario tenía el aspecto de alguien que se avergüenza de lo que le están contando, aunque no tenía intención de contradecirle. Realmente Rostov, después de Austerlitz y de la campaña de Prusia, tenía ya experiencia. Sabía por su experiencia personal que al narrar un acontecimiento bélico siempre se miente, como él mismo había mentido al contarlos. Además, tenía experiencia para saber que todo lo que pasa en la guerra no es en absoluto como nos lo imaginamos y lo contamos y por eso no le gustaba el relato de Zdrżinski. «En primer lugar en la presa que atacaron seguramente había tanta confusión y estrechez que aunque Raevski estuviera con sus hijos no habría podido influir en nadie excepto en las diez personas que tuviera a su alrededor. El resto ni siquiera habrían podido verle. Pero incluso aquellos que le hubieran visto no hubieran podido entusiasmarse demasiado, porque qué les importaban a ellos los tiernos sentimientos paternos de Raevski cuando allí la cosa trataba de salvar la vida. Además, el destino de la patria no dependía de que Saltánovski tomara o no tomara la presa, como se narra en las Termópilas y por lo tanto no había razón para ofrecer tamaño sacrificio. Y además por qué mezclar a sus hijos en la guerra. Yo no solamente no llevaría a Petia, que es mi hermano, sino que ni siquiera llevaría a Ilin, este muchacho tan simpático, y trataría de protegerle de algún modo», pensaba Nikolai. Pero Nikolai no verbalizó sus pensamientos: también en esto era ya un experto. Sabía que ese relato contribuía a la gloria de nuestras armas y por lo tanto había que aparentar que no se dudaba de él. Y así hizo.

—Esto es insoportable —dijo Ilin sonriendo—. Tengo los calcetines, la camisa y el trasero mojados. Voy a buscar...

Cinco minutos después, Ilin, chapoteando en el barro, se acercó a la cabaña.

—¡Hurra! Vamos rápido, Rostov. Lo he encontrado, a veinte pasos de aquí hay una taberna y se está muy bien. Y María Guénrijovna está allí.

María Guénrijovna era la esposa del doctor del regimiento, una alemana joven y bonita con la que se había casado en Polonia.

El doctor, bien porque careciera de recursos o bien porque recién casado no pudiera separarse de su joven esposa, la llevaba dondequiera que fuese por el regimiento de húsares y sus celos se habían convertido en un habitual motivo de bromas entre los oficiales.

Rostov, doblemente contento por separarse de su interlocutor inclinado hacia su rostro y por la posibilidad de secarse, fue con Ilin caminando entre los charcos, bajo la lluvia torrencial, en la oscuridad de la tarde iluminada de vez en cuando por los relámpagos.

—¿Dónde vais? —preguntó Zdrżinski.

—A la taberna. —Y Ilin y Rostov se echaron a correr escurriéndose en los charcos.

—¿Dónde estás, Rostov?

—Aquí. ¡Menudo relámpago! —comentaban entre sí.

En la taberna, frente a la que se encontraba la kibitka del doctor, había unos doce oficiales de los dos escuadrones. Algunos jugaban a las cartas en una esquina pero la mayoría estaban sentados alrededor de la sonriente, bonita y sonrojada María Guénrijovna vestida con blusa y cofia de dormir. Su marido el doctor dormía detrás de ella sobre un ancho banco. Rostov e Ilin, cuando entraron en la sala, fueron recibidos con una carcajada. Venían chorreando.

María Guénrijovna les dejó un rato su falda para que la pudieran usar como cortina y tras ella Rostov e Ilin, con ayuda de Lavrushka, que les había llevado el petate, se cambiaron de ropa y se secaron. Encendieron el fuego en una estufa rota, cogieron una tabla y la colocaron sobre dos asientos, la cubrieron con una gualdrapa, cogieron el pequeño samovar del doctor, un cofrecito y media botella de ron y pidiéndole a María Guénrijovna que hiciera los honores, todos se agolparon a su alrededor sonriendo. Alguien puso su capote bajo sus pies para librarlos de la humedad, alguien cubrió con su capa una ventana por la que entraba el viento, alguien espantaba las moscas del rostro de su marido para que no se despertara.

—Déjenle —decía María Guénrijovna sonriendo feliz—, de todas formas dormirá bien después de haber pasado la noche en vela.

—De ninguna manera, María Guénrijovna —respondió con una lúgubre sonrisa el oficial—, hay que atender al doctor. Puede ser que se apiade de mí cuando se ponga a cortarme un brazo o una pierna.

Solo había tres vasos y el samovar solo tenía capacidad para seis vasos, pero el té parecía fuerte porque estaba hecho de agua turbia de lluvia y era muy agradable recibirlo por turno y grado de las blancas manitas de María Guénrijovna. Todos los oficiales parecían realmente enamorados aquella noche de María Guénrijovna. Incluso los oficiales que jugaban en la esquina pronto abandonaron el juego y se trasladaron a donde estaba el samovar acatando la disposición general de cortejo a María Guénrijovna. Todos estaban muy contentos y María Guénrijovna estaba radiante de felicidad aunque intentara ocultarlo.

Solo había una cucharilla, azúcar había más que de ninguna otra cosa, pero no alcanzaban a removerlo, y por eso se decidió, a propuesta de Rostov, que era el principal instigador del cortejo a María Guénrijovna que ella removería el azúcar de todos. Rostov, al recibir su vaso, le echó algo de ron, pero no azúcar y le pidió a María Guénrijovna que se lo removiera.

—Pero si usted no se ha echado azúcar —dijo ella sin dejar de sonreír como si todo lo que dijeran ella y los demás fuera muy gracioso y tuviera un doble sentido.

—Sí, no me he echado azúcar, solo quiero que lo remueva con su manita. —María Guénrijovna accedió y se puso a buscar la cucharilla.

—Con el dedito, María Guénrijovna —dijo Nikolai—, así será aún mejor.

—Está caliente —dijo María Guénrijovna sonriendo aún más feliz. Al escuchar esto Ilin cogió un cubo con agua y echándole unas gotitas de ron le pidió a María Guénrijovna que lo removiera con su dedito.

—Esta es mi taza —decía él.

Después del té, Nikolai cogió las cartas de los jugadores y propuso jugar a los reyes con María Guénrijovna. Echaron a suertes quién sería el compañero de María Guénrijovna. A Rostov le dejaron jugar sin echarlo a suertes. Rostov propuso que el que se hiciera rey ganara el derecho a besar la mano de María Guénrijovna y aquel que se quedara en bellaco tuviera que ir a poner a calentar un nuevo samovar para cuando despertara el doctor.

—¿Y si María Guénrijovna es rey? —preguntó Ilin.

—Ella ya es reina. Y su palabra es ley.

Todos estaban muy alegres, pero a mitad del juego, por detrás de María Guénrijovna, se elevó la revuelta cabeza del doctor. Hacía ya tiempo que no dormía y estaba escuchando lo que se hablaba y evidentemente no encontraba nada de alegre, gracioso o divertido en todo lo que decían y hacían. Por su rostro parecía abatido y melancólico. Saludó a todos los oficiales, se rascó, les pidió que le dejaran salir y al volver informó a María Guénrijovna, que había dejado de sonreír tan felizmente, de que había dejado de llover y de que debían ir a dormir a la kibitka o de lo contrario les robarían todo.

—Mandaré a un ordenanza… a dos —dijo Rostov.

—Yo mismo me pondré de guardia —dijo Ilin.

—No, señores, ustedes están descansados y yo llevo dos noches sin dormir —dijo el doctor y se sentó lúgubremente junto a su esposa esperando a que terminaran de jugar. Los oficiales se sintieron aún alegres y muchos de ellos no podían contener la risa que intentaban ocultar apresuradamente con un falso pretexto.

La alegre, inofensiva e inmotivada risa, que no estaba provocada por el vino, dado que no había nada que beber esa tarde, estuvo sonando toda la noche hasta las tres de la mañana. Algunos estaban tumbados, pero no dormían, bien hablando entre sí, riéndose, recordando el susto del doctor o la alegría de la doctora o asustando al cornette con las cucarachas o representando cuadros vivos. El buen humor se había apoderado de esos jóvenes. Unas cuantas veces Nikolai se tapó la cabeza y quiso dormir, pero de nuevo un comentario hecho por alguien le distrajo y de nuevo se inició la conversación y de nuevo se echaron a reír como niños.

A las tres de la mañana todavía ninguno se había dormido, cuando apareció el sargento con la orden de avanzar hacia la aldea de Ostrovno. Los oficiales, con las mismas risas y charla, comenzaron a recoger apresuradamente y de nuevo pusieron el samovar de agua sucia. Pero Rostov, sin esperar al té, fue hacia su escuadrón. Ya había aclarado, había dejado de llover, las nubes se habían disipado. Hacía un tiempo frío y húmedo, especialmente con aquel abrigo que no se había terminado de secar. Al salir de la taberna Rostov e Ilin, en la luz crepuscular, miraron a la cubierta de la kibitka brillante por la lluvia bajo la cual sobresalían los pies del doctor y se veía la cofia de la doctora y escucharon el silbido de la respiración.

—¿Qué, estás enamorado? —dijo Rostov a Ilin saliendo con él.

—No estoy enamorado, pero me gusta —respondió Ilin.

Rostov se alejó del poste para dar algunas órdenes pertinentes y después de media hora se acercó un ayudante de campo que les ordenó montar. Los soldados se santiguaron, eso mismo hizo Rostov, y los dos escuadrones, en columnas de a cuatro, emprendieron la marcha por el gran camino de abedules tras la infantería y las baterías de cañones.

El viento se llevaba rápidamente las quebradas nubes de color azul violáceo que se teñían de rojo con la salida del sol. Aclaraba cada vez más. Ya se veía claramente esa encrespada hierba que siempre crece en los caminos vecinales, aún mojada por la lluvia del día anterior, las colgantes ramas de los abedules también mojadas oscilaban por el viento. Los rostros de los soldados de alrededor se dibujaban cada vez más claramente. Nikolai montaba por un lado del camino junto a Ilin sin alejarse de él, entre las dos filas de abedules y aunque ni por un instante le abandonara el pensamiento de que le esperaba una batalla, sencillamente le alegraba la mañana, el paso de su buen caballo y la marcial belleza de su escuadrón que avanzaba a su lado. Nikolai se permitía la libertad de no montar en campaña un caballo de los del frente sino uno cosaco. Entendido y aficionado a los caballos no hacía mucho que se había conseguido un buen rubicán del Don, bien alimentado y veloz con el que nadie le adelantaba. Para Nikolai era un placer montar ese caballo. Pensaba en el caballo, en la mañana, en la doctora y no pensaba en el peligro. Aunque antes se hubiera echado a perder con su intranquilidad, ahora había llegado una época en la que era completamente distinto, el cornette se admiraba de su despreocupada tranquilidad y elegante aspecto y también de cada uno de sus movimientos, bien arrancaba las hojas de los sauces, bien tocaba con su larga pierna el flanco del caballo, o bien le pasaba sin volverse la pipa al húsar que cabalgaba detrás de él.

Tan pronto como el sol empezó a salir de detrás de una nube, dibujando una línea clara en el cielo, el viento se calmó, como si no se atreviera a estropear todo el encanto de la mañana de verano tras la tormenta. Caían gotas de agua, pero todo estaba en calma, los pájaros cantaban y Nikolai señaló a una chocha que graznaba en algún lugar.

—Si vamos a acampar aquí, habrá que explorar ese pantano —dijo Rostov—. ¡Y qué mañana tan maravillosa!

El sol apareció en el horizonte y desapareció. No se le podía ver, pero todo permanecía luminoso y brillante. Y junto con esa luz, como en respuesta, se escucharon cañonazos por delante de ellos.

Y sin que Nikolai tuviera tiempo de pensar y decidir cómo de lejos estaban esos disparos llegó cabalgando desde Vítebsk el ayudante de campo del conde Osterman-Tolstói con la orden de ir al trote.

Rostov se acercó alegre al escuadrón y dio la orden. Su caballo del Don comenzó a avanzar al trote largo al frente del escuadrón. Adelantaron a la infantería, se encontraron con soldados heridos, descendieron por la montaña, atravesaron una aldea y subieron a otra montaña. Los caballos comenzaron a cubrirse de espuma y los soldados a enrojecer por el esfuerzo.

—¡Alto, alinearse! —se escuchó delante la orden del comandante de la división y después les condujeron al paso a lo largo de las líneas por donde ya silbaban los proyectiles dejando estelas de humo azul y les llevaron al flanco izquierdo en la cañada. Al frente se podía ver nuestra línea soltando humo y tiroteándose alegremente con un enemigo invisible.

Nikolai se sintió alegre como ante la más alegre de las melodías, a causa de estos sonidos que hacía ya cuatro años que no escuchaba. ¡Ta-ta-ta!, chasqueaban de pronto dos o tres disparos, se silenciaban por un instante y de nuevo el sonido se hacía regular, como si estuvieran trillando. Nikolai comenzó a observar: a la derecha se encontraba nuestra infantería en una tupida columna que era la reserva. A la izquierda, en la montaña se podían ver en la limpísima atmósfera de la mañana, a la clara luz, en la misma línea del horizonte, nuestras piezas de artillería cubiertas de humo, con los soldados hormigueando a su alrededor y por delante nuestra tupida línea de tiradores disparando contra el enemigo que al acercarse también se había hecho visible.

El conde Osterman y su séquito pasaron por detrás del escuadrón y este, después de detenerse, intercambió unas palabras con el comandante del regimiento y se alejó hacia las baterías emplazadas en la montaña. El escuadrón de Rostov se encontraba en segunda línea. Delante de ellos tenían a los ulanos. Tras la conversación que mantuvieron Osterman y el comandante del regimiento se escuchó en las líneas de los ulanos la orden de formar en columna de ataque. Nikolai advirtió que la infantería que se encontraba delante se replegaba para dejar pasar a los ulanos. Estos se lanzaron hacia delante, con los banderines de sus picas oscilando y a continuación los húsares avanzaron hacia la montaña, para cubrir la batería. Nikolai entonces no se encontraba, como anteriormente, en una bruma que le impedía observar todo lo que sucedía frente a sí. Al contrario, seguía atentamente todo lo que ocurría. Los ulanos fueron hacia la izquierda para atacar a la caballería enemiga y en ese mismo instante sobre los húsares que habían ocupado su posición volaron unas balas que no alcanzaron su objetivo. Ese sonido que hacía mucho que no escuchaba alegró y excito aún más a Nikolai que las anteriores descargas. Enderezándose miró al campo de batalla que se divisaba desde la montaña. Los ulanos cayeron sobre los dragones franceses, hubo una cierta confusión allí entre el humo y cinco minutos después los ulanos y los dragones volvieron hacia atrás juntos hacia la cañada en la que anteriormente se encontraban los húsares.

Los ulanos huían, los dragones, bien delante, bien detrás, se confundían con ellos blandiendo los sables. Rostov galopó hasta el coronel para pedirle que atacaran. El coronel se dirigía hacia él.

—Andréi Sevastiánych, ordene…

El coronel comenzó a decir que no había órdenes, pero en ese momento una bala le alcanzó en la pierna y gimiendo, se agarró al cuello del caballo. Rostov dio la vuelta al caballo, se puso al frente del escuadrón y ordenó que avanzaran. El propio Rostov no sabía cómo y por qué hacía eso. Todo lo hacía igual que cuando cazaba, sin pensar y sin analizar. Veía que los dragones estaban cerca, que galopaban en total desorden, sabía que no resistirían, sabía que solo era un instante que no habría de volver si lo dejaba escapar. Las balas silbaban y aullaban a su alrededor de manera tan incitante, el caballo tiraba hacia delante con tanto ardor y, lo más importante, sabía que si pasaba un momento más y asistía a otro espectáculo como el del coronel gritando lastimeramente mientras se sujetaba la pierna, el sentimiento de terror, que ya se estaba aproximando, iba a poder con él. Dio la voz de mando, espoleó a su caballo y en ese instante escuchó tras de sí el sonido del trote de su escuadrón desplegado. Bajó la montaña al trote largo y mirando a sus soldados gritó: «Marchen, marchen», y dejó que el caballo corriera hacia el enemigo.

En el momento en que miró hacia atrás vio el asustado rostro de Ilin y sin él mismo saber por qué se dijo: «Probablemente le maten». Pero no había tiempo para pensar, los dragones se encontraban cerca. Los que iban delante, al ver a los húsares, comenzaron a volver hacia atrás, los de atrás se detuvieron. Con el mismo sentimiento con el que le cortaba el camino a un lobo, Rostov galopó para cortarle el paso a las disueltas filas de dragones. Un ulano se detuvo, uno que estaba en tierra tuvo que echarse al suelo para que no le aplastaran, un caballo sin jinete se mezcló entre los húsares. Los dragones comenzaron a dar la vuelta y a volver hacia atrás al galope. Nikolai, eligiendo uno que montaba un caballo gris, seguramente un oficial, se lanzó tras él. Por el camino topó con un arbusto y su buen caballo pasó a través de él, e incorporándose en la silla Nikolai vio a su oficial que acababa de echarse a galopar tras sus dragones y que se encontraba a cinco pasos de distancia. Un instante después el caballo de Nikolai golpeó con el pecho en la grupa del caballo del oficial y casi lo derriba y en ese mismo instante Nikolai, sin saber él mismo por qué, le sujetó por la bandolera no tanto para tirarle del caballo como para, apoyándose en él, mantenerse en su propio caballo. El oficial se cayó del caballo pero un pie se le quedó enganchado del estribo. En ese momento Nikolai miró al rostro de su enemigo para ver a quién había vencido. El oficial de dragones francés se encontraba en el suelo a la pata coja y enganchado con una pierna en el estribo, guiñando asustado como si esperara que en cualquier momento le fueran a golpear, miraba a Rostov desde abajo. Su rostro estaba pálido y sus polvorientos cabellos estaban empapados de sudor. Pero su rostro juvenil de tez blanca con un hoyuelo en la barbilla y luminosos ojos azules no era un rostro para el campo de batalla sino un rostro de salón. Incluso antes de que Nikolai decidiera qué era lo que iba a hacer con él y seguramente utilizando sus recuerdos infantiles Nikolai gritó: «Ríndase», y el oficial estaba dispuesto a hacerlo, pero no podía soltarse del estribo y coger su sable, que llevaba sujeto al caballo, para entregárselo. Acudieron unos oficiales y cogieron prisionero al oficial y en ese momento Rostov miró a su alrededor. Por todas partes los húsares se ocupaban de los dragones, uno de ellos estaba herido, pero a pesar de tener el rostro ensangrentado no entregaba su caballo, otro, abrazando a un húsar, iba sentado con él a la grupa. Otro montaba apoyándose en un húsar.

Se habían tomado prisioneros a unos cuantos dragones y otros habían huido.

Al frente corría disparando la infantería francesa. Los húsares se dieron la vuelta y regresaron atrás. Tan pronto como volvió su caballo de nuevo hacia la montaña, Rostov recordó con horror que había atacado al enemigo sin que hubiera orden de hacerlo y vio con espanto a Osterman que se dirigía a su encuentro. «¡Qué desgracia! —pensó Rostov—. Quién me habrá mandado atacar, cuando habíamos podido quedarnos en nuestra posición.» Pero además de ese temor Rostov experimentaba otro desagradable sentimiento, algo vago, confuso, que le había provocado el tomar prisionero a ese oficial, pero que no alcanzaba a explicarse a sí mismo. El conde Osterman-Tolstói no solo dio las gracias a Rostov sino que le dijo que informaría al emperador de su excepcional acto, que le propondría para la cruz de San Jorge y que le tendría en cuenta como un brillante y bravo oficial. Aunque no se las esperaba, estas alabanzas le resultaron muy agradables a Rostov, pero había algo que le atormentaba. ¿Sería Ilin?

—¿Dónde está el cornette?

—Con los heridos. Se los ha llevado Tópchinko.

«Ah, qué desgracia», pensó Rostov. Pero no era eso, era otra cosa la que le atormentaba, algo que no podía explicarse en modo alguno. Se acercó y miró de nuevo al oficial del hoyuelo en la barbilla y los ojos azules, se puso a hablar con él, reparó en su sonrisa fingida y siguió adelante sin poder entender nada. Todo ese día y los que le siguieron los amigos y compañeros de Rostov se dieron cuenta de que no estaba enojado ni aburrido, sino taciturno, pensativo y concentrado. Bebía con desgana, buscaba quedarse solo y estaba constantemente pensando en algo.

Rostov no cesaba de pensar en esa brillante hazaña que para su sorpresa le cubría de gloria (así había pasado) y le proporcionaba la cruz de San Jorge y no podía comprender nada.

«Aunque ellos nos temieran aún más a nosotros —pensaba él—. Yo también les temía. Y qué estupidez, es mucho más terrible ir detrás que delante. Es esto solamente a lo que ellos llaman heroísmo y hazaña por la fe, el zar y la patria. ¿Acaso he hecho yo esto por la patria? ¿Y de qué era culpable él con su hoyuelo y sus ojos azules? ¡Y cómo se ha asustado! Pensaba que le iba a matar. ¿Por qué habría de matarle? ¿Y por qué me conceden la cruz de San Jorge? ¡No entiendo nada, nada!»

Pero mientras Nikolai daba vueltas a esa preguntas seguía sin hallar una respuesta clara a aquello que tanto le desconcertaba, la rueda del destino, como a veces sucede, dio un giro a su favor. Le ascendieron, le pusieron al frente de un regimiento de húsares, le asignaron a la vanguardia del ejército y allí se convenció aún más de que cuanto más cerca se está del enemigo más cómodo y seguro es el servicio. Y Nikolai fue acomodándose poco a poco a su rol de valiente reconocido y no siguió deliberando sobre todo aquello que al principio le desconcertara e incluso, olvidando esas dudas, se consoló con su nueva y halagüeña situación.

XIII

Había pasado más de un año desde que Natasha rechazase a Andréi y su perpetua felicidad y alegría de vivir habían cambiado de repente a una embotada desolación que la religión suavizaba, pero no desvanecía.

El verano del año 1811 los Rostov se trasladaron al campo. En Otrádnoe había recuerdos vivos y abrasadores de aquellos tiempos en los que Natasha se sentía en aquel Otrádnoe tan despreocupadamente feliz y tan abierta a todas las alegrías de la vida. Ahora ya no iba a pasear, no montaba a caballo, e incluso ni siquiera leía, pasando las horas muertas sentada en silencio en el banco del jardín, en el balcón o en su habitación.

Desde aquel momento en el que escribiera la carta al príncipe Andréi y comprendiera toda la maldad de su conducta no solo evitaba todas las condiciones externas de alegría: bailes, paseos, conciertos, teatros, sino que ella no se reía ni una sola vez para que no se vieran sus lágrimas a través de la risa y no podía cantar. Tan pronto comenzaba a reírse o a cantar, las lágrimas la ahogaban, las lágrimas de arrepentimiento, de recuerdo de aquella pura época que no había de volver, lágrimas de rabia por haber enterrado en balde su joven vida, que podía haber sido tan feliz. Especialmente la risa y el canto le parecían una profanación de su dolor.

Ni siquiera pensaba en coquetear. Y ni siquiera tenía que controlarse. Decía —y era completamente cierto— que todos los hombres significaban lo mismo para ella que el bufón Nastásia Iványch. Un guardián interno le prohibía toda alegría. Ni siquiera mantenía los anteriores intereses vitales de esa despreocupada vida de doncella repleta de esperanzas. Recordaba con frecuencia (más que cualquier otra cosa) esos meses de otoño cuando estaba prometida e iba de caza con Nikolai. Qué no hubiera dado para recuperar aunque solo fuera uno de esos días. Pero eso se había acabado para siempre. No le engañaban entonces sus presentimientos de que ese estado de libertad y de disfrute de todas las alegrías ya nunca había de volver. Pero había que vivir y eso era lo más terrible de todo. Ahora solo llenaba su vida con la religión, que le descubría la humildad que tan alejada había estado de su vida anterior.

A comienzos de julio se difundieron por Moscú rumores cada vez más alarmantes sobre el transcurso de la guerra: hablaban de un llamamiento del emperador al pueblo, de la vuelta del ejército del propio emperador y dado que el 11 de julio el manifiesto y el llamamiento no se habían recibido, comenzaron a exagerarse los rumores sobre ellos y sobre la situación de Rusia. Decían que el emperador había abandonado el ejército porque este se encontraba en peligro. Decían que Smolensk se había rendido y que Napoleón tenía un ejército de un millón de soldados y que solamente un milagro podría salvar Rusia.

El 11 de julio, sábado, se recibió el manifiesto pero aún no lo habían impreso y Pierre, que estaba en casa de los Rostov, prometió ir al día siguiente, domingo, a comer y llevar el manifiesto y el llamamiento que le iba a dar el conde Rastopchín. Ese domingo como de costumbre los Rostov fueron a misa a la iglesia de casa de los Razumovski. Era un caluroso día de julio. Y habían dado las diez cuando los Rostov se apearon de su coche frente a la iglesia, en la calurosa atmósfera, en los gritos de los vendedores, en la ropa clara y fresca que vestía la muchedumbre, en las polvorientas hojas de los árboles del bulevar, en el resonar del pavimento, en el sonido de la música y en los blancos pantalones de un batallón que estaba de permiso, en el claro resplandor del sol abrasador, había esa languidez estival, esa satisfacción e insatisfacción con el presente, y esa necesidad de deseos imposibles que se percibe más intensamente en un caluroso día de sol en la ciudad. En la iglesia de los Razumovski estaba toda la aristocracia moscovita, todos los conocidos de los Rostov (ese año, como si estuvieran a la espera de algo, muchas familias adineradas, que habitualmente se retiraban al campo, se habían quedado en la ciudad). Al pasar tras el criado de librea que apartaba a la muchedumbre junto a su madre, Natasha escuchaba los susurros de la gente que se llamaban la atención los unos a los otros sobre su persona:

—Es Natalia Rostova, la misma que…

—¡Pero qué hermosa!

Escuchaba o le parecía escuchar cómo se mencionaban los nombres de Kuraguin y Bolkonski. Por otra parte siempre le daba esa impresión. Siempre le parecía que todos al mirarla no pensaban más que en lo que le había sucedido. Sufriendo y con el corazón helado, como siempre que se encontraba entre la muchedumbre, Natasha caminaba con su vestido de seda lila con encaje negro tal como saben andar las mujeres, tanto más tranquilas y majestuosas cuanto más sufren y se avergüenzan interiormente. Sabía que era hermosa y no se equivocaba, pero no le alegraba igual que antes. Al contrario, eso era lo que últimamente le atormentaba y en especial en ese claro y caluroso día de verano en la ciudad. «Otro domingo, otra semana —se decía así misma recordando que había estado allí el anterior domingo—, y continuar esta vida sin vida y todas estas condiciones en las que antes resultaba tan fácil vivir. Soy hermosa, joven y sé que soy buena —pensaba ella—, y mis mejores años se están pasando en vano, en vano.» Se puso en su lugar habitual e intercambió unas palabras con unos conocidos que se encontraban cerca. Natasha observó los vestidos de las damas tal como era su costumbre, censuró la manera de comportarse y el poco adecuado modo en que se santiguaban, pero al escuchar la voz del sacerdote recordó el grave pecado que era condenar a los demás, su indignidad de espíritu y los anteriores sentimientos de ternura se apoderaron de ella y se puso a rezar. Rara vez, incluso en los mejores instantes de la pasada vigilia, se había encontrado en tal estado de enternecimiento como en el que se encontraba ese día. Todos esos sonidos incomprensibles y los aún más incomprensibles y solemnes movimientos eran lo que ella necesitaba. Comenzó a comprender y se sintió feliz al entender algunas palabras: «El Señor sea alabado por el mundo entero» o «Entreguémonos nosotros y entreguemos a nuestro prójimo a Cristo». Ella lo entendía a su manera, «el mundo entero» significaba ser uno con todos, con todo el mundo, «no soy yo sola sino todos nosotros los que te rogamos, Señor» entendía que esto significaba la renuncia a toda voluntad y deseo y el ruego a Dios para que guiara nuestros pensamientos y nuestros anhelos. Pero cuando, al escuchar no entendía, le resultaba aún más dulce pensar que desear entender es soberbia, que no se puede entender y que solo hay que creer y entregarse. Se santiguaba y se arrodillaba disimuladamente, intentando no llamar la atención, pero la anciana condesa, mirando a su inmóvil rostro severamente atento con ojos brillantes, suspiraba y se daba la vuelta dándose cuenta de que algo importante tenía lugar en el alma de su hija y lamentándose de no poder tomar parte en esa íntima tarea, rogaba a Dios que la ayudara y que diera consuelo a su pobre inocente y desgraciada hijita. El coro cantaba de modo excepcional.

El venerable y sereno anciano oficiaba con esa dulce solemnidad que opera tan tranquilizadora y tan majestuosamente en el alma de los creyentes. Se cerraron las puertas del iconostasio, la cortina se corrió lentamente, la misteriosa y serena voz se oía desde allí. El pecho de Natasha albergaba unas lágrimas incomprensibles para ella misma y le oprimía un sentimiento alegre y abrumador.

«Muéstrame qué debo hacer con mi vida», pensaba ella. El diácono subió al ambón y leyó acerca de los trabajadores, de los oprimidos, de la familia del zar, sobre el ejército y sobre el mundo entero y de nuevo repitió esas consoladoras palabras que eran las que más intensamente influían sobre Natasha: «Entreguémonos nosotros y nuestra vida a Cristo».

«Sí, llévame, llévame», decía Natasha con enternecida impaciencia en el alma, ya sin santiguarse y dejando caer sus delgados brazos con debilidad y entrega, como esperando que en ese instante una fuerza invisible se la llevara y la librara de sí misma, de sus penas, sus deseos, sus remordimientos y sus esperanzas.

Inesperadamente en mitad de la ceremonia y sin que formara parte del servicio, que Natasha conocía bien, el sacristán trajo un escabel, el mismo sobre el que se habían leído las oraciones a la trinidad y lo colocó delante de la puerta del iconostasio. El sacerdote salió con su escutia* morada de terciopelo, se arregló los cabellos y se puso de rodillas. Todos hicieron lo mismo aunque con cierta incredulidad. Era una plegaria que se acababa de recibir en el sínodo, una plegaria sobre la salvación de Rusia de la invasión enemiga.

El sacerdote leía con esa clara y dulce voz carente de afectación con la que solamente leen los sacerdotes eslavos y que actúa de un modo tan irresistible en el corazón de los rusos.

Natasha repetía con toda su alma las palabras de la plegaria y rezaba por lo mismo por lo que todos rezaban, pero como con frecuencia ocurre, al escuchar y al rezar no podía evitar pensar al mismo tiempo. Cuando leían las palabras: «Crea en nosotros un corazón limpio y renueva el espíritu de la verdad; fortalece la fe en ti en todos nosotros, refuerza la esperanza e inspíranos el ver-

---

* Especie de birrete que llevan los sacerdotes y monjes ortodoxos. (N. de la T.)

dadero amor hacia nuestro prójimo», ante esas palabras se le ocurrió instantáneamente qué era lo que hacía falta para la salvación de la patria. Igual que ante las deudas de su padre se le había ocurrido un sencillo método para arreglar todo ese asunto, que consistía en vivir más humildemente, ahora se le ocurría un método claro para vencer al enemigo. Consistía en unirse todos verdaderamente en el amor, desterrar la codicia, la ira, la ambición, la envidia, amarse todos los unos a los otros y ayudarse como hermanos. Hay que decir a todos sencillamente: «Estamos en peligro, deshagámonos de todo lo anterior, entreguemos todo lo que tengamos (como por ejemplo el collar de perlas que lleva Marfa Posádnitsa), no nos apenemos por nadie: hay que dejar marchar a Petia tal como él desea. Y todos seremos humildes y buenos y ningún enemigo podrá hacernos nada. Pero si seguimos esperando ayuda, si discutimos y peleamos como ayer Shinshin con Bezújov, entonces estaremos perdidos».

A Natasha esto le parecía tan sencillo, claro e indudable, que se sorprendía de que no se le hubiera ocurrido antes y se alegraba en el alma de poder transmitir ese pensamiento a su familia y a Pierre cuando este fuera a verla. «El único que no lo entenderá es Bezújov. Él es así de extraño. Yo no puedo comprenderle. Es el mejor de todos, pero es muy extraño.»

XIV

Según había prometido, Pierre fue directamente desde casa del conde Rastopchín donde había copiado el manifiesto y el llamamiento y donde le habían confirmado la noticia de que el emperador llegaba al día siguiente a Moscú. Pierre, que tras un año, había engordado aún más, subió las escaleras jadeando. Su cochero ya no le preguntaba si debía esperarle. Sabía que cuando el conde iba a casa de los Rostov no saldría hasta las doce. El criado de los Rostov se lanzó alegre a quitarle el abrigo. Pierre, como acostumbrada hacer en el club, dejó el sombrero y el bastón en la entrada. En la sala le salió al encuentro un guapo joven de quince años de cara ancha y sonrosada, parecido a Nikolai. Era Petia. Se preparaba para ir a la universidad pero últimamente había decidido en secreto junto con su amigo Obolenski, que se alistarían con los húsares.

—¿Qué, Petruján? —dijo Pierre sonriendo alegremente, dejando ver sus dientes picados y tirándole de la mano hacia abajo—. ¿Llego tarde?

—¿Qué hay de mi asunto, Piotr Kirílovich? Por Dios, es usted mi única esperanza —decía Petia enrojecido.

—Hoy informaré de todo, lo arreglaré —respondió Pierre. Sonia, al ver a Pierre, lo sentó en una silla y le dijo:

—Pierre, Natasha está en su habitación, voy a ir a buscarla.

Pierre no era solamente un habitual de la casa, si no que todos sabían que él era sobre todo amigo de uno de los miembros de la familia.

—Bueno qué, querido, qué. ¿Ha conseguido el manifiesto? —preguntó el conde—. La condesita ha estado en misa en casa de los Razumovski y allí han escuchado la nueva plegaria. Dicen que es muy hermosa.

Pierre se puso a buscarse en los bolsillos y no pudo encontrar el papel, y mientras continuaba buscando le besó la mano a la condesa.

—Le juro que no sé dónde lo he dejado —decía él.

—Siempre lo pierde todo —decía la condesa.

Sonia y Petia sonreían mirando al perplejo rostro de Pierre. Natasha entró con el mismo vestido lila. A pesar de estar atareado en buscar los papeles, Pierre se dio inmediata cuenta de que a Natasha le sucedía algo. La miró con mayor atención.

—Voy a volver a buscarlo… Lo he olvidado en casa. Seguro.

—Pero así llegará tarde a comer.

—Ay, y el cochero se ha marchado.

Todos se pusieron a buscar y finalmente encontraron los papeles en el sombrero de Pierre, bajo el forro, donde él los había guardado cuidadosamente.

—Y qué, ¿todo es verdad? —le preguntó Natasha.

—Todo es verdad, la cosa es seria… Lea.

—No, después de la comida —dijo el anciano conde—, después.

Pero Natasha consiguió el papel y completamente ruborizada y emocionada se fue a leerlo, diciendo que no quería comer.

Pierre le dio el brazo a la condesa y entraron al comedor.

Después de la comida, Pierre contó las novedades de la ciudad sobre el levantamiento del campamento del Drissa, sobre la enfermedad de anciano príncipe de Georgia, la desaparición de Métivier de Moscú y narró cómo a casa de Rastopchín habían llevado a un alemán, diciendo que era un champiñón —así se lo había contado el propio Rastopchín a Pierre— y cómo Rastopchín había ordenado que dejaran libre al champiñón diciendo que solo era una vieja seta alemana.

—Están arrestando a gente —dijo el conde rumiando una empanadilla—, yo he dicho a la condesa que hable menos en francés. Ahora no es momento.

—El príncipe Dmitri Golitsyn ha contratado a un profesor ruso —dijo Pierre—. Está aprendiendo ruso. Realmente se está volviendo peligroso hablar en francés en la calle.

—Y qué, ¿está bien escrito el manifiesto? —dijo el conde saboreando anticipadamente el placer de la lectura tras la comida—. ¿Eh, Natasha?

Natasha no respondió nada desde la sala.

—Mi Natasha está arrobada por la plegaria —dijo la condesa.

—Bueno, conde, si la milicia se pone a reclutar gente incluso usted tendrá que ensillar su caballo —dijo el conde dirigiéndose a Pierre.

Pierre se echó a reír.

—Menudo militar sería yo. No sé ni subirme a un caballo y además después de comer no se puede echar la siesta… —dijo él.

—No comprendo —comenzó de pronto a decir Natasha acaloradamente entrando en el comedor y enrojeciendo de nuevo—. ¿Por qué bromea sobre esto? No es ninguna broma. Además sé que usted sería el primero en sacrificarse, así que ¿por qué bromea? No le comprendo.

Pierre sonrió y, después de reflexionar un poco y de mirar cariñosa y atentamente a Natasha, dijo:

—¡Sí, yo mismo no lo comprendo! No lo sé, estoy tan alejado de los gustos militares y me parece que el hombre, que es un ser pensante, puede tan fácilmente ser feliz sin la guerra…

—No, por favor, no bromee así —dijo Natasha sonriendo cariñosamente a Pierre y sentándose a la mesa aunque no quería comer.

—Menuda patriota, ¿eh? —dijo el anciano conde. La condesa solamente meneó la cabeza.

Después de la comida tomaron café. El conde se sentó tranquilamente en la butaca y le pidió a Sonia, que tenía fama de ser una maestra en el arte de leer, que leyera el manifiesto: «El enemigo ha entrado en las fronteras de Rusia. Quiere asolar nuestra patria».

El conde interrumpió unas cuantas veces la lectura y pidió que repitiera. Cuando se hablaba de aristócratas conocidos el conde decía:

—Sí, sí.

Natasha, durante la lectura, estaba sentada estirada mirando escudriñadora y fijamente, bien a su padre, bien a Pierre, buscando en sus rostros el reflejo de lo que ella sentía.

—Está claro que lo daremos todo para defender a Rusia y que todos, todos iremos a la guerra —gritó el conde cuando acabó la lectura—. ¡Se han creído que pueden asustarnos!

Natasha saltó inesperadamente y abrazando a su padre se puso a besarle.

—¡No se ha visto nada igual! ¡Qué maravilla es este papá! —dijo ella con su anterior vitalidad. Este entusiasmo de Natasha animó aún más al conde. Él mismo, poniéndose las gafas, leyó el manifiesto una vez más, interrumpiéndose con resoplidos, como si le hubieran acercado a la nariz un frasco de sales.

Tan pronto el conde acabó de hablar, Petia, que se había levantado y agitaba los puños apretados, se acercó a su padre y completamente ruborizado pero con voz firme aunque emitiendo gallos, dijo:

—Ahora le digo decididamente papá y a mamá también, le digo decididamente que me dejen alistarme en el ejército, porque no puedo… eso es todo…

La condesa se limitó a encogerse de hombros con horror y no dijo nada, pero el conde volvió en sí en ese instante y le dijo burlonamente a Petia:

—Bueno, bueno. Déjate de tonterías.

—No son tonterías, papá. Fedia Obolenski es más pequeño que yo y también va y lo más importante es que de todos modos no voy a poder estudiar nada y ahora cuando… —Petia se detuvo, se sonrojó hasta ponerse a sudar, pero aun así dijo—: cuando la patria está en peligro.

—Ya está bien, ya está bien de tonterías.

—Pues ya se lo digo. Ahora que opinen Piotr Kirílovich y Natasha.

—Y yo te digo que eso es una tontería. Ya tengo el corazón consumido por uno de mis hijos y tú eres un niño que aún tienes la leche en los labios. Bueno, ya me has oído. —Y el conde, llevándose el papel, seguramente para leerlo una vez más en el despacho antes de acostarse, salió de la habitación.

—Piotr Kirílovich, vamos a fumar… —Bezújov se levantó meneando pensativamente la cabeza. Petia corrió tras él y cogiéndole de la mano le dijo con un susurro:

—Querido Piotr Kirílovich, convénzale, por el amor de Dios.

La negativa al propósito de Petia había sido firme. Se fue solo a su habitación y allí, sin dejar entrar a nadie, se echó a llorar amargamente. Todos hicieron como que no se percataban cuando a la hora del té acudió sombrío y silencioso, con los ojos llorosos.

Después del té, como era costumbre cuando Pierre se quedaba a pasar la tarde en casa de los Rostov, jugó una partida con la condesa, Irina Yákovlevna y el doctor. Pierre iba a casa de los Rostov para ver a Natasha, pero casi nunca estaba o hablaba con ella a solas. Para sentirse alegre y tranquilo solo necesitaba sentir su presencia, mirarla y escucharla. Y ella lo sabía y siempre acudía ahí donde él se encontraba cuando estaba en su casa. Ella misma se encontraba en su presencia mejor que con ninguna otra persona. Era el único que le recordaba esa oscura época no de una manera agobiante, sino consoladora.

Después del juego, Pierre se quedó en la mesa dibujando. Tenía que marcharse. Y como siempre, precisamente cuando se tenía que marchar, Pierre sentía lo bien que se estaba en esa casa. Natasha y Sonia se acercaron a él y se sentaron en la mesa.

—¿Qué dibuja?

Pierre no respondió.

—Sin embargo —le dijo a Natasha—, usted no se ocupa en broma de la guerra, eso me alegra. —Natasha enrojeció, comprendió que a Pierre le alegraba su entusiasmo porque ese entusiasmo ocultaba su dolor—. No —dijo Pierre respondiendo a sus pensamientos—, me gusta observar cómo las mujeres abordan asuntos de hombres, porque a ellas todo les resulta muy claro y sencillo.

—¿Y qué puede haber de difícil en ello, conde? —dijo Natasha animadamente—. Hoy escuchando la plegaria todo me ha parecido tan claro… Solamente hay que humillarse, resignarse los unos con los otros y no lamentar nada y todo irá bien.

—Pero usted se lamenta por Petia.

—No, no me lamento. Por nada del mundo le mandaría a la guerra ni le retendría si él quiere ir.

—Qué pena que yo no sea Petia para que usted me mande a la guerra.

—Es evidente que usted irá.

—Por nada del mundo —respondió Pierre, y al ver la incrédula y bondadosa sonrisa de Natasha continuó—: Me sorprende que tenga usted tan buena opinión de mí —dijo él—. Según usted soy capaz de hacer bien cualquier cosa y lo sé todo.

—Sí, sí, todo. Pero ahora lo más importante es la defensa de la patria —de nuevo la palabra «patria» detuvo a Natasha y ella se apresuró a justificar el uso de esa palabra—. Verdaderamente yo misma no sé por qué, pero pienso día y noche qué sucederá con nosotros y por nada del mundo, por nada del mundo me someteré a Napoleón.

—Por nada del mundo —repitió seriamente sus palabras Pierre y se puso a escribir—. ¿Y sabe esto? —dijo él escribiendo una serie de cifras. Le explicó que todos los números tenían su correspondiente en letras y que según esta numeración al escribir 666 daba: *L'empereur* y 42. Y le contó las profecías del Apocalipsis. Natasha mantuvo largo rato la vista fija en esas cifras con extravío y creyó en su significado.

—Esto es terrible —decía ella—, y el cometa. —Natasha se alarmó tanto que Pierre incluso se arrepintió de habérselo contado.

XV

El día 12 el emperador llegó a Moscú, el día 13 por la mañana temprano se escucharon las campanas llamando a misa en todas las iglesias y una muchedumbre de personas vestidas de fiesta pasaban por delante de la casa de los Rostov en la calle Povarskaia de camino al Kremlin.

Algunos miembros del servicio habían solicitado poder ir a

ver al zar. Petia seguía teniendo, después de su confesión a sus padres, un aspecto enigmático y ofendido. Esa mañana Petia había estado largo tiempo vistiéndose solo, peinándose, colocándose el cuello como los adultos. Fruncía el ceño frente al espejo, hacía muecas, se encogía de hombros y finalmente, sin decírselo a nadie, se puso la gorra y salió por la puerta de atrás intentando pasar desapercibido. Petia había decidido ir directamente a ver al emperador, hablar con alguno de sus chambelanes (a Petia le parecía que el emperador siempre debía estar rodeado de chambelanes) y explicarle que él, el conde Rostov, deseaba servir a la patria y que la juventud no era obstáculo para la lealtad y muchas otras hermosas palabras que había preparado mientras se arreglaba, suponiendo que el éxito de su petición al emperador debía depender de que él era un niño (Petia pensaba incluso que todos se iban a sorprender de su juventud). Pero, a la vez, quería parecer un adulto y de esa manera se había vestido y arreglado y con la más seria apariencia avanzó por la calle a paso lento, pero cuanto más lejos iba más se entretenía observando a la gente que no dejaba de acudir al Kremlin. Después empezó a preocuparse porque no le atropellaran y con aspecto decidido y amenazador sacó los codos. Pero en la Puerta de la Trinidad, a pesar de toda su decisión, la gente, que seguramente desconocía la intención patriótica con la que acudía al Kremlin, le aplastó de tal modo que tuvo que resignarse y detenerse hasta que pasaran los coches. Al lado de Petia había una mujer con un criado, dos comerciantes y un soldado retirado. En el rostro cubierto de pecas de la mujer, en el rostro arrugado y de grises bigotes del soldado y en el funcionario delgado y encorvado, se reflejaba la misma expresión de expectativa y solemnidad cuando hablaban de dónde estaba el emperador cosa que ninguno sabía.

Después de pasar algo de tiempo a las puertas, Petia quiso salir hacia delante antes que los demás y comenzó a abrirse paso a codazos con decisión, pero la mujer que se encontraba enfrente de él, a la primera que había dirigido sus codos, le gritó enfadada:

—¿Por qué empujas, señorito? ¿No ves que nadie se mueve? ¿Por dónde quieres pasar?

A Petia le sorprendió que esa mujer que un minuto antes dijera con tanta ternura «¿habrá pasado ya nuestro padrecito?» se dirigiera a él de un modo tan brusco. Se detuvo sin fuerzas para sacar el pañuelo enjugándose con la mano, en la estrechez de la muchedumbre, el sudor que cubría su rostro y arreglándose el cuello empapado de sudor que tan bien se había colocado en su casa. Petia sintió que no tenía un aspecto presentable y temió que si se presentaba al chambelán de ese modo este no le permitiría llegar hasta el emperador. Pero componerse y dirigirse a otro lugar no era posible a causa de la estrechez. Lo peor era cuando pasaba algún general con penacho debajo del arco, entonces a Petia le apretaban contra la maloliente esquina. Reconoció a uno de los generales y quiso pedirle ayuda pero le pareció impropio de un hombre. Sonreía irónicamente ante las palabras de los que le rodeaban que tomaban al general por el mismísimo emperador.

Pero en un momento la muchedumbre avanzó y condujo a Petia a la plaza, que estaba completamente abarrotada de gente. No solamente en la plaza sino en el techo del arsenal y sobre los cañones, todo estaba lleno de figuras multicolores y de cabezas, cabezas, cabezas, cabezas. Tan pronto como Petia se encontró en la plaza todas las cabezas se descubrieron y todos se arrojaron hacia delante. A Petia le estrujaban de tal manera que no podía respirar y todos gritaban: «¡Hurra, hurra, hurra!». Petia se puso de puntillas pero solo alcanzó a ver una masa de generales que avanzaba y un penacho que él tomó por el emperador.

Esa misma mujer que antes en la puerta se habían enfadado tanto con él, estaba ahora al lado de Pierre y sollozaba con las lágrimas manándole de los ojos.

—Padre. Ángel. Padrecito. ¡Hurra! —gritaban todos y muchos lloraban. Petia, fuera de sí, apretó los dientes y con los ojos ferozmente fuera de las órbitas se arrojó hacia delante haciéndose sitio con los codos y gritando «hurra», como si estuviera dispuesto a sacrificarse a sí mismo y a los demás en ese instante. Pero por los lados se le colaban otras personas con los mismos rostros feroces y con los mismos gritos de «hurra».

«Es el emperador —pensó Petia—. No, no puedo hacerle en persona la petición. Es demasiado atrevido.» Petia se detuvo, pero en ese instante la muchedumbre empezó a vacilar hacia atrás (delante los gendarmes rechazaban a los que se acercaban demasiado al cortejo), el emperador iba desde el palacio a la catedral Uspenski. Petia recibió inesperadamente tal golpe en un costado, en las costillas y le aplastaron de tal modo, que se puso a gritar de dolor y un sacerdote o sacristán que se encontraba detrás de él se apiadó de él y le sujetó por debajo del brazo.

—Han aplastado al señorito —dijo el sacristán—. No hagáis eso, tened más cuidado.

La muchedumbre se detuvo de nuevo y el sacristán llevó a Petia, pálido y sin respiración, a los cañones. Algunas personas se apiadaron de Petia y toda la muchedumbre se puso a mirarle y a apretarse a su alrededor. Los que estaban más cerca le desabrocharon la levita, le sentaron en el cañón y reprocharon a quién quiera que le hubiera hecho eso.

—Podía haber muerto aplastado. ¿Cómo es posible? Casi lo matan. Mira al pobrecito, está blanco como la nieve —decían las voces.

Petia pronto volvió en sí. El color le volvió al rostro y el dolor pasó y a cambio de esta molestia temporal consiguió un sitio sobre el cañón desde el que realmente podía ver al emperador. Petia ya no pensaba en transmitirle su petición. Con solo verle ya se consideraba afortunado.

Mientras duró el servicio en la catedral Uspenski: un rogativa a causa de la llegada del emperador y una acción de gracias por la firma de la paz con los turcos. La muchedumbre se dispersó y se escucharon las habituales conversaciones. Una vendedora enseñaba su chal roto y decía lo caro que le había costado, otra decía que hoy en día todas las cosas hechas de seda se habían puesto muy caras. El sacristán que había salvado a Petia conversaba con un funcionario sobre quién atendía en el servicio junto con Su Eminencia. Dos muchachos jóvenes bromeaban con dos chicas de servicio que mascaban unas nueces. Todas estas conversaciones, en particular las bromas con las chicas jóvenes, que en la edad de Petia resultaban especialmente atractivas, no interesaban a Petia. Estaba sentado en su elevación, es decir, el cañón, emocionado por sus pensamientos sobre el emperador y su amor por él. La mezcla de sentimientos de dolor y temor cuando le aplastaban, con el sentimiento de entusiasmo, reforzaron aún más en él la conciencia de la importancia de esos instantes.

Cuando salieron de la catedral, Petia pudo ver al emperador desde el cañón aunque a través de las lágrimas no pudiera distinguir claramente su rostro y al verle gritó «hurra» desaforadamente y decidió que al día siguiente se alistaría costara lo que costase. Aunque ya era tarde, Petia no había comido nada y sudaba la gota gorda, no se fue a casa y junto a la muchedumbre, que había disminuido aunque seguía siendo inmensa, se quedó enfrente del palacio mirando amorosamente y esperando aún algo más con un estremecimiento de felicidad y envidiando por igual a los dignatarios que llegaban para la comida del emperador y a los camareros que servían la mesa y se divisaban por las ventanas. La cabeza del emperador se vio dos veces por la ventana y se elevaron gritos de «hurra».

Después de la comida del emperador, Valúev dijo mirando a la ventana:

—El pueblo todavía espera ver a Su Majestad.

La comida estaba acabando, el emperador se levantó y terminando de comerse un bizcocho salió al balcón. La masa de gente, con Petia en medio —mientras que a Petia le parecía que era él en medio de la masa—, se arrojó hacia el balcón.

—¡Ángel! ¡Padre! ¡Hurra! ¡Padrecito! —gritaba la multitud, y Petia y de nuevo las mujeres y algunos hombres más débiles, entre los que se contaba Petia, dejaron aflorar las lágrimas. El emperador mandó que le trajeran una fuente con bizcochos y se puso a arrojar los bizcochos por el balcón. Los ojos de Petia se inyectaron de sangre, el peligro de ser aplastado le excitó aún más y se arrojó a por los bizcochos. No sabía por qué pero tenía que coger uno de los bizcochos arrojados por la mano del zar y no rendirse. Se arrojó a por ellos y tiró a una anciana que estaba cogiendo un bizcocho. Pero la anciana no se dio por vencida a pesar de estar tirada en el suelo (intentaba coger los bizcochos, pero no acertaba con las manos). Petia le paró la mano con la rodilla y cogió el bizcocho y como si temiera no alcanzar, gritó de nuevo «hurra» ya con voz ronca.

El emperador se marchó y después de eso la mayor parte de la gente comenzó a irse.

—Ya decía yo que merecía la pena esperar un poco y así ha sido —se oía comentar por todas partes.

Por muy feliz que se sintiera Petia le resultó triste irse a casa y darse cuenta de que todos los gozos de ese día habían acabado. Desde el Kremlin, Petia, completamente epatado, no volvió a casa sino que fue a ver a su amigo Obolenski, que tenía quince años y que también iba a ingresar en el regimiento. Al volver a casa informó con decisión y firmeza de que si no le dejaban marcharse se escaparía. Al día siguiente y aunque no hubiera dado del todo su brazo a torcer, el conde Iliá Andréevich fue a informarse de cómo situar a Petia en algún puesto que no revistiera peligro.

El día 15 por la mañana, tres días después de eso, se agolpaban una enorme cantidad de coches a la puerta del palacio Slobodski y de nuevo Petia estaba entre ellos, pero esta vez con Sonia y Natasha y con espíritu tranquilo.

Las salas estaban llenas. La primera de nobles con uniforme, la segunda de comerciantes con medallas, con barbas y caftanes azules. En todas las salas había animación y movimiento. Algunos estaban sentados en mesas, pero la mayoría paseaba por las salas. Todos los nobles, la mayoría ancianos, cegatos, desdentados, calvos, abotargados, los mismos que todos los santos días veía Pierre bien en el club o bien en sus casas, todos iban vestidos de uniforme, la mayoría de ellos de los tiempos de Catalina, y estos uniformes ajenos le daban un aspecto extraño a esos rostros conocidos, como si algún bromista hubiera envuelto en un mismo papel la más diferente mercancía de una tienda. Los que resultaban más asombrosos eran los ancianos. En su mayoría estaban sentados en silencio, pero si se levantaban y conversaban se juntaban a alguien que fuera más joven. Igual que viera Petia en los rostros de la muchedumbre en la plaza, en todos los rostros había un asombroso rasgo de contradicción entre la común inexpresiva espera de algo solemne y la costumbre de todos los días: las partidas de Boston, el cocinero Petrushka, la salud de Zinaida Dmítrievna y el tabaco francés.

Pierre, enfundado en su uniforme de la nobleza que se le había quedado pequeño y le resultaba incómodo, estaba en las salas desde por la mañana. Se encontraba agitado: una reunión extraordinaria no solo de la nobleza, sino también de los comerciantes despertaba en él toda una serie de pensamientos que hacía tiempo había abandonado pero que estaban grabados en su alma, acerca del «Contrato social» y la revolución francesa. Paseaba, miraba y escuchaba las conversaciones, pero no hallaba en ninguna parte nada que le sirviera para expresar esos pensamientos que le ocupaban.

Se había dado lectura al manifiesto del emperador y después se habían dispersado para charlar. Aparte de los intereses habituales escuchó comentarios sobre dónde se colocarían los decanos de la nobleza, cuándo dar un baile en honor del emperador y de vez en cuando alusiones a la situación general de los asuntos bélicos y sobre los beneficios e inconvenientes de la milicia. Pero tan pronto como la conversación trataba sobre la guerra y sobre la razón por la que la nobleza había sido reunida los comentarios eran indefinidos e indecisos. Todos preferían escuchar antes que hablar.

Un caballero de mediana edad, grueso, varonil, con un uniforme de oficial de la marina retirado, hablaba en un rincón de la sala y la gente se agolpaba a su alrededor. Pierre se acercó hacia el grupo que se había formado alrededor del orador y se puso a escucharle. El conde Iliá Andréevich con su caftán de voevoda* también se acercó con una agradable sonrisa a este grupo y se puso a escuchar con su bondadosa sonrisa como siempre escuchaba, afirmando con la cabeza en señal de acuerdo con el orador. El oficial de la marina retirado decía cosas muy atrevidas (era evidente por la expresión de los rostros de sus oyentes y porque gente a quien Pierre tenía por los más dóciles y tranquilos se alejaban de él con desaprobación o le contradecían dirigiéndose a otros). Era evidente que el que hablaba era un liberal y por eso Pierre, abriéndose paso para acercarse más, comenzó a escuchar. Verdaderamente el oficial de la marina retirado era un temerario, que hablaba con animación, sanguíneo, liberal, pero en un sentido completamente distinto del que pensaba Pierre. Hablaba con esa particular voz sonora de barítono noble con la que se dicen las acostumbradas palabras: «sirviente», «tráeme la pipa», «prepara los perros», «cántame, pícara», «una muchacha para ti» y otras parecidas. Hablaba con un acostumbrado exceso y poder en la voz.

—¿Y qué más da que los de Smolensk hayan ofrecido milicias al emperador? ¿Acaso manda Smolensk en nosotros? Si la generosa nobleza de la provincia de Moscú lo encuentra necesario puede demostrarle su lealtad al emperador de otras formas. ¿Acaso hemos olvidado la milicia del año 1807? Solo se enriquecieron los holgazanes y los ladrones.

El conde Iliá Andréevich afirmaba con la cabeza sonriendo dulcemente.

---

* Voevoda: jefe del ejército en la Rusia antigua. (N. de la T.)

—¿Y acaso nuestros milicianos han servido de alguna ayuda? Solo han arruinado nuestras posesiones. El reclutamiento es aún mejor, de ese modo no regresan a nosotros ni soldados ni campesinos, sino solo libertinos. Los nobles no nos lamentaremos por nuestras vidas, iremos todos a la guerra sin excepción, incluso reclutaremos gente y tan solo con que nos lo pida el emperador (él pronunciaba de ese modo típico de la nobleza la palabra «emperador») todos moriremos por él —añadió el orador animándose.

Iliá Andréevich tragaba saliva con satisfacción y empujaba a Pierre, pero Pierre también quería hablar, avanzó sin aún saber qué decir. En ese momento un senador, completamente desdentado, pero con rostro inteligente que se encontraba cerca, interrumpió a Pierre. Con visible costumbre de mantener debates y sostener cuestiones, dijo en voz baja pero audible:

—Supongo que no hemos sido llamados aquí para juzgar qué es lo más adecuado para el Estado en el momento actual, el reclutamiento o la milicia. Hemos sido llamados para que el emperador nos honre con la noticia sobre la situación en la que se encuentra el Estado y porque él desea escuchar nuestros juicios… Y juzgar si es más adecuado el reclutamiento o la milicia es competencia del poder supremo… —Y sin acabar de decir estas palabras el senador se dio la vuelta y se alejó del círculo.

Pero Pierre de pronto se sintió exasperado por el senador que hacía gala de una opinión tan limitada e irrefutable sobre lo que debía ocupar a la nobleza en el momento actual y le interrumpió. Él mismo no sabía qué era lo que iba a decir, pero empezó a hablar muy animadamente dejando escapar de vez en cuando palabras francesas y en un ruso demasiado literario.

—Discúlpeme —comenzó—, pero a pesar de no estar de acuerdo con el señor… a quien no tengo el honor de conocer, opino que la nobleza además de para expresar su fidelidad e ímpetu (a Pierre le gustaba esa palabra) ha sido convocada también para juzgar sobre las medidas con las que podemos ayudar a la patria. Yo opino —dijo él animándose— que el propio emperador se mostraría insatisfecho si solo encontrara en nosotros a propietarios de campesinos dispuestos a entregarlos como carne de cañón y no pudiera hallar en nosotros consejo.

Muchos se alejaron del grupo advirtiendo la desdeñosa sonrisa del rostro del senador y que Pierre estaba hablando de más, el único que estaba satisfecho era Iliá Andréevich, como siempre lo estaba ante todos los que hablaban.

—Yo opino que antes de ponernos a juzgar estas cuestiones debemos preguntar al emperador, pedirle respetuosamente a Su Majestad que nos informe de cuántas tropas tenemos, en qué situación se encuentran nuestras tropas y nuestro ejército y entonces…

Pero Pierre no había alcanzado a terminar de hablar cuando comenzaron a atacarle por tres flancos. El que le atacaba con mayor virulencia era un viejo conocido suyo que siempre se había mostrado en la mejor disposición para con él y que era un buen jugador, Stepan Stepanovych Apraxin. Stepan Stepanovych vestía uniforme, y ya fuera por esa o por otras causas Pierre le veía en ese instante como una persona completamente distinta. Stepan Stepanovych, reflejando de repente una senil cólera en el rostro, gritó a Pierre:

—Para empezar le informo de que nosotros no tenemos derecho a preguntar sobre esta cuestión al emperador y para continuar en caso de que la nobleza rusa ostentara tal derecho, el emperador no sería capaz de respondernos. Las tropas se mueven según los movimientos del enemigo, las tropas aumentan y disminuyen…

Una segunda voz perteneciente a un caballero de mediana estatura de unos cuarenta años, al que Pierre también había visto con las cíngaras y al que tenía por un mal jugador de cartas y que también se encontraba muy cambiado al ir vestido de uniforme interrumpió a Apraxin.

—No es momento de discutir —decía esta voz que Pierre había oído con frecuencia participando vivamente en las canciones de las gitanas y gritando con olor a vino: «¡Apuesto!»—. No es momento de discutir sino de actuar: la guerra ya ha cruzado las fronteras de Rusia, nuestro enemigo avanza para destruir Rusia, para profanar las tumbas de nuestros padres, llevarse a nuestras mujeres y a nuestros hijos. —El noble se golpeó el pecho—. ¡Y todos nos alzaremos, todos sin excepción partiremos a la guerra, todos lo haremos por nuestro padrecito el zar! —Algunos se volvieron como si se sintieran incómodos al oír estas palabras.

Pierre comenzó a hablar pero no alcanzó a decir ni una sola palabra. Sentía que el sonido de su voz independientemente del significado que encerraran sus palabras sería menos audible que el sonido de las palabras de los que gritaban.

Iliá Andréevich asentía con la cabeza. Por detrás del grupo algunos se volvían animadamente hacia el orador al final de las frases y decían:

—¡Así es! ¡Así es!

Pierre quería decir que él no estaba en contra de los sacrificios, ni de dinero, ni de campesinos, ni propios, pero que era necesario conocer el estado del asunto para poder actuar en su favor, aunque no podía hablar. Muchos eran los que gritaban y hablaban a la vez de tal forma que a Iliá Andréevich no le daba tiempo a asentir ante las palabras de todos y el grupo aumentaba y se disgregaba y se reunía de nuevo y avanzaba con el murmullo de las conversaciones hacia la mesa de la sala principal. Muchos jóvenes e inexpertos miraban con emocionado respeto a esa impresionante masa. En ella los hombres decidían el destino de Rusia. A Pierre no solamente no le dejaban hablar sino que le interrumpían groseramente, le rechazaban, le volvían la espalda, como si fuera un enemigo común. Esto no estaba motivado porque no estuvieran satisfechos con la intención de su discurso, que habían olvidado después de la enorme cantidad de oradores que le habían sucedido, sino que obedecía a la necesidad de la existencia, para la animación del grupo, de un objeto perceptible de amor y un objeto perceptible de odio.

Pierre se había convertido en este último. Muchos oradores dieron su opinión y todos en el tono del juerguista del olor a vino y muchos hablaron bien y de forma original.

El editor del *Boletín de Moscú*, Glinka, al que reconocieron («¡Un escritor! ¡Un escritor!», se escuchó entre la masa), dijo que él había visto niños sonreír ante el resplandor del rayo y el fragor del trueno, pero que nosotros no seríamos esos niños.

—¡Sí, sí, ante el fragor del trueno! —repitieron aprobativamente en las últimas filas, suponiendo que con lo del trueno solo podía referirse a Napoleón.

El grupo se acercó a la mesa en la que estaban sentados con sus bandas y sus uniformes grandes señores septuagenarios, calvos o con los cabellos grises, todos ancianos a los que casi sin excepción había visto Pierre en las casas, con los bufones o en el club jugando al Boston. El grupo se acercó sin que cesara el murmullo de las conversaciones. Uno tras otro y en ocasiones dos a la vez se acercaban a la mesa apretándose contra los altos respaldos de las sillas y conversando. Los que estaban detrás advertían lo que no había dicho el orador y se apresuraban a decir eso que se les había escapado. Otros, inmersos en ese calor sofocante y estrechez, buscaban en su cabeza por ver si encontraban alguna idea y se apresuraban a manifestarla. Los ancianos conocidos de Pierre permanecían sentados y miraban bien a uno, bien a otro y lo único que expresaban la mayoría de sus rostros es que tenían mucho calor. Pierre sin embargo se sentía agitado y el deseo general de expresar que nada nos asustaba, que se manifestaba en mayor medida en el sonido de la voz que en lo que esta expresaba, se le había contagiado a él también. No renunciaba a sus ideas, pero se sentía culpable de algo y deseaba justificarse.

—Lo único que he dicho que nos sería más fácil hacer sacrificios cuando conozcamos las necesidades…

Un anciano que estaba cerca le miró pero le interrumpió un grito desde el otro lado de la mesa.

—Sí, Moscú se rendirá. Será la víctima redentora —gritaba uno.

—Es el enemigo del género humano —gritaba otro—. Déjenme hablar... Señores, me están aplastando...

En ese instante, con rápidos pasos entre los nobles que se apartaban ante él, vestido con un uniforme de general y una banda cruzándole el pecho, con su prominente mentón y sus ágiles ojos que no parecían preocupados, entró el conde Rastopchín.

—El emperador vendrá enseguida —dijo el conde Rastopchín—, acabo de estar con él. Opino que en la situación en la que nos encontramos no hay mucho que deliberar. El emperador nos ha honrado reuniéndonos a nosotros y a los comerciantes —dijo el conde Rastopchín—. Ellos proporcionarán los millones y nuestra tarea consiste en abastecer de hombres la milicia y no compadecernos... ¿Qué opinan ustedes, señores?

Comenzaron las deliberaciones en voz baja que pronto acabaron con la propuesta del conde Rastopchín de aportar diez hombres por cada mil con la que todos estuvieron de acuerdo y equiparlos, cosa en la que también expresaron su acuerdo con ligeras apreciaciones de algunas personas acerca de quién sería el depositario y cómo evitar el mal uso que se hizo del dinero en la anterior milicia. Estos comentarios fueron rechazados por el conde Rastopchín con la justificación de que hablarían de ello más tarde. Todas las deliberaciones se mantenían en voz baja, casi resultaban tristes después de todo el anterior barullo, cuando solo se oían las ancianas voces, una que decía: «estoy de acuerdo», y otra para diferenciarse: «yo soy de la misma opinión», y etcétera.

El conde Rastopchín ordenó al secretario tomar nota de las resoluciones de la nobleza. Y los caballeros que se encontraban sentados se levantaron como sintiéndose aliviados, arrastrando las sillas, y se dispersaron por la sala para estirar las piernas, tomándose entre sí del brazo y conversando.

—El emperador, el emperador —se extendió de pronto por la sala y toda la masa se arrojó hacia la entrada, pero el emperador fue primero a la sala en la que se encontraban los comerciantes. Pasó en ella unos diez minutos. Pierre, entre otros, vio al emperador que salía de la sala de los comerciantes con lágrimas de emoción en los ojos. Como después supieron tan pronto el emperador comenzó su discurso a los comerciantes, las lágrimas brotaron de sus ojos y comenzó a hablar con voz temblorosa. Cuando Pierre vio al emperador este entraba acompañado de tres comerciantes. Pierre conocía a uno de ellos, que era bastante grueso, el otro era un hombre inteligente de rostro enjuto y barba puntiaguda. Ambos lloraban, el delgado tenía los ojos llenos de lágrimas, pero el grueso sollozaba como un niño y no cesaba de decir: «Tome nuestra vida y nuestras posesiones, Majestad».

La masa retrocedió y se llevó con ella a Pierre a la sala de la nobleza. Y allí, tan pronto como entró el emperador con su bello y emocionado rostro con lágrimas en los ojos, todos los rostros cambiaron y Pierre escuchó sollozos a sus espaldas. Pierre se encontraba bastante lejos y no pudo entender qué era lo que le decía Rastopchín al emperador, pero escuchó claramente la tan agradablemente humana y conmovida voz del emperador, que decía:

—Nunca he dudado del celo de la nobleza rusa. Pero en el día de hoy ha superado mis expectativas. Les doy las gracias en nombre de la patria. Señores, hemos de actuar, el tiempo es lo más precioso…

—Sí, lo más precioso… es la palabra del zar —decía sollozando atrás la voz de Iliá Andréevich que no había oído nada, pero todo lo entendía a su manera.

Pierre no sentía nada en ese instante excepto el deseo de demostrar que a él no le asustaba nada y que estaba dispuesto a sacrificarlo todo. Se reprochaba su discurso constitucional, y buscaba una ocasión para expiar su culpa. Al enterarse de que el conde Mamonov ofrecía un regimiento informó al conde Rastopchín de que él aportaba mil hombres y su mantenimiento. El anciano

Rostov no pudo evitar el llanto al narrar a su mujer lo que había sucedido, cedió a la petición de Petia y él mismo le llevó para que se alistara en el futuro regimiento de Mamonov.

Al día siguiente el emperador partió. Todos los miembros de la nobleza que habían sido reunidos se quitaron los uniformes, se volvieron a dispersar por casas y clubes, y gimoteando transmitieron las órdenes sobre la milicia a sus administradores sorprendiéndose de lo que habían hecho.

Pierre fue elegido miembro del comité de recepción de las donaciones. Petia se vistió el uniforme de cosaco. El anciano conde decidió definitivamente vender la casa con todos los muebles, que eran lo que más valor tenía, esperando la llegada de Razumovski.

SÉPTIMA PARTE

I

Había de suceder lo que había de suceder. Tal como Napoleón pensaba que comenzaba una guerra con Rusia porque deseaba una monarquía mundial, pero realmente la comenzaba porque no había podido evitar ir a Dresden, ni sentirse ofuscado por los honores que le profesaron, ni había podido evitar ponerse el uniforme polaco, ni había podido resistirse a la impresión de la mañana de junio en la que era necesario emprender algo y no había podido evitar comenzar el paso del Niemen, del mismo modo Alejandro pensaba que se lanzaba a una guerra desesperada y que no firmaría la paz incluso si no llegaba vivo al Volga solamente porque no podía comportarse de otro modo.

El caballo que está enganchado a una rueda de moler piensa que de manera completamente libre y voluntaria adelanta la pierna derecha o la izquierda, levanta o baja la cabeza y avanza porque desea subir arriba, del mismo modo que todas esas innumerables personas que tomaron parte en esa guerra, que temían, se henchían de orgullo, se acaloraban, se indignaban, pensando que sabían y que hacían, no eran más que caballos avanzando lentamente por la enorme rueda de la historia cuyo trabajo estaba oculto para ellos, pero es comprensible para nosotros. Esos prácticos hombres de estado están sometidos a un destino inmutable y son tanto menos libres cuanto más alto se encuentren en la jerarquía social, cuanto mayores sean sus vínculos más escarpada será la subida de la rueda y más rápido y menos libremente irá el caballo. En el momento en que subes a la rueda, pierdes tu libertad, y no hay acciones inteligibles, y cuanto más avance y más rápido vaya la rueda, menos y menos libertad tendrás hasta que no te bajes de ella.

Solo Newton, Sócrates, Homero actúan consciente e independientemente y solamente en estas gentes hay voluntad cuya existencia la demuestra el gesto de levantar y bajar la mano que acabo de hacer, frente a todas las evidencias que se aportan sobre la función de los nervios.

No es la discusión entre materialistas e idealistas la que me ocupa. ¿Qué me importa a mí su discusión? Pero esa misma discusión se mantiene en mí, en usted, en cada uno de nosotros. ¿Poseo libre voluntad, esa antigua idea tan querida para mí?, ¿o carezco de ella y todo lo que hago tiene lugar según las leyes de la fatalidad? Fulano dice que mis nervios están tan afectados que no puedo evitar hacer este movimiento, pero además de que él mismo se equivoca cuando llega a la aclaración de la noción de la que no se puede dilucidar nada, ni él ni nadie responde al principal argumento claro e indiscutible como el huevo de Colón. Es decir, estoy sentado escribiendo, a mis pies hay una pesa de gimnasia y un perro. ¿Puedo o no puedo dejar de escribir ahora? He probado y puedo, ¿y puedo ahora continuar escribiendo? Sí, puedo. Entonces tiene que existir la voluntad. Pero me sigo preguntando: ¿puedo levantar la pesa y hacer algún movimiento con ella? Sí, puedo. ¿Y puedo ahora tirar la pesa sobre el perro? Lo he intentado y no, no puedo. Puede que en otro momento sí, pero ahora no puedo por un millar de razones: es estúpido, es lamentable y se puede experimentar de otro modo. No, no puedo. ¡Ah! Por lo tanto hay actos como mover la mano en todas direcciones, como escribir y dejar de hacerlo que puedo hacer y otros que no puedo hacer.

Continúo con el experimento. ¿Puedo ir a besar a mi hijo dormido? ¿Puedo ir a jugar a las cartas con mi tía? Sí, puedo. ¿Puedo ir a golpear a un criado o a besar a la cocinera? No, no puedo, ahora no puedo. ¿Podría no dormir hoy por la noche? ¿Puedo evitar espantar una mosca de mi ojo? No, no puedo y no he podido. He pedido a otras personas que contesten a estas preguntas y todos han respondido lo mismo. Hay cosas que se pueden hacer o no hacer (se sobreentiende que dentro de los límites de las posibilidades físicas) y hay cosas que no se pueden hacer o evitar hacer. Eso está claro. Y si no solamente se embrolla como hasta ahora en las demostraciones diciendo que no hay nada aparte de los nervios (cuando Fulano no sabe qué son esos nervios), sino si incluso me lo demuestra como dos más dos son cuatro no le creeré porque yo ahora puedo alargar la mano y no alargarla.

La principal fuente de los errores humanos es la búsqueda y la determinación de las causas de la aparición de la vida humana; de la aparición de esos organismos que nacieron a causa de un conjunto de innumerables necesidades. Parece ser que Voltaire dijo que no hubiera habido noche de San Bartolomé si el rey no hubiera estado estreñido. Esto puede ser igual de cierto que decir que si no hubiera habido toda esa agitación que antecedió a la noche de San Bartolomé los intestinos del rey hubieran funcionado perfectamente. Igual de cierto que decir que la causa de la noche de San Bartolomé fue el fanatismo de la Edad Media, la conjura de los católicos, etc., etc. Hay algo que puede comprobarse en todas las historias. El hecho de la noche de San Bartolomé es uno de esos sucesos vitales que ocurre de un modo inevitable por las eternas leyes de las características de la humanidad: asesinar en su sociedad la cantidad de gente que sobra y ajustar a esta masacre las pasiones que la apoyan.

Las estadísticas de crímenes demuestran que un hombre que piensa que asesina a su mujer porque esta le ha engañado solamente está cumpliendo la regla general según la cual debe engrosar el número de asesinos en la estadística. El suicida que se quita la vida según las más complejas reflexiones filosóficas solamente está cumpliendo esa misma regla. Esto en lo que se refiere a individuos. Pero la sociedad, toda la humanidad además de a las reglas que rigen los actos de los individuos, está sujeta a sus propias reglas que rigen las sociedades y los grupos humanos (grupos definidos por ser regidos por los mismos principios, no por diferencias estatales, de modo que Baden no sería un grupo independiente) y a toda la humanidad.

En estas sociedades hay exactamente la misma necesidad de asesinatos masivos, es decir, de guerras, como hay en los individuos y exactamente igual que con los asesinos y suicidas, en parte la mente y la imaginación del hombre falsifican las causas y en parte hay circunstancias convergentes que son tomadas como causas. Pues bien, en las sociedades ocurre lo mismo.

El hombre, como las abejas y las hormigas, no puede ser analizado solamente como individuo. Las sociedades humanas son organismos completos sometidos a las mismas normas que las colmenas y los hormigueros. Para entenderlo más claramente fíjense en pequeñas sociedades humanas poco desarrolladas (son más fáciles de observar debido a sus simples condiciones de vida y al estar más alejadas de nosotros podemos analizarlas de modo más imparcial), fíjense en cualquier aldea. Cada casa, patio, despensa, banco, icono, taza, cuchillo, ropa y alimento son idénticos entre sí. Un día de primavera pueden ver que de un patio igual que del otro salen los hombres a sembrar con los mismos aperos, exactamente igual que una abeja y luego otra de otra colmena, como si dijeran: «a trabajar, muchachos», las abejas salen y emprenden el vuelo para regresar después con su carga, y exactamente igual salen y regresan los hombres y las mujeres a recoger plantas medicinales o a lavarse para la fiesta. Igual que después del 19 de febrero todos nosotros los hacendados nos enfrascamos en unas nuevas circunstancias vitales, profundizábamos, buscábamos, pensábamos que solo de manera racional podríamos llegar a la aceptación de nuevas condiciones. Y luego ¿qué pasa? Se encontraban los del distrito Penzenski con los del distrito Tulski e interrumpiéndose mutuamente decían lo mismo, como aquellos hijos del refrán ruso que regalaron a su madre un paraguas cada uno. Todos decían que en los encuentros de cabildos había que ser exigente y no compasivo, que es mejor el trabajo de aparceros, que los contratados son muy caros, que hay disminuir el laboreo, etcétera, etcétera. Todo esto constituye la parte gregaria de la vida.

Para comprender del todo la posibilidad de equivocarse y no reconocer estas leyes generales espontáneas que rigen al ser humano, es imprescindible comprender las características del hombre.

1. La ley de la falsificación de la imaginación, con una velocidad que anula la noción del tiempo, según una inevitable necesidad y complejas razones intelectuales que nos convencen de que, lo que hacemos, se hace inevitablemente por nuestra propia voluntad.

2. La ley que impide al hombre, en el momento en el que tiene lugar una acción espontánea, reconocer su accidentalidad y que le obliga a ver en ella su beneficio personal (fiestas y vigilias) y

3. La ley de la coincidencia de fenómenos vitales externos, con sus manifestaciones morales o intelectuales.

Usted está durmiendo y tiene un sueño con una larga historia en la que va de caza, finalmente una perdiz levanta el vuelo y usted dispara y se despierta. El sonido del disparo ha sido un sonido real: el sonido del viento golpeando la contraventana. En el instante de despertarse la imaginación ha forjado toda la historia de la caza. El loco no se sorprende de nada. Le montan en un carro y se lo llevan y no sabe ni a dónde ni por qué y no solamente no se sorprende sino que explica, desde su punto de vista de locura, por qué razón él ya esperaba eso y narra toda la historia por la cual debían ir a por él.

Los niños están sentados, no se les ha permitido correr en todo el día. Están sentados y juegan a un tranquilo juego en el que representan a una madre enferma, a un doctor, un marido, y una enfermera. De pronto se les permite que corran. El criado corre a buscar la medicina treinta veces alrededor de la mesa, el marido también y la enferma también y para satisfacer las exigencias del movimiento la imaginación ha elaborado instantáneamente para ellos la excusa de la búsqueda del doctor. Un niño quiere dormir o comer. Llora y se enfurruña y siempre hay una razón para que llore y se enfurruñe.

Estos son ejemplos (y hay millones como estos) de cómo actúa la imaginación cuando la mente es débil y no alcanza a elegir razonadamente quedándose con la falsificación de la imaginación. Pero el proceso es el mismo para el resto.

Usted es un terrateniente rural, está de mal humor, entonces se da una vuelta y se fija en las cosas que pueden darle una excusa para el enfado y se convence sinceramente de que usted no ha buscado una excusa en la hacienda sino que es la hacienda la que le atormenta a usted y que si no fuera por la hacienda estaría tranquilo. Según las leyes de la espontaneidad, usted tiene que creer en vano, usted soñó algo y modela el futuro según este sueño y se miente, sin reconocérselo a sí mismo. Así, esas mesas que giran, que llevan a que el mundo entero discuta, debata y escriba acerca del magnetismo, obedecen a la ley de la espontaneidad y al deseo de penetrar en el futuro. Un médico tradicional, sano y docto, un hombre que dispone de la habilidad de pensar lógicamente dice: «Usted no cree en la homeopatía, y a fulano le resucité después de que se envenenara con belladona, y además ayudo a todos». Usted tiene piel de gallina, se estremece mientras lee un libro. Experimenta esa sensación que se tiene cuando algo te toca y es el libro el que le está tocando. Usted recuerda y en realidad no tiene nada de qué acordarse y entonces usted recuerda cómo recordaba.

Bismarck está convencido de que salió victorioso de la última guerra a causa de complicadas, astutas y profundas consideraciones estatales. Los miembros del Vaterland piensan que fue fruto del patriotismo. Los ingleses piensan que fueron más astutos que Napoleón y todo lo que todos ellos piensan no ha sido sino creado por su imaginación con ayuda de su intelecto para justificar la necesidad de derramamiento de sangre de la sociedad europea. La misma necesidad que tienen las hormigas negras y las amarillas de aniquilarse las unas a las otras y de construir sus hormigueros del mismo modo.

Todavía se podría discutir la dependencia de causas generales y espontáneas de cualquier otra actividad social del hombre, pero no de la bélica, porque la actividad bélica es el aspecto humano más opuesto al aspecto moral. Estamos acostumbrados a hablar de la guerra como si se tratara de una noble actividad. Los zares visten uniforme militar. Se tacha a los militares de benefactores del género humano, de genios y se les glorifica muchísimo más que a Sócrates y a Newton. El sueño de los muchachos es la guerra, el mayor honor bélico. ¿Y qué es necesario para comandar adecuadamente una guerra? Para ser un genio es necesario:

1. Víveres: saqueo organizado.
2. Disciplina: despotismo bárbaro, la mayor constricción de la libertad.
3. Habilidad para conseguir información: espionaje, mentira, traición.
4. Habilidad para aplicar las astucias bélicas y la mentira.
5. ¿Qué es la propia guerra? Asesinato.
6. ¿A qué se dedican los militares? A holgar.
7. Sus costumbres: borracheras y libertinaje.

¿Hay algún vicio, algún mal aspecto de la naturaleza humana que no entre en las condiciones de la vida militar? ¿Por qué se valora tanto el grado militar? Porque es el poder supremo y alrededor del poder siempre hay aduladores.

Esa es la razón por la que la actividad bélica es la que más sujeta está a las leyes inevitables y del hormiguero que guían al género humano y que tanto más priva de cualquier voluntad propia y de cualquier noción de finalidad cuantas más personas estén vinculadas con el desarrollo general del asunto. Tanto más rápido gira la rueda a cada empujón cuantos más radios hay dentro de ella. Hoy en día los que movían las ruedas en 1812 ya hace tiempo que dejaron sus puestos, las ruedas fueron destrozadas y los resultados están ante nosotros y por lo tanto para nosotros está claro que ni un solo hombre por muy alto que estuviera (ni Napoleón, ni Alejandro) tenía ni la más mínima idea acerca de lo que iba a ocurrir y que pasó exactamente lo que tenía que pasar. Napoleón aguardaba la guerra desde Wilno, Alejandro no podía admitir la rendición no ya de Moscú, sino del propio Smolensk. Ahora vemos claro cuáles fueron las causas del éxito del año 1812. Yo pienso que nadie discutirá que el éxito dependió de que se atrajera a Napoleón hacia las profundidades de Rusia, de la quema de las ciudades y la exaltación del odio hacia el enemigo. Y no solo nadie vio esos medios (no me refiero a las diversas alusiones de la carta de Alejandro a Bernardot y a las diversas alusiones de los contemporáneos, que realmente recogen inconscientemente esas suposiciones de todo lo que se había hablado y pensado y se olvidan de que estas suposiciones son una por cada cien mil de las otras suposiciones contradictorias. Ellos no hablan de la evidencia contraria, sino solamente de las suposiciones confirmadas por lo sucedido. Es un truco que justifica las premoniciones y las predicciones).

Así que no solamente nadie veía eso entonces sino que, bien al contrario, todas las fuerzas estaban concentradas en impedirlo, es decir, en impedir la entrada del enemigo en el interior de Rusia y la exaltación del sentimiento nacional. Y las fuerzas dirigidas en su contra, sin darse ellas mismas cuenta, actuaban en su provecho. Napoleón entró en Rusia con un ejército de 500.000 soldados. Todos le temen por su capacidad de pelear en las batallas decisivas. Nosotros partimos en pequeños pedacitos nuestro débil ejército y mantenemos los planes de Pful. Nuestro ejército está dividido. Nos afanamos por reunirlo y para su reunión es necesario retirarse. E involuntariamente, describiendo un ángulo agudo con los dos ejércitos, conducimos a Napoleón a Smolensk. Tenemos la intención de plantar batalla frente a Smolensk y nosotros mismos nos vemos rodeados y tenemos que incendiar Smolensk. Incendiamos Smolensk pero no de tal modo que pusiéramos al ejército en peligro ni de modo que no engañáramos a los habitantes que perecieron entre los muros de Smolensk y la quemaron. Todo esto se hace contra las indicaciones superiores, todo esto deriva de complicados juegos, intrigas, fines, planes, deseos, que se contradecían los unos a los otros y que no preveían lo que debía suceder y lo que era la única salvación. Pful abandona, maldiciendo, diciendo que toda la historia se va al demonio y que no puede comprender el absurdo de dividir el ejército de acuerdo con su plan y después abandonar ese plan. El emperador abandona el ejército a causa de la carta de Shishkov, Arakchéev y Balashov en la que le instan a marcharse a la capital bajo la muy adecuada excusa de la imperativa necesidad de su presencia allí para infundir ánimo al pueblo. Y en esto reside la esencia del asunto. Los generales están desesperados porque el ejército está fraccionado y porque no hay un solo poder, dado que Bagratión es el que ostenta el más alto rango, pero es Barclay el ministro de la Guerra, pero de esta confusión y desmembramiento resulta una indecisión y una omisión de la batalla que no podría haberse mantenido de encontrarse todo el ejército reunido. La elección del nada nacionalista e insignificante Barclay como comandante en jefe parece un error y una desgracia pero eso fue lo que salvó el ejército y elevó los ánimos…

Todo parece evidente para nosotros, los descendientes, pero estaba oculto como la piedra de moler para el caballo que hace que esta muela. Y para que se hiciera realidad este fin predestinado se utilizan maquinistas invisibles que se sirven de todo: vicios y virtudes, pasión y debilidad, fuerza e indecisión. Todas las acciones en realidad llevan a la humanidad hacia un fin común.

Después de la partida del emperador la situación de los mandos del ejército se embrolló aún más aunque pareciera imposible. Cuando él se encontraba allí todos sentían cuál era el centro del poder, aunque fuera indefinido y confuso, pero entonces ni siquiera eso existía. Barclay podía (e incluso esto era discutible) dar órdenes en nombre del emperador, pero Bagratión actuaba independientemente, era superior en graduación y podía no hacerle caso, exactamente igual había que solicitar a Chíchagov y Tormásov. También estaba allí todo el enjambre de personas superfluas y por lo tanto dañinas, generales ayudantes de campo del emperador, todos opinando y aumentado la confusión. Pful y Armfeld se marcharon, pero Bennigsen, el general superior y el tsesarévich estaban en el ejército. El tsesarévich había vuelto a Smolensk desde Moscú y había expresado su odio hacia Barclay y ahora cuando ya no se podía hablar de paz no había persona en el mundo a la que él no contradijera y a Barclay en particular lo contradecía en todo. Barclay abogaba por la precaución, el tsesarévich hacía insinuaciones sobre traición y exigía plantar batalla general. Liubomirski, Branitski, Vlodski y otros, avivan de tal modo esos rumores que Barclay se ve en la necesidad de encargarles que lleven unos papeles al emperador en San Petersburgo y prepara unos papeles aún más necesarios para que los lleven Bennigsen y el Gran Príncipe. Incluso cada uno de aquellos que no contradecían directamente al comandante en jefe tenía su propio plan y su proyecto y hacían todo lo posible para que los planes de su adversario no se cumplieran. Uno recomendaba plantar batalla, otro hacía que iba a realizar un reconocimiento y en lugar de eso se iba a visitar a un comandante de cuerpo cercano a ese lugar y al volver decía que había visitado el sitio y que no valía, cuando a sus adversarios les parecía completamente factible. Los chistes, las burlas, las discusiones se cruzaban, como un tiroteo. Bagration tardó mucho tiempo en unirse al resto de las tropas a pesar de que este era el objetivo principal de todos lo mandos. A él le parecía que con esta marcha ponía en peligro su ejército y que lo más cómodo para él era retirarse a la izquierda y hacia el sur e inquietando al enemigo por el flanco y la retaguardia, reclutar más tropas en Ucrania. Él pensaba así, pero en esencia solamente estaba buscando excusas para no someterse a las órdenes del alemán Barclay al que odiaba y a quien superaba en grado.

Finalmente en Smolensk se reunieron los ejércitos. Bagration se acercó en coche a la casa que ocupaba Barclay. Este (por este acto fue alabado por sus escasos adeptos) se puso la banda, salió al encuentro de Bagration y le dio el parte. Bagration expresó su satisfacción y se puso a las órdenes de Barclay, pero al ponerse a sus órdenes estaba aún menos de acuerdo con ellas. Él mismo se lo transmitió al emperador. Parecía que los dos comandantes en jefe se iban a entender cuando se encontraran, pero el enjambre de los Branitski, Witzengerod y otros como ellos envenenaron aún más sus relaciones, con lo que hubo aún una menor unidad. Una vez reunidos los ejércitos deseaban atacar, y resultó necesario plantar una inesperada batalla en Smolensk para salvar sus comunicaciones.

El supremo maquinista mientras tanto le obligaba a retrasarse en esa rueda para que el ejército se reuniera en Smolensk y para que Smolensk fuera incendiado y destruido. Eso era necesario para elevar el sentimiento nacional.

Desde el 1 de agosto buscábamos plantar batalla enfrente y a la derecha de Smolensk, las tropas fueron hacia allá por dos veces y las dos veces retrocedieron, pero durante el tiempo que duró esa indecisión y las discusiones, los franceses —cosa que no sabíamos— querían rebasarnos por el flanco derecho y habiendo tomado Smolensk cortarnos el camino hacia Moscú. De forma totalmente inesperada el 3 de agosto la división Nevérovski tropezó y fue atacada por toda la vanguardia de Murat, tuvo que replegarse, batalló durante todo el día y al retirarse condujo a los franceses hacia la misma Smolensk. Un día antes de que eso pasara era impensable no solo que los franceses pudieran tomar Smolensk sino que les hubiéramos dejado acercarse a él. Se envió para quemar Smolensk al cuerpo Raevski. Durante todo el 4 de agosto se plantó batalla, pero los franceses no dispararon sobre la ciudad. El quinto cuerpo de Dójturov y Evgueni Viurtembergski fue enviado para reemplazar a Raevski, y el 5 de agosto Napoleón dijo:

—Tomaremos este villorrio o todo el ejército perecerá —y comenzaron las descargas de ciento cincuenta cañones sobre el ejército y la ciudad y dio comienzo el ataque de los franceses. Pero ni el villorrio fue tomado ni todo el ejército pereció. Al día siguiente Barclay ordenó la retirada a Dójturov y fue precisamente entonces cuando Bennigsen y el Gran Príncipe intentaron hacer comprender a Barclay que las tropas estaban insatisfechas y que era necesario luchar, y en ese momento fue cuando en el cuartel general de Barclay se encontraron finalmente esos importantísimos documentos que el comandante en jefe no podía confiar a otro para que los llevara a San Petersburgo sino al mismísimo hermano del emperador.

II

El anciano príncipe se iba debilitando día a día tras la partida de su hijo, como advirtió su hija, pero a los ojos indiferentes del servicio y de los conocidos parecía aún más firme y energético que antes. Comenzó a cambiar todas sus costumbres.

La noche que siguió a la partida de su hijo estuvo paseando por su despacho durante mucho rato, después, a las once de la noche, abrió la puerta y comenzó a pasear por la sala. En la sala se sentó al lado de un pequeño armario y abrió la ventana para mirar el jardín, después pidió que le llevaran una vela y ahí se puso a leer y después ordenó a Tijón que le preparara un camastro en esa misma sala. Al día siguiente estuvo durmiendo por la mañana, por la tarde anduvo mucho rato dando órdenes incesantemente y por la noche comenzó de nuevo a pasear por la habitación y de nuevo ordenó que le hicieran la cama no ya en la sala sino en la galería. Así vivía cambiando sin cesar de sitio donde dormir sin evidentemente saber qué hacer ni dónde ni cuándo hacerlo pero constantemente apresurándose y sin alcanzar a pensarlo y hacerlo todo. Durante todo ese tiempo no discutió en absoluto con la princesa María, pero mantenía hacia ella una constante frialdad que la princesa se explicaba solo como costumbre. A él le resultaba difícil pasar del anterior enfado al cariño. Pero la princesa María pensaba que él deseaba hacerlo pero no se atrevía. A finales de julio recibieron una carta sobre la ocupación de Vítebsk y la batalla de Ostrov. Después de leer la carta tomó el té con la princesa María y Bourienne y conversó animadamente sobre la batalla del Danubio. Al final de la conversación él comentó por alguna razón lo rápido que había llegado la carta del príncipe Andréi desde la frontera. La princesa María cogió la carta y leyó: «aldea Grádnik de la provincia de Vítebsk».

—Ahora deben estar en Wilno. Bonaparte irá hacia la izquierda, no hay nada de que preocuparse.

El príncipe se levantó, ordenó a Tijón que extendiera el mapa y comenzó a hacer cálculos sobre los movimientos del enemigo en los alrededores de Wilno, pasando sus ancianas y nudosas manos por el mapa. Hizo llamar al arquitecto. Todo lo que decía estaba muy bien reflexionado, pero todo se refería al pasado. No había entendido ni podía entender que Napoleón ya estaba en Vítebsk.

Ya hacía tiempo que la princesa María había advertido que últimamente el príncipe no entendía lo que le decían, que él tenía sus propios pensamientos y que si preguntaba o se enteraba de algo nuevo lo sometía a su propio entendimiento. La princesa María intentó recordarle Vítebsk, pero él la miró con tanto enfado, desprecio y seguridad en sí mismo que le asaltó la duda de si la equivocada era ella. Mientras estaban ocupados con el mapa llegó Alpátych. El príncipe fue rápidamente al despacho, habiendo marcado con chinchetas algunos sitios en el mapa y se sentó en el buró. A Alpátych, que estaba cercano a partir, había que darle innumerables instrucciones y al príncipe le parecía que nadie podía sustituirle en esa tarea.

—Papel de cartas. Fíjate que sea este del canto dorado; aquí tienes una muestra. Después dile a ese miserable del abogado que me entregue todos los papeles. —«Cuando yo falte ellos lo embrollarán todo —pensaba él—. Lysye Gory será dividida.» Después era necesario comprar crespón negro para un retrato, después había que encargar una cajita de mimbre para guardar el testamento. Alpátych recibía las órdenes, pero se sorprendía porque el príncipe nunca se refería a todo de una manera tan detallada, puntillosa y apresurada. Cuando Alpátych hubo salido, el príncipe guardó su testamento que había sacado para medirlo y poniéndose las gafas se puso a leer. «Ah, sí, todavía hay que redactar un apartado para el caso de que mi nieto no tenga descendencia.» Pero después de cerrar el buró el príncipe se sintió cansado, comenzó a leer lo anterior y a escribirlo de nuevo. El testamento era muy largo y detallado y el príncipe se sentía tranquilizado al ocuparse de ese asunto que sería de aplicación cuando él no estuviera. Entonces le parecía que todo estaría claro y se dedicaba a ese asunto con especial placer. Ya era tarde cuando el príncipe se levantó de la mesa, tenía sueño, pero sabía que no conseguiría dormir y que cuando estuviera tumbado en la cama le asaltarían los más terribles pensamientos. Recordó otro encargo que debía hacerle a Alpátych:

comprar un caballo para el santo de Kolia. Llamó a Alpátych y le contó detalladamente qué tipo de caballo tenía que comprar.

Después estuvo paseando por la habitación probando cada uno de los rincones para ver si se podría dormir bien en él. Ninguno le parecía bueno y el peor de todos era el habitual diván del despacho —ese diván era horrible, terrible—, seguramente por las cosas terribles que pensaba estando tumbado en él. Ningún sitio estaba bien, pero aun así, el mejor de todos era un rincón en la sala de divanes detrás del piano, aún no había dormido allí. Tijón trajo un camastro y se puso a colocárselo.

—Así no, así no —gritó el príncipe, y él mismo lo alejó una cuarta de la pared y luego lo volvió a acercar otra vez. «Bueno, por fin he dejado todo hecho, ahora podré descansar», pensó el príncipe. Pero tan pronto se tumbó en la cama esta comenzó a moverse rítmicamente debajo de él hacia delante y hacia atrás como respirando pesadamente y empujándole. Abrió los ojos que se le habían cerrado.

«¡Qué duro y qué doloroso! No hay reposo para el cuerpo y menos aún para el alma. No puedo, no puedo comprender y recordar todo lo que hace falta. Sí, sí, había algo más, algo agradable, algo muy agradable que me había reservado para esta noche en la cama. ¿La limonada? No, había algo en la sala. La princesa María cogió algo. Algo en el bolsillo… No lo recuerdo.»

—¡Tijón! ¿De qué hemos hablado durante la comida?

—Del príncipe Mijaíl.

—Calla, calla. —El príncipe se palmeó el bolsillo del costado del chaleco—. Ya lo sé, la carta del príncipe Andréi. La princesa María dijo algo de Vítebsk. Ahora la leeré.

Sacó la carta y la dejó sobre la mesita con la limonada y una vela que le habían acercado a la cama. Comenzó a desnudarse. Dios mío, Dios mío, qué duro resultaba encoger sus delgados y extenuados hombros de setenta años mientras Tijón le quitaba el caftán, qué duro resultaba dejarse caer en la cama, qué difícil era doblar la pierna que le estaban descalzando y de qué modo colgaba delgada y amarillenta. Y aún había que levantarla y darse la vuelta en la cama. «Oh, qué duro, oh, que se acaben cuanto antes estos trabajos y me dejen tranquilo», pensaba él. Apretando los labios hizo por vigésima vez ese esfuerzo y se tumbó con la carta en la mano. Recordaba que en la carta de su hijo había escrito algo agradable y consolador, pero esta actuó en él de forma opuesta. Solamente allí en el silencio de la noche, a la débil luz de la vela y con el gorro verde de dormir, después de leer la carta comprendió todo su significado. «¿Qué es esto? Los franceses están en Vítebsk. En cuatro jornadas pueden estar en Smolensk. ¿Es posible que ya estén allí? ¿Qué es esto? No, no puedo estar tranquilo.»

Tocó la campana. Tijón se sobresaltó. «Llama a Alpátych. Dame la bata y alúmbrame el camino al despacho.» Era necesario explicar a Alpátych cómo debía actuar en caso de encontrarse al enemigo, había que abastecerse de armas (de fusiles, pues había muchos mosquetones) y pólvora para en caso de que les atacaran saqueadores. No dejó marchar a Alpátych hasta las dos de la mañana, pero tan pronto como le dejara marchar se acordó de nuevas órdenes que debía transmitir. Había que escribir una carta a su hijo, allí en Lysye Gory había que establecer centinelas en los caminos, había que fortificar la hacienda, informar a los mujiks, escribir al decano de la nobleza… Estuvo despierto hasta el amanecer sin quitarse la bata. Por la mañana se vistió, fue a su despacho, hizo llamar a su hija y pidió que le trajeran un té. Pero cuando se lo llevaron estaba dormido en la butaca, echado sobre uno de los brazos y de puntillas se lo volvieron a llevar.

Esos tres días de ausencia de Alpátych pasaron igual que los anteriores con innumerables gestiones e inquietudes y el príncipe Nikolai Andréevich se pasaba todo el día ordenando que cosieran uniformes para todos los siervos y que les enseñaran a disparar, cosa que encargó al arquitecto.

Lysye Gory, la propiedad del príncipe Nikolai Andréevich Bolkonski se encontraba a sesenta verstas de Smolensk, y solo a trein-ta verstas del camino a Moscú. Dos días después de la festividad del Señor, Yákov Alpátych, se dirigió a Smolensk por encargo del príncipe.

Yákov Alpátych a pesar de, o precisamente porque tenía el honor y la suerte de recibir con frecuencia los golpes del nudoso bastón del anciano príncipe, era, por la posición que tenía en ese mundo en el que ya llevaba trabajando treinta y seis años, un dig-natario tan poderoso, como ahora solo existen en el este, un digna-tario como lo fuera en su momento el cardenal Richelieu y en general el plenipotenciario favorito de un señor autócrata. Sin mencionar ya la ciudad del distrito, Smolensk también se encon-traba dentro de la zona de poder de Alpátych. Alpátych en Smo-lensk se dirigía a los secretarios provinciales y a los administrado-res de correos como a iguales o inferiores. Y los comerciantes, a cual más, le pedían que les hiciera el honor de visitarles. Alpátych había estado junto al príncipe en Ochákov siendo un muchacho y por eso tenía cierto aspecto marcial y pulcro de viejo veterano. Él se consideraba, en asuntos de guerra, un juez tan irrebatible como su señor e igual que el príncipe consideraba que en Ochákov sí que hubo una verdadera guerra y que todo lo que ahora llamaban guerra no era más que un juego de niños: «Hacen como si estuvie-ran guerreando», decía Alpátych. Y como pasa siempre con los que hablan con voz ajena, Alpátych estaba más convencido de esto que el propio príncipe.

Al amanecer de una preciosa mañana de verano, el 2 de agos-to, habiendo recibido todas las órdenes la tarde anterior y ha-biendo tomado el té, Alpátych acompañado de sus familiares, con una gorra blanca de piel que le había regalado el príncipe y con un bastón igual que el que llevaba el príncipe, tomó asiento en la ki-bitka forrada de cuero y tirada por tres bayos bien alimentados. Las campanillas estaban atadas y los cascabeles rellenos de papel, dado que el príncipe no permitía que nadie llevara campanillas en Lysye Gory y por esa razón un comisario de policía rural había sido azotado por su propia mano. Pero a Alpátych le gustaban las campanillas y los cascabeles en los viajes largos. La corte de Alpátych estaba formada por el administrador, el escribiente, dos cocineras, dos ancianas, un criado joven, el cochero y otros miembros del servicio. La doncella se acercó pidiéndole que le hiciera el favor de comprarle unos alfileres exactamente como los que le daba. Su hija colocaba a su espalda y en el asiento cojines de plumas. Su anciana cuñada le guardaba a escondidas un hatillo (a Alpátych no le gustaban los preparativos de mujeres), el cochero le ayudó a subir.

—Bueno, bueno, ya está bien de preparativos de mujeres. Mujeres, mujeres —dijo resoplando Alpátych, exactamente igual que el príncipe, mientras se sentaba en la kibitka—. Después de haber dado las últimas indicaciones sobre el trabajo en el campo se quitó la gorra de su calva cabeza y, sin parecerse en esto al príncipe, se santiguó tres veces.

—Si algo sucede, usted se vuelve, Yákov Alpátych, por el amor de Dios, apiádese de nosotros —le gritó su esposa, haciendo referencia a los rumores acerca de la guerra y de la cercanía del enemigo.

—Cosas de mujeres, mujeres, mujeres —dijo Alpátych para sí, partiendo con el fresco amanecer y mirando a su alrededor a los campos cubiertos de rocío y reflexionando sobre todas las disposiciones acerca de la siembra y la recolección y sobre si no habría olvidado alguna orden del príncipe. Alpátych no solamente se parecía al príncipe en las cosas que decía y en sus maneras, sino que incluso se le parecía físicamente.

La tarde del día siguiente Alpátych llegó a la ciudad y se quedó con los Ferápontov. Los Ferápontov eran cinco hermanos comerciantes con cuyo padre ya se hospedaba Yákov Alpátych y con el que jugaba a las damas treinta años antes exactamente igual que jugaba ahora con el hermano mayor en el despacho de harina.

Alpátych se había encontrado y había adelantado por el camino a convoyes y tropas, pero en la ciudad aún reinaba el silencio. Los Ferápontov le informaron de que algunos estúpidos se preparaban para marcharse de Smolensk y tenían miedo.

—Nosotros opinamos que la cosa no puede suceder, además el gobernador ha dicho que no hay ningún peligro y que nuestras tropas están lejos.

Ferápontov le contó también algunas novedades sobre la guerra, como la historia de Matvéi Iványch Plátov, que había perseguido sin tregua a los franceses y a consecuencia de ello en el río Marina (a pesar de no existir ningún río que se llamara así) se habían ahogado 18.000 franceses en una noche. Yákov Alpátych escuchaba los relatos de Ferápontov sin prestar demasiada atención, al igual que el príncipe, despreciaba los cuentos de mujeres y estaba convencido de que, aparte del príncipe, aunque se encontrara a sesenta verstas, nadie conocía de modo más fiable el curso de la guerra. Al día siguiente Alpátych se puso el kamzol* que solo se ponía en la ciudad y fue a hacer sus gestiones. Todos le conocían y le saludaban alegres. Fue a las tiendas, a la oficina postal y a la oficina pública, donde pasó un buen rato. Alpátych se consideraba un gran maestro en el arte de hacer gestiones y redactar solicitudes, con largas oraciones en las que el verbo se encontraba al final, lejos de todos los complementos.

El asunto que tenía que tratar en la oficina pública era de muy poca envergadura, la presentación de informes rutinarios, pero Yákov Alpátych y uno de sus abogados estuvieron sopesando la cuestión largamente y finalmente decidieron elaborarlo de modo que resultara lo más complejo y astuto posible, aunque no había necesidad alguna para la astucia. Después Alpátych y el abogado se bebieron una botella de madera seco, conversaron sobre política y Alpátych llegó algo sonrojado al despacho de harina de Ferápon-

* Kamzol: especie de chaleco. *(N. de la T.)*

tov. (Yákov Alpátych, cosa muy rara en esos tiempos, era tan firme en lo que respecta al vino que no se lo ocultaba al príncipe y en algún buen momento le había dicho: «Sepa que yo beber, no bebo, excepto cuando en ocasiones tomo un madera seco con el encargado, eso sí me gusta».)

Después de jugar unas cuantas partidas a las damas y de azotar al cochero, que como era habitual se había emborrachado en la ciudad, Yákov Alpátych se fue a dormir temprano en el patio sobre el heno tal como era su costumbre. Pero se acababa de dormir cuando el grueso Ferápontov en camisa, colocándose el cinturón, fue a verle y le contó que el asunto iba mal. Se habían oído disparos cerca de Smolensk y decían que el enemigo estaba cerca. Alpátych se sonrió y le explicó al comerciante, como un hombre versado en asuntos bélicos, que eso eran cuentos de mujeres, que la gente se lo inventa todo, que los disparos podían ser ejercicios tácticos y que el enemigo no llegaría a Smolensk, y se durmió. Pero Ferápontov no se equivocaba: ese día, 3 de agosto, fue el día del ataque al batallón Nevérovski y su retirada hacia Smolensk. Al día siguiente temprano, Alpátych despertó al borracho y azotado cochero y después de haber enganchado a los caballos y prepararse para partir, salió al porche. Realmente las tropas avanzaban por la calle. Acababan de sacar los tres bayos oscuros de Alpátych cuando un oficial a caballo señaló a la kibitka y dijo algo. Dos soldados se acercaron a la kibitka y le ordenaron que fuera a la división de San Petersburgo en busca de un coronel herido. Alpátych se quitó la gorra respetuosa pero severamente y haciendo señas con la mano al cochero de que no se fuera se acercó al oficial, deseando aclarar su error.

—Señor intendente, Excelencia —dijo él—, lo mismo la kibitka, que los caballos, el cochero y yo mismo —dijo con una sonrisa—, pertenecen a Su Excelencia el general en jefe, príncipe Bolkonski, lo mismo que yo y por eso…

—Anda, anda —gritó el oficial a los soldados—, anda con

ellos, les pilla de camino. —Y el oficial se echó al trote, haciendo sonar los cascos del caballo sobre el empedrado.

Alpátych quedó sumido en la incredulidad.

—¡Muy bonito! —dijo él irónicamente repitiendo también en este caso las palabras de su señor. Se encogió de hombros—. Saca las cosas —le gritó al cochero.

El cochero cumplió su orden y con los hatillos y las almohadas Alpátych se volvió a casa de Ferápontov e inmediatamente se puso a redactar una queja contra el oficial de «nombre y rango desconocido, pero seguramente, bebido hasta tal punto que no ha reconocido, no a mí, sino al dueño del carro incautado, Su Excelencia el general en jefe príncipe Bolkonski». Después de haber escrito y pasado a limpio la queja y de haberse tomado un té, Yákov Alpátych la llevó a la comandancia superior. Habiéndose enterado que el anciano general Raevski estaba en la ciudad, al otro lado del río, fue a verle. Al pasar por las calles, Yákov Alpátych veía tropas por todas partes y aún sin haber llegado a su destino escuchó disparos cercanos. Raevski estaba al otro lado del puente y no recibió a Alpátych. Alpátych se quedó esperando. Por el puente llevaban heridos. Las calles estaban invadidas de gente y algunos recomendaron a Alpátych que se volviera. El oficial al que Alpátych consideró necesario consultar se le rió en la cara y le dijo que no encontraría a Raevski. Alpátych se volvió. Al regresar escuchó cañoneo cercano y los soldados que pasaban le aclararon que los franceses trepaban por las murallas de la ciudad. Alpátych se detuvo unas cuantas veces, mirando a los heridos y a los prisioneros que pasaban por su lado y meneando la cabeza con desaprobación.

Cuando regresó, los Ferápontov le confirmaron los alarmantes rumores, pero a pesar de todo le invitaron a comer, dado que ya era más de mediodía. Después de la comida en la que temblequearon los cristales de las ventanas, Alpátych, que era el huésped de honor, comenzó a narrar historias sobre la guerra de Ochákov y contó con todo lujo de detalles lo que allí vio y las hazañas del príncipe, que apresó a trescientos turcos. Los Ferápontov le escuchaban con atención, pero tan pronto acabó y como en respuesta a sus palabras, comenzaron a contar que algunos se marchaban de la ciudad, que los bandidos de los mujiks vendían los carros de grano a tres rublos de plata. También contaron que el comerciante Selivánov había dado en el clavo el jueves, vendiendo harina al ejército por siete rublos el saco y que María la pastelera había ido al puente a vender kvas y se había embolsado seis rublos en un día. Y eso que el kvas era malo porque estaba caliente.

Por la tarde el tiroteo se acalló. Unos decían que se había expulsado a los franceses y otros que al día siguiente iba a haber de nuevo una gran batalla en las afueras de la ciudad. El mayor de los hermanos Ferápontov salió al patio. Los hermanos se pusieron a caminar desconcertados por el patio y la tienda. Alpátych permaneció sentado en silencio a la puerta de la tienda mirando a las tropas que pasaban. No le devolvieron el carro y tampoco se acostó. Durante toda la corta noche de verano permaneció sentado en la tienda conversando con la cocinera y el portero, preguntando qué sucedía a las tropas que no cesaban de pasar y escuchando las conversaciones y los ruidos. Los habitantes de la casa de al lado hicieron las maletas y se marcharon. Ferápontov volvió y tampoco se acostó, se dedicó a empaquetar sus cosas hasta que se hizo de día.

Por la noche trajeron de vuelta el carro. El cochero contó que le habían llevado más allá del puente, que la batalla era terrible y que no le dejaron pasar. Había que dar de comer a los caballos. Alpátych, junto con un comerciante que conocía, fue a la catedral y allí encontró a más personas que no habían dormido. Frente a la Virgen de Smolensk se sucedían una a otra las rogativas. Después de haber rezado una rogativa, Alpátych subió junto al comerciante al campanario, desde el que, según le habían dicho, se podía ver a los franceses. Estos eran claramente visibles más allá del Dnieper.

Avanzaban y se acercaban sin cesar. Aún no había tenido Alpátych tiempo de bajar cuando de nuevo comenzó el cañoneo al otro lado del Dnieper, pero en la ciudad no cayeron bombas.

«¿Qué es lo que va a suceder?», pensó Alpátych volviendo a casa sin entender nada.

A su encuentro a través de la ciudad, pasaban aún más tropas que el día anterior. Venían con rostros preocupados y agotados y avanzaban hacia ese lugar en el que se oía el tiroteo. Yákov Alpátych buscaba entre ellos a su joven príncipe, pero no le encontraba. Un oficial le dijo que el regimiento Pernovski ya se encontraba allí y señaló hacia el lugar en el que, confundiéndose, zumbaban los disparos y del que traían heridos sin cesar. Yákov Alpátych suspiró y se santiguó. Debía partir, como esclavo y fiel cumplidor de la voluntad del príncipe por derecho y por devoción, sabía lo que su ausencia atormentaba al príncipe, pero no podía partir. Escuchaba el terrible ruido de los cañones, notaba el olor de la pólvora que el viento llevaba a la ciudad, miraba a los heridos y no podía moverse del sitio. La vista del innumerable número de nuestros soldados dirigiéndose al lugar de la batalla alegraba a Alpátych. Sonreía enternecido al mirarles y no se movía del sitio.

Se santiguaba por ellos y hacía profundas reverencias.

Por su lado pasaron tres telegas llenas de heridos y muertos, y un joven oficial que se detuvo frente a Alpátych. El oficial gritaba que le abandonaran, que no llegaría, se golpeaba la cabeza y gritaba: «¡Recójanme!, ¡Recójanme!».

Alpátych se acercó a él.

—¡Querido mío! —dijo y quiso ayudarle a bajar, pero la telega avanzó de nuevo y otros soldados avanzaron a su encuentro. Alpátych se enterneció repentinamente. Comenzó a santiguarse y a inclinarse ante los soldados que pasaban diciendo:

—Padrecitos, queridos, salven la Rusia ortodoxa.

Algunos de los que pasaban miraron al venerable anciano y sin cambiar la severa expresión de sus rostros, siguieron adelante. Algunos carros marchaban al encuentro de las tropas; eran los habitantes de la ciudad que huían. Alpátych se acordó de que él también tenía que irse y se marchó hacia la casa. Aún no había llegado hasta allí cuando escuchó un silbido conocido, que ya hubiera escuchado en Turquía; era una bala de cañón que caía sobre la ciudad. Un segundo y un tercer proyectil comenzaron a caer sobre el pavimento, sobre los tejados, y sobre las portadas. En los patios y en las casas se empezaron a escuchar chillidos femeninos y carreras. Alpátych aceleró el paso, para llegar lo antes posible a casa de Ferápontov. Las monjas del convento se preparaban para marcharse; la muchacha del kvas seguía sentada en el cruce. Un hombre salió corriendo de una casa gritando:

—¡Al ladrón!

Pasaron dos borrachos. Alpátych se acercó a la casa de Ferápontov, donde uno de los hermanos preparaba apresuradamente lo necesario para partir, mientras que los otros se encontraban en el sótano con las mujeres. El cochero le contó a Alpátych que en el patio de al lado había muerto una mujer y le preguntó si no era ya hora de marcharse. Pero Alpátych no contestó nada y se sentó de nuevo en el despacho de harina dejando las puertas a su espalda. Las balas seguían cayendo sobre la ciudad. Comenzaba a anochecer. El cañoneo comenzó a cesar, pero en dos lugares había empezado a arder fuego. En el patio cercano había mujeres.

Los Ferápontov salieron del sótano y ajetreándose engancharon los caballos, prepararon su equipaje, corriendo apresuradamente de la casa a los carros. Los soldados, como hormigas de un hormiguero destrozado, con diferentes uniformes pero con el mismo aspecto tímido o insolente, corrían por las calles y los patios. Dos salieron con sacos y una collera de la casa de Ferápontov. Las mujeres Ferápontov salieron del patio. Por la calle manaba la gente y se escuchaban cantos religiosos.

—¡Llevan a la patrona de Smolensk! —gritó una mujer.

Alpátych salió al cruce y vio cómo los sacerdotes llevaban en procesión un icono en una orla metálica mientras que un escaso grupo les seguía.

—Permítame que le pregunte, Excelencia —le dijo Alpátych descubriendo su calva cabeza al oficial de un regimiento que retrocedía—. ¿Ha sido vencido el enemigo?

—La ciudad se rinde —dijo brevemente el oficial y en ese momento se volvió con un grito a los soldados—. ¡Ya os daré yo por correr por los patios! —les gritó a los soldados que habían salido de la formación y que se dirigían al patio de la casa de los Ferápontov. Aun así los soldados se colaban, unos en el patio y otros en el despacho de harina.

Alpátych entró al patio, ordenó partir al cochero y vio a Ferápontov que se había acercado y se había detenido a las puertas de la tienda. En la tienda había unos diez soldados que con grandes voces vertían el contenido de los sacos de harina de trigo y de semillas de girasol en sus mochilas.

Ferápontov entró en la tienda y quiso gritar algo, pero de pronto se contuvo y tirándose de los cabellos se echó a reír con una carcajada sollozante.

—¡Lleváoslo todo, muchachos! ¡No se lo dejéis a esos demonios! —gritó él.

Algunos soldados se asustaron y salieron corriendo, pero otros continuaron echando la harina en sus mochilas.

El regimiento seguía avanzando por la calle de los Ferápontov. Ya era completamente de noche y las estrellas relucían en el cielo despejado. En la esquina de la casa de los Ferápontov, bajo el granero, se apelotonaba un grupo de soldados que encendieron un fuego con una carga de pólvora. Alpátych se acercó a mirar, la esquina del granero ardía gracias a las tablas que le arrojaban los soldados. Ferápontov corrió hacia donde se encontraba la hoguera.

—Quemadlo todo, todo… todo. ¡Es mejor así! —gritó Ferápontov avivando el fuego con su armiak.* Alrededor del fuego empezó a agolparse la gente.

—Ya ha prendido allí. Ya ha prendido —se escucharon las voces.

—¡Todo está perdido! —gritaba Ferápontov.

Alpátych no pudo apartar la vista del incendio durante mucho tiempo y permaneció allí alejado de la muchedumbre. Una voz conocida le gritó:

—¡Alpátych!

—Su Excelencia —respondió Alpátych reconociendo la voz del príncipe Andréi. El príncipe Andréi estaba en el cruce vestido con una capa, montado en un caballo gris, y mirando animadamente a Alpátych.

—¿Qué haces aquí?

—Su Excelencia el príncipe me ordenó venir; ahora mismo regreso para allá. ¿Qué es lo que sucede, Excelencia, estamos perdidos?

Sin responder, el príncipe Andréi sacó su libreta y comenzó a escribir en una hoja arrancada apoyándose en la rodilla. Le escribió las siguientes líneas a su hermana: «Smolensk ha sido tomado. El enemigo tomará Lysye Gory en una semana. Partid en el acto a Moscú. Escríbeme cuando partáis, mandadme noticias con un mensajero a Gorki». Después de escribir la nota y dársela a Alpátych le transmitió cómo debía organizar la partida del príncipe, la princesa y el pequeño príncipe con su instructor y cómo y adónde deberían dirigirle las noticias de su partida. Sin que tuviera tiempo de acabar de dar esas órdenes se le acercó un mando del Estado Mayor a caballo acompañado de su escolta.

—¿Es usted el comandante? —gritó el mando del Estado Mayor con una voz con acento alemán que al príncipe Andréi le resultaba conocida—. ¿Incendian una casa en su presencia y no hace nada? ¿Qué significa esto? Responderá de ello —gritaba

---

* Armiak: antiguo abrigo campesino de sayal. *(N. de la T.)*

Berg que ahora era un mando del Estado Mayor, ayudante del jefe del flanco izquierdo de infantería.

El príncipe Andréi le miró con curiosidad y no respondió nada.

—Diles que esperaré su respuesta hasta el día diez y si el día diez no he recibido noticia de que todos han partido, yo mismo deberé dejarlo todo y partir para Lysye Gory.

—Solo le digo esto, príncipe —se justificó Berg, al reconocer al príncipe Andréi—, porque debo cumplir órdenes, porque yo siempre cumplo exactamente las órdenes…

—¡Oohhh! —bramó la muchedumbre ante la visión del derrumbamiento del techo del granero del que salía un olor a tortas de pan quemado. Las llamas iluminaron el rostro delgado y amarillento, pero de ojos relucientes, del príncipe Andréi. Ferápontov gritaba más alto que ninguno, levantando los brazos.

—Es el dueño de la casa, Excelencia —dijo Alpátych.

—Está bien. ¡Márchate, márchate! —dijo el príncipe Andréi, y él mismo, saludando a Berg, espoleó el caballo siguiendo a su regimiento que casi había terminado de pasar.

A oídos de la princesa María habían llegado rumores de la batalla de Smolensk y ella había ocultado esas noticias a su padre, pero la llegada de Alpátych y la carta del príncipe Andréi con la exigencia de partir hacia Moscú no se podían esconder del príncipe. El príncipe la escuchó con tranquilidad: «Sí, sí, bien, bien», dijo él a todas las palabras de la princesa María y de Alpátych y después de decirles que se marcharan se durmió en ese mismo instante en su butaca. Cuando por la tarde se despertó ordenó llamar a la princesa María que, sin necesidad de ello, había pasado todo el tiempo en la sala de los criados escuchando en su puerta.

—¿Y qué? Conque el viejo estúpido del padre se ha vuelto loco, ¿eh? ¿Qué había dicho yo, eh? —dijo al encontrarse con su hija.

—Sí, usted tenía razón, padre, pero… —la princesa María quería decir que había que partir, pero no tuvo tiempo.

—Bueno, ahora escucha, princesa María —el príncipe parecía especialmente fresco ese día—, escucha, ahora no hay tiempo que perder. Hay que actuar, siéntate y escribe.

La princesa María se dio cuenta de que había que resignarse, tomó asiento en su mesa, pero no pudo encontrar una pluma para escribir.

—Escribe al comandante en jefe de la milicia: «Su Excelencia…».

Pero la princesa aún no había encontrado una pluma. Él la agarró del hombro.

—Venga, pez. «Su Excelencia, al tener noticias…» Espera, de una vez para siempre, he sido estúpido, malvado e injusto contigo. Sí, sí —dijo él con voz enojada, dando la espalda al asustado rostro de la princesa María, vuelto hacia él—, sí, sí —y con su habitual brusco movimiento le pasó la mano por los cabellos—, así es, soy viejo, estoy cansado de vivir y en contra de mi voluntad soy malvado e injusto. ¡Te pido que me perdones, princesa María —gritó el príncipe—, de una vez para siempre, te pido que me perdones, te lo pido, te lo pido, cof, cof, cof! —gritó él entre toses.

—Bueno, escribe: «al tener noticias de la cercanía del enemigo…». —Y él, paseando por la habitación, le dictó con serenidad toda la carta en la que decía que no abandonaría Lysye Gory, donde había nacido y donde moriría, que la defendería hasta el último suspiro y que si al gobierno no le atormentaba la vergüenza de que uno de los más ancianos generales rusos cayera prisionero de los franceses que entonces no enviaran a nadie, pero que en caso contrario solo pedía una compañía de artillería y trescientos milicianos junto con un suboficial profesional.

—Mijaíl Iványch —gritó él—. Sella la carta y que vuele. Princesa María, escribe otra carta. Al gobernador de Smolensk: «Señor barón, habiendo recibido noticias de….».

A la mitad del dictado de esta carta entró mademoiselle Bourienne pisando suavemente y sonriendo con condolencia, y le preguntó al príncipe si no deseaba tomar un té…

El príncipe se acercó a ella sin responder.

—¡Señora! Le agradezco sus servicios, pero considero imposible soportarla. Haga el favor de partir para Smolensk a llevar esta carta al gobernador.

—Princesa —se dirigió Bourienne a la princesa María.

—¡Fuera, fuera! —gritó el príncipe—. Mijaíl Iványch, llama a Alpátych y que lo disponga todo para que salga hacia la ciudad en el acto.

Se acercó al buró y sacó algo de dinero que contó cuidadosamente.

—Dáselo… Sigue escribiendo: «Habiendo recibido noticias, señor barón, de que el enemigo…». —Se detuvo de nuevo al acordarse de algo y de nuevo se acercó a la princesa María—. Sí, de una vez para siempre, he sido duro contigo, princesa María, e injusto. Te pido que me perdones, te pido, te pido… escribe, escribe…

Después de escribir la mitad de otras dos cartas y seguramente olvidando que ya le había dicho a la princesa María lo que deseaba decirle, le repitió aún unas cuantas veces: «Te pido que me perdones de una vez para siempre»; a la mitad de la cuarta carta se detuvo, se sentó en una butaca, le dijo a la princesa que se fuera y en ese mismo instante se durmió.

La princesa María, a pesar del miedo a que él despertara, le besó en la frente y se asustó aún más dado que él no se despertó, tal era de profundo y extraño su sueño.

Era ya la una de la madrugada. La princesa se fue a su habitación, pero por el camino se encontró a Alpátych, que por primera vez en su vida se dirigió a ella en busca de consejo y órdenes, para que le aclarara hasta qué punto había que cumplir en ese momento las órdenes del príncipe.

—En mi duda me atrevo a recurrir a Su Excelencia. ¿Ordena

usted que envíe a la francesa a Smolensk y que mande a Boguchárovo a buscar hombres, como ha ordenado el príncipe Nikolai Andréevich o…?

Esto fue lo que dijo Alpátych, pero la princesa María entendió algo completamente distinto, entendió entonces por primera vez que su padre, ese padre por el que tanto había soportado, ese padre había muerto o moriría pronto, que pronto ya no estaría con ella. La princesa María quedó estupefacta y miró a Alpátych interrogativamente, casi con horror.

—Su Excelencia, si no fuera imprescindible no me atrevería a elevar estas preguntas a Su Excelencia. Pero el príncipe Andréi Nikolaevich insistió en el peligro que suponía quedarse aquí y ordenó partir hacia Moscú y mandarle noticias.

—No sé más que una cosa —dijo la princesa María—, Amalia Fédorovna (Bourienne) no puede partir hacia Smolensk. Tú mismo lo dices…

—Por qué no ordena Su Excelencia que se la envíe a Boguchárovo, se le puede ordenar a Drónushka que la acoja con todas las comodidades, pero que no la deje salir de casa y ocultárselo por el momento al príncipe. Pero ¿qué ordena con respecto a su partida y la del propio príncipe a Moscú? Los coches y los caballos están listos. Y seguramente el príncipe en su situación actual accederá, por lo tanto por el momento…

—Sí, sí, por favor, hablaremos mañana —dijo prorrumpiendo en llanto la princesa María, a la que la expresión «por el momento» le había privado de la última presencia de ánimo y se marchó con su torpe paso, primero a su habitación y después a la de Bourienne, de la que no se podía olvidar precisamente porque había sido ella la que le causara el dolor más grande de su vida. Entró en la habitación de la llorosa francesita y le rogó que la perdonara (como si fuera culpable de algo), se tranquilizara y partiera para Boguchárovo. A las dos de la mañana la princesa María volvió a su habitación con paso silencioso, miró al icono y no pudo rezar.

Sentía que ahora la llamaba otro mundo, un difícil mundo de actividad vital completamente opuesto al mundo moral de la oración y sentía que entregándose a esto último perdería las últimas fuerzas que le quedaban para actuar. No podía y no se puso a rezar. Paseando por su habitación escuchó los pasos de su padre en la galería. Apenas había tenido tiempo de desvestirse cuando estos pasos comenzaron a acercarse a su puerta y se detuvieron y de nuevo volvieron a acercarse y se volvieron a detener. Ella escuchaba en silencio. El príncipe quería entrar y no se atrevía. La princesa María tosió y él entró en la habitación. Hasta donde ella podía recordar esto nunca había sucedido.

—No duermo, no hago otra cosa que pasear —dijo el anciano con voz agotada a la que quería otorgar una entonación despreocupada. Se sentó en una butaca debajo del icono—. Tampoco dormí una vez en Crimea. Allí las noches son tibias. No paraba de pensar. La emperatriz mandó a por mí... Recibí un nombramiento... —Él miró hacia la pared—. Sí, ya no se construye así. Yo fui quien comenzó a construir esto cuando vine aquí. No había nada. Tú no te acuerdas de cómo ardían. No, dónde estarías tú entonces. Ahora ya no se construye así, ahora se hace todo a la ligera, incluso los barcos. Viviré y desde aquí voy a construir una galería, para que estén ahí las habitaciones de Nikolasha. Allí donde vivía mi nuera, era una buena mujercita, buena, buena, buena. Pero a él va a ser necesario mandarle fuera, va a ser necesario, y también a ti... Ah, lo he olvidado, lo he olvidado, vaya memoria. Bueno, duerme, duerme.

Él se fue. La princesa continuó escuchando su cháchara y dejó solo de escucharla cuando se durmió. Se despertó tarde.

A la primera mirada al rostro de la doncella advirtió que algo sucedía en la casa. Pero le aterró tanto que no preguntó. Se vistió apresuradamente y fue a la planta baja. Alpátych, que se encontraba en el cuarto de los criados, la miró con curiosidad y lástima. La princesa María no se detuvo a preguntarle sino que siguió directa hasta el despacho de su padre. Tijón se asomó a la puerta. La princesa María se dio cuenta de que las persianas estaban bajadas.

—Ahora saldrá Karl Iványch —dijo él. Karl Iványch era el doctor, que salió de puntillas.

—No es nada, tranquilícese, princesa, por el amor de Dios —dijo el doctor—. No es más que un pequeño ataque de apoplejía en el lado derecho.

La princesa María cobró aliento con dificultad e hizo como si ya lo supiera todo…

—¿Puedo verle?

—Mejor después —respondió el doctor y quiso cerrar la puerta, pero a la princesa María le resultaba terrible quedarse sola, le hizo señas para que se le acercara y le llevó a la sala.

—Tenía que suceder. Se lo ha tomado tan a pecho y le ha hecho sufrir tanto moralmente que le han fallado las fuerzas. Hoy por la mañana, después de recibir la carta del gobernador y del príncipe Andréi Nikolaevich, fue a pasar revista a los siervos que había reclutado y a los que estaba enseñando a disparar. Ya quería partir y el coche estaba listo, pero de pronto sucedió…

La princesa María no lloraba.

—¿Puede viajar a Moscú? —preguntó ella.

—No, en mi opinión es mejor que vaya a Boguchárovo…

—¿Puedo verle?

—Vaya.

La princesa María entró en la oscura habitación y al principio no distinguió nada a causa de la falta de luz, pero luego algo se dibujó en el diván. Se acercó más. Él yacía de espaldas con las piernas dobladas, cubierto por una manta. Todo él era pequeño, delgado y débil. Ella se inclinó sobre él, su rostro estaba fijo en la pared de enfrente y era evidente que no veía por el ojo izquierdo, pero cuando con el ojo derecho vio el rostro de la princesa María todo su rostro tembló, levantó la mano derecha, la tomó de la mano y su rostro se contrajo. Dijo algo que la princesa no pudo entender y al darse cuenta de que ella no le comprendía resopló con enojo. La princesa María afirmaba con la cabeza y decía «Sí», pero él continuaba resoplando enfadado y la princesa María llamó al doctor.

«Durante tanto tiempo no nos hemos comprendido el uno al otro y ahora tampoco», pensó la princesa María.

Aconsejada por el doctor y por el alcalde la princesa María decidió viajar con el enfermo paralizado a Boguchárovo, que se encontraba a una distancia de cuarenta verstas, en lugar de a Moscú. Nikólushka y Laborde partieron para Moscú a casa de su tía. Para tranquilizar a Andréi le escribió y le dijo que partía con su padre y su sobrino para Moscú.

Las tropas continuaban retrocediendo desde Smolensk. El enemigo les iba a la zaga. El 10 de agosto el regimiento Pernovski pasaba por el ancho camino que cruzaba Lysye Gory. El calor y la sequía duraban ya más de tres semanas. Cada día cruzaban por el cielo nubes esponjosas que cubrían de vez en cuando el sol, pero por la tarde despejaba otra vez y el sol se ponía sobre una niebla roja de tormenta. Únicamente por la noche el abundante rocío refrescaba la tierra. Las mieses y el forraje que habían quedado sin segar se habían quemado. Los pantanos se habían secado. El ganado mugía de hambre por los trillados barbechos. Solamente se estaba fresco en los bosques por la noche mientras duraba el rocío. Pero por el camino, por el gran camino por el que iba el ejército, no hacía nada de fresco. El rocío pasaba inadvertido en el polvoriento camino, con la tierra removida más de una cuarta. Tan pronto como amanecía se ponían en marcha. Los carros y la artillería iban sin hacer ruido por el centro del camino, mientras que la infantería iba por los lados del camino, por el polvo blando, sofocante y caliente que no había sido refrescado por la noche. El polvo formaba una nube que se metía en los ojos, los cabellos, los oídos, la nariz y lo más importante: en los pulmones. Cuanto más ascendía el sol más ascendía la nube de polvo y se podía mirar al sol sin dañarse la vista a través de ese asfixiante polvo: parecía un disco encarnado.

El príncipe Andréi comandaba un batallón y al igual que los soldados cuidan de su baqueta, él cuidaba con esmero de la suya, que era la organización del regimiento. Se preocupaba del bienestar de sus soldados, el beneficio de los oficiales y su preparación para la batalla. Después de Smolensk se dejó arrastrar aún más por esa cuestión. Comenzó a olvidarse de sus problemas. Era benévolo y afectuoso con sus oficiales y soldados. Le llamaban «nuestro príncipe», se enorgullecían de él y le querían. Pero él se comportaba de ese modo solo con la gente de su regimiento, con Timojin y otros similares. Es decir, con la gente completamente nueva y proveniente de otro ambiente, que no podían saber ni conocer su pasado. Pero tan pronto como tropezaba con alguien que ya conociera de antes, con los miembros del Estado Mayor, se erizaba de nuevo y se convertía en un ser iracundo, burlón y despreciativo. Todo lo que le recordara su pasado le repelía y por eso, en relación a ese anterior mundo, trataba solamente de no ser injusto y cumplir con su deber. Esa palabra y la concepción del honor eran más fuertes que el dolor en sus pensamientos, especialmente entonces, cuando temía traicionarla bajo la influencia de la cólera. Antes todo se le antojaba muy negro, especialmente después de ver cómo habían abandonado Smolensk y de que su padre enfermo tuviera que huir a Moscú y abandonar al saqueo su tan amada y construida por él, Lysye Gory. Pero a pesar de ello y gracias al regimiento el príncipe Andréi podía pensar en otra cuestión que nada tenía que ver con las cuestiones comunes de la vida: en su regimiento.

El 10 de agosto la columna en la que iba su regimiento pasaba a la altura de Lysye Gory. El príncipe Andréi había recibido dos días antes la noticia de que su padre, su hijo y su hermana habían partido para Moscú. (Esta era esa falsa carta que le había escrito para tranquilizarle la princesa María antes de partir para Boguchárovo.)

«Tengo que ir —pensó el príncipe Andréi aunque no lo deseara en absoluto—, es mi obligación ordenar lo que deben hacer, aunque sea debo ir a ver.» Ordenó que ensillaran dos caballos y fue hacia allá acompañado de Piotr. Al pasar al lado de la aldea todo estaba igual, pero en las casas solo se encontraban los ancianos, dado que el resto estaban todos trabajando en el campo, los hombres araban, las mujeres lavaban la ropa en el estanque y le hicieron profundas reverencias asustados. El príncipe Andréi siguió adelante. En la caseta que había en la puerta de piedra no había nadie y la puerta estaba abierta. Las malas hierbas del jardín habían crecido y los caballos y las vacas se paseaban por los jardines ingleses. Una mujer y un muchacho le vieron y se echaron a correr por el prado. Piotr se acercó al ala de la servidumbre. El príncipe se acercó al invernadero: los cristales estaban rotos y las plantas en sus tiestos estaban tiradas unas y secas otras. Llamó a Tarás el jardinero, pero nadie respondió. Al rodear el invernadero vio que la valla de tablas estaba rota y que habían arrancado los frutos de los ciruelos de las ramas. Un anciano mujik, al que Andréi conocía desde niño, estaba sentado en un banco verde trenzando unos lapti. Era sordo y no oyó acercarse al príncipe Andréi. Estaba sentado con mucha comodidad y a su lado había colocado pulcramente las tiras de corteza sobre las ramas de un magnolio. Estaba sentado allí tan indiferente como las moscas se pasean por la cara de un muerto. El príncipe Andréi se acercó a la casa. Habían talado algunos tilos de la parte vieja del jardín, los caballos paseaban por allí entre los rosales. La casa tenía los postigos echados, solo una ventana del piso de abajo estaba abierta. Alpátych, con las gafas puestas y abrochándose, salió de la casa. Había mandado fuera a su familia y se había quedado solo en la casa. Estaba sentado leyendo un libro de vidas de santos. Se acercó al príncipe y, sin decir nada, se echó a llorar mientras besaba al príncipe Andréi en la rodilla. Después arrepintiéndose de su debilidad y habiendo invitado al príncipe a desmontar se puso a informarle del estado de las cosas.

Todo lo valioso se había enviado a Boguchárovo, también habían segado unos cien chetvert* de trigo, mientras que el forraje y la cosecha de ese año había sido segada aún verde por las tropas. Los mujiks estaban arruinados, pero algunos se habían marchado ya a Boguchárovo, solo quedaba allí una pequeña parte de ellos. El príncipe Andréi, sin dejarle terminar de hablar, le preguntó cuándo habían partido su padre y su hermana, refiriéndose a cuándo habían partido para Moscú. Alpátych respondió que habían partido el día 7, suponiendo que el príncipe se refería a la partida a Boguchárovo, y de nuevo comenzó a referirse a los asuntos de la hacienda, pidiendo instrucciones al príncipe. El príncipe Andréi le volvió a interrumpir, preguntándole sobre el estado de su padre, y Alpátych le informó acerca de la enfermedad del anciano príncipe.

—¿Ordena que demos a las tropas avena contra recibo? Todavía nos quedan seiscientos chetvert —preguntó Alpátych.

«¿Qué he de responderle?», pensó el príncipe Andréi, mirando con tristeza a la cabeza calva del anciano que brillaba al sol y leyendo en la expresión de su rostro que él sabía de la inoportunidad de esas preguntas, pero que las hacía para acallar su dolor.

—Ha debido advertir cierto desorden en el jardín —dijo Alpátych—. Fue imposible de prevenir, tres regimientos estuvieron pasando la noche aquí, en su mayoría dragones. Apunté el grado y nombre para presentar una reclamación.

—Bueno, ¿y tú qué vas a hacer? ¿Te quedarás si viene el enemigo? —preguntó de pronto el príncipe Andréi.

Alpátych volvió el rostro hacia el príncipe Andréi para mirarle. Y de pronto levantó la mano hacia el cielo con gesto solemne:

—Él es mi protector. Que sea lo que él quiera.

Un grupo de mujiks y criados se acercaba por el prado hacia el príncipe Andréi con la cabeza descubierta.

—¡Adiós, viejo amigo! —dijo el príncipe Andréi abrazando a

* Chetvert: medida rusa arcaica que equivale a 297 litros. *(N. de la T.)*

Alpátych. Alpátych se apretó contra su hombro y se puso a sollozar—. Marchaos todos e incendia la casa y la aldea —le dijo el príncipe Andréi a Alpátych en voz baja—. Os saludo, muchachos. Ya le he dado a Yákov Alpátych las órdenes pertinentes. Obedeced lo que os diga. Yo ya no puedo quedarme más. Adiós.

—Padrecito, padre —se escucharon las voces.

Puso el caballo al galope y se alejó por el paseo. El anciano seguía sentado en el mismo sitio trenzando los lapti y por el camino se encontró a dos muchachas que llevaban ciruelas en las faldas.

El príncipe Andréi se había refrescado un poco al haber salido del camino polvoriento por el que avanzaban las tropas. Pero cerca de Lysye Gory tomó de nuevo el camino y alcanzó a su regimiento que se encontraba haciendo un alto en la presa de un pequeño estanque. Habían pasado dos horas desde el mediodía. El sol, un disco encarnado en el polvo, le quemaba de manera insoportable la espalda a través de la negra levita. El polvo era algo menos espeso, pero permanecía sobre el zumbido de las conversaciones de las tropas detenidas. No había viento. Al acercarse a la presa al príncipe Andréi le llegó el aroma del estanque fresco y calmo. Quiso arrojarse al agua, por muy sucia que estuviera. Miró al estanque desde el que se elevaban gritos y risas. Era un pequeño y turbio estanque cubierto de verdín que se desbordaba por encima de la presa por haber subido de nivel a causa de estar lleno de soldados desnudos que retozaban en él con sus blancos cuerpos y sus manos, rostros y cuellos morenos. Toda esa blanca carne humana desnuda forcejeaba entre carcajadas y alaridos en la sucia charca, como peces en una regadera. Ese chapoteo movía a una alegría sin reservas y por esa razón resultaba triste. Un joven soldado de piel blanca de la tercera compañía al que el príncipe Andréi conocía y que llevaba una correa sujeta a la pantorrilla tomó carrerilla para zambullirse en el agua tapándose la nariz con una mano y santiguándose con la otra. Otro, un suboficial moreno que siempre estaba despeinado, se encontraba metido en el agua hasta la cintura y estremecía su musculoso pecho resollando alegremente mientras se echaba agua por la cabeza con sus manos negras hasta la muñeca. Se escuchaba cómo se palmeaban los unos a los otros, cómo chillaban y aullaban. Los soldados de la segunda compañía se desnudaron y también se arrojaron al agua. En otra parte se bañaba la caballería. Las orillas, la presa y el estanque estaban cubiertos de carne blanca, musculosa y sana. El oficial de nariz colorada Timojin se secaba en la presa y aunque sintió vergüenza al ver al príncipe Andréi se decidió a hablarle:

—Está muy buena, Excelencia, debería probar —dijo él.

—Está sucia —dijo el príncipe Andréi frunciendo el ceño.

—Ahora mismo le hacemos un sitio. —Y Timojin, aún sin vestir, fue a dar las órdenes pertinentes—. El príncipe quiere bañarse.

—¿Qué príncipe? ¡*Nuestro* príncipe! —dijeron las voces y todos se apresuraron de tal modo que el príncipe a duras penas consiguió calmarlos.

III

Dentro de las innumerables divisiones que se pueden hacer de los sucesos de la vida, una de ellas es dividirlos entre en los que predomina el contenido y en los que predomina la forma. Dentro de estos últimos se puede colocar la vida de San Petersburgo —en especial la de los salones—, en contraposición a la vida del campo, del distrito o la provincia. Esa vida no cambiaba. Desde el año 1805 luchamos y nos reconciliamos con Napoleón, hicimos y deshicimos constituciones, pero el salón de Anna Pávlovna y el salón de Hélène siguieron igual que eran uno siete años y el otro cinco años antes. Del mismo modo hablaban con incredulidad en el salón de Anna Pávlovna sobre los éxitos de Bonaparte y veían en todos ellos la sola intención del Anticristo de atormentar a la emperatriz María Fédorovna y exactamente igual en el salón de Hélène, a la que el propio Rumiántsev honraba con su presencia y consideraba como una mujer muy inteligente, se hablaba con un suspiro de tristeza sobre la desgraciada ruptura con la grandiosa nación y el gran hombre.

En los últimos tiempos, después de la vuelta del emperador desde el ejército, una cierta agitación recorrió estos salones de ideas opuestas y algunas manifestaciones fueron hechas, pero la tendencia de ambos continuó igual. En el círculo de María Fédorovna, como para demostrar cuán terrible era Napoleón, se dio orden de empaquetar todas las posesiones y prepararse para trasladar a Kazán a los miembros de la corte y los institutos femeninos que dirigía la emperatriz madre. Solo admitían a los más empedernidos legitimistas franceses y expresaban ideas patrióticas como la de que no se debía ir al teatro francés y protestaban diciendo que el mantenimiento de la compañía costaba tanto como el de todo un regimiento. Se seguían con avidez los acontecimientos bélicos y se aireaban los más ventajosos rumores para nuestro ejército. En el círculo de Hélène y de Rumiántsev y los afrancesados se hablaba con particular seguridad y tranquilidad y se desmentían los rumores sobre la crueldad del enemigo y sobre la guerra. La situación se les antojaba como una serie de manifestaciones vanas, que muy pronto terminarían con la firma de la paz. Y reinaba la opinión de Bilibin que entonces se encontraba en San Petersburgo y que era uno de los habituales en casa de Hélène, de que no había de ser la pólvora, sino los que la habían inventado los que decidieran la cuestión. En este círculo, de forma irónica y muy inteligente, aunque muy cautelosa, se ridiculizaba el entusiasmo moscovita, cosa de la que habían sabido al mismo tiempo que la llegada del emperador a San Petersburgo.

En el círculo de Anna Pávlovna se alababan estas muestras de entusiasmo y se hablaba de ellas como Plutarco hablara de los clásicos, el príncipe Vasili que seguía ocupando los mismos puestos relevantes constituía el nexo de unión entre los dos círculos. Acudía a casa de su buena amiga Anna Pávlovna y al salón diplomático de su hija, y con frecuencia, a causa de las continuas mudanzas entre uno y otro campamento, se confundía y decía en casa de Anna Pávlovna lo que debía haber dicho en casa de Hélène y viceversa.

Poco después de la llegada del emperador el príncipe Vasili hablaba en el salón de Anna Pávlovna juzgando severamente a Barclay de Tolli y sin decidirse sobre a quién debían designar comandante en jefe. Uno de los invitados, conocido como un «hombre de gran mérito», narraba que había visto a Kutúzov ese mismo día en los departamentos gubernamentales de atención a los oficiales del ejército y había escuchado rumores de que ese era el hombre a quien se debía designar.

Anna Pávlovna había sonreído tristemente y había observado que Kutúzov no le daba al emperador más que disgustos.

—Yo lo he dicho ya multitud de veces en el Consejo de la Nobleza —interrumpió el príncipe Vasili—, pero no me escuchan. He dicho que su elección como jefe de la milicia no le agrada al emperador. Pero ellos no me escuchan.

—Siempre con su manía de oponerse a todo. ¿Y ante quién? Y todo porque queremos imitar como monos el estúpido entusiasmo moscovita —dijo el príncipe Vasili, equivocándose por un instante, pero corrigiéndose de inmediato—. El conde Kutúzov, ¿no resulta inadecuado que el más anciano de los generales rusos permanezca en la cámara, cuando todos sus esfuerzos van a ser en vano? Acaso es posible nombrar comandante en jefe a un hombre que ya no puede montar a caballo, que se duerme en los consejos de guerra, ¡a un hombre de tan malas costumbres! Ya se labró la fama en Bucarest. Ya no hablo de sus cualidades como general, ¿pero acaso es posible en un momento como este nombrar comandante en jefe a un hombre senil y ciego? Buen general sería

estando ciego. No ve nada. Como para jugar a la gallinita ciega…
¡No ve nada en absoluto!

Nadie le contradijo en eso.

El 4 de agosto eso era completamente cierto. El 10 de agosto se nombró príncipe a Kutúzov. Pero ese nombramiento podía significar que querían apartarle y por lo tanto la opinión del príncipe Vasili continuar siendo correcta, aunque entonces él no se apresuró a decirlo. Pero el 15 de agosto, el mismo día de la batalla de Smolensk, se reunió un comité de generales y mariscales de campo con Saltykov, Arakchéev, Viazmítinov, Lopujín y Kochubéi para analizar el curso de la guerra. El comité concluyó que los fracasos provenían de la falta de acuerdo y propuso nombrar a Kutúzov comandante en jefe. Y ese mismo día Kutúzov fue nombrado comandante en jefe supremo del ejército y de todo el país, tomado por las tropas.

El 17 de agosto el príncipe Vasili se encontró de nuevo en el salón de Anna Pávlovna con el hombre de gran mérito que cortejaba a Anna Pávlovna porque deseaba un nombramiento como tutor de una de las escuelas femeninas que dirigía la emperatriz María Fédorovna. El príncipe Vasili entró en la habitación con el aspecto feliz del vencedor, del hombre que ha conseguido sus propósitos:

—Bueno, conocen la buena nueva, el príncipe Kutúzov ha sido nombrado comandante en jefe. Todas las divergencias han terminado. ¡Estoy tan feliz, tan alegre! —decía el príncipe Vasili—. ¡Finalmente he aquí un hombre!

El hombre de gran mérito, a pesar de su deseo de conseguir un puesto en las escuelas femeninas, no pudo contenerse para no recordarle al príncipe Vasili sus anteriores observaciones. (Resultaba poco cortés para el príncipe Vasili en el salón de Anna Pávlovna y para la propia Anna Pávlovna, que había recibido la noticia con el mismo entusiasmo; pero no pudo contenerse.)

—Pero, príncipe, dicen que está ciego —dijo él.

—Bah, qué tontería, ve lo suficiente —dijo el príncipe Vasili con su voz de bajo, hablando con rapidez y tosiendo ligeramente, ese mismo hablar rápido y esa tos con la que resolvía todas las situaciones difíciles—. Bah, qué tontería, ve lo suficiente —repitió y sin prestar más atención al asunto continuó—. Y me alegro de que el emperador le haya concedido poder absoluto sobre todo el ejército, sobre todo el país. Un poder que ningún comandante en jefe ha ostentado. Es otro autócrata.

—Quiera Dios, quiera Dios —dijo Anna Pávlovna. El hombre de gran mérito, todavía novato en la sociedad cortesana, deseó halagar a Anna Pávlovna defendiendo su anterior opinión sobre el tema y dijo:

—Dicen que el emperador no le ha dado ese nombramiento a Kutúzov de buen grado. Dicen que enrojeció como una mujer a la que le leyeran «Joconde», cuando le dijo: «El emperador y la patria le premian con este honor».

—Puede ser que su corazón no participara del todo —dijo Anna Pávlovna.

—Oh, no, no —intercedió acaloradamente el príncipe Vasili—. Ahora él ya no puede dejar que otro le condecore. No solo él era el mejor sino que todos le adoraban. No, no puede ser porque el emperador ya sabía antes valorarle.

—Quiera Dios solamente que el príncipe Kutúzov —dijo Anna Pávlovna— tome realmente el poder y no permita que nadie le haga la zancadilla.

El príncipe Vasili comprendió al instante quién era ese *alguien*. Dijo con un susurro:

—Sé con seguridad que Kutúzov ha puesto como condición indispensable para aceptar que el tsesarévich heredero no se encuentre en el ejército. Ha dicho: «No puedo castigarle si hace algo mal, ni premiarle si hace algo bien». Oh, qué hombre tan inteligente. Este Kutúzov es todo un carácter. Hace tiempo que lo conozco.

—Incluso dicen —dijo el hombre de gran mérito, que aún carecía de tacto cortesano— que también ha puesto como condición indispensable que el emperador no acuda al ejército.

Tan pronto como dijo eso, en un instante el príncipe y Anna Pávlovna le dieron la espalda y con un suspiro de tristeza por su inocencia, se miraron el uno al otro.

IV

Mientras esto sucedía en San Petersburgo, los franceses ya hacía tiempo que habían pasado Smolensk y se acercaban más y más a Moscú. Thiers, el historiador de Napoleón dice, intentando justificar a su héroe, porque todos los demás historiadores le han condenado por ello, que Napoleón fue conducido a las murallas de Moscú en contra de su voluntad. Tiene razón, lo mismo que la tienen todos los otros historiadores franceses que buscan la explicación de los acontecimientos históricos en la voluntad de un solo hombre. Tiene la misma razón que los historiadores rusos, que sostienen que Napoleón fue llevado a Moscú gracias a las argucias de los generales rusos. En este asunto, además de las normas de la retrospectiva, que presentan todo lo pasado como la preparación para un suceso, existe la reciprocidad, que complica aún más el asunto. Un buen jugador de ajedrez, al perder, queda sinceramente convencido de que el fracaso ha sido causado por sus errores y busca estos errores en el inicio del juego, aunque olvida que a cada jugada que ha hecho a lo largo del juego ha cometido los mismos errores (ninguna jugada ha sido perfecta), pero el error se le ha hecho palpable solamente porque su adversario se ha aprovechado de él. ¡Y cuánto más complejo es el juego de la guerra, que tiene lugar en condiciones de tiempo determinadas y donde no es una sola voluntad la que guía máquinas inanimadas, sino donde todo deriva de innumerables conflictos de diversas voluntades!

En la batalla, en la que toman parte un gran número de personas, nada sucede por la voluntad de la gente, sino por diversas razones zoológicas que el hombre no puede prever.

Después de Smolensk Napoleón quiso plantar batalla en Dorógobuzh, en Viázma y después en Tsárevo-Záimishche, pero sucedió que debido a una innumerable conjunción de causas los rusos no pudieron presentar batalla hasta Borodinó, a sesenta verstas de Moscú. Desde Viázma Napoleón dio orden de seguir directos hacia Moscú.

Moscú, la capital asiática de ese gran imperio oriental, la ciudad sagrada para el pueblo de Alejandro. ¡Moscú, con sus innumerables iglesias en forma de pagodas chinas! Ese Moscú no daba descanso a la imaginación de Napoleón. El trayecto entre Viázma y Tsárevo-Záimishche lo hizo Napoleón a lomos de su caballo overo, acompañado de la guardia, pajes y ayudantes. Berthier se había quedado atrás para interrogar a un prisionero ruso apresado por la caballería. Alcanzó a Napoleón al galope y detuvo el caballo con rostro alegre.

—¿Qué sucede? —preguntó Napoleón.

—Es un cosaco de Plátov, dice que el cuerpo de Plátov se va a unir al grueso del ejército y que Kutúzov ha sido nombrado comandante en jefe. Es muy inteligente y hablador.

Napoleón sonrió y ordenó que le diesen un caballo al cosaco y que le llevaran ante él. Deseaba hablar con él personalmente. Algunos ayudantes marcharon al galope y al cabo de una hora un siervo con un abrigo de ordenanza montado en un caballo francés y con rostro pícaro y alegre se acercó a Napoleón. Este le ordenó que cabalgara a su lado y comenzó a hacerle preguntas.

—¿Es usted cosaco?

—Sí, Excelencia.

«El cosaco, al desconocer la compañía en la que se encontraba, porque la sencillez de Napoleón era tal que no podía suponer a la imaginación asiática la presencia de un emperador, comenzó a hablar con extraordinaria familiaridad acerca de los asuntos de la guerra», diría Thiers al referirse a ese episodio. Realmente era Lavrushka, el criado de Denísov, que había pasado a servir a Rostov y que la víspera se había emborrachado y había dejado a su señor sin comer. Había sido azotado y enviado a una aldea en busca de víveres donde los franceses le habían apresado. Lavrushka era uno de esos criados groseros e insolentes que han visto mucho y que consideran una obligación hacerlo todo de manera mezquina y astuta. De esos que están dispuestos a hacer cualquier servicio a su amo y que adivinan astutamente todos los defectos de su señor, en particular la vanidad y la ruindad.

Al encontrarse ante Napoleón, al que reconoció inmediatamente, Lavrushka no se turbó en absoluto y tan solo trató con todas sus fuerzas de ser útil a su nuevo amo. Sabía muy bien que se encontraba ante Napoleón en persona, pero la presencia de este no podía turbarle más que la de Denísov o la del sargento de caballería armado de una vara, porque no tenía nada que pudieran quitarle, ni el sargento ni Napoleón. Repitió todas las mentiras que se contaban entre los ordenanzas. Mucho de esto era cierto. Pero cuando Napoleón le preguntó qué era lo que pensaban los rusos, si ganarían a Bonaparte o no, Lavrushka entornó los ojos y reflexionó. Veía en la pregunta una refinada astucia (como la ven en todo las personas depravadas), frunció el ceño astutamente mientras guardaba silencio y lanzó una indefinida e intrincada pulla:

—Bueno, si hay un combate, quiere decir que ustedes ganarán rápidamente. Eso es así, no hay duda, pero si pasan más de tres días de esa fecha, entonces, bueno, se hará la voluntad de Dios.

A Napoleón se lo tradujeron de este modo:

«Si la batalla tiene lugar antes de tres días la ganarán los franceses, si es después, Dios sabe qué podría suceder», tradujo sonriente el dragomán. Pero Napoleón no sonreía aunque era evidente que estaba del mejor humor. Lavrushka lo advirtió, y para alegrarle dijo, fingiendo que no sabía con quién hablaba:

—Sabemos que ustedes tienen a Bonaparte, que ha vencido al mundo entero, pero nuestro asunto es otra cosa… —dijo él y sin saber cómo ni por qué al final se coló en sus palabras un cierto patriotismo. El traductor transmitió la frase sin el final y Napoleón sonrió.

«El joven cosaco hizo sonreír a su poderoso interlocutor», diría Thiers. Después de avanzar un rato en silencio, Napoleón se volvió a Berthier y dijo que quería probar la impresión que causaría en ese hijo del Don la noticia de que él era el propio emperador.

Se transmitió la noticia. Y Lavrushka, que había entendido que eso se hacía para desconcertarle y que Napoleón pensaba que él se asustaría, fingió quedarse perplejo, abrió los ojos de par en par y puso la misma cara que acostumbraba a poner cuando se lo llevaban para azotarle.

«Tan pronto como el traductor de Napoleón le dijo eso, se apoderó del cosaco una estupefacción que le impidió decir una palabra y continuó cabalgando sin apartar la vista del conquistador cuyo nombre había llegado a él a través de las estepas orientales. Toda su locuacidad desapareció de pronto y fue sustituida por un tímido y silencioso sentimiento de arrobamiento. Napoleón, después de recompensar al cosaco, ordenó que se le pusiera en libertad como al pajarillo que vuelve a sus campos.»

«Dentro de tres días Moscú, las estepas orientales…», pensaba Napoleón al acercarse a Viázma.

Que no me reprochen el citar detalles triviales para describir los actos de los hombres tomados por grandiosos, como el de este cosaco, el del puente de Arcola y similares. Si no hubiera escritos que trataran de hacer parecer grandiosos los detalles más triviales yo no los mencionaría. En los relatos de la vida de Newton los detalles acerca de su alimentación o sobre cómo tropezaba no pueden tener ninguna influencia sobre su consideración de gran hombre: son accesorios. Pero aquí es al contrario, Dios sabe qué quedaría de los grandes hombres, gobernantes y caudillos militares si todas sus acciones se tradujeran al lenguaje vulgar.

V

«El pajarillo que vuelve a sus campos» galopó hacia la izquierda, se encontró con los cosacos y les preguntó dónde estaba el regimiento de Pavlograd, situación del destacamento de Plátov y hasta la tarde no pudo encontrar a su amo Rostov, que estaba en Yákovo y acababa de volver a montar para dar un paseo con Ilin hasta Boguchárovo. Le dio un caballo a Lavrushka y se lo llevó con él.

Boguchárovo no era un buen refugio contra los franceses. Aunque lo cierto es que la salud del anciano conde era tan frágil que no hubiera llegado a Moscú. El príncipe en Boguchárovo, a pesar de la ayuda del doctor, llevaba más de dos semanas en el mismo estado. Ya se hablaba de los franceses, que se dejaban ver por los alrededores y en las tierras del vecino que vivía a veinticinco verstas, Dmitri Mijáilovich Telianin, estaba acampado un regimiento de dragones franceses. Pero el príncipe no entendía nada de eso y el doctor decía que no podía viajar en su estado.

La tercera noche después de llegar a Boguchárovo el príncipe estaba acostado en el despacho del príncipe Andréi. La princesa María pasaba la noche en la habitación de al lado. No dormía en toda la noche y escuchaba sus gemidos y los cambios de postura que le hacían el médico y Tijón, pero no se atrevía a entrar. No se atrevía porque todos esos días tan pronto llegaba la noche, el príncipe daba muestras de irritación y con gestos la echaba de su habitación diciéndole: «Quiero dormir, estoy bien».

Por el día la dejaba entrar, y con la mano izquierda, que conservaba la fuerza, sostenía y estrechaba su mano y se tranquilizaba hasta que algo le recordaba que le habían echado de Lysye Gory. Entonces, a pesar de todos los remedios del médico, comenzaba a gritar, gemir y agitarse. Era evidente que sufría mucho física y moralmente. La princesa sufría no menos que él. No había esperanza de curación.

Él estaba sufriendo... «¿No sería mejor que todo acabara?», pensaba en ocasiones la princesa María. Y aunque resulte terrible decirlo le espiaba noche y día, prácticamente sin dormir y con frecuencia no le espiaba para hallar en él señales de mejoría, sino deseando encontrar señales de que se acercaba el fin. La llegada de un enorme dolor, pero con él el de la tranquilidad. Tras la cuarta noche sin dormir, que había pasado en una tensa escucha, sentada a la puerta de su padre con un estéril esperanza y pánico (la princesa María no lloraba y se sorprendía ella misma de no poder hacerlo), entró por la mañana en su habitación. Él estaba tumbado de espaldas con sus pequeñas huesudas manos sobre la manta y la mirada fija. Ella se acercó y le besó la mano, su mando izquierda estrechó la de ella, de manera que parecía no quererla soltar.

—¿Cómo ha pasado la noche? —preguntó ella.

Él comenzó a hablar (esto era lo más terrible para la princesa María) moviendo la lengua con cómica dificultad. Ese día hablaba mejor, pero su rostro se había vuelto muy similar al de un pájaro y sus facciones habían encogido mucho, como si se derritiera o se secase.

—He pasado una noche terrible —dijo él.

—¿Por qué, padre? ¿Qué le atormenta?

—¡Mis pensamientos! La perdición de Rusia... —él comenzó a sollozar.

La princesa María, temiendo que se volviera a enfurecer ante esos pensamientos, se apresuró a llevarle a otro tema.

—Sí, he oído cómo daba vueltas... —dijo ella. Pero él ese día no se enfurecía como antes al recordar a los franceses, al contrario, estaba muy cariñoso y eso sorprendió a la princesa María.

—No importa, ahora, mi fin —dijo él y después de un momento de silencio—: ¿No has dormido? ¿Tú?

La princesa María negó con la cabeza, imitando involuntariamente a su padre. Entonces, al igual que él, intentaba hablar sobre todo con signos y era como si a ella también le costara mover la lengua.

—No, he estado escuchando todo el rato —dijo ella.

—Alma mía —«amiga»; la princesa María no pudo distinguirlo, pero por extraño que pareciera, era seguro, por la expresión de su mirada que era la palabra más tierna y cariñosa—, ¿por qué no has entrado?

La princesa María de pronto se sintió otra vez capaz de llorar. Se inclinó sobre el pecho de su padre y sollozó. Él le estrechó la mano y le indicó con la cabeza que saliera.

—¿No deberíamos llamar a un sacerdote? —dijo Tijón en un susurro.

—Sí, sí.

La princesa se volvió a su padre. No había tenido tiempo de decir nada, cuando él había dicho:

—Sí, un sacerdote.

Ella salió, mandó a por un sacerdote y corrió al jardín. Era un caluroso día de agosto, el mismo día en que el príncipe Andréi pasara por Lysye Gory. Salió corriendo por el jardín y sollozando bajó hacia el estanque por el camino de tilos jóvenes plantados por el príncipe Andréi.

«Yo, yo, yo, yo. Yo deseaba su muerte. Sí, la deseaba y ya está aquí. Alégrate, ha llegado (lo sé), alégrate, estarás tranquila…», pensaba la princesa María cayendo sobre la hierba seca y golpeándose con las manos el pecho del que salía un llanto espasmódico. Pero había que regresar. Se mojó la cabeza con agua y entró en la casa. El sacerdote entró delante de ella en la habitación. Ella salió y regresó cuando le estaban limpiando la boca. Él la miró. Cuando el sacerdote se fue él volvió a señalarle a la princesa la puerta y cerró los ojos. Ella salió al comedor. En la mesa estaba puesto el desayuno. La princesa María se acercó a la puerta de su padre. Él gemía. Ella volvió al comedor, se acercó a la mesa, se sentó y se sirvió unas croquetas con patatas que se puso a comer entre sorbos de agua.

Tijón salió por la puerta y la llamó con gestos. Sonreía de modo artificial queriendo evidentemente esconder algo.

—La llama —dijo él.

La princesa María, sin apresurarse, terminando de masticar la croqueta, se acercó a la puerta. Antes de entrar se detuvo para tragar y limpiarse los labios. Finalmente agarró la manilla y abrió la puerta. Él estaba tumbado en la misma postura, solo que su rostro estaba aún más consumido. La miró del tal modo que se hizo evidente que la esperaba. Y su mano esperaba la de ella. Ella se la estrechó… Al principio esa era su mano y ese era su rostro, pero al cabo de un instante no solo no era su rostro lo que descansaba sobre las almohadas, ni era su mano la que sostenía la de ella, sino que era algo ajeno, terrible y hostil. Y este cambio se operó de pronto en la princesa María en el instante en el que el doctor, que ya no iba de puntillas, se acercó a la ventana y abrió las cortinas. Ya era por la tarde. «Seguramente he estado más de dos horas aquí sentada —pensó la princesa María—. No, no puede ser, ¿qué es lo que me da miedo? Es él.» Ella se inclinó y le besó la frente. Estaba frío. «No, él ya no está. Ya no está y aquí, en el sitio que ocupaba hay un terrible y espantoso misterio…»

En presencia del doctor y de Tijón las mujeres lavaron lo que había sido él, le ataron la cabeza con un pañuelo para que la boca quedara cerrada y ataron con otro pañuelo las piernas, le vistieron con el uniforme, le colgaron las condecoraciones y le tumbaron en la mesa del salón bajo una tela brocada. Al igual que los caballos se agolpan y resoplan alrededor de un caballo muerto, del mismo modo se agolpó allí la gente propia y extraña, santiguándose con los ojos fijos en él y preocupándose de las ramas de abeto que habían vertido en el suelo, de los brocados, de las condecoraciones, de las coronas de flores…

La princesa María permanecía sentada con los secos ojos fijos en el cofre de su habitación, la que había sido habitación del príncipe Andréi, y pensaba con horror que ella deseaba eso…

Mademoiselle Bourienne, que hasta ese momento no se había dejado ver y que vivía en casa del intendente, acudió a la casa y la princesa María escuchó su llanto y la palabra «bienhechor» y vio cómo ella, mirándole con rostro asustado, se santiguaba al modo católico.

Al entierro acudió mucha gente, el alcalde, el jefe de policía, vecinos, incluso desconocidos que deseaban rendir pleitesía a las exequias del general. Uno de estos vecinos era Telianin. El capitán comunicó respetuosamente a la princesa María que resultaba arriesgado quedarse por más tiempo y que había que partir lo antes posible porque por el distrito rondaban saqueadores franceses. Pero la princesa María decidió no entenderle.

Entre los que se reunieron en el entierro estaba Alpátych, que había llegado ese mismo día de Lysye Gory. Más consolador que cualquier otra cosa en ese momento de dolor, era para la princesa María ver a Alpátych y a Tijón, dos personas muy cercanas al fallecido que se preocupaban por él más que otras y que estaban más arrasadas que nadie por el dolor. En especial Alpátych, con su imitación de los modales del anciano príncipe, la conmocionó sobremanera. Durante el servicio se mantuvo firme, con el ceño fruncido y una mano en el bastón, deseando guardar respetuosamente las formas. Pero de pronto su rostro perdió toda compostura como si se hubieran soltado los muelles que lo sujetaban y se echó a llorar como una mujer, sacudiendo la cabeza. La quema de Smolensk, la devastación de Lysye Gory, tomada por dragones franceses, la corta visita del príncipe Andréi y ahora la muerte del anciano príncipe, se habían sucedido con tanta rapidez los unos a los otros, tras la vida regular y solemne que había llevado durante treinta años, que en ocasiones Alpátych sentía que comenzaba a perder la razón. Lo único que le hacía conservar las fuerzas era la princesa María, a la que no era capaz de mirar. Sentía que ella necesitaba de él y de toda su firmeza. Tan pronto como volvieron del cementerio y la princesa María vio el despacho vacío donde él había yacido enfermo y la sala vacía donde había yacido muerto, sintió por primera vez, como siempre ocurre, todo el peso y el significado de la pérdida y a la vez la necesidad de vivir y de no detenerse a pesar de que él ya no estuviera.

Los asistentes se reunieron para la comida de exequias. Alpátych abrió cuidadosamente la puerta y entró en la habitación de la princesa María. Unas cuantas veces durante la mañana la princesa se había puesto a llorar y se había detenido, había comenzado a hacer algo y lo había dejado. En el instante en el que Alpátych entró se había decidido por fin a leer la carta que este le había entregado antes del entierro. Era de Julie, que le escribía desde Moscú, donde vivía sola con su madre, dado que su marido estaba en el ejército. De las cientos de cartas que la princesa María había recibido de ella, esta era la primera escrita en ruso y estaba llena de noticias sobre la guerra y de frases patrióticas.

«Le escribo en ruso, mi buena amiga —escribía Julie—, porque odio todos los franceses lo mismo que su lengua, al cual no puedo escuchar ni hablar. Todos en Moscú somos arrebatados por el entusiasmo hacia nuestro adorado emperador. Mi pobre esposo pasa penas y hambre en tabernas judías, pero yo tengo las noticias que me animan aún más. Seguro ha oído hablar de la heroica gesta de Raevski, que abrazó sus dos hijos y exclamó: "Pereceré con ellos, pero no vacilaré" y realmente aunque el enemigo era un doble que nosotros, no vacilamos. Pasamos el tiempo como mejor podemos, pero en guerra ya se sabe. La princesa Alina y Sofía pasan conmigo todo el día y nosotras como desgraciadas viudas de maridos vivos hacemos conversación al tiempo que nos dedicamos a nuestra labor, solo nos falta usted, mi querida amiga…», etcétera.

La princesa María no conocía el ruso mejor que su amiga Julie, pero el sentimiento ruso le dijo que algo no estaba bien en esa carta. Dejó de leerla y se encontraba pensando en esto, cuando entró Alpátych. Al verle, el llanto afloró de nuevo a su garganta. Unas cuantas veces ella consiguió detenerse y aguantar las lágrimas, esperando a que él le hablara y unas cuantas veces él, frunciendo el ceño, había tosido deseando comenzar a hablar, pero cada una de esas veces ninguno de los dos había podido contenerse y se habían echado a llorar.

Finalmente Alpátych hizo acopio de fuerzas:

—Me atrevo a informar a Su Excelencia de que, según he observado, el peligro de permanecer en esta finca se está convirtiendo en grave y yo sugeriría a Su Excelencia que partiera para la capital.

La princesa María le miró:

—Ah, déjame que me recupere.

—Es imprescindible, Excelencia.

—Bueno, haz lo que consideres. Iré y haré todo lo que tú digas.

—De acuerdo. Iré haciendo los preparativos y por la tarde vendré a recibir órdenes.

Alpátych salió, llamó al alcalde de la pedanía, Drónushka, y le dio la orden de que preparara veinte carros para que se llevaran las ropas de cama y las doncellas de la princesa.

Las fincas de Boguchárovo habían estado siempre descuidadas hasta que el príncipe Andréi se había instalado en ellas y los mujiks de Boguchárovo tenían un carácter completamente distinto a los de Lysye Gory. Se distinguían de ellos por la forma de hablar y por la ropa, que era más basta. También se distinguían en el carácter, en la desconfianza y en la mala predisposición hacia los terratenientes. En Lysye Gory se les llamaba esteparios y el anciano príncipe les alababa por lo bien que soportaban el trabajo, cuando acudían a Lysye Gory para ayudar en la recolección o para cavar estanques y zanjas, pero no le gustaban por su afición a la bebida y sus malas maneras. La estancia del príncipe Andréi en Boguchárovo y las novedades que había introducido, como los hospitales y las escuelas, y la disminución del obrok, como siempre ha sucedido y sucederá, solo sirvieron para que reforzaran su recelo hacia los hacendados. Entre ellos corrían rumores de hacerse todos cosacos o convertirse a una nueva religión, sobre cualquier carta del zar o sobre el juramento de Pablo Petrovich en el 1794, que muchos de ellos recordaban, diciendo que entonces todavía había libertad, pero los amos se la quitaron. Dron, al que el anciano príncipe llamaba Drónushka, llevaba treinta años siendo alcalde de Boguchárovo y cada año había traído hojaldres de la feria de Viázma. La princesa María le recordaba ya de su infancia; la imagen de Drónushka, un hombre alto, apuesto, delgado, de nariz romana y aspecto excepcionalmente firme, siempre la asociaba a la agradable impresión de los hojaldres. Drónushka era uno de esos hombres firmes, física y moralmente, que tan pronto llegan a una edad se dejan la barba y así viven, sin cambiar, hasta los sesenta o setenta años, sin una sola cana ni un solo diente menos, igual de derechos y ágiles a los sesenta años que a los treinta.

Veintitrés años antes Dron, que ya era alcalde de la pedanía, comenzó de pronto a beber; le castigaron severamente y le sustituyeron por otro. Después de esto huyó y estuvo cerca de un año desaparecido visitando todos los monasterios y ermitas. Estuvo en Lavry y Solovétskie. Al cabo volvió a aparecer, le volvieron a castigar y le pusieron a trabajar como campesino tributario, pero él no se incorporó al trabajo y volvió a desaparecer. Dos semanas después apareció exhausto y consumido, arrastrando los pies con dificultad y se echó en su isba. Después se supo que esas dos semanas las había pasado Dron en una cueva que él mismo había cavado en la montaña y que había cerrado con una piedra y arcilla. Había pasado diez días en esa cueva sin comer ni beber, deseando redimirse, pero al décimo día se apoderó de él el terror a la muerte, consiguió desenterrarse con dificultad y se fue a casa. Desde aquel momento Dron dejó de beber vino y de decir malas palabras, fue hecho de nuevo alcalde y ni una sola vez se había emborrachado, ni se había puesto enfermo y nunca se fatigaba ni a causa de cualquier problema ni de dos noches sin sueño. Nunca se olvidaba de una desiatina* de las que hubiera en su tresnal veinte años antes, ni de un solo pud de harina que hubiera dado y había servido de modo irreprochable como alcalde durante veintitrés años. Sin apresurarse para ir a ningún lado, pero sin llegar tarde a ningún sitio, sin prisa pero sin pausa, Dron había llevado la propiedad de mil campesinos, con la misma libertad con la que un buen cochero lleva una troika.

Ante la orden de Alpátych de reunir diecisiete carros para el miércoles (era lunes), Dron dijo que era imposible, porque la mayoría de los caballos habían sido apropiados por el ejército y los restantes estaban sueltos por los campos sin nada que comer. Alpátych miró a Dron con sorpresa sin entender el atrevimiento de sus palabras.

—¿Qué? —dijo él—. ¿No hay diecisiete carros en ciento cincuenta casas?

—No hay —respondió en voz baja Dron, y Alpátych reparó con incredulidad en la mirada gacha y sombría de Dron.

—¿En qué estás pensando? —dijo Alpátych.

—No pienso nada. ¿En qué podría pensar?

Alpátych, siguiendo el método del príncipe, que no consideraba necesario emplear muchas palabras, agarró a Dron por el pulcro armiak y sacudiéndole de un lado a otro, le dijo:

—No hay —comenzó—. Conque no hay, pues escucha. Volveré por la tarde, si no tengo los carros listos para mañana por la mañana te voy a hacer algo que ni te imaginas. ¿Me oyes?

Dron meneaba sumisa y rítmicamente el tronco intentando prever los movimientos de las manos de Alpátych, sin cambiar en absoluto la expresión de su mirada, ni la postura sumisa de sus brazos caídos. No respondió nada, Alpátych meneó la cabeza y se marchó a por los caballos de Lysye Gory que había traído consigo y que había dejado a quince verstas de Boguchárovo.

* Desiatina: antigua medida rusa de superficie que equivale a 1,09 hectáreas. *(N. de la T.)*

VI

Ese día a las cinco de la tarde, cuando ya hacía tiempo que Alpátych había partido, la princesa María se encontraba sentada en su habitación y leía el Salterio, sin fuerzas para hacer nada. No podía entender lo que leía. Las imágenes de su pasado más cercano —la enfermedad y la muerte— aparecían constantemente en su mente. Se abrió la puerta de su habitación, y vestida con un traje negro entró aquella a la que deseaba ver menos que a nadie: mademoiselle Bourienne. Ella se acercó silenciosa a la princesa María, la besó con un suspiro y comenzó a hablarle de la pena, del dolor y de lo difícil que resultaba en esos momentos pensar en otra cosa, en especial en uno mismo. La princesa María la miró asustada sintiendo que todo eso era el preludio de algo.

—Su situación es doblemente terrible, querida María —dijo mademoiselle Bourienne—. Yo no pienso en mí, pero usted… ¡Ah, esto es terrible! ¿Por qué me habré metido en esto?

Mademoiselle Bourienne se echó a llorar.

—¿Koko? —gritó la princesa María—. ¿Andréi?

—No, no, tranquilícese, pero sabe que estamos en peligro, que estamos rodeados y que los franceses estarán aquí hoy o mañana.

—Ah —dijo tranquilizándose la princesa María—. Partiremos mañana.

—Pero temo que sea demasiado tarde. Estoy incluso convencida de que es tarde —dijo mademoiselle Bourienne—. Mire. —Y ella le enseñó a la princesa un bando que había sacado de su ridículo y que estaba impreso en un papel que no era el que se utilizaba en Rusia. Era del general francés Rameau, y en él se comunicaba a los ciudadanos que no debían huir de sus casas y que recibirían la protección necesaria del gobierno francés.

Sin haber terminado de leer, la princesa María fijó la mirada en mademoiselle Bourienne. Su silencio duró aproximadamente un minuto.

—Así que usted quiere que yo… —dijo enrojeciendo la princesa María, levantándose y acercándose a mademoiselle Bourienne con su torpe paso—, que yo deje entrar franceses en esta casa, que yo… No, váyase, ah, váyase, por el amor de Dios.

—Princesa, lo hago por usted, créame.

—¡Duniasha! —gritó la princesa—. Váyase.

Duniasha, una doncella sonrosada de cabellos castaños, dos años menor que la princesa y su ahijada, entró en la habitación. Mademoiselle Bourienne seguía diciendo que entendía que era difícil, pero que no se podía hacer otra cosa, que ella pedía perdón, que ella sabía…

—Duniasha, ella no quiere irse, tendré que ir a tu habitación. —Y la princesa María salió de la habitación y cerró la puerta de un portazo.

Duniasha, la niñera y el resto de las muchachas no podían decir qué había de verdad en lo que decía mademoiselle Bourienne. Alpátych no había vuelto. La princesa María volvió a su habitación de la que ya se había ido mademoiselle Bourienne y con los ojos secos y brillantes se puso a pasear por ella. Había hecho llamar a Drónushka y este con expresión de embotada desconfianza acudió a su habitación permaneciendo obstinadamente en el dintel de la puerta.

—¡Drónushka! —dijo la princesa María, que veía en él un indudable amigo, el mismo Dron que siempre le traía hojaldres de Viázma, que le entregaba con una sonrisa—. Drónushka, ¿es verdad lo que me han dicho de que no puedo partir?

—¿Y por qué no? —dijo con una amable aunque algo maliciosa sonrisa Drónushka.

—Dicen que corremos peligro a causa de los franceses.

—Eso es una tontería, Excelencia.

—Mañana tienes que partir conmigo, Drónushka, por favor.

—Como ordene. Pero los carros que ha mandado preparar para mañana Yákov Alpátych no van a poder estar de ninguna manera,

Excelencia —dijo Dron con la misma amable sonrisa. Esa sonrisa se le venía a la boca involuntariamente cuando hablaba y miraba a la princesa, a la que quería y a la que conocía desde niña.

—¿Por qué no, Drónushka, querido? —dijo la princesa.

—Ay, madrecita, corren tales tiempos, estoy convencido de que Dios nos ha castigado a nosotros, pecadores. Las tropas se han llevado los caballos y han destrozado todo el trigo que había sembrado. No solo no podemos alimentar a los caballos, sino que hemos de cuidarnos de no morir de hambre nosotros mismos. Llevamos tres días sin comer. No tenemos nada, estamos completamente arruinados…

—¡Oh, Dios mío! —dijo la princesa María. «Y yo pensando en mi dolor», pensó ella. Y se sintió feliz de que se le presentara una causa de preocupación tal que le permitiera olvidarse de su dolor sin sentir vergüenza por ello. Comenzó a preguntarle a Dron los detalles de la miserable situación de los mujiks, buscando en su cabeza la manera de ayudarles.

—¿Acaso nosotros no tenemos trigo? ¿Se lo has dado a los mujiks?

—¿Para qué distribuirlo, Excelencia, si va a acabar del mismo modo? Hemos hecho enojar a Dios.

—De todos modos dales el trigo que haya, Drónushka, procura que no se arruinen. Si hace falta que escriba a alguien, escribiré.

—Como ordene —dijo Dron, que evidentemente no deseaba cumplir las órdenes de la princesa y quería marcharse. La princesa se lo impidió.

—Pero entonces cuando yo parta, ¿los mujiks se quedarán aquí? —preguntó ella.

—¿Dónde se puede ir, Excelencia, cuando no hay caballos ni alimentos? —dijo Dron.

La princesa María recordó que Yákov Alpátych le había dicho que prácticamente todos los mujiks de Lysye Gory se habían marchado a la propiedad de los alrededores de Moscú. Ella se lo dijo.

—Qué se le va a hacer —dijo ella suspirando—, no somos nosotros solos, reúnelos a todos y partiremos juntos, ya yo, yo... daré todo lo que tengo para que os salvéis. Dile a los mujiks que partiremos juntos. Cuando Yákov Alpátych traiga los caballos ordenaré que le den de los nuestros al que le falten. Díselo así a los mujiks. No, es mejor que vaya yo misma y se lo diga. Díselo.

—Como ordene —dijo Dron sonriendo y salió.

La princesa María estaba tan preocupada por la pobreza y el infortunio de los mujiks que mandó unas cuantas veces a ver si ya habían llegado y pidió consejo al servicio sobre lo que debía hacer. Duniasha, la segunda doncella, una muchacha avispada, le suplicó a la princesa que no fuera a ver a los mujiks y que no tuviera trato con ellos.

—No es más que un engaño —decía—. Esperemos a que llegue Yákov Alpátych y partamos, Excelencia, no permita...

—¿De qué engaño hablas? ¿Por qué dices eso?

—Yo sé lo que me digo, hágame caso, por el amor de Dios. —Pero la princesa no la escuchó. Recordando cuáles eran sus más allegados, llamó a Tijón.

El consejo que recibió de Tijón fue aún menos consolador que el consejo de Dron. Tijón, que era el mejor ayuda de cámara del mundo, que tenía un excepcional arte para adivinar la voluntad del príncipe, no servía para nada si le sacaban de su círculo de influencia. No podía entender nada. Con rostro pálido y agotado fue a ver a la princesa y ante todas sus preguntas le respondía con las mismas palabras «como ordene» y con lágrimas.

A pesar de los consejos de Duniasha, la princesa María se puso su sombrero con largos faldones y salió al granero en el que estaban reunidos los mujiks. Precisamente porque se lo habían desaconsejado, la princesa María se acercaba a ellos con una particular alegría, con su torpe paso tropezando con la falda. Dron, Duniasha y Mijaíl Iványch iban tras ella. «Ahora no es tiempo de hacer cuentas —pensaba la princesa María—, hay que darlo todo para salvar a estos desgraciados que Dios ha traído hasta mí. Les prometeré trabajo y alojamiento en la finca de Moscú, por mucho que nos cueste. Estoy convencida de que Andréi hubiera hecho aún más si estuviera en mi lugar», pensaba ella, acercándose.

La muchedumbre se apartó formando un semicírculo, todos se quitaron las gorras, descubriendo sus cabezas calvas, morenas, rubias y grises. La princesa María, bajando los ojos, se acercó a ellos. Frente a ella había un anciano encorvado de cabellos grises, con las dos manos apoyadas en el bastón.

—He venido, he venido —comenzó la princesa María, mirando involuntariamente solo al anciano y dirigiéndose a él—. He venido... Dron me ha dicho que la guerra os ha arruinado. Es un sufrimiento que compartimos y no repararé en nada con tal de ayudaros. Yo parto porque ya resulta peligroso estar aquí y el enemigo está cerca, por lo tanto... yo os aconsejo, amigos... os pido que reunáis vuestras posesiones de valor y vengáis conmigo y juntos iremos a la finca de los alrededores de Moscú y allí os daré todo lo que tengo. Compartiremos la necesidad y el sufrimiento. Si queréis quedaros aquí, quedaos, es vuestra voluntad, pero os pido que partáis en nombre de mi difunto padre que fue un buen amo para vosotros, y en nombre de mi hermano y su hijo y en el mío propio. Escuchadme, y partamos todos juntos. —Ella guardó silencio. Ellos también callaron pero nadie la miraba—. Ahora, dado que tenéis necesidad, he ordenado que repartan trigo a todos y todo lo que es mío es vuestro...

De nuevo ella calló y de nuevo ellos callaron y el anciano que estaba en frente suyo evitaba su mirada.

—¿Estáis de acuerdo?

Ellos callaron. Ella miraba esos veinte rostros que estaban en la primera fila y ni un solo ojo la miraba, todos evitaban su mirada.

—¿Estáis de acuerdo? ¿Qué respondéis? —preguntó la voz de Dron desde atrás.

—¿Tú estas de acuerdo? —le preguntó en ese instante la princesa al anciano.

Él farfulló algo apartando enfadado los ojos de la princesa María, que buscaba su mirada.

Finalmente ella consiguió atrapar su mirada y él, como si se enfadara por eso, bajó completamente la cabeza y dijo:

—¿Con qué hemos de estar de acuerdo? ¿Por qué habríamos de abandonarlo todo?

—No estamos de acuerdo —comenzaron a decir por atrás—. No damos nuestra conformidad. Vete tú sola…

La princesa María comenzó a decir que ellos seguramente no la habían entendido, que prometía acomodarles y remunerarles, pero las voces la acallaron. Un mujik pelirrojo gritaba más que ningún otro atrás y una mujer gritaba algo. La princesa María miró esos rostros y de nuevo no pudo encontrar la mirada de ninguno.

Comenzó a sentirse rara e incómoda. Había ido con intención de ayudarles, de beneficiar a esos mujiks, que habían sido fieles a su familia y de pronto esos mismos mujiks la miraban con hostilidad. Ella calló y bajando la cabeza salió del círculo.

—Mira cómo ha aprendido, ve detrás de ella como un siervo —se escucharon las voces en la muchedumbre—. Abandona tu casa y vete. ¡Hay que ver! Y dice que nos da el trigo —dijo con una carcajada irónica el anciano del garrote.

Por la noche llegó Alpátych que trajo dos tiros de seis caballos. Pero cuando mandó buscar a Dron le respondieron que el alcalde de la pedanía estaba con los mujiks que se habían vuelto a reunir desde por la mañana temprano y que había mandado decir: «Que venga él aquí». A través de la gente que le seguía siendo fiel, en particular a través de Duniasha, Alpátych supo que no solo los mujiks se negaban a entregar los carros, sino que gritaban todos en la taberna que no dejarían partir a los señores, porque les habían dicho que saquearían sus pertenencias si se iban. Sin embargo habían mandado enganchar los caballos y la princesa María, con el rostro pálido y vistiendo su ropa de viaje, estaba sentada en la sala.

Todavía no habían acercado al porche los caballos cuando una muchedumbre de mujiks se acercó a la casa de los señores y se quedó en el pastizal.

A la princesa María le ocultaron las intenciones hostiles de los campesinos, pero ella, aparentando incluso ante sí misma que no lo sabía, comprendía su situación. Yákov Alpátych, con rostro desolado y pálido también, vestido con ropa de viaje: pantalones y botas, entró a verla y le sugirió con prudencia que ya que por el camino podían encontrarse al enemigo, tal vez la princesa debería escribir una nota al jefe militar de Yákov (a quince verstas) para que mandara un convoy.

—No se puede negar conociendo el nombre de Su Excelencia.

La princesa María entendió que el convoy era necesario para dispersar a los mujiks.

—No es necesario, no es necesario —dijo ella con tristeza y decisión—, ordena que enganchen los caballos y vámonos.

Yákov Alpátych dijo: «Como ordene», y no se marchó.

La princesa María estuvo caminando arriba y abajo por la habitación mirando de vez en cuando por la ventana. Sabía que su séquito, que la servidumbre de Lysye Gory, tenían fusiles y lo que más le asustaba era pensar en el derramamiento de sangre.

—¿Por qué están aquí? —dijo la princesa María con voz tranquila a Alpátych, señalando a la muchedumbre.

Yákov Alpátych vaciló:

—No puedo saberlo. Seguramente quieren disculparse —dijo él.

—Diles que se vayan.

—Como ordene.

—Y luego manda enganchar los caballos.

Ya eran las dos y los mujiks seguían en el pastizal. A la princesa María le informaron de que habían comprado un tonel de vodka y estaban bebiendo.

Se mandó a buscar al sacerdote para que hablara con ellos. Se les podía ver desde la ventana de la antesala. La princesa María seguía sentada con su ropa de viaje y esperaba.

—Franceses, franceses —gritó de pronto Duniasha, corriendo hacia la princesa María. Todos corrieron a la ventana y era cierto, hacia la muchedumbre de mujiks se acercaban tres jinetes, uno montado en un caballo rubicán y los otros dos en alazanes, que se detuvieron.

—¡La mano del Altísimo! —dijo solemnemente alzando una mano, Alpátych—. Son oficiales del ejército ruso.

Realmente los jinetes, Rostov, Ilin y Lavrushka, que acababa de volver, habían acudido a Boguchárovo, que se encontraba los últimos tres días entre dos líneas de los ejércitos enemigos, así que la retaguardia rusa podía llegar allí con la misma facilidad que la vanguardia francesa. Miembros de la vanguardia francesa ya habían estado allí utilizando dinero falso para conseguir comida, prometiendo libertad a todos los campesinos y exigiendo que nadie saliera del área ocupada, cosa que confundió a los mujiks de Boguchárovo.

El escuadrón de Nikolai Rostov estaba a quince verstas de allí, en Yákovo, pero dado que no había encontrado suficiente forraje allí y deseaba darse un paseo en el hermoso día de verano, se acercó junto con Ilin y Lavrushka a buscar algo más de avena y heno en Boguchárovo que era un lugar algo más peligroso por la situación actual de los ejércitos. Nikolai Rostov estaba del mejor humor. Por el camino le preguntó a Lavrushka por Napoleón, le hizo cantar una canción francesa y él mismo cantó con Ilin y se rieron pensando que iban a divertirse en la rica casa señorial de Boguchárovo donde debía haber mucha servidumbre y muchachas bonitas. Nikolai ni sabía ni pensaba en que estas eran las tierras del mismo Bolkonski, que había estado prometido con su hermana.

Se acercaron al tonel que había en el pastizal y se detuvieron. Algunos mujiks se quitaron las gorras, turbados, otros más atrevidos, comprendiendo que los dos oficiales no eran peligrosos, no se quitaron las gorras, continuaron con sus conversaciones y cantos. Dos mujiks ancianos y altos, con el rostro arrugado y barba rala, salieron de la muchedumbre y quitándose la gorra y con una sonrisa, tambaleándose y cantando una desafinada canción, se acercaron a los oficiales.

—¡Estupendo! —dijo riéndose Rostov.

—Y cómo se parecen —dijo Ilin.

—Divertiiiiiiiida, ohh, ohh —cantaron los mujiks con sonrisas de felicidad. Rostov llamó al mujik que parecía estar más sobrio.

—Hermano, ¿dan vuestros señores avena y heno bajo recibo?

—De avena tenemos un montón —respondió—, y de heno, ni se sabe.

—Rostov —dijo Ilin en francés—, mira cuántos especímenes del bello sexo hay en la casa señorial. Mira, mira, esa es mía, cuida de no quitármela —añadió él reparando en Duniasha, que aunque sonrojada se acercaba a él con decisión.

—Será nuestra —dijo Lavrushka a Ilin guiñando un ojo.

—¿Qué necesita, belleza mía? —le dijo sonriendo.

—La princesa me ha ordenado que les pregunte de qué regimiento son y cuáles son sus apellidos.

—Él es el conde Rostov, comandante de escuadrón, y yo soy su seguro servidor. ¡Pero qué linda! —dijo él cogiéndola de la barbilla.

—¡Ay, Du… niu-hka-aaaa! —cantaron los dos ancianos, sonriendo aún más alegres, al mirar a Ilin, que conversaba con la muchacha. Tras Duniasha se acercó a Nikolai Alpátych, que se había quitado la gorra mucho antes de llegar a su altura. Él ya sabía su apellido.

—Me atrevo a molestarle, Excelencia —dijo con respeto, pero con un cierto desdén por la juventud del oficial—. Mi señora, la hija del general en jefe príncipe Nikolai Andréevich Bolkonski, se encuentra en dificultades por la ignorancia de esta gente —señaló a los mujiks—, le pide que se apiade de ella… Le importaría —dijo con una triste sonrisa Alpátych— apartarse un poco, es incómodo hablar delante de… —Alpátych señaló a esos dos mujiks que no se separaban y daban vuelta en torno a él, sonriendo y cantando y diciendo aún más alegres:

—¿Eh, Alpátych? ¿Eh, Yákov Alpátych? ¿Te importa?

Nikolai miró a los dos borrachos y sonrió.

—Puede ser que esto le resulte divertido a Su Excelencia —dijo Yákov Alpátych con rostro serio, señalando a los ancianos.

—No, no es divertido —dijo Rostov y se apartó—. Dígale que ahora iré —le dijo a Alpátych y después de ordenar a Lavrushka que se informara de la avena y el heno y de darle su caballo se acercó a la casa.

—Entonces, ¿nos entretendremos un rato? —dijo él guiñándole un ojo a Ilin.

—Mira qué encanto —dijo Ilin, señalando a mademoiselle Bourienne, que estaba asomada a la ventana. Podríamos pasar aquí la noche. Solo con que esta encantadora princesa nos dé croquetas para comer como ayer en casa del alcalde ya está hecho.

Así de alegremente conversando entraron al porche y al salón donde les recibió la princesa vestida de negro, sonrojada y asustada.

Ilin decidió en ese mismo instante que la dueña de la casa era poco interesante y se puso a mirar a la puerta, a través de cuya rendija estaba seguro que le miraban los ojos de la linda Duniasha. Nikolai al contrario, tan pronto como vio a la princesa, sus ojos profundos, dulces y tristes y escuchó su tierna voz, cambió completamente (a pesar de que no recordaba que ella era la hermana del príncipe Andréi) y su postura y la expresión de su rostro expresaron un tierno respeto y una tímida comprensión. «Mi hermana o mi madre pueden encontrarse mañana en la misma situación», pensó él escuchando su relato, al principio tímido, pero sincero. Ella no le dijo que los mujiks no le permitían irse y no le proporcionaban los carros, pero le contó que se había retrasado allí con motivo de la muerte de su padre y que ahora temía encontrarse con el enemigo aún más dado que los campesinos comenzaban a sublevarse.

Al contarle que todo eso sucedía dos días después del entierro de su padre, su voz tembló y los ojos se le llenaron de lágrimas.

—Esta es la situación en la que me encuentro, confío en que no me negará su ayuda.

Nikolai se levantó al momento y haciendo una cortés reverencia, como las que se hacen a las damas de sangre real, le dijo que se consideraría afortunado de poderle servir de ayuda y que en ese instante se encaminaba a cumplir sus órdenes.

Con la cortesía de su tono, Nikolai quería dar a entender que a pesar de que había tenido la suerte de conocerla no quería aprovecharse de su desgracia para acercarse a ella. La princesa María comprendió y apreció su tono.

—Nuestro administrador lo ve todo de color negro, no le haga demasiado caso, conde —dijo la princesa María también— Lo único que quiero es que estos mujiks se dispersen y me dejen partir sin despedidas.

—Princesa, sus deseos son órdenes para mí —dijo Nikolai, y haciendo una reverencia como un marqués de la corte de Luis XIV, salió de la habitación.

—No sé cómo agradecérselo.

Al salir, Nikolai iba pensando en los dos mujiks que le habían cantado y en los otros que no se habían quitado la gorra. Enrojeció, apretó los labios y se apresuró a marchar a poner orden, rechazando el té y la comida que le ofrecían. En la antesala Alpátych le contó a Rostov todo la esencia del asunto.

—Bueno, hermano, ¿dónde te has metido? —dijo Ilin—, yo he estado pellizcando a esa muchachita de tal modo… —pero al mirar al rostro de Nikolai, Ilin guardó silencio. Se dio cuenta de que su héroe y comandante se encontraba en un estado de ánimo completamente diferente.

—Qué seres más desgraciados hay en el mundo —dijo él, frunciendo el ceño—. Estos miserables... —Llamó a Lavrushka, ordenó que le dieran los caballos al cochero de la princesa y juntos fueron hacia el pastizal.

Los dos alegres mujiks estaban tumbados uno encima del otro, el de abajo roncaba y el de arriba sonreía aún más bonachón y cantaba.

—¡Eh! ¿Cuál de vosotros es el alcalde? —gritó Nikolai, acercándose con paso rápido y deteniéndose en medio del grupo.

—¿El alcalde? ¿Para qué lo quiere? —dijo un mujik. Pero no había terminado de decirlo cuando su gorra voló y la cabeza se le volvió hacia un lado a causa de un fuerte golpe.

—¡Quitaos las gorras, traidores! —gritó a plena voz Nikolai. Todas las gorras saltaron de las cabezas y los mujiks se apretaron unos contra otros.

—¿Dónde está el alcalde?

Drónushka con paso lento, habiéndose quitado la gorra desde lejos, respetuosa pero dignamente, con su severo rostro romano y su firme mirada, se acercó a Rostov.

—Yo soy el alcalde, Excelencia —dijo él.

—Vuestra señora os ha pedido unos carros. ¿Por qué no se los habéis dado? ¿Eh? —Todos los ojos miraron a Drónushka. Nikolai no se encontraba del todo tranquilo hablando con él, tan imponente resultaba la planta y la tranquilidad de Dron.

—Todos los caballos se los han llevado las tropas, mire en los patios.

—Hum. Sí, bien. ¿Y por qué estáis todos aquí, en el pastizal, y por qué le habéis dicho al intendente que no dejaríais marchar a la princesa?

—No sé quién ha dicho eso. ¿Acaso se pueden decir esas cosas a los amos? —dijo Dron con una sonrisa burlona.

—¿Y para qué la reunión y el vodka?

—Los ancianos se han reunido para tratar un asunto de la comunidad.

—Bien. Escuchadme todos —dijo a los mujiks—. Ahora os vais a ir a vuestras casas y le vais a dar a este —señaló a Lavrushka— un carro por cada cinco casas. ¿Lo oyes, alcalde?

—Cómo no oírlo.

—Venga, márchate —le dijo al mujik que tenía más cerca—, ve a por el carro.

El mujik pelirrojo miró a Dron. Dron le guiñó un ojo. El mujik no se movió.

—¿A qué esperas? —gritó Rostov.

—Lo que diga Dron Zajárych.

—Parece que hay un nuevo jefe —dijo Dron.

—¿Qué? —gritó Rostov acercándose a Dron.

—Bueno, no sirve de nada hablar —dijo de pronto Dron, dándole la espalda a Rostov—. Se hará lo que han decidido los ancianos.

—Eso se hará —bramó la muchedumbre, agitándose—, aquí hay demasiados jefes. Nos han dicho que no hay que salir del área.

Dron se alejaba ya de Rostov.

—¡Detente! —le gritó Nikolai, volviéndole hacia él. Dron frunció el ceño y se fue hacia Rostov amenazadoramente. La muchedumbre bramó en voz más alta. Ilin, pálido, se acercó a Nikolai, echando mano al sable.

Lavrushka se echó hacia los caballos a buscar los carros que los mujiks retenían. Dron era una cabeza más alto que Nikolai. Parecía que podía aplastarle. Con un gesto despectivo, decidido o amenazador, apretó los puños y echó hacia atrás el brazo derecho. Pero en ese preciso instante Nikolai le golpeó en la cara, una, dos y tres veces, le tiró al suelo y sin detenerse un instante se fue a por el mujik pelirrojo.

—¡Lavrushka! Ata a los cabecillas.

Lavrushka, dejando los caballos, agarró a Dron por los codos desde atrás y quitándole el cinturón lo ató.

—Bueno, no hemos cometido ninguna ofensa. Ha sido una estupidez —se escucharon las voces.

—Id a vuestras casas a por los carros.

La muchedumbre se dispersó. Un mujik se fue corriendo y otro siguió su ejemplo. Solo quedaron en el pastizal los dos borrachos tumbados uno encima del otro y Dron con las manos atadas, con el mismo rostro severo e impasible.

—Excelencia, dé la orden —dijo Lavrushka a Rostov, señalando a Dron—, solo dé la orden y a este y al pelirrojo les daré una paliza como un húsar, solo espere que vaya a buscar a Fedchenko.

Pero Nikolai no respondió a los deseos de Lavrushka, le mandó ayudar a preparar las cosas en la casa para partir y él mismo se fue con Alpátych a la aldea a buscar los carros y mandó a Ilin a por los húsares. Una hora después, cuando Ilin regresó con una sección de húsares, los carros ya estaban en la entrada y los mujiks empaquetaban con especial cuidado las cosas de los amos, llenando esmeradamente los huecos con paja y sujetándolas con cuerdas para que no se perdieran.

—No lo pongas así de mal —decía el mismo mujik pelirrojo, que gritaba más alto que ninguno en la reunión, cogiendo una arquilla de manos de la doncella—. Debe costar su buen dinero. ¿Por qué la pones de cualquier manera? Se perderá. Eso no me gusta. Para que vaya como es debido debes ponerlo así debajo de la esterilla. ¡Así, sí!

—Mira qué de libros —dijo bondadosamente otro, que llevaba los libros de la biblioteca del príncipe Andréi—. ¡No los rayes! Y qué pena, muchachos. ¡Vaya libros tan enormes!

—Sí, han escrito mucho y se han divertido poco —dijo otro señalando a los gruesos diccionarios que estaban encima. Dron, al que al principio habían encerrado en el granero, pero al que habían liberado por orden de la princesa María, administraba atentamente, junto con Alpátych, la carga de los carros y su partida.

Nikolai Rostov, que había informado de la situación de la princesa a su mando cercano, recibió autorización para escoltarla hasta Viázma y allí, habiéndola dejado en su camino, que estaba tomado por nuestras tropas, se despidió de ella respetuosamente y se permitió por primera vez besarle la mano.

VII

Después de ser ascendido a comandante en jefe, Kutúzov se acordó del príncipe Andréi y le envió orden de presentarse en el cuartel general. El príncipe Andréi llegó a Tsárevo-Záimishche el mismo día, a la misma hora, en la que Kutúzov pasaba por primera vez revista a las tropas. El príncipe Andréi se quedó en la aldea en casa del sacerdote, donde estaba el coche del comandante en jefe y se sentó en el banco del porche, a esperar a su serenísima, como todos llamaban entonces a Kutúzov. A lo lejos se podían escuchar los sonidos de la música del regimiento y el rugido de una enorme cantidad de voces de soldados que seguramente gritaban «¡Hurra!» a Kutúzov. En ese mismo porche, aprovechándose de la ausencia del príncipe y del buen tiempo, había dos tenientes, un cosaco, un correo y un mayordomo. Un menudo teniente coronel de húsares moreno, con bigotes y patillas, se acercó al porche y preguntó si se encontraba allí Su Serenísima o cuándo iba a volver.

Era Vaska Denísov. No conocía al príncipe Andréi, pero se acercó a él y después de presentarse se puso a hablar. El príncipe Andréi conocía a Denísov por los relatos de Natasha sobre su primer pretendiente y esos recuerdos le trasladaron dulce y dolorosamente a esos funestos y dolorosos pensamientos en los que últimamente ya no se detenía. Últimamente había sufrido otras tantas y tan serias emociones: el abandono de Smolensk, su visita a Lysye

Gory, la noticia de la muerte de su padre que había recibido poco antes…, que hacía mucho tiempo que esos recuerdos no se le venían a la cabeza y cuando lo hacían estaban lejos de actuar en él con la anterior intensidad.

—¿También usted espera al comandante en jefe? —le preguntó Denísov—. Dicen que es una persona accesible. Gracias a Dios. Porque esto con los salchicheros era una pena. No en vano Ermólov pidió ser ascendido a alemán. Ahora quizá podamos hablar los rusos. El diablo sabe lo que han hecho. Usted quizá haya visto toda la retirada.

—He tenido el placer —respondió el príncipe Andréi— no solo de participar en la retirada, sino de perder en ella todo lo que me era preciado, a mi padre, que ha muerto de pena… Soy de Smolensk.

—¡Ah! Usted es el príncipe Bolkonski. Me alegro de conocerle —dijo Denísov, estrechándole la mano y mirando al rostro de Bolkonski con una especial atención—. Sí, he oído hablar de usted, así es esta guerra escita. Todo va muy bien, menos para aquellos que pagan el pato… Y usted es el príncipe Bolkonski. —Él meneó la cabeza—. ¡Me alegro mucho! ¡Me alegro mucho de conocerle! —añadió de nuevo con una triste sonrisa estrechando su mano.

Pero para Denísov, los alegres recuerdos que despertaba en él el nombre de Bolkonski, eran lejanos, pasados; así que al instante volvió a lo que en aquel momento estaba inmerso, como siempre de modo ardiente y exclusivo. Esto era el plan de campaña, que había planeado mientras servía en la vanguardia del ejército durante la retirada y que había presentado a Barclay de Tolli y ahora quería presentar a Kutúzov. El plan se basaba en que la línea operativa de los franceses era demasiado extensa y en que en lugar de o junto con la actuación en el frente, obstruyendo el camino de los franceses, había que actuar sobre sus comunicaciones.

—No podrán mantener todas esas líneas. Es imposible. Yo me

comprometo a romperlas. Deme quinientos hombres y las romperé. Seguro. El único sistema es la guerra de guerrillas, recuérdelo.

Denísov se acercó más a Bolkonski queriendo demostrarle su teoría, pero en ese instante los gritos de los soldados, más inarmónicos y más propagados y fundiéndose con la música y las canciones, se escucharon en el lugar de la revista.

—La revista ha terminado —dijo el cosaco—. Allí viene él.

Realmente Kutúzov, acompañado por un grupo de oficiales y entre gritos de «¡Hurra!» de los que le seguían, se acercaba al porche. Los ayudantes habían llegado cabalgando antes que él y habiendo desmontado, le esperaban. El príncipe Andréi y Denísov salieron también al encuentro de Kutúzov cuando desmontaba. Kutúzov se detuvo a la entrada despidiéndose de los generales que le guiaban.

En el tiempo en que el príncipe Andréi no le había visto Kutúzov había engordado aún más, estaba obeso, hinchado por la grasa. Le saltaron a la vista el conocido ojo blanco y la cicatriz. Iba vestido con una levita, una cinta con un látigo cruzada al pecho y llevaba un gorro blanco de la caballería. Se desparramaba y meneaba triste y pesadamente sobre el caballo blanco que le transportaba.

—Fiu, fiu, fiu… —silbó de modo apenas audible, al acercarse a casa, con la alegría reflejada en el rostro de un hombre que tiene intención de descansar después de la revista. Sacó el pie del estribo y levantó la otra pierna con dificultad. Recuperó el equilibrio, miró con sus ojos entornados y sin reconocer al príncipe Andréi se dirigió con su paso desigual hacia el porche.

—Fiu, fiu, fiu… —silbó de nuevo de modo familiar, pero al ver y reconocer al príncipe Andréi, le llamó—. Ah, te saludo, príncipe, te saludo, querido, vamos, estoy cansado. —Entró en el porche, se desabrochó la levita y se sentó en el banco—. Bueno, ¿cómo se encuentra tu padre?

—Ayer recibí la noticia de su muerte —dijo el príncipe Andréi—. No ha soportado todo esto.

Kutúzov le miró asustado, después se quitó el gorro y se santiguó:

—¡Que Dios le tenga en su gloria! Qué pena. —Suspiró profundamente, hinchando todo el pecho y calló—. Es una verdadera pena. Yo le quería y comparto con toda mi alma tu dolor. —Abrazó al príncipe Andréi y le estrechó contra sí. Cuando le soltó, el príncipe Andréi vio lágrimas en sus ojos.

—Ven, ven conmigo, hablaremos —añadió Kutúzov, pero en ese instante Denísov, igual de valiente frente a los mandos que frente al enemigo, a pesar de que los ayudantes de campo que se encontraban en el porche intentaron detenerle con enojados susurros, se acercó con atrevimiento a Kutúzov, haciendo ruido con las espuelas sobre los escalones. Después de presentarse dijo que tenía que informar a su serenísima de algo muy importante para el bien de la patria. Kutúzov le miró fijamente con una mirada indiferente y cansada y haciendo un gesto de enojo con la mano repitió:

—¿Para el bien de la patria? ¿De qué se trata? Habla.

Denísov enrojeció como una muchacha (resultaba muy extraño y encantador ver las manchas en ese rostro bigotudo y maduro) y comenzó a exponer con atrevimiento su plan para romper las líneas operativas del enemigo entre Smolensk y Viázma. Denísov llevaba un mes y medio recorriendo esas localidades con un escuadrón itinerante, conocía la zona y su plan parecía indudablemente bueno, en particular por el tono de seguridad que había en sus palabras. Kutúzov se miraba los pies y de vez en cuando miraba al patio de la isba vecina, como si esperara algo de allí. Ciertamente, de la isba a la que miraba apareció pronto un oficial con una cartera bajo el brazo, que se dirigía hacia el porche.

—¿Qué, ya está preparado? —le gritó al oficial con aspecto enfadado. Y meneaba la cabeza como diciendo «¿Cómo puede una sola persona alcanzar a hacer todo esto?».

Denísov seguía hablando, dando su palabra de oficial ruso de que rompería las comunicaciones de Napoleón.

—¿Qué relación tienes con Kiril Andréevich Denísov, oficial de intendencia? —le interrumpió Kutúzov.

—Es mi tío, Su Serenísima.

—¡Oh! ¡Fuimos amigos! Bien, bien, querido, quédate en el Estado Mayor, mañana hablaremos. —Y alargó la mano hacia los papeles que le traía el general de guardia.

—¿No querría Su Serenísima pasar a la habitación? —dijo el general de guardia—. Tiene que firmar documentos, revisar el plan…

—Todo está listo, Su Serenísima —dijo el ayudante. Pero era evidente que Kutúzov quería entrar en la habitación solo cuando ya estuviera del todo libre.

—No, ordena que traigan una mesa aquí, querido, lo revisaré aquí —dijo él—. Tú no te vayas —le dijo al príncipe Andréi. El príncipe Andréi estuvo observando durante largo rato a ese anciano, al que conocía hacía tiempo y sobre el que ahora estaban depositadas todas las esperanzas de Rusia, mientras presenciaba la firma de documentos y el informe del general de guardia. Una de las cuestiones más importantes de ese informe era la elección de la posición para la batalla y la crítica de la posición elegida por Kutúzov en Tsárevo-Záimishche hecha por Barclay.

Durante el informe, el príncipe Andréi escuchó, al otro lado de la puerta, susurros femeninos y el crujido de un vestido de seda. Unas cuantas veces, al mirar en esa dirección, vio a través de la puerta entreabierta una mujer sonrosada y hermosa, con un vestido de seda rosa y un pañuelo de seda lila en el pelo, que llevaba una bandeja. El ayudante de campo de Kutúzov le dijo con un susurro que era la dueña de la casa, la mujer del pope, que tenía intención de ofrecer a Su Serenísima el pan y la sal. Su marido le había recibido con la cruz en la iglesia, pero ella estaba en casa. «Es muy bonita», añadió el ayudante.

Kutúzov escuchaba el informe del general de guardia y las críticas a la posición en Tsárevo-Záimishche, igual que había escuchado a Denísov. Escuchaba solamente porque tenía oídos, que no podían evitar oír; pero era evidente que nada de lo que pudieran decirle podía, no solamente no sorprenderle ni interesarle, sino que sabía de antemano todo lo que pudieran decirle y escuchaba solamente porque debía escuchar, igual que uno escucha una letanía cantada. Todo lo que había dicho Denísov era sensato y juicioso y lo que decía el general de guardia era aún más sensato y juicioso, pero era evidente que Kutúzov menospreciaba los conocimientos y la inteligencia y sabía algo más que sería decisivo para la batalla, algo que no dependía de los conocimientos ni de la inteligencia. El príncipe Andréi seguía atentamente la expresión de su rostro y lo único que pudo leer en él fue aburrimiento, la necesidad de guardar las formas y curiosidad por el significado de los susurros femeninos al otro lado de la puerta y la visión y el crujido del vestido rosa. Era evidente que Kutúzov despreciaba la inteligencia, los conocimientos, e incluso el patriotismo que había expresado Denísov, pero no lo despreciaba desde su inteligencia, sus conocimientos o su intuición y por eso ni siquiera trataba de demostrarlo. Los despreciaba porque deseaba descansar, bromear con la mujer del pope, dormir, los despreciaba desde su ancianidad, desde su experiencia de la vida y su saber de que lo que debería suceder, sucedería.

—¿Ya está todo? —dijo Kutúzov firmando el último papel y levantándose pesadamente, y estirando las arrugas de su rollizo y blanco cuello se dirigió a la puerta.

La mujer del pope, con el rostro sonrojado, tomando la bandeja, que a pesar de tener preparada hace tiempo no alcanzó a ofrecer oportunamente, recibió a Kutúzov con una profunda reverencia. Kutúzov entornó los ojos, sonrió, la cogió de la barbilla y dijo:

—¡Pero qué hermosa! ¡Gracias, palomita!

Sacó del bolsillo de los pantalones unas cuantas monedas de oro y se las dejó en la bandeja. La mujer del pope acompañó a su valioso huésped a su aposento, formando hoyuelos al sonreír en sus sonrosadas mejillas. El príncipe se quedó esperando en el porche. Media hora después le hicieron pasar a ver a Kutúzov. Kutúzov estaba recostado en una butaca, vistiendo la misma levita desabrochada, pero con una camisa limpia. Tenía en la mano un libro francés y cuando entró el príncipe Andréi lo cerró poniendo entre sus páginas un abrecartas. Era una novela de madame de Genlis, como pudo ver Andréi en la cubierta.

—Bueno, siéntate, siéntate, hablemos —dijo él—. Es triste, muy triste. Pero recuerda, amigo, que yo soy para ti un padre, un segundo padre... Te he llamado para que te quedes conmigo...

—Se lo agradezco a Su Serenísima —respondió el príncipe—, pero me temo... que yo ya no sirvo para los estados mayores —dijo con una sonrisa que Kutúzov advirtió y ante la que miró interrogativamente al príncipe Andréi—. Y lo más importante —añadió el príncipe Andréi—, me he acostumbrado al regimiento, aprecio a los oficiales y a los soldados. Si rechazo el honor de quedarme a su lado, crea que...

Un gesto inteligente, bondadoso y agudo iluminó el rostro de Kutúzov. Interrumpió a Bolkonski.

—Me apena, pero tienes razón, tienes razón. No es aquí donde necesitamos hombres. Siempre hay muchos consejeros pero hombres hay pocos. Los regimientos no serían lo que son si todos los consejeros sirvieran allí. Te recuerdo en Austerlitz... Te recuerdo, te recuerdo con la bandera. —Kutúzov le tiró de la mano hacia sí y le besó, y el príncipe Andréi vio lágrimas de nuevo en sus ojos. Aunque el príncipe Andréi sabía que Kutúzov tenía la lágrima fácil y que en ese momento quería halagarle especialmente, pues lamentaba su pérdida, al príncipe Andréi le resultó alegre y halagüeño ese recuerdo de Austerlitz.

—Ve por tu camino y que Dios te acompañe. Bueno, cuéntame cómo te fue en Turquía, en Bucarest... —dijo cambiando de pronto de tema de conversación. Después de hablar un rato de Valaquia y de Calafat, que le interesaban especialmente, Kutúzov volvió de nuevo a hablar de los consejeros, que era como llamaba a los miembros del Estado Mayor y que era un tema que evidentemente le interesaba.

—Allí no había menos consejeros. Si les hubiera escuchado ahora seguiríamos guerreando en Turquía. Todos deseaban apresurarse y la prisa no es buena consejera. Si Kámenski no hubiera muerto, estaría perdido. Asaltaba las fortalezas con treinta mil hombres. Tomar fortalezas no es difícil, lo difícil es ganar una campaña. Y para eso no es necesario asaltar y atacar, sino la paciencia y el tiempo. Kámenski mandó a los soldados contra Rushchuk y yo, mandado simplemente a la paciencia y el tiempo, he conquistado más victorias y he obligado a los turcos a comer carne de caballo. Y también les obligaré a los franceses.

—Sin embargo habrá que aceptar la batalla —dijo el príncipe Andréi.

—Habrá que hacerlo si todos se empeñan en ello, pero entonces… No hay nadie más fuerte que estos dos guerreros: la paciencia y el tiempo, pero los consejeros no quieren escuchar esto y eso no es bueno. Bueno, adiós, amigo, recuerda que comparto con toda mi alma tu pérdida y que para ti yo no soy ni serenísima, ni comandante en jefe, sino un padre. Adiós.

El príncipe Andréi no podía explicarse el cómo y el porqué, pero después de ese encuentro con Kutúzov regresó a su regimiento tranquilo con respecto al devenir de la guerra y con respecto a la persona que se encontraba al mando. Cuanto más veía en ese anciano, en el que quedaba solamente el hábito de las pasiones, la ausencia de todo lo terreno, más tranquilo se encontraba, dándose cuenta de que eso era lo que necesitaban. Él no tendrá nada suyo, no echará a perder el asunto. Recordará, escuchará, tendrá todo en cuenta, temerá deshonrarse y perder la comandancia, que le entretiene y hará por descuido todo lo necesario para la marcha general del asunto. Él es ese pesado caballo, apaleado, viejo, que no pone en movimiento la rueda, que no salta, que no va a tirar ni a demoler, pero que seguirá andando regularmente hasta que la rueda caiga y eso es lo que hace falta. Este era ese sentimiento que todos experimentaban de una manera más o menos vaga y en el que se basaba la unánime y general aprobación que había provocado la elección de Kutúzov como comandante en jefe.

El príncipe Andréi estaba muy sombrío y triste ese día. El día anterior acababa de recibir la noticia de la muerte de su padre. La última vez que había visto a su padre había discutido con él. Este había muerto de manera fulminante y dolorosa. Su hermana y su hijo, junto con el preceptor de este, un sensible e ideal amigo para el niño, que sin embargo no servía de ayuda en Rusia, se habían quedado solos y sin protección. ¿Cómo debía actuar el príncipe Andréi? Su primer sentimiento había sido el de dejarlo todo y cabalgar en su búsqueda, pero de pronto se le manifestó vivamente el carácter general de sombría grandeza en la que se encontraba y decidió quedarse sometiéndose a este carácter. La patria estaba en peligro, todas las esperanzas de felicidad personal se habían perdido, la vida no servía para nada, la única persona que le entendía, su padre, había muerto sumido en la tristeza. ¿Todavía alguna de las personas a las que quería se encontraba en peligro? ¿Qué le restaba hacer? ¿Huir como un cobarde del ejército a procurarle ayuda a sus seres queridos, pero escapando él mismo del peligro y del deber, o buscar la muerte en las sombrías filas del ejército, cumpliendo con su deber y defendiendo a la patria? Sí, esto último era lo que debía elegir. El deber y la muerte. Después de ver a Kutúzov se sumergió con un ánimo aún más lúgubre en las sombrías filas del ejército, después de la propuesta de Kutúzov y su rechazo a esta.

VIII

El 24 de agosto, Beausset, el chambelán del emperador de los
franceses, y el coronel Fabvier llegaron, el primero de París y el
segundo de Madrid, al cuartel general de Napoleón en su parada
en Borodinó. Después de ponerse el uniforme de chambelán, el
señor Beausset ordenó que le trajeran la caja con el retrato que le
había traído al emperador y entró en la casa que este ocupaba. Era
la casa del distrito de Mozháisk, del hacendado I. G. Dúrov. El
emperador Napoleón había pasado la noche en lo que había sido
el despacho de Dúrov, donde en las ventanas aún había platos con
enormes espigas de trigo y un jarrón y en el que estaba colgado el
retrato del padre de Dúrov en un marco dorado. En la sala de recepciones, que había sido sala de estar, ya se agolpaban los cortesanos. El señor Beausset, recién llegado, respondió en tono de broma a las preguntas que le hacían acerca de las damas de París. El
coronel Fabvier les contó los asuntos de España y preguntó sobre
el curso de la campaña moscovita. Alguno, riéndose, narraban las
rarezas de Moscú, un general contaba en susurros, junto a la ventana, que la campaña era demasiado larga, que la línea era demasiado extensa, que en las tropas había mucho desorden, los convoyes eran enormes y tres días antes en Gsatska muchos mariscales
habían expuesto a Napoleón la necesidad de detenerse y pasar el
invierno en Smolensk, pero que al parecer la suerte había decidido otra cosa. El emperador había dicho, como anticipándose: «Si
mañana hace mal tiempo, escucharé vuestro consejo y me quedaré en Smolensk, pero si hace bueno, seguiré adelante; el tiempo
fue excelente y aquí estamos, a las puertas de Moscú». «Dios sabe,
Dios sabe, qué saldrá de todo esto», decían los generales, que lo
veían todo muy negro. Pero en ese momento se acercó a Fabvier
un conocido suyo y le contó, como si fuera una alegre broma, un
suceso acaecido la víspera, con los carros de un mando de la vanguardia del ejército.

El emperador había ordenado unas cuantas veces que no se llevaran cosas superfluas en los carruajes y el día anterior había tropezado con un precioso coche, completamente lleno de los efectos personales del general Jouber. Era un precioso coche polaco, que el general llevaba a Wilno. «E imagínate, querido, que el emperador ha ordenado prender fuego al coche, con todos los trastos... Había que ver la cara del pobre general... Fue muy cómico, querido.»

Mientras tanto el emperador Napoleón estaba terminando con su higiene matutina, calzaba zapatos y medias cortas, que le cubrían las gruesas pantorrillas y estaba sin camisa, con el grueso estómago al aire, sobre el que le colgaban unos pechos como de mujer cubiertos de pelo. Un ayuda de cámara rociaba con colonia su grueso cuerpo y el otro frotaba con un cepillo la espalda de Su Majestad. Los cortos cabellos estaban mojados y enmarañados en la frente. Napoleón resopló y dijo: «Más fuerte».

—Decidle al señor Beausset y también a Fabvier, que me esperen.

Los dos ayudas de cámara vistieron con rapidez a Su Majestad y él salió alegre, animado, con paso rápido y firme. El señor Beausset se apresuró con la ayuda de otros a desenvolver el paquete que traía. Era un retrato del hijo del emperador, el rey de Roma (palabras que tanto gustan de repetir acerca del hijo de Napoleón y que tanto se le atribuyen, seguramente por la precisa razón de que no tienen ningún sentido), pintado por Gerar. Había que colocarlo sobre las sillas (las mismas sobre las que se habían montado a caballito los hijos de Dúrov) para que el emperador lo viera al entrar.

Pero el emperador se vistió con tal inesperada rapidez, que los cortesanos temieron que no les fuera a dar tiempo. Napoleón estaba del mejor humor. Al entrar se dio cuenta de lo que estaban haciendo, pero no quiso privarles del placer de darle una sorpresa. Hizo como si no lo viera y se dirigió a Fabvier, le llamó aparte y se puso a preguntarle sobre los detalles de la batalla de Salamanca. Napoleón escuchó en silencio, frunciendo el ceño, lo que le contaba Fabvier acerca de la valentía y la fidelidad de sus tropas, que luchaban en el otro extremo de Europa y que tenían un solo pensamiento: ser dignos de su emperador, y un solo miedo: no complacerle. El resultado de la batalla había sido lamentable. «No podía ser de otro modo sin mi presencia —pensó él—. Da igual. Lo solucionaré desde Moscú.»

—Hasta pronto —le dijo a Fabvier y llamó a Beausset.

Beausset hizo una de esas profundas reverencias francesas, que solo sabían hacer los antiguos sirvientes de los Borbones, se acercó y le entregó un sobre. Napoleón estaba de buen humor porque al parecer los rusos iban a aceptar la batalla y estaba contento como un niño que hubiera esperado durante mucho tiempo la ocasión de echar una carta, y sin preguntar si la carta gana o no, ya está contento porque piensa que ganará y porque ha llegado el momento de echar la carta. Además, el campo de batalla estaba a orillas del río de Moscú. Moscú, con sus innumerables iglesias, a la que Napoleón sabía que llegaría. Lo sabía. Napoleón se dirigió alegre a Beausset y le tiró de la oreja.

—Se ha dado prisa. Me alegra mucho. Bueno, ¿qué es lo que dice París?

—París se lamenta de su ausencia —respondió Beausset, como era preciso. Pero eso ya era bien sabido por Napoleón y no merecía la pena hablar de ello.

—Lamento mucho haberle hecho venir tan lejos.

—No esperaba menos, señor, que encontrarle a las puertas de Moscú —dijo Beausset.

Napoleón sonrió y extendió la mano. Uno de sus ayudantes de campo más importantes acudió con una tabaquera dorada y se la presentó. Napoleón cogió un pellizco de polvo y aspiró.

—Ha tenido suerte, ya que le gusta viajar —dijo Napoleón bromeando—, dentro de tres días verá Moscú.

Beausset hizo una reverencia para agradecer la atención.

—¡Oh! ¿Qué es eso? —dijo Napoleón, al darse cuenta de que todos los cortesanos miraban a un vistoso retrato del rey de Roma, que recordaba al niño de Murillo y al Cristo de Rafael y levemente al rostro del niño que había sido retratado. Napoleón quería seguir conversando con Beausset y alardear frente a él de su campaña y su conquista de Moscú, la ciudad asiática de las innumerables iglesias. Pero no era posible, todos esperaban el efecto de la sorpresa. Napoleón tuvo que volverse hacia el retrato y con su aptitud italiana para cambiar la expresión a voluntad, se acercó a él y adoptó un semblante pensativo y tierno. Sentía que lo que dijera e hiciera entonces, sería historia. Sintió que lo mejor que podía hacer, él con su grandeza, el gran emperador, el gran ejército, las pirámides, Moscú con sus estepas; lo mejor que podía hacer era demostrar, en contraposición con la grandeza, la más sencilla ternura paterna. Sus ojos se enturbiaron, se apartó un poco, miró a una silla que inmediatamente fue colocada debajo de él y se sentó en ella frente al retrato. Ante un gesto suyo todos salieron de puntillas dejándole solo a él y a su emoción de gran hombre. Después de estar un rato sentado tocando con la mano, sin él mismo saber por qué, la rugosidad del resalte, se levantó, llamó al servicio y fue a desayunar. Durante el desayuno, como de costumbre, estuvo recibiendo visitas y dando órdenes.

Después del desayuno fue a pasear a caballo e invitó a ir con él a Fabvier y a Beausset, al que gustaba viajar.

—Su Majestad, es usted demasiado bueno —dijo Beausset, que quería dormir y que no sabía y temía montar a caballo.

Napoleón fue al campo de Borodinó.

Las tropas rusas eran visibles al otro lado del río y en el reducto de la aldea de Shevardinó. Napoleón no tenía que dar ninguna orden. Las tropas rusas estaban dispuestas sin ninguna cautela, a campo abierto, trabajando en las fortificaciones y esperando la batalla. Ese día ya era tarde para comenzar la batalla. Además todavía no estaban reunidas todas las tropas y la orden de que se aproximaran ya hacía tiempo que se había dado. No había nada que emprender ni que ordenar. La cuestión sobre cómo atacar a los rusos, si desde el frente, si por el flanco o con una maniobra envolvente, todavía no se había resuelto y no podía resolverse en la mente de Napoleón, porque no tenían noticias fiables sobre la posición de los rusos y sus fuerzas, y por lo tanto no había nada que ordenar ni que emprender esa tarde, aunque todos esperaban órdenes. Muchos dieron su opinión, cosa que Napoleón había solicitado. El tiempo era estupendo y la disposición de ánimo de Napoleón, buena. Miró al reducto de Shevardinó y dijo:

—Será fácil tomar ese reducto.

—Solo tiene que ordenarlo, señor —dijo el mariscal Davout, y Napoleón, mirando a Beausset y viendo entusiasmo en su mirada, ordenó al instante atacar el reducto y bajó del caballo para poder admirar el espectáculo con mayor tranquilidad.

IX

El reducto de Shevardinó fue atacado el día 24 por la tarde y hubo unos 10.000 muertos y heridos por ambas partes. Cuando comenzó a anochecer un paje le dio un caballo a Napoleón, otro sujetó las riendas y él fue al paso a cenar a casa de Dúrov.

El 24 fue la batalla en el reducto de Shevardinó, el 25 no se cruzó ni un solo disparo ni por una ni por otra parte, el 26 fue el día de la batalla de Borodinó, que los historiadores denominan como un grandioso suceso, la gran batalla de Moscú, cuyo aniversario se festeja ahora y en agradecimiento por la cual se celebraron rogativas tanto en el ejército ruso como en el francés, dando gracias a Dios por haber acabado con tantos soldados. La misma sobre la que escribió Kutúzov al emperador, diciendo que había ganado y la que Napoleón dijo a sus tropas y a su pueblo que había ganado, la batalla sobre la que hasta el día de hoy continúan las discusiones relativas a quién realizó los mejores y más *geniales* (esta es una palabra que les gusta especialmente) movimientos. Para nosotros, los descendientes del suceso, este se nos antoja tan triste como un único asesinato, solo que mucho más interesante dado que fueron 80.000 asesinatos los que se perpetraron en un único día en un único lugar, más interesante por ser un suceso en el que no vemos razón alguna para agradecer ni para reprochar a Dios, como por cada acontecimiento inevitable, como la primavera, el verano y el invierno. Este suceso parece un fenómeno inevitable, que no pudo producirse por la voluntad de particulares, como Kutúzov y Napoleón y en el cual su voluntad tuvo tan poco que ver como la voluntad de cada soldado. Un suceso que los jefes militares no solamente no provocaron, sino que ni siquiera previeron, ni dirigieron, ni comprendieron. Las acciones de estos genios fueron, como siempre sucede en la guerra, tan irracionales como la acción de ese soldado que dispara a otro, que le es desconocido y extraño, a quemarropa.

No nos detendríamos en el análisis de las acciones de los jefes militares si no estuviera arraigada la convicción sobre su genialidad.

Las acciones de Napoleón y Kutúzov en Borodinó fueron involuntarias e irracionales. Para empezar, ¿por qué tuvo lugar la batalla de Borodinó? No tenía sentido ni para los rusos ni para los franceses. El resultado inmediato de esa matanza fue y debía haber sido, para los rusos, la aproximación a la pérdida de Moscú, cosa que temían más que nada en el mundo, y para los franceses, la aproximación a la pérdida de todo el ejército, cosa que temían más que nada en el mundo. Si los jefes militares se hubieran guiado por causas razonables, parecía que debía haber quedado claro para Napoleón que después de recorrer dos mil verstas y arriesgándose a perder la cuarta parte de su ejército, al plantar batalla se precipitaba a una segura derrota. Igual de claro tenía que haber

resultado para Kutúzov el hecho de que al aceptar la batalla seguramente perdería Moscú. Era matemáticamente claro, igual de claro
que si al jugar a las damas con una pieza de menos, cambio, seguramente perderé y por ello no debo cambiar. Cuando el contrario
tiene dieciséis piezas y yo catorce, soy solamente un octavo más
débil que él, pero cuando hayamos cambiado trece piezas, él será
tres veces más fuerte que yo. Esto parecía estar claro, pero ni Napoleón ni Kutúzov lo vieron y se dio la batalla.

Hasta la batalla de Borodinó nuestras fuerzas eran, con respecto a
las de los franceses, de 5 a 6, pero después de la batalla quedaron con
una proporción de 1 a 2, es decir, hasta la batalla éramos 103.000 a
130.000 y después de la batalla 50.000 a 100.000. Y se entregó
Moscú. El propio Napoleón demostró aún menos genialidad, perdiendo parte de su ejército y extendiendo aún más su línea.

Si dicen que con la toma de Moscú, pensaba, al igual que con
la toma de Viena, que finalizaría la campaña, hay muchas pruebas
de lo contrario. Los propios historiadores de Napoleón dicen que
desde Gsatska, él deseaba seguir el consejo de volver atrás y sabía
del peligro de su posición tan extendida; además, sabía que la
toma de Moscú no significaría el final de la campaña. Desde Smolensk se había dado cuenta de en qué situación le dejaban las ciudades rusas y él mismo le había dicho a Tuchkóv en Smolensk,
que si la toma de Moscú no decidía la suerte de la campaña, la
toma de la capital por el enemigo, supondría una irreparable desgracia para los rusos. Lo había dicho con su trivialidad de pensamiento, como si fuera una muchacha, que una vez perdida la inocencia ya no la pudiese recuperar.

Plantando y aceptando la batalla de Borodinó, Kutúzov y Napoleón actuaron involuntaria e irracionalmente. Y los historiadores, ya a la luz de los hechos, presentan intrincadas demostraciones
de la previsión y la genialidad de los jefes militares, que de todos
los instrumentos involuntarios de los acontecimientos mundiales,
eran los más esclavos y los más involuntarios.

Los antiguos nos han dejado modelos de poemas heroicos en los que los dioses regían los actos de los héroes, decidían su destino, lloraban por ellos, intercedían por ellos y hemos perpetuado durante mucho tiempo esa forma de poesía, aunque ya hace mucho tiempo que nadie cree en los héroes. Los antiguos también nos han dejado modelos de historias heroicas, donde los Rómulos, Ciros, Césares, Scevolas, Marías, etcétera, constituyen todo el interés de la historia y todavía no podemos acostumbrarnos al hecho de que este tipo de historia no tiene sentido para nuestra época.

X

Tras la partida del emperador de Moscú, cuando ese primer entusiasmo pasó, la vida moscovita volvió a su antiguo orden habitual, y el curso de esa vida era tan común, que resultaba difícil recordar esos días pasados de arrebato y era difícil de creer que Rusia se encontrara verdaderamente en peligro y que los miembros del club inglés son además hijos de la patria, dispuestos a hacer cualquier sacrificio por ella. Lo único que recordaba al anterior entusiasmo y patriotismo generalizado durante la estancia en Moscú del emperador era la exigencia de sacrificar hombres y dinero, que tan pronto como fue llevada a cabo tomó forma de ley. Los ancianos, lanzando quejidos, organizaban la entrega de los combatientes y los reclutas y la reparación de las brechas que esos donativos hacían en sus propiedades. El peligro que suponía el enemigo, y el sentimiento patriótico y la pena por los muertos y heridos, y los donativos y el miedo por la aproximación del enemigo, todo, en la ordinaria vida social, perdía su significado serio y amenazador y adoptaba, en las mesas de Boston o en los grupos de damas que picaban las hilas con sus blancas manitas, un carácter insignificante y era con frecuencia objeto de discusiones, bromas o vanidades.

Y con la cercanía del enemigo y el peligro, la visión de su situación no solo no se hizo más seria, sino que incluso se volvió más frívola, como siempre sucede con las personas que ven avecindarse un peligro. Ante un peligro que se avecinda dos voces hablan a la vez con fuerza en el alma del hombre: una dice con mucha razón que debe valorar la naturaleza del peligro y la manera de librarse de él; la otra dice con aún mayor razón que es demasiado duro y difícil pensar en el peligro y que además dado que prever y salvarse del curso de los acontecimientos no está en la mano del hombre lo mejor es olvidarse del peligro hasta que no se presenta y pensar en las cosas agradables. Estando en soledad la mayor parte de los hombres se entregan a la primera voz, pero al contrario, estando en sociedad, lo hacen a la segunda. Eso es lo que sucedió entonces con los habitantes de Moscú.

Las noticias sobre que nuestro ejército se retiraba ya hacia Moscú y de que todavía se esperaba la batalla se contaban alternativamente con las noticias de que la princesa georgiana estaba muy enferma y echaba a todos los doctores, pero dejaba que la tratara un milagrero, que Katish, por fin, se había prometido, y que el príncipe Piotr estaba muy enfermo. Los pasquines del conde Rastopchín contando que el emperador le había ordenado construir un globo, para volar donde quisiera, a favor y contra el viento, y que ahora se encontraba bien, que había padecido de un ojo, pero que ahora podía ver por los dos y que los franceses eran un pueblo débil y que una mujer podía echar a tres franceses con una horca, etcétera, se leían y juzgaban al mismo nivel que los últimos pies forzados de P. I. Kutúzov, V. L. Pushkin y Pierre Bezújov. Esos pasquines gustaban a algunos, en el club, en pequeños círculos, se reunían para leerlos y se reían de la debilidad de los franceses. Algunos no aprobaban ese tono y decían que era frívolo y estúpido. Se decía que Rastopchín había expulsado de Moscú a todos los franceses e incluso al resto de los extranjeros, porque entre ellos había espías y agentes de Napoleón; y con el mismo celo no olvi-

daban narrar que Rastopchín, al llevarlos a la barcaza, había dicho:
«Deseo que esta barca no se convierta para vosotros en la barca de
Caronte», se decía que todas las oficinas públicas habían sido tras-
ladadas de Moscú y añadían la broma de Shinshin, que decía que
solo por eso Moscú debería estar agradecida a Napoleón. Contaban que a Mamonov su regimiento le iba a costar ochocientos
mil rublos y que Bezújov gastaría aún más en su batallón, pero
que lo mejor del acto de Bezújov era que él mismo iba a vestir el
uniforme y cabalgar al frente del batallón, y que no cobraría entrada por ver el espectáculo.

—Usted no hace piedad a nadie —dijo Julie Drubetskáia, re-
cogiendo un puñado de hilas en sus delgados dedos cubiertos de
anillos—. Bezújov es muy bueno y amable. Qué placer encuentra
en ser tan malediciente.

—Multa a favor de los heridos por la maledicencia —dijo
aquel al que acusaban.

—Y otra multa por el galicismo —añadió otro—. No se dice
«usted no hace piedad a nadie» sino, «usted no respeta a nadie».

—Soy culpable de la maledicencia —respondió Julie— y pagaré, por el placer de decirle la verdad estoy aún más dispuesta a
pagar, pero del galicismo no respondo, yo no tengo tiempo como
el conde Golitsyn, para contratar a un profesor y aprender ruso.

Para Pierre la llegada del emperador, la reunión en el palacio
Slobodski, y la sensación que allí experimentara, había hecho
época en su vida. Lo que para la mayoría de las personas de su
círculo suponía dolor y pánico, ese peligro, ese desbarajuste de la
habitual marcha de los acontecimientos y el peligro de desastre, hacían feliz a Pierre, le reavivaban y le regeneraban.

«Encuentro en esto de bueno y agradable —pensaba él— el
que haya llegado el momento en el que este orden vital correcto que me domina, cambie, el momento para que yo demuestre
que todo esto es absurdo, vano y fútil.» Pierre, al igual que Mamonov, había comenzado a disponer su batallón de tiradores, que iba

a costar más que el de Mamonov y a pesar de que el administrador le informó de que tal como era el estado de sus cuentas, con ese gasto se arruinaría, él le dijo: «Ah, simplemente hágalo. ¿Acaso no da todo igual?». Cuanto peor iban sus negocios, mejor se sentía. Pierre experimentaba un alegre sentimiento de tranquilidad dado que finalmente iba a cambiar ese falso, pero omnipotente modo de vida que le ataba. O bien asistía a las reuniones de su comité o paseaba por la ciudad, averiguando con avidez las novedades y llamando con toda la fuerza de su alma a ese glorioso momento en el que todo se derrumbaría y en el que pudiera, no ya festejar, sino simplemente deshacerse, no solo de la riqueza, sino de toda su vida, tan superflua como la riqueza.

A pesar de que Pierre decía enrojeciendo a todos sus conocidos que no solo nunca comandaría su batallón, sino que no iría a la guerra por nada del mundo, que a causa de su corpulencia sería un blanco demasiado fácil y que era muy torpe y pesado, hacía tiempo que a Pierre le inquietaba el pensamiento de partir para el ejército y ver con sus propios ojos qué era la guerra.

El 25 de agosto, después de recibir la noticia, a través del ayudante de campo de Raevski, de la cercanía de los franceses y de la segura batalla, Pierre deseó aún más partir para el ejército para ver qué era lo que allí sucedía y con ese fin y para renunciar a su cargo en el comité de donaciones y estar libre, fue a ver a Rastopchín. Al pasar por la plaza Bolótnoi vio una multitud reunida en torno al cadalso y deteniéndose, bajó del drozhki. Era la condena a un cocinero francés acusado de espionaje. La condena acababa de terminar y el verdugo desataba del potro a un hombre grueso, con medias azules, un kamzol verde y patillas pelirrojas, que gemía y daba lástima. Otro criminal, delgado y pálido, se encontraba en el mismo lugar.

Con un rostro asustado de sufrimiento, parecido al que tenía el francés delgado, Pierre se abría paso entre la multitud, preguntando: «¿Qué es esto? ¿Quiénes son? ¿Por qué?», y no recibía respuesta. La multitud de funcionarios, hombres y mujeres, miraba ávidamente y esperaba. Cuando desataron al hombre grueso y él, que evidentemente no tenía fuerzas para contenerse, aunque lo deseara, se echó a llorar, enojándose consigo mismo, como lloran los adultos sanguíneos, la muchedumbre se puso a hablar, según le pareció a Pierre, para acallar en ellos mismos el sentimiento de lástima y se escuchó:

—Ahora sí que se ha puesto a cantar: «padg'ecito, og'todoxo, ya no lo hag'e, ya no lo hag'e» —decía detrás de Pierre uno que seguramente era cochero de algún señor.

—Parece que a *musiú* la salsa rusa le resulta agria, al francés le ha dado dentera —dijo un escriba continuando la broma del cochero. Pierre miraba, meneaba la cabeza, y fruncía el ceño. Se dio la vuelta, regresó al drozhki y decidió que no podía quedarse más tiempo en Moscú y debía irse al ejército.

Rastopchín estaba ocupado y mandó decirle a través de un ayudante que estaba de acuerdo. Pierre se fue a casa y dio orden a su todopoderoso mayordomo Evstrátovich, inteligente, que todo lo sabía y que conocía a todo Moscú, de que esa noche partiría para el ejército en Tatárinov.

Pierre partió la mañana del día 25 sin decírselo a nadie y llegó al ejército por la tarde. Sus caballos le esperaban en Kniazkóv. Kniazkóv estaba tomado por la tropas y medio derruido. Por el camino se enteró de boca de algunos oficiales de que llegaba justo a tiempo y que ese día, o al día siguiente, se daría batalla general. «¿Qué hacer? Esto es lo que yo quería —se dijo a sí mismo—, ahora llega el fin.»

A las rotas puertas le esperaba su carro con el cochero, el maestrante y los caballos de silla. Pierre adelantó a su batallón, pero el maestrante le reconoció y le llamó y Pierre se alegró de ver una cara conocida después de una innumerable sucesión de rostros desconocidos de soldados, que había visto por el camino. El maestrante se encontraba, junto con los caballos y los carros, en medio de un regimiento de infantería.

Para no llamar tanto la atención por su aspecto, Pierre tenía intención de ponerse en Kniazkóv el uniforme de miliciano de su regimiento, pero cuando se acercó a los suyos se dio cuenta de que debería cambiarse ahí, a la intemperie, ante los ojos de los soldados y los oficiales, que miraban con sorpresa su sombrero blanco y su grueso cuerpo vestido con un frac, y cambió de opinión. También rechazó el té que le había preparado el maestrante y que los oficiales miraban con envidia. Pierre tenía prisa por llegar. Cuanto más se alejaba de Moscú y más se internaba en ese mar de tropas, más le poseía la inquietud. Temía a la batalla que debía tener lugar y temía aún más llegar tarde a esa batalla.

El maestrante trajo dos caballos. Un alazán inglés y uno moro. Pierre hacía tiempo que no montaba y le daba miedo encaramarse a un caballo. Preguntó cuál de los dos era más manso. El maestrante se lo pensó.

—Este es más dócil, Excelencia.

Pierre eligió el más dócil y cuando se lo llevaron, mirando con timidez por si alguien se reía de él, se sujetó de las crines, con tal energía y esfuerzo que parecía que no iba soltar esas crines por nada del mundo y se subió a él. Luego quiso colocarse bien las gafas, pero no fue capaz de reunir fuerzas para apartar las manos de la silla y las riendas. El maestrante miraba con desaprobación las piernas dobladas y el enorme cuerpo encorvado de su conde y sentado en su caballo se preparaba para acompañarle.

—No, no hace falta, quédate, iré solo —masculló Pierre. En primer lugar no quería tener tras de sí esa mirada de reproche a causa de su postura y en segundo lugar no quería exponer al maestrante a los mismos peligros a los que él estaba decidido a exponerse. Mordiéndose los labios y encorvándose hacia delante, Pierre golpeó con ambos talones en las ingles del caballo y con esos mismo talones se aferró al él y echó a andar por el camino, sujetando las riendas de lado y sin soltar las crines, con un galope desigual, encomendando su alma a Dios.

Después de cabalgar dos verstas y sosteniéndose a duras penas en la silla, a causa de la tensión, Pierre detuvo su caballo y continuó al paso, tratando de deducir cuál era su posición. Tenía que reflexionar acerca de adónde iba y para qué. De Moscú le había hecho partir el mismo sentimiento que experimentara en el palacio Slobodski, en la recepción del emperador, ese agradable sentimiento de consciencia de que todo lo que a la gente le procura felicidad, las comodidades de la vida, la riqueza, incluso la propia vida, son un absurdo que resulta agradable rechazar, en comparación con… algo. ¿Con qué?

Pierre no podía darse cuenta y ni siquiera trataba de explicarse, porqué y por quién encontraba un particular placer en el sacrificio de todas sus propiedades y de su vida. No le preocupaba la razón de porqué quería hacer ese sacrificio, sino que el mismo sacrificio le suponía una nueva alegría, un sentimiento renovador. A causa de este sentimiento había ido desde Moscú a Borodinó, para tomar parte en la batalla que se avecindaba. *Tomar parte* en la batalla le parecía un asunto completamente sencillo y claro en Moscú, pero ahora, al ver esa masa de soldados, organizados por grados, sometidos a subordinaciones, vinculados los unos a los otros, ocupados cada uno en su tarea, comprendió que no era tan fácil llegar y tomar parte en la batalla y que para conseguirlo debía unirse a alguien, subordinarse a alguien, para obtener un interés más concreto, que el de tomar parte en general en la batalla.

Después de haber puesto su caballo al paso, Pierre comenzó a mirar a ambos lados del camino, buscando alguna cara conocida, y solo se encontraba con rostros desconocidos de soldados de diferentes armas del ejército y que miraban o bien con asombro o bien con burla su gorro blanco y su frac verde. Después de pasar por dos aldeas arruinadas y vacías de habitantes, se acercó a una tercera en la que por fin encontró a un conocido con el que se puso a hablar con alegría, para que le recomendara qué era lo que debía hacer. Ese conocido era uno de los jefes médicos del ejército. Iba, junto con un joven doctor, montado en una carretela que adelantó a Pierre y, al reconocerle, detuvo al cosaco que estaba sentado en el pescante en el lugar del cochero.

—Excelencia, ¿qué hace aquí? —preguntó el doctor.

—Quería ver…

—Sí, sí, habrá mucho que ver…

Pierre desmontó y se detuvo para hablar con el doctor y para pedirle consejo acerca de cómo debía proceder, a quién debía dirigirse y dónde encontrar el regimiento Pernovski, que comandaba el príncipe Andréi. A la última pregunta el doctor no pudo responderle, pero a la primera aconsejó a Bezújov dirigirse directamente a su serenísima el príncipe.

—Le podría pasar cualquier cosa estando Dios sabe dónde en la batalla, desamparado y sin información —dijo él, intercambiando una mirada con su joven colega—, y Su Serenísima le conoce y le recibirá con benevolencia… Hágalo así, padrecito —dijo el doctor.

El doctor parecía tener mucha prisa y estar cansado. Y a Pierre le sorprendió la familiaridad con la que se dirigía a él, frente al anterior trato respetuoso y empalagoso.

—Vaya a esa aldea, me parece que se llama Burdinó, Burdinó o Borodinó, no me acuerdo, desde ese sitio en el que están cavando las fortificaciones, coja el camino de la derecha directo a Tatárinov y llegará al cuartel general de Su Serenísima.

—Pero puede que él no tenga tiempo.

—No ha dormido en toda la noche, preparándose, porque no es ninguna broma tener que planear esta enormidad, yo he estado con él. Pero a usted de todos modos le recibirá.

—Así que usted piensa…

Pero el doctor le interrumpió y se acercó a su carretela.

—Le acompañaría, para mí sería un honor, pero le juro que estoy hasta aquí —el doctor se señaló a la garganta—, ahora mismo voy a la comandancia de cuerpo. Como sabe, conde, mañana nos espera una batalla en la que tomarán parte cien mil soldados, como poco hay que pensar que habrá veinte mil heridos y no tenemos ni camillas, ni camas, ni enfermeros, ni médicos para seis mil. Así que hay que arreglarse con lo que hay...

El extraño pensamiento de que entre esos miles de personas vivas, sanas, jóvenes y viejas, que miraban con alegre asombro su sombrero, habría veinte mil condenadas a las heridas y a la muerte (quizá las mismas que en ese momento estaba viendo) le abatió de tal manera que, sin responder ni a las palabras del doctor ni a su despedida, se quedó durante largo tiempo en el mismo sitio, sin cambiar la expresión de sufrimiento y terror de su rostro.

Con ayuda de un servicial encargado de provisiones que le acercó el caballo, y después de montar, Pierre se fue hacia esa aldea que tenía frente a sí y a la que el doctor había llamado indefinidamente Burdinó o Borodinó. La pequeña calle de esta aldea, como cualquier otra, con casas sin tejado y con pozos en la calle, estaba llena de mujiks con cruces en las gorras, que, conversando, en mangas de camisa, llevando palas al hombro, le salían al encuentro. Al final de la calle los mismos mujiks cavaban una trinchera y se llevaban la tierra en carretillas sobre tablas colocadas en el suelo. Dos oficiales se encontraban en la excavación dirigiendo a los mujiks. Tan pronto como Pierre se acercó a la fortificación que estaba cavando la milicia, un hedor a humanidad le envolvió.

—Permítame que le pregunte —le dijo Pierre a un oficial—, ¿qué aldea es esta?

—Borodinó.

—¿Y cómo puedo llegar a Tatárinov?

El oficial, visiblemente contento de tener ocasión de charlar, bajó de la elevación y tapándose la nariz pasó junto a los miembros de la milicia que trabajaban con sus sudadas camisas.

—Agh, malditos —decía él, al acercarse a Pierre, acodándose en su caballo—. ¿Va a Tatárinov? Entonces tiene que volver atrás, si sigue por este camino llegará directamente a los franceses. Ya son visibles.

—¿Se les puede ver a simple vista?

—Sí, ahí están, ahí están.

El oficial señaló con la mano la masa negra. Ambos guardaron silencio.

—Sí, no se sabe quién quedará vivo mañana. Muchos no lo contarán. Gracias a Dios, ya todo se acaba. —Un suboficial se acercó a decir que hacía falta ir a por cestos.

—Bueno, manda de nuevo a la tercera compañía —dijo el oficial con desgana—. ¿Y usted quién es? —preguntó él—. ¿Es uno de los médicos?

—No, no —respondió Pierre.

—Vuelva hacia atrás por la calle y coja el segundo desvío a la izquierda, donde está ese pozo.

Pierre se fue por el camino que le había indicado el oficial, y sin haber llegado a salir aún de la aldea vio que por el camino que él debía seguir avanzaba bien alineado un batallón de infantería con los chacós quitados y los fusiles bajados. Por detrás de la infantería se escuchaban cánticos religiosos y, adelantándole, pasaron corriendo soldados y milicianos descubiertos.

—¡Traen a nuestra Santa Madre!

—¡Nuestra protectora la Virgen de Iveria!

—La patrona de Smolensk —corrigió otro. Los milicianos, tanto los que había en la aldea, como los que trabajaban en la batería, que arrojaban las palas, corrían gritando al encuentro de la procesión. Detrás del batallón, que iba al frente, iban los sacerdotes vestidos con casullas, uno llevaba una tiara y una cruz y cantando iban tras él los soldados y oficiales llevando un gran icono con un rostro negro. Tras el icono y a su alrededor, desde delante y de todas partes avanzaba, corría y se postraba en el suelo, una multitud con la cabeza descubierta. Al llegar a la aldea la procesión se detuvo, el sacerdote encendió de nuevo el incensario y comenzaron las plegarias.

Pierre bajó del caballo y se quitó el gorro, permaneció de pie durante un rato y siguió adelante.

Por todo el camino vio a derecha e izquierda las mismas tropas con los mismos rostros ensimismados que adoptaban la misma expresión sorprendida al verle. «Y estos, estos se cuentan dentro de esos veinte mil para los que ya están preparando las camillas y las camas para mañana», pensaba él al mirarles. Unos cuantos ayudantes de campo y generales le salieron al encuentro, pero todos le eran desconocidos. Le miraban con curiosidad y seguían adelante. En el desvío hacia Tatárinov se encontró con dos generales en dos drozhki, acompañados de una gran cantidad de ayudantes de campo. Uno era el general Bennigsen, que había ido a examinar la posición. Entre el séquito que acompañaba a Bennigsen, había muchos conocidos de Pierre. Le rodearon inmediatamente y comenzaron a preguntarle sobre Moscú y sobre la razón por la que se encontraba allí, y para su sorpresa, apenas si se extrañaron al saber que había ido para tomar parte en la batalla. Bennigsen, al reparar en él y deteniéndose en una fortificación que estaban excavando, deseó conocerle, le llamó y le propuso que fuera junto a ellos por la línea.

—Le resultará interesante —dijo él.

—Sí, muy interesante —dijo Pierre.

—En lo que concierne a su deseo de tomar parte, pienso que lo mejor es que vaya a decírselo a Su Serenísima, él se alegrará mucho…

Bennigsen no habló más con Pierre. Era evidente que estaba demasiado agitado y excitado ese día, lo mismo que la mayoría de los que le rodeaban. Bennigsen observó toda la línea de vanguardia en la que estaban distribuidas nuestras tropas, hizo unas cuantas observaciones, aclaró algo con el general que estaba con él y que se le acercó y dio alguna orden. Pierre, escuchándole, aguzó toda su capacidad intelectual para comprender la esencia de la batalla que se avecindaba y las ventajas y desventajas de nuestra posición; pero no pudo entender nada de lo que veía y escuchaba. Y no podía entenderlo porque en la disposición de las tropas antes de la batalla estaba acostumbrado a buscar una refinada agudeza y una genialidad que no veía allí. Él veía que sencillamente aquí se encontraban estas tropas, allí esas otras, y más allá aquellas otras, que se podían haber situado, con la misma utilidad, más a la derecha o más a la izquierda, más cerca o más lejos. Y por la sencilla razón de que le parecía así de simple, sospechaba que no comprendía la esencia del asunto y escuchaba atentamente las palabras de Bennigsen y de los que le rodeaban. Volvieron por la línea del frente, a través del parapeto excavado en Borodinó, donde Pierre ya había estado, pasaron después por el reducto, que todavía no tenía nombre y que después recibió el nombre de reducto Raevski, donde colocaron los cañones. Pierre no prestó ninguna atención a ese reducto. (Por todos lados veía gente cavando.) No sabía que ese sitio se haría más conocido que todo el campo de Borodinó, después fueron hacia Semionovskie, donde los soldados llevaban los últimos troncos de las isbas y las mosteleras. Después, subiendo y bajando, por un campo de centeno, destrozado y arrancado como a causa del granizo, pasaron por un nuevo camino abierto para la artillería hacia las flechas donde también estaban cavando y que Pierre solo recordaría porque allí bajó del caballo y desayunó en la zanja con Kutáisov, que le invitó a tomar albóndigas.

Bennigsen se detuvo en las flechas y se puso a observar al enemigo que estaba enfrente, en lo que la víspera fuera nuestro reducto de Shevardinó, se encontraba a una versta y media y los oficiales aseguraban que en un grupo de jinetes que se divisaba estaban Napoleón o Murat. Cuando Pierre se acercó de nuevo a Bennigsen este decía algo, criticando la disposición y diciendo:

—Había sido necesario avanzar.

Pierre escuchaba atentamente, terminando de comerse las albóndigas.

—Es posible que esto no le interese —le dijo de pronto Bennigsen.

—No, al contrario, me interesa mucho —dijo Pierre, repitiendo la frase que había repetido ya veinte veces aquel día y nunca con total sinceridad. No podía entender por qué las flechas debían estar al frente, para que la batería de Raevski las cubriera y no que la batería Raevski estuviera delante, para que las flechas la cubrieran.

—Sí, esto es muy interesante —seguía diciendo él.

Finalmente llegaron al flanco izquierdo y allí Bennigsen confundió aún más a Pierre con su descontento por la situación del cuerpo de Tuchkov, que debía defender el flanco izquierdo. Toda la posición en Borodinó se presentaba para Pierre de la siguiente manera: la línea de la posición avanzada, que formaba arco hacia delante, se extendía tres verstas desde Gorki hasta la posición de Tuchkov. Prácticamente por el medio de la línea, más cercano al flanco izquierdo, se encontraba el río Kolocha, con escarpadas orillas, que dividía en dos toda nuestra posición.

Los puntos que resaltaban mirando de derecha a izquierda eran: 1) Borodinó, 2) el reducto Raevski, 3) las flechas, 4) el extremo del flanco izquierdo, un bosque de abedules, en el que se encontraba Tuchkov.

El flanco derecho estaba fuertemente protegido por el río Kolocha, el flanco izquierdo estaba débilmente protegido por el bosque de abedules, tras el que se encontraba el viejo camino Kalushskaia. El cuerpo Raevski se encontraba prácticamente al pie de la montaña. A Bennigsen le pareció que ese cuerpo no estaba en un lugar adecuado y le ordenó que avanzara una versta.

¿Por qué era mejor estar delante sin refuerzos, por qué no se hizo avanzar a otras tropas si el flanco izquierdo era débil, por qué Bennigsen le dijo al comandante que estaba con él que no era necesario que informara a Kutúzov de esa orden y por qué él mismo no informó a Kutúzov? Después Pierre escuchó cómo al encontrarse a Kutúzov Bennigsen le dijo que encontraba todo bien y no consideraba necesario cambiar nada. Todas estas eran cosas que Pierre no alcanzaba a comprender y que se le hacían aún más interesantes.

A las seis Pierre llegó, tras Bennigsen, a Tatárinov, donde se encontraba Kutúzov. Kutúzov ocupaba una gran isba con tres ventanas. A su lado había colgado en un cercado una tabla en la que ponía: «Cancillería del Estado Mayor». Enfrente, con unos carros a la puerta, se encontraba la isba en la que vivía Bennigsen.

Antes de entrar en la aldea, Pierre adelantó a su conocido Kutáisov, que volvía a caballo del mismo sitio que él, acompañado de dos oficiales. Kutáisov se puso a hablar con Pierre amistosamente, pero fue incapaz de evitar recorrer con miradas burlonas toda la figura de Pierre y sonrió ante la pregunta de cómo podía pedir al comandante en jefe permiso para *tomar parte* en la batalla.

—Venga conmigo, conde. El príncipe (Kutúzov) seguro que se encuentra en el jardín, bajo los manzanos. Le llevaré a verle. ¿Y qué, Moscú está agitada? —Y sin esperar respuesta, Kutáisov se fue al encuentro de un general que iba hacia él montado en un drozhki y cruzaron unas acaloradas palabras en francés. «La posición es débil, hace falta estar loco», escuchó Pierre.

—¿Quién es? —preguntó Pierre.

—Es el príncipe Evgueni, que ha ido al flanco izquierdo a observar la posición, que es inverosímil. Quieren que la artillería actúe desde debajo de la montaña… Bueno, a usted no le resultará interesante…

—No, al contrario… me interesa mucho. Lo he visto todo.

—Ah —dijo Kutáisov y ambos fueron hacia el cercado del que colgaba el letrero. Kutáisov desmontó y ordenó a un cosaco que tomara el caballo de Pierre y a Pierre le dijo dónde encontrar su caballo.

En el cobertizo dormía sobre la paja un oficial, que se cubría con la camisa para protegerse de las moscas y a la puerta había otro que almorzaba empanadillas y sandía.

—¿Se encuentra Su Serenísima en el jardín? —preguntó Kutáisov.

—Sí, está en el jardín, Excelencia.

Y Kutáisov, pasando a través del cobertizo, entró en el huerto de manzanos que tenía esas vibrantes luces y sombras, que solo se encuentran en los frondosos huertos de manzanos. En el huerto hacía fresco, y a lo lejos se dejaban ver las tiendas, una alfombra, los cuellos de los uniformes y las charreteras. Los árboles aún estaban llenos de manzanas y un muchacho descalzo, subido en la cerca, se encaramaba en un árbol y lo zarandeaba. Una muchacha recogía del suelo las manzanas que caían. Asustados, se quedaron petrificados al ver a Pierre. Les parecía que el fin de todas las personas, y por lo tanto también de estas, consistía en impedirles coger manzanas. Kutáisov se adelantó, desapareciendo entre los árboles, hacia la alfombra y las charreteras. Pierre, que no quería molestar al comandante en jefe, se quedó atrás.

—Está bien, ve tú solo y tráelo.

Kutúzov, riéndose por alguna razón, se levantó y se dirigió a la isba balanceándose con paso desigual y las manos a la espalda. Pierre se acercó a él. Pero antes el comandante en jefe se detuvo ante un oficial de la milicia que Pierre conocía. Era Dólojov. Dólojov le decía algo ardorosamente a Kutúzov, que saludaba a Pierre por encima de su cabeza. Pierre se acercó. Dólojov decía:

—Todas nuestras batallas se han perdido a causa de la debilidad de los flancos izquierdos. He observado nuestra posición y nuestro flanco izquierdo es débil. He decidido que si le informaba, Su Serenísima podía echarme o decir que ya tenía noticia de lo que yo le comunicaba, y que no tenía nada que perder.

—Está bien, está bien.

—Y si tengo razón, entonces hago un servicio a la patria, por la que estoy dispuesto a morir.

—Está bien, está bien.

—Y si Su Serenísima necesita un hombre para enviarlo al ejército enemigo y que mate a Bonaparte, yo estoy dispuesto a ser ese hombre.

—Está bien, está bien... —dijo Kutúzov, mirando a Pierre

con ojos risueños y diciéndole en ese momento a Toll que había ido a por él—: Ahora voy, no puedo dividirme.

—Está bien, querido, te lo agradezco —le dijo a Dólojov, dejándole marchar. Luego le dijo a Pierre:

—¿Quiere oler la pólvora? Sí, es un olor agradable. Tengo el honor de ser un admirador de su esposa. ¿Ella está bien? Mi alojamiento está a su disposición. —Y Kutúzov se fue hacia su isba.

Después de almorzar con Kutáisov y de solicitarle un caballo y un cosaco, Pierre fue a ver a Andréi, con quien tenía intención de descansar y pasar la noche antes de la batalla.

XI

Esa clara tarde del 25 de agosto el príncipe Andréi se encontraba en un derruido cobertizo de la aldea Kniazkóv, echado sobre una alfombra extendida. El cobertizo estaba a las afueras de la aldea, sobre un pastizal en pendiente en el que se encontraban los soldados de su batallón. El techo del cobertizo estaba totalmente arrancado y un lado del mismo, que daba a la pendiente, estaba roto, de manera que al príncipe Andréi se le descubría un lejano y bellísimo paisaje animado por las tropas, los caballos y las columnas de humo que se elevaban de las hogueras por doquier. Cerca del cobertizo se podían ver los restos de una mostelera y entre la mostelera y el cobertizo había una franja de álamos y abedules con las ramas podadas que tendrían unos treinta años. Uno de ellos había sido talado y otros tenían marcas de hachazos. El príncipe Andréi había encontrado a sus soldados talando esos bosquecitos o huertos, que evidentemente habían sido plantados y cuidados por los campesinos y les prohibió que los talaran, dejándoles que cogieran la leña de los cobertizos. Los abedules aún verdes, con brillantes hojas amarillas aquí y allá, permanecían alegres, ensortijados sobre su cabeza, sin mover ni una sola hoja en la calma de la tarde. El príncipe Andréi amaba y sentía lástima por todo lo vivo y miraba alegremente esos abedules. Las hojas amarillas cubrían la tierra bajo ellos, pero esas hojas habían caído antes, pues ahora no caían, solo brillaban con la clara luz que se escapaba de entre las nubes. Unos gorriones volaron desde los abedules hasta el cercado y de nuevo emprendieron el vuelo hacia ellos.

El príncipe Andréi estaba tumbado, acodado sobre un brazo y con los ojos cerrados. Todas las órdenes estaban ya dadas y al día siguiente tendría lugar la batalla. Ya había ido a ver a los jefes de columna, había comido con los comandantes de compañía y de batallón y ahora quería estar solo y pensar, pensar, igual que lo había hecho la víspera de la batalla de Austerlitz. Por mucho tiempo que hubiera pasado desde entonces y por mucho que hubiera vivido, por muy tediosa, innecesaria y pesada que le resultara su vida, ahora, lo mismo que siete años atrás, la víspera de la batalla, de una batalla terrible que se preveía al día siguiente, se sentía agitado y excitado y experimentaba la necesidad, al igual que entonces, de aclarar las cosas consigo mismo y de preguntarse el qué y el para qué de su existencia.

Él no se parecía en nada, de cómo fuera en el año 1805 a cómo era en el 1812. La fascinación de la guerra había desaparecido para él. Buscando sin cesar el anterior error, llegó a la conclusión de que la guerra le parecía el acontecimiento más sencillo y claro, pero el más terrible. Unas cuantas semanas antes se había dicho a sí mismo que la guerra solo era clara y digna entre las filas de los soldados, sin esperar condecoraciones y gloria. Era mejor participar en la guerra en compañía de los Timojin y Tushin, a los que antes despreciaba tan intensamente y a los que ni siquiera entonces había llegado a respetar, pero a los que de todos modos, prefería ante los Nesvitski, Kutáisov, Czartoryski y similares, basándose en que, aunque los Timojin y los Tushin eran prácticamente animales, eran honrados, honestos y sencillos animales y esos otros eran tramposos y mentirosos, a los que otros sacaban las castañas del fuego y que gracias a la muerte y el sufrimiento de los soldados se ganaban crucecitas y banditas que no necesitaban para nada.

Pero incluso aunque tuviera completamente clara la visión de la guerra, al príncipe Andréi se le presentaba todo el terrible absurdo de la misma. Se sentía agitado, quería reflexionar, sentía que se encontraba en uno de esos instantes en los que nuestro intelecto está tan aguzado, que desechando todo lo que es innecesario y que lleva a error, llega a la esencia del asunto, y precisamente por eso le resultaba terrible pensar. Se sobrepuso y siguió pensando. Buscó en sí mismo esa serie de pensamientos que tenía antes, pero no le agitaron de la misma manera. «¿Qué es lo que quiero? —se preguntó—. ¿Gloria, poder? No, ¿para qué? No sabría qué hacer con ello. No solamente no sabría qué hacer, sino que sé con seguridad que la gente no puede desear nada y que no hay que ambicionar nada.» Miró a los gorriones que volaban en bandada desde el cercado al pastizal y sonrió: «¿Qué pueden decidir ellos (la gente)? Todo se rige por esas eternas leyes según las cuales ese gorrión se ha separado de los otros y vuelve volando después. ¿Así que qué es lo que quiero? ¿Qué? ¿Morir, que me maten mañana? ¿Para que ya no exista, para que todo esto continúe sin mí?».

Se imaginó vivamente su desaparición de esa vida y le dio un escalofrío. «No, no quiero eso, aún temo algo. ¿Qué es lo que quiero? Nada, pero vivo porque no puedo evitar hacerlo y temo la muerte. Eso es todo —pensaba él, mirando a dos soldados que estaban metidos en un estanque con los pies desnudos y que se empujaban, jurando, el uno al otro de una tabla en la que querían subirse para lavar la ropa—. Estos soldados y ese oficial que está tan satisfecho porque ha sido el primero en llegar a caballo, qué es lo que quieren, para qué se afanan. Les parece que esa tabla, y ese caballo y la futura batalla, son muy importantes y viven... Y en alguna parte mi princesa María y Nikólushka también temen y se afanan y Dios sabe quién es mejor, si ellos o yo. Al igual que ellos yo no hace mucho aún creía en todo. Qué planes más poéticos hice de amor y de felicidad con las mujeres.»

—¡Estúpido de mí! —dijo de pronto en voz alta con rabia—. ¡Cómo puede ser! Creía en un amor ideal que debía preservar su fidelidad durante todo un año de ausencia. Como la tierna palomita del cuento debía marchitarse en mi ausencia y no amar a ningún otro. ¡Cómo temía que ella se marchitara de nostalgia por mí! —El rostro se le llenó de manchas, se levantó y se puso a caminar.

«Pero todo esto es mucho más sencillo. Ella es una hembra, necesitaba un hombre. Y el primer macho con el que se encontró le pareció bueno. Es incomprensible cómo puede no verse una verdad tan clara y sencilla. Mi padre también construyó Lysye Gory, pensando que esa era su casa, su familia, sus mujiks y llegó Napoleón y sin saber de su existencia, le apartó como a una piedra en el camino y destruyó su Lysye Gory y toda su vida. Y la princesa María dice que es una prueba que nos ha enviado el Altísimo. ¿Para qué esa prueba cuando él ha muerto y no volverá nunca más? Yo voy a pensar que me ha mandado una prueba. Una muy buena prueba que me prepara para algo. Pero mañana me matarán, y ni siquiera los franceses, sino los míos, como el soldado que ayer descargó el fusil junto a mi oído, y vendrán los franceses, me cogerán por los pies y la cabeza y me arrojarán a una fosa, para que no les apeste. Mañana llegarán a Moscú, igual que a Smolensk, meterán los caballos en la catedral y derramarán paja y heno sobre el santo relicario y los caballos estarán muy cómodos… ¿Para quién es esta prueba? Solo es una prueba para aquel que aún no comprende que se están riendo de él. Eres estúpido cuando no lo entiendes y abyecto, cuando comprendes toda esta broma.»

Entró en el cobertizo, se tumbó sobre la alfombra, abrió los ojos y dejó de pensar con claridad. Las imágenes se sucedían una detrás de otra. Se detenía con placer en una cuando le sorprendió una conocida voz ceceante, que tras el cobertizo decía: «No pregunto por Piotr Mijáilovich, sino por el príncipe Andréi Nikolaevich Bolkonski». El príncipe Andréi hizo oídos sordos a esa voz y comenzó a preguntarse en qué había estado pensando tanto rato con tanto placer. «¿Qué era lo último? Sí, ¿qué era? Yo entraba por la puerta de atrás de nuestra habitación. Ella (Natasha) estaba sentada frente al espejo y se peinaba. Escuchaba mis pasos y volvía la cabeza. Volvía la cabeza sujetando un mechón de pelo y ocultando con él la mejilla sonrosada y lozana y me miraba con alegría y gratitud. Yo era su feliz marido y ella era, sí, Natasha. Sí... Sí, puede ser que en esas mismas mejillas, en esos hombros, la besara ese hombre. No, no, nunca, es evidente que nunca perdonaré ni olvidaré esto.»

El príncipe Andréi sintió que el llanto le ahogaba. Se incorporó y se echó del otro lado. «Y esto podía, podía no haber pasado. No, hay una cosa que quiero todavía. Quiero matar a ese hombre y verla a ella.»

«¿Y por qué no se casó con ella? Él no la juzgó digna de sí. Sí, lo que para mí era el mayor de mis deseos, para él era despreciable. Así es el reino de la tierra.»

En la puerta de entrada se escucharon pasos y voces. Sabía que eran los comandantes de batallón que acudían a tomar el té, pero además de ellos había una voz conocida, que había dicho: «¡Diablos!». Andréi volvió la cabeza. Era Pierre, que con su gorro emplumado, entraba acompañado de los oficiales y que no se había agachado y se había golpeado en la cabeza con el dintel de la puerta del cobertizo.

Pierre, a la primera mirada a su amigo, advirtió que si este había cambiado algo desde la última vez que le había visto, era en que había llegado aún más lejos en su camino de sombría cólera.

Andréi recibió a Bezújov con una sonrisa burlona y más bien hostil. Al príncipe Andréi le resultaba desagradable en general ver a gente de su mundo y en particular a Pierre, con el que sentía siempre la necesidad de ser sincero y aún más porque ver a Pierre le recordaba más vivamente ese último encuentro y le conminaba a repetir las explicaciones que tuvieron en su último encuentro. Al príncipe Andréi, sin el mismo saber por qué, le resultaba incómodo mirarle directamente a los ojos (esa incomodidad se transmitió instantáneamente a Pierre, que temió quedarse con él frente a frente).

—Vaya —dijo acercándose a él, y abrazándole—. ¿Qué viento te ha traído? Me alegro mucho de verte.

Pero mientras decía eso, en sus ojos y en la expresión de su rostro había algo más que simple frialdad, había hostilidad, como si estuviera diciendo «eres muy buena persona, pero déjame, no soporto estar contigo».

La última vez que se habían visto había sido en Moscú, cuando Andréi había recibido la carta de la condesa Rostova.

—Querido, he venido... sí... ya sabe... he venido porque... me interesa —dijo Pierre sonrojándose—. Mi regimiento aún no está preparado.

—Sí, sí, y los hermanos masones ¿qué dicen de la guerra? ¿Cómo prevenirla? —dijo Andréi sonriendo.

—Sí, sí.

—Bueno, ¿y qué tal por Moscú? ¿Los míos han llegado ya finalmente? —preguntó el príncipe Andréi.

—No lo sé. Julie Drubetskáia dice que ha recibido una carta desde la provincia de Smolensk.

—No entiendo qué es lo que hacen. No lo entiendo. Pasen, señores —les dijo a los oficiales, que al ver al visitante dudaban, confusos, a la puerta del cobertizo. Delante de los oficiales se encontraba Timojin, con su nariz roja, que a pesar de que entonces, a causa de la muerte de algunos oficiales, era comandante de un batallón, seguía siendo la misma persona tímida y bondadosa. Tras él entraron un ayudante de campo y el habilitado del batallón. Estaban tristes y serios, según le pareció a Pierre. El ayudante informó respetuosamente al príncipe de que a un batallón no habían llegado los bollos que habían enviado desde Moscú. Timojin también le transmitió alguna información.

Después de saludar a Pierre, a quien el príncipe Andréi les presentó, se sentaron en el suelo, alrededor del samovar y el más joven se puso a servirlo. Los oficiales miraban no sin asombro a la gruesa figura de Pierre y escuchaban sus historias sobre Moscú y sobre la disposición de nuestras tropas, que había estado visitando. El príncipe Andréi guardaba silencio y tenía una expresión tan desagradable, que Pierre se había empezado a dirigir preferentemente al bondadoso comandante de batallón Timojin.

—¿Así que has comprendido la disposición de las tropas? —le interrumpió el príncipe Andréi.

—Sí, es decir —dijo Pierre—, como civil no puedo decir que lo haya comprendido totalmente, pero he entendido la disposición general.

—Bueno, sabes más que cualquiera —dijo el príncipe Andréi.

—¿Es decir? —dijo Pierre con incredulidad, mirando a Andréi a través de las gafas.

—Es decir que nadie comprende nada, como debe ser —dijo el príncipe Andréi—. Sí, sí —respondió a la sorprendida mirada de Pierre.

—¿Qué quieres decir con eso? Existen ciertas normas. Por ejemplo, yo mismo he visto que Bennigsen, en el flanco izquierdo, encontró que las tropas estaban demasiado atrás, para poderse cubrir mutuamente, y les ordenó avanzar.

Andréi se rió seca y desagradablemente.

—Hizo avanzar al cuerpo de Tuchkov. Yo estaba allí y lo vi.

—¿Y sabes por qué le hizo avanzar? Porque era imposible hacerlo más estúpido.

—Sin embargo —objetó Pierre, evitando la mirada de su antiguo amigo—, todos deliberaron acerca de esa cuestión. Pienso que en tales momentos no se puede ser irreflexivo.

El príncipe Andréi se echó a reír del mismo modo que se reía su padre.

A Pierre le sorprendió ese parecido.

—En tales momentos —repitió él—. Para ellos, para aquellos con los que has visitado la posición, ese momento es solo un momento en el que se puede minar al enemigo y recibir cruces y bandas. No hay nada que distribuir y hacer avanzar, porque ninguna disposición tiene sentido, pero como les pagan por ello, tienen que fingir que hacen algo.

—Sin embargo los éxitos y los fracasos en las batallas los justifican con inadecuadas disposiciones —dijo Pierre volviéndose a Timojin en busca de respaldo y encontrando en su rostro el mismo acuerdo con su opinión, que encontraba el príncipe Andréi con la suya, cuando le miraba causalmente.

—Te digo que todo eso es una tontería y que si las disposiciones de los miembros del Estado Mayor sirvieran de algo yo estaría allí disponiendo a las tropas, pero en lugar de eso tengo el honor de servir aquí, en el regimiento, con estos señores y considero que realmente es de nosotros de quien va a depender el éxito de mañana, y no de ellos…

Pierre callaba.

Los oficiales, después de beberse el té y sin entender lo que se hablaba, salieron.

—Pero resulta difícil que entiendas la ciénaga de mentiras, la diferencia entre la teoría bélica y la práctica. Yo lo entiendo: en primer lugar porque he experimentado todos los aspectos de la guerra, en segundo lugar porque no temo pasar por cobarde, ya he demostrado que no lo soy. Bueno, comenzando porque la batalla en la que las tropas guerrean no se da nunca y mañana no se va a dar.

—Eso no lo comprendo —dijo Pierre—. Avanzan los unos contra los otros y guerrean.

—No, avanzan, se disparan y *se asustan* unos a otros. El almirante Golovnín cuenta que en Japón el arte de la guerra consiste en colocar representaciones espantosas y soldados disfrazados de osos en las murallas. Nos parece estúpido, porque sabemos que son disfraces, pero nosotros hacemos lo mismo. «Arrolló a los dragones rusos… se batieron con las bayonetas.» Eso no ha sucedido nunca ni puede suceder. Ni un solo regimiento ha asestado sablazos ni ha pinchado con las bayonetas, sino que solamente han dado a entender que querían pinchar y el enemigo se ha asustado y ha huido. Mi objetivo mañana no consistirá en pinchar y en matar sino en evitar que mis soldados huyan del terror que les invadirá a ellos y a mí. Mi objetivo consistirá en que marchen juntos y asusten a los franceses y que los franceses se asusten antes que nosotros. Nunca ha sucedido ni sucederá que dos regimientos hayan chocado y peleado y es imposible. (Acerca de Schengraben escribieron que chocamos de ese modo con los franceses. Yo estuve allí. Y no es cierto: los franceses huyeron.) Si hubieran chocado hubieran estado luchando hasta que todos hubieran caído muertos o heridos y eso nunca sucede. Como prueba te diré incluso que la caballería existe solamente para asustar, porque es físicamente imposible que un soldado de caballería mate a uno de infantería con un fusil. Y si disparan a un soldado de infantería es cuando este ya se ha asustado y huye, y entonces no puede hacer nada, porque ni un solo soldado sabe asestar sablazos, e incluso los mejores espadachines y los mejores sables no matan a un hombre que ni siquiera se defiende. Solo pueden arañar. Las bayonetas también matan solo a los que se quedan tumbados. Ve mañana al puesto de socorro y allí lo verás. Por cada mil heridos por las balas y las bombas encontrarás uno por arma blanca. Todo consiste en asustarse después que el enemigo y asustar al enemigo antes. Y el objetivo es que huyan los menos posibles, porque todos tienen miedo. Yo no lo tuve cuando avancé con la bandera en Austerlitz, incluso me sentía alegre, pero esto solo se puede hacer durante una media hora de cada veinticuatro. Y cuando me encontré bajo el fuego en Smolensk apenas pude contenerme para no abandonar el batallón y huir. Eso les pasa a todos. Así ha de ser, todo lo que se dice acerca de la valentía y la hombría de las tropas es absurdo.

»Además, el comandante en jefe no prepara ninguna disposición para la batalla, es imposible, porque todo se decide instantáneamente. No se pueden hacer ningún tipo de cálculos, porque como te he contado, yo no puedo asegurar que mi batallón mañana no huya al tercer disparo y tampoco que no haga huir ante él a toda una división. Las disposiciones carecen de importancia, pero hay cierta habilidad que tiene que tener un comandante en jefe: mentir oportunamente, proveer de alimentos y bebida oportunamente y de nuevo, lo más importante, no asustarse, sino asustar al contrario y lo más importante: no desdeñar ningún medio, ni la mentira, ni la traición, ni el asesinato de los prisioneros. No son necesarias cualidades, sino la ausencia de rasgos de honradez e inteligencia. Hay que, igual que hizo Federico, atacar a la desamparada Pomerania y Sajonia. Hay que matar a los prisioneros y dejar a los aduladores, que existen en todas partes y tienen el poder de encontrar la grandeza, como encontraron a los antepasados de Napoleón. Date cuenta de que nos convencen de que los jefes militares de Napoleón son todos genios: su cuñado, su hijastro, su hermano. Como si esto pudiera coincidir de modo tan casual: una familia con talento para la guerra. No es que haya coincidido mucho talento en una sola familia, sino que para ser jefe militar hace falta ser una nulidad y nulidades hay muchas. Si lo sorteáramos sería igual.

—Pero ¿cómo es posible que se haya creado una opinión tan contraria? —preguntó Pierre.

—¿Que cómo se ha creado? Como se crea cualquiera de las mentiras que nos rodean por todas partes y que al parecer deben ser más fuertes cuanto peor es el asunto que al que se refieren. Y la guerra es el asunto más vil y, por lo tanto, todo lo que se dice de la guerra no son más que mentiras.

—Cuántas veces he visto que han huido en la batalla (eso siempre sucede) o que se han escondido y, esperando el oprobio, han descubierto, en los informes, que han sido héroes que han *desgarrado*, *abatido* o *quebrado* a los enemigos y entonces han creído firmemente con toda su alma que eso era la verdad. Otros, huyendo a causa del pánico, tropiezan con el enemigo y el enemigo huye de ellos y por lo tanto se convencen de que son los valerosos hijos de Rusia que se han arrojado sobre el enemigo y lo han quebrado. Y después ambos enemigos escuchan plegarias dando gracias a Dios por haber acabado con muchos soldados (cuyo número exageran) y proclaman la victoria. Ah, alma mía, últimamente se me ha hecho duro vivir. Me doy cuenta de que empiezo a comprender demasiado. Y al hombre no le conviene probar del árbol de la ciencia del bien y del mal.

Ahora paseaban por delante del cobertizo, el sol ya se había puesto y las estrellas lucían sobre los abedules, la parte izquierda del cielo estaba oculta por largas nubes, que un vientecillo elevaba. Por todas partes se veían nuestros fuegos y en la lejanía los fuegos de los franceses, que en la noche parecían muy cercanos.

Por el camino, cerca del cobertizo, se oyeron los cascos de tres caballos y se escucharon las voces guturales de dos alemanes. Se acercaron y Pierre y Andréi escucharon involuntariamente las siguientes frases:

—La guerra debe ser llevada al espacio. No puedo alabar suficientemente este punto de vista.

—¿Por qué no lo han hecho hasta Kazán? —dijo otro.

—Dado que el objetivo consiste en debilitar al enemigo, no se puede tomar en cuenta la pérdida de unas cuantas vidas.

—Oh, sí —se escuchó una voz alemana profunda y segura de sí misma, y Klauzebitz y los otros alemanes, personas importantes del Estado Mayor, se alejaron.

—Sí, llevada al espacio —repitió, riéndose, el príncipe Andréi—. En ese espacio se me han quedado mi padre, mi hijo y mi hermana en Lysye Gory. Eso les da igual.

—Y son todos alemanes, en el Estado Mayor todos son alemanes —dijo Pierre.

—Es un mar en el que hay pocas islas rusas. Ellos le han dado toda Europa y han venido a enseñarnos a nosotros, valientes profesores. Lo único que yo haría si tuviera poder sería no hacer prisioneros. ¿Qué es eso de hacer prisioneros? Es caballeresco. Son mis enemigos, para mí son todos unos criminales. Hay que ajusticiarles. Si son mis enemigos no pueden ser mis amigos, por muchas conversaciones que mantuviera Alejandro Pávlovich en Tilsit. Eso solamente cambiaría la guerra y la haría menos cruel. Hemos jugado a la guerra, a hacernos los magnánimos y cosas así. Y toda esa magnanimidad se reduce a que no queremos ver cómo matan al ternero, pero después nos lo comemos con salsa. Nos hablan de derechos, de caballerosidad, de parlamentarismo, de compadecerse del que está sufriendo, etcétera. ¡Todo eso es absurdo! En el año 1805 yo vi esa caballerosidad y ese parlamentarismo. Nos engañaron y nosotros engañamos. Saquean casas, ponen en circulación billetes falsos y lo que es peor de todo, matan a nuestros hijos y nuestros padres y hablan de derechos y de razón. La única razón aquí es para entender que lo único que me exhorta a luchar es la brutalidad. Sobre ella se fundamenta todo. No hacer prisioneros, el que esté preparado para ello como yo lo estoy ahora, ese debe guerrear, en caso contrario que se quede en casa y vaya al salón de Anna Pávlovna a conversar.

El príncipe Andréi se detuvo frente a Pierre y posó en él los sorprendentemente luminosos y agitados ojos que miraban a un punto lejano.

—Sí, ahora la guerra es otra cosa. Ahora, cuando ha llegado a Moscú, a nuestros hijos, a nuestros padres, todos, empezando por mí hasta Timojin, estamos listos. No hace falta que nadie nos mande a la guerra. Estamos listos para matar. Hemos sido ofendidos —y él se detuvo, porque le temblaban el labio—. Si siempre fuera así: ir a una muerte segura, no se harían guerras porque P. I. ha ultrajado a M. I., como ahora. Y si se hace la guerra, entonces que sea una guerra de verdad y seguro que entonces la tropas no serían tan numerosas como ahora. Iríamos a muerte y a esos westfalianos y hessianos no querrían luchar contra nosotros. Y no hubiésemos ido a batirnos a Austria. Desecha la mentira y la guerra será guerra y no un jueguecito. A mí no me manda Alejandro Pávlovich, voy yo solo. Pero te estas durmiendo, ve a acostarte —dijo el príncipe Andréi.

—¡Oh, no! —respondió Pierre, que miraba al príncipe Andréi con miedo y condolencia.

—Vete a acostar, vete a acostar, antes de una batalla hay que dormir bien —repitió el príncipe Andréi.

—¿Y usted?

—Yo también me acostaré.

Y realmente, el príncipe Andréi se acostó, pero no podía dormir y en cuanto oyó los ronquidos de Pierre se levantó y estuvo paseando frente al cobertizo hasta el amanecer. A las seis despertó a Pierre.

El regimiento del príncipe Andréi, que se encontraba en la reserva, se alineó. Al frente fue audible y visible cómo se intensificó el movimiento, pero el cañoneo aún no había comenzado. Pierre, que deseaba ver toda la batalla, se despidió del príncipe Andréi y avanzó en dirección a Borodinó, donde esperaba encontrar a Bennigsen, quien la víspera le había propuesto formar parte de su séquito.

XII

A las seis de la mañana ya había amanecido. La mañana era gris. «Puede ser que no comience, es posible que no suceda», pensaba Pierre, avanzando por el camino. Pierre raramente veía las mañanas. Se levantaba tarde y la impresión del frío y de la mañana se fundieron en él con la sensación de la espera de algo terrible. Se puso en marcha y sintió como si aún no se hubiera dormido, como si aún estuviera tumbado con el príncipe Andréi en la alfombra turca y hablara y escuchara lo que le decía y viera esos ojos extrañamente luminosos y agitados y su discurso desesperanzado. No recordaba nada de lo que decía el príncipe Andréi, solo recordaba sus ojos, brillantes, luminosos, que miraban a un punto lejano y solamente dos frases de todo lo que él le había dicho se habían quedado en la memoria de Pierre: «La guerra ahora es otra cosa —había dicho él—, ahora, cuando ha llegado hasta Moscú, no hace falta que nos manden a ella, porque todos, empezando por Timojin, hasta mí, estamos dispuestos a matar en los buenos y los malos momentos. Hemos sido ofendidos».Y el labio del príncipe Andréi había temblado al decir eso. Pierre iba a caballo, encogido a causa del frío y recordando esas palabras. Llegó a Borodinó y se detuvo en la batería en la que había estado la víspera. Allí había unos soldados de infantería que no estaban el día anterior y dos oficiales que miraban hacia la izquierda. Pierre se puso a mirar también en esa dirección.

—Ahí está —dijo uno de los oficiales.

Al frente se divisó una pequeña nubecilla de humo y se oyó un solitario disparo que atravesó como un rayo el silencio general. Después de unos instantes, las tropas que se encontraban allí, al igual que Pierre, miraron hacia esa nubecilla, escucharon ese sonido y miraron hacia las tropas francesas que avanzaban. Un segundo y un tercer disparo agitaron el aire, un cuarto y un quinto resonaron cerca y solemnemente a la derecha, como si alguien pasara cabalgando al lado de Pierre y a causa de este disparo los soldados comenzaron a moverse rítmicamente, para proteger la batería. Aún no habían dejado de resonar esos disparos, cuando se oyeron otros más, muchos, que se fundían entre sí y se interrumpían los unos a los otros.Ya resultaba imposible contarlos, ni escucharlos de modo independiente.Ya no se escuchaban disparos, sino que era como si con estruendo y estrépito chorrearan de todos lados gigantescas carrozas, mientras que a su alrededor se propagaban bocanadas de humo azul. Solo de vez en cuando se arrancaban sonidos más bruscos del regular estruendo, como si alguna de estas carrozas invisibles temblara.

El caballo de Pierre comenzaba a alterarse, a aguzar el oído y a apresurarse. A Pierre le sucedía lo mismo. El estruendo de los disparos, el movimiento apresurado del caballo, las angosturas del regimiento por el que pasaba, y lo principal, esos rostros severos y pensativos, se fundieron para él en una única impresión de apresuramiento y terror. Preguntaba a todo el mundo dónde se encontraba Bennigsen, pero nadie le respondía, todos estaban ocupados con sus tareas, que no eran visibles, pero cuya presencia era evidente para Pierre.

—¿Qué hace aquí con un gorro blanco? —oyó una voz tras él—. Vaya donde quiera, pero aquí no empuje —le dijo alguien.

—¿Dónde está el general Bennigsen? —preguntó Pierre.

—¡Quién sabe!

Pierre salió del regimiento y cabalgó hacia la izquierda, hacia el lugar en el que el cañoneo era más intenso. Pero tan pronto como salió de un regimiento cayó en otro y de nuevo alguien le gritó: «¿Qué hace yendo por la línea?». Y de nuevo vio por todas partes esos rostros preocupados y afanados en una tarea invisible pero importante. El único que carecía de tarea y de posición era Pierre. El humo y el estruendo de los disparos se incrementaba más y más. Los proyectiles volaban sobre nuestras tropas, pero Pierre no lo advertía, no conocía ese sonido y estaba tan agitado que no era capaz de darse cuenta de cuáles eran las causas de los diferentes ruidos. Se apresuraba más y más por llegar a algún sitio y encontrar una tarea que desempeñar.

No veía heridos ni muertos (o al menos así lo creía él, a pesar de que ya había pasado al lado de cientos de ellos). La acción se había iniciado con el cañoneo contra las flechas de Bagratión y había seguido con su ataque. Precisamente hacia allí era hacia donde se dirigía Pierre, sintiendo con horror que la agitación y la prisa inmotivada se apoderaban más y más de él. Ante sus ojos todo se fundía en una nube de humo y fuego entre la que, de vez en cuando, chocaba con oasis de rostros humanos, y todos esos rostros tenían la misma huella de preocupación, descontento y reproche hacia aquel hombre grueso con un sombrero blanco que pasaba por allí sin nada que hacer.

Pierre fue desde Borodinó por el campo hacia las flechas, suponiendo que solo allí se daría batalla. Pero cuando ya estaba a doscientos pasos de las flechas, divisó entre el humo a un general que galopaba al frente de su séquito (era Bagratión) y vio la masa de soldados con uniforme azul que avanzaba con las bayonetas, escuchó de pronto que tras él, en Borodinó, de donde él venía, también comenzaba el tiroteo y el cañoneo. Cabalgó hacia el lugar en el que había visto al general con su séquito; pero el general ya no estaba allí y de nuevo una voz enfadada le gritó:

—¡¿Qué hace dando vueltas aquí, bajo las balas!?

Allí Pierre solo podía escuchar el sonido de los proyectiles, que ya silbaban a su alrededor. Pierre se detuvo buscando un lugar hacia donde huir y cabalgó hacia delante, perdiéndose y sin saber dónde estaban los suyos y dónde estaba el enemigo. Pero los proyectiles que antes no advertía, silbaban por todas partes y el pánico se apoderó de él.

Pierre estaba tan convencido de que alguna bala le alcanzaría, que se detuvo, y se agachó sobre la silla guiñando y casi sin abrir los ojos. Pero de pronto nuestra caballería que se encontraba más hacia delante volvió hacia él galopando y su caballo se dio la vuelta para galopar con ellos. Luego no recordaría si había galopado durante mucho tiempo, pero cuando se detuvo se dio cuenta de que el terrible silbido de los proyectiles ya no se oía a su alrededor, que todo su cuerpo temblaba y que le castañeteaban los dientes.

Los ulanos desmontaron a su alrededor, muchos de ellos estaban heridos y ensangrentados. Uno cayó del caballo a dos pasos de Pierre y el caballo, resoplando, se alejó de él. Los rostros de todos esos soldados eran terribles. Ya no se oían los proyectiles, pero balas de cañón aún volaban sobre sus cabezas. Pierre se estremecía ante el sonido de cada bala: le parecía que cada una de ellas iba dirigida a su cabeza. Se acercó hacia el ulano que había caído del caballo y vio que le habían arrancado un brazo por encima del codo y que de los temblorosos tendones ensangrentados colgaba algo. Oyó que el ulano lloraba y pedía vodka.

—No hay tiempo de recogerlo y de llevarle al puesto de socorro —se oyó por detrás la voz severa y enfadada del coronel.

—¡Padrecitos! ¡Bienhechores! —sollozaba el ulano—. Es mi muerte. No me dejéis morir.

—Coronel —dijo Pierre al oficial—, ordene que le ayuden.

—Está listo. Tengo que llevarles al puesto de socorro y no sé dónde está.

—¿Y yo no puedo serle útil? —dijo Pierre.

El coronel le pidió que fuera a buscar el puesto de socorro, que debía encontrarse a la derecha, en el bosque. Pierre fue hacia allá y sin cesar de oír, con el alma en vilo, el incesante tiroteo, estuvo buscando durante mucho rato el puesto de socorro y aunque lo encontrara, después de cruzarse con mucha gente y recibir informaciones contradictorias sobre el curso de la batalla, ya no pudo volver a encontrar el lugar en el que estaban los ulanos. Buscándolos, Pierre cabalgó por la pequeña extensión que en la batalla de Borodinó separaba la primera línea de la reserva. De pronto, el tiroteo y el cañoneo se incrementaron hasta el paroxismo, como un hombre que grita desgañitándose hasta agotar sus últimas fuerzas. Entonces, soldados heridos y sanos, afluyeron hacia Pierre y los oficiales y tropas que estaban enfrente avanzaron al galope. La reserva avanzaba hacia el frente.

A su encuentro iban al trote los cañones y las cajas de municiones, rodeadas de soldados; otros soldados se unían, saltando y corriendo alrededor y al frente galopaba un oficial. Era el príncipe Andréi...

El príncipe Andréi reconoció a Pierre.

—Vete, vete, este no es sitio para ti. ¡No os quedéis rezagados! —gritó con estridencia a sus soldados, que se amontonaban y corrían alrededor de los cañones.

XIII

El príncipe Andréi permanecía en las reservas, las cuales dispararon sus proyectiles sin variar la posición hasta las tres, hora en la que emprendieron la marcha hacia la batería de Raevski. El príncipe Andréi estaba cansado de la preocupación por el peligro cuando estaban inactivos, y ahora avanzando, jadeaba debido a la agitación y la alegría.

Sí, por muy estúpido que fuese el asunto de la guerra, era ahora cuando se sentía vivaz, feliz, orgulloso y satisfecho, cuando se oían cada vez con más frecuencia los silbidos de las balas y los proyectiles, cuando al mirar a sus soldados veía sus alegres ojos fijos sobre él, escuchaba los impactos de los proyectiles que le arrebataban a sus hombres y sentía que esos sonidos y esos gritos únicamente enderezaban más su cabeza y su espalda, confiriendo a sus movimientos una alegría incomprensible.

«¡Venga, más! —pensaba el príncipe Andréi—. ¡Venga, más, más!», y justo en ese instante sintió un impacto sobre el pezón.

—Esto no es nada, pero su... —se dijo para sí en el primer momento del impacto. Se animó aún más, pero de súbito, las fuerzas le abandonaron y se desplomó.

«Esta es la verdadera. Es el fin —se dijo en ese instante—. Es una pena. ¿Qué habrá ahora? Algo más, todavía había algo más, algo bueno. Es una lástima», pensó. Los soldados se lo llevaron.

—Dejadme, muchachos. No abandonéis las filas —decía todavía el príncipe Andréi sin saber él mismo por qué, temblando, para que obedeciesen sus órdenes. No le hicieron caso y se lo llevaron de allí.

«Sí, aún hacía falta algo más.»

Los soldados le retiraron al bosque, donde estaban situados el puesto de socorro y los carros.

El puesto de socorro se componía de tres tiendas de campaña con los suelos extendidos y arrugados al borde de un bosque de abedules, donde se encontraban los carros y los caballos. Estos estaban comiendo avena y los gorriones se acercaban a ellos volando y recogían lo esparcido como si no hubiera nada de extraordinario en lo que sucedía alrededor de las tiendas. Alrededor de las tiendas, en más de dos desiatinas a la redonda, yacían los cuerpos ensangrentados de los vivos y de los muertos; alrededor de los caídos permanecía una multitud de soldados camilleros con el rostro abatido y atemorizado, a la que no se podía apartar de ese lugar. Estaban de pie, fumándose una pipa apoyados en las camillas. Unos cuantos mandos daban órdenes. Ocho enfermeros y cuatro médicos vendaban y amputaban en dos tiendas. Los heridos, que esperaban su turno durante más de una hora, se quejaban, gemían, lloraban, maldecían, pedían vodka y deliraban. Al príncipe Andréi le depositaron en ese mismo sitio y como comandante de regimiento, avanzando a través de los heridos vendados, le acercaron a la tienda y le pusieron en el borde. Estaba pálido y hecho un ovillo y, apretando sus finos labios, permaneció en silencio mirando a su alrededor con sus brillantes ojos abiertos de par en par. No sabía por qué se había perdido la batalla, por qué deseaba vivir y por qué había tantos que estaban sufriendo, pero sentía ganas de llorar y no con lágrimas de desesperación, sino de bondad y ternura. Había algo de lastimoso y de inocencia infantil en su rostro. Y probablemente, debido a ese aspecto tan conmovedor, un doctor se volvió hacia él y le miró por dos veces cuando aún no había terminado una operación en curso.

El turno tardó en llegarle al príncipe Andréi. Seis doctores ataviados con bata estaban trabajando, todos ellos manchados de sangre y sudor. Un oficial alejó a un soldado que traía heridos.

«¿Acaso ahora no da igual? —pensó el príncipe Andréi—. Quizá…» Y miró a uno al que los doctores estaban operando delante de él. Se trataba de un tártaro, un soldado con la espalda desnuda de color canela de la que le extraían una bala. (El príncipe recordó la carne que había en el río.) El tártaro daba unos gritos terribles. El doctor le soltó de la mano, le cubrió con un capote y se acercó al príncipe Andréi. Se devolvieron la mirada mutuamente y ambos comprendieron algo. El príncipe Andréi sintió vergüenza y frío cuando, como si de un niño se tratara, le quitaron los pantalones. Comenzaron a sondarle y a extraerle la bala, y tuvo una nueva sensación, más fuerte que el propio dolor: la del frío de la muerte.

Le pusieron sobre la tierra. Los doctores que le sacaron afuera intercambiaron las miradas y dijeron que necesitaba reposo antes de ser trasladado a Mozháisk. Uno de ellos, de rostro bondadoso, quiso decirle algo al príncipe Andréi, pero en ese momento junto a él portaban a alguien en la camilla avanzando por entre los heridos, al igual que antes había sucedido con el príncipe. En la camilla se divisaba, por una parte, una cabeza de cabellos rizados finos y oscuros, y por otra, una pierna que temblaba febrilmente y de la que goteaba sangre. El príncipe Andréi miró con indiferencia a ese nuevo herido, pues él ya había estado ante sus ojos.

—¡Ponle aquí! —gritó un doctor.

—¿Quién es?

—Un ayudante de campo, un príncipe.

Se trataba de Anatole Kuraguin, herido en la rodilla por una esquirla de metralla. Cuando le retiraron de la camilla, el príncipe Andréi escuchó que lloraba como una mujer y vio fugazmente su hermoso rostro, arrugado y cubierto de lágrimas.

—¡Dios! ¡Matadme! ¡Ahh! ¡Ahh!... ¡Ahh!... ¡No puede ser! ¡Oh, Dios, *mon Dieu, mon Dieu!* ¡Dios mío! ¡Dios! ¡Dios mío!..

El doctor, ante esos gemidos de mujer, frunció el ceño de un modo desagradable, pero al príncipe Andréi le resultaba lastimoso escucharlos. Los doctores le examinaron y comentaron algo. Se acercaron dos enfermeros y arrastraron hasta la tienda al herido Anatole Kuraguin, que gritaba hasta los estertores y se retorcía como un niño. Allí se escucharon ruegos, comentarios en voz baja, por un instante todo se silenció y, de repente, un grito horrible salió del pecho de Anatole; pero un grito tal no puede durar mucho y pronto se debilitó. El príncipe Andréi miró con ojos cansados a los otros heridos y oyó cómo serraban el hueso. Finalmente, las fuerzas abandonaron a Anatole y no pudo gritar más. La operación había terminado. Los doctores se deshicieron de algo y los enfermeros levantaron a Anatole y se lo llevaron. No tenía pierna derecha. Estaba pálido y solo sollozaba de vez en cuando. Le pusieron junto al príncipe Andréi.

—Enseñádmela —dijo Anatole. Le mostraron su bella y blanca pierna. Se cubrió el rostro con las manos y prorrumpió en sollozos.

El príncipe Andréi cerró los ojos y sintió aún más ganas de llorar con lágrimas tiernas y afectuosas para la gente, para sí mismo y por sus errores. «El amor y la compasión hacia los hermanos, hacia los que nos aman y los que nos odian. Sí, ese amor que predica Dios sobre la Tierra, el amor con el que me ha instruido la princesa María; eso es lo que me quedaría si todavía estuviera vivo.»

Le levantaron con cuidado y le depositaron en el carro-enfermería.

A las cinco, Pierre sintió que estaba cansado de deambular de un lugar a otro, estaba cansado física y moralmente. Su caballo estaba herido y no se movía del sitio. Descabalgó en medio del camino y se sentó sobre un eje allí tirado. Se había debilitado completamente y no podía ni moverse, ni pensar, ni comprender. En todos los rostros de los que marchaban y de los que regresaban veía la misma expresión de cansancio, de colapso y de duda en lo que estaban haciendo. Ya no se escuchaban los tiroteos, pero el cañoneo continuaba, aunque comenzaba a disminuir.

Empezaron a formarse unas pequeñas nubes y comenzó a chispear sobre los muertos y los heridos, sobre los atemorizados, exhaustos y dubitativos soldados, como si dijera: «Basta. Basta ya, gente. Parad. Volved en sí. ¿Qué es lo que estáis haciendo?». Pero no, aunque hacia la tarde los soldados sintieron todo el horror de su conducta, aunque se hubieran puesto contentos de parar habiendo agotado ya su exigencia de luchar, un nuevo empujón puso de nuevo en marcha ese terrible movimiento. Cubiertos de sudor, pólvora y sangre permanecían uno de cada tres artilleros, portando los proyectiles aun dando traspiés debido al cansancio. Cargaban los cañones, apuntaban, encendían la mecha y las dañinas y frías balas salían volando desde ambos sentidos igualmente directas, rápidas y crueles, aplastando los cuerpos de los soldados. Los rusos se batían en retirada de la mitad de sus posiciones, pero aguantaban con igual dureza y disparaban con los proyectiles que les quedaban.

Napoleón, con la nariz enrojecida por un resfriado, salió para el reducto Shevárdinski montado en su caballo árabe overo.

—Continúan resistiendo —dijo, frunciendo el ceño y sonándose las narices mientras miraba a las nutridas columnas rusas.

—Quieren más. Pues se lo daremos —dijo, y trescientas cincuenta piezas de artillería continuaron disparando, arrancando los brazos, piernas y cabezas de los inmóviles y apiñados rusos.

Pierre seguía sentado sobre el eje. Tenía los pómulos temblorosos y miraba a los soldados sin reconocerlos. Escuchó que Kutáisov, Bagratión y Bolkonski estaban muertos. Quiso entablar conversación con un ayudante al que conocía y que pasaba por su lado, pero las lágrimas se lo impidieron. Un maestrante le encontró al atardecer apoyado en un árbol con la mirada fija al frente. Se llevaron a Pierre hasta Mozháisk y allí le dijeron que en la casa contigua yacía herido el príncipe Andréi, pero Pierre no acudió a visitarle porque tenía muchísimas ganas de dormir. Se tumbó en su carretela, puso los pies en el pescante y habría dormido hasta la tarde siguiente si no le hubieran despertado con la noticia de que las tropas se retiraban. Pierre se despertó y contempló la continuación de lo que había pasado el día anterior. Así era la guerra.

XIV

Después de la batalla de Borodinó, justo después del combate, el hecho de que Moscú sería entregado al enemigo, fue conocido por todos.

Aquel curso general de los acontecimientos, consistente en primer lugar en que a pesar del espíritu de sacrificio de las tropas estacionadas a lo largo de los caminos, el enemigo no había podido ser detenido en la batalla de Borodinó; en segundo lugar, el hecho de que durante todo el tiempo de la retirada hacia Moscú surgieran indecisiones acerca de si plantar o no plantar más batalla; y en tercer lugar, el hecho de que finalmente ya estuviese decidido rendir la ciudad, propició que esta marcha de los acontecimientos sin comunicado directo alguno del comandante en jefe se reflejara cabalmente en la conciencia del pueblo de Moscú.

Todo lo que se había efectuado emanaba de la esencia del mismo asunto, cuya conciencia radicaba en las masas.

Desde el 29 de agosto, diariamente llevaban al puesto de Dragomílovski más de mil heridos. Hacia otros puestos salían a cientos. Y para otros cada día partían más de mil carruajes y telegas, evacuando a los habitantes y sus pertenencias.

El día en que el ejército se concentraba y tenía lugar un consejo militar en Fili y la multitud desordenada del populacho partía para Tri Gory esperando a Rastopchín, ese mismo día llegaron a casa del conde Iliá Andréevich Rostov treinta y seis carruajes provenientes de las afueras de Moscú y de la provincia de Riazán para elevar la opulencia de la calle Povarskaia, ya que la casa no se había vendido. Los carruajes llegaron tan tarde, primero porque el conde confió hasta el último día en poder vender su casa; segundo, porque el conde, utilizando sus amistades mundanas, no atendió el clamor general y creyó al conde Rastopchín, al que acudía a visitar a diario para informarse. Y tercero, principalmente porque la condesa no quería oír nada sobre la marcha hasta que regresase su hijo Petia, al que se había trasladado al regimiento de Bezújov y cuya vuelta a Moscú se esperaba en cualquier momento desde Belyi Tserkov, donde se había formado su anterior regimiento de cosacos de Obolenski.

El 30 de agosto llegó Petia y el 31, las carrozas.

En el enorme patio y en la calle se podía ver la fina y esbelta figura de Natasha, con su negra cabeza cubierta con un pañuelo blanco de bolsillo. Había muchos curiosos frente a los heridos. Pero había tantos heridos y estaban todos tan ocupados en sus asuntos, que a nadie se le pasó por la cabeza ayudarles en algo. Sin embargo, en cuanto Natasha se puso junto con un voluntario a trasladar a los heridos a la casa para darles de comer y de beber, de todas las casas y de entre el gentío aparecieron en masa personas que siguieron su ejemplo.

Cuando el conde Iliá Andréevich y su esposa vieron a Natasha, esta estaba poniendo la gorra echada hacia atrás a un soldado al que Matiúshka y Mitka ayudaron a pasar al patio. Natasha iba detrás, sin mirar a nadie, y haciendo gestos con las manos como si mantuviera el equilibrio del herido para que le resultase más fácil caminar. El conde, al ver esto, comenzó a resoplar como un perro al olfatear y reconocer un olor extraño y miró con obcecación a través de la ventana sin volverse hacia la condesa. Pero con la condesa ocurrió exactamente lo mismo que con el conde; no le esperó y se arremangó las mangas de su kamzol. El conde se giró y se encontró con sus ojos húmedos y culpables. Se abalanzó sobre ella, la abrazó y estrechó su hombro contra la barbilla, y lloró sobre él.

—Querido mío. Hay que… —dijo la condesa.

—Es cierto… Los pollos enseñan a los recoveros… —balbuceó el conde con lágrimas de felicidad—. Gracias a ellos… Bueno, vayamos…

—¡Matiúshka! —vociferó el conde con alegría. Manda al diablo todo lo que haya en los carruajes y coloca allí a los heridos.

Sonia estaba contenta. Los heridos, Moscú y la patria no le importaban ni una pizca. Lo que le importaba era la felicidad de su familia y de la casa donde ella vivía. Ahora sentía ganas de reírse y saltar. Corrió a su habitación, tomó carrerilla y comenzó a girar muy rápidamente. Su vestido se infló en forma de barrilete y empezó a reír en voz baja. Tras satisfacer esta necesidad, corrió hacia Natasha y se puso a ayudarla, comprendiendo y haciendo todo mucho mejor que la misma Natasha.

Como pagando la deuda de no ponerse antes manos a la obra, toda la familia se aplicó con especial ardor en uno y otro asunto. Constantemente llegaban heridos y constantemente encontraban la posibilidad de descargar más cosas y dejar más carros libres. A ninguno de los siervos le pareció esto extraño.

Al día siguiente llegaron más heridos y de nuevo se detuvieron en la calle. Entre las personas de este último contingente había muchos oficiales, y entre los oficiales se contaba el príncipe Andréi.

—Podemos llevar a cuatro más —dijo un mayordomo—. Les daré mi carruaje, ¿dónde ponerles, si no?

—Bueno, dadles mi guardarropa —dijo la condesa—. Y que Duniasha se siente conmigo en la carreta.

Se les dio también el carro del guardarropa y decidieron colocar allí al príncipe Andréi y a Timojin. El príncipe Andréi yacía sin sentido. Cuando comenzaron a trasladarles, Sonia miró al rostro de alguien que parecía muerto. Se trataba del príncipe Andréi. Sonia se quedó igual de muerta que el rostro del herido y salió corriendo hacia la condesa.

—Mamá —dijo—. No puede ser. Natasha no lo soportará. ¡Será posible semejante destino!

La condesa no contestó. Levantó la mirada hacia los iconos y se puso a rezar.

—Los caminos del Señor son inescrutables —dijo para sí, sintiendo que en todo lo que ahora se estaba haciendo, esa mano todopoderosa antes oculta a la vista de la gente, empezaba a actuar terriblemente.

—Es evidente que debe ser así, amiga mía. Ordena que le lleven a la sala de billar, en la otra ala del edificio. Y no se lo digas a Natasha.

No pudieron salir en todo el día. Como señoritas que eran, Natasha y Sonia no entraron en el ala donde estaban los oficiales heridos porque hubiera resultado indecoroso. Natasha desconocía quién yacía, muriéndose, cerca de ella.

El día 30, Pierre se despertó y vio que a su alrededor todos se preparaban para partir también en su casa. Tomó asiento y comenzó a calcular 666: l'Empereur Napoléon y l'Russe Besuhoff también sumaban 666. Permaneció mucho tiempo sentado reflexionando y cuando se levantó, decidió firmemente quedarse en Moscú y matar a l'Empereur Napoléon, el culpable de todos los crímenes. «Todos sufren y han sufrido, excepto yo... Ahora es tarde para marcharse, el mayordomo y mi servidumbre... que así sea, yo puedo quedarme. El único causante de toda la desgracia es Bonaparte. Debo sacrificar todo, incluso la vida, por lo que han sacrificado ya otros... 666... Me quedaré en Moscú y mataré a Bonaparte», decidió Pierre.

Llamó al mayordomo y le anunció que no recogiera, ni escondiese, ni preparase nada, que él se quedaba en Moscú y, ordenando que le engancharan el drozhki, acudió a Moscú a averiguar en qué estado estaban las cosas. Al no encontrar a nadie excepto a una multitud junto a la casa del conde Rastopchín, se dirigió a su casa y al pasar junto a la calle Povarskaia, vio que en la casa de los Rostov se destacaban unos carruajes.

—Ya no hay nada de lo anterior. Ahora, que estoy seguro de no volver a verla nunca más, debo pasar a verles.

Entró en casa de los Rostov.

—Mademoiselle Natalie, tengo que hablar con usted, venga aquí.

Ella entró con él al salón.

—Así que —dijo él, hablando todo el tiempo en francés—. Sé que ya no volveré a verla, sé que… ahora es el momento… No sé para qué es el momento, no pensaba que iba a decirle esto. Pero ahora es un momento tal, que nos encontramos todos al borde de la tumba y me avergüenza nuestro decoro. La amo, la amo locamente como nunca he amado a otra mujer. Usted me ha dado una felicidad que nunca antes he experimentado. Sepa usted esto, quizá le resulte agradable saberlo. Adiós.

Pierre se marchó sin dar tiempo a Natasha a contestar. Ella le contó a Sonia lo que le había dicho Pierre y, cosa extraña, en aquella casa atestada de heridos, con el enemigo en las puertas de Moscú y con el desconocimiento sobre el paradero de sus dos hermanos, por primera vez después de largo tiempo volvieron a retomar su conversación íntima de antaño. Sonia dijo que hacía tiempo que se había percatado de ello y se asombró de que él no lo hubiera dicho antes y no ahora, como un loco.

Natasha no respondió y se levantó.

—¿Dónde estará él ahora mismo? —preguntó—. Ojalá que tenga suerte y que Dios le perdone.

Quería decir Andréi. Sonia lo comprendió, pero con su especial habilidad para disimular, dijo tranquilamente:

—Si estuviera herido o muerto, lo sabríamos.

—¿Sabes, Sonia? Nunca le amé con toda mi alma y entrañas.

No le amé en absoluto de ese modo, se trató de algo diferente. No le amé, y en eso la primera culpable soy yo. Si supiera que es feliz, podría vivir. Pero ahora no… Ahora todo en este mundo me parece negro y tenebroso. Adiós. Tienes sueño, ¿no?

XV

Al día siguiente, Napoleón ya estaba en Poklónaya Gora y divisaba Moscú, esa ciudad asiática con innumerables iglesias, y dijo:

—Así que, al fin, esta célebre ciudad… Hace tiempo que debían traerme a los boyardos. —Y bajándose del caballo, miró a esa ciudad que al día siguiente debía de ser ocupada por el enemigo y convertirse en algo semejante a una doncella después de perder la virginidad, según su propia expresión.

Aquella mente estrecha no se imaginaba nada excepto la ciudad, el botín, su gran conquista, Alejandro Magno, etcétera. Y él, con una alegría rapaz e insulsa contempló la ciudad y creyó en el plano al detalle de la ciudad extendido ante él.

—Sí —dice el bandolero, preparándose para violar a una mujer—. Me han dicho que es una belleza: trenzas, pecho… todo como me lo habían contado.

Los boyardos no llegaron y ruidosamente, al grito y a la señal de «¡Viva el emperador!» las tropas se arrojaron a través del puesto de Dragomílovski.

En ese momento, Pierre, con una camisa de mujik, pero calzado con unas botas finas que se había olvidado de quitar, caminaba por el desierto Devichye Pole manoseando una pistola que llevaba escondida y con sus ojos miopes desprovistos de las lentes, posados sobre los pies. Pierre quemó todas sus naves y salió de la línea que ocupaban nuestras tropas y se apresuró en pasar a la de los franceses. Experimentó en él una nueva y feliz sensación de independencia, similar a la que experimentaría una persona rica abandonando todos sus caprichos de lujo y dirigiéndose de viaje con una bolsa de mano a las montañas de Suiza. «¿Qué me hace falta? Voy solo y tengo de todo: sol y fuerzas.» Esa sensación se acrecentó aún más con el suceso que le ocurrió en Devichye Pole en casa de Ausúfev. Oyó un grito y unas canciones en aquella casa y entró. La cabeza de un soldado borracho le miraba desde una ventana del salón.

—Has tardado, hermano… Diablos, llegué y oí algo.

Otra persona, por lo visto un siervo, se asomó.

—¿Qué haces? —Y mirándole, bajó al piso de abajo. Tambaleándose, se acercó a Pierre y le agarró de la ropa—. ¿Qué, hermano? Ya hemos vivido un tiempecito. ¡Ya están ahí! —Y sacudió entre las manos dos taleguillas que contenían algo—. Vete. Te quiero, amigo. —Y le tiró de la ropa. Pierre quiso marcharse y le empujó—. ¿Por qué me empujas? Mira, Pietro, un señor. Te lo juro, es un señor. Mira sus botas.

Tres hombres más rodearon a Pierre.

—¿Qué mosca le ha picado al señor para que se disfrace de mujik? ¿Acaso es tu casa? —le preguntó uno mirándole a los ojos con insolencia.

—¡Fuera, holgazanes! —chilló Pierre, empujando al que tenía enfrente. Todos se apartaron de su lado y él siguió adelante con la intención de disparar contra Napoleón. Pero las tropas con las que pronto se topó y de las que se ocultó en las puertas de la casa le hicieron retroceder al margen izquierdo de Devichye Pole cuando Napoleón cruzaba el puente de Dragomílovski.

En ese mismo momento, en Gostini Dvor y en la plaza se oían los frenéticos gritos de los soldados que estaban robando las mercancías, y los de los oficiales intentando reunirlas. Más adelante, en las calles que conducen al puesto de Vladímir, se agolpaban las tropas y los carruajes cargados de heridos. En el puente de Yauzsk se apiñaban los carros y no dejaban pasar a la artillería que venía por detrás. Delante de los carros había uno con una pila de cosas amon-

tonadas de las que sobresalían unos colchones de pluma y una si-
llita de niño. Arriba iba sentada una abuela que sujetaba unas ca-
cerolas y detrás, entre las ruedas, iban acurrucados cuatro galgos
con collares. Junto al carro, enganchada a una rueda, iba una telega de mujik con un armario pequeño envuelto con esteras y sobre el que se sentaba un ordenanza. Detrás del carro marchaban
otros tres carros de comerciante.

Un coracero les adelantó por un lado.

—¿Qué, padrecito? ¿Viene algo por detrás? —preguntó la
abuela.

—¡Cómo quería yo a mi Palomita!* —gritó de súbito el coracero, deseando comenzar a cantar y dando con el sable al caballo
flaco y balanceándose, pasó al galope.

—¡Al ladrón! —se pudo oír desde atrás, y dos cosacos, riéndose, pasaron galopando con una pelliza en la mano.

—Es calentita, entrarás en calor. La he sacado de la carreta. Ahí
la tienes. Es peor que un franchute. ¿Pero la tocas, o qué?

De repente, deshaciéndose, la multitud marchó en tropel. Iban
a abrir fuego. Pánico. Unos se metían debajo del puente y otros
saltaban por la barandilla. Era Ermólov el que ordenaba a la artillería hacer un simulacro de disparar para despejar el puente.

En otro lugar, Rastopchín se acercó galopando a Kutúzov y
comenzó a hablarle largo y tendido.

—No tengo tiempo, conde —contestó Kutúzov, alejándose.
Al llegar a la altura de los drozhki, pasó de largo en silencio por
entre las tropas con su anciana cabeza entre las manos.

Más allá de Moscú, por el camino de Tambov, los carruajes
avanzaban en filas de dos y de tres. Cuanto más espesas eran, más
cerca se estaba de Moscú, y cuanto más ralas, más lejos. Era apenas
alejarse unas diez verstas y la gente que marchaba comenzaba a recuperarse del pánico, la estrechez y los gritos que había en la ciu-

* Antigua canción popular rusa. *(N. de la T.)*

dad, empezaban a cruzarse palabras, a examinar si todo estaba entero y a respirar un aire menos polvoriento. Entre estos bienaventurados figuraba el carro de los Rostov. Habían salido de la ciudad, pero seguían marchando al paso; seis carruajes con heridos huían por separado. Con ellos iban los carros con heridos que habían destacado de su caravana personal. De esos había dos, y en uno reposaban el príncipe Andréi y Timojin. Ese carro marchaba al frente. Detrás lo hacía una carreta grande donde viajaban la condesa, Duniasha y el médico, Natasha y Sonia. Tras ellos, la carreta del conde con su ayudante de cámara y después una carretela con una doncella y más gente. De pronto, la caravana se detuvo y, asomándose por dos ventanitas, Sonia y Natasha vieron cómo estaban cargando algo junto a la carreta delantera de los oficiales. Sonia oyó cómo uno decía: «Agoniza. Se morirá ahora». Temblando de miedo, metió de nuevo la cabeza en el carruaje y empezó a decirle algo a Natasha para que no escuchase aquello. Pero esta también lo había oído y con su habitual velocidad abrió la portezuela, bajó el escalón y corrió hacia delante. En la carreta delantera, el príncipe Andréi estaba tumbado boca arriba sobre un almohadón de percal con los ojos cerrados y, como un pez, atrapaba el aire abriendo y cerrando la boca. Sobre el escalón, un médico le estaba tomando el pulso.

Natasha se agarró a una rueda de la carreta y sintió cómo sus rodillas chocaban una con la otra. Pero no se cayó.

—¿Qué hace usted aquí, condesa? —dijo con enojo el médico—. ¡Haga el favor de salir de aquí! ¡No es nada!

Se alejó obediente.

—Mejor dígale al conde si no nos podría dejar el carruaje con ballestas.

Natasha fue junto a su padre, pero el conde Iliá Andréevich ya había salido a su encuentro. Le transmitió lo que había pedido el doctor. Al herido le cambiaron al coche y Natasha se sentó en silencio en la carreta. Sonia y su madre evitaban mirarla. Su madre únicamente dijo:

—El médico ha dicho que vivirá.

Natasha la miró y de nuevo desvió la mirada hacia la ventanilla. Se destacó un enviado a la siguiente parada para ocupar una fonda para los Rostov en la que pasar la noche. Todos juntos ocuparon una de las habitaciones, y la otra, la mejor, la cedieron a los oficiales heridos. Ya había oscurecido cuando se sentaron a cenar. El médico llegó de ver a los heridos y anunció que Bolkonski estaba mejor y que podía recuperarse y finalizar la marcha. Lo fundamental era llegar.

—¿Está consciente?

—Ahora completamente.

El doctor se retiró a dormir a la habitación del herido y el conde, al coche. Natasha se acostó junto a su madre. Cuando las velas se apagaron, se acurrucó a ella y comenzó a sollozar.

—Vivirá…

—No, sé que morirá… Lo sé. —Se echaron a llorar juntas y no dijeron nada.

Sonia, desde su jergón en el suelo, alzó varias veces la cabeza, pero no oyó más que lloros. Los gallos ya habían cantado unas cuantas veces y todos cayeron dormidos, menos Natasha. No podía dormir ni estar tumbada. Se levantó sin hacer ruido y sin calzarse, se puso la katsaveika* de su madre y, pasando por encima de una doncella que roncaba, salió al zaguán. Allí estaban durmiendo unos hombres que refunfuñaron al oír el sonido de la puerta al abrirse. Encontró la manilla de otra puerta y la abrió. En la habitación lucía consumida una vela de sebo. Algo comenzó a moverse: se trataba de Timojin con su nariz roja, que miró a la condesa con ojos asustados mientras se incorporaba sobre el codo. Una vez reconoció a la señorita, sin cesar de mirarla, se cubrió pudorosamente con una capa. Frente a él estaba tumbado en una cama otro

---

* Katsaveika: chaqueta para mujer del traje tradicional ruso enguatada o forrada de piel. (N. de la T.)

herido con su pequeña mano blanca colgando. Descalza, Natasha se acercó a él sin hacer ruido, pero él la oyó. Abrió lentamente los ojos y esbozó de pronto una sonrisa alegre e infantil. Natasha no dijo nada; se arrodilló silenciosamente, le cogió de la mano, la apretó contra sus labios repentinamente hinchados por las lágrimas y cariñosamente la estrechó para sí. Él movió los dedos, queriendo decir algo. Ella comprendió que deseaba verle el rostro y levantó su estropeada cara de niña, húmeda por los sollozos, y le observó. Seguía sonriendo alegremente. Timojin, cubriéndose con pudor la cabeza y su mano amarilla, levantó al médico que dormía al lado y ambos contemplaron asustados, sin moverse, a la pareja. El médico comenzó a toser, pero no le oyeron.

—¿Me podrá perdonar?

—Todo, todo —dijo en voz baja Andréi—. Márchese.

El doctor tosió aún más fuerte y empezó a moverse. Timojin, esperando que ella se volviese, se tapó hasta la barbilla, aunque le asomaba un pie descalzo.

Natasha cobró el aliento pesadamente y salió de la habitación con ligereza.

XVI

Se había enviado fuera a dos princesas de la mansión de Pierre (la tercera hacía ya tiempo que se había casado) y muchas cosas habían sido robadas, aunque Pierre no sabía bien exactamente qué. Se dispuso a dirigir la recogida de la galería de cuadros, pero tras ver la gran cantidad de objetos de valor y los escasos medios y tiempo para recogerlos, delegó el asunto en el mayordomo y no se inmiscuyó más en él. No quería ir a ninguna parte, preferentemente porque le daba vergüenza imitar a todos los hombres débiles y mujeres que huían. No hacía más que confiar en un último combate, un combate desesperado, como el de la defensa de Zaragoza. Luego, cuando se supo que ese combate no tendría lugar, le quedó tan poco tiempo que no pudo tomar una nueva determinación. Turbadamente se le aparecía 666 y Pierre de Besuhoff, pero lo que principalmente agitaba su inquietud era mostrar que en realidad nada le importaba, como ya una vez había sentido y manifestado en una reunión de la nobleza. La principal sensación que le embargaba era ese sentimiento ruso que hace que el mercader borracho rompa todos los espejos de su casa. Un sentimiento que expresa un juicio supremo de todas las condiciones de la verdad de la vida, sobre la base de alguna concepción confusa de la verdad. Lo que no pensaba Pierre —pero el instinto le dio a entender que era una cuestión ya resuelta en cuanto sopesó permanecer en Moscú— era quedarse en Moscú no bajo su nombre y título de conde de Bezújov y como yerno de uno de los cortesanos más importantes, sino en calidad de su mayordomo. Trasladó su cama y sus libros a la otra ala del edificio y se acomodó detrás del tabique de la habitacioncita donde vivían el mayordomo con su anciana tía, su esposa y su cuñada; una viuda animada, mujer bella y delgada, que algún tiempo atrás fue el primer amor de Pierre y que luego sufrió muchos reveses y alegrías trabando íntima amistad con muchos de los más ricos jóvenes personajes de Moscú. Ya no era joven, pues se cubría con un pañuelo, llevaba trencitas y tenía unas mejillas sonrosadas y marchitas, unos miembros musculosos pero delgados, y unos maravillosos y brillantes ojos que siempre estaban alegres. La relación, que acabó de manera muy agradable para Mavra Kondrátevna, por parte de Pierre había caído ahora en el olvido. Mavra Kondrátevna se mostraba con Pierre respetuosamente familiar y divertía a todo su círculo de amistades con su ingenio y agudeza.

Vistió a Pierre con un armiak de Stepka (que primero hirvieron) y ella misma, engalanándose, salió con Pierre al encuentro de los franceses. En la taberna se oyó un grito, recibieron el alto y a través de un polaco les preguntaron: «¿Dónde están los habitantes?

¿Quién es él? ¿Cuál es ese kostiol?»,* señalando a una catedral. Mavra Kondrátevna, riéndose, aconsejó a Pierre ser más amable con ellos.

A Pierre le resultaba terrible y alegre pensar que él ya estaba en llamas y que ya había quemado sus naves. Caminó todo el rato, contempló de cerca a las diferentes tropas y vio rostros humanos; vivos, bondadosos, cansados y dolientes, que muy a su pesar le parecieron simpáticos. Gritaban «¡Viva el emperador!», y, hacia el final, hubo momentos en los que a Pierre le pareció que así tenía que ser y que llevaban razón. Incluso a él mismo le dieron ganas de gritar.

Se enteraron de que Napoleón se hallaba en el arrabal de Dragomílovski y regresaron. Mavra Kondrátevna, ataviada con un vestido rosa y un pañuelo de seda de color lila, volvió sola sin azararse lo más mínimo y guiñando el ojo a los franceses.

Pierre se fue solo a la calle Staraia Koniushenaya a ver a la princesa Chirgázova, una ancianísima moscovita que, según tenía entendido, no había huido de Moscú. Pierre fue a visitarla porque no tenía otro sitio a donde ir, y se alegró de acudir a verla. En cuanto entró en su antesala, sintió el habitual olor a rancio y a perro. En la antesala vio a un anciano lacayo, una doncella y una bufona. En las ventanas había unas florecitas y un loro. Todo estaba como de costumbre, así que recobró su anterior condición de ruso.

—¿Quién es? —se oyó la voz de la anciana, estridente y rezongante. Pierre pensó involuntariamente en cómo osarían entrar los franceses tras oír semejante grito.

—¡Zarevna!** (así llamaban a la bufona). Ve a la antesala.

—Soy yo, princesa. ¿Puedo pasar?

—¿Y quién es yo? ¿Bonaparte, o qué? Ah, magnífico. ¿Qué haces, querido mío, que no huyes? Todos huyen, señor mío. Sién-

---

* Kostiol: iglesia católica en Polonia. *(N. de la T.)*
** Zarevna: hija del zar. *(N. de la T.)*

tate, siéntate. ¿Y esto qué es, de qué te has disfrazado? ¿O es que han llegado ya las Pascuas? Ja, Ja. Zarevna, anda a ver quién es… ¿Y qué te harán a ti? No te harán nada. ¿Llegaron a tu casa o no? —preguntaba exactamente igual que hubiera preguntado si había vuelto ya el cocinero de Ojotni Riad. Ella, o bien no comprendía, o bien no quería comprender. Pero extrañamente, su seguridad era tan fuerte que Pierre, observándola, se convenció de que en realidad no le podían hacer nada.

—Una vecina mía, María Ivánovna Dólojova, se marchó ayer. Su hijo la despidió vestido igual que tú y vino a convencerme para que me marchase yo también. Si no, prendería fuego a mi casa. Y yo le dije: «si me prendes fuego te denuncio a la policía».

—Pero la policía se ha marchado.

—¿Y cómo se puede estar sin policía? Seguramente ellos tienen la suya. Yo sin policía no puedo estar. ¿Acaso se puede prender fuego a la gente? Pues que vengan. Tengo una ventaja: he puesto el lavadero en su patio, ahora tengo aquí mucho espacio…

—Bueno, ¿y no han venido a su casa?

—Vino uno, pero no le dejé pasar.

En ese instante se oyó un golpe en la portezuela y rápidamente entró un húsar. Muy cortésmente, rogando disculpas por las molestias, pidió comer. La princesa georgiana le miró y, comprendiendo de qué se trataba, ordenó hacerle pasar a la antesala y darle de comer.

—Ve, querido, y mira si le han dado de todo. Han sobrado de la comida unos barquillos buenísimos. Y hubieran estado contentos de habérselos comido ellos solos…

Pierre se acercó al francés y conversó con él.

—Conde Piotr Kirílovich, venga aquí —gritó la anciana, pero en ese momento, el francés llamó a Pierre a la antesala y le mostró su ennegrecida camisa. Sonrojándose, le preguntó si podían darle una limpia. Pierre volvió junto a la anciana y se lo contó.

—Está bien. Que se le dé una tela de diez arshínes y decidle que se la entrego por caridad. Y para que no me causen ninguna incomodidad, decidle también que cuente a su superior que yo, la princesa georgiana Marfa Fédorovna, vive sin molestar a nadie. Si no, les daré su merecido, pero mejor que vengan a hablar conmigo. Bueno, venga. Vaya con Dios —le decía al francés, quien saludaba haciendo reverencias en la puerta del salón, dando las gracias a la bondadosa señora…

Al salir de casa de la princesa, Pierre se encontró cara a cara con una persona que llevaba el mismo armiak que él.

—¡Ah, Bezújov! —dijo el hombre, en quien Pierre reconoció a Dólojov. Este le cogió de la mano como si siempre hubieran sido amigos—. Así que te has quedado. Qué bien. Ya he prendido fuego a Karetni Riad, mis muchachos queman por todas partes, pero me da lástima la casa de la anciana. La de mi madre la quemaré yo.

Pierre también se había olvidado en ese momento de que Dólojov era su enemigo y, sin preámbulos, le contestó.

—No puedes. ¿Para qué quemarla? —dijo—. ¿Pero quién te ha ordenado hacerlo?

—¡Fuego! —respondió Dólojov—. Y tu casa, ¿la vas a quemar?

—Será mejor que agasajar en ella a los franceses —dijo Pierre—. Solo que yo mismo no lo haré.

—Bueno, te haré ese favor. Mañana te haré una visita con el fuego —dijo Dólojov, acercando su rostro al de Pierre. Riéndose, salió fuera—. Si me necesitas, pregunta por Danidka bajo el puente Moskvoretski.

De vuelta al ala del edificio de su casa, Pierre se encontraba en todas partes a los franceses. Algunos le preguntaban quién era y al contestarles «El mayordomo de una casa», le permitían el paso. Junto a su casa había centinelas y dentro, como pudo averiguar, permanecía un importante mando francés. La galería la habían convertido en un dormitorio, se había trasladado todo y estaban preguntando dónde se hallaba el dueño de la casa. Y con

Mavra Kondrátevna flirteaban. También habían oído hablar de los incendios.

Al día siguiente, Pierre salió de nuevo a caminar y, sin querer, se vio atraído por una multitud que se dirigía hacia Gostini Riad, que ardía. Debido al humo, desde allí enfiló hacia el río y en el río tropezó con una multitud al lado de un niño de cinco años. Nadie sabía de quién era y nadie se decidía a recogerlo. Pierre le cogió y se lo llevó a casa. Pero su casa y la calle Pokrovskaia también estaban ardiendo. La muchedumbre y los soldados saqueaban y daban vueltas por la ciudad. En la entrada de su casa se encontró con Mavra Kondrátevna. Corriendo y a gritos, le dijo que todo estaba en llamas y que todo había sido saqueado. Juntos, marcharon a la iglesia. Por el camino vieron cómo un ulano mataba con su lanza a un comerciante. En la iglesia no había nada para comer. Mavra Kondrátevna salió en busca de algo y consiguió té, azúcar y vodka, y el vodka lo intercambió por pan.

Pierre también fue a buscar comida, pero por el camino fue detenido por un soldado que le quitó el kaftán y le ordenó portar un saco. De camino entraron en Podnovinskoe Pole, y allí Pierre vio cómo el soldado ordenaba a un anciano portero sentarse y descalzarse. El anciano comenzó a llorar, el saqueador le dio sus botas y se marchó. Después dejaron marchar a Pierre. Cuando este regresó, hambriento, cayó dormido.

Dos oficiales entraron por la mañana en la iglesia. Uno se acercó a Pierre y le preguntó quién era. Pierre le hizo una señal masónica que el oficial no acertó a comprender, pero le preguntó qué era lo que quería. Pierre le relató su situación. Juntos, marcharon con el huérfano a la habitación del francés en la mansión de los Rostov, comieron y bebieron. Pierre le contó su situación y su amor. Le hablaba como si fuese un padre espiritual. El francés era una persona inteligente y amable.

Pierre, para no jugarle una mala pasada al francés, tras darle su palabra fue a casa de la princesa georgiana. En su casa había un mando que le había traído café. En la calle todo estaba tranquilo; los niños disparaban con sus palos a los franceses. En la calle de al lado había ocurrido un acontecimiento: el asesinato de una cocinera por haber prestado un servicio a los franceses. Había lavado pantalones a cambio de dinero. Pierre salió a buscar a Dólojov para encontrar algún medio para huir. Halló a Dólojov y entró en un sótano. De repente, Dólojov golpeó a un francés con un cuchillo y una pistola y salió de un salto. Apresaron a Pierre y le condujeron a Devichye Pole, ante Davout. Delante de él fusilaron a cinco personas. A él le encerraron en una capilla. Para los franceses, una capilla tan solo significaba un sitio.

Las señales masónicas en principio no sirven de ayuda.

XVII

En San Petersburgo, tras la llegada del zar proveniente de Moscú, se habían hecho muchos preparativos para la partida. En las altas esferas, con más ardor que nunca, discurría una complicada lucha de partidos: el de Rumiántsev, el de los franceses, el patriótico de María Fédorovna agravado por el mismo zar, el incoherente partido del tsesarévich, ahogado y reforzado por el zumbido de los zánganos... Pero la vida discurría como siempre: vanidosa y frívola, tranquila, lujosa y solo preocupada por los símbolos de la existencia. Por culpa de esta vida se necesitaban hacer mayores esfuerzos para tener conciencia de la difícil y peligrosa posición del estado. Así eran también las salidas, incluso los bailes, el teatro francés, los intereses de la corte, los líos amorosos del servicio y el comercio. Solamente en las más altas esferas se realizaban esfuerzos para recordar la situación en la que se encontraba el estado.

Y así, en casa de Anna Pávlovna el 26 de agosto, el mismo día de la batalla de Borodinó, tuvo lugar una velada cuyo momento estelar debía ser la lectura de una carta del Santísimo… que mandaba a Su Majestad un icono de san Serguei. Se dio lectura a la carta con un elocuente espíritu patriótico. Debía leerla el mismo príncipe Vasili, que era célebre por su arte en la lectura. Se la leyó por dos veces a la zarina. Y el arte en la lectura se consideraba que consistía en ir pasando palabras en voz alta de manera armoniosa, bordeando entre los aullidos desesperados y el tierno murmullo con total independencia de su significado; es decir, no importa en absoluto en qué palabra se produce el aullido y en cuál el murmullo. Esta lectura, como todas las veladas de Anna Pávlovna, poseía un significado político. Se había reunido a mucha gente y también a quienes se debía avergonzar por su enfervorizada asistencia al teatro francés.

Anna Pávlovna todavía no había visto en el salón a todas las personas que necesitaba ver, y por ello entablaba conversación común. En un extremo se estaba hablando de Hélène y se contaba con pesar el asunto de su enfermedad. Había sufrido un aborto y los médicos habían perdido la esperanza de su curación. A un lado, las malas lenguas decían que había sido horrible abortar ahora, cuando ya estaba de nueve meses y vivía separada del marido.

—Bueno, admitámoslo —dijo otro—. Es el secreto de la comedia. —Y citó a una personalidad muy importante que se pasaba la mayor parte del tiempo en el ejército.

—Pero el caso es que la crónica de escándalos habla de que ella tampoco le fue fiel a esa persona, y que el inesperado regreso de esta mientras otro joven húsar aún estaba aquí fueron las razones de su espanto.

—Es una lástima. ¡Es una mujer extraordinariamente inteligente!

—¡Ah!, están hablando de la pobre condesa —dijo Anna Pávlovna, acercándose—. ¡Ay, qué lástima me da! ¡No es solo una mujer inteligente, menudo corazón! Y de qué modo tan infrecuente se formó. Discutía mucho con ella, pero no puedo dejar de quererla. ¿Es posible que no haya esperanzas? Es horrible. La gente inútil vive, y la flor de nuestra sociedad… —No terminó de hablar y se dirigió a Bilibin, quien en otro círculo, habiendo arrugado la piel de su frente y disponiéndose a relajarla, para decir una de sus frases, hablaba de los austríacos.

—Lo encuentro admirable —decía acerca del comunicado mediante el cual habían sido enviados a Viena los estandartes austríacos capturados por Witgenstein (el héroe de Petrópolis.)

—¿Cómo? ¿Cómo es eso? —se dirigió a él Anna Pávlovna, provocando que se guardara silencio para escuchar una historia que ella ya conocía.

—El zar enviará los estandartes austríacos, unos estandartes amistosos y extraviados que él encontró fuera del auténtico camino —concluyó Bilibin, relajando las arrugas de su rostro.

—Admirable, admirable —dijo el príncipe Vasili, pero en ese momento ya había entrado esa persona insuficientemente patriótica a la que Anna Pávlovna esperaba dirigirse, e invitando al príncipe Vasili a sentarse a la mesa y acercándole dos candelabros y el manuscrito original, le rogó comenzar. Se hizo el silencio.

—Su Excelencia el emperador —anunció severamente el príncipe Vasili, mirando al público como preguntando si no había nadie que tuviese algo que decir en contra. Pero nadie dijo nada.

—Primigenio ocupante del trono de la ciudad de Moscú, el Nuevo Jerusalén recibirá a *su* Cristo (de súbito, acentuó la palabra *su*), al igual que su madre en el abrazo de sus diligentes hijos que a través de la bruma emergente profetiza una gloria espléndida de tu poder y canta de gozo: ¡Hossana, aquí llega el bendito! —se alzó y miró a todos. Bilibin examinó con atención sus uñas. Muchos, evidentemente, se apocaron, como preguntándose de qué eran culpables. Anna Pávlovna lo repetiría en lo sucesivo, como una viejecita antes de la eucaristía: «Pues que el insolente e impertinente Goliath…».

—¡Admirable! ¡Qué fuerza! —se dejaron oír las alabanzas al

lector y al autor. Animados por la lectura, los invitados de Anna Pávlovna hablaron aún más tiempo sobre la posición de la patria e hicieron diferentes suposiciones sobre la marcha de los combates, que debían haber tenido lugar unos días atrás.

—Ya verán —dijo Anna Pávlovna—. Ya verán cómo mañana, el día del aniversario del zar, recibiremos noticias. Tengo un buen presentimiento.

Los presentimientos de Anna Pávlovna se justificaron plenamente. Al día siguiente, durante el tedeum en la corte con ocasión del aniversario del zar, se solicitó al príncipe Volkonski que saliera de la iglesia para recibir un sobre de parte del príncipe Kutúzov, quien escribía que los rusos no habían retrocedido ni un paso y que los franceses habían sufrido bastantes más pérdidas que ellos. Escribía a toda prisa desde el campo de batalla sin haber tenido tiempo de atender los últimos informes. Luego se trataba de una victoria. Y justo a la salida del templo se rindió agradecimiento al creador por su ayuda y por la victoria.

Los presentimientos de Anna Pávlovna se justificaron y durante toda la mañana reinó en la ciudad un estado de ánimo alegre y festivo. Lejos de los hechos y en medio de las condiciones de la vida en la corte, resultaba extremadamente difícil que los acontecimientos se reflejasen en su plenitud y fuerza plenas. Involuntariamente, los acontecimientos generales se agrupan junto a un único suceso excepcional. Así, la principal alegría consistía en que habíamos vencido, y la noticia de esa victoria había llegado precisamente en el día del aniversario del zar. Era como si se hubiera logrado la sorpresa. En el informe de Kutúzov se citaban también las bajas entre los rusos, entre las que figuraban Tuchkóv, Bagratión y Kutáisov. En la sociedad peterburguesa, la parte infortunada de los acontecimientos también se agrupó involuntariamente junto al hecho de la muerte de Kutáisov. Era conocido por todos. El zar le quería, era joven y atrayente. Ese día todos se cruzaban las mismas palabras:

—¡Qué cosa más increíble ha sucedido! En el mismo tedeum. ¡Vaya pérdida la de Kutáisov! ¡Ay, qué lástima!

—¡Qué le decía yo de Kutúzov! —decía el príncipe Vasili con orgullo profético.

Pero al día siguiente no se recibieron noticias del ejército. La opinión pública comenzó a intranquilizarse, y los cortesanos a sufrir porque el zar lo hacía de incertidumbre.

—¿Cuál es la posición del zar? —decían todos, acusando a Kutúzov. El príncipe Vasili no decía esta boca es mía sobre su protegido. Además, al atardecer de ese día se conoció otra noticia triste en la ciudad: supieron que Hélène había muerto repentinamente. Al cabo de tres días la comidilla general circulaba ya sobre tres infortunados sucesos: la incertidumbre del zar, la muerte de Kutáisov y la muerte de Hélène. Finalmente, llegó un terrateniente de Moscú y por toda la ciudad se extendió la noticia de la rendición de Moscú. ¡Era horrible! ¡Cuál era la posición del zar! Kutúzov era un traidor y el príncipe Vasili, durante las visitas de condolencia que se le rendían, decía que qué era pues lo que esperaban de un viejo ciego de tan malas costumbres (en su aflicción, le resultaba excusable olvidar lo que había dicho anteriormente.)

Al final, Micheaux, un francés, acudió a una audiencia con el zar y sostuvo con él la famosa conversación en la que, tras hacerle un juego de palabras consistente en que había dejado a los rusos sumidos en un terror no hacia los franceses, sino hacia que su zar no firmase la paz, provocó en este las célebres palabras de que él, el zar, antes de firmar la paz, estaba preparado para dejarse crecer la barba (señaló hasta dónde) hasta que de todas las hortalizas quedase una única patata.

XVIII

El primero de octubre, en Pokrov, en Devichye Pole, las campanas del monasterio doblaron, pero no sonaban a la manera rusa. Pierre salió de la cabaña construida en Devichye Pole y contempló el campanario. Eran dos ulanos franceses los que estaban tocando las campanas.

—¿Es bien? —preguntó un ulano a Pierre.

—No, muy mal —dijo Pierre, añadiendo en francés que para tocar las campanas hace falta gente que sepa hacerlo.

—¿Y cómo hay que hacerlo? Dígamelo, por favor. Este hombre habla francés…

Pero el centinela que montaba guardia junto al barracón, al pasar junto a él con el rifle, dijo sin darse la vuelta: «Vuélvase». Y Pierre volvió a entrar en el barracón, donde en torno a las paredes estaban sentados y tumbados unos quince prisioneros rusos.

—Tíito —le dijo el pequeño de cinco años, empujándole con la pierna—. Suéltalo.

Pierre alzó la pierna. Había pisado por descuido un trapo que había extendido el niño. Levantó la pierna y lo miró. Sus pies descalzos le asomaban por unos pantalones grises que no eran suyos, anudados por consejo de uno de sus camaradas de cautiverio, un soldado, con un cordelito a la altura de los tobillos. Pierre extendió sus pies desnudos y comenzó a mirar sus grandes dedos, gordos y sucios. Parecía que la contemplación de sus pies produjese a Pierre un gran placer. Varias veces se rió consigo mismo, mirándolos, para después volver a su capote, sobre el que había un taco de madera y un cuchillito, con el que comenzó a tallarlo. El soldado que estaba a su lado hizo hueco, pero Pierre le cubrió con el capote. Y al otro anciano —al parecer un funcionario—, que estaba sentado al lado remendando algo, Pierre le dijo:

—¿Qué, Mijaíl Onúfrievich? ¿Todo bien?

—Claro, claro. No me puedo ni mover.

—Venga, no es nada. Todo tiene arreglo en la vida —dijo Pierre, riéndose y mascando algo con la lengua, algo que tenía por costumbre hacer al trabajar, y se dispuso a tallar lo que sería una muñeca.

El niño se le acercó. Pierre sacó un trozo de panecillo y sentó al niño sobre el capote.

Hacía tiempo que Pierre no se veía ante un espejo. Si lo hubiera hecho se habría asombrado de lo poco que se parecía ya a sí mismo, ya que, en su provecho, había cambiado. Había adelgazado significativamente, en especial su cara. Pero a pesar de ello, era notoria la fuerza de su linaje en sus miembros y espalda. Antes, afeándose, se cortaba los cabellos, que parecían preocuparle mucho debido a alguna originalidad y temor, y ahora le habían crecido y se le habían rizado de la misma manera que los de su padre. La parte inferior de su rostro había echado barbas y bigote, y en los ojos había una frescura, satisfacción y belleza tales, como nunca antes había habido. Llevaba puesta una camisa fina, resto de su anterior grandeza, pero hecha jirones y sucia. Por encima llevaba una pelliza, probablemente de mujer, como una chaqueta de húsar sobre los hombros, unos pantalones grises de soldado con el doblez hecho a la altura de los tobillos y los pies desnudos con callos, a los que no hacía más que mirar alegremente.

En aquel mes de cautiverio en Moscú, Pierre sufrió bastante. Como podía suponerse, padeció mucho, pero sentía que había disfrutado tanto conociéndose a sí mismo como nunca en toda su vida. Y todo lo que sabía se unía en su memoria a la noción y sensación de tener los pies descalzos. Parecía que lo que hacía falta era cambiar las botas y las medias, pues descalzo se iba mejor, más ágil y agradablemente: «Por lo menos sé que estos son mis pies». Pierre experimentaba muchas alegrías, pero no lo diría en ese momento. Al contrario, a cada segundo pensaba en la alegría que supondría el momento en que pudiera librarse de su cautiverio y lo deseaba con todas las fuerzas de su alma.

Pero en lo más hondo de su alma, al contemplar sus pies descalzos, se sentía feliz. Y esto ante todo ocurría porque por primera vez en su vida se había visto totalmente privado de la libertad y excesos de los que había disfrutado durante toda su vida. Nunca antes había conocido la alegría de comer y de entrar en calor. En segundo lugar, tenía algo que desear. Tercero, especialmente gracias al niño que se había encontrado, sentía que en los estrechos límites de la libertad en los que actuaba, era donde había obrado de mejor forma. Cuarto, porque contemplando el abatimiento de toda aquella gente que le rodeaba, se decía que no valía la pena entristecerse. Y de hecho no lo hacía, sino que se alegraba con esas alegrías de la vida de las que no se puede privar a nadie. Y quinto y más importante, que por la libertad que sentía entonces con sus pies descalzos sentía que se deshacía de un mar de prejuicios de los que antes pensaba carecer. Sentía cuán lejos estaban de él conceptos ajenos como la guerra, caudillo, heroísmo, estado, dirección o ciencia filosófica, y cuán cercanos le resultaban los del amor humano, la compasión, las alegrías, el sol y el canto.

Las cinco horas que permaneció en la capilla fueron sus momentos más difíciles. Vio que todo ardía, que todos se marchaban y que se habían olvidado de él. Se sintió físicamente muy mal y asomándose a la rejilla, comenzó a gritar:

—¡Si me queréis quemar vivo, decídmelo! ¡Y si lo hacéis por descuido, tengo el honor de recordároslo!

El oficial que pasaba por su lado no dijo nada, pero pronto llegaron a por él, le agarraron, y junto con los otros, le llevaron a través de la ciudad a su celda de arresto de la calle Pokrovskaia. Después, por dos veces, le condujeron a una casa donde le interrogaron acerca de su participación en los incendios. Le llevaron a Devichye Pole y desde allí, ante Davout. Davout escribió alguna cosa y volviéndose, miró a Pierre atentamente y dijo:

—Conozco a este hombre, ya le he visto. Fusiladle.

Pierre se quedó frío y comenzó a hablar en francés:

—Usted no puede conocerme porque yo nunca le he visto.

—¡Ah!, si habla francés —dijo Davout, mirando otra vez a Pierre.

Se miraron mutuamente durante un minuto. Esa mirada salvó a Pierre. En ella, además de todas las condiciones de la guerra y de un juicio, entre esas dos personas se establecieron relaciones humanas. En ese instante, ambos experimentaron una incontable cantidad de cosas e ideas: los dos eran hijos de este planeta, los dos tenían o habían tenido una madre que les quería y a la que querían, los dos hacían el bien y el mal y se enorgullecían, envanecían y arrepentían. Pierre comprendió su salvación en la diferencia entre esa segunda y primera miradas. Tras la primera mirada comprendió que Davout —quien solo levantaba la cabeza para el recuento de los pabellones, donde los asuntos cotidianos se nombraban con números— era un metódico del deber que era cruel no porque le gustara la crueldad, sino porque le gustaba la exactitud en el trabajo y le gustaba, envaneciéndose con su amor al deber, mostrar que toda la ternura de la compasión no es nada en comparación con el deber en sí. Tras esa primera mirada, Davout le hubiera fusilado si su vil proceder no hubiera cargado su conciencia, pero ahora el asunto no lo trataba con él, sino con un hombre.

—¿Por qué no dijo que conocía nuestra lengua?

—No lo estimé necesario.

—Usted no es quien dice.

—Sí, tiene razón. Pero no puedo decirle quién soy.

En ese momento, entró el ayudante de Davout y este ordenó llevar a Pierre a la ejecución. Se lo dijo de un modo poco claro. Pierre pensó que era posible entender aquello o bien como su fusilamiento, o bien como si tuviera que asistir a una ejecución, de cuyos preparativos tenía cuenta. Pero no podía volver a preguntarlo. Giró la cabeza y vio cómo el ayudante volvía a preguntar algo.

—Sí, sí —dijo Davout.

Qué era lo que significaba «sí», Pierre lo desconocía.

Los dos centinelas le llevaron al río. Allí había una muchedumbre en torno a un poste y un foso. La muchedumbre se componía de un pequeño número de rusos y una gran cantidad de tropas napoleónicas fuera de formación, y también de alemanes, italianos y españoles que sorprendían por su murmullo. De derecha a izquierda se hallaban dos filas de soldados franceses. Dos secciones, con cinco rusos en el medio, se acercaron al poste. Se trataba de incendiarios desenmascarados. Pierre se detuvo junto a ellos.

El comandante de la sección preguntó con tristeza:

—¿Este también? —mirando de pasada a Pierre. (A Pierre le resultaba incomprensible cómo a él, el conde Bezújov, la vida podía resultarle tan ligera en las balanzas de aquella gente.)

—No —dijo el ayudante—. Solo que asista.

Y comenzaron a cuchichear algo. Los tambores empezaron a redoblar e hicieron caminar a los rusos de frente.

Pierre los examinó a todos. Para él, para un ruso, todos tenían un significado: ahora, por los rostros y los cuerpos, reconoció de quiénes se trataba. Había dos personas de los que desde la infancia suscitaban el temor de Pierre: eran dos presidiarios rasurados; uno alto y delgado, y otro moreno, velludo, musculoso y de nariz chata. El tercero era un obrero industrial, delgado y pálido, de unos dieciocho años, vestido con una bata. El cuarto era un mujik muy apuesto, con barba cerrada de color castaño claro y ojos negros. Y el quinto, bien un funcionario, bien un siervo; tendría unos cuarenta y cinco años, el pelo cano y un cuerpo grueso y bien cebado.

Pierre escuchó que los franceses deliberaban cómo fusilarles; no podía ser de dos en dos, y se lamentaron de que fueran impares. A pesar de ello, comprobó que les resultaba muy desagradable cumplir la orden, preocupándose solamente de cómo terminar el asunto deprisa. Al final decidieron que de dos en dos. Agarraron a dos galeotes y les condujeron al poste. Un funcionario francés con bufanda se aproximó al poste y dio lectura a la sentencia en francés y en ruso. Los galeotes miraron a su alrededor en silencio con los ojos enardecidos, como mira una fiera abatida ante el cazador que se le acerca. Uno no hacía más que santiguarse, otro se rascaba la espalda y puso sus fuertes y ásperas manos delante, ante su vientre. Finalmente el funcionario se apartó, se comenzó a vendarles los ojos y aparecieron los fusileros: doce soldados. Pierre se giró para no verlo. Pero los disparos le parecieron tan horriblemente ruidosos que le hicieron volverse. Había humo y los franceses hacían algo en el foso con la cara pálida y las manos temblorosas. Después, del mismo modo acercaron a otros dos, quienes miraron a todos por igual en vano, callados y pidiendo protección, evidentemente sin comprender ni creer lo que iba a ocurrir. No podían creerlo. Ellos, solo ellos, sabían qué había significado su vida, y por eso no comprendían y no creían que pudieran quitársela. Pierre decidió otra vez no mirar, pero de nuevo, como si de una horrible explosión se tratase, los disparos le obligaron a hacerlo. Vio lo mismo: humo, sangre, caras pálidas asustadas y manos temblorosas. Pierre se volvió respirando con dificultad, y su agitación se agravó aún más al detectar sin excepción en las caras de los rusos y soldados y oficiales franceses de su alrededor un temor, un horror y una lucha más fuertes que las de su propio rostro. «Pero, en suma, ¿quién es el que desea esto? —pensó Pierre—. Incluso me he dado cuenta de que Davout sentía lástima por mí. Y estos están sufriendo igual que yo.»

—¡Fusileros del Ochenta y seis, adelante! —gritó alguien.

Mandaron al quinto, el obrero industrial con bata. Acababan de ponerle las manos encima cuando, horrorizado, dio un brinco hacia atrás y comenzó a dar gritos salvajes. Le asieron de las manos y se calló de repente. Fue como si de súbito hubiera comprendido algo; o bien que sus gritos eran en vano, o bien lo que le decía el miedo que se había apoderado de él: que era imposible que le mataran. Caminó como los otros, como una fiera abatida mirando en derredor con los ojos brillantes. Pierre ya no pudo volverse y cerrar los ojos. La curiosidad y agitación de Pierre y la de toda la multitud llegó a su grado máximo ante este quinto asesinato. Como los otros, también este quinto reo parecía tranquilo, portando en su mano el gorro, arrebujándose la bata, y caminando a pasos iguales. Únicamente miraba, preguntando. Él mismo se ajustó el nudo en la nuca cuando empezaron a vendarle los ojos —por lo visto le molestaba— y después, cuando le arrimaron al ensangrentado poste, se desplomó. Aunque torpemente, se incorporó y, poniendo los pies a la misma altura, se apoyó tranquilamente. Pierre igualmente se lo comía con la mirada, sin perderse ni el más mínimo movimiento. Probablemente se oyó la orden y tras ella el disparo de doce fusiles, pero nadie —según Pierre supo después—, ni siquiera él, escuchó el más mínimo ruido de los disparos. Únicamente vieron cómo el obrero se aflojó de las cuerdas, cómo apareció la sangre por dos sitios y cómo las mismas cuerdas se desanudaron debido al peso del cuerpo que colgaba, quedando el obrero en vilo con la cabeza y piernas dobladas de una manera poco natural. Alguien gritó y se acercaron a él con la cara pálida. A uno le temblaba la mandíbula cuando le desató y arrastraron apresuradamente del poste, con una torpeza horrorosa. Empezaron a amontonarles en el foso, como hacen los criminales para ocultar las huellas de su crimen. Pierre echó un vistazo al foso y vio que el obrero industrial yacía con las rodillas hacia arriba, cerca de su cabeza y con un hombro más alto que el otro. Ese hombro bajaba y subía espasmódicamente y con uniformidad, pero ya estaban echando paletadas de tierra sobre él. El centinela, enfadado y agitado, gritó con maldad a Pierre para que se retirara. Se escucharon los pasos de los que lo hacían. Doce fusileros se unieron a él a la carrera mientras llegaban dos compañías. Ya se habían unido a sus posiciones, cuando un joven soldado rubio con chacó se cayó sin fuerzas hacia atrás, soltando el rifle. Boquiabierto de horror permanecía aún frente al foso con los ojos abiertos de par en par en el lugar desde el que había disparado y, como un borracho, se tambaleaba dando algunos pasos hacia delante y hacia atrás para sostener su propio cuerpo, que se caía. Hubiera caído de no haber salido de entre las filas un cabo que agarrándole por el hombro, le arrastró hasta la compañía.

Todos empezaron a disolverse con la cabeza gacha y el rostro avergonzado.

—Así aprenderán a no prender fuego —dijo alguien. Pero era evidente que solo lo dijo para envalentonarse, pues al igual que los otros, estaba aterrorizado, afligido y avergonzado de lo que se había hecho.

A partir de ese día, Pierre fue puesto en cautiverio. Al principio se le acomodó en un lugar especial y le alimentaron bien. Pero después, hacia finales de septiembre, le trasladaron a un barracón común y, por lo visto, se olvidaron de él.

Allí, en el barracón común, Pierre repartió sus botas y todas sus cosas entre los demás y vivió, en espera de su salvación, en una situación en la que ya se había encontrado el primero de octubre. Pierre no hizo allí nada en especial, pero entre todos los prisioneros hicieron algo que posibilitaba que, sin querer, todos se dirigieran a él. Aparte de que Pierre hablaba francés y alemán (había centinelas y bávaros), aparte de que estaba realmente fuerte, aparte de gozar de gran estima incluso por parte de los franceses (nadie sabía por qué; ni los prisioneros, ni los franceses ni él mismo), que de hecho le llamaban gigante peludo, no había ni una persona entre sus camaradas que no le debiera algo. A uno le ayudó a trabajar, a otro le dio vestido, a otro le divertía, por otro hizo gestiones ante los franceses… Su principal cualidad radicaba en que su carácter era siempre inmutable y alegre.

Todavía sin haber terminado de tallar su palito, Pierre se tumbó en su rincón y se adormeció. Apenas cayó dormido, cuando una voz se oyó detrás de la puerta:

—Gran juerguista. Le hemos puesto de mote «gigante peludo». Probablemente sea un capitán.

—Muéstremelo, cabo —dijo una suave voz afeminada. Inclinándose, entraron un cabo y un oficial, un moreno con unos maravillosos ojos, entornados y melancólicos. Era Poncini, el amigo secreto de Pierre. Se había enterado del cautiverio y situación de Pierre y finalmente había conseguido llegar hasta él. Poncini llevaba un paquete, que portaba un soldado. Se acercó, miró a los prisioneros y a Pierre y, tras suspirar profundamente, asintió con la cabeza al cabo y empezó a despertar a Pierre. En cuanto este se despertó, la expresión de tierna compasión que había antes en el rostro de Poncini de repente desapareció. Al parecer, temía ofenderle con ello. Le abrazó con alegría y le besó.

—¡Por fin te he encontrado, mi querido Pilad! —dijo.

—¡Bravo! —gritó Pierre, levantándose de un salto. Tomó del brazo a Poncini con la misma firmeza con la que acudía a los bailes y empezó a caminar con él por las habitaciones.

—Pero ¿cómo no me ha dicho dónde estaba? —le reprochó Poncini—. Es horrible la situación en la que se encuentra. Le perdí de vista y le busqué. ¿Dónde, qué es lo que ha hecho?

Pierre contó alegremente sus aventuras, el encuentro con Davout y el fusilamiento que había presenciado. Poncini empalideció al escucharle. Y se paró, le estrechó la mano y le besó como si fuese una mujer o un adonis que supiera que un beso suyo es siempre una recompensa.

—Hay que acabar con esto. Es horrible —dijo Poncini, mirando a sus pies descalzos.

Pierre se rió.

—Si sobreviviera, créame que estos momentos serían los mejores de mi vida. Cuánto bien he conocido y cuánto he confiado en él y en la gente. Y no le hubiera conocido, amigo mío —dijo, zarandeándole por el hombro.

—Hace falta su fuerza de carácter para aguantar todo esto —decía Poncini, mirando todo el tiempo a sus pies descalzos y al paquete que había preparado—. Había oído decir que estaba en una situación horrible, pero no pensé que hasta este punto… Hablaremos, pero esto es lo…

Poncini, turbado, echó un vistazo al paquete y se calló. Pierre le comprendió y sonrió, pero continuó hablando de otra cosa.

—Tarde o temprano acabará. La guerra acabará de un modo u otro, y dos o tres meses en comparación con toda una vida… ¿Me podría explicar cómo va el curso de la guerra y la paz?

—Sí. No, mejor no le diré nada, pero mis planes son estos. Primero, no puedo verle en esta situación, aunque tenga buen aspecto. Usted es bravo. Desearía que le viera en esta situación esa… Pero cómo… —Y Poncini de nuevo echó un vistazo al paquete y guardó silencio. Pierre le entendió y tomándole de la mano, le tiró de ella y dijo:

—Deme, deme su paquete bienhechor. No me avergüenza aceptar sus botas después de que alguien me las quitara a mí de mis casas de, como mínimo, ocho millones de francos —no pudo contenerse para no decirlo, aun suavizando con una sonrisa alegre y bondadosa la expresión de sus palabras, más vigorosas que si lanzara un reproche a los franceses—. Solamente quiero que vea una cosa —dijo, concitando la atención de Poncini sobre los ávidos ojos de los prisioneros que se afanaban en deshacer el envoltorio desde el que se divisaban unos panes, jamón y también unas botas y ropa—. Habrá que compartirlo con mis camaradas de infortunio, ya que soy más fuerte que todos ellos y tengo menos derecho a todo esto —dijo, no sin vanidoso deleite al ver el asombro entusiasmado en el rostro del melancólico, bueno y simpático de Poncini. Para que la cuestión del paquete no interfiriera en la conversación con la que ambos se preciaban, Pierre repartió el contenido del mismo entre sus camaradas, y dejándose para sí dos panes blancos con una loncha de jamón de los que empezó a comerse uno de inmediato, salió con Poncini al campo a caminar frente al barracón.

El plan de Poncini consistía en lo siguiente: Pierre debería anunciar su nombre y título y entonces no solamente sería puesto en libertad; sino que Poncini le explicó que el mismo Napoleón deseaba verle y, muy probablemente, enviarle a San Petersburgo con una misiva. Como ya había sucedido... Pero tras percatarse de que estaba hablando de más, Poncini únicamente rogó a Pierre que se mostrara de acuerdo.

—No me estropee todo mi pasado —dijo Pierre—. Me he dicho a mí mismo que no quiero que sepan mi nombre y no lo haré.

—Entonces hacen falta otros medios; haré unas gestiones, pero temo que mis peticiones resulten vanas. Es bueno saber dónde se encuentra. Tenga la seguridad de que mis paquetes serán tan abundantes que se podrá quedar lo que necesite.

—¡Gracias! Bueno, ¿qué hay de la princesa?

—Goza de perfecta salud y tranquilidad... Ay, querido mío. Qué cosa más horrorosa es la guerra. Qué cosa tan mala y sin sentido.

—Pero es inevitable, eterna y una de las mejores armas para que se manifieste la bondad de la humanidad —habló Pierre—. Me habla de mis desgracias y yo ahora con frecuencia me encuentro feliz. Por primera vez me he conocido a mí mismo, a la gente y mi amor por ella. Bueno, ¿tenía usted unas cartas?

—Sí, pero se puede imaginar que mi madre sigue sin querer ni oír hablar de mi casamiento, pero me es indiferente.

Después de hablar hasta entrada la tarde y con la luna ya en lo alto, los dos amigos se separaron. Al despedirse de Pierre, Poncini comenzó a llorar y se prometió hacer todo lo posible para salvarle. Se marchó. Pierre se quedó en el patio, y mirando a las lejanas casas iluminadas bajo la luz de la luna, pensó aún largo rato en Natasha, en cómo dedicaría a ella toda su vida en el futuro, en cómo sería feliz con su presencia y en lo poco que antes sabía valorar la vida.

Al día siguiente, Poncini envió un carro cargado con cosas y Pierre consiguió unas botas de fieltro.

Al cabo de tres días los reunieron a todos y se los llevaron por el camino de Smolensk. En la primera jornada, un soldado se quedó rezagado y un francés, rezagado también, le mató. El oficial de la escolta le explicó a Pierre que había que marchar y que había tantos prisioneros que los que no quisieran hacerlo, serían fusilados.

XIX

A mediados de septiembre los Rostov y sus carruajes de heridos llegaron a Tambov y ocuparon una casa de comerciantes preparada para ellos con antelación. Tambov estaba repleto de gente que escapaba de Moscú y nuevas familias llegaban a diario.

Al príncipe Andréi le ayudaron sus hombres y fue acomodado en la misma casa que los Rostov, mejorando su salud paulatinamente. Las dos señoritas de la familia Rostov se turnaban junto a su lecho. El motivo principal de la angustia del herido —la incertidumbre sobre el paradero de su padre, hermana e hijo— desapareció. Recibió una carta de la princesa María del mismo mensajero en la que se le informaba que esta viajaba con Koko a Tambov gracias a Nikolai Rostov, quien la había salvado y había resultado ser para ella el amigo y hermano más cariñoso.

Tras eliminar el salón y estrechándose el espacio, se adecentó una parte más de la casa para los Rostov. Y todos los días esperaban la llegada de la princesa María.

El 20 de septiembre el príncipe Andréi yacía en su cama. Sentada, Sonia le leía en voz alta *Corinne*.

Sonia era célebre por su buena lectura. Su melodiosa vocecita subía y bajaba rítmicamente. Estaba dando lectura a la expresión de amor del enfermo Ósvald e, involuntariamente y mirando a Andréi, asociaba a este con Ósvald y a Natasha con Corinne. Andréi no escuchaba.

Últimamente, una nueva inquietud había surgido en Sonia. La princesa María escribía (Andréi leyó en voz alta la carta a los Rostov) que Nikolai era su amigo y hermano y que siempre conservaría para él un cariñoso agradecimiento por su apoyo en los momentos difíciles de su sufrimiento. Nikolai escribía que durante la marcha había conocido por casualidad a la princesa Bolkónskaia y había tratado de serle útil en la medida de lo posible, lo cual le resultaba especialmente agradable ya que nunca antes, a pesar de la ausencia de belleza física, había conocido una joven tan agradable y simpática.

De la comparación de estas dos cartas, la condesa (que no habló nada de ello, como advirtió Sonia) extrajo la conclusión de que la princesa María era precisamente la novia rica y simpática que necesitaba su Nikolai para la solución de sus asuntos. Las relaciones con Andréi habían quedado para toda la familia en la incertidumbre. Parecía que estuvieran enamorados el uno del otro como antes, pero a la pregunta de qué resultaría de aquello, Natasha explicó a su madre que su relación era solamente amistosa, que le había rechazado y no había cambiado su decisión, pues no había motivo para ello.

Sonia conocía la situación y sabía que por esa razón la condesa acariciaba en secreto la idea de casar a Nikolai con la princesa María, por lo que tan alegremente hacía gestiones para que se acondicionara una habitación para ella, siendo este plan de la condesa un nuevo motivo de angustia para Sonia. Ella se daba cuenta de ello y no pensaba en que deseaba casar lo antes posible a Natasha con Andréi, preferentemente para que después, por parentesco, ya no hubiera para Nikolai oportunidad de casarse con la princesa María. Sonia creía que quería eso solo por amor hacia Natasha y su amigo, pero lo deseaba con todas sus fuerzas, actuando astutamente como un felino para conseguir su objetivo.

—¿Qué hace mirándome, mademoiselle Sophie? —le dijo Andréi, sonriendo con su sonrisa bondadosa y doliente—. Está pensando en la analogía que existe con su amigo. Sí —continuó—. Solo que la condesa Natasha es un millón de veces más atractiva que esa aburrida marisabidilla de Corinne…

—No, no creo nada de eso. Pero pienso que para una mujer es muy difícil esperar el reconocimiento del hombre al que ama y contemplar sus vacilaciones y sus dudas.

—Pero, querida mademoiselle Sophie, hay razones, como las de lord Neville, que son más elevadas que la propia felicidad, ¿comprende?

—¿Yo? Quiero decir, ¿cómo comprenderle?

—¿Podría usted para hacer feliz a la persona a la que ama sacrificar la posesión que de él tenga?

—Sí, seguramente…

El príncipe Andréi alcanzó mediante un débil movimiento la carta de la princesa María que estaba sobre la mesita.

—¿Sabe usted? Me parece que mi pobre princesa María está enamorada de su primo. ¡Es una alma tan cristalina! No solo se la puede ver en persona, también en las cartas la veo. Usted no la conoce, mademoiselle Sophie.

Sonia enrojeció a causa del sufrimiento y dijo:

—No. Sin embargo empiezo a tener migraña —dijo y levantándose rápidamente, apenas conteniendo las lágrimas, salió de la habitación esquivando a Natasha.

—¿Qué, duerme?

—Sí. Fue corriendo al dormitorio y, sollozando, se dejó caer sobre la cama. «Sí, sí. Hay que hacerlo, es necesario para su felicidad, para la felicidad de la casa, de nuestra casa. ¿Y para qué si no, pues? No, yo no quiero para mí la felicidad. Hay que…»

Ese mismo día, en la casa todo empezó a moverse en torno al príncipe Andréi y el zaguán. Una enorme carreta principesca —en la que normalmente se desplazaba a la ciudad— y dos carretelas se acercaron a la entrada. De la carreta bajó la princesa María, Bourienne, la institutriz y Kolia. La princesa María, al ver a la condesa, enrojeció y aunque se trataba de su primer encuentro, se lanzó abiertamente a abrazarla y comenzó a sollozar.

—Estoy doblemente obligada ante usted: por Andréi y por mí —dijo.

—¡Hija mía! —dijo la condesa—. En los tiempos que corren, ¡qué felices son los que pueden ayudar a otros!

Iliá Andréevich besó la mano de la princesa y le presentó a Sonia.

—Es mi sobrina.

Pero la princesa María no hacía más que buscar inquietamente a alguien. Buscaba a Natasha.

—¿Y dónde está Natasha?

—Está con el príncipe Andréi —dijo Sonia.

La princesa sonrió y empalideció, mirando interrogativamente a la condesa. Pero a esa mirada que preguntaba si la pareja había reanudado su anterior relación, se le contestó con una sonrisa triste e incomprensible.

Natasha salió al encuentro de la princesa, casi igual de rauda, vivaz y alegre que antaño. Como a todos, Natasha sorprendió a la princesa por lo inesperado de su sencillez y encanto. La princesa la miró con ternura, aunque involuntariamente de manera escrutadora y la besó.

—La quiero y lo sé desde hace tiempo —dijo.

Natasha se turbó y en silencio se apartó y se ocupó de Koko, quien nada entendía salvo que ella, Natasha, era más alegre y agradable que los demás y por ello la quería más que a nadie.

—Se está recuperando totalmente —decía la condesa, acompañando a la princesa a la habitación del príncipe Andréi—. Pero usted, pobrecita mía, ¡cuánto ha sufrido!

—Ay, no puedo relatarle lo difícil que ha resultado esto —contestó la princesa María, todavía colorada y animada por el frío y la alegría. («No es en absoluto tan fea», pensó la condesa)—. Y su hijo me ha salvado con decisión no tanto de los franceses como de la desesperación.

Al decir esto, las lágrimas aparecieron en los maravillosos y radiantes ojos de la princesa María. La condesa comprendió que esas lágrimas se referían al amor que sentía por su hijo. «Sí, esa maravillosa criatura se convertirá en su esposa», pensó, y abrazó a la princesa María, llorando ambas con más alegría aún. Después sonrieron, enjugándose las lágrimas y disponiéndose a entrar en la habitación del príncipe Andréi.

Incorporándose sobre el sillón, sentado con su demacrado rostro, cambiante y culpable, el príncipe Andréi recibió a la princesa María con el rostro del pupilo que pide perdón y que promete que nunca más volverá a hacerlo, con la cara del hijo pródigo que vuelve. La princesa María lloraba besando su mano y le acercó a su hijo. Andréi no lloró, habló poco y solo resplandecía con su rostro transformado por la dicha. Habló poco de su padre y de su muerte. Siempre que abordaban ese recuerdo, trataban de silenciarlo. Resultaba demasiado duro hablar de ello. Ambos se dijeron: «Después, después». Y no sabían que después no hablarían nunca de ello. Solo había una cosa que la princesa María no podía dejar de contar: las últimas palabras que le había dicho su padre después de que ella en la noche anterior a su muerte hubiera estado sentada a su puerta sin atreverse a entrar: Él, el severo príncipe Nikolai Andréevich, le había dicho: «¿Por qué no entraste, *alma mía*? ¿Por qué, *alma mía*? ¡Lo pasé tan mal!».

El príncipe Andréi, tras oír esto, se giró temblándole la barbilla y cambió rápidamente de conversación. Preguntó por su marcha y por Nikolai Rostov.

—Parece un muchacho frívolo —dijo Andréi con un malicioso brillo en la mirada.

—¡Oh, no! —gritó temerosamente la princesa, como si le hubieran hecho algún daño físico—. Tenías que haberle visto como lo vi yo en esos horribles momentos. Únicamente una persona con un corazón de oro puede comportarse como él lo hizo. ¡Oh, no!

Los ojos del príncipe Andréi brillaron aún con más fulgor.

«Sí, sí. Hay, hay que hacerlo —pensó—. Sí. Esto es lo que queda en la vida, lo que lamentaba perder cuando era transportado. Sí, eso es. No la felicidad propia, sino la ajena.»

—¡Así que es un muchacho simpático! Bueno, me alegra mucho —dijo.

Llamaron a la princesa María a comer y salió de la habitación sintiendo que no había dicho lo más importante: no sabía de las actuales relaciones con Natasha, pero por algún motivo, como sintiéndose culpable, temía preguntar sobre ello. Después de la comida, su hermano la libró de esa tarea.

—Querida hermana, ¿te asombras, creo, de mi relación con Rostova?

—Sí, quisiera…

—Lo que pasó ya está olvidado. Soy un buscador al que han rechazado. Y no estoy apesadumbrado. Somos amigos y siempre lo seremos, pero ella nunca será para mí nada excepto una hermana pequeña. No sirvo para nada.

—¡Pero qué encantadora es, Andréi! Aunque lo comprendo —dijo la princesa María, pensando que el orgullo del príncipe Andréi no podía permitirle perdonarla por completo.

—Sí, sí —dijo el príncipe Andréi, respondiendo a sus pensamientos.

La vida en Tambov desde la llegada de la princesa María continuó con más alegría que antes.

Las noticias que llegaban del frente eran las más favorables: los dos jóvenes Rostov estaban ilesos; el mayor seguía en el regimiento y el menor, en el destacamento de partisanos de Denísov.

Únicamente el viejo Rostov, arruinado completamente por los acontecimientos de Moscú, estaba afligido y preocupado; escribía cartas a todos sus íntimos amigos pidiéndoles dinero y un puesto. Una vez, Sonia le sorprendió en el despacho sollozando sobre una carta ya escrita. «¡Sí, si eso funcionara!», pensó. Se encerró en sí misma y lloró largo rato. Hacia la tarde le escribió una carta a Nikolai en la que le enviaba el anillo, le libraba de su promesa y le rogaba pedir la mano de la princesa María, quien haría feliz a él y a toda su familia. Llevó la carta a la condesa, la dejó sobre la mesa y salió corriendo. La carta se envió con el siguiente correo con una añadidura por parte de la condesa con el mismo contenido.

—Permítame besar su magnánima mano —le dijo por la tarde el príncipe Andréi, y conversaron amigablemente largo rato sobre Natasha.

—¿Ha amado de verdad a alguien? —preguntó Andréi—. Sé que a mí nunca me amó en absoluto. Y a aquel, todavía menos. ¿Y antes a otros?

—Hay uno: Bezújov —dijo Sonia—. Pero ni ella misma lo sabe.

Esa misma tarde el príncipe Andréi contó en presencia de Natasha las noticias que había recibido de Bezújov. Natasha enrojeció. ¿Por qué podría pensar ella más en Bezújov que en otro? ¿O por qué, con su intuición, tenía la sensación de que la miraban al hablar de esto? Las noticias recibidas por el príncipe Andréi venían de parte de Poncini, quien junto con otros prisioneros fue conducido a Tambov. Al día siguiente, Andréi relató los rasgos de generosidad y bondad en Pierre a través de sus recuerdos y a través de lo que hablaba aquel prisionero. Sonia también habló de Pierre y la princesa María hizo lo mismo.

«¿Qué es lo que hacen conmigo? —pensó Natasha—. Porque algo están haciendo conmigo.» Y con inquietud, volvió la cabeza interrogativamente. Creía que ellos, Andréi y Sonia, eran sus mejores amigos y estaban haciendo algo por su bien.

Por la tarde el príncipe Andréi pidió a Natasha que cantase en la otra habitación. La princesa María tomó asiento para el acompañamiento. Hacía casi dos años que no empleaba su voz, como si hubiera estado conteniendo durante todo ese tiempo todo su encanto, y se desparramó con una fuerza y encanto tales que la princesa María se deshizo en lágrimas y todos anduvieron como locos, sintiéndose inesperadamente más cerca y cruzando palabras con embrollo. Al día siguiente se invitó a los prisioneros, de quienes todos quedaron admirados en Tambov, incluido Poncini. Dos de ellos, un general y un coronel, resultaron ser dos hombres rudos, que escupían por la habitación y no se desesperaban por besar a las condesas rusas. Había uno que le gustaba a todo el mundo: el fino, inteligente y melancólico Poncini, quien gustaba especialmente por no poder hablar sin lágrimas sobre Pierre. Al relatar la grandeza de su alma con el niño durante el cautiverio, la elocuencia italiana de Poncini llegó a tal punto, que fue inevitable caer rendido ante ella.

Finalmente llegó una carta de Pierre en la que decía que estaba vivo y que había salido de Moscú junto con los prisioneros. Y Poncini, que tras confesar a Andréi la estima de Pierre, no cesaba de admirarse por el lance que le había conducido precisamente a esa persona, fue enviado a visitar a Natasha para transmitirle la declaración de amor, la cual ahora, cuando se había recibido la noticia de la muerte de Hélène, no podía tener consecuencias nocivas.

El viejo conde fue testigo de todo ello. Para él no fue motivo de alegría. Se sintió afligido y le resultó duro; sentía que con todo eso ya no era necesario y que ya había vivido su vida. Había cumplido su cometido: había tenido hijos, los había educado, se había arruinado... y ahora le hacían carantoñas y le compadecían, pero no le necesitaban.

XX

Después del ataque del enemigo sobre Moscú y de las acusaciones sobre Kutúzov, de la desesperación en San Petersburgo, de la indignación, de las frases heroicas y esperanzadoras, todo ello terminó al cruzar nuestras tropas Pajraia desde Tula hacia el camino de Kaluga.

El porqué los cronistas militares, y también todos los de este mundo, suponen que esa marcha de flanco (les gusta mucho esa palabra) es una maniobra muy profunda de pensamiento salvadora de Rusia y destructora de Napoleón, es algo muy difícil de entender para una persona que no cree todo a pies juntillas y que piensa con su cabeza. Podían haberse hecho más de cien pasos diferentes hacia las carreteras de Tula, Smolensk y Kaluga y el resultado hubiera sido el mismo. Exactamente igual, al aproximarse a Moscú el ánimo de las tropas de Napoleón hubiera estado ya muy bajo y hubiese caído aún más a causa de los incendios y del saqueo de la ciudad. Únicamente se habla de esto porque es complicado que la gente vea la totalidad de las causas que cambian los acontecimientos y, así, todo se quiere atribuir a las acciones de una sola persona, idéntica a mí. Y además esto crea al héroe que tanto amamos. Tenía que ser así y así ha sido.

Tras permanecer un mes en Moscú, Napoleón y cada hombre de sus tropas sentían con pesar que perecerían, y tratando de ocultar esa percepción, se retiraron apesadumbrados, hambrientos y harapientos. Un mes antes, en Borodinó, eran fuertes. Pero ahora, tras un mes de estar en tranquilas y cómodas casas con víveres en Moscú y en sus afueras, emprendían la retirada asustados. Resulta difícil creer que todo esto lo provocara la marcha de flanco sobre Krasnaya Pajra. Hubo otras causas, que no me pondré a enumerar, pero en consecuencia no expondré una insuficiente diciendo que es la única.

Después de la desolación en el ejército ruso y en San Petersburgo, de nuevo se recobraron los ánimos. Comenzaron a salir con frecuencia de San Petersburgo correos, alemanes y generales de parte del zar para que pasaran unos días con las tropas. Kutúzov adulaba especialmente a estos huéspedes. El 3 de septiembre, cuando se le dijo a Kutúzov que los franceses se retiraban de Moscú, este aplaudió con lágrimas de alegría en los ojos, se santiguó y dijo:

—Obligaré a esos franceses a comer carne de caballo, como a los turcos.

Kutúzov repetía frecuentemente esa máxima. Pero le enviaron un plan de operaciones desde San Petersburgo con el que tenía que atacar con mucha astucia desde varias direcciones. Kutúzov, claro está, maravillado por el plan, se encontró con dificultades para ejecutarlo. Bennigsen dio cuenta al zar de que Kutúzov era una muchacha vestida de cosaco.

Bennigsen socababa a Kutúzov, Kutúzov a Bennigsen, Ermólov a Konóvnitsyn, Konóvnitsyn a Toll, este de nuevo a Ermólov, Witzengerod a Bennigsen, etcétera, etcétera, con infinitas combinaciones y variaciones. Pero todos ellos vivían alegremente en las afueras de Tarutin con buenos cocineros y vinos, con cantores, música e incluso mujeres. Finalmente apareció el orgulloso Lauriston con una carta de Napoleón en la que se mostraba especialmente contento con ocasión de presentar sus profundos respetos al mariscal de campo. El príncipe Volkonski quiso recibirle, pero Lauriston se negó —le resultaba inferior— y exigió una audiencia con Kutúzov. Qué se le va a hacer, Kutúzov se puso las charreteras de Konóvnitsyn y le recibió. Los generales se agolparon alrededor. Todos temían que Kutúzov les traicionara. Pero Kutúzov, como siempre, postergó todo y también postergó lo de Lauriston y Napoleón se quedó sin respuesta.

Mientras que Murat y Milodarowicz hacían gala de su estupidez bajo bandera parlamentaria, un buen día los rusos atacaron a los franceses y estos huyeron a todo correr asombrándose de que no les capturaran a todos, pues ya no podían luchar como antes. Y no les capturaron a todos porque Kutúzov encomendó la operación a Bennigsen, y para favorecerle no le dio tropas, con lo que enfureció a Bennigsen, quien además llegó tarde. Y porque fuera de las líneas, Shépelev organizó una orgía en la mansión de un terrateniente donde se divirtieron hasta la noche y donde incluso los generales bailaron. Todos eran buenos generales y buenas personas que no se habrían atrevido a relatar sus danzas e intrigas, pero resulta enojoso que ellos mismos escribieran con estilo pomposo acerca del amor a la patria, al zar y demás sandeces, cuando en esencia estaban pensando preferentemente en los banquetes y las bandas azuladas y rojizas. Esa aspiración humana no puede discutirse, pero hay que hablar de ella claramente, pues si no se hace, se inducirá a error a las jóvenes generaciones que observan con perplejidad y desesperación la flaqueza que encuentran en su espíritu, al contrario que en Plutarco y en la historia patria, donde ven únicamente a héroes.

Los franceses, después de la batalla de Tarutin avanzaron como una liebre desconcertada, poniéndose a tiro. Y Kutúzov, escatimando una carga como un tirador industrial, no ordenó disparar y se replegó. Sin embargo, llegando a Mali Yaroslav por el margen derecho tras un pequeño combate desesperado, la liebre huyó en tal estado, que un perro de corral la hubiera alcanzado. Efectivamente, en aquel entonces un sacristán cogió a noventa prisioneros y mató a treinta. Los partisanos apresaron a diez mil. Las tropas francesas tan solo esperaban un pretexto para deponer las armas y marcharse por las buenas. En esencia, el desorden en el ejército era desmesurado: olvidaban arsenales enteros, los comandantes no sabían quién se encontraba en qué sitio. Cada general arrastraba su convoy robado, y también cada oficial y soldado. Y como un mono que tras agarrar de un jarro un puñado de cacahuetes no lo suelta, en poco tiempo ellos mismos se entregaban. Dónde se dirigían y para qué, nadie lo sabía. Y el gran genio Napoleón, todavía menos. Así que nadie le daba órdenes. Cerca de él todavía se respetaba un cierto *décorum*, se redactaban órdenes, misivas, informes, órdenes del día, aún se llamaban mutuamente «¡Excelencia!». «¡Excelencia! Mi primo, el príncipe de Eckmühl, el rey de Nápoles.» Pero todos sentían que eran unos lastimosos miserables que se habían buscado ellos mismos su pena, el remordimiento de conciencia y ese infortunio sin salida. Las órdenes y los informes existían solo sobre el papel, reinaba el caos. El terror a los cosacos: alguien da un alarido y las columnas salen corriendo sin motivo. La disciplina se vino abajo. Las penurias eran horrorosas y era imposible exigir disciplina. Pero después, naturalmente, todo lo vital que no se enmarcara en el concepto humano de las calamidades de trescientas mil personas —de trescientas mil atraparían a cien mil— se conducía bajo órdenes imaginarias por voluntad del genial emperador. Pero quien haya estado en una guerra sabe que solo al oso herido que huye se le puede dar muerte tranquilamente con una pica y no al que está sano y es osado. Solo Kutúzov era consciente de ello. Él no sabía cómo estaban las cosas, pero sabía —como saben los ancianos vitales e inteligentes— que el tiempo lo arreglaría todo por sí mismo. Y en los acontecimientos históricos ese *por sí mismo* es el que da mejor resultado.

XXI

En aquel entonces, cuando los franceses únicamente deseaban ser hechos prisioneros cuanto antes y los rusos estaban ocupados en distintos entretenimientos fanfarroneando a su lado, también Dólojov era entonces uno de los partisanos. Tenía un destacamento de trescientos hombres y vivía con ellos en el camino de Smolensk.

Denísov era otro de los partisanos. Y con el grupo de Denísov, ahora ya coronel, se hallaba Petrusha Rostov, que había deseado servir con Denísov, a quien rendía apasionada adoración desde los tiempos de su llegada a Moscú en 1806.

Aparte de estos grupos, no lejos correteaban por los mismos lares los grupos de un conde polaco de servicio en el ejército ruso, el de un alemán y el de un general.

Por la noche, Denísov se tumbaba en el suelo sobre unas alfombras, dentro de una isba desmoronada. Con barba, vestido con un armiak y con un icono de Nikolai el Milagrero en la cadenilla, escribía rápidamente, haciendo rechinar la pluma y sorbiendo de vez en cuando de un vaso lleno a partes iguales de ron y de té.

Petia, con su ancho y bondadoso rostro y sus delgados miembros de adolescente, estaba sentado en la esquina de un banco y contemplaba con devoción y admiración a su Napoleón. Petia también estaba vestido con unos ropajes fantásticos: un armiak con cartucheras al estilo circasiano, unos pantalones azules de caballería y espuelas. En cuanto Denísov hubo terminado de escribir una hoja, Petia la cogió para sellarla.

—¿Puedo leerla?

—Sí, míralas… ábrela…

Petia la leyó y la lectura aumentó su entusiasmo por el genio de su Napoleón. Las cartas que escribía Denísov eran la respuesta a la diplomática exigencia de dos comandantes de destacamento que le invitaban a unirse a ellos, es decir, ya que Denísov era de un rango inferior, le invitaban a actuar bajo su mando en el ataque a la gran división de caballería de Blancard, ante el que todos los jefes de los grupos de partisanos estaban afilando los colmillos, deseando llevarse la gloria de esa captura. Y la división de Blancard, olvidada por Napoleón, atestada de heridos, prisioneros y hambrientos, hacía ya tiempo que solo esperaba que alguno de los destacamentos de cosacos la capturase. Denísov contestó a un general que ya estaba actuando bajo las órdenes de otro, y al otro general le escribió que ya procedía según aquel, lanzando a cada uno una pulla de formalismo, de las que era un gran maestro. Y de este modo, se deshizo de ambos con la intención de capturar él mismo la división, y quizá también la gloria, el rango y una condecoración.

—Te los has quitado de encima a la perfección —dijo Petia entusiasmado, sin comprender toda la diplomacia y sus fines.

—Mira a ver quién está ahí —dijo Denísov, tras escuchar unos suaves pasos en el zaguán.

—A la orden —dijo diligentemente Petia, especialmente feliz de jugar a servir a su Napoleón.

En la vida doméstica, Petia, como todos, tuteaba a Denísov, pero no así en el servicio militar, donde era su ayudante. Denísov era propenso a jugar al servicio militar y a hacer de Napoleón, y la firme fe de Petia en su napoleonidad le estimulaba aún más en ello.

Los pasos eran de Tijón Seis Dedos, al que Petia hizo pasar. Tijón Seis Dedos era un mujik de Pokrovskoe. Cuando al principio de sus acciones Denísov llegó a Pokrovskoe, recibió quejas acerca de dos mujiks que habían dado cobijo a los franceses: Pokrófiev el Pelirrojo y Tijón Seis Dedos. Entonces Denísov, probando su poder y su destreza en administrarlo, habiéndose previamente acalorado, ordenó fusilar a ambos. Pero Tijón Seis Dedos cayó de rodillas y, prometiendo servirle fielmente, dijo que había actuado así por estupidez. Denísov le perdonó y le incorporó a su grupo.

Tijón, enmendándose primeramente con el trabajo sucio del reparto de las hogueras y el abastecimiento de agua, pronto mostró unas capacidades extraordinarias en la guerra de guerrillas. Una vez, yendo a por leña, tropezó con unos merodeadores, mató a dos y capturó a otro. Denísov, en broma, le montó consigo a caballo, y resultó que no había una persona más capaz que Tijón Seis Dedos de aguantar las tareas, de observar, de arrastrarse silenciosamente y de comprender, en menor medida, en qué consiste el peligro. Y Tijón fue inscrito en el destacamento de cosacos como uriadnik* y recibió una condecoración.

Tijón Seis Dedos era un hombre alto, delgado, con unos brazos muy caídos que pendían como si estuviesen inertes —pero

---

* Uriadnik: suboficial de cosacos. *(N. de la T.)*

que en su balanceo golpeaban más vigorosamente a los más fuertes—, y con unas piernas oscilantes que, balanceándose, recorrían setenta verstas sin cansarse. Le llamaban Seis Dedos porque en verdad tenía en las manos y en los pies unos pequeños alargamientos junto al quinto dedo. Una hechicera le contó que si se cortaba uno de esos dedos, llegaría su perdición. Y Tijón cuidaba más de esos monstruosos trozos de carne que de su propia cabeza. Su alargado rostro estaba picado, la nariz le colgaba de un lado y unos ralos pelos largos le salían de la barba. Sonreía raramente, pero de un modo muy extraño. Tan extraño, que cuando lo hacía, todos se reían. Fue herido varias veces, pero todas sus heridas cicatrizaban rápidamente, así que no acudía a la enfermería. Únicamente necesitaba contener la hemorragia, cuya sangre no gustaba de ver. No comprendía el dolor, al igual que el miedo. Iba vestido con una casaca roja de húsar francés, con un sombrero de plumas de Kazán y calzado con lapti. Prefería este calzado a todos los demás. Tenía un enorme mosquetón que solo él sabía cargar —le ponía de golpe tres cargas—, un hacha y una lanza.

—¿Qué, Tishka? —preguntó Denísov.

—Traigo a dos —dijo Tijón.

Denísov comprendió que se trataba de dos prisioneros. Le había mandado a husmear a un bosque.

—¡Oh! ¿De Shamshev?

—De Shamshev. Están ahí, en el zaguán.

—¿Y qué, eran muchos?

—Muchos, pero están mal. Se puede matar a todos de una vez —dijo Tijón—. He cogido a tres a la vez fuera de la aldea.

—¿Cómo traes a dos, entonces?

—Sí, Excelencia… —Tijón comenzó a reírse y Denísov y Petia sin querer también.

—Bueno, ¿y dónde está el tercero? —preguntó riéndose Denísov.

—Sí, Excelencia. No se enfade, es que…

—¿Pues qué?

—Pues es que tiene unos harapos encima… —calló.

—Bueno, ¿y qué?

—¿Cómo voy a traerlo así, descalzo?

—Bueno, está bien. Anda, vete. Ahora salgo a verle.

Tijón se marchó y tras él entró en la habitación Dólojov, quien había galopado quince verstas para ver a Denísov y plantearle lo mismo en lo que también estaba ocupado Denísov: el deseo de alejarle del convoy y capturarlo él mismo. Dólojov habló con los prisioneros de Tijón y entró en la habitación. Iba vestido de una manera sencilla, con una levita militar de la guardia imperial sin charreteras y con unas elegantes botas de montar.

—¿Qué hacemos de pie, esperando a que dé peras el olmo? —dijo Dólojov, estrechando la mano a Denísov y a Petia—. ¿Qué haces que no los sacas de Rtíshchev? Allí hay trescientos prisioneros de los nuestros.

—Pero es que estoy en espera de ayuda para atacar la división.

—¡Oh!, es absurdo. No podrás capturar la división. Hay ocho batallones de infantería. Pregunta, pregúntale al que te los ha traído.

Denísov comenzó a reírse.

—Sí, comprendemos, comprendemos —dijo—. ¿Quieres ponche?

—No, no quiero. Mira: has capturado a muchos prisioneros. Dame a diez, tengo que azuzar a los jóvenes cosacos.

Denísov meneó la cabeza.

—¿Qué haces que no les zurras? —preguntó simplemente Dólojov—. Vaya ternura…

Dólojov engañó a todos: a los dos generales y a Denísov. Sin esperar a nadie, atacó al día siguiente la división y, naturalmente, capturó a todos los que esperaban la ocasión de entregarse.

XXII

Pierre se hallaba entre los prisioneros de esa división. En el primer trayecto desde Moscú le quitaron las botas de fieltro y no le dieron otra cosa de comer que no fuera carne de caballo. Dormían al raso. Llegaron las primeras heladas. En la segunda jornada, Pierre sintió un dolor horroroso en los pies y vio que estos se habían agrietado. Caminaba apoyándose sin querer en una pierna, y desde ese momento, casi todas las fuerzas de su alma y toda su capacidad de observación se concentraron en sus pies y en el dolor. Había perdido la noción del tiempo y olvidado el lugar, sus temores y la esperanza. Deseaba no pensar en ella y pensaba únicamente en el dolor.

No recordaba cuándo y dónde había sucedido aquello, pero un suceso le sorprendió: tras los carros en los que transportaban los cuadros, tras las carretas entre las cuales reconoció una propia (le habían dicho que ahora *pertenecía* al duque de Etinguen), marchaban ellos, los prisioneros. Junto a Pierre marchaba un anciano soldado, el mismo que le había enseñado a vendarse los pies y a ponerles grasa. A su derecha, caminaba otro soldado, un joven francés, de larga nariz y ojos negros y redondos. El anciano soldado ruso se puso a gemir y pidió descansar.

—¡Adelante! —gritó desde atrás un cabo.

Pierre, cojeando, le tomó de la mano. Al soldado le dolía el vientre y estaba pálido.

—Dígale, usted que me comprende —dijo un francés—, que no podemos dejar vivos a los que queden rezagados. Hay orden de dispararles.

Pierre se lo comunicó al soldado.

—Es el fin —dijo el soldado y cayó hacia atrás, santiguándose—. Adiós, ortodoxos —dijo, santiguándose y haciendo una reverencia. Y como una nave, el gentío que le rodeaba llevó a Pierre cada vez más lejos. Pero el anciano de pelo cano estaba sentado en el fangoso camino y no hacía más que reverencias. Pierre le miró y oyó el grito imperativo de un sargento sobre ese soldado de nariz puntiaguda que marchaba por la derecha.

—¡Obedezca la orden! —gritó el sargento, empujando por el hombro al joven soldado. El soldado corrió enfadado hacia atrás. El camino hacía una curva tras los abedules y Pierre, girándose, vio únicamente el humo del disparo. Después vio al soldado, que pálido y asustado como si hubiera visto una aparición, se acercó corriendo y volvió a su puesto sin mirar a nadie.

Al anciano le mataron de un disparo al igual que a muchos de la multitud de doscientas personas que marchaba junto a Pierre. Pero por muy horrible que parezca, Pierre no les culpó. Ellos mismos estaban tan mal, que apenas unos cuantos hubieran estado de acuerdo en ponerse en lugar del soldado. Con fiebre, castañeteando los dientes, se sentaron al borde del camino y se quedaron allí. Todas las conversaciones que escuchaba trataban acerca de que la posición era desesperada, de que perecerían y de que los cosacos tan solo tenían que echarse sobre ellos para que no quedase nada. Más de una vez echaron todos a correr al ver a un cosaco, y a veces lo hacían simplemente por error. Pierre observó cómo comían carne de caballo cruda, pero veía todo esto como si estuviese soñando. Toda su atención estaba constantemente puesta en sus pies enfermos, pero seguía caminando, asombrándose de sí mismo y de la exasperación y la tolerancia del sufrimiento depositada en un hombre. Casi todas las tardes se decía: «Hoy se acabó», y al día siguiente caminaba de nuevo.

Como en los sueños, la impresión general de la desmoralización de la tropa se reflejaba en Pierre durante esas jornadas, cuyo número desconocía, pero de pronto, esa impresión se agrupó en un, en esencia, sencillísimo pero muy impactante suceso. Durante una de las jornadas, marchaban junto a él tres franceses, quejándose. De pronto, se oyó la palabra «emperador». Todos se animaron un poco, se enderezaron y se echaron a un lado del camino. Adelantando a la caravana, una carreta pasó rápidamente y se detuvo un poco más adelante. El general que estaba al lado de la ventanilla se quitó el sombrero tras escuchar algo. Gritos de felicidad resonaron con desesperación: «¡Viva el emperador!», y la carreta pasó.

—¿Qué es lo que ha dicho?

—Emperador, emperador —se oían por todas partes unas voces reanimadas, como si ya no existiera el sufrimiento—. ¡Así es él! ¡Bravo! Oh, nuestro pequeño cabo no se dejará ofender —se oyeron unas voces seguras y arrebatadas. Y todo seguía igual: el mismo frío y hambre, el mismo trabajo inútil y cruel, y el mismo miedo, que no abandonaba a las tropas.

Al atardecer de cierto día, los oficiales dejaron acercarse a la hoguera a Pierre, a quien a pesar de todo diferenciaban de los demás. Tras entrar en calor, cayó dormido. Su capacidad de dormir profundamente fue su salvación en esos momentos difíciles. De súbito, le despertaron. Pero después no supo si lo que había visto había sucedido en realidad o en sueños. Cuando le despertaron, vio junto a la hoguera a un oficial francés cuyo rostro le resultó más que familiar e incluso le recordó a alguien con el que tenía un trato cordial. Sí, se trataba de Dólojov, pero vestía un uniforme de ulano francés. Estaba hablando con los oficiales en un perfecto francés, relatándoles cómo le habían enviado a buscar la división y cómo se había desviado. Se quejó del desorden y un oficial francés se hizo eco de sus palabras y contó algo que Dólojov parecía no haber escuchado. Dólojov no se asombró de ver alzarse la ensortijada cabeza de Pierre, pero sonrió ligeramente (por la sonrisa, no había dudas: se trataba de él) y señalando a Pierre, preguntó con negligencia:

—¿Cosaco? —Le respondieron. Dólojov se fumó una pipa y se despidió de los oficiales—. Buenas noches, señores. Se montó en el caballo y se marchó.

Pierre no dejaba de mirarle. Había luna llena y se podía ver de lejos. Con horror, pero con consuelo, Pierre comprendió que se trataba de un sueño cuando Dólojov se acercó a la línea de centinelas y dijo algo. «Gracias a Dios, se ha marchado felizmente», pensó Pierre. Pero en ese instante, Dólojov se giró de repente y se acercó al trote hacia la hoguera. Su sonriente y bello rostro era visible a la luz del fuego.

—Por poco me olvido —sujetaba una nota con un lapicero—. ¿Me podría decir alguno de ustedes qué significa en ruso: «Bezújov, prepárate con los prisioneros. Mañana les atacaré». —Y sin esperar respuesta, volvió su caballo y salió galopando.

—¡Alto! —gritaron los oficiales. En las filas resonaron los disparos, pero Pierre vio cómo Dólojov se alejaba de los centinelas y se escondía en la oscuridad.

Al día siguiente hicieron un alto en Shamshev y, efectivamente, al atardecer sonaron unos disparos. Los franceses pasaron corriendo por al lado de Pierre, y Dólojov entró a caballo en la aldea el primero. Un oficial con un pañuelo blanco corrió a su encuentro a parlamentar. Los franceses se rindieron. Sin saber él mismo el motivo, Pierre sollozó por primera vez en todo su cautiverio cuando se acercó a Dólojov. Los soldados y los cosacos rodearon a Bezújov, le dieron ropa y le llevaron a pasar la noche a la isba en la que dormía el general francés y ahora lo hacía Dólojov. Al día siguiente, los prisioneros pasaron hablando en voz alta junto a Dólojov, quien se había puesto en jarras.

—En una palabra, de un modo u otro, el emperador... —se mezclaban las voces.

Dólojov les miró severamente, haciendo cesar su charla con las palabras: «Pasa, pasa»...

Pierre fue enviado a Tambov y al pasar por Kozlov, la primera ciudad no afectada por la guerra que veía en dos meses, Pierre lloró por segunda vez de alegría al ver a la gente que iba a la iglesia, a los mendigos, al panadero y a la mercadera con un pañuelo lila y una pelliza de piel de zorro, contoneándose engreída tranquilamente en el atrio. Pierre jamás en su vida olvidó ese momento.

En Kozlov, Pierre encontró una de las cartas del príncipe Andréi, que le buscaba por todas partes, halló dinero, esperó a la gente y sus cosas, y a finales de octubre llegó a Tambov.

El príncipe Andréi ya no estaba allí, de nuevo había acudido al ejército, al que alcanzó en Wilno.

XXIII

Nikolai fue una de las primeras personas que encontró allí. Al ver a Andréi, Nikolai enrojeció y corrió a abrazarle con ardor. Andréi comprendió que aquello era algo más que amistad.

—Soy el más feliz de los hombres —dijo Nikolai—. Esta es la carta de María, promete ser mía. Fui al Estado Mayor para solicitar un permiso de veintiocho días: me hirieron dos veces y no abandoné el frente. Y también espero a mi hermano Petia, que guerrillea junto con Denísov.

Andréi fue a la habitación de Nikolai y allí hablaron de todo durante largo rato. Andréi estaba firmemente decidido a volver al regimiento. Al atardecer llegó también Petia, que no cesaba de relatar la gloria de Rusia y de Vasili Denísov, quien había conquistado una ciudad entera, castigado a los polacos, colmado de beneficios a los judíos, recibido a una diputación y firmado la paz.

—Tenemos a un segador heroico. Tenemos a Tijón —no quería ni oír hablar de ningún otro servicio.

Pero por desgracia, esa misma conquista de la ciudad por la que tan feliz se sentía Piotr no le había gustado al general alemán, quien también había deseado conquistarla. Puesto que Denísov estaba bajo las órdenes del alemán, este le riñó y le apartó de su destacamento heroico. Por otra parte, Petia supo de ello después; ahora se encontraba totalmente entusiasmado y contaba sin parar cómo habían expulsado a Napoleón, cómo somos nosotros, los rusos, y especialmente que todos nosotros somos héroes…

Andréi y Nikolai se alegraron por Petia y le obligaron a contarlo. Por la mañana, los dos nuevos parientes marcharon juntos a ver al mariscal de campo y pedir cada uno lo suyo. El mariscal fue especialmente benevolente y dio su consentimiento a lo uno y a lo otro, era evidente que aún quería lisonjear a Andréi, pero no le dio tiempo a ello porque la señora Przezowska y su hija, ahijada de Kutúzov en la época en la que había sido gobernador en Wilno, entraron en la sala. La señorita era una niña muy guapa, y Kutúzov, entornando los ojos, fue a su encuentro y cogiéndola por la mejilla, la besó. El príncipe Andréi tiró a Nikolai de la manga y lo sacó afuera.

—Vayan los dos a la revista —les dijo Kutúzov en la puerta.

—A sus órdenes, Su Serenísima.

Al día siguiente tuvo lugar la revista. Después de un desfile ceremonioso, Kutúzov se dirigió a la guardia y felicitó a todas las tropas por la victoria.

—De quinientos mil, no ha quedado nadie. Y Napoleón ha salido corriendo. Os doy las gracias, Dios me ha ayudado. Sabe más el diablo por viejo que por diablo. —Y diciendo esto, Kutúzov se quitó su gorra sin visera de su cabeza de blancos cabellos, que echó a un lado.

—¡Hurraaa, hurraaa! —atronaron cien mil gargantas y Kutúzov, ahogándose en sollozos, empezó a sacar su pañuelo. Nikolai estaba en el séquito, entre su hermano y el príncipe Andréi. Petia voceó a grito pelado «Hurra» y las lágrimas de alegría y orgullo resbalaron por sus rollizas mejillas de niño. El príncipe Andréi sonrió burlona y bondadosamente de manera apenas perceptible.

—Petrusha, ya han terminado —dijo Nikolai.

—¡Qué quieres que haga! Me muero de la emoción —gritó Petia y tras observar al príncipe Andréi y su sonrisa, guardó silencio y quedó descontento de su futuro concuñado.

Las dos bodas se celebraron el mismo día en Otrádnoe, que revivió y floreció de nuevo. Nikolai marchó con su regimiento y entró en París, donde se reunió nuevamente con Andréi.

Durante su ausencia, Pierre, Natasha (ahora ya condesa), María y su sobrino, los viejos condes y Sonia, permanecieron todo el invierno y todo el verano del año 1813 en Otrádnoe, donde esperaron el regreso de Nikolai y de Andréi.

Índice